LA
MÈRE RAINETTE

CHARLES DESLYS.

PREMIÈRE PARTIE.

CHAPITRE PREMIER.

Avant de commencer ce récit, j'ai voulu retremper mes souvenirs au contact du passé : ce passé-là était cependant bien jeune encore, et parfois j'en revoyais l'heureux théâtre dans mes courses à travers Paris. Une vieille habitude me ramenait à mon insu par ce chemin, que je parcourais deux fois chaque jour, il y a dix ans à peine, pour me rendre de la maison maternelle au collége Saint-Louis. Nous habitions l'autre rive de la Seine.

Heureux temps !... Le monde me l'a fait déjà regretter bien souvent !...

A cette époque, on voyait tous les matins entre huit heures et huit heures et demie, un groupe d'écoliers étourdis se réunir à la tête du pont Saint-Michel ; ceux-ci venus par le quai des Orfèvres, ceux-là par le quai du Marché-Neuf, les autres débouchant aux angles de la rue de la Barillerie. C'était un lieu de rendez vous,où les premiers arrivés attendaient les retardataires. On s'appelait, on se saluait de loin par des cris bizarres et retentissans. Puis, dès que le contingent de la rive droite se trouvait au grand complet, la joyeuse phalange s'élançait vers le pont , avec l'impétuosité des vainqueurs d'Arcole. Mais le grand Saint-Michel ne gardait que des munitions innocentes et des friandes surprises aux disciples de Saint-Louis, son royal confrère !...

Nous butinions en passant sur les deux parapets. L'un nous fournissait les pommes rouges, les brunes châtaignes, les noix sèches et le coco tentateur. C'était le parapet favori. Nous méprisions presque tous son rival déserté. Il n'y avait, de ce côté-là, que des cases de bois remplies de vieux livres, de caduques brochures et de mauvaises chansons. Cette bibliothèque en plein vent n'attirait que les gamins philosophes et bouquinistes. Or, c'était la bien faible minorité. Nous avions déjà beaucoup trop de livres et de philosophie qui nous attendaient sur les bancs en chêne noirci du collége !...

Les deux trottoirs nous amusaient, grâce aux comiques silhouettes des tondeurs de chien et des cireurs de bottes. Un de nous avait trouvé, je m'en souviens, que l'on adressait la parole au commissionnaire accroupi sur sa sellette, ainsi qu'au monarque assis sur son trône. En effet, un jour il s'était approché respectueusement du pauvre homme ébahi, puis, lui présentant avec un profond salut son soulier lacé, il avait prononcé ce seul mot :

— Cire !..

Jamais calembour, fût-il éclos sous le nez en trompette d'Odry, ne m'a fait rire autant que ce mauvais calembour-là !

Ce n'était pas tout : notre humeur maligne avait baptisé tous les humbles négocians de ce comique bazar, qui s'appelle le pont Saint-Michel. Le cireur, gros Auvergnat écarlate, était milord Robertson ; le marchand de coco, coquet Italien qui se plaisait à faire tinter les clochettes babillardes de sa cave portative, avait nom il signor Tortoni. Le libraire, blond fils du Danube, était salué du sobriquet de meinherr Bouquin ; enfin le tondeur de chien, vrai type de Basile encrassé, répondait ou ne répondait pas à celui de l'abbé La Châtre ; tandis que le marchand de marrons souriait en s'entendant apostropher père la Châtaigne.

Quant au commerce des pommes, deux concurrentes se disputaient notre capricieuse clientèle. C'étaient deux vieilles matrones, l'une grande et maigre, l'autre grassouillette et petite. Leurs boutiques se composaient également d'une table sur laquelle la marchandise s'élevait symétriquement en pyramides; d'une chaise de paille adossée au parapet; puis enfin d'un large parasol de cotonnade bleue, dont les quelques aunes déchiquetées par le vent et par la pluie recouvraient à la fois la propriétaire et la propriété. Pareille ressemblance existait entre les costumes des deux marchandes. C'étaient là jupe de laine brune, le tablier de toile bise, la camisole à fleurs, le tartan croisé sur la poitrine et renoué par derrière à la taille, enfin pour coiffure le madras populaire enfoncé jusque sur les oreilles. Rien ne manquait au modeste ménage des deux commères, ni les sabots retentissans sur le pavé comme des castagnettes andalouses, ni le gueux de terre cuite, qui servait à la fois pendant l'hiver de chaufferette et de fourneau; ami fidèle et précieux, qui, tantôt réchauffait les membres engourdis, tantôt faisait griller à petit feu la saucisse ou le hareng, dont se régalaient les frugales gourmandes!

Le passant vulgaire les confondait l'une avec l'autre, mais le flâneur curieux et intelligent observait entre elles une grande différence. En effet, il y avait là deux types bien distincts, bien opposés. La petite était simple, mélancolique et silencieuse; la grande était bavarde, coquette et réjouie. Là, point de prétentions; une toilette arrangée tout bonnement, à la bonne franquette, comme l'on dit sous les piliers des halles; ici, tout décelait un vieux reste de coquetterie féminine. Jupon, madras et tartan s'arrangeaient le matin d'une façon minaudière et provoquante. C'étaient un cotillon, une écharpe, et, ma foi! presque une toque qui parait la marchande maigre; chez sa voisine on ne voyait qu'un tartan, un madras et un jupon. Aussi cette dernière attendait le chaland bénignement accroupie sur sa chaise; tandis que sa rivale debout et frétillante agaçait la pratique et la happait au passage.

Rien n'échappe aux écoliers, qui sont les plus clairvoyans observateurs que je sache. Aussi, nous avions surnommé notre alerte fournisseuse la marquise Trois-d'un-Sou; tandis que nous appelions l'autre la mère Rainette!...

Bonne mère Rainette!... C'était ma favorite, ma protégée; car nos espiègleries faisaient tout enrager la petite colonie du pont Saint-Michel, et j'avais pris la pauvre femme sous le sauve-garde de mes quinze ans!

Quant à la marquise Trois-d'un-Sou, elle se défendait pardieu! bien toute seule, *unguibus et rostro*, comme nous disions alors!...

Mais la mère Rainette, il lui fallait un protecteur. Elle était si douce, si inoffensive!... Elle eût tout supporté sans qu'un mot de représailles ou même de reproches sortît de sa bouche, qui n'avait plus de dents, c'est vrai, mais qui n'avait jamais dû mordre personne!... quelques rares cheveux flottaient sur son front blême à toutes les brises de la rivière. L'âge ridait son visage hâlé et bruni. C'était l'image vivante des pommes, ses homonymes, lorsque toutes les bises d'un hiver ont grimé l'écorce sillonnée et rabougrie : dans ses petits yeux gris et renfoncés, se lisaient une résignation dolente, une tristesse amère... Elle tremblait beaucoup et tâtonnait bien longtemps, lorsqu'elle voulait prendre dans sa poche sa vieille tabatière de corne.

J'aimais la mère Rainette. Chaque matin je dégarnissais son éventaire; et tout en soldant la facture, je cherchais à l'égayer par mon joyeux bavardage. Elle répondait à peine; mais souvent je parvenais à ramener un sourire sur son visage, et j'étais heureux toute la journée d'avoir fait sourire ses bonnes lèvres, qui, hors nos causeries, j'en suis bien sûr, ne souriaient jamais!...

Telles étaient les joies de nos haltes, souvent trop prolongées, sur le pont Saint-Michel. Alors, craignant d'être en retard, nous nous envolions comme des oiseaux effrayés, par l'antique rue de la Harpe. Nous arrivions, haletans, essoufflés, à la porte du collège, qui, quelquefois, se trouvait fermée depuis longtemps déjà. Heureux malheur!... Force nous était de buissonner dans les environs. On redescendait vers la rivière, on repassait le pont Saint-Michel, on explorait la Cité, dont chaque passage avait son nom particulier dans l'argot de notre dictionnaire d'alors. Palais des mouches signifiait préfecture de police; archipel des canaries, ce coin derrière la Morgue où l'on débite des serins, des merles et des sansonnets. Le pèlerinage d'expiation, c'était la balançoire des tours Notre-Dame, qui nous voyaient souvent sur leurs têtes de pierre courir, ivres de sentir le vent éparpiller nos cheveux.

L'école buissonnière durait autant qu'aurait duré la classe. Alors chacun rentrait au logis, les livres sous le bras et tout fier du travail de la matinée. Une mère, une sœur nous récompensaient par un baiser. Hélas! ainsi que moi, mes camarades, peut-être ne pouvez-vous plus retrouver ces baisers-là qu'en souvenir!

CHAPITRE II.

Ce matin, j'ai voulu repasser par tous ces chemins fleuris de mon adolescence.

Sept heures sonnaient à l'horloge du collège Saint-Louis, au moment où j'arrivais devant sa muraille blanche... A peine faisait-il jour; — c'est aujourd'hui la veille de Noël.

Je descendais presque seul la rue de la Harpe. Quelques ouvriers cheminaient sur le pavé humide et glissant, quelques laitières encapuchonnées dans leur mantelet blanc, et voilà tout.

Bientôt je me suis trouvé sur la place Saint-Michel. Une brume épaisse bornait l'horizon à quelques toises de circonférence, et le pont semblait un chemin jeté sur le brouillard.

On entendait le bruit de l'eau, mais on ne distinguait pas encore la rivière.

J'ai attendu le soleil.

Une lueur rougeâtre et blafarde colora peu à peu l'orient. En même temps les vapeurs grises devenaient blanches. Je commençais à distinguer à quelque distance; l'horizon s'élargissait rapidement,

J'étais tourné vers le bas de la Seine, et je voyais couler ses petits flots verts dont le soleil rougeoyant faisait des charbons enflammés.

Bientôt le Pont-Neuf est sorti de la brume avec ses maisonnettes rondes..., puis la colonnade du Louvre... enfin les Tuileries qui dentelaient le ciel de leurs longues cheminées de briques.

Le jour était venu.

Alors je me suis retourné vers le haut de la Seine.

En face de moi, j'avais la Morgue et l'Hôtel-Dieu!...

Le contraste est saisissant!...

Et ce contraste n'existe pas seulement dans les quatre édifices; l'aspect des maisons le redouble et le prolonge encore.

Du côté du Louvre et des Tuileries, ce sont des palais, si l'on veut les comparer avec les masures groupées sur le quai du Marché-Neuf. Par là, l'aspect est riant, les maisons sont larges, comfortables et blanches; par ici la couleur est sombre, les constructions sont étroites, malsaines et lézardées. En aval de la Seine, la richesse s'étale et respire; en amont, c'est la misère entassée qui étouffe faute d'air et d'espace!...

Entre ces deux tableaux le pont Saint-Michel trace une ligne de démarcation terrible!...

Involontairement j'ai songé à cette fable de l'Alcoran, qui place une lame d'acier entre le paradis et l'enfer. Le pont

Saint-Michel me rappela le pont rêvé par Mahomet. D'un côté les élus, de l'autre les reprouvés; d'un côté les riches, de l'autre les pauvres !...

Je contemplais amèrement cet enfer terrestre, quand tout à coup le soleil surgit, comme un globe de feu enchâssé entre les deux tours Notre-Dame, qui me semblèrent en ce moment une porte gigantesque ouverte entre la misère et le ciel !...

Il n'est pas de douleur en regard de laquelle Dieu n'ait placé l'espérance !...

. . . .

Hélas ! il y a dix ans, je me serais peu préoccupé de toutes ces pensées amères; tout me semblait sourire !

Et cependant rien n'est changé?

Non... voilà les tricornes qui grouillent vers le palais des mouches...

J'entends chanter les volières de l'archipel des Canaries... Non...

Non... voilà la colonie trafiquante qui vient dresser ses tentes d'un jour sur le pont Saint-Michel.

Je reconnais mes anciens amis, quelques uns du moins... Depuis près de dix années, la mort a fait tant d'absens !...

Mais voici la mère Rainette... Elle est encore là... Dieu soit béni !...

Nous avons causé pendant près d'une heure, comme aux bonnes matinées d'autrefois. Puis des cris sont partis du côté de la rue de la Barillerie. C'est l'heure du passage des écoliers, l'heure favorable au commerce. Je n'ai pas voulu porter préjudice aux intérêts de ma vieille amie, et je suis remonté chez moi pour raconter son histoire, moins encore pour les autres que pour moi-même.

Ah ! je céderais de grand cœur mon rôle d'historien de la mère Rainette pour redevenir une heure seulement une de ses joyeuses et friandes pratiques !

CHAPITRE III.

Je venais de sortir du collège, mais cette fois pour n'y plus rentrer. On disait mes études terminées; et moi, confiant et naïf, je croyais n'avoir plus rien à apprendre. J'étais heureux, ravi, transporté. Il me semblait sortir d'une affreuse prison, et jamais forçat échappé du bagne n'éprouva des joies pareilles aux miennes. L'air de la liberté m'enivrait. Je commençais des vacances qui devaient durer toute ma vie. Mais ce qui me rendait plus fier et plus radieux encore, c'est que j'étais un homme reconnu, breveté, patenté par le gouvernement.

Je promenais mon orgueil imberbe sur le pavé caillouteux de Toulouse, où je devais faire une assez sotte et pédante figure. Je m'exerçais au rôle de gentleman dédaigneux et roué. C'était à pouffer de rire !

J'aurais rougi de songer à ce passé d'enfant, que je sentais encore sur mes talons. Chaque jour pour moi l'éloignait d'une année. Au départ dans la vie, on s'élance, on court tant on a hâte d'avancer. Mais plus tard, on s'arrête, les forces défaillantes et les pieds ensanglantés par les ronces du chemin. Alors seulement on jette un regard en arrière, un regard d'envie vers ce sentier de mousse et de fleurs où l'on a glissé trop vite; et qui, desséché sitôt, ne doit plus jamais reverdir sous nos pas !...

Quant à moi, j'en étais à ma première étape. Aussi j'avais complètement oublié le pont Saint-Michel et la pauvre vieille mère Rainette !...

J'avais ma foi ! bien autre chose en tête ; j'étais amoureux !...

Oh ! oui, bien amoureux, mais non pas de cet amour commode et banal, dont je m'étais affublé déjà, ainsi que d'une friperie de carnaval, mascarade séduisante aux flambeaux, mais de laquelle on rougit dès le lendemain du bal, aussitôt que revient le soleil. Non... non... j'aimais d'un amour candide et timidement blotti au fond de mon cœur de vingt ans. Tout le monde l'ignorait. J'aurais eu peur de me le confier à moi-même !...

Aussi, la plus complète métamorphose avait transformé mes allures fanfaronnes de la veille. La peau de lion était tombée de mes épaules peu faites pour cette prétentieuse enveloppe. Mes amis d'estaminet ne me reconnaissaient plus. Ils me croyaient malade, alors que je venais de guérir de la sotte folie de l'époque. J'étais redevenu simple et bon.

Merci, Mariette.

Car celle que j'aimais, c'était Mariette !...

Mariette, la grande tragédienne, la sublime prima donna! Mariette, la Falcon de la province.

Elle préludait, cette année-là, sur le théâtre de Toulouse, à ses triomphes de l'Opéra de Paris.

Vous l'avez tous connue, vous l'avez tous admirée, la belle et brune fille aux yeux noirs, aux dents blanches et brillantes qui diamantaient ses lèvres rubicondes. Toutes les reines eussent envié sa démarche souple et majestueuse ; toutes les femmes jalousaient sa taille, autour de laquelle deux mains pouvaient se réunir pour lui faire une ceinture. Le génie semblait rayonner sur son front large et poli comme l'ivoire. Ses yeux doux et profonds étincelaient parfois sous ses sourcils arqués d'un rapide et magique éclair. Elle avait le teint transparent d'une espagnole, et souvent aux pommettes, les roses qui fleurissent aux joues flamandes. Je n'ai rien vu de coquet et de fripon comme ce pli qui traçait une ombre légère au-dessous de son menton un peu pointu ; je ne sais pas de cou de cygne plus noblement gracieux que le cou qui portait cette tête faite par Dieu pour ceindre une couronne. Ses épaules s'élargissaient ainsi que les ailes déployées d'un aigle planant au zénith; et sans l'ondulation de sa poitrine palpitante, on eût pensé que son corset s'agrafait sur un sein de marbre. Sa jupe se drapait aux hanches de plis simples et graves qui semblaient l'habiller d'une tunique romaine. A l'originalité de cette toilette primitive dont elle seule savait le secret ; à la petitesse allongée de sa main, de son pied d'enfant; à la pureté correcte des lignes de son visage, qu'encadraient des bandeaux ondés et plats, et plus encore à la concordance parfaite de cet adorable ensemble, on croyait voir revivre et marcher un de ces types perdus dont les statues antiques nous révèlent l'élégance pudique et rêveuse.

Oh ! Mariette ! Mariette ! le ciseau de Praxitèle ou de Phidias ne l'eût pas créée plus belle !

Et lorsque l'inspiration scénique venait agiter cette nature calme et radieuse, ainsi que la tempête gonflant l'Océan ; lorsque le sang fouettait son front, lorsque l'air gémissait par ses narines pâles et diaphanes ; lorsque le génie, captif dans ce beau corps, le faisait tressaillir tout entier et semblait s'échapper en éclairs par ses grands yeux noirs, alors Mariette devenait sublime; elle resplendissait sous les bravos et les couronnes !

Elle avait une de ces voix sympathiques et profondes, un de ces contralto vibrans et sonores, que l'on n'entend pas avec les oreilles, mais qui vont se creuser un écho dans chaque poitrine. Ces accens incisifs pénétraient en enivrant. La Fable en eût fait une sirène aux séductions irrésistibles. Un charme magique magnétisait la salle tout entière, la salle aux mille spectateurs ravis et muets. On ne respirait pas, on ne vivait plus, on perdait la conscience de soi-même. On ne voyait que Mariette, on n'entendait que Mariette !

Elle faisait oublier la terre; elle transportait dans le ciel !...

Car ce n'était pas la musique de Meyerbeer ou de Rossini qu'elle chantait; non !... c'était une harmonie céleste que Dieu seul pouvait lui avoir apprise !...

Eh bien !... La tragédienne surpassait encore la cantatrice... Quel désespoir déchirans !... Quelles larmes vraies !... Quelles superbes colères !...

Et puis elle savait si bien s'incarner au personnage qu'elle représentait !.. Ses métamorphoses tenaient de l'illusion... Simple et naïve paysanne dans Alice, de *Robert-le-Diable*, elle devenait reine dans la robe de velours d'Anne de Boulen. On se croyait à Rome des qu'elle passait en vestale. Se coiffait-elle du turban de Rachel, on sentait les palmiers du Jourdain s'agiter sur sa tête !... Aux représentations des *Martyrs*, une auréole de lumière couronnait le front de la sainte aspirante au ciel ; et si, par caprice, elle chantait le *Dieu et la Bayadère*, on se surprenait à songer que Mahomet venait de laisser tomber sur le théâtre une des houris de son Eden !...

La première fois que je la vis, on donnait les *Huguenots*. Mariette fut plus sublime que jamais. Au milieu de la grande scène du quatrième acte, lorsque Valentine éperdue se jette aux pieds de Raoul, involontairement je baissai les yeux, j'étais ébloui !... Tout à coup un tonnerre d'applaudissemens ébranla la salle ; je relevai la tête... Mariette venait de se redresser pour courir à la fenêtre ; et sa chevelure dénouée dans l'action l'inondait tout entière, et recouvrait sa robe blanche d'un long manteau de satin noir !

Que vous dirais-je de plus ? J'aimais Mariette !...

CHAPITRE IV.

Oh !... Mariette, que de bonheur tu me donnais sans le le savoir !...

Mon amour se contentait de si peu !. La voir, l'admirer, l'entendre !... Rançonner quelque lazzaronne du Capitole pour lui faire jeter, le soir, des fleurs ou des colombes. La suivre de loin, mais en cherchant les pavés où ses petits pieds avaient passé. Arriver à minuit sous sa fenêtre, et rester là durant des heures entières, rêveur et maudissant la lune, qui fait les nuits du Languedoc si limpides et si blanches !...

Voilà tout, mais c'était bien assez, pour me rendre heureux. Je n'osais rien espérer de l'avenir, et je ne désirais rien de plus pour le présent. C'était une passion naïve et sobre, qui n'avait pas même des miettes pour se nourrir; elle vivait d'elle-même comme les plantes. C'était un culte confiant et profond ; une folie douce et paisible, qui s'amusait de mille charmans enfantillages.

Ainsi, le soir, au théâtre, enfoncé dans ma stalle, je ménageais, je raffinais mes innocens plaisir. Mariette était là, devant moi, environnée de tout le prestige de la scène. Eh bien !... tantôt je me bouchais les oreilles, afin de la regarder mieux ; tantôt je fermais les yeux pour la mieux entendre !...

Si, dans la rue, je la voyais jeter quelques sous dans la main tendue d'un mendiant ; vite, je courais au pauvre diable, et je lui rachetais avec de l'argent le cuivre donné par Mariette, mais ce cuivre-là, je ne l'aurais pas revendu pour de l'or !...

Mariette ne l'avait-elle pas touché de sa main chérie !...

CHAPITRE V.

Cependant un souci me préoccupait parfois ; Mariette devait avoir un amant ?...

Un jour, je rencontrai un de mes anciens camarades de cigares et d'aventures. C'était justement une chronique vivante, un journal ambulant. Après bien des détours, je me décidai à l'interroger sur les mystères privés de Mariette.

Nous nous promenions en ce moment, en face d'un de ces édifices publics, à la porte desquels flotte sans cesse un lambeau tricolore.

Pour toute réponse, mon compagnon étendit le bras vers le drapeau noirci.

— Comment ? m'écriai-je aussitôt.

— Oui, mon cher, me répondit-il avec un sourire. Le fonctionnaire est de tradition assez friand de gibier de théâtre ; le ci-inclus plus que tout autre, et voilà déjà longtemps qu'il se régale de la brune chair de Marinette.

— Impossible ! murmurais-je en frémissant.

— Comment, tu ne sais pas cela ? poursuivit négligemment le cruel bavard. Mais c'est de l'histoire ancienne !... J'ai même fait jadis une chanson assez drôlette sur les pérégrinations du fonctionnaire et de la cantatrice. On chantait cela sur l'air du *Tra*. La chanson, ma foi !... je ne m'en souviens plus ; mais voici l'histoire : elle commence à Marseille, je crois. Là, Mariette, encore bouton printannier, est achetée, prise ou séduite par le salarié, gaillard assez expéditif et qui sait marchander tout ce qui s'achète... Le budget le paie pour cela, c'est son métier... très bien... N'en parlons plus !... Or, à la même époque venait de se cuisiner un petit tripotage d'élections assez... drôlet. L'homme de monsieur... Chose avait servi à... monsieur Chose un plat fort ragoûtant. Voilà mon fonctionnaire rappelé à Paris pour être empanaché de je ne sais plus combien d'aunes de rubans. La cantatrice l'aimait ; idée bizarre !... Le monsieur me paraît peu aimable !... Enfin, suffit... très bien... N'en parlons plus... Désespoir, larmes mêlées de pas mal de sanglots..... Rupture d'engagement... Départ réciproque et simultané pour la capitale... Première pérégrination... premier sacrifice de Mariette !... Très bien... Passons au deuxième; lequel va sembler encore plus... drôlet ! Tandis que l'on choyait le fonctionnaire au boulevart des Capucines, la rue Lepelletier faisait des agaceries à la cantatrice, qui, sans contredit, aurait eu cent fois plus de succès à l'Opéra que le tripoteur de matière électorale n'en récoltait au ministère... Enfin... très bien !... L'engagement va être signé ; les débuts sont annoncés en caractères d'un pouce et demi... Tout à coup !... voici la péripétie... tout à coup le parterre toulousain s'avise de demander la *Marseillaise* et détériore trois banquettes, dont un sergent de ville !... Ce triple attentat jette la terreur dans le cabinet des ministres... La France est en danger !... Il faut un homme de confiance pour sauver l'Etat... Monsieur Chose s'écrie : Prenez mon ours ! Et l'ours emballé dans une chaise de poste arrive en grognant d'un air sinistre à Toulouse, où tout était parfaitement tranquille et raccommodé, savoir le sergent de ville et les trois banquettes... L'ours fut contraint de rentrer ses griffes pour une occasion meilleure, et s'installa là dedans, mâchant à vide, et la mine aussi piteuse que son ancêtre Martin lorsqu'il avait manqué d'une patte maladroite le pain de seigle tentateur appendu à la maudite ficelle. Très bien... suffit !... Trois jours après, la cantatrice débarquait sur la place du Capitole. La pauvre Mariette avait tout sacrifié, avenir, gloire et fortune, pour suivre l'heureux fonctionnaire, auquel je n'en veux plus le moins du monde. Qu'il corrompe, opprime Toulouse à perpétuité... très bien ! pourvu que je puisse toujours applaudir la brune Mariette !... Malheur ! trois fois malheur ! si M. Chose s'avisait d'expédier en d'autres lieux son fonctionnaire chéri !... Le rossignol voyageur, qui perche sur son épaule, ne chanterait plus pour nous !...

CHAPITRE VI.

Dans tout le verbiage du dilettante aux *très bien*, je n'avais compris qu'une seule chose.

Mariette aimait !...

Longtemps encore je restai devant la maison au drapeau tricole, seul, et répétant sans cesse le mot fatal !

Elle aimait un homme incapable de la comprendre, indigne de la posséder ! un de ces hommes ambitieux et froids, dédaigneux et serviles! Etres sans âme et sans pudeur, sans dévoûment et sans tendresse; toujours aux gages du maître qui arrive, jamais aux ordres du maître qui s'en va; oublieux de la veille, ennemis du lendemain, partisans acharnés du pouvoir du jour; gens méprisés de tous, même de ceux qui les emploient et les paient; avides de dominer, jaloux de leur domination, rien ne les rebute; tous moyens de monter leur sont bons, dussent-ils, agens provocateurs, faire partir le coup pour avoir l'honneur de le parer. Ils rampent humbles et bas devant les supérieurs; puis se redressent fiers et superbes en face des subalternes. Vaniteux, tracassiers, intolérans, jamais une tendre affection ne germe dans leur cœur plein de fiel. Peu leur importe l'amour, à moins qu'ils ne puissent l'exploiter ainsi que le reste. Le seul souci de ces valets titrés, souci incessant, unique, infatigable, c'est d'exhausser, poignée par poignée, le tas de boue qui sert de piédestal à leur fortune!

Et l'un de ces bourreaux dorés était l'amant de Mariette! Son amant!... oh!... je ne pouvais le croire.

Impatient de me convaincre, je m'embusquai dès la nuit suivante, sous une porte obscure, en face la maison habitée par la pauvre fille; et je restai là, l'œil fixe et le cœur inquiet, jusqu'au jour naissant.

Hélas!... le lendemain je ne pouvais plus douter!...
Ce fut la dernière nuit que je passai sous les fenêtres de Mariette.

Néanmoins, mon cœur était si candide, si pur, si peu jaloux, que mon paisible bonheur ne fut pas troublé. J'employais tout le jour à la plaindre; et, dès que venait le soir, si elle ne jouait pas, dès que tombait le rideau, si j'avais pu l'entendre, je me hâtais de rentrer chez moi pour m'enfermer et m'endormir; car j'étais certain de rêver d'elle!

CHAPITRE VII.

Cependant les jours fuyaient et mars faisait déjà rougir les bourgeons des treilles.

Tout l'hiver j'avais couru les concerts et les bals, dans l'espoir de rencontrer Mariette. Mais elle sortait pas; le fonctionnaire, jaloux plutôt par tempérament que par amour, la consignait impitoyablement chez elle. Je m'étais épuisé en vains efforts pour m'insinuerdans les coulisses. J'eusse été si heureux d'effleurer en passant la soie de sa robe!... Des ordres émanés d'en haut défendaient à tous l'entrée du théâtre; et le concierge, impitoyable cerbère, montrait les dents du fond de sa niche vitrée. Oh!... j'ai bien souvent envié le sort du choriste que je voyais entrer en fredonnant dans cet Eden interdit pour moi.

Mariette ne recevait personne, et j'évitais même de passer trop souvent dans sa rue, que le sultan faisait garder par quelque argousin rôdeur, eunuque en tricorne, détaché comme vedette au service particulier du sérail.

Rosine était moins prisonnière, moins surveillée que Mariette!...

Mais je me rappelais les maximes de Figaro, et je ne sais quel espoir me disait que le vœu de mon cœur serait un jour exaucé.

Cet espoir ne me trompait pas.

L'horoscope tiré par le dilettante toulousain s'accomplit dans les premiers jours du printemps. Le fonctionnaire fut rappelé à Paris où l'attendait en récompense un poste important et splendide.

Il partit.

Huit jours après, Mariette, toujours sollicitée par l'Opéra, signait un engagement.

Toulouse délivrée du fonctionnaire allait perdre sa prima donna bien-aimée. Le fonctionnaire fut maudit et cent fois plus qu'il ne l'avait été jamais.

Mariette restait seule, mais la surveillance redoublait au-tour d'elle, et je me montrai plus prudent, plus discret encore que par le passé. Je craignais tant de compromettre la pauvre fille.

Et puis mes batteries se dressaient d'un autre côté! Mariette partait par la voiture publique, il fallait partir avec elle.

Que de diplomatie pour obtenir le consentement à mon voyage! Prières, menaces, prétextes, ruses à défrayer tout un congrès! Enfin j'atteignis le but si désiré.

Il était temps!

La précieuse permission me fut donnée, je m'en souviens, le 28 avril, à quatre heures du soir; et Mariette, dont l'engagement à Toulouse expirait à la fin du mois, Mariette avait fait retenir sa place pour le 1er mai, dès le départ du matin.

Je courus aux messageries.

Hélas! la diligence se trouvait complète.

Il était trop tard.

Rien ne peut se comparer à ma stupéfaction, à mon désespoir, si ce n'est la folle joie que je ressentis un instant après.

Voici pourquoi : mon cœur bat de plaisir en le racontant :

Les indigens de la ville, encore tout grelottans de l'hiver, avaient sollicité de la charité de Mariette une représentation à leur bénéfice; et la compatissante jeune fille venait de consentir à retarder son départ d'un jour.

J'appris le premier cette heureuse nouvelle, de la bouche d'un vieux mendiant auquel j'avais souvent racheté l'aumône de Mariette.

Je lui jetai ma bourse, ainsi qu'un amoureux de comédie; puis, je retournai d'un bond aux bureaux grillés de MM. Laffitte et Caillard.

Je retins d'une voix palpitante deux places de coupé pour le 2 mai.

Au moment où j'allais sortir, entra justement la femme de chambre de Mariette.

Elle arrêta la troisième place, en maugréant d'être reléguée dans l'intérieur de la diligence.

— Ah!... Lisette, ma mie, me disais-je en souriant, vous en serez pour votre boudeuse humeur; car, dussé-je me couper en deux... votre taille qui frétille ne siégera pas entre la jupe de votre maîtresse et les pans de ma redingote!...

Puis, je retournai dans ma chambre, alerte et fredonnant. De suite, je préparai mes malles de voyage, en songeant aux moyens de justifier l'accaparement des deux tiers du coupé.

Cela m'embarrassait un peu, je dois en convenir.

— Ah!... m'écriai-je tout-à-coup, mon voyageur est trouvé, et le voici!

Roméo, mon beau terre-neuve, venait de poser sur mes épaules ses deux pattes blanches et soyeuses.

C'était un voyageur fort présentable, et qu'aucune femme n'eût récusé comme compagnon de route.

J'embrassais sa belle et bonne tête, je sautais, je riais, je pleurais de joie!...

J'étais certain de vivre trois jours en tête-à-tête avec Mariette!

CHAPITRE VIII.

Mais, avant ces trois jours du paradis, trois autres devaient encore sonner chacun leur vingt-quatre heures maudites.

C'était le purgatoire des damnés, c'était le désert infranchissable, en attendant la terre promise!...

Je dois avoir bien vieilli pendant ces trois siècles!...

Enfin, la veille du départ arriva. J'errais dans la campagne, en comptant tout haut les minutes, pour amuser ma fiévreuse impatience.

Le soir venu, j'entrai le premier dans la salle du spectacle.

Jamais! non jamais je ne reverrai soirée semblable à celle-là!...

Mariette surpassa Mariette!

Elle chantait ce rôle de Valentine, dans lequel je l'avais entendue pour la première fois. Tour à tour rêveuse, ardente, inspirée, elle ravit, elle transporta, elle électrisa l'enthousiasme de ce public qui l'adorait. La salle, trop étroite pour la foule turbulente, semblait prête à crouler au bruit des applaudissemens et des bravos. Les fleurs embaumées du Midi pleuvaient sur la scène un moment obscurcie par cette avalanche incessante. De blanches colombes voletaient épouvantées dans l'espace lumineux, jusqu'à l'instant où les couronnes qui pendaient à leurs ailes, les eussent ramenées palpitantes aux pieds de Mariette enivrée.

Chacun fêtait à l'envie la fauvette prête à s'envoler du nid. Mais ce triomphe aux mille clameurs n'était rien encore. Des regrets plus intimes et plus touchans disaient un secret adieu à l'ingrate voyageuse. J'ai vu bien des mains essuyer une larme, tandis que je sentais silencieusement couler les miennes!...

Enfin la toile tomba pour ne plus se relever.

Alors un cri de désespoir universel; puis toute cette foul s'élança comme un seul homme, franchit l'orchestre, bondi sur la scène, et courut jusqu'au foyer pour revoir encore un fois Mariette.

Jamais je n'oublierais ce tableau.

Mariette était au milieu de ces flots humains, surprise comme une chercheuse de coquilles qu'enveloppe tout à coup la marée montante. L'inspiration, le génie rayonnaient encore autour d'elle. Sa longue chevelure retombait à demi dénouée sur ses épaules nues. Quelques gouttes de sueur, quelques larmes d'attendrissement perlaient sur son visage pâle et bruni. Ses grands yeux noirs brillaient d'une joie céleste. L'un de ses bras, dirigé vers le sol disparaissait sous les anneaux aux mille couleurs des couronnes, et l'on n'apercevait qu'un de ses doigts roses, qui semblait au milieu des fleurs une fleur de plus. L'autre bras reployé soutenait un amas de bouquets prêts à tomber sur son sein palpitant.

Tout à coup un chemin se creusa comme par enchantement dans la foule, et l'on vit s'avancer vers le milieu du foyer une députation d'indigens choisis par les indigens eux-mêmes.

Ils venaient remercier leur bienfaitrice.

En tête de ce bataillon de veillards tremblottans et chauves marchait le vieux pauvre adopté par notre charité commune.

Le bonhomme balbutia un compliment sans doute appris d'avance; mais sa mémoire vieillie lui manqua dès les premières paroles.

Il s'arrêta tout confus; puis après un silence, il se hissa péniblement sur ses jambes rétives, posa quelque peu de travers une modeste couronne de roses blanches sur les cheveux noirs de Mariette, et lui demanda tout bonnement, mais du fond du cœur, à l'embrasser.

Alors Mariette, la belle Mariette, laissa tomber à terre bouquets et couronnes pour se jeter au cou de l'heureux vieillard.

Il ne lui restait plus au front que les roses blanches, sainte offrande de la pauvreté secourue.

Toutes les fleurs données au talent lui faisaient un tapis de parfum sous ses pieds.

Seigneur, mon Dieu! Jamais vous n'avez vu la divine Marie plus touchante et plus belle!...

CHAPITRE IX.

Mariette était rentrée chez elle, à la lueur de mille torches frénétiquement agitées au dessus de la foule toulousaine.

Ce fut une nuit de séguédilles et de sérénades. Des chœurs de prolétaires, puis des chœurs d'étudians passaient tour à tour sous les fenêtres de Mariette. Toute la ville voulait chanter pour celle qui si souvent avait chanté pour elle.

Cette nuit-là fut une nuit de Venise, une nuit toute de lumière et d'harmonie!...

Le bruit et l'agitation de cette fourmillière éveillée, précipitaient les heures, trop courtes pour tous, et cependant bien longues encore au gré de mon impatience.

Enfin les étoiles et les torches pâlirent. Le jour s'allumait.

C'était le jour fortuné du départ.

Depuis longtemps, je piétinais devant la porte des messageries, lorsqu'elle s'ouvrit enfin, comme une large bouche qui bâille...

Aussitôt, je m'élançai dans la cour; je courus à la diligence, dont je pris possession en saisissant le loquet de la portière, puis j'installai Roméo sur le drap bleu des coussins.

Non content de ce gardien fidèle, je restai moi-même auprès de la voiture, à côté de la portière entr'ouverte, et dans une attitude non moins menaçante que celle du dragon qui défendait l'entrée du jardin des Hespérides.

J'avais si grand peur qu'on ne me volât la place que j'allais occuper aux côtés de Mariette!...

Que pouvais-je craindre encore?... Rien... Et, pourtant, je tremblais... J'étais certain et je doutais toujours... il pouvait survenir un accident, un retard, un malheur imprévu? J'étais obsédé par un sinistre pressentiment... mes dents claquaient... j'avais la fièvre!...

On va rire, et cependant c'est vrai... je me surpris à murmurer tout bas:

— Oh! mon Dieu! ne me fais pas mourir.

Heureusement les pressentimens sont parfois de grands menteurs. Mariette parut enfin...

Je vis avec ivresse son brodequin noir se poser sur le marchepied de la diligence. Roméo la regardait d'un regard amical et benin. Un sourire encadra les dents blanches de Mariette; elle caressa de sa petite main gantée le singulier voisin de son voyage, puis s'assit à côté de lui dans le fond du coupé.

Je m'empressai de monter à mon tour.

Roméo siégeait entre nous, gravement assis sur son derrière!

Je revois encore la moue de la camériste, à l'aspect du voyageur à quatre pattes, qui la frustrait de sa place d'habitude.

Mais cette place était bien prise, bien payée; Mariette ne réclamait nullement; il fallut se résigner à monter dans l'intérieur.

Le coup de fouet retentit, les grelots sonnèrent, et quelques minutes après les roues faisaient jaillir des étincelles en courant sur le pavé du village de Grisolles!..

CHAPITRE X.

Je ne pouvais croire à mon bonheur!

Embarrassé, confus, blotti dans mon coin, je n'osais hasarder ni un geste, ni un regard, ni une parole!...

Mais Roméo, gaillard sans gêne et sans façon, faisait de son côté rapide connaissance avec sa voisine, qui, du reste, lui prodiguait force caresses, morceaux de sucre, et bribes de gâteaux. Je crois même que la bonne Mariette avait fait les premières avances. Roméo ne s'était pas fait prier le moins du monde. Friand, câlin et familier, il acceptait présens, douceurs ; et rendait en échange les humides baisers de sa langue fraîche et rose. La tête appuyée sur les genoux de sa nouvelle amie, il la regardait d'un œil quêteur, reconnaissant et patelin. Il gémissait d'une petite voix intéressante et plaintive, ou bien léchait la main qui flattait son long museau hypocrite.

C'était toute une conversation, dans laquelle Mariette, oubliant sa gravité habituelle, répondait par des signes de tête, des sourires boudeurs, des regards coquets et des agaceries charmantes. C'était une scène de comédie, où la grande tragédienne n'hésitait pas à se faire la Juliette de ce Roméo de Terre-Neuve !...

O Roméo !... combien j'enviais ton bonheur, que je contemplais du coin de l'œil et sans oser bouger !

Tout mon rôle se bornait là. Je jouissais en silence du bonheur d'être auprès de Mariette ; mais pas un mot n'avait encore été prononcé entre nous...

Je crois presque que les trois jours du voyage se seraient passés de la sorte sans une indiscrète inconvenance de Roméo.

Le drôle osa poser ses pattes profanes sur les épaules de Mariette.

Il me fallut bien gronder le chien et m'excuser auprès de la jeune fille.

Roméo, tout tremblant, se coucha à mes pieds ; Mariette ouvrit la bouche en riant pour prendre sa défense.

Pauvre Roméo !... tu n'eus pas fait si piteuse mine, si tu avais pu deviner combien je te bénissais au fond du cœur.

La glace était rompue, Mariette venait de me parler !...

Merci, Roméo !...

L'intimité s'établit rapidement en diligence. D'ailleurs, ma jeunesse et ma timidité devaient inspirer la confiance. Je n'étais pas tout à fait un étranger pour Mariette. Elle connaissait mon visage, toujours placé en face d'elle au théâtre, souvent rencontré sur son chemin, et qui maintenant encore osait à peine lever vers elle son regard candide et ami. Et puis les femmes ne sont-elles pas douées d'un instinct magique pour deviner les sentiments qu'elles inspirent. Peut-être Mariette savait-elle tous les secrets de mon cœur ?... Peut-être avait-elle pitié de l'innocent amour de mes vingt ans ?

Je serais presque tenté de le croire, tant elle se montrait avec moi bonne et charmante. Elle répondait complaisamment à toutes les niaiseries que je lui débitais dès le second relai. Son regard était plein d'une grâce tout encourageante. Elle m'écoutait en souriant. Jamais, dans mes rêves les plus hardis je n'avais espéré ces regards et ces sourires-là. Aussi, je sentais mon embarras se dissiper peu à peu. Je ne redoutais plus Mariette, mais je la respectais et l'aimais davantage encore. Car ce n'était pas la tragédienne grave et sévère ; c'était une femme simple et douce, qui savait garder l'aimable pudeur du grand monde, sans s'affubler de la pruderie renfrognée des bourgeoises. Il y avait certes chez Mariette l'aristocratie de la race, et cela, non-seulement dans la pureté délicate des formes, mais encore dans l'élégance innée, qui circulait en elle ainsi que le sang de la veine. La nature se plaît à ces caprices, et l'on voit quelquefois parmi le peuple des types supérieurs, qui surprennent autant qu'une belle fleur semée par la main du hasard au milieu des choux et des carottes du potager. L'œil le plus vulgaire les distingue sans peine de leur entourage. Qui ne reconnaîtrait un pur-sang de course parmi de gros chevaux limousins, parmi ces haridelles qui soufflent entre les deux brancards des fiacres et des coucous !...

Mariette avait-elle appris, ou bien deviné ?... Je l'ignorais, mais le charme que prête l'éducation ajoutait encore à tous les charmes de la nature. Il était impossible d'allier plus gracieusement la distinction des manières à la distinction du langage. Que de goût, que d'esprit dans ses moin-

dres réponses !... Un mot, un rien, devenait un trait charmant dans la bouche de Mariette.... J'étais émerveillé... Il me semblait entendre cette jeune fille de la fable, qui laissait tomber des perles et des rubis à chacune de ses paroles !...

CHAPITRE XI.

On déjeunait à Montauban.

Je sautai rapidement à terre et je tendis la main.

Mariette s'appuya sur cette main pour descendre de la diligence.

Dire de quel frémissement électrique tressaillit tout mon être, c'est impossible ; et d'ailleurs, ceux-là seuls pourraient me comprendre qui ont aimé comme j'aimais Mariette !

. . . .

Peut-être n'eussé-je pas encore osé m'asseoir à table à côté de Mariette ; heureusement j'avais une courte visite à faire dans la ville ; je la conduisis seulement jusqu'au seuil de la salle à manger de l'hôtel, et je me retirai en balbutiant quelques banales excuses.

Derrière moi, je trouvai le visage de la camériste. De quelle grimace, bon Dieu ! me regarda ce visage-là !

. . . .

Comme je retournais à la diligence, j'aperçus avec surprise cette même camériste qui sortait de la boutique d'un pharmacien.

Je ne sais pourquoi, mais je la suivis en cherchant à n'être pas vu d'elle. Tout en cheminant, elle avait fouillé dans sa poche, puis deux papiers étaient successivement tombés à ses pieds, deux enveloppes, sans doute. J'observai plus attentivement. A l'agitation précipitée de ses coudes, il me semblait qu'elle devait pétrir quelque chose avec les mains. Cela m'intriguait, et lorsqu'elle arriva près de l'hôtel, je me jetai dans un débit de tabac placé en face et d'où je pouvais tout voir sans que personne soupçonnât ma curiosité.

La camériste atteignit la porte de l'hôtel.

Devant cette porte, Roméo, étendu sur le pavé, se chauffait au soleil.

Alors elle promena tout autour d'elle un regard rapide et furtif, jeta un objet arrondi entre les pattes du chien, et disparut aussitôt vers la salle à manger.

Je ne fis qu'un bond vers Roméo, qui prenait déjà ce présent suspect dans sa gueule, et je l'en arrachai.

C'était une boulette de viande.

Mais nul doute, cette viande-là recelait du poison !

Pauvre Roméo !.... Combien je bénis ma curieuse humeur.

— Sois tranquille, lui dis-je en caressant sa large tête étonnée, nous veillerons sur toi. Mais, diable, Mlle Mariette a une Borgia à son service !..

Devais-je divulguer le crime ?.. Je n'étais pas encore décidé. Seulement je venais éviter une nouvelle tentative ; la perfide suivante venait d'installer sa maîtresse dans le coupé, et se disposait à monter à son tour dans l'intérieur de la voiture. Je m'approchai d'elle, et lui dis à l'oreille :

— Ayez grand soin de ne plus faire à Roméo des cadeaux semblables !..

En même temps je jetai la boulette à ses pieds.

On apprend à mentir dans les antichambres, et j'avais affaire à une gaillarde fort experte en cette science. Elle leva sur moi des petits yeux surpris et candides. Je vis qu'elle allait nier de l'air le plus naturel du monde, et je m'empressai d'ajouter, en lui montrant le débit de tabac :

— J'étais là... j'ai tout vu !...

Alors elle ravala le non déjà suspendu sur ses lèvres, devint pourpre, mais plutôt par colère que par pudeur, et fut se blottir au fond de la voiture, sans même daigner me répondre un mot.

. . . .
Le conducteur m'appelait à grands cris, et je remontai dans le coupé, suivi de Roméo, qui ne se doutait nullement du danger qu'il venait de courir.

. . . .
On a parfois dans la vie de singuliers remords...

A quelques pas de là, je me souvins que j'avais laissé sur le pavé la boulette homicide.

Roméo était sauvé, mais il devait y avoir une autre victime !...

Pas moyen de retourner sur mes pas, les chevaux galopaient déjà sur la route.

Ce remords-là m'eût tourmenté tout le jour, sans la présence de Mariette, qui me faisait tout oublier !

CHAPITRE XII.

Le mois de mai fut cette année-là dans tout le Midi splendide et brûlant comme un mois de juillet. Un soleil de Castille inondait la campagne ruisselante et dorée. Les yeux étaient éblouis. On croyait voir pleuvoir en l'air une pluie de diamans émiettés, et sur les routes une poussière grise, dont les flocons lumineux tourbillonnaient ainsi que des nuages rasant la terre de leurs ailes fatiguées.

Mais, pour nous autres voyageurs, cette température devenait de plus en plus insupportable, à mesure que le jour avançait. La poussière nous aveuglait, la chaleur était accablante. J'entendais la respiration de Mariette soulever péniblement son sein avide d'air et de fraîcheur. Je voyais ses paupières tremblottantes rapprocher leurs longs cils, dont l'ébène disparaissait sous une neige poudreuse.

Quant à moi, je m'apercevais à peine de cette atmosphère tropicale, mais je souffrais de voir souffrir Mariette !...

Tout à coup j'entrevis sur un des côtés de la route un petit bois de lilas en fleurs. La voiture montait en ce moment, je sautai à terre, et je courus aux lilas. J'en cueillis autant que j'en pus porter, puis, je revins toujours au galop vers la diligence... Il était temps, on arrivait au sommet de la colline... Je bondis dans le coupé ! Mariette me regardait faire sans trop comprendre encore mon dessein, mais bientôt elle sourit en me voyant tapisser la muraille avec mes branches, boucher les quatre fenêtres, et jeter le reste en guise de tapis à nos pieds. Ni poussière, ni soleil ne pouvaient traverser cet épais buisson, dont les rideaux nous donnaient de la fraîcheur, des fleurs et des parfums !...

J'avais ménagé des jours parmi le feuillage, et la vue des campagnes embrasées redoublait encore le bien-être de notre abri touffu.

Nous cheminions dans une allée ombreuse, nous traversions le désert dans un oasis, qui semblait marcher avec nous.

— Merci ?... me dit Mariette heureuse et réjouie.

J'aurais soulevé le monde, qu'un mot semblable m'eût encore trop payé de mes peines !...

CHAPITRE XIII.

Au dîner, par exemple, j'avais bravement pris place à la droite de Mariette ; mais la malencontreuse camériste siégeait à gauche, et je retenais prudemment Roméo de mon côté.

Je ne saurais dire tout l'éloignement que m'inspirait cette fille, et du reste, sa maîtresse semblait partager mon antipathie. J'observais depuis le départ, et j'étais certain de ne pas me tromper ; une sourde haine existait entre la maîtresse et sa femme de chambre.

Mes remarques dataient de la cour même des messageries.

Là, Mariette avait accueilli Roméo, sans paraître s'apercevoir du mécontentement si visible de la suivante ; bien plus, elle semblait n'être nullement fâchée qu'on la débarrassât de cette compagnie. Aussi le regard haineux de la suivante s'était adressé plus encore à sa maîtresse qu'à nous deux Roméo.

Pendant que galopait la diligence, Mariette respirait à l'aise. Elle avait la joie dans les yeux et le sourire sur les lèvres ; sitôt que la figure renfrognée de la soubrette paraissait à la portière, une complète métamorphose transformait la physionomie de Mariette. Plus de joie, plus de sourire !... Elle redevenait froide et triste !... Elle souffrait ! Je ne pouvais en douter, en voyant son visage se voiler à l'aspect de la suivante, ainsi qu'un soleil brillant, devant lequel passe un nuage sombre !...

La diligence se remettait-elle en mouvement, aussitôt le nuage maudit s'effaçait pour faire place aux rayons et aux sourires !...

A table, ce contraste étrange me frappa davantage encore. Mariette ne parlait pas, elle ne mangeait pas. Elle était contrainte et gênée. Elle semblait ne plus oser ni un mouvement, ni un regard. Ses yeux ne quittaient pas la nappe, ses lèvres se plissaient d'une façon morne et résignée. Un manteau de glace l'enveloppait tout entière, et la seule chose qui parlât en elle était une petite ride impatiente entre ses deux sourcils froncés.

En vain, je lui prodiguais tous les soins, toutes les attentions en usage... en vain, je m'évertuais à la faire parler et sourire... Rien !... La camériste était là !...

Quelle fâcheuse influence cette fille exerçait-elle donc sur sa maîtresse ?...

C'était une femme assez grande et fort maigre, au front bas et ridé, quoiqu'elle parût vingt-cinq ans à peine, au teint blême et légèrement jauni, aux lèvres minces et mauvaises, aux yeux renfoncés et curieux comme ceux d'un inquisiteur.

On la nommait Rose.

Rose ne quittait pas des yeux sa maîtresse. Elle l'obsédait d'une attention maussade et exagérée, qui ressemblait plutôt à de la surveillance qu'à du dévouement. On devait la prendre, non pas pour une domestique empressée, mais pour une mère exigeante et grondeuse...

En effet, dès que je venais à m'éloigner de quelques pas, elle parlait vivement à Mariette. Je n'entendais pas les paroles, mais je distinguais parfaitement un ton de réprimande et de menace qui révoltait mon cœur.

Quant à moi, Rose agissait comme si rien ne se fût passé entre nous. Elle affectait de ne pas me laisser seule avec sa maîtresse, et me regardait d'un air dédaigneux et méprisant. Le pauvre Roméo obtenait encore un plus méchant accueil. Rose nous haïssait sincèrement tous les deux, et ne se gênait nullement pour cacher son acariâtre et superbe aversion.

Je commençais à comprendre ?...

. . . .
Le repas terminé, j'avais offert le bras à Mariette, et nous nous promenions sur le mail de Cahors, en attendant que la voiture fût prête à se remettre en marche.

Rose vint brusquement se placer aux côtés de sa maîtresse, et nous accompagna avec la plus impérieuse audace. Bien plus, elle avait chassé d'un coup de pied Roméo qui cheminait tout contre les plis de la jupe de sa nouvelle amie.

Tout cela était fort inconvenant, mais Mariette ne disait rien et je n'osais rien dire.

Nous marchions en silence.

— Cette voiture ne partira donc pas ! s'écria-t-elle enfin en frappant la terre de son petit pied.

— Pas encore, Madame, répondit Rose d'un ton glacial et presque railleur.

J'étais indigné, mais je ne conservais plus aucun doute. Rose était l'âme damnée du fonctionnaire, l'espion, l'argus attaché au pas de la pauvre Mariette !...

Nous remontâmes en voiture, et tout en fermant la portière je me disais :

— Maudit soit le destin !... peut-être ai-je compromis ma compagne de voyage !... peut-être mon innocent voisinage lui prépare-t-il bien des chagrins pour l'avenir !...

En me rasseyant, je vis la figure de Mariette s'épanouir, son œil briller. Puis j'entendis un soupir qui soulageait délicieusement sa poitrine oppressée.

Le forçat, au sortir du bagne, n'aspire pas avec plus de ravissement le grand air de la liberté !...

Mariette ne se confiait certes pas encore à moi, mais elle ne chercha pas à me cacher ni ses chagrins ni son bonheur ; nous causions d'une manière intime et charmante.

N'avait-elle pas deviné déjà que mon cœur était digne de comprendre son cœur ?

CHAPITRE XIV.

La soirée fut d'une douceur enivrante.

Plus de soleil, il se retirait en laissant traîner à l'Occident les plis enflammés de son manteau de pourpre. Quant à la poussière, tout souffle était mort, elle s'endormit dans les chemins.

On croyait voir jusque dans les profondeurs du ciel, tant son azur limpide semblait un voile de gaze bleue gonflé par le vent. A peine quelques petits nuages irisés planaient-ils dans cette immensité calme et pure comme un lac sans bornes, où se balancent dans le lointain les toiles blanches des barques des pêcheurs... Une lumière orangée filtrait lentement dans l'atmosphère et teignait les campagnes de nuances chaudes et magiques. De fraîches brises couraient dans l'air, toutes chargées des parfums que le printemps respire le soir par les fleurs entr'ouvertes.

J'avais rejeté sur la route les rameaux déjà fanés de mes lilas. Les quatre fenêtres étaient ouvertes. Aucune de ces voluptés n'échappait à nos sens avides et ravis.

C'était une de ces extases suaves et profondes dans lesquelles on voudrait rester toujours, dût-on mourir.

Dieu ! que Mariette était belle aux reflets de ces radieuses couleurs, qui chatoyaient sur le noir de sa chevelure et semblaient se plaire à encadrer son profil marmoréen dans un monde de feu.

Les yeux de Roméo luisaient ainsi que deux charbons ardens dans l'ombre.

Mariette et moi nous causions toujours ; mais bien plus avec l'âme qu'avec les lèvres. Il est de ces instans solennels où le cœur s'épanouit et déborde... A l'aspect d'une belle nature on se sent un besoin invincible d'épanchement et de sympathie... De bonnes et douces larmes baignent les yeux... Elles cherchent à se glisser le long des cils, et coulent enfin sur les joues charmées et rafraîchies... On ne sait pourquoi, mais l'on pleure !..., Des frémissemens délicieux courent à la surface du corps, et dans les veines il semble que le sang caresse en circulant. C'est une béatitude céleste, qui n'est ni le rêve ni la réalité, ni la vie ni la mort !... C'est peut-être la révélation mystique d'un autre monde !... Peut-être Dieu soulève-t-il à ces heures bienheureuses un coin du voile qui nous cache le paradis !... Comme l'on est alors simple, confiant et bon !... Comme l'on a le cœur rempli de joie, d'amour et de charitable pitié. On aime tout, les hommes et les choses ; et si l'on éprouve un regret, c'est de ne pouvoir aimer davantage !

Voilà ce que j'éprouvais, voilà ce qu'éprouvait aussi Mariette, car nous nous surprenions à chaque minute la même inspiration, le même sentiment, la même pensée ; c'était à croire que nous n'avions qu'un seul cœur à nous deux !... Jamais les pauvres de la route n'ont vu tomber autant d'aumônes, fût-ce même d'une voiture royale ?... Et toujours la mienne touchait le pavé en même temps que celle de Mariette, sans qu'elle ni moi nous ayons vu la main qui les jetait.

Il y avait en elle une telle richesse d'expression, une telle efflorescence de poésie, que j'en étais émerveillé. Elle trouvait des mots pour définir les choses indéfinissables. La nature se réflétait dans son langage ainsi que dans un miroir ; car ses paroles avaient autant de charme que la sublime nature qui nous environnait.

Cependant, je ne craignais pas de répondre, car je laissais parler mon cœur.

Une seule fois j'eus la maladresse de m'écrier :

— Oh ! tenez, vous êtes plus belle encore aux rayons du soleil qu'à tous les lustres de la scène.

Aussitôt Mariette porta la main sur sa poitrine et me dit d'un ton douloureux et suppliant :

— Oh ! je vous en prie, ne me parlez pas de théâtre ce soir !...

Puis, pour chasser cet importun souvenir, elle se retourna vers le soleil, qui s'abîmait en ce moment derrière une des collines de la Dordogne.

J'étais fou !... Mais il me sembla que le soleil relevait son œil de feu au-dessus de la colline, afin de contempler une dernière fois Mariette !

CHAPITRE XV.

La pourpre du ciel avait fait place à des nuances assombries et violacées, qui disparurent bientôt elles-mêmes chassées par une lumière pâle et bleue : la lune venait de se lever.

La belle nuit !...

Les étoiles fourmillaient par myriades à la voûte resplendissante et zébrée de larges bandes lumineuses et blanches. Elles scintillaient dans cet horizon sans voiles, tantôt isolées et tristes, tantôt groupées et joyeuses, parfois alignées en nombre infini et mouvant comme en une danse fantastique et folle. C'était sans doute fête au ciel, et toutes les étoiles se montraient parées de leurs plus belles étincelles et de leurs plus rayonnans sourires.

— Ce n'est pas la nuit, m'écriai-je, c'est un autre jour succédant au jour.

— J'aime mieux celui-ci, me répondit la voix grave et profonde de Mariette. L'autre n'a qu'un astre éclatant et superbe... et voyez cette poussière de diamans, qui sable le ciel de tourbillons de douces et mystérieuses facettes.

— C'est la menue monnaie du soleil !... dis-je en souriant. Ou bien, peut-être, le roi des astres n'est-il qu'un fruit mûri le soir, et qui laisse tomber pendant les nuits sa graine lumineuse, ainsi qu'une immense tête de pavot renversée.

— Non, articula ma compagne de voyage en levant vers le zénith ses grands yeux noirs, non, les étoiles jaillissent du ciel comme des fleurs qui pousseraient en une seconde, comme des gouttes d'eau bondissant en gerbe au contact fouetté d'un caillou. Mais ce n'est pas le hasard qui les fait éclore. Dieu sait leur compte, ainsi qu'il sait celui des hommes ; et le nombre est le même au firmament et sur la terre !

— Comment cela ? demandai-je avec curiosité.

— C'est une vieille tradition scandinave, murmura Mariette, comme si elle se fût parlé à elle-même. Quand l'ai-je apprise, je l'ignore, car il me semble l'avoir toujours con-

2

ume. J'y songe sans cesse, et c'est pour mon cœur un pieux souvenir, une foi douce et sincère.

— Dites-moi cette croyance ! m'écriai-je aussitôt.

La jeune fille ne parut pas m'avoir entendu, mais elle poursuivit les yeux toujours fixés vers le ciel.

— La main de Dieu ne manque jamais de créer du même mot la lumière et la vie; et chaque fois qu'un enfant naît ici-bas, une étoile s'allume là-haut. L'un et l'autre grandissent ensemble. Ce sont nos sœurs; c'est un autre nous-même. D'abord invisibles, elles surgissent, elles brillent, elles étendent leurs rayons à mesure que nos membres croissent, que notre intelligence se forme, que notre taille s'élève au-dessus du sol. Leur splendeur répond à notre virilité. Puis elles pâlissent et s'éteignent à l'heure où viennent pour nous la vieillesse et la mort. Seulement elles meurent les premières; mais elles filent à nos regards pour nous avertir que bientôt nous devons partir aussi. Elles nous appellent avec leur dernier rayon; puis elles attendent dans l'ombre que nous montions les rejoindre là-haut, mais elles n'attendent jamais bien longtemps, quelques jours, quelques mois, voilà tout !.. A peine l'âme a-t-elle quitté le corps qu'elle rentre dans son étoile, ainsi qu'un exilé qui revoit sa patrie. Alors l'étoile se rallume et scintille plus brillante que jamais !.. Une âme habite sa lumière, et Dieu les berce doucement toutes les deux dans l'immensité, jusqu'au jour où la volonté du maître renvoie l'une d'elles sur la terre dans le germe d'une nouvelle enveloppe mortelle. C'est le destin. L'étoile veuve de sa compagne doit s'éteindre peu à peu; puis reparaître, grandir, briller et s'éteindre de nouveau, jusqu'à la nuit du retour qui lui rend toutes ses heureuses et fraternelles splendeurs.

— Ainsi, dis-je d'un air incrédule, l'âme a deux asiles, le corps et l'étoile, et tour à tour elle habite alternativement l'une et l'autre. C'est une fable charmante !

— Une fable !... s'écria Mariette indignée, une fable !... Mais regardez, regardez-les?...

Mariette était en ce moment sublime d'inspiration poétique et de foi naïve; ses yeux avaient des regards étranges et divins. La clarté douteuse de la lune prêtait à son beau visage je ne sais quelle physionomie de prophétesse ou de fée... Je la contemplais avec une sorte de crainte ; je croyais rêver... quelque chose de vague et d'indécis frémissait en moi... et, tout en l'écoutant, je suivais d'un regard étonné son bras étendu vers le ciel.

— Vous n'avez donc jamais perdu quelque être chéri, une mère, une sœur, un enfant, une femme aimée ?... Oui, n'est-ce pas !... Eh bien ! voyez ces grandes et splendides étoiles; leur lumière se meut et s'agite. Elles nous regardent, elles nous parlent, elles nous sourient !... Voyez celles-ci ! à peine les entrevoit-on, mais elles brillent, et leur étincelle semble croître !... Ces autres sont petites aussi, mais leur lueur faiblit et va s'éteindre. Les premières représentent des enfans au berceau, les secondes des vieillards près de la tombe... Enfin, si nous n'en apercevons filer aucune, c'est que les nôtres resplendissent, car nous sommes tous deux forts et jeunes !...

— Comment, balbutiai-je, si l'une d'elle venait à filer à nos yeux?

— La mort ne serait pas loin, répondit Mariette avec un accent profond et solennel. Et vous ne me verriez pas surprise, car je sais, hélas ! que ce sont souvent les étoiles les plus heureuses et les plus belles qui s'éteignent pourtant les premières !...

— Allons donc !... fis-je en riant, on ne meurt plus à notre âge. Et, du reste, qu'importe !... puisque Dieu n'a créé qu'un certain nombre d'âmes impérissables, puisque nous sommes déjà venus, puisque nous reviendrons encore loger dans d'humaines enveloppes. Tout ce que je demande au sort, c'est à mon prochain retour sur terre un voyage

semblable à celui-ci, à ma prochaine vie le souvenir de vos yeux noirs, ô ma charmante rêveuse !...

— Non, murmura froidement Mariette, il ne nous est jamais permis de nous rappeler les existences passées, si ce n'est parfois dans les étranges fantaisies du sommeil...

— Et lorsque notre âme retourne à son étoile ?... demandais-je encore.

— Alors tous les voiles tombent, répliqua-t-elle avec conviction... L'avenir n'a pas de secret, le passé plus d'oubli... Ceux qui se sont aimés se trouvent réunis... On se souvient même des douleurs de la vie terrestre, mais comme le pêcheur se souvient, à la flamme du foyer de sa cabane des orages et des tempêtes de l'Océan.

— Heureux ceux qui croient cela, m'écriai-je, car c'est une consolante croyance !... Mais, dites-moi, puisque tous ces mystères se révèlent pour vous, connaissez-vous au moins votre étoile?...

— La voilà !... s'écria Mariette sans hésiter.

— Comment !... fis-je avec dédain, cette petite pâlotte qui semble bouder toute seule dans ce coin du ciel ?...

— C'est la mienne, poursuivit-elle en la saluant d'un regard mélancolique. Elle est sombre et je suis triste... elle est isolée dans le ciel comme je suis isolée dans la vie. Oh !... c'est bien elle, allez. J'ai veillé bien des nuits les yeux fixés sur sa lumière amie, elle m'attend... nous nous comprenons... Tenez, ne dirait-on pas qu'elle s'agite pour me répondre, et...

Tout à coup Mariette jeta un cri perçant.

Moi-même je ne pus me défendre d'un mouvement de terreur.

L'étoile qu'elle montrait de son doigt venait de tomber du ciel !...

CHAPITRE XVI.

Mariette dormait.

La fatigue du voyage et les émotions de la journée avaient amené le sommeil sur ses paupières.

Pendant plus d'une heure je doutai. Je n'osais faire un mouvement, je n'osais prononcer une parole, j'écoutais en retenant mon souffle.

Roméo me suivait d'un regard curieux et surpris, mais instinctivement il imitait mon silence et mon immobilité.

Nous traversâmes un village de la Corrèze, je ne sais plus lequel ?...

C'était un relai.

La diligence s'arrêta... Les chevaux furent changés.... L'horloge du clocher sonna minuit.

Mariette ne tressaillit même pas.

— Plus de doute ! me disais-je au moment où la voiture se remettait en marche... J'en suis bien sûr... Elle est endormie profondément !...

Alors, je me laissai glisser lentement sur les genoux, puis je me retournai sans bruit, de manière à faire face à la banquette, et je restai ainsi le dos tourné aux chevaux, les yeux fixés sur le visage endormi de ma compagne de voyage.

Mariette sommeillait ainsi que doivent sommeiller les anges !...

Ses paupières closes et presque transparentes, semblaient un léger voile à peine coloré de violet tendre, et que frangeaient ses longs cils noirs en retombant sur le haut des joues légèrement estompées au dessous des yeux. Rien de doux comme le souffle qui chantait, en entrouvrant pour s'échapper les ailes roses de ses narines. Sa bouche s'était fermée sur un sourire, ainsi que ces fleurs qui rapprochent à la tombée de la nuit leurs pétales délicates et frileuses. Ses dents, à peine visibles, ne paraissaient qu'un filet d'argent, qui bordait la pourpre des lèvres. Aucune ride ne plissait son front. C'était la mer par un temps calme, et sur la surface de ce miroir jouaient follement quelques boucles échappées de ses bandeaux noirs.

Elle se tenait presque droite, mais la tête un peu penchée en arrière. La lune semblait la caresser amoureusement de ses rayons bleus et pâles. Rien de gracieux et de mélancolique comme ce tableau. Je croyais voir parfois la Diane antique sommeiller avec l'astre des nuits brillant à son front.

J'étais toujours à genoux et le visage tourné vers elle. Les coudes appuyés sur la banquette, la tête soutenue entre les deux mains, je regardais.

Roméo avait promené pendant longtemps ses yeux inquiets et surpris de l'un à l'autre de ces deux compagnons de voyage, puis enfin il s'était étendu sans gêne en usurpant ma place, et venait de s'endormir à son tour.

Moi seul je veillais dans le coupé de la diligence.

Je veillais sans une pensée, sans un désir, mais certes plus heureux cent fois que je ne le fus jamais. Que m'importaient mes sens. Que m'importait mon cœur lui-même? Je ne le sentais plus battre, je n'éprouvais plus rien de perceptible... Mon âme tout entière venait de passer dans mes yeux!...

Si cela eût duré plus longtemps, je serais devenu fou, mais fou de cet amour étrange, dont Pygmalion éperdu se mourait devant la statue de Galathée.

Oh!... pourquoi donc la folie ne s'est-elle pas emparé cette nuit-là, de ma pauvre tête!... La folie, cette fée, la plus généreuse de toutes les fées, celle qui verse sans cesse à ses élus, ainsi que d'une corbeille toujours pleine de fleurs, les illusions et l'oubli!...

Malheureusement les nuits ne règnent au printemps que quelques heures fugitives et rapides... Bientôt l'atmosphère bleue se rosa, puis rougit... Un nouveau jour allait commencer.

Je repoussai doucement Roméo, et je repris ma place sur la banquette, en regrettant à part moi que la nuit eût passé si vite!

Mariette éveillée ne m'appartenait plus, comme venait de m'appartenir Mariette endormie!

Je l'enveloppai tout entière d'un regard triste et navré ; d'un de ces regards d'adieu superbe dont l'exilé salue au sommet de la première colline étrangère la patrie perdue qui va disparaître à ses yeux pour toujours!...

Puis, je regardai le ciel en murmurant à voix basse :

— Mon Dieu ! pourquoi donc avez-vous pas permis que Mariette m'ait rencontré sur son chemin de jeune fille?... Pourquoi n'avez-vous pas voulu qu'elle m'aimât de son premier amour?... O mon Dieu !... nous eussions été si heureux !...

Mais en ce moment, et comme j'essuyais deux larmes roulées sur mes joues, j'aperçus au fond du ciel une étoile retardataire, qui scintillait encore d'une lumière pâlie et presque blanche. La foi naïve de Mariette me revint en souvenir, une vague espérance sourit à ma pensée, et je me surpris à soupirer d'un ton de prière :

— Peut-être Dieu me donnera-t-il là-haut la réalité de mes rêves d'ici-bas !... Peut-être nous garde-t-il dans cette étoile un nid commun de lumière où nous trouverons tous deux l'amour et le bonheur.

CHAPITRE XVII.

Mariette s'éveilla souriante et joyeuse, comme une fauvette qui trouve au matin la porte de sa cage entr'ouverte.

De son premier regard, elle avait cherché autour d'elle. Rose n'était pas là.

Il n'y avait à ses côtés que Roméo et moi, deux figures bienveillantes et amies.

Moi, je saluais son réveil avec de bonnes et douces paro-

les; Roméo lui léchait les mains en agitant les longs poils blancs de son soyeux panache.

La diligence galopait dans une plaine verdoyante et tout humide encore de la rosée de la nuit. Le soleil surgissait derrière la chaîne ruisselante et dorée des montagnes auvergnates; mille rayons à peine éveillés couraient follement par les campagnes. Tout était fraîcheur, calme et parfum. Tout semblait à cette aube matinale fêter le premier regard de la voyageuse étonnée!

Nous traversions des villages, dont s'ouvraient seulement les portes paresseuses ; et des jeunes paysans limousins venaient en se frottant les yeux nous offrir des lilas et des fraises, où perlait l'eau du ciel.

C'était une matinée ravissante et qui rajeunissait le cœur. Mariette en ressentait la douce influence. Elle était d'une gaîté, d'une innocence juvéniles. Elle désirait marcher et courir. Elle chantait et dansait sur la banquette. Elle jouait avec Roméo. Elle avait mille impatiences et mille caprices. Ce n'était plus une femme, plus même une jeune fille, c'était un enfant heureux et tapageur...

Mariette me semblait ainsi plus charmante encore que jamais.

— Oh ! s'écria-t-elle en me montrant tout à coup le sommet d'un coteau, je voudrais bien avoir de ces belles cerises qui pendent à ces arbres verts ainsi que des girandoles de corail.

Un désir de Mariette était plus qu'un ordre pour moi, et je sautai de la voiture aussi rapide qu'un caillou lancé par une fronde tournoyante.

La folle enfant touchait de ses petits pieds en même temps que moi le sable de la route.

Je jetai un cri avec l'émotion d'une mère qui tremble pour sa fille imprudente.

J'avais si grande peur que Mariette ne se fût blessé ses pieds chéris !

Mais non, elle riait d'un rire espiègle et mutin. Elle ne s'était fait aucun mal.

Un heureux hasard avait voulu que la diligence s'arrêtât à l'instant même où nous avions sauté tous deux. On était arrivé au bas de la côte.

Je respirai, souris à mon tour, puis je repris ma course vers les cerisiers.

Deux minutes après, je redescendais la colline en agitant les mains en signe de triomphe. Au dessous de ces mains-là se balançaient dix bouquets de superbes cerises, campés gaillardement à califourchon sur chacun de mes doigts étendus. Hélas! Mariette ne répondit plus à mon sourire... Rose cheminait à côté d'elle, et cette infernale fille venait de s'écrier de sa voix aigre et méchante :

— Ah ! vous ne seriez pas si contente, si *Monsieur* pouvait savoir tout cela?

Mariette était devenue plus rouge que les cerises que je lui présentais.

Pauvre Mariette !...

Moi, j'avais pâli.

. . . .

Il faut avoir vécu dans un certain monde, lequel a ses mystères et son vocabulaire particuliers, pour savoir ce que signifie ce mot là : *Monsieur*... Jamais il n'est suivi d'un nom de famille ou même de baptême; car il forme à lui seul un sens significatif et complet. Ceux qui connaissent le monde dont je parle ont déjà compris... quant aux autres, ma plume se refuse à s'expliquer davantage ; je me bornerai seulement à leur dire que ce mot là, *Monsieur*... bien des fronts de femmes l'eussent entendu sans rougir ; mais, que pour Mariette, il y avait quelque chose d'affreux et d'humiliant à le subir devant moi.

C'était l'affront infligé au forçat inconnu, et dont une main ennemie découvre tout à coup l'épaule au milieu d'une

foule, où s'abritaient son repentir sincère et son malheur
ignoré !. . . . .

. . . .
Mais Mariette était placée entre son bon et son mauvais
ange ;... je jouais vis-à-vis d'elle le rôle d'Ariel, et je m'empressai de verser ma goutte de baume sur la plaie saignante
encore sous l'ongle maudit de Caliban !

— Je ne pense pas, répondis-je de l'air le plus candide
du monde, que Monsieur votre père ait lieu de vous en
vouloir pour cette innocente trinité de fruits vermeils !

— Merci ! s'écria Mariette avec un regard que je n'oublierai jamais.

Mais ce regard-là s'adressait certes plus à mes paroles
qu'à mes cerises. . . . .

. . . .
Rose Borgia, la vipère au double venin, avait plus cruellement réussi cette fois qu'avec Roméo.

Le coup, quoique paré, n'en avait pas moins fait de terribles ravages dans le cœur de Mariette.

Tout le bonheur si joyeux de la pauvre fille s'était évanoui... Son réveil si riant venait de se flétrir, empoisonné !

Elle cherchait néanmoins à me cacher sa douleur, elle
s'efforçait de sourire toujours, mais son sourire navré me
faisait plus de mal que ne m'en eussent causé des larmes. Il
y avait tant d'amertume dans cette joie factice et contrainte !...

Et la nature brillait plus fraîche et plus gracieuse autour
de nous ! Elle attifait sa fraîche toilette matinale de parfums,
de rayons et de folles brises !...

La diligence cotoyait les bords enchantés de la Vienne,
où les villages se cachent tous au milieu des bouquets d'arbres, avec la timidité modeste des violettes blotties sous les
gazons.

Mais en vain je faisais remarquer à ma compagne de
voyage toutes ces beautés éparses et riantes, en vain je m'é-
vertuais à étourdir sa tristesse au bruit de mes paroles, je
ne pouvais ramener sur son visage assombri cette expression si heureuse, si enfantine, dont le premier regard du
jour avait fleuri son réveil.

Les divers aspects de ce paysage calme et paisible touchaient encore le cœur de Mariette, mais ses émotions n'é-
taient plus celles de la matinée... Elle semblait bercer ses sens
dans une mélancolie amère et presque douloureuse. Plus de
joies expansives et bruyantes ; elles avaient fui la physionomie de la voyageuse attristée, en même temps que la rosée
disparaissait des prairies limousines... Les perles s'étaient
envolées avec les sourires !...

Maudite Rose !...

Maintenant Mariette souffrait et craignait de montrer sa
souffrance... Elle détournait de moi son visage, dont la vue
m'eût dit tous les secrets... A peine pouvais-je entrevoir ses
yeux noirs, qui paraissaient absorbés dans une contemplation morne et muette.

La rapidité de la course déroulait des deux côtés de la
route mille retraites solitaires et silencieuses, comme les sa-
vannes chantées par Châteaubriand. J'étais heureux de les
voir ; mais leur aspect faisait mal à Mariette. Elle les regardait d'un air d'envie !...

Tout à coup je la surpris à s'écrier :

— O paradis perdu pour moi !... Que ne puis-je vivre et
mourir, obscure et oubliée, derrière un de ces rideaux de
saules endormis au bord de l'eau !...

— Que dites-vous ? répondis-je aussitôt... Et la gloire, et
les succès, les bravos et les couronnes ! La vie d'artiste, ces
chants de l'orchestre à l'éclat resplendissant des lumières !...
Ingrate ! vous parlez de nous fuir, et nous semons sous vos
pas en toutes saisons les fleurs dont le seul printemps ta-
pisse le nid des rossignols !...

Et je continuai de la sorte ces mièvreries à la Dorat.

En ce moment la diligence traversait un petit hameau des
environs de Limoges, et sur la place de l'église retentissaient
au milieu de la fusillade les cris des paysans et le violon ai-
grelet du ménétrier.

Une noce sortait de la porte vermoulue de la pauvre cathédrale, au clocheton d'ardoises qui semblaient le toit d'un
pigeonnier.

La mariée marchait la première, les yeux baissés et le visage aussi rouge sous son voile blanc qu'une pomme d'api
dans la neige. Sur le seuil la vieille mère vint embrasser le
front de la jeune fille, au risque de déranger l'équilibre coquet de la couronne de fleurs d'oranger.

Tout le village poussa des cris joyeux.

Mariette regardait cette scène simple et touchante. Moi, je
poursuivais en célébrant les splendeurs du théâtre, et je disais à l'artiste :

— Comment pouvez-vous dédaigner cette vie si belle ?...
Oh! non, car la bonheur est là !

A ces mots, Mariette saisit ma main qu'elle serra convulsivement dans la sienne, et me montrant d'un regard qui
fut un éclair la mariée villageoise, elle s'écria d'un accent
parti de son cœur :

— Le bonheur, le voilà !

Je fis un mouvement de surprise.

Aussitôt Mariette lâcha ma main et détourna vivement la
tête.

Mais il était déjà trop tard.

J'avais entrevu deux larmes rouler sur les joues frémissantes de la pauvre fille !

CHAPITRE XVIII.

Il y a dans le souvenir d'un bonheur passé une jouissance
plus douce et plus charmante encore que dans ce bonheur
lui-même.

Oh !... oui... cela est bien vrai... j'en atteste les effluves
de félicité qui me caressent et m'enivrent le cœur à chaque
ligne que trace ma main !...

Et quiconque poserait une minute le doigt incrédule de
Thomas sur ma poitrine ne douterait plus du charme et de
la puissance des souvenirs !...

J'ai été si heureux pendant les trois rapides jours de ce
voyage, si souvent, hélas !... regrettés depuis !...

Pauvre et cher coupé, qui fut pour moi, durant soixante-
douze heures, une maison, une cabane, une tente, où j'habitais séparé du reste des hommes, où j'habitais avec Roméo, avec Mariette, les deux seuls êtres qui m'aient aimé
sur cette terre !...

Je te revois... là... devant mes yeux... sous mes pieds...
sur ma tête... tout autour de moi... Voilà bien ton drap
bleu et passé... tes stores rouges et déteints... tes vitres
bruyantes et poudreuses... et ta portière amie qui ne pourrait plus s'entr'ouvrir se refermer que sur moi seul !...

Oh !... du moins, si cette joie m'était encore permise !...
si je savais où te retrouver !... S'il me devenait possible de
remonter ton marche-pied... de m'asseoir sur le coussin où
je croirais revoir Mariette... de m'isoler entre tes portières
closes et tes stores baissés comme des paupières endormies... de passer une heure, une heure seulement avec
mes rêveries, mes pensées et mes souvenirs !...

Mais... non !... . . . .

Où es-tu maintenant ?...

Brisé, détruit, dispersé sans doute...

Ou, du moins, si changé que je pourrais à peine te reconnaître...

Le temps, le caprice, la mode t'ont revêtu d'une robe
neuve... Ils ont tout bouleversé, tout mis en pièces, tout
jeté au vent !...

Les impies !...

Ce ne seraient plus le même drap bleu, plus le même calicot rouge... Ce ne serait plus rien de ce qui nous enveloppait tous les trois, il y a dix années...

Tout passe et disparaît... les hommes et les choses !...

Je ne te reverrai plus qu'en songe, comme je te revois à cette heure...

Et je souffre, et j'hésite, car il me faut te quitter... toi !... toi, où je voudrais passer la plus belle moitié du temps qui me reste à vivre... le temps où l'on dort et le temps où l'on rêve...

Mais je le dois...

Car je me suis promis d'écrire l'histoire de Mariette, et j'entends là, tout près, derrière moi, dans les autres compartimens de la diligence, des personnages qui devaient jouer, plus tard, de grands rôles dans le drame terrible de sa vie...

Adieu donc !...

Cela coûte bien à mon cœur et à ma plume, va !...

Il le faut cependant... Adieu...

Ou plutôt... non... je reviens tout à l'heure... au revoir... à bientôt !... . . . .

Je viens de le dire, tous les voyageurs qui faisaient route avec nous devaient exercer une influence quelconque sur la destinée de Mariette.

Et que l'on ne cherche pas dans ce rapprochement, invraisemblable peut-être, mais vrai, je l'affirme, une ressource vulgaire de romancier aux abois ?...

Voyez la vie ?...

Tout semble tourner dans des cercles invincibles, tout semble groupé par des attractions étranges ?...

Quittez un amour, une amitié, une camaraderie, vous n'aurez pas fait cent pas dans une direction nouvelle, qu'il surviendra un incident; une rencontre, une tendance de cœur ou de fortune, qui vous ramènera malgré vous et à votre insu dans la phalange quittée, dans le cercle où votre destin est de graviter incessamment jusqu'à l'heure de la mort...

On accuse le hasard...

Peut-être est-ce la main invisible de Dieu qui dispose et régit ces hasards providentiels...

Fourrier, un grand poète encore incompris, a bâti sur ce système tout un monde, hélas ! trop beau pour être jamais possible !

Je suis loin de me croire un philosophe, ni même un phalanstérien, mais j'ai pensé souvent que le fatalisme avait raison, et qu'il était pour les hommes des séries de rotation comme pour les planètes.

Mais hâtons-nous de laisser ces questions plus profondes que les précipices où l'on ose à peine jeter un regard que la vertige raoit aussitôt ?

Et que le lecteur veuille bien passer avec moi, pour un instant, dans l'intérieur de la diligence ?

. . . .

On vient de quitter Toulouse.

Trois places seulement sont occupées.

Rose, à demi-couchée sur la banquette de devant, dérobe sa méchante grimace dans l'angle le plus obscur. Sa tête retombe sur sa poitrine, et l'on ne peut distinguer que ses petits yeux gris, qui luisent entre ses paupières presque closes ainsi que des yeux de hyène enfermée dans une cage de fer.

Elle enrage, elle médite sa vengeance sur Roméo.

En face d'elle, deux hommes sont assis.

Un seul regard suffit pour reconnaître le maître et le serviteur.

Ce dernier, cependant, ne porte aucune livrée.

Mais il révèle sa condition par ses allures humbles, obsé-

quieuses et serviles. Son visage en dit plus cent fois qu'un habit galonné sur toutes les coutures.

La domesticité imprime aux hommes comme aux animaux un masque qui ne peut plus disparaître. Le chien et le valet de la même maison se ressemblent toujours.

Ces deux hommes sont étrangers, Anglais ; et le serviteur répond au nom de Tom.

Rien de particulier chez lui.

C'est un laquais... voilà tout...

Le maître, grand, maigre, raide, chauve et gourmé, représente le type le plus complet de laideur et de prétention anglaises.

Rien n'y manque, ni l'œil hébété, ni le favori roux, ni la lèvre pendante au bas d'une mâchoire béante et pittoresque.

Il paraît souffrir de quelque mal horrible et secret, qui arrache parfois une douloureuse grimace à son visage pâle et livide, et des tressaillemens nerveux à son corps efflanqué qui lutte et se tord sur la banquette.

Alors il prononce quelques mots anglais qui ressemblent fort à des jurons énergiques; et le serviteur entr'ouvre un nécessaire de voyage entièrement garni de petites fioles de diverses grandeurs.

Le maître boit, et bientôt le malade et la douleur se rendorment ensemble.

Rose observe les deux étrangers.

Ils parlent un langage qu'elle ne peut comprendre, mais où elle saisit ce mot français plusieurs fois répété :

— Montpellier !

C'est une bien faible pâture pour les appétits curieux d'une femme de chambre, et les yeux cherchent à deviner à défaut des oreilles.

Or, tant que le gentleman avait les yeux ouverts, le valet paraissait attentif, empressé, souriant ; mais cette physionomie compatissante subissait une complète métamorphose aussitôt que le malade ne pouvait plus l'apercevoir.

Le dégoût et la haine remplaçaient sournoisement le dévoûment et la pitié ; puis arrivait une grimace, sœur des grimaces de Rose, et le tartufe d'antichambre, de plus en plus rassuré, terminait sa pantomime par quelque geste ignoble et menaçant.

Dans un de ces momens-là, les deux domestiques échangèrent un sourire.

Le mâle et la femelle venaient de se comprendre.

Cependant pas un mot de français ne sortait des lèvres simianes de Tom, et Rose en savait autant qu'elle en pouvait savoir.

Alors elle laissa tomber de nouveau la tête sur sa poitrine, et se remit à secréter son venin en silence.

Les choses allèrent ainsi jusqu'à Montauban.

On connaît déjà la scène de la boulette homicide, l'avertissement que je jetai à l'oreille de Rose, et le regard plein d'insolence qui me répondit.

Mais à peine eut-elle retourné sa tête altière pour monter en voiture, qu'elle fit un brusque geste de surprise et s'élança aussitôt dans l'intérieur.

Une nouvelle place était occupée.

Et deux cris se mêlèrent au bruit de la porte refermée par le conducteur.

— Mademoiselle Rose !... disait une voix pâteuse et sorore.

— Mme Debanne !... disait Rose.

CHAPITRE XIX.

La nouvelle voyageuse était un des types les plus ignobles où puisse descendre une fille d'Eve.

Figurez-vous une grosse et puissante créature, dont l'abdomen et la poitrine, séparés par une ligne confuse au fond

de laquelle on soupçonnait la ceinture, semblaient deux ou-
tres à moitié vides et superposées par leurs rotondités flas-
ques et mouvantes ; son visage boursouflé vers les joues et
vers le menton à triple étage n'offrait aucune de ces couleurs qui s'épanouissent au teint des femmes grasses ; mais,
par un contraste étrange, présentait aux regards surpris une
peau jaunâtre et livide, qui, vue de profil, semblait recou-
verte de cette espèce de duvet incolore, de ce velours hideux
dont on trouve le tissu sur le dos des champignons de la race
la plus vénéneuse.

Rien de repoussant comme l'alliance dissonnante de cet
embonpoint avec cette pâleur à peine rompue par quelques
fibrilles sanguines, qui formaient deux taches singulières
vers les pommettes.

La bouche amère et cynique avait la teinte particulière
aux lèvres blanchies par le contact du vinaigre... Les cils et
les sourcils étaient roussâtres... la chevelure rare et d'un
blond comme déteint... Quant aux yeux, les chattes seules
en ont de semblables à ces yeux-là !...

Tout cela n'est rien cependant, et les mains de cette créature inspiraient plus d'horreur encore que tout le reste de
sa personne.

C'étaient des mains larges, plantureuses, épatées, couvertes de rides, et blanchâtres comme son visage... des mains
dont les gros doigts carrés s'élargissaient vers le bout en débordant les ongles aplatis en forme de spatules... des
mains à ne plus rencontrer nulle autre part les pareilles...
ou plutôt des pattes... des pattes de reptile... de crapaud...
oui, de crapaud... c'est bien cela... sous tous les rapports
même, et l'on se sentait frissonner à l'aspect de Mme Debanne comme à l'aspect de cet animal immonde et révoltant !...

Elle était mise avec une richesse de parvenue... avec un
goût déplorable : robe de satin noir à brandebourgs, cachemire rouge, chapeau d'un bleu voyant, chaîne de montre
d'une largeur de ruban, et qui venait se perdre dans les régions incertaines et flottantes de la taille ; enfin, à tous les
doigts des bagues à grosses pierreries.

Par exemple, comment s'y prenait-elle pour les mettre ?
Je l'ignore... ses doigts étaient plus larges à leur extrémité
qu'à leur base !...

Telle était Mme Debanne.

On rencontre de ces types-là dans les dernières fanges du
vice, et l'on se recule épouvanté !... Mais l'impression est
cent fois plus pénible, cent fois plus cruelle, lorsque de semblables créatures se prélassent dans toute l'insolence du luxe
et du succès.

Rose et Mme Debanne causaient ensemble depuis une
heure déjà.

— Mariette est là, disait Rose.

— Je l'ai vue, répondit la Debanne ; ainsi que son compagnon, un amant, sans doute ?

— Non, non, elle est toujours avec Monsieur...

— Ah bah !... et je vous trouve... vous, dans l'intérieur...
et elle dans le coupé, en tête-à-tête avec un jeune homme...
Je n'y comprends plus rien alors... Il n'est donc plus jaloux ?

— Plus que jamais !... Nous allons le rejoindre à Paris,
et si les choses se passent ainsi durant le voyage, il n'y a
pas de ma faute, allez ! soyez tranquille, je veille au grain,
mais on me le paiera !...

— Contez-moi donc tout cela, ma petite ?

Et Rose versa dans le sein de son amie toute la bile amas-
sée depuis le commencement du voyage.

— Allons... allons donc, enfant ! — reprit Mme Debanne. — Voulez-vous bien ne pas vous chagriner pour de semblables misères... Il y a là dedans de quoi faire un gros rapport qui vous vaudra quelque bonne étrenne... Je connais
ça, moi... Eh ! eh !... l'argent... c'est tout !...

Rose ne répondit pas d'une manière directe à cette affreuse vérité... Elle examinait sa compagne en silence, et flairait, pour ainsi dire, la richesse qui s'émanait de ce gros
corps tout couvert de satin, de cachemire et d'or.

— Du reste... dit-elle d'une voix câline et flatteuse... je
suis contente de tout cela maintenant, puisque j'ai le plaisir
de me trouver en votre compagnie...

— A la bonne heure !.. ricana la Debanne... Vous voilà
toute raisonnable et charmante... et... là... franchement...
je ne suis pas fâchée non plus de la rencontre... Vous êtes
une fille de sens et d'esprit...

— Oh ! oh ! minauda Rose.

— Pas de fausse modestie, ma chère !.. Nous nous sommes vues à l'œuvre... et, comme dit le vieux proverbe, à
l'œuvre on connaît l'ouvrier... J'aime les gens comme vous,
moi... Et nous avons tout le temps de causer à notre aise.

— Vous allez jusqu'à Paris ? demanda la soubrette.

— Sans doute, ma petite. J'ai quitté le théâtre et la province... Je n'étais pas faite pour cela... Les femmes de ma
trempe ne doivent vivre qu'à Paris... C'est là mon élément,
et je m'y suis fixée pour toujours...

— Je vous en félicite du fond du cœur.... mais.... pardon... je suis peut-être indiscrète... Que faites-vous maintenant ?

— Du commerce, ma chère. Je tiens la parfumerie.

— En boutique ?

— Allons donc !

— En chambre alors ?

— En appartement, ma toute belle... et un appartement
un peu soigné, je m'en vante !.. Vous verrez cela... vous
verrez cela... Car il faudra venir me voir, n'est-ce pas ?..

— Bien volontiers. Mais, à mon tour, je n'y comprends
plus rien. Il y a tant de changement...

— Oh ! que oui, interrompit avec fierté la Debanne...
Je me suis engraissée, élargie, arrondie de toutes les manières... et crânement, et vite encore ; car voilà tout au plus
trois années que nous nous sommes connues.

— Oui... à Toulon.

— C'est cela... j'étais alors une pauvre comédienne de
province... sans place parfois, sifflée souvent, pauvre toujours... On me trouvait trop maigre pour mon emploi de
duègne ce temps-là. Maintenant... Eh ! eh ! eh !

Rose se mit à rire à son tour.

— Voyez-vous ! reprit la Debanne, les femmes sont toutes
de grandes sottes, et je l'ai été jusqu'à mes jusqu'à quarante ans.
J'en ris quand j'y pense ; s'être laissé flouer
par des sornettes d'amour et de dévoûment ; s'être tué la jeunesse, le corps et l'âme pour des monstres d'hommes, des
rien-du-tout, des cabotins ! Si ça ne fait pas pitié ! Enfin,
j'ai vu clair dans la vie. Il était temps, ma foi ! Je marchais
déjà sur le grand chemin de l'hôpital. Heureusement j'ai
compris un beau jour... le plus beau de tous mes jours...
j'ai compris que l'amour n'était rien, et que l'argent était
tout, que c'est folie et stupidité de donner gratis ce qui
peut se vendre si cher ! Par exemple, il était trop tard.

— Trop tard ?

— Oui, parbleu, trop tard pour faire mes propres affaires, mais non pas pour faire les affaires des autres. Eh ! eh !
eh !

— Prenez garde ! s'écria Rose avec épouvante, on pourrait nous entendre.

— Et qui ça ? répartit la Debanne sans baisser le diapazon de sa voix.

— Ces messieurs.

— Ah bah ! des étrangers... des Anglais... ça ne parle ni
n'entend la langue française.

— C'est égal... je...

— D'ailleurs... regardez-les, ils dorment.

En effet, le maître et le domestique semblaient sommeiller profondément.

Mais le valet avait entr'ouvert un tantinet son œil gauche aux dernières paroles de la Debanne.

Elle poursuivit donc sans se douter le moins du monde qu'on l'écoutât.

— C'est alors que nous nous sommes rencontrées à Marseille, eh! eh! la bonne aubaine, surtout pour un coup d'essai. Le Monsieur a bien fait les choses... Dix mille francs pour nous deux, cinq pour chacune. Allons, petite sotte, il ne faut pas rougir pour ça!

— Mais je ne rougis pas, s'écria Rose avec l'orgueil triomphant du vice.

— Je ne vous en veux pas, continua l'horrible femme en prenant une des mains de sa complice dans ses deux énormes mains. Je comprends ça, moi. Eh! mon Dieu, dans ce temps-là, il y a trois ans, je n'étais pas encore ferrée à glace comme je le suis maintenant, et lors du désespoir de Mariette, lorsqu'elle voulut se tuer au réveil, lorsqu'elle s'arrachait les cheveux en nous maudissant, je me suis senti remuer quelque chose dans la poitrine... un débris de conscience... un petit restant de cœur, quoi!... Mais maintenant... nini, fini... plus rien,.. démoli à perpétuité... enfoncé toutes ces vieilles rangaines-là... Faut être riche, faut faire sa pelotte, et j'ai trouvé le joint. Voilà!

La camériste alléchée se rapprocha de la Debanne qui disait:

— Ce qui ne m'empêche pas de vouloir du bien à Mariette, et de faire s'il le fallait pour elle ce que je ne ferais pour aucune autre. Dam! nous lui avons brisé sa vie à cette pauvre fille, nous lui avons cassé son bonheur en deux, pour en mettre chacune un morceau dans notre poche. Elle n'était pas faite pour cette vie-là, elle! Etre une honnête femme, soigner un mari et des montards, c'eût été son lot. Enfin, n'en parlons plus. J'espère qu'elle a pris son parti en brave, et qu'elle ne s'avise plus de se tuer maintenant... hein?

Rose secoua la tête et répondit par un hideux sourire de mépris.

— Comment!... s'écria la Debanne.

— C'est une bégueule... fit Rose.

— Elle n'est pas heureuse?

— Non.

— Elle souffre encore?

— Oui.

— Elle pleure toujours?

— Toujours.

— Alors, c'est qu'elle ne l'aime pas?

— Oh! pour ça... oui!

— Alors qu'elle en change.

— Elle ne le peut pas!... affirma Rose avec autorité.

— Pourquoi donc ça? lui demanda sa curieuse complice.

— Pour bien des choses.

— Et lesquelles?

— Je vous dirai cela à Paris.

— Dites tout de suite.

— Non, plus tard.

— Je vous en prie.

— C'est un grand secret, voyez-vous, et il y a trop d'oreilles ici; plus tard ou chez vous.

— Allons... puisque vous le voulez... à Paris... Mais ce n'est pas bien de faire des cachoteries... entre amies.

— Je vous jure que vous saurez tout... mais pas ici.

— Je retiens votre promesse... Je suis curieuse comme un commissaire de police... Et pourtant, je vois bien que c'est... allez.

— Quoi donc? demanda la soubrette avec effroi.

— Oh! oh! je les connais tous ces beaux messieurs dorés, et je sais que souvent tout ce qui reluit n'est pas or. Celui-là, par exemple, je vois plus clair que lui-même dans

ses affaires! Un joueur, un vaniteux, qui jette l'argent par la fenêtre. Et cela va vite avec les femmes, les chevaux et le lansquenet. Il était presque ruiné l'année dernière, et peut-être l'est-il tout à fait cette année... hein, c'est cela, n'est-ce pas?

— Non, non. Il est possible que sa fortune soit en mauvais état, je ne dis pas non; mais sa ruine intéresserait fort peu Mariette. Elle gagne assez avec sa voix pour n'avoir besoin de personne.

— C'est juste. Alors...

Et la Debanne fouillait dans sa fertile cervelle.

— Je vous en prie, dit Rose, ne chercher pas à savoir la vérité maintenant.

— Allons, soit; mais vous avez beau dire: Mariette gagne de l'argent, elle n'a besoin de personne... Ta, ta, ta... la voix se perd, on ne sait pas ce qui peut arriver. Enfin, si jamais... vous comprenez, amenez-la chez moi, et je lui trouverai quelque chose de fameux, je ne vous dis que ça; car, je n'oublierai jamais que c'est à elle que je dois ma fortune.

— Comment donc?

— Eh! sans doute, A Toulon, parbleu, j'étais une piètre et piteuse duègne; 125 francs par mois... et pas payés. Etablissez-vous donc avec ça. Les cinq mille francs, ma chère, les cinq mille francs! Avec ces bon cinq mille francs, j'ai filé à Paris. C'est là seulement qu'il y a moyen de moyenner.

— Eh bien? demanda Rose avec avidité.

— Eh! bien!... J'ai regardé autour de moi... j'ai vu bien des petites femmes en équipage... et bien d'autres encore... à pied... dans la crotte... mais qui ne demandaient qu'à rouler en carrosse à leur tour... Bien... j'en connaissais des quantités... presque toutes les actrices secondaires d'abord... des anciennes camarades de province... Et puis, on fait si vite connaissance dans ce bon Paris... On se comprend si vite et si bien... entre femmes surtout... encore, mieux... Alors j'ai loué un appartement splendide... et je me suis établie marchande de parfumeries... Vous savez, la mendicité est défendue... Mais il y a des mendians qui se promènent sur les boulevarts avec des petites boîtes de sucre d'orge et de crayons-Conté... Personne n'achète ni les uns ni les autres... et la recette est bonne... Cependant... il ne faut pas croire par là que ma marchandise soit mauvaise et que je ne vende rien... Au contraire... j'en fourre partout, dans les poches et dans les sacs... et je fais payer en conséquence les savons, les parfums et les essences... mais ce n'est là que le revers de ma double médaille.

— Et l'autre?

— Oh!... vous ne comprenez rien... mauvaise...

— Je vous jure...

— Eh! bien... voilà... La parfumerie a attiré chez moi une nuée de femmes charmantes, de ces petites femmes qui ont douze cents francs d'appointemens et des diamans aux oreilles, et même de celles qui ont des diamans partout et des appointemens nulle part... Voilà dans mes salons peuplés de jolies femmes... Or, les lèvres roses attirent les beaux et les riches messieurs, tout aussi bien que les cerises rouges attirent les moineaux du printemps... Et, j'en reçois chaque jour de toutes les couleurs, comtes, ducs, banquiers et gros fabricans; de toutes les nations, Anglais, Français, Turcs même, et des Russes donc?... Le Russe est très bien porté maintenant... Il est venu chez moi des ambassadeurs, des pairs de France, et même un ministre... Je ne vous dirai pas lequel, par exemple!... La discrétion, c'est ma vertu, une vertu qui rapporte... Je n'en connais pas d'autres... Et puis, par ci, par là, quelques petites femmes mariées qui daignent en secret me rendre une légère visite... Dam!... tout le monde a besoin de parfumerie... Enfin...

— Enfin!... répéta Rose.

— Enfin... conclut radieusement la Debanne, la morale de tout ceci, la voilà: il y a trois ans, je n'avais pas le sou...

Aujourd'hui je viens d'acheter deux maisons dans mon pays, et j'en fais bâtir une troisième à Paris dans un des plus riches quartiers... Ah !.. vous avez beau jouer la surprise, ouvrir de grands yeux. C'est comme j'ai l'honneur de vous le dire... Venez chez moi, et vous verrez comment cela se pratique, vous verrez...

— Prenez garde !... murmura Rose... les Anglais se réveillent.

— Qu'est-ce que cela fait, vous dis-je, ils ne comprennent rien aux beautés de la langue française.

. . . . , .

— Goddam! *I am suffering!* (1) s'écria tout à coup le maître.

A quoi le valet répondit avec un accent patelin tout à fa t en opposition avec les paroles.

— Crève donc vite, animal !... ou que le diable t'emporte !...

— Il parle français... fit Rose d'une voix stupéfaite et confuse.

Pour toute réponse le valet inclina la tête en souriant d'un air de malice et d'intelligence.

— Eh ! que m'importe ! reprit la Debanne avec un aplomb superbe... Pourquoi me cacher ? Je suis parfumeuse, je vends d'excellentes pommades, des cosmétiques superfins, des essences parfaites. Il vient très bonne compagnie chez moi, et tout le monde s'en retourne content, excepté..... Mais, dam ! ce sont les petits inconvéniens du commerce. Du reste, je cherche un expert afin de n'être plus trompé sur la qualité des marchandises. Quant aux domestiques, je récompense largement ceux qui m'amènent leurs maîtres. Retenez bien cela, ma petite, il y a de bonnes primes. Que Mariette vienne chez moi, et vous serez contente, ainsi que tous les valets, mâles et femelles, qui agiront de même. Je tiens aussi les cravates et la soierie... Mme Debanne, cité d'Antin, n° 57... A bon entendeur, salut !

Il se trouvait sans doute un bon entendeur en face de l'adroite parfumeuse, car le domestique, soi-disant anglais, cligna sournoisement des yeux en entendant l'adresse, et tira de sa poche un petit calepin sur lequel il écrivit quelques mots à la hâte.

Puis il se remit à soigner son maître, comme si rien ne se fût passé de nouveau.

CHAPITRE XX.

Comme la diligence allait repartir de Cahors, deux voitures arrivèrent toutes deux au galop, mais en sens inverse, savoir : la malle-poste, qui suivait la même route que nous, et un élégant équipage de campagne qui semblait venir de quelque château des environs.

Un jeune homme sauta rapidement à terre et s'avança vers la malle-poste.

Toutes les places étaient prises.

— Et dans la diligence ? demanda le voyageur visiblement contrarié.

— Deux places d'intérieur, répondit le conducteur en arrêtant les chevaux.

— D'intérieur ! fit le jeune homme. Diable !... enfin.

Et le conducteur ouvrit la portière.

Déjà le nouvel arrivant touchait le marchepied, lorsque tout à coup il jeta par hasard les yeux vers la rotonde, et resta aussitôt immobile, ravi et comme charmé par quelque apparition inattendue.

— Montez donc vite, cria le conducteur, la voiture part.

Et le jeune homme monta dans l'intérieur avec un soupir de regret.

(1) Je souffre.

— Monsieur Lucien de Varedde! s'écria la Debanne avec une surprise satisfaite.

— Vous le connaissez ? demanda Rose à voix basse.

— Tiens !... parbleu !... répliqua la parfumeuse sur le même ton, c'est une de mes meilleures pratiques.

— Ah ! fit la suivante.

Déjà la Debanne saluait Lucien de Varedde avec le plus gracieux de ses sourires.

Mais le jeune homme ne lui répondit que par une légère inclinaison de tête, tandis que se lisait sur son visage un sentiment de dégoût et de mépris.

La Debanne devint pourpre, par extraordinaire, et feignit de regarder vers la voûte pour dérober sa confusion à ses trois compagnons de voyage.

L'impassible Tom et la maligne Rose échangèrent un sourire de valets.

L'Anglais dormait.

Lucien de Varedde semblait plongé dans des réflexions douces et profondes.

C'était un jeune homme de vingt-cinq ans à peu près, pâle, brun, élégant, aristocratique; mais amer, triste, et déjà fané dans sa fleur, comme tous les enfans de ce siècle où l'on commence la vie de plaisir dès les premiers jours de l'adolescence.

Il semblait rêveur, impatient; et sitôt que la diligence eût ralenti sa course, au bas de la double côte du ravin où se cache Cahors, il s'élança sur la route et marcha jusqu'au sommet, les yeux ardemment fixés vers la portière postérieure de la rotonde.

La nuit commençait à venir.

La Debanne, également descendue de la voiture, gravissait la côte en s'appuyant sur le bras de la complaisante Rose, qui cherchait à l'égayer de son babil courtisan.

Mais la Debanne inattentive ne faisait attention qu'à Lucien de Varedde.

— Qu'a-t-il donc à regarder ainsi dans cette rotonde ? murmura-t-elle avec une curiosité haineuse.

Enfin, le dédaigneux jeune homme passa devant la diligence, et la Debanne, s'approchant à son tour de la portière de la Rotonde, regarda.

Mais, aussitôt, elle fit un geste involontaire de surprise et d'admiration.

— Quoi donc ?... demanda Rose.

— Rien ! fit la Debanne.

— Mais, vous avez tressailli ?..

— Rien, te dis-je ?...

— Cependant...

— Ah !... que veux-tu ?... j'ai mes secrets, comme tu as les tiens...

— Et vous me direz celui-là ?...

— Tout-à-l'heure...

— Tout-à-l'heure ?...

— Oui... quand tout le monde dormira... viens ?...

— Mais...

— Viens donc !

La diligence se remit en route avec tous ses voyageurs, et la nuit s'étendit dans le ciel avec toutes ses étoiles.

Le silence le plus profond régnait dans l'intérieur.

Les quatre voyageurs semblaient dormir.

Rose ne dormait pas cependant.

Vers minuit, elle poussa doucement le coude de sa compagne, en lui glissant à l'oreille :

— Eh bien ?

— Eh bien ! répondit la Debanne en bâillant à demi.

— Ils dorment, murmura Rose.

— Tous ?

— Oui.

— Es-tu certaine ?

— J'en réponds.

— Lucien aussi ?

— Comme les autres.

— Regarde.

Et Rose se pencha vers Lucien.

Puis, se redressant au bout de quelques secondes.

— Soyez sans crainte, dit-elle.

— C'est bien.

— Parlez...

— Oui.

— Eh bien ?

— Eh bien ! as-tu regardé dans la rotonde ?

— Oui; pourquoi ?

— Il y a deux jeunes filles charmantes...

— Je les connais.

— Toi ?..

— Moi.

— Qui sont-elles ?

— Les deux filles d'une choriste et d'un coryphée du théâtre de Toulouse.

— Ainsi, les deux autres voyageurs ?..

— Sont le père et la mère...

— La position de ces gens-là ?

— La misère la plus affreuse.

— Ah ! fit la Debanne avec joie, tandis que Rose poursuivait :

— Ils n'ont pas même dîné avec nous à Cahors !

— Pourquoi ?

— C'est qu'ils n'avaient pas le sou.

— Comment, c'est à ce point-là ?

— Ils arriveront à Paris sans un rouge liard et sans une loque de rechange, car j'ai vu la feuille du conducteur.

— Eh bien ?

— Ils n'ont donné que des arrhes, et leur unique malle restera en paiement desplacées.

— Tant mieux !... articula sourdement la Debanne avec une ivresse farouche.

— Pouvez-vous dire çà !... minauda Rose d'une voix scélérate. Vous, si bonne !...

— Oui... je suis bonne !... répondit l'affreuse créature sur le même ton d'ironie. Et la preuve, c'est que si ces pauvres gens ont besoin d'une cinquantaine d'écus, je les leur prêterai de grand cœur.

— Vous êtes une Providence.

— N'est-ce pas ?

— Sans doute, vous vous intéressez à cette malheureuse famille, et cela, sans la connaître.... c'est superbe !

— Tu me feras parler demain matin aux deux petites, puisque tu les connais.

— De grand cœur.

— Et tu ne t'en repentiras pas.

— Comment cela ?... demanda Rose avec une naïveté tellement naturelle, que la Debanne elle-même en fut là dupe.

Car elle lui caressa le menton, en murmurant de sa voix la plus gracieuse :

— Bêta ! va. Elles sont jeunes, jolies, fraîches.... et neuves....

Puis les deux complices se disposèrent au sommeil.

Mais la plus vieille eut un retour de crainte, et, se relevant tout à coup, elle demanda à la plus jeune :

— Tu es bien sûre que Lucien dormait, n'est-ce pas ?

— Très sûre.

— Songe donc que ce gaillard-là serait capable de me souffler mes deux colombes... Il dormait bien, pas vrai ?

— Il dormait.

Et les deux misérables s'abandonnèrent à ce sommeil profond qui ne berce que les tranquilles consciences.

. . . .

Mais Lucien ne dormait pas.

Non. Il avait entendu cet infâme complot, et murmurait à voix basse :

— Mon Dieu ! suffira-t-il d'un regard de ce démon pour perdre deux de tes anges ? Oh ! non... cela ne sera pas.

Et, toute la nuit, Lucien rêva qu'il protégeait les deux jeunes voyageuses de la mystérieuse rotonde, où nous allons jeter un regard à notre tour.

CHAPITRE XXI.

Rose ne se trompait pas.

Voilà ce qui se passait dans la rotonde.

Six personnes étaient entassées dans cette case étroite et poudreuse.

Monsieur Saint-Hyacinthe.

Madame Delancourt, *sa femme.*

Annette et Louise, leurs deux filles.

Un petit garçon de sept à huit ans tout au plus.

Enfin, Albert Atis, second amoureux du théâtre de Toulouse.

Saint-Hyacinthe, homme de soixante ans environ, était le type le plus complet du vieux comédien secondaire de province.

Grand, maigre, dégingandé ; la figure souriante, pittoresque et bouffonne ; la barbe entièrement rasée ainsi que les tempes et la lisière des cheveux, afin d'agrandir le front et de coiffer plus facilement toute espèce de perruques ; le teint jauni et bistré par l'application constante du rouge végétal, du blanc de césuse et de tous les autres ingrédiens dont se compose la boîte aux grimes ; la toilette un peu rapée, mal assortie, d'une mode ancienne, et révélant quelque achat d'occasion chez le fripier ; la chemise ornée d'un de de ces jabots qu'on ne porte plus ; enfin dans les allures, dans le costume et dans la physionomie, cette teinte générale de paresse joyeuse et d'insouciance philosophique qui semble, dans la misère, le reflet particulier des hommes de théâtre et de plaisir.

Il avait eu jadis de la voix et du talent, mais la prévoyance et la nécessité le contraignirent de bonne heure à accepter des emplois subalternes, et plus tard il ne s'était senti ni la volonté ni le courage nécessaires pour remonter au rang d'où le sort l'avait fait descendre. Faute de mieux, il se contenta de cette position, et depuis trente ans il jouait les quatrièmes basses dans l'opéra, les troisièmes pères dans le vaudeville, les accessoires dans la comédie, et tout ce dont on voulait l'affubler dans le mélodrame. Du reste, homme d'esprit parfois, honnête homme souvent, homme de ressources toujours, il avait vécu de la vie, si peu connue de cette grande famille des comédiens, où se rencontrent tant d'appelés, mais, hélas ! si peu d'élus...

Jamais on n'eût deviné chez Mme Delancourt une femme de théâtre.

Comment, en effet, supposer un semblable destin à cette bonne et grosse commère, un peu triste, un peu soucieuse, il est vrai, mais dont les soins du ménage semblaient seuls devoir causer la tristesse et les soucis... Il y avait en elle trop de bonhomie et trop peu de prétention même pour une simple choriste. Elle paraissait la cinquantaine ; sa toilette était celle d'une portière endimanchée, et cette brave femme mettait du rouge, des plumes, des paillettes, des robes à queue et des jupons courts... Le sort a d'étranges caprices !...

Quelques lignes suffiront à expliquer cette anomalie.

Madame Delancourt n'était pas l'épouse légitime de M. Saint-Hyacinthe...

Tous les deux étaient mariés, cependant...

Mais ensemble ?... Non...

Usage malheureusement trop commun dans les troupes

3

dramatiques de province, et même souvent dans celles de Paris... La vie de théâtre est si hasardeuse, si errante, si vagabonde... On se marie aujourd'hui... demain l'époux trouve un engagement au Nord, et la femme une place au Midi... Il faut se résigner à passer tout un an séparés l'un de l'autre... De là les conséquences... On contracte d'autres amitiés, d'autres habitudes... et souvent le jour de la réunion venue, on ne se cherche plus... on s'évite...

Voilà ce qui en était de l'association Delancourt et Saint-Hyacinthe.

Delancourt, un comédien de province, un assez mauvais sujet, le Lovelace du département, devint amoureux de Jeanne, jeune et jolie blanchisseuse, de je ne sais plus quelle petite bourgade lorraine, et lui proposa gaillardement de l'enlever à la première occasion... La pauvre et naïve fillette se fût laissé faire sans malice, mais la famille découvrit cette perfide intrigue, et parla de champ de mariage... Le séducteur allait s'esquiver, lorsque le mot de dot résonna tout à coup à son oreille affriandée par une semblable perspective... Il s'agissait d'une somme assez rondelette, et le mariage se fit dès le mois suivant à la satisfaction générale... Les nouveaux époux partirent. Jeanne était enchantée de son sort, et promenait ses joies et ses surprises par toutes les villes de ses excursions nouvelles... Delancourt la rendait heureuse, tout souriait au jeune ménage... Mais, hélas!... les choses changèrent bientôt de face... Le magot venait d'échapiller son dernier écu... la misère arrivait avec son infernal cortège... Delancourt s'impatientait d'une femme, incapable de gagner sa part dans le budget de chaque mois... Bientôt il y eut des reproches... des bouderies... des scènes cruelles... Jeanne pleura... Mais forte, courageuse, habituée au travail, elle résolut de n'être pas une charge à son mari... elle voulut suivre son exemple... jouer la comédie... Delancourt lui aida de ses conseils et de son appui... Vains efforts!... le théâtre était totalement antipathique avec la nature de Jeanne... elle ne se rebuta pas cependant... et souffrit en silence les sifflets et les huées du public de province... ce brutal et sot aristarque... Il avait pourtant raison cette fois; Mme Delancourt était souverainement ridicule et burlesque... Le travail au théâtre ne changèrent rien à cela, et, pour surcroît de malheur, elle perdit l'affection de son mari, blessé tout à la fois dans son amour-propre d'époux et de professeur... Enfin, après dix ans d'humiliations et de souffrances, elle se trouva seule et abandonnée dans un monde inconnu, incompatible avec elle... Delancourt décampa un beau matin, et changea de nom pour éviter toute recherche... Jeanne restait sans argent, sans ressource, mais la Providence lui envoya un sauveur, dans la personne de Saint-Hyacinthe...

Ce comédien Saint-Hyacinthe était précisément dans une situation tout à fait identique avec celle de Jeanne... Sa femme légitime venait de s'enfuir dans la compagnie d'un second ténor ravisseur... en laissant au logis conjugal une petite fille au berceau, seul et triste souvenir du bonheur passé.

Abandonnés, camarades et voisins, Jeanne et Saint-Hyacinthe se rapprochèrent par une sympathie commune, qui dérivait certes bien plus de la pitié que de l'amour.

Saint-Hyacinthe adorait son enfant, Jeanne le soigna et devint sa mère. En revanche le coryphée, plus sage et plus modeste que l'artiste, apprit les chœurs d'opéra à sa compatissante voisine, et lui donna ainsi un état paisible et sûr pour l'avenir.

Le temps calma de part et d'autre les chagrins de l'abandon... On se console, on s'entr'aida... Saint-Hyacinthe faisait admirablement la cuisine... Jeanne entretenait la garde-robe à l'aide de reprises miraculeuses... Ils demeuraient tous les deux sur le même carré, porte à porte. L'un était dépensier, l'autre économe. — On n'eut bientôt qu'une bourse... puis qu'une table... enfin qu'un lit... Et trois années

plus tard, Jeanne soignait deux enfans au lieu d'un. Telle est l'histoire intime de bien des ménages, où l'on ne trouve l'accord et le bonheur qu'à la seconde édition.

Depuis dix-huit années, Mme Delancourt et Saint-Hyacinthe vivaient ensemble, et bien rarement un nuage glissait le long des solives de la commune mansarde.

Une seule chose cependant soulevait entre eux de lointaines et légères disputes.

Saint-Hyacinthe s'imaginait, à tort peut-être, que Jeanne préférait ses propres enfans à sa Louise, sa Louise à lui tout seul, cette pauvre p'tite fille abandonnée par sa mère, la véritable Mme Saint-Hyacinthe.

Aussi, pour se venger, il affectait plus d'amoureuse tendresse pour Louise que pour Annette et pour Jean.

De là ces discussions sans cesse renaissantes, et que les deux époux qualifiaient de simples bisbilles aux heures festoyées des raccommodemens.

Pauvres et braves gens!... Ils s'entr'aimaient tous d'un même amour et d'un dévoûment semblable !

Et qui n'eût pas aimé les deux jeunes filles pour leur gentillesse, le petit garçon pour ses souffrances!...

Car il souffrait bien, Jean !...

Pâle, fiévreux, maladif, il paraissait à peine la moitié de son âge, et tout le monde lui donnait huit ans tout au plus, alors qu'il venait d'entrer dans la quatorzième printemps de sa vie, condamné dès le premier jour de la naissance...

Comment avait-il vécu jusque là ?

A force de soins et de veilles... par un de ces miracles dont les mères seules connaissent le secret.

Il se tenait à cette heure sur la banquette de derrière, étendu, couché, endormi entre Jeanne et Saint-Hyacinthe, qui lui faisaient tour à tour un oreiller de leurs genoux complaisans et de leurs poitrines attentives. Quelquefois même, l'un ou l'autre des deux époux le prenait entièrement dans ses bras, et l'homme y mettait autant de maternelle adresse que la femme.

Il y a d'adorables tendresses dans les ménages de comédiens pauvres.

Errans, isolés, bohémiens, concentrant toutes leurs affections dans le cercle de la famille, ils nourrissent au fond de leurs cœurs les instincts sublimes des oiseaux du ciel, qui gardent tour à tour le nid, où tout, jusqu'au moindre brin d'herbe, est l'ouvrage d'un double et mutuel amour.

Les autres hommes, distraits par les plaisirs et les ambitions de la fortune, sont d'un égoïsme révoltant à l'endroit de la paternité.

Ils donneront à leur enfant de l'or... plus tard... et voilà tout.

Le comédien pauvre n'a que la monnaie de son cœur...

Aussi, vous les verrez presque toujours égaler jusque dans les moindres détails le dévoûment féminin, de leur compagne jalouse; et les enfans du théâtre, les enfans de la balle, comme l'on dit, sont plus heureux et plus caressés dans leurs berceaux que tous les autres enfans.

Ils ont deux mères, eux !

Sur la banquette de devant, se tenait Albert Atis, assis entre Annette et Louise,

Louise était une brune et belle jeune fille de dix-sept ans, aux cheveux fins et cendrés, au front parlant et ouvert comme un livre sublime. Elle avait des yeux humides et pâles, des yeux noyés d'une douceur enchanteresse et qui semblait un voile étendu sur le foyer rêveur d'une ardente lumière ; car parfois il s'échappait de sa prunelle un peu verte des lueurs pleines de sentimens et de passions, ensevelies sans doute au plus profond de son âme. Ses lèvres et ses narines étaient deux nids roses et charmans d'idées tendres et de tristes sourires. Rien de gracieux et de pur comme l'ovale légèrement arrondi de son visage, satiné d'une carnation toute délicate et transparente. Ses épaules, splendidement développées, et sa taille, d'une finesse sans pareille, prêtaient des formes ravissantes à sa modeste robe d'indienne. Enfin, la petitesse de sa main blanche ne pouvait se comparer qu'à celle d'un de ses pieds d'enfant, entrevu sous les plis de sa ju..e, relevée par un hasard curieux jusqu'a sa cheville mignonne et rondelette.

Un peu plus d'embonpoint et de couleurs, Louise eût été le perfection même... C'était une suave et belle fleur, mais une fleur éclose loin du grand air et du grand soleil, à l'ombre de la souffrance et de la misère !...

Aussi elle semblait triste, amère et comme repliée sur elle, faute de pouvoir développer les trésors de son corps et de son âme dans toute leur richesse et leur sève...

Annette avait quinze ans à peine.

Elle ressemblait vaguement à sa sœur, mais ses yeux étaient d'un bleu vif et malin, ses cheveux frisottans d'un blond soyeux et doré. La nature l'avait créée un peu plus petite, mais aussi plus replète, plus ronde et plus colorée... Elle était d'un rose de camélia rose, et sa bouche fine et coquette réjouissait le regard par l'éclat inouï de ses deux lèvres brillantes, purpurines et légèrement renversées, comme celles des créoles pour courir au devant des baisers. Elle avait des fossettes partout, aux joues, au menton, et jusque sur son cou, on peut court peut-être, mais d'un modèle de chair admirable, et d'un reflet soyeux à rendre fou... Sa taille était mince, ses hanches arrondies, et déjà les deux galbes frémissans de sa gorge naissante jaillissaient fièrement sous son corsage rempli comme un verre qui déborde.

C'était encore un enfant...

Mais rien de gentil, de coquet, de printannier, de fripon comme cet enfant mutin, tapageur et bouclé !...

C'était la joie ; c'était le soleil de sa pauvre et chère famille !

. . . .

Cette famille venait de passer une année à Toulouse.

Aux nombreux emplois tenus par le père, à la place de choriste occupée par la mère, l'engagement du théâtre ajoutait encore quelques petits rôles remplis par les deux filles.

Pour tout cela Saint-Hyacinthe touchait 200 francs pa mois...

Tout est exploité de nos jours...

Quatre artistes, pris isolément, eussent obtenu le double...

Jamais un directeur n'engage toute une famille de comédiens sans faire payer bien cher à chacun de ses enfants le bonheur envié d'être tous ensemble !

C'est une taxe indirecte et honteuse !...

Combien d'artistes ont passé leur vie, seuls et tristes, pour être exemptés de cet impôt-là...

Encore si Saint-Hyacinthe eût exactement touché ces 200 francs, l'aisance et la tranquillité fussent devenus les fidèles pénates d'un si modeste ménage...

Mais... et ceci est une habitude, hélas ! trop commune pour que personne songe à s'en étonner... le théâtre avait fait trois fois banqueroute en douze mois.

Tant en chômage pendant les trois fermetures, qu'en appointemens sombrés dans les faillites, six mois étaient entièrement perdus... perdus sans retour...

De sorte, qu'au lieu de 2,400 francs, la famille Saint-Hyacinthe n'avait plus touché que 1,200 francs.

Juste la moitié du budget rêvé...

Jugez !...

Et cela est, je le répète, une règle presque générale... Sur les dix grandes entreprises dramatiques de la province française, la moitié fait au moins une faillite par an.

Cet état de chose dérive :

Du goût stupide, impitoyable et fantasque des parterres provinciaux, qui se font un jeu cruel de briser les artistes et les directions au gré de leur sottise, de leur caprice et de leur vanité.

De l'exigence irrésistible des premiers sujets de l'opéra, qui touchent dans quelques villes jusqu'à trente-six mille francs par an. Le ténor prélève à lui seul près du dixième de la recette.

Des conseils municipaux, qui par des clauses exorbitantes ne rendent les directions de leurs théâtres acceptables que pour les fripons et les imbéciles. Les imbéciles se ruinent souvent, les fripons s'enrichissent quelquefois, les comédiens sont victimes... toujours.

Enfin, et surtout... des législateurs passés et présens qui n'ont pas compris et ne comprennent pas encore que les comédiens de province forment une classe nombreuse dans la société ; et que leur existence et leurs intérêts doivent être garantis et sauvegardés tout aussi bien que les intérêts et l'existence des autres classes de citoyens.

On ne se doute pas du sort de l'abandon de cette grande famille livrée sans défense aucune à la rapine, à la misère, à la perte et à l'impossibilité du travail.

La province en jette six mille environ tous les ans dans Paris. Nulle autre part ils ne pourraient trouver d'engagemens.

On les regarde en riant, dresser leurs tentes d'un mois sous les arbres chauves du Palais-Royal.

On les voit arriver au printemps avec les hirondelles.

Ils repartent ensemble...

Et nul ne s'occupe plus du destin envolé des uns et des autres.

Personne ne sait... et ce livre sera un bon livre si je puis apprendre à quelques uns. . . . .

Saint-Hyacinthe n'avait donc touché que cent francs par mois pour nourrir et soigner toute sa famille.

Aussi le dernier jour de l'année, il ne resta rien... absolument rien pour le départ...

Il fallait partir cependant...

Le théâtre était fermé...

Pas de directeur !...

Saint-Hyacinthe se décida philosophiquement à attendre une semaine encore.

Au bout de cette semaine, deux concurrens se présentèrent pour la direction.

Un fripon et un imbécile... comme presque toujours. Saint-Hyacinthe espéra...

— Nous payât-on aussi mal que l'an dernier, disait-il, en se promenant sous les allées Lafayette, il y aurait encore de quoi manger à peu près pour toute ma famille... et peut-être empêcher mon pauvre petit Jean de mourir ?

Il y a en France six mille comédiens qui en sont réduits à calculer ainsi sur le salaire gagné par leur travail ?...

Les huit jours se passaient.

On allait choisir entre les deux candidats... entre le fripon et l'imbécile.

Peu importait aux comédiens, du reste.

Ils connaissaient le cahier des charges... et, d'une manière ou d'une autre, la perte était inévitable.

Un peu plus... un peu moins, voilà tout.

Et les conseillers municipaux, qui proposaient ces conditions désastreuses, en savaient aussi parfaitement les conséquences.

Alors ils eurent un remords de conscience ; et, pour parer au mal, exigèrent du directeur un cautionnement de trente mille francs.

Cette innovation devait sauver le théâtre et les comédiens.

Or, voilà ce qui se passa :

Le fripon n'avait pas d'argent et l'imbécile eut peur.

Les deux candidats se retirèrent.

Et le lendemain on afficha de nouveau la direction de Toulouse...

On donnait six semaines aux amateurs pour présenter leurs soumissions...

Plus, le temps de débattre et de choisir...

Cela faisait au moins trois mois à attendre.

— Il faut aller à Paris, s'écria Saint-Hyacinthe.

— Et comment ? observa Jeanne.

— On verra.

Quant aux édiles toulousains, ils se rengorgeaient orgueilleusement sur les chaises curules du Capitole.

CHAPITRE XXII.

C'était vers le soir de la première journée du voyage.

Le petit Jean sommeillait entre les bras de son père.

—Femme, murmura Saint-Hyacinthe à voix basse, prends donc l'enfant... je voudrais bien fumer un peu...

Et l'enfant passa doucement sur le sein maternel.

Saint-Hyacinthe fouilla longuement et à plusieurs reprises dans toutes les poches de ses vêtements.

— Allons!... bon!... s'écria-t-il enfin avec un désespoir presque comique. Allons!... bon!... je n'ai plus de tabac!...

— Il faut en acheter, mon ami, proposa Jeanne.

—En acheter... en acheter!... grommela le fumeur désappointé. Mais nous avons à peine de quoi acheter du pain pour le voyage. Tiens... malheureuse... voilà le fond du sac... Voilà le reste de nos écus... un... deux!... Et c'est tout !...

En effet, Saint-Hyacinthe montrait tristement deux pièces de cent sous dans sa main ouverte et crispée.

De l'autre il tenait sa pipe vide, hélas !...

Pour toute réponse, Jeanne leva ses yeux humides vers le ciel assombri.

— Je suis un misérable !... s'écria Saint-Hyacinthe. Fumer!... moi!... un père de famille!... Dépenser tant d'argent en plaisir nuisible et coupable... Oh !... pourquoi donc n'ai-je pas eu le courage de tenir le serment que je m'étais fait en arrivant à Toulouse... il y a un an?.. Lâche... va!... Sais-tu bien que depuis j'ai dépensé pour ce maudit tabac... au moins... cent écus... oui, cent écus!... Si nous les avions aujourd'hui !...

— Mais, mon pauvre ami, observa tendrement sa compagne, tu ne pouvais pas ainsi renoncer à une habitude de quarante ans !... Tu ne pouvais pas te sevrer à ton âge de la seule distraction... de la seule jouissance de ta vieillesse !...

— Si... je le pouvais... je le devais même !... Aussi maintenant... et tiens... pour en finir... voilà ma pipe... une fidèle amie à culotte noire que mes lèvres caressent depuis six mois... Eh bien !... à tous les diables !...

Et Saint-Hyacinthe leva le bras afin de jeter la pipe condamnée sur la route.

Mais Annette, placée vis-à-vis, arrêta la main destructive de son père.

— Veux-tu bien te taire !... fit-elle avec un ton charmant de gronderie enfantine... Ne fume plus... soit... Je ne puis pas te forcer... Mais je te défends de casser ta pipe. Je l'aime... et j'y tiens, moi... Il faut me la donner...

— Et pourquoi donc en faire ?

— Une relique... un souvenir... que sais-je ! Tu ne peux pas me refuser... puisque tu voulais la jeter à travers la portière !...

— Si fait.

— Je t'en prie !

— Non.

— Je le veux !...

Saint-Hyacinthe aurait eu beau vouloir, lui..., déjà la pipe venait de passer dans les mains alertes de l'enfant gâté, qui serrait précieusement la proscrite dans une des vastes poches de la diligence.

La mère récompensa sa fille avec un regard.

— Pauvres enfans !... soupirait le père. Qu'allez-vous devenir à Paris, si la Providence des comédiens ne nous réserve pas un bon engagement pour le jour même de notre arrivée... Et c'est bien peu probable... Il nous reste à peine de quoi suffire aux besoins de la route.

— Ah bah ! — répliqua la rieuse Annette — tout cela s'arrangera. Nous nous sommes trouvés dans des positions cent fois plus piteuses encore, et tu nous en as sortis.... Allons donc ! du courage et de l'espérance ! Le bon Dieu est bon... Il nous reste encore de quoi vivre demain.... et tu t'inquiètes... Allons donc !

— Folle !

— Est-ce le souper de ce soir qui te met martel en tête, économise-le, puisque tu veux faire des économies! Imite ton ancien camarade Rosambeau ; donne-nous à chacune deux sous à la condition de ne pas souper ce soir, et nous te rendrons ces deux sous-là pour déjeuner demain matin... C'est toujours un repas de gagné.

— Que dis-tu de cela, Louise ? demanda le vieux comédien qui ne put s'empêcher de sourire.

— Moi, mon père, répondit la jeune fille, je n'ai pas faim, merci !...

— Mais, moi j'y tiens, s'écria la pétulante Annette, je demande mes deux sous. Allons, mes deux sous, mes deux sous !

— Ne te fâche pas, conclut Saint-Hyacinthe en se prêtant au caprice de son enfant ; tiens, voilà.

Annette attrapa la décime au vol et le plaça en souriant dans la poche de la diligence, auprès de la pipe échappée au naufrage.

Quant à Saint-Hyacinthe, il ouvrit un petit panier, en tira du pain et des fruits, et fit le partage avec la gravité d'un patriarche.

Louise refusa de prendre part à ce frugal et simple repas.

Annette se contenta de quelques cerises, et se mit à taquiner son voisin, Albert Atis.

. . . .

Albert Atis était un jeune homme de vingt-deux à vingt-trois ans, à la physionomie tendre et souffrante, au maintien triste et rêveur...

Ses grands yeux avaient des reflets veloutés dont on ne retrouvait la nuance que dans les tons soyeux de sa chevelure, plus noire que l'aile d'un corbeau...

Rien de mélancolique et de bon comme son visage pâle et amaigri, qui portait encore les traces à peine effacées d'une maladie récente.

L'histoire d'Albert Atis se résumait en quelques mots.

Issu d'une vieille et noble race, ainsi que le prouvaient ses mains aristocratiques et belles, mais pauvre et élevé dans les salons de parens riches, Albert se crut jusqu'à vingt ans riche comme eux.

La désillusion ne tarda pas à venir.

Ce sont de si cruels ennemis que les parens auxquels on coûte quelque chose, et qui peuvent craindre qu'on ne leur coûte un jour davantage.

Je le sais bien, moi...

Ces gens-là ne vous donnent que leurs appétits et leurs vices.

Trop fier pour devenir un complaisant servile, trop faible de caractère, trop paresseux de tempérament pour dresser ses mains à un métier qui lui eût fourni le pain et l'indépendance, Albert, affublé d'une sotte éducation dont il ne savait que faire, frappa successivement à toutes les portes, et n'en trouva qu'une seule ouverte et facile à l'accès.

Le théâtre !...

Et il fut comédien...

Il revenait, comme on l'a vu, du théâtre de Toulouse, où il vivait tant bien que mal en tenant le modeste emploi des seconds amoureux.

Mais, néanmoins, c'était une existence brisée sans retour ; et pour se consoler de tant de beaux rêves d'avenir détruits à jamais, il s'était jeté à corps perdu dans la débauche et dans le plaisir.

De là, vint une maladie d'épuisement, une maladie terrible à laquelle il faillit succomber en arrivant à Toulouse.

Heureusement il logeait dans la maison habitée par la famille Saint-Hyacinthe.

Il devait la vie aux soins de ces braves gens, et surtout au dévoûment tout particulier de Louise, son véritable sauveur, son bon ange gardien.

Albert était donc devenu, lors de sa convalescence, un fils de plus pour les vieux, un frère nouveau pour les jeunes.

Enfin il venait de s'embarquer pour Paris avec sa famille d'adoption ; et, s'il se montrait aussi triste durant le voyage, c'est qu'il eût voulu les secourir et qu'il était, hélas ! aussi pauvres qu'eux-mêmes.

En ce moment, il paraît les lutineries d'Annette avec son bras gauche, et sa main droite, entièrement cachée par les plis de la robe d'indienne, était réunie dans une commune étreinte avec la main de Louise, qui semblait dormir.

Était-ce la seulement de la reconnaissance ?

. . . .

Il devait être environ minuit.

Saint-Hyacinthe réfléchissait profondément.

Il sondait son infortune, sans se douter qu'à cette même heure, là, tout près de lui, se tramait un complot qui le menaçait de malheurs plus affreux encore !

— Qu'as-tu donc, ami ? lui demanda Jeanne, également éveillée par les inquiétudes de l'avenir.

— Rien... fit Saint-Hyacinthe.

— Oh que si ! je le vois bien, va, tu souffres...

— Non...

— On ne trompe pas sur ses chagrins secrets la femme qui vous connaît et qui vous aime... Voyons, parle, tu cherches les moyens de nous sortir d'embarras, n'est-ce pas ?

— Oui.

— Eh bien, cherchons ensemble ; on trouve plus facilement à deux que tout seul. Je suis quelquefois de bon conseil, essaie, et tu vas voir.

Le comédien ne répondit pas et hocha tristement la tête.

Alors sa bonne et douce compagne posa avec précaution l'enfant endormi dans le coin de la banquette, puis elle s'approcha de Saint-Hyacinthe, saisit affectueusement ses deux mains dans les siennes, et lui dit, en essayant un sourire :

— Eh bien, que trouves-tu donc dans ta cervelle, monsieur la ressource ?

Le père de famille leva vers elle ses yeux attendris par une émotion tout à la fois douce et pénible ; bientôt deux larmes en vain retenues roulèrent silencieusement sur ses joues crispées ; puis, attirant sur son sein la courageuse compagne de sa misère, il l'embrassa au front et répondit :

— Oui, j'ai mérité ce surnom-là jadis... Mais maintenant il n'y a plus rien dans le sac, vois-tu bien ; je suis vieux et las ; j'ai tant lutté, j'ai tant souffert, que pour la première fois de ma vie, je me surprends à désespérer du lendemain.

— Ne te laisse pas abattre ainsi ! s'écria Jeanne avec effroi, pense à ces pauvres enfans.

— Et c'est justement cette pensée-là qui m'accable et me tue !... Maudit conseil municipal, va ! sans sa belle invention nous aurions un engagement aujourd'hui ! et, bon ou mauvais, nous ne serions pas exposés à mourir de faim !

— Mourir de faim !...

— Eh oui !... mourir de faim. Songe donc qu'il ne nous reste rien.... absolument rien.... Pour partir j'ai tout vendu... tout... jusqu'à ton anneau de mariage.

— Je ne le regrette pas, mon ami.

— Oh ! ni moi non plus ; cette alliance me taquinait à ton doigt... Mais enfin toutes nos malles sont au roulage... et en remboursement... Tout cela m'a fourni cinquante écus, que nos petites dettes et les arrhes de la diligence ont dévorés. Il ne nous reste qu'une petite caisse... et comme nous ne pouvons pas payer nos places, on la retiendra au bureau... Ainsi, plus rien à vendre... plus rien à mettre au Mont-de-Piété !... Dix francs !... dix francs !... pour arriver dans ce Paris où nous ne connaissons personne en état de venir à notre aide... dans ce Paris où nous sommes destinés peut-être à attendre un engagement pendant deux ou trois mois... C'est affreux... vois-tu, Jeanne... c'est affreux !..

— Mais ton frère ?

— Mon frère... tu le connais bien ?... tu l'as vu à Toulouse... Lui... riche, titré, dans une position brillante... et chassant de son salon le frère qui lui tendait les bras. Il a fait cela, cet ingrat Etienne... et bien plus, en me défendant de dire que j'était son frère... en me menaçant de sa vengeance si j'osais parler de notre parenté à personne. Il est puissant et implacable... Il pouvait nous faire beaucoup de mal... et je me suis tu... Voilà mon frère !

— C'est vrai, soupira Jeanne, mais enfin il t'a donné cent francs ?

— Oui, il m'a jeté cela comme une aumône, et le besoin m'a contraint d'accepter l'humiliation.

— Et les autres cinquante francs.....

— Que je fus obligé de lui demander lors de la maladie de mon fils ?

— Oui.

— Souviens-toi donc de la lettre qui accompagnait la somme !

— C'est vrai, murmura Jeanne avec découragement.

— N'espérons rien de lui, reprit Saint-Hyacinthe d'une voix morne et brisée. Ce serait un nouvel affront que je supporterais bien encore pour vous donner du pain, mais ce serait un affront inutile.

— Si nous disions tout à Mariette ?...

— Y songe-tu ?... le forcer à rougir devant sa maîtresse !... Il se vengerait cruellement sur nous... Va, crois-moi, je le connais !...

— Que faire alors ?

— Et dire que j'ai été riche aussi, moi !... s'écria Saint-Hyacinthe avec rage... Et que j'ai tout dépensé, tout gaspillé, tout mangé !... pour une femme qui m'a...

— Mon ami !...

— Oh ! les femmes !... les femmes... gronda le vieillard en essuyant une larme.

— Ne les accuse pas, répondit la douce et bénigne voix de Jeanne. Il y en a quelques unes qui font bien du mal... Mais, tu le sais, il en est d'autres qui mettent tout leur bonheur à le réparer.

A cette réponse, Saint-Hyacinthe se précipita vers sa compagne, et l'enveloppa tout entière de ses bras et de ses caresses.

— A la bonne heure !... sanglottait la pauvre vieille femme, soyons bons et courageux, et Dieu nous bénira !

— Nous avons grand besoin de lui, femme, car nous allons débarquer dans Paris tous les cinq, avec cinq francs peut-être encore..., et tout au plus... Juste un franc par personne..., et rien de certain à l'horizon !...

Comme Saint-Hyacinthe achevait ces désespérantes paroles, il sentit un petit paquet enveloppé de papier gris qui se glissait furtivement dans sa main.

Il crut à quelque espièglerie d'Annette, et déploya l'enveloppe...

Il se trouvait trente francs dans le petit paquet.

— Qu'est-ce que cela ?... s'écria Saint-Hyacinthe.

— Tout ce que je possède, répondit la voix émue d'Albert Atis, car, malheureusement, j'ai payé ma place au départ... Prenez, mon ami, prenez !...

— Mais... voulut observer le vieillard.

— Pas de façons ! se hâta d'interrompre le jeune homme; vous m'avez sauvé la vie à Toulouse, et nous allons habiter le même hôtel à Paris. Nous ne devons avoir qu'une bourse, allez ! car nous avons le même cœur.

Bon et généreux Albert, il était déjà récompensé par un tendre serrement de la main frémissante de Louise.

Et plus tard, lorsque tout le monde fut endormi dans la rotonde, par un baiser qui lui sembla tomber du ciel sur ses lèvres éperdues et ravies !

Au point du jour la diligence gravissait cette côte, au sommet de laquelle je courais pour cueillir les cerises convoitées par un caprice de Mariette.

Tous les voyageurs étaient descendus de voiture.

Excepté Tom qui soignait son maître, et Jeanne qui berçait son enfant.

Louise marchait en avant.

Albert Atis voulut la rejoindre.

— Donne-moi le bras ! dit Saint-Hyacinthe au jeune homme.

Et les deux comédiens cheminèrent ensemble, en causant d'une voix amie.

Quant à la mutine Annette, elle venait de prendre dans la poche de la rotonde la pipe paternelle et le décime donné la veille au soir ; puis elle trottinait par le village situé au fond du ravin, en cherchant de ses yeux à peine éveillés une enseigne de marchand de tabac.

C'était là que la charmante enfant voulait dépenser le budget de son déjeuner.

Petit complot pondu le soir, couvé pendant les rêves de la nuit, et que le soleil faisait éclore au matin de son premier rayon.

Pendant ce temps-là, Mme Debanne, guidée par Rose, s'avançait sur les traces de Louise.

Lucien de Varedde, debout au milieu de la pente de la colline, regardait alternativement les deux sœurs.

Enfin il sembla prend e un parti et se mit à redescendre en courant vers le village.

— Celle-ci ?... murmurait-il... c'est une enfant, et je ne veux pas qu'il se mêle une pensée profane à l'élan de mon cœur.

Le jeune homme rejoignit Annette, au moment où elle sortait du débit de tabac.

Il la regarda pendant une minute avec des yeux charmés par tant de jeunesse, d'innocence et de fraîcheur.

Annette bourrait en souriant la pipe de son père, afin que la surprise fût plus complète.

— Mademoiselle, balbutia Lucien, permettez-moi de vous dire deux mots.

— Volontiers, Monsieur, répondit la jeune fille étonnée.

— Je connais votre position, répondit de Varedde. Oh ! n'en rougissez pas, car je viens moi-même vous demander un service.

— Un service ?

— Oui.

— Voyez-vous là-bas, sur la hauteur, cette horrible femme qui cause avec mademoiselle votre sœur?

— Sans doute. Eh bien ?

— Eh bien ! on offre, et cela d'une manière adroite et perfide, de prêter de l'argent à votre sœur ?

— Bah !

— Il faut qu'elle refuse.

— Ah !

— Cette grosse femme l'invite à venir chez elle. Et tenez, voyez-vous ? elle lui remet un petit carré de papier blanc. C'est une des cartes de visite.

— Qu'y a-t-il donc ? vous me faites peur !

— Il faut qu'elle déchire cette dangereuse adresse, et qu'elle l'oublie bien vite, si déjà elle a eu le malheur de la lire...

— Pourquoi donc cela ?

— Je ne puis m'expliquer ; mais empêchez votre sœur de rien recevoir de cette femme, de rien lui promettre, d'échanger même un mot avec elle ; et vous m'aurez rendu un service dont je me souviendrai toute ma vie.

— A vous ?

— Oui. Et comme un service en demande un autre, permettez-moi de vous offrir ceci, ajouta Lucien, en tendant un billet de cinq cents francs à la jeune fille.

— Monsieur... murmura-t-elle en rougissant aussi fort que mon bienfaiteur lui-même.

— Le temps nous presse, reprit précipitamment de Varedde ; cet argent peut vous sauver tous, mais ne dites pas qu'il vient de moi ; dites que... vous avez trouvé le billet... tout à l'heure... sur la route.

— On ne me croira pas.

— Oh ! si fait, si vous le voulez bien.

— Mon père et ma mère, passe encore, mais Louise !...

— Dites-lui la vérité... à Louise... et répétez-lui bien mes paroles au sujet de la femme qui veut la perdre... N'hésitez plus... Partez... partez... je vous en supplie. Quel intérêt ai-je à vous tromper, moi... Nous ne nous reverrons jamais... Vite... vite... Il y a du repos de votre famille et du salut de votre sœur. Courez à elle, et prenez ce billet... Tenez !... tenez !...

Il y eut encore une seconde d'hésitation chez la jeune fille.

Elle regardait avec une inquiétude attendrie ce bienfaiteur inconnu.

Et comment refuser plus longtemps ?

Il y avait tant de franchise chevaleresque et tant de sereine bonté sur le visage rayonnant de Lucien de Varedde.

— Merci !... s'écria-t-elle, enfin, avec un cri parti du fond de son cœur de quinze ans.

Et elle se pencha pour saisir le billet de banque.

Mais, en le saisissant de sa main mignonne, elle effleura de ses lèvres roses la généreuse main qui se tendait vers elle...

Lucien jeta un cri.

L'alerte jeune fille était déjà loin.

Comme Annette arrivait auprès de Louise, la Debanne fouillait dans son sac.

— Refuse ! murmura rapidement la sœur à l'oreille de sa sœur.

— Mais... voulut observer Louise.

— Refuse ! te dis-je ; il le faut !

Et saisissant Louise par le bras, elle l'entraîna vers la diligence.

Louise avait compris au regard de sa sœur qu'elle ne devait pas accepter.

Elle balbutia quelques paroles de remerciment et d'excuse... puis elle s'en alla.

Rose et la Debanne échangèrent une hideuse grimace de désappointement.

— Petite sotte ! fit Rose.

— Il y a du Lucien là-dessous, murmura la Debanne ; mais, patience, ce qui est retardé n'est pas perdu...

De Varedde croisa les deux jeunes filles en remontant la colline.

Il reçut au passage un double regard de reconnaissance.

Et ce ne fut pas tout encore !...

Annette arracha des mains de Louise une certaine carte de visite, la déchira joyeusement et jeta les morceaux sur la route.

Puis elle sauta dans la rotonde... ivre... délirante et folle.

Ne rapportait-elle pas à sa mère un trésor inespéré ?

Une pipe toute bourrée de tabac frais à son vieux père.

Jamais Lucien de Varedde n'avait ressenti une émotion plus caressante et plus douce... Il lui semblait que son cœur se fondait délicieusement dans sa poitrine baignée par des effluves inconnues et célestes... rafraîchie et parfumée par quelque efflorescence mystérieuse et subite.

— Mon Dieu !... que c'est donc bon de faire le bien ! murmurait-il en posant le bout de sa botte vernie sur le marchepied de l'intérieur.

— Pouah !... fit-il avec dégoût, je ne veux plus m'asseoir aux côtés de ce monstre...

Et, retournant la tête, il s'écria :

— Conducteur, avez-vous une place là-haut, à côté de vous ?

— Pour vous ?

— Pour moi.

— Possible. Il y a là un particulier qui voulait, au dernier relai, passer dans l'intérieur sans payer le supplément ; mais si vous consentez au troc, tout va bien.

— C'est dit, conclut Lucien.

Aussitôt je vis descendre devant les vitres du coupé un personnage que je reconnus au premier coup d'œil.

L'abbé La Châtre...

L'ancien tondeur de chiens du pont Saint-Michel...

Plus souillé, plus ignoble, plus cafard, plus Basile que jamais...

Il tenait soigneusement à la main deux petits tableaux retournés l'un vers l'autre, et criait au conducteur :

— Prenez bien garde surtout à mes petites antiquailles !...

Le tondeur de chiens était devenu brocanteur...

Du reste, le hasard ne pouvait trouver un plus digne compagnon de voyage pour figurer à côté de Rose, de Tom, de la Debanne... et désormais la sympathie et l'entente cordiale semblaient devoir régner sans mélange dans l'intérieur.

Pas tout à fait, cependant.

Au moment où la figure encrassée de l'abbé La Châtre passa devant le visage pâle de la Debanne, un double cri de surprise, aussitôt contenu, s'échappa des deux bouches à la fois.

— Lui !... murmurait la Debanne stupéfiée.

— Toi !... disait La Châtre épanoui.

— Silence !... se hâta d'ajouter la parfumeuse à voix basse.

— Alors... tu sais ?... poursuivit le brocanteur sur le même ton mystérieux.

— Quoi ?...

— Il me faut de l'argent...

— Encore... mais...

— Ou je te saute au cou devant toute la compagnie.

— Tu en auras !... interrompit vivement la Debanne.

— A la bonne heure ! répondit l'abbé La Châtre, et pas de fourberie cette fois.

— Non.

— Ton adresse...

— Je te la donnerai...

— Bien vrai ?

— Je te le jure.

— Suffit... conclut le brocanteur. Je deviens muet comme un poisson.

Et il s'assit seulement alors, car tout cet entretien venait d'être adroitement escamoté par les préparatifs d'installation du nouveau venu sur la banquette.

— Vous vous trompez, mon brave homme, reprit la Debanne d'une voix retentissante et fière, ou vous me prenez pour une autre.

— C'est vrai, répondit La Châtre avec humilité. Il y a une telle ressemblance entre vous et... Mais je vois maintenant ma méprise. Vous avez raison : je me trompais... Pardon, Madame.

Puis il ajouta entre les lèvres, et tandis qu'il se retournait comme pour suspendre ses deux petits tableaux à la double courroie de la voûte :

— Les autres n'y ont vu que du feu jusqu'à présent... mais prends garde à la suite, j'ai l'œil sur toi...

Après cette menace, qui sembla faire une certaine impression sur la Debanne, il reprit sa place et se carra sur la banquette avec la bonhomie apparente du voyageur le plus inoffensif et le plus indifférent.

Pendant cette scène étrange et rapide, une ombre nouvelle, mais ascendante, passa devant nos yeux...

C'était Lucien de Varedde qui s'élançait, alerte et joyeux, sur l'impériale de la diligence.

CHAPITRE XXIII.

Deux jeunes gens, étendus dans une pose tout asiatique sur les coussins en cuir brun de l'impériale, jetaient au vent de la route le bruit de leurs paroles et la fumée de leurs cigares.

L'un d'eux, véritable type de héros de roman, à l'œil noir, à la barbe noire, aux longs cheveux noirs, à la physionomie mélancolique et rêveuse, avait, comme l'on dit communément, une belle tête d'artiste et de poète.

L'autre semblait au contraire le joyeux échantillon d'un commis-voyageur.

— Bravo ! s'écria-t-il lors du départ de l'abbé La Châtre, bravissimo. — Nous voilà débarrassés de ce mauricaud à redingote déteinte, que je ne crains nullement de comparer à un bâton de réglisse enveloppé dans un cornet de papier gris. — Ce voisinage te taquinait en public, n'est-ce pas, Georges ?

— Avant de me prononcer, Anatole, je tiens à voir le remplaçant.

— Un jeune homme ! répondit Anatole, en se penchant au dehors. Le ciel est pour nous !

— Et le soleil aussi... Baisse donc la capote.

Anatole baissa la capote, et Lucien de Varedde s'assit à côté des deux amis.

Les trois jeunes gens échangèrent un léger salut, et la diligence redescendit au galop le revers de la colline.

Anatole, qui occupait la place du milieu, tourna le dos à Lucien, et reprit avec Georges la conversation interrompue :

— Ainsi, tes deux nouvelles toiles font grand bruit à l'exposition de cette année ? dit-il avec l'accent satisfait de l'amitié.

— Du moins, on me l'écrit, répliqua Georges, car je me suis mis en route l'avant-veille de l'ouverture du salon.

— Allons, pas de fausse modestie. J'ai lu les journaux, et la presse tout entière te jette des fleurs à pleines mains. Voilà la gloire... et la famille future n'a rien à dire de ce côté-là.

— Je l'espère.

— Quant à la fortune ? demanda Anatole avec inquiétude.

— Je viens de faire un petit héritage dans le Midi.

— Combien ?

— Cent cinquante mille francs.

— C'est gentil.

— Hélas ! soupira l'artiste, c'est si peu de chose à côté de la fortune qui doit revenir un jour à Geneviève.

— Laisse donc !.. s'écria son ami. Ton talent en promet une brillante aussi... Et ta palette industrieusement exploitée vaut bien des inscriptions au grand-livre... La toile entre des mains habiles rapporte tout autant que la terre sous la charrue.

— Le croira-t-on ?

— Sans doute... car j'espère bien que tu as chassé de ta cervelle toutes les consciencieuses balivernes de l'atelier, et que tu songes à travailler enfin pour l'argent, rien que pour l'argent ?

— Je n'en suis pas encore là, balbutia Georges avec un noble orgueil.

— Prends bien garde ! poursuivit sérieusement Anatole. Le dieu du jour, c'est le veau d'or, animal fort benin et fort pacifique pour tous ceux qui l'adorent à genoux, mais implacable et terrible pour les superbes qui ne se prosternen pas à ses pieds.

— Tu en fais un tigre de ce pauvre veau ?

— Eh bien ! oui, un tigre. Demande à la misère, le souverain exécuteur de ses hautes-œuvres !... J'en ai fait la cruelle expérience, moi !.. Aussi, je suis bien changé, mon pauvre Georges. Ton tour viendra, et bientôt... Il faut savoir comprendre son siècle... Cette science amère coûtera bien quelques larmes à tes yeux et quelques gouttes de sang à ton cœur... Mais tu prendras ton parti comme les autres, et tu en viendras à dire que l'art, la conscience, la gloire sont des mots creux comme des estomacs à jeun... des beaux rêves de jeunesse, des illusions, des croyances que l'on doit perdre avec les autres... et voilà tout.

— Non... non... articula Georges avec force... ma religion d'artiste restera toujours immuable et pure...

— Je suis parfaitement tranquille là-dessus ? interrompit Anatole avec un sourire amer... Nous reparlerons de cela plus tard. Passons au dernier article, qui me paraît le plus épineux de tous.

— Lequel ?...

— Le nom... Geneviève, est de noble et vieille race, si je ne me trompe... et toi, mon pauvre ami, je ne te suppose que des ancêtres fort vilains ?

— Du côté de mon père... oui ?... Mais ma mère était une demoiselle de la Momelennerie... Le nom se trouve complètement éteint... et le roi, dont je vais terminer le portrait, peut m'autoriser à reprendre un titre et des armes le jour de mon mariage...

— Est-ce assez pour satisfaire l'orgueil aristocratique de la famille ?

— Geneviève m'aime !...

— Allons, je vois que tout marche à merveille, et je m'arrête de peur de souffler un seul nuage sur le ciel bleu de ton avenir... Je suis heureux de te voir heureux, Georges !

— Oh ! oui, bien heureux, va ! J'ai tout un paradis dans le cœur. Songe donc, je l'aimais enfant, je l'aime jeune fille, je l'aimerai désormais comme ma femme et ma compagne !...

— Cela va sans dire, dit Anatole en souriant ; tu vogues à pleines voiles dans l'éternelle conjugaison des amoureux.

— Ne plaisante pas, supplia Georges : si tu savais comme j'ai travaillé, comme j'ai souffert ! Tu me parles de succès, de gloire, de fortune !... Est-ce que je m'inquiète de tout cela ! Elle... elle seule... Voilà ma pensée, mon bonheur, ma vie. Si je ne l'avais pas rencontrée, je serais mort... et je mourrais demain sans son amour.

— Prends garde ! tu reconjugues.

— Je l'aimais...

— Ah ! nous retournons au présent.

— Je l'aimais dès l'enfance... Elevée avec elle, ma tendresse s'est épanouie avec sa beauté. Privé de toute autre affection, jamais mon cœur n'a battu que pour Geneviève. Geneviève est tout pour moi ; sans Geneviève, le monde me semblerait désert. Enfin, je l'aime ! je l'aime ! Mais à quoi bon te dire tout cela ? Tu ne pourrais pas me comprendre, toi qui n'as jamais aimé !...

— Pardon, pardon, mon cher, se récria brusquement Anatole. Entendons-nous, et permets-moi de t'adresser deux légères observations.

— Je ne demande pas mieux.

— La première, c'est que tu n'as oublié dans ton naïf épanchement aucun des temps passés, présens et futurs du gracieux verbe aimer.

— Oh !...

— Je comptais sur mes doigts ; huit, ils y sont tous. Quant à ma seconde observation, la voici : J'aime, j'ai aimé, et j'ose presque dire, j'aimerai tout autant que tu aimes, que tu as aimé, et que tu aimeras toi-même !

— Mais dis donc, mon cher, ricana Georges à son tour, il me semble que tu ne dédaignes pas non plus le verbe aimer.

— C'est ma foi vrai, avoua joyeusement Anatole.

— Tu le vois bien, murmura Georges : ce mot-là coule si naturellement du cœur, et sa conjugaison, c'est la vie tout entière.

Pour toute réponse, Anatole cacha son émotion derrière le nuage tourbillonnant de la fumée de son cigare.

. . . .

— Et quel est l'objet chéri de cette passion... unique ?... demanda Georges.

— Unique, absorbante, universelle, comme la tienne, s'écria l'insoucieux jeune homme avec un entraînement véritable et profond.

— Enfin ?... insista l'artiste amoureux.

Et son compagnon laissa tomber de ses lèvres ce seul mot qui sembla doucement s'envoler du fond de sa poitrine :

— Trilby !...

A ce nom Lucien de Varedde tressaillit.

Mais aucun des deux jeunes gens ne remarqua le trouble étrange et involontaire du nouveau voyageur...

— Trilby ! répétait Georges surpris.

— Eh oui, parbleu ! poursuivit Anatole, tu la connais bien, tu l'as vue, partageant ma misère, dans notre commune mansarde de la rue Folie-Méricourt.

— Aline ?

— Oui, Aline, ma bonne et rieuse Aline, qui s'appelle Trilby maintenant.

— Et pourquoi ?

— C'est bien simple, mon ami. Les hommes ont donné au plus gentil lutin créé par Dieu, le nom du plus gentil lutin créé par l'imagination des poètes !...

— Mais tu redeviens tour à tour sérieux et sentimental... observa Georges avec une railleuse surprise... toi ! toi !... Je n'y comprends plus rien, d'honneur...

— Oh !... articula son compagnon d'une voix profonde,... c'est une triste et bizarre histoire... une histoire difficile à comprendre pour tous... et que tu comprendras sans peine, toi qui as le sphinx de l'amour dans le cœur... Tu m'as dit ton histoire... et j'en ai ri... tu vas être heureux... Ecoute la mienne et ne ris pas... car il n'y a plus de bonheur possible pour moi... et le moindre de tes sourires me ferait un mal cruel !...

— Parle... fit doucement Georges... et ne crains rien !...

car ta tristesse à toi... a quelque chose d'effrayant et de douloureux.

— Oui, répondit amèrement Anatole, car tu me crois
gai, joyeux, insouciant; tout cela, mon pauvre ami, n'est
que du bruit, de la fanfaronnade, parfois même de la folie.
Oh ! lorsque tu m'as connu... je l'étais... et cela, plus étourdiment, plus franchement qu'un lazzarone italien, qu'un
gamin de Paris ou qu'un oiseau du ciel. Je ne voyais dans
la vie que des plaisirs et des buissons renaissans, dont les
fleurs, fanées chaque soir, faisaient place à d'autres fleurs le
lendemain. J'étais l'infidèle ami des Lisette, des Frétillon et
des bonnes filles. A force de les aimer toutes, je n'en aimais aucune ; j'étais heureux et riant avec chacune. Mon
lit de bois blanc était une pépinière de plaisirs tapageurs et
d'amours qui chantaient. Oh ! quel bon temps que
celui-là !

— Mais ce temps-là n'est donc plus ?

— Non, non, car un jour je rencontrai Aline.

— Eh bien ?

— Eh bien ! le lendemain je me trouvais plus amoureux
que la veille, et, tout surpris, je remis l'inconstance à huitaine.

— Et huit jours après ?...

— Huit jours après j'embrassais en pleurant les genoux
d'Aline. Je l'aimais... cent fois plus à elle seule que toutes les autres ensemble... je l'aimais comme tu aimes ta Geneviève... C'était un sens nouveau qui se révélait à moi...
une source inconnue qui m'inondait la poitrine de voluptés
que je n'eusse jamais crues possibles... même en rêve... C'é-
tait mon cœur, enfin, que je sentais s'épanouir pour la première fois...

— C'est cela... c'est bien cela !... s'écria Georges... mais
ton Aline !..

— Elle m'aimait aussi... mon ami... elle m'aimait... Pauvre enfant, déjà perdue par ce monde qui ne permet pas à
l'ouvrier de gagner le pain du travail, mais qui tente à chaque heure sa coquetterie, son innocence et sa misère...
Aline était entrée dans ma mansarde avec une robe de soie
et des brillans à ses oreilles... Eh bien !... je résolus de lui
tendre la main... de la relever dans sa chute... je résolus
d'en faire ma femme !...

— Ta femme ?...

— Etait-ce donc sa faute à elle !... C'est un rôle si noble
et si beau que de sauver une Madeleine... et puis je l'aimais
tant... Elle avait métamorphosé mon existence... Elle me
créait une vie nouvelle... Plus de plaisirs, de festins ni de
fêtes?... Plus même d'amitiés... L'amour seul remplissait
mon horizon... Je ne la quittais pas d'une minute, pas
d'une seconde... Elle me lutinait, elle me charmait,
elle me faisait enrager tout le jour... et j'étais heureux...
oh ! oui, bien heureux !.. Moi, jadis, si superbe et si
sultan, je n'avais plus qu'une joie... contenter ses moindres plaisirs et ses frivoles caprices... Et Dieu sait?...
Je la gâtais tant cette chère et charmante enfant !... J'é-
tais devenu son valet, son esclave, son chien... Je la ser-
vais à genoux... Je serais mort mille fois pour lui épargner
une larme ou pour lui donner un sourire... Je me serais
étendu comme un tapis devant elle, de peur qu'elle ne
blessât le satin rose de ses petits pieds adorés...

— Mais l'on devait bien se rire de toi, mon pauvre ami ?

— Oh ! sans doute, les véritables bonheurs sont toujours
ridicules. Heureusement, je me souciais fort peu des railleries de mes anciens camarades d'estaminet.

— Alors, Aline est ta femme ?

— Hélas ! non.

— Comment ?

— J'ai une mère, une brave et digne mère, qui me donnerait sa vie, mais qui ne put pas me sacrifier ses idées de
vieille femme. Elle rêvait pour moi ce que rêvent les plus

pauvres pour les fils les plus infimes... un riche mariage...
une dot immense... une princesse... un million... que sais-
je ? Jamais elle ne voulut consentir, et cependant l'amour
d'Aline fécondait mon intelligence. Moi, le paresseux, l'impuissant, je devenais un homme de travail et d'avenir. J'é-
tais poète, romancier. Sous les yeux d'Aline, il poussait de
la prose et des vers comme sous un rayon de soleil. Déjà,
quelques fraîches nouvelles étaient écloses... un roman allait atteindre à son second volume... Ma mère voyait tout
cela... lisait tout cela, mais elle ne devinait rien, elle ne
comprenait rien. J'eus beau lui crier à genoux qu'avec Aline
je me sentais du talent, du courage, du génie même... que
la vie de ménage enchaînerait mon esprit nonchalant et va-
gabond. Larmes, prières, tout fut inutile. Ma mère avait
soixante ans, je l'aimais ; une révolte ouverte l'eût tuée, elle
dont j'avais abreuvé la vieillesse de tant de chagrins et de
douleurs, elle dont je me reprochais déjà chaque cheveu
blanc ; je ne le devais pas, je ne le pouvais pas... Et la pauvre Aline dut se résigner à n'être que ma maîtresse.

— Alors !

— Alors nous nous installâmes dans la mansarde de la
rue de la Harpe, où tu nous y connus, et je me remis à
travailler encore. Mais la misère arriva bientôt. Nos ressources
mutuelles s'épuisèrent... et nous étions pauvres tous deux !...
Tout fut vendu, en attendant que je pusse vendre mes romans et mes vers. Personne n'en voulait. Tu connais les
obstacles sans nombre qui arrêtent de toutes parts l'artiste
au début de sa carrière. Que d'espoirs déçus, que de désillusions terribles !... Chaque jour amenait sa catastrophe : aujourd'hui un refus, un retard ; demain une faillite, un manque
de parole... De mois en mois la détresse devenait plus affreuse.
Je ne suis pas de ceux qui peuvent travailler sans feu pendant
toute une nuit d'hiver, et pêcher des poèmes dans un verre
d'eau. Aline était habituée au luxe, à la toilette, à toutes les douceurs, à toutes les délicatesses de la vie. Tout soir semble triste
après un piteux dîner, et l'amour fuit les grabats à tire-d'ailes.
Nos caractères s'aigrirent, notre bonheur s'emplit d'amertume. La femme eût tout supporté, la maîtresse ne le pouvait plus... Moi-même je crus moins aimer Aline. Je suis
un honnête homme, et je ne voulus pas qu'elle perdît ses
plus belles années pour un avenir incertain et dont je n'o-
sais même plus lui répondre... Enfin, un jour... un jour
de malheur, de désespoir et de querelle, je lui proposai le
premier de reprendre l'existence qu'elle avait abandonnée
pour moi... Aline pleura bien ce jour-là, car elle m'aimait,
et Dieu l'avait créée pour être une honnête femme. J'es-
suyai ses larmes avec mes lèvres, et nous reprîmes tous deux
courage. Mais les choses empirèrent encore. Nous étions
malheureux de mille atroces façons. Je renouvelai mes fatals
conseils ; le dépit fut mon complice. Aline m'écoutait et ne
pleurait plus... Il survint une de ces femmes toujours à l'affût,
et que Satan fait sortir de terre sur le chemin des jolies
filles aux abois. Aline voulut ravoir, et... j'ai honte de l'a-
vouer... je la poussai moi-même... et tout fut dit !...

— Oh !...

— Le lendemain, mon ami, le lendemain... je réussis-
sais !... Avant, j'étais déjà jaloux de son passé... une
jalousie bien amère et que connaissent seulement quelques malheureux !... Que serait-ce désormais pour cet autre
passé que je connaissais, que je voyais tous les jours... et
dont je me sentais cependant le seul et véritable auteur...
Oh !.. cette femme... cette femme qui m'avait arraché mon
Aline !.. Heureusement elle m'était inconnue... sans cela...
vois-tu bien... sans cela... je l'aurais tuée ! et je me félicite
encore aujourd'hui de ne connaître que son nom !...

— Comme tu as dû souffrir !

4

— Oh! oui, va!... J'ai bien pleuré, j'ai bien souffert... Le premier mois fut un siècle de tortures infernales. Enfin je regardai froidement vers l'horizon... Plus de poésie, plus de félicité possible... Je jetai au feu mes romans et mes vers, afin de mêler leurs cendres aux cendres de mon cœur... J'étais vieilli de dix années ce mois-là!.. Je me sentais devenir philosophe à la désespérante façon de Figaro marié... Je voulus devenir un autre homme... et pendant bien des jours je promenai au hasard ma cervelle en fusion, et mon corps qui vacillait inepte à reprendre son équilibre. Enfin cette course, semblable aux zig-zags d'une constante ivresse, me conduisit devant la colonnade de la Bourse... j'entrai, et là je vis des hommes qui me plurent et qui me firent sourire. Je voulus devenir comme eux... Je me vautrai dans leur fange... et j'en ressortis bientôt, transformé, souillé, méconnaissable... Eh bien! cela ne me suffit pas encore... Mon éducation me semblait incomplète. Je sentais encore en moi quelque chose de palpitant et de sensible... Un reste de vertu, de tendresse... un reste de cette probité absolue qui ne ressemble en rien à la probité relative du siècle... et je me mis aux gages d'un vieux juif... je me fis son serviteur, son commis, son élève.

— Toi?

— Oui, moi... Oh! c'était bien l'homme qu'il me fallait... un drôle expérimenté par huit adroites banqueroutes, dans lesquelles il s'était enrichi huit fois... inventeur du savonglaise, de la pâte de Nabab, du bol d'Ethiopie, des biberons chinois, des corsets en caoutchouc et des paletots économiques, etc., etc... un grand homme enfin. Maintenant, j'ai ses secrets, son adresse, son *génie*... Je viens de fonder en province ce qu'il avait créé à Paris, des magasins de vêtemens où l'on habille un homme des pieds à la tête pour la somme de six francs cinquante centimes, sur lesquels il vous reste un écu de bénéfice. Enfin, je suis à l'œuvre pour faire fortune à mon tour. Tu me verras riche, Georges, mais heureux, jamais... Ce métier corrompt, avilit, déshonore... Et je ris sans cesse pour étourdir mes regrets et mes remords. Du mouvement et du bruit, voilà ce qu'il me faut. Plus de joies de l'âme, plus de douces larmes, plus de frais sourires. Non... non... je suis devenu un sac, une éponge, une caisse-Fichet. Ma tête est vide, toutes les idées bonnes et jeunes s'en sont enfuies. Je n'ai plus de cœur!...

— Plus de cœur!... toi!...

— Oui, Aline l'a emporté avec elle, et je ne le sens battre que lorsqu'elle me le resouffle dans la poitrine au milieu d'un baiser.

— Mais tu la revois donc? s'écria Georges avec étonnement.

— Si je la revois! répondit Anatole en essuyant une larme, si je la revois! O mon Dieu! il le demande. Est-ce que j'aurais le courage de vivre sans un rayon de ce soleil pour éclairer ma nuit, sans une goutte de cette rosée pour rafraîchir ma lèvre. Ne pas la voir, cela ne se pourrait pas. Oh! non. Trilby vient me consoler de la perte d'Aline. Le charmant lutin vole à mon chevet pour évoquer au choc de sa baguette le rêve enivrant du bonheur passé, pour me rejeter au front les roses évanouies de ma jeunesse. Ces jours-là, vois-tu bien, sont les seuls où je vive, les seuls où vive Aline elle-même!... car elle n'est pas heureuse non plus, la pauvre enfant chérie... Elle n'était pas faite pour cette existence. Elle était mise au défi d'être toute douce à se concentrer tout entière dans notre amour. Elle souffre bien, va! Mais elle fait comme moi, elle s'étourdit au fracas du luxe et des fêtes, elle se grise au vin du succès et de la coquetterie... puis elle revient à moi, des larmes plein les yeux, des regrets plein le cœur, rechercher l'amour intime et s'endormir sur une poitrine amie. Alors nous oublions tous deux les instans perdus loin l'un de l'autre, nous redevenons ensemble simples, candides et bons. L'amour apporte l'oubli. Toute amertume s'efface, toute douleur se tait. Nous reculons dans la vie. C'est un oasis au milieu du désert, c'est un rêve délicieux qui nous berce de fraîches voluptés et nous abuse de divins mensonges. On croit ne s'être jamais quittés. Un baiser d'elle me rajeunit comme un baume merveilleux et céleste. Nous nous sommes toujours uniquement appartenus, et la puissance de l'imagination est telle qu'à chaque nouvelle rencontre Trilby m'apporte une virginité nouvelle!...

— Et tu trouves assez de force pour te résigner encore à la séparation des lendemains de tant de bonheur?

— Il le faut, hélas!... soupira douloureusement Anatole. Au réveil, la réalité nous présente son miroir fatal et terrible. Je ne puis parvenir à oublier tout à fait... Cent fois je l'ai voulu. Le miroir maudit m'arrête toujours!... Et ma mère?... entêtée, aveugle, hérissée de répugnances et d'épines... ainsi que sont toutes les vieilles femmes, mais bonne, mais aimante, et que je ne pouvais pas condamner à mourir de chagrin!... Non! non! c'est impossible... Sotte et stupide susceptibilité de l'homme!... Avoir tant de joies dans ses mains et se sentir forcé de les laisser sans cesse reprendre leur vol à travers le monde. Tu me plains, n'est-ce pas, et tu m'approuves en même temps; car le destin nous entraîne tous deux par des pentes invincibles, mais qui se rejoignent et se touchent à des buissons fleuris, ou s'embrassent leurs déclivités réciproques. Nous nous serrons la main au passage, et le courant impitoyable nous emporte de nouveau.... bien loin, hélas! l'un de l'autre. Mais rien ne séparera jamais nos deux âmes aimantées et jumelles!...

— Tu as d'autres maîtresses, cependant?

— Moi!... songe donc que s'il s'en trouvait une chez moi, lorsque Aline vient frapper à ma porte, la malheureuse!.. je la précipiterais sans pitié par la fenêtre...

— Mais tu te marieras un jour?

— Peut-être... si j'y trouve mon intérêt et ma fortune. Affaire commerciale et calculée comme le reste de ma vie! J'aurai une femme... oui... Aline sera toujours ma maîtresse... Oh! pourquoi donc n'est-elle pas à jamais ma maîtresse et ma femme!...

— Pauvre ami!...

— Oh!... la misère!... la misère!... poursuivit Anatole avec rage, c'est elle qui flétrit, décolore et sépare. Aussi je les hais tous ces poupons titrés, ces fils nés dans des berceaux d'or!... ces élus de la vie qui nous ravissent le bonheur de leurs mains gantées. Et leur Trilby partage bien ma haine, va... Ils la recherchent, ils se la disputent, ils sèment son chemin de diamans taillés et de fleurs artificielles; mais elle les hait... elle cherche à leur rendre au centuple le malheur et la honte qui la fait chaque jour si rayonnante et si belle...

— C'est de la cruauté! c'est de l'injustice! s'écria Georges indigné.

— Oh! tu n'as pas souffert de la soif de Tantale, toi! tu n'as pas lutté contre les appétits matériels de la vie, tu ne sais pas ce qui s'amasse de fiel dans le cœur saignant du pauvre; c'est une joie sauvage et féroce, j'en conviens; mais les passions mauvaises ont leurs jouissances acres et vengeresses, qui sont des enivremens à nuls autres pareils!

— Tu mens, Anatole, et de telles rancunes n'existeront jamais dans ton cœur.

— Jamais?... Ecoute! Le dernier de ceux que le sort a faits assez favorisés pour donner à Trilby ce que je n'ai pu lui donner moi-même autrefois, était un jeune homme, noble, généreux et beau... du moins on me l'a dit; car je ne vois rien, moi, et lorsque je rencontre, je détourne la tête... La maison d'Aline m'est une demeure interdite, étrangère, inconnue. Je l'attends, je l'espère sans cesse; mais je me garde pudiquement d'aller chez elle; tu comprends, n'est-ce pas? et je te caches les mille délicats artifices qui servent de voiles discrets à nos illusions mutuelles. Eh bien! cet homme, j'en fus jaloux, par cela même qu'il me semblait plus digne que les autres, et pour rendre un peu de calme à ma raison brûlante, Trilby se plut à le torturer sans relâche. Il l'aimait! et mon égoïsme se créait un affreux bonheur de ses souffrances. C'était son tour, à lui; notre haine commune s'acharna après cette proie expiatrice. Trilby le détestait et l'amour de l'amant augmentait encore des dedains de sa maîtresse. Il pleurait aussi amèrement que j'avais pleuré moi-même. Oh! cet homme! cet homme! Je veux te détailler une à une toutes ses douleurs, et ce sera encore une jouissance caressante pour ma haine que de te les raconter. Écoute: Je....

Anatole allait poursuivre; mais tout-à-coup il se sentit arrêté par un coup discrètement frappé sur son épaule.

En même temps, une voix sévère et triste, mais polie et suppliante, murmurait à son oreille:

— Pardon, Monsieur; je me nomme Lucien de Varedde!

A ces mots, Anatole rougit et resta muet et confus.

. . . .

Ce silence indécis et pénible régna pendant quelques secondes.

C'était le calme qui précède l'orage prêt à éclater. L'air semblait chargé de querelles et de vengeances.

— Eh bien! que voulez-vous? s'écria brusquement Anatole.

Georges attendait en frémissant la réponse de Lucien de Varedde à cette provocation brutale.

— Je ne veux rien, répondit Lucien d'une voix douce et fière... Je vous avertis seulement que je suis là, et que vos paroles me font mal; car, vous l'avez dit, *je l'aimais* d'un amour profond et sincère! Maintenant, continuez à votre fantaisie! vous êtes libre, Monsieur!

Aussitôt le front sourcilleux d'Anatole chassa tous ses plis amers; sa bouche s'épanouit, ses yeux devinrent humides, et, tendant la main, il s'écria par un élan franc et cordial:

— Pardon, Lucien!

— Merci! répliqua de Varedde avec une émotion touchante.

Et les mains des deux rivaux se réunirent dans une commune et loyale étreinte.

— Il ne faut pas m'en vouloir, reprit gaîment Anatole; mes lèvres ne sont pas toujours l'écho fidèle de mon cœur. Mes opinions varient comme un sable mouvant, et je renie parfois le lendemain ce que j'affirmais la veille. C'est la faute de ma nature de girouette, et voilà tout. J'ai souvent des dépits, jamais de haines, et cependant je suis toujours de bonne foi, même dans mes divagations les plus bizarres. On rencontre beaucoup de caractères comme le mien, allez! Je me passionne pour une idée, pour un caprice; je m'élance étourdiment sur le premier *dada* venu... et crac... au galop... ventre à terre... malgré fossés et murailles... une véritable course au clocher enfin!

— C'est un fou, ajouta Georges, qui parle sans cesse et n'a jamais pensé de sa vie.

— Pourquoi le justifier, fit Lucien avec douceur; je...

Mais Anatole l'interrompit:

— Cela n'est pas, disait-il, ou du moins cela n'était pas tout à l'heure! Il reste deux choses vraies au fond de mes folles paroles: mes souffrances et mon amour. Hors cela, tout peut se crever comme un ballon gonflé sous une piqûre d'épingle. Traite-moi d'étourdi, de hâbleur, de feuille au vent, à merveille! mais arrête-toi là. Je t'abandonne ma tête à la condition de respecter mon cœur. Et Trilby... pardon de répéter son nom!... c'est que j'ai bien souffert et que je l'aime encore!

— Pourquoi vous justifier vous-même? s'écria noblement Lucien; je ne vous le demande pas, moi! et je comprends assez, sans avoir besoin d'entendre davantage. Mais, croyez-moi, les enfans des riches ne sont pas les heureux sans nuagesque vous vous figurez: ils ont leurs douleurs et leurs amertumes aussi; et bien souvent, leur sort doré leur fait porter envie au sort des pauvres!

— Comment! dirent à la fois Georges et Anatole.

— Oui, oui, poursuivit fiévreusement Lucien; nous sommes les rois de la vie, et les jours nous caressent, mais caressent comme des courtisans et des flatteurs. Pas de surprise, pas de succès, pas de victoire pour nous! tout est préparé, calculé, assuré d'avance! La fortune abrutit la jeunesse, l'énerve, la puissance que donne l'or dépouille de la même main de toute émotion, de tout courage, de toute poésie! Nous ne connaissons pas le sublime ravissement du repos au sommet de la montagne péniblement gravie... Nous ne ressentons pas la friande gourmandise de la misère assise au premier bon repas gagné par le travail. Nous n'avons jamais le splendide bonheur d'étancher vers le soir une soif ardemment excitée pendant tout le jour. Et vous nous enviez nos voitures toujours prêtes, nos tables toujours servies, nos verres toujours pleins! Insensés que vous êtes! vous nous enviez, et vous nous maudissez! Il faut nous plaindre plutôt; car il n'est de moisson douce à faucher que la moisson semée par soi-même; car il n'est d'or joyeux à dépenser que l'or acheté par la sueur et la peine. L'existence est un désert entouré d'une ombreuse forêt. Le riche entre par la lisière fleurie, et la traverse niaisement pour arriver plus tard aux sables arides du milieu. Le pauvre, au contraire, part du centre brûlant, mais après une marche douloureuse il rencontre l'oasis dont il fait savourer, lui!... tous les parfums et tous les charmes. Oh! oui... plaign-z-nous!...

Pour toute réponse, Anatole et Georges sourirent d'un incrédule sourire.

— Nous aime-t-on jamais, nous!... continuait Lucien avec une croissante amertume. Non! Ni nos femmes, ni nos maîtresses. Non... car les premières nous achètent, et nous achetons nous-mêmes les autres. Trafic et calcul partout! Nos mariages sont des mariages de convention, des associations commerciales... des affaires... jamais des unions de sympathie et de cœur. Le pauvre, lui, se marie lorsqu'il aime, et les nécessités du ménage resserrent ces liens tressés de simples et fraîches fleurs des champs. Quant à nos maîtresses... il est ces *femmes* maudites qui nous attendent à la porte du collège pour nous offrir l'amour à prix d'argent. Tous, nous acceptons follement ces marchés infâmes. Oui, nous vous enlevons vos compagnes; mais elles vous gardent tous les trésors qui ne peuvent pas se vendre comme les autres. Notre part est bien belle, n'est-ce pas? A vous le cœur, à nous le reste? On vous aime, vous; on ne nous aime pas, nous! Voilà ce qui fait plus tard les riches, égoïstes, méchans et durs. On donne au pauvre, mais on ne fait que prêter au riche... Notre or éloigne et révolte les mains blanches qui l'acceptent. Voilà notre destin! Et si jamais germe une fleur au sein de ce métal qui nous fait si superbes, s'il nous arrive d'aimer, mais non plus des sens seulement; si notre âme, avide et jalouse de réciprocité, implore un peu d'amour en échange de son amour, alors, alors... oh! Trilby, Trilby!.. Tenez, Monsieur, je donnerais de grand cœur mon nom, mon titre et ma fortune, je consentirais avec ivresse à devenir aussi pauvre que vous l'étiez jadis, pour vivre de votre vie, pour me trouver à votre place, car alors...

— Alors... demanda Anatole.

— Alors! balbutia Lucien, elle vous aime, n'est-ce pas? Vous reconnaissez en elle le bouton épanoui d'une honnête femme. Son passé est votre ouvrage, et l'avenir vous réserverait le bonheur en récompense, n'est-ce pas?... n'est-ce pas?...

— Eh bien ! implora Anatole avec émotion.

— Eh bien ! répondit impétueusement Lucien, en arrivant à Paris, je tomberais aux genoux d'Aline, et le lendemain, elle serait ma femme. Voilà, Monsieur, voilà ce que e ferais, si Dieu m'avait donné la faveur de me créer à votre place !.

— Vous !...

— Moi...

— Mais le monde ?... observa Anatole en rougissant...

— Le monde!.. Ne vous inquiétez donc pas de si peu. Les nobles cœurs vous salueraient tous deux au passage. Et moi! moi, tout le premier, moi, l'amant d'Aline, je m'inclinerais avec estime et respect devant elle et devant vous. Bien plus, je regarderais aux deux côtés du chemin, afin de briser du revers de ma main tout sourire insultant ou moqueur. Telle serait ma part, à moi, qui l'aime! Elle vous aime... vous... voyez quelle est la vôtre !.

Anatole resta un moment silencieux et rêveur.

Puis, il releva la tête vers son généreux rival, et lui dit :

— Vous agiriez ainsi, Lucien ?...

— Sur l'honneur !... répondit Lucien en regardant le ciel de ses yeux humides et comme pour le prendre à témoin...

— Mais moi, je ne le peux pas , je ne le peux pas, articula l'amant aimé avec une douloureuse angoisse.

— Et pourquoi donc? demanda sévèrement celui qui pleurait l'amour impossible d'Aline.

Pour toute réponse , Anatole murmura sourdement ces mots fatals :

— Oh ! ma mère ! ma mère !...

Et il laissa retomber sa tête abattue sur sa poitrine palpitante.

. . . . r

De longtemps personne n'osa plus reprendre la parole. Anatole et Lucien étaient tristes.

Mais Georges avait assez d'espérances et de joies dans le cœur pour en répandre à flots sur les fronts assombris de ses deux compagnons de voyage.

Il voulut le tenter.

Un incident en fournit le prétexte.

L'entretien, d'abord languissant, s'anima peu à peu.

Anatole et Lucien se sentaient sympathiquement entraînés l'un vers l'autre par leur amour malheureux et mutuel.

Il reste toujours dans le cœur un peu de la femme aimée, et ces deux émanations de Trilby tendaient à rejoindre leurs mains fraternelles.

Et puis, le bruit et l'enivrement de la course, la fantasmagorie mouvante des paysages entraînés en arrière , les émotions débordantes et babillardes de la jeunesse et du voyage.

Enfin, vers la fin du jour, toutes les voix s'épanchaient en liberté sur l'impériale.

Et, bien plus, il y avait trois amis sous cette lourde capote qui flottait bruyamment sur leurs jeunes têtes en les abritant du soleil.

CHAPITRE XXIV.

Cette sympathie involontaire, cette amitié naissante devaient bientôt s'étendre jusqu'à moi..

Oui... Et le jour ne voulut pas finir sans me donner l'occasion de faire connaissance avec les trois nouveaux amis...

Voici comment ?...

On dînait à table d'hôte à Limoges...

Personne ne manquait à l'appel cette fois , et la famille Saint-Hyacinthe vint joyeusement s'asseoir en face de Lucien de Varedde.

Le secret avait été religieusement gardé sans doute... car le père et la mère firent à peine attention à leur bienfai-

teur anonyme... Ils croyaient tous les deux ne devoir leur reconnaissance qu'au hasard... et la joie rayonnait sans partage sur leurs fronts déridés et rians...

Saint-Hyacinthe prit une large et sensuelle part dans ce festin tombé du ciel... Il mangeait, ce pauvre et brave homme!... il mangeait avec une activité un peu burlesque, un peu friande, un peu gloutonne, mais qui n'était pas sans charme pour l'amphitrion ignoré, pour le Gamache inconnu de ce Sancho amaigri par une longue abstinence...

En vain, de Varedde, fidèle à sa noble résolution, s'évertuait à ne pas regarder en face...

Il y eut des regards sans nom échangés entre le jeune homme rougissant et les deux jeunes filles reconnaissantes...

Albert Atis se tenait auprès de Louise...

Jeanne était heureuse de voir toute sa chère famille heureuse et servait le petit Jean de ses mains attentives et maternelles,..

Anatole et Georges occupaient les deux places aux côtés de Lucien...

A l'un des bouts de la longue table, Tom servait son maître... et l'abbé La Châtre happait au passage les morceaux les plus forts et les meilleurs.

A l'autre le plus voisin de la porte de la salle, je venais de m'asseoir entre Mariette et Rose...

La Debanne manquait encore...

Les choses en étaient là, lorsque survint un officier... de je ne sais plus quelle arme...

L'hôtel Limousin servait à la fois de table d'hôte aux voyageurs, et de pension aux officiers de la garnison...

Et le régiment, actuellement à Limoges, se trouvait caserné à Toulon quelques mois auparavant...

Le nouveau venu reconnut Mariette, et sourit de l'air le plus fat... le plus insolent...

— Tiens... s'écria-t-il avec éclat... Je vais dîner-là, pour aujourd'hui...

En même temps il s'asseyait en face de nous...

Je fronçai le sourcil...

Le guerrier ne parut pas s'en apercevoir, et commença à lorgner la cantatrice, en se rengorgeant avec l'aplomb d'un Royal-Cravate du bon temps de la Rgence.

Le sang me montait au visage.

Et ce ne fut pas tout encore !

Le misérable adressa cavalièrement la parole à Mariette, et débuta par de véritables galanteries de corps de garde...

J'allais me lever de ma chaise...

Tout à coup la porte s'ouvrit...

Et la Debanne parut sur le seuil.

Elle s'avança lourdement vers la table, et prit la chaise voisine de celle de l'officier.

Juste en face de Mariette...

Naturellement Mariette releva la tête...

Aussitôt elle jeta un cri de douleur... pâlit... et se recula avec épouvante...

Je crus qu'elle allait s'évanouir... et je tendis le bras derrière elle...

Mais elle était déjà debout...

— Suivez-moi ! fit-elle à Rose avec un accent étrange de commandement et d'indignation...

Et elle se dirigea vers la porte de la salle...

L'officier l'avait déjà devancée.... il lui barrait impertinemment le passage...

— On ne nous quitte pas ainsi ?... ricanait-il en souriant.

— Laissez-moi sortir ! répondit Mariette, froide et digne.

— Allons donc ?,..

— Je vous en supplie...

— Impossible, ma charmante !

Tout le monde s'était levé de table.

On croyait... et moi-même aussi... que la fuite précipitée de Mariette n'avait d'autre motif que la familiarité blessante de l'étranger...

Je courus à mon tour vers la porte...

Mais, dans l'intervalle, Mariette avait fait un pas... et l'insolent lui touchait déjà le bras pour la mieux retenir.

D'une main, j'ouvris la porte...

De l'autre, j'avais saisi la main de l'officier...

— Passez, Madame... murmurai-je d'une voix tremblante de colère... et soyez sans crainte aucune.

Mariette sortit en me remerciant d'un regard...

Rose évitait de suivre sa maîtresse...

Ma foi... je la poussai sans façon par les épaules...

J'avais bien du courage dans ce moment-là !...

Puis je refermai la porte.

La main de l'officier restait toujours serrée dans la mienne.

Alors seulement je lui rendis la liberté...

— Savez-vous bien, Monsieur... cria-t-il avec un effroyable tapage... savez-vous bien que je suis militaire, et que vous m'avez insulté ! !...

Je lui répondis sans nullement m'émouvoir :

— Je sais l'insulte, et je vois l'uniforme... Après, Monsieur ?...

— Après... Vous allez voir...

Et il se disposait à sortir.

Je l'arrêtai de nouveau.

— Un moment, lui dis-je, entendons-nous bien... Je suis en route, moi...

Et me tournant vers le conducteur attablé avec nous, j'ajoutai :

— Dans combien de temps doit-on repartir ?

— Vingt minutes tout au plus.

— Pouvez-vous m'accorder une demi-heure ?

— Dam !...

— Je vous en prie...

— Allons... soit...

— Merci...

Je me retournai vers mon adversaire.

— Vous m'entendez, Monsieur ?... lui dis-je avec une politesse ironique... J'ai une demi-heure à votre service... pas davantage... Hâtez-vous donc... Quant à moi, je me remets à table en attendant... Mais... vous êtes averti... je n'attends pas plus que la diligence... et je repars avec elle... Agissez en conséquence...

— C'est bien... répondit l'officier... qui sortait en me lançant son plus foudroyant regard...

J'allai me rasseoir...

Mais déjà Lucien de Varedde s'était élancé vers ma chaise...

Anatole et Georges le suivaient...

— Je serai l'un de vos seconds... disait Lucien...

— Et moi... voulut ajouter Georges...

Anatole l'arrêta en murmurant à son oreille :

— Et Geneviève ?...

Puis, il poursuivit à haute voix :

— Et moi l'autre !

Georges lui serra la main...

— Merci, Messieurs... répondis-je aux trois généreux jeunes hommes. Merci...

.   .   .   .

Nous attendîmes ensemble pendant toute cette demi-heure...

Et voilà comment nous fûmes amis...

.   .   .   .

Quant à l'officier, il ne reparut pas...

Il s'en trouve de tels aujourd'hui en France...

Le conducteur, un vieux soldat, fit cependant les choses en amateur des plus chaleureux et des plus complaisans.

Il nous donna quarante minutes...

C'était assez attendre... d'après l'avis unanime...

Y compris... bien entendu... celui du conducteur lui-même...

Je remontai auprès de Mariette...

— Qu'avez-vous fait ?... me dit-elle avec un doux ton de reproche...

— Comment !... m'écriai-je...

Mais je fus interrompu par Rose, qui refermait la portière, en grommelant entre ses lèvres acérées et cruelles :

— *Monsieur* connaît ce brave officier-là ? C'est un de ses amis ! Ah ! ah ! quand *Monsieur* va savoir tout cela !...

.   .   .   .

— Voyez, fit Mariette.

CHAPITRE XXV.

Au Limousin succèdent pour le voyageur qui va de Toulouse à Paris, la Marche et le Berry. Les côtes sont fréquentes dans ces deux provinces, et nous nous plaisions à les monter à pied. Mariette alors s'appuyait sur mon bras, et ces promenades eussent été pleines de charmes pour tous deux, car la soirée nous comptait des heures aussi délicieuses que celles de la veille, mais l'implacable Rose venait toujours à nos côtés flétrir le bonheur et la joie.

Sans doute elle avait compris toute l'âcreté de l'épithète du matin ; car elle s'acharnait à nous assassiner à tout propos de son éternel *Monsieur* ; elle en menaçait sans cesse sa maîtresse avec un raffinement de cruauté féroce. Quel supplice pour Mariette ! c'était le glaive suspendu sur la tête de Damoclès ; c'était la couronne d'épines aux mille aiguillons qui tamisaient le front pâle et saignant du Christ !

Sur le soir, la diligence s'arrêta au pied d'une des collines de la Creuse, derrière laquelle le soleil se couchait au milieu d'un océan de flammes.

— Descendons, dis-je en tendant la main à Mariette, descendons pour mieux assister à la toilette de l'amant de Thétis ?

Déjà, ma compagne de voyage se levait de la banquette, lorsque je la vis avec surprise se rasseoir brusquement et murmurer :

— Non, je préfère rester ici, je suis souffrante et lasse.

Je ne comprenais rien à ce caprice étrange et subit ; mais, hélas ! je ne tardai pas à en deviner la triste cause.

En me retournant, j'aperçus derrière moi la maussade figure de la cameriste, dont rien ne m'avait dit la fatale approche.

Mariette sacrifiait le plaisir désiré pour ne pas subir la présence de son mauvais ange.

Mais ce démon femelle pénétrait avec l'instinct du mal les moindres pensées de sa victime... Elle passa rapidement devant moi, et monta dans le coupé, en souriant d'un sourire infernal.

Je restai un moment immobile et indécis. Enfin, j'allais m'élancer à mon tour vers ma place, lorsqu'un *regard* de Mariette me fit comprendre que je devais la laisser seule... je baissai la tête, et je me mis à gravir la colline en murmurant avec colère :

— C'est trop... c'est trop !... Il y a là-dessous quelque mystère qui m'échappe et que je veux connaître.

Quant à Romeo, resté près du marche-pied, il avait hésité à me suivre ou bien à retourner auprès de sa nouvelle amie ; mais enfin il se décida pour ce dernier parti au grand déplaisir de la suivante.

Il y a souvent chez les animaux des instincts étranges et merveilleux. Romeo avait peut-être autant d'intelligence... et certes... plus de courage que son maître. .   .   .   .   .

.   .   .   .

Enfin le moment arriva où je pus reprendre ma place

aux côtés de Mariette. Aussitôt je parlai de la conduite incompréhensible de Rose... Je racontai la scène de Montauban... je cherchai par tous les moyens possibles à exciter la colère ou la confiance... mais rien ne me réussit. Mariette souffrait, et pourtant aucun mot d'explication ne sortit de sa bouche... Elle évitait de me répondre et même de me regarder. Enfin, pour échapper à mon insistance, elle ferma les yeux et feignit de s'endormir.

Je n'osai plus parler...   .   .   .   .   .   .   ,   .   .

.   .   .   .

Adieu, tout espoir et tout bonheur ! adieu nos charmantes causeries du soir !

La nuit vint... les étoiles s'allumèrent au ciel bleu... et ni la nuit ni les étoiles ne virent cesser le sommeil de Mariette.

Mais ce n'était plus ce sommeil souriant et paisible qui semblait, la nuit précédente, la bercer de rêves d'or. Non, non, c'était un sommeil lourd... sourcilleux... troublé de songes noirs et funestes.

Comme la veille, j'étais agenouillé devant la dormeuse chérie ; plus que la veille encore, je regrettais amèrement que Dieu ne m'eût pas réservé le premier amour de Mariette !

.   .   .   .

A chaque relai, je me rasseyais prudemment sur la banquette.

Un regard indiscret pouvait compromettre ma compagne de voyage.

Une fois même, il me sembla voir briller à travers la vitre de la portière les petits yeux gris et haineux de Rose ; et puis une ombre passa, rapide et légère comme un fantôme vengeur acharné à sa proie.

Cette apparition funeste m'épouvanta... Je résolus de rester assis, et, s'il se pouvait, d'oublier Mariette jusqu'au jour naissant.

Que faire pour cela, mon Dieu !

Je me rejetai profondément en arrière. Je bâtis une muraille impénétrable à l'aide des évocations éparses du passé. J'évoquai tous les mirages enfouis dans ma mémoire, et, je ne sais pourquoi, le pont Saint-Michel se dressa tout à coup devant mes paupières closes, comme pour m'empêcher de voir ces réalités, mes tentatrices voisines !

Heureux songe ! riantes illusions !... Je marchandais des pommes à la baronne Trois-d'un-Sou.

Je fis sourire encore une fois la tristesse de la mère Rainette...

Bonne mère Rainette !... Son souvenir m'occupa pendant toute une heure. Elle était là... devant moi.... contre ce parapet de pierres brunies, avec sa chaise boiteuse, et son éventaire en ruines ; ses cheveux grivelés flottaient échappés de son madras noir et blanc. Je reconnaissais toutes ses rides dont j'avais appris le nombre dans mes écoles buissonnières. Mais je n'étais plus un enfant, et je comprenais que les chagrins devaient en avoir creusé tout autant que les années. Sous cette enveloppe dolente et muette je devinais une grande et profonde douleur...

Laquelle ? peu m'importait de le savoir ! Mais je me sentais plein d'amour et de respect pour cette pauvre vieille dont les vents de la Seine avaient seuls séché les larmes !

— Oh ! murmurais-je en soupirant, toute femme est sainte et sacrée lorsqu'elle a beaucoup pleuré ! beaucoup souffert !

— Beaucoup souffert ! Ce mot me ramena malgré moi au souvenir de Mariette. Et je tombai de nouveau à ses pieds !

.   .   .   .

Pauvre Mariette ! En vain elle s'efforçait de fuir le passé ; le passé la poursuivait comme l'hydre aux têtes sans cesse renaissantes. Qu'avait-elle donc fait, cette belle et tendre enfant ?.. Elevée sans doute à la dangereuse école du théâtre, entraînée par les perfides conseils et les pernicieux exemples,

peut-être livrée à elle-même, dès ses premiers pas dans la vie, elle avait subi le destin que lui avait préparé le monde ! Voilà tout. Mais était-elle coupable, non certes ! Bien des femmes méprisaient la comédienne abandonnée, bien de ces femmes soit-disant vertueuses, qui, grâce à la surveillance attentive d'une famille, n'ont pas pu faire autrement. Tout le secret de la vertu féminine est là dedans. Enfermez l'oiseau dans une cage, il n'ira jamais becqueter les fruits attrayans du jardin ! Emondez l'arbre à chaque printemps, il restera dans des proportions honnêtes et convenables ! Laissez le croître en liberté, il escaladera de ses branches folles les murailles du verger !

L'estime pour les femmes doit se mesurer, non pas à ce qu'elles ont fait, mais bien à ce qu'elles auraient pu faire ! Et, pour ma part, j'honore fort peu les pensionnaires cloîtrées, les pudiques péronelles qui rougissent toujours sans se douter ni pourquoi ni comment. On leur a appris cela, comme une leçon de grammaire ou de piano. Elles le savent tant bien que mal, ainsi que le reste. Leurs vertus ressemblent à leurs robes de soie, elles ont peur de chiffonner les unes et les autres. Jamais on ne les a laissées seules, pas même avec un valet. Le bel effort qu'elles restent sages !

Puis vient le mariage, on les livre à l'époux comme une marchandise soigneusement emballée, et sur laquelle on a gravé le mot *fragile*, de crainte d'accident. C'est un port sûr et tranquille. Pour y parvenir, elles n'ont eu, frégates à peu près neuves, qu'à glisser doucement sur les berges du chantier. Néanmoins, elles se pavoisent toutes coquettes et fières de ce paisible voyage. Elles méprisent, du fond de leur égoïste orgueil, les pauvres goëlettes battues par les vents, qui sombrent dans la haute mer !

Allons donc, Mesdames, contentez-vous de votre bonheur facile et de votre vertu commode, mais ne venez mendier ni nos respects ni notre estime, car vous n'avez rien fait pour les gagner. Il n'est pas de victoire sans combat. Votre sagesse vous coûte moins que de broder une paire de pantoufles à vos frères. Et quant à vos mérites superbes, je préfère glorifier mon chien, qui n'a pas déserté sa niche cette nuit, parce que la chaîne était trop solide.

Il n'est que les femmes qu'une seule et sainte vertu, et, devant celle-là toutes sont égales ; c'est la maternité. Or, il est de bonnes mères partout, et, si l'on en trouve chez les saintes du monde, on en rencontre tout autant parmi les Madeleines.

Quant au reste, il faut s'en prendre à notre civilisation hasardeuse et bâtarde. C'est elle seule qui fait la destinée des femmes !

.   .   .   .

Voilà ce que je me disais tout bas, en contemplant Mariette endormie. Devant elle, je n'aurais jamais osé parler ainsi, car je devinais à ses tristesses qu'elle était le juge le plus sévère de son existence à jamais flétrie !

Autrement, pouvais-je m'expliquer la résignation patiente avec laquelle elle supportait la tyrannique surveillance de Rose !... Cette fille représentait le fonctionnaire, et devant tous deux Mariette courbait sans doute sa tête humiliée. Elle n'aimait pas, cependant. Une voix secrète le disait à mon cœur. Mais elle venait de m'apprendre son isolement. Peut-être se rattachait-elle à la seule affection qui lui restât, avec l'énergique désespoir du noyé suspendu aux branches du rivage !...

Mais non ! cette simple explication ne pouvait satisfaire mes angoisses inquiètes et curieuses. Rose était trop insolente et Mariette trop esclave !... Je cherchai ailleurs le secret de cette étrange situation.

La fierté semblait devoir couler avec le sang, dans les veines qui bleuissaient ce front pâle et aristocratique. Il fallait donc une cause bien puissante pour faire ainsi plier cette nature superbe. Le fonctionnaire était riche, mais l'appât de l'argent ne pouvait tenter le noble cœur de Mariette; et l'espoir d'un mariage me paraissait un calcul trop mesquin pour l'asservir à un esclavage si humiliant et si douloureux !... Je songeai aussi à cet entêtement funeste qui enlace souvent la femme à l'homme qui l'aime le moins.

Le fonctionnaire, habile à exploiter la terreur, dominait-il sa maîtresse par de puériles craintes?... Je l'en croyais certes bien capable, lui!... Mais elle, oh ! non... jamais !...

La nuit s'écoula tout entière à disséquer ce mystère, et le jour vint, que je ne me trouvais pas plus avancé que la veille... Voilà seulement ce que je me disais au lever du soleil :

— Mariette a failli : le remords la torture. Elle n'aime pas son amant; mais elle se complaît à expier cruellement sa première faute, et ne veut pas chercher le bonheur dans un nouvel amour, parce qu'il lui faudrait faillir une seconde fois... Insensée, bien insensée !... Dieu, qui fait fleurir chaque printemps la même branche, n'a pas voulu défendre à la femme souffrante et méconnue d'aimer deux fois dans la vie !...

Mon cœur murmurait cela pour refaire à Mariette, suivant l'expression du poète, une virginité; mais je ne le pensais pas alors. Je croyai à cette époque que la vierge seule se donne tout entière; je ne savais pas encore que la première fois qu'une femme se donne est celle où souvent elle se donne le moins !...

CHAPITRE XXVI.

Malgré les diverses recrues levées depuis le départ, il restait encore un dernier vide sur la feuille du conducteur.

La sixième place de l'intérieur était inoccupée.

Mais elle se trouva prise à Saint-Benoist, petit village des bords de la Creuse, et dont l'unique auberge nous servit à déjeuner le lendemain matin.

Quelques mots me semblent nécessaires avant d'introduire en scène l'étrange personnage qui devait compléter le contingent de la diligence.

Frédérick Pichard, fils d'une honnête et laborieuse famille de cultivateurs berrichons, fut envoyé, dès la sortie du collège de Limoges, pour étudier la médecine à Paris.

Dix années se passèrent avant que l'héritier des Pichard passât son premier examen.

Entraîné par la passion du jeu, par l'amour des femmes, par l'oisiveté, cette mauvaise et perfide conseillère, il vivait de la vie que mènent, hélas ! la plupart des étudiants à Paris.

L'estaminet, la Chaumière, la roulette étaient les seuls cours fréquentés par Frédérick. Quant à l'École-de-Médecine, il connaissait tout au plus l'extérieur de ce monument public.

Les conséquences d'une semblable conduite n'ont pas besoin d'être définies. Tout le monde les sait ; et, si quelques uns ignorent, leur est facile de deviner.

Seulement Pichard alla plus loin que tous les autres.

Il y eut des dettes énormes, et bientôt de fausses lettres de change, où le fils ne craignit pas de contrefaire la signature paternelle !

Le père, déjà presque entièrement ruiné par ses premières folies, racheta l'honneur de son nom au prix de tout ce qui lui restait de sa modique fortune.

Puis il mourut, entraînant dans sa tombe à peine refermée la compagne en pleurs de son existence flétrie.

Frédérick se trouva seul sur la terre.

Il avait alors trente ans et commençait à comprendre les exigences de l'avenir.

Le travail tenta d'expier les fautes de la jeunesse.

Mais le temps et l'or manquèrent à cet orphelin prodigue.

Il fallait vivre à Paris pendant plusieurs années.

Sans compter les inscriptions, les examens, la thèse, tous les autres impôts iniques que l'Université prélève sur les études.

Tout cela coûte fort cher, et Frédérick ne possédait plus rien au monde.

L'espoir d'atteindre au titre de docteur eût été folie.

Richard se résigna, vécut tant bien que mal pendant trois années, et finit par obtenir un modeste brevet d'officier de santé.

Puis il fut se fixer à Saint-Benoist, le village le plus voisin de la ferme paternelle.

Mais il était pauvre, et contraint de courir l'arrondissement à pied.

Mauvaise recommandation pour un médecin de campagne. Le cheval est de nécessité première.

Le paysan n'a confiance que dans la santé qui galoppe en croupe du docteur.

Frédérick Pichard en fit la triste expérience.

Un de ses rivaux, possesseur d'une antique carriole, accaparait tous les riches malades des environs.

Il ne restait au dernier venu que la clientèle des pauvres ; et son cœur, pas plus que sa bourse, ne se sentait flatté de cette position purement évangélique.

Courir la nuit et l'hiver, par la pluie et par la neige, aller jusqu'à deux ou trois lieues chercher une visite, cotée en maximum au chiffre piteux de cinquante centimes !

C'était un triste sort !

La misère arriva bientôt, usant, râpant, souillant à la fois l'âme et l'enveloppe.

Pichard s'aigrit. Il devint haineux, méchant. — Une ambition dévorante se développait en lui, à mesure que tombaient en lambeaux ses derniers vêtemens et ses dernières espérances.

Pour comble de malheur, la justice intervint une seconde fois dans ses affaires.

Il était question d'un avortement clandestin, d'une opération criminelle.

L'officier de santé comparut devant les assises de la Creuse.

Les preuves manquent, le jury l'absout, mais ce procès lui enleva le peu de confiance et de considération dont il jouissait encore.

L'accueil reçu lors de son retour à Saint-Benoist le frappa de stupeur et de rage.

Les plus pauvres refusaient ses soins. Toutes les portes se fermaient sur son passage.

Que faire, désormais ?

Il ne s'agissait plus de position et d'avenir. Il s'agissait de vivre, de manger.

L'officier de santé descendit encore d'un grade ; il devint vétérinaire.

Une épidémie régnait en ce moment sur les bestiaux ; l'occasion était favorable. Le succès couronna cette tentative désespérée, et les premiers besoins de l'existence furent garantis à peu près.

Mais ce fut tout.

Pichard, homme de luxe, de gourmandise et de plaisirs, souffrait d'affreuses tortures dans ses sens à jeun et dans son amour-propre blessé.

Cependant il cacha héroïquement ses plaies et ses appétits. Il enfouit au plus profond de sa poitrine ses désirs ambitieux et sensuels. Il se montra souriant et jovial dans son humiliant et nouveau ministère.

Mais il blasphémait aux heures de solitude ; il menaçait le monde de ses poings crispés et de sa lèvre écumeuse.

Puis cette exaltation se calma graduellement ; et bientôt il tomba dans un marasme qui touchait parfois à l'idiotisme, et que tout le monde prit pour de la résignation et de la patience.

Non.

C'était cette rage contenue, cette fièvre sourde et latente qui aboutit au suicide et au crime !

* * *

Frédérick Pichard était un homme petit, maigre, osseux et déjà voûté, quoiqu'il eût quarante ans à peine.

Ses cheveux noirs, ternes, rares et ramenés sur un front étroit et fuyant ; ses yeux fauves, clignottans, rougis vers les bords dépouillés de leurs cils, et sans cesse cachés derrière les verres crasseux de ses lunettes vertes ; son teint jaune, mat et bilieux ; ses narines minces, plissées et toujours entr'ouvertes comme pour flairer une proie ; ses lèvres incolores, ironiques et rentrées en dedans ; ses mains longues et crochues ; ses pieds plats et chaussés de haillons de cuir ; son costume sordide ; tout enfin donnait à cet homme un aspect hideux et repoussant.

Le docteur, son triomphant rival, le comparait méchamment à une hyène en temps de faim et de mue.

Et le facétieux médecin avait trouvé une comparaison des plus justes.

Car l'unique toilette du vétérinaire, cette toilette immuable, cette toilette sans laquelle aucun ne l'avait jamais vu... cette toilette ressemblait, certes, plus à la peau d'un animal qu'à des vêtemens humains.

Quant au reste, on peut juger par le portrait tracé ci-dessus !..

La toilette, ou plutôt le *poil* de cet être singulier, se composait de trois parties, jadis noires, mais auxquelles le temps avait fait subir de bizarres modifications de couleurs. Le pantalon étaient devenu d'un roussâtre confus ; l'habit d'une nuance grise et marbrée ; le gilet, grâce à une épaisse couche de graisse, d'un violet verni et brillant. La cravate était jaune, de ce jaune particulier aux feuilles mortes et au linge en âge de mourir... Enfin le chapeau semblait blond et chauve comme un épi mûr.

Tel on voyait depuis cinq ans Frédérick Pichard donnant ses consultations au prix de cinq ou six sous par tête, les jours de marché aux bestiaux, sur la grand'place du village de Saint-Benoist.

Tel nous le vîmes à notre tour, lorsque la diligence s'arrêta devant l'auberge, qui dominait la grand'place.

* * *

En ce même moment, l'Anglais, en proie à des convulsions terribles, se tordait entre les bras de son domestique.

—Un médecin ! un médecin !... cria Tom par la portière.

Aussitôt Frédérick Pichard s'avança obséquieux et alerte.

— Vous êtes médecin ?... fit Tom avec une surprise peu flatteuse.

— Officier de santé... répliqua Frédérick sans s'émouvoir.

— Alors... montez... montez vite ! conclut Tom d'un ton bourru.

Les autres voyageurs venaient de descendre, Pichard monta lestement dans l'intérieur.

Après une longue consultation, après un examen plus long encore, Pichard courut vers une pharmacie située en face de l'auberge.

Cinq minutes après, il était de retour.

Le pharmacien l'accompagnait et remit deux petites fioles à Tom.

Sans doute la confiance n'avait pas été jusqu'à ce faible crédit.

* * *

Bientôt l'Anglais rouvrit les yeux et parut respirer avec l'expansion étonnée d'un bien-être inexprimable.

Il regarda tour à tour Tom et l'étranger.

Tom se mit à parler en anglais.

Sans doute il expliquait la cure merveilleuse de cette terrible crise.

L'Anglais parla à son tour.

Puis Tom, servant d'interprète, répéta au médecin la question suivante :

— Mon maître demande si vous vous croyez capable de le guérir tout à fait ?

— J'en réponds ! affirma Frédérick.

Tom transmit cette réponse à l'Anglais, et continua :

— Mon maître demande si vous voulez le suivre à Paris ?

— A Paris ? répéta Pichard avec avidité.

— Cinq cents francs par mois pendant toute la maladie ?... disait Tom, écho traduit de son maître. Dix mille francs lors de la guérison complète ?...

Un éclair de joie passa derrière les lunettes vertes du médecin.

Mais il reporta ses regards indécis sur les vêtemens simples et même mesquins du malade.

— Allons donc ! s'écria Tom de sa propre impulsion, lord Karolan a deux millions de revenus.

— Vrai ? fit Pichard ébloui.

— Parbleu ! répondit brusquement le valet.

Aussitôt Pichard prit la main de lord Karolan et la baisa.

Le lord prononça un mot anglais.

L'avide Français le comprit par instinct, et s'écria :

— J'accepte !

— A la bonne heure ! murmurait Tom, qui, sur un ordre du maître, s'empressait de descendre pour payer la nouvelle place occupée, à la bonne heure ! Me voilà débarrassé d'une bonne moitié de la besogne !...

Frédérick Pichard s'installa à côté de son malade.

* * *

Un instant après, la Debanne s'avança vers le marchepied en disant à Rose :

— En voilà une débine un peu crâne ! Mais j'ai fait jaser la servante de l'auberge sur le compte de ce râpé-là, un gueux fini ! Un trésor ! c'est mon homme !

Cet *homme*, si promptement flairé par la Debanne, ne songea pas même à toucher une dernière fois de son pied le sol du pays natal.

Il portait toute sa fortune sur son dos, comme le limaçon sa coquille.

Seulement, au premier tour de roue de la diligence, il se leva et mit la tête à la portière, afin peut-être de jeter un adieu au petit village de Saint-Benoist.

Mais non...

Il dirigeait vers le clocher son poing haineux, ses regards pleins de mépris et de menaces.

Puis, il se rassit superbe, rayonnant et joyeux.

* * *

Il est des sympathies puissantes entre les natures viles et mauvaises.

La Debanne s'adressa familièrement au médecin, comme à une ancienne connaissance.

—Nous voilà bien content ! dit-elle. Eh ! eh ! çà fait plaisir de revoir ce polisson de Paris.

— Je ne cherche pas à le cacher, fit Pichard avec expansion.

— Et vous avez bien raison, reprit la parfumeuse. Paris vous revaudra çà, mon fils. Je gage que vous y ferez fortune.

— Oh ! observa l'officier de santé, je me dois entièrement à lord Karolan.

— Entièrement, entièrement ! répéta sournoisement la Debanne ; d'accord, mais cela n'empêche pas de se faire par ci par là quelques bonnes pratiques.... Moi, par exemple.

— Vous ?

— Ne faites pas fi de la voisine, mon petit, elle est femme à vous mijotter une clientèle pas du tout piquée des vers.

— Vraiment ?

— Oui... Mais faudrait de la discrétion , de l'adresse et pas énormément de scrupules. Enfin...

La raccoleuse commère fut interrompue par un cri de lord Karolan.

Le médecin reporta toute son attention vers le malade.

. . . .

— Eh! bien, poursuivit la Debanne en s'adressant à Rose; eh bien, la petite?..

— Pas moyen, fit Rose avec dépit.

— Elle ne veut plus accepter ?

— Rien.

— Pas même une adresse pour acheter de la parfumerie ?

— Pas même !

— Oh ! Lucien, Lucien!

— Vous croyez que c'est lui ?

— Sans doute. Qui donc? Toi ?

— Oh ! moi, qui l'ai retournée de toutes les façons.

— Enfin, que dit-elle ?

— Rien. Elle remercie poliment, elle dit qu'elle n'a besoin de rien, qu'elle a perdu l'adresse et qu'elle n'en veut pas d'autre, de crainte de la perdre encore. Des prétextes, quoi !

— Et l'as-tu, au moins... la sienne d'adresse ?

— Pas davantage.

— Comment! tu ne sais pas où cette trôlée de gueux-là va nicher?

— Elle soutient n'en rien savoir encore, et je lui ai dit qu'elle pourrait toujours s'adresser à moi, à l'Opéra?

— Bravo ! c'est quelque chose, mais ce n'est pas assez, j'y mets de l'entêtement aussi, moi !

— Ah ! bah !

— Tiens, je ne sais pas ce que je donnerais pour savoir leur adresse ?

A ce mot, Pichard regarda la Debanne par dessous ses lunettes, mais la Debanne ne vit rien.

Elle continuait sa conversation avec Rose, tandis que Frédérick causait lui-même avec Tom.

En effet, sitôt le calme revenu sur le front du maître, le domestique avait poussé le coude du médecin et lui parlait bas à l'oreille.

De la Debanne, sans doute.

Car l'écouteur sournois regardait alternativement le valet et la parfumeuse.

— C'est cela ! dit enfin Pichard à voix basse.

— Parole ! répondit Tom.

— Merci !

— Et y aura la pièce ?

— Toujours.

— Alors, amis à perpétuité !

Ces deux hommes-là s'entendaient dans leur coin, tout aussi cordialement que dans le leur s'entendaient les deux femmes.

— Si ça ne fait pas pitié ! disait la Debanne. Çà crève de faim, et ça joue les délicats ! Oh ! je saurai leur adresse, va !

— Si on faisait jaser l'enfant malade? proposa Rose.

— Ah! ouiche, fit la parfumeuse. Il est trop malade... La mère ne le quitte pas !..

Et la proposition tomba par terre.

Mais il y eut dans sa simple formule un mot ramassé par quelqu'un.

. . . .

Au premier relai Frédérick Pichard descendit et dit en remontant à la Debanne.

— Vous aviez raison tout à l'heure, Madame?...

— En quoi? fit la parfumeuse étonnée...

— Il est bien malade...

— Qui çà ?.. l'Anglais...

— Non pas... le petit garçon de la rotonde !...

— Le frère de...

— Oui... mais je le sauverai aussi.

— Comment cela?

— Je viens de le promettre à sa mère.

— Vous ?...

— Sans doute... J'irai visiter quelquefois ces braves gens à Paris...

— A Paris ?.... vous savez donc leur adresse?...

— Naturellement... puisque je viens de leur offrir mes services de médecin...

— Quel homme !... s'écria la Debanne avec un élan d'admiration...

— C'est tout simple.... répondit bénignement Frédérick... une adresse de malade...

— Et vous me la donnerez, à moi?...

— Pourquoi non ?... à Paris...

— A Paris ?...

— En allant vous rendre mes devoirs...

— Vos devoirs ?...

— Mais... oui... chez vous ?...

— Ah ! fort bien !... conclut l'innocente matrone... Que je suis bête !... Mais vous, cristi !... vous comprenez les choses. Oh ! oh ! .. vous ferez votre chemin... Tenez... voici , finot...

En même temps elle entrouvrit un petit carnet, et remit une carte à son nouvel ami, en disant :

— On ne sait pas ce qui peut arriver ?... j'en ai toujours une petite pacotille en voyage...

— Et tu fais bien... car çà te fournit l'agrément de m'en offrir une !... murmura une voix moqueuse à son oreille.

La Debanne se retourna vivement.

C'était l'abbé La Châtre qui se réveillait, en tendant la main !...

— Pincée, la vieille ! poursuivit le brocanteur en parlant de manière à n'être entendu que de la Debanne. Allons, donne !

— Mais...

— Donne ! ou bien j'entame une reconnaissance à grand orchestre !

— Chut ! s'empressa de murmurer la parfumeuse en glissant une de ses cartes dans la main quêteuse et narquoise...

Et l'abbé La Châtre se rendormit.

. . . .

Pendant que toutes ces intrigues voilées se nouaient dans l'intérieur, la joie rayonnait dans la rotonde.

Albert Atis échangeait avec Louise des regards, des étreintes de main et des baisers furtifs.

Annette chantait.

On venait de lui promette une capote rose en échange de sa riche trouvaille.

Saint-Hyacinthe et sa femme étaient gonflés de bonheur et d'espoir.

Ils oubliaient, les pauvres heureux, que le prix des places allait emporter près des trois quarts de leur trésor !

Les comédiens sont de grands enfans , et Paris leur semble toujours superbe à travers un de nos plus modestes billets de banque.

. . . .

Sur l'impériale, Anatole et Lucien sentaient déjà vaguement l'approche de ce Paris où brillait Aline.

Et Georges, plus impatient que les deux autres, croyait déjà voir sourire à l'horizon le visage adoré de Geneviève.

. . . . r . . . .

Enfin, dans le coupé...

Roméo dormait languissamment sur mes genoux.

Et moi, seul avec Mariette, je jouissais de mon bonheur mêlé de pluie et de soleil , mêlé d'épanouissemens et de contractions, mêlé de sourires et de larmes !

CHAPITRE XXVII.

Le voyage ne devait plus durer qu'un jour.

J'étais triste et soucieux comme à la veille d'un départ.

Mariette changeait à chaque minute de sentimens et de pensée. Tantôt elle accusait la lenteur de la diligence, elle s'agitait dans une impatience capricieuse et fébrile ; tantôt je la surprenais à regretter que le voyage se terminât sitôt !...

Près d'atteindre le but, elle espérait et craignait tout à la fois !

Nous traversions alors la pauvre Sologne, et ses aspects mornes et désolés augmentaient encore la tristesse de nos âmes.

Il y avait entre nous de long et mornes silences, puis l'un cherchait à parler et les phrases restaient souvent suspendues, sans réponses presque toujours.

Nous disions des niaiseries... des banalités.

Etait-il question de ce Paris, dont nous sentions aussi déjà l'approche ?...

Je croyais intéresser Mariette en lui disant :

— J'habite un quartier tranquille, le faubourg Saint-Germain, le dernier numéro de la rue Madame, la maison de Foyatier, le créateur du Spartacus des Tuileries !... J'ai pour portière une petite statue de Minerve, qui garde la porte ainsi qu'un dieu lare antique, mais qui tire fort peu le cordon. J'aperçois de ma terrasse, au lieu d'un paysage d'ardoises, les quinconces déserts du Luxembourg ; et par delà les têtes verdoyantes des marronniers, le dôme gigantesque du Panthéon, doré dès le matin par le soleil qui semble à son lever sortir de cette tête de pierre !

Et Mariette me répondait :

— Vous êtes bien heureux d'échapper à la voix assourdissante de Paris et d'avoir un rideau de verdure à vos fenêtres !...

Puis, au bout d'une heure, nous parlions de l'Opéra, des prochains débuts de la cantatrice.

Elle me promettait de jouer, pour la première fois, la Valentine des Huguenots.

Pendant que je la remerciais d'exaucer ma prière, elle m'interrompit pour m'offrir une loge.

Je refusai d'abord ; elle insista, et j'allais refuser encore, lorsqu'il me sembla comprendre qu'elle m'autorisait à venir chercher le coupon chez elle. Aussitôt je m'empressai d'accepter en m'écriant :

— A toute autre je dirais : J'irai pour aider au succès ? A vous je dis seulement : Je serai là pour jouir du triomphe ! Que vous importe le bravo d'un ami ! C'est un grain de blé perdu dans une moisson tout entière !

C'était payer bien de l'espoir, bien du bonheur par un assez fade compliment !

. . . .

Cette journée passa, comme passait récemment encore pour moi la dernière journée des vacances.

La nuit vint !

Cette nuit aussi devait être la dernière !

Elle commença lourde et menaçante. Il y avait de l'orage dans l'air.

Bientôt la pluie tomba par torrens du ciel sombre. L'éclair déchira les nuages entassés et noirs. La foudre gronda, puis retentit, éclatante, terrible, et répétée d'échos en échos !

Roméo hurlait !

Mariette était une fille forte et brave. Elle ne se voila pas le visage, elle ne se serra pas contre moi. Non ! Elle regardait d'un œil calme et tranquille le magnifique spectacle ; dont la nature tout entière semblait épouvantée.

Je l'entrevoyais, inspirée et superbe, à la lueur fantastique des rapides éclairs ; puis tout retombait aussitôt dans les ténèbres, et je me trouvais aveuglé par cette épaisse nuit, autant que si l'on m'eût serré les tempes d'un bandeau noir.

Alors, je me surprenais à croire, que je venais de voir passer devant mes yeux le génie de la tempête, porté sur ses ailes de feu !

Mais ce génie-là était un ange, car chaque éclair me montrait la main de Mariette traçant un signe de croix sur sa poitrine.

Et sa poitrine ne palpitait pas sous des doigts tremblans. Elle accomplissait gravement cet acte pieux... elle se recommandait sans pâlir au Dieu qui semblait menacer dans la voix de l'orage, mais elle restait calme et recueillie comme en une prière au bord de sa couche. Ce n'était pas de la peur, c'était de la religion !

Cette sainte foi me gagna moi-même, et Mariette put me voir tracer sur ma poitrine le signe sacré qu'elle traçait sur la sienne.

C'est depuis cette nuit-là que j'ai pris la douce et simple habitude de me signer chaque fois que Dieu fait gronder son tonnerre !

Je dois tant de bonnes croyances à Mariette !

. . . .

Enfin l'orage se calma.

La pluie seule troublait le silence de son bruissement sinistre et continu.

Mariette s'était endormie, en même temps que s'endormait la tempête.

Je laissai passer près d'une heure, afin d'être bien assuré de son sommeil.

Alors seulement je repris ma place à ses genoux.

Mais la lune, absente cette nuit-là du ciel, ne me la montrait pas avec sa pâle et poétique complaisance.

Je n'entrevoyais qu'une forme noire et penchée.

La pluie tombait toujours au dehors.

Mais cependant la nature était moins désolée que mon âme !...

J'allais perdre Mariette... ne plus lui parler... ne plus la voir !... C'était une séparation absolue, entière, éternelle... Je m'étais fait un bonheur de la regarder dormir à mes côtés, de recueillir son dernier regard le soir, le matin son premier sourire... Et voilà qu'il me fallait renoncer à toutes ces joies, les seules de mon cœur !... Il me semblait que la vie allait me quitter au moment où me quitterait Mariette... Quand pourrais-je la retrouver, mon Dieu !... J'eusse moins souffert, je crois, de la voir mourir que de la voir s'éloigner.

N'y avait-il pas entre nous des barrières plus infranchissables que la mort !... Pourquoi donc la foudre ne venait-elle pas de nous frapper tous les deux... mais ensemble et réunis à jamais !...

Oh ! j'ai bien amèrement pleuré cette nuit-là !...

Immobile et glacé, je laissai couler silencieusement mes larmes, et je ne songeai à les essuyer, que lorsque je vis poindre le soleil et s'éveiller Mariette !...

Alors seulement je m'assis, triste et morne, à côté d'elle.

Nous n'avions plus que quelques heures de voyage !...

. . . .

Pendant ces heures perdues, que je voudrais aujourd'hui racheter au prix de tout ce qui me reste à vivre, je ne dis pas un mot. J'étais abruti, hébété, idiot, fou !...

Parfois Mariette me regardait avec une douce et tendre pitié ; puis elle retombait elle-même dans les tristes réflexions où elle semblait plongée tout entière.

Tout à coup la voiture roula sur le pavé.

Je me réveillai comme d'un songe affreux.

Paris était devant nous !

J'eus en cet instant la folie de songer à ces temps primitifs où l'on pouvait se damner pour un désir accompli.

Oh ! que j'aurais de bon cœur donné mon âme au démon pour qu'il prolongeât le voyage d'un jour, d'une heure, d'une minute !

Tant d'autres se sont damnés pour moins que cela !

Mais non ! Satan restait sourd, et la diligence volait sur le pavé.

* * *

Enfin nous entrâmes dans Paris, qui me sembla nous engloutir comme une bouche de l'enfer. Nous traversâmes des rues, des boulevarts, des quais. Je ne sais plus lesquels, je ne les ai pas vus !

Je ne voyais qu'un fourmillement inouï, je n'entendais qu'un tumulte étrange ; j'avais le délire de la fièvre ; ma tête brûlait !

Tous ces bruits, tous ces gens avaient l'air de railler ma couleur et mon désespoir. J'éprouvais ce que doit éprouver le condamné à mort qui traverse la foule grouillante autour de la charrette fatale !

Je regardais avec stupeur autour de moi, et je voyais partout ce Paris. Il étendait vers nous ses mille bras tordus comme des serpens. Il me criait de ses mille voix sataniques :

— Je vais t'arracher Mariette !

C'était quelque chose de fantastique et d'horrible.

Le cœur le sent, mais la plume ne peut l'écrire.

* * *

Enfin nous passâmes sous une voûte ; l'ombre nous envahit.

Instinctivement, je saisis la main de Mariette. Je ne pouvais la voir, mais je la devinai dans l'obscurité, et je la pressai dans les miennes à la briser !

Presque aussitôt le jour, déjà sur son déclin, nous inonda de nouveau.

La diligence venait de s'arrêter dans la cour des Messageries.

Ma mère m'attendait, je courus à elle.

* * *

Les autres voyageurs s'empressèrent de descendre de la diligence.

Déjà la famille Saint-Hyacinthe disparaissait dans la vaste cour.

Le père, portant le fils malade dans ses bras ; la mère, chargée de cartons et de paquets ; les deux jeunes sœurs trop occupées de mille riens pour s'occuper de quelque chose.

Albert Atis restait au bureau pour surveiller le modique bagage...

— Encore une fois merci ! murmura doucement Annette, en passant auprès de Lucien de Varedde.

Le jeune homme fit un pas vers elle.

Elle mit un doigt sur ses lèvres et rejoignit sa sœur, qui complétait le remerciement commun avec le divin langage des yeux.

Peut-être et malgré sa résolution, Lucien allait-il s'élancer sur les traces des deux jeunes filles ?

Mais il fut arrêté par Georges et par Anatole.

Les trois amis se séparèrent en se serrant la main...

* * *

Dans un autre coin de la cour des Messageries, lord Karolan, soutenu par son valet et par son médecin, se dirigeait vers un fiacre.

Et Rose prenait congé de Mme Debanne.

— Au revoir ! dit la parfumeuse avec un triple regard qui s'adressait tout à la fois à Rose, à Tom, à Frédérick Pichard.

— Au revoir ! répéta derrière elle la voix maudite de l'abbé La Châtre.

La parfumeuse fit un geste d'impatience et de dégoût.

Le brocanteur répondit par une grimace narquoise, et se pencha pour vérifier ce qu'il appelait ses petites antiquailles.

Puis tous ces bons et loyaux amis s'éclipsèrent dans des directions diverses.

* * *

Pendant ce temps-là j'étais revenu prendre congé de Mariette, qui déjà, se disposait à partir, suivie seulement de sa camériste.

— Ah ! m'écriai-je avec douleur... pourquoi donc ce voyage charmant n'a-t-il pas duré toujours ?

— Ingrat ! me répondit la voix amère et triste de Mariette... Ingrat, vous venez d'embrasser votre mère ! Que dirai-je donc, moi ? Pas une main amie ne s'est encore tendue vers la mienne !

J'entr'ouvrais les lèvres pour jeter un mot de consolation et d'adieu à cette pauvre seule...

— Allons, Mademoiselle ! interrompit aigrement Rose... Venez, Monsieur nous attend peut-être !

C'était dignement couronner son œuvre infernale !

* * *

Mariette et moi nous n'échangeâmes plus qu'un regard.

Mais dans ce regard-là s'échappèrent et se confondirent tous les sentimens inavoués, tous les secrets murmurans au fond de nos cœurs.

CHAPITRE XXVIII.

Je vécus huit jours dans une seule pensée, dans un seul espoir !

J'attendais le début de Mariette.

Chaque matin je courais aux affiches, et je m'en approchais en tremblant. Peut-être le bonheur allait-il m'être annoncé pour demain, peut-être même pour aujourd'hui..... Peut-être aussi, rien encore !

Alors, telle était ma folie ; je me figurais parfois que l'affiche, sourde à ma prière, se plaisait à me tromper. Une vague espérance me ranimait ; je reprenais ma course ; j'en lisais une autre, puis deux... puis dix, puis toutes.

Un jour, je m'en souviens, je parcourus ainsi tous les boulevarts depuis la Madeleine jusqu'à la Bastille, et je m'arrêtai, sans en oublier une seule, devant toutes les colonnes à affiches pour y regarder longuement celle de l'Opéra !

Pendant ces huit jours, je rencontrai tour à tour Georges, Lucien et Anatole. Nous nous sommes parlé. Mais que m'ont-ils dit ? Je ne le sais plus, je ne l'ai jamais su... J'étais fou.

Le reste du temps se passait à lire les journaux, qui ne promettaient rien de précis et de certain à ma fiévreuse impatience.

Enfin je rentrais au logis, brisé de fatigue et de tristesse, et je ne vivais plus jusqu'au lendemain.

Quelques mois d'attente, et ce supplice-là m'eût tué.

Mais un matin, je lus en gros caractères :

— Demain, les Huguenots, pour les débuts de Mlle Mariette !...

Je crus rêver, je me frottai le yeux, je regardai encore la bienheureuse affiche !

Mais non !... je ne m'étais pas trompé !...

Je bondis de joie, et sur-le-champ je courus jusqu'aux portes de l'Opéra.

Dix heures du matin sonnaient à peine, et les portes ne devaient s'ouvrir que le lendemain soir.

Fou que j'étais !...

* * *

La journée me parut tellement longue, que je me surpris à croire un instant qu'elle ne finirait jamais !...

La nuit, je ne pus ni dormir, ni même rester dans mon lit.

Je sentais en moi un besoin fébrile de marcher, de parler... Il fallait de l'air et du mouvement à mon impatience ardente.

Bientôt ma chambre ne me suffit plus... J'étouffais.... Je me heurtais à tous les angles de la muraille ainsi qu'un lion captif et furieux dans sa cage de fer.

Alors je jetai un manteau sur mes épaules, et je sortis au hasard.

Longtemps j'errai dans les rues, appelant le soleil, et croyant voir poindre le jour à chaque reverbère entrevu dans les lointains.

Enfin mes rêves devinrent une réalité, et je rentrai dès le matin en me disant :

— O ma Mariette bien-aimée ! je vais donc la revoir, elle que je n'ai pas vue depuis huit éternelles journées ! Je vais la revoir, non pas seulement au théâtre, quand reviendra la nuit, de loin, lorsqu'elle se montrera pour tous... non ! je vais la revoir, chez elle, tout-à-l'heure ; et, moi seul, je pourrai l'admirer, m'asseoir près d'elle, entendre sa voix, toucher sa main, m'enivrer de son haleine et de son sourire !

Ne m'avait-elle pas permis d'aller lui demander à elle-même le coupon de la loge promise ?

Déjà j'étais prêt, déjà j'allais sortir, lorsque tout-à-coup, on frappa à la porte de ma chambre.

C'était un commissionnaire.

Il me remit une lettre, une petite lettre coquette et parfumée ! Je la retournai entre mes doigts ; l'écriture m'était inconnue ; mais une main de femme pouvait seule avoir tracé ces caractères délicats et mignons.

Je lus l'adresse d'un regard surpris. Après mon nom se trouvait cette indication singulière :

«Faubourg Saint-Germain, la dernière porte de la rue Madame, maison de M. Foyatier, sculpteur. »

Ne sachant que penser, je brisai le cachet.

Juste ciel ! c'était une lettre de Mariette !

Pendant une seconde, un voile étendu devant mes yeux m'empêcha de rien distinguer, et puis ma respiration se précipitait au point que j'eus la crainte d'étouffer.

Mais je passai mes paupières à plusieurs reprises sur mes yeux éblouis, je mis la main sur ma poitrine palpitante afin de comprimer les battemens de mon cœur, et je parvins à lire :

Voici ce que m'écrivait Mariette :

« Mon bon compagnon de voyage,

» D'abord ne riez pas trop de la ridicule adresse de ce billet !... C'est un souvenir de nos causeries, et vous le bénirez comme moi, j'en suis certaine, car, grâce à lui, je vous retrouve, et j'ai besoin de vous ce matin.

» Comment vous dirais-je cela ?... C'est un service que seul vous pouvez me rendre.. Jugez-en !

» J'ai dans le cœur une naïve dévotion pour Sainte-Geneviève. Enfant, j'allais mourir, ma pauvre mère fit toucher à mes petites mains la pierre sacrée du tombeau et j'ai vécu...

» Elevée dans cette foi, je suis venue prier dans cette église à chacun des actes importans de ma vie. Si la sainte m'a quelquefois refusé le bonheur, elle m'a du moins toujours donné la force et la patience.

» Je débute ce soir... tout mon avenir va se décider dans quelques heures... je désire aujourd'hui même adresser ma prière au pied du divin tombeau...

» Tous railleraient une affaire d'opéra mise sous la protection d'une religieuse croyance, tous, excepté deux personnes, la plus fidèle...

» Elle accueille les prières du théâtre ainsi que celles du palais et de la chaumière. Vous, vous savez comprendre et respecter toutes les délicatesses du cœur !...

» J'aurais pu me faire accompagner de Rose ; mais je crois inutile de vous expliquer mes répugnances, et, du reste, cette fille passe toute la matinée chez une de ses parentes aux environs de Paris. Personne autre que vous ne saura donc mon naïf secret.

» C'est vous seul que je veux associer à mon pèlerinage, et, qui sait, à ma prière peut-être !...

» Ce sera pour moi que vous prierez !...

» Veuillez donc m'attendre à neuf heures, à l'angle du boulevart et de la rue Saint-Denis... Pardon de vous presser un peu ; mais Rose vient de partir à six heures : cette lettre n'a pu vous être envoyée qu'après son départ, et je veux être rentrée chez moi ce matin avant midi.

» Pourquoi vous en écrirais-je davantage ?... nous avons tout un voyage de deux heures pour causer ensemble, comme nous causions sur la route de Toulouse. »

Vingt minutes après, j'attendais au coin du boulevart Bonne-Nouvelle.

Huit heures sonnaient à peine à l'horloge du bazar !

Mes yeux s'attachèrent au cadran et suivirent, seconde par seconde, l'aiguille lente et maudite.

Elle marquait les trois quarts, lorsqu'une ombre s'arrêta devant moi.

Je n'eus pas besoin de regarder, mon cœur m'avait déjà dit que c'était Mariette !

Et mon cœur ne me trompait pas !

— La matinée est splendide ! m'avait dit Mariette. Laissez-moi jouir en liberté de cet air frais et de ce beau soleil. Allons à pied.

— O merci, m'écriai-je avec joie, je serai plus longtemps près de vous !

Pour toute réponse elle me tendit son bras que je posai sur mon bras frémissant.

Nous marchâmes quelques minutes en silence. J'étais trop voluptueusement oppressé pour prononcer une parole.

— Si vous saviez combien je suis heureux ! dis-je enfin d'une voix profonde et entrecoupée.

Mariette fit un mouvement pour retirer son bras.

— Oh ! ne m'en veuillez pas de vous dire ce que j'éprouve au fond du cœur ! poursuivis-je avec prière, mais sans chercher à la retenir. Ne vous repentez pas d'être venue, d'avoir eu confiance en mon amitié. Cette amitié-là n'a rien qui doive vous faire craindre, et rien dont je vous aime rougir moi-même. Voilà pourquoi je vous parle avec candeur et franchise. Ce n'est pas une passion, c'est un sentiment, un culte ! Mon seul désir, ma seule espérance se borne à me savoir près de vous. Je vous aime mille fois plus qu'on n'aime une sœur, mais je vous aime d'un aussi saint amour. S'il vous fallait ma vie, je mourrais avec joie pour vous épargner une larme ! Mais vous, vous ne sauriez me donner plus de bonheur que vous ne m'en donnez aujourd'hui !

Je n'avais pas encore achevé ces simples paroles, que déjà Mariette appuyait de nouveau son bras sur le mien , en murmurant d'une voix douce et presque douloureuse :

— Oh ! ne me parlez pas ainsi, je vous crois ; mais je ne sais pourquoi ce que vous dites-là me fait souffrir.

— Souffrir ! m'écriai-je en serrant avec inquiétude le bras confiant que cette fois elle ne songeait plus à retirer. Souffrir ! O non ! Mariette, si vous me comprenez bien, et vous devez me comprendre, si vous me rendez un peu d'amicale affection en échange de mon affection profonde et dévouée, vous ne pouvez pas souffrir en m'entendant vous dire que je vous aime ainsi. C'est impossible ! car, moi, je me sens dans l'âme un épanouissement calme, serein, radieux ! Si les fleurs ont des sens, elles doivent éprouver ces jouissances pures et célestes, à la minute où elles entrouvrent leurs pétales sous les baisers du soleil. Elles ont des parfums pour dire leur bonheur, l'homme n'a des paroles. Oh ! laissez-moi parler ! Songez donc que voilà huit jours, huit jours affreux que j'attends ! Pendant cette semaine , où j'ai vécu dos ans, j'ai couru tout Paris dans l'espoir de vous rencontrer. J'ai rôdé chaque soir autour de l'Opéra, maudissant les hommes et priant Dieu ! J'ai rôdé par les passages, par les rues, par les corridors, pour effleurer les plis de votre robe, ou du moins entrevoir la plume qui flotte à votre chapeau. Rien ! Dieu est resté sourd ! Et je suis revenu, chaque minuit, le désespoir dans l'âme, et sans même emporter comme souvenir la consolation d'avoir vu glisser votre ombre sur la muraille ou sur le pavé !

—N'accusez pas Dieu, répliqua Mariette avec un pénible sourire, vous devez vous en prendre seulement au hasard. Je ne suis venue que trois fois à l'Opéra, le matin, pour les répétitions, en voiture fermée toujours. La voiture m'amenait par la rue Grange-Batelière, entrait dans la cour de service, et me laissait sur la première marche du perron. Voilà tout le mystère. Mais, je vous en supplie encore, ne me parlez plus de tout cela. Je ne puis vous dire pourquoi ? Mon ami, vous me brisez le cœur. Vous m'offriez tout-à-l'heure le sacrifice de votre vie, n'est-ce pas ? eh bien ! je vais vous sembler bien cruelle, ayez le courage de me sacrifier votre bonheur. Je le sais, je le comprends, j'en suis heureuse ! Par pitié, tâchez de me le faire oublier.

Je me tus. Mariette venait de m'appeler son ami, je la bénissais du fond du cœur.

Et puis je devinais.

Elle, qui souffrait tant par l'amour, ne pouvait pas m'entendre parler de mes joies interdites à ses vingt ans, sans se ressouvenir aussitôt de ses douleurs.

Je refoulai donc mon amour au plus profond de mon âme.

Puis, après un soupir navré, après un long silence, je m'écriai d'un ton que je m'efforçai de rendre le plus indifférent possible, afin de changer le cours de la conversation :

— Je joue vraiment de malheur !... J'ai rencontré quelqu'un que, certes, je ne cherchais pas. Devinez-vous ?...

— Non, vraiment, répondit Mariette avec une indifférence peut-être encore plus affectée que la mienne.

— Cherchez un peu !...

— Je suis fort maladroite à trouver le mot d'une énigme. Expliquez-vous.

— Vous le voulez ?...

— Oui. Nommez cette personne ?...

— Rose !

— Ah !... fit Mariette, dont je sentis frémir le bras sur le mien.

— Q'avez-vous donc ? demandai-je avec un regret amer.

— Rien !... répondit Mariette en cherchant à sourire. Où donc l'avez-vous vue ?

— Je n'en suis pas certain, balbutiai-je, mais il me semble pourtant bien l'avoir reconnue. Elle entrait à la caisse d'épargne de la rue Croix-des-Petits-Champs.

— C'est cela ! sourit Mariette avec une tristesse railleuse. Elle allait retirer cinq cents francs en mon nom, et placer mille francs de plus pour elle !...

Puis, remarquant ma physionomie surprise et curieuse, elle ajouta sur le même ton , mais plus sardoniquement encore :

— Oh !... Rose sait l'art de s'enrichir !... Peut-être un jour vous en dirai-je plus qu'aujourd'hui... Mais, croyez-moi, assez sur cette fille... Je vous demande plus que jamais de changer de sujet. C'est passer du paradis à l'enfer !

Nous étions arrivés au pont du Châtelet.

— Je vous ai conté, dis-je à Mariette, les naïfs et candides plaisirs de ma jeunesse collégienne. En voici dans un instant l'heureux théâtre.

— Oui, répondit-elle avec empressement, parlez-moi de ces souvenirs qui sont presque les miens, car je me rappelle tout ce que vous m'en avez dit déjà. Quand le présent est triste, et que l'avenir est sombre, on aime à regarder dans le passé pur et riant des jeunes années. C'est la brise qui, descendant vers le soir pour caresser le jour vieilli et prêt à s'éteindre, le rajeunit, l'évente et lui rappelle, au bord de la tombe, la fraîche rosée qui tapissa son berceau. Oui, mon ami, redevenons enfans tous les deux ; servez-moi de cicerone dans ces chemins où s'égayait votre printemps, et figurez-vous, pour une heure, que je suis un de vos alertes et friaugans camarades d'autrefois !.. Voulez-vous, dites ?

— Oh ! merci, merci, Mariette, m'écriai-je avec enthousiasme ; vous êtes toute pleine d'adorables instincts ! Pour une fleur perdue, vous m'en donnez une autre ! j'ai souvent rêvé seul au bonheur de vous avoir rencontrée plus tôt... Rêvons ensemble aujourd'hui cette impossible joie ! Voyons : Ainsi qu'une fée bienfaisante, vous venez avec un mot magique de nous transformer tous deux. Nous sommes à cet heureux âge où les différences du sexe n'existent pas encore. Il n'y a plus sur ce trottoir une femme et un homme qui marchent réservés et graves... je ne vois plus que deux collégiens étourdis qui courent et rient joyeusement enlacés l'un à l'autre. A la main de chacun de nous, se balance une pyramide de livres cartonnés, au bout de la ficelle dont ils sont réunis. Arrière votre capote de satin noir et mon chapeau de feutre gris !.. Deux casquettes crânement posées sur nos cheveux bouclés et flottans. Il est tard, déjà ; gare les pensums ! Mais, bast ! le soleil brille, l'air semble chanter, la Seine roule des flots d'or... Est-ce bien cela, camarade, êtes-vous content ?

— Bravo ! camarade ! répliqua Mariette ; mais, cette fois, avec une gaîté folle et vraie... Songez seulement que je suis d'hier arrivée de ma province, et qu'il faut me dire les noms de toutes ces choses nouvelles ! Et, d'abord, quelles sont ces trois tours noircies, avec leur toit pointu comme le clocher de mon village ?

— C'est le Palais-de-Justice, un fantôme coquet de ce Paris pittoresque qui disparaît tous les jours ! Ne dirait-on pas trois moulins sans ailes et coiffés d'immenses éteignoirs d'ardoises ! En face, le Marché-aux-Fleurs, toujours frais et parfumé, tandis que le monument garde sans cesse sa laide enveloppe qui semble l'envers d'une cheminée. C'est que l'œuvre de l'homme est une œuvre morte et qui ne rajeunit jamais ; c'est que la nature de Dieu se renouvelle vivace et sèveuse à chaque printemps.

— On s'aperçoit que vous êtes en philosophie ! s'écria Mariette en riant comme je ne l'avais pas encore vu rire. Songez donc que je ne m'assieds encore que sur les bancs des classes infimes !

— Pardon ! répondis-je aussi joyeusement que ma compagne ! C'est juste, et je mériterais au moins la correctionnelle dans ce palais placé là tout exprès, et dont voici la grille qui est un feuillage doré, la grande cour où nous jouerions si bien aux barres, l'escalier qui ressemble à ceux des contes des Mille et une Nuits. Voyez les juges, les avocats, les procureurs, qui montent avec leurs mines de pingoins ou de vautours, avec leurs rubans rouges qui semblent des coquelicots, leur bonnet qui paraît un baba de chez Félix, leurs cravates blanches où grêlent les grains de tabac, et leurs robes noires qui leur donnent l'allure burlesque des magiciens du Mardi-Gras. Eh bien ! demain peut-être, ces méchans magiciens, auxquels il ne manque pas même les lunettes, enchanteront de pauvres diables, que nous verrons sur cette place grimacer la chaîne au cou !

— Il faudra leur jeter l'argent de notre déjeuner ? interrompit Mariette, qui ne put s'empêcher de mettre dans un jeu l'élan d'une bonne action.

— De grand cœur ! repris-je aussitôt. Là, c'est Notre-Dame ; au dehors courent des anges et des démons de granit ; au dedans, les enfans eux-mêmes sentent ployer leurs genoux ! A droite, c'est la Sainte-Chapelle, sous ses toiles et ses charpentes... une momie dans ses bandelettes, une chrysalide, d'où sortent déjà ces aigrettes de pierre, qui sont les antennes du papillon ! Là-bas, sur la gauche, vous ne devez pas regarder, c'est la Morgue! une goule affamée sans cesse, et sans cesse accroupie au bord de l'eau. Pourquoi frémir? Nous ne serons, jamais je l'espère, couchés sur ses tables noires. Oubliez vite cela. Détournez un peu la tête: vous aurez devant les yeux l'archipel des Canaries, et ce n'est pas le coin de Paris où l'on trouve peut-être le plus grand nombre de serins. Grâce pour la plaisanterie! c'est un gamin qui la commet. En face le Palais des Mouches! voyez-les? Avec leur tricorne ils rappellent le père Sournois des petites Danaïdes. Ils portent sur leurs poitrines, boutonnées jusqu'au menton, presque autant de rubans rouges que les juges et les procureurs de là-bas. Il faut croire qu'ils sont un peu de la même famille! Encore une fois pardon! c'est toujours un enfant qui parle! Enfin, nous atteignons l'extrémité de la rue de la Barrillerie, sentez-vous le grand espace et le grand air. Voilà la tête du Pont-Saint-Michel!

— Attendez, attendez, s'écria Mariette avec un caprice mutin et réjoui, je me souviens de l'amusante description que vous m'avez faite en diligence de tous les négocians de ce bazar suspendu sur l'eau. Il faut me les montrer et me es nommer tous. Commencez!

Alors je pris les tons pompeux d'un héraut d'armes annonçant les grands de l'Empire à l'entrée de la salle du Trône, et je dis:

— Milord Roberston, un masque de vermillon assis sur une sellette de cireur! Il signor Tortoni, le mercure pomponné du coco! Meinherr Bouquin, toujours aussi blond qu'une brochure jaune et déteinte! Le père La Châtaigne, qui sourit encore comme jadis! Enfin la marquise Trois-d'un-Sou, la gaillarde commère, qui aspire militairement une prise de tabac dans ses longs doigts bistrés et maigres!

— Et la bonne mère Rainette? demanda Mariette avec intérêt.

— Là-bas, répondis-je en pressant le pas, là-bas, sur l'autre revers du pont, toujours solitaire et isolée. Nous allons l'apercevoir dans une seconde.

— Et, tenez, la voilà, continuai-je en agitant en l'air mon chapeau gris, elle m'a vu, elle me reconnaît. Vrai Dieu! j'en suis content. La voilà qui se lève et qui nous salue!...

En effet, la pauvre vieille femme s'était soulevée avec peine, et courbait un peu davantage son dos, de plus en plus voûté, pour me faire honneur.

— Où donc? demanda Mariette, qui regardait justement du côté opposé.

Une voiture qui passait entre nous lui avait fait prendre le change.

— Là, là! m'écriai-je en lui indiquant du doigt son erreur.

Mariette se retourna vers cette direction.

En même temps la mère Rainette relevait la tête.

Les yeux des deux femmes se rencontrèrent.

Aussitôt un même cri retentit à la fois.

Mais si bien à la fois, que je crus d'abord que la mère Rainette seule l'avait jeté.

Aussi je ne regardai qu'elle.

Elle restait immobile et comme pétrifiée, l'œil fixe et la bouche béante.

Puis, je la vis trembler, chanceler, et tomber enfin sur sa chaise de paille.

J'allais courir vers la pauvre vieille. Une pression nerveuse et spontanée me retint le bras.

Je me retournai.

Il était temps: Mariette allait tomber sur le pavé!

— Grand Dieu! m'écriai-je, en remarquant sa pâleur et son effroi.

Et je voulus la prendre dans mes bras pour soutenir sa faiblesse.

— Rien, rien! articula-t-elle d'une voix folle et étouffée.

Puis, par un effort surhumain, elle m'entraîna vers l'extrémité du pont.

Elle courait!

— Une voiture, voiture! fit-elle d'un souffle fébrile et presque éteint.

Le fiacre qui venait de passer sur le pont se trouvait devant nous.

Le hasard voulut qu'il fût libre.

Sur un signe il s'arrêta.

J'ouvris rapidement la portière, en criant au cocher:

— A Sainte-Geneviève!

Mariette s'était déjà précipitée dans la voiture, où je la suivis aussitôt.

CHAPITRE XXX.

Le cocher fit faire un demi-tour à ses chevaux, suivit le quai des Augustins, puis monta lentement la rue St-Jacques.

J'étais assis en face de Mariette.

Mais je la regardais seulement... je n'avais pas encore prononcé une parole.

La surprise, la stupéfaction glaçaient ma langue... J'étais muet.

Et puis, je n'osais pas adresser une seule question à Mariette.

Elle restait immobile, les bras pendans et comme morts, la tête penchée sur sa poitrine, les yeux hagards, la figure pâle et égarée, les lèvres crispées et violettes...

On l'eût pris pour un cadavre frappé soudainement par la foudre!...

Moi-même, j'eusse douté qu'elle existât, sans un sifflement plaintif et déchirant, qui gémissait par ses narines frémissantes!

C'était la statue vivante du désespoir!...

Un instant j'eus peur?

Je pensais qu'elle était folle!

— Qu'avez-vous?... m'écriai-je avec angoisse.

Mariette ne répondit pas.

Elle semblait ne pas s'apercevoir que je fusse là!...

— Mais qu'avez-vous donc?.. Mon Dieu!.. qu'avez-vous donc?.. répétai-je à plusieurs reprises.

Enfin, Mariette remua convulsivement la tête.

Je ne pus obtenir une autre réponse.

C'était le signe impatient et négatif par lequel la grande douleur et l'extrême souffrance commandent le silence aux sollicitations de l'amitié.

Je ne lui parlai plus, mais je demeurai les yeux fixés sur elle, dans une immobile et muette stupeur.

Bientôt la voiture s'arrêta.

J'ouvris la portière.

Mais Mariette n'attendit pas qu'on eût déroulé le marche-pied.

D'un bond, elle sauta à terre, gravit en courant les degrés et s'élança dans l'église, sans paraître aucunement s'inquiéter de moi.

— Restez là!... dis-je au cocher.

Et je me précipitai dans le temple sur ses traces.

. . . .

Elle prit l'arcade droite de la nef, passa sous la porte du jubé, suivit le bas-côté du chœur et ne s'arrêta qu'au pied du tombeau de sainte Geneviève.

Là, elle tomba à genoux sur les dalles et s'enfouit la tête dans les deux mains.

Je m'agenouillai derrière elle.

Mais je ne songeais pas à prier, je ne la perdais pas des yeux... Je veillais sur elle!

Une heure à peu près se passa.

Il me semblait l'entendre pleurer... Tout son corps frissonnait...

De ses mains convulsives elle devait étouffer ses sanglots !

Alors seulement elle se releva, reprit sa course insensée, atteignit le parvis, jeta son adresse au cocher et monta en trébuchant dans la voiture.

J'allais l'y suivre.

— Par pitié, murmura-t-elle d'une voix suppliante, laissez-moi seule !...

Je fermai la portière.

Mais j'avais vu son visage... Elle avait certes bien pleuré... Je n'en pouvais plus douter !...

Ses yeux étaient rougis et brûlés par les larmes !...

Pauvre Mariette !...

Comme le fiacre s'éloignait, un papier vola par le store déjà baissé, et vint tomber sur les marches.

Je me jetai dessus, avec l'espoir d'y trouver un éclaircissement à cet étrange mystère !

C'était tout simplement le coupon de la loge promise !

Hélas !... Elle débutait le soir à l'Opéra !...

Combien de temps demeurai-je sur le seuil de l'église Sainte-Geneviève ?...

Je l'ignore.

J'étais abruti, hébété, stupide.

Enfin je me mis à redescendre machinalement, et sans savoir de quel côté mon instinct guidait mes pas incertains.

— C'est être bien affreusement réveillé d'un beau songe, murmurai-je avec douleur en marchant.

Alors, pour la première fois, je commençai vaguement à réfléchir à tout ce qui venait de se passer.

Dans le fiacre et dans l'église, pendant cette course muette et pendant cette longue prière, la stupéfaction et l'angoisse ne m'avaient pas permis de penser,

Je ne songeais qu'à Mariette.

Maintenant mes idées me revenaient lourdes et confuses, comme celles d'un homme étourdi par un choc violent sur le crâne.

Je fus longtemps à rassembler les détails de ce drame subit et imprévu... plus longtemps encore à me convaincre de la singulière et pareille révolution qui venait aussi de bouleverser la mère Rainette.

. . . .

Cependant, je n'en pouvais douter... je l'avais vu de mes yeux !...

Un tonnerre avait frappé du même coup ces deux femmes. Était-ce une coïncidence bizarre, un hasard merveilleux et simultané ?

Il était impossible de supposer autre chose !

Quel rapport aurait pu exister entre elles !

L'une jeune et riche ; l'autre vieille et misérable !...

Celle-ci marchande de pommes sur le pont Saint-Michel...

Cette autre prima-donna à l'Opéra.

Elles ne se connaissaient pas.... elles ne s'étaient jamais rencontrées.... jamais vues.

Toutes deux semblaient souffrir d'une douleur secrète... toutes deux étaient tristes et malheureuses... Voilà le seul point de rapprochement qui existât entre ces deux femmes, de conditions, d'âges si divers, si opposés...

Un malheur planait sur ces deux têtes, l'une altière et noire, l'autre blanche et courbée... C'est vrai...

Mais il y avait là ressemblance, et non pas communion...

Deux infortunes pleurent souvent les mêmes larmes et toutes deux sont étrangères, et l'une ne sait même pas que l'autre pleure !

Et d'ailleurs Mariette ne pouvait pas souffrir du même chagrin que la mère Rainette !

La marchande de pommes n'eût pas même compris les douleurs de la cantatrice.

Elle en eût ri peut-être ?....

Et cependant c'était d'un regard échangé qu'avait jailli cette double et terrible commotion.

Ainsi que l'étincelle naît du choc du fer et du caillou...

Et cependant les deux cris étaient partis ensemble, semblables et confondus.

Je ne connaissais pas les suites de l'étrange émotion de la mère Rainette,

Nous étions partis si vite.

Mais je pouvais les étudier chez Mariette.

Mariette me paraissait avoir fui la mère Rainette comme on fuit un fantôme.

Son désespoir datait du pont Saint-Michel !...

Bien plus, du regard jeté sur la vieille marchande de pommes !...

Elle était si riante et si joyeuse une seconde avant.

Ses larmes coulaient de la même source.

Et elle avait bien amèrement pleuré.

Mais non...

Et cependant...

C'était à se briser la tête contre les murailles !

Tout en me plongeant dans ces réflexions, j'avais sans le savoir descendu la rue Saint-Jacques, et tourné par le quai des Augustins.

Tout-à-coup, je me sentis vaguement appeler par un cri, qui me fit tressaillir...

Je relevai la tête.

J'étais devant l'éventaire de la mère Rainette.

Elle m'appelait à elle d'un geste craintif et suppliant.

J'y courus.

. . . .

J'étais encore à deux pas de son éventaire, qu'elle s'écriait déjà d'une voix brève, rapide et tremblante :

— C'est elle !

— Qui ?

— C'est elle, n'est-ce pas ?

— Mais, qui donc ?

— Cette jeune dame...

— Eh bien ?

— Cette jeune dame... vous la connaissez ?

— Oui.

— Vous connaissez cette jeune dame, à laquelle vous donniez le bras tout à l'heure ?

— Pourquoi ?

— Vous la connaissez ? Oh ! répondez-moi, Monsieur, je vous en supplie !

— Oui ! m'empressai-je de répéter, tant l'émotion de la pauvre femme semblait poignante et terrible.

— Vous la connaissez ? répéta-t-elle en levant vers le ciel ses petits yeux pleins de larmes. Dieu soit béni ? Mais, vous la connaissez bien, n'est-ce pas ? vous savez ce qu'elle fait ? ce qu'elle pense ?

— Oui ; mais...

— Vous savez si elle est heureuse ?

— Oui. Pourquoi ?

— Vous me le direz, n'est-il pas vrai ? Vous êtes bon, vous... vous me le direz ?

— De grand cœur, et...

— Alors, venez, venez !

Puis sans attendre ma réponse, elle renversa son éventaire, afin d'aller plus vite, et se mit en marche vers la Cité.

Les pommes d'api roulèrent sur le pavé, mais elle s'en souciait si peu qu'elle ne détourna pas seulement la tête.

Je la suivis plus étonné, plus stupéfait que jamais.

Elle courait, cette pauvre vieille souffretante et cassée, elle courait en trébuchant à chaque pas.

C'était quelque chose d'effrayant et d'inouï.

Je la suivais avec peine, mais enfin je la suivais, le plus près possible, les bras tendus vers elle, afin de la recevoir dans sa chute inévitable.

Nous passâmes ainsi devant la marquise Trois-d'un-Sou, qui ne put retenir un cri de curieuse surprise.

Je tremblais de crainte presque autant que la mère Rainette tremblait de vieillesse et d'impatience.

Heureusement elle ne me conduisit pas loin.

Elle traversa le pont Saint-Michel, sauta le trottoir, prit le quai du Marché-Neuf, puis entra juste en face de la Morgue, dans la maison du numéro 44, une masure noircie, que renfle une tourelle lézardée.

Mais elle demeurait au quatrième étage, le dernier de tous, hélas !

. . . .

Elle escalada cet immense escalier, aussi rapidement qu'elle avait franchi le pont et le quai.

Elle s'aidait des pieds et des mains.

C'était incroyable !

Dans quel sentiment pouvait-elle donc puiser tant de si jeunes forces à son âge !

Arrivée au dernier palier, elle poussa une porte que je n'avais pas vue.

Il faisait si noir !

Alors, elle me fit signe de passer devant elle.

J'entrai dans une mansarde obscure et nue.

Pour tous meubles, un grabat, une vieille armoire, une table de bois blanc et une chaise de paille...

A peine étais-je retourné, que cette misérable demeure se refermait déjà.

La mère Rainette s'appuyait haletante et brisée contre la porte...

Elle me regardait avec une anxiété indéfinissable...

Elle voulut parler...

Aucun son ne sortit de sa bouche, où j'entendais claqueter le peu de dents qui lui restaient.

Son regard seul me parlait... mais ce regard était toute une prière et tout un livre.

Imbécile ! je ne le compris pas encore !

Alors elle fit un dernier effort pour refouler au fond de sa poitrine le souffle précipité qui l'étouffait.

Mais ce souffle maudit revenait toujours et l'empêchait d'articuler un seul mot.

Elle éprouvait d'affreuses tortures ; elle étendait vers moi ses bras, qui tremblaient aussi convulsivement que ses lèvres fiévreuses.

Je pleurais aussi en la regardant.

Enfin elle se raidit contre la porte, passa avec désespoir ses deux mains sur son visage pâle et ridé, réunit ses forces défaillantes dans un élan suprême qui sembla sa vie tout entière, et me jeta ce cri déchirant et terrible :

— C'est ma fille !

Puis aussitôt la pauvre vieille femme tomba sans mouvement sur le carreau de la mansarde !

FIN DE LA PREMIÈRE PARTIE.

Imprimerie d'EDOUARD PROUX et Cᵉ, rue Neuve-des-Bons-Enfans, 3.

LA

MÈRE RAINETTE

PAR

CHARLES DESLYS.

DEUXIÈME PARTIE.

CHAPITRE PREMIER.

Je m'étais précipité vers la mère Rainette ; je l'avais enlevée dans mes bras comme un enfant qui dort, et je venais de la déposer, en lui soulevant la tête, sur la courte-pointe de son grabat.

Oh ! comme je cherchai vite son cœur ! Quelle joie lorsque je le sentis battre, palpitant sous ma main !

La pauvre vieille femme n'était qu'évanouie.

Je me trouvai fort embarrassé... ni cordiaux ni flacon.

Mes yeux cherchaient avec inquiétude de tous les côtés de la mansarde. Enfin, j'aperçus dans l'encoignure la plus basse et la plus sombre un de ces grands pots à beurre, dont les pauvres de Paris se font des fontaines. J'y courus, et l'instant d'après j'épanchais sur le front et sur les tempes de la mère de Mariette les gouttes d'une eau fraîche et limpide qui semblait soulager son mal.

Puis, j'en imbibai mon mouchoir plié en quatre, pour le poser comme un bandeau sur ses sourcils.

Peu à peu la respiration reprit son cours, et si ce n'était quelques tressaillemens nerveux, la mère Rainette paraissait dormir.

J'appuyai doucement sa tête sur l'oreiller, puis je restai près d'elle, accoudé sur le chevet du lit et les yeux errans par la mansarde.

La propreté était la seule parure de cet étroit et misérable réduit. Je pouvais seulement me tenir debout contre la muraille. En avançant de deux pas, je me serais cogné le front aux poutres de la toiture, qui s'abaissait en pente rapide pour former un angle obtus avec le plancher. Une seule ouverture avec un vitrage mobile à la façon d'un couvercle de tabatière laissait pénétrer l'air et le jour. Quant à la vue, on n'apercevait que le ciel.

La porte et le grabat, placés en face l'un de l'autre, occupaient les deux côtés coupés en équerre... Un petit réchaud de fonte remplaçait le foyer absent. Il devait faire bien froid dans ce galetas durant les nuits de l'hiver.

Pas de papier sur les trois murailles, un badigeon d'ocre blanchi, et voilà tout.

Trois petits objets décoraient seuls cette nudité monotone. Au dessus et vers le milieu du lit une bonne vierge coloriée dans un entourage de bois peint en noir ; à la tête, le portrait d'un sergent de la garde impériale dans un vieux cadre doré ; plus loin et vers la porte, un tableau retourné contre le mur et dont on ne voyait que le dos de carton grisâtre.

Sur la poitrine du soldat brillait la croix de la Légion-d'Honneur ; au dessus de l'image de Marie était suspendu un petit rameau de buis poudreux et fané.

Il y avait quelque chose de simple et de touchant dans l'aspect de cette pauvre mansarde placée sous la double protection d'un souvenir et d'une foi...

Mais je ne m'arrêtai longtemps ni à l'image divine ni au gardien glorieux ; le troisième cadre, que seule pouvait voir la muraille, piquait bien davantage ma curiosité.

Un vague instinct du cœur m'attirait là !...

Je retournai la tête du côté de la mère Rainette.

Elle n'avait pas encore bougé.

Alors, je me glissai sur la pointe des pieds jusqu'au tableau mystérieux, et je le décrochai sans bruit de son clou doré par la rouille.

C'était le portrait d'une petite fille, en toilette de première communiante.

La peinture ne révélait pas un habile pinceau ; mais, l'artiste, quelque humble qu'il fût, devait avoir merveilleusement saisi la ressemblance.

Car, à ces grands yeux noirs et doux, à ce galbe si parfait de lignes, à ces bouches ombrées qui semblaient des spirales de jais sous la blancheur et naïve couronne de l'innocence, je reconnus Mariette, telle que je pouvais me la figurer à l'âge de douze ans.

Je contemplais avec amour ce reflet d'un passé que je n'avais pas connu... Je m'y reportais en rêve.

Tout à coup, un murmure sourd et plaintif me rappela à la réalité !

Je remis le portrait à sa place ; mais il put redire à la muraille le baiser furtif et rapide que je venais de lui voler.

Puis, je recourus vers le lit aussi légèrement que j'étais venu. La mère Rainette commençait à s'agiter, ses mains se crispaient, un sanglotement pénible contractait son visage. Les paupières restaient cependant encore closes.

Mais bientôt les cils devinrent humides, et les yeux parurent enfin avec les larmes qui semblaient les avoir rouverts.

Elles coulaient avec tant d'abondance, qu'elles aveuglèrent pendant quelques minutes la pauvre vieille femme.

Elle promena tout autour d'elle des regards surpris et égarés, puis les ayant tout à coup portés sur moi, elle s'écria presque avec épouvante :

— Qui êtes-vous ?

Et je lui répondis doucement, en prenant une de ses mains qu'elle abandonna dans la mienne :

— Un ami que vous avez fait venir, et qui est prêt à écouter plus encore avec le cœur qu'avec les oreilles tout ce que vous avez à lui dire ?

Elle parut chercher dans sa tête affaiblie, puis, ayant rencontré par hasard le portrait voilé, elle murmura d'un ton lent et douloureux :

— Oh !... oui... elle !...

Et elle se couvrit le visage de ses deux mains.

Je voulus tenter une double consolation, et je m'écriai :

— Oui... elle !.. Mariette, qui est heureuse et qui vous aime !...

Je me rappelais la première question de cette mère en pleurs ; le reste me vint tout naturellement sur les lèvres :

— Heureuse !... répéta-t-elle avec une amère satisfaction, le bon Dieu soit béni !... Mais ne dites pas qu'elle m'aime, vous mentiriez !...

— Je vous le jure !... poursuivis-je avec conviction, car je ne croyais pas que le contraire fût possible... Je vous le jure !... Je viens d'entendre ses sanglots, et elle pleurait ainsi que vous pleurez maintenant... Je viens d'être témoin de son désespoir, et elle était aussi affreusement désespérée que vous-même !...

— Je ne vous crois pas, soupira la mère Rainette en branlant la tête d'un air de tristesse incrédule.

— J'ai juré... je jure encore, répondis-je de cet accent calin dont on parle aux petits enfans malades, que...

Elle me répondit par un geste de la main qui voulait dire :

— Peine inutile !... attendez... attendez...

Puis de la même main elle m'indiqua l'unique chaise de sa mansarde.

Je crus comprendre son muet désir, et je l'approchai du lit. Mais je restai debout et appuyé sur le modeste dossier de bois blanc.

Elle me fit signe de m'asseoir auprès d'elle.

J'obéis et lui repris la main, dont elle serra la mienne en murmurant avec une gravité attendrie :

— D'abord, il faut que vous sachiez tout... tout...

— Oh ! parlez, parlez ! m'écriai-je en me rapprochant du lit.

Alors la pauvre vieille se souleva entièrement, passa à plusieurs lentes reprises la main qui lui restait libre sur ses yeux humides encore, et parut fouiller au plus profond de sa mémoire pour évoquer tous les anciens souvenirs du passé.

Puis elle s'accouda de nouveau sur le traversin, et d'une faible et triste voix elle commença :

CHAPITRE II.

Je ne suis pas née pour être heureuse, Monsieur ; car j'étais bien jeune encore lorsque je perdis ma pauvre mère, et, depuis, mon existence tout entière n'a été qu'un long deuil renouvelé sans cesse. Pour bien me comprendre, il faut que vous sachiez comment m'arriva ce premier malheur ?

Je date de l'an quatre-vingt, c'est remonter un peu haut ? Et, cependant, vous êtes surpris d'apprendre que je n'ai pas dépassé la soixantaine. Vous m'estimiez plus vieille que cela, n'est-il pas vrai ? Eh bien ! quand vous saurez ma vie, vous vous étonnerez de me voir si jeune encore !

Mon père était un paysan aisé. Il habitait avec ma mère, tout près de Paris, entre Belleville et Romainville, au milieu de ce qu'on appelait alors le parc Saint-Fargeau. Il n'en reste aujourd'hui que le nom presque oublié, et quelques bouquets de lilas, qui disparaîtront peut-être demain, s'ils ne le sont pas déjà.

C'était jadis un bois épais, dans lequel je me suis bien souvent égarée pendant mon enfance. Malgré ce changement, je reconnaîtrais encore la place occupée par la muraille en terre de notre marais, car mon père était maraîcher. Il cultivait des légumes et des fruits pour aller chaque matin les vendre à la halle.

Quant à ma mère, elle nourrissait les enfans des autres en même temps que les siens.

Mais la mort semblait se faire un jeu d'épargner les étrangers et de frapper la famille. J'ai vu mourir tous mes frères et toutes mes sœurs, ceux-ci la première, ceux-là tout au plus la seconde année de leur âge. Sur quatorze enfans que Dieu donna à ma mère, il lui en reprit treize ; et moi l'aînée de tous, seule j'ai vécu !...

Jugez, Monsieur, si mon enfance fut bien joyeuse. La tristesse ne quittait pas la maison. Semblait-elle prête à s'éloigner, le sort la forçait à revenir sur ses pas ; car, dès que mes parens commençaient à moins pleurer du dernier malheur, un autre malheur faisait de nouveau couler leurs larmes !

J'avais dix-sept ans, et depuis longtemps déjà le bruit de la révolution montait de Paris jusqu'à nous... Peu nous importait du reste, et sauf quelques charrettes de légumes pillées à mon père, ce bruit-là n'a pas troublé notre sommeil et notre obscurité...

Mais ma mère qui venait d'ensevelir la dernière de mes sœurs, nourrissait comme d'habitude un enfant étranger.

Cet enfant-là a jeté par trois fois le désespoir dans ma vie !...

D'abord il attira chez nous le bras de la guillotine.

Une nuit, son père vint frapper à la porte du marais.

On avait le jour même saccagé sa maison, massacré sa femme. Seul, il était parvenu à s'échapper et nous demandait un asile.

Mon père le cacha.

Or, cacher un proscrit, c'était à cette époque un crime qui méritait la mort.

Et ma mère elle-même n'avait pas hésité.

Plusieurs jours se passèrent, et déjà nous commencions à croire la victime oubliée...

Le peuple n'oubliait pas alors...

Et cependant le fugitif que nous dérobions à sa vengeance, n'était ni l'un des grands seigneurs de la cour, ni l'un des héros tombés de la Révolution. C'était tout simplement un maître boulanger, que l'on accusait de s'enrichir en spéculant sur les farines. Voilà pourquoi notre sécurité s'augmentait tous les jours.

Un matin, je partis avec mon père pour conduire nos légumes à la halle... J'étais déjà montée dans la charrette, lorsque, je ne sais par quel pressentiment, je voulus redescendre pour embrasser encore ma mère... Hélas !... je ne pensais pas cependant que ce fût pour la dernière fois !...

Au retour, nous retrouvons la porte brisée, la maison vide.

Le peuple venait de passer par là,..

Et depuis, jamais je n'ai revu ma pauvre mère !...

. . . .

Quant au boulanger, il avait eu le lâche bonheur de s'enfuir avec son enfant.

Mon père l'apprit plus tard ; car mon père survécut à sa femme bien-aimée... Il trouva ce courage dans son amour pour moi.

Pendant dix-huit années nous cultivâmes à nous deux ce marais où, si Dieu l'avait permis, nous nous serions trouvés seize à nous aimer.

Aussi jamais je ne voulus entendre parler de mariage. Il eut fallut, ou bien laisser mon père tout seul à ses regrets, ou bien partager avec un autre mon cœur que je lui devais tout entier...

De son côté, le boulanger, sauvé au prix des jours de ma mère, avait fait une grande fortune, et son fils âgé de dix-neuf ans venait d'entrer à l'école Polytechnique.

Nous n'avions jamais rien demandé ni à l'un ni à l'autre, et cependant tous deux avaient payé ce service, qui nous coûtait si cher, par la plus froide et la plus dédaigneuse ingratitude.

Un seul membre de cette famille songea à nous dire merci.

Le fils aîné :

Mais il était détesté par son père, celui-là... Il était pauvre, il courait le monde au hasard et ne put que nous serrer la main en passant.

Il avait près de vingt ans de plus qu'Etienne, le Benjamin du boulanger. — Voilà tout ce que je sais de lui. — Car je ne l'ai vu que cette seule fois.

Que sera-t-il devenu ?... Je l'ignore... Mais il avait du cœur, lui !...

L'invasion de 1814 arriva.

Nous entendions le bruit de la fusillade à notre porte, où l'Ecole polytechnique défendait les buttes Saint Chaumont.

Tous ces braves enfans se firent tuer à leur poste... Un seul eut la lâcheté de fuir.

C'était le fils du boulanger.

Il se souvint alors seulement de la pauvre maison où il avait été nourri.

Il voulut s'y réfugier comme son père.

Et comme le père avait attiré la meute sanglante de Robespierre, le fils amena à sa suite toute une horde furieuse de cosaques.

. . . .

Mon père sauta sur son fusil afin de nous défendre, tandis que je courais à lui pour le retenir.

Mais déjà vingt lances russes avaient criblé sa poitrine.

Nous tombâmes ensemble, lui mort et moi évanouie.

Quand je rouvris les yeux, notre maison brûlait encore.

Un homme, un militaire, se tenait penché vers moi.

— Votre père est là, me dit-il, en m'indiquant du doigt un petit talus de terre fraîchement remuée.

Puis il me tendit la main.

Je me relevai sans articuler un seul mot, et je fus me mettre à genoux sur la tombe de mon père.

Une heure après, le vieux soldat me disait :

— J'ai soixante ans, l'âge environ de votre père, que je n'ai pu sauver tout à l'heure. Nous sommes arrivés trop tard ! Voulez-vous que je le remplace auprès de vous du mieux qu'il me sera possible. Mon régiment est détruit, mort ; c'était ma seule affection. Je vous l'offre tout entière. Votre maison est en ruines, c'était tout votre bien ; voulez-vous que je la relève, tout mauvais maçon que je suis ! Nous louerons le marais comme par le passé, et nous le ferons valoir de même... Voilà tout l'ordre du jour ! Voulez-vous avoir confiance dans la parole d'un vieux soldat ?.. Dites... voulez-vous être ma femme ?

Je ne pus lui répondre et tombai dans ses bras.

— Brave Jérôme ! il a tenu saintement son serment ! murmura la mère Rainette d'une voix heurtée par les sanglots, et le voilà !

Et de sa main tremblante elle saluait le portrait suspendu à la tête de son grabat... le portrait du vieux sergent, qui semblait lui sourire dans son uniforme de la garde impériale.

Je ne saurais dire tout ce qu'il y avait de simple et de touchant dans cette scène du cœur !

Je laissai à la mère Rainette le temps d'épancher son émotion, puis je lui demandai, afin de renouer le fil de son récit :

— Et qu'était donc devenu le fils du boulanger ?

— Il vivait, lui ! s'écria la pauvre vieille avec rage. Il s'était encore sauvé, en nous apportant la mort, comme l'avait jadis apportée son père ! Tout leur a toujours réussi, à eux ! Oh ! le bon Dieu n'est pas juste !... Il vivait pour me garder une douleur plus affreuse à elle seule que toutes les autres ensemble. Car c'est... vous ne le devinez pas encore ?... c'est lui qui m'a volé ma fille !...

Je fis un bond terrible sur ma chaise de paille, et je criai d'une voix furieuse le nom maudit du fonctionnaire.

— Oui... articula sourdement la mère Rainette, oui, le fils du boulanger Dupreval... Etienne... celui qu'on nomme maintenant le baron Dupreval ; mais, attendez... attendez... vous le maudirez bien davantage encore !

Il y eut un moment de silence, après lequel elle chassa ses larmes et poursuivit sa douloureuse confidence.

CHAPITRE III.

Pendant sept années, le sort ne me frappa que d'un seul malheur.

Je perdis mon premier enfant.

Aussi, lorsque vint Mariette, je lui souris avec une joie bien amère. Je me souvenais de la fatalité maternelle, et je n'espérais pas élever cette pauvre petite créature chérie.

Je me suis surprise à regretter plus d'une fois que Dieu n'ait pas voulu me la reprendre ainsi que l'autre.

Mais non, elle vécut.

Vous dire les angoisses, les soucis, les quelques joies si rares que nous donna cette frêle et délicate santé, c'est impossible !

Son bon vieux père veillait, plus souvent que moi peut-être encore, auprès de ce berceau qui contenait notre seule et dernière espérance.

Le râle d'un frère mourant sur le champ de bataille ne lui avait jamais serré le cœur autant que le moindre cri, capricieux parfois, de sa fille.

Il souffrait de la voir souffrir, il pâlissait de sa pâleur, il riait et pleurait tout à la fois, lorsque Mariette, grimpée sur ses genoux, tortillait dans ses petits doigts les poils allongés de sa moustache grise.

C'était son bonheur de la porter dans ses bras, de la mener courir par les allées du marais, de la bercer le soir avec un vieux refrain de guerre, les seuls qu'il sut, mais dont il était parvenu à faire des chansons endormantes et douces.

Bon Jérôme, il aimait tant sa petite fille !

Que dirait-il, juste ciel ! s'il la voyait aujourd'hui !

Mais le bon Dieu est bon, il ne doit pas lui permettre de la voir, car Jérôme est là haut, Monsieur, il est mort, mon pauvre ami, il est mort en 1821, la même année que son empereur.

Par un soir d'été, un soir lourd, où l'on sentait l'orage.

J'étais agenouillé près du lit, la tête enfoncée dans les couvertures et soutenant Mariette, alors âgée de six ans, mais qui déjà comprenait cette scène d'agonie, et pleurait sur ce drap qui dans quelques minutes allait se transformer en linceuil...

— Femme, murmura Jérôme d'un souffle presque éteint, j'entends battre le rappel là haut... Il faut rentrer au quartier suprême... Adieu !... Tu viendras me rejoindre lorsque Mariette sera grande et pourra toute seule exécuter la manœuvre. Je te laisse en faction près d'elle... Fais bonne et fidèle garde !... Qu'elle soit honnête fille ainsi que tu l'as été, afin de pouvoir devenir une honnête femme et une bonne mère comme tu l'es maintenant. Songe que je te laisse en dépôt l'honneur d'un vieux soldat. Apprends à Mariette à le respecter à son tour. Mieux vaut être la femme d'un mendiant que la maîtresse d'un roi... Passe lui ce mot d'ordre-là... c'est le dernier... adieu !... Ça me brise le cœur de vous quitter si tôt ; mais pas moyen de battre en retraite... Voilà déjà que je n'y vois plus clair. La ronde des chandelles est passée ; çà me commande l'arme à gauche. Vite, que je vous embrasse encore... adieu... adieu...

Alors ses bras nous cherchèrent toutes deux et nous étreignirent de leurs forces affaiblies sur une poitrine qui ne palpitait déjà plus...

Puis ses bras détendus retombèrent sur la couverture.

Vite je le regardai... plus vite encore je jetai un grand cri....

Jérôme était mort !

Pauvre ami ! Il me laissait seule sur la terre, seule avec une enfant à peine sortie du berceau.

Un instant j'eus la pensée d'en finir avec la vie, et de rejoindre tous les êtres chéris que j'avais déjà perdus et pleurés...

Il ne me fallait qu'un boisseau de charbon pour cela !

Mais je me rappelai qu'après un semblable malheur, mon père avait trouvé le courage de vivre pour moi, et je vécus à mon tour pour ma fille !

Dès le troisième jour je me mis à songer froidement notre avenir.

D'abord nous ne pouvions plus cultiver à nous deux le marais, qui depuis un demi-siècle avait tour à tour nourri la famille. Je fus donc trouver le propriétaire du terrain, car la maisonnette seule nous appartenait. Mais, par malheur, le bail ne devait finir que dans quatre ans. Notre ruine était donc entre les mains de cet homme. Je le bénis encore aujourd'hui, car il se montra loyal et généreux envers la veuve et l'orpheline. J'en obtins deux mille francs.

C'était là tout notre bien, mais je me croyais avec cela plus riche qu'une reine.

Je pris, d'une main ma fille, de l'autre mon trésor et je descendis vers Paris.

Au milieu à peu près de la côte de Belleville j'aperçus une modeste boutique dont les volets fermés portaient un écriteau : j'entrai la voir, et le lendemain je m'établissais fruitière.

Qu'aurai-je pu faire, hormis cela ? Je ne connaissais qu'u-

ne seule chose au monde, la valeur et le commerce des légumes.

Aussi, grâce à cette expérience et à mon activité, nous faisions d'assez bonnes affaires. Je dis nous, car Mariette, toute petite qu'elle était, se mêlait déjà de la vente et des transports, avec tant de gentillesse et d'esprit qu'elle faisait l'admiration de toute la commune, et m'attirait plus de pratique encore que ma marchandise.

Il fallait la voir faire l'article et vendre au comptoir et porter de légers fardeaux à domicile ; il fallait la voir avec sa petite mine espiègle, ses gestes mutins et mignons, ses cheveux déjà noirs et retombant en grosses boucles sur ses épaules... C'était un bijou... un chérubin !...

Les profits de la boutique nous fournissaient donc le nécessaire, et ce nécessaire-là serait devenu presque de l'aisance, si je n'eusse pas été trop bonne et trop facile sur le chapitre du crédit. Je faisais mille efforts pour m'en défendre, c'était plus fort que moi, et s'il m'arrivait de me cuirasser d'un peu de courage, mon hypocrite enfant me désarmait avec un sourire, car elle pas plus que moi ne savait se résoudre à refuser le quart de pommes de terre, seul espoir de quelque pauvre ménagère pour le souper de toute sa famille affamée.

Deux années se passèrent ainsi, et le dernier soir de la seconde nous comptâmes ensemble, les écus d'un boursicot assez rondelet caché dans la paillasse de mon lit. L'avenir semblait me sourire.

Hélas !... le lendemain Mariette tomba malade.

Oh !... mais bien malade.

Je fermai la boutique pour me consacrer tout entière à soigner ma fille chérie, et pendant tout un mois je veillai jour et nuit près de son berceau.

Comment mon pauvre cœur ne s'est-il pas brisé dans ces incessantes alternatives de craintes et d'espérances ?

Elle a tant souffert durant ces trente jours, où le mal sembla se plaire à la ballotter entre la vie et la mort, ainsi qu'une flamme qui vacille au souffle du vent, toujours prête à s'éteindre et se ranimant toujours !...

Eh bien ! cette flamme, je l'abritai constamment de mes mains jointes et tremblantes... Je restai là, sans m'éloigner une seconde, sans m'assoupir une minute, penchée sur son berceau, épiant son moindre regard, son plus léger soupir, son plus invisible tressaillement...

Je la couvai, comme une poule sous ses ailes !...

. . . .

Il y a quelque chose de si triste et de si navrant dans la souffrance de ces bonnes petites créatures !...

Pauvres anges innocens !... La fièvre empourpre ou pâlit, glace ou brûle tour à tour leurs joues d'ordinaire fraîches et roses... Ils ont des regards si douloureux, des gémissemens si plaintifs, des caprices si fatals et si désespérans...

Oh !... pourquoi donc le bon Dieu, qui a été petit enfant lui-même, a-t-il le courage de laisser souffrir les petits enfans !...

Mais je vous importune avec tous ces détails, qui ne disent rien à votre cœur... Pour comprendre cela... voyez-vous bien, Monsieur, pour comprendre cela, il faut être mère !...

Moi, je l'étais, je m'en vante !... Et j'ai sauvé mon enfant !...

. . . .

Rien ne pourrait vous dire ma joie. C'était de la folie, elle vivait !

Je ne me souvins ni de mes longues tortures, ni des pressentimens dont m'avait frappée l'ombre fatale du passé ; je ne songeai qu'à remercier, qu'à bénir le ciel,.. Elle vivait !

Mais tout n'était pas fini cependant.

La convalescence fut longue, et je voulus la soigner comme j'avais soigné la maladie.

Un autre mois se passa sans que je pusse me résoudre à rouvrir ma boutique.

Pendant ce mois, où plus d'une fois mes transes furent prêtes à se renouveler, je réfléchis à l'avenir.

Notre chambre était humide et malsaine. Mariette se fatiguait à m'aider dans mon commerce.

Il ne fallait donc plus qu'elle partageât ni mon galetas ni mon travail.

Et puis mon ambition la plus chère était de pouvoir donner de l'éducation à ma fille. Nous sommes tous comme cela dans les pauvres ignorans du peuple.

Je me promis donc de la mettre en pension, dès qu'elle serait complètement rétablie.

— Le magot est toujours là, me disais-je, et quoique la maladie doive l'avoir passablement écorné, il en restera bien toujours de quoi payer toute une année d'avance ?... Après cela... nous verrons !...

Je savais le prix ; un jour qu'elle dormait j'étais allée le demander à une maîtresse de pension voisine de ma boutique.

C'était trois cents francs ; ce chiffre ne m'effraya pas.

Hélas ! j'en fus pour mes châteaux en Espagne !...

Une fois le docteur et le pharmacien payés, j'eus beau fouiller et refouiller dans ma paillasse... Je n'y trouvai plus que de la paille !...

La maladie m'avait ruiné de fond en comble !...

Comment faire ?...

Il ne s'agissait pas de perdre la tête, et je cherchai dans ma vieille cervelle le moyen de nous tirer de là...

Alors seulement je me rappelai le fils du boulanger.

Ne me devait-il pas deux fois la vie ?...

Je courus aux informations... Le père venait de mourir, mais l'élève de l'Ecole polytechnique avait fait du chemin.

Quoique s'étant battu pour l'empereur, il sut exploiter sa fuite au profit de son avancement, et les Bourbons trompés récompensèrent sa fidélité menteuse...

— Tant mieux, me disais-je en me frottant les mains, il est riche et puissant, il ne refusera pas la fille de sa nourrice !...

Le premier jour où Mariette put sortir, je la pomponnai de mon mieux, et nous fûmes toutes les deux frapper à la porte de ce protecteur, qui jadis et par deux cruelles fois, était venu frapper à la nôtre.

Dieu ! que Mariette était gentille avec sa petite mine pâlotte et son petit chapeau à rubans cerises !

Pourquoi donc les enfans grandissent-ils, ô mon Dieu !

Après deux heures d'attente, le baron Dupreval daigna nous recevoir.

C'était alors un grand jeune homme de trente ans à peu près, malgre et blême, sec et froid.

Il ne nous offrit pas même de nous asseoir, et m'écouta tout en feuilletant des gazettes.

Je terminai en le suppliant de me prêter cent écus.

Alors, seulement, se fixa sur moi ses yeux perçans et hypocrites.

Je frissonnai malgré moi.

Il y avait dans ces yeux-là quelque chose du regard des serpens.

Après avoir longtemps chanté misère, il finit, en esquivant de répondre, par me donner le conseil de m'adresser à Mme la dauphine.

Je compris ce refus indirect, et ne lui demandai plus que son apostille au bas de ma pétition.

Quels droits pouvais-je avoir à la charité royale ?

Il toussa deux ou trois fois avant de reprendre la parole ; puis, dans un long discours doucereux et patelin, il m'ex-

pliqua qu'il était mal en cour pour le moment, qu'il craignait d'user son faible crédit nécessaire pour lui-même, et, qu'enfin, Mme la dauphine exaucerait ma prière sans la recommandation de personne.

Je saluai cet ingrat tartufe en habit noir, pris ma fille par la main, et me dirigeai vers la porte, sans ajouter un mot.

Le fils du boulanger se leva pour me reconduire.

Un remords de conscience nous valut peut-être cet honneur-là.

Il fit plus encore, mais je ne me doutais, certes, pas ce jour-là de son affreuse pensée.

Il caressa d'un air protecteur le menton de Mariette, en disant :

— Voilà une jolie enfant, qui fera dans quelques années une bien belle fille. Il faudra me revenir voir alors, et je pourrai peut-être vous être plus utile qu'aujourd'hui. Ne m'en veuillez donc pas, et souvenez-vous plus tard que je suis tout à votre service.

En achevant ces calines parcles, il se pencha pour embrasser Mariette ; mais la pauvre enfant, épouvantée de cette figure froide et revêche, se cacha dans les plis de ma jupe, et rien ne put la décider à tendre la joue, ou même à retourner la tête.

Alors le richard se redressa, sourit d'une étrange façon et nous laissa sortir.

Mariette fut long-temps à se remettre de sa puérile terreur, et nous arrivions au sommet de la côte de Belleville qu'elle me parlait encore en frissonnant du monsieur à la méchante figure.

O mon Dieu ! c'était peut-être un vague pressentiment de l'avenir !

. . . .

À peine de retour à ma boutique, je me mis à réfléchir à ce qui me restait à faire, c'est-à-dire à m'adresser à Mme la dauphine.

Or, je ne sais pas écrire, Monsieur.

Par bonheur, un écrivain public demeurait à quelques pas de chez nous.

Je courus à son échoppe, et lui racontai longuement le service que j'attendais de sa plume.

— Revenez ce soir, me dit-il en se rengorgeant, et vous serez contente !

Je n'aurai garde d'y manquer.

Aussitôt l'homme de lettres me fit asseoir, essuya ses lunettes et me lut sa rédaction.

Il y avait quatre pages.

J'écoutai jusqu'au bout, puis je pris la pétition, et la retournai à plusieurs reprises dans mes doigts surpris et incertains.

C'était moulé, et, je dois cette justice à l'écrivain, on eût dit de l'imprimé.

Et cependant je ne me sentais pas satisfaite. Pourquoi ? Je n'aurais pu le dire, mais cette superbe pancarte me semblait incapable de toucher Mme la Dauphine.

On y racontait toute l'histoire des Bourbons. Il n'était question que de gloire et de triomphes. On les comparait à des dieux, à des héros dont j'ignorais même les noms. Tout cela résonnait bien, mais je ne trouvais pas un seul mot parti du cœur, et dont un cœur de femme pût s'émouvoir : j'eusse été aussi savante que l'écrivain, eh bien !.. je ne me serais certes pas exprimée ainsi.

— Hein !.. me fit-il d'un ton tout fier.

Pour toute réponse, je le payai de sa peine, et j'emportai chez moi la belle pancarte ; mais, en rentrant, j'aperçus un écolier gourmand qui tous les jours m'achetait des friandises ; je l'appelai, et lui offris deux grandes poignées de groseilles, s'il voulait écrire vingt lignes sous ma dictée.

Il est inutile de vous dire que le marché fut accepté à

l'instant, et les vingt lignes écrites un quart d'heure après.

Ma rédaction ne valait pas celle de l'écrivain ; c'était moins long et moins pompeux, mais plus simple et plus touchant. Je parlais à la fille de Louis XVI fort peu d'elle et beaucoup de moi, car elle ne me connaissait nullement, et sans doute elle savait sur le bout du doigt toute l'histoire de sa race. Je n'ai qu'un seul bonheur, lui disais-je, ma fille ; qu'un seul désir, son instruction, et je voudrais qu'elle en puisse recevoir sans pour cela me séparer d'elle. Je lui apprenais que ma boutique était située entre le cimetière de Belleville où reposait mon mari, un vieux soldat, et la pension de Mme Clause, qui me demandait cent écus seulement pour recevoir ma fille au nombre de ses élèves. Enfin je ne disais pas à Mme la dauphine que Dieu lui gardait des trônes dans le ciel, mais je lui promettais de prier chaque soir pour elle. Voilà tout.

Néanmoins je ne voulus pas me laisser influencer par un sot amour-propre d'auteur ; je me fis relire les deux pétitions afin de les bien comparer l'une avec l'autre. Décidément je préférais la seconde, et celle-là ne me coûtait que deux poignées de groseilles.

Le lendemain, je la portai moi-même aux Tuileries.

Huit jours se passèrent.

Le matin du neuvième, Mme Clause me fit demander.

J'y fus en tremblant ; mais je revins bien joyeuse.

La bonne dauphine n'était pas restée sourde à la prière d'une mère, et la maîtresse de pension venait de recevoir toute une année d'avance.

— Le bon Dieu est bon ! me disais-je, S'il permet parfois que les pauvres gens soient frappés par les éclats des explosions politiques, il place sans cesse auprès des trônes quelques uns de ses anges pour verser un baume divin sur les blessures injustes et ignorées.

Et je rentrai dans ma boutique en bénissant l'ange auquel je devais mon bonheur, et bien plus encore l'avenir de ma fille !

Eh bien ! les royales bontés ne se bornaient pas là.

Une autre lettre m'attendait chez moi, et dans cette lettre il y avait un bon de deux cents francs pour le trousseau de la nouvelle pensionnaire !

Je tombai à genoux, en serrant Mariette contre mon cœur.

Mais je ne pus prononcer un mot, mon cœur était trop plein d'une joie débordante !

. . . .

Quand on sut cette nouvelle-là dans Belleville, l'écrivain public ne manqua pas de s'attribuer toute la gloire du succès.

Je le laissai se rengorger, et je fis des cornets avec sa superbe pancarte.

Quant à l'écolier, il eut tout un panier de mes plus belles groseilles !

J'avais cependant ma petite vanité maternelle, mais je me plaisais à en jouir en secret. Seule j'avais réussi. J'étais doublement fière et doublement heureuse !

. . . .

Quelques jours après Mariette, ma Mariette bien-aimée entrait en pension chez Mme Clause.

CHAPITRE IV.

En cet endroit de son récit, la mère Rainette s'arrêta pour reprendre un peu de force et d'haleine, puis elle fixa sur moi ses yeux attendris, ramassa la main que j'avais laissée retomber sur le bord du grabat, et me dit :

— Pardon, Monsieur, je vous fatigue avec tous ces détails, mais c'est une douce consolation pour moi de vous les conter. Il y a autre chose encore que j'ose à peine vous avouer. Vous m'avez promis de me parler d'elle. Je désire et je crains tout à la fois votre confidence. Laissez-moi retarder ce moment dont j'ai peur, et prêtez-vous encore quelques minutes au bavardage d'une vieille femme qui mérite un peu de complaisance et de pitié.

— Oh ! parlez, parlez toujours ! répondis-je aussitôt.

Et la mère Rainette continua sa touchante histoire.

Vous ne pouvez vous figurer, Monsieur, le ravissement avec lequel je suivais les rapides progrès de Mariette.

Elle était si intelligente, si gentille, cette chère et malheureuse enfant !...

Je la possédais tous les dimanches et la moitié des jeudis. Ces jours-là, voyez-vous, étaient des jours de vacances plus encore pour la mère que pour la fille.

Avec quelle impatience je les attendais... avec quelle folle joie je les voyais venir !

Jamais écolier, amoureux de congé et de liberté, n'a ressenti des émotions pareilles.

Aussi, pendant ces heures du ciel, je ne la quittais pas d'une minute, pas d'une seconde. J'étais si jalouse, si avare de ma Mariette...

Et les lendemains, comme j'avais le cœur navré, lorsqu'il fallait la reconduire à la pension... comme la porte en se refermant semblait me briser la poitrine... Comme je revenais seule et triste par ce chemin que nous venions de parcourir toutes les deux le plus lentement possible !

Toute la soirée, j'errais dans mon logis comme un corps que vient de déserter son âme... Je m'endormais en soupirant une main sans son berceau, et quand je trouvais le berceau vide, j'étais bien long-temps à me remettre de mon chagrin, à m'habituer de nouveau à ma solitude.

Mais à ce prix-là seulement Mariette pouvait recevoir cette éducation que je croyais être le bonheur, insensée que j'étais ! Alors je me résignais avec patience et courage, et j'attendais.

Lorsque le congé devait durer plusieurs jours, j'avais peur de mourir de plaisir... Les nuits je ne dormais pas, je la regardais dormir, ou bien, si, vers le matin, le sommeil fermait mes paupières, une céleste béatitude m'inondait le cœur lorsqu'en les rouvrant au réveil, j'apercevais l'enfant couchée dans son berceau, la fauvette de retour à son nid.

Le prisonnier qui vécut vingt ans dans la nuit d'un cachot, ne revoit pas le soleil avec une plus enivrante extase !

Souvent j'ai cru rêver à ces réveils-là, mais les plus beaux songes n'ont pas d'illusions aussi douces.

Et comme je l'embrassais ma fille chérie, lorsque, se réveillant à son tour, elle fêtait son heureuse mère de son premier regard qui était un sourire, de son premier mot qui était une chanson...

Alors je me plaisais à lui faire répéter sa prière ; puis venait le tour de la toilette, et je crois que jamais femme ne déploya pour elle-même plus de coquetterie que la pauvre vieille fruitière pour sa fille !

Durant tout le jour nous babillions comme des pensionnaires. Il fallait qu'elle me racontât l'histoire de la semaine, et cela minute par minute. Je m'affligeais de ses chagrins ; ses joies enfantines égaillaient mes lèvres déjà ridées par l'âge. Mais ces jours-là les rides disparaissaient, je me sentais rajeunie par sa charmante présence, et lorsque nous jouions ensemble, je ne sais plus laquelle des deux était la plus enfant.

Parfois je prenais follement dans mes mains sa tête souriante et bouclée, et je la regardais comme si j'eusse voulu fixer son image dans mes prunelles. C'était ma fille, mon bien, mon ouvrage, et j'en étais fière et ravie !

Il n'y a qu'un bonheur véritable sur la terre, et ce bonheur-là, voyez-vous bien, Monsieur, ce bonheur-là, c'est d'être mère !...

S'il est un paradis, tous les élus ont des petits enfans, voilà la félicité céleste et parfaite.

. . . .

Puis Mariette devenait si belle !... Et tout en grandissant en beauté, elle grandissait plus vite en savoir.

Déjà elle me lisait dans de beaux livres qui étaient la récompense de son travail. J'écoutais de toutes mes oreilles, tandis que mes regards suivaient ses doigts sur les lignes, dont les lettres semblaient aussi parler à mon ignorance, car je voulais qu'elle me montrât les mots à mesure qu'elle les lisait.

Bientôt elle écrivit. La pancarte de l'écrivain public était un gribouillage à côté des caractères gracieux et chéris de Mariette !...

Elle me répétait tout ce qu'on lui avait appris : l'histoire des rois, la description des royaumes, les mœurs des peuples. J'en étais émerveillée ; elle en savait cent fois plus qu'une bibliothèque !...

Le temps s'écoulait, et plusieurs fois déjà le mois d'août avait ramené la distribution des prix.

Comme mon vieux cœur battait ce jour-là !...

Lorsqu'on prononçait le nom de ma Mariette, lorsque le curé embrassait son front couronné, mes yeux se fermaient malgré moi, j'étouffais, il me semblait que j'allais mourir !...

Puis je revenais à ma boutique plus heureuse cent fois que ne fut jamais une reine !

Que sont les couronnes d'or et de diamants auprès des couronnes de fleurs que l'on voit poser sur les cheveux adorés de son enfant.

Je marchais la tête haute et droite, le regard radieux et surpris de ne pas voir tous les passans s'incliner devant moi, tandis que je traversais les rues de Belleville, un bras chargé des trophées de la victoire, et l'autre enlacé dans celui de ma fille que j'allais posséder pendant tout un grand mois.

Oh ! ces jours-là !... ces jours-là !... Je me ferais hacher de bon cœur en mille morceaux pour en revivre seulement un seul !

. . . .

La onzième année de Mariette me réservait une joie plus douce encore, une de ces joies que Dieu a la cruauté de ne donner qu'une fois aux mères.

L'époque était venue de la première communion !

Oh ! si vous l'aviez vue, Monsieur, avec sa robe blanche, avec son voile blanc, avec son expression religieuse et candide ! On eût dit une sainte tombée du ciel sur les marches du chœur de la modeste église de Belleville.

Je communiai après elle, afin d'avoir une hostie sœur de la sienne. Comme nous étions toutes deux pleines de béatitude et de foi. Un rayon céleste s'épanouissait dans nos cœurs. Et, tenez, Monsieur, depuis que la Vierge en est partie, rien de plus pur n'a marché sur la terre, que nous en semblions toucher que du bout des pieds seulement !

Vous souriez, Monsieur, vous me trouvez bien ridicule et bien folle ; mais je ne vous en veux pas. Vous n'étiez pas là pour voir Mariette !

. . . .

— Oh !... ne vous blessez pas de mon sourire, m'écriai-je aussitôt, c'est un sourire du cœur et non pas un sourire des lèvres.... Et quant à la première communiante, je viens de la contempler tout à l'heure !...

— Où donc cela ?... me demanda la mère Rainette avec un regard étonné.

— Là !... répondis-je en étendant la main vers le portrait retourné contre la muraille.

— Oui, murmura douloureusement la pauvre vieille femme, le peintre me l'a faite sur cette toile telle qu'elle était ce jour-là, et je ne crus pas trop le payer au prix de toutes mes économies. C'est bien Mariette dans son enfance et dans sa pureté. Oh ! maintenant... maintenant, j'ai caché

cette image, et je n'ose plus même la regarder, car la vue du passé me rend le présent plus affreux encore, et mon cœur brisé saigne toujours sans que la mort veuille enfin le tarir ! Oh ! Mariette ! ma Mariette, que j'ai tant aimée ! ma Mariette qui m'a donné tant de joies ! pourquoi donc m'avoir fait tant de mal !

A ces mots, la mère Rainette se voila le visage, et pendant un instant on n'entendit plus que des sanglots dans la mansarde.

Mais cette pauvre désolée eut encore une fois la force de relever la tête et de retrouver la parole.

CHAPITRE V.

Monsieur, me dit-elle, il me reste bien peu d'années heureuses à vous conter. Mariette grandissait rapidement, et l'enfant allait se transformer en jeune fille.

Il n'était plus question de lecture ni d'écriture, elle tenait les comptes de mon commerce sur un registre coquet, où l'encre rouge se mariait à l'encre noire. Elle créait de charmans ouvrages, des broderies merveilleuses, où les fées semblaient avoir guidé l'aiguille. Elle dessinait, elle commençait à peindre, et la toile et le papier devenaient un miroir sous ses doigts. Elle jouait du piano comme une sainte Cécile, elle chantait comme un rossignol.

Un de mes grands désespoirs était de ne pouvoir placer dans ma boutique seulement une épinette... L'argent et la place me manquaient... J'osais bien quelquefois prier la maîtresse de pension de me laisser entrer au salon, et de permettre que Mariette jouât et chantât devant sa vieille mère. Mais la crainte d'abuser me rendait bien rare le plaisir de l'entendre...

Par bonheur l'idée me vint d'un innocent stratagème. Je savais l'heure des leçons, et la salle de l'étude du piano donnait justement sur la grande rue de Belleville... Il ne m'en fallut pas davantage, et mon plan de campagne fut résolu.

Chaque jour je descendais jusqu'à la pension, et je m'asseyais sur une borne placée au dessous de la fenêtre du salon. J'étais plus exacte que l'aiguille d'une pendule, j'arrivais au moment précis, je restais là immobile et l'oreille tendue, puis je retournais chez moi dès qu'une autre élève prenait la place de Mariette.

Les passans me remarquaient à peine. Rien de plus simple et de plus commun que voir une vieille femme fatiguée se reposer au sommet de la côte de Belleville. Et si parfois quelque importun maudit venait à sortir de la pension, vite je m'éloignais de peur d'attirer des railleries à ma pauvre fille !

Oh ! que j'étais heureuse de ce bonheur dérobé par ruse, et comme je me sauvais vite ainsi qu'un voleur emportant un trésor !

Et pourtant mon larcin n'était qu'un écho de l'instrument ou de la voix de Mariette, un souvenir que j'emportais précieusement dans mon oreille, un chant que je fredonnais tout le jour afin de charmer ma solitude !...

Jugez, Monsieur, de ce que peut l'amour maternel, même dans les petites choses. Jamais je n'avais pu retenir une note des airs les plus faciles et les plus populaires. *Au clair de la lune* était toujours resté pour ma voix un effort impossible. Eh bien ! toutes les mélodies qui sortaient de la bouche ou du piano de Mariette, je les retenais sans peine. Oui, Monsieur, c'étaient pourtant des morceaux d'opéra, c'était de l'italien. N'importe ! j'écorchais les paroles, mais la musique se gravait tout entière dans ma mémoire ainsi que sur les cahiers rayés du professeur. Je n'ai pas oublié une seule mesure, j'en suis bien certaine, allez, et je vous les chanterais aujourd'hui, si je pouvais, hélas !... chanter encore !...

Pendant ce temps-là je m'occupais sans relâche de mon commerce ; mais la fatigue me semblait une joie, c'était pour ma fille que je m'efforçais de gagner quelque argent. Aussi je me trouvais heureuse à cette époque, oh ! oui, bien heureuse de la voir chaque semaine, de l'entendre tous les jours, de travailler sans cesse pour elle !

Mais ces maudits évènemens politiques, dont je m'inquiétais pourtant si peu, vinrent encore une fois détruire mon bonheur, mon espérance, et changèr tout l'avenir de Mariette.

Mariette allait avoir quinze ans, lorsque éclata la révolution de 1830.

La bonne Dauphine, déjà proscrite à deux reprises, se vit une troisième fois forcée de fuir vers la terre étrangère.

J'avais compté sur elle pour assurér un sort à ma fille ; non seulement il me fallait renoncer à cette certitude, mais encore la pension était perdue avant que l'éducation fût complète.

J'espérais quelques jours, bientôt je ne pus plus douter de mon nouveau malheur.

Mariette ne devait plus rester qu'un mois chez Mme Clause, le temps de terminer l'année payée toujours d'avance, et voilà tout.

Or, l'année des classes finit vers les derniers jours d'août, à la distribution des prix.

Elle les eut tous, Monsieur ; les couronnes pleuvaient sur son front, les livres faisaient ployer ses deux bras !

Et puis il y avait, le long des murailles tapissées de verdure, de beaux dessins signés de son nom, et devant lesquels tout le monde s'arrêtait ; et puis elle toucha du piano, et puis elle chanta. C'était une admiration universelle.

Comment ne suis-je pas morte ce jour-là d'orgueil et de joie !

La distribution des prix achevée, tout le monde se leva pour entourer Mariette ; mais elle, dédaigneuse des louanges étrangères, me chercha des yeux et courut vers moi en se frayant un chemin dans la foule.

Alors, seulement, je rougis de mes manières communes, de mon bonnet à rubans, de ma robe de laine et de mon tartan à carreaux. J'avais honte d'humilier le triomphe de Mariette, car il n'y avait là que de belles dames couvertes de soie, de cachemires, de chapeaux ornés de plumes ou tout au moins de fleurs. Au milieu de tout ce monde ganté, j'avais honte de ma pauvreté rustique et grossière, non pas pour moi, mais pour ma fille.

Aussi, lorsque je la vis s'avancer de mon côté, fière-, ra dieuse et souriat à la foule comme une reine de sa cour, vite je me dirigeai vers la sortie, en lui faisant signe de me rejoindre plus loin.

Mais d'un bond elle fut près de moi, et me remit entre les bras ses livres et ses couronnes, puis la foule nous entoura toutes les deux d'un triple rempart.

Jamais, Monsieur, jamais personne n'éprouva confusion semblable à la mienne. J'étais pourpre, mes genoux tremblaient, mes yeux n'osaient quitter la terre que je priais de m'engloutir.

Quel affront pour Mariette !

On devait la prendre pour la fille de quelque duchesse jusque-là ; tous allaient s'apercevoir que sa mère n'était qu'une obscure paysanne, une vieille et ridicule fruitière en guenilles.

Aussi je me sentis prête à défaillir, lorsqu'une des belles dames sortit du cercle, s'approcha de nous et me dit :

— C'est donc à vous cette belle enfant-là, ma bonne femme ?

Que répondre ?

Mon amour m'inspira un mensonge, et je balbutiai d'une voix presque inintelligible :

— Non, Madame, je suis sa bonne.

Mais je ne pus achever ce dernier mot, Mariette me ferma la bouche avec une caresse, et s'écria :

— C'est ma mère, Madame !

Puis elle promena autour d'elle un regard noble et fier, et jeta ses bras autour de mon cou.

Moi je sanglotais, Monsieur.

C'était si grand et si beau ce que venait de faire ma fille.

. . . .

Un instant après nous sortions de l'institution de Mme Clause pour n'y rentrer jamais.

Qu'allait devenir Mariette ?

CHAPITRE VI.

Un mois se passa, pendant lequel je me répétais sans cesse cette terrible question.

Un tel souci n'occupait pas l'esprit de Mariette, enivrée de sa liberté, heureuse de se savoir près de moi pour toujours, confiante dans l'avenir comme on l'est à quinze ans !...

Cependant mes inquiétudes la chagrinaient, et l'un des derniers soirs de septembre où j'étais plus songeuse que d'ordinaire, elle me dit :

— Ecoute, bonne mère, tu te tourmentes à propos de bagatelles, et je te veux venir en aide. Voici mon idée. Tu vas voir... Souvent le maître de chant m'a dit, qu'avec ma voix je pouvais devenir une cantatrice célèbre, et gagner beaucoup d'or... Pour cela il me faudra premièrement entrer au Conservatoire, puis...

— Quoi donc ?... demandais-je avec anxiété.

— Débuter au théâtre, à l'Opéra !... répondit Mariette en me prenant les deux mains d'un air de triomphe.

A ce mot de théâtre, je bondis sur ma chaise et mon cœur se serra. Ma fille comédienne ! Les pauvres gens du peuple ne partagent certes pas les préjugés du monde, mais il y a dans cette idée quelque chose qui épouvante et révolte toujours la pudeur d'une mère !

En vain Mariette me vanta les charmes et les avantages de cette carrière, en vain elle me parla de mon bonheur à la voir applaudir, de celui qu'elle aurait à entourer ma vieillesse de toutes les douceurs du luxe, je ne voulus rien entendre, et nous nous serions couchés nous boudant l'une et l'autre, si cette charmante et bonne enfant n'était venue m'embrasser sur les deux joues, et me demander mille fois pardon.

Néanmoins ce projet roula toute la nuit dans ma tête et m'empêcha de trouver un seul moment de repos. Je jugeai plus froidement la chose, et sans parvenir à triompher complètement de mes répugnances, l'idée du théâtre effrayait moins ma raison. Peut-être le bonheur et la fortune de ma fille étaient-ils là ?

D'un autre côté, les dernières paroles de mon pauvre ami me revenaient à la mémoire. Mieux vaut être la femme d'un mendiant que la maîtresse d'un roi, m'avait-il dit au moment d'expirer. Je me souvenais de mon serment, et j'avais juré au lit de mort du vieux soldat que je veillerais sur l'honneur de sa fille !

C'était un dépôt sacré que je voulais à tout prix conserver intact et pur, comme je l'avais reçu. Or, malgré mon ignorance du monde, je savais les embûches sans nombre, et les piéges masqués de fleurs que le théâtre dresse sous les pas des jeunes filles imprudentes qui s'engagent sans guides sur ce terrain dangereux et fatal. Tout, autour d'elles, tente leur innocence exposée comme l'arbre de la plaine à tous les vents de l'orage. L'exemple, la flatterie, l'ambition, le luxe, l'amour, attaquent de toutes parts la tête et le cœur, les bonnes et les mauvaises passions des comédiennes. Cependant, il est des femmes qui restent honnêtes et pures au milieu de cet enfer, qui vivent au sein de ces tempêtes inconstantes sans jamais abandonner au tourbillon une seule de leurs feuilles ou de leurs pétales.

Honneur à ces fortes et courageuses filles, elles ont vaincu le démon qui les harcelait sans relâche sous mille formes séduisantes ou terribles! honneur à elles, car leur vie est un long combat et leur vertu le plus saint des triomphes!

Eh bien! me disais-je, Mariette serait de celles-là!... Je veillerais constamment sur elle, et du reste la noblesse de son âme la garderait bien mieux encore que l'expérience de sa mère!...

Toute la nuit se passa à plaider le pour et le contre.

Au point du jour j'étais loin d'être revenue de mes préventions, et cependant je dis à Mariette:

— Fais-toi belle, ma fille, nous allons rendre visite à ton maître de chant.

Je voulais le consulter sur cette question si difficile à résoudre...

En un clin d'œil la joyeuse enfant fut prête à sortir. C'était un double fête pour elle que mettre sa robe la plus fraîche et descendre à Paris.

Le professeur de chant se trouvait chez lui.

Brave homme, Monsieur, brave homme!... presque un vieillard, au front chauve, au bon regard, à la physionomie douce et prévenante.

Il m'écouta avec complaisance et intérêt, m'interrogea longuement sur ma position, mes espérances, parut un instant réfléchir et se consulter lui-même, puis me répondit de l'accent affectueux d'un père:

— C'est une chose bien épineuse qu'une semblable décision, mais vous n'avez pas la faculté de choisir... Garder Mariette près de vous en continuant votre commerce... impossible... Il n'eût pas fallu lui donner l'éducation qu'elle a reçue parmi les enfans des riches. Vous devez donc vendre votre boutique de fruitière. C'est à Mariette à gagner maintenant de quoi vous faire vivre toutes les deux... Or, donner des leçons? elle est bien jeune pour courir le cachet, et le métier de professeur rapporte peu. La mettre dans une pension comme sous-maîtresse? ce serait une nouvelle séparation, et je ne me sens pas le courage de vous conseiller un pareil sacrifice... Travailler ensemble aux ouvrages de femmes, c'est la misère... Paris ne fournit pas même de pain à ses myriades d'ouvrières, pauvres abeilles sans miel!.. Reste donc le théâtre pour unique ressource. Aucune exigence de famille ne vous défend cette carrière. Il est partout des femmes respectables, et celles du théâtre sont plus que toutes respectées, car elles méritent de l'être davantage... Je crois pouvoir prédire à Mariette le succès et la fortune... Qui sait même?.. peut-être un brillant mariage! On en voit rarement, mais on en voit récompenser quelques artistes, auxquelles le talent vaut une dot et la vertu fait une noblesse. Consentez donc à la demande de Mariette. Priez Dieu de veiller sur votre fille; veillez vous-même sur elle, et qu'elle entre au Conservatoire. voilà le conseil que me dictent ma conscience et mon amitié; car, croyez-moi, Madame, j'aime cette belle et chère enfant, autant qu'on peut l'aimer en l'aimant moins que vous...

En achevant ces paroles, il déposa au front de Mariette un baiser paternel, et Mariette lui en rendit deux avec une effusion touchante de respect et de tendresse.

Moi, je remerciai de mon mieux ce bon vieillard et nous sortîmes.

— Eh bien?... me demanda Mariette aussitôt que nous fûmes dans la rue; eh bien! mère, es-tu décidée maintenant?...

— Je te le dirai demain, répliquai-je à demi-vaincue, j'ai besoin de réfléchir encore...

En effet, je ne pouvais me résoudre à prendre un parti. Tout ce que venait de me dire le maître de chant, était juste

et raisonnable. Il n'y avait certes rien à répliquer à cela; et du reste, c'était à peu près ce que je me répétais depuis un mois. Ce digne homme parlait avec connaissance de cause; il voulait le bonheur de ma fille, tout inspirait en lui la confiance, et cependant, je me défiais de ses avis.

Peut-être se laissait-il influencer par l'art qu'il exerçait? peut-être ambitionnait-il les débuts de son élève, afin d'avoir une part de gloire dans ses succès?

Toutes ces pensées tourmentaient ma cervelle, et la crainte du théâtre reprenait sur moi tout son empire. Que faire cependant?

Je résolus de consulter quelque autre personne qui possédât l'expérience du monde, et ne fut pas dominée par les mêmes considérations.

Je cherchai de toutes parts autour de moi; je ne vis que le fils du boulanger, et je me décidai à l'aller trouver de nouveau.

Le lendemain, j'ouvris la journée en confiant mon projet à Mariette.

Au premier mot, elle tressaillit involontairement, et se jeta à mon cou pour me supplier de ne plus m'adresser à cet homme.

— Allons, allons! lui dis-je en la calinant, ce sont des enfantillages que ces répugnances et que ces terreurs-là... Voilà six ans que tu ne l'as vu, tu étais alors une petite fille, et parce que sa figure froide et sévère t'a fait peur ce jour-là, tu crains de te retrouver en face de lui... Allons donc, tu es folle!...

— Non... non, mère, s'écria Mariette pâle et tremblante; songe donc que cette rencontre nous a toujours été fatale? Et puis, qu'attendre de cet être ingrat et égoïste?

— Un conseil, répondis-je, un simple conseil qui ne lui coûtera rien, et voilà tout. Rappelle-toi, à ton tour, qu'il nous a jadis donné un excellent. Sans lui je n'aurais jamais osé m'adresser à Mme la dauphine, et tu ne serais pas entré chez Mme Clausse; tu ne brillerais pas de tous les talens que tu possèdes aujourd'hui, et cependant ta pauvre mère si glorieuse... Il ne me plaît pas plus qu'à toi, va!... J'ai bien réfléchi avant de prendre cette détermination... C'est le seul homme qui puisse me donner un avis solide et éclairé; il connaît le monde et le théâtre, les idées de l'un et les ressources de l'autre... Il nous a lui-même offert sa protection lorsque tu serais grande; tu t'en souviens, n'est-ce pas?... Je ne te demande qu'une visite d'un quart d'heure, ce sera bientôt fait?... Allons, ne me contrarie pas, je t'en supplie! je ne sais que décider, ma pauvre tête se perd! Aie pitié de ta vieille mère, et viens avec elle...

— Comme tu voudras, mère, soupira tristement Mariette, mais rien qu'au souvenir de cet homme, mon cœur se serre et j'ai le pressentiment qu'il nous portera malheur!

— Enfant, lui répondis-je, avec deux baisers, tu es trop bonne et trop belle, vois-tu, et le malheur aura peur de te toucher.

Je lui dis cela, Monsieur, je lui dis cela en souriant, et je me rappelle aujourd'hui ces paroles maudites avec des larmes de regret et de rage.

Oh! pourquoi donc n'ai-je pas écouté ma pauvre enfant? Pourquoi n'ai-je pas cru ces terreurs étranges par lesquelles Dieu sans doute daignait l'avertir!

Mais non, je ne vis rien, je ne devinai rien, aveugle et sotte vieille femme que j'étais!

Et je me mis à rechercher les traces de cet homme qui devait nous perdre toutes deux!

Le premier jour, le baron Dupréval ne se trouva pas chez lui, mais comme il pleuvait très fort, le concierge nous offrit un asile dans sa loge.

Or, les portiers sont des bavards, qui content toujours

2

sans qu'on ait besoin de rien demander, et j'appris longuement toute l'histoire de notre homme avant, pendant et a-
près les trois Journées.

Avant, il avait continué à exploiter la faveur des Bourbons;
pendant, il s'était sauvé à la campagne ; après, il venait de
reparaître, faisant sonner bien haut de mensongers services,
et de nouveaux honneurs, de nouveaux profits, de nouvelles décorations pleuvaient depuis un mois dans ses mains hypocrites.

Nous remontâmes à Belleville.

Partout, sur le chemin, on rencontrait des misérables ouvriers en haillons, le bras en écharpe, l'œil bandé, la jambe
boiteuse. C'étaient les héros de la veille, qui mendiaient,
plus pauvres que par le passé, sur les boulevarts dépouillés de
leurs pavés et de leurs arbres.

Ce contraste avait quelque chose de triste et de désespérant. Je commençais à comprendre que, dans ces révolutions
dont j'avais tant souffert, ce ne sont jamais ceux qui les font
qui en profitent. Il est une race de gens qui surgissent on
ne sait d'où après la bataille, ainsi que les limaces rouges
sortent de la terre après l'orage pour manger la récolte des
travailleurs. Voilà ce qui éternise les révolutions sans doute.
C'était donc aux êtres semblables au fils du boulanger que
je devais m'en prendre de tous mes malheurs; quant au
peuple, je ne me sentais plus le courage de lui en vouloir;
il était assez cruellement puni !...

Cependant cette injustice me surprenait si fort, que je ne
pus m'empêcher, au retour, d'en parler à l'un de mes voisins, tonnelier de son état, et que j'avais vu dès le 27 juillet descendre vers Paris un fusil à la main, pour ne remonter que le 29 au soir à Belleville, couvert de sueur et de
sang. Je lui dis ingénûment tout ce que je venais de voir
par les rues, tout ce que j'avais entendu touchant le fils du
boulanger.

Pour toute réponse, le héros non décoré sourit amèrement, et se mit à chanter ce refrain fort en vogue alors parmi le peuple :

> C'est tout d'même embêtant !
> J'marronne quand j'y pense
> D'voir qu'un tas d'chnapans
> Se fait valoir à nos dépens.
> Nous avons eu l'mal, eux la récompense,
> Pour la nation
> Faites donc une révolution !...

— Et quant à votre homme, poursuivit le tonnelier avec
mépris, il y en a, ma foi ! bien d'autres qui se cachaient alors
dans leurs caves, et qui se pavanent maintenant au soleil tout
fiers et tout engraissés de notre victoire. Ces gens-là, voyez-
vous, sont comme ce bouchon de liége que je prends, je le
plonge dans ce baquet rempli jusqu'aux bords. Je l'appuie,
je l'enfonce, je le colle contre le fond, puis je le lâche... Eh
bien ! tenez, le voilà de retour à la surface, avant que ma
main soit seulement ressortie de l'eau. Voilà votre homme
et toute la vermine de sa clique !...

Cela était bien vrai, Monsieur, mais peu m'importait
tous ces passe-droits à moi, pauvre vieille femme, qui ne
demandais à Dieu et aux hommes que le bonheur de ma
fille. Le fils du boulanger devenait plus puissant et plus riche,
tant mieux ! c'était une chance pour le trouver d'une
humeur plus hospitalière et plus serviable.

Or, j'y retournai le lendemain avec confiance.

— N'entrons pas, mère, murmura Mariette d'un ton
de prière étrange, au moment où je posais la main sur le
cordon de la sonnette.

Hélas ! ma main ne s'arrêta pas, et bientôt un domestique en grande livrée vint nous ouvrir.

Après une longue attente, on nous introduisit dans le
salon.

Ainsi que la première fois, le baron Dupréval parcourait
des journaux, mais à peine eut-il levé les yeux, à peine eut-
il aperçu Mariette, qu'il se leva précipitamment de son fauteuil, accourut à nous d'un air empressé et nous fit asseoir
avec force politesses.

Puis il se replaça en face de nous, et ses yeux ne quittèrent plus le visage rougissant de Mariette.

Ah ! les mères sont bien sottes ! elles ne voient jamais
dans l'admiration que les hommes montrent pour leurs filles qu'un hommage naturel et pudique, dont elles se ré-
jouissent dans leur stupide orgueil !

Je parlais, moi, pendant ce temps-là, j'exposais le sujet
de ma visite, et je ne m'apercevais pas que dans les yeux de
cet homme s'allumaient les ardentes convoitises du tigre qui
guette sa proie, et la dévore du regard en attendant qu'il
puisse la dévorer des dents.

Lorsque je prononçai le mot de théâtre, il ne put se défendre d'un mouvement de joie, et s'écria aussitôt :

— Le théâtre ! Bravo ! idée admirable. Mariette peut être
certaine de régner sur ce royaume de fleurs et de gaze qu'on
appelle l'Opéra, fût-elle sans voix, n'eût-elle aucun talent,
sa seule beauté suffit pour conquérir succès et fortune. Elle
n'a qu'à se montrer pour rendre tous les hommes fous d'a-
mour et toutes les femmes folles de jalousie. Qu'elle soit donc
cantatrice, et cela de suite, à l'instant ! J'aurais préféré la
danse, c'est plus coquet et plus provoquant, on montre davantage. Mais enfin, puisqu'elle a le goût et le don de la
musique, qu'elle entre au Conservatoire. Voici l'époque du
concours d'admission. Je verrai Cherubini, et dès le premier mois nous vous ferons avoir une pension. En attendant,
puisez sans crainte dans ma bourse. Que Mariette surtout
ne se gêne nullement. Le velours et la soie sont seules dignes de l'habiller. Il lui faut des dentelles et des bijoux....
Elle peut tout avoir, dès qu'elle voudra lever ses grands yeux
méchamment baissés sans cesse, et rejeter cette timidité pudique ainsi qu'un voile importun qui cache à demi sa beauté. Nul n'oserait lui rien refuser d'abord, et pour ma part,
je m'estimerai le plus heureux de tous, si elle me demandait beaucoup et souvent.

Le fils du boulanger parla longtemps encore sur ce ton
tentateur et galant. Mariette, qui déjà souffrait de ces regards effrontément acharnés après elle, subissait avec un
malaise visible ce langage étrange, dont elle ne comprenait
pas le sens perfide et caché, ni moi non plus, aveugle et
coupable mère que j'étais !...

Enfin Mariette se leva la première, et je suivis son exemple.

Alors le baron courut à un secrétaire, et revint presque
aussitôt avec un billet de mille francs qu'il me mit dans la
main, en disant :

— C'est une faible avance sur ce que je compte faire pour
vous et pour Mariette. Vous ne pouvez pas me refuser, car
je vous dois beaucoup et j'acquitte aujourd'hui la dette de
la reconnaissance.

Pendant cette phrase, Mariette me serrait le bras à me
faire crier, mais je ne pouvais trouver en moi le courage
d'un refus. Je restais là, le billet à la main et balbutiant quelques mots d'excuse, que le donneur ne comprit pas ou feignit de ne pas comprendre.

Il ne faisait du reste plus attention à moi. Il demandait
à ma fille la faveur de l'embrasser, et sans attendre la réponse, il approchait déjà ses lèvres de son front. Mais Mariette se recula avec une froide et silencieuse révérence.

Durant toute la visite elle n'avait ni entr'ouvert la bouche,
ni même soulevé la paupière.

— Allons, allons ! ricana le fils du boulanger, quelques
mois de séjour au Conservatoire, et nous ne serons plus
aussi sévère que cela.

Et nous sortîmes.

Au seuil de la maison, Mariette soupira comme si elle fût sortie d'un endroit sans air, où l'on eût étouffé !

CHAPITRE VII.

Les rôles étaient changés, désormais, entre ma fille et moi.

C'était moi qui désirais maintenant le théâtre ; les conseils du vieux professeur d'une part, et de l'autre les adroites insinuations du fils du boulanger, avaient accompli cette métamorphose. J'étais séduite et éblouie.

Mariette semblait au contraire appréhender ce qui me tentait si fort et ce qui lui souriait à elle-même quelques jours auparavant. Je la surprenais à regretter de ne pouvoir vivre en simple paysanne, ainsi que j'avais toujours vécu moi-même. Elle voyait avec douleur approcher le moment du départ ; elle pleurait à l'idée de quitter Belleville où s'était écoulée son enfance. Ce Paris que nous allions habiter l'épouvantait. Elle eût voulu retarder le jour de l'audition, de l'entrée au Conservatoire ; elle était sombre et brisée...

Mais non !... pendant ce temps-là, moi, je me hâtais de vendre ma boutique et de m'installer à Paris. La fatalité me poussait sans doute.

Ma boutique me valut quatre cents francs, j'avais autant en économies : tout cela, joint au billet donné, me forma une somme de seize cents francs. Nous louâmes un petit appartement modeste au quatrième, rue Montholon. Un matin, je chargeai sur une charrette mon vieux lit de noyer, mon buffet de chêne, ma table de bois blanc, trois chaises et un miroir cassé. C'était là tout mon ameublement. Un commissionnaire suffit pour nous déménager, et le transport se fit bien vite ; en moins de deux heures, tout était installé dans notre nouveau domicile.

Nous suivions à pied la charrette, et pendant que les douaniers l'arrêtaient à la barrière, nous nous retournâmes toutes les deux pour jeter un dernier regard, un dernier adieu vers cette côte escarpée de Belleville dont nous ne nous étions jamais, depuis notre naissance, absentées plus d'un jour !.

Nous la quittions ce jour-là pour n'y revenir jamais !...

Il est inutile de vous dire que le concours d'admission fut favorable à Mariette. On la reçut au Conservatoire avec acclamation, et quelques jours après elle entrait dans la classe de M. Banderaldi, le plus recherché des professeurs, le premier de tous par le cœur et par le talent. Le maître et l'élève se comprirent dès les premières leçons, car il y avait sympathie entre la riche et sèveuse intelligence de Mariette, entre la nature ardente et magnétique de cet Italien au front chauve, à la parole fécondante, aux regards d'aigle qui jettent autour d'eux en gerbes d'étincelles le feu du génie dont le foyer semble habiter ses prunelles noires ainsi qu'un double soleil.

M. Banderaldi était enchanté par les rapides progrès, et par la voix sans rivale de Mariette. Il lui enseignait avec amour tous les secrets de la science, et ne se lassait pas de lui prédire l'avenir le plus brillant et le plus fortuné.

Jugez, Monsieur, si j'étais heureuse de ce côté-là ! J'assistais à toutes les leçons, j'entendais toutes ces louanges, je m'enivrais chaque jour du chant de Mariette !

Et puis, l'avenir semblait tant nous sourire et nous promettre le bonheur !

Cependant, d'une autre part, j'avais bien des tracas, bien des ennuis. Ce n'était pas chose facile, à mon âge, que de changer les habitudes de plus d'un demi-siècle. La vie de Paris diffère tellement de la vie campagnarde que nous menions à Belleville ! Je ne m'y reconnaissais plus en rien, et ma pauvre tête se perdait à tout propos pour les choses mêmes les plus simples.

Mais il y avait un souci, qui me tourmentait autant à lui seul que tous les autres ensemble. L'argent diminuait avec une telle rapidité, que je n'y pouvais rien comprendre. J'étais arrivée à Paris toute fière de mes seize cents francs, et certaine dans mon ignorance que nous avions là de quoi vivre pendant bien près de deux années. Hélas ! je calculais sans mon hôte.

D'abord, il fallut racheter quelques meubles, le propriétaire avait murmuré le jour de notre installation. Puis il manquait un lit à Mariette ; le sien devenu trop petit était resté à Belleville. Un piano devenait nécessaire, je voulais le louer ; une occasion se présenta, et je l'achetai. Nous eûmes toutes deux besoin de toilette, et quelques modérées que fussent nos dépenses, cela coûta encore bien cher. Enfin nous eûmes beau vivre avec la plus stricte économie ; au bout de cinq mois, toutes nos ressources se trouvèrent épuisées, et malgré l'influence du fils du boulanger, malgré la recommandation de M. Banderaldi, la pension promise et toujours espérée n'arrivait pas encore.

Je pensais parfois à emprunter quelque argent ; une seule personne pouvait m'en prêter, et Mariette me suppliait toujours de ne pas en venir là. Je ne comprenais rien à ces répugnances, à cette aversion, mais je craignais tant d'affliger mon enfant, que j'obéissais en esclave à ce que je croyais un caprice.

En effet, le fils du boulanger nous rendait souvent visite, et nous accablait d'offres et de politesses. A peine semblait-il remarquer la froideur et la réserve de Mariette. Il s'enthousiasmait de sa beauté, il s'indignait de ne pas lui voir encore de riches appartements et de somptueux équipages. Toutes les jolies femmes de Paris avaient ces jouissances du luxe, disait-il, et Mariette devait, dès qu'elle le voudrait bien, les posséder comme les autres. C'était un crime, que de meurtrir sur le carreau de notre chambre du quatrième, ces pieds mignons faits pour fouler le tapis du premier étage ! et mille autres galanteries semblables, dans lesquelles je ne devinais aucun mal.

Mais tandis que sans y prendre garde je laissais s'insinuer le serpent, Mariette veillait, attentive et prévenue par un instinct secret ; elle m'empêchait d'accepter ces dangereux services, et je répondais à toutes les offres que nous n'avions besoin de rien.

C'était cependant un bien grand mensonge, et le jour arriva bientôt où je changeai mon dernier écu. Heureusement, la pension du Conservatoire venait de nous être accordée, le premier mois allait échoir, et je fus toucher les cinquante francs du gouvernement, car la pension n'était que de six cents francs. Jugez, Monsieur, jugez avec cela si l'on peut vivre à Paris.

Alors je me mis à chercher des petits ouvrages de femme, et nous travaillâmes toutes les deux avec courage. Puis, afin de gagner du temps, et comme les matinées de cet hiver-là étaient bien froides, nous convînmes, après de longs combats, que Mariette irait seule au Conservatoire, et qu'elle en reviendrait de même.

Je faisais un grand sacrifice en consentant à ne plus entendre ma fille, mais elle me promettait de me répéter au piano la leçon tout entière.

J'eus donc quelques heures de travail de plus, mais vous ne pouvez vous figurer le peu que gagne une laborieuse ouvrière. C'est affreux, c'est incroyable ! Pauvres femmes !... Le monde leur demande de la probité, de la vertu ; et le monde ne paie pas leur travail du morceau de pain nécessaire pour les nourrir...

Aussi, le découragement ne tarda pas à me saisir, et néanmoins, je m'informais encore de tous les côtés des moyens de gagner un peu d'argent.

Un s'offrit, mais bien difficile, bien délicat.

Deux vieilles gens, logés au premier étage de notre maison même, demandaient une femme de ménage. On offrait vingt francs par mois pour deux heures de travail chaque matin. Je pouvais, à l'insu de Mariette, ajouter cette petite somme à notre maigre budget, en profitant des deux heures du Conservatoire pour faire le ménage placé à portée de ma main. Mais je craignais d'être surprise par ma fille, qui se serait cruellement affectée de me voir servir les autres, et je voulus, avant de me décider, tenter un dernier effort en faveur de l'emprunt.

Justement Mariette rentrait, pâle et oppressée. Je ne remarquai pas d'abord son trouble, et je lui proposai d'aller rendre visite au fils du boulanger.

Aussitôt la pauvre enfant tomba à genoux devant moi, et s'enfonça la tête entre mes deux genoux, dans les plis de ma robe. Je fus longtemps avant de pouvoir la relever.

Elle pleurait, Monsieur, elle pleurait !...

Alors seulement j'appris que tous les matins elle rencontrait le fils du boulanger sur sa route, et que cet homme indigne la poursuivait de son amour tentateur.

A peine achevait-elle cette douloureuse confidence, que j'entendis frapper à la porte. Un domestique portant une livrée connue entra, me remit une lettre, salua respectueusement et sortit.

Mariette rompit le cachet et lut.

Le maître nous demandait pardon à toutes deux, il s'excusait de la violence de son amour, jurait d'imposer désormais silence à son cœur, et nous suppliait de lui conserver notre amitié, comme il nous conservait la sienne.

Malgré cette assurance il n'était plus possible de recourir à sa générosité, et je n'en dis plus rien à Mariette.

Je fis plus, je l'accompagnai pendant plusieurs jours au Conservatoire.

Nous ne rencontrâmes personne, et, vers la fin de la semaine, je la laissai aller seule comme par le passé.

J'avais mes raisons pour cela. Le ménage du premier fut accepté, et je me hâtais si bien qu'il se trouva toujours terminé bien avant le retour de Mariette.

Le dimanche, par exemple, il me fallait inventer des prétextes. J'avais de l'ouvrage à reporter, des emplettes à faire, j'exigeais qu'elle restât au lit jusqu'à ce que je fusse revenue. Que sais-je moi ?.. Elle me lut à cette époque le roman anglais de Lucie de Lamermoor, et je riais sous cape en me reconnaissant dans le personnage du vieux Caleb.

Nous vécûmes ainsi pendant six grands mois sans qu'elle se doutât de rien. La pension du Conservatoire jointe à l'argent de mon ménage et à celui que nous rapportait le travail d'aiguille, suffisait à notre dépense modique et bornée.

Le baron Dupréval nous faisait de rares visites respectueuses et polies. Nous le recevions froidement, nous ne lui demandions rien, et lui s'en plaignait avec amertume.

Il avait l'air si plein de repentir et de bonnes intentions, que je me surprenais à prendre en pitié ce démon hypocrite et cafard.

J'espérais que les choses se passeraient ainsi jusqu'aux débuts de Mariette, époque où le théâtre nous promettait la fortune.

Hélas !... je me trompais encore...

Un jour — oh ! je m'en souviens comme si c'était hier — j'achevais mon ménage en balayant les ordures vers le carré, dont la porte était toute grande ouverte.

Tout-à-coup j'entends un cri.

Je lève la tête.

Mariette était devant moi, droite et pâle, sur la dernière marche du premier étage.

Oh ! cette fois, Monsieur, j'étais prise en flagrant délit, il n'y avait plus moyen de mentir.

Je restai immobile, les mains placées comme si j'eusse tenu encore mon balai tombé à mes pieds, le regard ébahi, essayant un sourire, enfin avec la mine piteuse d'un écolier surpris la main dans un pot de confitures.

Mariette avait tout compris, car elle ne m'adressa pas un mot de reproche ou même de question.

Non, Monsieur, elle s'avança vers moi, me prit par la main, me fit remonter jusqu'à nos mansardes, me posa mon bonnet sur la tête, me jeta un châle sur les épaules, enfin m'habilla comme on fait d'une poupée ; puis passa mon bras sur le sien, descendit les quatre étages, me traîna plutôt qu'elle ne me conduisit par les rues jusqu'à la maison du fils du boulanger, s'élança par l'escalier d'un pas tellement rapide que j'avais peine à la suivre, sonna, traversa l'antichambre sans attendre la réponse du valet, et s'introduisit fièrement dans le salon où je la rejoignis bientôt moi-même, stupéfaite, essoufflée, stupide !...

Là, elle demanda, sans hésitation ni préambule, mille francs qui furent donnés avec une joie étrange, refusa de s'asseoir, prit à peine le temps de remercier pour ce service qui lui semblait dû, et nous revînmes comme nous étions venues, sans qu'un seul mot fût prononcé entre nous.

Mais à peine entrée dans la première de nos deux chambres, Mariette jeta le billet de mille francs sur une table, et se précipita dans mes bras en éclatant en sanglots.

Depuis ce jour-là, Monsieur, elle fut triste.

Chère et pauvre enfant !...

CHAPITRE VIII.

Désormais, le baron Dupréval avait le droit de se présenter chez nous suivant sa fantaisie. Il venait de le payer pour la seconde fois.

Cependant, il n'en abusa pas d'abord. Il venait chaque semaine et c'était tout. Mais peu à peu ses visites se rapprochèrent, et le moment arriva bientôt où tous les jours il frappa à notre porte.

Mariette cherchait à s'étourdir quand il était là ; gaîté factice et contrainte qui me faisait mal, à moi, mais que lui ne paraissait pas même remarquer. Au contraire, il riait, et s'extasiait sur les moindres paroles ; il la trouvait toute charmante, toute pleine de grâce et d'esprit.

Quant à Mariette, elle souffrit beaucoup dans les premiers temps de cette obsession assidue ; enfin, peu à peu, l'habitude aidant, elle subit son entretien avec moins de répugnance.

Il est vrai de dire que, depuis dix ans, le fils du boulanger avait changé à son avantage. Son ancienne maigreur ne l'enlaidissait plus. Il commençait à prendre quelque embonpoint. Ses joues plus pleines effaçaient les angles jadis si profonds et si décharnés de son visage. Ses yeux ne brillaient plus des mêmes regards âpres et repoussans. Il savait voiler leur expression sinistre avec une habile et jésuitique adresse. Le tigre se faisait chat.

Joignez à tout cela l'extérieur austère et grave, des manières qui eussent été parfaites sans une légère teinte d'affectation, une mise sévère, mais élégante, la rosette rouge à la boutonnière, enfin tout le prestige habilement exploité que prêtent un grand pouvoir et une grande fortune. C'était un homme fort convenable, et dont le premier abord inspirait le respect à tous ceux qui ne le connaissaient pas.

Il causait fort bien, mais sa conversation avait toujours le caractère d'un conseil indirect ou d'une critique intentionnée. Il raillait sans cesse les jeunes filles sages et pauvres. Il ridiculisait les ménages peu aisés. Il parlait avec mépris, avec dégoût même, de toutes les honnêtes femmes. Celles du théâtre surtout ne trouvaient pas grâce devant lui. C'étaient, à l'entendre, des sottes et des imbéciles, qui préféraient niaisement la misère à la fortune. Or, la misère lui semblait le plus impardonnable de tous les crimes. Une jolie femme ne devait vivre que pour l'amour, le luxe et le plaisir. Aussi estimait-il très fort celles qui pratiquaient ce système. Il mesurait le mérite de la femme à la valeur de la robe qui la parait. Ayez une voiture, disait-il, et vous serez plus honorable et plus honorée que toutes celles qui souillent leurs pieds dans la boue des rues. Il citait à l'appui maintes histoires de jeunes filles enlevées la veille, enrichies le jour, et que, le lendemain sans doute, on épouserait. Il insinuait que c'était folie de refuser son bonheur et celui de ses parens pour conserver intacte une vertu que tout le monde dédaignait de nos jours, ainsi qu'un préjugé banal, un bijou passé de mode, une monnaie qui n'a plus cours. Tout cela était répété sans cesse avec un art merveilleux, avec un esprit infernal. Il espérait ainsi corrompre et démoraliser Mariette!

Mais Mariette déjouait tous les artifices de ce démon, et confondait chaque jour son astucieuse audace. Elle avait trop d'esprit et de cœur pour se laisser prendre à des piéges si grossiers. Tantôt elle semblait abonder dans son sens, elle enchérissait sur son immoralité, et par un sarcasme débordant d'ironie elle forçait son impudeur à rougir; tantôt frémissante et indignée, elle le combattait au nom de la vertu profanée, et toujours victorieuse elle écrasait, ainsi que la Vierge, la tête du serpent.

Mais, hélas! c'était à recommencer le lendemain. Nous ne pouvions le bannir, car nous lui devions deux services, et le second, Mariette elle-même l'avait demandé.

Il savait bien, lui, tout l'avantage que lui donnait cette position; aussi, cherchait-il sans relâche à l'augmenter encore. Il nous persécutait pour accepter de nouvelles avances, car il prétendait toujours nous prêter, et c'était ce qui l'autorisait, disait-il, à nous offrir sans cesse. Refusions-nous son argent, il le glissait adroitement sur un meuble, et le lendemain, jamais on ne pouvait parvenir à le lui faire reprendre. Il avait pour réponses de si belles protestations d'amitié, de si perfides et patelines excuses!

En dépit de ces astucieux efforts, il ne put rien changer à la stricte économie de notre petit ménage. Alors, il inventa d'autres moyens de nous engager à la dépense. Nos meubles lui semblaient trop mesquins, notre mise trop simple, il nous envoya des revendeuses à la toilette, de ces marchandes qui font un commerce universel. J'ai répondu pour vous, nous disait-il, cela ne me coûte rien, achetez tout ce qui vous plaira, vous paierez quand vous voudrez; quand le théâtre aura donné la fortune à Mariette, puisqu'elle s'obstine à attendre jusque-là. Si elle était plus raisonnable, dès à présent elle serait riche, et moi-même, tout le premier, je mettrais tout ce que je possède à ses ordres. Allons, ne vous fâchez pas, belle et sévère Minerve, je sais que tel n'est pas votre caprice, et je ne me permets cette mauvaise plaisanterie que pour vous faire enrager un peu. Pardonnez à votre vieil ami, et ne refusez pas les offres de ces dames, qui seraient furieuses, et m'arracheraient les yeux pour me punir de leur avoir fait manquer une opération commerciale.

Ma foi, Monsieur, nous nous laissâmes tenter. Il y avait plus de dix-huit mois que Mariette était au Conservatoire. Encore à peu près le même espace de temps, et elle devait débuter à l'Opéra, gagner de beaux appointemens. Nous étions donc certaines de pouvoir payer à cette époque de nos propres deniers. Et puis, M. Banderaldi daignait parfois rendre visite à son élève bien-aimée, et nous trouvions alors notre intérieur bien misérable et bien peu digne. Et puis chacune de nous était ambitieuse et coquette pour l'autre. Ma fille ne voulait pas que sa pauvre vieille mère manquât de quelque chose; et quant à elle, il survint des concours où, comme à la pension de Mme Clausse, elle remporta tous les prix, des concerts où le public l'applaudissait déjà avec autant d'enthousiasme que plus tard au théâtre. Il lui fallait

des toilettes et des parures; je la voulais la plus brillante ainsi qu'elle était la plus belle. Moi-même, je devais être mise de manière à ne pas lui faire déshonneur. Tout ce qui nous était nécessaire pour cela, où nous l'offrait à crédit, on nous suppliait de le prendre. Mariette désirait céder pour moi, moi je mourais d'envie d'accepter pour elle. Enfin, les engageantes paroles des marchandes nous décidèrent, et cette imprudente folie fut consommée.

Hélas! nous ne fûmes pas longtemps avant de nous en repentir!...

Au bout d'un mois à peine, les marchandes vinrent réclamer leur argent. En vain nous leur rappelâmes les conditions du marché, elles ne voulurent rien entendre et ne répondirent qu'avec des menaces. Ce fut une scène bien pénible pour nous, qui n'en avions pas l'habitude.

Alors le fils du boulanger parut, calma notre effroi, et paya les mégères, en nous disant avec un aimable sourire :

— C'est bien! n'en parlons plus, je mettrai ces bagatelles sur votre compte. Prenez garde, me voilà maintenant votre seul créancier?...

Il était impossible de refuser.

Je l'ai su plus tard, Monsieur, tout cela était une comédie préparée d'avance, un infâme calcul pour nous enlacer plus facilement par ses infâmes bienfaits!

Aussi, dès ce moment, il nous fit sentir chaque jour que nous étions sous sa dépendance. Il dépouilla toute réserve, il jeta le masque qui nous cachait son véritable visage et sa hideuse espérance! Il ne quittait plus notre demeure; ma pauvre fille le rencontrait sans cesse sur son passage, et sans cesse il lui répétait à l'oreille les propositions sans voiles de son implacable amour.

Nous reçûmes ainsi pendant six mois Monsieur.

C'était un supplice horrible et que Mariette ne se sentit plus enfin le courage de supporter.

En ce moment, le directeur de Marseille se trouvait à Paris, il entendit ma fille et lui offrit un engagement de dix-huit mille francs.

Le théâtre ouvrait au mois de septembre.

C'était la fortune, et bien plus encore l'affranchissement de notre affreuse servitude. Nous pouvions rendre l'argent, mettre le prêteur à la porte, et recouvrer la liberté.

Mais d'une autre part il fallait quitter le Conservatoire à la fin seulement de la seconde année d'étude, perdre le grand prix et le début à l'Opéra qui devait couronner la troisième, briser en deux tout un avenir certain et brillant.

Mais Mariette souffrait si cruellement qu'elle n'eût pas hésité une seule minute.

J'obtins à grand peine qu'elle attendît avant de donner sa réponse, et comme le mois d'août commençait seulement, le directeur de Marseille nous donna jusqu'au 25 pour réfléchir.

Lorsque le bon M. Banderaldi apprit cette nouvelle, il fut au désespoir, car il aimait Mariette comme sa fille, il était jaloux de la mener par la main jusqu'à ce trône rêvé à l'Opéra de Paris.

Mariette supplia avec des larmes, promit presque au professeur, ainsi qu'elle avait presque promis à l'impressario.

Sur ces entrefaites je tombai malade, et ma fille ne me quitta plus.

Le baron m'envoya chaque jour un des médecins en renom, et chaque jour disait avec son sourire éternel :

— Nous mettrons cela de plus sur le compte!

O cet homme!.. cet homme!...

Il profita de ma maladie, pour obséder davantage encore sa victime, et lorsque la pauvre enfant épouvantée se réfugiait près de mon lit, ce monstre la poursuivait jusque-là de son amour sans frein.

J'étais là, Monsieur, torturée par la fièvre, et par ce supplice cent fois plus affreux encore!...

Comment ne m'a-t-il pas tuée ?

Mais non, j'échappai par miracle. Au bout de trois semaines je pus me lever, et toujours bien souffrante je passai du lit de la malade dans le fauteuil de la convalescente.

Un jour, — mon cœur se serre encore en y songeant, — Mariette était dans la première chambre, je le sentis venir, et je ne me trompais pas, c'était lui…

J'entendis d'abord la conversation de deux voix calmes et confuses, puis le diapazon s'éleva rapidement. La voix de l'homme s'enflamait, passionnée, menaçante, terrible ; la voix indignée de la femme suppliait.

Et je ne pouvais bouger de mon fauteuil !…

Ensuite il se fit dans la chambre voisine un brusque mouvement suivi presqu'aussitôt par le bruit d'une double course et par le choc d'un meuble renversé sur le carreau.

Je tentai un effort surhumain pour me soulever, mais je retombai sans force et sans souffle !

Tout à coup retentit un cri…

Ce cri-là me galvanisa, Monsieur… d'un bond je fus à la porte, d'un geste je l'ouvris.

Mariette se précipita dans mes bras, plutôt pour soutenir sa mère que pour se soutenir elle-même.

Quant au baron, il fit deux pas en arrière, ramassa son chapeau qui roulait à ses pieds, passa froidement la main sur son visage pourpre et ruisselant, et nous dit d'un ton de sourde rage et d'ironie haineuse :

— Deux contre un. J'abandonne le champ de bataille. A merveille, Mariette ! Vous savez l'art de toujours prendre et de ne jamais donner, c'est une leçon pour moi, qui me croyais pourtant un diplomate consommé ! Je voulais votre bonheur, et vous vous obstinez sottement à ne pas me comprendre. Madame votre mère ne me comprendrait pas non plus. C'est dommage ! Adieu, ou plutôt au revoir ? Qu'un autre soit le premier, je garde l'espoir d'être le second ? J'ai l'honneur de vous saluer.

En effet, il salua de l'air le plus naturel du monde, et comme s'il ne se fût rien passé que de très ordinaire, puis il sortit.

. . . .

C'en était trop !

Le lendemain, Mariette signa l'engagement de Marseille, et huit jours après nous quittions toutes deux Paris.

CHAPITRE IX.

Mariette avait juste dix-sept ans le jour de son premier début à Marseille.

Oh !… Monsieur, qu'elle était belle !…

Jamais on ne reverra succès semblable. C'était de la folie, du délire, de la frénésie !…

Et moi, comme mon cœur battit ce soir-là de terreur d'abord, puis de joie.

J'écoutais avec une naïve ivresse ces tonnerres d'applaudissement qui passaient sur ma tête. Je croyais rêver !

Et cependant quelque chose d'étrange et de douloureux se mêlait à ma jouissance. Ce bonheur-là me faisait presque mal…

Oh ! ce n'étaient plus ces sensations délicieuses et pures, qui caressaient mon cœur de mère aux distributions des prix de la pension de Mme Clausse.

Celles-là me déchiraient la poitrine.

Enfin la toile tomba ; je respirai, pensant que tout était fini ; mais il fallut la relever deux fois pour que Mariette reparût aux yeux éblouis du public enivré.

Enfin je remontai dans la loge, afin de déshabiller Rachel.

Elle venait de débuter dans la *Juive*.

Je l'embrassai seulement lorsqu'elle eut repris son costume de ville, mais je l'embrassai avec une folle effusion.

Il me semblait que j'avais perdu ma fille pendant tout un soir, et que je la retrouvais tout à coup.

Puis nous redescendîmes sur la scène, qu'il fallait traverser pour sortir du théâtre.

A cette même place où Mariette chantait quelques minutes auparavant, un groupe nombreux attendait la débutante pour la féliciter encore.

C'étaient les plus riches, les premiers de Marseille.

Mariette reçut tous ces complimens avec une modestie charmante, et nous nous disposâmes à sortir.

Mais tout à coup le groupe se fendit dans la direction précisément où nous nous dirigions. Un nouveau venu s'avançait vers nous par ce chemin creusé au milieu de la foule.

Cet homme, tous le saluaient avec empressement et respect ; mais lui répondait à tous ces saluts d'un geste indifférent et dédaigneux.

Il fut bientôt près de nous et parla.

Toutes deux nous eûmes peine à retenir un cri d'effroi.

C'était le fils du boulanger !

. . . .

Il venait d'être nommé à l'une des magistratures les plus importantes de la ville de Marseille.

. . . .

Devant tout ce monde il fut impossible à Mariette de ne pas répondre à ses louanges, ainsi qu'elle venait de répondre aux complimens de tous les autres.

Bien plus, il nous parla d'un ton protecteur, intime et familier. Tout le monde dut croire qu'il nous connaissait depuis longtemps, et que nous lui devions beaucoup de reconnaissance.

Il eut même l'audace de s'écrier, en montrant la débutante :

— C'est moi, messieurs les Marseillais, c'est moi qui vous ai fait ce présent-là en arrivant parmi vous. N'est-il pas vrai, monsieur le directeur ?

Le directeur, pris à témoin de cette imposture, n'eut garde de démentir un si haut et si puissant personnage.

Enfin, pour terminer dignement, le fils du boulanger osa nous offrir dans sa voiture une place jusqu'à notre porte.

Mais Mariette eut la présence d'esprit de répondre qu'elle préférait aller à pied, attendu que nous demeurions à quelques pas seulement du théâtre, et que du reste le directeur nous avait offert déjà le bras pour nous reconduire.

Le malheureux directeur se trouva pris entre deux feux ; car pour lui la première chanteuse était également une personne importante et bonne à ménager.

Heureusement, en sa qualité d'ancien comédien, il savait mentir à merveille, et s'en acquitta avec autant d'aplomb qu'à la première réponse.

Nous fûmes donc débarrassées pour ce soir-là de la fatale présence de notre ennemi.

Mais le lendemain il se fit présenter chez nous par le directeur, et se garda bien de sortir après lui.

Force nous fut donc de cacher notre répugnance et notre aversion.

Depuis, il vint souvent, mais toujours assez adroit pour se faire accompagner de quelqu'un.

Nous ne pouvions lui refuser notre porte, ni même le mal recevoir.

C'était un homme influent et dangereux. Un éclat eût donné lieu à bien des commentaires, et nul doute que ce tartufe ne trouvât moyen de les tourner tout à son avantage.

Et cependant, s'il était venu seul, je n'aurais eu la prudence de garder aucun ménagement, mais il avait trop d'astuce pour s'exposer à pareil affront.

Nous fûmes donc contraintes à supporter en silence ses visites qui nous faisaient tant souffrir toutes les deux.

Mariette surtout, ma pauvre Mariette éprouvait à la vue de cet homme de bien douloureuses tortures.

Lui semblait s'en réjouir et nous saluait toujours d'un sardonique et méchant sourire.

Sans lui, mon Dieu ! nous eussions été si heureuses à Marseille. Tout était nouveau pour nous, qui n'avions jamais vu que Belleville et Paris.

Récréées pendant le voyage par les mille distractions de la route, transportées comme par magie sous ce beau ciel de Provence, étonnées chaque jour de l'étrangeté des mœurs et du langage, nous trouvions encore pour nous les surprises et les joies du théâtre, ce monde fantastique et inconnu qui nous accueillait avec de l'or et des bravos.

Tant d'occupations nous empêchaient un peu de songer à l'ennemi que nous sentions vaguement ramper dans l'ombre autour de nous. Il fallait courir les magasins pour les emplettes, essayer les costumes, apprendre les rôles dans la journée, les répéter le matin, les jouer le soir. Les succès étourdissaient la tête et le cœur de la débutante ; une promenade au bord de la mer, cette merveille ignorée jusqu'alors, charmait ses yeux éblouis et submergeait tous ses souvenirs.

Quant à moi, c'était bien pis encore. Je n'avais plus la conscience de moi-même. Je croyais continuer un rêve. Je voyais tant de choses étranges et que je n'avais pas même devinées. Ce pays, qui ne ressemblait nullement au pays où je vivais depuis soixante ans ; ce théâtre, qui ne ressemblait à rien au monde ; ces costumes bizarres dans lesquels je ne reconnaissais plus ma fille ; cette scène où je me perdais sans cesse, où je me heurtais à toutes ces coulisses qui étaient des arbres ou des rochers de bois, ce ciel de toile peinte qui pendait sur ma tête comme des linges séchant sur des ficelles : ces trappes où je manquais toujours de tomber ; cette foule bruyante et bigarrée d'acteurs et de comparses, de danseurs et de danseuses qui me bousculaient, comme cela m'était arrivé un seul jour de mercredi des Cendres, où la mascarade descendant de la Courtille m'avait enveloppée au retour de la halle ; enfin un si brusque changement dans mon existence, une métamorphose si complète à mon âge, tout cela pouvait bien tourner une tête plus forte que la mienne, et je crois vraiment que je devenais de jour en jour plus folle.

Le temps nous manquait donc à toutes deux de songer au passé, de prendre garde à l'avenir. Du reste, peu à peu nous vîmes moins souvent le fils du boulanger ; bientôt, à notre grande joie, il ne nous visita plus qu'à de longs intervalles. Enfin, nous commençâmes à nous croire oubliées.

Oubliées !... oh ! non !,..

Tandis que nous nous endormions dans une imprudente sécurité, des embûches adroitement masquées se dressaient de toutes parts sous chacun de nos pas.

CHAPITRE X.

Nous cherchions depuis quelques jours une femme de chambre.

Jusqu'alors mes soins inexpérimentés avaient suffi à ma fille ; mais elle gagnait dix-huit cents francs par mois, et pouvait bien s'attacher une main plus habile dans l'art de la toilette du théâtre.

J'étais un peu jalouse, à vrai dire, de servir Mariette à moi seule ; mais je reconnaissais cependant la nécessité d'une femme de chambre, et je fus la première à dire qu'il fallait en faire la dépense.

Plusieurs se présentèrent, qui ne nous convinrent ni à l'une ni à l'autre ; enfin, il en vint une qui parut réunir toutes les qualités voulues, et nous décidâmes de la prendre à notre service.

Cette fille avait su nous intéresser au récit de ses malheurs ; elle se plaignait d'une grande et récente injustice. Sa dernière maîtresse, une riche dame italienne, venait de mourir subitement à Marseille, et la famille, accourue en toute hâte, avait trouvé tout l'argent, tous les bijoux disparus. Sa femme de chambre l'accompagnait seule, et naturellement tous les soupçons se portèrent sur elle. Des valeurs assez considérables avaient été soustraites ; bien plus, on s'étonna de cette mort étrange et rapide, on parla d'empoisonnement, et la femme de chambre fut jetée dans la prison de Marseille sous la double prévention de vol et d'assassinat. Mais on ne put découvrir la moindre preuve, et d'un autre côté des protections puissantes s'employèrent en faveur de la prévenue. Bref, la prison s'était rouverte la veille, et cette fille jouissait de son premier jour de liberté.

Cette longue histoire nous fit une singulière impression, et la physionomie de cette prétendue victime ne plaidait nullement en sa faveur. Mais elle prit le ciel à témoin de son innocence ; elle pleura, elle se jeta à nos pieds, disant que, si nous refusions de l'accueillir, elle n'avait plus qu'à se précipiter dans la mer ; elle nous jura un dévoûment sans bornes, une reconnaissance éternelle ; elle nous promettait la moitié de son cœur ; l'autre appartenait à celui qui l'avait sauvée de la prison, et qu'elle ne nommait pas.

Elle parlait d'un ton de nature et conviction, des larmes véritables coulaient sur ses joues.

Oh ! quelle habile comédienne !...

Oui, Monsieur, car tout cela n'était qu'un rôle ; on l'avait payée pour le jouer !...

Ai-je besoin de vous dire quelle main perfide venait de ramasser cette couleuvre dans la boue des galères, afin de la glisser auprès de ma pauvre Mariette...

Cette fille se nommait Rose.

Vous frémissez, Monsieur ?... Ah !... vous la connaissez donc ?..;

Ou plutôt, non, c'est impossible !... Vous ne la connaissez pas encore !...

. . . .

Comme elle sut se montrer douce et prévenante, comme elle parvint adroitement à capter notre confiance et notre pitié !... C'est au point, Monsieur, c'est au point qu'au bout d'une semaine, ma fi le et moi nous étions revenues de notre première et fâcheuse impression sur son compte !

Le soir du huitième jour, le maudit directeur du théâtre nous ramena sur ses pas le baron Dupréval, et comme d'habitude toujours ils se retirèrent tous deux ensemble.

Rose était là ; les deux complices ne parurent pas se reconnaître, et cependant, je me le suis bien souvent rappelé depuis, il y eut un signe échangé entre eux, un signe rapide et furtif que je crus apercevoir, mais je me défiai si peu que ce soupçon ne me frappa pas l'esprit.

L'instant d'après j'eus besoin des services de Rose, et je l'appelai à plusieurs reprises sans pouvoir obtenir une réponse... Je cherchai de tous les côtés, personne !... Enfin elle rentra, haletante et essoufflée.. Je lui fis des reproches... elle me soutint et me jura n'être point sortie... J'eus encore la sottise de la croire !...

Mais, sans aucun doute, elle venait de prendre ses instructions, de se concerter avec le misérable qui l'avait à ses gages...

Du reste la trame s'ourdissait autour de nous, et le matin même notre porte s'était ouverte à une autre complice plus fatale et plus dangereuse encore.

C'était une vieille actrice, la duègne du théâtre de Toulon, qui venait mendier de la charité de Mariette une représentation à son bénéfice. Celle-ci aussi versa des larmes, en parlant de sa vieillesse et de sa misère... Elle me pria plus encore que ma fille, et finit par nous toucher l'une et l'autre.

Mariette promit d'aller à Toulon le surlendemain chanter *Robert-le-Diable*.

J'en veux à cette entremetteuse plus encore peut-être qu'à Rose, car le mensonge et la trahison me répugnent davantage chez une femme qui pouvait elle-même être mère d'une fille de l'âge de Mariette.

Toutes les deux ont eu cependant leur digne part d'infamie.

Écoutez-moi, Monsieur, écoutez-moi, et vous pourrez décider ensuite laquelle est la plus hideuse de ces deux créatures vomies par l'enfer !...

Un seul jour devait s'écouler avant la représentation de Toulon, et ce jour-là Mariette jouait au théâtre de Marseille.

Cette soirée-là, Mariette eut son succès ordinaire; et sitôt la représentation terminée, nous regagnâmes toutes trois notre demeure. C'était au second étage ; ma fille glacée par la fraîcheur de la nuit monta rapidement les degrés, et Rose m'offrit complaisamment le bras, en m'engageant d'une voix bénigne à m'appuyer sur elle. Je me laissai faire, et m'abandonnai tout-à-fait à cet artificieux soutien.

Hélas !... c'est pourtant cette confiance d'une minute qui nous a perdues !...

Tout-à-coup Rose trébuche et tombe en m'entraînant dans sa chute, mais elle ne descend que deux ou trois marches, tandis que moi je roule violemment jusqu'au bas de l'escalier.

Elle m'avait poussée, Monsieur !... Je ne voulus pas le croire d'abord, et j'attribuai au hasard l'impulsion terrible de ma chute. Mais deux jours après je ne doutai plus; elle m'avait poussée, moi, une pauvre vieille femme, dont chaque marche de pierre pouvait briser la tête !...

On accourt avec des flambeaux, on me relève, je veux marcher, mais en appuyant le pied par terre, je jette un cri de douleur... j'avais le pied foulé !...

Vous dire tout le subtil manège dont Rose se servit pour me persuader qu'il n'y avait pas de sa faute, c'est impossible !... Elle sanglota encore, elle se jeta à mes pieds, elle m'embrassa les mains en me demandant mille fois pardon, elle feignait de souffrir beaucoup aussi, et se désolait de ne pouvoir prendre mon mal afin de le réunir au sien, dût-elle en mourir !...

Enfin, nous la crûmes comme toujours, et j'eus même la bonhomie de chercher à la consoler de ce désespoir, qu'elle simulait avec tant d'art !

Infâme créature ! tandis qu'elle me remerciait à genoux, je la vis jeter dans l'âtre un petit papier qui flamba aussitôt avec un pétillement singulier. C'était quelque poison ! Oh ! oui, Monsieur, j'en suis bien certaine, allez ? Si la première ruse n'eût pas réussi, elle m'aurait empoisonnée, pour que je ne pusse pas suivre ma fille !

Car c'était là le but de la trahison préparée par notre ennemi !

Cependant il s'en fallut de bien peu qu'elle ne manquât, et que nous ne fussions sauvées ! Nous nous endormîmes après avoir pris la résolution de remettre à la semaine suivante la représentation de Toulon.

Mais, le lendemain, la bénéficiaire arriva dès le point du jour. A cette nouvelle elle parut désespérée. Les frais étaient faits, les affiches apposées contre les murailles, toutes les places louées d'avance, et le public trompé dans son espoir ne reviendrait pas une seconde fois. Elle nous traça de nouveau le tableau de sa misère, elle pria, elle pleura davantage encore qu'à sa première visite. Déjà, nous commencions à faiblir, et la maligne femme s'aperçut avec joie que nous allions céder.

Alors elle changea de batteries, elle me dit qu'elle avait

mon âge, qu'elle était mère aussi, et qu'elle veillerait sur Mariette comme sur sa propre fille. Elle habitait à elle seule une petite maison, et je ne devais concevoir aucune crainte ; on n'irait pas à l'hôtel, mais bien dans sa demeure, où tout était préparé déjà pour nous recevoir. Au surplus, la femme de chambre ne quitterait pas sa maîtresse, et toutes les trois passeraient la nuit soigneusement renfermées sous la garde de deux bons verrous. Enfin Mme Dabanne me jurait de me ramener elle-même Mariette le lendemain avant midi.

Rose se joignit à sa complice, et n'épargna ni les protestations ni les sermens.

J'étais déjà bien rassurée, lorsque la bonne et confiante Mariette me pria à son tour. Tout fut dit, et je ne me sentis pas le courage de refuser plus longtemps.

Mariette partit avec les deux Judas femelles, qui l'avaient vendue !

A peine fus-je seule que tout mon cœur se serra. Un remords subit, un sinistre pressentiment avertissaient la pauvre mère. J'eus honte et peur !...

Instinctivement je voulus me lever pour courir après ma fille...... mais je retombai aussitôt avec un cri plaintif comme un soupir.

Hélas !... la souffrance me clouait sur mon fauteuil !

Ce qui me reste à vous apprendre, Monsieur, est bien douloureux et bien pénible. Aussi, je vais vous le dire le plus rapidement possible, car je crains de ne pas en avoir la force, et je veux cependant que vous sachiez tout, tout !...

Le lendemain, Mariette revint seule, triste et morne. Sa pâleur m'épouvanta... Il y avait en elle quelque chose qui me fit mal et froid... Un désordre étrange se remarquait dans sa toilette, une expression plus étrange encore sur son visage. Elle approcha en hésitant de mon fauteuil... Je lui pris la main, sa main brûlait. Elle se pencha muette et tremblante pour m'embrasser... Au contact de son front, je sentis la fièvre !

Inquiète, effrayée, je l'accablai de questions ; elle ne me répondait que par des mots vagues et entrecoupés. J'appris ainsi, ou plutôt je devinai que Rose s'était enfuie, que la duègne de Toulon avait disparu. Du reste, tout cela me préoccupa peu d'abord, une seule chose frappait mes yeux et mon esprit, l'état effrayant de ma pauvre fille qui semblait bien souffrante et bien malade.

Sur ma prière elle roula mon fauteuil auprès du lit, et se coucha.

Mariette passa huit jours ainsi, dévorée par la fièvre.

Poursuivie par le délire qui lui jetait des terreurs bizarres, et cela toujours, toujours, soit qu'elle fût éveillée, soit qu'elle parût endormie. Je souffrais bien de la voir ainsi souffrir, et plus encore de ne rien comprendre à ce mal affreux. Elle semblait obsédée par quelque spectre acharné à sa proie, elle se débattait, elle voulait fuir, elle se cachait la tête dans l'oreiller, elle se blottissait au fond du lit, contre la muraille, ou bien me regardait, haletante et éperdue, avec ses grands yeux hagards et stupides. C'était quelque chose d'effrayant et d'horrible !...

Au milieu de ces tortures elle parlait peu, et semblait craindre de parler trop encore. A peine sortait-il de ses lèvres crispées quelques mots inintelligibles et confus. Mes questions redoublaient son délire, aussi j'évitais avec soin de l'interroger, car aussitôt elle murmurait des menaces et des prières, elle s'épuisait en vains efforts pour repousser un fantôme imaginaire, elle retombait dans des accès de désespoir ou de stupeur, qui me faisaient trembler tour à tour, tantôt pour sa vie, tantôt pour sa raison.

Comprenez-vous, Monsieur, tout ce que je devais souffrir !... J'étais là, enchaînée sur mon fauteuil et n'ayant pour tout aide qu'une servante arrivée de la veille, étrangère encore, maladroite toujours.

Enfin je pus me traîner par la chambre en m'appuyant à

tous les meubles, ainsi que font les petits enfans lorsqu'ils commencent à marcher; je pus servir et soigner ma pauvre Mariette. Eh bien! Monsieur, malgré mon attentive tendresse, il se passa près d'une semaine avant qu'elle commençât à se calmer, à revivre...

Pendant ces huit jours, je me crus moi-même en délire, le directeur nous fit de fréquentes visites, mais, certes, bien plus par inquiétude pour les recettes de son théâtre, que par intérêt véritable pour la malade. Je le reçus du mieux qui me fut possible, et cependant cet homme n'était plus le même que la veille. Lui, d'ordinaire, si poli, si respectueux dans ses moindres rapports avec nous, parlait maintenant du ton familier et presque insolent dont il se servait vis-à-vis des autres femmes de la troupe. Il gardait le chapeau sur la tête, s'asseyait sans façon, et nous traitait, en toutes choses, le plus cavalièrement du monde.

J'avais ma pauvre tête bien occupée; pourtant cette métamorphose me frappa, et cela d'autant plus que le médecin du théâtre me donnait l'occasion de faire une semblable remarque. Il prenait, en nous questionnant je ne sais quel air sournois et railleur. Enfin les quelques personnes, qui vinrent s'informer des nouvelles de Mariette, se présentaient avec des allures étranges, et dont je me sentais involontairement confuse et blessée.

Cependant je m'étonnais de ce changement universel, et voilà tout; car j'étais certes bien loin d'en deviner la cause. Mon Dieu !.. Je ne tardai pas longtemps à l'apprendre !...

— Venez m'avertir dès que votre fille sera en état de reparaître sur le théâtre? m'avait dit le directeur lors de sa dernière visite.

Et Mariette, impatiente de la maladie, fut la première à vouloir reprendre son service. Je commençais à marcher, le théâtre n'était qu'à deux pas, et j'y allai dès qu'elle en eut manifesté le désir.

On répétait un ballet :

Le directeur se tenait sur le devant de la scène, je lui fis un signe, puis j'attendis en m'appuyant contre une coulisse.

De l'autre côté de cette coulisse deux figurantes danseuses causaient en s'exerçant. Une simple toile me séparait d'elles, et sans le vouloir je ne perdais pas un mot de leur conversation.

— Pauvre fille !... disait l'une.

— Tiens, répondait la seconde, pourquoi pas comme les autres !

— Oh ! les autres, reprit la première, les autres c'est nous, et jamais personne n'eut besoin d'employer la ruse et la violence, pas plus avec toi qu'avec moi. C'eût été du luxe, ma chère, tandis qu'avec celle-là, quelle différence ! Elle était née pour être une fille honnête et sage ! Comme elle a dû se défendre, une fois tombée dans le piège !

— Oh ! se défendre, se défendre, ricana l'autre, je connais ça, on a l'air, mais c'est des frimes, vois-tu bien ? Elle devait s'ennuyer toute seule avec la vieille, et je suis sûre qu'au fond du cœur elle n'est pas fâchée de l'aventure !

— On l'a dit bien malade pourtant ?

— Tiens, parbleu ! C'est de rigueur, pendant huit jours au moins ! Ensuite tu la verras reparaître plus coquette et plus pimpante que jamais. Son amant est riche et je voudrais bien pour ma part être à sa place. D'autant plus que cet homme-là me plaît, je l'aimerais pour sûr. Il doit avoir de l'esprit. Vois donc comme il a joliment réglé son petit complot, ballet complet, avec une pirouette pour dénoûment ! C'est un malin !

— Oh ! un malin... fit sa compagne à voix basse, un malin ? c'est mieux que cela. Vois-tu bien, ces gens-là font les lois, et n'en ont pas peur pour eux-mêmes; mais il y en a dans les bagnes, qui le méritent moins que celui-là. Cette servante, cette comédienne achetées et séduites... ce moyen

de se débarrasser de la vieille... cette maison seule où la pauvre confiante s'endort tranquillement sous la garde de deux femmes, qui ont juré de veiller sur elle, et qui, tout au contraire, ouvrent la porte à l'homme et font le guet pour lui ! Sais-tu bien qu'on n'entend rien de plus noir et de plus terrible que cela aux assises !

— Allons donc ! s'écria l'autre, c'est de bonne guerre ! c'est un tour bien joué ! Voilà, je ne sais plus combien de temps qu'il le fait aller. Il y avait un pari... il a gagné... bravo ! Nous voyons ça tous les soirs, dans les comédies, dont on nous balaie les planches. Quant à moi, je ne suis pas fâchée de la chose ! Je n'aime pas les femmes qui font leur tête à cause de leur vertu, et j'ai bien ri de l'accroc déchiré à celle-là !

— C'est mal ! interrompit la moins mauvaise de ces deux filles, c'est mal, elle, si douce et si polie avec tout le monde ! Ris tant que tu voudras; mais, moi, rien ne m'empêchera de plaindre Mariette !

A ce nom imprévu, à cette révélation soudaine, je jetai un cri, et je tombai comme par enchantement entre les deux danseuses stupéfaites et confuses.

Aussitôt, je les interrogeai; mais plus encore avec les mains et les yeux, car il ne sortait de ma bouche que des sons rauques et inarticulés.

L'une et l'autre eurent pitié de moi, elles m'entraînèrent vers un recoin du théâtre où l'on serrait les décors, et me firent asseoir sur un vieux banc.

En vain elles tentèrent de me cacher l'affreuse vérité, je voulus tout apprendre et j'appris tout !...

Je pourrais vous dire leur confidence, comme je vous ai dit leur conversation; car tout, jusqu'au moindre mot, m'est resté profondément gravé dans la mémoire; mais je n'ose pas vous répéter leurs paroles.

C'était vrai !... nous avions été victimes d'une odieuse trahison... Mariette s'était trouvée seule et renfermée toute une nuit avec l'homme qui convoitait depuis si long-temps sa perte... Les deux complices avaient pris la fuite avec le salaire de leur crime... Et comme tout cela venait d'un pari, et comme le parieur s'était hautement vanté de son infernale victoire, tout Marseille savait depuis huit jours les détail que j'entendais seulement alors... tout Marseille croyait ma fi le déshonorée, tout Marseille répétait par ses mille voix que Mariette était la maîtresse de cet homme !...

Moi, je ne voulus pas le croire, et malgré ma faiblesse et ma souffrance, je courus à notre demeure.

Je montai l'escalier sans reprendre haleine, je traversai rapidement la première pièce, et j'ouvris tout à coup la porte de la chambre à coucher.

Un homme se trouvait devant moi...

C'était le fils du boulanger !...

CHAPITRE XI.

Il avait sans doute épié ma première sortie pour se glisser auprès de sa victime.

A cette vue, Monsieur, je retrouvai des forces que je croyais perdues, une éloquence dont je ne me serais jamais cru capable.

Je m'appuyai contre la porte afin de rendre toute fuite impossible, et je promenai un regard menaçant et assuré sur les deux seules personnes qui se trouvaient dans la chambre.

Le baron Dupréval pâlit et se recoiffa; Mariette se cacha le visage sous les draps de son lit.

Alors j'énumérai devant cet homme tout le mal que nous avait fait sa famille, tout le mal qu'il nous avait fait lui-même, puis j'arrivai à son dernier crime et je l'accablai sous le poids de sa propre infamie.

Enfin je m'écriai d'une voix frémissante et indignée :

3

— Voilà votre conduite ignoble, ingrate, criminelle d'autrefois, d'hier, d'aujourd'hui, de toujours !... Pour couronner l'œuvre, vous avez brisé la réputation de Mariette, son seul bien... Il faut tout réparer, entendez-vous bien, je le veux !... Tout Marseille la croit votre maîtresse, excepté moi, qui vous connais. Je ne doute pas de votre trahison, mais de votre victoire... c'est une imposture, n'est-ce pas ? Il faut me le jurer ici, il faut nous demander à toutes deux pardon !... Et ce n'est pas tout encore !... Comme vous vous êtes vanté partout et bien haut d'avoir gagné un infâme pari, il faut publier partout et bien haut que vous l'avez calomniée, lâchement calomniée !... Il faut répéter cent fois, crier sans cesse, écrire aux yeux de tous que vous avez menti, entendez-vous bien, menti !...

— Ma chère dame, me répondit-il d'un ton sec et froid, je regrette de ne pouvoir obéir à vos ordres, mais il est du devoir d'un bon gentilhomme de soutenir son dire envers et contre tous. J'ai été indiscret, menteur si vous voulez. Croyez ou ne croyez pas, je vous en laisse souveraine maîtresse. Supposez même, si cela vous est plus commode, que blessé, par trois années de refus, irrité de vous voir toujours prendre mon argent et ne jamais comprendre mes intentions, j'ai voulu une vengeance et que je me suis vengé ?... Voilà tout !... C'est bien simple !... Calmez votre légitime mais inutile fureur, et laissez-moi sortir ?...

Cette insultante dérision m'exaspéra, et je m'écriai en me tordant les bras :

— Misérable et lâche !... Tu ne crains pas de parler ainsi, parce qu'il n'y a là que deux femmes souffrantes et malades pour te répondre et te punir !... Oh ! si j'étais un homme !...

— Si vous étiez un homme, répartit-il avec un effrayant sourire, je vous ferais jeter immédiatement en prison, en vertu d'une petite loi que nous venons de créer contre l'insulte et la provocation. Heureusement pour vous le cas n'a pas été prévu à l'égard des femmes ?...

— Alors j'en profiterai, dis-je avec rage, et...

J'hésite à vous avouer cela, Monsieur ; mais j'étais hors de moi, le désespoir me rendait folle, je ne sais ce qui se passa dans ma tête, une main invisible me poussa sans doute, Enfin, que voulez-vous ? Je m'élançai sur lui, et je le frappai au visage.

Aussitôt il devint pourpre, et leva sa canne sur moi, sur une vieille femme, sur une mère en larmes !

Mais il se ravisa cependant, et reprenant son sang-froid ironique, il murmura sourdement entre ses lèvres violettes.

— Ceci devient par trop dramatique et je vous engage à vous en souvenir, car moi je ne l'oublierai pas !... On ne m'outrage jamais impunément..., je me vengerai.

Puis il me repoussa d'une main brutale, et sortit en jetant violemment la porte derrière lui.

Je restai seul avec Mariette, qui sortait à peine sa tête épouvantée de dessous les couvertures, au milieu desquelles elle s'était tenue blottie pendant presque toute la durée de de cette scène inouïe.

La douleur est égoïste, Monsieur ; je n'eus pas pitié de sa souffrance, et je lui dis de suite en croisant les bras sur ma poitrine palpitante :

— Et toi, refuseras-tu aussi de me répondre ?... Me laisseras-tu comme lui dans cette horrible incertitude ?... Il faut pourtant que je sache si tu est sortie pure et sans tache des pièges de cet enfer !... Car j'ai juré à ton père mourant de veiller sur toi, de te conserver telle qu'il te confiait à ma garde maternelle ?... Je me souviens encore de ses dernières paroles : Mieux vaut être la femme d'un mendiant que la maîtresse d'un roi !... O mon Dieu, s'il en était autrement, si ton honneur avait failli, si tu devenais mère avant d'être épouse, il me maudirait, il me repousserait même dans l'autre monde, lorsque j'irai l'y rejoindre !... Et quant à celui-ci, je n'y resterais pas longtemps, vois-tu bien, je me tue,

rais, ou plutôt, non! je laisserais faire le chagrin, qui se chargerait vite et tôt de la besogne !

Et je lui dis bien d'autres choses encore, car il me semblait voir devant mes yeux l'ombre menaçante et irritée de mon pauvre ami !

Enfin Mariette m'interrompit par ses sanglots, elle m'attira à elle, me prit les mains, en protestant mille fois de son innocence.

Moi, Monsieur, j'oubliai mes soupçons, je ne vis plus que sa douleur, et je pleurai avec elle.

. . . .

Deux jours après Mariette reparut au théâtre.

Le public l'applaudit, peut-être plus encore que par le passé, mais à l'entrée en scène il y eut un long murmure mêlé de chuchottemens et de rires confus.

Elle comprit aussi bien que moi !

L'honneur de ma pauvre fille était perdu à jamais !

. . . .

Cependant l'opinion publique se déclarait hautement pour elle, et nous reçûmes même les visites de plusieurs avocats, qui me conseillaient d'attaquer le misérable, et nous demandaient avec prière à plaider une cause si belle.

Mais la crainte d'augmenter le scandale nous arrêta, et nous refusâmes toutes deux d'un commun accord.

Ce fut peut-être un tort, car le bruit de l'indignation générale épouvanta le fils du boulanger. Il eut peur !

Et pour fuir le danger, il sollicita son changement, et repartit pour Paris au bout de quinze jours à peine.

On lui donnait encore de l'avancement, Monsieur !

Nous restâmes donc seules à Marseille.

Cet heureux départ me donna quelque espoir, et je me flattais pendant une semaine que nous pourrions être heureuses encore.

Hélas ! non, Monsieur, le bonheur ne devait plus revenir habiter sous notre toit.

Il n'y avait plus entre nous la douce confiance, la tendre intimité d'autrefois ! Une contrainte secrète, un malaise pénible nous séparait à jamais !

Trois mois se passèrent ainsi, pendant lesquels nous nous efforcions de cacher nos sentimens, et de nous tromper nous-mêmes. Mais chacune sans se l'avouer lisait dans le cœur de l'autre.

Mariette surtout semblait en proie à des inquiétudes mystérieuses, à des terreurs étranges, à des angoisses, qui croissaient de jour en jour. En un autre temps j'en aurais voulu savoir la cause ; depuis le retour de Toulon, j'osais à peine interroger ma fille !

Enfin un jour elle me dit :

— Mère, il faut retourner à Paris !

Certes, ma surprise fut grande, et j'étais bien loin de m'attendre à cela.

— A Paris !.. m'écriai-je avec effroi. Mais c'est là qu'il est, lui !..

— N'importe ! répliqua fermement Mariette. Je souffre trop ici... Il le faut !

En vain je cherchai à la détourner de ce projet funeste. Elle m'opposa cent raisons, cent prétextes. Je ne me sentais plus aussi forte, aussi confiante dans mon autorité maternelle, et je finis par répondre :

— Fais ce que tu voudras !

Aussitôt elle courut au théâtre, rompit son engagement au prix d'un dédit considérable, et trois jours après nous étions sur la route de Paris.

Sur cette même route que j'avais parcourue si joyeuse et, si ravie, il y avait dix mois à peine !

J'y repassais maintenant triste et sombre !...

Mariette, au contraire, semblait impatiente d'arriver dans

ce Paris, que je redoutais, moi, sans me rendre compte en- core de mes craintes confuses.

J'avais peur, comme les oiseaux du ciel, à l'approche de l'orage...

CHAPITRE XII.

Nous arrivons à notre ancienne demeure; trois jours se passent et j'observe chez Mariette une agitation capricieuse et fébrile. Elle écrivait des lettres, puis elle les déchirait convulsivement. Elle mettait son châle, son chapeau, se di- sposait à sortir; puis, au moment de poser la main sur le bou- ton de la porte, elle revenait sur ses pas, jetait sur un meu- ble toute sa toilette, et se laissait tomber sur un fauteuil, où elle demeurait des heures entières immobile et plongée dans des réflexions profondes et accablantes.

Le quatrième jour, enfin, je la vis cacheter une dernière lettre, tracer une adresse sur l'enveloppe, et la glisser fur- tivement dans son sac. Cependant je ne dis rien encore, et lorsqu'elle fut prête à sortir, je jetai mon tartan sur mes épaules, et je la suivis en silence.

Elle parut surprise, contrariée même, mais elle cacha bien vite cette émotion passagère, me prit le bras sitôt que nous fûmes dans la rue, et me parla d'un ton joyeux et tendre pendant tout le cours de la promenade.

Tendresse factice, Monsieur, enjouement affecté!... Je le voyais bien, moi.

Parfois un nuage passait sur son front souriant, elle rede- venait tout à coup pâle et triste. A chaque bureau de poste, e sentais son bras frissonner sur le mien; elle s'arrêtait une seconde, puis repartait d'un pas plus rapide, et cherchait de nouveau à étourdir sa pensée au supplice.

Il y avait en elle quelque chose d'extraordinaire et de si- nistre. Vingt fois je fus au point de lui dire:

— Mais qu'as-tu donc, mon enfant?

Et vingt fois ce cri de mon cœur vint, je ne sais pourquoi, mourir sur mes lèvres.

Enfin, comme nous allions rentrer, elle sembla se décider tout-à-coup, et prendre un parti violent.

Un bureau de poste était devant nous.

Elle tira de son gant la mystérieuse lettre horriblement froissée pendant la route, et la jeta dans la boîte.

En même temps elle fit un second geste précipité, comme pour la retenir ou la reprendre.

Mais il n'était plus temps déjà?

La boîte l'avait engloutie?

Quant à moi, je ne pus m'empêcher de demander:

— A qui donc écris-tu, ma fille?

— A l'Opéra! me répondit-elle en rougissant. Je sollicite des débuts!

Je n'ajoutai plus un mot, mais un vague instinct m'aver- tit que la réponse de Mariette était un mensonge.

* * *

Ma fille passa le reste de la journée dans une agitation effrayante. Elle ne pouvait tenir en place; elle s'asseyait, se levait, marchait à grands pas dans la chambre, pour se ras- seoir encore l'instant d'après. Tantôt elle restait muette et pensive; tantôt elle murmurait des mots inintelligibles ac- compagnés de gestes involontaires et énergiques; tantôt en- fin elle m'accablait de causeries, d'amitiés et de caresses.

Cette fièvre, cette folie augmenta vers le soir, et craignant sans doute d'être devinée, elle se plaignit de douleurs né- vralgiques, et se coucha de bonne heure, afin de cacher son trouble et de pleurer peut-être en liberté.

Elle se disait souffrante, moi je la crus, et sans pouvoir bannir entièrement mes inquiétudes, il ne me vint pas à l'es- prit l'ombre d'un doute ou d'un soupçon.

Dormit-elle cette nuit-là?... Je ne le crois pas. Mais au

point du jour, lorsque j'entrai dans sa chambre, je la trouvai réveillée et paraissant attendre. Attendre!... quoi?... Une réponse à la lettre de la veille sans doute.

Sur les neuf heures le concierge monta avec une lettre.

Elle la saisit d'une main tremblante, et fut près d'une minute avant de se décider à rompre le cachet.

Il y avait dans son émotion de la terreur et de la joie. Jamais je ne l'avais vu si pâle!...

Enfin elle lut, et pendant que le papier criait entre ses doigts, une expression amère se répandait sur son visage. Puis elle jeta au feu la lettre froissée, et resta près d'une demi-heure songeuse et comme en proie à un combat inté- rieur.

— C'est une lettre du directeur de l'Opéra? lui deman- dais-je après ce long silence.

— Oui, mère! me répondit-elle en secouant la tête comme pour en chasser les dernières indécisions. Il faut que j'aille le trouver ce matin même... à l'instant.

— C'est bien?... lui dis-je en me levant, je vais t'accom- pagner.

— Non!... s'écria-t-elle aussitôt, non, mère. Il vaut mieux que je me présente sans toi!... laisse-moi sortir seule, je t'en prie... Ne m'en veux pas... il le faut...

— Elle craint sans doute, pensais-je à part moi, que ma toilette et mes manières ne lui fassent du tort, elle a raison?

Et sans rien ajouter tout bas je reposais sur un fauteuil mon modeste tartan que je tenais déjà.

Quant à Mariette, elle se para avec une certaine coquet- terie, et lorsqu'elle fut prête, elle me dit avec un triste sou- rire:

— Il faut que je sois belle aujourd'hui!...

— Tu l'as toujours été, ma pauvre enfant, lui répondis- je en la contemplant avec orgueil. Je le savais depuis long- temps déjà, moi, lorsque tu m'étonnas à quinze ans de te l'entendre répéter par d'autres que par ta mère?

Une larme perla au coin des cils de Mariette, et elle se précipita dans mes bras, tendus vers elle.

Nous restâmes longtemps ainsi, Monsieur. Elle me cou- vrait de folles et tendres caresses, et moi, je la laissais faire en pleurant des larmes de bonheur.

Il y avait bien des jours qu'elle ne m'avait pas embrassée avec des élans de tendresse aussi pure, aussi jeune, aussi ra- dieuse!

Oh! je crois qu'elle m'aimait bien dans ce moment-là; car elle s'arracha de mes bras avec un effort qui sembla lui briser le cœur, et lorsqu'elle fut prête à sortir, lorsque déjà la porte était entr'ouverte, elle revint en courant me coller aux joues deux baisers dans lesquels s'enfuit, sans doute, tout le reste de son amour pour sa mère.

Oui, Monsieur, tout le reste de son amour... Ces deux baisers-là sont les deux derniers baisers que j'ai reçus des lèvres tant chéries de ma fille.

Le soleil était déjà bien haut sur l'horizon lorsque rentra Mariette.

Elle me sembla plus blême, plus émue, plus frémissante encore que le matin. Mais je ne remarquai rien, je ne me doutai de rien, car elle s'empressa de s'asseoir auprès de moi, de prendre mes deux mains dans les siennes, et cela sans même se donner le temps de retirer son châle et son chapeau.

Non, elle me parlait avec une tendresse grave et pro- fonde, elle me questionnait sur le passé, sur mes douleurs les plus amères, sur mes sentiments les plus délicats, et tout en m'écoutant, ses yeux fixés sur les miens cherchaient à lire tout ce que mon amour de mère et mes souffrances de femme avaient écrit dans mon cœur.

Il fallut lui redire l'agonie cent fois racontée de son vieux père, lui répéter les dernières paroles du mourant: « Qu'elle soit honnête fille comme tu l'as été, afin de pouvoir être un jour une honnête femme et une bonne mère comme tu l'es maintenant. — Je te laisse en dépôt l'honneur du vieux soldat... Apprends à Mari tte à le respecter à son tour... Mieux vaut être la femme d'un mendiant que la maîtresse d'un roi!... »

En achevant ces mots, je sentis sa main frémir, et je vis ses paupières se baisser sur ses yeux.

Mais elle reprit bientôt son courage, et fut la première à prononcer le nom maudit du fils du boulanger. Elle me rappela toutes ses poursuites, toutes ses embûches, jusqu'à la plus terrible, et me demanda ce que j'eusse fait si dans la nuit fatale de Toulon, elle n'avait pas trouvé la force de se défendre.

C'était un entretien bien pénible, Monsieur, mais elle m'interrogeait d'une façon si solennelle que je ne pus me refuser à lui répondre.

Et je lui répondis que je serais morte maudite moi-même, et la maudissant à mon tour.

— Mais je n'aurais pas été coupable? s'écria-t-elle avec énergie.

— Non, lui répondis-je, le crime eût été le mien. Je ne devais pas te quitter d'une minute, je l'avais juré, et voilà pourquoi cette douleur m'eût frappée d'un coup plus terrible encore. Toi, flétrie et perdue! toi, la maîtresse de cet homme! Oh! je n'aurais plus osé te regarder, t'embrasser. Je ne pouvais plus t'aimer, mais je me serais détestée moi-même mille fois davantage. Jamais, jamais de retour; jamais de pardon possible ni pour l'une ni pour l'autre de nous deux. Et songe donc si ton déshonneur eût été suivi d'un déshonneur plus grand encore... Si un enfant...

Je ne pus achever.

— Eh bien! me demanda Mariette en me serrant les mains à les briser.

— Eh bien! murmurai-je avec effort... Oh! ne me parle pas de cela... un enfant dont le père n'eût pas été ton époux! Je ne l'aurais pas même vu, car je me serais enfuie au bout du monde le jour où tu serais venue me dire : Je suis enceinte... ou bien, ce mot-là m'eût tuée sur l'heure.

Nous restâmes silencieusement oppressées pendant près d'une minute.

Enfin Mariette reprit la parole la première.

— Mais, dit-elle en hésitant, un semblable malheur n'est pas toujours irréparable... Et si plus tard j'étais devenue sa femme... tu m'aurais pardonnée, n'est-ce pas, ma mère?

— Oh! oui, m'écriai-je, et je vous aurais aimés doublement encore, ton enfant et toi; car cet homme vous eût rendus bien infortunés tous les deux.

..... Mais pourquoi ces épouvantables choses... La bonté du bon Dieu et la vertu de ma fille ont préservé mes cheveux blancs d'un tel malheur, et je vous en bénis chaque jour l'un et l'autre. Oh! merci, merci, ma fille pure et chérie!...

Et la saisissant dans une convulsive étreinte, je la couvris à la fois de mes baisers et de mes larmes.

Mais, hélas! je me suis rappelé plus tard, Mariette demeura froide, insensible et morne entre les bras de sa mère.

L'instant d'après, nous étions toujours assises face à face, mais brisées, anéanties et regardant sans voir.

Cependant mes yeux tombèrent par hasard sur la boucle d'acier qui fermait la ceinture de Mariette, et comme il y avait une goutte de sang sur cette boucle, ils y demeurèrent tristement attachés.

Ma fille s'en aperçut, et comme réveillée en sursaut, elle s'écria avec une terreur étrange et fébrile :

— Qu'y a-t-il donc? que regardes-tu ainsi?...

— Rien... lui dis-je en souriant. Une goutte de sang... là... sur cette bouc'e... où je me suis égratignée tout à l'heure... et, tu le sais, l'une de mes superstitions de vieille femme est de croire que le sang sur l'acier présage un prochain malheur...

Mariette ferma les yeux, respira avec effort, et me répondit en cherchant à sourire à son tour :

— Quel enfantillage!... Notre ciel est pur et nous n'avons rien à craindre!... Rien... n'est-ce pas, mè...

Tout à coup on frappa à la porte.

— Grand Dieu! s'écria Mariette en se levant d'un bond.

En même temps la porte s'ouvrit.

Et le fils du boulanger parut sur le seuil!

CHAPITRE XIII.

— Mariette, dit-il d'un ton froid et grave, je vous avais donné ce matin deux heures pour réfléchir, en voici trois autres que j'attends. Etes vous enfin décidée à me suivre?

Puis, voyant que ma fille restait muette, et que moi j'allais répondre, il ajouta :

— Pardon, je connais les façons d'agir de madame votre mère, et je désire ne pas avoir affaire à elle. Je me retire donc, et je vais vous attendre en bas, dans ma voiture. Si dans cinq minutes vous n'êtes pas venue, je pars seul, et tout est à jamais fini entre nous. Partez avec moi, et je tiendrai toutes mes promesses, tous mes serments. Je vous le jure encore! Allons, soyez raisonnable, et faites vos adieux ici. Moi je vous attends, mais pas plus de cinq minutes... vous entendez! cinq minutes!

Il tira sa montre pour consulter l'heure, la remit dans son gousset, salua et disparut.

Mariette restait immobile et atterrée.

— Que veut dire ce misérable? lui demandai-je plus encore avec le regard qu'avec la voix.

Aussitôt elle releva la tête, fixa sur moi ses yeux pleins d'angoisses et de prières, et s'écria :

— Ma mère, si j'avais été sa maîtresse, me pardonneriez-vous?

L'aspect de ce démon venait de m'exaspérer, et je répondis à l'instant, sans hésiter, d'un ton ferme et résolu :

— Jamais!

Mariette courba la tête sous ce mot impitoyable, enveloppa son visage de ses mains crispées, puis les joignit en les levant vers le ciel, puis les laissa retomber pour croiser ensuite ses bras frénétiques et tordus sur sa poitrine haletante et brisée, puis enfin vint à moi, saisit mon bras, et d'un accent suprême et décidé, me jeta cette question :

— Et si je devenais sa femme, un jour?

— Oui... murmurais-je après un silence qui dura toute une seconde.

— Vous me le jurez? ajouta-t-elle avec anxiété.

— Oui!... répétais-je d'une voix un peu plus forte que la première fois.

— Eh bien! ma mère, s'écria Mariette en se relevant plus grande que je ne l'avais jamais vue. J'emporte votre serment... vous me reverrez un jour,... Adieu!...

Et elle s'élança d'une marche folle et désespérée sur les traces de l'infâme qui me ravissait mon enfant flétrie et perdue à jamais...

Ne m'avait-il pas promis de se venger!...

Oh! comme il tenait cruellement sa parole!...

Je restais seule, Monsieur!...

Oh! oui, bien seule, car voilà plus de trois années de cela, et je n'ai plus revue ma fille!...

Comprenez-vous bien, Monsieur, depuis trois ans!

Ce matin, elle a passé pour la première fois devant mes yeux, qui croyaient rêver en la reconnaissant!

Ils ont tant pleuré, mes pauvres yeux, depuis le jour du départ de celle qu'ils voyaient depuis vingt ans à chacun de leurs regards...

CHAPITRE XIV.

A ce moment terrible, j'étais tombée comme morte sur le carreau.

Ma fille, ma vie venaient de m'abandonner !...

Lorsque je revins à moi, ce dont j'ai bien souvent maudit le ciel, je ne me rappelais plus rien de ce qui venait de se passer.... Il faisait nuit..., j'eus peur et le premier mot qui sortit de ma bouche fut celui de Mariette !...

Elle n'accourut pas comme à son ordinaire à ma voix...

Surprise et naïve, j'appelai encore ?...

Rien !... La solitude.... le silence...

J'essayai de me soulever, mais je retombai plusieurs fois sur ce carreau qui me glaçait et me brûlait en même temps...

Alors, je me traînai contre la muraille, et m'aidant des mains et des pieds, je parvins après bien des efforts à me tenir debout, et à peu près en équilibre.

Ma pauvre tête était douloureuse et alourdie, comme si quelque fardeau de plomb m'était tombé sur le crâne... Elle me pesait horriblement, et me retombait toujours sur mes épaules... Je me surprenais à frissonner... et à sourire aussi, en songeant qu'elle allait peut-être rouler à terre !...

J'avais le délire... J'étais folle !...

Je voulus marcher ?...

Je vacillais, Monsieur, je chancelais comme un homme ivre !...

La nuit se passa ainsi, à marcher dans les ténèbres, à marcher comme une âme errante et éplorée, qui revient visiter sa demeure mortelle...

Au point du jour, je courus au lit de Mariette ?

Hélas !... ce lit était vide !...

Alors je pleurai....

Et la nuit vint que je pleurais encore.

Vous dire si je dormis cette nuit-là, je ne le pourrais pas, Monsieur, tant la vie et le sommeil étaient pour moi semblables et confondus.

Ce fut un songe affreux qui dura trois jours ; et la réalité ne me revenait sensible et poignante que vers chaque matin. Car alors une douce et vieille habitude me ramenait au lit de Mariette, je trouvais le lit vide, et mon cœur se brisait.

On dit que la douleur nourrit. C'est bien vrai cela, allez, Monsieur ! Pendant ces trois jours, il ne me vint pas le désir, pas même le besoin de rien manger !...

Que vous dirai-je, Monsieur ?... Je retrouvai peu à peu les débris de ma raison, et je parvins enfin à réfléchir amèrement à l'avenir ?... Tout était rompu entre ma fille et moi... Je le sentais bien ! Il fallait donc qu'elle aimât bien follement l'infâme pour lequel elle m'abandonnait, moi, pauvre, vieille et seule !

Je ne pouvais croire cela, et j'attendis cinq jours encore. Rien !

Il ne me restait plus ni doute, ni espérance ! Je réunis toutes les forces de ma faiblesse, et je me dis :

— Il faut partir à ton tour ?...

Oh ! ce fut une chose bien cruelle et bien douloureuse ? M'arracher de ce logis que nous avions habité ensemble... de ces deux chambres où nous nous étions tant aimées !... Quitter ces meubles dont chacun me rappelait un souvenir de mon bonheur perdu ! Mais ces meubles-là provenaient de son argent à lui ! Sans cette pensée-là, je n'aurais jamais eu le courage de m'en aller !

Dieu soit béni pour me l'avoir envoyée ! Je partis !

Je partis, Monsieur, avec ces deux tableaux, fidèles compagnons de mon isolement et de ma misère. Mon pauvre Jérôme, et mon ingrate Mariette ! deux amours brisés l'un par la mort, l'autre par l'abandon. Lui est au ciel, et je prie chaque soir son image de me pardonner, et de me faire monter bien vite là-haut, près de lui, où peut-être il me garde une place. Elle !.. O mon Dieu ! mon Dieu !

Voilà tout ce que j'emportai de là-bas, et cependant je m'enfuis avec cela comme un voleur qui vient de dérober un trésor.

Quant à l'argent, il y en avait, mais je serais morte plutôt que d'y toucher ! Je pris seulement ma pièce de mariage, elle était en or, et cela m'a suffi pour acheter ce grabat, payer ma patente, mon éventaire et m'établir marchande de pommes sur le pont Saint-Michel.

Maintenant, Monsieur, vous connaissez ma vie, comme je la connais moi-même. Vous savez quelle mère je fus pour Mariette, et vous avez vu ce matin quelle fille Mariette est pour moi !

A votre tour parlez-moi d'elle, car voilà trois ans que personne ne m'en a parlé. Je ne vous demande pas des mots consolans pour ma douleur... il est des douleurs que rien au monde ne console, mais dites-moi quelque chose qui puisse la justifier un peu.

Hélas ! C'est peut-être plus impossible encore !

Songez donc qu'elle m'a quittée, sans me dire un mot d'explication ou d'adieu, sans m'embrasser même !

Oui, elle est partie tout à coup, partie à jamais, partie pour suivre cette homme que j'avais tant de raisons de haïr ! Elle l'aimait donc bien, l'insensée !

Car c'est pour lui plaire qu'elle m'a délaissée d'une manière si cruelle et si inattendue... Moi !... moi !.. qui n'avais qu'elle au monde !... moi, qui l'aimais tant... qui l'aimais tant...

CHAPITRE XV.

La mère Rainette n'avait plus rien à m'apprendre, et cependant elle voulut parler encore, mais les sanglots étouffèrent sa voix....

Alors je me levai de ma chaise de paille, je m'approchai du grabat, je saisis la main de la pauvre femme, je l'attirai vers moi, et ce fut sur ma poitrine qu'elle versa ses dernières larmes.

Quant à répondre à sa confiance par une confidence semblable, je n'osais pas, j'hésitais, et lorsque, devenue plus calme, elle m'interrogea, je voulus mentir...

Mais je m'en acquittai si maladroitement qu'elle s'aperçut de ma ruse à la rougeur de mon front. Bien plus, elle se méprit ; à la vue de mon trouble un soupçon lui traversa l'esprit, et elle s'écria tout à coup en retirant vivement sa main de la mienne :

— Jurez-moi que vous êtes seulement son ami ?

— Oh ! je vous le jure..., répondis-je avec un accent si amer et si naïf qu'elle me reprit la main en ajoutant d'un ton de doux reproche :

— Alors pourquoi donc donc refuser de me dire la vérité ?...

— Écoutez bien, repris-je après un instant de silence, il y a dans tout ce que vous venez de m'apprendre, dans tout ce que j'ai observé moi-même, un mystère qui m'étonne et que je ne puis comprendre !... Je connais à peine Mariette, mais, j'en suis certain, c'est une ange abusée par quelque horrible machination. Son cœur est toujours pur et bon. Elle n'a pas oublié l'amour qu'elle devait à sa mère. Elle vous chérit et vous vénère, comme aux jours de son enfance... Ne m'interrompez pas, cela est, voyez-vous !... Je crois en elle, autant qu'en Dieu lui-même !... Les apparences l'accusent, mais ce serait un sacrilège de la condamner sans l'entendre. Permettez-moi donc de me taire aujourd'hui, demain je parlerai. Il faut que je la voie d'abord, car je pressens une révélation qui m'échappe et que je veux lui demander à elle-même... Ayez patience et courage encore...

qu'à demain... je vous en supplie. Laissez-moi la revoir avant de m'interroger, avant surtout de la maudire!...

— Patience et courage! s'écria cette malheureuse mère, patience et courage! Songez donc que voilà trois années que je souffre et que j'attends? Parlez-lui, je le veux bien, mais aujourd'hui, à l'instant même!

— C'est impossible? répondis-je avec douceur, voici le jour qui s'avance, et Mariette débute ce soir à l'Opéra.

— Ce soir! répéta-t-elle, en se laissant glisser à terre, ce soir?

— Oui, continuais-je, je vais l'applaudir aujourd'hui, je l'interrogerai demain? Il est tard déjà, laissez-moi partir! Mais espoir et confiance! A demain!

— A demain! murmura-t-elle avec une expression étrange, et sans chercher à me retenir davantage.

J'allai jusqu'à la porte, puis je revins sur mes pas, et je lui dis d'une voix émue et profonde:

— Madame, voulez-vous me permettre de vous embrasser, comme j'embrasse ma mère?

La pauvre vieille me tendit les bras?...

Et j'embrassai son front pâle et ridé avec un tendre et saint respect?.

Puis je sortis.

Mais, à mon premier pas, je heurtai une forme humaine qui s'enfuit rapidement par l'escalier.

On nous avait écoutés.

Qui donc cela?

Je ne pouvais distinguer, tant l'étroit carré était obscur et sombre.

Un seul moyen me restait pour satisfaire ma curiosité.

Descendre les marches en courant, et rejoindre cette ombre fugitive et mystérieuse.

En une minute, j'atteignis le seuil de la maison, et je reconnus, avec étonnement, la marquise Trois-d'un-Sou.

Du reste, la curieuse commère ne se donna nullement la peine de dissimuler, elle m'aborda sans façon, et, remarquant ma tristesse, elle me dit de cette voix grasseyante et traînarde dont chantent les femmes de la halle:

— Tiens, vous avez pleuré aussi, vous! En voilà une sévère! Pourquoi donc vous chagriner ainsi? je vous demande un peu! Cette mère Rainette qui pleurniche, parce que sa Mariette gagne de l'argent, et a un Monsieur comme il faut qui lui en donne encore par dessus le marché. C'est moi qui voudrais avoir une fille comme çà, pour me payer des douceurs! Je lui dirais : Va ton bonhomme de chemin, je ferme un œil, bouche-moi l'autre avec des monarques... et allez donc! Mais cette mère Rainette, si çà ne fait pas pitié! Pauvre femme, ce n'est pas sa faute si les artilleurs vont au polygone... Histoire de dire qu'elle n'a pas inventé la poudre.

Il y a des femmes, des mères qui raisonnent ainsi.

Je levai les yeux vers le ciel, et je poursuivis mon chemin sans répondre.

Mais presque aussitôt un cri parti du haut du quai me fit retourner la tête.

Erreur! c'était à la marquise Trois-d'un-Sou, que s'adressait ce vigoureux appel.

Et dans l'homme qui appelait ainsi je reconnus l'abbé La Châtre.

Ma surprise redoubla.

L'instant d'après la marchande de pommes et l'ex-tondeur de chiens repassèrent devant moi en se donnant amoureusement le bras.

C'était mon chemin de les suivre, et tout en marchant derrière eux sur le trottoir, j'entendis involontairement les quelques mots de la conversation suivante :

— T'es gentil comme un amour, mon vieux chéri, minaudait la marquise ; je ne t'espérais que tantôt.

— Est-ce qu'on peut passer tout un jour sans voir son trésor? répliqua galamment l'abbé... La journée a été bonne...

— Et que faisons-nous ce soir?

— Oh? ce soir... Travail et bénéf... Grande représentation à l'Opéra! Début et tout le tremblement. Le commerce des contre-marques ira ferme!

— Ah çà! avec tes trente-six métiers tu vas faire fortune?

— J'en ai peur. Et je mitonne encore autre chose de bien plus chouette... carottes supérieures!

— Quoi donc?

— Patience! Mais il nous reste une heure ; et je viens la passer dans un bachique et gracieux tête à tête... A trois, bien entendu; toi, ma Vénus, moi, ton dieu Mars, et un litre de petit blanc, afin de représenter le dieu de la treille. Entrons chez le mensingue.

En effet, ces deux étranges amans arrivaient devant la boutique du marchand de vins, qui enluminé de son effronté vermillon l'angle de la rue de la Barillerie.

Un groupe de buveurs sortait au même instant.

C'était le reste de nos vieilles connaissances du pont St-Michel.

Milord Robertson, le père Lachâtaigne, mein herr Bouquin, il signor Tortoni.

— Qnand leje unce chorteut, leje auchtres entrent, fouchtra? — s'écria rondement l'Auvergnat.

— Touchours ensemble! fit l'Allemand d'un ton de bonhomie admirative... En foi d'eine vitél dé derriple!...

— Z'en souis stoupéfaite, ajouta l'Italien.

— C'est comme deux marrons dans la même coquille; dit encore le père Lachâtaigne.

— Voilà ce que c'est, répondit l'abbé La Châtre en se posant avec orgueil. Enfoncé Paul et Virginie; et place aux amours!...

Les quatres autres colons du pont Saint-Michel s'effacèrent en riant, et le couple amoureux disparut dans l'intérieur du cabaret.

— Il ne nouch invite pas!... grommela milord Robertson, en reprenant le chemin de sa sellette.

— Afâre-fà, — fit mein herr Bouquin. Il èdre bien riche, bourtant!

— Pas pluche queu vouche! se récria le premier.

— Oh! — voulut démentir le second...

Mais le père Lachâtaigne, qui retournait également vers sa boutique, vint au secours de l'Auvergnat.

— Allons! allons! interrompit-t-il avec un geste bonasse et finaud... Ce n'est pas à vous de chanter misère, voisin... L'hôtel garni de la rue Guérin-Boisseau vous rapporte plus d'écus qu'il n'a de fenêtres...

— Ui!... répliqua le libraire avec un visible embarras... mais che né vaid qu'une seule medier... ou teux... du au plis... Ce n'èdre pas gomme lui.... Il èdre douteur te beddée...

— Marchand de curiosités, poursuivit le père Lachâtaigne, prêteur à la petite semaine ; il revend du bric-à-brac sur le trottoir de l'hôtel Bouillon, et des billets le soir sous le péristyle de l'Opéra, sans compter tout ce qu'on ne sait pas. Oh! il gagne gros, mais votre part vaut bien la sienne, et vous ne vous montrez pas plus généreux que lui...

— Moi! pas pli chénéreux?...

— Oui, vous!...

— C'èdre bas frai!...

— Si!...

— Non...

— Alors prouvez-nous le contraire?..

— Gommend?..

— En payant un litre à la société, conclut le rusé compère.

— Barton ! balbutia l'avare pris au piége. Che fois, là pas eine bradique qui recarte mes lifres, et je gours fite à ma gommerce.

Et mein herr Bouquin s'esquiva lestement vers le parapet qui lui servait de boutique.

J'entendais ce bizarre colloque, car pour retourner chez moi je devais également prendre le pont Saint-Michel.

— Voyez-vous, poursuivait en ricanant le père Lachâtaigne, l'un vaut l'autre, et ces deux gaillards-là sont bien dignes de faire des aff ires ensemble... ce qui leur arrive plus souvent qu'ils ne veulent bien le dire...

— Vi crouyiez ? demanda le curieux Italien.

— Chans douteu ! repartit le joyeux Auvergnat ; maiche l'auchtre moncheu n'est passe chi regardant aveque cha belle, fouchtra !...

— Oh ! pour cela, c'est bien différent, articula le père Lachâtaigne avec mystère ; avec elle, il agit comme un grand seigneur, ou comme un épicier en gros. On prétend qu'ils font ensemble des bombances à faire frémir la nature ; et toujours rien qu'à eux deux, et toujours enfermés à double tour.

— Pourquoi cha ?

— Ah ! voilà ce que j'ignore tout aussi bien que les autres. Il doit y avoir là-dessous quelque fameuse manigance ; mais le matin est discret à j ûn, ni plus ni moins qu'un poisson ; et comme il ne se met jamais dans les brindzingues qu'avec la commère, elle seule sait et saura le fin mot du logogriphe. En attendant, faut se contenter du modeste canon, que je viens d'offrir aux camarades. Pas moyen de redoubler, n'est-ce pas ?

Le Français prononça ces dernières paroles en provoquant de l'œil l'Allemand et l'Italien ; mais tous deux répondirent à la fois par un signe de tête négatif et contrit.

— Alors, reprit le philosophe père Lachâtaigne, à la besogne, toi, moncheu le chireur, voilà un particulier qui pose le pied sur ta sellette, ça te désaltèrera. Et toi, signor, tourne le robinet de ta mécanique, et bois du coco ?

— Zamais ! s'écria l'Italien avec une sainte répulsion : Z'en vende, vi, ma per ne boire, no... no !

— Tu es bien dégoûté, mon fils ! conclut le Français. Moi, je ne dédaigne pas les cerises et autres denrées rafraîchissantes que je débite pendant l'été à la place de mes chères châtaignes.

Et le modeste et pauvre vieillard se dirigea vers son éventaire ; tandis qu'il signor Tortoni courait à sa turbulente fontaine, tandis que milord Roberston, accroupi sur le bord du trottoir, faisait déjà manœuvrer vigoureusement la brosse et le pinceau du décrotteur.

Quant à moi, je quittai l'allure du flâneur pour une marche plus rapide.

Je passai devant l'éventaire, toujours abandonné de la mère Rainette, et je m'engageai dans le faubourg Saint-Germain.

Ne fallait-il pas décemment songer un peu à ma toilette avant de me rendre à l'Opéra.

Un quart d'heure après j'ouvrais ma porte.

Roméo s'élança d'un bond joyeux pour fêter le retour du maître.

Mais, tout à coup, le pauvre animal s'arrêta tout surpris, et se mit à tourner autour de moi en flairant mes vêtemens d'une narine inquiète et réjouie.

Il sentait, il reconnaissait les parfums émanés de Mariette.

Je prononçai ce nom, tant de fois répété depuis huit jours...

Il releva la tête et me regarda d'un regard tout plein de questions et d'amitiés.

Oh ! les animaux ont plus d'intelligence et de sentimens que nous ne leur en supposons dans notre aveugle orgueil...

Pendant plus d'une heure nous causâmes tous les deux de l'absente chérie.

Puis, plus heureux que mon compagnon, je me disposai à ressortir.

J'allais la voir encore !...

Et je m'acheminai vers l'Opéra, certes plus palpitant et plus oppressé que ne devait l'être Mariette elle-même en cet instant...

CHAPITRE XVI.

Il existe rue Favart, juste en face l'entrée des artistes de l'Opéra-Comique, un café qui mérite réellement l'attention de l'observateur.

Non pas que son aspect frappe par quelques excentricités sinistres ou burlesques, par quelques détails bizarres d'architecture ou de couleur, par quelque poule merveilleuse ou par quelque demoiselle de comptoir en renom. Rien de tout cela n'appelle le regard ou ne stimule la curiosité.

C'est un café simple et propret, à la devanture décente et modeste, à la grande salle un peu sombre et toute remplie de petites tables de la dimension la plus exigue possible... Un café paisible et muet à se croire dans un faubourg ou dans une province... un rendez-vous quotidien de vieillards et de joueurs de dominos.

En effet, durant la presque totalité du jour et même de la soirée, la grande salle reste déserte ; mais, vers les six heures du soir, elle prend une physionomie turbulente et singulière.

Deux ou trois hommes arrivent d'abord... Ils entrent là comme chez eux, le chapeau sur l'oreille, les mains dans les poches et le cigare à la bouche ; ils regardent, ils saluent l'hôte en amis de la maison, vident ordinairement quelques verres, puis se mettent à se promener de long en large en fredonnant... ils attendent.

Bientôt de nouveaux personnages surviennent, deux à deux, trois par trois, rarement un seul en même temps. Chaque groupe ou chaque individu échange avec les promeneurs mystérieux un signe d'intelligence, un geste questionneur, et parfois aussi quelques paroles ; mais il est facile de voir que cette superfluité provient d'un manque d'usage ou d'habitude.

Les promeneurs dédaigneux et graves ne répondent jamais qu'en hochant la tête, soit perpendiculairement, soit horizontalement ; style laconique et positif qui dans toutes les langues humaines signifie oui ou non !

Si c'est non, on se retire ; oui, on s'assied, et le garçon sert et silencé en sans rien demander, sans non plus qu'on lui demande rien, autants de petits verres sur la table qu'il y a de tabourets occupés à l'intérieur. Le cognac forme à lui seul la presque entière consommation de l'établissement. Pour obtenir autre chose, il faut une demande toute spéciale dont le garçon s'étonne, et que se permet le visiteur novice et mal appris.

Cependant le café s'anime et se peuple peu à peu. A sept heures il est plein.

Alors arrive le dernier, le plus important des acteurs de cette étrange comédie. On dirait un capitaine chargé de quelque expédition secrète, et dont les promeneurs seraient les lieutenans attentifs et empressés...

Il paraît. Tous les regards se fixent sur lui. Il examine tous les visages. Il se consulte avec son état-major, auquel se sont déjà joints les plus initiés ou les plus hardis. Bientôt le plan de campagne est adopté, et le capitaine reste ou s'en va, mais sans paraître davantage s'occuper des affaires.

Les lieutenans, eux, circulent autour des tables ; ils frappent sur toutes les épaules et montrent à chacun l'initié choisi par le chef, le caporal que l'on doit suivre au feu.

Cette dernière manœuvre s'opère toujours avec le même silence, et les choses reprennent leur cours primitif sans que l'œil le plus méticuleux puisse remarquer rien d'extraordinaire. Tout le monde semble étranger, discret et racœilli.

Mais il est sept heures et quart. Le moment de défiler est venu. Chaque caporal avertit ses hommes, et ces espèces de patrouilles sortent par trois ou quatre soldats...

A sept heures et demie le café est vide...

Il ne reste plus que le propriétaire calculant sa recette, le capitaine qui lit un journal et le garçon qui fait la toilette aux tables de l'établissement.

Pour ces trois hommes, la journée est finie.

Quant aux autres, soldats et caporaux, ont remonté le trottoir, traversé le boulevart, puis la rue Grange-Batelière, et viennent enfin disparaître dans une large et haute porte à deux battans; et tout cela avec les mêmes allures silencieuses et prudentes.

Ceci se passe trois fois par semaine?

Où vont ces hommes? Qui sont-ils? Quel mystère sort donc de ce petit café hypocrite?

Est-ce cet antre impur d'où s'échappent, vers le soir, les ombres curieuses de la police? — Ce club où se fomente l'émeute prête à surprendre les puissans du jour? — Qui donc se donne rendez-vous là?

Eh! mon Dieu, c'est tout simplement la claque de l'Opéra...

La claque, une de ces mille turpitudes enfantées par notre siècle, et qui courent bravement les rues, la tête haute, et sans même prendre souci de se masquer le visage.

Que voulez-vous? c'est aujourd'hui le règne de messieurs les bourgeois, et ces gracieux seigneurs ont fait de la France une vaste boutique, un immense bazar où tout, personnes et choses, se trouve étalé, tarifé à l'état d'article, de denrée à vendre; tout, jusqu'aux bravos et aux couronnes.

On le sait, on le voit, mais c'est payé? Respect et silence, 'or justifie tout. Le vrai public laisse faire la besogne à ces juges souverains qui siègent sous le lustre; et depuis dix ans, il ne s'est décroisé les bras que pour applaudir deux seuls artistes: Frédérick-Lemaître et Duprez!

L'indifférence des uns encourage l'effronterie des autres, et le métier de claqueur est devenu une profession des plus honorables, une magistrature des plus lucratives.

Oh! les heureuses et habiles mains! elles savent si bien mesurer leurs services à leurs recettes; elles savent si bien recevoir de tous les côtés à la fois, du directeur, de l'auteur, des acteurs, des actrices! sans compter les protecteurs complaisans, le commerce des billets, et mille autres ressources productives de cette scandaleuse industrie!

Aussi le capitaine est un monsieur, et le colonel ne quitte son château que pour les grandes occasions. Oh! mais un vrai château, et qui s'appelle franchement le château de la claque.

Seulement, l'art se perd, le théâtre se meurt... Qu'importe! on gagne de l'argent. C'est un trafic, un commerce de plus... Bravo!

Il se fait des fortunes, voilà tout ce qu'on demande aujourd'hui.

Hélas! tous les claqueurs ne sont pas au parterre; mais au théâtre comme partout ailleurs il n'y a de régénération possible qu'à la condition de supprimer ces messieurs, de chasser les vendeurs de chaque temple!

Mariette eût certes bien pu se passer de leurs services, elle!

Et cependant on allait dresser ce jour-là le programme de son triomphe dans le petit café de la rue Favart.

L'usage fait commettre tant de lâchetés aux plus forts et aux plus braves.

Cinq heures sonnaient à peine, et la grande salle était encore complètement vide, lorsque deux hommes s'arrêtèrent devant la porte entr'ouverte.

Le plus âgé avança doucement la tête afin de regarder dans l'intérieur.

— Personne! fit-il avec surprise.

— Je vous l'avais bien dit, répondit le plus jeune, il n'est pas encore l'heure?...

— N'importe! reprit le premier, qui sans doute avait quelque peu d'entêtement dans le caractère... Entrons.

Et sans attendre la réponse de son jeune camarade, il poussa la porte et s'avança vers le comptoir.

Le comptoir était vide comme le café.

Mais l'hôte accourut du fond de l'arrière-boutique, en essuyant, à l'aide d'une serviette de table, sa bouche où les deux mâchoires manœuvraient encore.

— Monsieur Pichonneau? demanda l'étranger tout confus d'interrompre le repas du limonadier, qui répondit d'une assez maussade humeur:

— Il est trop tôt, beaucoup trop tôt.

— Ah!

— Revenez dans trois quarts d'heure.

— Je reviendrai, murmura le docile vieillard en reculant vers la porte.

Mais il se ravisa, et retournant sur ses pas:

— Prévenez Pichonneau que je vais revenir, dit-il. Un de ses vieux amis, Saint-Hyacinthe?...

Puis il sortit définitivement, et reprit le bras de son compagnon en lui disant:

— Vous aviez raison, Albert, faisons un tour de boulevart en attendant l'arrivée de ce cher Pichonneau....

La proposition fut acceptée sans conteste, et les deux comédiens de province remontèrent le trottoir de la rue Favart.

Le jeune homme était mis simplement, mais avec cette propreté coquette qui donne tant de charme et d'intérêt à l'artiste pauvre.

Quant au vieillard, il était superbe dans les plis flottans de sa longue redingote vert-pistache, qui, sans doute habituée à l'inoffensive lumière de la rampe, semblait tout ébloui et déconcerté par l'éclat du soleil. Saint-Hyacinthe s'était paré ce jour-là comme pour entrer en scène un soir de représentation à bénéfice; hormis le rouge, rien n'y manquait; pas même la large broche en chrysocale que Jeanne appliquait en guise d'épingle sur le jabot fastueux des grandes occasions, pas même les gants de coton blanc tenus à la main comme ne les tiennent plus que les vieux comédiens et les vieux gendarmes.

CHAPITRE XVII.

— Je ne suis pas fâché de voir Pichonneau aujourd'hui... disait-il... On prétend qu'il veut quitter la claque de l'Opéra pour reprendre une direction en province; et, dans ces cas-là, je répondrais de notre affaire?

— Comment cela?... demanda le jeune homme...

— Eh! parbleu, répondit Saint-Hyacinthe; Pichonneau est un ancien camarade, à moi... un gaillard qui entend son affaire, va? un de ces hommes qui ont toujours de l'argent dans leurs poches. Comment? personne n'en sait rien. Mais quand il n'y en a plus, il y en a encore. Quatre ou cinq fois directeur déjà, il a fait cinq ou six fois banqueroute; ce qui ne l'empêche pas d'être fort considéré au ministère... Après sa dernière faillite, il s'était enrôlé dans la claque de l'Opéra... en quelle qualité, je l'ignore! Mais il paraît que ça ne lui va plus, et qu'il veut reprendre son premier métier... on le disait, du moins, hier, au Palais-Royal. Tant mieux, tant mieux pour nous ! A part ses petits défauts, particuliers à l'espèce, Picbonneau est un bon enfant; et s'il est directeur, je suis certain qu'il ne se fera pas prier pour engager toute la famille...

— Toute la famille!... murmura Albert, avec un ton de presque reproche.

— Et toi aussi, parbleu! s'écria franchement le vieux comédien... Est-ce que tu n'en es pas aussi de la famille?

— Pas autant que je le voudrais?

— Oh! oh!

— Vous savez bien que mon plus ardent désir serait de devenir tout à fait votre fils?

— Quant à çà, nous verrons... nous verrons!

— J'aime Louise !

— Et Louise t'aime aussi, n'est-ce pas?

— Je l'espère...

— J'en suis sûr, moi... et je ne dis pas non.

— Mais vous ne dites pas oui... non plus?

— Dam !... c'est si délicat, et je veux que ma Louise soit heureuse.

— Pensez-vous donc, s'écria spontanément le jeune homme, que...

— Non... non... interrompit aussitôt Saint-Hyacinthe... Je sais que tu es un bon et loyal garçon. Sous le rapport du cœur, je n'ai rien à te reprocher.

— Eh bien ! alors...

— Mais tu n'as pas le sou... tu es pauvre, et je ne vois rien de bien rassurant dans ton avenir... Oh ! je sais bien ce que tu vas me dire... tu es d'une noble famille, et tu crois nous faire beaucoup d'honneur.

— Vous me jugez mal, Saint-Hyacinthe.

— Non pas, non pas... Dans le cœur le moins fier, il y a toujours un peu d'orgueil... Et moi-même, quoique je ne sois que le fils d'un boulanger, je me surprends quelquefois à songer que je pourrais aussi me donner la petite satisfaction d'un titre de baron, puisque monsieur mon frère s'en permet le plaisir... d'autant plus que je suis l'aîné, et par conséquent le légitime propriétaire de la chose. Me vois-tu sur l'affiche en gros caractères... M. le baron Dupréval jouera ce soir le rôle du père enrhumé dans les *Saltimbanques*... Oh! oh! la bonne charge! Mais chut!... Si mon très cher frère m'entendait... Gare la bombe!

— Et que peut il donc vous faire?

— Beaucoup de mal... crois-moi !... Et je ne me permets cette plaisanterie qu'avec toi seul, car tu es seul à connaître ce petit secret de famille, et tu n'iras le répéter à personne... n'est-ce pas?

— Soyez tranquille... fit Atis en souriant de l'effroi naïf de son camarade.

— Pour en revenir à nos moutons, reprit Saint-Hyacinthe, qui venait de promener un regard prudent tout à l'entour, tu vois que nous nous valons... Il me semble même que je vaux davantage, puisque j'ai le droit de porter un titre et que tu ne l'as pas... ta mère seulement était noble à toi. Maintenant assez sur ce dangereux chapitre... N'en parlons plus... Quant à la position, tu vas me dire que la nôtre n'est pas brillante non plus, c'est vrai... mais enfin calcule un peu. Tu joues les seconds amoureux et tu gagnes 150 fr. par mois...

— J'espère bientôt jouer les premiers et gagner au moins le double.

— Soit. Je le veux bien. Te voilà trois cents francs par mois, n'est-ce pas?

— Eh bien?

— Eh bien ! les chômages qui te forceront à te promener quatre mois sur douze... Les chutes, car les artistes de talent tombent tout aussi bien que les autres... les faillites, les déplacemens, les frais de garde-robe qui te rongeront enco-

re une bonne part du reste. Crois-tu bien après cela pouvoir compter encore sur cent cinquante francs l'un dans l'autre pour te nourrir, toi, ta femme... et les moutards qui ne manquent jamais de survenir comme une grêle dans les pauvres ménages ?

— Mais Louise gagnera de l'argent de son côté!

— Oh ! mon Dieu, mon pauvre ami, une femme au théâtre coûte toujours plus qu'elle ne rapporte. Il faut du velours, de la soie, des bijoux ! A chaque rôle nouveau, une nouvelle toilette, et cela revient chaque semaine, pour nous autres comédiens de province, auxquels le public ne laisse pas jouer trois fois la même pièce. Pour bien des actrices tout cela ne coûte rien, et tu les vois exagérer encore leur luxe provoquant et facile. La pauvre femme honnête est obligée de paraître en scène à côté d'elles, et naturellement la moins coquette de toutes veut luter de coquetterie avec ces rivales dangereuses et brillantes. Toi-même, tu ne voudras pas souffrir que ta Louise soit moins belle, moins parée que les autres, et les appointemens qu'elle te gagnera s'en iront en chiffons et en dentelles. C'est une bien triste carrière que le théâtre, et je rêvais à ma Louise un tout autre mari qu'un comédien.

— Qu'à cela ne tienne ! Je ne demande pas mieux que de quitter le théâtre.

— Et que ferais-tu ? Tes parens n'ont pas songé à te donner un métier, un état.

— Non... mais une éducation brillante et dont j'ai profité.

— Fatal présent, mon pauvre ami ! Pour les fils pauvres, le collège ne vaut pas l'atelier! Toute ta science ne te donnera pas du pain, et c'est du pain qu'il te faut d'abord. Que n'es-tu simplement un ouvrier, je te donnerais ma Louise de grand cœur ! Mais tu dédaignerais une telle existence, n'est-ce pas ? On ne t'a mis entre les mains que des outils dont tu ne peux te servir, et tu n'es capable que de travaux qui te sont interdits par la misère... Messieurs les riches se sont arrangés de façon à les réserver pour eux et pour leurs enfans !

— C'est vrai, c'est bien vrai, ce que vous dites-là ! s'écria douloureusement le jeune homme. Oh ! je l'ai pensé bien souvent ; j'ai bien souvent regretté que le sort ne m'ait pas fait naître dans la mansarde d'un artisan. Au sortir du collège, toutes les portes se sont fermées devant moi, car il fallait payer pour passer au-delà, et j'étais pauvre ! Tous mes camarades sont déjà médecins, avocats, ingénieurs, et moi... comédien.

— Eh bien ! prends joyeusement ton parti, mais reste seul, reste garçon ! Un homme se tire toujours d'affaire. Crois en ma vieille expérience ; à toi la vie insoucieuse et vagabonde. Au lieu de rêver le bonheur, ne songe qu'au plaisir. Les occasions s'offrent en foule dans notre métier. Tu n'auras jamais de femme, aie toujours dix maîtresses à la fois ! On aime partout les héros de théâtre, et j'ai vu beaucoup de nos jeunes camarades qui s'amusaient autant que des fils de rois !

— Non, non ! interrompit Albert d'un ton résolu ; j'aime Louise, et cette éducation, qu'il ne faut pas cependant tout à fait calomnier, pourra, je l'espère, assurer notre avenir.

— Comment?

— J'écrirai !

— La littérature !... en voilà une belle ressource !... C'est encore un métier de riche, çà, un métier bon pour donner le superflu, mais non pas pour assurer le nécessaire, et je crois, ma foi, que le théâtre vaut encore mieux !

— J'ai meilleur espoir que vous... ne le détruisez pas, je vous en supplie ! Oui, les commencemens seront pénibles, et c'est pour cela qu'il ne faut pas m'enlever mon courage. Il m'en reste si peu, et j'en ai tant besoin !

— A Dieu ne plaise, mon ami, que je veuille entraver tes efforts ! Travaille, travaille au contraire... le bon Dieu a dit:

4

Frappez, et l'on vous ouvrira ! Mais enfin comment comptes-tu réussir ?

— Vous le savez, à Toulouse, j'avais déjà fait un drame et quelques petites nouvelles... Moi, ou plutôt Louise, car avant de la connaître, j'en eusse été incapable. J'étais ce que vous me conseillez de rester toujours, un insouciant et joyeux jeune homme, sans regret de la veille, sans souci du lendemain, avec le hasard pour seul but et le plaisir pour seule boussole. Je riais de l'amour ; et je croyais impossible qu'il s'avisât jamais de prendre racine dans mon cœur. Mais lorsque je rencontrai Louise, lorsque, pendant cette longue maladie, je trouvai sans cesse son doux visage devant mes regards mourans, lorsque plus tard elle charma les jours de ma douloureuse convalescence, alors tout fut changé en moi. Ce n'était plus une femme, c'était un ange qui me donnait à la fois l'espérance et la vie, l'intelligence et l'amour. Sitôt que ma main fut assez forte pour manier une plume, je me mis à l'œuvre. Que le travail me sembla facile ! Je pensais à elle, et ma tête était aussi délicieusement remplie que mon cœur. Des deux à la fois il ne s'épanchait que des idées fraîches, bonnes et riantes. En l'aimant, j'avais appris à tout aimer, et le monde entier me semblait doux et beau, car il me semblait le voir à travers les yeux bleus de Louise. C'était une initiation merveilleuse, un esprit divin qui venait de descendre en moi. Je trouvais bien chacune de ces lignes écloses sous ma plume, et je l'avouais avec un orgueil ingénu. N'était-ce pas l'ouvrage de ma Louise ? Oui, et j'étais fier de mon premier travail et de mon premier amour. Enfin, vous les avez lues, et vous-même vous avez applaudi.

— C'est vrai, c'est vrai, répondit le vieillard avec émotion, tu as de l'esprit, du talent, du génie même, mais sans argent, sans protection, tout cela n'est rien aujourd'hui, et je ne te connais ni fortune ni protecteurs. Réussir, toi pauvre et inconnu, c'est folie. Le monde a horreur de la misère et de l'obscurité, et plus que jamais l'hôpital borne l'horizon de tous les poètes.

— Erreur et préjugé ! Combien ont prouvé le contraire parmi les artistes en renom de notre époque. La route est pénible, mais ils sont arrivés. J'arriverai comme eux, et je suis en chemin déjà.

— Comment ?

— Sitôt notre arrivée, je me suis empressé de porter mon drame chez un directeur de théâtre, et mes nouvelles chez divers rédacteurs de journaux.

— Et l'on t'a reçu ?

— Après plusieurs courses et bien des heures d'attente, oui. Dam ! il faut de la patience.

— Parvenir jusqu'à ces messieurs, c'est déjà beaucoup. Que t'ont-ils répondu ?

— Ils m'ont prié de repasser dans une huitaine de jours.

— Eh bien ! voilà plus d'une semaine que nous sommes à Paris.

— Aussi j'y suis retourné hier et ce matin.

— Et...

— Personne n'avait eu le temps de lire. On m'a demandé huit jours encore.

— Tu vois, mon pauvre ami ? Pendant toute une année tu recevras peut-être chaque semaine une semblable réponse.

— J'attendrai.

— Puis, et je suppose ici la réponse la plus favorable, on te dira : Nous avons des engagemens pour six mois, huit mois, dix mois... Il faut laisser passer les réceptions antérieures.

— J'attendrai encore.

— Bien. Mais dans l'intervalle surviendront les amis, les protégés, les riches avec leur mille influences, et la faveur te reculera tout autant que le droit.

— J'attendrai toujours.

— Et ta femme, comment vivra-t-elle en attendant ?

— Saint-Hyacinthe !

— Tu le vois, Albert, j'avais raison tout à l'heure ; seul tu peux attendre l'occasion, seul tu peux supporter la misère ; mais avec une femme ? Non ! non !

— Il nous restera toujours comme ressource la province et le théâtre.

— Et tu abandonneras cet avenir tant rêvé. Prends garde ! c'est un grand sacrifice, et tu pourrais un jour le reprocher à Louise.

— Jamais ! jamais !

— Sans doute, si tu devais trouver en échange l'aisance et la tranquillité ; mais vous n'auriez fait que changer de misère, et dans la misère l'amour s'éteint bien vite. Tu en ferais la triste expérience ; et bientôt du dégoût plein le cœur, du désespoir plein l'âme, de l'amertume plein la bouche, tu en viendrais à maudire cette passion si chère aujourd'hui, à t'apercevoir qu'une femme est toujours un obstacle dans la vie pauvre, à te souvenir enfin des paroles que le vieux père Saint-Hyacinthe te disait tout à l'heure. Oui, je te le répète encore, seul tu peux réussir, seul tu peux être heureux, seul tu peux arriver peut-être à la fortune et à la célébrité ! Mais un mariage... dans ta position !... C'est te condamner à la misère, à l'obscurité, au malheur. Crois-moi, regarde la vie froidement et vois les réalités sous leur véritable jour. Il te faudra certainement en venir à faire ce raisonnement. Mieux vaut aujourd'hui que dans quelques années. Il en est temps encore. N'attends pas qu'il soit trop tard.

Albert Atis se recueillit un instant avant de répondre, puis il dit avec un accent profond et résolu :

— Pour bien des hommes vos conseils seraient justes et vrais ; mais il n'en est pas ainsi pour nous. Toute force et toute intelligence me viennent de Louise. Avec elle je puis être un jour quelque chose, et je ne serai jamais rien sans elle. Ce n'est pas un amour comme les autres amours que nous ressentons l'un pour l'autre. Non, Dieu avait marqué nos deux âmes pour s'aimer et se confondre, et Dieu les bénira réunies, mais réunies seulement. Nous retirer notre amour, c'est nous retirer notre vie ; nous le permettre à jamais, c'est nous ouvrir l'avenir, c'est nous, donner le bonheur. Oh ! je vous en supplie, que Louise soit ma compagne, que Louise soit ma femme.

Le vieux comédien resta à son tour muet et pensif. L'émotion grave et sincère du jeune homme le gagnait malgré lui.

Albert Atis attendait dans une anxiété douloureuse.

Saint-Hyacinthe se sentit ému de pitié.

— Ainsi, rien ne t'effraie ?... demanda-t-il encore.

— Tout m'encourage ! répondit Albert avec une noble fierté.

L'assurance du jeune homme acheva de décider le vieillard.

— Eh bien ! fit-il.

Mais il s'arrêta, fit claqueter à deux reprises la langue contre le palais, sourit et continua sur un ton tout à fait différent :

— Écoute donc... me séparer de ma Louise... déjà...

— Nous ne nous séparerons jamais les uns des autres, s'écria impétueusement Atis.

— Ta, ta, ta, poursuivit Saint-Hyacinthe. Est-ce qu'on peut répondre de ces choses-là ? Je l'aime tant... Louise ! plus que les autres même... Je ne dis ça qu'à toi. Songe donc, elle n'a que moi seul au monde... Elle n'a pas de mère, elle !.... Quelque cette bonne Jeanne.... Enfin, je tiens si fort à ses caresses et à son amour !...

— Mais elle sera toujours avec vous... mais elle vous aimera davantage encore.... Vous aurez fait son bonheur !

— Davantage ? Oh ! non ! L'amour qu'une femme donne

à son mari, c'est tout autant de volé sur la part du père. Et il y a des pères qui sont jaloux... Moi, par exemple !... Si elle allait moins m'aimer, et cela seulement un peu, je te détesterais, vois-tu !...

— Mon ami !

— Eh bien ! non, non. Je suis un vieux fou, un vieux rabâcheur de père. Je te connais, tu ne l'empêcheras pas de m'aimer.

— Jamais ! jamais !

— A la bonne heure ! Et puis tu es un bon garçon, que j'aime aussi ; tu la rendras heureuse ?

— Oh ! oui, oui.

— Allons ! ma foi, tant pis, je...

Saint-Hyacinthe s'arrêta encore une fois, et se mit à se gratter le nez avec l'hésitation comique et taquine d'un vieil enfant.

— Eh bien ! fit le pauvre amant.

— Nous verrons, nous verrons ! conclut le père intraitable.

— Mais quand cela ?

— Nous verrons, nous verrons.

Deux ou trois nouvelles questions, toutes plus pressantes les unes que les autres n'obtinrent cependant que cette invariable et malencontreuse réponse.

Enfin, la patience du jeune homme fut à bout, et il s'écria dans un élan de dépit involontaire :

— Mais si je vous disais que ce mariage est nécessaire !

A ces mots, Saint-Hyacinthe pâlit, lâcha le bras de son camarade, se retourna tout à fait en face, et lui dit d'une voix sévère et tremblante :

— Nécessaire ! Comment l'entends-tu ? nécessaire !

— Ne vous l'ai-je pas déjà dit, balbutia le jeune homme en rougissant jusqu'au blanc des yeux : oui, nécessaire.

— Comment ?

— Pour notre bonheur à tous deux !

— Ouf! soupira Saint-Hyacinthe avec une expansion burlesque, tu m'as fait une peur...

Puis il reprit amicalement le bras du jeune homme et la promenade un instant interrompue.

— Au fait, murmura le vieillard au bout d'un instant de silence, ce qui n'est pas arrivé aujourd'hui pourrait arriver demain. Si la chose n'est pas nécessaire, elle est au moins utile, et peut-être le plus sage serait-il de marier sans retard ces deux enfans-là.

— Oui... oui... sans retard... répéta machinalement Albert.

— Voyez-vous ça, monsieur l'impatient, fit le père de Louise avec un sourire bonhomme. Et pourquoi pas dès demain ?

— Je ne m'y oppose pas ! répondit l'amoureux, en souriant à son tour.

— A Paris ?

— Je ne demande pas mieux.

— Enfant ! poursuivit sérieusement Saint-Hyacinthe. Enfant et fou que tu es !

— Non pas. C'est la plus raisonnable de toutes les raisons que de vouloir hâter le moment du bonheur !

— Et les obstacles ?

— Lesquels ?

— D'abord, à Paris, c'est impossible.

— Pourquoi donc ?

— Pour le plus simple des motifs. Nous n'y serons plus, je l'espère, d'ici à quelques jours.

— C'est juste.

— Ah ! tu en conviens, c'est heureux. Il faut manger avant tout. Or, j'ai deux engagemens presque conclus, presque signés. Et à défaut de ceux-là, l'affaire Pichonneau que je vais aborder tout à l'heure. Total, trois ! Que diable ! il y en aura bien une de bonne, et nous serons en route

avant la fin de la semaine prochaine. Ce qui ne sera pas malheureux, il était temps !

— Oh ! certes...

— Quant à toi, tu comptes sans doute rester à Paris pour surveiller tes nouvelles et ton drame ?

— Moi, vous quitter ! moi, quitter Louise ! Pas d'une minute, pas d'une seconde. Vous m'avez promis de me faire engager aussi, je pars avec vous.

— Cependant...

— Ne me faut-il pas une année de patience et d'attente. Ah ! vous le disiez à l'instant. Eh bien! dans un an, je reviendrai avec ma femme !

— Avec ta femme, avec ta femme !.. Tu t'imagines donc que j'ai consenti...

— Je l'espère, hasarda le jeune homme, en tremblant.

Le bon et malin vieillard cligna sournoisement des yeux, et laissa passer près d'une minute avant de répondre :

— Eh bien, oui, j'y consens... là...

— Oh ! merci !

— Attends, attends ! tout n'est pas fini, et nous arrivons au plus terrible des obstacles.

— Oh ! mon Dieu ! lequel donc ?

— Tu as mon consentement, soit ; mais ce n'est que la moitié de ce qui t'est nécessaire.

— La moitié ?...

— Sans doute, il te reste encore à obtenir un consentement essentiel.

— Un autre consentement ?

— Eh ! oui, parbleu, celui de la mère de Louise ; car, tu le sais, la bonne Jeanne n'est pas par malheur la mère de tous mes enfans !

A ces mots, le visage de Saint-Hyacinthe devint subitement soucieux et triste. Albert Atis comprit et n'osa poursuivre qu'après une minute d'indécision et de silence :

— Où trouver maintenant cette femme ?

— Où la trouver ?...

— Oui !

— Ma foi ! je n'en sais rien, grâce au ciel !

— Comment ! vous ignorez ce qu'elle est devenue ?...

— Complètement, et je me soucie fort peu de l'apprendre...

— C'est assez, et je vous demande pardon d'avoir, par ma demande réveillé chez vous de douloureux souvenirs... mon égoïsme n'insistera pas davantage ; le reste me regarde seul.

— Comment ?

— Oui ; je vais me mettre dès demain à sa recherche, et je rapporterai le consentement essentiel, sans que personne ne paraisse en rien dans tout ceci.

— Soit, fit Saint-Hyacinthe avec un accent contraint et navré... soit ; j'accepte ces conditions, mais pas d'autres, entends-tu bien, pas d'autres ! Je ne veux jamais revoir cette femme, jamais en entendre parler. Agis seul et discrètement, puisque la loi te rend cette démarche indispensable... Reviens avec un consentement par écrit, mais sois muet à toutes les demandes dont on va t'accabler sans doute. Évite toute espèce de rapprochement entre elle et nous... Un seul regard de ce monstre serait fatal, et si par ta faute nous venions à nous rencontrer face à face, je ne te le pardonnerais jamais de ma vie, jamais de ma vie !

— Je vous jure, mon ami, que...

— Oh ! c'est que tu ne connais pas cette femme ? Tu ne sais pas ce qu'elle m'a causé de chagrins et de malheurs, combien elle a rempli mon existence d'amertume et de fiel !... Son souvenir me fait mal ; son nom prononcé m'épouvante. Tu souris de ces terreurs et de ces faiblesses... Oh ! si tu savais... Eh ! mais, au fait, pourquoi ne saurais-tu pas ? Il le faut même... Cette confidence te servira de guide, et peut-être aussi de leçon. Tu y trouveras l'exemple terrible de ce que je te disais tout à l'heure ; tu verras comment une femme peut entraver, flétrir et briser l'avenir d'un homme, qui, seul, eût réussi à se faire sa place dans le monde. Oui, tout cela doit t'être utile ; et le quart d'heure qui nous reste à attendre me suffira pour te le conter en quelques mots. Voilà toute l'histoire de ma vie, Albert !

CHAPITRE XVIII.

— Je suis de l'année 1780. Mon père, comme tu le sais, était simplement un des boulangers de Paris, mais pendant les premières années de la révolution, il s'enrichit rapidement par d'adroites spéculations sur les farines et sur les assignats. Il accaparait tout à la fois le blé et l'argent. Les fortunes se faisaient vite à cette époque, mais à cette époque aussi le peuple ne permettait pas comme de nos jours que l'on s'engraissât trop à ses dépens ; et les bénéfices de mon père faillirent lui coûter la vie. Heureusement il parvint à se réfugier chez la nourrice de mon frère. Braves gens !... je leur ai cordialement serré la main, moi... Hélas ! c'était tout ce que je pouvais faire pour les récompenser de leur généreuse action. Je n'étais encore qu'un enfant, un enfant malheureux et pauvre ; car mon père avare et dur avec tous, redoublait encore avec moi d'avarice et de brutalité. Il n'a jamais pu me souffrir... Pourquoi ? je l'ignore. Mon caractère était tout l'opposé du sien, et plus tard il devait se retrouver trait pour trait dans son second fils. Quant à ma pauvre mère, elle m'aimait, elle !... Mais elle venait de mourir le lendemain de la naissance d'Étienne. La maison me devint insupportable, je m'enrôlai parmi les volontaires et je partis. Ah ! c'est là le plus beau temps de ma vie, et ce temps dura jusqu'en 1801.

— Cinq années ! Comment, vous avez servi cinq années ?...

— La république !... oui, mon garçon. Tout le monde était un peu soldat alors ; tout le monde était jaloux de courir aux frontières pour défendre le pays... excepté les prudens qui restaient à l'intérieur pour amasser des écus, et semer la graine d'où sont poussés tous nos riches bourgeois d'aujourd'hui. Mais assez sur ce chapitre-là !... Je n'ai pas la prétention de te parler politique, ni de te raconter mes campagnes. Tout ce que je veux te dire, c'est que je commençais à me fatiguer des voyages et de la guerre... Que veux-tu ? j'ai toujours été un homme d'insouciance et de paresse ; ma majorité révolue me permettait de réclamer ma part de ce que nous avait laissé ma mère. J'étais alors un jeune homme uniquement avide de plaisirs et d'amourettes. Je me trouvais quitte envers la France, j'allais toucher quelqu'argent, je résolus de ne plus quitter Paris. Un autre espoir m'affriandait encore... débuter et réussir à l'Opéra.

— A l'Opéra ?

— Cela t'étonne, n'est-ce pas ? Un vieux chaudron fêlé comme moi ! Et c'est vrai, cependant. Oui, j'avais une voix superbe, et lorsque j'entonnais la *Marseillaise*, toutes les vitres de la chambre vibraient à l'unisson comme pour me servir d'accompagnement. On m'appelait le rossignol de la brigade, et les généraux eux-mêmes me faisaient chanter à leurs fêtes. Enfin, la meilleure preuve, c'est que j'eus un début dans le genre de celui que Mariette va sans doute avoir tout à l'heure.

— Vous ?

— Moi. Et dans *Armide*, rien que ça ! Juge de ma position alors ? Vingt-deux ans ; bel homme, il m'est permis de m'en vanter maintenant ; un succès plein de riantes promesses pour l'avenir ; et de plus un petit patrimoine qui ne devait rien à personne. Hein ! c'était joli ! Et je me pavanais bien fier et bien superbe dans les coulisses de l'Opéra. Hélas ! c'est là, là même que j'allais rencontrer Adèle !

— Adèle ?

— Oui, elle, ma femme, puisque c'est ma femme ! Elle avait alors seize ans, mais à cet âge déjà l'expérience et la rouerie d'une fille plus que majeure. C'était une élève du corps de ballet, une apprentie sauteuse, ce qu'on appelle maintenant un rat. Elle avait déjà trompé dix amans et ruiné deux fournisseurs. Tu ne peux te faire une idée d'une telle précocité, d'une telle corruption. Eh bien ! cette effrontée drôlesse, je l'aimai. En fait de passion, le raisonnement devient inutile ; je l'aimais, voilà tout ! En moins d'un an, l'héritage maternel disparut tout entier. Restait l'Opéra comme dernière ressource, et j'y comptais sérieusement. Mais pendant cette année maudite, j'avais tellement négligé le théâtre, j'avais si souvent pour un caprice d'Adèle fait manquer une représentation... Et puis on me savait sous la dépendance de cette fille, je m'étais attiré une exécrable réputation. Enfin, on ne voulut plus entendre parler de moi. Que devenir ? Adèle, me voyant doublement ruiné, voulut me quitter. Je proposai la province, et après de longues discussions, elle consentit, mais à la condition du mariage. Je l'aimais encore, et nous partîmes. Je réussis dans un grand emploi, dans une grande ville. Elle tomba, car elle s'était avisée de vouloir jouer la comédie, et vingt chutes successives ne parvinrent pas à la corriger de ce caprice. Grâce à ses constantes mésaventures, il me fallait toujours partir en dépit de mes succès. Afin de ménager nos intérêts et sa vanité, je pris engagement dans des villes inférieures, et bientôt nous en arrivâmes aux plus infimes de toutes. On n'en sifflait pas moins la malheureuse, et j'en souffrais plus encore qu'elle. Mais tous ces petits désagrémens-là n'étaient rien auprès de l'enfer de mon ménage. Querelles incessantes, existence de forçat ; tout pour elle, rien pour moi ; elle allait en toilette, j'allais en haillons. Pas un seul jour de bonheur et de sérénité ; un égoïsme sans pareil, une sécheresse de cœur sans égale, une méchanceté instinctive et toujours assez adroite pour frapper à l'endroit le plus sensible de la blessure. A force de souffrances et de désillusions, je me sentais tourner à l'abrutissement, à l'idiotisme. Et ce n'est pas tout encore... Tu comprends, n'est-ce pas ?... aveugle et confiant, je ne voyais rien, je ne voulais rien croire. Aussi, pour m'achever, je devins ridicule, et l'on me siffla bientôt à mon tour. Eh bien ! c'est monstrueux, mais cette atroce créature, envieuse depuis longtemps de la supériorité que me donnaient mes succès, trouva un motif de satisfaction dans cette dernière infortune. Elle redoubla d'efforts pour me démoraliser complètement, et elle y parvint sans peine. Il est si facile à une femme d'élever ou d'abaisser l'homme qui l'aime. Toutes mes qualités s'en allèrent, la jeunesse, le talent, la voix même ! Je devins gauche et mauvais, sans m'en apercevoir d'abord, mais il fallut bientôt ouvrir les yeux à l'évidence, et je perdis enfin la seule chose qui me soutint encore en scène, la confiance en moi-même. Je descendis piteusement l'échelle des emplois, et je ne tardai pas à en arriver à celui que je tiens aujourd'hui. Dix ans avaient suffi à me métamorphoser, à me vieillir, à me tuer ; car notre départ pour la province datait de 1805, et j'étais, lors de la seconde invasion, à trente-cinq ans, exactement tel que tu me vois aujourd'hui ; et tout le monde me donnerait, certes, bien plus que mon âge.

— Pauvre ami !

— Hein ! Tu comprends, n'est-ce pas, la terrible influence d'une femme acariâtre et mauvaise sur la destinée d'un homme simple et bon comme moi ? Et ce n'est rien encore ! Jusque-là je ne soupçonnais même pas sa fidélité ; elle prenait au moins la peine de se cacher. A cette époque elle jeta le masque, et résolut de ne plus se gêner désormais. Un beau matin, je ne trouvais plus personne au logis ; elle venait de s'enfuir avec un officier russe. Je la pleurais, et cependant au milieu de ma douleur je sentais bien que cette rupture allait me rendre la paix et la tranquillité, que ce malheur était le plus grand bonheur qui pût m'advenir. En effet, pendant quelques mois je fus heureux ; et, comme pour me consoler de l'abandon, la fortune vint une seconde fois frapper à ma porte. Mon père, que je n'avais pas vu depuis près de quinze ans, venait de mourir à Paris ; et, quoiqu'il eût pris toutes précautions pour laisser le plus possible à mon frère, il m'échut encore une quarantaine de mille francs. Voilà de quoi vivre paisiblement dans quelque petit coin le reste de mes jours, me disais-je en comptant mon trésor. Hélas ! j'avais compté sans Adèle ?

— Comment ?... Elle !

— O mon Dieu ! oui, elle flaira l'héritage et reparut avec lui. Imbécile ! je crus à son repentir, à ses larmes, à ses promesses, car je l'aimais toujours, et je lui pardonnai... Dix-huit mois après, l'héritage de mon père avait rejoint l'héritage maternel.

— En dix-huit mois ?

— Pas davantage. Des caprices incessans, des dépenses folles. Elle me contraignit à prendre la direction d'une des grandes villes de France, afin de contenter son éternelle et vaniteuse ambition de comédienne. On la siffla comme de coutume. Je voulais la maintenir et lutter avec le public. Le public confondit dans une égale haine le directeur et le directeur. Je suis peu l'homme de ce métier difficile, et bientôt j'abandonnai la partie en y laissant mon enjeu. Adèle était furieuse. Elle aimait l'argent, elle commençait à devenir avare et cupide. Il fallut jouer à la Bourse pour rentrer dans nos pertes, et la Bourse acheva la ruine que le théâtre avait commencée.

— Complètement ?..

— Oh ! si complètement que nous retombâmes à un degré de misère encore inconnu. Le caractère d'Adèle s'aigrit, s'envenima davantage encore. Je te décrirais notre intérieur que tu ne refuserais à me croire. Et dans ce même moment, chose étrange ! car Dieu refuse presque toujours des enfans à de semblables créatures, Adèle devint enceinte. Quelle joie pour moi, quel désespoir pour elle ! J'ose à peine le dire, mais je fus forcé de veiller jour et nuit sur ses moindres démarches pour sauver mon espoir d'un crime, pour me réserver le triste bonheur d'être père !

— Oh !

— Enfin, Louise vint au monde dans une des plus petites bourgades de la Belgique, et la véritable mère qui soigna ses premiers jours, ce fut moi. Oh ! oui... bien moi ! Enfin, l'année théâtrale expira, et nous fûmes forcés de revenir à Paris. Nous étions partis plus pauvres encore qu'à notre dernier départ de Toulouse. Bientôt nous nous trouvâmes sans une obole. Que devenir le lendemain, Le lendemain, Adèle s'enfoit de nouveau ; elle s'enfuit abandonnant tout ensemble, son époux et son enfant... Oh ! cette fois je ne versai pas une larme... Non, au contraire, je remerciai le ciel ; je fus joyeux et content. Elle ne me laissait plus seul dans la vie ; j'étais père, et ma Louise restait avec moi. Je pris le premier engagement venu, sans m'inquiéter ni de l'emploi ni du chiffre ; c'était bien loin, à l'autre bout de la France, je n'en demandai pas davantage et je partis avec ma fille adorée dans mes bras.

— Et elle ?

— Elle !... Au diable, ma foi ! J'étais guéri ! Je ne l'aimais plus enfin, et je ne m'informai ni où, ni avec qui elle était. Dieu m'a protégé, car depuis, je ne me suis jamais rencontré avec elle ; je n'en ai même jamais entendu parler. Elle aura changé de nom sans doute. Trouve-la si tu peux, moi je ne m'en mêle pas. Elle n'existe plus pour moi, arrange-toi surtout de manière à ce que je ne la voie pas ressusciter entre sa fille et moi. Ma seule, ma véritable femme, c'est celle qui a

servi de mère à Louise, celle qui m'a donné Aline et Jean, ma bonne et bien aimée Jeanne !

— Un ange !

— Oui, ou du moins presque un ange !

— Oh !

— Elle a un défaut., mon ami.

— Et lequel donc ?

— Elle préfère ses enfans à elle. Elle aime moins Louise qu'Aline et Jean.

— Mais non, mais non ! Je vous jure...

— Oh ! oh ! chut là-dessus, je sais à quoi m'en tenir, et j'indemnise la pauvre enfant, afin de rétablir l'équilibre dans la famille. Ce qui ne m'empêche pas de chérir les autres et Jeanne aussi. Le mariage ne lui a pas réussi non plus, à elle !... Trahie, abandonnée par un misérable... un nommé Delancourt que nous avons eu le bonheur de ne pas plus retrouver que l'autre. Oh ! le mariage ! le mariage ! c'est une triste invention, va !... Et... mais revenons à toi...

Maintenant tu sais toute ma vie, mon garçon, et tu dois en tirer de sages conséquences. Vois ! si je ne m'étais pas marié, si j'avais poursuivi ma route seul et garçon, vois quelle existence différente. Engagé à l'Opéra depuis plus de trente ans, j'aurais tranquillement vieilli dans une position aisée, honorable, brillante même ; et aujourd'hui, au bout de la carrière, je me trouverais avec une bonne pension de retraite, sans compter les deux héritages, qui peut-être seraient encore là. Eh bien ! au lieu de cette vie comfortable et douce, au lieu de cette vieillesse sans embarras et sans chagrins, tu connais toutes les souffrances de mon passé, tu sais toutes mes inquiétudes pour l'avenir ; et tout cela parce que j'ai aimé, parce que j'ai épousé cette femme ! Comprends-tu maintenant mon horreur pour elle ? Comprends-tu pourquoi j'ai si grand'peur de la revoir ? Comprends-tu pourquoi je dis et te répète : Reste garçon ?

Pour toute réponse, Albert Atis s'appuya en souriant sur le bras de Saint-Hyacinthe, et lui dit :

— Et vos enfans ?

— Mes enfans ! répéta le vieux comédien tout confus.

— Oui, Aline, Jean, Louise ?

— Eh bien !

— Vous seriez donc bien plus heureux aujourd'hui si vous ne les aviez pas autour de vous tous les trois ?

Saint-Hyacinthe ne trouva pas un seul mot à répondre ; il se mit à se caresser le nez selon sa fidèle ressource en pareil cas.

— Allez, poursuivit doucement le jeune homme, ce que vous avez perdu ne vaut pas ce que vous avez gagné. Laissez vos argumens aux indifférens et aux égoïstes ? Une femme n'est pas toujours un fardeau qui retarde la marche et qui empêche d'atteindre le but. Il en est au contraire dont l'amour allège, relève et soutient le voyageur fléchissant et épuisé. Oh ! oui, croyez-moi à votre tour, la clé qui ouvre les portes de l'avenir se trouve toujours entre les mains d'une femme... Un monstre est une exception dans la nature... Vous avez long-temps et cruellement souffert... Je vous comprends et je vous plains... Mais je ne pense pas que vous puissiez comparer Louise avec...

— Oh !... non... non... c'est un trésor, un ange... et bienheureux sera l'époux de son choix !

— Vous voyez donc bien, s'écria impétueusement Albert, vous voyez donc bien que j'ai raison de vous la demander pour femme ?

Le pauvre père était pris dans son propre piége. Il voulut encore balbutier quelques mots pour se tirer de là ; mais l'amant généreux lui épargna la honte de s'avouer vaincu, et poursuivit avec une préoccupation chaleureuse.

— Ne me dites plus rien... Tout n'est-il pas convenu ?.. J'aurai le consentement, et vous ne verrez personne ; vous n'entendrez plus parler de personne. Je saurai ne froisser ni votre cœur, ni votre regard, ni même votre oreille. Et maintenant, laissez-moi vous remercier, vous bénir du fond du cœur. Louise ne vous quittera jamais, jamais, entendez-vous bien? O mon Dieu!.. vous ne vous apercevrez pas même qu'elle est mariée... La famille s'augmentera d'un enfant, vous aurez un fils de plus et voilà tout... Si je réussis dans la littérature, eh bien! plus tard, nous nous fixerons dans quelque riant village des environs de Paris; nous cacherons notre bonheur dans un petit bien plein de calme et d'ombre... comme un nid d'oiseau au milieu d'un épais feuillage... En attendant, nous irons tous ensemble dans un théâtre de province, et nos appointemens réunis nous donneront une aisance fraternelle... Il nous faut si peu de chose pour vivre heureux et contens... Nos goûts sont simples et modestes, c'est une si bonne ménagère que Jeanne, que ma mère, car je veux l'appeler ma mère dès à présent... Et Louise donc! vous me parlez de surcroît de dépenses, allons donc! Nous ne dépenserons pas à nous deux ce que je dépensais pour moi seul; elle est déjà si raisonnable, si économe, si rangée!...

Pendant toute cette folle tirade qui s'échappait des lèvres de l'amoureux, comme une bande d'écoliers au son de la cloche qui annonce la fin de la classe, Saint-Hyacinthe avait rallié ses troupes en fuite, et s'apprêtait à revenir une fois encore à la charge, ou du moins à faire une retraite honorable.

Il n'attendait qu'une occasion propice, et crut l'avoir trouvée dans les dernières paroles d'Albert.

— Ah! s'écria-t-il d'une voix épanouie. Ah! oui, parlons-en! Peste, comme tu y vas!.. sage, rangée, économe, et pas coquette aussi, n'est-ce pas?..

— Certainement? fit Albert avec assurance.

— Certainement... répéta le vieil acteur avec ironie. Parbleu, tu as raison, et j'en veux pour preuve que ce qui s'est passé aujourd'hui.

— Que s'est-il donc passé de mal aujourd'hui?

— Rien de mal... au contraire... poursuivit l'entêté railleur. Mariette débutait à l'Opéra ce soir... Il faut y aller! s'est écriée Louise, et vite elle s'est mise à écrire à Mariette un petit billet que tu as porté toi-même.

— Quoi de plus simple... une camarade!

— Une camarade à laquelle nous n'avons pas parlé trois fois pendant toute une année... mais ceci ne fait rien... Mariette s'est montrée complaisante, et nous a envoyé deux stalles d'amphithéâtre.

— Deux places magnifiques!

— Magnifiques... oui! Et tellement que les toilettes se sont trouvées trop simples pour tel honneur!

— Mais elles se sont arrangées avec ce qu'elles avaient... ou du moins à peu près. Il n'a fallu que des chapeaux, des bottines, des gants... Voilà tout!

— Total, une quarantaine de francs... Or, il nous en restait soixante. Quelle raison! quelle économie!

— Oh! par exemple, ce n'est pas juste cela!... Elles ne voulaient y aller ni l'une ni l'autre, et c'est vous-même qui les y avez forcées.

— Forcées... non!... J'ai seulement dit que ce serait dommage de perdre une si belle occasion pour des pauvres enfans, qui ont, hélas! bien peu de plaisir... Elles se faisaient une si grande fête de celui-là... Je n'ai pas trouvé le cœur de les en prier... Je me suis fâché quand Louise parlait de rester à la maison... Et puis je croyais avoir encore plus que cela... Maudit voyage... 350 francs!... Et la dépense d'une semaine à Paris... Enfin j'ai dit tout haut qu'il ne restait que soixante francs en caisse.

— Oui, mais vous avez dit aussi qu'il était impossible d'aller à l'Opéra avec des capotes de voyage... Elles se seraient résignées, elles le... mais c'est vous qui, à trois re-

prises, les avez envoyées au Temple pour acheter d'abord des chapeaux, ensuite des bottines, et enfin des gants... Vous ne les trouviez jamais assez bien.

— Ah! si... la dernière fois.

— Et lorsque la toilette fut terminée, vous étiez plus fier et plus joyeux qu'elles?...

— Oh! pour cela, c'est vrai!...

— Alors ne leur reprochez donc rien!... Si on a eu tort de dépenser, ce n'est pas leur tort, à elles... mais bien...

— Ah! ma foi, tant pis!... interrompit Saint-Hyacinthe en faisant claquer ses doigts d'un air gaillard... Elles seront joyeuses et belles ce soir... Tu les verras tout-à-l'heure... Elles arriveront des premières, j'en suis sûr; mais pas avant nous cependant... la claque entre avant tout le monde. Sans cela j'eusse été bien heureux de les accompagner jusqu'à la porte de l'Opéra... Nous reviendrons ensemble après la représentation, qui ne nous coûtera pas une obole à nous... tandis que.... Ah! ce n'est pas raisonnable... quarante francs avec des billets gratis!... Tu le vois bien!... ces diablesses de femme, ça coûte toujours même quand ça ne coûte rien... Je suis un vieux fou, et toi...

— Allons donc!... interrompit le jeune homme, qui vit avec effroi que l'entretien allait recommencer de plus belle. Allons donc! pourquoi s'inquiéter, puisque dans trois jours nous aurons deux engagemens à choisir.

— Ah! oui... fit aussitôt le vieux comédien, qui saisit avec joie cette circonstance atténuante... Lundi, dès que les privilèges seront délivrés au ministère... On les a promis pour ce jour-là... Il était temps, ce sont les deux derniers de la saison.

— Qu'importe, puisque ce sont les nominations définitives, vous pouvez signer l'un ou l'autre?...

— Oui...

— Et vous vous inquiétez pour l'avenir, avec deux engagemens dans vos poches!...

— Sans compter Pichonneau!... Voilà pourquoi je tenais à aller à l'Opéra ce soir, et pourquoi je regrette, moins la dépense, qui me donne le prétexte de m'aboucher avec ce brave Pichonneau... Eh mais!... au fait, à propos de Pichonneau, voilà pas mal de temps que nous bavardons... Il doit être l'heure d'aller le retrouver au café de la claque.

— Six heures et demie! s'écria l'amant de Louise qui venait de regarder à une horloge. Nous sommes en retard!

— Diable! conclut Saint-Hyacinthe... Allons vite!

CHAPITRE XIX.

Les deux camarades pressèrent le pas, et, dans l'espace de quelques minutes, atteignirent l'angle de la rue Favart. Sur le seuil du café se tenait un homme qui les appela du geste aussitôt qu'il les eût aperçus.

Cet homme, c'était Pichonneau lui-même.

Gros, court et plantureux; la mine rougeaude et commune; le regard lascif et finaud dans un œil clignotant et presque toujours à demi-fermé; la bouche épanouie et sensuelle; le costume ample, débraillé de couleurs heurtées et voyantes; tel était le portrait de ce nouveau personnage, véritable type de ces spéculateurs subalternes qui font de chaque comptoir de marchands de vins une succursale de Tortoni.

— Arrive donc, traînard? s'écria-t-il d'une voix gutturale et passablement enrouée. S'il y a du bon sens de se faire attendre comme ça!... Mais enfin te voilà, je ne t'en veux plus. Bonjour, ma vieille?

— Bonjour, mon gros, répondit Saint-Hyacinthe, ça me va pas plus mal, à ce que je vois. Tu as une figure de tonneau défoncé. Ah ça! nous sommes donc bien en retard?

— Je crois parbleu bien! le grand défilé a eu lieu, tous les autres sont partis. Allons, chaud! chaud! il nous reste tout au plus le temps d'ingurgiter un petit verre. — Garçon!

Le cognac fut versé avec profusion, et l'entretien continua.

— Tu viens pour l'affaire? demandait Pichonneau clignant de l'œil un peu plus que de coutume.

— Pour ça d'abord, répondit Saint-Hyacinthe. Y a-t-il moyen ce soir, mon bon Pichonneau?

— Alfred... Je m'appelle seulement Alfred ici. Dans la claque, on ne compromet que son nom de baptême. Respect aux mânes des Pichonneau, mes ancêtres!

— Eh bien! Alfred, as-tu deux places à la disposition des amis?

— Plutôt dix fois qu'une, et tu me rends même service en venant ce soir.

— Tiens, pourquoi donc?

— Oh! c'est toute une histoire. Il y a début dans les Huguenots.

— Je le sais.

— Au fait, oui, tu viens de Toulouse avec la Mariette. Figure-toi que cette chipie-là n'avait rien donné pour qu'on la soigne... Oh! mais là, rien, pas une seule rose de derrière. Oh! la pauvre radis! En voilà une inconvenance! Aussi on devait mettre des sourdines à l'enthousiasme, un bâillon à la fusillade, et garder les fusils tout chargés pour une occasion meilleure... Mais on s'est ravisé sur le tantôt, on nous a envoyé des capsules.

— Mariette?

— Eh non! elle n'a pas assez d'esprit pour ça.

— Qui donc alors?

— Un Monsieur de la haute, un baron amateur des arts. Malheureusement il était trop tard pour se procurer des hommes de choix.

— Des hommes de choix!... Est-ce que toutes les mains ne sont pas bonnes pour applaudir?

— Comment peux-tu dire une semblable bêtise?... toi!... un comédien!... Il n'y en a pas une paire sur dix qui sache fonctionner proprement... Les uns ne vont pas assez, les autres vont de trop. Ils partent au milieu d'une phrase, au plus mauvais moment, après un couac parfois; ou bien s'ils travaillent avec le peloton, ils claquent encore lorsque tout le monde a fini, et cela produit des queues de l'effet le plus pitoyable... Alors on empoigne la claque, et l'administration se trouve compromise. Va, c'est drôlement difficile de rencontrer des hommes comme il en faut?... Il y a tant de maladroits et d'imbéciles! Tiens, par exemple, aujourd'hui... le diable m'emporte si je sais comment nous allons nous tirer d'affaire; Car il ne s'agit pas d'un service ordinaire. L'ordre est d'attraper au vol des petits effets nouveaux, aristocratiques et délicats... quelque chose de Pompadour enfin, et nous n'avons justement que la grosse cavalerie. Aussi je suis enchanté de t'avoir avec moi; d'autant plus qu'en qualité de camarade de la débutante, tu dois connaître ses beaux endroits, et tu pourras me pousser le coude afin de me les indiquer d'avance... C'est heureux pour elle aussi, car sans toi elle risquait de faire four les trois quarts du temps!

— Il n'y avait pas de danger, interrompit Saint-Hyacinthe, sois tranquille, va?... Le vrai public se chargera lui-même de la besogne.

— C'est donc beau?

— Superbe!

— Ah! au fait, qu'est-ce que ça me fait! Bon ou mauvais, pour nous c'est toujours la même chose.

— Tiens, observa Saint-Hyacinthe, il me semble que tu dis cela avec une certaine amertume? est-ce que par hasard tu en aurais assez de la claque?

— Ah! ma foi oui, fit Pichonneau avec une voix dédaigneuse. Là comme partout ailleurs, les premiers venus et les plus hauts en grade se sont approprié presque tous les bénéfices: Il n'y a plus rien à glaner pour les autres. Et puis je ne suis pas fait pour obéir, j'aime mieux commander...

— Alors pourquoi ne reprends-tu pas une direction? insinua hypocritement le vieux comédien.

— C'est ce que je vais faire, et le plus tôt possible; avoua franchement Pichonneau.

— Vraiment? fit Saint-Hyacinthe en jouant la surprise.

Mais l'entrepreneur de succès dramatique s'écria tout à coup:

— Allons, allons, avale ton petit verre et filons. Il va être l'heure d'ouvrir les bureaux.

Et donnant l'exemple il s'élança le premier dans la rue. Saint-Hyacinthe le suivit, mais sans abandonner l'entretien sur cet important article:

— Attends donc, attends donc, disait-il en entraînant Albert Atis. C'est que si tu as envie d'une direction, moi, j'ai besoin d'un engagement.

— Pour toi? demanda le futur impressario, sans s'arrêter.

— Pour moi et pour ma famille.

— Diable! c'est que vous êtes une trôlée là dedans.

— Allons donc, tu plaisantes? moi, ma femme, mes deux filles, mon petit garçon qui peut jouer des rôles d'enfant, et ce beau jeune homme que tu vois à mon bras.

— Rien que ça, fit Pichonneau qui marchait toujours. Une troupe tout entière! Est-ce que monsieur est encore un enfant à toi?

— Pas tout à fait, répondit en souriant Saint-Hyacinthe. Albert lui serra le bras.

— Ou du moins, pas comme tu l'entends, ajouta le père de Louise.

— Total, six personnes, presque toute une troupe.

— Plains-toi, je te souhaiterais toujours des pensionnaires comme nous.

— Oh! pour ça, c'est vrai, ne put s'empêcher de répondre le directeur qui venait d'atteindre le trottoir de la rue Grange-Batelière.

— Et quant aux prétentions, fit encore le pauvre artiste, tu sais bien que nous n'en avons pas de bien exigeantes.

— Je sais tout cela, conclut Pichonneau, et si j'ai ma direction, ce dont je ne serai bien sûr que lundi prochain, tu peux compter sur moi.

— Sérieusement?...

— Je t'en donne ma parole. Mais silence là-dessus, car nous voilà arrivés; et je ne veux pas que l'on se doute de rien ici.

En effet, Pichonneau qui marchait toujours en tête de sa petite brigade entrait en ce moment sous la large porte cochère qui s'ouvre sur la cour de l'Académie royale de musique.

Pichonneau l'avait dit, les bureaux n'étaient pas encore ouverts, et déjà une assez grande quantité de spectateurs garnissait la vaste et splendide salle à la robe de pourpre et d'or.

C'étaient les claqueurs, les romains, les chevaliers du lustre.

La plus grande partie d'entre eux méritait spécialement ce dernier titre, car un formidable bataillon s'arrondissait en demi-lune au centre du parterre, déjà presque entièrement rempli. Le reste se trouvait éparpillé à diverses places, faveur méritée par le plus ou moins d'élégance de la tournure et de la toilette. Quelques-unes même se carraient aux deux balcons; ceux-là avaient des lorgnons et des gants jaunes.

Pichonneau commandait l'aile droite, et fut s'asseoir au milieu de sa brigade.

— Regarde moi ça? disait-il à Saint-Hyacinthe qui s'asseyait auprès de lui. Quelles figures!... au centre surtout, au centre !... C'est comme ailleurs, ce n'est bon qu'à faire du bruit à tort et à travers. à crier bravo, à taper ferme lorsqu'on leur ordonne d'ouvrir la bouche et de rapprocher les mains... Quel troupeau de...

— Et toi, interrompit tout à coup Saint-Hyacinthe, regarde-moi çà !

Et du doigt il indiquait à son compagnon les stalles d'amphithéâtre.

"On venait d'ouvrir les portes, et les deux filles du vieil artiste, entrées des premières s'installaient toutes honteuses et confuses dans leurs larges sièges de velours.

Annette et Louise avaient deux toilettes exactement pareilles ; simples et modestes, il est vrai, mais attifées avec cette grâce délicate et proprette dont Dieu semble ne révéler le secret qu'aux jolies filles.

Je voudrais bien décrire les étoffes et les couleurs... Hélas ! j'ai oublié ces importans détails. L'ensemble était mignon, transparent et léger. Voilà tout ce dont je me souviens. Ah ! si fait... Deux coquettes capotes, aussi roses et aussi fraîches que les deux charmantes petites mines étonnées qu'elles encadraient de leurs pompons, de leurs rubans et de leurs dentelles.

A la vue des deux sœurs, Pichonneau ne put retenir un cri d'admiration.

— Tes deux filles ?... demanda-t-il tout ébahi.

— Sans doute, répondit le père en se haussant sur les pointes...

— Fichtre !.. poursuivit le directeur, qu'elles sont embellies depuis deux ans ! Tu sais que je t'ai donné ma parole, et que je compte sur toute ta famille ?

— Convenu, fit Saint-Hyacinthe, incapable de cacher sa satisfaction. Nous retournons avec toi. Jeanne sera bien contente lorsque je vais ce soir lui rapporter cette bonne nouvelle.

— Où est-elle donc ?

— A la maison, la pauvre et digne femme ! Elle reste avec Jean.

— Ainsi, à lundi ?

— A lundi.

Pendant ces quelques mots, Albert Atis avait légèrement salué les deux jeunes filles, qui toutes deux à la fois fixèrent aussitôt sur lui leurs yeux inquiets et questionneurs.

Alors le jeune homme sortit de sa poche un mouchoir blanc, dont il déploya tout un coin seulement.

A la pointe se trouvait un nœud.

Il défit ce nœud et secoua légèrement le coin chiffonné du mouchoir.

Pendant tout ce mystérieux manège, Albert regardait les deux jeunes filles avec une expression joyeuse et ravie.

Sitôt que le coin du mouchoir retomba dénoué, un éclair d'ivresse brilla dans les yeux des deux sœurs. Seulement, ce fut un sourire chez Annette et chez Louise ce fut une larme.

Avec le nœud du mouchoir d'Atis s'en allaient tous les obstacles au bonheur des deux amans.

Tel était le signe convenu le matin de ce jour où le jeune homme devait formellement s'adresser au père ; tel était le joyeux et tendre langage qui babillait entre les paupières humides des trois jeunes complices.

Mais Albert fut tout-à-coup interrompu dans son absorbante contemplation par la main de Saint-Hyacinthe qui frappa brusquement sur son épaule.

En même temps le vieux comédien disait :

— Tout va bien, la chance se décide pour nous.

— Comment ? fit Atis, du ton de l'homme réveillé au au milieu d'un beau songe.

— J'ai la parole de Pichonneau, mais une bonne et solide parole, et cela, grâce à elles. Mais sont-elles gentilles,

aussi, sont-elles gentilles ! disait presque à haute voix l'orgueilleux père en contemplant amoureusement ses deux filles.

— O mon Dieu ! murmurait tout bas Albert Atis, ô mon Dieu ! qu'elle est belle et que je l'aime !

En ce moment, pour ces quatre personnes, le reste de la salle, le reste du monde n'existait plus.

Mais un bruit formidable fit retentir tout-à-coup les échos frémissans de la vaste enceinte.

Annette et Louise relevèrent leurs yeux bleus.

Albert Atis et Saint-Hyacinthe se retournèrent et se rassirent.

C'était l'orchestre, dont la grande voix entonnait l'introduction des *Huguenots*.

CHAPITRE XX.

Vers le milieu du premier acte, et tandis qu'on applaudissait pour la troisième reprise ce pauvre Nourrit qui venait de chanter la délicieuse cavatine de Raoul, la porte d'une loge du premier rang, restée vide jusqu'alors, s'ouvrit et donna passage à trois personnes, savoir : une dame entre deux âges, une jeune fille dans la première fraîcheur de son printemps, un vieillard arrivé à toute la décrépitude de l'automne.

Ce vieillard est une de nos anciennes connaissances, lord Karolan.

Il semble plus ingambe et moins souffrant que sur la route de Toulouse ; cependant Tom le soutient, et l'on voit briller dans le pénombre du corridor les verres des lunettes de Frédérick Pichard.

Tous deux se montrent obséquieux et empressés, mais Karolan les repousse et les congédie avec la fierté presque burlesque du convalescent qui se croit assez fort pour n'avoir plus besoin de personne.

— Vieil égoïste, va ! grommela le valet en redescendant l'escalier qui conduit à la sortie.

— Allons ! je toucherai bientôt mes dix mille francs, murmure l'officier de santé, qui se dispose à monter vers les étages supérieurs, en se prélassant dans une toilette neuve et noire, en dépit de laquelle il conserve encore sur toute sa personne un cachet repoussant et sordide.

Dans la loge on s'assied.

La dame s'empresse autour de lord Karolan ; elle l'aide, elle l'installe, elle l'accable de prévenances attentives et câlines.

La jeune fille, au contraire, paraît indifférente. Déjà elle s'est assise sur le devant de la loge, et son regard inquiet et triste semble chercher quelqu'un dans la salle.

— Geneviève, s'écrie bientôt la dame visiblement contrariée de la froideur et des distractions de la jeune fille, il fait une chaleur étouffante ici ; passez donc votre éventail à notre cher parent.

— Voici, ma tante, répond la jeune fille sans retourner à peine la tête.

— Merci, madame de Bellerive, baragouine l'Anglais, qui se trouve placé entre les deux femmes.

— Charmant ! charmant ! se récrie Mme de Bellerive d'une voix flatteuse et minaudière. Encore quelques mois de séjour parmi nous, et vous parlerez la langue française tout aussi facilement que l'un de nos quarante académiciens. Quelle prodigieuse facilité... n'est-ce pas, Geneviève ?

— Oui, ma tante, répond négligemment la jeune fille.

A cette froide et laconique réponse, la tante laisse échapper un mouvement imperceptible de mécontentement, puis reprend son éternel sourire, et poursuit, comme pour réparer la fâcheuse indifférence de sa nièce :

— Allons ! l'amour-propre de professeur vous rend par trop modeste... Parce que vous donnez des leçons à milord, vous n'osez pas vous associer à des éloges dont la moitié vous revient légitimement.

— La moitié!... Non... plus... balbutie l'Anglais.

— Ai-je dit la moitié? minaude l'adulatrice obstinée. J'aurais dû dire le quart, et le quart tout au plus, car les dispositions de l'élève hâtent presque à elles seules ses rapides progrès. N'êtes-vous pas de mon avis, Geneviève?

En dépit de tous les efforts diplomatiques de la tante, la jeune fille se borne à incliner sa tête blonde en signe d'assentiment.

Aussi Mme de Bellerive hausse impatiemment ses épaules anguleuses; mais elle n'est pas femme à se rebuter pour si peu de chose, et la voilà de suite qui change de batteries, et s'écrie, afin de forcer au moins la jeune fille à quelques prévenance en dépit d'elle-même.

— Quelle brillante réunion! quelles toilettes délicieuses! Geneviève, passez donc le binocle à notre parent?

Et Geneviève passa en silence les blanches jumelles à lord Karolan.

Mais en ce moment le final éclate et mugit. Toute conversation devient impossible. Mme de Bellerive profite de ce répit pour exciter sournoisement sa nièce à l'aide de quelques signes de reproche, qu'elle s'efforce de dérober au millionnaire anglais. Souci doublement inutile! la jeune fille est tournée du côté de la scène, et le vieillard promène le binocle par la salle.

Mais tout-à-coup ce binocle errant devient immobile, et reste obstinément braqué vers les stalles d'amphithéâtre.

. . . .

Le premier acte des *Huguenots* se termina sans qu'aucun changement se fût opéré dans la position des trois personnages de la loge.

Mais comme le rideau venait de tomber, un léger bruit se fit entendre du côté de la porte.

— Ah!... fit Mme de Bellerive avec une satisfaction évidente, voilà sans doute le baron qui vient nous souhaiter le bonsoir!

La porte s'ouvrit...

— Non... c'est Georges! s'écria Geneviève avec un élan de joie involontaire.

En effet, c'était l'ami d'Anatole, le jeune peintre, le voyageur aux riantes espérances de l'impériale de la diligence.

Hélas!... Tout le monde n'accueillit pas sa visite avec le sourire qui fleurissait les lèvres de Geneviève.

Le front de Mme de Bellerive s'était plissé. De seconde en seconde elle devenait plus froide et plus revêche.

Et cependant le salut que lui adressa le pauvre jeune homme était presque une prière.

— Vous ne travaillez donc plus? répondit sèchement la hautaine dame.

— Pourquoi cela, Madame?

— On vous voit, on vous rencontre sans cesse?

— Il est impossible de peindre le soir.

— Oui, mais le jour, nous vous trouvons à toute heure sur notre chemin; aux Tuileries, au Bois, jusqu'à l'église, — sans compter les longues visites, et depuis votre retour, vous n'y avez pas manqué une seule fois?

— Je pensais accomplir un devoir, Madame, en restant fidèle à une douce habitude qui date de mon enfance, et qui semblait vous agréer autrefois.

— Fort bien, fort bien, mais il faut songer à l'avenir, à la fortune... Nous vous aimons certes beaucoup, mais nous savons que le travail est nécessaire. Travaillez donc davantage, nous serons privées du plaisir de vous voir plus souvent, mais il est des sacrifices dont l'accomplissement vous méritera bien mieux notre estime et notre amitié.

Il était difficile de trouver de plus dures et de plus désespérantes paroles. Georges, le front rouge et le cœur navré,

ne savait plus quelle contenance tenir... Geneviève voulut venir à son secours, mais la tante l'interrompit à chaque phrase. La scène était entièrement changée, et loin d'exciter la jeune fille à parler, on la condamnait maintenant au silence.

Pauvre Georges! Le langage de Mme de Bellerive devenait de plus en plus impertinent, de plus en plus significatif. La position n'était pas tenable, et déjà le visiteur éconduit se disposait à la retraite.

Quant à la lorgnette de lord Karolan, elle n'avait pas changé de direction.

— Adieu, monsieur Georges!... articula l'implacable tante.

Mais tout à coup son front se dérida, et le sourire reparut comme par enchantement sur ses lèvres.

La porte venait de s'ouvrir de nouveau.

— Arrivez donc, monsieur le baron?... minauda-t-elle en reprenant les félines allures de... Il me tardait de vous adresser mes félicitations sincères!...

— A quel sujet, Madame? demanda gracieusement le nouveau venu.

— N'êtes-vous pas ministre depuis ce matin?...

— Je ne le suis même pas encore ce soir.

— Oh!... du mystère... de la diplomatie... déjà!... Il n'est rien de tel qu'un portefeuille pour opérer des métamorphoses... Vous mentez avec une grâce... Allons, allons! vous êtes tout à fait ministre.

— Je vous proteste.

— Placez-vous donc là... derrière moi... que je sois la première à vous adresser mes interpellations parlementaires?

Et Mme de Bellerive se renversa tout aimable et souriante sur le dossier de son fauteuil...

A l'entrée du ministre apocryphe Geneviève avait rougi.

Rien n'échappe à l'œil des amans, et Georges, désespéré de cet accueil glacial, épouvanté par ce trouble subit, profita de l'inattention de la tante, entièrement occupée ailleurs, pour se pencher vers la nièce et lui dire à l'oreille:

— Je n'ai pu me trouver seul avec vous depuis mon retour... que se passe-t-il donc, ô mon Dieu!...

— Venez demain à dix heures.... répondit rapidement la jeune fille... la toilette de ma tante n'est jamais terminée avant midi... Vous saurez tout!

— Je ne suis pas changé, moi, murmura l'artiste en se redressant, et je vous aime toujours.

Alors Geneviève posa la main sur son cœur, et répondit par un geste angélique de sa tête blonde qui sembla dire:

— Ni moi non plus.

Georges fit un mouvement.

Mais la jeune fille effleura ses lèvres roses de son doigt épouvanté.

La tante la regardait.

Le jeune homme salua gravement et sortit.

. . . .

A travers l'entrebâillement de la porte apparut la figure de Tom.

Le domestique profitait de l'entr'acte pour venir s'informer si le maître n'avait besoin de rien.

Lord Karolan l'aperçut et lui fit signe de s'approcher.

Puis, comme Tom s'avançait sans doute trop lentement au gré de son impatience, le vieillard le saisit par l'un des boutons de sa livrée, et le pencha avec brusquerie jusqu'à portée de ses lèvres.

Quelques mots anglais tombèrent aussitôt dans l'oreille de Tom, qui se releva immédiatement, stupéfait et ébahi.

Mais, au geste courroucé du convalescent, il se remit bien vite de sa surprise.

Lord Karolan avait regardé avec précaution autour de lui; puis, convaincu par ce rapide examen que l'attention des trois autres personnages s'occupait ailleurs, il indiquait à la fois du doigt, et du regard, cette, même, place, des stalles, d'amphithéâtre où s'étaient, si longtemps fixés, les tubes attentifs de ses curieuses jumelles.

A cette place, s'épanouissaient les deux capotes roses, des deux filles de Saint-Hyacinthe.

Tom suivit, la double direction, du, doigt et du regard, aperçut Annette et Rose avec l'instinct incarné de la servitude, fit un grave signe de tête pour montrer qu'il avait tout compris, et laissa tomber, de sa bouche humaine un monosyllabe interrogateur.

A ce monosyllabe, le, maître répondit par deux mots anglais.

Puis il se retira en reculant, et sans déranger, en rien, la courbe respectueuse de sa colonne vertébrale.

Mais à peine, dans le corridor, il se redressa, enfonça son chapeau jusque sur ses oreilles, et se mit à murmurer avec mépris et dégoût :

— Libertin ! va, à peine d'aplomb sur ses vieilles gigues, et le voilà qui veut courir encore. Enfin, suffit ! Mais, comment faire ?

CHAPITRE XXI.

Pauvre Georges !

Il était en proie à de bien douloureuses angoisses ; et, sitôt, dans le corridor, sa main fiévreuse et brûlante, essuya furtivement, une larme, que ses yeux avaient eu la force de retenir jusque-là.

— Oh ! murmura-t-il d'un accent égaré. Que signifie tout ce mystère ! Je pressens, un malheur, mais je ne le, comprends pas, ma tête se perd, mes idées sont lourdes, et confuses, il me semble que je deviens, fou ! Il faut que je parle à Anatole, et qu'il dissipe toutes ces ténèbres. Oh ! oui, mon cœur a besoin des épanchemens et des conseils de l'amitié !

Aussitôt, il redescendit rapidement au rez-de-chaussée, et regarda, par la porte entr'ouverte, sur tous les bancs de l'orchestre.

Anatole n'était pas là.

— Lui, aussi ! poursuivit Georges, lui aussi, est parti tout à l'heure, pour chercher cel·e qu'il aime, et qu'il n'a pas revue depuis son retour ! Triste fraternité ! Je cours par la salle, et peut-être il est aussi, peu heureux que moi ! Oh ! je le retrouverai !

Et Georges remonta au premier, puis au second, puis enfin au troisième étage, en parcourant, chaque fois toute, la circonférence des corridors.

En arrivant à l'entrée de ce dernier, il aperçut Anatole.

Hélas ! les deux amis étaient aussi tristes l'un que l'autre.

Ils se rapprochèrent vivement, attirés par la sympathie aimantine d'une mutuelle infortune.

Mais, tout à coup, quelque chose de blanc tomba au milieu de l'étroit intervalle qui les séparait encore.

Le premier mouvement de tous les deux fut de regarder du seul côté d'où pouvait provenir cet objet déjà gisant à terre.

Il n'y avait plus entr'eux que deux loges, dont les portes hermétiquement fermées ne présentaient comme unique passage que leurs œils-de-bœuf muets et vides.

Des deux autres côtés, la muraille et le plafond.

Personne dans le corridor.

Mais déjà Anatole avait ramassé ce mystérieux message.

C'était un petit gant blanc, un gant coquet et parfumé de femme.

Le jeune homme examina plus attentivement.

Le gant, tiède encore, présentait à la surface glacée, une série de piqûres d'épingles qui semblaient former des caractères ; l'endroit tendu là mesure d'auparavant sur la paume d'une main étroite et mignonne.

Aussitôt le jeune homme s'élança, redescendit à l'étage

inférieur, déchira le gant mystérieux, et tendit la partie piquée entre ses regards avides et les feux resplendissans du lustre.

Alors ces trois mots parurent, comme tracés par des étoiles minuscules, par des étoiles lumineuses, que le lustre, eût, laissé complaisamment pleuvoir sur la surface du gant.

« Ce soir... Harpe...

— Oh ! merci, Trilby !... s'écria, Anatole avec ivresse.

Puis il ajouta :

— Je suis, bien heureux, Georges !

— Et moi, bien à plaindre !... répondit, après un soupir, l'amant désolé de Geneviève.

— Oh ! pardon, s'empressa de dire Anatole, en lui tendant la main, tandis que de l'autre il serrait précieusement dans son sein l'étrange, et bienheureuse missive d'Aline.

Georges saisit avec affection la main de son ami, qui lui demandait :

— Qu'y a-t-il donc ?...

— Il y a, répondit Georges avec, désespoir, que je suis honteusement chassé par Mme de Bellerive !...

— Toi !...

— Oui... moi... presque son parent, moi auquel, elle témoignait jadis tant d'amitié !...

— Mais es-tu bien certain ?

— Je ne puis douter... Lors de mon retour, elle m'avait reçu froidement, et depuis, chaque jour, sa froideur, est devenue plus glaciale et plus méprisante encore. On semblait contrarié de me rencontrer et de mes visites... On, les évitait, on, les abrégeait par mille prétextes ; et je ne savais que penser, car la tante prenait à tâche de m'empêcher, d'être seul avec sa nièce, et de la renvoyer même sitôt que j'arrivais. Enfin tout-à-l'heure, elle, vient clairement de me faire, entendre que, j'étais importun, que je ne, devais plus revenir !

— A quoi attribuer ce changement ?

— Que sais-je ?

— Mais, enfin...

— Un étranger, un riche parent, presque inconnu, presque oublié, et qui demeure maintenant chez elles.

— Et Geneviève ?

— Voilà notre seul entretien, conclut Georges.

Et il raconta mot pour mot toute la scène de la loge.

— Tu vois bien qu'elle t'aime, toujours ! reprit Anatole avec une joyeuse conviction.

— Mais ce n'est pas tout, poursuivit Georges, plus amèrement encore.

— Quoi donc ?

— Il y a, un, homme, un homme maudit que j'ai rencontré à chaque visite, et que la tante accueille avec autant de faveur qu'elle me reçoit avec dédain. Il est encore maintenant dans leur loge. Geneviève a rougi quand il, y est entré. Et moi, je ne puis te, dire quelle répulsion invincible, quel fatal et douloureux, pressentiment m'inspire la présence de cet homme.

— C'est un enfantillage, peut-être.

— Tiens, regarde, il est, encore là.

Les deux amis se trouvaient devant une loge ouverte et placée juste en face de la loge de Geneviève.

— Je ne le connais pas, fit Anatole, et cependant j'ai, vu cette figure-là quelque part.

— Il a, l'aspect de, quelqu'un, de, puissant, et de riche, poursuivit Georges avec, une sorte d'effroi. Vois, comme Mme de Bellerive, se montre, gracieuse, et prévenante avec lui. Et Geneviève... Geneviève... La voilà, qui retourne la tête de son côté ! O mon Dieu !

— Simple politesse, Georges, voilà, tout. Et du reste, attends à demain, puisque demain, tu dois voir, Geneviève.

— N'importe, s'écria Georges, la vue de cet homme me

cause un malaise étrange. Il me fait peur. Qui est-il ? Si jamais... Oh ! cet homme, cet homme ! je voudrais savoir son nom !

— Cet homme se nomme le baron Dupréval, répondit une voix derrière les deux jeunes gens.

Ils se retournèrent aussitôt.

Lucien de Varedde était devant eux.

— Le baron Dupréval, répéta Lucien, un des puissans du jour, un des séides du pouvoir quel qu'il soit, un des seigneurs féodaux de notre liberté, l'adroit et terrible baron Dupréval.

En entendant résonner ce nom bien connu, les deux amis ne purent se défendre d'un frissonnement involontaire.

Néanmoins, Georges était satisfait, et il serra la main du nouveau venu avec reconnaissance.

Puis l'entretien s'engagea entre les trois compagnons de voyage, mais il fut de courte durée ; le rideau se levait pour le second acte.

Lucien de Varedde suivit Anatole et Georges jusqu'aux stalles de l'orchestre, où il se plaça à côté d'eux.

— Je vous porte envie, leur disait-il en s'asseyant dans la stalle voisine, vous avez chacun un amour dans le cœur, vous aimez, vous êtes aimés, tandis que moi... moi...

Mais tout à coup la parole expira sur ses lèvres ; il demeura immobile, béant et ravi.

Il venait d'apercevoir les deux capotes roses de l'amphithéâtre.

Louise, et surtout Annette !

Annette, dont les regards fixés sur les siens, semblaient lui répéter les deux mots envolés de sa bouche rubiconde dans la cour des Messageries :

— Merci ! merci !

CHAPITRE XXII

— Comment faire ? redisait Tom, en arpentant tous les corridors du théâtre. Je ne la connais pas, cette jeune fille. Qui pourrait me donner les renseignemens essentiels, et me venir en aide dans ma besogne ? J'ignore tout, même l'adresse. Après cela, je puis la suivre ? moyen banal et bon pour les niais, et je suis loin d'être de cette immobile confrérie. C'est égal, il faudrait quelque spirituelle rouerie à la Frontin, et ma cervelle reste vide, ainsi que la bourse d'un honnête homme. Comme on vieillit, cependant ; autrefois, j'eusse trouvé de quoi débaucher en un clin d'œil la vierge la plus vierge de toutes les vierges, et ce soir... allons... voyons !... Rien, rien. Aussi, ce vieux pédagre-là me prend à l'improviste !... Je m'y attendais si peu ! animal, va.

Et depuis une heure, Tom se répétait vainement cette question fatale :

— Comment faire ?

Le temps s'écoulait, le second acte venait de finir, et le valet aux abois n'avait pas encore découvert le Sésame, ouvre-toi de cette porte close.

Mais, en ce moment, il heurta dans sa méditation vagabonde quelqu'un qui passait en courant.

— Imbécile, fit une voix aigrelette.

Tom n'avait pas encore relevé la tête que la même voix laissa échapper son nom, tandis qu'il s'écriait à son tour :

— Mademoiselle Rose !

— Pardon, s'empressa de dire la soubrette, je ne vous avais pas reconnu ! Et puis, vous bousculez les gens, vous courez tête baissée comme un poète à la recherche d'une rime !

— Une rime ! s'écria Tom, la belle affaire ! j'ai, par ma foi, dans la cervelle, un bien autre souci !

— Quoi donc ?

— Ah ! je suis diablement embarrassé !

— Vous !

— Eh ! mon Dieu ! oui... Mais il y a bien de quoi, je vous le jure !...

— Allons donc !...

— Jugez-en ?

— Voyons !

— Il y a une heure, mon maître... cela va bien vous étonner de la part d'une semblable momie... Enfin !... mon maître me montre deux jeunes filles en me disant : Il me la faut !...

— Ah ! bah !...

— C'est tout comme j'ai l'honneur de vous le dire... Laquelle ? ai-je demandé naturellement... La plus jeune, a répondu le vieillard friand... Et voilà.

— Eh bien !

— Eh bien, que faire ? Je ne connais pas la particulière, je n'ai personne pour m'aider, et je ne trouve rien encore pour me tirer de là...

— Voyez-vous la grande difficulté !... Je vous supposais plus d'esprit que cela, mon cher ; et je vois qu'il est fort heureux pour vous que le hasard m'ait jetée sur votre chemin...

— Comment ?

— Allons ! suivez-moi !

— Où donc cela ?

— Vous êtes bien curieux, ce me semble.

— Mais enfin, où voulez-vous me conduire ?

— Auprès de quelqu'un que vous avez oublié sans doute, et dont je me suis souvenue, moi, car j'ai envoyé ce matin à son adresse une petite loge des quatrièmes, soi-disant demandée pour ma famille ?

— Et quel est ce quelqu'un, méchante ?

— Rappelez-vous tous nos voisins de la diligence ?

— Tous nos voisins ?

— Oui...

— Je ne comprends pas !...

— Une certaine personne fort experte en ces matières, et qui ne me demandera pas mieux que de vous sortir de peine... une rusée commère qui connaît toutes les jolies femmes de Paris... Oh ! personne ne saurait réussir là où elle ne réussirait pas...

— Cela fait bien mon affaire. Mais...

— Vous ne devinez pas encore ?

— Non.

— Allons ! vous n'êtes pas en verve ce soir, et je vois qu'il faut vous mettre le doigt dessus.

— Je vous en supplie.

— Eh bien ! venez. Vos yeux auront peut-être plus de mémoire que vos oreilles.

— Mes oreilles vous demandent avant tout le nom de cette providence des amours.

— Il faut absolument nommer ?

— Absolument !

— Mme Debanne ! articula Rose avec une mystérieuse importance.

— Fichtre !... s'écria Tom, dont le visage s'épanouit aussitôt. Passez devant, ma toute belle, je vous suis...

Et les deux valets se mirent à monter rapidement l'escalier qui conduit aux étages supérieurs.

En effet, la Debanne se trouvait au théâtre.

Elle aussi avait voulu voir le débat, et sa complice lui en avait fourni les moyens aux dépens de la pauvre Mariette.

L'horrible femme était venue seule dans la petite loge du quatrième ; mais elle y recevait en ce moment la visite de Frédérick Pichard, qui s'était empressé d'aller rejoindre cette étrange cliente sitôt après avoir quitté lord Karolan.

— Son rôle ne commence donc qu'au troisième acte ? demanda l'officier de santé, qui n'avait pas été à même d'entendre les *Huguenots* au village de Saint-Benoist.

— Oui, répondit sa compagne. Au second elle ne fait que paraître, et cependant le public l'a déjà applaudie avec fureur.

— Elle est si belle ! articula Frédérick Pichard, du ton d'une toute matérielle convoitise.

— Le fait est qu'elle a un beau physique pour son emploi ! opina l'ancienne actrice, qui revenait involontairement au vocabulaire de son premier métier.

— Son amant doit faire bien des envieux ! poursuivit le médecin enthousiaste, et quant à moi, si j'étais riche, je...

Mais la Debanne l'interrompit en disant :

— Laissons à Mariette, et parlez-moi de votre malade.

— Mon malade !

— Sans doute, l'enfant de ces comédiens dont vous m'aviez promis des nouvelles !

— Des nouvelles de l'enfant, ou bien des comédiens ?

— Un peu de toute la famille.

— Du côté de l'enfant cela va mieux ; du côté des autres les choses se présentent fort mal.

— Expliquez-vous !

— Les deux jeunes filles ne sont ni ambitieuses ni coquettes, aucune passion, aucun desir. Les parens me semblent honnêtes et simples. C'est une place qui n'est prenable que par famine.

— Eh bien ! je ne pense pas qu'ils aient des provisions éternelles ?

— Non, sans doute ! Et les remèdes que j'ai ordonnés coûtant fort cher, l'argent manquera tout à fait d'ici à quelques jours ; car ces gens-là sont dévoués à ne tenir plus compte de rien, dès qu'il y a du salut de leur enfant, et je les ai suffisamment épouvantés sur ce chapitre !

— Je vous remercie !

— Allons donc, pour si peu de chose, quand vous m'avez tant promis !

— Et je tiendrai toutes mes promesses, en vous fournissant de bonnes et nombreuses pratiques.

— Vous êtes une femme adorable !

— Flatteur... mais alors, dites-moi, les voilà dans la misère ?

— A moins qu'il ne se trouve encore un billet de banque sur leur chemin.

— Oh ! je sais à quoi m'en tenir sur cette miraculeuse trouvaille ; et puisque le généreux protecteur n'a pas reparu, c'est qu'il ne veut plus reparaître.

— Je pense qu'il a perdu leurs traces.

— Alors il ne saurait venir du secours d'aucun côté ?

— Malheureusement, si !

— Comment ?

— Par la voie la plus naturelle.

— Et c'est ?

— Le théâtre !

— Le théâtre ! .

— Oui... On leur offre deux engagemens ; ils espèrent même en un troisième. Les paroles sont données. Il ne manque plus au directeur que la signature du ministre. C'est lundi prochain que doivent se délivrer les priviléges. Pardon de tous ces termes techniques, auxquels vous ne devez peut-être rien comprendre ?

— Si, si ! Je connais cela ! Maudits engagemens !

— Ce sont les derniers de la saison.

— Ah ! il faudrait faire manquer ces occasions-là, et la partie serait à nous !

— C'est bien difficile. Il en reste toujours une de bonne sur les trois ; et dans quelques jours toute cette nichée de saltimbanques aura repris son vol à travers la province.

— Et dire qu'une fois ces dernières troupes en campagne,

ils seraient livrés pieds et poings liés à toutes les tentations de la misère !

— Que voulez-vous ? c'est une affaire manquée !

— Ils m'échapperaient !...

— Eh ! mon Dieu ! vous en trouverez d'autres autant que vous en voudrez !

— Je le sais bien ; mais je m'entêtais justement après celles-là. Aussi, je comptais sur vous, et vous y avez mis probablement de la négligence !

— Moi ?... vous ne me rendez pas justice... Tout ce qu'il était possible de faire dans ma position, je l'ai fait. Toutes les tentations ont été présentées sous leurs plus brillantes facettes, et Satan en personne ne se montra pas plus adroit vis-à-vis de notre mère Ève... Que voulez-vous ? J'ai rencontré de la vertu... Dans notre siècle, vous conviendrez que c'est jouer de malheur !

— Je ne vous crois pas, et je prétends que vous essayiez encore.

— Vous voulez ? fit Pichard avec l'ironique accent de la révolte.

— Eh ! oui, sans doute. Vous figurez-vous par hasard que je vais m'occuper de votre fortune pour vos beaux yeux ? Vous portez des lunettes, mon cher, et vous êtes beaucoup trop laid pour cela. Non, non : donnant, donnant ; rien pour rien. Réfléchissez là dessus.

— Allons, ne vous fâchez pas, répondit le médecin cupide en reprenant le ton humble et soumis. On verra à tenter l'impossible... Il n'est rien qu'on ne soit disposé à faire pour vous, mauvaise !

— A la bonne heure !

— Mais si l'on part ?

— Alors j'aurai du moins qu'il n'y a pas de votre faute, je ne vous en voudrai plus et je me résignerai.

— Voilà qui est arrangé, conclut Frédérick Pichard en se levant. Vous avez ma promesse et j'emporte la vôtre.

— Vous me quittez déjà ? fit la Debanne avec un accent d'aigre reproche.

— Il le faut, balbutia l'officier de santé, lord Karolan pourrait avoir besoin de mes services...

— Et moi, je vais rester seule ? poursuivit la maussade parfumeuse.

Elle eut sans doute insisté davantage, mais un coup discrètement frappé à la porte de la loge vint l'interrompre, et fournir au fugitif un prétexte qu'il saisit aussitôt.

— Non ! s'écria-t-il, voilà du monde qui vous arrive... Au revoir... Nous nous quittons bons amis, n'est-ce pas ?...

A cette nouvelle lâcheté la Debanne ne répondit que par une grimace, qui l'eût enlaidie davantage encore si la chose eût été possible.

Néanmoins, Frédérick Pichard trouva le courage de prendre la monstrueuse main que nous connaissons, pour y appliquer un respectueux baiser.

Puis il sortit, en se croisant avec Rose et Tom.

A peine dehors il respira voluptueusement, et murmura :

— Ouf !... Quel métier !... Mais cette affreuse drôlesse peut contribuer à ma fortune, et j'ai pris désormais pour devise : Tout, plutôt que de retomber dans la misère !...

CHAPITRE XXIII.

— Ah ! vous voilà, ma chère ? s'écria la Debanne à la vue de Rose. Que je vous remercie de votre gentillesse ; on est merveilleusement ici !

Puis apercevant Tom, elle ajouta :

— Mais qui donc m'amenez-vous là ?

— Une ancienne connaissance de voyage, répondit la camériste. Est-ce que par hasard vous ne le reconnaîtriez pas ?

— Ah! si fait, fit la Debanne. après une seconde d'examen. Le domestique anglais.

— Oui... ricana Tom, Anglais des bords du canal Saint-Martin.

Les deux femmes se mirent complaisamment à rire.

— Et que me veut-il? reprit la parfumeuse.

— Il va vous le dire, répliqua Rose; allons, mon cher, expliquez-vous.

Tom retourna à plusieurs reprises son chapeau galonné entre ses doigts indécis.

— Décidément vous êtes malade aujourd'hui, poursuivit la chambrière, et j'aurai plus tôt fait d'expliquer l'affaire moi-même.

Tom s'empressa d'accueillir cette commode ouverture par un signe d'acquiescement et de gratitude.

En quelques mots la Debanne fut au fait.

— Je m'y attendais! s'écria-t-elle avec une sorte d'orgueil. Oh! je sais du premier coup d'œil juger mon monde. Et le milord est riche et généreux, n'est-ce pas?

— Riche, oui, fit le valet, des millions, une de ces fortunes qui ne se comptent plus; mais généreux, c'est autre chose!

— Diable!

— Attendez... attendez!... avare en cachette et pour les autres, il est par ostentation et pour lui-même d'une prodigalité à enfoncer l'enfant prodigue en personne. Qu'il lui survienne un caprice, un entêtement; le voilà capable de dépenser un de ses millions pour se satisfaire et pour ne pas en avoir le démenti.

— A merveille! soupira délicieusement la Debanne. Où se trouve la donzelle en question?

— Aux stalles d'amphithéâtre.

La parfumeuse se pencha sur le rebord de la loge.

— Deux capotes roses, ajouta Tom.

Puis, comme la Debanne semblait chercher encore, il s'avança à son tour, et étendit la main.

Aussitôt l'affreuse créature jeta un cri.

— Qu'y a-t-il donc? demanda Rose.

— Regarde! lui répliqua sa complice.

— Les filles du comédien! fit la camériste stupéfaite à son tour.

Et sa surprise redoubla aussitôt, car en se retirant elle avait aperçu Lucien de Varedde.

— Lui! articula à voix basse la Debanne, qui venait en un mot d'être mise dans la confidence de cette nouvelle découverte. Laisse-moi me reculer un peu! Il ne faut pas qu'il me voie, ce serait un obstacle de plus.

— Un obstacle! répéta Rose.

— Oui... il s'en présente de nouveaux tous les jours à l'égard de ces péronnelles. C'est comme un fait exprès!

— Il n'y a donc pas moyen? demanda la soubrette.

C'est donc impossible! s'écria le valet avec effroi.

— Impossible, non, répondit la Debanne sans trop d'assurance, mais au moins fort difficile. Il faudra du temps et de l'argent.

— Mon maître a de la patience et de la fortune!

— Fort bien! Répétez-lui ce que je viens de vous dire, et revenez me voir dans quelques jours. J'aurai peut-être de meilleures nouvelles à vous donner.

— Faites tous vos efforts, n'est-ce pas?

— Sans doute; et d'ailleurs si celle-là nous manquait, j'en ai d'autres...

— Oh! non... non! interrompit Tom. Je connais mon maître. C'est la capote rose qu'il veut, la capote rose et pas d'autre. Il est têtu comme une mule!

— Enfin, revenez toujours! conclut la Debanne. Vous ne vous repentirez pas de vos visites, et... mais il faut que je vous donne mon adresse.

— Inutile, dit Tom, elle est sur mon calepin. A bientôt! Merci, mademoiselle Rose? Mesdames, je vous salue.

Et le valet opéra sa sortie de manière à prouver qu'il avait vécu dans les plus aristocratiques antichambres.

⁎ ⁎ ⁎ ⁎ ⁎ ⁎ ⁎ ⁎

Les deux femmes restaient seules.

— Quel guignon! fit Rose.

— Ne m'en parle pas, répondit la Debanne. Cela me met d'une humeur de procureur du roi. Comment vont les amours chez vous?

— Ah! il y a trop long à en dire pour causer de çà ici.

— Et pourquoi n'es-tu pas venu me voir depuis huit jours?

— Est-ce que j'ai trouvé le temps! De la besogne à n'en plus finir, ma chère! Comme c'est amusant de s'éreinter comme çà, quand les maîtres se croisent les bras! Et quels maîtres encore! La fille d'une fruitière, si ça ne fait pas pitié! Aussi je la hais davantage à chaque nouvel ordre qu'elle me donne. Pas une minute, quoi! Faut servir madame, être toujours là, accroché par un fil à sa sonnette. Voyez! je n'ai pas même pu vous porter moi-même le billet de cette loge, qui doit cependant vous avoir donné la preuve que je pense à vous. Ah! vous êtes bien heureuse d'être votre maîtresse!

— Fais comme moi, bêta!

— Je ne demanderais pas mieux; mais l'autre veut que je reste et que je ne quitte pas sa belle! Il n'a confiance qu'en moi, cet homme, et il est jaloux comme le tigre du désert!...

— Il l'aime donc bien?

— Est-ce qu'on y comprend quelque chose à ces gens-là! Ils ont l'air de se détester tous les deux; et ils sont jaloux l'un de l'autre... Si çà ne me rapportait pas gros, allez!

— Le baron est donc riche maintenant?

— Riche, lui!... Ah! bien oui, riche! c'est au point qu'il lui emprunte de l'argent à elle!...

— Lui?...

— Pas plus tard qu'il y a trois jours. Mademoiselle en était à sec, et elle m'a envoyé retirer de l'argent à la caisse d'épargne.

— Et tu dis qu'il te donne beaucoup, cependant?

— Ces gens-là, c'est ruiné, et çà trouve toujours de l'argent! les gratifications, les pots-de-vin, les tripotages de la Bourse... un tas de filouteries, quoi!

— Oui... je connais çà! C'est un peu comme dans ma partie...

— Ni plus ni moins... et çà se donne des airs de mépris...

— Vraiment!

— Et envers sa maîtresse tout comme à l'égard des autres...

— Ah! c'est trop fort, par exemple, et Mariette est une sotte de rester avec cet homme-là... Elle, qui pourrait faire de si belles affaires! Elle est si belle, cette créature-là!

— Oh! oui... Il y a des femmes qui ont du bonheur!

— Du bonheur?...

— Tiens, ce n'est donc pas du bonheur que d'être belle! Oh! si ma mère m'avait bâtie comme çà!

— Je ne serais pas en peine de toi, ma petite; tu battrais crânement monnaie!

— Moi, je voudrais tous les ruiner, ces animaux d'hommes!

— Bien dit, nous nous entendons comme les deux doigts de la main. — Mais, que veux-tu? il en faut des belles et des laides; seulement, c'est dommage que la nature ne s'y connaisse pas mieux que cela. Nous ne sommes pas de ses favorisées, nous, tandis que Mariette...

— Sans compter sa voix, encore.

— Superbe!

— Ah ! oui, vous l'avez entendue à Toulon, à votre bénéfice. Eh bien, ce n'était rien au prix d'aujourd'hui.

— Vraiment !

— Parole. Et tenez, voilà justement le grand duo du
troisième acte. Écoutez-moi çà.

En effet, Mariette se trouvait en scène avec Marcel et
commençait le magnifique andante dans lequel Valentine
confie ses terreurs et son amour au majestueux silence de
la nuit.

Les deux femmes devinrent aussi attentives que le reste
de la salle, et cela jusqu'au moment où les bravos retentirent de toutes parts en salves incessantes.

Le public parisien ne se lassait pas d'applaudir Mariette,
dont il avait, dès son entrée en scène, deviné le génie et
salué la beauté.

— Allons, adieu, à bientôt ! articula rapidement Rose,
sitôt que le duo fut terminé.

— Vous aussi, vous me quittez déjà ? fit la Debanne.

— Il le faut, répondit la camériste. Est-ce que ce n'est
pas mon tour, à moi ? Mon rôle commence, et celui-là ne
me vaut ni bravos, ni couronnes, ni billets de banque.
Comme c'est gracieux d'attendre cette dame dans la coulisse, de lui jeter son manteau sur les épaules, de lui présenter un verre d'eau sucrée, de la déshabiller, etc., etc.
Gredin de sort, va ! Allons, allons, je ne peux pas même me
permettre de bavarder un peu avec une amie. Adieu !

— Au revoir, plutôt !

— Oui, j'irai chez vous, demain matin. Je trouverai un
prétexte.

— C'est cela ; nous déjeunerons ensemble.

— Et je vous dégoiserai tout ce que j'ai sur le cœur. A
demain.

— A demain.

Après cet adieu précipité, la hargneuse camériste s'enfuit
en courant.

Mais, arrivée à la rampe de l'escalier, elle s'arrêta tout à
coup, stupéfaite et béante.

— Lui ! murmura-t-elle, lui, par ici !

Et la curieuse, au lieu de descendre, remonta de quelques marches, afin de voir sans être vue.

Un homme élégant et décoré ne tarda pas à paraître.

C'était le baron Dupréval.

Il entra dans le corridor, fit un signe hautain à l'ouvreu-
se qui ouvrit la loge de la Debanne, où il disparut aussitôt.

Alors, seulement, Rose se mit à redescendre, en murmurant de sa voix la plus aigre et la plus mauvaise :

— En voilà une découverte ; mais je n'en suis pas fâchée
pour la Mariette. Oh ! les hommes ! les hommes ! Et penser
qu'il y a des femmes assez bêtasses pour aimer ça !

CHAPITRE XXIV.

A l'aspect inattendu du baron Dupréval, la Debanne
laissa échapper un cri de surprise.

— Bonjour ! fit celui-ci sans même daigner se découvrir.
Causons, mais d'abord laisse-moi m'asseoir dans le fond le
plus obscur de ta loge, je ne me soucie nullement d'être
vu dans ta société. Voilà. Écoute, j'ai besoin de toi ?

— Je suis tout aux ordres de M. le baron ? répliqua la
Debanne d'un ton revêche et contraint.

— Tu sais, poursuivit le hautain visiteur sans paraître
remarquer le mécontentement de la matrone, tu sais que
ma protection t'a jusqu'à présent valu l'impunité. Ainsi, il
faut m'obéir, je t'en avertis ! sans cela gare aux griffes de
la police ! Et bien plus, je suis homme, si tu ne me satis-
faisais pas complètement et rapidement, à jeter moi-même
ton nom en pâture à dame Thémis.

— Mon nom ?

— Oui, ton nom, parbleu !

— Mme Debanne ?

— Sans doute ! N'est-ce pas ton nom ?

— Maintenant, oui, mais j'en ai plusieurs.

— Ceci ne me regarde pas, interrompit nonchalamment
Dupréval.

— Peut-être ? fit la Debanne.

— Comment ? Quel rapport peut-il exister entre nous ?

— Aucun. Je prends seulement la liberté d'avertir M. le
baron, que parmi tous les noms que j'ai portés, il en est
un, le véritable même, qu'il ne verrait pas sans quelque déplaisir livré à une publicité fâcheuse ?

— Que veux-tu dire ? demanda le fonctionnaire avec une
insolente morgue.

— Rien, poursuivit la parfumeuse avec une sorte de ma-
licieuse ironie. Je vous préviens seulement, si jamais fantaisie vous prenait de faire le méchant, de me demander avant
d'agir la liste complète de tous mes noms ?

— Et si je l'exigeais maintenant ?

— Je préfère attendre que nous en soyons là.

— On dirait d'une menace que tu prétends me faire ?

— Non, c'est tout simplement un conseil que je vous
donne.

— Je n'ai pas besoin de tes conseils, mais de tes services.

— Quels services ?

— Je suis amoureux.

— Vous !

— Oui, moi. Qu'y a-t-il d'étonnant à cela ?

— Au moment où tout le monde vous porte envie, au
moment où Mariette...

— Garde tes observations ainsi que tes conseils. Veux-tu
me servir ?

— C'est mon métier.

— A la bonne heure !

— Quelle est la femme ?

— Regarde aux stalles d'amphithéâtre.

— Aux stalles d'amphithéâtre ?

— Oui, deux capotes roses.

La Debanne fit un geste d'étonnement et resta immobile.

— Eh bien ! dit le baron, tu ne daignes pas te déranger ?

— C'est inutile.

— Pourquoi ?

— Je connais.

— Toi ?

— Oui. Laquelle ?

— Comment... laquelle ?...

— Sans doute, elles sont deux.

— C'est juste.

— A moins que monsieur le baron...

— Non. La plus âgée, la plus grande.

— Tant mieux.

— Ah ! cela te semble plus facile ?

— Non, plus commode... car un autre amateur vient de
me faire une demande semblable à la vôtre pour la plus petite et la plus jeune...

— Cela se trouve à merveille, alors. Et qu'as-tu répondu
à l'autre demande ?

— J'ai demandé de la patience et de l'argent.

— Ah ! beaucoup ?

— Beaucoup de l'un et de l'autre.

— De la patience j'en ai fort peu, je dois t'en prévenir.

— Il en faudra, cependant.

— Enfin, j'en passerai par là, mais le moins possible,
n'est-ce pas ? C'est une fantaisie toute spéciale, un caprice
tout particulier, vois-tu ! — Quant à l'argent, c'est la moindre des choses !

— Ah ! fit la Debanne d'un air légèrement incrédule.

— Sans doute, reprit le fonctionnaire. T'es-tu figuré par hasard que je te demandais un service gratuit ?

— Non, certes...

— Et tu as eu raison. Je ne marchanderai même pas, car je tiens énormément à la capote rose. Tiens, voilà, toujours mille francs. Avec cela, que diable ! il y a de quoi acheter en bloc la vertu de tout un couvent de nonnes !

La Debanne sourit et tendit son ignoble main, en murmurant tout bas :

— Faiseur d'embarras, va ! C'est peut-être l'argent de Mariette !...

Les deux commettans se croyaient certes à l'abri de tous les regards indiscrets, mais leur erreur était grande.

Une tête curieuse et matoise venait de paraître, à l'œil de bœuf de la loge, comme un burlesque portrait de Callot essayé dans un cadre ovale.

A la vue du billet de mille francs, cette tête grimaça un sombre fiacd et moqueur.

Puis la porte cria légèrement.

Le fonctionnaire se retourna aussitôt ; mais il était trop tard, l'étrange apparition avait déjà disparu.

— Rien ! fit le baron tout honteux d'un trouble passager. Revenons à notre affaire ; voilà le plus grand des obstacles écarté, n'est-ce pas ? Quels sont les autres ?

— Une famille.

— Peuh !

— De la vertu.

— Bah !

— Un départ...

— Ceci est plus sérieux... explique-toi ?

— Vous ignorez peut-être que les parens sont des comédiens de province ?

— Je le sais.

— Eh bien ! ils comptent sur deux ou trois engagemens, et sitôt l'un d'eux conclu, ils quittent Paris.

— Diable ! et qui les a empêchés de signer jusqu'à présent ?

— Un retard au ministère. Les privilèges ne doivent être délivrés aux directeurs que dans quelques jours.

— Fort bien ! et si la famille se trouvait contrainte à rester à Paris, répondrais-tu du succès ?

— Presque.

— Eh bien ! sois tranquille, ils ne partiront pas.

— Bien sûr ?

— Je t'en réponds.

— En ce cas, bon espoir.

— J'y compte... si non, tu sais ce que je t'ai dit !

— Nous n'en viendrons pas là, j'espère ; et ce sera fort heureux pour tous les deux.

— Que le diable t'emporte ! tu deviens vraiment amusante... Allons, à bientôt !...

— Vous allez applaudir Mariette ?

— Allons donc, ce serait du dernier mauvais goût.

— Voilà cependant le grand duo du quatrième acte qui va commencer tout-à-l'heure, et l'on prétend que Mariette y est magnifique.

— Qu'est-ce que cela me fait, à moi ? jeta dédaigneusement le fonctionnaire en poussant la porte. Je vais attendre la fin de l'acte au foyer. Alors seulement il sera convenable de me montrer pour recevoir les regards envieux et les complimens flatteurs de toute la gente léonine aux pattes gantées de blanc !...

Et il sortit plus fier qu'un paon en pleine roue.

CHAPITRE XXV.

Toute cette scène s'était passée pendant la fameuse béné-

diction des poignards. Raoul venait de s'élancer auprès de Valentine éplorée, et le duo du quatrième acte allait déverser dans la salle tous les torrens de passions et d'harmonie dont l'a doté le puissant génie de Meyerbeer.

Le silence redoubla pour écouter Nourrit et Mariette. C'était une si admirable chose que ces deux voix réunies, que ces deux talens luttant phrase par phrase, et sans jamais pouvoir se surpasser l'un l'autre ! Quel magnifique spectacle !.. Que d'enthousiasme et de bravos !

La Debanne elle-même partageait l'émotion générale. Elle écoutait, elle regardait, ravie, absorbée et béante.

Au point même qu'elle ne vit plus rien, qu'elle n'entendit plus rien de ce qui se passait derrière elle.

Et cependant la chose en valait bien la peine.

La porte de la loge s'ouvrit doucement ; un homme parut, regarda avec précaution dans le corridor mal gardé sans doute en ce moment par les curieuses ouvreuses, entra, referma la porte aussi habilement qu'il l'avait ouverte, remit dans sa poche un de ces petits instrumens appelés du gracieux nom de rossignol et dont sans doute il s'était servi pour son adroite opération, s'assit, plaça les deux coudes sur ses genoux, sa tête dans ses deux mains, cette même tête déjà entrevue à l'œil-de-bœuf, et se mit, lui aussi, à regarder la scène des Huguenots avec un sans-façon le plus divertissant du monde.

Puis, personne ne bougea plus dans la loge jusqu'au baisser du rideau.

— Sapristi ! c'est beau ! s'écria la Debanne, tandis qu'on applaudissait encore.

— N'est-ce pas, ma vieille ? répondit une voix à ses côtés. Elle se retourna vivement :

L'abbé La Châtre la saluait avec un sourire diabolique.

— Vous ! fit la parfumeuse stupéfaite.

— En chair et en os... répartit l'universel brocanteur. Tu ne veux pas me recevoir chez toi, où je me suis déjà présenté un nombre de fois décourageant. Alors, faute d'être introduit, je me faufile !

— Et si je ne veux pas vous entendre, moi !...

— Il le faudra bien, car j'ai à te parler...

— Eh !.. mon Dieu ! que pouvez-vous avoir à me dire ?

— Beaucoup de choses fort intéressantes... et je te forcerai bien à me prêter un peu tes oreilles...

— Je vous ferai jeter à la porte.

— Ici ?

— Ici... chez moi... partout !.. C'est ce qui convient avec les importuns de votre espèce !...

— Tudieu !... comme tu prends tes grands airs... Il me semble te voir encore dans le rôle de Marguerite de Bourgogne !...

— Ah !...

— Tour de Nesle... scène de la prison... ce qui serait tout à fait de circonstance aujourd'hui. T'en souviens-tu ?... Nous avons joué ça ensemble, avec accompagnement de sifflets... J'étais ton Buridan, un gaillard qui vous pratique royalement le chantage que ce Buridan ; je disais à ma reine, aussi dédaigneusement superbe que tu l'es maintenant : Marguerite — c'est un souvenir de jeunesse que je veux te conter — en prenant ma grosse voix par exemple, ce qui serait de luxe ici, n'est-ce pas ?

— Sans doute...

— Merci... d'autant plus que je me suis enroué depuis ce temps-là... et culotté donc, comme un vieux brûle-gueule... ce qui ne t'a pas empêché de me reconnaître, et plus vite même que Marguerite... pour en revenir au drame en question ; je prononçais une date : 1820... Ah !... tu tressailles ? Je croyais me tromper de numéro ; mais il paraît que j'ai touché juste, puisque tu es si bien à la réplique. Ce que c'est pourtant que la mémoire !... Et pour te prouver que je n'en manque pas, je veux continuer le rôle...

— Je n'y tiens pas, moi !..

— Oui, mais moi j'y tiens. En 1820 donc, puisque c'est la date précise, se trouvaient dans une bourgade bourguignonne deux comédiens, mâle et femelle, qui vivaient ensemble sans plus de formalités que d ux pigeons au même perchoir. C'est Buridan qui parle, tu sais. Or, il y avait dans l'arrondissement de hautes et puissantes dames qui se faisaient une sainte mission de marier tout à fait les couples qui ne l'étaient pas assez. On offrit de l'argent aux deux comédiens, qui en manquaient radicalement, à condition de se prêter complaisamment à cette vertueuse fantaisie. Par malheur, l'un et l'autre avaient déjà subi le joug de l'hymen, vieux style, et leurs partenaires réciproques étaient encore de ce monde. Que faire? On refusa, mais les patronesses entêtées doublèrent, triplèrent la somme. La politesse française défendait un refus trop prolongé, et les tendres fiancés, dont la débine croissait sans cesse, consentirent bientôt à ce *bis* hasardeux.

— Après?

— Comme tu es pressée, tu te radoucis même un tantinet, ce me semble; bravo, tu te souviens à ravir du rôle de Marguerite, car moi, c'est encore du Buridan que je débite là. Suivons. Personne ne s'aperçut de l'escapade; l'argent fut empoché, et l'association matrimoniale tout entière crut avoir gagné un des plus beaux cantons du paradis. Il y a des liens qui séparent, et, sitôt époux, les deux amans s'esquivèrent, l'un au Nord, l'autre au Midi, en se fl.bustant à qui mieux mieux sur la dot commune. La justice n'a rien à voir là-dedans ; mais quant au pléonasme conjugal, c'est autre chose. Marguerite, tu m'as dit comment on chassait les importuns de mon espèce, veux-tu que je te dise en quel port de mer on expédie les bigames et les...

— Delancourt !

— Je ne suis plus Delancourt, je suis La Châtre, l'époux de Jeanne, le mari d'Adèle, le bigame passif de je ne sais plus quel article du Code pénal. Toujours du Buridan !

— Enfin, que veux-tu? s'écria la Debanne avec impatience.

— Tiens, tu abrèges, fit La Châtre. Ah ! Marguerite de Bourgogne ne se rend pas aussi promptement que cela. Nous passons le plus pathétique de la scène. Enfin, çà va, je le préfère idem, et je conclus. Marguerite délie toutes les cordes qui emberlificotent Buridan, moi, je veux tout simplement que tu délies les cordons de ta bourse. Voilà !

A cet ultimatum d'une effrayante franchise, la parfumeuse un instant épouvantée trouva, dans son avarice en péril, la force de recommencer la lutte.

Seulement sa première arme, la menace, étant hors de combat, elle voulut tenter d'une seconde, la ruse.

— De l'argent !... fit-elle d'un ton doucereux et pleurnichard. Hélas !... mon bon De'ancourt, je suis aussi pauvre que toi !

— A d'autres ! repartit La Chatre d'une voix narquoisement-modulée sur celle de sa trop légitime épouse... Pauvre chatte? Tu rentres tes griffes pour me caresser de ta patte de velours. Mais çà ne prendra pas, je t'en avertis ?

— Cependant...

— Nenni, nenni ! je te connais, et puis j'ai fait bavarder tout ton voisinage à chacune de mes inutiles visites, et je sais le train que tu mènes, et les bénéfices que tu encaisses. Çà ne m'a nullement surpris de ta part, et je t'en fais mon sincère compliment. Mais ne viens pas crier famine comme la cigale de M. La Fontaine... Toi !... allons donc ! commère fourmi, tes greniers sont pleins !

— Je te jure qu'il n'y a pas dix écus chez moi !

— Tu mens comme une charte. Et d'ailleurs que m'importe ta coquine de boutique ! Tu peux satisfaire mon petit caprice sans sortir d'ici.

— Moi !

— Toi.

— Est-il permis, mon bon Dieu !

— Ne parle donc pas de ces choses-là. Ce n'est pas de on ressort... et réponds sans lésiner plus longtemps.

— Je...

— Veux-tu m'obéir, oui ou non?

— Je ne demande pas mieux... en tout ce qui me sera possible.

— Soit. Eh bien ! attention. Je m'en vais te commander 'exercice.

— L'exercice ?

— Oui, j'ai comme çà un tas de petits talens de société qui servent dans l'occasion.

— Tu es fou !

— Libre à toi de le croire, mais je ne te demande rien d'impossible, je suppose. Voyons, une, deux... Y sommes-nous? La main à la poch !

— Ah ! fit avec effroi la Debanne, en jetant une de ses vastes mains sur l'orifice de la poche gauche, où s'était englouti le cher billet de mille francs donné par le baron.

— Enfin, tu comprends, riposta malignement La Châtre. Ce n'est pas malheureux. Allons donc, sois gentille, et ance-moi bien vite le harpon dans ta profonde.

— Comment, tu crois?

— Un peu, beaucoup, comme disent les marguerites aux amoureux.

— Prenls garde, elles disent aussi... pas du tout ; et tu vas voir, s'écria gracieusement la parfumeuse, en se disposant fouiller dans sa poche droite.

Mais son impitoyable adversaire l'interrompit en ricanant.

— Farceuse, passons l'arme à gauche, côté du cœur.

— Je n'ai pas de poche de ce côté-là.

— Ah ! et qu'est-ce donc que cette fente blanche qui bâille sur ta hanche gauche : un accroc ?... Quel dommage ! Examine donc un peu çà.

— C'est vrai, avoua naïvement la matrone, forcée dans ses derniers retranchemens. Il y a deux poches à cette robe-ci, je l'avais oublié, je confondais.

— Quel malheur ! Je t'ai connue à une époque où tu n'avais pas à redouter la confusion. Allons, fouille !

— Volontiers, il n'y a pas un écu, vois !

— Encore, encore.

— C'est tout.

— Toujours, toujours.

En effet, la Debanne avait sorti plusieurs objets de sa poche gauche, et feignait de ne plus rien rencontrer sous les spatules de ses doigts.

— Et le billet de mille ? s'écria La Châtre, avec un accent impossible à décrire.

— Le billet... de... balbutia la parfumeuse prise au trébuchet.

— Eh oui, parbleu ! assez de tricheries comme çà. J'ai de bons yeux, et mes yeux, afin de mieux voir, avaient pris cette lucarne-là pour lorgnette ! Aveins-moi le papier joseph du gouvernement?

La vaincue tira le pauvre billet avec une lenteur à nulle autre pareille.

— Allons, allons, all ns donc ! ricanait le vainqueur en voyant ce précieux trophée venir peu à peu vers sa main.

Mais le sacrifice était au-dessus des forces de l'avide femelle ; et au moment de céder, elle s'écria avec le dernier élan du désespoir :

— Je ne peux pas cependant me dépouiller tout à fait.

— Tout à fait? répéta impatiemment l'obstiné solliciteur. Ah çà ! tu me prends donc pour un jobard? Tu m'embêtes à la fin. Garde ton chiffon ; quant à moi, j'ai des remords, et je m'en vais de ce pas jouer la scène de Buridan vis-à-vis du commissaire de police.

— Mais tu te perdras aussi ?

— Qu'est-ce que çà me fait ! J'aurai le plaisir de te tenir compagnie. Oui ou non, plus de balivernes. Tu connais pourtant cette caboche-là. Crois-moi, ne joue pas avec le feu. Le billet... ou bien...

La Châtre fit un pas pour sortir de la loge.

— Tiens, s'écria la Debanne épouvantée.

Il avança la main.

— Tout ? fit-elle comme restriction dernière.

— Ah çà ! est-ce que nous allons recommencer ! s'écria l'époux brutal, en attrapant le billet au vol.

En vain l'épouse désespérée tenta de ressaisir sa proie par un geste instinctif ; déjà cette proie avait disparu dans des mains plus adroites et plus expertes que les siennes.

— C'est beaucoup ! murmura la victime avec un soupir.

— Ce n'est pas assez ! repartit le bourreau. Je veux m'établir aussi, moi, ou du moins je veux acheter un établissement.

— De quel genre donc ?

— Une agence pour le remplacement militaire.

— Toi !

— Et pourquoi pas ? Tu vends des femmes, je peux bien vendre des hommes, moi !

— Soit... fais ce que tu voudras. Mais tu dois être content, et j'espère que tu ne songes pas à revenir à la charge ?

— Hum... hum !

— Comment... encore ! Oh ! je ne veux plus te voir d'abord !

— Peste, quelle sympathie ! Moi, c'est différent, et je tiens à cultiver ta connaissance.

— Et pourquoi, mon Dieu ?

— Qui sait... par amour peut-être, ô mon Adèle !

— Oh !

— Quel beau cri d'horreur ! Sois tranquille, va ! Je fréquente une gaillarde qui t'enfoncerait sous tous les rapports. Remets-moi, vieille tourterelle effarouchée ? Ce n'est pas l'amour qui me fait désirer de te revoir.

— Alors c'est l'intérêt.

— Oui, mais le tien, tout autant que le mien.

— Que veux-tu dire ?

— Sans doute ! Pourquoi veux-tu faire fortune toute seule ? Crois-tu donc que je ne sois pas un mâtin à t'aider dans la besogne ? Ah que si ! et les choses iraient au moins le double mieux si je m'en mêlais.

— Tu ne manques pas de prétention ?

— Essaye un peu pour voir ?

— C'est possible !... Au fait, puisque je ne peux pas me dépêtrer de toi, autant que je t'utilise.

— Et tu ne t'en repentiras pas, va ! Je serais un fier rabatteur de gibier... Écoute, y a-t-il une chasse de commande pour le moment ?

— Oui.

— Mets-moi à l'épreuve ?

— Eh bien !... ma foi... volontiers...

— Deux mots seulement... Je sais comprendre les choses à demi.

— Deux jeunes filles sages... innocentes... la misère seule peut les perdre.

— C'est ton premier pourvoyeur !... Quelle est la famille ?

— Des comédiens de province... et sans place à Paris.

— Il doit y avoir encore des chances d'engagement ?

— Toutes seront écartées. Il y a déjà çà de fait.

— Bravo !... le reste est facile alors, et je réponds de tout.

— Par quels moyens ?

— Laisse-moi faire. Amener un pauvre à avoir faim... connu !

— Alors, va !

— Allons donc !... on a bien de la peine à t'amener là !...

s'écria La Châtre, en se levant pour opérer sa sortie triomphale.

Mais, au moment de rouvrir la porte de la loge, il se ravisa tout à coup, et dit à la matrone :

— A propos... que je suis bête ! il faut quelques légers renseignemens pour me mettre sur la piste... Voyons... Le nom de la famille ?

— Je ne le sais pas.

— L'adresse au moins ?

— Je l'ignore.

— Alors, comment veux-tu...

— Regarde aux stalles d'amphithéâtre... Deux toilettes pareilles... deux capotes roses. Tu n'auras qu'à les suivre après le spectacle... vois-tu ?

— Oui... Et mais nous connaissons çà... Elles étaient dans la diligence de Toulouse.

— Nous avons même dîné à table d'hôte avec elles.

— Tiens ! je n'ai pas remarqué.

— Que faisais-tu donc ?

— Je mangeais ! Et quand je mange, moi, je ne vois personne.

— Je me souviens !

— Les parens les laissent donc sortir seules ?

— Il paraît.

— Tant mieux ! Quels gens cela peut-il être ?

— Je ne les ai pas vus ?

— Ils devaient cependant se trouver dans la diligence et à table ?

— Probablement. Je ne faisais attention qu'aux jeunes filles... et à d'autres convives qui m'intéressaient plus encore.

— Qu'importe ! Je les connaîtrai tous demain.

— Demain ?

— Je suis leste et vif en affaires. Quelques jours seulement, et tu jugeras de mon petit mérite. J'irai avec toi pour te mettre au courant de la manœuvre, et j'espère trouver les portes ouvertes désormais ?

— N'abuse pas, cependant.

— Puisque nous sommes associés ?

— Associés, associés.

— Écoute. Pas de seconde représentation de la *Tour de Nesle* ? Tu as bien par-ci par-là quelques autres légères peccadilles sur la conscience ? Oh ! je connais ta vie comme ma poche ; et de même que *Buridan* j'ai plus d'une ressource dans mon sac ! Ainsi, prends-y bien garde. Nous marcherons ensemble, ou bien je me mettrai en travers du chemin. Je ne te demande pas des comptes exacts, parbleu ! mais fais bien les choses ; sans quoi tu t'en repentirais, ô mon Adèle ! Tiens-toi çà pour dit ! Maintenant, à bientôt ! Le spectacle va finir, et je vais me mettre en embuscade pour guetter nos poulettes. J'entre en fonctions dès ce soir ; et de plus, ingrate, j'ai perdu pour vos beaux yeux toute la vente du dernier entr'acte, car je pratique un peu la traite des contre-marques. Mais tu me revaudras çà, n'est-ce pas ? Voilà la pétarade du dénoûment. Heup, je file ! Ta main, ô mon Adèle !

— Pourquoi faire ?

— Rassure-toi, comme associé, une poignée de main, çà sert de signature.

— Allons... soit.

Et cette main fut dramatiquement reçue par l'abbé La Châtre, qui poursuivit :

— Fichtre... Quelle enfilade de bagues ? Dis donc, tu devrais m'en donner une ?

— Encore !

— Une petite, la moins belle. Oh ! je ne suis pas carotteur, va ! fi donc !... mais galant. C'est pour le doigt chéri de ma particulière ? A ce titre-là tu ne peux pas me refuser ? Bien, extirpe-moi çà de tes doigts, qui ressemblent tou-

6

jours à des bouteilles renversées sur le goulot. Il y a du ti- rage, n'est-ce pas ? C'est égal, va toujours. Le rideau n'est pas encore tombé. Et Trois-d'un-Sou sera joliment contente et farande avec ce bijou-là!

— Je m'en moque pas mal, fit la Debanne, qui suait sang et eau pour retirer la bague sollicitée par l'insatiable La Châtre.

— Tu as tort, répondit-il, car çà devrait te prouver que mon cœur est accroché ailleurs, et que j'abdique tous mes droits sur ta personne.

— Tes droits ?

— J'en ai de superbes, ô mon Adèle ! Et s'il me prenait fantaisie... Eh ! eh !

— Tiens, tiens, voilà, s'empressa de dire la parfumeuse, effrayée par cette érotique menace.

Et elle tendit en même temps la bague enfin arrachée de son doigt tout saignant.

— Enlevé ! s'écria La Châtre. Il était temps ! Au revoir, et souviens-toi sans cesse qu'il ne faut jamais essayer de se flouer entre amis !

Puis il ajouta sitôt qu'il fut seul et hors de la loge :

— En voilà une oie grasse, que je tiens un peu par les plumes, et que je ne lâcherai pas tant qu'il lui restera un poil de duvet sur la carcasse ! Quelle aubaine !

. . . .

— Si ce n'est pas une infamie! grommelait de son côté la Debanne. Il n'y a donc pas moyen de gagner tranquille- ment sa pauvre vie ! Canaille, va ! Mais patience ! Il doit bien y avoir aussi quelque expédient pour se débarrasser de toi... et si je peux te pincer à mon tour, nous verrons...

CHAPITRE XXVI.

Le rideau venait de retomber sur le cinquième acte des *Huguenots*, et par deux fois il s'était relevé pour consacrer le triomphe de la débutante, que le public redemandait avec de longs cris de ravissement et d'enthousiasme.

Saint-Hyacinthe prit congé à la hâte de son ami et futur directeur, messire Pichonneau.

— Tu sais que j'ai ta parole?.. répéta-t-il au vieux comé- dien ; à lundi !

— A lundi ! répliqua Saint-Hyacinthe, avec une énergi- que et joyeuse poignée de main.

Et, suivi d'Albert Atis, il courut sous le péristyle atten- dre ses deux filles.

Annette et Louise ne tardèrent pas à paraître, et ces qua- tre personnages rayonnans d'espérance et de bonheur se dis- posèrent à leur humble et pédestre retraite.

Mais un autre groupe se croisa sur la dernière marche avec celui-ci.

Mme de Bellerive galamment reconduite par le baron Du- préval, Geneviève donnant le bras à lord Karolan.

Derrière eux, Frédérick Pichard, et à quelques pas de là, Tom qui tenait respectueusement la portière ouverte d'un assez riche équipage.

L'Anglais et le fonctionnaire jetèrent en passant aux deux filles de Saint-Hyacinthe des regards qui les firent involon- tairement rougir et trembler toutes les deux.

Annette surtout, la lubrique effronterie du baron lui causa une terreur, un dégoût étranges, et elle détourna vivement la tête.

En face d'elle se trouvait cette fois la figure amie et pro- videntielle de Lucien de Varedde.

Que pouvait-elle craindre encore?... Son bon ange était là !...

. . . .

— C'est en bon train !.. murmura Tom en anglais à l'o- reille de son maître, au moment où il le hissait dans la voi- ture, qui ne tarda pas à s'éloigner.

Mais pas assez vite cependant pour empêcher Geneviève de saluer d'un geste imperceptible et consolateur le pauvre Georges tristement blotti dans la foule.

— Allons adieu ! et bonne espérance ! disait en même temps Anatole, en lui serrant la main.

Quant à Lucien de Varedde, il était encore à la même place, immobile, et tourné vers le bas de la rue Lepelletier, par où se retirait Annette.

— Oh ! je veux la suivre, murmurait le jeune homme, je veux au moins connaître son adresse ! Peut-être ces braves gens ont-ils besoin de moi ? Oui, allons !

Et il fit un pas.

— Mais non, reprit-il en s'arrêtant aussitôt. Misérable et lâche prétexte ! Pour eux cinq cents francs, c'est une fortu- ne ! Et si je connaissais la maison, je ne pourrais m'empê- cher d'y revenir chaque jour. Je voudrais revoir la jeune fille, et, qui sait, demander à son cœur de seize ans le prix d'un léger service, la perdre avec la puissance de l'or. Non, c'est une tentation du démon. Non, mille fois non !

En ce moment Anatole et Georges passèrent devant Lu- cien de Varedde.

— Oh ! venez ! s'écria-t-il, sauvez-moi de moi-même ! Je lutte et suis près de succomber ! Epargnez-moi une méchan- te action. Emmenez-moi avec vous ! Ne me quittez pas !

— De grand cœur, répondit Georges. Mais quant à Ana- tole, c'est impossible !

— Pourquoi ? Tenez, soupons ensemble chez Biffi !

— On m'attend, fit Anatole.

— C'est donc une bien grave affaire? insista Lucien.

— La plus grave de toutes à nos âges, dit Georges avec un sourire... une affaire de cœur.

— C'est différent ! conclut de Varedde, je ne vous retiens plus. Mais vous, Georges, je vous garde !

Anatole prit à peine le temps de jeter un adieu à ses deux amis, et s'enfuit en courant.

Ne devait-il pas être impatient? n'allait-il pas revoir Aline ?

. . . .

La famille Saint-Hyacinthe s'éloignait dans la direction de la rue Montmartre.

Pauvres gens ! Le bon génie s'était noblement résigné à ne pas les suivre, et le mauvais marchait déjà sur leurs tra- ces.

L'abbé La Châtre se glissait dans l'ombre, à une adroite distance.

Ils entrèrent dans la petite rue Saint-Pierre-Montmartre, et lui se rapprocha.

Toutes les maisons étaient obscures et sombres. A une seule fenêtre encore lumineuse on distinguait une forme va- gue et penchée.

— La mère nous attend, s'écria à haute voix Saint-Hya- cinthe en pressant le pas.

— C'est là, murmura doucement La Châtre.

Et s'élançant d'une allure rapide, il ne tarda pas à passer devant.

Mais presque aussitôt il se laissa tomber sur le trottoir en jetant un grand cri.

Le père, l'amant et les deux jeunes filles s'empressèrent autour du misérable gisant sur le pavé.

— Qu'avez-vous? demandèrent les quatre voix.

— Rien, murmura l'astucieux d'une voix défaillante, un étourdissement... un faux pas... Aidez-moi seulement à me relever.

Les deux hommes le soulevèrent par les épaules.

— Oh ! cria-t-il alors, oh ! la jambe !.. Je ne puis plus marcher.

—Attendez, fit Albert Atis, nous sommes justement devant notre hôtel.

— Un hôtel ! répéta le blessé, un hôtel garni ?..

— Sans doute.

— Eh bien ! mes bons amis, poursuivit La Châtre, je ne puis retourner chez moi dans cet état, ne pourriez-vous pas me faire donner une chambre pour cette nuit seulement ?

— Parbleu ! s'écria aussitôt le bon Saint-Hyacinthe... bien volontiers ?...

Un instant après l'abbé La Châtre se trouvait installé dans un des cabinets de l'hôtel garni, et le vieux comédien l'accablait de soins et de prévenances.

Albert était monté vers Jeanne avec les deux jeunes filles.

Le garçon de l'hôtel mettait à nu la jambe de l'étranger étendu sur le lit :

— Il n'y a rien de visible, fit Saint-Hyacinthe après un long examen.

— C'est en dedans, soupira douloureusement le blessé.

— Il faut des compresses imbibées d'eau-de-vie, proposa le comédien.

Et lui-même aida complaisamment le garçon à emmaillotter la jambe du malade.

— Là, c'est bien, merci, articula La Châtre d'une voix douloureuse. Que je ne vous empêche pas plus longtemps de rejoindre votre famille. Je vais tâcher de dormir un peu.

— C'est cela, dormez, c'est le meilleur remède... Vous n'avez besoin de rien ?

— Non !

— Alors bonne nuit. Je viendrai demain matin savoir de vos nouvelles.

— Oh ! je vous remercie bien cordialement de toutes vos bontés.

Et Saint-Hyacinthe se retira, mais non sans avoir plusieurs fois encore renouvelé ses offres de services.

Sitôt qu'il fut seul, l'abbé La Châtre sauta au milieu de la chambre sur ses deux jambes parfaitement alertes et gaillardes.

— Bien joué, fit-il avec un rire de singe. Comme c'est facile d'enfoncer les honnêtes gens! Demain nous serons amis et l'on verra à commencer la danse. Ah çà! je vais donc coucher ici, moi ? Et la marquise qui m'attend ! Ma foi, tant pis ! les affaires avant tout. On lui calmera demain les nerfs avec un bain rouge, sans compter l'anneau d'Adèle. Couchons-nous. Ouf ! la journée a été bonne, et je suis sûr de dormir aussi voluptueusement qu'un procureur du roi le soir de l'audience où il a obtenu sa première condamnation à mort ! Cette pauvre Adèle, quelle venette ! mais c'est pour notre bien à tous les deux. Me voilà une nouvelle industrie, et une soignée, je m'en flatte. Elles sont crânement gentilles, ces petites ! Oh ! ces riches, ces riches, c'est-y heureux, ces brigands-là ! N'en voulez donc pas au pauvre monde de chercher par un tas de jolis moyens à le devenir à son tour. Il y a tant qui sont arrivés comme ça. Moi, je commence, et voilà déjà un superbe billet de mille.

Pendant tout ce monologue, l'abbé La Châtre avait procédé à sa toilette nocturne, après toutefois s'être soigneusement enfermé à double tour, après s'être bien assuré qu'il était seul et à l'abri de toute visite importune, long et minutieux examen dont il parut enfin satisfait et réjoui. Alors seulement il tira doucement de son gilet, posé sur une chaise, le précieux billet extorqué à la Debanne ; il le développa, le regarda amoureusement, le caressa, le baisa et finit par l'étendre sur le traversin, en lui faisant une doucereuse et friande grimace.

Puis il se coucha, plaça sa tête à côté du billet, et s'endormit en rouvrant de temps à autre un coin inquiet de son œil avide pour examiner encore ce trésor chéri.

— Dors là, murmurait-il, sois ma maîtresse, mon camarade de lit, en attendant que je te procure de la société de ton genre, ce qui ne tardera pas, va, mon mignon. Avec moi tu feras plus d'enfans que la mère Gigogne.

Peu à peu les paroles du dormeur devinrent confuses et rares, et quelques minutes plus tard il ronflait à faire trembler les minces cloisons en planches du modeste hôtel garni.

. . . .

Voilà ce qui s'était passé pendant et après la sortie du public.

Mais, moi, je ne m'étais pas arrêté sous le péristyle de la rue Lepelletier.

Non, sitôt la représentation terminée, j'avais couru à ce passage sombre et souterrain, par lequel sortent les artistes, afin de me mêler à cette foule d'heureux qui attendent chaque soir d'Opéra, le sourire, le regard, le bras d'une nymphe redevenue simple mortelle.

Moi, j'attendais Mariette.

Elle parut enfin, et je me glissai vers elle.

J'étais reconnu, car elle me jeta rapidement ces mots à l'oreille :

— Demain matin, chez moi !

Seul j'entendis, et personne ne dut se douter qu'elle eût parlé; moi-même je vis à peine remuer ses lèvres.

Mais au même instant Rose sortit à son tour.

Vite je me rejetai en arrière, et dans ce brusque mouvement, je faillis renverser une femme qui jeta un cri.

Ce cri me fit tressaillir ; j'avais reconnu la voix de la mère Rainette !

Pauvre femme ! je ne m'étonnai plus qu'elle m'eût laissé partir sitôt et si facilement. Elle avait voulu revoir sa fille !

Je m'empressai de me retourner vers elle, mais déjà elle s'était élancée sur les traces de Mariette.

J'écartai la foule et je la suivis.

Nous rejoignîmes ensemble la débutante, au moment où elle arrivait auprès d'un élégant coupé, dont la portière s'ouvrit à son approche.

Un bec de gaz jetait sa lumière précisément en face, et je reconnus dans le fond de la voiture le baron Dupréval.

La mère Rainette le reconnut aussi, et si je ne me fusse pas trouvé derrière elle pour la soutenir, elle serait tombée sur le pavé.

La voiture s'éloignait au galop.

Je pris le bras de la pauvre mère, et je la reconduisis jusqu'à sa masure du quai de la Morgue.

En chemin j'essayai quelques paroles de consolation et d'espoir, mais elle m'interrompit en disant d'une voix sèche et pleine d'amertume :

— Que pouvez-vous dire?... j'ai vu !... Encore cette fille... toujours cet homme !... C'est fini.

Et elle se renferma dans un morne silence.

Pourtant, au moment de la quitter, je murmurai d'un ton de prière et d'encouragement :

— A demain !...

Mais je n'obtins qu'un soupir désespéré pour toute réponse.

CHAPITRE XXVII.

Oh ! que les heures me semblèrent longues, jusqu'à celle où j'arrivai sous les fenêtres de Mariette.

Elle m'avait dit de venir, et malgré cela je n'osais entrer.

— Peut-être n'est-elle pas seule !... me disais-je en tremblant.

Un café se trouvait en face de la maison; je résolus de profiter de cette heureuse circonstance, et je me mis en observation derrière le rideau du vitrage qui donnait sur la rue

De là je pouvais tout voir, sans crainte d'être vu moi-même.

Ce fut une bonne idée, et je m'en applaudis au fond du cœur quelques instans après, en voyant successivement sortir le fonctionnaire et la camériste.

Alors je retrouvai tout mon courage. Le moment ne pouvait être plus favorable, et sans perdre une seconde, je m'élançai vers la maison.

Mariette m'avait vu sans doute, car une porte s'ouvrit comme j'atteignais la dernière marche du premier étage.

. . . .

— Entrez vite !... me dit-elle d'une voix émue et palpitante... Rose va rentrer... nous n'avons que quelques minutes... Et d'abord il est une chose que je rougis de ne pas vous avoir dit hier, que j'ai hâte de vous dire aujourd'hui... Vous savez bien, cette vieille et pauvre femme du pont Saint-Michel !... eh bien ! c'est ma mère !...

— Je le savais, lui répondis-je en essuyant une larme ; mais je vous remercie de me l'avoir dit...

— Comment !... s'écria-t-elle, vous savez...

— Tout !... articulais-je d'un accent doux et grave.

À ce mot, Mariette se cacha la figure dans ses deux mains.

Et moi je poursuivis :

— Oui, tout, et jusque dans les moindres détails. Je sais votre vie aussi bien que la sait votre mère.

Après un moment de silence, Mariette s'écria avec douleur :

— Alors vous ignorez tout ce qu'elle ignore elle-même, et vous devez bien me mépriser tous les deux. Vous pensez sans doute que j'ai cédé à une honteuse passion pour lui. Oh ! mais non ! Je n'aurais pas même cédé à la ruse, pas même à la force, voyez-vous bien, si dans cette maison fatale on ne m'avait versé je ne sais quelle perfide liqueur, qui me livrait impuissante et désarmée ! En vain je voulais voir, en vain je m'efforçais de lutter, une torpeur invincible faisait toujours retomber mes bras et mes paupières ! C'était plus que du sommeil, c'était la mort ! Il n'abusa pas seulement d'une femme endormie, il osa profaner un cadavre ! Dieu seul pouvait me sauver, Dieu ne l'a pas voulu. Il a permis cette infamie, car cela s'est ainsi passé, je vous le jure ! C'est au point que quelque temps j'ai douté de mon déshonneur. Oui, oui ! Vous ne me croyez pas, cela vous semble impossible ? C'est la vérité cependant. Je n'ai compris que j'étais perdue, entièrement perdue, que le jour où le crime me révéla ses fruits, que le jour où j'ai senti que j'étais enceinte !

— Grand Dieu ! m'écriai-je stupéfait et terrifié.

— Voilà le secret de ma vie ! poursuivit Mariette rougissante et les yeux baissés. Un mot vous dit tout. J'allais être mère aussi, et je me devais à mon enfant. Il lui fallait un nom, à lui, à moi une réparation. Je résolus d'abord de tout confier à ma pauvre mère, mais le courage me manqua toujours. Je craignis son désespoir, sa malédiction, j'eus peur de la tuer. Cent fois cependant je fus prête à tomber à ses genoux, et cent fois le terrible aveu expira sur mes lèvres. Plus je sondais ses sentimens, plus augmentaient mes terreurs. Et le temps s'écoulait, on pouvait s'apercevoir de mon état, il fallait se hâter de prendre un parti. Ce parti-là, c'était un grand dévoûment maternel, et cependant ma mère elle-même n'aurait pas pu me comprendre. Je résolus donc d'agir seule, de renfermer au fond de mon cœur mon dessein, ma douleur et ma vague espérance. Si je parle aujourd'hui, si je mens à ce que je me suis juré, c'est que mon cœur est trop plein, c'est qu'il déborde, c'est que je sens le besoin d'un peu d'estime, et que je vous crois mon ami. Écoutez donc, et condamnez-moi ensuite si vous pensez que je le mérite encore ! Je quittai Marseille, je vins à Paris pour retrouver cet homme, qui depuis si longtemps rêvait mon déshonneur.... Je lui écrivis, je ne craignis pas d'aller

chez lui ; et lorsqu'il me dit : Quittez votre mère qui m'a outragé, venez à moi de votre bon vouloir, prouvez-moi de l'amour, et je vous jure que je reconnaîtrai notre enfant, je vous jure que vous serez ma femme ! Lorsqu'il me dit cela, oh ! d'abord je priai, je suppliai, il fut inexorable ; enfin, je lui répondis oui ! Mais il fallait partir le jour même !

Mariette resta silencieuse pendant une seconde ; puis, sans s'éloigner de la porte refermée sur nous, car elle me recevait dans l'antichambre, elle reprit avec une précipitation fébrile :

O mon Dieu ! abandonner ma pauvre vieille mère, qui m'aimait tant et que j'aimais peut-être plus encore ! Je crus que mon cœur se briserait ! Je fus au moment de tout lui révéler. Elle m'arrêta en me parlant de sa religion dans le serment fait au lit de mort de mon père. Un de ses regards me fit frémir, je crus qu'elle venait de découvrir mon secret. Fuir ou rester, je la frappais de la même douleur. Cependant je n'osais encore m'arracher d'auprès d'elle, et je ne voulais pas avoir le lâche courage de disparaître sans lui dire un mot d'adieu ! Cette lutte horrible déchirait ma poitrine, ébranlait ma raison, et l'impossibilité de me résoudre à quelque chose clouait mes pieds au parquet. Alors il apparut, lui ! Il me jeta une dernière tentation, une dernière espérance, un dernier serment ! Puis il redescendit en me donnant cinq minutes pour réfléchir. Il attendait, il allait s'éloigner seul, et tout était perdu sans retour ! Cinq minutes ! Oh ! j'eusse pu les compter en posant la main sur mon cœur et mon cœur semblait se hâter de les tinter, comme une horloge infernale. Alors, je criai à ma mère : Me pardonneriez-vous si j'étais sa maîtresse ? Et elle me répondit : Non ! Me pardonneriez-vous si je devenais sa femme ? et ma mère murmura : Oui ! Ce mot-là, seul espoir entrevu dans l'avenir, réveilla ma force et ma résolution. Les cinq minutes étaient écoulées. Quelque chose s'agita dans mes entrailles. Je crus entendre la voix de mon enfant qui me criait : Va ! Mes yeux se voilèrent, ma tête s'égara, une force magique semblait me pousser par les épaules. Enfin, que voulez-vous, la fatalité le voulut, et je m'enfuis !... J'abandonnai ma pauvre vieille mère ! Oh ! si c'est un crime, je l'ai bien cruellement expié. A partir du moment où je tombai brisée sur les coussins de cette voiture qui attendait à la porte, à partir de cette minute où la main qui saisit la mienne me brûla la chair ainsi qu'un fer rouge, oh ! que j'ai souffert, mon Dieu ! Il m'a fallu lui prouver de l'amour ! il m'a fallu subir la honteuse surveillance de la fille qui m'avait vendue ! Sa jalousie l'exigeait. Il doutait de moi. Je me résignais à mériter ce nom qu'il me marchandait, qu'il me faisait payer si cher ! Comprenez-vous bien les tortures d'une pareille existence, et je ne peux pas vous les dire toutes encore ! Oh ! non, je mourrais de honte, et je veux vivre... pour mon fils ! oui, pour mon fils ! car il compte sur moi, cet enfant bien aimé, et si la mère n'a pas faibli jusqu'à ce jour dans son sacrifice, elle ne faiblira pas au moment de toucher le but... Dans trois jours il doit être reconnu par son père, et le mois ne se terminera pas sans que je sois réhabilitée aux yeux de ce monde, qui me méprise sans doute à cette heure. Méprisée, moi ! Oh non ! je veux que tard mon enfant n'ait pas à rougir en m'appelant sa mère ! je veux qu'il en soit orgueilleux et fier ; et il le sera. Pendant trois années on a remis sans cesse le moment si ardemment envié, où doit effacer toute souillure de mon front, mais enfin je n'ai plus à craindre de nouveaux retards. Amour et vertu, il croit en moi. J'ai vu toute sur mes moindres actions, mes plus insignifiantes paroles. Ni lui, ni Rose ne peuvent m'adresser un reproche ; envers tous deux, je me montre depuis trois ans humble et soumise. Dieu m'a donné de la patience et du courage. Eh bien ! cet avenir si péniblement préparé, un mot, un signe, une imprudence peut le renverser à jamais !... Partez... partez donc à l'instant même ! Rose va rentrer dans une minute peut-être ! si elle vous surprenait ici, adieu tout l'espoir de ma vie ! J'ai désiré vous voir, vous parler. Pourquoi ? je l'ignore. J'avais tant juré de renfermer ce secret dans le fond de mon cœur ; mais, je vous le répète, mon cœur débordait, et je vous crois mon ami. Silence donc ! Ne vous souvenez plus de rien de ce que je viens de vous confier, ou si vous ne pouvez l'oublier, que votre bouche soit muette. Silence avec tous, silence avec vous-même, silence avec ma mère surtout. Ma pauvre mère ! elle va souffrir et me maudire encore pendant tout un mois. Mais il le faut, elle est espionnée, soyez en sûr, autant que sa fille. Il sait où elle est, et pourtant il m'a toujours assuré que toutes ses recherches restaient infructueuses, car j'exigeais sans cesse qu'il la cherchât. Bonne et malheureuse mère ! sa joie dirait tout. Je dois la condamner comme je me condamne moi-même. Oh ! oui, allez ! je souffre tant de n'oser l'embrasser encore. Je serais si heureuse d'effleurer seulement de mes lèvres ses yeux, qui ont dû verser tant de larmes. Oh ! ces larmes... ces larmes-là ! il les paiera toutes, lui ! Dès que mon enfant aura son sort assuré, dès que je serai sa femme, dès que j'aurai le droit de choisir entre ma mère et lui, alors... Oh ! je n'ai pas besoin de vous dire où mon cœur me guidera. Et ce n'est pas pour sa fortune au moins que j'ai fait tout cela ; qu'il la garde, mon Dieu ! qu'il la garde, je ne lui demande que mon honneur et celui de mon enfant. Mais vous n'avez pu concevoir cette pensée, et vous devinez toute la pureté de la mienne. A bientôt donc, je ne veux pas vous dire de revenir. Je vous écrirai. N'êtes-vous pas le confident de toutes mes douleurs et de ma seule espérance ? Partez... partez ! Mais avant jurez-moi que ma mère ne saura rien ? Vous me le promettez, n'est-ce pas ?

— Je vous le jure ! répondis-je d'une voix grave et émue. Je vous le jure, et je m'éloigne à l'instant. Adieu, Mariette ! Hier je vous aimais, aujourd'hui je vous estime et vous vénère comme une femme sainte et martyre ! Courage et bonheur... adieu !...

J'allais partir, Mariette me retint :

— Tenez, dit-elle en me tendant une petite bourse de soie verte, que je puisse au moins soulager la misère, si je ne peux calmer la douleur. Faites accepter cela. C'est une tâche bien difficile et bien délicate, mais je bénirai toute ma vie pour une heure de souffrance que vous aurez épargnée à ma mère !

Je pris la bourse d'une main, tandis que de l'autre j'essuyais une larme, et je m'enfuis sans avoir la force d'ajouter une seule parole.

Il était temps.

Au détour de la rue je rencontrai Rose.

Mais, grâce à mon adresse, ou plutôt au hasard, elle passa près de moi sans m'apercevoir.

Quel soulagement pour mon angoisse ! J'étais certain de n'avoir pas compromis l'avenir de Mariette.

CHAPITRE XXVIII.

Je me dirigeai aussitôt vers le pont Saint-Michel.

En chemin je réfléchissais à tout ce que je venais d'entendre depuis deux jours.

Je pesais les douleurs de la mère et de la fille, et la balance me semblait encore pencher du côté de Mariette.

Elle espérait dans un serment.

Hélas ! je commençais à connaître les hommes et j'étais bien loin de partager sa naïve espérance !

Pendant que ces réflexions amères attristaient ma pensée, j'avais vidé machinalement la petite bourse de soie verte.

Il s'y trouvait vingt pièces d'or.

Je les gardai dans mes mains, mais je cachai précieusement la bourse.

C'était un vol que mon cœur commettait malgré lui.

Et puis avais-je le temps de songer à cela ?

Je me sentais si heureux d'apporter un soulagement à l'affreuse misère de la pauvre vieille.

Aussi j'arrivai bien vite auprès de son éventaire.

Comment aborder l'entretien ?

Ce souci-là ne m'était pas venu en route, mais au moment d'ouvrir la bouche, je me trouvai fort embarrassé.

— Me voilà ! dis-je en balbutiant un peu, je sors de là-bas... Mais... ne m'interrogez pas, je ne pourrais répondre aujourd'hui.

— C'est inutile, interrompit la mère Rainette, avec le calme glacial du désespoir. Merci... il ne me reste plus rien à apprendre. J'ai tout vu de mes yeux hier soir.

Tel est l'égoïsme humain que cette réponse m'allégea la poitrine d'un poids énorme !

Et j'ajoutai :

— Attendez... attendez encore avant de condamner votre fille... Un mois, rien qu'un mois ! Et voici pour attendre !

En achevant ces mots je posais les vingt pièces d'or sur l'éventaire.

La mère Rainette les examina longtemps en silence, puis releva vers moi sa figure surprise et ébahie :

— C'est de sa part, murmurai-je à voix basse.

Aussitôt la pauvre vieille se redressa en reculant, et s'écria :

— De l'argent !... Elle ose m'envoyer de l'argent !...

Je compris alors seulement ma sottise, et pour réparer le mal, je m'empressai de répondre :

— Non, non, c'est moi qui veux mettre tout à la fois vos chagrins à l'abri des regrets, et votre vieillesse à l'abri du besoin.

— Vous mentez ! articula-t-elle d'une voix véhémente et indignée, vous mentez, reprenez cela ! je ne veux pas seulement y toucher.

— Non, poursuivis-je en rougissant, non, c'est moi, moi seul, je vous le jure.

— Et qu'importe ! reprenez, reprenez, vous dis-je ; je ne demande rien... rien... ni à vous, ni à d'autres... je ne demande l'aumône à personne !

— Ce n'est pas une aumône, balbutiais-je ; ne suis-je donc plus votre ami ?

— Oh ! non, puisque vous vous chargez d'une commission pareille !

— Mais, c'est moi, moi, fis-je en essayant le ton d'une plaisanterie suppliante, moi, qui vous achète des pommes comme autrefois ! Ah ! vous en vendez toujours, n'est-ce pas ? Eh bien, je suis plus riche, maintenant, et il me plaît de les payer un louis au lieu d'un sou ; êtes-vous contente ?

— Non ! soupira-t-elle avec amertume, car vous me raillez... vous me faites mal, bien mal ; mais je vous pardonne. Voyons, je vous en prie, reprenez cela !

— Les pommes, oui ; elles seules sont à moi !

— L'argent, l'argent, il me fait mal à voir. Otez-le de devant mes yeux !

— Non.

— Je le veux !...

— Jamais.

— Je le veux, vous dis-je !

— C'est inutile ; et tenez, je m'en vais... adieu !

Et je fis un mouvement pour m'éloigner.

Alors, la pauvre vieille femme saisit l'or d'une main tremblante, et me tendit son poing fermé à plusieurs fiévreuses reprises.

J'étais déjà à deux pas.

Enfin, elle reposa avec colère l'argent sur son éventaire, et prenant les deux anses d'osier, elle jeta le tout par dessus le parapet.

Les pommes et les pièces d'or disparurent aussitôt ; et l'éventaire emporté par le courant redescendit la rivière.

Quant à la mère Rainette, elle ne m'adressa ni un mot, ni un regard, et reprit en trébuchant le chemin de sa mansarde.

Moi, je restai là, à la même place, immobile, honteux, atterré, n'osant lui parler, n'osant la suivre.

Enfin, je remontai vers mon faubourg Saint-Germain, en murmurant :

— Pauvres femmes ! même cœur, même amour chez la fille et chez la mère ! Elles souffrent, malheureuses et désespérées l'une sans l'autre, et toutes deux sont séparées par un abîme infranchissable. Oh ! si l'auteur de tous leurs maux trahissait la dernière espérance de celle qu'il a perdue !... alors, alors je leur resterai, moi, leur seul confident, leur seul et véritable ami ! Attendons jusque-là ! Mais attendre, attendre ! Elles attendent bien, elles !... Oh ! si Dieu est juste, il les réunira quelque jour dans la demeure céleste de ses élus ; ici bas, c'est à moi de faire ce que Dieu fera plus tard, c'est à moi de les réunir dans cet enfer des vivans qu'on appelle le monde !

CHAPITRE XXIX.

Le lendemain matin, sur les dix heures, Saint-Hyacinthe frappait à la porte de la chambre de l'abbé La Châtre.

Le prétendu blessé courut ouvrir ; il était déjà levé depuis longtemps, il attendait.

— Pardon de n'être pas venu plus tôt ? dit le comédien. J'ai craint de troubler votre sommeil.

— Et moi j'ai eu peur de vous déranger en montant chez vous, mais je ne me suis pas permis de partir avant de vous avoir remercié de toutes vos bontés d'hier soir.

— Ne parlons pas de ces bagatelles ! Cela va-t-il mieux ?

— Un peu ! balbutia La Châtre qui, se souvenant seulement alors de sa blessure, se mit à boiter aussitôt. Ne pourrais-je pas, avant de quitter cet hôtel, remercier aussi ces demoiselles, qui se sont montrées si complaisantes et si aimables lors de ma chute ?

— Ce matin ? répondit Saint-Hyacinthe avec une sorte d'embarras ; c'est que nous sommes des comédiens de province, voyez-vous , à Paris seulement pour quelques jours... et logés un peu en camp-volant. On se lève à peine là-haut... et mes paresseuses ne sont pas encore en toilette. A beaucoup près. Après cela on s'est couché un peu tard hier soir... et Jeanne n'est pas même revenue du marché,

— Jeanne ! répéta machinalement La Châtre.

— Oui, ma bonne et digne femme. A moins que ce ne soit elle... J'entends des pas dans l'escalier !

Et le vieux comédien entr'ouvrit la porte de la chambre, et cria presque aussitôt :

— Ah ! te voilà, Jeanne !

— Oui, mon ami ! répondit une voix un peu essoufflée... le déjeuner sera prêt dans un instant... tu peux monter quand tu voudras.

Au son de cette voix, La Châtre ouvrit tout à la fois les yeux et les oreilles ; puis il avança sa tête inquiète et surprise pour regarder, à travers le léger entrebâillement de la porte, la femme qui gravissait l'escalier.

Mais dès le premier regard il se rejeta rapidement en arrière, en laissant échapper ce seul mot étranglé et confus :

— Elle !

— Qu'avez-vous donc ? s'empressa de demander Saint-Hyacinthe, qui se retourna au bruit.

— Moi ? rien, répondit l'ex-Delancourt, avec l'accent d'un buveur qui vient d'avaler une gorgée de travers.

— Si fait, vous êtes tout pâle !

— Rien, vous dis-je ! Je réfléchissais à ce que vous me

disiez tout à l'heure. Oui... je ne veux pas vous déranger, et je m'abstiendrai de revenir. Veuillez remercier ces demoiselles en mon nom. Mais, quant à vous, que diable !.. je voudrais vous revoir, afin de choquer avec vous la schoppe ou le petit verre de la reconnaissance et de l'amitié. Voyons, où puis-je vous rencontrer dans le jour ? A quel café vous trouve-t-on le soir ?

— Oh ! je ne vais pas au café, répondit le vieux comédien, mais tous les jours, de deux à quatre heures, au Palais-Royal, sous les arbres, côté Montpensier, en face le café de Foy. C'est notre rendez-vous général, à nous autres, oiseaux de passage.

— Fort bien. Je vois cela d'ici, et je ne manquerai pas d'aller vous y prendre.

— Dépêchez-vous seulement, car je compte quitter Paris d'ici à trois ou quatre jours.

— Oh ! oh ! Quelquefois on croit partir, et l'on ne peut pas.

— Dites donc, s'écria Saint-Hyacinthe avec une sorte de terreur enfantine, ne parlez pas ainsi, vous nous porteriez malheur !

— A Dieu ne plaise ! Je vous souhaite au contraire toutes les prospérités possibles. Ainsi, à bientôt, au Palais-Royal.

— C'est cela, si je n'étais pas là, je ne serais pas loin, et vous n'auriez qu'à demander à un camarade, au premier venu ; les comédiens, ça se reconnaît toujours !...

— Ce n'est pas là l'embarrassant ; mais pour vous demander, faudrait au moins savoir votre nom... et je l'ignore complètement...

— C'est juste... Saint-Hyacinthe.

En entendant ce nom, La Châtre faillit tomber à la renverse.

— Qu'avez-vous donc encore ? s'écria Saint-Hyacinthe, décidément vous n'êtes pas bien.

— Oui... balbutia La Châtre , heureux de saisir ce prétexte, et je vais me dépêcher de rentrer chez moi. Au revoir, n'est-ce pas ? à bientôt.

Et sans même attendre une nouvelle réponse, il s'esquiva aussitôt.

Mais à peine dans la rue, le fugitif ralentit le pas pour réfléchir à son aise.

— En voilà une sévère, murmurait-il avec la plus profonde surprise. Quel chassé-croisé ! Lorsque le hasard se met à faire des siennes, il en fait de drôles !... Faut-il donner le mot d'ordre à ma nouvelle associée ? Çà la regarde pas mal, ce me semble. Ma foi, non !... tant pis... l'affaire n'aurait qu'à manquer. Laissons à la Providence le soin de dévider l'écheveau. Moi, je m'arrangerai de manière à éviter les reconnaissances... C'est cela, allons faire la paix avec Trois-d'un-Sou. Oui, mais avant de rejoindre la Marquise, un mot à cette chère Adèle pour lui prouver que je suis un homme de parole et que j'ai déjà levé l'ancre.

Sur ce La Châtre entra dans un café voisin, et griffonna les deux lignes suivantes :

« C'est mon métier de tondre et me voilà dans la bergerie. Sitôt les brebis rasées, on pourra mordre en pleine chair... et ce sera bientôt... »

La boîte aux lettres reçut cette étrange missive.

Puis, alerte et guilleret, l'abbé La Châtre reprit en fredonnant le chemin du pont Saint-Michel.

CHAPITRE XXX.

A cette même heure un fiacre s'arrêtait devant une maison de la rue de La Harpe.

Une femme, élégante et leste, mais dont le voile rabattu cachait entièrement le visage, parut bientôt sur le seuil, et s'élança dans la voiture, qui redescendit vers la rivière.

Tant que le fiacre fut encore dans la rue de La Harpe, la tête voilée resta en dehors de la portière, et tournée vers les étages supérieurs de la maison, dont la femme venait de sortir.

A l'un de ces étages, au dernier de tous, à la fenêtre d'une mansarde, un jeune homme penché sur le toit jetait dans la direction de la voiture fugitive un dernier regard, un dernier sourire, un dernier baiser.

Ce jeune homme, c'était Anatole !...

Il resta à la fenêtre de la mansarde tant qu'il put voir flotter au vent un coin du voile noir de Trilby.

Puis lorsque tout vint à disparaître, il se laissa tristement retomber sur une chaise, en murmurant d'une voix craintive et douloureuse :

— O mon Dieu !... si c'était vrai !...

. . . .

A cette même heure aussi, Georges, frappait à la porte de l'hôtel où l'attendait Geneviève...

FIN DE LA SECONDE PARTIE.

Imprimerie d'EDOUARD PROUX et Ce, rue Neuve-des-Bons-Enfans, 3

LA
MÈRE RAINETTE

PAR

CHARLES DESLYS.

TROISIÈME PARTIE.

CHAPITRE PREMIER.

L'extrémité supérieure de la rue de l'Ouest, le rond-point qui s'épanouit devant la grille dorée du Luxembourg, et surtout le triple boulevard aux larges allées ombreuses forment un quartier silencieux et paisible, une sorte de colonie parisienne, dont les habitations, pour la plupart, ont une physionomie toute particulière.

Ce sont des miniatures habilement copiées sur les splendides hôtels du noble voisinage. Rien n'y manque ; ni la cour circulaire aux pavés frangés d'herbe, aux écuries surmontées d'un entresol à terrasse et faisant face à des remises d'un rococo semblable ; ni le jardin touffu comme une forêt adroite à déguiser l'étroite et sournoise muraille ; ni le pavillon vigilant que nous avons remplacé dans nos fourmilières modernes par l'affreuse loge du concierge. C'est du Pompadour regardé par le petit bout d'une lorgnette ; c'est la menue-monnaie du faubourg Saint-Germain.

Néanmoins, en dépit de leurs réductions modestes, ces demeures conservent, dans tout son rigorisme altier, le cachet dédaigneux et grave des superbes voisines. Un industriel enrichi, un droguiste parvenu ne sauraient loger là-dedans. Il faut à ces nids délicats quelques familles de nobles oiseaux à demi déplumés ; il faut à ces coquettes retraites quelque grand nom déchu de sa splendeur primitive. Et tous devraient peut-être suivre cet humble exemple. Les nains d'aujourd'hui choquent dans ces palais bâtis pour des géans, et le peuple malin de Paris les compare à ces noiset-

tes véreuses et rabougries qui dansent en pourrissant dans leurs coquilles aux trois quarts vides.

Mais laissons en paix tous ces crétins titrés, toutes ces piteuses opulences ? Pour qu'on pardonne un peu leur scandaleux bonheur, il faut au moins qu'on les oublie...

Le moment est venu d'introduire les lecteurs dans une aristocratique bonbonnière, en tous points semblable à celles dont nous venons de tracer l'esquisse.

La voiture de Mme de Bellerive venait de s'arrêter devant le perron quelque cinquante minutes après la sortie de l'Opéra.

En vain l'obséquieuse tante de Geneviève s'empresse autour de lord Karolan, le vieillard millionnaire ne demande qu'à se retirer dans l'apartement qu'il occupe au premier étage de l'hôtel ; et là, il congédie à la hâte Frédérick Pichard, logé dans un cabinet voisin, afin de se trouver seul avec Tom, dont il ambitionne de plus amples détails sur le commencement des hostilités amoureuses.

On sait tout ce que le valet pouvait dire ; on devine sans peine ce que devait répondre le maître.

Geneviève aussi avait lestement gagné sa pudique chambre de jeune fille. Ne fallait-il pas se reposer de tant de cruelles contraintes ?... Ne fallait-il pas rêver librement à l'amour partagé de ce pauvre Georges ?...

— Yvonne, appela-t-elle en entr'ouvrant la porte d'un petit cabinet contigu à l'alcove.

— Vo là, Mademoiselle, voilà ! répondit une voix cassée

III⁰ P.

de vieille femme, ne me grondez pas, je m'étais assoupie en vous attendant.

Et presque aussitôt Yvonne parut.

C'était une servante bretonne, restée dévotement fidèle au costume national, et que son agilité vigoureuse eût fait croire jeune encore, sans l'indiscrétion d'une chevelure entièrement blanchie par l'âge.

Elle accourait avec un empressement, avec une tendresse, avec une bonhomie toute maternelle, et Geneviève l'accueillit comme Mariette elle-même devait accueillir sa mère.

— Plus de minuit !... fit la vieille femme avec le ton d'un souriant reproche. Nous aurons demain les yeux noirs et les joues pâles. Oh ! je maudis bien les bals, les spectacles et toutes les autres inventions du démon, qui te rendent moins brillante et moins fraîche!... Méchante enfant!... Tes lendemains de fêtes sont pour moi comme des jours sans soleil !...

— Je ne les aime pas plus que toi, va ! répondit Geneviève... aujourd'hui surtout. Ah !... Allons ! débarrasse-moi vite de mon ennuyeux attirail de grande toilette et causons. J'ai bien des choses à te conter ce soir, Yvonne ?

Quelques minutes après, Geneviève respirait à l'aise dans un simple peignoir blanc, qui l'eût fait encore plus jolie si la chose eût été possible.

— Écoute-moi, dit-elle en se renversant sur le sopha dans une enfantine et ravissante attitude.

— Il y a donc encore quelques petits chagrins ? demanda câlinement Yvonne.

— De bien grands, au contraire, de bien grands, va ! répondit Geneviève avec un soupir. Et je ne pourrais pas m'endormir quand je n'aurais fait une entière confiance.

— Chère fille ! vous rendez bien fière et bien glorieuse votre pauvre vieille servante, murmura la Bretonne en essuyant une larme.

— Ma servante, toi ?... s'écria la jeune fille avec une tendre indignation. Oh ! non... ma mère !...

— Ne dites pas cela, ma noble demoiselle, fit Yvonne toute honteuse et confuse... Moi... une méchante paysanne... m'appeler votre mère !... Sainte vierge Marie ! c'est quasiment un sacrilége!...

— Hélas ! soupira Geneviève, j'ai perdu la mienne si jeune ; n'est-ce pas toi qui l'as remplacée dès mon berceau ?

— C'est vrai, balbutia l'entêtée fille de Bretagne ; mais je n'ai fait qu'agir en fidèle domestique, comme ceux de ma famille ont toujours agi envers ceux de votre race... Le bon Dieu nous a créés pour çà, et faut pas m'en avoir de la reconnaissance, faut pas surtout me nommer votre mère, je vous en prie !

— Eh bien ! repartit Geneviève avec un sourire, ma bonne et chère nourrice...

— Votre nourrice ! ricana la vieille paysanne... celle de votre père, à la bonne heure. Mais enfin, c'est égal. Je veux bien que vous m'appeliez nourrice, et même, là, franchement, çà me fait plaisir.

— Nous voilà donc d'accord ?

— Parbleu, est-ce que...

— Alors, nourrice, écoute-moi, conclut Geneviève, en jetant deux de ses doigts mignons sur les lèvres de l'obstinée bavarde.

Mais, comme elle allait poursuivre, celle-ci l'interrompit à son tour :

— Chut ! faisait-elle, en prêtant l'oreille.

— Quoi donc ? demanda la jeune fille.

— On marche dans le corridor.

— Tu crois ?

— J'en suis sûre.

Geneviève écouta à son tour, et presque aussitôt on frappait doucement à la porte.

Les deux femmes se regardèrent, sinon avec effroi, du moins avec surprise.

— Qui donc peut venir à cette heure ? se demandaient mutuellement leurs yeux.

— Ouvrez donc, c'est moi?... dit en dehors la voix de Mme de Bellerive.

La surprise fut loin de se dissiper, mais cependant Yvonne courut ouvrir à cette visite inattendue.

— Déjà déshabillée ? fit la tante.

— Je me sentais mal à l'aise, j'étais fatiguée, balbutia la nièce.

— Ah ! c'est donc pour cela que vous vous êtes esquivée si vite en rentrant à l'hôtel ?

— Moi, Madame ?

— Peu importe, du reste, puisque nous voilà réunies, et j'ai à vous parler sérieusement, Geneviève.

Sur un signe de la jeune fille, Yvonne approchait un siége ; mais Mme de Bellerive le repoussa légèrement et vint se placer sur le canapé qu'occupait sa nièce.

— Là !... fit-elle en même temps. Jasons comme deux bonnes amies ?

— Yvonne, laisse-nous, dit Geneviève.

— Non, reprit la noble dame avec une légère teinte aigrelette, Yvonne peut rester ! Je désire même qu'elle reste.

— Pourquoi donc cela, ma tante ?

— N'est-elle pas la confidente de toutes vos pensées ? Ne daignez-vous pas recevoir ses sages conseils ?

— Je l'avoue, et...

— Fort bien... fort bien ! Il est probable que vous la consulteriez ce soir même au sujet de notre entretien, et mieux vaut alors le lui laisser entendre. Restez, Yvonne, et souvenez-vous qu'il n'est pas séant de donner aux jeunes filles des avis de nature à contrarier les désirs de leurs parens.

Yvonne s'inclina.

— Je vous écoute, ma tante, fit Geneviève... je vous écoute avec le plus profond respect.

— C'est agir en fille de bonne maison, ma nièce. Plût au ciel que vous vous fussiez toujours comportée de même !

— Mais... je...

— Silence... ne m'interrompez pas ! Vous savez fort bien encore à quoi je veux faire allusion, ma nièce ; à votre conduite envers ce monsieur Georges !

— Ma tante !

— Eh bien ! qu'y a-t-il ?

— Pardon ! pardon de vous interrompre une fois encore! mais vraiment vous parlez de Georges avec un ton de mépris.

— Après.

— Georges est le fils d'un intime ami de mon père. J'ai passé ma première enfance avec lui, et vous-même autrefois sembliez l'estimer comme il mérite de l'être.

— Et quels sont donc les grands mérites de monsieur Georges ?

— C'est un honnête homme, ma tante ; et, de plus, un homme de génie.

— Un honnête homme ! un homme de génie ! qui n'est pas tout cela aujourd'hui ! Ce sont vertus bonnes à parer des fils de bourgeois, ou de robins. Il faut bien que ces gens-là aient quelque chose pour eux !

— Je l'aime, ma tante !

— Enfantillage, auquel vous ne songerez plus demain.

— Toujours, ma tante, toujours !... J'ai résolu d'être sa femme.

— A ce mot-là, je vous arrête. Permis à vous de l'estimer, permis à vous de l'aimer même !... Mais halte-là, s'il vous plaît !... Oh ! je sais parfaitement ce que vous allez répondre... Votre père avait eu quelque idée de ce mariage, mais votre père, mon très cher frère à moi, fut de tout temps un écervelé, qui a fini par manger bel et bien sa fortune, celle de sa femme et quelque peu de la mienne par dessus le marché. Il était, ma foi, temps que j'y misse ordre ! Savez-vous ce qui me reste, Mademoiselle ? douze mille livres de rente... pas une pistole de plus... Et à vous, rien !... Allez donc avec cela faire un mariage d'inclination... Non, non, Geneviève, le bonheur d'une fille de votre naissance, c'est la fortune, c'est la considération... Croyez-moi. Eh bien ! tout cela s'offre à vous maintenant... Lord Karolan ne tient à nous que par une alliance éloignée ; il a même en Angleterre de plus proches parens que nous. N'importe, vous pouvez être son héritière, et pour cela il ne faut qu'épouser le baron du Préval... Le millionnaire l'exige. Pourquoi ? je ne vous l'expliquerai pas au juste. Lord Karolan a d'immenses capitaux à faire valoir, c'est un thésauriseur infatigable ; la France lui semble un excellent pays à exploiter, mais il voudrait avant tout s'assurer l'influence de quelqu'un de bien posé dans le gouvernement... Le baron du Préval est l'homme qu'il lui faut, et par ce mariage, il se trouve l'attacher à ses intérêts sans qu'il lui en coûte rien... Or, le vieux renard est d'une avarice à nulle autre pareille ! Voilà, je crois, à peu près son calcul, et le baron du Préval a fort bien saisi tous les avantages qui peuvent en résulter pour vous. Aussi convoite-t-il ardemment cet hymen !

— Intérêt, pur intérêt, ma tante !

— Sans doute, ma nièce, et c'est bien ce qui prouve la supériorté du baron. Vivent les hommes positifs et sérieux ; c'est la devise de notre époque, et vous-même serez plus tard de ce sage avis... Sa noble se ne me semble pas parfaitement irréprochable ; mais il consent à prendre notre nom. Le roi n'a rien à lui refuser, il va le faire ministre... Ainsi vois, Geneviève ! Le blason de tes pères se relève ainsi de double éclat du pouvoir et de la fortune... L'immense héritage de lord Karolan te permet une magnificence princière... et tu te trouves la femme d'un ministre !... Quelle glorieuse et belle existence !... Tu ne dois pas, tu ne peux pas hésiter ?...

— Aussi n'hésitai-je pas, ma tante... je refuse...

— Mais, folle enfant, envisage donc la vie sous son jour véritable !... Tu refuses... Alors ton nom s'éteint ; lord Karolan repasse en Angleterre, tu as tout perdu... Et cela pour t'appeler Mme Georges Cortalès, pour végéter éternellement, pour être une femme d'artiste, une mesquine bourgeoise !... fi donc !... Eh ! mon Dieu !... si tu l'aimes tant... tu verras plus tard avec le baron... Mais aime-toi d'abord avec le baron... Ces petites choses-là sont permises dans notre monde, et les maris comme il faut n'y regardent pas de si près...

— Ah ! Madame !... s'écria Geneviève en rougissant, ne me parlez pas ainsi ?... Avant tout, je mettrai ma plus sainte gloire à vivre en honnête femme, et pour cela je veux épouser celui que j'aime !

A cette noble réponse, la tante comprit bien que Geneviève ne s'élèverait jamais à la hauteur des mœurs aristocratiques, et sur le champ elle changea toutes ses batteries.

Elle exposa adroitement tout le bien que permettent de faire, tout le mal que peuvent empêcher la richesse et le pouvoir. Elle parla de l'inconstance des hommes, de la légèreté des artistes ; elle tenta de jeter le doute et la désillusion dans ce cœur naïf et tendre. L'ambition, la vanité, la coquetterie lui vinrent en aide. Enfin, la reconnaissance eût son tour. Ce fut en son nom qu'elle réclama ce mariage, qui la rendrait heureuse et fière.

— Je me suis sacrifiée pour toi, chère enfant !... disait-elle d'une voix patéline... car j'eusse certes pu me remarier, et j'aimais aussi, moi !... Mais non, je voulais te consacrer tous mes soins, toute ma fortune, tout mon amour... Tu ne possèdes rien, absolument rien, Geneviève ; seule, j'ai pourvu à tous tes besoins, au prix de bien cruelles privations... Il est bien juste que tu me rendes sacrifices pour sacrifices, et générosité pour générosité... C'est presque une dette d'honneur, cela !... Voyons, consens à faire de ta tutrice la tante d'un ministre millionnaire... Je t'en prie, je t'en supplie, ma Geneviève !...

Mais toutes les ruses, toutes les prières, toutes les calineries, tous les plus irrésistibles argumens vinrent se briser contre ce cœur de dix-sept ans. C'était une forte et brave fille que Geneviève ! Et puis, elle aimait !

Cependant la tante se lassait de cette lutte sans victoire. Le dépit et la colère se mirent enfin de la partie : et, tout le monde le sait, il n'est rien d'aussi honteusement grossier que les *gens comme il faut* devant une résistance ou une impossibilité. Ils se comportent alors en véritables enfans gâtés de la fortune !

Geneviève restait calme et digne, affable et respectueuse.

Et Mme de Bellerive s'en irritait davantage encore.

— Assez, assez, ingrate et sotte péronnelle ! conclut-elle avec rage. Je ne puis malheureusement pas vous contraindre ; mais je suis votre tutrice, et vous dépendez de moi jusqu'à votre majorité. Refusez le baron, soit ! Moi, je vous refuse à ce misérable Georges.

— J'attendrai, Madame, répondit froidement Geneviève.

— Ah ! vous attendrez ! reprit la tante furieuse, chez moi, toujours chez moi. Faites donc du bien à vos parens ! Mais vous ne le verrez plus, lui ! Je le chasse, entendez-vous bien, je le chasse !

— Vous en êtes la maîtresse, Madame !

— A l'instant, à l'instant, je vais lui interdire ma maison. Le concierge se chargera de lui remettre son congé, et je vais l'écrire ici même ?

Effectivement elle s'approcha d'une table, traça quelques lignes à la hâte, cacheta, jeta un nom sur l'adresse, et, s'adressant à Yvonne :

— Descendez de suite chez le concierge ! cria-t-elle, et qu'il remette ceci à M. Georges, la première fois qu'il osera se présenter à l'hôtel.

Avant d'obéir à cet ordre, la vieille Bretonne consulta d'un regard indécis sa jeune et véritable maîtresse.

— Allez, Yvonne, fit simplement Geneviève. Obéissez à Mme de Bellerive.

La pauvre servante sortit à regret.

La tante et la nièce restèrent seules, mais pas un mot ne fut prononcé.

Yvonne rentra.

— Geneviève, dit froidement Mme de Bellerive, qui se disposait à sortir, réfléchissez : un mariage qui vous fait riche, puissante... et libre... ou bien quatre années de dépendance, et pendant lesquelles je me vengerai... Adieu !

A ce menaçant ultimatum, Geneviève ne répondit que par une profonde révérence.

Mais à peine la porte fut-elle refermée, qu'elle s'élança vers Yvonne.

— Yvonne, lui demanda-t-elle, comment me suis-je conduite tout à l'heure ?

— En noble et vraie fille de votre père.

— Ainsi, tu m'approuves ?

— Oui.

— Et tu me seconderas ?

— O mon Dieu ! que voulez-vous faire ? s'écria la vieille servante effrayée.

— Je l'ignore encore moi-même, répondit la jeune fille. Demain, demain, je te dirai tout, à toi, la seule âme au monde qui m'aime !...

— Et M. Georges ?... murmura la pauvre Bretonne, avec un sourire digne de l'ange qui ranimait Tobie dans le désert.

Déjà Geneviève embrassait follement les cheveux argentés d'Yvonne.

Mais Yvonne esquiva cet honneur dont elle se croyoit indigne, et se pencha pour baiser humblement les blanches mains de sa jeune maîtresse.

— Allons, va, va, bonne et fidèle amie, disait Geneviève en la conduisant vers le cabinet... et prie le bon Dieu pour que je ne sois pas toujours malheureuse !...

CHAPITRE II.

— Venez demain à dix heures... avait dit Geneviève à Georges Cortalès au moment de sa douloureuse sortie de la loge de l'Opéra.

Aussi, le lendemain, dix heures sonnaient à peine à l'horloge du palais bâti par la fille des Médicis, que Georges traversait le grave et solitaire jardin du Luxembourg.

Un instant après, il passait fièrement devant la loge du concierge, que Mme de Bellerive gratifiait du pompeux nom de suisse.

— Pardon... pardon, Monsieur !... s'écria l'honnête cerbère, en lui barrant le passage.

— Qu'y a-t-il donc, mon ami ?... demanda le pauvre amoureux.

— Je ne sais pas... répondit l'impitoyable gardien de l'hôtel... mais j'ai l'ordre de ne pas vous laisser entrer.

— Moi !...

— Oui, vous, Monsieur !... Excusez !... la consigne avant tout !

— La consigne !

— Je ne connais que çà, moi !... On ne passe pas !... Et fussiez-vous le petit caporal en personne... ancien militaire... vous connaissez la gravure !...

— J'ai cet honneur... mais je ne comprends pas...

— Vous ne...

— Non !...

— Attendez... attendez !... j'ai dans ma loge un certain chiffon de papier qui vous fera peut-être comprendre !...

— Que voulez-vous dire ?

— Un ordre du jour !...

— Voyons !...

Aussitôt le suisse rentra dans son pavillon, et remit à Georges la lettre écrite la veille au soir par Mme de Bellerive.

Georges prit la lettre d'une main tremblante, et sortit de l'hôtel en jetant un triste et dernier regard vers la chambre de Geneviève.

A peine sur le boulevart, le cachet fut brisé.

C'était un congé en bonne forme, froid, dédaigneux, insolent. On se dispensait même de donner des raisons, trop faciles à comprendre au dire de Mme de Bellerive. Elle défendait sa porte à tout jamais, voilà tout.

— O mon Dieu ! soupira Georges... mes pressentimens ne me trompaient pas. La tante me renvoie. Mais elle, elle !... Oh ! Geneviève, tu m'abandonnes donc aussi !...

Et le pauvre garçon laissa retomber sa main, qui froissait la lettre fatale.

Tout à coup un petit papier sortit du milieu de la double feuille et vola à terre.

Georges s'empressa de le ramasser, de le parcourir des yeux.

Quelques mots seulement étaient tracés, mais par la main connue et chérie de Geneviève.

« A Saint-Sulpice, chapelle de la Vierge... »

— Pardon ! s'écria l'artiste en essuyant une larme de bonheur, pardon, Geneviève. j'avais blasphémé ton amour !

Aussitôt la lettre s'éparpilla en vingt morceaux livrés au vent, et le petit papier fut précieusement serré dans la case la plus douillette d'un élégant calepin de maroquin rouge.

Mais par quel miracle ces mots consolateurs s'étaient-ils glissés dans la malencontreuse épître ? Que signifiait ce double mystère ?

Voilà ce que demandait l'artiste rêveur et ravi.

— Au fait ! conclut-il après une minute de méditation profonde, Geneviève va tout m'apprendre. Elle m'attend !

L'aile de l'oiseau, l'élan de la vapeur ne sont pas plus rapides que la course d'un amoureux de vingt ans vers un premier rendez-vous.

Pour se rendre à Saint-Sulpice, Georges n'avait qu'à traverser le jardin du Luxembourg ; mais, au gré de son impatience, c'était un long et mortel voyage.

Enfin il atteignit le portail désiré de la gigantesque église.

Comme le cœur lui battait !

La chapelle de la Vierge est située derrière le maître-autel, tout à l'extrémité de la cathédrale. Georges ne pouvait apercevoir Geneviève, mais il la devinait près de lui, mais il se sentait près d'elle !...

Et cependant, il tremblait qu'elle ne fût pas là....

Contradictions bizarres ! enfantillages familiers aux juvéniles espérances de l'amour !

Georges s'arrêta, indécis et tremblant... Ses genoux se ployèrent, comme si quelque force invisible eût pesé sur ses épaules... Il tomba sur les dalles... sa main, conduite par un religieux souvenir, traça le signe de la croix sur sa poitrine palpitante, et ses lèvres murmurèrent une de ces ferventes prières dont les mots ne sauraient s'écrire.

Pourquoi ?... pourquoi toutes ces choses instinctives et étranges ?

Oh ! vous le savez bien, vous tous qui avez souffert, vous tous qui avez aimé !...

. . . .

Georges se releva, confiant, heureux, rasséréné.

Puis, il s'élança vers la chapelle de la Vierge.

Geneviève était là.

La jeune fille attendait, gracieusement agenouillée sur une simple chaise de paille.

La vieille Yvonne se tenait derrière sa jeune maîtresse, et lisait en remuant les lèvres dans un gros paroissien tout racorni par l'âge.

Hormis ces deux femmes, la chapelle de la Vierge était complètement déserte.

Georges s'arrêta de nouveau, penché sur la pointe des pieds, et retenant son souffle de peur de troubler le saint recueillement de Geneviève.

Mais une révélation toute magnétique avait averti la jeune fille de la présence de son amant, vers lequel elle se retourna, silencieuse et grave, pour lui faire signe de s'approcher.

Georges vint s'agenouiller aussitôt sur la chaise voisine.

Yvonne recula de quelques pas en arrière.

— Pourquoi t'éloigner, nourrice ?... demanda doucement Geneviève.

— Afin de prier en toute liberté, répondit la vieille Armoricaine. Nous faisons peut-être mal en ce moment... Laissez-moi demander au bon Dieu qu'il vous pardonne ?

— Vous l'entendez, Georges, commença la jeune fille en se retournant vers le jeune homme. On pourrait peut-être mal juger ma démarche... Yvonne elle-même me seconde et me blâme en même temps ; mais moi, Georges, je ne crois offenser ni les hommes, ni Dieu, en recevant dans une église celui qu'il ne m'est plus permis de recevoir ailleurs !

— Que s'est-il donc passé, Geneviève ?

— Ne l'avez-vous donc pas deviné, mon ami ? N'avez-vous pas tout compris à votre retour. J'ai bien souffert pendant ce long voyage, allez !... Dix mois, Georges, dix mois de solitude et de lutte... Oh ! vous ne saurez jamais toutes les larmes que m'a coûtées notre amour !

— Oh! parlez, parlez, Geneviève, je demande ma part dans vos douleurs, et je regrette sincèrement de ne pouvoir que partager. Mais croyez bien que cette absence nécessaire m'a paru lourde et triste, à moi aussi. Hélas! il le fallait pour notre bonheur même. Je veux réussir, je veux vous donner nom et fortune, et l'on n'est pas un peintre complet tant qu'on n'a pas visité Rome. Maintenant, patience et courage, Geneviève, je serai digne de vous... Et puis n'avais-je pas promis à votre tante un portrait de cet enfant exilé, qu'elle chérissait uniquement lors de mon départ. Le duc de Bordeaux se trouvait en Autriche, j'ai dû remonter jusque-là, tant j'avais à cœur de me rendre Mme de Bellerive, favorable et propice. Je revenais en toute hâte. Un héritage inattendu m'a contraint de détourner de ma route, afin de ne rien perdre de mes droits. Voilà pourquoi j'arrive de Toulouse. C'est peu de chose, il est vrai, mais enfin j'espérais, à l'aide de cette modique fortune, vaincre les dernières répugnances de votre tante. Si vous saviez, Geneviève, comme j'accourais heureux et confiant dans l'avenir. Oh! le destin se joue cruellement de nos espérances! Il me semblait que tout allait nous réunir, et nous voilà plus séparés que par l'absence. Mais, voyez-vous, Geneviève, je ne puis pas vivre sans vous, moi! Il faut que vous m'apparteniez ou que je meure! Tout n'est pas encore perdu, n'est-il pas vrai? Oh! parlez, parlez! Dites ce que je dois craindre maintenant... dites-moi ce que je puis espérer encore!

— Écoutez-moi donc, et que Dieu soit entre nous!

— Oh! j'ai compris d'aujourd'hui la prière! s'écria le jeune homme en levant ses yeux vers la voûte.

— A peine étiez-vous parti, que lord Karolan, ce parent presque oublié, reparut tout à coup. Ma tante l'avait connu à Londres pendant l'émigration, elle l'accueillit, le fêta, et parvint enfin à lui faire accepter un appartement à l'hôtel. Vous devinez sans peine quel intérêt faisait agir ma tante.

— A peu près.

— Lord Karolan est, dit-on, cinq ou six fois millionnaire, et cette fortune peut, croit-elle, revenir un jour. Ma tante m'aime, Georges; seulement elle ne comprend pas mon cœur. C'est pour moi, pour moi seule, qu'elle est ambitieuse, c'est sincèrement qu'elle pense travailler à mon bonheur. Et moi-même, Georges, je me réjouis d'abord comme elle; cette fortune me tenta de même, car je comptais la partager avec vous, et cela, si naïvement que je lui confiai toutes mes espérances. Aussitôt, je la vis changer de ton et de visage. Elle qui vous aimait, qui vous estimait autrefois, se mit à parler de vous avec un dédain, qui ne tarda pas à devenir de la haine, lorsqu'elle s'aperçut que j'étais loin de penser de la même façon. Ah! si la fortune change ainsi, je ne veux pas devenir riche, Georges!

— Noble enfant!

— Un autre homme s'introduisit bientôt sur les pas de lord Karolan.

— Le baron Dupréval! s'écria Georges.

— Ah! fit Geneviève, frissonnante et surprise. L'instinct vous a fait pressentir en lui notre plus dangereux ennemi, n'est-ce pas... n'est-ce pas?

— Oui.

— C'est étrange! Le même instinct m'a serré le cœur, la première fois que j'ai vu cet homme. Les pressentimens ne trompent jamais, mon ami! Cet homme est notre mauvais génie, cet homme fera notre malheur à tous deux!

— Si je le lui permets, articula sourdement l'artiste.

— Oh! c'est un homme terrible, voyez-vous bien! Il est puissant, il est rusé... Si vous voyez comme il sait s'emparer de tous les esprits, comme il parvient adroitement à s'impatroniser dans une maison! Lord Karolan et Mme de Bellerive ne voyent plus que par ses yeux, n'entendent plus que par ses oreilles... Les domestiques lui obéissent comme

au véritable maître... Tout subit son infernale influence... Et moi-même... Oh! vous me défendrez, Georges. C'est un serpent, voyez-vous, un serpent qui vous entoure, vous enlace, vous fascine... Oh! cet homme, cet homme!...

— Enfin...

— Enfin, il se lia avec l'Anglais par je ne sais quel intérêt. Lord Karolan est avide, et ce baron Dupréval peut lui fournir les moyens de réaliser des bénéfices considérables. Mme de Bellerive fut captivée plus étrangement encore... Elle, la légitimiste passionnée il y a dix mois, ne rêve à cette heure qu'une union avec le futur ministre du gouvernement nouveau.

— Une union!...

— Oui, je dois être la femme de cet homme... Tout le monde le veut, excepté moi, Georges, excepté moi... Comprenez-vous? Ce Dupréval recherche en moi l'héritière de lord Karolan, dont, je ne sais par quelles intrigues il espère doubler la fortune... Le millionnaire anglais désire ce mariage, comme un avare désire une économie; il lui faudrait payer sans doute bien chèrement à tout autre les services que le baron se propose de lui rendre, en échange d'un honteux marché dont je serais le prix, d'un simple testament qui ne coûtera rien au vivant. Enfin Mme de Bellerive rêve un nouvel éclat pour notre nom, une grande richesse pour moi, et peut-être aussi pour elle-même le crédit que lui donnerait sa parenté avec un ministre. Vous le voyez, chacun trouve son avantage dans cet hymen; moi seule, je suis sacrifiée à tous ces intérêts ligués pour le malheur de ma vie.

— O mon Dieu!... mon Dieu!... soupira Georges avec désespoir.

— Oh!... j'ai su résister à tout le monde!... s'écria l'énergique jeune fille, aux promesses dorées de l'Anglais, aux habiles tentations du baron, aux prières de ma tante elle-même. Ma tante, oh! vous me la reconnaîtriez plus, Georges; elle n'est pas changée que pour vous seul, allez. L'ambition, le désir de briller l'ont rendue haineuse et méchante. Je ne suis plus qu'un obstacle à sa nouvelle passion, et de jour en jour elle me fait plus amèrement sentir ce que je lui dois; elle me reproche des sacrifices que jusqu'alors elle m'avait laissée complètement ignorer. Je suis pauvre, Georges, plus pauvre que vous, puisque vous venez de recueillir un héritage. Moi, je n'ai rien, absolument rien. Mon père avait dépensé ou perdu toute sa fortune. Oh! loin de moi la pensée d'adresser un reproche à sa mémoire. Mais enfin, c'est Mme de Bellerive qui m'a élevée de ses propres deniers depuis la dernière révolution, avec laquelle sont tombées mes seules espérances. Aujourd'hui, je suis chez elle, chez elle, entendez-vous bien? Le toit qui m'abrite, la robe dont e suis vêtue, le pain que je mange, je ne dois tout cela qu'à une aumône... oui, à une aumône! Ma tante me jette à chaque instant cette insulte au visage... Elle me réclame en créancière impitoyable tout ce que je lui ai coûté, tout ce que je lui coûte encore de soins et d'argent... Hier, en rentrant de l'Opéra, vous ne croiriez pas à quelles menaces elle s'est laissée emporter dans sa colère... Oh!... plaignez-moi, plaignez-moi, Georges!... Depuis votre départ, depuis quelques mois surtout, c'est un supplice, c'est un enfer que mon existence!

— Pauvre Geneviève! Et que répondez-vous à Mme de Bellerive?

— Un seul mot, Georges, jamais qu'un seul mot. Je lui répète sans cesse que je vous aime!

— Oh! merci, merci, Geneviève, je saurai vous payer en jours de bonheur chacune des larmes versées maintenant.

— Vous parlez de bonheur? Hélas! c'est peut-être un rêve impossible. J'ai dix-sept ans, mon ami, et je suis sous la dépendance de ma tante.

—Eh bien ?... s'écria l'artiste, comme allant proposer une triomphante ressource.

Mais il s'arrêta, indécis et n'osant poursuivre.

— Je vous écoute ! fit Geneviève, avec un étonnement naïf.

— Eh bien ! reprit Georges, il est aux environs de Rome, un petit village blotti sous des orangers en fleurs et dont le vieux curé me doit la vie. Consentez à fuir avec moi.

— Georges !

— Le bon pasteur bénira nos amours, et nous vivrons là-bas ignorés et heureux !

A ces mots, la vieille Yvonne avait brusquement relevé sa tête blanche ; et, pleine d'anxiété, elle attendait la réponse de sa jeune maîtresse.

— C'est mal, Georges ! dit gravement Geneviève. Pensez-vous que je sois venue dans une église pour entendre des choses semblables ? Je me dois au nom que je porte, aux principes que j'ai reçus, je me dois même à la reconnaissance envers Mme de Bellerive. On ne parle pas ainsi à la femme qu'on respecte et qu'on aime. C'est mal, Georges, Dieu nous entend et nous regarde. C'est mal !

En entendant ces nobles paroles, Yvonne levait vers la voûte ses yeux reconnaissans et fiers. Elle semblait prendre le ciel à témoin.

— Pardon, pardon ! murmura le jeune homme en baissant la tête. Je vous ai offensée, Geneviève : mais mes vues étaient pures, je vous l'atteste !... Et puis je vous aime tant, mon Dieu, je vous aime tant !

— Je vous crois, mon ami, répondit la jeune fille avec un sourire angélique, je vous crois et je vous pardonne.

— Mais que faire ? que faire ?...

— Attendre... attendre avec patience et courage ! Voilà tout ce que peut une femme. Mais quant à vous...

— Eh bien ?

— Eh bien ! vous êtes homme, luttez !

— Comment... comment ?

— Par le travail, qui nous promet gloire et fortune. Vos succès feront peut-être revenir un jour Mme de Bellerive. Et puis, que sais-je ? moi... Peut-être ce baron Dupréval n'est-il pas digne de la considération qui l'environne ? Une secrète voix m'en avertit. Voyez, informez-vous et démasquez-le, s'il porte un masque.

— C'est cela, c'est cela, Geneviève !

— Et maintenant, recevez le serment que je vous fais ici devant Dieu ! Jamais à d'autre qu'à vous, Georges... Dussé-je attendre et vieillir, dussé-je épuiser jusqu'à la lie toute ma coupe d'amertume, dussé-je mourir dans la lutte, mon cœur ne cessera pas d'être à vous. Je serai forte, fidèle ; je ne faillirai ni à la vertu, ni à l'amour. Il m'est défendu de vous voir, ici seulement je crois pouvoir me permettre cette joie sans crime. Chaque mois, à pareil jour, nous nous retrouverons dans cette chapelle : chaque mois vous me direz vos espérances, je vous confierai les miennes ; chaque mois je vous répéterai, sans bonte et sans remords, que je vous aime, et je vous demanderai : Ami, m'aimez-vous encore ? Voilà notre seul bonheur possible, jusqu'à l'instant d'une réunion légitime ou céleste ; car, si Dieu ne daigne pas nous réunir sur la terre, il nous réunira, soyez-en certain, dans le ciel. Voilà ce que j'avais à vous dire, voilà pourquoi j'ai voulu vous le dire dans une église ! Vous me comprenez, n'est-il pas vrai ? Et maintenant, Georges, agenouillez-vous auprès de moi sur les marches mêmes de l'autel de la Vierge. C'est la Providence des amans courageux et purs !

Et, se levant aussitôt, elle marcha vers l'autel.

Georges la suivit dans un silence pieux et recueilli.

Les deux fiancés s'agenouillèrent.

On eût dit un modeste et candide mariage. Le prêtre seul manquait, mais Dieu même dut descendre de son ciel pour en prendre la place.

— Voilà ma main, murmura saintement la jeune fille. Prenez-la, Georges, En vous la donnant, je vous donne ma vie et mon âme.

— Geneviève, répondit le jeune ami avec cette voix qui parle du fond même du cœur, à vous, dans ce monde et dans l'autre, à vous, toujours, toujours !

Les deux mains s'embrassèrent doucement pour cimenter ce pacte touchant et solennel.

Puis les deux époux restèrent une minute immobiles et plongés dans cette mystérieuse extase dont la Vierge, qui les regardait, dut ressentir le magique charme à la venue de l'ange du Seigneur.

Geneviève se releva la première, le front rayonnant, les yeux humides, belle en un mot de cette beauté voluptueusement virginale dont Raphaël seul a deviné le divin mystère.

— Merci !... s'écria Georges en se relevant à son tour, merci, Geneviève ! vous venez de me donner avec ce bonheur cette invincible force dont les anges seuls disposent. Je me sens désormais capable de briser tous les obstacles... Nous serons unis, Geneviève, je vous le jure... Nous serons heureux !...

— Si Dieu daigne nous bénir ! ajouta la jeune fille avec un regard capable d'enfanter des miracles.

— Oh ! le bon Dieu vous bénira, nobles et braves enfans ! s'écria la vieille Yvonne d'une voix émue et prophétique ! Le bon Dieu vous bénira, car il vient de vous voir et de vous admirer tous deux !...

— Vous l'entendez ?.. fit Geneviève, palpitante et fière, vous l'entendez, Georges ? Adieu !...

— Adieu !... répéta l'artiste, en redevenant tout-à-coup triste et sombre.

— Allons, reprit Geneviève, du courage ! Non pas adieu ! au revoir... A cette même place, dans un mois !

Puis elle salua son amant d'un geste délicieux et se dirigea vers la porte de sortie.

— Courage ! avait repris la vieille Yvonne, en passant auprès de Georges, à la fois souffrant et ravi.

CHAPITRE III.

Geneviève avait déjà disparu, marchant de cette allure élégante et aristocratique dont cheminent, non pas les filles de noblesse, non pas les élues de la fortune, mais bien les filles de race, les favorites de la nature ; créatures fines et parfaites que la main du hasard se plaît à semer tantôt en haut, tantôt en bas, parfois sous les splendides lambris, plus souvent encore dans la mansarde du pauvre et dans la chaumière des campagnes, partout enfin où le sang est moins abâtardi par la paresse et par le vice.

Elle avait disparu, et Georges était toujours là, sous le péristyle de Saint Sulpice, immobile et le regard délicieusement fixé vers l'angle de cette rue maudite, où la jeune fille venait de s'évanouir, comme une apparition effleurant le sol du bout de ses pieds de déesse ou de fée. Elle était bien loin, et Georges la voyait encore avec les yeux du cœur, lorgnette magique, qui traverse espace et muraille, sens mystérieux et qui ne se révèle qu'aux seuls amoureux de vingt ans.

La voix plaintive d'un vieux pauvre réveilla le jeune homme de ce doux sommeil, qui n'est peut-être qu'une révélation savoureuse et pressentie des voluptés célestes.

« Le plaisir rend l'âme si bonne, » a dit notre grand poète national.

Une généreuse aumône tomba dans la main tendue. Le mendiant en parut tout surpris, car les fidèles de la paroisse ne l'habituaient pas à pareille fête. C'est tout simple ,

Saint-Sulpice s'élève au milieu d'un opulent quartier, et le riche n'a pas, de nos jours, le cœur bien sensible et charitable. C'est là son moindre défaut.

Puis Georges rentra dans l'église et remonta le chemin que venait de parcourir Geneviève, s'arrêtant à chaque place où elle s'était arrêtée; au bénitier, dont ses doigts chéris avaient touché l'eau; à la chaise de paille où s'étaient posés ses genoux, devant cet autel sur les marches duquel il venait de recevoir sa foi.

Cette chapelle de la Vierge lui semblait un lieu deux fois sacré, et par la religion et par le souvenir. Il faut l'avouer, cependant, Geneviève l'emportait quelquefois sur Marie, la vierge terrestre passait avant la vierge divine; ou plutôt toutes deux étaient confondues dans une même adoration, car le jeune homme, avant de partir, revint s'agenouiller, mais sur la chaise de Geneviève.

Le hasard lui réservait une récompense. Sur la tablette, qui surmonte le dossier de bois blanc, se trouvait un petit livre de messe, sans doute oublié par la pieuse jeune fille. Georges le saisit d'une main alerte comme celle d'un voleur, et le serra rapidement à côté du calepin qui renfermait l'amoureuse relique reçue dans la même matinée.

Il était temps, des importuns entraient dans la chapelle. Georges l'enveloppa tout entière d'un dernier regard, d'un dernier soupir; et s'enfuit.

. . . .

Quelques minutes après, il arrivait rue de la Harpe, devant la maison d'où Trilby venait de sortir.

Anatole était encore dans la mansarde, mystérieux sanctuaire dans lequel Georges avait seul le droit de pénétrer.

Cette mansarde, jadis habitée par Anatole et par Aline, au temps de leur commune misère, était précisément entretenue dans le simple état où les deux amoureux l'avaient laissée, le jour à jamais maudit de leur fatale rupture.

Pour rien au monde, ils n'eussent consenti à céder à d'autres cette humble retraite, à permettre le moindre changement, l'amélioration la plus légère.

Ces meubles vieillis, ces ustensiles boiteux leur rappelaient tant et de si doux souvenirs !...

Cette couchette en bois colorié, où l'on dormait si tard et si peu... ce buffet sans portes et dont le premier étage était une bibliothèque, le rez-de-chaussée une armoire... ce triple meuble qui servait tout à la fois de table, de toilette et de bureau... ces deux chaises de crin noir devenu roux et dont le parfait équilibre était impossible... ce poêlon de terre sans queue, ce fourneau dévasté, cette assiette incomplète, ce couvert tordu, ce couteau sans manche, cette bouteille coiffée d'un bout de chandelle, ce fragment triangulaire d'un miroir brisé, enfin tout ce mobilier impotent, tout ce ménage en pièces, tous ces brins de paille réunis au hasard pour former le nid fabuleux d'un étudiant et d'une grisette !

Eh bien ! ce musée pittoresque était rangé, épousseté, soigné dans cette mansarde au papier déteint et pendillant, comme le cabinet favori du plus méticuleux antiquaire.

Sur la muraille on voyait quelques inscriptions jetées çà et là ; sur la porte grise un de ces grands bonshommes comme les charbonnent les enfans et les fillettes ; sur la fenêtre deux pots de fleurs desséchées et mortes !

Une ficelle tendue entre deux angles balançait une collerette et un faux col, qui séchaient là depuis trois ans.

Il y avait sur la cheminée six gros sous, un billet de bal et deux reconnaissances du Mont-de-Piété.

Au miroir, un bouquet fané, un masque noir.

Sur le buffet une broderie interrompue à la moitié.

Dans l'âtre, la cendre et quelques restes noircis des manuscrits brûlés par Anatole, lors de sa funeste séparation d'avec Aline.

A terre un châle de grisette, jeté par la fugitive au mo-

ment sans doute où l'infernale Mme Debanne lui drapait aux épaules le premier Ternaux de la femme entretenue.

Sur la table, une lettre entr'ouverte et froissée ; sans doute la lettre d'adieu écrite la veille par Anatole, abandonnant Aline.

Enfin rien n'était changé. On eût dit que la pauvre fille venait de partir, vaincue par la misère, séduite par le dépit, entraînée par l'horrible corruptrice. On eût dit que l'amant, accouru lors de son premier succès pour rechercher sa compagne, et la trouvant à jamais perdue, venait de réduire en cendres les fruits trop tard mûris de son travail et de son amour.

Les nobles cœurs ont la religion du passé. Tout était à la même place, et, comme pour compléter l'illusion, Anatole, assis sur le bord de la couchette, semblait plongé dans une tristesse amère et sombre, au moment où Georges entra dans la mansarde.

— Qu'as-tu donc ? s'écria l'artiste, oubliant ses propres chagrins à l'aspect inattendu du désespoir de son ami.

Anatole releva la tête.

Il y avait des larmes dans ses yeux.

Georges répéta sa question d'une plus pressante manière.

— Que veux-tu ? répondit Anatole. Hier soir j'étais joyeux et toi triste... je suis triste ce matin, et toi joyeux peut-être. Ainsi va ce monde mêlé de sourires et de larmes... Chacun son tour !

— Mais cela ne m'explique pas... insista Georges.

— Aline sort d'ici ! murmura son compagnon d'un accent étrange.

— Je m'en doutais, fit l'artiste.

— Oui, n'avais-tu pas vu son charmant billet, écrit avec des étincelles...

— Cela d'abord ; et puis vous ne vous étiez pas vus depuis longtemps, et je sais que vous aimez parfois à vous retrouver au milieu des témoins de votre bonheur flétri sans retour.

— Ah! soupira l'amant de Trilby, en promenant un regard humide autour de la mansarde.

— Aussi, tu le vois ! reprit l'amant de Geneviève ; je n'ai pas été te chercher chez toi... C'est ici que je suis venu.

— Si tôt... onze heures à peine... et si vite, ton visage est baigné de sueur...

— J'avais à te parler d'elle !...

— De Geneviève ?...

— Oui.

— Et je t'arrête ainsi ! pardon, frère, et commence de suite.

— Non, non ; pas avant de t'avoir entendu moi-même...

— Ah !...

— Je le veux, frère. Ta tristesse m'inquiète, et j'ai hâte d'en connaître la cause...

— Plus tard, plus tard; toi d'abord.

— Non, cent fois non. Je te le répète, ma confidence est presque du bonheur à épancher, et je pressens en toi de la douleur qui déborde...

— Raison de plus. Les malheureux ont toujours le temps de se plaindre ; le bonheur seul est impatient.

— Mais l'amitié est plus impatiente encore que le bonheur. Parle, je l'exige.

— Eh bien, soit !... Du reste, il ne me faudra que bien peu de mots pour tout dire : Trilby va mourir !...

— O mon Dieu !...

— Cette frêle et délicate enfant lutte en vain au milieu de ce tourbillon de plaisirs qui la flétrit et la brise. Dieu ne l'avait pas créée pour cette perpétuelle orgie. Il lui fallait le calme et l'ombre, à cette tendre fleur que le vent courbe et penche, que le soleil dessèche et brûle, que la mort va fau-

cher demain... Comprends-tu cela, Georges?... C'est moi
qui l'ai jetée à cet enfer, c'est moi qui l'aurai tuée!...
— Mais pourquoi ne t'a-t-elle pas averti plus tôt?
— Elle ignorait tout elle-même.
— Comment cela?
— Oui... Elle se sentait chaque mois un peu plus faible.
un peu plus mince, un peu moins rose. On lui disait de
temps à autre : Trilby, tu changes; Trilby, tu es pâle, et
tes paupières sont bleues. Voilà tout.
— En effet... bagatelle, que tout cela! Beaucoup de re-
pos, un peu de bonheur et les roses reviendront.
— Hélas! plût à Dieu qu'il n'y eût que cela!
— Qu'y a-t-il donc?...
— Poitrinaire!...
— Impossible!
— Un terrible oracle l'a condamnée!
— Lequel?
— Le docteur Chanazal.
A ce nom tout puissant dans la science, Georges baissa
la tête.
— Tu n'oses répondre? reprit amèrement Anatole.
— Si fait, s'écria aussitôt l'artiste. Il est des degrés en
tout. Les médecins peuvent se tromper.
— Ce'ui-là, non!
— Le mal, pris à temps, n'est pas toujours mortel.
— Pris à temps?
— Eh bien!
— Il est trop tard.
— Et le docteur a eu la cruauté de lui dire...
— Non.. Elle a tout entendu, sans qu'il s'en doutât.
— Explique-toi!
— Ecoute, Chanazal est un de ces rares hommes de mé-
rite, qui fréquentent le monde où vit Aline. Souvent il la
rencontre, et chaque fois, la trouvant rêveuse et triste, il
lui disait d'un air singulier.—Amuse-toi donc, Trilby, profite
gaîment de ta jeunesse et de ta beauté. Ce sont des fleurs
du printemps qui tombent à l'automne! Amuse-toi vite,
gentil lutin, amuse-toi!—... Et penser que toute cette race
dorée parle de la sorte à mon Aline! Oh! ma mère... ma
mère!
— Enfin...
— Enfin, il y a huit jours, le Ranelagh rouvrait ses portes par une grande fête. Aline rencontra Chanazal, qui lui
répéta ses conseils habituels. Trilby sentit son pauvre cœur
de dix-huit ans frémir sous un malaise involontaire, et machinalement elle fut s'asseoir tout émue et songeuse, à l'é-
cart, au près d'un buisson. Tout à coup la voix du docteur
frappe son oreille. — Pourquoi donc tenir si fort à ce que
Trilby mène joyeusement la vie? lui demandait l'un des habitués du lieu. — Parce qu'elle n'a plus longtemps à vivre!
répondit froidement Chanazal. — Sérieusement?... — J'en
réponds!... — Avertissez-la de se ranger, au contraire.
Ma foi, non.—Ah!...—Qu'elle profite de ce qui lui reste...
courte, mais bonne.—Mais s'il était possible de la sauver?...
— Trop tard! répliqua le docteur, vous le viens de le
faire moi-même. — Vrai!... — Et comme la pauvre
Trilby, palpitante et glacée, regardait à travers le feuillage,
elle vit le prophète de malheur tapoter sa poitrine en faisant
un signe affreux et significatif.
— Oh!
— C'était un arrêt de mort, et la malheureuse écou-
tait!
Un silence pénible pesa pendant quelques secondes dans
la mansarde.
— Quelle fatalité! reprit enfin l'artiste.
— N'est-ce pas? fit l'amant.
— Et que vas-tu faire maintenant?
— Voir et prier encore une fois, ma mère!
— Puis, si elle refuse comme toujours!...

— Prendre Aline avec moi. Je ne suis plus aussi pauvre
aujourd'hui, et, si je ne puis l'arracher à la mort, du moins
rendre ses derniers jours heureux et calmes. Enfin, vivre,
si elle vit; si elle meurt, mourir.
— Anatole!
— C'est résolu! fit Anatole avec un accent tel, qu'il n'é-
tait pas permis de douter.
— Oh! nous la sauverons, nous la sauverons! s'écria
spontanément Georges. Mais chaque minute est une année qui s'envole!
— Je vais partir aujourd'hui même!
— Partir! pourquoi?
— Ma mère habite en ce moment la Champagne... Dans
huit jours au plus tard je serai de retour.
— Et d'ici là?
— Oh!... Aline a de ce matin divorcé avec la vie qui la
tuait.
— Bien, bien, Anatole! Nous serons deux à soigner, à
aimer cette chère enfant... Et nous la sauverons , je te le
répète, ami, nous la sauverons!
— Dieu t'entende, Georges! Mais elle est tellement affai-
blie de corps et d'âme! Croirais-tu que la seule vue de cette
mansarde lui a fait mal. Elle ne veut plus y revenir.
— Jamais!
— Oh! si... pour y mourir!
— Que dis-tu là?
— Oui, elle m'a fait promettre de la ramener ici, lors-
qu'approcherait le jour fatal!
— Et tu lui as fait cette promesse?
— J'ai juré...
— Ah!
— Tu me blâmes?
— Non, fantaisie de malade... Et du reste, serment sans
conséquence, je l'espère...
— Oh! si tu savais comme ses pensées sont étranges et
sinistres... Et cependant son réveil était un sourire...
— Tu vois... L'espoir d'une existence selon son cœur re-
faisait tout fleurir comme la rosée en une nuit. Espère. Tu
verras bientôt ce sourire-là chaque matin et chaque soir.
— Peut-être? Les riantes idées reviendront avec le bon-
heur... Mais la vie... mais les forces!...
— Elle est donc bien abattue cette mignonne enfant?
— Tu ne saurais te le figurer, Georges. Mais, tiens, juge...
Tu sais tous nos religieux enfantillages à l'égard de cette
mansarde?... Il faut qu'elle reste telle absolument que
nous l'avons, hélas! abandonnée. Il faut que tout s'y place
et s'y passe comme autrefois.
— Oui... Et l'on dirait, en entrant ici, l'existence brusquement suspendue d'une des maisons ensevelies d'Hercu-
lanum...
— C'est cela. Eh bien! jadis, au temps de notre misère,
Aline était ici l'unique ménagère, et, pour rester en tout
fidèle au souvenir, elle remplissait à chaque visite son ancien et modeste rôle. Mais aujourd'hui les forces ont manqué tout à fait. Elle en pleurait, frère, elle en pleurait... Et
comme elle ne veut plus revenir, comme je dois être absent
moi-même, le concierge me cherche en ce moment une
femme de ménage dans les environs.
— Eh! pourquoi pas le concierge lui-même?
— Un hideux et sale savetier...
— Sa femme, alors?
— Il est triplement veuf. Et d'ailleurs, non, non. Il y a
bien peu de chose à faire ici, mais il faut que ce soit fait
d'une si respectueuse et délicate façon. Je veux quelqu'un
qui me plaise, et qui jure aveuglément d'obéir à mes moindres recommandations. Dussé-je passer en revue toutes les
femmes de ménage de Paris, je ne prendrai que celle qui
m'inspirera une entière et solide confiance. Heureusement,
j'aurai à choisir. Songe donc, venir ici pendant un quart

d'heure, seulement une fois par semaine... et toucher le maximum du tarif!... Quelle aubaine ! Mais le portier prétend avoir mon affaire sous la main... un vrai trésor, dit-il, une exception selon mon caprice, quelque chose qu'on dirait fait exprès. Du reste, tu vas en juger... j'attends cette merveille.

Tous ces derniers détails avaient ramené une lueur de joie sur le visage ordinairement si joyeux d'Anatole. Il s'aperçut lui-même de ce léger changement, sourit d'un pâle sourire, et prenant la main de son ami :

— Merci, frère, dit-il. Tu m'as remis de l'espoir au cœur ; et, pour achever ton ouvrage, parle-moi vite de tes heureuses amour !

— Heureuses ! fit l'artiste, en hochant sa tête incrédule. Juges-en ?

Et il raconta, dans leurs moindres détails, tous les évènemens de la matinée.

A peine ce naïf récit était-il terminé, qu'Anatole s'écriait :

— Et tu te plains, ingrat ! tu oses te plaindre !... Quelle sainte et noble fille !... Être aimé d'un pareil ange, c'est le sparadis sur la terre !... Qu'importent les obstacles pour atteindre un ciel accessible !... Oh ! Georges, Georges, si tu savais ce que vaut l'estime dans l'amour, la sécurité dans le bonheur !.., On marche si fortement vers l'avenir lorsqu'on laisse derrière soi l'horizon sans un nuage !... Il faut souffrir un peu pour payer tant et si pures joies... Bénis ces souffrances-là, Georges... Tu seras heureux, toi ! tu seras entièrement heureux !...

— Et ce baron Dupréval ! s'écria l'artiste avec l'impatience d'un coursier qui mord son frein.

— Un obstacle de plus, répondit Anatole, voilà tout. Geneviève t'aime, le reste n'est rien.

— Cependant cet homme ! insista l'artiste.

— Attends, fit tout à coup l'amant d'Aline.

— Quoi donc ?

— Peut-être même cet obstacle s'écroulera-t-il bientôt tout seul, et sans que tu aies besoin de le toucher du doigt.

— Comment, comment ?

— Hier, j'ai soupé avec Lucien de Varedde.

— Je le sais ; après ?

— Quelques mots entendus l'avaient mis au courant de ta position. C'est même lui qui venait de nous apprendre à l'Opéra le nom de ton puissant rival. Naturellement, nous avons causé de toi ?

— Après... après ?...

— Eh bien ! il traitait cet homme avec un mépris extrême... il semblait annoncer sa chute prochaine... oh ! mais une chute honteuse... Bien plus, il possède, j'en suis certain, maintenant, quelque secret capable de le démasquer et de le perdre !

— Tu crois ?

— Je le parierais.

— Oh !... courons, courons à l'instant chez Lucien de Varedde. Je veux lui dire tout et le supplier à mains jointes de tout me dire... Viens... viens !...

Déjà Georges courait vers la porte...

— Et mon inspection ?... et mon départ ? observa Anatole.

Les amoureux ont des réponses sans réplique.

— Tu ne pars que ce soir... cria celui-ci... Nous serons revenus dans une heure...

L'ami ne répliqua pas et suivit l'ami.

En quelques secondes, les quatre étages furent franchis, comme un simple rez-de-chaussée ; et déjà les deux jeunes gens touchaient le pavé raboteux de la rue de La Harpe.

— Monsieur, Monsieur ? cria tout-à-coup le concierge. Voilà votre affaire.

— La femme de ménage ? demanda Anatole.

— Elle attend...

— Où donc ?

— Là.

Et du doigt le concierge indiquait le coin du corridor obscurci par le battant fermé de la porte-cochère.

Une vieille femme s'avança timidement de quelques pas.

Du premier coup d'œil elle convint à Anatole.

— Georges ! appela-t-il, en sortant à demi de la porte. Mais Georges était déjà loin.

— Vous demeurez dans le quartier ? demanda le jeune homme, en se retournant vers la femme de ménage.

— Oui, Monsieur ! balbutia-t-elle.

— Alors, pardon ! conclut Anatole à la hâte. Revenez dans deux heures ?

Et il s'élança sur les traces de l'amant de Geneviève.

. . . .

Quant à l'aspirante ménagère, elle salua profondément le concierge, sortit d'un pas humble et lent, et redescendit la rue de La Harpe en murmurant avec une candide résignation :

— Il faut revenir... Allons, je reviendrai !

Cette pauvre et douce vieille femme, c'était la mère Rainette !...

CHAPITRE IV.

Lucien de Varedde occupait vers le centre de la Chaussée-d'Antin un élégant et coquet appartement de garçon. Tout y était simple et sans prétention ; mais d'un comfortable exquis, d'un goût artistique et pur. Chambre à coucher au style gothique et sévère ; salon à se croire dans le boudoir du duc de Fronsac ; salle à manger digne d'un gentleman anglais ; antichambre dont les mille curiosités eussent fait prendre patience au visiteur le plus impatient ; enfin un cabinet de travail où n'étaient admis que les rares élus de l'art et du cœur.

Et le noble jeune homme avait certes raison d'en agir ainsi. Comment admettre un profane entre ces murailles entièrement voilées des plis austères d'une large tente ravie à quelque cheick arabe. Quatre grands tableaux de maîtres ornaient splendidement les quatre faces ; puis des bergeries de Watteau, des joyeusetés flamandes ; un coucher de soleil de Claude Lorrain ; des chevaux de Carle, une marine de Joseph Vernet ; un troupier crayonné par Charlet ; une esquisse incomplète de Géricault, vingt trésors réunis, vingt chefs-d'œuvre rayonnans dans leurs cadres d'ébène...

Aux angles deux trophées d'armes, où tous les peuples, où tous les âges étaient représentés et confondus ; un assortiment universel d'orfèvrerie et de ciselures ; un arsenal dans lequel chaque fumeur pouvait choisir, à son caprice, depuis le chibouc au bec d'ambre jusqu'au modeste brûle-gueule culotté par dessus les bords.

A terre des sièges excentriques, des coussins orientaux. Enfin un piano couvert de musique gravée et manuscrite, qui révélait tout à la fois l'exécutant et le compositeur ; un chevalet et une bibliothèque tels que pouvaient seuls en posséder un artiste et un poète.

Tel était le sanctuaire où Lucien de Varedde passait la moitié de sa vie ; car le riche et noble jeune homme, au lieu de se contenter, à l'exemple de tant d'autres, de l'éclat de la fortune et de la naissance, ennoblissait encore sa richesse et son nom par la science et par le travail. Aussi, toute la moderne gentilhommerie, d'ordinaire si niaise et si lâche, le considérait-elle comme un faux frère, comme un fou qui préférait aux nobles passe-temps du club et de l'écurie des plaisirs bons tout au plus pour les manans et pour les pauvres. Oh ! c'est que si Lucien de Varedde appartenait à leur misérable caste par le hasard, il était du peuple par le cœur et par la tête !

Elevé parmi les pages de l'ancienne cour, entré dans les gardes-du-corps vers le milieu de la dernière année de la Restauration, il n'avait pas voulu reprendre du service après les évènemens de 1830 ; et cela, non pas à cause d'aveugle attachement pour le passé, non pas par haine irréfléchie du présent ; non, Lucien était au dessus des passions politiques. Il eût fidèlement servi les maîtres que lui avait imposés son père, mort le lendemain de leur chute ; mais il ne se sentait nulle envie de s'enrôler de son propre mouvement sous une nouvelle bannière. Une contre-révolution lui semblait impossible, et peu lui importaient les autres éventualités. Légitimiste plutôt par devoir que par sympathie, républicain de cœur, mais lié par un serment exigé au lit de mort de son père, il se trouvait à la fois affranchi de toute chaine et de toute opinion. Il était indépendant, libre ; et chaque jour agrandissait encore son indépendance et sa liberté. Méprisant le monde, où le sort marquait sa place, il s'étudiait à le fréquenter le moins possible. On le rencontrait, trois fois à peine l'année, dans les salons et au club. Touriste par tempérament, aventureux par caractère, travailleur par esprit, tantôt il voyageait au loin, tantôt il s'enfermait avec son piano, ses livres et sa palette. Pauvre, il eût été un artiste célèbre ; riche, il cachait ses talens, afin de ne pas faire tort à la part déjà si insuffisante des artistes pauvres. Seulement, la corruption du siècle n'avait pas respecté sa jeunesse ; les plaisir achetés et faciles avaient flétri ses illusions trompées. Funestes effets de la richesse ! L'amour, vendu à l'enfant, faisait désespérer l'homme du véritable amour. La Debanne avait encore passé là ! Lucien vivait mélancolique et seul ; Lucien pleurait ses illusions perdues. Lucien cherchait encore, ou, pour mieux dire, n'osait plus chercher le bonheur.

Que l'on se rappelle les amères confidences échappées à Lucien de Varedde sur l'impériale de la diligence, que l'on se rappelle les dédains de Trilby ne voulant donner en retour d'un amour sincère que le matériel et seul amour qui se vend pour de l'or, et l'on comprendra ces anomalies étranges. La fortune est souvent un fléau pour les nobles cœurs, qu'elle ne parvient pas à corrompre comme les autres, à rendre dignes, hélas ! de vivre au milieu de notre société vicieuse et stupide !

Heureusement elle produit ce triste effet sur la plupart de ces trop dociles élus !

Mais Lucien de Varedde n'était pas de ceux-là. Il ne se servait de ses revenus considérables, que pour empêcher un peu de mal, que pour éparpiller beaucoup de bien sur sa route.

Aussi n'avait-il pas voulu qu'un seul domestique, un de ses anciens soldats, nommé Grégoire, qui s'était estimé le plus heureux de tous les gardes-du-corps, en suivant son jeune officier.

Ce Grégoire possédait un frère, également licencié en 1830, et, qui n'ayant pu faire agréer son dévoûment à Lucien, s'était par entêtement établi commissionnaire à sa porte.

En dépit de lui-même, le jeune homme se trouvait deux serviteurs, deux amis, deux chiens.

Il est de ces natures aimées de tout et partout. La domesticité serait une sorte de magistrature si tous les maîtres le méritaient.

Le lecteur connaît maintenant l'intérieur et les environs de Lucien de Varedde.

. . . .

Le lendemain du début de Mariette, Lucien, assis devant son chevalet, travaillait avec ardeur, et cette ardeur-là c'était presque de l'amour.

Car une fraîche et blonde tête de jeune fille s'épanouissait sous le pinceau délicat et caressant. L'artiste donnait la forme et la couleur à ses souvenirs de la veille, à ses rêves

de la nuit. La toile devenait un miroir, qui gardait déjà les traits charmans de la plus jeune des filles de Saint-Hyacinthe.

C'était Annette, c'était bien elle !

Aussi la joie rayonnait sur le visage du jeune homme, qui s'arrêtait parfois pour contempler orgueilleusement son ouvrage.

Parfois encore ses yeux se portaient avec une sorte de satisfaction curieuse vers un petit tableau, placé en face de lui, et que voilait complètement un rideau noir.

Ce cadre mystérieux semblait attirer magnétiquement le travailleur ; il regardait tour à tour l'image naissante d'Annette, et cette image cachée pour lui, mais que lui voyait sans doute à travers son épaisse enveloppe. On eût dit d'une tendre et fraternelle comparaison qu'il établissait entre les deux.

Enfin, il ne put résister à cette tentation étrange. Il se leva, courut à la muraille, et tira le rideau noir.

C'était le portrait de Trilby.

Pauvre Trilby ! Elle eut un long et triste regard. Puis de Varedde revint au chevalet, enleva la toile inachevée, et la plaça doucement, côte à côte, auprès de sa sœur en affection.

L'amour qui tendait à s'éteindre et l'amour prêt à s'animer ; la cendre tiède encore et la flamme naissante !

L'artiste contempla longuement ces deux jeunes filles également écloses sous son pinceau.

Annette et Trilby offraient entre elles une vague ressemblance. Toutes deux blondes et blanches ; espiègles et mignonnes toutes deux. C'étaient les mêmes yeux azurés, la même grâce printanière ! Seulement le passé semblait moins rondelet et moins rose. Il y avait dans le présent moins de transparence et de pâleur, plus de jeunesse et de vie. Annette é ait encore ce qu'hélas ! Aline n'était plus !

Cette douloureuse pensée jetait une ombre amère sur le front attristé de Lucien.

Mais en ce moment la porte s'ouvrit, et Grégoire parut.

— Lieutenant ! fit le serviteur resté fidèle au salut militaire.

— Qu'y a-t-il ? demanda Lucien.

— Deux jeunes gens que je connais pas...

— Leurs noms ?

— Voici les cartes !

C'était la visite annoncée au précédent chapitre ; Anatole et Georges.

— Fais entrer ? dit de Varedde.

Et lestement il tira le rideau devant le portrait de Trilby, et replaça celui d'Annette sur le chevalet.

Grégoire rentra, suivi de Georges et d'Anatole.

— Soyez les bienvenus, Messieurs ! s'écria cordialement le noble hôte. Qui me vaut le plaisir inespéré de vous voir ?

— Un service à réclamer de votre amitié, fit Anatole.

— Alors soyez deux fois les bien-venus. En quoi puis-je vous être utile, Messieurs ?

— C'est Georges particulièrement que la chose concerne.

— Voyons, monsieur Cortalès...

— Un moment, un moment ! fit Georges. Avant de parler, il faut admirer ici. C'est une bonne fortune qu'une visite chez vous, monsieur de Varedde ! Laissez-moi le temps de rassasier mes yeux éblouis !.. C'est superbe !.. c'est splendide !

En effet, Georges avant tout était peintre, et l'homme s'effaçait devant l'artiste en face de tant de merveilles.

Anatole se chargea d'expliquer le motif de la visite.

— Ecoutez-moi, Messieurs, dit de Varedde, en répondant à la fois aux deux jeunes gens, car Georges, revenu de son enthousiasme involontaire, oubliait tous les chefs-d'œuvre de l'art pour les intérêts de son amour, et prêtait une oreille anxieuse ; écoutez-moi ! ceci est une chose grave.

Hier j'ai trop parlé, mais je ne m'en repens pas, puisque mon indiscrétion vous rend heureux. Oui, le baron Dupréval est, je crois, un misérable! Des soupçons infâmes planent sur lui... On m'a tout dit au club, mais j'ai promis de me taire, car il faut que cet homme ne se doute de rien, jusqu'au jour fixé pour l'épreuve!

— Mon intérêt ne vous répond-il pas de mon silence? s'écria Georges avec l'accent de la prière.

— J'ai juré, repartit Lucien. Un peu de patience! C'est dans huit jours, c'est aux courses de Chantilly, qu'on doit arracher le masque à cet effronté drôle... Voilà tout ce qu'il m'est permis de vous dire, et je fais déjà beaucoup. Attendez! Les faits sont presque certains, et si la vérité éclate au grand jour, le bagne nous débarrassera de cet indigne rival.

— Comment...

— Ne m'en demandez pas d'avantage... j'en ai déjà trop dit. Seulement, je puis vous offrir une place dans ma voiture, vous viendrez à Chantilly avec moi, et vous serez des premiers instruits. Voulez-vous?

— De grand cœur! s'écria Georges. Mais ces huit jours-là vont me sembler huit siècles.

— Je conçois, fit Lucien en souriant. Et vous, monsieur Anatole, êtes-vous de la partie?

Mais Anatole à son tour ne répondit pas. Il contemplait ardemment le portrait exposé sur le chevalet.

— Vous vous trompez, murmura doucement Lucien, ce n'est pas elle!...

Anatole releva la tête.

— Il y a une certaine ressemblance! poursuivit l'artiste. Mais cependant...

— Oh!... si... s'écria Anatole... c'est elle: c'est bien elle, telle que je l'ai connue, moi!...

— Simple effet du hasard, mon ami. Je n'ai pas voulu peindre Aline.

— Pourquoi me tromper... Je ne vous en voudrais pas, mon Dieu!...

— Mais non... Georges, vous souvenez-vous... une jeune fille... dans la diligence de Toulouse...

— Eh oui, parbleu! répondit Georges.... l'enfant de ce pauvre comédien!... Je la reconnais maintenant... C'est ravissant de ressemblance et de travail!

— Vous entendez, Anatole?

— Oui... mais je ne crois pas.

— Je vous jure!

— Oh! fit encore l'incrédule.

— En voulez-vous une preuve? s'écria Lucien malgré lui.

— Sans doute... répondit Anatole, en le prenant au mot.

— Non... balbutia de Varedde, en rougissant. Je ne puis... ce serait vous blesser peut-être...

— Ne sais-je pas tout!... soupira le jeune homme. Allez, Lucien, allez sans crainte...

— Vous ne m'en voudriez pas d'avoir son portrait?...

— Non... je vous le jure.

— Eh bien! regardez...

En même temps Lucien enlevait le rideau noir.

Aussitôt Anatole pâlit, s'élança sur le tableau en criant:

— La voilà! C'est elle, c'est bien elle!... Pauvre Trilby! Et deux larmes s'échappèrent de ses yeux.

Lucien s'arrêta, tout surpris de cette douleur soudaine. Georges remarqua cet étonnement, échangea un regard avec Anatole, et dit à de Varedde toute l'affreuse vérité.

Alors une égale tristesse se peignit sur le visage des deux amans d'Aline. Et cependant, depuis longtemps déjà, Lucien n'était plus rien pour elle.

— Ce soir même il part pour aller de nouveau supplier sa mère, avait dit Georges en terminant cette funeste confidence.

— Bien! bien! s'écria spontanément de Varedde, qui saisit avec une cordiale émotion la main de son heureux rival. Aimé, j'eusse fait cette noble action. Elle vous aime, c'est à vous de lui rendre le calme et la santé, la vie et le bonheur!

— Oh! répondit Anatole avec un semblable élan de l'âme, je vous aime de l'aimer ainsi, Lucien. Par malheur, je ne suis pas libre comme vous, moi; mais, femme ou maîtresse, je ne la quitterai plus maintenant.

— Ami, fit de Varedde, le jour où vous vous réunirez, ce portrait vous appartiendra. Je vous estime trop tous deux pour le garder alors.

— Et celui-ci prendra sa place?... observa Georges, qui souriait, en montrant le chevalet.

— Peut-être, répondit Lucien, et cependant je ne reverrai jamais cette jeune et jolie fille.

— Vraiment!

— Ne vous ai-je pas tout dit hier soir?

— On change parfois d'avis.

— Non, non! je suis l'homme des rêveries avortées et des amours impossibles. Allons! ne parlons plus de toutes ces choses amères. Viendrez-vous avec nous, Anatole?

— Où donc?

— A Chantilly.

— Je ne serai sans doute pas encore revenu de la Bourgogne.

— C'est juste. Puissiez-vous réussir, mon ami. Je n'ai jamais formé vœu plus sincère, et j'abandonnerais de grand cœur toute ma fortune pour que Trilby soit heureuse!

— Je vous crois, Lucien, mais tout l'or du monde ne ferait rien contre l'entêtement d'une vieille femme. Cependant, j'espère et je pars. Adieu.

— A bientôt, ami. Et vous, Georges, je vous attends le matin du premier jour des courses de Chantilly.

— Oh! vous ne m'attendrez pas, allez!

— Je n'ai pas besoin de vous recommander le silence le plus absolu, Messieurs?

— Oh!

— Allons, à bientôt. Et, pour vous deux qui espérez le bonheur, pour vous deux qui êtes aimés, bonne espérance!...

Ce fut le dernier mot de ce fraternel entretien, et les trois jeunes gens se séparèrent avec la franche effusion d'une bonne et sincère amitié.

CHAPITRE V.

La mère Rainette attendait depuis longtemps déjà, lorsqu'un cabriolet vint s'arrêter à la porte de la maison de la rue de la Harpe. Mais Anatole en descendit seul, et Georges repartit aussitôt, en jetant cet ordre au cocher:

A Saint Sulpice.

Ce retour vers l'église demande quelques mots d'explication.

Pendant tout le chemin parcouru depuis la demeure de Lucien jusqu'à la mansarde d'Anatole, l'artiste amoureux n'avait fait que répéter ce mot charmant: Bonne espérance! et que chercher les moyens de le faire parvenir aux oreilles, ou du moins aux yeux de Geneviève.

La pauvre enfant n'avait-elle pas besoin d'un peu d'encouragement et d'espoir?

Or, le hasard voulut que la main de Georges rencontrât le livre de messe de la jeune fille; une pensée soudaine illumina son visage; le livre fut sorti, ouvert et augmenté de deux lignes rapidement écrites au crayon sur la première page.

Restait à faire parvenir cette mondaine missive, sournoisement cachée sous le masque trompeur de la dévote couverture.

Il ne fallait pour cela ni l'adresse de Scapin ni l'esprit de Figaro ; et déjà l'une des loueuses de chaises de Saint-Sulpice, matrone fort experte en galante matière, recevait des mains de l'amant de Geneviève le petit paroissien annoté comme nous l'avons dit plus haut, et deux écus de cinq francs qui dispensèrent le jeune homme de bien des explications superflues.

Georges vit partir son intelligente messagère, et, le cœur pleinement satisfait, il redescendit en toute hâte auprès d'Anatole, avec lequel il devait passer les heures qui restaient à s'écouler jusqu'à celle du départ de la diligence bourguignonne.

L'amant de Trilby était encore en grande conférence avec la mère Rainette. Le ménage de la mansarde ne demandait pas un programme bien compliqué, mais il fallait que la ménagère comprît bien avec quel culte particulier, avec quelle piété minutieuse elle devait accomplir ses fonctions, en apparence si bornées et si simples. Car, que fallait-il à l'étroite mansarde ? Chasser la poussière sacrilége, bannir les araignées profanes, donner un peu d'air et de soleil ! mais aussi ne rien déranger de son antique place , respecter à la fois l'ordre et le désordre de chaque chose, n'altérer dans aucune de ses nuances la physionomie de l'ensemble. Et tout cela n'était pas facile à admettre pour un indifférent, pour un étranger.

On connaît plus ou moins l'esprit tatillon et routinier de ces rétives commères, qui exercent l'humble et disgracieuse profession de femmes de ménage. Elles tiennent à faire les choses selon leurs habitudes et leurs caprices ; elles sont chez elles et non pas chez vous ; elles ne veulent agir qu'à leur tête, et elles veulent avec l'entêtement de ces quadrupèdes aux longues oreilles, qui se laisseraient tuer plutôt que de ne pas tenir leur sentier favori.

Toutes se seraient récriées, en entendant Anatole leur répéter cent fois :

— Laissez cette robe à terre, cette broderie là, cette lettre ici ?... Ce pelelon vide sur ce fourneau mort ! Ayez grand soin de cette fourchette à trois dents, de ce verre constellé, de ces plantes momies, etc., etc.

Que de curieuses questions, que de haussemens d'épaules, et, pour fin de compte, que de désobéissances taxées de services, et prises sincèrement pour de glorieux exploits ! Le lendemain, la mansarde n'eût plus été reconnaissable. Voilà ce que redoutait Anatole, et Dieu sait s'il avait raison de craindre !

Un miracle permit qu'il tombât sur la mère Rainette.

La pauvre vieille femme ne s'étonna de rien, ne fit aucune objection. Tout cela lui parut tout naturel et tout simple. N'avait-elle pas aussi dans sa mansarde nue trois portraits révérés, trois saintes reliques, entre lesquels se concentrait désormais toute sa vie : Jérôme, Mariette, et la bonne Vierge à l'ombre sous son rameau de buis béni ! Depuis trois ans cette intime trinité recevait chaque matin son premier ; chaque soir, son dernier regard. Quel désespoir, quelle catastrophe, si quelque main indifférente se fût rendue coupable du moindre changement, du plus léger dommage ! La solitude et la misère savent se créer avec si peu de choses des consolations et presque des jouissances !

La mère Rainette devina tout. Il y avait là quelque mystérieux souvenir, quelque religion du cœur, et elle promit obéissance aveugle et respect absolu.

Anatole vit bien de son côté à quelle femme il avait affaire ; ou plutôt tous les deux sentirent instinctivement, tant la douleur rend les natures attractives et fraternelles !

Aussi le mois tout entier fut payé d'avance ; 15 francs pour venir quatre ou cinq fois par mois épousseter la mansarde ; 15 francs, un trésor pour la pauvre vieille, dont le pénible commerce du pont Saint-Michel ne suffisait pas à contenter les modestes besoins.

Et puis, cet éventaire lancé dans la Seine avec toute sa cargaison !

Il fallait réparer ce déficit imprévu, cette insuffisance incessante ! Une fois déjà, le lecteur ne l'a ,sans doute pas oublié, une fois déjà la mère Rainette s'était faite femme de ménage par dévoûment pour sa fille. Cette nouvelle occasion se présentait d'une manière des plus favorables. La rue de La Harpe est la proche voisine du pont Saint-Michel, le débit des pommes n'aurait pas à souffrir de sa nouvelle occupation, qui demandait tout au plus deux heures par semaine, et rapportait quinze francs par mois. C'était une bonne fortune, c'était un coup du ciel.

Enfin la vieille femme intéressa le jeune homme, et le jeune homme plut à la vieille femme ; de sorte que les deux traitans étaient enchantés l'un de l'autre, lors du retour de Georges à la mansarde.

La mère Rainette salua et sortit.

Les deux amis se félicitèrent mutuellement de leur double réussite, et le reste de la journée se passa à parler de Geneviève et d'Aline.

Vers le soir, la diligence emporta le voyageur loin de Paris.

Georges restait seul.

Cet isolement subit, ce vide complet attristèrent le cœur du jeune homme. Il se sentit un besoin de marcher, de courir, de promener sa pensée au hasard.

Où se dirigeait-il ? Il l'ignorait lui-même ; et la nuit s'assombrit sans qu'il eût compté les heures.

Mais, ainsi que l'aiguille de la boussole tourne sans cesse vers le nord, ainsi le cœur va toujours à la rencontre de l'objet aimé...

— On va fermer la grille ! cria une brutale voix à l'oreille du rêveur.

Georges se trouvait au milieu du jardin du Luxembourg.

Il fallait sortir ; l'amoureux de Geneviève habitait l'autre rive de la Seine, et cependant ce fut par la grille de l'Observatoire qu'il sortit.

Geneviève n'était-elle pas de ce côté là !...

CHAPITRE VI.

C'est avec une sorte de regret que l'on se voit contraint de quitter des natures généreuses et jeunes, comme celles de Lucien, de Georges et d'Anatole, pour revenir à des êtres égoïstes et flétris, tels que Dupréval, Karolan, Mme de Bellerive ; et cette impression, déjà fâcheuse pour le conteur, dut saisir bien plus péniblement encore la pauvre Geneviève, lorsque, rentrant à l'hôtel de sa tante, elle aperçut sur le boulevart le coupé du fonctionnaire.

Aussi s'empressa-t-elle de remonter dans sa chambre, où elle s'enferma avec Yvonne.

Le baron se trouvait au salon, dans la compagnie de Mme de Bellerive, et l'entretien, dont on devine aisément le texte intéressé et les câlineries réciproques, n'offrirait rien de bien digne de l'attention du lecteur, sans un incident des plus légers en apparence, mais qui devait plus tard exercer une haute influence sur la destinée de cette histoire.

Au moment de l'entrée de Dupréval, Mme de Bellerive faisait enlever par un domestique l'un des tableaux, qui décoraient le salon.

Ce tableau, c'était le portrait rapporté par Georges du fond de l'Autriche, le portrait du duc de Bordeaux.

— Ah ! fit le fonctionnaire avec un sourire. Voilà, ce me me semble, un nouvel arrêt de bannissement, mis en exécution.

— Non pas ! balbutia la tante, en rougissant quelque peu;

le cadre était trop simple pour un salon, et je l'exile dans mon boudoir...

— Alors ce n'est pas une disgrâce, c'est une faveur !...

— Méchant !... Ne comprenez-vous donc pas une délicatesse semblable ? au point où nous en sommes, cette image doit-elle ainsi rester en vue de tous ?

— Non, sans doute ! Et vous prenez enfin le parti le plus sage. Gardez le cœur pour les disgraciés, si bon vous semble ; mais montrez aux puissans un visage joyeux et ami ? Qui boude le pouvoir, boude toujours contre lui-même ! Je ne vous demande pas le sacrifice de vos opinions, je vous prie seulement de les cacher, tant qu'il n'y aura pas avantage à les étaler au grand jour... Voilà tout !

— C'est fort heureux, car, en vérité, je ne puis accorder que cela. Il est des familles où le dévoûment est héréditaire, où la fidélité coule avec le sang.

— Très bien, le sang ne se fait pas voir, il se cache sous la peau. Que votre fidélité suive ce prudent exemple ?

— Soyez donc content, le portrait va disparaître ? Le voilà déjà descendu de son clou doré, il ne reste plus qu'à le faire transporter au boudoir. Voulez-vous me permettre de rappeler le valet que votre aimable visite a chassé du salon ?

— Faites, Madame ?

— Ah ! pauvre enfant !

— Gardez-vous de le plaindre. Sa nouvelle place doit rendre jaloux tous ses confrères de l'hôtel !...

— Ne plaisantez donc pas sur un aussi triste sujet. Il est des affections que nous seuls pouvons comprendre !...

— Mais je les comprends à merveille, Madame ; et, si j'étais moins prudent, je dirais même que je les partage...

— Vous !...

— N'ai-je pas été le serviteur fidèle de la Restauration ? et si jamais... Vous m'entendez...

— Oui...

— Eh bien !...

— Eh bien ?...

— Chut !... J'en ai déjà trop dit, pour un diplomate... Savez-vous que ce portrait est un petit chef-d'œuvre ?

— Vous trouvez ?

— Sans doute ; l'artiste a fait preuve là d'un grand talent...

— Vous ignorez, à votre tour, faire l'éloge d'un rival !

— Comment ?

— Le peintre n'est autre que M. Georges Cortalès.

— Ah ! fit le baron, devenu tout à coup sérieux et pensif. Et comment donc M. Georges a-t-il pu copier les traits du comte de Chambord ?

— Sur son altesse royale en personne.

— Où donc cela ?

— A Goritz.

— A quelle époque ?

— Il y a deux mois, je crois, quoiqu'il m'ait apporté cette toile depuis une semaine à peine.

— Ainsi ce Cortalès a fait un voyage en Autriche ?

— Là en Italie. Plût au ciel qu'il y fût resté ! C'est le seul obstacle à nos vœux.

— Oh ! Geneviève est une enfant ?...

— Détrompez-vous, il y a chez cette jeune fille une volonté de fer, et, je le crains, un amour profond pour Georges. Il faudrait trouver un moyen de l'éloigner ?...

— Ou plutôt de le perdre à ses yeux.

— Ce serait de bonne guerre.

— Dites-moi ? N'a-t-il rapporté d'Autriche que ce seul portrait ?

— Non, deux. Il y en avait deux qu'il m'envoya pour choisir. J'ai préféré celui-ci.

— Et l'autre, qu'est-il devenu ?

— Georges l'aura gardé sans doute.

— C'est donc un légitimiste enragé ?

— Mon Dieu, non ! Ces gens-là n'ont aucune opinion.

— Alors, pourquoi conserver ce portrait ?

— Comme souvenir de voyage et comme travail.

— Vous croyez ?

— Oui, car ce Georges a l'habitude de travailler en double, et de se réserver la moins bien réussie des deux épreuves. C'est une manie d'artiste.

— En ce cas, vous me répondez que le portrait se trouve chez lui ! s'écria le fonctionnaire avec une impétueuse avidité.

— Presque, répondit Mme de Bellerive. Mais pourquoi donc toutes ces questions ? Vous avez maintenant une expression singulière, un sourire étrange, un regard....

— Moi, rien, un peu d'impatience et de colère. J'avais placé dans cette union tout mon espoir de bonheur et d'avenir.

— Mais rien n'est encore désespéré ?

— Ah ! si Geneviève aime ce Georges...

— Bah ! nous trouverons moyen d'en venir à bout. Un artiste, un simple artiste ! Et tenez, j'avais cru lire dans vos yeux comme un éclair de triomphe.

— Hélas ! mes yeux vous ont trompée !

— Franchement ?

— Je vous le jure, répondit le fonctionnaire, je vous le jure sur la tête de ce prince chéri, que vous oubliez d'envoyer au boudoir convenu.

— Impitoyable ! soupira la légitimiste ralliée, en agitant le cordon d'une sonnette. Adieu, pauvre exilé, même en peinture !

— Allons ! conclut le machiavélique fonctionnaire, tandis que le domestique enlevait le portrait donné par Georges... Allons ! vous me remercierez plus tard.

. . . .

Quelques minutes après, lord Karolan entrait dans le salon.

Frédérick Pichard l'accompagnait, afin de se faire présenter au futur ministre.

L'entretien devint général. On accablait à l'envi le vieillard millionnaire de prévenances et de caresses. Le médecin et le baron s'observaient en silence, et se comprenaient l'un l'autre. N'y avait-il pas sympathie d'instincts et de penchans entre ces deux hommes ?

Aussi le fonctionnaire promit cordialement sa protection à l'officier de santé, qui se retira bientôt humble, rampant, protestant de sa reconnaissance à toute épreuve.

Ce dernier mot fut accentué de façon à amener un sourire sur les lèvres pâles de Dupréval.

— Ou je me trompe fort, murmura Frédérick Pichard, sitôt qu'il fut dans le jardin, ou nous nous rendrons mutuellement service. Ce gaillard-là vous a un regard suffit. C'est une excellente connaissance, et j'en remercie mon étoile. La Debanne et lui me feront la paire d'échasses.

Au salon la langue anglaise faisait tous les frais ; Mme de Bellerive elle-même plaçait son mot de temps en temps, grâce à ses souvenirs de l'émigration, entièrement passée à Londres.

Cependant, plusieurs fois, on avait envoyé demander Geneviève, et Geneviève ne descendait pas. Enfin, la tante se leva, pour aller à la recherche de sa dédaigneuse nièce.

Les deux femmes ne tardèrent pas à reparaître ensemble, mais, dans le court intervalle de leur absence, le lord avait dit au baron :

— Hâtez donc ce mariage ? Vous le savez, je suis prêt à faire venir tous mes capitaux en France, car en France seulement on peut les spéculations dont nous sommes convenus. Chez nous, il y a trop de chevaleresque loyauté dans toutes les aristocraties. Mais ici, la noblesse est vile et corrompue, la bourgeoisie immonde et rapace. Le peuple seul est noble et grand, mais par bonheur les affaires ne le regardent pas. Aussi je puis vite et bien quadrupler ma fortune, et faire la vôtre en même temps. J'aime les millions, moi, et plus j'en ai, plus j'en ambitionne. Mais tant mieux pour vous! Tout vous reviendra plus tard, et la chose en vaut la peine! Hâtez donc ce mariage, qui seul nous associera réellement. Mme de Bellerive ne demande pas mieux, et quant à sa nièce...

— L'obstacle vient de là, s'écria le baron.

Pour toute réponse, l'Anglais haussa les épaules.

Du reste, les deux dames entraient au salon.

Geneviève reçut froidement les galanteries, et fut s'asseoir auprès de la fenêtre, ou se trouvait un métier à broder.

On reprit la conversation en anglais, la pauvre fille ne comprit plus; mais elle sentait vaguement qu'il n'était question que d'elle.

A voir dans le fond de la salle ces trois personnages, complotant le malheur de deux amans; cet Anglais, vieillard repoussant et ignoble; ce baron à la physionomie digne d'un Judas; cette longue, maigre et revêche douairière... A voir ce groupe hideux et plongé dans l'ombre, tandis que la blonde et candide jeune fille rayonnait sous l'auréole de lumière dont l'enveloppait la haute fenêtre frappée par les rayons d'un soleil de printemps, on eût dit un de ces anges des vieilles légendes retenu prisonnier dans un palais gardé par des acolytes de Satan !

Seulement, Geneviève avait dit vrai ; le baron exerçait à l'hôtel cette influence toute puissante, dont usait si bien ce bon M. Tartufe dans la bourgeoise demeure du débonnaire Orgon...

Tout à coup un domestique parut sur le seuil.

Il tenait à la main le petit livre de messe, rapporté à l'instant même par la loueuse de chaises de Saint-Sulpice.

Geneviève saisit le livre, l'entr'ouvrit, et presque aussitôt jeta un cri involontaire.

— Qu'y a-t-il donc ? demandèrent trois voix empressées.

— Rien, rien, balbutia la jeune fille. Ce paroissien qui m'est cher et que je croyais avoir perdu !...

Mais en réalité la jeune fille avait lu ces mots, tracés au crayon sur la première page :

« Venez à Saint Sulpice, je vous en supplie, le surlendemain des courses de Chantilly. Là seulement je m'expliquerai... Tout va bien... Bonne espérance! »

Le livre fut aussitôt précieusement serré.

Personne n'avait deviné la secrète joie de Geneviève, et lorsque, sur l'appel de Mme de Bellerive, elle vint se mêler à la conversation, tout le monde fut ravi de la trouver tout autre que d'habitude.

Le baron lui-même tira bon augure de ce changement inespéré, et le malin diplomate ne s'aperçut pas qu'il était la dupe d'une jeune fille.

Geneviève venait de se faire donner la date des courses de Chantilly.

. . . .

Tout le reste du jour, l'heureuse enfant fut d'une humeur enjouée, charmante et folle !

Madame de Bellerive crut toucher au but, alors qu'elle en était plus loin que jamais.

Car Geneviève se répétait au fond du cœur les deux derniers mots envoyés par Georges, et son sourire n'était que l'écho de son amour.

Et le soir, lorsque, retirée dans sa chambre de jeune fille, elle entr'ouvrit la fenêtre et contempla toute rêveuse le ciel brumeux et noir, une voix se fit entendre dans le lointain, une voix bien chère, qui chantait une une de ces mélodies connues des seuls amans :

« Bonne espérance! bonne espérance! »

— Pauvre Georges ! soupira Geneviève, il pleut.

. . . .

Et cependant la fenêtre ne fut refermée que bien avant dant la nuit !

CHAPITRE VII.

Si tous les arbres ressemblaient au chêne orgueilleux et au roseau philosophe de la Fable ; s'ils jouissaient du privilége gracieusement concédé par la fantaisie du bienheureux La Fontaine ; s'ils avaient tous le don de la parole et en même temps celui du souvenir, j'en sais une douzaine qui pourraient conter de bouffonnes conversations et de drôlatiques aventures.

Ce sont certains tilleuls, aux pieds desquels se réunissent les comédiens sans place de la province.

Palais-Royal, carré nord-ouest, dans celle des deux allées qui longe le petit jardinet au gazon toujours vert, aux plates-bandes sans cesse fleuries, aux myriades effrontées de pierrots tapageurs.

Tel est le campement des artistes de passage. Rarement leurs promenades dépassent le rond-point du jet d'eau, jamais leurs excursions ne s'étendent jusqu'au côté Valois, et même dans l'allée favorite, ils abandonnent les deux extrémités, celle-ci, aux abonnés du Pavillon littéraire, celle-là aux badauds de toute espèce. Sur vingt-quatre tilleuls, moitié rentre à peu près dans le domaine public, mais le reste, le centre, est une propriété exclusive, et la nature elle-même semble vouloir le distinguer par un feuillage d'une teinte toute particulière, par un aspect tellement original, qu'il a valu à toute la douzaine le surnom généralisé de : l'arbre aux punaises.

Epithète passablement malhonnête et triviale, mais dont tout le monde a pris le sage parti de rire. Et de quoi ne riraient pas les comédiens? Allez plutôt au Palais-Royal, allez voir leurs groupes joyeux et bruyans.

Ils sont là chez eux ; tout leur appartient, l'ombre, le sable et même les chaises qu'ils ont glorieusement conquises à la pointe de l'esprit. L'usage est de les payer, ces maudites chaises, mais les comédiens ne voulurent pas se soumettre au tarif. Un commissaire survint avec tout l'appareil imposant de cette gracieuse institution. Défense de s'asseoir sur les chaises ! Toute la bande récalcitrante s'assit immédiatement par terre... Fureur du magistrat, lequel n'est pas payé pour avoir de l'esprit.

— Messieurs, gronda-t-il avec l'organe arrogant et brutal qui semble réservé pour cette autorité revêche, je vous engage...

A ce mot brusquement interrompu, grand coup de théâtre ! On se relève, on entoure le commissaire, on s'écrie :

— Vous nous engagez !... Bravo !... c'est ce que nous demandons, ce que nous voulons, ce que nous attendons. Vous nous engagez... où cela? comment? combien? Il nous engage ! aimable commissaire, sublime commissaire ! vive le commissaire !

En dernier résultat, deux des plus spirituels mutins furent conduits au poste. La police sera toujours la police !

Mais les comédiens restèrent les maîtres du champ de bataille, et depuis ce jour mémorable, personne ne leur conteste plus le droit de ne pas acquitter l'impôt du décime. Quelques-uns prétendent même que ce droit est un des principes les plus indélébile de la Charte constitutionnelle. Nous n'avons jamais lu la Charte, et, selon toute probabilité, nous ne la lirons jamais !

Gardez-vous, cependant, d'après cette véridique anecdote, gardez-vous bien de mal penser des comédiens de province. On les a généralement calomniés, depuis Scarron jusqu'à Paul de Kock ; et bien des crédules ont pris la charge pour le portrait. Il se rencontre parfois des habits croisés sur la misère, jamais de haillons, jamais surtout d'oripeaux de théâtre crânement portés à la ville. Les pauvres se cachent, et ceux qui se montrent au grand jour sont des hommes parfaitement semblables à leurs concitoyens. Les anciens ont la toilette, les allures d'honnêtes bourgeois ; les jeunes sont pour la plupart élégans et distingués, certains même pourraient rivaliser avec nos plus pimpans gentilshommes.

Ceci est la conséquence toute naturelle d'une situation spéciale. Le théâtre recrute ses élus parmi toutes les classes de la société, et chacun apporte dans cette mosaïque les couleurs plus ou moins brillantes de sa naissance et son éducation. Celui-ci était un ouvrier, celui-là un grand seigneur; tel sort du collége, tel autre de la boutique. Tout cela se mélange et s'accommode ; les uns déteignent sur les autres ; le hasard et l'intelligence font le reste. Mais, quant au type, il disparaît de jour en jour, et bientôt messieurs les Parisiens seront fort embarrassés de reconnaître l'artiste débarqué de la veille dans leur orgueilleuse capitale.

Cependant, il est des degrés en tout, et chez les comédiens, plus que partout ailleurs, il y a les grandes et les petites villes, il y a les chanteurs et les acteurs ; notre plan ne nous permet pas de définir toutes ces nuances sans nombre, toute cette échelle hiérarchique dont le plus bas échelon est Bilboquet, dont le plus élevé nous semble le ténor de l'Académie royale de Musique.

Seulement, le comédien de province est probe, intelligent, spirituel, et presque toujours estimé de ceux qui le connaissent, y compris même la noire et maigre gardienne des chaises du Palais-Royal, leur plus intime ennemie. Elle les brusque souvent, mais elle les aime, et si jamais la pauvre femme tâtait de la misère, de la maladie ou de l'hôpital, les mauvaises pratiques lui rendraient au centuple tous les décimes, dont ils s'obstinent à rester momentanément débiteurs.

C'est aux approches de Pâques qu'arrive l'avant-garde entièrement fournie par les troupes nomades des arrondissemens. Ce menu fretin séjourne à peine une semaine, et fait place aux licenciés des grandes villes qui apparaissent dans la première quinzaine de mai. Ceux-là s'en vont peu à peu, mois par mois, jusqu'en septembre, époque des derniers engagemens. Plus tard, si vous apercevez encore des promeneurs au Palais-Royal, hélas ! les pauvres diables sont condamnés à se promener ainsi pendant toute la durée de l'hiver !...

Et depuis le printemps ils sont là !..

Voilà qui vous semble le plus monstrueux peut-être de tous les scandales modernes? Le comédien de province arrive, à peu d'exceptions près, sans argent à Paris. L'exiguité des appointemens, les dépenses inévitables, les banqueroutes fréquentes rendent les économies presque impossibles.

Heureux ceux qui repartent presque aussitôt ; malheur à ceux que le sort condamne à rester sans place jusqu'en septembre. Mais quant à l'artiste qui attendra plus tard, oh ! plaignez-le ! Le temps se passe, les ressources disparaissent, le crédit s'épuise. Enfin, le malheureux se trouve seul, sans un ami, sans une simple connaissance, sans personne au monde qui s'intéresse à lui. Tous les camarades sont au loin ou bien plongés dans une égale misère. Il ne peut travailler, ses derniers effets ont été vendus, l'hôtelier le met à porte, et le voilà dans la rue, sans pain, sans vêtemens, sans espoir, à l'entrée d'un hiver de six mois qu'il va passer ainsi ! que voulez qu'il fasse ? Pas moyen de gagner même un sou ! pas une porte ouverte ? pas une main tendue... C'est affreux... c'est épouvantable !...

Et lorsque cet homme a une femme, des enfans, une famille !..

. . . .

Mais dira-t-on, il y a aussi peut-être insouciance, imprévoyance, manque d'ordre, amour irréfléchi du plaisir?

Oui... quelquefois... mais plus souvent la détresse du comédien de province provient de causes tout-à-fait indépendantes de sa volonté... Et supposez-lui toutes les vertus, toutes les chances, toutes les épargnes possible... Eh bien ! il retardera la faim et l'agonie d'un mois, de deux mois, de six mois... voilà tout ! Vivre toute une année aux dépens du passé... jamais !

A quelques-uns la Providence est venue miraculeusement en aide... Mais combien sont morts dans la rue, et dont on ne sait pas même les noms !..

D'autres ont eu le bonheur de tomber malades, et l'hôpital s'en est chargé !...

L'artisan est exposé à de semblables misères, dira-t-on encore, mais l'artisan se trouve chez lui, dans sa ville. Il a des parens, des amis, des camarades, il tient à quelque chose ; on sait où le retrouver plus tard, et les marchands de son quartier lui feront quelque crédit ; on le connaît, et la charité publique lui sera de quelque ressource. Avec ses habitudes de travail, il trouvera enfin une occupation quelconque. L'ouvrage de son propre métier ne chômera pas douze mois de suite... Il souffrira cruellement, mais il ne mourra ni de froid ni de faim.

Et voyez, le comédien de province est complètement étranger, inconnu, dépaysé. Il ne sait que jouer la comédie, et rien ne se rattache à ce genre de travail. Sa profession éloigne même la confiance. C'est un oiseau de passage, Où s'envolera-t-il demain ? Les riches ont leurs pauvres, les villes ont les leurs. Son indigence n'est pas de celles qui étalent des haillons intéressans. On ne croira pas à ses paroles, on en rira même ; et si quelque matin on le trouve expirant sous la neige, on dira : Allons donc, c'est un paresseux qui sort du cabaret ! Et personne ne pourra rendre justice, même à son cadavre, car pas un ne le reconnaîtra, pas plus dans la rue qu'à la Morgue !

On n'a pas idée d'un dénûment, d'un abandon, d'une agonie semblables ! Les naufragés du moins ont la consolation de souffrir ensemble, et la ressource de se manger les uns les autres.

Et ceci se passe dans un pays civilisé, après deux révolutions tièdes encore !

Personne n'a songé à garantir les intérêts, ou du moins l'existence du comédien de province. On abandonne les théâtres à tous les hasards, à toutes les brigandages, à toutes les incapacités. Il semble, qu'une fois monté sur les planches, on ne soit plus citoyen, on ne soit plus homme ! Nulle surveillance, nul refuge, nulle protection. Toute une classe de plus de dix mille âmes abandonnée! entièrement abandonnée !

Voilà le mal et le remède serait si facile.

Que l'Etat prenne la direction générale de tous les théâtres du pays. — Qu'il institue des écoles préparatoires, d'où l'on sorte par rang d'examen comme des Ecoles polytechnique, normale, des Arts-et-métiers, etc. — Que les artistes soient nommés successivement de troisième, de second, de premier ordre, suivant le progrès et les mérites. — Que les appointemens augmentent en proportion des villes et de l'emploi. Qu'une inspection éclairée nomme et fasse avancer jusqu'aux grandes scènes de Paris. En un mot, que le théâtre soit réglé, rétribué, enrégimenté comme toutes les administrations civiles et militaires du pays.

Alors...

Oh !... alors vous fonderez de nobles et grandes choses ! D'abord la réhabilitation d'une classe nombreuse et méritante qui se placerait ainsi au niveau des premières classes de la société. Le théâtre deviendra un art réel, une profession sérieuse, une sorte de magistrature honorable et salutaire.

En relevant les comédiens, vous relevez le théâtre; en imposant le travail et la science, l'émulation et la justice, vous ne manqueriez plus de grands artistes comme vous en manquez aujourd'hui. La scène française brillerait d'une splendeur glorieuse et nouvelle, et cela partout, dans les plus petites villes comme dans les plus grandes. A Paris, ce seraient de véritables écoles morales, de nobles académies que l'étranger vous envierait. Les grands auteurs reparaîtraient avec les grands acteurs. Tous les Talma, tous les Molière ne sont pas morts avec Molière et Talma !

Enfin le théâtre, ainsi exploité par l'Etat et au profit de l'Etat, lui rapporterait d'incalculables bénéfices, un impôt juste et loyal, qui pourrait remplacer d'autres impôts injustes et alléger d'autant notre budget, si lourdement inique.

Pour tout cela, que faudrait-il ?

Un ministère de plus, voilà tout.

. . . .

Ce n'est ici ni le lieu ni l'instant de faire ressortir les mille avantages d'une réorganisation semblable.

Plus de fermetures pendant l'été pour les trois quarts des théâtres de la province. Plus de paresseux et d'impuissans, alors que des examens inévitables conféreraient seuls un droit, un titre, un brevet, comme pour les avocats, les médecins, les professeurs. Plus d'injustices, plus de talens avortés, plus de génies méconnus, grâce à l'étude, à la surveillance, aux grades équitablement dévolus, surtout, plus d'incertitudes et de misères... Plus de chutes humiliantes et fatales. Enfin, dans la conduite individuelle, plus de ces immoralités que peuvent encore aujourd'hui se permettre les artistes, placés en dehors d'une société à laquelle ils ne doivent rien, parce qu'elle ne fait rien pour eux.

Et les comédiennes donc ? ces pauvres femmes placées dans une situation si fausse et si terrible ! Donnez-leur la vertu, la considération et le bonheur !

Le devoir de toute nation n'est-il pas de s'incorporer chaque citoyen par un échange loyal de services et de devoirs ?

Or, les artistes dramatiques valent certes la peine que le monde leur ouvre enfin ses portes. Faites-les citoyens, et, je vous en réponds, ils sauront vous payer au centuple la place que vous leur aurez donnée.

Allons, messieurs les Français, donnez, comme toujours, un grand et noble exemple à l'Europe en réparant les premiers une ridicule injustice, en sauvant dix mille de vos frères !

. . . .

Du reste, voilà peut-être beaucoup trop de philantropiques dissertations pour un simple et modeste roman.

Loin de moi la prétention de me faire legislateur.

Mais nous avons 450 députés, huit ministres, je ne sais combien de pairs de France...

Et peut-être, dans ces quelques pages, le germe et l'idée d'une juste et féconde réforme.

CHAPITRE VIII.

C'était le matin de ce lundi si impatiemment attendu par Saint-Hyacinthe, c'était le jour du rendez-vous donné par le directeur Pichonneau.

Depuis longtemps déjà le canon du Palais-Royal avait toussotté l'heure de midi, et les abords de l'arbre aux Punaises étaient encore complètement déserts.

Les comédiens sans place se lèvent le plus tard possible, les riches, par paresse et par oisiveté, les pauvres, hélas ! afin d'épargner un repas. Qui dort déjeune.

Cependant peu à peu les chaises se garnirent.

On s'abordait franchement et joyeusement ; on formait des cercles sous l'ombrage. Le hasard et l'amitié groupaient indistinctement tous les âges, tous les emplois lyriques ou dramatiques.

Il y avait là des ténors, espèces de pachas, de nababs, reconnaissables au comfortable de leur toilette, au luxe de leurs épingles et de leurs breloques ; des premiers rôles majestueux et faisant rouler les R ; des comiques à la mine pittoresque, mais parfois devenue triste à force de faire rire les autres ; des financiers larges et gonflés de partout, des amoureux à fine taille ; des traitres au sombre regard roulé sous d'épais sourcils ; enfin un assortiment universel, une collection au grand complet.

Les uns assis, les autres debout ; ceux-ci à cheval, ceux-là étendus ; les plus indiscrets usurpant à la fois deux des célèbres chaises, groupées en rond, en ovale, en carré, en triangle ! Parfois deux intimes amis devisant à l'écat ; parfois un bouder rêvant tout seul, le dos appuyé contre un tronc solitaire !

Halte de joyeux bohémiens ; campemens de guérillas à l'ombre ; branle-bas d'atelier en belle humeur ; tohu-bohu d'écoliers en récréation. C'était à la fois tout cela.

Quoi de plus simple ! On se connaît et l'on se rencontre ; on s'aime et l'on se retrouve ; camarades et amis ne s'étaient pas vu depuis un an, depuis deux ans, depuis dix ans. Demain, le vent les poussera dans des directions diverses, et peut-être seront-ils dix nouvelles années sans se revoir !

Et puis le comédien est de sa nature curieux, sympathique et bavard. — On a tant à se dire, tant à se demander, tant à s'apprendre !

Aussi que de médisances, que de vanteries, que de gasconnades sous l'arbre aux punaises !

Car, il faut l'avouer, l'acteur de province aime beaucoup à parler de lui d'abord, et des autres ensuite, en bien dans le premier cas, dans le second souvent en mal. C'est ainsi partout, mais au théâtre de préférence. Entendez-les ? Chacun a du talent, du génie, du succès ; chacun vient de recevoir des bravos, des ovations et des couronnes. On ne voulait pas laisser partir celui-ci de la ville dont il arrive : toute la population gémissante a accompagné cet autre jusqu'aux frontières du département. Les chutes, les renvois ne sont qu'injustices et cabales ! Hélas ! les acteurs ne demanderaient pas mieux que de toujours mentir, mais les publics leur font dire la vérité bien souvent en dépit d'eux-mêmes !

Nul écrivain n'a chargé à côté du tableau ; seulement il est juste de dire, pour excuser les hableurs, qu'ils mettent dans leur éternel panégyrique une bonne foi, une conviction, une ingénuité telles, qu'on ne saurait sérieusement leur en faire un crime.

Quant aux médisances, comment ne pas trouver le reste un peu laid, lorsqu'on se croit soi-même si superbe !

Ensuite, tout cela est débité d'une façon si drôlement spirituelle, que le monde des salons en serait jaloux, s'il avait le malheur de les entendre !

Tel est le thème favori de toutes les conversations. Vient ensuite la chronique amoureuse, qui ne manque pas non plus d'un certain intérêt.

Nous l'avons dit plus haut, on rencontre dans les troupes de province beaucoup de femmes légitimement honnêtes et s'il est des saintes dans le ciel, celles-là le seront certainement un jour. Les autres comédiennes peuvent se diviser en deux catégories bien distinctes ; les unes qui se donnent, et les autres qui se vendent. On le voit, le théâtre ressemble bien encore au monde de ce côté-là !

Les premières concentrent leurs affections et leur vie dans les coulisses ; tout homme qui ne met ni du rouge et du blanc n'est pas un homme pour elles. Etranges et bonnes filles ! on les prend, on les quitte, selon les circonstances et les localités. Elles vivent maritalement, tel est le terme technique, tel an avec celui-ci, dix ans avec celui-là, un mois, un jour, toute la vie avec les autres. On les a connues sous dix noms différens, Mme A, Mme B, toutes les lettres de l'alphabet. Une camaraderie, un voisinage, deux rôles dans la même pièce forment le simple nœud de ces sortes de mariages; un départ, une chute, deux engagemens séparés les rompent à jamais. On pleure, on soupire, on se désole au départ; mais vingt lieues plus loin, à la nouvelle ville, avant même la fin des débuts, si le jeune-premier a les dents blanches, si le gracioso possède un profil aventureux, si le père-noble n'est pas doué d'un gros ventre, brou! tout est oublié, tout est renoué, tout est conclu! Et les voilà joyeuses, aimantes, dévouées, fidèles même au présent comme elles l'étaient au passé. C'est bizarre, mais c'est comme çà. Elles aiment non pas un comédien, mais le comédien; elles sont attachées toujours à l'espèce, jamais à l'individu. Pourvu qu'elles aient des manchettes à repasser, des paillettes à recoudre, des rôles à faire répéter, peu leur importe le reste; et pour les soins, pour la vertu, pour le bonheur, souvent les femmes régulièrement mariées ne les valent pas... Que l'amant les garde, que les éventualités du théâtre ne nécessitent pas de séparations, et l'idée du changement ne leur viendra même pas; seulement elles acceptent en philosophes tous les hasards de cette vagabonde existence, et pendent follement leurs nids à la première branche qui se trouve sur le chemin de leurs ailes. Indépendantes et fières, prêtes à tous les dévoûmens, à tous les sacrifices, elles n'ont jamais compromis l'avenir de personne, elles ont toujours voulu gagner leur part dans les revenus du ménage; gaspilleuses dans la bonne fortune, elles supporteront en riant la misère à deux, et même dans la misère elles seront cigales toujours, fourmis jamais. Oh! ne les accusez pas, ces généreuses colombines, ce n'est pas leur faute, all·z!

Le hasard et le préjugé les ont faites ce qu'elles sont! Elles vivent comme leurs mères vivaient et comme vivront leurs filles. Personne ne les a averties, ou gardées, et, si elles étaient plus sévèrement vertueuses, la foule ne les estimerait pas pour cela davantage. Le désintéressement, dont elles donnent tant de preuve touchantes, rachète bien les quelques erreurs involontaires de leur dévergondage ingénu. Les primitives vertus du cœur remplacent chez elles les vertus conventionnelles de la société; et tant qu'elles resteront en dehors du monde, le monde n'aura nul compte à demander de leur conduite. Peut-être même accomplissent-t-elles la seule et véritable mission de la femme sur terre. Elles sont la consolation du paria, la Providence de l'artiste, le bonheur du pauvre. Enfin elles se donnent, elles!... Elles ne se vendent pas comme leurs arrogantes et rapaces rivales...

Celles-là... O mon Dieu! A quoi servirait d'en parler?... Coulisses, salons ou trottoirs, elles sont les mêmes partout!

Enfin il s'en trouve d'amphibies, qui participent des trois espèces; mais les unes et les autres ne paraissent que le soir et rarement au Palais-Royal. Durant le jour, les hommas restent maîtres absolus du terrain, et les aventures de ces dames les occupent presque autant que l'incessante démangeaison de la vanité dramatique?

N'est-ce pas assez pour remplir à peu près les séances de ce club en plein air? Quant au reste, on s'y soucie médiocrement de politique, la discussion littéraire est permise, et surtout la gouaillerie à l'égard des passans et des passantes. Gare à tous les ridicules! on les mitraille sans pitié ni merci. Le calembour se tolère, le jeu de mots circule à profusion, et l'esprit, cet oiseau-Protée, voltige sous ses mille formes à l'ombrage de l'arbre aux punaises.

Allez au Palais-Royal, par quelque bel après-midi de printemps, approchez vous des groupes babillards, et vous serez convaincus si vous ne l'êtes pas déjà. Ces messieurs se moquent parfaitement d'être écoutés, et parlent assez haut pour se faire entendre à distance.

Dans ces sortes de colloques, la comédie brille assez ordinairement aux dépens de l'opéra, dont les élus chantent pour la plupart beaucoup mieux qu'ils ne parlent. L'acteur est plus intelligent, plus instruit, plus spirituel. C'est une vocation qui l'a poussé vers le théâtre, et non pas seulement

IIIᵉ P.

une voix. Le chanteur est plus riche, mais il a quelque peu hérité de l'ancienne réputation du danseur. En un mot, l'Opéra représente notre aristocratie moderne; la haute comédie, caste de plus en plus désirée, figure la vieille noblesse; le drame et le vaudeville, c'est le peuple!

Du reste, en ceci les exceptions sont fréquentes, comme en tout ce qui précède. Nous nous hâtons, de le proclamer, avec l'espoir que chacun prendra les choses à son avantage, car nous serions désolés de nous faire un seul ennemi parmi les comédiens de province. Nous avons dit sur leur compte tout le mal qu'on peut en dire, et la moitié tout au plus du bien que nous en savons nous-mêmes. Quant aux artistes de Paris, ils daignent parfois venir fraterniser avec les oiseaux de passage; mais c'est une chose entièrement à part, et dont nous ne parlerons pas dans cet ouvrage, en dépit des tentations vagabondes de notre plume.

Et maintenant, que ces pages soient les bienvenues, si le vent les porte jamais sous les ombrages de l'arbre aux punaises.

. . . .

Ce fameux lundi, vers les deux heures, l'entretien roulait uniquement sur les nouvelles du jour, et les trois privilèges délivrés le matin même mettaient en grand émoi toute la fourmilière dramatique. On jugeait les nouveaux directeurs, leurs antécédens, leurs habitudes, leur solvabilité. C'était à qui placerait ses éloges, ses critiques, ses commentaires de toute espèce. Il y avait là tant d'espérances épanouies ou déçues! L'apparition d'un minois ère sortant de l'œuf ne cause pas plus grand remue-ménage dans le monde officiel.

Sans compter les allées et venues chez les correspondans des trois impressario, qui déjà commençaient de former leurs troupes.

Les correspondans, logés presque tous aux alentours du Palais-Royal, sont, comme on le sait sans doute, les entremetteurs des affaires théâtrales, les marchands de chair dramatique et lyrique. Conseils et fournisseurs des directeurs, ils font passer devant leurs yeux les artistes disponibles. On marchande, on traite dans leurs bureaux comme dans un bazar. C'est là que s'organisent les compagnies, que se signent les engagemens. On conçoit toute l'importance d'une semblable mission; beaucoup la remplissent avec conscience et probité, en estimables et vrais négocians, mais il en est aussi qui sont bien loin de mériter ce titre. Certains même poussent au delà de toute expression le cynisme, l'usure et la rapacité; ils se prêtent à toutes sortes de brigandages, de honteux trafics; et l'on en rit, car, aux yeux du monde, ce n'est pas voler que de voler les gens de théâtre. Ces sortes de négriers se livrent donc en paix à la traite des comédiens, dont ils sont la plus rongeuse de toutes les vermines parasites.

. . . .

Les quelques mots de la conversation suivante nous semblent indispensables pour compléter cette imparfaite esquisse.

— Eh bien? demanda toute la bande à trois camarades arrivant de trois côtés divers.

— Grand rabais! fit le premier.

— Des appointemens de deux sous! ajouta le second.

— Voilà ce qui s'appelle tirer aux jambes! s'écria le troisième.

— Et encore, on n'assure que les trois quarts.

— Plains-toi! on assure moitié là-bas.

— Et de mon côté, Messieurs, on n'assure rien du tout.

— Allons donc!

— En société, excepté le directeur, qui se garantit la part du lion.

— Ce doit être au moins M. Bagasse qui fait cette troupe-là.

— Parbleu! cette idée triomphante lui revenait de droit.

3

Le triple banqueroutier devait trouver enfin la recette de ne plus faire faillite.

— Ne voulait-il pas m'envoyer en Valachie, en me jurant ses grands dieux que j'épouserais indubitablement une princesse russe !

— Et nous, en Turquie. Ma femme avait la perspective de devenir la sultane favorite du sérail.

— Eh bien ! et toi ?

— Moi, on me prédisait un poste fort alléchant.

— Lequel ?

— Celui de chef des eunuques. J'ai refusé.

A ce naïf aveu, ce fut un éclat de rire universel.

— Ah ! ce n'était pas ainsi de mon temps, reprit le doyen de l'assemblée.

— Ils savent bien que ce sont les dernières occasions d'engagemens, et ils en profitent !

— C'est prendre les gens par la terreur !

— Mieux que cela, par famine ! Bagasse l'a dit.

— Et néanmoins il prend les mêmes honoraires ?

— Tiens ! tu peux être bien sûr qu'il ne fera pas grâce d'un centime.

— C'est scandaleux !

— Cependant il faudra bien en passer par là.

— Non, non.

— Vous en parlez bien à votre aise. On ne nous a pas payé les trois derniers mois.

— Nous, deux...

— Nous, six !

— On trouve toujours des artistes, va !

— Oui, mais ils tombent.

— Tant mieux, Bagasse touche deux fois des honoraires ; c'est tout bénéfice.

— Pour peu que cela continue, les artistes seront forcés de payer les directeurs.

— Pourquoi pas ? Cela existe déjà à Paris.

— Par eux !

— Vois plutôt Rosette, qui a voulu en tâter. Son directeur veut la diminuer encore ?

— Elle ne gagnait rien.

— Oui, mais elle payait douze cents francs.

— Eh bien ! de combien diable veux-tu qu'on la diminue ?

— Cela est cependant ? On lui demande dix-huit cents francs cette année-ci !

Nouvelle explosion joyeuse, qui fut interrompue par l'arrivée de Saint-Hyacinthe et d'Albert Atis.

On les connaissait, on les aimait l'un et l'autre ; et le cercle s'ouvrit pour leur livrer place à tous deux.

Mais Saint-Hyacinthe, refusant de s'asseoir, s'informa bien vite des trois élus de la matinée. C'étaient précisément les candidats, avec lesquels il se trouvait en marché, les trois noms qu'il désirait voir sortir de l'urne ministérielle.

Il va sans dire que le sieur Pichonneau figurait en tête de la liste.

— Reste là ! dit à son jeune compagnon le comédien tout joyeux.

— Pourquoi donc ? demanda celui-ci.

— Tu n'entends rien aux affaires, et tu t'amuseras mieux ici. Attends-moi, je préfère aller seul chez les correspondans.

— Chez lequel, d'abord !

— Oh ! je veux garder Pichonneau pour la bonne bouche.

— Voulez-vous donc refuser les autres.

— A peu près. Je suis certain de ce cher Pichonneau, et je le crois encore le meilleur. Cependant il ne faut pas agir en enfant. Je débattrai toujours notre chiffre, et demanderai jusqu'à demain pour donner une réponse définitive.

— Ils seront furieux !...

— Bah !... Tu leur écriras, toi, monsieur l'homme de lettres, et la bourrasque sera esquivée. Je ne saurais comment m'y prendre pour refuser en face ! Ne t'impatiente pas. Je reviendrai te mettre au fait avant d'aller chez les autres. C'est mon chemin de passer par ici.

— A bientôt, n'est-ce pas, à bientôt ?

— Oui, sois tranquille.

Ces mots avaient été échangés à voix basse ; cependant les comédiens étaient au fait, et lors du départ de Saint-Hyacinthe, toutes les voix lui crièrent :

— Bonne chance !...

— Merci ! répondit le bon vieillard en s'esquivant à la hâte.

CHAPITRE IX.

Albert Atis s'assit, et presque aussitôt l'attention générale se dirigea vers un assez étrange personnage qui surgissait à l'horizon.

C'était un gaillard à la mine joviale, à la chevelure ébouriffée, au nez quelque peu rubicond. Son corps anguleux et maigre se dessinait dans un accoutrement d'un noir grisonnant et râpé, qui l'habillait comme un vieux fourreau son parapluie. Le chapeau roussâtre ressemblait quelque peu au feutre célèbre du compagnon de Robert Macaire, et les bottes en bec de dauphin offraient une pareille analogie ; pas de linge apparent, une corde pour cravate, une barbe hérissée comme un cent d'épingles noires ; enfin et pour tout, la silhouette de Bertrand travesti en employé des pompes funèbres.

Les mœurs inconstantes et l'humeur vagabonde de ce bipède voyageur lui avaient valu le surnom caractéristique dont il fut universellement salué par les vingt voix du cercle.

— Le Juif-Errant !

— Moins les fidèles cinq sous, soupira le nouveau venu.

— Ah bah ! tu es donc sans engagement ?

— Hélas !

— Je te croyais au Nord.

— Moi au Midi.

— Nous, de tous les côtés à la fois.

— Je suis malheureusement à Paris, la ville la plus inhospitalière de la terre.

— Tu es donc arrivé ce matin ?

— Non, hier.

— Alors, sans aucun doute, tu repartiras demain ?

— Peut-être. Je ne peux pas tenir en place, moi. Chacun sa nature, cela ne regarde personne.

— Excepté tes directeurs. Tu débutes, tu réussis, et puis crac !

— J'aime la promenade.

— Oui, mais les tiennes ont dix, vingt, cent lieues, et tu n'en reviens jamais. Aussi les correspondans ne t'engageront plus.

— Les ingrats !

— Et où perches-tu maintenant ?

— Aux Champs-Elysées, Messieurs.

— Ah bah !

— C'est comme j'ai l'honneur de vous le dire.

— Tu n'as donc voulu d'aucun hôtel ?

— Si fait, mais aucun hôtel n'a voulu de moi ?

— Comment cela ?

— Voici la chose. J'arrive de Belgique, et par extraordinaire en diligence. Fatale idée ! Tous mes capitaux sont à cette heure entre les mains de MM. Lafitte et Caillard. Pourquoi ne me suis-je pas contenté de mes jambes, ces habituels véhicules de toutes mes excursions aventureuses ! Que voulez-vous? j'abomine le nord, pays plat, routes amusantes comme une tragédie de M. Viennet. Pouah! Et puis telle était ma fantaisie! Bref, me voilà dans la rue Saint-Honoré, avec une malle, une malle superbe, une immense malle; mais dont le vide ne saurait se comparer qu'à celui de ma bourse. Cependant j'avise un hôtel, et je prends possession d'une chambre assez comfortable. L'hôte avait une assez bénigne figure, mais l'hôtesse me parut de composition moins accommodante. Cependant j'espérais le crédit, grâce à la confiance que devait inspirer la gigantesque malle.

— Mais elle était vide?

— Elle pouvait être pleine! Une malle fermée semble toujours pleine.

— On la pèse, et l'hôtelier...

— Voilà ce que je craignis, et ce dont je voulus me garantir.

— Par quel diable de moyen?

— De mes derniers deniers, j'achetai quatre clous vigoureux; je m'enfermai dans la chambre, je rouvris la malle et e lui clouai très fortement le derrière contre le carreau.

— Bravo! bravo!

— Après quoi je refermai le cadenas, à tous les tours dont il était susceptible, et je crus le mien digne d'un entier succès. Hélas! j'avais compté sans mon hôtesse!

— Comment?

— Le mari fut parfaitement dupe de mon stratagème. Sous prétexte de ranger la chambre, il voulut soulever la malle susdite. Pas moyen, les clous tenaient bon, et je le vis, car j'examinai attentivement dans la glace. Je le vis faire une grimace dont je tirai le plus réjouissant augure. Le bonhomme ébahi, subjugué, se confondit en protestations, en saluts; et moi je descendis majestueusement à la salle à manger.

— Où tu déjeunas?

— Comme un Louis XIV.

— Eh bien! alors...

— Attendez-donc! Je remonte, le cœur dent et le sourire à la bouche, heureux et certain d'une pitance à perte de vue. Le gargotier se trouvait encore dans ma chambre, et qui plus est, la gargotière. Le mâle me sembla tout penaud, la femelle avait un certain air narquois qui me fit frémir... Néanmoins je m'avance vers elle en folichonnant. Elle recule. Juste ciel! la malle n'était plus à la même place, et l'horrible hôtesse s'écrie, en me montrant les ravages des clous: C'est trois francs par carreau, Monsieur!

— Ah!.. ah!.. ah!..

— Pauvre Juif-Errant!

— Et que devins-tu, malheureux?

— Moi, je ne m'amusai pas à demander la carte. Marche, marche! bourdonnaient plus fort que jamais à mes oreilles, et j'opérai ma retraite au galop.

— En abandonnant armes et bagages?

— Il le fallait, il le fallait! Et voilà pourquoi j'ai perché cette nuit dans les Champs-Elysées.

— Ceci devient moins réjouissant.

— Si fait, si fait. On n'est pas mal du tout là-bas; de l'herbe bien tendre pour matelas, de grands arbres pour rideaux; et qui plus est, un pochard dont je me suis fait un oreiller.

— De sorte que tu ne te plains pas?

— Et de quel droit? Le pochard me semble une faveur toute particulière de la fortune, et je n'ai qu'un regret, c'est de n'avoir pu remercier ce traversin providentiel! Mais il est sans doute d'une nature plus matinale que la mienne.

— Plus matinale?

— Sans doute je ne l'ai plus retrouvé en me réveillant. Et jugez, Messieurs, jugez de la délicatesse de ce noble inconnu... Il avait mis un pavé à sa place.

— Et sans te réveiller!

— H in! c'est beau, ça.

— C'est digne du prix Montyon!

— Cent fois pour une.

— A moins que ce ne soit quelque génie propice, quelque fée complaisante, une transformation, une métamorphose.

— Je l'ai pensé un instant... Ce pavé-là n'était pas un pavé vulgaire! Par malheur, nous ne sommes plus au temps des miracles. C'est dommage, une fée amoureuse, et soutenant ma tête endormie sur son sein! Cela chatouillait agréablement mon amour-propre.

— Amoureuse... et de qui?

— De moi, parbleu! je suis très joli quand je dors!

Ce fut un feu d'artifice d'éclats de rire.

— Ah çà! reprit quelqu'un, tu dormais?

— Pourquoi pas?

— A la belle étoile?

— Ah! j'avais si bien dîné hier soir!

— Alors, ton camarade de lit t'aura volé!

— Oh! oh! quant à cela, je l'en eusse, pardieu, bien défié. Il ne me restait pas un centime, et le voleur eût été volé lui-même.

— Alors, comment as-tu fait pour déjeuner ce matin?

— Ceci est une autre histoire plus douloureuse encore que la première!

Tout le monde se rapprocha.

— Aimez-vous le melon? s'écria le Juif-Errant avec un accent étrange de désespoir.

Personne ne répondit.

— Moi, je raffole!... poursuivit énergiquement le conteur. Et de plus, j'avais des tiraillemens d'estomac, notez-bien la situation, j'avais des tiraillemens atroces!... Il était onze heures, déjà, et j'errais... dans ma chambre à coucher, en me disant avec angoisse: Déjeunerai-je, ou ne déjeunerai-je pas aujourd'hui?... Tout à coup, un garçon sort d'un restaurant, le Moulin-Rouge, je crois, et jette contre la borne une demi-douzaine de superbes tranches de cantaloup... Ne riez pas, Messieurs, c'étaient des tranches presque neuves; on les avait à peine touchées, tout le jaune restait encore, et j'adore le melon!... Quelle aubaine!.. Il s'agissait d'enlever cette manne céleste, et là gisait la difficulté. *Tat is the question?* disent les Anglais. Vous concevez que je me souciais médiocrement d'être aperçu. Par un surcroît de chance, les environs étaient déserts, et la borne, mon garde-manger, s'élevait le long de la muraille du jardin. Aucune créature vivante, si ce n'est le cheval efflanqué d'un milord, dont le cocher, grâce au ciel, se trouvait sans doute aussi dans l'intérieur du restaurant... à part cet inoffensif animal, personne sur la route, personne aux fenêtres. Je m'avance... bon!.. le garçon reparaît sur la porte et me regarde...

— Quelle fatalité!...

— N'est-ce pas! Et ce n'est rien encore.

— Voyons! voyons!

— J'avais remis ma promenade, et tout en affectant un air d'indifférence, je guignais mes chères côtes de melon du coin de l'œil... Enfin le garçon disparaît... Je soupire délicieusement, je parcours les alentours d'un regard rapide, et je m'élance...

— Enfin!

— Oui... enfin! je suis près de la borne, je me courbe, je touche du bout des doigts les précieux croissans... Crac! on ouvre une fenêtre... Je relève la tête, et je me trouve face à face avec une lorette, qui venait de déjeuner, elle! et qui se penchait en dehors pour mieux voir ce que je ramassais derrière la borne. En voilà, j'espère, une situation dramatique!

— Et comment te tiras-tu de ce mauvais pas?

— La Providence me vint en aide sous la forme de la maigre haridelle du milord. Je ramassai une des tranches, une de ces tranches convoitées pour moi-même, et je l'offris gracieusement à l'affreux pachyderme, qui se mit en devoir de la dévorer aussitôt. Ouf! Le sacrifice était accompli, à la grande joie de la lorette, qui me criait de la fenêtre : Encore, encore !

— Impitoyable lorette !

— Parbleu ! le cœur est excellent quand l'estomac est au dessert, et puis la grimace chevaline la divertissait beaucoup. Encore, encore ! La malheureuse !... Oh ! mais non, non. Je souris, je saluai, et je repris mon chemin, non sans retourner la tête. Au bout de quelques pas, la lorette referma la fenêtre, et moi je recourus à la borne.

— Cette fois tu vins à bout de ta conquête.

— Ah ! bien, ouiche ! Je n'étais pas au bout de mes tribulations. Que dis-je ? Tout cela forme à peine le prologue d'un drame en cinq actes, et pas mal de tableaux. Le chemin n'était plus désert, il y avait des promeneurs de tous côtés, et ma promenade à moi menaçait de devenir éternelle. Que d'angoisses, mes amis ! J'étais là, épiant la minute favorable qui n'arrivait jamais. Si l'un des importuns dépassait la borne inaccessible, un autre apparaissait tout à coup, et lorsque celui-là me tournait le dos à son tour, une nouvelle figure se présentait comme par enchantement. Jugez de mon supplice ! je piétinais, je marchais avec rage, et ce furieux exercice activait encore mes tiraillemens. J'avais une faim ! Et le cantaloup me semblait le plus savoureux de tous les alimens terrestres. Je le caressais des yeux, je le flairais des narines, je le suçottais en imagination du bout de mes lèvres. Oh ! que j'ai compris feu Tantale ! Et pour comble d'infortunes, voilà que s'avance un concurrent moins honteux que moi.

— C'était ?

— C'était le cheval auquel j'avais d'abord inspiré cette pensée funeste. L'ingrat ! il y prenait goût... Oh ! cette fois, la fureur me transporte, toute pudeur s'évanouit, je prends mon courage à deux mains...

— Tu t'élances ?

— Oui, mais je suis encore arrêté !

— Par qui donc ?

— Par le cocher, par l'horrible cocher !

— Oh !...

— La gourmandise du bucéphale avait fait avancer la voiture de quelques tours de roue, et le bruit attirait le conducteur irrité. Quelques coups de fouet me vengèrent du vorace animal, et je sentis renaître pour un instant toutes mes espérances.

— Brave cocher !

— Oh ! non ! fichtre, non !

— Il te sauvait...

— Pour mieux m'anéantir, le misérable !

— Comment donc ?

— Ecoutez ! écoutez la plus terrible et la dernière des milles terribles émotions de ma matinée. Cet homme, ce démon, ayant remis en marche son char numéroté, revient de quelques pas en avant, s'arrête juste en face de la borne, se retourne, va droit à la muraille, et là !... oh ! mes amis, je ne voyais que son dos... mais... au-dessus, juste au-dessus de mes pauvres tranches !

— Ah ! bah !

— Hein ! en voilà un dénoûment digne du reste. Il y avait deux heures que j'attendais, que je convoitais, en me délectant d'avance. Que de pas, que d'allées et de venues, que de... Oh ! je les avais bien gagnées ces jaunes et friandes tranches ! Et tenez, j'eusse mieux aimé les voir engloutir par le cheval que déshonorées par le maître ! Au moins elles auraient profité à quelqu'un.

Il y eut encore des rires parmi les comédiens.

— De sorte que tu n'as pas déjeuné ? demanda Albert Atis.

— Hélas ! non. Paris me porte malheur. Je repartirai tantôt.

Personne ne rit plus cette fois.

Mais en ce moment la loueuse de chaise survint, et ce fut justement au piteux héros de l'aventure qu'elle dit :

— Votre chaise, Monsieur ?

— Malheureuse ! s'écria la pauvre diable, avec l'éclat d'une fureur tellement burlesque, qu'il serait impossible d'en donner la moindre idée.

L'hilarité se réveilla plus bruyante que jamais, et la bonne femme s'enfuit épouvantée.

Albert Atis profita du tumulte pour glisser quelques mots à l'oreille de son voisin, puis il prit le Juif-Errant par le bras et l'entraîna dans la grande allée, sous le prétexte d'une confidence particulière.

Un instant après, les deux promeneurs repassèrent devant le cercle, et l'amant de Louise tendit une main furtive et rapide, où tomba discrètement la collecte générale.

Il est peu de riches qui donnent autant à la misère que les pauvres comédiens de province.

— Eh bien !... demanda-t-on à Albert, qui revint seul s'asseoir au milieu de ses camarades.

— C'est fait ! répondit le noble jeune homme... Il est allé déjeuner.

— Et comment t'y es-tu pris ?...

— Je n'ai pas parlé d'aumône... il eût refusé...

— Alors...

— J'ai dit que je lui prêtais cette petite somme.

— Mais... voulut observer une nouvelle recrue.

— Oh ! sois tranquille, interrompit le doyen. Il n'y a pas de danger qu'il s'avise jamais de vouloir rendre ! n'est-ce pas, Atis ?

Mais Albert ne répondit pas ; il venait d'apercevoir Saint-Hyacinthe et de courir à lui.

CHAPITRE X.

Le vieux comédien avait l'air tout soucieux et tout triste.

— Qu'y a-t-il donc ? s'empressa de demander le jeune homme.

— C'est drôle ! fit Saint-Hyacinthe. On avait déjà engagé tous nos emplois. Comprends-tu cela ? Et on semblait tenir tant à nous l'autre jour... J'étais bien avec mes craintes, moi ?.. je n'ai pas eu la peine de refuser, va !.,.

— Peut-être auront-ils entendu parler de l'affaire Pichonneau ?

— Oui... mais on avait en me parlant un air tout singulier... c'est d'un mauvais présage, fils !

— Allons donc ! quelque envieux nous aura desservis, voilà tout; et puisque les autres engagemens valent mieux...

— C'est égal. Il y a quelque chose d'extraordinaire là-dessous, et je veux en avoir le cœur net. Attends-moi encore un peu, je vais trouver le second directeur. J'avais sa parole, positive à celui-là, comme j'ai celle de Pichonneau. Mais aux derniers les meilleurs ? Attends-moi ?

Saint-Hyacinthe gagna la sortie du Palais-Royal, et Albert Atis, sa chaise sous l'arbre aux punaises.

En son absence le cercle s'était augmenté de trois artistes arrivant de Rouen.

— Patatras ! disait l'un d'eux, toute la troupe est par terre, et nous en étions...

— Comment... toute?...

— Raffle générale, à l'exception de trois ou quatre emplois... Mais le reste... tombés comme des capucins de carte !

— C'était une troupe magnifique.

— Qu'est-ce que ça fait aux Normands ?

— Mais le ténor ?...

— On l'a joué aux cartes, et son défenseur fut capot sur table. Enfoncé !

— Le baryton ?

— Au domino. Son adversaire avait tous les petits dés dans la main... Enfoncé !...

— La basse...

— On devait le laisser réussir s'il faisait beau temps le jour de son troisième début.

— Tiens ! il pleut tous les jours à Rouen...

— Aussi enfoncé comme les autres... la chance était contre nous !...

— Et les femmes ?...

— Oh ! cela, c'est différent. On a sifflé la première chanteuse, parce qu'elle avait un mari ; la seconde, parce qu'elle avait un amant ; la Dugazon, parce qu'elle avait un amant et un mari.

— Dans la comédie, les mères ont été fatales, et les prétextes plus amusans encore. Jugez-en ? Les marchands de tabac viennent de chasser la duègne...

— Pourquoi donc ?

— Elle ne prisait pas... Or, le nez de la duègne doit redevance à ces messieurs...

— Le directeur perd vingt mille francs, et le théâtre va fermer... Les Rouennais sont au comble du bonheur, et l'on parle de la fondation d'une fabrique de comédiens à Saint-Sever !... afin d'avoir de la marchandise de commande.

— Bah ! ils les feraient eux-mêmes qu'ils n'en siffleraient pas moins pour ça !... conclut le doyen à la satisfaction générale.

Alors ce fut le tour de la loueuse de chaise, qui vint jeter son éternel cri :

— Vos chaises, Messieurs !...

Lequel cri souleva les réponses suivantes :

— Abonné !

— Actionnaire !

— Rempailleur des chaises de l'administration.

— J'offre mon bout de cigarre !...

— Une prise...

— Mon cœur...

— Ma bénédiction...

— J'ai payé hier...

— Je paierai demain...

— Moi, il y a trois ans...

— Moi, jamais !...

Cette dernière réplique parut tellement péremptoire à la gardienne des chaises, qu'elle s'éloigna immédiatement, mais non sans bougonner.

— Allons, tas de comédiens, restez sur la paille ! C'est là votre place !

Les comédiens ripostèrent, la loueuse continua comme les Parthes de décocher ses traits en fuyant, et ce fut une mêlée générale, un vacarme à n'y plus rien entendre, une mitraille de saillies et de quolibets.

Mais Albert Atis n'était plus là, il venait pour la seconde fois de courir à la rencontre de Saint-Hyacinthe.

— Et de deux ! cria le vieux comédien à son jeune camarade.

— Vraiment ? demanda celui-ci.

— Places prises. N'est-ce pas étrange ?... Et l'on me parle avec je ne sais quel ton de blâme et de pitié. Il y a quelque chose, te dis-je, il y a quelque chose. J'éprouve comme un pressentiment sinistre, mon pauvre ami, j'ai peur. Il me tarde de voir Pichonneau.

— Enfantillage ! répondit Atis. Et tenez, le ciel semble au contraire à rendre à vos désirs. Voici le Pichonneau désiré !

En effet, l'ex-claqueur débouchait du péristyle Montpensier, épanoui, glorieux, et se prélassant dans sa dignité nouvelle.

— J'ai sa parole jurée, à celui-là, dit rapidement Saint-Hyacinthe. Tu l'as entendu ? Sa parole d'honneur. Viens avec moi, viens ?

Et, prenant le bras d'Albert, il s'avança à la hâte vers le superbe impressario.

CHAPITRE XI.

A l'approche de Saint-Hyacinthe, Pichonneau fit un brusque détour avec l'évidente intention d'éviter l'entretien ; mais ce fut peine inutile, presque aussitôt il se sentit frapper sur l'épaule.

— Ah ! c'est toi ? fit-il après s'être retourné vers les arrivans.

— Moi-même ! répondit le vieux comédien d'une voix essoufflée et tremblante. Je te fais mon compliment !...

— A quel sujet ?

— Ta nomination, parbleu !

— C'est vrai... balbutia Pichonneau... J'ai mon privilège.

— Et nous, notre engagement ?...

— C'est-à-dire, poursuivit le nouveau directeur avec un embarras croissant, je ne demanderais pas mieux, tu comprends !.. mais...

— Veux-tu donc manquer à ta parole ! interrompit brusquement Saint-Hyacinthe.

— Non, certes ; et c'est justement pour cela que tu me vois hésiter à te répondre. Je ne sais pas où j'avais la tête l'autre jour... mais j'étais engagé déjà... par parole d'honneur aussi ; et, tu conçois, la première est la bonne.

— Ainsi, articula le vieux comédien avec angoisse, tu ne veux pas de nous ?

— Au contraire, mon ami... au contraire ! mais à l'impossible nul n'est tenu. On m'impose ces engagemens-là... Et puis ma signature était donnée d'avance, je te le répète. Ne m'en veux pas pour ce malentendu-là... L'année prochaine, nous verrons.

Et Pichonneau voulait continuer sa route.

Saint-Hyacinthe l'arrêta par le bras.

— C'est là ton dernier mot ? souffla-t-il d'une voix douloureuse.

— Mon Dieu, oui ! répondit le directeur, en cherchant à s'esquiver de nouveau. Il n'y a pas de ma faute, crois-moi... les circonstances... les empêchemens... Enfin... désolé.

— Ecoute !... s'écria Saint-Hyacinthe en lui serrant le bras d'une main crispée, écoute... Voilà déjà deux fois qu'on me répond de la sorte aujourd'hui. Tu n'étais pas le seul à vouloir de nous, il y a huit jours, d'autres m'avaient promis comme toi, et comme toi tous me manquent de parole. Ce n'est pas naturel, ça ! que diable !... Nous sommes les mêmes qu'hier, et le changement ne vient pas de nous. Il y a autre chose dans tout ceci, avoue-le !

— Non, je te jure...

— Tu mens !...

— Saint-Hyacinthe !...

— Tu mens, te dis-je !... Ecoute, ne te fâche pas de mes paroles ; je ne sais pas trop ce que je dis en ce moment ! mais je suis dans des transes épouvantables. Réponds-moi !

— Que veux-tu que je te dise ?

— La vérité ! Comprends donc, c'est la misère, c'est la faim pour toute ma famille. Ces engagemens-là perdus, où en retrouver d'autres, mon Dieu ! Tout ceci n'est peut-être qu'une erreur, car je n'ai pas d'ennemis, moi ! Que je sache donc d'où part ce coup fatal, afin de le parer. C'est bien le moins que tu doives à un ancien camarade, auquel tu manques de parole.

— Mon pauvre ami... hasarda Pichonneau attendri.

— Eh bien ? râla Saint-Hyacinthe.

— Je ne sais pas trop si je dois te dire...

— Il y a donc quelque chose?

— Oui.

— Ah!

— Mais...

— Oh! parle... je t'en prie... il le faut, vois-tu bien... tu ne voudrais pas nous laisser mourir tous de famine, et ton silence nous tuerait. Dis-moi tout; il est peut-être encore temps de nous sauver... parle, je le veux! ou plutôt, non... je t'en prie... à genoux... tiens, veux-tu que je me mette à tes genoux? je t'en supplie!...

L'anxiété du vieillard était affreuse; Pichonneau, fort mal à l'aise depuis le commencement de l'entretien, ne put y tenir plus longtemps:

— Ma foi, tant pis!... s'écria-t-il; ils diront ce qu'ils voudront, là-bas; mais, moi, je vais tout te dire, mon pauvre vieux!...

Saint-Hyacinthe n'avait plus la force de parler; il joignit convulsivement les mains.

— Comment t'expliquer la chose! commença Pichonneau en se grattant le derrière de l'oreille. Tu es donc mauvaise tête, toi?

— Moi!...

— Républicain... légitimiste... que sais-je? Enfin, tu donnes dans la politique?...

— Ne plaisante donc pas, je t'en supplie?

— Je ne plaisante pas le moins du monde. On a une fameuse peur de toi au ministère, va!

— Mais je ne connais pas seulement les ministres.

— Enfin, que veux-tu? Ils prétendent que tu es un homme dangereux, et ils veulent te garder à Paris afin de te surveiller de plus près.

— Ta parole, que tu dis la vérité?

— Je te le jure.

— Et voilà pourquoi tu ne veux plus nous engager?

— Pourquoi je ne peux plus, à la bonne heure! car je tiendrais beaucoup à vous avoir, moi.

— Eh bien alors, emmène-nous.

— Comme tu y vas! ça leur déplaît, là-bas.

— Enfin, on ne t'a pas défendu?...

— Est-ce qu'on défend ces choses-là. On avertit, c'est exactement la même chose.

— Allons donc! moque-toi de tous ces gens-là, et...

— Ta, ta, ta! Quel enragé tu fais! Ce que c'est que le républicanisme pourtant! Comme ça vous change un homme!

— Mais non, cent fois non. Je n'ai pas d'opinion. Gouverné qui voudra; je ne m'en fiche pas mal! Est-ce que ça regarde les comédiens? Je te dis seulement qu'ils se trompent, et que tu peux nous emmener sans crainte. Hein! c'est convenu?

— Pas du tout, pas du tout! Et nos petits préfets que j'aurais sur le dos. Tu ne sais pas toutes les tracasseries dont ils sont capables. Il fait bon être leur ami à ces gaillards-là. J'en suis aussi fâché que toi, crois-le bien? Mais je suis entre leurs pattes, et si je t'emmenais, après l'avertissement en question, mon affaire serait claire. Plus de subventions... plus d'appui enfin. Banqueroute avant six mois!

— Ainsi, c'est bien décidé? implora le vieux comédien avec une navrante angoisse. Songe que tu nous mets la corde au cou. C'est toi qui sera cause de...

— Suis juste? Je ne peux pas me ruiner pour ton bon plaisir, moi!

— Est-ce que tu te ruinerais?

— Sans aucun doute. Tu ne connais pas les préfets, Saint-Hyacinthe! Je tiens à faire mes petites affaires, et tout dépend d'eux. Tu trouveras d'autres engagemens.

— Au mois de septembre... oui! et encore, tout est terminé déjà!

— Dam!... que veux-tu?... Patiente...

— Patienter!... Tu en parles bien à ton aise... Et avec quoi?... On nous a fait perdre six mois à Toulouse, et nous sommes sans argent!...

— Je n'y peux rien.

— Si fait... tu peux tout...

— J'ai besoin de tous mes capitaux pour mon entreprise, je te le jure!

— Eh! je ne te demande pas ton argent; engage-nous, voilà tout...

— Impossible!...

— Tu arracherais à la misère toute une famille... tu sauverais mes enfans, mes pauvres enfans! Et ça te porterait bonheur!...

— Je suis lié, vrai!

— Mais alors tu veux donc nous tuer tous... Tu y tiens, avoue-le! Oh! Dieu ne te bénira pas!

Le désespoir suggérait au pauvre comédien des argumens d'une bouffonnerie déchirante, mais l'entrepreneur intimidé restait inébranlable.

— Ainsi, rien ne t'effraie? dit encore Saint-Hyacinthe, avec l'acharnement du noyé, qui se cramponne aux branches du rivage.

— Pour ça, non?... répondit Pichonneau avec un commencement d'impatience...

— Rien ne te touche?...

— Si... Mais tu connais ma position...

— Je t'en prie, je t'en supplie...

— Pour la centième fois, non!...

— Eh bien! tous les malheurs retombent sur ta tête... car tu auras tout fait, et ce sera ta faute!

— Tu deviens fou à la fin... Ce sera plutôt ta faute, à toi!...

— A moi?

— Eh! oui... Pourquoi te mêles-tu de politique?...

— Va-t-en à tous les diables! s'écria le vieillard, en lâchant avec rage le bras, retenu jusque-là, du directeur inflexible.

Pichonneau profita de la circonstance et s'enfuit aussitôt.

CHAPITRE XII.

Saint-Hyacinthe restait immobile, abattu, anéanti, stupide!

— Mon père, murmura doucement Albert Atis.

— C'est impossible!... s'écria le vieillard, réveillé soudain par cette voix amie. Il a menti... c'est un prétexte. Je veux interroger les deux autres... Viens, Albert, viens!

Hélas! cette dernière lueur d'espérance ne tarda pas à s'éteindre. Les deux comédiens coururent chez les correspondans, où se trouvaient encore les directeurs nommés le matin. Après de semblables supplications, ils finirent par un aveu semblable. La scène que nous venons d'esquisser se renouvela deux fois sans obtenir un résultat meilleur. Et cependant le vieillard pleura!...

Mais non! Pichonneau avait dit la vérité, et, comme lui, ses deux confrères avaient peur!...

On ne soupçonne pas la pesanteur des influences ministérielles.

Saint-Hyacinthe se retrouva, palpitant et épuisé, dans le jardin du Palais-Royal.

— C'est à en devenir fou!... répétait convulsivement le vieillard en étreignant les mains de son compagnon, non moins atterré que lui-même... c'est à en devenir fou. Comprends-tu? Moi, un conspirateur!... Ils ne me connaissent donc pas, les malheureux!... Qu'est-ce que ça me fait, leur pays? est-ce que j'ai un pays?... Bon pour les riches, les propriétaires!.. Moi, je ne possède pas un pouce de terrain en France, je ne suis pas Français !... mais je suis père de famille. Ma famille, c'est tout, tout pour moi, et ma famille va mourir de faim !..

Il y avait dans tout ceci une simplicité touchante mêlée à un poignant désespoir.

Albert Atis calmait, consolait de son mieux le père de Louise. Un fils n'eût pas été plus attentif et plus tendre. Mais, hélas ! le vieillard, à l'aide de son expérience de la vie de théâtre, entrevoyait trop d'épouvante dans l'avenir.

— Enfin, je vous trouve donc !... cria tout à coup une voix rauque à l'oreille des deux comédiens.

Ils levèrent les yeux et reconnurent l'étranger recueilli dans la soirée du début de Mariette.

L'abbé La Châtre !...

— On va donc boire ensemble la choppe de la reconnaissance et le petit verre de l'amitié ? poursuivit l'émissaire de la Debanne.

Personne ne répondit à cette brutale ouverture.

— Mais, que diable ! avez-vous donc ? poursuivit l'ex-Delancourt, qui s'apercevait enfin de la tristesse de ses deux conviés.

Rien n'est confiant comme le chagrin. Dix minutes après l'abbé La Châtre savait tout.

— C'est guignolant ! fit-il avec une compatissante grimace. Quel malheur d'être pauvre ! je vous obligerais, moi, car le cœur est bon, voyez-vous !

Saint Hyacinthe lui donna la main avec une reconnaissante effusion. Une amicale parole semble si touchante en certains momens.

— Bah ! continua le Judas, faut pas désespérer tout de suite, ça s'arrangera. On ne meurt pas de faim ! Et au cas où les petits tireraient la langue trop longue, eh bien ! je vous trouverai peut-être de l'argent, moi !

— Vous ?

— Moi, pas directement. Dam ! c'est cher, et je ne vous le conseillerais qu'à la dernière extrémité. Enfin, nous reparlerons de ça plus tard. Pour le quart d'heure, il s'agit d'étourdir le tintouin, et le cognac est la pâte Regnault de cette maladie-là. Entrons au café.

— Pardon ! s'écria tout à coup Saint-Hyacinthe, qui n'avait prêté que fort peu d'attention à tout ce verbiage, pardon ! j'ai une idée. Viens, Albert, viens ?

— Un moment ! voulut observer l'abbé La Châtre.

— Un autre jour ! jeta le vieux comédien s'enfuyant ; vous nous trouverez là, sous les arbres. Au revoir.

— Partez, muscade, grommela Delancourt. Allez, mes fils, je vous repincerai au demi-cercle. Eh ! eh ! on les a déjà crânement battus en brèche. Je ne connais pas mes associés dans la besogne de cette démolition-là ; mais j'avoue que ce sont des gaillards de talent. Fichtre ! comme c'est travaillé. Adèle, tu as mon estime, ma bonne ! Trois heures ! qu'est-ce que je vais faire de ma journée ? Tiens ! allons un peu visiter mes petites lorettes ; elles auront peut-être à me revendre quelques uns de ces brimborions qui leur coûtent moins cher qu'à moi, mais qui me rapportent plus qu'à elles. Quant à l'époux de mon épouse, faut laisser faire l'effet de la bille ?

Et le trafiqueur Protée se mit en chemin vers les hauteurs de Breda.

Quant à Saint-Hyacinthe, il entraînait son jeune compagnon en lui disant :

— Ce n'est pas une vengeance, vois-tu bien, je n'ai jamais fait de mal à personne, moi ! C'est une fatale méprise, mais comment détruire la fausse opinion qu'on a de moi ? On ne me recevra même pas dans les antichambres du ministère, ou bien l'on prétendra ne pas savoir ce que je veux dire. Ma foi ! tant pis, il n'y a qu'un seul homme qui puisse nous sauver, et c'est mon frère.

C'était donc chez le baron Dupréval que se dirigeait la folle course du vieillard. Hélas ! il ne soupçonnait guère que de là venait précisément cette lâche et mortelle perfidie.

Le coupé du fonctionnaire se trouvait dans la cour.

— Il est chez lui ! murmura Saint-Hyacinthe avec espoir.

— Il n'y est pas ! répliqua le valet, après un regard jeté sur le modeste visiteur.

Cependant le vieillard employa tant d'insistance, que le domestique consentit à l'annoncer ; mais ce fut encore une espérance déçue !

— Je vous le disais bien ? répondit insolemment le valet à son retour. Il n'y a personne.

— Ah ! Puisque vous venez de lui parler, insista le frère, c'est que...

— C'est qu'on ne veut pas y être pour vous ? conclut le drôle galonné, en refermant brutalement la porte.

Lorsque le salon donne l'exemple, on sait jusqu'où va l'insolence de la valetaille !

Le comédien redescendit, mais pour revenir à la charge avec l'entêtement du désespoir. Un billet avait été écrit au café voisin, un billet plein de larmes et de prières, un billet qui disait tout.

— Encore ! s'écria le dédaigneux gardien de l'antichambre, qui déjà s'apprêtait à lui jeter, pour la seconde fois, la porte au nez.

— Pardon, pardon ! se hâta de dire Saint-Hyacinthe, en présentant la lettre, accompagnée d'un écu de cinq francs. Cinq francs, lui !

Oh !... le vieux proverbe a bien raison ; tel maître, tel valet ! Voyez plutôt le bon Grégoire chez Lucien de Varedde, ce misérable chez le baron Dupréval !

Il va sans dire que l'écu fut accepté sans le moindre scrupule, et la lettre remise à ce prix. Le maître n'en faisait-il pas autant, sur une plus haute échelle ?...

Seulement le comédien, ne pouvant pas monter au taux de ce tarif, le sacrifice resta complètement stérile. D'écdément le baron Dupréval ne voulait pas recevoir M. Saint-Hyacinthe.

Le frère défendait au frère de revenir !

Le valet avait empoché l'écu. Il transmit cet ordre dans toute son humiliante férocité.

Le vieillard s'éloigna muet et morne.

En vain Albert Atis s'efforçait de l'arracher à cette sombre atonie ; jusqu'à la petite rue Saint-Pierre-Montmartre il n'en put obtenir un seul mot de réponse.

Arrivé devant l'hôtel, Saint-Hyacinthe entra, et se mit à monter machinalement jusqu'au quatrième étage.

Une porte s'ouvrit d'elle-même. On attendait de bonnes nouvelles.

Aussi tout le monde accourut, avec de joyeux sourires, avec des cris joyeux, comme en un nid d'oiseaux, où rentre le mâle, une friande pâture au bec.

Mais presque aussitôt Annette et Louise se reculèrent, frappées d'une soudaine terreur.

Il y avait tant de sinistre et pâle désespoir sur le visage foudroyé de leur père.

Jeanne continuait de s'avancer, pleine d'inquiétude et de tendresse.

L'enfant malade, averti par quelque secret pressentiment, se souleva dans son berceau.

Albert Atis restait immobile et triste sur le seuil de la porte entr'ouverte.

— Qu'as-tu donc, ami ? demanda d'abord l'épouse.

— Qu'as-tu, père ? répétèrent ensemble les deux jeunes filles.

Pour toute réponse, le vieillard tremblant marcha jusqu'au secrétaire, l'ouvrit, fouilla l'un des tiroirs, compta froidement l'argent, et laissa tomber ces tristes paroles :

— Vingt et un francs dix sous ! et pas d'engagement de toute une année !...

— O mon Dieu ! cria d'une seule voix la famille épouvantée.

Le pauvre père remit l'argent dans le tiroir et voulut essayer un pas et un sourire, mais la force lui manqua des deux côtés à la fois, et, sans une chaise avancée à temps par Albert Atis, il fut tombé sur le carreau.

La femme et les enfans s'empressèrent autour du désespéré.

— De l'eau ! de l'eau ! murmura-t-il en portant les mains à sa cravate. J'étouffe !

Puis il posa son coude dans sa main gauche, son menton dans sa main droite, et resta longtemps ainsi, attéré, idiot, fou !...

Annette et Louise, agenouillées toutes deux auprès de la chaise, fixaient sur le père leurs yeux bleus pleins de larmes.

La mère, retournée près du petit Jean, balançait le berceau, où gémissait confusément une voix plaintive.

Albert Atis se tenait assis sur l'unique malle, les poings crispés, la tête droite, et le regard étincelant de l'énergique colère de la force impuissante.

Rien de touchant et de sublime comme toutes ces douleurs groupées entre les murailles presque nues d'une chambre d'hôtel garni, comme ce simple et triste tableau, à peine éclairé par le crépuscule brumeux d'un soir de mai.

La nuit vint et personne ne songeait à bouger de place. Seulement de grosses larmes silencieuses descendaient doucement sur les joues bistrées de Saint-Hyacinthe.

Tout à coup on frappa à la porte.

Albert Atis fut ouvrir.

C'était Frédérick Pichard.

L'officier de santé, grâce à ses gratuites et fréquentes visites, avait su gagner la confiance et l'affection du père et de la mère.

Il n'en était pas ainsi des jeunes gens. On va facilement en comprendre la cause tout à l'heure.

Le misérable reçut la confidence de Saint-Hyacinthe, feignit hypocritement de le plaindre, examina l'enfant avec grand étalage d'intérêt et de tendresse, puis se retira reconduit par les deux jeunes filles.

— Eh, eh ! Mesdemoiselles, ricana Frédérick Pichard, ayant déjà redescendu deux marches, il dépend de vous de changer la misère en opulence, et le désespoir en bonheur !

— Comment ? demanda la naïve Annette.

— Vous savez bien ? fit le corrupteur immonde, en clignant de l'œil par dessous ses lunettes vertes, Mme Debanne... Cité d'Antin, 57 !

— Monsieur ! s'écria Louise avec dignité.

— Chut ! siffla le serpent. Un mot de tout ceci à quelqu'un, et je ne reparais plus, et, trois jours après le petit frère est mort.

— Il ne manque pas de médecins ! ne put s'empêcher de répondre la jeune fille indignée.

— Avec de l'argent, ajouta Pichard ; et vous ne prenez guère le chemin des pièces de cent sous. Croyez-moi, Jean n'a qu'un souffle de vie, que seul je puis entretenir et conserver sans doute. Si ce donc ! ou je pars, et vous l'aurez tué, ni plus ni moins qu'un petit chat de trois jours que vous jetteriez dans la rivière. A bientôt, méchantes !

Et Frédérick Pichard, tout fier de cette odieuse menace, redescendit l'escalier en fredonnant l'adresse et le nom de son exécrable complice.

Les deux sœurs rentrèrent dans la chambre en deuil.

— Que veut-il donc nous dire avec sa madame Debanne ? demanda doucement Annette à Louise.

— Tais-toi ! murmura Louise, en indiquant le berceau d'un geste expressif.

En même temps Albert Atis lui disait à l'autre oreille :

— Il t'a encore parlé, cet homme ?

Pour toute réponse, la jeune fille suppliante montra pour la seconde fois le berceau de son frère.

Voilà pourquoi Saint-Hyacinthe et sa femme aimaient seuls le médecin tentateur.

Cependant l'heure du sommeil était venue. Les deux jeunes filles passèrent dans un cabinet contigu à la grande chambre, et dans lequel le même lit de sangle les réunissait toutes deux.

A côté du berceau de l'enfant malade, s'élevait la couchette en bois peint des deux vieux époux. Albert Atis occupait une mansarde sous les toits.

Les adieux furent tristes et courts ce soir-là !

Cependant une heure après les deux jeunes filles dormaient, enlacées et souriantes. La nuit garde ses plus doux songes pour les paupières de quinze ans.

Albert Atis se promenait à grands pas dans son étroite mansarde, la tête brûlante, et l'esprit acharné à découvrir quelques ressources pour sauver la famille de sa Louise bienaimée, dont la main frémissante venait au départ de serrer furtivement la sienne !..

Enfin, dans la grande chambre, Jeanne priait avec ferveur, et Saint-Hyacinthe sondait l'abîme, sur la pente duquel il se sentait glisser avec effroi.

Tout à coup un souvenir soudain se réveilla dans sa pauvre tête. Il se rappelait les dernières paroles de l'abbé La Châtre.

— Quel peut-être ce moyen si cher de se procurer de l'argent ?... murmura-t-il à voix haute. Et que voulait dire cet homme ?

— Qu'as-tu, père ? demanda son anxieuse compagne.

— Rien, femme ! répliqua le vieux comédien. Je pense, tandis que tu pries ! Il s'agit de l'existence de nos enfans... cherche un secours dans le ciel ; moi je le cherche sur la terre !...

— Mais, j'ai entendu... reprit Jeanne, en se soulevant sur un genou.

— Rien... te dis-je ! interrompit Saint-Hyacinthe avec une douce tendresse. Laisse-moi réfléchir et souffle la chandelle ; nous avons besoin de faire des économies, ma pauvre vieille !

Jeanne ne répondit plus, et la mèche fuma dans l'ombre.

CHAPITRE XIII.

Le fonctionnaire, arrivé à Paris deux mois environ avant Mariette, avait fait meubler pour elle un appartement assez convenable dans la Chaussée-d'Antin, à peu de distance du théâtre.

Lucien de Varedde et la cantatrice se trouvaient donc presque voisins, sans le savoir et sans même se connaître.

Mais les deux appartemens étaient bien loin d'avoir entre eux la moindre ressemblance. Tout manquait chez Mariette de ce goût exquis, de ce parfum artistique dont tout était empreint chez de Varedde. L'ordonnance et le choix sentaient horriblement le fils du boulanger, et les meubles avaient le cachet spécial des choses achetées à crédit.

En effet, le baron Dupréval, d'abord riche de son patrimoine, ruiné plus tard par la débauche, enrichi de nouveau grâce à des spéculations véreuses, mis à sec derechef par son ostentation luxueuse, vivait depuis quelques années dans ces alternatives de fortune, qui ballottent les joueurs politiques aussi bien que les joueurs de roulette. Les émolumens de ses places, les gratifications, les pots-de-vin, les dimes honteuses alimentaient ses revenus insuffisans, mais il ne lui restait pas un pouce de terrain, pas un maigre coupon de rentes. On sait, ou plutôt on devine, car il serait dangereux de tout dire, par quels scandaleux procédés il comptait refaire sa fortune, avec l'aide des capitaux du millionnaire anglais. L'avenir brillait doré par l'espérance; quant au présent, le noble désenfariné était littéralement criblé de dettes et presque toujours aux abois. Cependant le public ne soupçonnait rien de ce qui se passait derrière le rideau, tant aux yeux de tous le baron Dupréval menait le train pompeux d'une princière existence.

Ces positions trompeuses se rencontrent plus souvent qu'on ne le croit dans le monde officiel. Combien de nos repus ne ressemblent-ils pas au tonneau défoncé de mesdames les Danaïdes ?...

Quoi qu'il en soit, le fonctionnaire avait fait autant que possible pour l'installation de Mariette à Paris, mais la digne fille n'était pas à sa place dans ce logement, commandé comme pour une femme entretenue. Elle le savait plutôt par instinct que par expérience, et n'en murmurait pas. Que lui importait à elle, pourvu qu'arrivât enfin le jour tant désiré de la réhabilitation !...

Seulement, depuis son arrivée elle avait concentré toute sa vie dans un étroit et simple boudoir, où se trouvaient un piano de location et quelques bagatelles achetées par elle-même au gré de sa délicate fantaisie. Rien surtout, rien qui pût lui rappeler le pénible souvenir de son mauvais génie !

Hélas ! elle n'avait pas eu le pouvoir d'en proscrire le mauvais génie lui-même !...

Car c'est dans cette modeste retraite que nous retrouverons Mariette et le baron Dupréval, dans la matinée du 2 juin, jour où s'ouvraient cette année-là les courses retardataires de Chantilly.

. . . .

Le baron Dupréval pouvait avoir alors environ quarante-quatre ans. C'était le type incarné, l'échantillon complet du parvenu moderne, du prince de la bourgeoisie régnante, la statue vivante et personnifiée de ces hommes de chrysocale, coulés dans des moules de fange. Égoïsme sans pudeur, rapacité sans frein, servilisme sans honte, tout cela se lisait sur son visage sordide et grossier. Aucune passion généreuse, aucun noble instinct ne brillait sur ce front bas et étroit, dans ces yeux avides et impitoyables, sur ces lèvres luxurieuses et cyniques. Il était grand, gros, et d'une pâleur marbrée de teintes de brique. Il avait de grands pieds, de grosses mains, une nature de garçon d'écurie. A défaut de distinction et d'élégance, il se rengorgeait insolemment dans une orgueilleuse et sotte boursoufflure. Enfin, c'était un de ces puissans de l'époque que les timides redoutent, que les braves méprisent, et devant lesquels le pauvre de la rue devine qu'il ne faut pas tendre la main. C'était un de ces nabis d'antichambre dont l'arrogance, après avoir passé par toutes les nuances de la hiérarchie officielle, s'épate, épaisse comme lie, dans le type du sergent de ville, ce roi du pavé de Paris !...

Quelle différence entre le fonctionnaire et la cantatrice ! Lui, tel que nous venons de le décrire, elle si parfaitement exquise de race et de beauté !... Le baron, cette nature immonde, cette âme pétrie de lâcheté, de matérialisme et de bassesse ! Mariette, ce cœur si noble et si magnanime, cette intelligence si resplendissante de génie et de générosité !

Et cependant elle était reléguée aux derniers rangs de la société, tandis que lui primait dans la sphère la plus haute. A elle le mépris et l'isolement ; à lui l'estime et toutes les joies du monde ! Telles sont les révoltantes injustices de notre siècle, aux bons cœurs aristocratiques, sépares les uns des autres par l'épaisseur d'un centime ou d'un préjugé.

Ah ! c'est que la fille perdue de la pauvre fruitière était

III° P.

l'élue de Dieu; c'est que le puissant baron n'était que le favori temporaire des hommes !

Mais, patience et courage, ceux que le sort abaisse sur la terre seront glorifiés dans le ciel. L'Evangile le dit, l'heure des infirmes viendra. Patience et courage !

. . . .

Le fonctionnaire était assis avec une attitude nonchalante, et telle qu'un manant pouvait seul se la permettre en face d'une femme.

Mariette se tenait sur le tabouret de son piano entr'ouvert.

Elle était comme toujours pâle et grave, mais néanmoins le succès des triomphans débuts de la cantatrice jetait l'éclat d'une lueur passagère sur le front assombri de la femme.

Sa main droite errait sur les touches d'ivoire, et la gauche tendait deux billets de mille francs vers le despote.

— Voilà ce que vous m'avez demandé ? disait-elle.

— Merci ! répondit le baron. J'avais besoin de cet argent, car je me trouve à sec ce matin, et je vais partir pour les courses de Chantilly, où l'on jouera ce soir un jeu d'enfer !

— Et vous jouerez ?

— Comme un diable ! Je suis en veine depuis quelque temps, et l'occasion ne se présente aussi belle qu'une fois dans l'année. Nous louons un hôtel là-bas, et, ma foi !.. Une nuit de courses, tu comprends, chacun a la bride sur le cou. Il faut que je rapporte une trentaine de mille francs demain.

— Vous dites cela avec une assurance... Etes-vous donc certain de gagner ?...

— Moi... non... pas tout à fait du moins... balbutia le fonctionnaire en souriant d'une étrange façon... mais les joueurs sont un peu comme les cantatrices... vous vous sentez en voix certains soirs plus que certains autres. Eh ! bien, moi, je me sens en veine aujourd'hui, et tu verras demain que je ne me trompais pas ?

— Bonne chance donc ! je vous souhaite les trente mille francs prédits.

— Le souhait est superflu et les billets suffiront pour me porter bonheur ! Ils ont un parfum attractif, et je les serre là, persuadé qu'ils vont en attirer trente autres, tout aussi bien que l'or attire l'électeur ?

En même temps le baron Dupréval ouvrait un volumineux portefeuille noir.

Quelques cartes à jouer roulèrent sur le tapis.

— Comment ! fit Mariette en se penchant pour les ramasser, vous vous chargez vous-même d'un semblable bagage ?

— Une fantaisie... un hasard !... J'ignorais que ces cartes fussent-là. Mais puisqu'elles y sont... balbutia le fonctionnaire, qui les prit des mains de Mariette et les resserra dans la poche du portefeuille noir, sans daigner se déranger le moins du monde de sa posture de pacha.

Cependant il avait légèrement rougi.

— Je te renverrai cela à mon retour, reprit-il comme pour détourner l'entretien. Et avec ce que tu m'as déjà prêté... car je suis ton débiteur de...

— C'est inutile ! repartit Mariette avec dignité... Vous avez eu la complaisance de faire meubler cet appartement.

— Quelle mauvaise plaisanterie !.. les petits cadeaux entretiennent l'amitié, et c'est...

— Pardon ! interrompit la cantatrice... vous oubliez ce dont nous étions convenus...

— Quoi donc ?...

— Vous, de ne jamais offrir rien ; moi, de ne jamais rien recevoir...

— Encore ?...

4

— C'est une résolution immuable... le théâtre me donne amplement au dessus de mes besoins... Je ne veux rien d'autre...

— De moi, cependant !...

— De vous surtout.

— C'est stupide, ma petite ! Tu es ma maîtresse ou tu ne l'es pas !...

— Je ne suis pas une maîtresse que l'on paie !

— Quelle superbe réponse !... Je t'emprunte bien de l'argent, moi ?

— Oui, mais moi, je ne vous en emprunterai pas !...

— Ah !...

— Aussi, suis-je heureuse de vous rendre en entier celui que vous m'avez avancé malgré moi.

Ces deux mille francs doivent compléter la valeur de tout ce qui se trouve ici ; et c'est à titre de remboursement que je vous prie d'accepter ces billets.

— Comme vous dites cela majestueusement, Madame ?... On dirait, Dieu me damne ! qu'il vous prend caprice de jouer la tragédie, ce matin ?

Mariette ne répondit pas. C'était la première fois, depuis le commencement de cette scène que le fonctionnaire ne la tutoyait pas, et elle respira à l'aise en ne subissant plus cette humiliante familiarité.

— Avouez que c'est une plaisanterie ? reprit le baron.

— Nullement, affirma la cantatrice.

— Comme vous voudrez, ma chère ! conclut Dupréval en serrant le portefeuille noir. Nous sommes quittes.

— Non pas ! s'écria Mariette avec véhémence ; et je vous arrête à ce mot-là.

— Que voulez-vous dire ?

— Je veux réclamer une fois encore l'exécution de vos promesses, de vos sermens ?

— Pardon, pardon ! ricana le fonctionnaire. Je suis pressé, adieu !

— Je ne vous demande que dix minutes de patience ?

— Dix minutes, dix minutes !

— Voilà près de trois années que j'attends, moi !

— Allons, soit... dix minutes, mais pas plus ? Il est onze heures moins dix !.. voyez !

— Quand j'ai quitté ma pauvre mère, commença gravement Mariette, vous savez bien à quelle condition ?

— Je me rappelle cela confusément.

— Je vais donc aider vos souvenirs.

— C'est fort gentil de votre part, car, en conscience...

— Ne raillez donc pas, je vous en prie ; vous m'avez juré de reconnaître votre enfant, vous m'avez juré de réparer votre crime...

— A votre tour, ne raillez pas !.. Vous avez trop d'esprit pour employer sérieusement des grands mots comme celui-là.

— N'est-ce donc pas un crime ? ne put s'empêcher de s'écrier la pauvre fille frémissante. Je ne vous demande pas de me rendre un honneur que je vous ai volontairement confié, mais bien un honneur que vous m'avez volé ! oui volé ! et impudemment encore !

— Oh ! grimaça le baron, voilà qui sent furieusement le mélodrame ! Passe pour la tragédie, mais descendre au boulevart, vous, la reine de l'Opéra ! c'est par trop déroger !

— Au moins répondez-moi, poursuivit Mariette avec véhémence ? Vous me devez au moins cela !

— A quoi faut-il répondre d'abord ?

— Lorsque je vous ai suivi, en vous faisant le sacrifice de toutes mes affections, de tous mes devoirs, avez-vous juré que je serai votre femme, oui ou non ?

— Oui, je ne nie nullement le serment.

— Eh bien !

— Eh bien ! c'est un serment, voilà tout. Vous devriez

savoir qu'en amour comme en politique les sermens ne signifient rien.

— En amour, oui. Oh ! je sais que les hommes se font un jeu d'abuser les jeunes filles confiantes en leur honneur, et, si j'eusse été comme elles, je ne me plaindrais pas ! Mais est-ce que je vous aimais, moi ? Est-ce que je me suis donnée à vous ?

— Non, certes ! mais c'est le propre des grands hommes de prendre ce qui ne veut pas se donner !

— J'accepte encore cela ? Mais ensuite vous m'avez supplié de venir avec vous, vous m'avez imposé un odieux abandon. Je ne voulais pas, vous le savez, je ne voulais pas ! Mieux valait encore avouer ma honte à ma mère. Et c'est alors que vous m'avez juré, solennellement juré...

— Toujours en vertu du même principe ; ce qui est bon à prendre est bon à garder !

— Oh ! que de patience, que de bonheur, que de temps perdu !

— Cela est fort vrai, quant à aujourd'hui du moins. Sur les dix minutes promises, permettez-moi de vous faire observer qu'en voilà déjà cinq d'écoulées. Abrégez donc, si toutefois vous avez encore beaucoup de choses à me dire.

A ces mots ironiques, Mariette baissa la tête et fut pendant quelques secondes sans répondre. Le fonctionnaire profita de la trêve, pour saisir adroitement sa canne et son chapeau.

— Enfin vous jetez le masque ! reprit Mariette avec le douloureux accent d'un sarcasme amer. Autrefois du moins vous daigniez m'abuser par des prétextes sans cesse renaissans, par de mensongères promesses... Mais aujourd'hui vous m'avouez hautement que je ne dois plus compter sur vous. Mon pauvre enfant n'aura pas de nom, moi, jamais d'estime ni de bonheur... Oh ! c'est infâme, voyez-vous ! Songez donc ! je devais vous haïr, et je vous ai pardonné. Depuis près de trois ans, je me soumets en esclave à toutes vos volontés, à tous vos caprices, à toutes vos exigences. Pas un jour, pas une heure, pas une minute de plaisir ou de liberté. Et j'ai vingt ans, j'ai besoin d'air et d'espace... Eh bien ! non, je me suis faite la captive de votre insultante jalousie. Je me suis rivée au cercle de fer de votre infernal égoïsme. — Croyez-vous que je sois heureuse ainsi ?... oh ! non, n'est-ce pas ? Et parfois j'envie le sort de la fille qui m'a vendue, et qu'il me faut subir, et dont je ne suis, moi, que la servante. Oui, je l'envie cette Rose, mon espion, mon bourreau ! Elle n'a pas d'âme ni de cœur, elle ! Elle est heureuse !

— Encore deux minutes de passées !... fit le fonctionnaire.

— Enfin vous doutiez de moi ? poursuivit Mariette sans paraître remarquer cette insolente interruption. Vous aviez confiance dans cette créature... et vous aviez bien raison, allez !... Vous vouliez savoir si j'étais digne d'être votre femme, et je ne vous adresse aucun reproche... Mais l'épreuve a assez duré, ce me semble, et vous devez être certain maintenant... Y a-t-il au monde une femme honnêtement mariée, une mère de famille révérée de tous, qui mérite plus que moi l'estime et la considération?... Depuis trois ans que nous vivons ensemble, avez-vous à vous plaindre d'une faute, d'une démarche, d'une inconséquence, d'un mot, d'un regard ?... Suis-je ou non honnête femme ?... Voyons... dites ?...

— Quant à cet article, oui ! ne put s'abstenir de répondre l'inflexible baron ; et sauf le voisinage du coupé dans la diligence de Toulouse... Mais ne nous arrêtons pas à cette vétille et hâtez-vous, car l'aiguille marche.

— Vous l'avouez donc ! soupira Mariette avec une sorte d'orgueil. Eh bien ! ce n'est rien encore que tout cela. Je suis une de ces femmes faites et élevées pour vivre ainsi. Ce n'est pas de la vertu, c'est ma nature... et quels que soient mes sentimens, ma position, je ne faillirai jamais à aucun devoir. J'en remercie Dieu, et c'est à lui qu'il faut savoir gré de ma conduite. Mais pour vous, j'ai brisé trois fois mon avenir; pour vous encore, j'ai fait le malheur et la solitude de ma pauvre mère; pour vous toujours, je tiens éloignée de moi mon enfant bien aimé, ma seule consolation, ma seule joie! Vous voulez qu'il reste chez sa nourrice, à la campagne; vous le voulez, soit; j'y consens... mais ce sont de cruels sacrifices que tout cela. Oui; et la femme, et la fille, et la mère se sacrifient avec le sourire sur les lèvres, n'est-ce pas, n'est-ce pas? Eh bien, en échange de toutes ces douleurs dévorées en silence, en échange de toutes ces larmes qui brûlent ma poitrine, à défaut de ma paupière, n'ai-je pas droit de vous demander de tenir la parole donnée, le serment fait sur votre honneur! Mon enfant n'est-il pas le vôtre aussi? Un nom, un nom pour cet enfant... et ce nom je le porterai noblement... et, soyez tranquille, Monsieur, je vous le rendrai bientôt. Allons, soyez juste et loyal! J'ai rempli les conditions du traité, moi... à votre tour... je vous en prie, je vous en supplie! Vous ne répondez rien? Eh bien! je veux, j'exige cette réparation. J'ai fait attendre assez longtemps.. vous me l'avez fait payer assez cher. Mon honneur, Monsieur, mon honneur! ne l'ai-je pas gagné? voyons, dites... dites?

— Je ne vous dirai qu'une seule chose...

— Et laquelle?...

— Vous n'avez plus qu'une minute et demie...

— Oh! c'en est trop à la fin! s'écria Mariette en se redressant haute et fière. Assez de patience et de prières, assez de là hetés comme cela! Il faut qu'aujourd'hui même notre position se décide. Êtes-vous un honnête homme, oui ou non?... Je ne veux plus être votre maîtresse, non... entendez-vous bien, je ne le veux plus!... Oh! ne feignez pas de sourire, je suis jeune, je suis belle, je vous fais honneur, Monsieur! et votre vanité serait cruellement punie par mon abandon...

— Je l'avoue... et j'aurais soin, en pareil cas, de me venger à mon tour!...

— Vous venger! Pensez-vous donc m'intimider... pensez-vous donc que je vous craigne?.. Non... non... et la preuve, c'est que ma résolution est inébranlable. Votre femme, ou rien... rien!... J'irai retrouver ma mère qui me pardonnera quand elle saura tout ce que j'ai souffert; et, plus tard, mon enfant vous méprisera plus que moi-même... Le monde aussi sera juste... J'ai vingt ans, j'ai l'avenir... Une dernière fois, voulez-vous de moi pour femme? Je suis digne de ce titre... je vous le dis sans fausse honte... Songez-y bien, toutes mes paroles sont sérieuses et graves... Cette porte une fois franchie ne se rouvrira plus que pour un époux... Répondez-moi donc sans détour et sans mensonge... Tous les liens illégitimes sont déjà brisés entre nous... Demain, peut-être, il serait trop tard pour en renouer d'autres, car demain j'aurai revu ma mère!... hâtez vous, croyez-moi?... Et pas de vaniteuse espérance! Je ne serai jamais votre maîtresse, je le jure comme si Dieu lui-même était là pour recevoir mon serment. Voulez-vous que je sois votre femme, voulez-vous me réhabiliter aux yeux de tous, oui ou non? répondez.

Mariette, en ce moment, était solennelle et sublime.

Aucun muscle n'avait bougé sur la figure de marbre qui l'écoutait.

Le fonctionnaire se leva, se coiffa, tira sa montre, la remit au gousset et dit:

— Est-ce fini? Il ne vous reste plus qu'une minute.

— Sortez! fit la cantatrice avec un geste d'une simplicité majestueuse.

— Ah! ricana le baron, vous me faites grâce de vingt secondes au moins, merci!

Et il entr'ouvrit la porte.

— Eh quoi! soupira Mariette en retombant brisée sur le tabouret, c'est là tout ce que vous avez à me dire?

— Ma chère, ricana le fonctionnaire avec une fatuité grossière et brutale, vous êtes une femme charmante... quand vous voulez. Aujourd'hui vous ne voulez pas... J'espère que vous voudrez demain?

Après cette dernière et lâche insulte, il fit un petit salut protecteur, et sortit.

— Etienne! s'écria Mariette, je...

Mais elle s'arrêta.

Le baron Dupréval était déjà loin.

CHAPITRE XIV.

Après le départ du fonctionnaire, Mariette resta longtemps encore assise près du piano, la tête penchée sur la poitrine, et les mains, ces mains si délicates et si blanches, pendantes au milieu des larges plis de sa robe de satin noir.

Aucune larme n'humectait cependant les paupières immobiles et comme pétrifiées de ses yeux plus grands, plus rêveurs que jamais; aucune palpitation ne soulevait sa poitrine arrondie en un repos superbe; aucune ride ne plissait son ombre sur ce front si pur, si pâle comme un galbe d'ivoire... on eût dit la triste statue du Découragement à la porte murée du bonheur impossible.

La pauvre fille sondait d'un regard aride et froid l'abîme sans fond où venait de disparaître sa suprême espérance; elle contemplait avec un morne désespoir le cadavre de ces trois années perdues et mortes. Et ce moment terrible toute sa vie de malheurs se reflétait à l'entour de sa cervelle glacée, comme un rivage dans une onde qui dort. Elle se voyait heureuse et pure auprès de sa vieille mère orgueilleuse et ravie... puis le spectre fatal du fonctionnaire se dressait à l'horizon de ce mirage obscurci tout à coup... Il avançait, le fascinant de son regard, l'enlaçant dans ses hideux replis... Elle subissait de nouveau les mille tentations, les mille fatalités, les mille terreurs de son innocente jeunesse. Il avançait encore! Elle fuyait à Marseille, elle se croyait sauvée. Il avançait toujours!

Puis, le dernier piège, le voyage à Toulon, la nuit chez la Débonne, cette nuit de résistance impuissante et d'inévitable chute... le déshonneur, le réveil, le désespoir!... Son retour à Marseille, et les lèvres abusées de sa mère baisant pour la première fois le front flétri de la fille! Ses angoisses, ses souffrances, l'affreuse révélation de cette maternité délatrice! Marseille quitté, Paris revu! ses désirs et ses craintes de tout avouer à sa mère Rainette, ses cruelles hésitations, ses souffrances infinies, la lettre écrite au fonctionnaire, et, le lendemain, la douloureuse visite à son hôtel; les promesses faites, les conditions imposées par cet homme! ses combats, ses tortures, à elle; sa magnanime résolution, cette partie audacieuse et maintenant perdue; le dernier matin passé sous le toit maternel, l'arrivée du baron, l'abandon, le départ, la vie entre le fonctionnaire et Rose, l'amour et l'esclavage subis en silence! la naissance de son enfant... Toulouse, tous les courages stériles, tous les espoirs déçus, enfin la patience lassée, la scène du matin, la rupture sans retour!

Oh! Mariette souffrait amèrement à cette heure. Elle se méprisait bien d'avoir placé son espoir dans la parole d'un homme. Quoi! son enfant n'aurait pas de nom! Quoi! elle ne serait pas relevée aux yeux de tous!... L'heure était venue de courir les bras tendus vers sa mère; mais elle irait à la pauvre femme avec la flétrissure au front! Elle! elle qui nourrissait l'orgueil d'un retour, la tête haute et le bonheur vengé! d'un retour en repoussant l'infâme, en sacrifiant l'époux à la mère. Au lieu de cette glorieuse joie, il ne lui restait plus à dire et à faire que ce qu'elle n'avait voulu ni faire ni dire autrefois. Alors, pourquoi, pourquoi ces trois années de douleur, de séparation et de larmes !...

Tel était le passé complet et sombre. Mariette venait de le voir revivre tout entier pendant cette vision de quelques minutes. Restait à interroger l'avenir, et Mariette se retourna vers l'horizon inconnu de la vie nouvelle, qui commençait de ce jour.

Le pacte une fois brisé, elle se retrouvait indépendante et libre. Sa mère pardonnerait ; quelle mère est inexorable ! Son enfant, elle allait le faire venir en toute hâte ; elle allait se donner l'ineffable jouissance de ses sourires et de ses caresses. Oh ! quel changement, quel métamorphose !... A la place du fonctionnaire maudit, à la place de l'odieuse Rose, un enfant chéri, une mère adorée !... Et plus de privations, plus de misères ; elle était riche maintenant !... Elle se voyait donc partageant sa loyale fortune avec les deux seuls êtres qu'elle aimait sur la terre... Quelle perspective céleste, quel rayonnant avenir! Elle pouvait trouver enfin le repos, sinon l'oubli des douleurs passées ; elle pouvait être heureuse encore !

A mesure que la pensée de la cantatrice s'enfonçait sous les frais ombrages de cette oasis rencontrée au milieu d'un désert franchi, elle relevait la tête, le sang rosait ses joues, de voluptueuses effluves soulevaient sa poitrine, tout nuage disparaissait de son front rasséréné, ses yeux retrouvaient des larmes et ses lèvres des sourires.

Enfin, elle se releva avec l'enthousiasme d'une résurrection morale, elle fit quelques pas glorieux dans la chambre, puis, tombant à genoux, elle s'écria :

— Merci, mon Dieu ! vous venez d'arracher le bandeau qui couvrait depuis trois ans mes paupières ; vous venez de m'indiquer la route ; vous venez de me faire entrevoir la terre promise... Merci, mon Dieu ! merci !...

Après cette fervente prière, elle réfléchit aux moyens d'entrer dans sa nouvelle voie.

— Oui !... murmurait-elle, je ne reverrai jamais cet homme... jamais ! Et, pour mettre entre nous un infranchissable obstacle, je veux aujourd'hui... aujourd'hui même, aller me jeter aux genoux de ma pauvre mère. Mais, comment ? qui m'y conduira ? Oh ! oui... c'est cela ! je sais où trouver un guide !

Mariette venait de songer à moi !

En un clin d'œil, elle se coiffa d'un chapeau de velours moins noir que ses beaux cheveux ; un châle fut drapé sur ses royales épaules, et elle ouvrit la porte.

Depuis trois années c'était la première fois qu'elle sortait ainsi.

— Mon Dieu ! s'écria-t-elle avec l'épanouissement d'une âme qui passe de l'enfer au paradis. Mon Dieu ! que c'est bon d'être libre !

Et elle sortit du boudoir.

En ce moment même Rose pénétrait dans le salon par la porte opposée.

— Madame, fit la tyrannique cameriste.

— Que voulez-vous ? interrompit Mariette avec un élan de superbe mépris.

Rose, surprise, mais en même temps intimidée par cette transformation soudaine, baissa la tête sous le regard de sa maîtresse, et poursuivit d'une voix humble et confuse :

— Il a là quelqu'un qui demande à parler à Madame ?

— Vous voyez bien que je vais sortir.

— Ah !

— Renvoyez donc cette visite, afin que je puisse passer ?

— Mais, Madame...

— Pas d'observations ; obéissez !

Rose croyait rêver.

— Je vous parlerai à mon retour, reprit Mariette, allez !

Déjà la cameriste reculait, l'oreille basse, vers l'antichambre, lorsqu'une voix étrangère retentit dans le salon.

— Pardon, Mademoiselle, disait cette voix, mais il faut absolument que je vous parle...

Mariette regarda aussitôt vers la porte.

C'était une jeune et gracieuse créature aux cheveux blonds, aux yeux bleus. Rien de mignon et de coquet comme sa toilette ; rien de coquet et de mignon comme sa personne. Mais, hélas ! elle avait aux joues cette mate et fatal pâleur qu'on ne voit jamais à des joues de vingt-cinq ans ; elle avait aux lèvres et dans le regard ce sourire angéliquement amer et doux qui semble particulier à ceux et à celles qui doivent mourir jeunes !

A cette brusque et charmante apparition, Mariette changea tout-à-coup de ton et de visage.

— Oh ! fit-elle. Pardon à mon tour... Entrez, Mademoiselle, et veuillez m'instruire du motif de votre visite.

Pour toute réponse l'inconnue jeta sur la cameriste un regard qui fut toute une phrase.

— Laissez-nous ! s'empressa de commander la cantatrice.

Rose sortit.

— Parlez à présent ? reprit Mariette.

— Personne ne peut nous entendre ? observa l'étrangère d'une petite voix argentine.

— Passons dans le boudoir ?

Une fois assises, les deux femmes se contemplèrent pendant quelques secondes en silence. La sympathie s'éveillait entre le type du beau et le type du joli.

La maîtresse de la maison renoua l'entretien.

— Ici nous sommes en sûreté, dit-elle. Je vous écoute.

— Les instants sont précieux, répliqua la gentille visiteuse. Vous vous intéressez à M. le baron Dupréval, n'est-il pas vrai ?

Après une légère hésitation, Mariette inclina la tête en signe d'assentiment.

— Eh bien ! poursuivit l'inconnue, je viens vous donner les moyens de le sauver.

— De le sauver ?

— Oui... A cette heure il court un danger terrible.

— Quel danger ?

— Il y va de son honneur, et peut-être de sa vie !

— Expliquez-vous ?

— Excusez-moi, Mademoiselle, et ne vous offensez pas de mes paroles ; je ne suis ici que l'écho d'un bruit menaçant... on soupçonne, on accuse le baron...

— De quoi donc ?

— De vol... ou du jeu !

— Ah ! fit en rougissant Mariette, qui venait de se rappeler les cartes tombées du portefeuille noir.

— Qu'avez-vous ? demanda l'étrangère.

— Rien, articula froidement la cantatrice, continuez, je vous prie.

Et elle passa la main sur son visage afin de voiler cette émotion soudaine et délatrice.

En même temps une toux sèche et navrante déchirait la poitrine plaintive de la pauvre et jeune physique ; puis elle poursuivit avec une précipitation que tempérait l'ineffable bonté, la séduisante douceur de sa voix enfantine :

— Depuis deux mois qu'il est de retour, il a gagné, toujours gagné des sommes considérables. N'en doutez pas, il reperdait à la Bourse d'un autre côté, et vous pouvez bien ne pas vous en être aperçue. C'est du moins ce que prétendent au club ceux qui cherchent encore à le défendre, et il ne lui reste pas beaucoup de partisans. Car, on l'observe depuis une semaine, et l'on dit avoir vu entre ses mains...

— Qu'a-t-on vu ?

— Des cartes fausses !... De sorte que tout le monde à peu près le croit coupable. Cependant, comme il occupe une haute position, on a voulu bien s'assurer avant de le confondre ; et c'est aujourd'hui que doit avoir lieu la suprême épreuve.

— Aujourd'hui ?...

— Oui... aux courses de Chantilly, où l'habitude est de jouer fort gros jeu... Il y aura des gens qui ne le quitteront pas des yeux pendant toute la nuit, et je le crois perdu ; car il ignore tout, n'est-ce pas, Mademoiselle ! Oh ! le secret a été bien gardé ! Ne me demandez pas comment je le sais, moi ! Hélas ! nous ne faisons pas notre destin, nous autres pauvres femmes ! Je suis un peu l'amie de tous ces Messieurs du club... et, d'ailleurs, le temps presse. Pensez-vous que le baron soit réellement en péril ?

— Comment cela ?

— Oui. Est-il coupable ?

Mariette n'osa pas répondre ; elle se souvenait des trente mille francs de gain prédits, une heure avant, avec tant d'assurance.

L'inconnue comprit ce silence, et s'écria aussitôt :

— Eh bien ! alors sauvez-le !

— Mais, reprit Mariette avec étonnement, vous, Mademoiselle. Quel intérêt ?...

— C'est bien simple, interrompit la jeune fille avec son triste sourire. Je connais toute votre vie, Mademoiselle !... Ne me demandez pas non plus comment... Et j'ai pensé vous rendre service. Voilà tout !

— Merci, merci ! répondit avec effusion Mariette, en serrant la main d'enfant qui se tendait vers elle.

— O mon Dieu ! fit la mignonne bouche, les femmes sont toutes un peu sœurs et doivent s'entr'aider et s'entendre ; mais pas de remercîmens inutiles, pas de temps perdu surtout. Il est déjà près de quatre heures, il faut que vous partiez à l'instant pour Chantilly.

— Moi ?

— Sans doute ; ne voulez-vous donc pas l'avertir ?

— Oh ! si, si ! s'écria la cantatrice.

Puis elle ajouta tout bas :

— Il ne veut pas me rendre l'honneur, je vais lui porter le sien, moi !

Ainsi, une généreuse pensée rapprochait encore les anneaux épars de la chaîne rompue.

— A la poste je trouverai des chevaux... une voiture ! reprit-elle à voix haute, et se dirigeant déjà vers la porte.

— Arrêtez ! fit l'inconnu.. Ce n'est pas tout !

— Quoi donc encore ?

— Il ne faut pas seulement que le baron s'abstienne de gagner, il faut encore qu'il perde, et qu'il perde beaucoup. Sans cela on croirait à son adresse et non pas à sa probité...

— C'est vrai... Il faut non-seulement lui reprendre les cartes honteuses, mais encore lui donner de l'argent en échange... et...

— Et...

Mariette hésita, mais il eut été ridicule de cacher une semblable misère à celle qui savait un bien autre secret.

— Je viens de lui remettre tout ce que j'avais chez moi, répondit-elle.

— Combien ?

— Deux mille francs !

— Ce n'est pas assez pour les tapis verts de Chantilly... Il faudrait perdre au moins... dix mille francs...

— Comment...

— Voici quatre billets de cinq cents francs !.. Pas de refus... pas d'hésitations !... Malheureusement il ne me reste pas davantage... Et... vous comprenez, tout le monde est à Chantilly aujourd'hui... Mais voyons... votre théâtre !...

— C'est juste... mais je n'oserais demander plus d'un mois d'avance...

— Soit... deux autres mille francs encore... n'est-ce pas... Cela fait six. Reste quatre... Vous avez des bijoux ?

— Oui...

— Alors nous sommes sauvées...

— Comment ?

— Je connais une sorte d'usurier... de brocanteur... la providence du quartier Breda. Je vais courir chez lui et vous l'envoyer au plus tôt... Voyons... je me charge aussi de passer à la poste pour commander la voiture et les chevaux... Vous, à l'O, éra... et revenez vite attendre ici l'homme aux bijoux... J'irais bien avec vous là bas, mais ma présence donnerait des doutes, et je ne veux compromettre personne... Vous êtes prête à sortir... descendons ensemble, venez ?

Et elle entraînait Mariette vers le salon.

— Un mot encore ! fit la cantatrice.

— Lequel ? demanda l'inconnue.

— Votre nom !... après un tel service.

— Bah ! croyez-vous donc pour cette bagatelle me devoir de la reconnaissance ?

— Toute ma vie ! articula profondément Mariette ; et puis, à part le souvenir du cœur, il en est encore un autre...

— Je ne vous comprends pas.

Mariette montra les quatre billets qu'elle tenait encore à la main.

— Ah ! fit l'étrangère, quant à ce genre de dette, on m'appelle Triby ; mais si vous voulez un nom pour le cœur, je me nomme Aline.

Mariette prit pour la seconde fois la lilliputienne main de la maîtresse d'Anatole, et la serra avec effusion dans la sienne.

Aline répondit à cette douce et tendre étreinte, mais aucun mot ne fut prononcé ; les deux pauvres filles s'étaient comprises ; elles étaient amies désormais.

. . . .

A son retour de l'Opéra, Mariette trouva chez elle l'homme envoyé par Triby.

Les bijoux, la plupart envoyés par des admirateurs inconnus, valaient bien dix mille francs, elle en demanda quatre. L'usurier finit par les accorder.

Mais il demandait une heure pour revenir avec l'argent.

— Ah ! grommela le brocanteur ravi... Je ne vais pas aller chez mes prêteurs ordinaires. Il leur faut les trois quarts du gâteau, à ces gaillards- à, et j'aime autant tout garder pour moi seul. Ma foi ! tant pis. Il y a cinq mille francs de bénéfice sur l'affaire, et je sais où trouver les quatre mille de l'achat. Faut qu'Adèle crache encore au bassinet ?

Cet homme, c'était l'abbé La Châtre.

Il est presque dans chaque rue des usuriers immondes, dont les émissaires seuls se montrent au grand jour, moyennant une faible part dans les spéculations. La Châtre était une de ces sangsues subalternes ; mais on le voit, il se lassait singulièrement de travailler pour les autres.

La Débinne, demeurant dans le quartier de Mariette, la course n'était pas longue, mais l'opération présentait bien quelques difficultés. Nous dirons plus tard les détails de la lutte, à peu près semblable du reste à celle racontée plus haut ; aujourd'hui, il suffit de savoir que deux heures après l'abbé La Châtre était de retour avec la somme convenue.

Avec quelle impatience attendait Mariette !

Oh ! c'est qu'elle avait trouvé une vengeance digne d'elle, et qui sait, peut-être une dernière lueur d'espoir !

Au bout d'un instant, l'abbé La Châtre redescendait l'escalier, en caressant les bijoux engloutis dans ses poches profondes.

— Ça va bien, chantonnait-il, voilà la première portée de la mère Gigogne !

Mais les angoisses de la pauvre Mariette n'étaient pas encore terminées !

Les chevaux sont rares le jour des courses de Chantilly...
Il fallut encore attendre pendant deux mortelles heures.

Enfin elle partit.

La route lui semblait longue à ne devoir jamais finir, et cependant il y avait au bout un cœur encore plus impatient que le sien.

C'était celui de Georges Cortalès, qui depuis le matin attendait auprès du piège tendu sous les pas du fonctionnaire.

Enfin la chaise de poste roula sur le pavé de Chantilly.

Dix heures sonnaient.

— Mon Dieu !... soupira Mariette avec angoisse... Faites qu'il ne soit pas trop tard !..

CHAPITRE XV.

Devant l'hôtel où campait exclusivement la gentilhommerie parisienne, un jeune homme marchait à grands pas.

C'était Georges Cortalès.

Il ne faisait pas partie du Jockey-Club, lui !... Un artiste laborieux, un homme de talent... fi donc !... Cela ferait tache parmi ces nobles seigneurs, dont les parchemins, la plupart du temps, sont des cornets remplis par la main paternelle dans quelque arrière-boutique marécageuse de la rue des Lombards !

Georges ne pouvait pénétrer à l'intérieur de l'aristocratique sanctuaire ; mais, afin d'être instruit plus tôt de la honte du baron Dupréval, il attendait dans la rue, l'oreille anxieuse, et les yeux fixés sur les fenêtres resplendissantes de lumière.

Tout à coup un autre jeune homme sortit de l'hôtel.

Georges ne fit qu'un bond jusqu'à lui.

— Eh bien ? demanda-t-il d'une voix stridente.

— Rien encore ! répondit avec dépit Lucien de Varedde Voilà déjà six fois qu'il passe de suite ; et, j'en suis certain, à l'aide de cartes bizautées qu'il substitue avec une adresse toute hellénique !

— Vous l'avez vu !

— Oui !

— D'autres alors doivent le remarquer aussi.

— Sans doute, mais ils n'osent en croire le témoignage de leurs yeux... Songez donc, un homme ainsi posé dans le monde, voler au jeu, voler !.. Cela semble tellement monstrueux !.. On doute devant l'évidence, et l'on veut attendre encore.

— Attendons !

— Oui, mais ne restez pas ainsi devant cet hôtel, on pourrait vous remarquer.

— Cependant...

— Je vous en prie, éloignez-vous un peu... une heure, par exemple ; je ne vous demande qu'une heure, voulez-vous ?

— Eh bien ! soit ; j'y consens.

— Merci. Je remonte au salon, et, dans une heure au plus, je redescendrai.

— Avec des nouvelles positives, cette fois ?

— Je l'espère... patience, et adieu.

— A bientôt ! soupira l'amant de Geneviève, en s'éloignant à regret.

Lucien de Varedde le suivit du regard jusqu'à l'angle de la rue voisine, et se disposa à rentrer dans l'hôtel.

A la porte même, un domestique gravement assis sur une borne, tirait de sa pipe courte et noire des nuages de fumée dignes d'une taverne flamande.

— Ah ! te voilà, Grégoire ! fit le jeune homme.

— Présent, mon lieutenant, répondit l'ex-garde-du-corps, et à votre service, comme toujours, je venais voir si vous n'aviez pas besoin de moi ?

— Non, mon ami, et tu peux aller te coucher. Nous repartirons demain de bonne heure. Voilà tout.

— Suffi ; quant à me coucher, je préfère une petite ronde par la ville.

— Ah ! ah !

— Ma foi oui, tout le monde doit s'amuser aujourd'hui, ce me semble, et ce matin, j'ai parié contre tous les Anglais.

— Alors, tu as perdu !

— Parbleu, ces gens-là nous ont brossés radicalement ! Aussi, ils font une vie d'enfer là-bas, à notre barbe et avec notre argent. Ça ne peut pas durer comme ça.

— Non, certes !

— Cependant, faut bien en prendre son parti... La livrée française est à sec.

— On peut la remettre à flot.

— Avec le liquide des canards, oui.

— Avec un tonneau de bourgogne, morbleu ! Et voilà de quoi relever l'honneur du nom français.

En même temps, Lucien de Varedde glissait trois louis dans la main de son fidèle serviteur.

— Ah ! c'est trop ! c'est trop ! balbutia Grégoire, devenu pourpre de honte et de plaisir.

— Tu veux donc que la France soit humiliée ? reprit le maître en souriant.

— Non, fichtre ! et à cette condition-là, j'accepte.

— A la bonne heure.

— On va leur prouver crânement que s'ils sont plus vifs sur le turf, nous sommes plus solides à table, nous autres !

— C'est cela, je te donne carte blanche, pourvu toutefois que la voiture soit prête à huit heures demain matin.

— Soyez tranquille, mon lieutenant, le service avant tout, et Grégoire n'a pas l'habitude de manquer à l'appel. Seulement d'ici là...

Et la phrase fut complétée par un geste énergique.

— Gare à l'Angleterre, conclut Lucien de Varedde en rentrant sous la large porte de l'hôtellerie. Bien du plaisir.

— Merci, mon lieutenant, lui cria de loin Grégoire. Vous avez raison, allez. Gare aux Anglais !... Les milords attendront pas mal demain matin, je vous en réponds !... On va enterrer sous les tables, et cela pour huit jours au moins, tous les grooms, tous les jockeis, et tout le tremblement britannique !... Tu Dieu ! quelle course aux bouteilles !

Ce disant, le patriotique valet secoua sur l'ongle de son pouce les cendres de la pipe défunte, remit le calumet chéri dans son étui d'ébène, et se tourna dans la direction du cabaret, occupé par les domestiques, qui singeaient les maîtres en cette journée mémorable.

Il allait partir, lorsque tout-à-coup une femme voilée lui barra le chemin.

C'était Mariette.

La cantatrice, descendue à l'auberge voisine, errait depuis quelques minutes autour de l'hôtel du Jockey-Club, en cherchant les moyens de faire prévenir le fonctionnaire de son arrivée.

Entrer elle-même, elle n'osait. La cour retentissait de mille bruits, étincelait de mille lumières. L'orgie débordait par toutes les portes et par toutes les fenêtres.

— Comment faire ?

La pauvre femme aperçut un domestique, et résolut d'avoir recours à lui.

Elle hésita cependant encore... seule, dans la rue déserte, à cette heure de la nuit ; elle pouvait être méconnue, insultée... Ce valet peut-être était ivre et brutal... n'importe, l'heure se passait, et chaque minute de retard lui semblait un siècle perdu. Elle voulait à tout prix sauver le baron Dupréval ; elle le voulait !...

Aussi, elle se décida avec une sorte d'impétuosité !

Voilà pourquoi Mariette venait de surgir, comme

une apparition subite, à la rencontre de Grégoire, étonné.

. . . .

— Monsieur, dit la cantatrice d'une voix tremblante, seriez-vous assez bon pour me rendre un service?

— Quel service, Madame? demanda Grégoire, surpris et cherchant en vain à découvrir les traits de la solliciteuse, que cachait un voile épais de dentelle noire.

— Je désire parler à quelqu'un qui se trouve dans cet hôtel.

— Un de ces messieurs du Club alors?

— Oui.

— Mon maître en fait partie, le vicomte Lucien de Varedde... et si c'est lui que vous cherchez, me voilà prêt à l'avertir?

— Ce n'est pas lui !...

— Ah!... fit le domestique d'un ton désappointé; car il flairait déjà une bonne fortune pour son lieutenant, et pour son lieutenant il était plus fat que jamais dandy ne le fut pour lui-même...

— C'est... reprit Mariette.

— Pardon, Madame? interrompit sèchement Grégoire. Je suis aux ordres de M. Lucien de Varedde, et ne sers personne autre... Adressez-vous aux garçons de l'hôtel!

Et il fit un pas pour s'éloigner.

La cantatrice avait jeté un coup d'œil rapide dans la vaste cour. Le tumulte redoublait encore; elle ne se sentit pas le courage d'entrer.

— Monsieur... s'écria-t-elle, en courant après le fugitif... Je vous en prie...

— Désolé, Madame... mais je vous l'ai dit... mon maître seul!...

— Eh! Monsieur, il n'y a ici ni maître ni serviteur... il y a une femme qui demande un service à un homme... voilà tout!

— Cependant...

— Ce n'est pas un ordre, c'est une prière! Me refuserez-vous encore?

— Madame, balbutia Grégoire, lequel se piquait quelque peu de galanterie... Certainement...

— Le temps presse... Je vous en supplie... Voulez-vous? interrompit à son tour Mariette, en lui glissant un louis dans la main.

Mais cet argument, d'ordinaire sans réplique, ne fit que réveiller la susceptible fierté de l'ex-garde du corps.

— Je ne reçois de l'argent que de mon maître! répondit-il, en tendant la pièce d'or vers la solliciteuse, et, je vous le répète, je ne sers que lui seul! Reprenez cela, Madame, reprenez cela...

Mariette, confuse et désespérée, releva lentement le bras.

En ce même instant, une petite mendiante traversait la rue, en traînant un violon presque aussi grand qu'elle-même. A la vue des fenêtres lumineuses, elle s'arrêta, et les cordes de l'instrument crièrent aussitôt d'une façon dolente et burlesque.

— Tiens, mon enfant! s'écria Mariette, en jetant à la petite chanteuse le louis repris à Grégoire... Profite de ma maladresse.

La mendiante s'enfuit en poussant des cris de joie.

— Et moi, reprit Mariette, j'entre dans cet hôtel... Peut-être va-t-on m'insulter, peut-être sera-t-il trop tard?.. N'importe! c'est vous qui l'aurez voulu!

Déjà elle marchait vers la porte redoutée, lorsque Grégoire se plaça devant elle, en disant:

— Pardon, Madame!... Nous sommes d'accord maintenant, et je vais prévenir la personne en question.

— Oh! merci, Monsieur, merci!

— Son nom?

— Le baron Dupréval.

— Ah!

— Vous le connaissez?

— Non... mais ce n'est pas un des amis de mon maître. N'importe, j'ai promis.

— Alors hâtez-vous! je vous en supplie, hâtez-vous!

— J'y cours. Vous, attendez ici.

— Oui, mais qu'il descende de suite!

— Doit-il savoir qui le demande!

— C'est inutile. Dites seulement une dame en noir.

— Bien, je dirai cela, ou plutôt je le ferai dire par un des valets du club, car moi, je ne puis entrer dans la salle de jeu.

— Allez vite, allez!

Grégoire entra dans l'hôtel; Mariette attendit, en se cachant dans un angle plein d'ombre.

Cinq minutes après, le messager était de retour.

— Eh bien?... demanda la cantatrice avec angoisse.... Seul!...

— Oui, Madame.

— Pourquoi donc cela?

— Le baron Dupréval est à une table de jeu. Il ne peut quitter maintenant.

— Il joue?..

— Sans doute, et crânement encore.

— Comment!

— Une chance d'enfer, à ce qu'il paraît.

— Il gagne!

— Des tas d'or!

— O mon Dieu!

— Qu'avez-vous?

— Rien! rien!... Mais il y va de ma vie, de mon bonheur, à moi, entendez-vous bien, à moi... Et il ne veut pas venir!..

— Peut-être, si vous lui faisiez dire votre nom?...

— C'est juste, mon ami, c'est juste... Retournez là-haut, et qu'il sache bien vite que c'est moi qui le demande.

— Vous... qui?

— Mariette.

— Mlle Mariette de l'Opéra?

— Oui!

— Celle que mon maître trouve si belle; celle qui chante si bien... celle qu'il admire et qu'il aime tant! Et moi, j'aime tous ceux qui rendent mon maître heureux.... Comment! vous êtes mademoiselle Mariette?

— En doutez-vous?

— Non... mais... voyez-vous... je serais si content de vous rendre service alors... et...

— Vous me l'amèneriez de suite....

— Je vous l'apporterais, s'il ne voulais pas venir...

— Eh bien! puisque vous ne vous contentez pas de ma parole... voyez donc mon visage.

En même temps Mariette soulevait son voile de dentelle.

— C'est ma foi vrai! s'écria Grégoire... Je vous reconnais, car j'étais aussi l'Opéra l'autre soir... et...

La cantatrice interrompit le domestique par un geste suppliant.

— Pardon! pardon, Mademoiselle! ajouta-t-il aussitôt, en s'élançant vers la porte de l'hôtel... Je cours et je reviens.

Deux minutes à peine s'étaient écoulées, qu'il reparut, mais seul, aussi seul que la première fois.

— Pas moyen, Mademoiselle, répondit-il, sans attendre la demande... on ne veut pas me laisser entrer dans la salle de jeu...

— Il fallait le faire prévenir par un autre, mon Dieu!

— C'est ce que j'ai fait aussi, Mademoiselle.

— Eh bien!

— Plus tard! plus tard! m'a-t-on dit.

— Il ne veut pas venir?

— Si fait, mais quand sa veine sera épuisée.

— Il gagne donc toujours?

— Plus que jamais!... et dans ces momens-là, on n'a pas

la tête à soi! Il faut ça, voyez-vous? Répondre : Plus tard! quand vous attendez, vous... car je lui ai fait répéter deux fois votre nom... mais le jeu, c'est comme le vin... ça grise.

Mariette n'écoutait pas; elle réfléchissait...

— Et, cependant, poursuivait Grégoire... j'en connais qui quitteraient tout pour courir à votre appel... mon maître, par exemple !... mais il ne joue pas, lui ; il regarde...

— Il regarde? répéta machinalement la cantatrice.

— Oui... il était là... je l'ai vu de loin autour de la table, dans la galerie, comme ils disent... et elle était nombreuse, la galerie !... Il paraît que la partie les intéresse joliment... car ils examinaient... et mon maître aussi... ce qui m'étonne, parce que d'ordinaire il se moque pas mal des cartes et des joueurs!

Chacun de ces mots enfonçait les mille épingles, qui tamisent la chair brûlante de Mariette.

— O mon Dieu! murmura-t-elle à voix basse; il est perdu! Grégoire continuait sa narration babillarde.

Tout à coup, la cantatrice impatiente l'interrompit :

— Mon ami !... disait-elle... voulez-vous vous charger encore de lui faire parvenir un billet?

— Tout ce qui vous plaira, mademoiselle Mariette... et avec bien de la joie encore, maintenant que je vous connais... Ah... ah !...

— Eh bien ! venez, venez! ajouta Mariette, en l'entraînant vers l'hôtellerie voisine.

C'est là que la chaise de poste s'était arrêtée.

On avait préparé une chambre pour la voyageuse. Elle s'empressa d'y monter, suivie de Grégoire, qui mettait à la servir autant d'empressement que pour son maître en personne.

Deux lignes furent rapidement tracées et mises plus rapidement encore sous un double cachet.

Grégoire jura de porter le billet au pas de course, et partit aussitôt.

La fenêtre de la chambre donnait sur la rue; Mariette l'ouvrit et se pencha au dehors, les yeux ardemment fixés vers l'hôtel du Jockey-Club, et les lèvres murmurant une machinale prière.

Dans la lettre, il y avait écrit :

« Vous êtes découvert, surveillé, perdu ! Venez ! »

CHAPITRE XVI.

Après les courses, un repas somptueux, une bruyante orgie, c'est de rigueur. Puis, après, la nappe souillée de vin, les tapis couverts d'or!

Le baron Dupréval avait été un des premiers déserteurs du festin, un des premiers accourus aux tables de jeu.

Les parties s'engagèrent d'abord assez modérément, mais néanmoins un cercle nombreux se forma de suite autour du baron Dupréval. On avait hâte d'éclaircir les bideux soupçons; on voulait au plus tôt justifier l'innocent ou confondre le misérable.

En grec habile, le fonctionnaire commença la campagne par perdre et par gagner alternativement des sommes insignifiantes. La fraude se dissimulait sans peine dans cette tâtonneuse intermittence, et l'on a vu Lucien de Varedde dire à Georges Cortalès que l'instant de l'épreuve décisive n'était pas encore venu.

L'artiste s'éloigna plein d'espérances et d'angoisses; le vicomte remonta, certain de l'escroquerie du fonctionnaire, et le condamnait avec une assurance que partageait déjà la minorité du club.

Cependant la majorité ne croyait pas, ou peut-être ne voulait pas croire encore.

Au moment de la rentrée de Lucien, le jeu commençait à s'échauffer.

C'était aussi l'instant où Mariette abordait Grégoire.

La première fois qu'on vint l'avertir, le fonctionnaire daigna à peine se déranger de la partie pour jeter en réponse un geste impatient et un mot de courroux.

— Voyez, voyez! murmurait de Varedde à ses voisins ; il vole, c'est évident ! Les cartes sont bizautées, j'en réponds, il faut le démasquer.

— Attendons un peu ? répondaient les incrédules.

Le valet vint répéter à l'oreille du baron la demande et le nom de Mariette.

Cette nouvelle inattendue le frappa, le surprit. Il fut tenté de quitter la partie, il parcourut d'un vague regard le cercle qui l'entourait ?...

Mais la soif du gain l'aveugla, la vanité lui fit attribuer à son seul mérite le retour précipité de Mariette, et par deux fois il répondit du fond de son stupide orgueil :

— Plus tard... plus tard !...

C'est alors que la cantatrice se résolut à écrire à défaut de pouvoir parler.

Mais les enjeux montaient, et le fonctionnaire moins prudent ne perdait plus.

Tous les regards s'acharnaient sur ses mains suspectes. On chuchottait à ses oreilles des paroles menaçantes. — Il ne voyait que l'or, il n'entendait que l'or.

Un moment le vol fut manifeste.

— Allons !... dit Lucien de Varedde.

— A l'autre partie, répondirent quelques voix.

— Je tiens tout ! criait le baron éperdu.

Lucien de Varedde consentit à attendre jusqu'à la fin de cette nouvelle partie. Le misérable allait se livrer lui-même.

On changea les cartes, et Dupréval battait déjà les véritables, avant de leur substituer les siennes.

— Combien y a-t-il ? demanda la galerie.

— Comptez ! répondit le fonctionnaire.

C'est alors que le valet apporta la lettre de Mariette.

Le baron eut un geste pour mettre en poche, sans la lire, cette importante missive; mais il se ravisa, et l'ouvrit.

Aussitôt un imperceptible frisson parcourut tout son corps, et pendant près d'une minute il resta les yeux fixés sur les deux lignes, comme s'il lisait une page entièrement remplie.

On le crut, et Lucien lui-même le pensa. Mais non, le fonctionnaire composait son visage, et, quand il releva la tête, toute émotion fâcheuse avait disparu.

Au contraire, il souriait.

— Eh bien! demanda la galerie, ne tenez vous plus?

Avant de répondre, l'audacieux coquin parcourut d'un regard rapide toutes les figures groupées autour de lui. Sur quelques unes il lut claire-ment sa condamnation; sur la plupart le doute était encore sa naïve incertitude.

— Bon ! murmura-t-il derrière ses lèvres hypocrites, je les tiens !

— Ah çà ! cria Lucien de Varedde. Décidément, tenez-vous ou ne tenez-vous pas ?

— Je vous attends, Messieurs ! répondit le fonctionnaire, avec la bonhomie la plus naturelle du monde. Mais après la partie, je serai forcé de sortir, je vous en préviens !

— Ah ! dit à ses côtés un de ces niais que Mercure place toujours sous la main des fripons, on le fait demander !

— Oui ! répondit Dupréval avec fatuité. Une femme !

— Bah! fit le niais, lequel était myope, à ne pas voir le Louvre sans son lorgnon.

Le fonctionnaire lui passa la lettre devant les yeux, en disant :

— La Mariette !...

— Ma foi... oui! répliqua le commode gentilhomme, en cherchant son lorgnon précieux.

Mais déjà le malin compère avait remis la lettre dans son gousset.

— Ma foi, oui! répéta le myope, avec une conviction que partagea la plus que majorité du groupe.

La partie commença...

Le fonctionnaire fit les quatre premiers points.

Mais les cartes n'avaient pas été changées, et le joueur ne semblait se douter nullement de l'active surveillance dont il était l'objet.

Lucien de Varedde surtout, Lucien de Varedde ne le quittait pas des yeux. Un seul mouvement frauduleux, et le noble jeune homme allait fondre sur l'impudent escroc.

Tout à coup la chance tourna ; l'adversaire arriva également à quatre points.

— C'est maintenant qu'il va se livrer ! pensait Lucien. C'est à lui de donner les cartes justement !...

Et-il se penchait vers la main qui battait les cartes.

Le baron retourna un sept.

— Le roi est dans son jeu! murmurait de Varedde, qui cependant n'avait pas saisi cette fois l'instant de la substitution.

— Le roi !... fit l'adversaire.

— Perdu ! soupira négligemment le baron... Mais cela devait être...

— Pourquoi donc cela ? demanda le niais.

— Vous le savez bien, vous, qui avez lu la lettre de Mariette.

— C'est juste... ricana le myope. Je l'ai lue...

— Les proverbes ont toujours raison, conclut Dupréval : Heureux au jeu, malheureux en amour. L'amour est arrivé, la chance devait partir. Cette Mariette est folle, ma parole d'honneur. Voilà votre argent, Messieurs, mais c'est elle qui vous le rend et non pas moi ! J'eusse gagné sans sa malencontreuse tendresse, soyez-en convaincus. Aussi, je vais la renvoyer bien vite, afin que je puisse me revenir encore cette nuit. Vous me devez une revanche. A bientôt, Messieurs, à bientôt.

Tout en jetant à la galerie ces insoucieuses paroles, le baron repoussait l'or éparpillé sur le tapis vert. Puis il se leva souriant, majestueux, superbe, et sortit du salon.

Aucun muscle n'avait bougé sur son masque officiel; aucun signe n'avait trahi les émotions intérieures.

— Eh bien! firent les incrédules, avec l'accent du triomphe.

Les autres se sentirent interdits et ébranlés ; bien peu n'étaient plus dupes de cette comédie, et Lucien de Varedde se trouva seul assez de conviction pour répondre :

— Attendez à votre tour, Messieurs, il va revenir !

CHAPITRE XVII.

Le baron Dupréval traversa d'un pas ferme les salons et les antichambres. Il fallait que pas un regard ne soupçonnât son trouble, et devant les valets eux-mêmes il eut assez d'empire pour conserver sa contenance altière et son visage impassible, mais sitôt qu'il eut traversé la cour de l'hôtel, sitôt qu'il se trouva seul dans la rue déserte et sombre, il fléchit, il chancela, il eut peur !

Toute conscience morale, toute force physique l'abandonnaient en même temps ; les muscles raidis, les facultés tendues par un suprême effort se relâchaient à la fois ; l'audace laissait enfin tomber les cartons du masque si énergiquement retenus jusque-là, il ne restait plus que l'ignoble face d'un voleur subalterne, échappé par la course aux griffes des gendarmes ; mais cette face stupide et blafarde, personne ne pouvait la voir !

Seulement, par un vague souvenir, il cherchait autour de lui celle qui venait de l'avertir au moment de tomber dans le piège.

Son nom traversa l'espace brumeux et vide.

III° P.

Il crut que l'effroi seul faisait tinter ses oreilles en délire, et cependant il releva instinctivement la tête vers l'endroit d'où semblait partir cette voix.

Mariette, toujours penchée à la fenêtre, l'appelait d'un geste rapide à l'hôtellerie voisine.

C'était le rivage du salut pour ce naufragé battu par les flots de la peur, et réunissant encore une fois ses forces éteintes, il se mit à courir.

Sans rien voir, sans rien demander, sans rien entendre, il franchit une vaste salle, et monta les marches en bois d'un escalier, qui lui semblait vaciller sous ses pas.

La clarté l'attira vers la porte entr'ouverte ; une main le saisit dans l'ombre, le poussa dans la chambre lumineuse, et les verroux crièrent comme par enchantement derrière lui.

Il suivit l'élan de cette impulsion invincible, puis s'arrêta avec le balancement abruti d'un homme ivre, qui se sent entraîné vers le sol par la lourdeur de sa tête bourdonnante.

En effet il était ivre, il était fou !

La même main le fit asseoir, desserra sa cravate ; et vaguement il sentit quelques gouttes d'eau fraîche se mêler aux chaudes gouttes de sueur qui coulaient comme une lave ardente sur son visage pâle et livide.

Puis il ne sentit plus rien.

Quelques minutes se passèrent.

Enfin il releva sa tête plus lourde qu'un bloc de plomb, il entr'ouvrit ses paupières gonflées, et d'une voix sourde il demanda :

— Où suis-je ?

— Près de moi ! répondit la voix grave de Mariette.

A ce mot, il comprit, il se souvint, et se laissant glisser sur les genoux, il joignit les deux mains qui pendaient au bout de ses bras inertes, et murmura :

— Merci !... merci !...

Mariette ne répondit pas.

Elle contemplait cet homme, si lâche et si abject dans son honteux abaissement ; ce misérable dont dépendaient, hélas ! son bonheur et son avenir !

Le père de son enfant, l'amant qu'elle avait subi, l'époux qu'elle était contrainte à désirer encore !

Car on l'estimait ce voleur prôterné... Il était riche, puissant... elle, infirme et méprisée... Et le lendemain cette révoltante injustice s'étalerait de nouveau sous le soleil. Ainsi va le monde !...

Mais cet instant la vengeait à ses propres yeux. Elle se sentait si belle, lui si hideux ; si noble, lui si vil ; lui si petit, elle si grande !

Pendant ce temps-là le fonctionnaire promenait ses yeux hagards tout autour de cette chambre, au papier sordide, à la double alcôve, au parquet inégal et fangeux.

Mais que lui importait ! Il était seul bien seul ! personne n'avait vu sa honte et sa lâcheté. Il commençait à se remettre peu à peu. Il n'y avait là qu'une femme, il redevint bientôt arrogant et brave !

Il se souleva sur un genou, sur les deux, puis enfin se redressa, et fit quelques pas dans la chambre.

Mariette restait à la même place, immobile et songeuse.

Elle avait réussi dans sa généreuse entreprise. Tout lui redevenait indifférent, car elle n'aimait pas cet homme !... Elle le méprisait plus que jamais, elle ne le regardait même pas !

Lui, était près de la cheminée, devant un fragment de miroir ; il essuyait son front, il réparait la toilette de sa chevelure et le nœud de sa cravate ; il ajustait de nouveau le masque sur son visage.

Tout à coup ces mots joyeux retentirent auprès de Mariette :

— Ah ! vous me faites des surprises comme celle-là, méchante !

5

Mariette rouvrit ses grands yeux noirs.

Le fonctionnaire avait repris son expression dédaigneuse et hautaine. Toute trace reconnaissante ou craintive s'était effacée de ses traits empourprés. Il souriait en époussetant ses genoux avec son mouchoir.

La cantatrice resta interdite devant l'effronterie de cette complète métamorphose.

— Vous ne répondez pas ? poursuivait le baron, avec un accent redevenu protecteur. Enfant que vous êtes, qui diable a pu vous lancer ainsi sur mes traces ?

— Ne le demandez pas, répondit Mariette, j'ai juré de me taire.

— Vous avez juré... Comme elle dit cela ! Ah ! vous croyez donc sérieusement à ces fadaises-là ?

— Vous me le demandez ?

— Parbleu !

Mariette comprit que le fonctionnaire allait nier.

— Monsieur le baron, dit-elle froidement, voilà dix mille francs qu'il vous faut perdre cette nuit.

Elle lui présentait les billets.

— Pourquoi donc cela ? eut encore l'audace de questionner l'escroc.

— Pas de mots inutiles, reprit Mariette. Peu vous importe que je croie ou que je ne croie pas ; mais je veux que personne ne soupçonne votre probité...

— On me soupçonne donc ?

— Depuis longtemps ; et cette nuit... on devait... Ne m'interrogez plus, je vous en prie, et daignez me comprendre sans m'imposer de pénibles explications.

— Mais ..

— Quand on sait gagner, on doit savoir perdre... Il faut que vous perdiez ceci ! Prenez-donc, et remettez-moi en échange les cartes que vous emportiez ce matin de Paris ?

— Les cartes...

— Oui, y compris celles que j'ai ramassées moi-même sur le tapis de mon boudoir.

Le fonctionnaire pâlit légèrement.

— Vous avez beaucoup de mémoire ! dit-il avec effort.

— Donnez, répondit seulement Mariette.

Les cartes biseautées furent échangées en silence contre les billets de banque.

— Et maintenant adieu pour jamais !... fit la cantatrice, en jetant son mantelet sur ses épaules.

— Vous partez ?

Pour toute réponse, Mariette agita violemment la sonnette.

— Que signifie ceci ? demanda Dupréval, et pourquoi sonnez-vous ?

— Pour demander des chevaux de poste...

— Ah !... j'avais espéré.

— Quoi donc ? demanda Mariette avec un mépris écrasant.

— Rien... rien... balbutia le fonctionnaire... Voici le garçon de l'auberge.

— Des chevaux à l'instant, dit la jeune fille.

Le valet referma la porte.

— Et vous, Monsieur, reprit-elle gravement, il est temps de rentrer au club. Les soupçons sont faciles à dissiper, alors qu'il s'agit d'un homme tel que vous. Cet argent perdu vous rendra la confiance publique, l'estime générale. Pas un mot de plus sur ce sujet, je le ré ète. Vous en savez autant et même plus que moi-même. Je pars, soyez heureux !

— Eh quoi, Mariette, dit le baron avec une sorte de pudeur tardive, vous n'avez rien autre chose à me dire ?

— Vous répétez en ce moment mes propres paroles de ce matin.

— C'est pour cela seulement que vous êtes venue ?

— Oui, Monsieur ; vous m'avez perdue, je vous sauve,

moi ! Vous refusez de me rendre l'honneur ravi par vous... je vous fais l'aumône du vôtre, dans lequel je ne suis pour rien... Voilà tout.

— Mariette....

— Adieu, monsieur le baron. Je m'éloigne heureuse et fière. Demain j'irai retrouver ma pauvre mère, et à nous deux, nous élèverons dignement votre enfant. Adieu !

On entendit le fer des chevaux résonner sur le pavé de la cour ; Mariette fit un pas vers la porte.

Le fonctionnaire voulut lui saisir le bras, elle se dégagea avec répugnance, et mit la main sur la serrure.

Mais une autre main poussait déjà le verrou.

— Pardon, Mariette, pardon ! murmura Dupréval, cette fois humble et suppliant. Je vous ai rendue malheureuse, et vous vous vengez par un magnanime service....

— Ah ! vous le reconnaissez enfin.

— Oui, avec vous pas de mensonges et de fausse honte ! L'entraînement... le besoin... la passion...

— Qui vous demande de vous justifier ?

— Moi, moi seul. Vous saurez tout.

— Et moi, je ne veux rien apprendre, quoique, vous le voyez bien, je ne sois pas femme à abuser de vos secrets. Laissez-moi passer, Monsieur, laissez-moi partir ?

— Une minute, Mariette, une seule minute, écoutez-moi ?

— Vous m'en avez accordé dix ce matin, je ne dois pas vous refuser à mon tour... Parlez.

A cette ironique réponse, Mariette lâcha la clé.

Aussitôt le fonctionnaire cessa de retenir le verrou.

Les deux amans restèrent quelques secondes immobiles, en silence, et les yeux dans les yeux.

Une transformation évidente s'opérait dans l'âme du baron Dupréval. Soit conscience, soit calcul, il n'était plus le même homme, en face de la ferme résolution de Mariette. Toute morgue, toute impertinence venaient de disparaître de sa figure et de son langage. Triste, confus, repentant, il semblait s'humilier enfin devant sa généreuse victime. Peut-être sentait-il en ce moment tous ses torts, et voulait il les réparer sincèrement ? Peut-être aussi, menacé de perdre à jamais tant de charmes, cherchait-il quelque jésuitique ruse afin de les posséder encore ?

La jeune fille cherchait à lire au fond de l'impénétrable pensée de cet homme.

— Ne me quittez pas ainsi ? murmura-t-il douloureusement. Votre mépris me fait trop souffrir... Oh ! je le mérite et ne m'en plains pas. Mais songez donc, Mariette, lorsque j'aurai perdu cet argent, je vais me trouver seul, tout seul, alors qu'il me faudrait tant de sympathies et de consolations. Soyez grande jusqu'à la fin. Oubliez le passé. Ma reconnaissance vous répond de mon avenir, et moi, je vous promets désormais le bonheur... Ne t'en va pas, je t'en conjure... reste, Mariette ? Oh !... reste avec moi ?

En même temps, il s'avançait pour l'entourer de ses bras.

Elle le repoussa d'un geste noble, et laissa tomber ces paroles amères :

— Votre maîtresse.... n'est-ce pas ?... encore ?... non... non... je vous l'ai dit : jamais !...

— Mais, je vous jure... s'écria vivement le baron...

— Des sermens !... fit dédaigneusement Mariette ; je n'y crois plus.

— Que voulez-vous donc, alors !

— Souvenez-vous de mes dernières paroles de ce matin. C'est une résolution immuable, et ma porte ne se rouvrira que pour un époux.

— Mariette !

— Ne me l'avez-vous pas promis, ne me l'avez-vous pas juré cent fois ?

— Oui.

— Eh bien ! qui vous arrête ?

Le fonctionnaire n'osa rien répondre, et baisa silencieusement la tête.

— Je pars, reprit Mariette au bout d'un instant.

— Eh bien! s'écria Dupréval avec l'élan d'une résolution subite. Demain... attendez à demain! Vous avez raison de vouloir partir. Ce n'est pas ici le lieu d'une explication semblable. Mais ne vous hâtez pas d'aller retrouver votre mère, mais ne me jetez pas un éternel adieu! Promettez-moi d'attendre à demain. Voulez-vous, dites?

— J'attendrai, répondit lentement Mariette.

Alors le fonctionnaire lui prit la main, et y posa un respectueux baiser.

Cette fois la main ne se retira pas, mais il la sentit frissonner contre ses lèvres.

— A demain! fit-il avec un étrange sourire.

Puis, il ouvrit lui-même la porte, et reconduisit la voyageuse jusqu'à sa chaise de poste, qui roula presque aussitôt sur la route de Paris,

— Oh! quel homme! murmurait Mariette avec un dégoût amer, et tandis que ses doigts étreignaient les cartes bizautées à travers le satin de sa robe. Mais son nom reste pur, un jour il aura la fortune, et c'est le père de mon enfant. Il faut que je sois sa femme... un jour, un seul jour... car le lendemain, je me réfugierai près de ma mère, et je serai inflexible à mon tour. A ce prix-là seulement, je retrouverai l'estime du monde; et ni mon passé, ni mon avenir n'auront à rougir jamais.

Plus loin, le doute revenait avec ces paroles:

— Fo le que je suis! voudra-t-il? Son ambition rêve sans doute une riche et brillante alliance. Mais, amour ou vanité, il ne pourra se résoudre à me perdre. Je le connais: Il est incapable de reculer devant un obstacle qui barre le chemin de sa passion. Et fût-ce un crime... oh! oui, un crime...

Parfois, aussi, Mariette se surprenait à dire avec effroi:

— Mais sans doute il viendra me poursuivre entre mon enfant et ma mère; sa haine inventera pour tous les trois quelques nouvelles hontes, quelques malheurs terribles. Oh! peut-être eût-il mieux valu ne pas le revoir et rompre à tout jamais avec lui... Ce matin je me sentais si libre, si heureuse!... Allons donc! avoir tant souffert pendant trois années, et trembler en touchant le but... ce serait lâche!...

Et cependant elle se surprenait à regretter que Trilby fût venue l'arrêter au moment où elle allait courir vers sa mère.

Trilby!—Elle prononça souvent ce nom pendant la route... Elle se rappelait avec un tendre charme les traits si doux et si délicats de cette frêle et charmante créature. Pour elle, elle se sentait le cœur tout plein d'attraction et de sympathie; elle désirait la revoir, la connaître et l'aimer!

Le voyage lui sembla dix fois moins long au retour.

Enfin, à deux heures du matin, elle rentrait chez elle en disant?

— Allons!... la journée de demain va décider de mon sort!

CHAPITRE XVIII.

Au retour du baron, la curiosité groupa de nouveau tout le monde autour de lui.

Indifférent, épanoui, il s'empressa de prendre la première place vacante aux tables de jeu.

— Eh bien, la Mariette? demanda le niais, dont le rôle semblait être de servir invariablement de compère.

— Jalousie de femme amoureuse! répliqua Dupréval, avec une insouciante fatuité. Nous nous étions quelque peu chamaillés ce matin. Elle n'a pas su y tenir, mais je l'ai renvoyée bien vite avec une légère mercuriale. La pauvre fille est folle de moi!

— Vraiment?

— En honneur, elle devient insupportable à force de tendresse! Mais voyons si la fortune à son tour veut me traiter en enfant gâté. Cinquante louis!

Ainsi l'ingrat trouvait encore moyen de tourner au profit de son insatiable vanité le dévoûment sublime de Mariette!

En quelques tours de main les dix mille francs furent perdus; le baron jouait sur parole et perdait encore avec une charmante humeur.

Cependant il savait diriger la chance avec un art miraculeux. Les cartes bizautées s'assuraient plus les coups, mais en grec habile, il trouvait encore des subterfuges pour manier à son gré les cartes ordinaires. Parfois il gagnait les premiers points, quitte à se réserver la perte sur la fin des parties. Tout ce manège échappait à l'œil le plus malveillant et le plus expérimenté.

Une complète aisance, une fanfaronnade railleuse ajoutaient encore au succès naturel de cette savante comédie.

Aussi tout le monde fut la dupe de l'adroit fripon. Peu à peu la confiance reparaissait sur les visages de la galerie reconquise. Les incrédules triomphaient, les plus fins se sentaient entraînés; Lucien de Varedde persévérait seul dans le soupçon, sans deviner cependant la vérité tout entière.

Mais comment faire partager ses mépris aux autres membres du club? Comment confondre le misérable? Pour cela, il eût fallu le prendre en flagrant délit de vol, et le jeune homme avait beau redoubler de surveillance, aucune prise ne se présentait désormais à ses yeux en défaut.

Enfin, non-seulement la réhabilitation fut complète, mais chacun s'empressa d'accabler de marques de sympathie et d'estime celui qu'on avait honte d'avoir un instant méconnu.

Le baron recevait tous les hommages de l'air le plus naïf et le plus innocent du monde.

Lucien de Varedde n'y put tenir plus longtemps. Indigné, furieux, il sortit du salon et de l'hôtel.

Depuis une heure Georges Cortalès attendait impatiemment son retour.

— Eh bien? demanda-t-il avec angoisse.

— Nous sommes joués! répondit le vicomte avec rage.

— Comment?

— Ils ont voulu attendre, et maintenant ce Dupréval s'étudie à perdre comme il s'acharnait à gagner tout à l'heure.

— Ainsi.

— Ainsi tous ces imbéciles font amende honorable... Et cependant j'ai vu, et d'autres comme moi.

— Alors...

— Ils doutent à présent. Ils n'osent plus croire. Et c'est la minorité. Les autres chantent tout haut les louanges de l'homme calomnié. Il faut, ma parole d'honneur, qu'il se trouve dans le nombre pas mal de confrères, qui défendent leur propre cause en défendant la sienne!

— Mais que s'est-il donc passé dans l'intervalle?

— Que sais-je, moi! On allait le prendre sur le fait, quelques aveugles ont demandé qu'on attendît une partie encore. Il a bien fallu consentir. Une lettre est arrivée, et tout à coup la chance a tourné comme par magie, et cet heureux coquin s'est esquivé du salon.

— De qui donc était cette lettre?

— De Mariette... de sa maîtresse.

— Comment, Mariette, de l'Opéra?

— Oui.

— Elle l'avertissait, peut-être?

— Sans nul doute.

— Et personne n'a conçu le moindre soupçon?

— Oh! notre homme a su les écarter avec une adresse infernale.

— Comment?

— Blaveau se trouvait là, cet autre baron, dont les parchemins sont probablement écrits sur du papier à chandelles, car M. son père en vendait encore il y a dix ans à peine. Il n'y voit pas, et Dupréval n'a pas manqué d'étaler le billet devant ses yeux de taupe. Comment douter, après une garantie si belle !

— O mon Dieu ! soupira Georges avec désespoir, il faut donc renoncer à toute espérance ?...

— A celle-là, oui. Le fripon se tiendra désormais sur ses gardes. Mais patience, il doit se trouver quelqu'autre infamie dans le passé de cet homme. Nous chercherons ensemble, mon ami, et vous verrez, vous verrez ?...

— Je ne me sens plus de courage.

— Allons donc ! Il s'agit de Geneviève. Je ne me rebute pas si facilement, moi, et j'y mettrai de l'entêtement, si vous y mettez de l'amour ! Laissons-le jouir aujourd'hui de son triomphe, il ne nous échappera pas deux fois, je vous en réponds. On est bien fort quand on a dans le cœur la haine vigoureuse du vice. Espérez encore, Georges, espérez !

En prononçant ces paroles, une noble ardeur enflammait le vicomte palpitant et terrible. Si le fonctionnaire eût pu le voir et l'entendre, il eût certes tremblé.

Georges Cortalès était loin de partager cet enthousiasme et cette conviction. Abattu, désespéré, il murmurait tout bas :

— Et dire que mon bonheur a tenu à un tel caprice du hasard !

—Oui, poursuivit Lucien. Cinq minutes plus tard, et cet homme rentrait pour toujours dans la fange dont il est sorti. — Nous le tenions, sans cette maudite lettre de Mariette !

— Plaît-il ! fit une voix à quelques pas des jeunes gens. C'est vous, Monsieur, qui parlez de la lettre de Mlle Mariette ?

Tous deux se retournèrent, et Grégoire sortit de l'ombre.

— Ah ! te voilà, dit Lucien.

— Moi-même, monsieur le vicomte, et j'ai entendu : Maudite lettre de Mariette !

— Eh bien ! que t'importe ? Est-ce que tu peux savoir...

— Tiens, parbleu ! puisque c'est moi qui l'ai portée, la lettre.

— La lettre de Mariette ?

— Oui ?

— Au baron Dupréval ?

— Sans doute.

— Malheureux, qu'as-tu fait ? s'écria Georges.

— Explique-toi ? demanda Lucien.

Et Grégo re raconta toute sa scène avec la cantatrice.

— Ainsi, reprit de Varedde, Dupréval est venu la retrouver dans cette auberge ?

— A la troisième sommation, répondit Grégoire, la lettre a fait son effet.

— Tu n'as rien vu de ce qui était écrit.

— Pour çà, non ! Elle prenait grand soin de se cacher en écrivant, et par deux fois elle a cacheté le poulet.

— Elle semblait émue.

— A attendrir un sergent de ville.

— Elle avait peur ?

— Pâle comme neige, et tremblante comme feuille.

— Etais-tu là quand le baron est sorti de l'hôtel ?

— Oui, même qu'il tremblait aussi, que j'ai failli courir pour l'empêcher de tomber au pied de cette borne. Mais Mlle Mariette l'a appelé... de cette fenêtre-là, tenez ! Et il s'est mis à courir lui-même, de manière à rendre la corde au vainqueur de la course de ce matin.

— Et qu'est devenu Mariette ?

— Repartie aussitôt... Le monsieur l'a accompagnée jus-

qu'à la portière de sa chaise de poste, et il semblait joliment la remercier de sa visite !

— Vous l'entendez ? dit Lucien à Georges... C'est clair, n'est-ce pas ?

— Elle venait le prévenir, pas autre chose. Oh ! pourquoi n'est-elle pas arrivée dix minutes plus tard ?

— Et quand je songe à l'aplomb, à l'assurance de cet effronté voleur ! c'est au point, mon ami, je ne voulais pas vous le dire, c'est au point que moi-même je me suis surpris à douter... Oui, malgré l'évidence, malgré le témoignage de mes yeux, lorsqu'il est rentré avec le calme sur le front, lorsqu'il perdait avec le sourire sur les lèvres, je me demandais encore si je n'avais pas mal vu, si je ne m'étais pas trompé d'abord ?...

— Vous le voyez bien, répondit Georges d'une voix découragée. Il est impossible de lutter avec cet homme. Et quand même nous découvririons quelqu'autre secret capable de faire renoncer Mme de Bellerive à ses projets de mariage, il déjouerait de nouveau toutes nos attaques !

— Oh ! je l'avoue, c'est un rude adversaire, que ce grec astucieux comme Ulysse, invulnérable comme Achille... Quitte cependant à le frapper au talon !

— Non, non ! s'écria Georges avec colère, en pleine poitrine, à la bonne heure, et je m'en chargerai, moi !

— Un duel ?

— Oui.

— Il refusera de se battre, ce doit être un lâche !

— Oh ! je saurai bien l'y contraindre.

— Erreur, mon pauvre Georges, il saura vous susciter quelque méchante affaire. Oh ! vous ne connaissez pas ces gens-là... On s'imagine avoir renversé tous les abus, toutes les influences féodales, on n'a fait que les changer de place. Les bourgeois ont hérité des grands seigneurs, et le moyen-âge était un âge d'or en comparaison de notre siècle. Voyez les puissans et les pillards du monde officiel ?... Voyez les argousins et les assommeurs de la police !... Le peuple est toujours le peuple, et les nouvelles aristocraties sont plus redoutables que n'ont jamais été les anciennes !

— Vous voulez donc renoncer à combattre ce misérable ?

— Au contraire.

— Eh bien ! alors...

— Mais je veux le combattre avec ses propres armes. La ruse et la légalité, tels sont les seuls moyens de le vaincre. Qu'il tombe, et ses pareils nous aideront à l'écraser, car on est de nos jours sans pitié pour les maladroits. C'est là le plus impardonnable de tous les crimes de notre époque, après la pauvreté, bien entendu !

— Que pensez-vous faire ?

— Je n'en sais rien encore. Mais croyez moi, Georges, nous en viendrons à bout ; laissez-vous guider par moi.

— Soit... Par où commencer ?

— Oh ! ce soir il ne s'agit que de prendre un peu repos ; demain nous réfléchirons à notre nouveau plan de campagne.

— Vous comptez donc rester toute la nuit à Chantilly ?

—Pourquoi pas ?

— Il faut que je reparte pour Paris, moi.

— A l'instant ?

— Ou du moins à peu près. Geneviève doit m'attendre à dix heures.

— A Saint-Sulpice ?

— Oui .. Oh ! mon Dieu ! j'espérais lui porter de si riantes nouvelles !

— Partie remise, mon ami, partie remise !.. Et puisque vous partez, je pars avec vous.

— Comment, vous ne remontez pas au club ?

— Et pourquoi faire, bon Dieu !.. Croyez-vous donc que je me plaise dans ce honteux tripot de sottises et de turpitudes, quand on n'y rencontre pas encore pis que cela ! Grégoire, il faut nous trouver des chevaux.

— Oui, mon lientenant! répondit le pauvre garçon, qui depuis quelques minutes faisait une assez piteuse mine.

— Eh bien! va...

— A l'instant... balbutia Grégoire, en se grattant l'oreille. Mais, pardon, mon lieutenant; vous devez m'en vouloir, n'est-ce pas?

— Et pourquoi donc?

— Dam! il me semble que j'ai fait une boulette. Excusez, moi, je ne savais pas.

— Aussi, nous te pardonnons... Monsieur et moi.

— Merci... Mais si jamais je trouve l'occasion de prendre ma revanche... Pas vis-à-vis de Mlle Mariette... oh... non! E fin... suffit... je n'entends!

— Tu veux parler de Dupréval.

— Po-sible!

— Quant à celui-là, je te donne carte blanche.

— Et on en usera.

— Fort bien! Mais pour le moment, il ne s'agit que de nous ramener à Paris.

— Dans dix minutes nous roulerons sur la grande route.

En effet, les deux jeunes gens ne tardèrent pas à monter en voiture.

— Allons donc! disait de Varedde à son compagnon attristé. Du courage!... On vous aime, et vous vous croyez malheureux, fou que vous êtes! Oh! si j'étais aimé de quelqu'un, moi...

Et pendant tout le voyage, il cherchait à ranimer les espérances de l'amant de Geneviève.

Au point du jour on entra dans Paris.

— Je vous attends à la sortie de l'église, jeta pour adieu Lucien de Varedde à Georges Cortalès, qui se dirigeait déjà vers l'autre rive de la Seine.

Jusqu'à l'heure du rendez-vous il erra dans les environs de l'hôtel de Mme de Bellerive, et lorsque Geneviève posa son pied mignon sur le péristyle de Saint-Sulpice, il attendait depuis longtemps dans la chapelle de la Vierge.

— Eh bien? lui demandèrent les yeux rayonnants de la jeune fille.

Pour toute réponse, Georges baissa la tête.

— Rien encore, soupira Geneviève. C'était donc une fausse espérance?...

— Hélas, oui.

— Racontez-moi donc cela?

Pendant plus d'une heure les deux amans s'entretinrent de leur amour si pur, de leur avenir si sombre. Comme la première fois ils s'agenouillèrent pieusement devant l'image de Vierge; comme la première fois ils jurèrent de s'aimer saintement et toujours!

Enfin la vieille Yvonne les avertit doucement que l'heure était venue de se séparer.

— A dans un mois?... murmura Geneviève.

— Attendre... attendre un mois! répondit Georges avec un soupir. Que je suis à plaindre, mon Dieu!

Et comme pour justifier les paroles de Lucien de Varedde, la jeune fille interrompit avec un délicieux accent de tendre reproche:

— Ingrat! je vous aime...

— Et Dieu vous bénira! Courage! répéta la vieille Bretonne, en entraînant la jeune fille hors de Saint-Sulpice.

Anatole n'était pas encore de retour à Paris, et Lucien de Varedde attendait Georges.

Il se dirigea donc directement vers la Chaussée-d'Antin.

La porte de l'appartement que nous connaissons était entre ouverte; personne ne se trouvait ni dans l'antichambre, ni dans le salon, et le visiteur arriva au cabinet de travail sans pouvoir se faire annoncer.

— Tiens! fit Lucien de Varedde avec surprise, où donc est messire Grégoire?

A peine achevait-il ces mots que la sonnette retentit.

Le vicomte fut contraint de jouer le rôle du domestique absent, et Georges le suivit à une discrète distance.

C'était un petit commissionnaire qui apportait un billet de Grégoire en personne.

Et ce billet, écrit à la hâte, ne contenait que ces mots étranges:

« Ne vous fâchez pas, Monsieur, je suis à la chasse au Dupreval! »

CHAPITRE XIX.

Le lendemain de la fameuse journée de Chantilly, Mariette attendait, assise dans son boudoir... Toute la nuit elle avait médité sur les évènemens de la veille, et maintenant encore elle réfléchissait profondément aux probabilités de l'avenir.

Supporter la répugnante présence du fonctionnaire lui semblait désormais un effort impossible; elle le savait trop méprisable et trop avili. Mieux valait cent fois renoncer à la réhabilitation si péniblement achetée; mieux valait cent fois perdre le fruit de tant de sacrifices et de larmes! Mais elle comptait un peu sur la reconnaissance et beaucoup sur l'entêtement de sa passion. Quelle femme ne croit pas à l'amour qu'elle inspire?

Son plan était donc bien résolu. Sitôt la femme du baron, elle avouait hautement ses desseins, jusque là si mystérieusement cachés. Elle repoussait l'époux, elle recourait à la mère. Voulait-il l'arracher à ce bonheur, elle le menaçait de divulguer son infamie; elle le faisait trembler à son tour!

Une semblable conduite était-elle parfaitement loyale?... Mariette s'était longuement posée cette question délicate, et sa conscience y répondait d'une façon affirmative. Les crimes du baron l'absolvaient de cet indispensable subterfuge, qui aboutissait à un acte de justice et d'équité. Vis-à-vis d'un tel homme, pouvait-elle avoir tort d'agir ainsi?

En cas de refus, elle allait se jeter aux genoux de sa mère, avec son enfant dans ses bras; et, sauf l'estime du monde, l'avenir lui appartenait encore.

Elle attendait donc, sans angoisses, sans terreurs, sans désirs même. Elle avait assez travaillé pour sa part à cette œuvre expiatoire; c'était à Dieu de faire le reste, et elle se soumettait d'avance à sa volonté suprême. Mais plus de trêve trompeuse, plus de puériles craintes, plus de paix incomplète! Dans l'une et l'autre hypothèse, elle se sentait immuable et forte.

Le passé devait s'écrouler en ce jour, et pour commencer cette révolution intime, elle résolut d'en finir d'abord avec Rose.

Elle l'appela.

La camériste parut, insolente et maussade comme de coutume.

— Réglez vos comptes, dit froidement Mariette. Préparez tout pour votre départ, vous n'êtes plus à mon service.

Un aussi péremptoire ultimatum abasourdit l'odieuse créature, qui cependant n'était pas fille à s'étonner de grand chose.

— Madame... balbutia-t-elle.

— Pas d'observations! interrompit Mariette. Je ne veux pas que vous couchiez ici ce soir.

D'un regard scrutateur Rose comprit la situation tout entière. Ses yeux gris avaient un instinct de pénétration diabolique; elle n'eut pas besoin de les interroger deux fois.

Aussitôt la vipère se redressa, plus audacieuse que jamais, et de sa voix stridente elle répondit:

— Ah! c'est comme ça... Fort bien, j'attendrai le retour de Monsieur...

— Vous dites? fit Mariette, indignée de cette outrageante bravade.

— J'attendrai monsieur ! répéta la camériste en croisant ses maigres bras sur sa poitrine anguleuse. Et ce ne sera pas long. J'entends sonner en maître.

Et, jetant à sa maîtresse un regard de défi, elle court ouvrir.

Presque aussitôt le fonctionnaire entrait dans le boudoir.

— Monsieur... répétait-elle pour la dixième fois, car le baron avait traversé la première pièce sans daigner lui répondre, Monsieur...

— Laissez-nous ! interrompit-il d'un ton qui n'admettait pas de réplique.

Cette fois Rose sortit l'oreille basse et la rougeur au front.

— Qu'y a-t-il donc ? demanda Dupréval avec indifférence.

— Rien... répondit Mariette d'un ton plus indifférent encore. Je mettais cette fille à la porte de chez moi, voilà tout !

— Ah ! fit le baron en souriant, vous faites maison nette ?

— Ne vous ai-je pas averti ? répliqua gravement la cantatrice.

— C'est juste, conclut le fonctionnaire. Asseyons-nous et causons.

En même temps il avançait un fauteuil en face de Mariette.

Autant le baron Dupréval avait reparu impérieux et fier dans la salle de jeu du Jockey-Club, autant il se montrait humble et soumis dans le boudoir de la cantatrice.

— Ecoutez-moi, Mariette ! fit-il d'une voix tendre et flatteuse. Laissez-moi venue de nous expliquer franchement et nettement. Je ne vous reparlerai pas de Chantilly, vous savez quel service vous m'avez rendu cette nuit, vous allez voir comment je sais le reconnaître et le récompenser. Venons de suite au fait, vous désirez être ma femme, n'est-ce pas ?

— Je crois inutile de vous le répéter ! soupira amèrement Mariette.

— Sans doute. C'est une vieille dette, une dette d'honneur, et j'eusse dû l'acquitter plus tôt. Vous voyez que je sais nous rendre justice à tous deux. Oui, Mariette, je dois et je veux vous donner mon titre et mon nom. Mais les circonstances ne se prêtent pas à ce mutuel vœu. Ne m'interrompez pas, et permettez-moi de vous faire connaître ma position présente ?

— Je vous écoute en silence, Monsieur.

— Je me trouve en ce moment assez mal dans mes affaires, mais en ce moment aussi s'offre l'occasion de reconquérir le quadruple de ce que j'ai perdu. Nous sommes à la veille d'un changement de ministère, et l'un des portefeuilles vacans m'est promis. Vous ne l'ignorez pas ? Or, sous le régime assez commode où nous vivons, on travaille réellement pour soi tout en travaillant en apparence pour le pays. Un peu de complaisance, un peu d'habileté, et cela va tout seul. Je ne suis pas un maladroit, j'ai besoin d'argent... Enfin, que je sois ministre pendant trois mois seulement, et ma fortune est rétablie. Nos intérêts deviennent communs, Mariette, et notre enfant sera riche un jour de cette petite razzia constitutionnelle. Ainsi vous devez ambitionner autant que moi la réussite de ce projet, fécond en espérances pour tous deux... pour tous trois ! Nous sommes d'accord sur ce point-là, n'est-il pas vrai ?

— Je n'ai pas assez d'expérience politique pour apprécier ce raisonnement, observa la cantatrice, vous parlez à une pauvre fille ignorante... seulement je ne vois pas quel rapport...

— Un rapport bien direct... bien évident, s'écria le baron.

— Veuillez être assez bon pour me le faire comprendre.

— Volontiers ; un mariage est un acte public, connu, remarqué de tous, surtout lorsqu'il s'agit de deux personnes en vue, comme nous le sommes l'un et l'autre pour des causes différentes ; et il faut des témoins, de la publicité, des noms placardés à la porte d'une mairie, que sais-je, moi ? Enfin, demain, tout Paris saurait que le baron Dupréval épouse une chanteuse de l'Opéra. Ne vous offensez pas de ce rapprochement, Mariette ; c'est le monde qui le ferait, ce monde dont vous connaissez les préjugés et les exigences... sottises que je suis loin de défendre, mais dont je serai inévitablement la victime. Mes ennemis profiteraient de cette imprudence, mes protecteurs n'oseraient plus me protéger, et le portefeuille passerait en des mains rivales... Je ne serais plus ministre, et pour votre enfant, pour vous-même, je dois l'être. Vous voyez bien qu'une telle démarche nous perdrait tous les trois. Vous voyez bien qu'en ce moment le mariage est impossible.

— Pourquoi donc alors être revenu ? demanda Mariette avec une glaciale amertume.

— Pour deux raisons.

— Lesquelles ?

— D'abord, j'espérais, j'espère encore vous trouver raisonnable, et...

— Il faut renoncer à cette espérance-là, je vous le jure.

— Ah !

— Passons à l'autre motif.

— L'autre motif, répondit le fonctionnaire, quelque peu surpris du sang-froid inébranlable de Mariette, le voici... Et celui-là vous touchera sans doute davantage.

— Dites ?

— J'ai hâte de réparer mes torts envers vous, je suis impatient de vous rendre heureuse, Mariette ; et vous désirez deux choses, aussi justes l'une que l'autre, j'en conviens : que je vous épouse et que je reconnaisse votre enfant. Je vous ai dit les obstacles au mariage, mais je vous annonce avec joie que je n'en trouve plus à l'accomplissement du second, et peut-être du plus ardent de vos désirs ?

— Comment ! s'écria la pauvre mère, avec un élan d'allégresse.

— Je ne m'étais pas trompé, sourit le fonctionnaire, et je savais bien vous apporter le bonheur.

— Expliquez-vous.

— On peut reconnaître un enfant sans bruit, sans scandale, à l'insu de tout le monde, et je suis prêt à vous donner immédiatement cette satisfaction.

— Vous ?

— Oui... moi... C'est vous prouver que je suis à la fois un honnête homme et un homme qui vous aime !

— Et que faut-il pour cela ?

— Deux témoins, voilà tout. Et quant aux simples formalités, les voici : ayant de venir à vous, je suis passé chez un avocat discret et sûr.

Et en effet, le fonctionnaire sortait d'une consultation confidentielle, mais non pas chez un avocat honorable ; il avait choisi pour conseil un de ces hommes dont la science consiste à connaître tous les sentiers tortueux à l'aide desquels on peut tranquille la loi sans péril.

Quelques mots suffirent pour éclairer l'inexpérience de Mariette.

— Voilà ce que je vous offre en attendant, avait conclu le baron, voulez-vous ?

La cantatrice gardait un silence rêveur.

— Eh quoi ! fit Dupréval étonné, vous hésitez ?

— Ecoutez-moi à votre tour, répondit Mariette... Ce que vous voulez faire est bien, et je vous en remercie sincèrement. Mais je ne veux plus vivre ainsi que nous vivons depuis trois ans. Ma résolution est immuable : je vous l'ai dit : votre femme, oui ; votre maîtresse, jamais !...

— Comment ! malgré...

— Malgré tout... Plus de fausse position, plus de méprisab'e existence! Reconnaissez votre enfant, j'y cons°ns, mais ce n'est pas assez pour moi. Toutes relations intimes doivent cesser entre nous, jusqu'au jour où j° porterai votre nom !

— Je vous en supplie, revenez sur cet arrêt. Je vous aime, moi, et je sou⁵f irais trop !

— Epargnez-vous la prière? répondit Mariette en rougissant. J'ai tout pesé, tout réflechi, tout résolu ! Vous devez comprendre dans ma voix, vous devez lire dans mes yeux que cette fois je ne céderai pas. Voyez ce qui vous reste à faire? Je vous préviens franchement et loyalement.

— Mais que voulez-vous que je devienne?

— Attendez !... J'ai bien attendu trois ans, moi !

— Je ne pourrai vivre ainsi !

— Il dépendra de vous d'abréger le temps de la séparation.

A cette dernière réponse, le fonctionnaire quitta l'humble accent de la tendresse, et ce fut avec ce sourire, dont son seul visage avait le secret, qu'il demanda aussi froidement que Mariette elle-même :

— C'est là votre dernier mot?

— Oui !... répo dit-elle avec un laconisme métallique.

— Eh bien... soit! reprit le baron... J'accepte le traité ; votre enfant va être reconnu ce matin même?

— A l'instant ..

— Pourquoi pas?

— Je ne sais... J'aurais voulu... consulter aussi.

— Ah! Mariette, c'est trop se défier de moi... Quel danger pouvez-vous craindre?

— Vous avez si souvent abusé de ma crédulité !

— Comment le pourrai-je aujourd'hui?.. Un semblable doute m'off-nse, et je ne dois pas le souffrir... Je suis franc et sincère aujourd'hui, Mariette !

— Alors pourquoi vous opposer à ce que je voie un avocat?..

— Vous en êtes la maîtresse... Mais, je vous en conjure, donnez au moins cette preuve de confiance à celui qui vous donne en ce moment tant de preuves de respect et d'amour !

Mariette contempla la physionomie débonnaire et suppliante de Dupréval, et répondit après un silence :

— Pardon. Etienne, je suis prête à faire tout ce que vous désirez ?

La pauvre fille avait eu honte de sa prudence. Les nobles cœurs ne peuvent que noblement agir.

Un éclair de maligne joie passa sur le front hypocrite de Dupréval, qui se leva aussitôt et appela :

— Rose !

— Que voulez-vous à cette insolente créature? demanda Mariette. Vous savez...

— Que vous l'avez chassée! acheva le fonctionnaire. Vous êtes la maîtresse chez vous, rien de mieux ; mais jusqu'à ce soir elle nous appartient encore, et j'ai besoin en ce moment de ses services.

— En quelle façon peut-elle vous être utile ?

— C'est fort simple à concevoir. Il nous faut des témoins, les premiers venus, et je vais faire quérir deux commissionnaires du voisinage.

— Deux commissionnaires?

— Oui. Vu la gravité des circonstances, je n'ose me fier à aucun de mes amis, et avec de semblables témoins, je me regarde comme certain du secret. Que vous importe, pourvu que l'enfant soit reconnu ! S'offenser à propos d'un tel détail serait d'une susceptibilité ridicule, et je ne vous suppose pas des répugnances aristocratiques.

— Vous avez raison, Monsieur. Ces motifs me semblent satisfaisans, et je ne m'étonne même plus. Voici Rose. Vous pouvez en disposer aujourd'hui, mais aujourd'hui seulement, car demain... !

— C'est convenu, interrompit docilement le baron, qui venait de se retourner vers la cameriste.

Rose reçut l'ordre et sortit en silence.

On s'occupa des dispositions nécessaires. Mariette eût dû se sentir heureuse, et cependant elle ne pouvait se défendre d'une vague et froide tristesse.

La cameriste reparut en disant :

— Monsieur le baron est obéi.

— Deux commissionnaires? demanda-t-il, avec une sorte de défiance.

— Oui, Monsieur, répondit Rose... c'est-à-dire pas tout-à-fait...

— Qui m'amenez-vous donc?

— Un commissionnaire, je n'ai pu trouver que celui-là; et un domestique, son frère, que lui-même m'a proposé pour votre service.

— Comment se nomme le maître?

— M. Lucien.

— Lucien ! répéta dédaigneusement le baron. Je ne dois pas connaître cela. Où sont-ils?

— Dans l'antichambre.

— Faites-les venir.

Presque aussitôt les deux témoins s'avancèrent.

L'un d'ux, c'était le fidèle Grégoire,

Mariette le reconnut pour son messager de la veille, et laissa échapper un mouvement de surprise, que le fonctionnaire ne remarqua pas.

Il s'occupait de donner ses instructions aux deux nouveaux venus, plus un louis pour chacun.

Grégoire avait également rougi en se retrouvant face à face avec la cantatrice, mais il sut dissimuler ce trouble dangereux, et si de que le baron fut retourné vers Mariette, il glissa le louis dans la main de son frère, en disant à voix basse :

— Garde tout pour toi, çà ne me regarde pas.

— Ma's... voulut observer le commissionnaire.

— Sois paisible, interrompit furtivement Grégoire. Je trouverai moyen de me payer en autre monnaie. Chut.

— Qu'y a-t-il? s'écria brusquement Dupréval.

— Rien, Monsieur, répliqua l'humble garde-du-corps... Nous partagions.

— C'est bien. Passez devant, conclut le fonctionnaire. Et, saisissant la main de Mariette, il ajouta d'une voix tendre et gracieuse :

— Je vais donner mon nom à notre enfant que j'aime!... Allons !...

CHAPITRE XX.

Une heure après, Dupréval et Mariette se retrouvaient ensemble et seuls dans le boudoir témoin des dernières scènes que nous venons de raconter.

— Voici l'acte !... disait le baron.

— Merci ! murmura la cantatrice avec un regard heureux et reconnaissant.

— Et maintenant réglons notre avenir.

— Tout n'est-il donc pas convenu entre nous ?

— Je ne le pense pas.

— Mais nous étions d'accord tout à l'heure !

— Reste à savoir si nous le sommes encore maintenant.

— Je ne vous comprends pas...

— Je vais me faire comprendre. Etes-vous toujours dans l'intention de me mettre à la porte ?

Cette question fut jetée d'une manière ironique et brusque.

Mariette s'en étonna, et cependant répondit avec douceur :

— Etienne, d'où vient que vous me parlez ainsi ?

— Je ne fais que répéter vos propres expressions d'hier.

— Je ne crois pas les avoir employées.

— Moi, j'en suis sûr.

— Alors j'eus tort hier, et vous avez tort à votre tour de les répéter aujourd'hui.

— Peu importe ! Etes-vous décidée, oui ou non, à ne plus me recevoir comme autrefois ?

— A vous recevoir, oui ; comme autrefois, non.

— A quel titre pourrai-je donc me présenter désormais ?

— En ami, voilà tout.

— Voilà tout. Cela me semble fort joli.

— Ne vous ai-je donc pas prévenu ce matin de mes intentions formelles ?

— A peu près.

— Et b en, je n'ai pas changé d'avis, moi.

— Soit !... Mais moi j'en ai changé, et complètement, encore.

— Que voulez-vous dire !

— Je trouve le titre d'ami fort gracieux, fort divertissant sans doute, et cependant, je ne suis pas homme à m'en contenter ?

— Que prétendez-vous donc ?

— Etre ce que j'étais par le passé ?... votre amant.

— Impossible, je ne puis plus me résigner à n'être que votre maîtresse.

— Vous serez ma femme plus tard.

— Alors seulement je redeviendrai toute à vous.

— Sérieusement.

— Je vous le jure par cet enfant que vous venez de reconnaître pour le vôtre.

— Pour le mien, je vous arrête à ce mot-là... ou plutôt, non, je veux encore une fois avoir recours à la raison, à la douceur, à la prière, quoique j'y sois cependant fort maladroit, manque d'habitude, sans doute.

A ces mots railleurs, le fonctionneur se prit à rire.

Mariette le regarda avec surprise, réprima un mouvement d'impatience, et répondit en pesant sur chacune des syllabes :

— Ecoutez-moi, Monsieur ; ce matin nous nous sommes dit franchement nos résolutions mutuelles ; ici, à cette même place, il y a une heure à peine, vous devez vous en souvenir. Vous étiez libre de ne pas agir ainsi que vous venez de le faire. Rien ne vous y forçait ; je vous ai loyalement averti que tout raisonnement, toute prière serait inutile. Enfin, vous avez sérieusement et volontairement accepté mes conditions. Est-ce la vérité ?

— Oui... oui... il fallait bien céder à vos prétentions capricieuses.

— Ne parlez ni de caprices, ni de prétentions ; il n'y a dans ma conduite que droit rigoureux et volonté plus rigoureuse encore.

— Soit, mais je conteste l'un et je ne me soumets nullement à l'autre.

— Il le faudra bien cependant, car je ne reviendrai pas sur cette décision irrévocable.

— Je crois le contraire... Laissez-moi m'expliquer ? Vous m'avez dit vos conditions, je vais vous dire les miennes, qui du reste se résument en peu de mots. Nous resterons ce que nous étions hier ; bien ou mal, peu m'importe. Je suis conservateur en toutes choses.

— Monsieur...

— Pas de phrases, cet article unique et lucide est-il adopté sans amendement.

— Je refuse.

— Réfléchissez ; je viens de faire beaucoup pour vous, et vous connaissez ma devise amoureuse et politique : Rien pour rien !

— Rien autre qu'une simple amitié.

— Vous tenez à ce terme exclusif, je le vois à regret. Ah ! la belle perspective !... je viendrais ici, à des heures banales, en respectueuses visites... j'aurais le bonheur de votre présence, de votre entretien... je vous embrasserais le bout des doigts, le haut du front... je me retirerais le soir, à huit heures, ainsi qu'un provincial après la réjouissante partie de boston... je regarderais, sans toucher, comme les petits enfans bien sages !... Quelle pudique comédie de pensionnat de jeunes demoiselles vous avez arrangée là ! c'est fort intéressant, fort moral, mais malheureusement trop platonique et trop peu récréatif pour un pécheur tel que moi !

— Pourquoi donc avoir consenti tout à l'heure ?

— Oh ! voilà le dénoûment imprévu, la péripétie renversante ! Vous vous étiez flattée de me condamner à la diète, et j'ai faim, moi. Vous avez voulu me mettre dedans, et je triomphe. Vous pensiez n'être plus ma maîtresse, et je reste à tout jamais votre amant.

— Je ne veux pas, je ne veux pas ! s'écria Mariette avec une répulsion mêlée d'un certain effroi.

— Mais je veux, moi !... répondit impérieusement le baron.

Jusque-là il s'était concentré dans une ironie menaçante, comme l'orage au fond d'un ciel noir, et l'orage éclatait enfin.

— O mon Dieu ! s'écria Mariette palpitante, et cependant énergique encore, vous l'entendez !

— C'est possible ! Alors Dieu doit bien rire en ce moment.

— Mais non... non... vous n'avez pas le droit de parler ainsi. Je suis libre... Et parce que vous avez reconnu mon enfant...

— Votre enfant ! interrompit le fonctionnaire en redevenant acerbe et sérieux tout à coup. Je vous arrête à ce mot pour la seconde fois, et celle-ci je vais m'expliquer tout à fait... Mariette, cet enfant est le mien maintenant, il n'est plus le vôtre !

La pauvre mère resta stupéfaite et béante.

— C'est comme j'ai l'honneur de vous le dire ! poursuivit sardoniquement Dupréval. Je connais mes droits... J'ai consulté, vous savez, moi ; et, si vous doutez de mes paroles, vous pouvez courir chez un avocat, à votre tour ; je ne m'y oppose plus maintenant, et pour cause. Mais épargnez-vous cette peine inutile, je vais vous répéter d'avance tout ce qu'il vous dirait. La première enfance vous appartient, sauf une surveillance, dont je saurais vous faire un supplice, dans le cas où vous vous obstineriez à repousser mon amour... Attendez, ce n'est pas tout. A l'âge de sept ans je viendrai l'arracher de vos bras maternels. C'est mon droit, et nul ne le contestera à un homme tel que moi, vis-à-vis d'une femme telle que vous. Songez donc... un baron, un riche, un ministre qui sépare son enfant d'une obscure et pauvre fille d'Opéra.. Tout le monde criera bravo. Les mâles font les lois. Les législateurs sont de grands sages !

— Que dit-il, que dit-il ? articula frénétiquement la pauvre mère en délire.

— Le théâtre vous condamne éternellement ! poursuivit le père impitoyable. Cet enfant, je vous défendrai de l'approcher, de le voir même... Il sera mort pour vous... Bien plus, je lui enseignerai à vous mépriser, à vous haïr. Fiez-vous à moi du soin de diriger son éducation à cet égard ; ainsi, vous n'aurez ni les caresses ni les baisers de l'enfant ; et, plus tard, si vous venez les bras tendus vers le jeune homme, le jeune homme orgueilleux et riche vous repoussera en disant : Arrière, comédienne !... vous n'êtes pas ma mère. Je ne vous connais pas !

— Ah ! cria Mariette avec une déchirante stupeur.

— Voilà l'aveuir, pauvre sotte que vous êtes ! continuait le baron d'une voix insultante et moqueuse. Ah ! vous voulez lutter avec moi... A genoux, à genoux ! car ce que je dis, je le ferai, je vous le jure aussi... par cet enfant que je viens de reconnaître!

Ce serment, prononcé quelques minutes auparavant par Mariette, Dupréval le répéta avec une ironie dont rien d'humain ne saurait donner idée. Le génie du mal doit seul connaître le secret de cet accent et de ce sourire!

Mariette enfouissait dans ses deux mains sa tête épouvantée. Elle cherchait à se boucher à la fois les yeux et les oreilles afin d'échapper à cette infernale torture.

— Allons, Marion, sois bonne fille! ajouta le fonctionnaire, et faisons la paix.

— J'ai peur de devenir folle! s'écria-t-elle en reculant vers la muraille.

— Tu l'étais tout à l'heure! ricana le baron; mais sois raisonnable maintenant et je te pardonne.

Cette honteuse clémence ramena Mariette à la réalité.

— Tout cela est donc bien vrai? fit-elle douloureusement.

— Elle en doute encore!

— Mais vous n'agirez pas aussi cruellement?

— Si fait, parbleu! à moins que tu n'agisses toi-même à mon gré.

— Je vous en supplie...

— Pas de prières, tu le disais tout à l'heure.

— Mais je ne pourrai pas... je ne pourrai pas!

— Ceci devient peu flatteur. Qu'importe, après tout; je ne te demande pas de l'amour. Sois à moi, cela me suffit, je ne suis pas exigeant, et pourvu que tu ne revoies jamais madame ta mère...

— Comment, cela aussi?

— Elle m'a insulté, et je n'oublie jamais. Allons, c'est à prendre ou à laisser. Décide-toi?

— O mon enfant, mon enfant! sanglotait la mère au désespoir.

— Ce cher enfant! C'est la chaîne qui nous rive à jamais l'un à l'autre! reprit le baron, en faisant un pas vers elle. Grâce à lui, je te tiens dans ma main; un mouvement qui me déplaît, et je la brise sans pitié, songes-y bien! Faut-il que je parte? Tu ne réponds pas. Je reste, et comme par le passé je prétends commander en maître absolu.

Mariette, pâle, immobile et comme pétrifiée, le regardait, l'écoutait avec un tremblement général et fébrile.

Lui, s'asseyait triomphalement sur le canapé, et poursuivait d'un ton moins railleur, car la douloureuse stupéfaction de Mariette commençait à l'inquiéter malgré lui.

— Du reste, ce n'est qu'un retard. Un peu de patience encore! La fortune donne l'indépendance, et une fois au dessus de toutes les considérations actuelles, je tiendrai ma parole... si vous vous conduisez bien entendu, d'une façon à mériter de devenir ma femme. Je suis le maître de votre destinée, et je consens à promettre néanmoins ce mariage, qui vous tient si fort à cœur. Quittez donc cette mine sauvage, et sachez-moi gré de ma générosité. Je vous aime, aimez-moi! Je vous demande d'attendre avec confiance, puisque je vous donne la preuve que je suis un honnête homme?

— Un honnête homme! s'écria la cantatrice, avec l'élan de la colère et de l'indignation.

— Seulement il faut m'obéir. J'ai une volonté de fer, et je veux!

— Un honnête homme! répéta follement Mariette, tandis qu'elle levait vers le ciel ses mains frémissantes et crispées.

Puis elle les laissa retomber inertes et furieuses le long de sa jupe de satin noir.

Dans ce mouvement naturel, ses doigts rencontrèrent un objet invisible, et soudain une pensée vengeresse traversa son désespoir. Elle se mit à fouiller convulsivement les plis

III° P.

soyeux qui crièrent sous cette nerveuse étreinte, et s'écria pour la troisième fois, mais avec une explosion foudroyante de mépris et de rage:

— Un honnête homme, vous? Vous êtes un misérable!

Et les cartes b'zautées volèrent à la face livide du despote, qui se redressa d'un bond menaçant et terrible.

Mais un éclat de rire strident et prolongé répondit seul à cette insultante flétrissure.

Ce dernier effort avait épuisé les forces chancelantes de la jeune fille éperdue; ce dernier outrage acheva de la briser tout à fait.

— Rose? appelait le baron, riant toujours, et déjà retombé sur le sopha.

— J'ai chassé cette fille! râla Mariette d'un souffle éteint et mourant.

— Et moi, je veux qu'elle reste! commanda Dupréval avec une force impérieuse. Assez de combats comme cela! Vous... contre moi!... allons donc!... Je suis chez moi... osez m'en bannir...

Rose parut, la joie et l'arrogance dans les yeux.

— Mes pantoufles... ma robe de chambre... et du feu pour allumer un cigare! fit dédaigneusement le fonctionnaire, revenant à ses allures orientales.

— Je ne pars donc pas? demanda l'infernale camériste.

— Non... Madame te garde!...

— Merci, Madame!... repartit la camériste, en jetant directement à sa maîtresse ce sarcasme effronté.

Ce fut la goutte d'eau qui fait enfin déborder la coupe remplie jusqu'aux bords, ce fut le coup de pied de l'âne sur le lion expirant.

Mariette, en proie à une violente crise de nerfs, tomba sur le tapis du boudoir.

Rose voulut courir à elle.

— Sers-moi d'abord? conclut le fonctionnaire avec un raffinement d'égoïsme et de cruauté. Tu t'occuperas ensuite de jouer ton rôle dans cette comédie, fort intéressante sans doute... mais à laquelle, par malheur, je ne crois pas... va!...

. . . .

Le soir, à l'Opéra, on annonçait relâche, par indisposition subite de Mariette.

. . . .

Cependant tandis que cette scène hideuse se passait dans le boudoir de la cantatrice, Grégoire rentrait dans le cabinet de Lucien de Varedde.

— Eh bien! demandèrent à la fois les deux jeunes gens.

— Oh! Messieurs, répondit le domestique avec un honteux embarras, j'ai grand peur d'avoir fait une seconde boulette.

— Comment?

— Moi qui comptais sur une si bonne chasse... Je viens encore de rendre service à ce brigand-là. Je ne le repincerai donc pas... Mais s'il s'agissait aussi de Mlle Mariette... Enfin, voilà la chose.

Et Grégoire raconta toute la vérité, en s'excusant à chaque mot.

— Pas si mal que tu crois! s'écria Lucien de Varedde. Peut-être y a-t-il là dedans de quoi faire rompre le mariage de Geneviève. Vous devez la revoir dans un mois, Georges? Attendez jusqu'au premier rendez-vous, avant d'employer ce moyen. C'est toujours quelque chose, et s'il ne se présente rien de mieux jusque-là...

— Epérons-le, mon ami, interrompit le loyal Georges, il me répugnerait de me servir de cette arme; car, en réalité, c'est une bonne action.

— Une bonne action! répondit le vicomte incrédule. Dites plutôt quelque nouvelle infamie. Vous ne connaissez pas Dupréval!

— Vous croyez?

— J'en répondrais...

— Et Mariette est au pouvoir de cet homme !

— Pauvre Mariette ! fit tristement Lucien.

En ce moment Anatole parut sur le seuil.

L'amant d'Aline revenait sombre et découragé.

— Ma mère est inflexible ! murmura-t-il, sans attendre même qu'aucune voix amie interrogeât son retour.

Et Lucien de Vareide soupira plus tristement encore :

— Pauvre Trilby !...

CHAPITRE XXI.

Il est temps de revenir à la petite rue Saint-Pierre-Montmartre.

Nous avons laissé la famille Saint-Hyacinthe en proie à toutes les terreurs de la misère, à toutes les angoisses du désespoir. Plus d'engagement possible ; un abandon complet ; pas une espérance dans l'avenir : vingt-un francs cinquante centimes pour unique ressource !...

Le lendemain de ce lundi fatal, où les trois directeurs de province avaient successivement manqué de parole au vieux comédien, Jeanne se leva la première, et comme de coutume fut aux provisions, qu'elle restreignit, hélas ! autant que possible à dater de ce jour-là.

— Cependant... se disait la pauvre ménagère avec effroi... cependant il y a six bouches à nourrir à la maison, et tout est bien cher dans ce maudit Paris !

A son retour, elle trouva tout le monde debout et réuni dans la grande pièce. Personne ne se levait sitôt d'ordinaire ; mais le malheur est un impitoyable réveille-matin.

On déjeuna tristement.

Puis l'on tint conseil.

Il n'y avait que deux chaises dans cette chambre *dégarnie*. Saint-Hyacinthe occupait la première, en ce moment renversée sur le bord du lit défait ; Jeanne avait porté la seconde auprès du berceau de l'enfant. Albert et Louise étaient assis, tout près l'un de l'autre, sur la vieille malle ; Annette trottinait par la chambre, tantôt ici, tantôt là, jamais en place et partout à la fois.

— Eh bien, père ?... demanda Jeanne, as-tu trouvé quelque chose ?

— Ah ! soupira le vieux comédien avec amertume, tu ne m'appelles plus M. la Ressource, et tu as raison, vois-tu, car ma vieille tête est bien vide et bien fatiguée maintenant. Nous avons traversé tant de mauvais jours ! Les petites ne s'en souviennent pas, ou ne s'en sont pas aperçu. Elles étaient trop jeunes d'abord, ensuite trop folles. La picorée ne leur a jamais fait défaut ; mais nous deux, nous savons ce que c'est que de chercher un grain de mil sous la neige. Oui, mes roses et blondes fillettes, nous vous avons élevées à force de ruses et d'expédiens... par miracle presque... Il faudrait dire comment, je ne le pourrais pas !... Nous vous aimions bien, voilà tout notre secret. Nous vous aimons encore, allez !... mais nous nous faisons vieux, et voilà que la lutte recommence, plus âpre et plus acharnée que jamais ! Faut pas nous en vouloir si nous chancelons un peu. Autrefois, rien ne m'embarrassait, aujourd'hui je ne sais pas comment nous allons sortir d'embarras. Aussi nous causons devant vous de nos inquiétudes... vous nous aiderez peut-être, qui sait ? L'expérience vous manque, mais la jeunesse a parfois des inspirations instinctives qui lui viennent d'en haut. Jadis nous aurions attendu que vous soyez endormies, la nuit nous portait conseil. Mais cette nuit j'ai fouillé vainement mon vieux sac à malices, il ne restait plus rien au fond. Dam ! nous en avons tant tiré !... C'est à vous de le remplir, puisque nous l'avons vidé pour vous. Oh ! ne vous effrayez pas, mes blanches colombes. Il n'est pas besoin de grand chose pour ça. Un bon regard, une douce caresse, une tendre parole, et le grand ressort sera remonté. N'est-ce pas, femme ?...

Jeanne ne put répondre ; elle se leva, courut au vieillard, lui fit une cravate de ses deux bras, et posa sa tête noire encore sur cette tête déjà toute blanche.

— Allons ! allons ! reprit le vieillard en secouant son énergie, ne nous laissons pas abattre, ma vieille. Le feu n'est pas éteint ; il y a des charbons sous la cendre... faut souffler dessus ! On va travailler, on va se rajeunir, on va vous sauver, mes fillettes chéries. Jamais de repos, jamais de sécurité, tel est le destin du pauvre. Mais aussi toujours du courage, toujours de l'amour pour ses petits !...

A ces mots, Annette et Louise s'élancèrent spontanément, et le pauvre père reçut à la fois une fille sur chaque genou, un baiser sur chaque paupière.

C'était quelque chose de ravissant et de sublime que le groupe ingénu de cette patriarcale famille.

Albert Aus, immobile et ravi, laissait en silence couler ses larmes.

— La séance est ouverte ! cria Saint-Hyacinthe, en enlaçant de ses deux bras les fines tailles des deux sœurs. Et comme ça, les idées ne peuvent manquer de venir, vous allez voir. C'est à la plus jeune de parler la première. Annette, à toi ?

— Voici mon avis, répondit gravement la mutine jeune fille ; il n'y a plus de place pour nous en province, tant mieux. Nous avons les théâtres de Paris.

— Ambitieuse !

— Pourquoi donc ? On ne vaut pas mieux à Paris qu'en province. J'ai bien vu ça l'autre jour à l'Opéra. Mariette les enfonçait tous !

— Mais nous ne chantons pas l'opéra.

— Nous jouons le vaudeville, le drame, la comédie, etc. Ce qui nous offre la chance de vingt théâtres au lieu de deux.

— Comment s'y prendre ?

— C'est bien simple. On se présente hardiment, voilà tout. Nous avons deux toilettes neuves et fraîches. Rien que pour nos capotes roses, on est capable de nous engager tout de suite !

— Ah ! oui, soupira Saint-Hyacinthe, en jetant un regard à secrétaire, les fameuses capotes roses !

— C'est de l'argent bien placé ! riposta vivement Annette. Il va peut-être nous valoir deux superbes engagemens.

— Peut-être !

— Enfin, est-ce adopté ?

— Adopté, mon enfant, adopté ! fit avec bonhomie le vieillard souriant. Dès demain nous nous mettrons en campagne.

— Bravo ! s'écria l'espiègle Annette, en applaudissant de ses mignonnes mains.

— A toi, ma Louise ?

Aussitôt Albert Aus tourna les yeux vers la jeune fille, qui répondait :

— Je pense comme ma sœur, mon bon père. Cependant, comme il est possible que nous ne réussissions pas de ce côté-là, il serait sage de chercher dès à présent quelque autre moyen de gagner de l'argent.

— Et quel moyen proposes-tu ?

— Le travail de nos mains. Nous savons faire nos robes nous-mêmes, et je crois qu'il est de plus maladroites couturières... sans compter la broderie où ma sœur excelle, et la navette que je manie assez proprement.

— Il s'agit de trouver de l'ouvrage ?

— Ce doit être bien facile.

— Hélas non ! ma chère enfant. Il y a dans ce Paris si splendide en apparence, vingt mille ouvrières qui meurent de faim. Et on appelle cela de la civilisation ! Les unes ont le superflu sans travail, les autres... pas même le travail qui donne le nécessaire. Voilà le monde !

— Vous rejetez donc mon projet? demanda tristement la jeune fille un tantinet boudeuse.

— Non, certes! repartit le vieux comédien, avec une caresse à la préférée. Il faut essayer de tout, il faut aller à chaque porte. Le bon Dieu a dit : Frappez, et on vous ouvrira.

— Frappons partout!... s'écrient à la fois les deux sœurs.

— Que vas-tu nous dire, toi, ma bonne Jeanne? reprit le patriarche aux abois.

— Je ne sais trop, mon ami! soupira sa bénigne compagne. Il me reste bien peu de temps à moi!

— Aussi je ne te demande rien, femme. Soigner deux jeunes folles, un vieillard presque aussi fou, et un enfant malade, c'est bien assez pour ta part.

— Cependant, je pourrais chercher quelques ménages dans les environs.

— Veux-tu bien te taire!... s'écria toute la nichée d'une seule voix.

— Non, non... ajouta l'époux attendri... tu feras le nôtre, c'est bien suffisant... Embrasse-moi, vieille infatigable?

Aussitôt un baiser silencieux tomba sur le front ridé qui l'attendait.

— Et toi, Albert? s'écria Saint Hyacinthe. A ton tour... n'es-tu pas des nôtres aussi... Et, si je t'ai gardé pour la fin, c'est en vertu de l'ancien adage : Aux derniers les bons!...

— Moi!... répondit le jeune homme, en remerciant le vieux comédien d'un humide regard ; j'ai mes nouvelles, mon drame... Le moment est venu d'aller chercher les réponses promises... Dès aujourd'hui, je veux courir les journaux et les théâtres...

— Mon intent on n'est pas de t'offenser, mon ami ; mais tu sais ce que je t'ai dit d'avance là-dessus.

— On m'a promis... formellement promis...

— Je te souhaite de réussir. Hélas! je ne l'espère pas !...

— Eh bien! s'écria Albert en se redressant avec une mâle énergie. Si cette espérance me trompe, si la tête ne rapporte rien... il me reste les bras... Pour vous, je labourerai la terre, je porterai des fardeaux, je servirai les maçons! Pour vous, je me ferai commissionnaire, manœuvre, valet s'il le faut... Vous venez de me nommer votre fils... Merci, mon père, merci !... Comptez sur moi, ma mère, comptez sur moi, mes sœurs!... C'est à moi de vous nourrir, c'est à moi de sauver toute ma famille !...

Il y eut un long silence.

Les cœurs étaient trop pleins, les paupières débordaient.

Aucune parole ne put se frayer un passage, mais tous les bras, toutes les mains se tendirent à la fois vers l'étranger, qui s'élança et disparut dans la multiple étreinte de cette famille si noblement conquise.

Le pinceau de Greuze a seul le secret de ces tableaux-là!

— Bien... bien !... saprsti, c'est bien !... s'écria Saint-Hyacinthe, que l'on entendait encore, mais que l'on ne voyait plus... Vous êtes de courageux enfans, et, si Dieu daigne un peu se mettre de la partie, nous sommes sauvés !...

— Nous sommes sauvés! répétèrent en chœur la mère et les enfans.

En même temps chacun se dégageait et reprenait joyeusement sa place primitive.

L'espérance, ce lutin qu'un rien effrouche, aime à redescendre pour moins encore dans le cœur toujours entr'ouvert des comédiens.

— Parlons sérieusement, reprit Saint-Hyacinthe, qui n'était pas plus sérieux lui-même que le reste de la bande. Tout cela est bel et bon ; mais, voyez-vous, enfans, on a déjà bien du mal à gagner un peu de pain avec son état, que serait-ce avec des outils inconnus?

— La province nous est interdite, interrompit Albert Atis.

— Assurons-nous-en bien avant d'essayer autre chose.

— Vous avez donc encore de l'espoir?

— Bien peu, hélas !

— Enfin, un peu.

— Oui.

— Comment?

— Voilà. Il peut survenir encore des occasions imprévues, les chutes possibles des artistes engagés à notre place. Peut-être même ne le sont-ils pas encore? On ne part que dans quelques jours, et aussions-nous nous résigner à des emplois de choristes, cela vaudrait cent fois mieux encore que de rester à Paris.

— Enfin?

— Et fin, je veux aller m'expliquer au ministère. C'est par trop bouffon. Un mot suffira pour me faire rendre justice.

— On ne vous recevra pas.

— Aussi je compte sur toi, Albert, et tu vas m'écrire en deux temps une superbe pétition au ministre. Si on nous reçoit, la parole ; si on nous met à la porte, la pétition. Allons, à l'œuvre, monsieur l'homme de lettres!

Un coin de la nappe fut soulevé, et le jeune homme se mit à écrire sur la table où l'on venait de déjeuner.

Les deux sœurs, accoudées, l'une à droite, l'autre à gauche, le regardaient faire; et lui se dérangeait parfois de son travail pour les regarder.

Pendant ce temps-là, les deux époux causaient auprès du berceau de l'enfant malade.

— Combien as-tu dépensé ce matin! demandait Saint-Hyacinthe.

— Trois francs dix sous, répondit douloureusement la ménagère.

— Diable, c'est beaucoup.

— Pas moyen d'économiser un centime de plus. Mais il y a deux mille dans la journée.

— Ta, ta, ta, fit le vieux comédien, avec un aplomb burlesque, j'irai demain à la Halle, moi!

— Tu verras!

— Suffit! Ah! il ne nous reste plus que dix-huit francs!

— Pas davantage!

— Six jours!

Un cri de Jean interrompit l'homme de ménage.

— Et l'ordonnance de M. Pichard, dit aussitôt Jeanne, je n'y pensais plus, moi.

— Vite, vite! s'écria Saint-Hyacinthe, descends chez le pharmacien, Annette!

La jeune fille prit un papier sur la cheminée, et sortit.

— Est-ce fait? demanda le père à son nouveau fils.

— Voilà, répondit celui-ci... A Monsieur le ministre de l'intérieur .. Je cachète, et nous pouvons partir.

— En route, alors, j'ai quelqu'un à voir au Palais-Royal.

— Qui donc cela?

— L'homme que nous avons recueilli l'autre jour, et qui nous offrait hier de nous faire prêter de l'argent.

— C'est bien cher, disait-il.

— N'importe. Voyons toujours?

Les deux comédiens prirent leurs chapeaux et se disposèrent à sortir.

Au même instant Annette rentra.

— Eh bien? lui demanda le père. Tu ne rapportes rien?

— Dam! je n'avais pas d'argent, fit la gentille messagère, et l'apothicaire ne veut rien donner à crédit.

— Malgré la recommandation de M. Pichard.

— Malgré sa recommandation.

— Ah!... c'est combien?

— Cinq francs!

Saint-Hyacinthe fit un bond en arrière.

— Impossib'e de prendre cela ! dit-il tout effaré !

L'enfant jeta un second cri de souffrance.

Jeanne montra le berceau d'un geste expressif et suppliant.

— Donne ! répondit le pauvre père. Mais je parlerai à Pichard !

Hélas ! le naïf comédien ne se doutait guère du rôle infâme que jouait, au profit de la Debanne, son corrupteur et dangereux ami.

Annette reçut l'écu de cinq francs, et rouvrit la porte.

— Plus que treize francs ! soupira piteusement Saint-Hyacinthe.

— Allons, avare ! repartit gaîment Annette, en indiquant le chemin.

— O mes enfans ! s'écria le vieillard avec une paternelle expansion de tendresse, le ciel est témoin que je ne voudrais des trésors de la terre, que pour vous donner à tous la santé, la richesse et le bonheur !

A ces mots les deux jeunes filles coururent se suspendre au cou du vieux comédien. La mère, penchée vers le berceau, soulevait le petit Jean, qui envoyait de sa main palotte un baiser d'adieu vers son père,

Un autre baiser volait des lèvres de Louise aux lèvres d'Albert Atis, un baiser bien mystérieux et bien hypocrite, car la tête de la jeune fille reposait sur l'épaule paternelle, et l'amant se tenait à quelques pas derrière le père.

Cependant deux yeux bleus et fripons voyaient tout cela.

La tête blonde d'Annette s'avançait sur l'autre épaule, et son malin sourire semblait dire :

— On ne m'attrape pas, moi !

Le revers de la médaille était plus séduisant encore que la médaille elle-même !

. . . .

— A ce soir ! s'écria Saint-Hyacinthe, avec un accent plein d'espérance.

— A ce soir ! répéta toute la famille, qui ne se souvenait plus déjà des larmes, encore tièdes, du matin.

Aussitôt les deux comédiens se mirent à descendre l'escalier.

Annette leur servait de guide, et chantait, en sautillant à chaque marche, comme une fauvette à chaque branche.

CHAPITRE XXII.

Les comédiens de province vivent dans une telle ignorance du monde, que Saint-Hyacinthe eût demandé le ministre en personne, sans l'opposition d'Albert Atis, qui l'avertit en souriant de son ingénuité.

A qui s'adresser ? le concierge, par plaisanterie sans doute, lança les deux solliciteurs dans les corridors du ministère, et là, on se fit un cruel jeu de les renvoyer de porte en porte. Les plus simples employés, les subalternes les plus infimes ont tant d'arrogante mauvaise volonté pour ceux qu'ils devinent pauvres et impuissans à les servir !

Enfin, les deux comédiens, baffoués par les garçons de bureaux eux mêmes, sortirent de l'hôtel inhospitalier, et Saint-Hyacinthe se résigna, non sans quelque résistance, à jeter tout simplement la pétition dans la première boîte aux lettres qui se rencontra sur son chemin.

— Ah ! murmurait le jeune homme avec dépit, si nous avions eu de quoi graisser un peu toutes ces pattes avides de salaire, on nous eût reçu chapeau bas !

— Le ministre répondra, lui !... répondit Saint-Hyacinthe, avec une candide assurance.

— Nous verrons ! dit Atis incrédule.

— Enfin nous aurons fait tout ce qui était humainement possible, reprit le bon vieillard. Que diable, on ne peut pas ainsi condamner des innocens à mourir de faim ! La pro-

vince avant tout, vois-tu, fils, c'est là notre seule ressource certaine...

— Ma plume, peut-être, voulut observer le jeune poète, Mais Saint-Hyacinthe l'interrompit par ces mots bonassement moqueurs :

— A mon tour de te répondre : Nous verrons... nous verrons !

— Ce ne sera pas long, du moins ? repartit Atis un peu piqué ! J'irai demain...

— Demain, soit ! Pour aujourd'hui, il s'agit de nous rendre au Palais-Royal...

— Déjà !

— Je tiens à ne pas manquer notre obligé de l'autre soir...

— Cet homme ne m'est pas sympathique, à moi !

— Ah ! te voilà bien avec tes répugnances, monsieur le délicat !

— Délicat... non ! Mais il ne m'inspire aucune confiance... Il me répugne... il me déplaît !...

— C'est parfaitement ce que j'avais l'honneur de te dire. Il me convient assez, à moi !... Un gaillard tout franc, tout rond... un bon vivant ! un pauvre diable comme nous, mais qui m'a l'air reconnaissant et serviable... Il me plaît, enfin !...

— Oh ! tout le monde vous plaît à vous... Vous ne vous défiez de personne...

— Et toi, tu te défies de tout le monde.

— C'est comme votre cher docteur, votre Frédérick Pichard ?

— Veux-tu bien te taire ? Je te défends d'en dire rien de mal !... C'est notre bon ange, celui-là ! Un savant généreux, qui sait notre détresse, et qui vient gratuitement visiter tous les deux jours mon pauvre petit garçon... qui le soigne, qui lui sauvera la vie, peut-être !... Et tu veux le calomnier ! C'est de la folie, c'est de l'ingratitude !... Plus un mot sur cet excellent Pichard, ou nous nous fâcherons sérieusement, je t'en avertis !

— Soit ! je n'en dirai plus rien.

— Et que pourrais-tu en dire, malheureux ?

— Rien... rien... conclut à regret Albert, qui se resouvenait de la prière de sa Louise... Revenons à l'autre.

— A la bonne heure !... Celui-là, je ne te demande pas de l'adorer, mais enfin je suis curieux de savoir comment il pourra nous procurer de l'argent.

— Ne vous engagez pas sans réfléchir au moins ?

— Sois donc tranquille... je suis un vieux renard, va ! Et dans une position comme la nôtre, il ne faut rien négliger.

— D'accord. Nous voici au Palais-Royal.

— Je ne vois pas encore notre homme ?

— Attendons !

Les deux comédiens vinrent s'asseoir au milieu du cercle, qui babillait étourdiment sous l'arbre aux punaises.

— Dis donc ? demanda une voix de basse-taille à Saint-Hyacinthe, je te croyais engagé avec Pichonneau ?

— Moi, à tel endroit ?

— Moi, à tel autre ?

— Hélas, mes amis, répliqua le vieux comédien tout penaud, nous restons à Paris !

— Comme moi, s'écria le Juif-Errant, inspecteur des pavés de la capitale !

Cependant Pichonneau vint à passer.

— As-tu signé pour mon emploi ? lui dit Saint-Hyacinthe.

— Pas encore ! fit le directeur.

— Eh bien ! attends trois ou quatre jours. J'ai écrit au ministre.

— Soit... trois jours... mais pas davantage ! promit l'impressario d'un ton qui n'était rien moins qu'engageant.

Mais le père de famille s'en aperçut à peine et n'insista pas davantage. Albert Atis venait de lui pousser le coude, en disant :

— Voici notre homme !

Et tous deux coururent vers l'abbé La Châtre.

— Bonjour aux amis ! cria d'une voix rauque le second des complices de la Debanne. Eh bien ! çà va-t-il un peu mieux aujourd'hui ?

— Pas trop ; cependant , je suis content de vous rencontrer.

— Bravo, on va donc enfin s'humecter le gosier de compagnie.

— Volontiers.

— Alors, en marche vers le café.

— Pardon, je désirerais vous dire d'abord…

— Tout le vocabulaire du Napoléon Hollandais, si ça peut vous faire plaisir.

— Vous nous avez presque offert l'autre jour de nous procurer de l'argent ?

— C'est, ma foi, vrai ! Et me voilà tout disposé derechef, riposta le brocanteur avec un éclair passager de maligne joie dans le regard.

— C'était cher, disiez-vous ? reprit Saint-Hyacinthe.

— Dam, oui ! Mais quand on a bien besoin… En avez-vous bien besoin ?

— Hélas ! j'en ai grand peur.

— C'est toujours une ressource, qui vaut mieux que de tirer la langue jusqu'à extinction de chaleur naturelle.

— Oui, mais je voudrais bien connaître…

— La manière de s'en servir ? Rien de plus facile, on va vous donner gratis l'explication de la gravure.

— Voyons…

— Le prêteur, bon diable au fond, mais un peu dur à la détente, est un Allemand qui débite des bouquins sur le parapet du pont Saint-Michel.

— Comment, un bouquiniste, et il prête de l'argent ?

— A la petite semaine, à tous les pauvres gens de son quartier… et même sur lettres de change, alors qu'il s'agit de quelque fils de famille, un peu trop pressé de vendanger son saint-frusquin… C'est un vieux Crésus, quoi !

— Vraiment ?

— On ne le dirait pas, allez ! Il cache son jeu d'une manière un peu crâne, et vend ses bouquins de deux sous, comme si rien n'était. Ce qui l'empêche pas de tenir un hôtel garni dans la rue Guérin-Boisseau , et madame son épouse garde la loge, afin d'économiser un concierge. Si vous désiriez un appartement complet, il pourrait se charger de la fourniture. Mais ce n'est pas de çà qu'il s'agit pour le quart d'heure, n'est-ce pas ?

— Non, nous avons ce qu'il nous faut… un hôtel, où je campe depuis vingt ans. Par malheur le propriétaire n'est plus le même, mais j'ai soldé la première quinzaine d'avance, et j'espère quelque crédit désormais. Ce qui me chagrine, c'est l'argent !

— Eh bien ! mon homme ne demandera pas mieux que de vous retirer la puce de l'oreille ; avec de gros intérêts, bien entendu ! Je connais la chose ; j'ai passé par ses griffes !…

— Pourvu qu'il n'égratigne pas trop fort !

— Voulez-vous que je vous abouche avec lui ?

— Pourquoi pas ?

— Nous le trouverons à sa boutique de graoit. Avez-vous le temps de pousser une pointe jusque-là ?

— Rien ne s'y oppose.

— Alors, par le flanc droit, marche ! Il y a justement en face un marchand de vin, qui en sert de chouette, du vin ! Et si vous n'avez pas de préjugés à l'endroit du menzingue, nous trinquerons sans façon dans un cabinet particulier !

— Soit !

On sortit du Palais-Royal, et l'on se dirigea vers le pont Saint-Michel.

Sitôt après avoir passé le Palais-de-Justice, Delancourt s'écria :

— Voilà le bouchon ! là-bas, au coin de la rue de la Barillerie, une porte rouge gardée par deux grenadiers… en caisse. Fameux, le calembour ! Entrez là-dedans, un petit cabinet qui s'ouvre gracieusement à côté du comptoir. Je vais quérir mein herr Bouquin.

Saint-Hyacinthe entra bravement dans le cabaret ; Albert Atis l'y suivit en rougissant un peu.

D'après les indications précises du cicerone, les deux comédiens s'installèrent dans le cabinet orné de rideaux à carreaux blancs et rouges.

Pendant ce temps-là, l'abbé La Châtre courait au parapet.

— Alerte ! cria-t-il à l'Allemand, les pigeons sont là, viens et n'oublie pas ta leçon ?

— Sois dranquille, fit brièvement mein herr Bouquin.

— Pense à ta femme, surtout.

— Et qui sera mon phrame ?

— La marquise Trois-d'un-Sou, parbleu ! je te l'ai répété cent fois, tête carrée !

— Voui, mais bon dède, tu ferras !

Les deux négocians du pont Saint-Michel disparurent dans le cabaret, et le garçon servit un litre surmonté d'une écume rosâtre.

— Voici la personne en question ? dit l'abbé La Châtre aux deux comédiens, après avoir soigneusement refermé la porte du cabinet.

Atis et Saint-Hyacinthe se levèrent pour saluer le nouveau venu.

— Ce sont les messieurs, touchant lesquels je viens de vous dire deux mots, poursuivit Delancourt au prêteur. Vous savez à peu près ce dont il s'agit.

— Voui, répliqua laconiquement le bouquiniste, qui s'assit sans saluer le moins du monde.

— Ils auraient besoin de quelqu'argent , ajouta La Chatre.

— Quel édad ? demanda l'Allemand.

— Artiste dramatique, répartit Saint-Hyacinthe, habitué par le théâtre au baragouin polyglotte.

— Te Baris ?

— Non, de province.

— Quelle phile ?

— Aucune encore ; nous sommes pour le moment sans engagement.

L'Allemand fit une grimace sordide et reprit :

— Et fous rebardirez un peau madin, sans tire où, ni gomment. Je gonnais çà !

— Monsieur… s'écria Saint-Hyacinthe.

— Laissez-moi parler, interrompit Delancourt. J'ai l'habitude de m'entendre avec monsieur.

— Pien.

— Vous n'avez aucune crainte à avoir… Ce sont d'honnêtes gens, je vous en réponds, et vous savez que je suis moi-même un bonnête homme.

— C'est tifférent… Combien vous fouloir embrunder ?

— En signant un engagement, je toucherai un mois d'avance, répliqua Saint-Hyacinthe. Je ne puis m'engager pour davantage… Deux cents francs.

— Ah ! fous bouvoir rentre deux cents vrancs ! Bas plis ?

— Mais je ne demande pas plus que cela ?

— Je le grois bien, je ne bourrais pas fous les toner.

— Comment ?

— Fous rentre teux cents vrancs, moi pas brêder teux cents vrancs.

— Il veut parler des intérêts, observa La Châtre.

— C'est juste, fit Saint-Hyacinthe.

— Gand a-r-z-fous ein engagement ?

— Au mois de septembre, pas plus tôt.

— Fous lochez en carni ?

— Oui.

— Eh pien ! je fous locherai, moi. Mon phalme diend ein hôdel.

— Je ne demande pas çà, fit Saint-Hyacinthe.

— Il veut utiliser ses appartemens, répondit Delancourt. Vous ne seriez pas trop mal chez lui... Oh ! c'est un vieil enté é. je vous en a prévenu d'avance, il faut un peu faire ce qu'il veut.

— Allons, soit. Supposons que nous allions demeurer rue Guérin-Boisseau pendant trois mois, que nous donnerait-il d'argent avec cela ?

— Soixante vrancs, répondit le bouquiniste, sans attendre qu'on l'interrogeât.

Les deux comédiens firent un bond sur leurs chaises.

— C'ètre à brendre ou à laizer.

— Il ne revient jamais sur ce qu'il a dit, ajouta La Châtre. Après çà, rien ne vous force, et la voen n'en coûte rien.

— Vous avez raison, répliqua Saint-Hyacinthe. Passons aux conditions du paiement.

— Les gonticiens ! fous me zignerez tout zimplement au pas d'un bapier dinbré : Accepdé pir la zomme de teux cens vrancs... Foilà dout !

— Et la date ?

— Eine dade !... bas te dade... doud en planc... Je remblirai, moi !...

— Mais vous pouvez alors...

— Rien... rien... Mais fous houfez, vous, hardir afant l'échéanze ! Gomment fous embêcher de me prüler la bolidesse... Nein, nein ! je feux fous tenir à garandie !...

— C'est impossible de signer çà !

— A vodre aise... Puvons !

Saint-Hyacinthe allait insister encore, mais La Châtre mit un doigt sur ses lèvres, et parla d'autres choses.

Le litre vidé, on se sépara... Meinherr Bouquin courut à son parapet, Delancourt accompagna les deux comédiens.

— Et voilà ce que vous me proposiez, dit Saint-Hyacinthe... Grand merci ! Passe encore pour les intérêts... Mais se livrer ainsi ! Quel infâme usurier !...

— Mais non !... répondit La Châtre... c'est un brave homme, au fond, je vous le jure, et s'il prend de telles précautions, c'est que vous ê es des comédiens !...

— Et parce que nous...

— Loin de moi l'idée de vous offenser... Mais c'est une fichue recommandation. Vous pairiez, vous, sur les avances du premier engagement, j'en suis certain. Mais beaucoup d'autres décamperaient sans taubour ni trompette, si l'occasion se présentait avant l'échéance. Quel droit aurait le prêteur dans ce cas-là ? Aucun ! Voilà pourquoi il veut la lettre de change en blanc, afin de la remplir au besoin... Mais il est incapable d'abuser de votre signature, n'en doutez pas ? Je vous en réponds... Après çà, vous avez vu... libre à vous d'agir !... Aucun ! Voilà pourquoi prévenus, réfléchissez... Je ne veux pas vous le fara ni pire ni meillur qu'il n'est. Ah ! si je pouvais vous obliger, moi !.. Mais pas moyen pour le quart d'heure... et vous auriez tort de m'en vouloir à propos de l'Allemand... Ce sont de ces ressources toujours bonnes à la dernière extrémité.

— Jamais je n'accepterai de conditions semblables ! s'écria Saint-Hyacinthe.

— Il n'en changera pas, lui ; voilà tout ce que je puis vous dire. Au revoir, Messieurs ; j'ai quelques courses essentielles à l'autre côté de l'eau. Nous nous reverrons un de ces jours... au Palais-Royal, car dans ce quartier-ci...

— J'espère bien ne pas y revenir ! conclut Saint-Hyacinthe, en s'éloignant par la rue de la Barillerie.

Quand à l'abbé La Châtre, il remonta vers sa commère, en murmurant :

— Avant huit jours, mes petits pigeons, vous reviendrez prendre vos pattes à la glu du pont Saint-Michel !

. . . .

— Encore un espoir déçu ! disait de son côté Saint-Hyacinthe.

— Tant mieux ! s'écria Albert Atis. Je ne sais pourquoi, mais je me défie de ces deux hommes, et je suis content que leurs conditions soient inacceptables.

— Tu en parles bien à ton aise, toi. J'ai fait le fier avec eux. Mais si le ministre ne répond pas, si nous ne trouvons plus d'engagement pour la province, si toutes les ressources imaginées ce matin s'en vont en fumée, si nous n'avons ni pain ni toit, que diable veux-tu que je fasse ?

— Tout, plutôt que de signer une lettre-de-change en blanc !

— Tout ! c'est bien... mais quoi ! Je pensais tout à l'heure à un danger que je n'avais pas encore prévu !

— Lequel ?

— Le loyer...

— On nous fera toujours bien crédit d'un mois ou deux.

— Peut-être non ! Autrefois c'eût été facile : je connaissais l'hôtelier... Il me laissait même quelquefois partir en lui redevant de petites sommes, que je lui renvoyais de la province. Avec lui nous eussions trouvé des secours de toute espèce. Mais il ne tient plus l'hôtel ; il est retiré, je ne sais où ; il a vendu son fonds. Nous sommes des étrangers pour le successeur, qui ne m'a pas l'air d'un créancier très accommodant. Oh ! mon pauvre ami, la fatalité est sur nous !

— La première quinzaine est payée d'avance.

— Oui, mais elle expire dans trois jours. On va nous réclamer la seconde, si ce n'est le mois en entier. Rappelletoi qu'il demandait un mois d'avance et qu'il a fait la grimace en ne recevant que moitié. Nous n'avons pas de bagage pour répondre de la dépense. Enfin, j'ai peur de lui !...

— Bah ! on pourra s'entendre !

— Tu ne doutes de rien, mon garçon ! Tu as vingt-cinq ans... mais, moi, j'en ai soixante et je vois notre horizon bien noir.

— Songez donc à tous nos moyens de salut. Les théâtres de Paris, ceux de la province, le travail de vos filles, le mien, notre courage à tous.

— Je sais bien, je sais bien. Mais tout cela peut manquer à la fois ; nous pouvons nous trouver tous les six sur le pavé, l'hiver, ayant froid, ayant faim, et alors je serais trop heureux d'accepter les offres de ce juif allemand !

— Jamais, jamais !

— C'est donc bien effrayant.

— Vous vous jetez dans un gouffre, vous engagez votre liberté. Une signature en blanc ! Le lendemain, cet homme a le droit d'écrire une lettre de change au-dessus de votre nom ! une lettre de change antidatée, payable le jour même, et la prison vous enlèverait à vos enfans !

— Ce serait une trahison, une infâmie... et, tu l'as entendu, cet homme en est incapable !

— Je le crois capable de tout, moi !

— Tu exagères.

— Non, Saint-Hyacinthe, non ! Et la misère n'est rien auprès d'une séparation semblable... Vos enfans... votre femme... que vous ne verrie z plus et que vous sauriez en proie aux horreurs de la faim ! Voilà l'abîme au-dessus duquel cette dangereuse signature vous tiendrait suspendu !... Mieux cent fois mourir tous ensemble. Ne faites pas cela, mon père... je vous en supplie, ne faites pas cela !

— Je te le promets ! répondit le vieillard, ému par l'accent douloureux et prophétique du jeune homme.

— Ce n'est pas une promesse, reprit Atis avec véhémence, c'est un serment qu'il me faut.

— Allons, je te le jure !... Es-tu content !

— Oui, mon père, conclut le poète, et je vous en remercie pour nous tous.

— Pas un mot de tout cela là haut, fit Saint-Hyacinthe en serrant la main d'Albert Atis. Nous voici devant la maison... Prenons un joyeux visage afin de donner à toute la famille un peu d'espérance et de joie.

Aussitôt les deux comédiens montèrent rapidement les quatre étages qui conduisaient à leur modeste campement.

— Eh bien ! eh bien ! demandèrent à la fois la mère et les filles, rapportez-vous de bonnes nouvelles ?... un engagement... de l'ouvrage... de l'argent !...

— Ta, ta ta ! répondit le vieillard, les choses ne vont pas si vite, mes chères folles... Il faut attendre ! Mais en attendant, l'on mettra demain les capotes roses et l'on ira montres ses yeux bleus aux directeurs de Paris !

Il s'agissait de toilette, les deux jeunes filles sautèrent de joie.

— Pendant ce temps-là, poursuivit Saint-Hyacinthe, notre poète fera une tournée générale pour ses romans et ses drames, et Jeanne s'informera dans le quartier des endroits où l'on peut trouver de l'ouvrage. Voilà le programme de la journée de demain.

— Et aujourd'hui ?...

— Aujourd'hui... il s'agit de dîner bien vite ; car la faim nous talonne, et de se coucher tôt, afin d'être sous les armes demain de grand matin ?

— Dînons !

Le repas fut gai, la soirée babillarde ; mais au moment de la retraite le père de famille fit agenouiller tout le monde, et les anges portèrent ce soir-là vers le ciel une candide et fervente prière !

CHAPITRE XXIII.

La pauvreté rend de nos jours toutes les routes à peu près impossibles. Jadis l'infranchissable et cruel barrière s'appelait noblesse, elle se nomme maintenant fortune. Voilà le seul progrès de nos deux révolutions stériles !

Et certes, l'aristocratie moderne est plus exclusive et plus insolente que sa sœur aînée. Le pauvre ne vaut pas le manant. L'or donne tout, talent, réputation, bonheur, impunité. On l'accueille, on le fête, on l'honore. C'est le *sesame, ouvre toi* de toutes les portes ; c'est le talisman universel...

Voyez le riche à son entrée dans la vie ! Tout lui est permis, tout lui est facile. Sa baguette dorée courbe les têtes, anéantit les obstacles, et fauche toutes les fleurs pour faire un tapis de parfum sous ses pas triomphans... Les carrières les plus brillantes sont réservées à son caprice, et, si d'aventure il rêve un laurier artistique ou littéraire, la famille opulente le lui cueille aussitôt ses mains gantées.

Voyez le pauvre, au contraire, tout se ligue contre lui, tout le repousse, et les dragons invincibles gardent plus strictement que jamais les fruits précieux du jardin des Hespérides !...

Étonnez-vous, après cela, que le talent soit rare, et le génie disparu ?

Que faudrait-il cependant pour le faire revenir et briller de nouveau.

Un comité suprême, une académie fécondante où toute chose écrite serait admise, jugée, récompensée selon ses mérites. C'est au pays lui-même à créer ses grands hommes...

Mais non ! Les entrepreneurs règnent en souverains, et les poètes meurent à l'hôpital !

Aucune leçon n'a éclairé nos législateurs, ni l'agonie de Gilbert, ni le spectre d'Hégésippe Moreau !

On a vingt ans, on écrit. Où porter le lendemain les pages écloses la veille ? Aux journaux, aux éditeurs ? Très bien, si vous avez des ressources, des protections, des influences. Personne ne s'avise de vous faire attendre, vous sentez l'or, et vous passez aussitôt. Mais soyez pauvre et seul, arrière, paria ! Faites-nous des bottes vernies et des gants jaunes !

Quelques courageux persévèrent. Ils attendent, eux, cependant, qui ne peuvent pas attendre ! Mais combien se rebutent et retournent à la charrue, qui du moins leur donne du pain à peu près tous les soirs !

Honneur à ces intrépides enfans du peuple qui ne s'épouvantent pas de l'excommunication lancée sur leurs têtes ! Ils ont une jeunesse si amère, une vie si laborieuse, ils ne connaissent le succès, l'aisance et le repos que le jour de la vieillesse, que la veille de la mort !

Les autres ne jouissent jamais d'aucun de ces bonheurs, dans le bagne terrestre, auquel les a condamnés la civilisation...

Albert Atis était pauvre, et il allait faire la triste expérience de ces réalités.

Il recommença pour la troisième fois ses courses infructueuses. On daignait à peine le recevoir dans les antichambres, et souvent après de longues heures d'attente, il ne parvenait à parler à personne. Et lorsqu'enfin il arrivait aux pachas de la presse, on lui jetait à la hâte quelques mots d'impertinence ou de refus. On n'avait pas trouvé le temps de lire ses nouvelles ; on s'en occuperait plus tard. Il fallait revenir dans quinze jours, dans un mois... Quelques uns même avaient la franchise d'un refus immédiat, souvent d'autres condamnaient les manuscrits sans les avoir ouverts.

Chaque soir le poète pauvre rentrait au logis plus découragé, plus brisé que la veille. Cependant, la réflexion venait encore relever son énergie défaillante. Il comprenait, il excusait les retards et les refus. Ne fallait-il pas accueillir d'abord les hommes en renom, les gens recommandés, les camaraderies, les riches... et puis enfin... lui... quand on en aurait le temps et le caprice... peut-être, hélas ! jamais, mais peut-être bientôt. A cette pensée, à cet espoir il se relevait courageusement pour recommencer le lendemain.

— Oh ! si j'étais seul ! se disait-il alors, je renoncerais bien vite à tous ces rêves chimériques. Mais ma Louise chérie, mais ma famille d'adoption ! Il faut de l'argent, il faut du pain !

Cependant, les jours se passaient, et le poète ne rapportait pas une obole au logis.

Annette et Louise n'étaient pas plus heureuses de leur côté.

Il existe à Paris une terrible prévention contre la province, en fait de théâtre surtout, mais là elle est plus injuste encore que partout ailleurs.

Les comédiens des départemens, abandonnés à leurs propres inspirations, et contraints de jouer une quantité prodigieuse de rôles de différens caractères, dépensent beaucoup plus d'intelligence, et souvent même plus de talent que leurs orgueilleux confrères de la capitale. On rencontre jusque dans les villes les plus infimes des artistes à la hauteur de nos plus hautes célébrités parisiennes. Le hasard et l'intrigue font seuls les réputations dramatiques.

Les théâtres de Paris sont cependant d'un accès presque inabordable pour les comédiens de province. On veille avec acharnement sur les places, dont la conquête a coûté cher, et tout conspire contre les arrivans. Voilà pourquoi nous voyons si peu de noms nouveaux surgir sur les affiches.

Les femmes réussissent avec moins de difficultés que les hommes, surtout lorsqu'elles sont jeunes et jolies, et c'est sur quoi se fondaient les coquettes espérances de Louise et d'Annette.

Mais à quelles conditions, mon Dieu ! Que d'actrices en vogue aujourd'hui ont signé leur déshonneur avec leur premier engagement.

D'abord les deux jeunes filles se présentèrent accompagnées de leur père, et les cabinets des directeurs leur restaient rigoureusement interdits.

Un mot entendu à travers une porte entr'ouverte fit enfin deviner la véritable cause de cette exclusion générale.

Elles demandèrent à retourner seules.

Saint-Hyacinthe et surtout Albert Atis voulurent s'y opposer d'abord, mais Annette plaida si bien qu'elle gagna le procès.

Alors on les admit, à leur grande joie, qui devait bientôt se changer en douleur et en épouvante.

C'étaient des scènes ignobles, des propositions honteuses.

— Pas d'appointemens, disaient les uns, vous aurez les avant-scènes.

Les autres exigeaient plus encore.

Enfin, un soir, les deux jeunes filles rentrèrent en pleurant. On les interrogea, et, les yeux baissés, elles racontèrent des choses que nous n'osons pas écrire.

— Vous n'irez plus, mes enfans ! s'écrièrent avec indignation le père et la mère.

— Louise, tu ne retourneras pas là, murmurait Albert Atis frémissant d'une sourde colère.

Les deux jeunes filles promirent, et l'on se résigna d'un accord unanime à renoncer à cette déshonorante ressource.

Et cependant, ce soir-là, il ne restait plus même un franc au logis !

Le lendemain matin, Annette et Louise étaient disparues. On les attendit dans d'inexprimables angoisses. Où étaient-elles allées ? Que signifiait cette absence ? Saint-Hyacinthe et Jeanne tremblaient sans se rendre compte de leur effroi. Albert Atis déchirait sa poitrine, en songeant à la Debanne.

Les deux fugitives rentrèrent à dix heures.

Ce fut tout un orage qu'elles laissèrent passer avant de répondre.

— Vous êtes des ingrats... dit enfin Annette... et vous mériteriez de ne rien savoir. Nous venons du Temple.

— Et pourquoi faire ?

— C'est là que nous avions dépensé près de quarante francs l'autre semaine, et il a bien fallu réparer cette prodigalité-là !

— Que voulez-vous dire ?

— Puisque nous ne retournerons plus chez ces monstres de directeurs... c'est bien entendu, n'est-ce pas ?

— Oui... oui !

— Eh bien ! alors nous n'avons plus besoin de nos belles toilettes. Voilà notre raisonnement, et de plus trois grandes pièces blanches pour regarnir un peu le boursicot.

— D'où rapportez-vous cela ?

— Du Temple.

— Mais comment... comment ?

— Eh ! parbleu, nous avons revendu les bottines neuves, et les capotes roses !

Les yeux foudroyans se fondirent en douces larmes, et sur les lèvres furieuses s'échappa tout un essaim de tendres baisers.

Quinze francs en caisse !... C'était un trésor dans un tel moment.

Mais, on se le rappelle sans doute, les malles étaient restées en remboursement au roulage, sauf une seule à peine suffisante aux stricts besoins de la nombreuse famille.

Les deux généreuses fillettes n'avaient plus rien à vendre. Si fait cependant !... Frédérick Pichard venait tous les deux jours auprès du berceau de l'enfant malade, et à chaque visite il répétait en secret, tantôt à Louise, tantôt à Annette :

— Mme Debanne, cité d'Antin, n° 57.

Ce n'était pas tout. Parfois, dans les petites excursions nécessaires au ménage, les deux sœurs avaient rencontré sur leur passage l'abbé Lachâtre dont le visage leur était inconnu, mais dont la voix satanique répétait encore le nom et l'adresse de sa complice acharnée.

Ce nom fatal bourdonnait, comme une tentation incessante, autour des innocentes victimes convoitées par le vice.

Mais elles se gardaient bien d'en parler à leurs parens aveuglés, plus encore à la jalousie vigilante d'Albert Atis !

On chercha de l'ouvrage dans tous les ateliers, dans tous les magasins des environs, et rien ne se présenta aux laborieuses mains des impatientes jeunes filles. Comment accepter de nouvelles ouvrières, il y en avait tant d'anciennes pour se partager une insuffisante besogne !... Comment avoir confiance dans des inconnues, dans des comédiennes !...

Les quinze francs s'en allèrent rapidement.

En vain Saint-Hyacinthe se creusait la tête. Le pauvre désespéré ne trouvait rien !

Un matin, Albert Atis crut apercevoir l'abbé Lachâtre causant avec le propriétaire de l'hôtel.

À midi, on vint réclamer le mois d'avance.

C'était le coup de grâce, et ce coup partait encore de la Debanne !

En vain Saint-Hyacinthe voulut implorer un délai, l'hôtelier se montra impitoyable...

— De l'argent ! conclut-il avec brutalité !... de l'argent, dès demain... ou je vous jette tous à la porte, en gardant vos quatre loques !

Le vieux comédien crut qu'il allait devenir fou.

Il se confia à Frédérick Pichard, et naturellement Pichard trouva des motifs plausibles pour excuser son refus.

Au Palais-Royal, nouvel échec.... Les comédiens sans place n'avaient pas assez pour eux-mêmes.

— Serrez-vous le ventre ! s'écria le Juif-Errant... Nous entrons dans le carême dramatique... Jeûne général... Que le pape va nous devoir d'indulgences !

Les deux comédiens rencontrèrent l'abbé La Châtre, et Saint-Hyacinthe voulut tenter encore de frapper à cette porte.

— Je viens d'acheter une boutique pour le remplacement militaire ! répondit le brocanteur... Je suis à sec ! Pas un monarque, parole d'honneur, pas un radis !...

Albert Atis était à quelques pas en arrière ; le vieillard en profita pour murmurer furtivement :

— Demain matin... à huit heures... au cabaret du pont Saint-Michel.

— Suffit !... répliqua Delancourt, avec un mouvement sournois et joyeux.

Albert Atis s'était néanmoins douté de quelque chose... Il se fit répéter le serment... et se promit de veiller sur l'imprudent vieillard.

Mais le lendemain, à son lever, il trouva la porte de son grabat fermée en dehors.

À ses cris, Louise accourut.

— Où est ton père ? demanda le jeune homme avec angoisse.

— Sorti depuis deux heures ! répondit la jeune fille, déjà toute chagrine, parce que son amant ne songeait pas à lui donner le baiser matinal.

Albert Atis voulut courir ; il était trop tard, Saint-Hyacinthe rentrait précisément.

— Vous venez du pont Saint-Michel ? lui cria le poëte en tremblant.

Pour toute réponse, le vieillard montra les soixante francs, avec un malin sourire.

— Malheureux ! qu'avez-vous fait? dit Atis avec désespoir.

— Il le fallait... il le fallait !... répliqua le bon vieillard, tout fier de son nouveau sacrifice.

CHAPITRE XXIV.

A peine Saint-Hyacinthe s'était-il enfui, laissant entre les mains de l'usurier sa confiante signature, au bas d'une feuille blanche et timbrée, que l'abbé La Châtre dit à son complice :

— Nous le tenons !

— C'est-à-tire, observa l'Allemand, qu'il dient mes zoizante vrancs.

— En voilà cent ! répondit Delancourt.

— Et le resde ?...

— Tu le toucheras le jour même de l'arrestation du bonhomme.

— Qui me les tonnera ?

— Moi, parbleu !

— Pien ! pien !

— Et maintenant il s'agit de remplir le billet séance tenante...

— Une leddre de change ?

— Oui.

— Bayable ?

— Demain.

— Souscrite à quelle dade ?

— Mettons trois mois. Nous sommes en juin... par conséquent antidate des premiers jours de mars.

— De quelle phille ?

— De Toulouse : ils en arrivent.

— Basse-moi la blume.

— Non ; fais venir deux petits verres ; je me charge de la rédaction.

— Chaime audant çà.

Cinq minutes après, la fatale lettre de change était achevée.

— Maintenant, reprit Delancourt, viens avec moi chez notre cher huissier.

— Fou'ra-d-il ?

— En lui graissant un peu la patte, j'en réponds.

— Et tu crois que le comédien ne se toudera de rien ?

— Sans doute. On présentera demain la lettre de change à ton hôtel. Notre homme ne sera pas encore emménagé, et c'est l'adresse que je lui ai fait mettre au dessous de sa signature. Le protêt sera donc parfaitement légal, et même déjà signifié lorsque le comédien viendra pour la première fois rue Guérin-Boisseau. Quant aux autres griffonnages de l'huissier, la marquise Trois-d'un-Sou les escamotera, sans que personne n'y voie que du feu. Voilà pourquoi ma commère doit passer pour ta respectable épouse et garder momentanément la loge de ta baraque. Comprends-tu, maintenant ?

— Malin, malin !

— C'est heureux ! Allons, en route chez l'huissier. Tout e reste le regarde. Ce chiffon de papier va devenir entre ses mains la toile d'arraignée, où le moucheron se trouvera pincé un beau matin sans savoir ni pourquoi ni comment. Ose dire encore que je ne suis pas un homme de génie !

— Toi... tu es un... cherchait l'Allemand tout émerveillé.

— Allons, pas de complimens ! Viens, interrompit Delancourt, en entraînant son complice hors du cabaret.

En effet, la funeste lettre de change était déjà protestée depuis quelques jours lorsque la famille Saint-Hyacinthe émigra rue Guérin-Boisseau.

IIIᵉ P.

Les Parisiens eux-mêmes connaissent à peine cette ignoble ruelle, située entre les grandes artères Saint-Martin et Saint-Denis, parallèlement aux boulevarts. C'est une sorte de boyau profondément creusé dans un sombre entassement de vieilles maisons noirâtres et sordides; un fossé étroit et fangeux, où l'hiver il fait nuit toujours, où jamais l'été n'a laissé descendre le plus intrépide des rayons de son soleil.

Les masures hautes, inégales, tantôt amaigries et montrant la carcasse, tantôt ventrues et gonflées de cet embon-point propre aux vieilles murailles, semblent se pencher les unes sur les autres, et se soutenir entre elles par un miracle de dévoûment et d'équilibre. Les toits ont des silhouettes ébréchées et bizarres, des angles impossibles et quelquefois plissés comme des capuchons rabattus. Les fenêtres, presque toutes à guillotine, regardent les passans d'une façon sinistre, à travers leurs petits carreaux étoilés et poudreux. Ce sont des vitrages couverts de verrues et de taies en papier; des yeux souvent aveugles, borgnes toujours. Les portes s'ouvrent sur de véritables tanières, sur des terriers à lapins. L'ensemble est horrible à voir, et les jours de brouillard, on se croirait en marche entre deux lignes de cheminées retournées à l'envers.

Et notez bien que là rien ne se rencontre de pittoresque, comme dans certaines ruelles gothiques de nos anciennes cités provinciales. Non, c'est immonde et sale. Voilà tout.

La rue Guérin-Boisseau possède une population toute particulière. A part quelques antres ignobles de marchands de vins, quelques gargottes hideuses, quelques hôtelleries repoussantes, on n'y rencontre que des cordonniers, ou plutôt des revendeurs de chaussures, dont l'étalage à bon marché garnit toutes les devantures d'une tapisserie de bottes, rarement neuves, et portant toutes à l'embouchure ternie de leur tige d'occasion une étiquette, où le prix étale pompeusement son chiffre modeste, au milieu d'une pancarte bleue.

Dix francs ! tel est le maximum du tarif; le minimum descend quelquefois jusqu'à dix sous. Le pauvre, qui va pieds nus, s'estime souvent heureux de se chausser là pour un jour.

Des tringles en fer sont disposées jusqu'à la hauteur du premier étage, que surplombent des enseignes, à peu près semblables quant à l'idée. La couleur seule varie depuis la botte blanche jusqu'à la botte rouge. Quelques audacieux se permettent le Chat-Botté, voir même la Pantouffle verte. La marchandise s'aligne sur huit ou dix longues rangées ; certaines boutiques exposent fièrement jusqu'à cent paires de bottes. Le soulier, la bottine occupent les régions inférieures, et forment, comme la frange de ces étranges rideaux de cuir.

On ne saurait se figurer l'effet de cette incessante perspective. Le peuple a baptisé l'un des quartiers du Temple, en raison d'une semblable industrie; mais la rue Guérin-Boisseau pourrait certes revendiquer à plus juste droit le titre caractéristique de Forêt noire !

C'est là qu'était situé l'hôtel de mein her Bouquin.

Dans la maison la plus lézardée, la plus crasseuse, la plus fétide de toutes !

Albert Atis et Saint-Hyacinthe vinrent en éclaireurs visiter leur nouveau logement.

La ruelle les étonna, les fit sourire. Le comédien sourit toujours avant de s'affliger !

Mais, lorsqu'ils arrivèrent au seuil de l'obscure allée de ce bouge infect, ils reculèrent tous deux de répugnance et d'horreur.

Saint-Hyacinthe avait cependant traversé déjà bien de cruelles misères !

La marquise Trois-d'un-Sou reçut les nouveaux locatai-

7

res, et leur offrit de les conduire à l'appartement qui leur
était destiné.

On monta.

A chaque étage les deux comédiens s'arrêtaient, à chaque étage l'hôtesse reprenait son ascension en disant :

— Encore ! encore !

Au quatrième palier, Albert Atis demanda avec amertume :

— C'est ici, n'est-ce pas ?

— Vous avez deviné ! répliqua l'aimable hôtesse.

— Parbleu ! fit Saint-Hyacinthe, il ne doit plus y avoir
que le grenier.

— Oui, mais un grenier qui contient encore dix cabinets, qui sont de véritables bonbonnières, et que mon mari
réserve à ceux qui ne passent qu'une nuit sous son toit.

— Sous son toit est fort bien dit ! observa le poète en montrant un escalier de bois qui s'enfonçait au milieu du plafond.

Quelques planches, clouées aux deux côtés de cette
échelle, formaient une sorte de niche, dont la porte entr'ouverte laissait apercevoir un lit de sangle, à la couverture
fangeuse et rapiécée de toutes parts.

— Voilà le logement de Monsieur, dit gracieusement la
marquise.

Albert Atis fit un bond en arrière, et s'écria :

— Ça !

— Vous serez là-dedans comme un petit chérubin.

— Mais il n'y a pas même de place pour se déshabiller.

— Et le carré donc ! Un jeune homme, c'est sitôt fait !

— Où mettre ses habits ?

— Sur le pied du lit, en guise d'édredon. Ça tient
chaud.

— Les joues ne sont pas bouchées entre les échelons.

— Entre les marches, vous voulez dire.

— Les marches, soit ! Mais on me verra en montant, et
je verrai monter les autres.

— Bah !.. vous n'êtes pas une demoiselle... çà donne de
l'air dans le cabinet. Et la vue donc... comme qui dirait une
douzaine de fenêtres... Plaignez-vous, monsieur le difficile !

— Certes, je me plains.

— Dam... on m'a demandé un cabinet de garçon, et j'ai
cru bien faire en vous mettant près de vos amis.

— Logez-moi plutôt là haut !

— Imposs ble... C'est des nids réservés pour les oiseaux
de passage, qui ne perchent qu'une seule nuit.

— Alors, ailleurs !

— N'y a plus rien de vacant pour le quart d'heure.

— C'est une raison. Voyons les autres chambres ! conclut
philosophiquement le jeune homme.

Mais tandis que l'hôtesse improvisée refermait la porte de
ce taudis révoltant , il murmura de l'accent d'un doux reproche :

— Oh ! Saint-Hyacinthe, Saint-Hyacinthe !

Le vieillard, tout honteux, feignit de ne pas entendre.

— Par ici, Messieurs, par ici ! disait la marquise, en tournant une clef informe dans une serrure plus informe encore.

On entra d'abord dans une petite pièce sans fenêtre, et
que garnissait seulement un lit de sangle un peu plus propre que celui d'Atis, un pot à beurre, un pot à l'eau sans
anse dans une terrine verte ressoudée par des attaches de
fer, et un morceau de miroir cassé, soutenu contre le mur
par trois gros clous couverts de rouille.

— Pauvres filles ! pensait Saint-Hyacinthe.

— Pauvre Louise ! murmurait Albert.

L'hôtesse avait ouvert une petite porte vitrée, dont le rideau jadis blanc semblait une carte géographique, qu'échan-
crait par en bas une large brûlure.

— Voilà le salon, la salle à manger et la chambre à coucher ! énumérait la joviale marquise en montrant une seule

chambre, assez grande, il est vrai, et éclairée par deux fenêtres à guillotine, qui donnaient sur le sillon ténébreux et
profond de la rue Guérin-Boisseau.

En fait de meubles, un lit, quelques chaises et trois tables : prodigalité assez singulière pour ceux qui ne savent
pas que l'occasion et le bon marché garnissent seuls de semblables tavernes.

Mais le plancher était tout décarrelé, tout boueux. Il y
avait de la suie sur le vitrage, moitié verre fêlé, moitié par-
chemin grisâtre. Les murailles couvertes d'un hideux papier,
absent par place, pendillant à d'autres, et charbonné dans
toute son étendue d'esquisses et d'inscriptions à faire rougir
des fronts de jeunes filles. Les mêmes fantaisies ordurières
se retrouvaient au plafond, où les avait sans doute tracées
la vapeur de quelque chandelle fumeuse. Enfin, en tout et
partout, le cachet de la misère, de la malpropreté, de l'impudeur, des mille turpitudes de la débauche et du vice.

Ces deux chambres puaient au moral autant qu'au physique, et les taches les moins écœurantes étaient des taches
de vin...

— Il faudra débarbouiller un peu tout ceci ! observa
Saint-Hyacinthe, osant à peine avouer sa confusion et sa
douleur.

Albert Atis, préoccupé du même sentiment, et déjà de
retour dans le cabinet des deux jeunes filles, arrachait un
lambeau plus scandaleux que tous les autres. Le papier, en
s'enlevant dans toute sa hauteur, découvrit un large intervalle entre le mur et le plafond. A travers cette ouverture
on voyait la lumière, et presque aussitôt une voix rauque
s'écria de l'autre côté :

— Eh ! eh ! là bas !... démolissons pas la cambuse, s'il
vous plaît !

— Qu'est-ce cela ? demandèrent les deux comédiens avec
stupeur.

— Faites pas attention , répartit négligemment l'hôtesse,
les planches n'étaient pas assez hautes, et la cloison se trouvait un peu décollée, mais le papier répare la chose. C'est
comme qui dirait un fichu montant pour la pudeur !

— Nous n'aurons pas mal à travailler tous les deux,
avant d'amener personne ici, murmura le vieux comédien.

— Avant tout, s'écria son jeune compagnon, il faut parler à ce propriétaire.

— A votre aise, Messieurs, il est au pont Saint-Michel !..
conclut la marquise en les reconduisant jusqu'au seuil de
l'allée méphitique et ténébreuse.

. . . .

Saint-Hyacinthe n'osait hasarder un seul mot. Albert eut
la générosité de ne pas lui adresser un reproche. Tous deux
se dirigeaient vers les quais, dans une morne et silencieuse
attitude.

Mais là, la colère du jeune homme se réveilla puissante
et terrible. Il accabla l'Allemand sans pitié ni merci.

Vain effort. Le bouquiniste resta aussi froid, aussi impassible que le parapet, sur lequel il était bénignement accoudé.

Albert n'en put rien obtenir, pas même le plus simple
changement, la plus indispensable réparation ; et le jeune
homme se retira stupéfié par le propriétaire autant que par
la propriété.

Au Palais-Royal, on rencontra l'abbé La Châtre, qui s'excusa sur l'Allemand, promit d'intervenir, et s'esquiva pour
les soins que réclamait l'ouverture prochaine de son bureau
de remplacement militaire.

Il est inutile d'ajouter que cette intervention fut sans résultat. Alors les deux comédiens résolurent d'approprier
eux-mêmes, et à l'insu de leurs compagnes, les deux horribles chambres de la rue Guérin-Boisseau.

Il leur restait environ dix jours, car, n'ayant pas donné
congé d'avance, ils avaient été contraints de payer encore

une quinzaine rue Saint-Pierre-Montmartre, et mieux valait certes demeurer autant que possible à l'ancien logement.

Rien n'est industrieux comme le comédien. La cloison fut complétée à l'aide d'un carton solide. On lava les carreaux, on gratta le plafond, on effaça toutes les traces honteuses des murailles.

Grâce à ce travail opiniâtre, les deux chambres devinrent méconnaissables; mais c'était cependant encore un odieux séjour. Comment métamorphoser la rue, la physionomie, le voisinage, l'âme surtout de cette épouvantable maison?

On ne pouvait rien faire non plus pour la soupente, réservée à Albert Atis.

— Pauvre ami! lui disait parfois le bon vieillard, tu seras encore le plus mal de toute la famille.

— Oui, répondait l'énergique jeune homme; mais ces demoiselles couchent à l'entrée, la porte ne ferme pas, et de là, du moins, je puis veiller sur elles. Voilà ma niche, et je ne la céderais pas pour le plus somptueux boudoir des Tuileries!

On retarda jusqu'au dernier moment le départ. Les deux amis redoutaient la surprise et l'effroi de leurs compagnes, jusqu'alors laissées dans la plus complète ignorance.

Mais l'hôtelier se montra intraitable, et n'accorda pas une minute après le terme de rigueur.

Enfin, un soir, Albert Atis prit l'unique malle, Saint-Hyacinthe le berceau de son enfant, Jeanne, l'enfant lui-même; les deux sœurs se donnèrent le bras, et toute la petite colonie émigrante se mit en marche vers l'affreux repaire de la rue Guérin-Boisseau.

— Il fait nuit, pensaient le père et l'amant. Elles ne verront ni la maison ni la rue... Elles n'auront peur que demain!

CHAPITRE XXV.

Tout objet nouveau sourit à des yeux de seize ans; les deux jeunes filles dressèrent joyeusement leur tente dans ce séjour inconnu. Jeanne ne songeait qu'au petit Jean, et les trois femmes ne s'aperçurent de rien le soir de l'arrivée. Albert Atis et Saint-Hyacinthe, qui redoutaient si fort la répulsion et l'épouvante de leurs compagnes, se virent donc avec joie délivrés de ces craintes anxieuses, et chassèrent aussitôt les nuages entassés depuis dix jours sur leurs fronts assombris.

On se sépara à l'heure habituelle. Le père et la mère restèrent dans la grande pièce avec le berceau de l'enfant; Annette et Louise se retirèrent dans la chambre d'entrée; Albert Atis fut se blottir dans ce qu'il appelait en riant sa niche à chien.

Les choses allèrent sans encombre jusqu'aux approches de minuit.

Mais alors le repaire silencieux jusque-là bourdonna tout à coup comme une ruche qui s'éveille. Les cloisons, les parquets, les plafonds, tout éclatait en planches retentissantes et sonores; au-dessus des comédiens surtout, dans ce grenier ux cellules destinées à changer chaque nuit de maîtres, ce fut d'abord un frôlement de pas lourds, de portes criardes... puis, par un crescendo tumultueux, les voix et les cris se mêlèrent à cette introduction sinistre. Il y avait là des hommes ivres et des filles ramassées au coin des rues environnantes; il y avait aussi des ouvriers qui profitaient de la nuit pour achever le travail bruyant de leur journée incomplète. On entendait des murmures confus de marteaux, de scies. Une meule tournait dans le lointain; des disputes, des bavardages, des entretiens étranges, des vagissemens hideux, des refrains obscènes, mille bruits enfin qui formaient comme l'orchestre monstrueux d'un vacarme immense, d'un assourdissant charivari, d'un sabbat infernal.

Et la maison en bois rendait les moindres sons perceptibles. On entendait à la fois l'ensemble et les parties, on entendait tout.

Quelques minutes après le mugissement général, les deux jeunes filles épouvantées se précipitèrent dans la grande chambre, où les rejoignit bientôt Albert Atis.

La pauvre famille était étroitement réunie en un groupe perdu, stupéfait et palpitant.

Personne n'osait articuler un seul mot.

Enfin Saint-Hyacinthe balbutia douloureusement:

— C'est affreux, enfans! mais il faut en prendre son parti. Demain la réponse du ministre arrivera sans doute, nous aurons peut-être un engagement à la fin de la semaine. Allons! un peu de patience et de courage!

Annette et Louise voulurent répondre; mais leurs dents seules claquaient de terreur derrière leurs lèvres muettes et pâles.

Jeanne pleurait, l'enfant venait de s'éveiller.

Albert Atis frémissait d'indignation et de rage.

Le pauvre Saint-Hyacinthe cherchait à calmer, à rassurer tout le monde.

Enfin, peu à peu le tumulte s'apaisa, et chacun regagna son gîte.

— Je suis là, avait dit Albert aux deux sœurs, auprès de cette porte, et je vais veiller sur votre sommeil!

Néanmoins les deux jeunes filles se blottirent sous la couverture, dont elles se bouchaient à la fois les yeux et les oreilles.

Personne ne dormit cette nuit-là, mais toutes les bouches prièrent!

Sitôt le jour venu, Saint-Hyacinthe descendit à la loge de la marquise Trois-d'un-Sou, pour s'informer s'il n'était pas venu quelque lettre.

— Rien, répondit l'impassible hôtesse.

Elle mentait effrontément, et dans ce moment même froissait au fond de sa poche un papier timbré, soustrait comme les autres. L'huissier sortait de la loge!

Car la procédure marchait activement. Saint-Hyacinthe était resté dix jours encore à son ancienne demeure, depuis la fatale signature de la lettre de change protestée le lendemain, et déjà la contrainte par corps apprêtait dans l'ombre sa serre impitoyable.

Tout réussissait au gré des perfides ennemis du pauvre homme; il ne se doutait nullement du piège qui se creusait sous ses pas chaque jour davantage.

Une seconde pétition fut écrite au ministre, et cette fois la réponse arriva. On ne savait pas ce que voulait dire l'artiste, on l'accusait de mensonge et d'erreur!

Un témoignage, descendu de si haut, ébranla toutes les convictions de Saint-Hyacinthe. Il en vint à douter de la sincérité des directeurs; il crut à un prétexte émis pour manquer de parole; il retourna chez les correspondans, pour revenir les mains vides comme toujours et le cœur plus désolé que jamais.

Pendant ce temps, Annette et Louise cherchaient sans relâche de l'ouvrage dans le nouveau quartier, quartier de travail, mais aussi quartier de misère. On les refusa sans cesse, les unes parce qu'elles étaient inconnues, les autres parce qu'elles étaient comédiennes. Une seule fois, elles espérèrent, on promit même de l'ouvrage. Hélas! après une visite à leur ignoble demeure, ce dernier espoir fut brisé par un méprisant et cruel refus.

Albert Atis courait de son côté. Toujours des retards et des impossibilités. Il fut demander de l'emploi dans les magasins, dans les bureaux de placement. Il fut partout, et de partout il rapporta cette éternelle réponse: Rien! rien! rien!

Saint-Hyacinthe et Jeanne ne pouvaient qu'attendre et pleurer.

La plus stricte économie régnait dans les dépenses du

ménage. Le légume de Parmentier, cette providence du pauvre, fournissait seul à tous les repas. On faisait la lessive dans la terrine aux chevrons de fer, et bien souvent, le soir, une ficelle tendue à travers la grande chambre servit à sécher la modeste toilette du lendemain.

La rue Guérin-Boisseau n'effrayait pas Frédérick Pichard. Il venait avec la même exactitude visiter l'enfant malade ; avec la même exactitude il glissait à l'oreille des deux jeunes filles de honteux conseils pour sortir de cette affreuse position.

— Allons ! allons ! murmurait-il à chaque nouvelle rebuffade... c'est reculer pour mieux sauter. Nous serons bientôt forcés d'en venir là, mes farouches colombes !

Que de vertu ne fallait il pas cependant à ces deux pauvres filles, en proie à toutes les tortures de la misère, à toutes les épouvantes d'un semblable séjour !...

Un mot... un seul mot leur donnait le luxe, le plaisir et la liberté.

Eh bien ! elles n'y songeaient même pas, l'une par innocence, et l'autre par amour.

Ni le père, ni la mère ne se doutaient de ces séductions incessantes. Albert Atis seul en connaissait le secret, et parfois il se surprit à murmurer avec amertume :

— O mon Dieu !... elles seraient peut-être plus heureuses !

Jeanne se concentrait uniquement autour du berceau de son fils en péril. Parfois, encore, une caresse à sa fille Annette, plus jamais à Louise, cette étrangère qui diminuait la part de ses enfans. Le malheur rétrécit le cercle des affections et des générosités.

Saint-Hyacinthe ne s'apercevait de rien, lui ; une seule chose l'occupait, conjurer l'avenir du lendemain... sauver toute sa famille... Il réfléchissait sans cesse, il souffrait cruellement. Pauvre vieillard, épuisé par tant de combats, par tant de vicissitudes, par une vie si laborieuse et si pleine ! Il lui eût fallu du repos et du bonheur ; juste et nécessaire récompense de soixante années de travail, dette sacrée de toute société construite sur d'équitables bases ! Eh bien ! non... La lutte recommençait, mêlée de souffrances et d'angoisses ! Cette tête blanche et penchée devait supporter encore toutes les épreuves de la misère , qui courbent souvent les plus forts et les plus jeunes !

Aussi, le vieux comédien était morne et abattu. Cette fièvre incessante le plongeait peu à peu dans l'abrutissement, dans l'idiotisme, dans la folie !

Il y avait dans ce triste intérieur des instans de désespoir et de larmes, que les yeux cherchaient mutuellement à verser en secret. Puis, des heures d'amertumes et de sanglots. Parfois aussi des retours d'espérances, aussi rares, hélas !... que des rayons de soleil en janvier...

On s'embrassait alors dans de touchantes et générales effusions. On se serrait les uns contre les autres pour conjurer l'orage tous ensemble, et l'amour arrêtait un instant le bonheur par le bout de son aile fugitive.

Dix jours s'écoulèrent ainsi. La pauvre famille se croyait certes aussi malheureuse qu'il est possible de l'être, alors qu'un malheur plus terrible encore allait fondre sur elle.

Les poursuites mystérieuses touchaient au terme funeste. La contrainte par corps était exécutoire.

Un matin, deux gardes du commerce s'emparent de St-Hyacinthe, qui fut comme frappé par cette foudre sans éclair précurseur.

Heureusement Albert Atis avait pris de sages informations ; il savait que tout jugement par défaut est fragile, et réclama pour son père le privilége du référé.

On les conduisit chez le président.

Mais l'arrestation avait eu lieu au Palais-Royal, où Delancourt se tenait aux aguets. Il courut aussitôt chez la Debanne, et lui jeta ces triomphantes paroles :

— Emballé !... Tu peux prévenir ces messieurs pour ce soir.

Déjà Frédérick Pichard était rue Guérin-Boisseau, déjà il apprenait tout à la famille épouvantée.

— Il s'agit de sauver votre père, disait le serpent tentateur. Venez, on va vous donner de l'or...

Et de ses mains flétries il voulut saisir les deux innocentes victimes.

Jeanne devinait vaguement le danger, sans le parfaitement comprendre. Elle enlaça instinctivement Annette dans ses bras maternels en s'écriant :

— Oh ! pas celle-là... pas celle-là !

Pichard s'empressa de profiter de ce sentiment égoïste, et crut subtilement agir en se contentant ce jour-là d'une seule et facile proie.

Il saisit la main glacée de Louise, incapable en ce moment de réflexion et de résistance... Il l'entraîna vers la porte, en murmurant d'une voix incisive et fascinatrice :

— Pour la liberté de votre père !... pour le salut de toute votre famille !

Louise se laissait conduire.

Frédérick Pichard ouvrit la porte d'une main fébrile.

Saint-Hyacinthe et Albert Atis se tenaient immobiles et pâles sur le seuil.

Oh ! ce fut alors une scène d'imprécations et de vengeance. Le père se montra menaçant et terrible.

Le lâche corrupteur rougit et trembla ; mais dès qu'il vit que le châtiment se bornait à de dignes paroles, il reprit toute son effronterie, et s'esquiva en jetant pour adieu ces paroles meurtrières :

— On me chasse... soit... Faites de la vertu tant qu'il vous plaira... Dans huit jours votre fils est mort !

Jeanne tomba en sanglotant près de ce berceau qu'elle voyait déjà se changer en cercueil.

Albert voulut s'élancer sur les traces du fugitif.

Saint-Hyacinthe, qui avait déjà retenu à plusieurs reprises la bouillante indignation du jeune homme, lui barra cette fois encore le passage.

Les deux jeunes filles restaient embrassées et blotties dans un angle de la muraille.

— Louise, ma Louise ! sanglota le vieillard, en tendant les bras qui bientôt se refermèrent sur la brune tête de sa fille.

— Sauvée ! sauvée ! murmurait Albert.

— Oui, sauvée ! cria Jeanne, en se redressant tout à coup d'un fougueux désespoir... Sauvée, elle ! et mon fils va mourir.

— Mais je suis son père aussi ! répliqua Saint-Hyacinthe de l'accent d'un douloureux reproche.

— Eh ! ce n'est pas ma fille, à moi ! ne put s'empêcher de crier Jeanne.

L'égoïsme des entrailles est le plus absolu des égoïsmes.

. . . .

Ce seul mot suffit pour rompre l'unité dans cette famille, qui avait tant besoin de rester au moins unie dans l'isolement de son malheur.

Jeanne s'excusa cependant avec des protestations et des larmes, Saint-Hyacinthe promit le pardon et l'oubli, mais e fond du cœur maternel avait été entrevu à la lueur de ce rapide éclair.

On en vint à regretter la retraite de Pichard, on en vint à se demander :

— Quelle est donc cette Mme Debanne ?

Albert Atis voulut clairement le savoir, et pour cette épreuve, il se rendit au Palais-Royal.

Le Juif Errant venait de signer un engagement, il se prélassait dans toute la splendeur d'une toilette neuve.

Le plan fut promptement rédigé, et le soir même l'éternel voyageur se présentait chez la Debanne, en s'annonçant comme un riche Anglais, qui désirait acheter... de la parfumerie.

Le Juif-Errant baragouinait à merveille, et joua son rôle encore mieux.

La Debanne se dévoila tout entière, mais le prétendu gentleman eut le tort de se dévoiler aussi. Il ne put résister au plaisir de fustiger l'infâme commère d'un sarcasme vengeur, à la joie de lui apprendre que Louise était la fiancée d'Albert Atis, son ami, et que l'amant saurait défendre sa maîtresse des griffes aplaties de l'horrible commère.

La Debanne pressentit un nouvel obstacle, et le désir de la vengeance doubla la rapacité de sa convoitise. Elle résolut de s'entendre avec tous ses complices sur les moyens de se débarrasser aussi d'Albert Atis.

On sut rue Guérin-Boisseau ce qu'était la Debanne, et le pauvre père embrassa frénétiquement ses deux filles échappées à tant de honte ! Annette et Louise jurèrent de ne jamais même penser à cette épouvantable ressource. Albert Atis réclama mille sermens à son tour !

Mais, après ce dernier jour d'expansion et d'oubli, on retomba dans toutes les terreurs de la réalité. La liberté du père de famille n'était qu'une courte trève, il le savait ; dans vingt jours au plus la prison allait se refermer de nouveau sur lui, et cette fois pour ne plus se rouvrir qu'avec une clé d'or.

Pendant ces vingt jours on lutta avec toute l'énergie du noyé suspendu aux branches du rivage. On battit le pavé de Paris en tout sens, on s'épuisa en tentatives désespérées, mais, hélas ! aussi infructueuses que les premières.

Albert Atis se présenta comme manœuvre, comme commissionnaire, comme valet.

Une plume plus savante que la mienne a décrit toutes ces impossibilités.

Pour chaque tâche, capable de nourrir dix hommes, il en est cent à se disputer les miettes. Le pauvre n'a pas l'avidité des riches, plus âpres que les chiens à la curée, mais il a faim !...

Le poète reçut des insultes, des coups, des blessures même, et se vit contraint de renoncer à cet os rougé par tant de dents.

Quant à la servitude, il fallait subir un mois l'affront avant de recevoir le salaire. C'était une honte inutile !...

Et cependant les vivres commençaient à manquer sur ce radeau perdu !...

Plus de sourires... plus d'espérances !... Une morne atonie... une stupeur funèbre !...

Et le jour de la captivité arrivait à grands pas.

Saint-Hyacinthe vivait dans un perpétuel délire, il s'enivrait chaque nuit à boire ses larmes corrosives. Il était en proie à des idées étranges, à des pensées de suicide et de mort.

Tantôt il embrassait convulsivement sa femme et ses filles, tantôt il les repoussait avec rage.

Un jour il murmura sourdement :

— Quand il n'y aura plus que huit sous... on achètera un boisseau de charbon. C'est le moyen de ne plus avoir jamais faim !

Il avait retrouvé au fond de la malle un petit poignard couvert de rouille ; il nettoya soigneusement cette lame, et désormais le poignard ne le quittait plus.

La nouvelle contrainte par corps était signifiée. Les infâmes ne prenaient plus soin de se cacher.

On vint arracher Saint-Hyacinthe des bras de sa famille en pleurs. Lui se laissa faire avec un hébétement sinistre.

Albert Atis l'accompagna jusqu'à la première grille. Là, le captif lui montra le petit poignard, en disant :

— Si je ne suis pas libre dans huit jours, voilà !

— Et vos enfans !... s'écria le jeune homme terrifié.

— Oh ! fit le vieillard avec un affreux sourire, ils mourront de faim, eux !...

— Non, reprit l'amant de Louise, j'ai trouvé un peu d'ouvrage ce matin...

— Quoi !...

Il allait répondre, mais les sbires impatiens entraînèrent le prisonnier, dont la voix se perdit bientôt, en criant derrière la grille refermée déjà :

— Je te laisse ma femme, mon fils et mes filles... Veille sur elles et sur lui !...

. . . .

Saint-Hyacinthe avait été arrêté le 27 juillet, premier jour du cinquième anniversaire de cette révolution accomplie par le peuple au nom de la liberté !

CHAPITRE XXVI.

Georges et Geneviève devaient se retrouver, comme on le sait, tous les mois à Saint-Sulpice, et ce rendez-vous, si impatiemment attendu par les deux amans, les avait réunis depuis plusieurs jours déjà dans la chapelle de la Vierge.

Là, et devant Yvonne, il avait étalé tous les scandales du fonctionnaire aux yeux incrédules de la jeune fille. Mais Georges attestait, elle finit par le croire.

Restait à désenchanter les yeux de lord Karolan et de Mme de Bellerive.

Geneviève promit avec joie de faire ce double aveu, et quitta l'artiste en lui laissant tout un ciel bleu dans le cœur.

La nourrice bretonne ne lui disait plus ce jour-là : Bonne espérance. Elle se contentait de sourire, comme sourient les vieillards à l'aspect du bonheur de leurs enfans.

On arriva bientôt au coquet hôtel de la tante.

Alors, seulement, la confidence parut difficile à la rougissante jeune fille. Une maîtresse, un enfant illégitime !... C'étaient là des choses étranges, des mots inconnus à tant d'innocence et de pudeur...

Plusieurs jours de suite elle descendit au salon, bien résolue de parler ; et toujours elle remontait vers sa petite chambrette sans avoir dit une seule de ces terribles paroles.

Et justement à cette époque le fonctionnaire se faisait plus rare et moins empressé. Soit amour, soit jalousie, soit même cruel plaisir, il ne quittait ni sa stalle à l'Opéra, ni le boudoir de Mariette.

Pauvre Mariette ! elle devait affreusement souffrir ; les dilettanti parlaient déjà de sa figure amaigrie et pâle, de sa voix journalière et fébrile. Cependant c'étaient encore chaque soir des bravos et des couronnes.

Mais, au fond du cœur, elle maudissait ces triomphes qui attisaient l'insatiable vanité du baron Dupréval. Moins glorieux, il eût été moins tyrannique ; Mariette devenait heureuse en cessant d'être enviée de tous.

Le fonctionnaire menait grand train le char de ses caprices, en ce moment attelé de trois passions : Mariette, Louise et Geneviève. Geneviève, c'étaient la fortune et l'ambition ; Mariette, la jalousie et l'orgueil ; Louise, enfin le désir, mais un désir furieux, effréné, impitoyable.

Aussi la Debanne recevait fréquemment ses impérieuses visites, auxquelles elle répondait toujours, ainsi que la première fois :

— Du temps... de l'argent !

A la grande satisfaction de la rapace commère, Dupréval donnait sans compter. De tels hommes exploitent une mine inépuisable dans les entrailles de leur improbité, mais il commençait à s'impatienter d'une affreuse façon.

Lors de la première arrestation de Saint-Hyacinthe, la Debanne eut peur un instant qu'il ne brisât tout chez elle. Enfin, l'accès passé, il se résigna, non sans peine, à attendre vingt nouveaux jours.

De son côté, lord Karolan dépêchait chaque semaine son

domestique Tom à la parfumeuse, plus que jamais alléchée par cette double et magnifique opération.

Mais Frédérick Pichard ne jouissait plus de ses libres entrées rue Guérin-Boisseau. On s'y défiait également de l'abbé La Châtre. La marquise Trois-d'un-Sous restait l'unique louve de la bergerie.

La parfumeuse exigeait des nouvelles de la famille aux abois ; son mystérieux époux ne pouvait les avoir que de seconde main, et l'installation du bureau de remplacement accaparait toutes ses heures. Il proposa la fausse hôtesse pour moniteur, et cette ouverture fut accueillie avec enthousiasme.

La Debanne savait ce qu'était Trois-d'un-Sou la fidèle dépositaire de tous les secrets de son amant. Elle comprit bien vite le côté attaquable de cette crapuleuse créature, et résolut d'en tirer profit pour ses projets de vengeance. Car elle haïssait mortellement Dalancourt ; et, devinant dans sa vie quelques peccadilles compromettantes, elle en convoitait la révélation, afin de le tenir en son pouvoir et de trouver une éclatante revanche.

Or, voici comment la Debanne résumait son plan de campagne :

— C'est une soiffeuse que cette marchande de pommes, et pour quelques gouttes d'eau-de-vie j'en serai quitte. Imbibons l'éponge, et la crasse en ressortira avec liqueur !...

Elle tenta quelques légères escarmouches, l'ennemi se tenait sur ses gardes, et la prudente parfumeuse se contenta de l'amadouer par de légers présens, de la circonvenir par de félines caresses, avant de risquer la bataille décisive.

La Debanne ne savait donc rien encore sur l'abbé La Châtre, mais elle connaissait heure par heure tout ce qui se passait dans les deux ignobles chambres de la rue Guérin-Boisseau.

Cependant le nom de Saint-Hyacinthe n'avait réveillé aucun de ses souvenirs, l'époux trompé s'étant ainsi baptisé depuis dix-huit années seulement, afin d'échapper aux recherches de la funeste Adèle.

Quant à Albert Atis, les convenances étaient si pudiquement observées, que la marquise ne vit et ne put rien dire. On connaissait cité d'Antin le nom du poète-comédien, mais on ne se doutait en aucune façon qu'il pût devenir un obstacle.

La burlesque visite du Juif-Errant frappa la parfumeuse d'une cruelle surprise, et la jeta dans des perplexités toutes nouvelles. Les complices furent réunis en grand conseil, et le baron Dupréval lui-même ne dédaigna pas d'assister à la délibération.

On chercha quelque ruse pour se débarrasser d'Albert Atis.

— Ce doit être facile ! disait négligemment le fonctionnaire. Un comédien de province !... peuh !...

Cependant, on ne trouva rien, et l'abbé La Châtre clôtura la séance par ces sages paroles :

— Tant que le vieux sera dehors, nous n'avons pas besoin de mettre le jeune dedans !... D'ici là, on se creusera la boussole à cet effet. Il s'agit de faire un nettoyage général et simultané... Patience !

A cette réunion d'honnêtes gens, Frédérick Pichard et le fonctionnaire se retrouvèrent en face l'un de l'autre ; mais le superbe baron feignit de ne pas reconnaître le modeste officier de santé.

— Bon ! murmura celui-ci... tu n'as pas encore besoin de moi maintenant... ça viendra !

Et la Debanne congédia le concile, qui s'éparpilla pour creuser des pièges divers autour du dernier protecteur de la famille Saint-Hyacinthe.

. . . .

Il fallait attendre pour Louise ; Mariette était souffrante et triste, le baron Dupréval se rejeta sur Geneviève.

Les visites recommencèrent, astucieuses et assidues. L'avarice de lord Karolan se réveilla avec l'ambition endormie de Mme de Bellerive. Geneviève fut obsédée de tous les côtés à la fois.

Alors elle jeta à la face du trio réuni tous les honteux secrets révélés par Georges Cortalès.

Dupréval nia effrontément ; la tante et l'Anglais se rangèrent de son parti, et la jeune fille, attaquée de toutes parts, fut contrainte d'avouer de quelle bouche elle tenait ces renseignemens, qu'on qualifiait d'impostures. Mais elle n'hésita pas, c'était son amant qu'on insultait, et Georges ne pouvait mentir.

Hélas ! c'était livrer en même temps le secret du rendez-vous de Saint-Sulpice.

La vieille Yvonne fut congédiée, en dépit des larmes de Geneviève. Lord Karolan et la tante protestèrent de leur confiante estime, et le baron, irrité par les obstacles, sentit doubler encore toute l'ardeur de ses désirs.

On complota la perte de Georges Cortalès dans le boudoir de Mme de Bellerive, comme dans le repaire de la Debanne on avait délibéré sur le sort d'Albert Atis.

Ici comme là, on ne résolut rien d'abord.

Mais, pendant le triple entretien, les regards du fonctionnaire se portèrent à plusieurs reprises sur le portrait du duc de Bordeaux, que Georges Cortalès avait rapporté d'Autriche.

Mme de Bellerive saisit pour la seconde fois ce regard au passage, et conclut en minaudant :

— Je ne sais, mais il me semble que le succès sortira de ce cadre doré.

— Peut-être ! répondit Dupréval avec un sourire digne des lèvres hideuses de Méphistophélès.

C'était le 27 juillet, le jour même de l'arrestation de Saint-Hyacinthe, et le lendemain l'horrible attentat de Fieschi jetait l'épouvante et l'indignation dans tout Paris.

Certes, il y avait là plus qu'un crime, il y avait une lâcheté ; et le devoir de la justice était de poursuivre ardemment les coupables. Seulement on eut le tort d'en voir partout, et le gouvernement, encore mal assis sur sa base récente, lança les argousins de la police après tous ceux qu'il savait n'être pas de ses amis dévoués.

De là cette innombrable multitude d'arrestations arbitraires, de captivités révoltantes, de là bien des vengeances particulières cachées sous le manteau de la vindicte publique.

Georges Cortalès fut une des premières victimes. A ses questions stupéfaites on ne répondit qu'en lui montrant le portrait du comte de Chambord, dont, comme il a été dit plus haut, l'artiste mécontent avait conservé le plus imparfait exemplaire.

C'était un prétexte suffisant, et le sourire du baron se traduisait par l'arrestation de son rival. De toute manière, son influence politique eût remporté la même victoire. Les circonstances vinrent à propos en aide au fonctionnaire, et le triomphe n'en fut que plus immédiat et plus perfide-ment facile !

A la même heure, le misérable arrivait chez la Debanne en disant :

— Les bons moyens sont toujours bons, et ce qui sert pour un peut servir pour deux !

Puis il la prit à part et lui parla quelques minutes à voix basse :

— Pourquoi chercher si loin ? repartit la parfumeuse, vous avez votre affaire sous la main...

— Qui cela ?

— Rose !

— C'est juste... Je cours la trouver, s'écria le fonctionnaire qui courut aussitôt chez Mariette.

Puis à l'hôtel de Mme de Bellerive, dont le premier mot fut celui-ci :

— Que dit-on de l'attentat d'hier ?

— Monsieur Georges Cortales est arrêté comme l'un des complices.

— Allons donc ! fit la tante incrédule.

Et le fonctionnaire montra le portrait fatal en souriant du sourire de la veille.

Aussitôt tout fut compris à merveille.

— Mais ce n'est pas assez, reprit le baron.

— Quoi donc encore ?

— Votre parenté peut rendre naturelle une visite à ce jeune homme. Vous doutez et pour vous convaincre...

— A la rigueur... oui.

— Alors partez en toute hâte avec Mlle Geneviève.

— Pourquoi ?

— Vous verrez, vous verrez...

Les deux femmes arrivaient une heure après à la demeure, déserte en apparence, du pauvre artiste.

Mme de Bellerive frappa cependant.

Une femme en pleurs vint ouvrir.

C'était Rose !

Rose qui s'annonça comme une maîtresse, vivant depuis deux années avec celui qu'on venait d'entraîner en prison.

La perfide camériste joua cette scène de désespoir en parfaite comédienne. Geneviève se sentit prête à défaillir, et Mme de Bellerive la soutint jusqu'à la voiture, en se disant au fond de sa vieille malice féminine :

— Voilà ce qui s'appelle rendre la monnaie de la pièce ! donnant, donnant... Bien répondu !.. Maîtresse pour maîtresse... Il n'y manque que le petit... Mais bah ! on paiera plus tard.

Quant à Geneviève, de la désillusion plein le cœur, des larmes plein les yeux, elle restait étendue dans une morne et douloureuse attitude.

Une seule fois elle se souleva, et ses yeux humides lancèrent un rapide éclair.

C'était en traversant la place Saint-Sulpice.

La jeune fille venait d'apercevoir, auprès d'une des colonnes du péristyle, sa vieille et fidèle Yvonne, qui lui faisait un signe solennel, et montrait la porte de l'église.

Mme de Bellerive se pencha pour regarder dans la direction du regard réjoui de la triste Geneviève.

Mais il n'était plus temps.

Yvonne avait disparu derrière la large et haute colonne.

Que signifiaient cette furtive prière et cette étrange apparition ?

CHAPITRE XXVII.

Albert Atis ne mentait pas, lorsque, sur le seuil de la prison, il annonçait à Saint-Hyacinthe qu'il avait enfin trouvé le moyen de gagner quelque argent.

Voici de quelle façon !

Paris pullulait à cette époque de clubs politiques, de sociétés populaires ; et l'intelligence du pauvre jetait à tous ces contacts des milliers d'étincelles. On vit de simples ouvriers surgir de la foule attentive, et se lancer hardiment vers les sphères, en apparence interdites, de l'éloquence et de la poésie. A défaut d'éducation universitaire, ils apportaient une foi profonde. Le génie remplaçait chez eux la science, et leur muse intrépide était sortie, tout armée comme la Minerve antique, des flots de sang fécondés par le soleil de Juillet.

Où êtes-vous aujourd'hui, phalanges intelligentes et courageuses ? Nobles enfans disparus à la liberté qui vous avait fait naître ! Les mirmidons ont eu peur à l'aspect de la résurrection prolétaire. Ils se sont hâtés d'enchaîner à la fois l'esprit et le corps du peuple, la force et le génie de ce Christ aux mille bras, aux mille têtes !

Or, l'un de ces grands hommes inconnus, un ébéniste, je crois, venait de terminer un livre, un chef-d'œuvre éclos aux pâles lueurs de la lampe nocturne. Il fallait travailler tout le jour pour subvenir aux nécessités de la vie ; restait la seule nuit pour les travaux de l'avenir et de la pensée. Depuis cinq ans le poète était à l'œuvre, mais, au moment d'affronter l'éclat de la publicité, il eut peur de sa blouse et de son ignorance.

Des amis, également timides, lui conseillèrent de chercher quelqu'un qui pût revoir et corriger son travail.

L'ébéniste économisa cinquante francs, et se mit à chercher un homme de confiance et de bonne volonté.

Le hasard lui fit rencontrer Albert Atis.

Les deux jeunes gens se connaissaient déjà, et se comprirent bientôt. Plus riche, Atis eût refusé tout salaire, mais au milieu de sa détresse présente il accepta cette mission délicate avec l'élan d'une vive reconnaissance.

Cependant la besogne était âpre et longue. Il fallait s'occuper à la fois du style, de l'orthographe et de l'écriture ; rectifier les erreurs et les fautes, puis recopier entièrement le manuscrit.

C'est-à-dire près d'un volume. Albert demanda trois jours.

C'était vers les premières heures de cette même matinée de l'arrestation de Saint-Hyacinthe, le 27 juillet 1835. Comment s'occuper d'autre chose avant le retour de la prison ?

A midi, le courageux jeune homme écrivait la première ligne, dans la plus grande des deux chambres du bouge immonde de la rue Guérin-Boisseau.

Jeanne pleurait en berçant son fils. Annette et Louise se tenaient immobiles et silencieuses. On eût dit que de la couche, encore bouleversée et tristement déserte, venait de partir un cadavre chéri.

Le jeune homme travaillait, sans même relever la tête.

Seulement, tantôt il sentait une douce haleine se glisser parmi ses cheveux noirs ; tantôt il voyait une tiède larme tomber à côté de sa plume rapide.

Il restait quelques sous, à peine de quoi acheter un pain.

On ne mangea que du pain ce jour-là.

A l'entrée de la nuit, les deux jeunes filles transportèrent leur lit de sangle auprès du lit de leur mère. Albert Atis s'installa dans la pièce d'entrée.

Toute la nuit, il écrivit, sans que sa main fiévreuse s'arrêtât une seule minute.

Cependant, vers le matin, il éprouva comme la sensation délicieuse d'une fraîche rose appuyée sur son front brûlant.

Il se retourna vivement, et vit une forme blanche qui s'enfuyait dans l'ombre.

Les pétales parfumées de cette fleur fugitive étaient deux lèvres de jeune fille.

— Pauvre Louise chérie ! murmura le poète, en passant une main sur ses yeux humides.

Et il se remit plus ardemment encore à la besogne.

Le lendemain, on mangea le reste du pain de la veille.

— Oh ! mon Dieu, s'écria Jeanne, vers le soir, mon fils est glacé, il ne me parle plus, il va mourir !

Les deux sœurs coururent vers la mère désespérée.

— Ce médecin l'eût sauvé, reprit Jeanne, et nous avons renvoyé celui qui pouvait me rendre mon fils !...

— Il vivra, mère, il vivra ! sanglotèrent les deux jeunes filles.

— Non... non... poursuivit follement Jeanne. Si le mal ne le tue pas aujourd'hui, la faim le tuera demain !

Aucune voix n'osa répondre.

— Cette femme... poursuivit la mère en regardant Louise,

toujours agenouillée près d'elle... cette Mme Debanne !...
elle nous donnerait de l'argent... elle nous sauverait tous...

A cette insinuation terrible, Albert Atis s'élança d'un bond
vers les trois femmes.

— Qu'y a-t-il ? demanda froidement Jeanne.

— Pas un mot de plus !... répondit le jeune homme d'une
voix suppliante. Après-demain j'aurai cinquante francs...

— Est-ce assez pour délivrer Saint-Hyacinthe ?

— Non.

— Et c'est pour après-demain seulement ?

— Oui.

— Comment manger demain...

— Demain. . répondit Atis en rougissant. Voilà !...

Et il montrait sa part intacte et réservée pour les autres.

Un sourire d'Annette, un regard de Louise payèrent
amplement ce dernier sacrifice.

Mais Jeanne, devenue impitoyable à force d'angoisses
maternelles, ajouta :

— De l'argent... Ce seraient la liberté, la vie, le bonheur !

— Oh ! Madame, s'écria le poète, plus un mot... Laissez-
moi travailler. Je vous le demande, Madame... Ma mère, je
vous en supplie !

Jeanne ne répondit rien et détourna la tête, vers la place
où l'époux manquait pour la première fois depuis huit ans.

Albert Atis retourna vers le manuscrit inachevé.

On fit les mêmes dispositions que pour la nuit de la veille.

Alors seulement le travailleur s'aperçut avec effroi que la
lumière allait lui manquer. Il courut à son taudis, s'enferma
une minute, et ressortit avec sa redingote croisée autant
que possible sur sa poitrine, tandis qu'il tenait quelque
chose de blanc à sa main.

Il descendit jusque dans la rue, et revint bientôt avec la
chandelle nécessaire au travail nocturne.

Le pauvre garçon venait de vendre son unique chemise,
celle qu'il portait sur le corps !...

Il reprit la plume, et sa main courut avec rage sur le papier.

Au milieu de la nuit, Louise vint trouver son amant, mais
elle ne cherchait pas à fuir cette fois... elle apportait un peu
de pain.

Albert voulut résister du geste, du geste Louise le força
d'accepter cette insuffisante nourriture.

Aucun mot n'avait été prononcé.

Alors Louise mit ses genoux sur le carreau, ses coudes
sur la table, et sa tête dans ses mains.

Albert voulut parler, mais la jeune fille montra le papier
d'un tendre regard, et dit de la douce voix de l'amour qui
supplie :

— Va... je t'aime !

Et chaque fois que durant la nuit Albert s'arrêtait, brisé
par la fatigue et par l'insomnie, l'ange attentif répétait encore :

— Va... je t'aime !

Le lendemain il fallut se contenter de la part d'Atis, des
miettes de la veille.

Mais c'était le dernier jour d'épreuves. Encore une nuit
de courage, et l'on toucherait les cinquante francs !... Aussi
Jeanne fut-elle seule à murmurer. Son fils semblait en proie
à une cruelle agonie.

Lors de l'unique repas il y eut des combats touchans, des
générosités sublimes ; les femmes se couchèrent dès que vint
le soir, et le jeune homme retourna à la chambre témoin du
travail de ses nuits.

Travail incessant, inouï, impossible à moins d'un miracle de courage et d'amour !.. Albert Atis l'avait commencé
le 27 juillet à midi, la journée du 30 allait s'ouvrir , sans
qu'il se fût permis une seule minute de sommeil ou de repos.

Et depuis trois jours il avait vécu de ce qui n'eût pas contenté l'appétit d'un oiseau !

Mais Louise était là, près de lui... Avec un baiser elle relevait les paupières prêtes à succomber... Avec un baiser
elle ressuscitait cette main engourdie, et que le travailleur
ne sentait plus courir, après soixante heures d'infatigable
course.

A six heures du matin, tout était terminé.

Albert Atis courut à la demeure de l'ébéniste, afin de recevoir le salaire convenu.

Hélas ! l'amant de Louise ignorait tous les évènemens qui
s'étaient passés durant sa retraite.

L'ébéniste, compromis par ses antécédens politiques, venait d'être arrêté comme Georges Cortalès. Les sbires fure-
taient encore par la chambre ; Albert cacha le manuscrit
sur sa poitrine, et s'enfuit, de crainte de le compromettre
davantage.

Tant de travail devenait inutile, toute espérance s'anéan-
tissait sans retour !

Albert Atis eut un de ces momens d'athéisme et de fureur
dans lesquels on voudrait pouvoir broyer entre ses dents la
création tout entière.

Comment se représenter devant la famille Saint-Hyacinthe ? Il fallut s'y résoudre par l'effort désespéré d'un courage surhumain.

Les deux jeunes filles lurent ce nouveau malheur sur le
front foudroyé de leur amant et de leur ami.

Jeanne ne comprenait pas d'abord, et lorsque tout fut
expliqué, elle se redressa éperdue, folle, terrible.... puis
elle s'avança en chancelant dans la chambre, montra tour à
tour le dehors, les deux jeunes filles , le berceau ,
et s'écria :

— La prison... la faim... la mort !

Au même instant, la porte s'ouvrit, et l'Allemand parut.

Il venait signifier l'ordre de sortir de l'hôtel avant la
nuit. Cette retraite achetée si cher, mais dont aucun acte
n'assurait la jouissance temporaire, il la volait à cette famille, pour la jeter expirante sur le pavé de la rue.

Ce dernier coup était tellement imprévu, odieux, inique,
qu'Albert Atis lui-même ne trouva pas un seul mot d'indignation et de prière.

Jeanne seule parla.

— Madame Debanne, cité Trévise, numéro 57 ! dit-elle
avec un accent impératif et lugubre.

Et elle regardait Louise.

Un bruit de voix avait attiré le jeune homme vers la porte de l'escalier...

— Cet homme ! murmura-t-il à voix basse... Oh ! il nous
tirera de l'abîme où lui même nous a plongés... Il me donnera de l'argent.., dussé-je le tuer pour le voler après !...

C'était Delancourt, qu'il venait d'apercevoir, causant avec
mein-herr Bouquin à l'étage inférieur, sans doute pour lui
communiquer ses instructions impitoyables.

Aussitôt Albert fit un pas pour sortir.

Une main se posa sur sa main, et Louise lui dit d'un
voix stridente et solennelle :

— Où vas-tu ?

— Tenter Dieu ! répondit sourdement le poète.

— Ecoute ! reprit la jeune fille, si tu échoues encore, il
faut que je les sauve, moi !...

— Comment ?

Elle répondit avec un navrant sourire :

— Tu as entendu, ma mère ?...

— Non... Qu'a-t-elle dit ?...

— Madame Debanne, cité Trévise, numéro 57...

— Oh !...

— Ne me réponds rien... Je te donne jusqu'à ce soir...
Si tu ne peux rien, ne reviens pas...

— Louise !...

— J'ai besoin de tout mon courage pour accomplir ce

devoir. Que Dieu et toi me pardonnent de sauver à ce prix toute ma famille !...

En ce moment, la jeune fille était sublime de dévoûment et de douleur. Albert voulut l'étreindre dans ses bras énervés ; elle le repoussa doucement et dit encore :

— J'eusse été pourtant une honnête et heureuse femme... mais le ciel ne le veut pas !... Adieu !... Je t'aimais bien, ami !...

— Et moi je t'aime ! s'écria le jeune homme. Attends, attends, je vais vous sauver tous !

En achevant ces sinistres paroles, il prit convulsivement dans ses deux mains la brune tête de sa Louise, mit sur ce front adoré son cœur saignant dans un baiser suprême, et s'élança à la poursuite de l'abbé La Châtre.

Louise essuya ses larmes et rentra dans la grande chambre.

Jeanne tenait Annette étroitement serrée dans son bras gauche, et sa main droite pendait dans le berceau, où chantait la voix dolente de l'enfant à l'agonie.

D'un regard à la fois égoïste et tendre, d'un regard qui semblait en même temps un ordre et une prière, elle fixait étrangement celle qui pouvait tout, et qui n'était pas sa fille...

— Attendez jusqu'à ce soir, Madame, murmura Louise avec un accent angélique... jusqu'à ce soir seulement... je vous en supplie, ma mère ?

Tous les mauvais sentiments de Jeanne s'évanouirent à cette voix, qu'elle crut dans son délire descendre du ciel même pour apporter le salut. Le cœur se rouvrit dans toute sa bonté pour répandre de reconnaissantes larmes. Elle releva le bras couché dans le berceau, et le tendit à la généreuse et magnanime enfant.

Au milieu de cette triple et touchante étreinte, Annette embrassa frénétiquement sa sœur, et la regarda avec son doux et mutin sourire, qu'elle cherchait à dérober aux yeux égarés de sa mère. Mais elle garda le silence, et tout le jour parut caresser quelque projet blotti furtivement au fond de l'azur de ses yeux bleus.

Une fois seulement elle glissa à l'oreille étonnée de sa sœur :

— Ne pleure pas... Albert ni toi.... vous n'aurez du chagrin...

Que signifiaient ces consolantes paroles ?

Louise voulut le savoir ; mais Annette l'embrassa, sourit, encore et garda son secret.

. . . .

Quant à Albert Atis, il avait rapidement descendu les innombrables marches en murmurant :

— Tout pour elle !... J'aime mieux être déshonoré, moi, que de souffrir son déshonneur !

CHAPITRE XXVIII.

En arrivant au seuil de la maison, Albert Atis aperçut l'abbé La Châtre, qui semblait guetter quelqu'un à l'angle de la rue Guérin-Boisseau, et du Faubourg-Saint-Martin.

Or, c'était Atis lui-même que guettait l'abbé La Châtre.

La Debanne, instruite par Dupréval du moyen qui s'offrait de se débarrasser de l'incommode protecteur des jeunes filles, avait mandé Delancourt en toute hâte. Elle le savait au mieux avec la police, à laquelle il rendait quelques mystérieux services dans ses momens perdus ; et l'avide Protée répondit, suivant son expression argousine, de faire empoigner sans retard le tourtereau transformé en féroce conspirateur.

Il ne s'agissait que de convier la police au bouge de la rue Guérin-Boisseau ; mais l'Allemand s'y opposa formellement, sous le prétexte de ne pas déconsidérer son hôtel, déjà assez mal recommandé par lui-même ; et voilà d'où provenait la discussion, qui, attirant Albert Atis vers l'escalier, lui inspira la dangereuse ressource d'exploiter à tout prix ses justes ressentimens envers le misérable, qui les avait tous perdus par ses perfides conseils.

— Ah ! si le hasard m'envoyait du renfort !... grommela Delancourt, à l'aspect du jeune homme... mais personne en ce moment, pas même un simple sergent de ville à l'horizon !.... Patience, je vais suivre le gibier à la piste, jusqu'à ce qu'il se rencontre en chemin une meute suffisante !

— Suivons-le, murmurait de son côté le poète en délire... Dans la rue... impossible... J'attendrai qu'il rentre chez lui, et là, de gré ou de force, il faudra bien qu'il comble l'abîme qu'il a creusé sous nos pas !...

Une même pensée animait donc ces deux hommes ; tous deux se suivaient, en cherchant par des ruses identiques à dissimuler leur poursuite réciproque.

Tantôt ils se dépassaient, tantôt ils se cachaient tour à tour dans quelque allée obscure ; parfois Delancourt marchait le premier, parfois Albert prenait les devans ; toujours ils feignaient de ne s'apercevoir ni l'un ni l'autre.

On descendit ainsi le faubourg Saint-Martin, puis les quais dans le sens du cours de la rivière.

— Tiens, ricanait l'abbé La Châtre, on dirait qu'il va chez moi. Laissons-le venir !

En effet, le bureau de remplacement militaire était situé sur le quai du Marché-Neuf, et l'on voyait sortir de la fenêtre ouverte d'un premier étage la pittoresque enseigne, toute prête à étaler ses friandes tentations sur le ventre lézardé d'une affreuse masure.

Le peintre avait représenté à l'un des bouts un cuirassier caressant une bouteille ; à l'autre un hussard caressant une servante. On lisait au milieu, en caractères rouges, ce refrain du chef-d'œuvre de l'immortel Boïeldieu :

Ah ! quel plaisir d'être soldat !

Puis un peu plus bas :

« On demande des remplaçans pour le service militaire. On fait des avances. »

La longue planche, barbouillée de noir, se trouvait moitié au dehors, moitié dans la chambre. Neuf heures venaient de sonner à Notre-Dame, et les ouvriers de cette besogne en suspens déjeunaient au cabaret voisin.

L'abbé La Châtre, voyant du coin de l'œil que le jeune homme marchait toujours sur ses traces, pénétra dans l'allée ténébreuse, courut jusqu'à l'escalier, monta quelques marches, s'accroupit sur la rampe, et regarda sournoisement vers l'entrée.

La silhouette d'Albert Atis se dessina bientôt en noir sur l'encadrement lumineux de la porte bâtarde.

— Bravo ! fit Delancourt, il vient lui-même se prendre au tournoyer. C'est le diable qui le jette tout vivant dans la gueule du loup !

Ces joyeuses paroles n'étaient pas encore achevées, qu'il grimpait lestement au premier étage. Une des portes lui livra passage, et resta perfidement entr'ouverte.

Mais elle se rouvrit bientôt sous la main d'Albert Atis, qui poussa les verroux et se croisa les bras sur la poitrine avant toute conversation préalable.

— Ah !... c'est vous ! fit Delancourt avec quelque surprise.

— Pas de mots inutiles !... répondit froidement le jeune homme, Saint-Hyacinthe gémit en prison... Sa femme, ses enfans sont sans asile et sans pain... tout cela par votre faute. Il faut les délivrer de la famine et de la captivité.

— Comment l'entendez-vous ?.. demanda La Châtre ébahi.

— Prêtez-moi l'argent nécessaire pour tout cela.

— Moi ?..

— Oui, vous... pas de mensonge, vous le pouvez, je le sais...

— Peut-être...

— Voulez-vous ?

— Allons donc !

— Je vous en prie...

— Vous êtes fou !

— Je le veux !

— Ah ! bah, fit Delancourt, en fronçant le sourcil.

— Ce n'est pas répondre, reprit Albert.

— Vous voulez une réponse ?

— Positive et franche.

— Eh bien ! non.

— Il doit y avoir de l'argent ici cependant ?

— Oui... mais...

— Il m'en faut !... interrompit résolument le jeune homme qui fit un pas en avant, tandis que Delancourt reculait d'une même distance en arrière.

Mais la rougeur monta au front pâle du vertueux amant de Louise. Au moment d'avoir recours à la violence, au moment de commettre le crime projeté, son cœur se brisa douloureusement ; il eut peur !

Alors il revint à la prière, aux protestations, aux menaces.

Delancourt reculait toujours vers la fenêtre, en narguant la colère croissante de son novice adversaire.

Enfin la rage et le désespoir lancèrent le malheureux à la gorge de l'infâme.

— Je n'ai pas d'armes ! grondait-il en même temps, mais je vais t'étrangler de mes deux mains.

Delancourt se précipita vers la fenêtre, en criant au voleur, tandis qu'il se faisait un bouclier de l'enseigne, qui se trouva naturellement sous sa main palpitante de terreur.

Aussitôt les monstrueux caractères frappèrent à la fois les yeux et l'esprit du jeune homme, qui s'écria avec l'élan d'une inspiration rayonnante et soudaine :

— Ah ! je n'y avais pas songé ! Merci, mon Dieu ! vous m'épargnez un crime !

La Châtre ne comprenait pas encore.

— Monsieur... poursuivit Albert en passant la main sur son front rasséréné : vous vendez des hommes, achetez-moi ; vous faites des avances, donnez...

Delancourt ne répondit pas immédiatement, il réfléchissait ; et ses réflexions se traduisirent par un hypocrite et joyeux sourire.

— A la bonne heure ! fit-il de sa voix la plus caressante, nous pouvons nous entendre ; où sont vos papiers ?

— Mes papiers ! balbutia le poète.

— Sans doute... votre acte de naissance... votre certificat de libération militaire.

— Juste ciel ! s'écria l'amant de Louise, je suis réfractaire !

En effet, cet enfant pauvre et abandonné, ce comédien pour qui le pays n'avait jamais rien fait, et ne devait rien faire jamais, ne s'était pas souvenu de la conscription, qui l'avait également oublié dans le tourbillon de ses courses aventureuses.

La conscription, cette révoltante iniquité, qui force le pauvre à défendre la propriété, lui qui n'est pas propriétaire ; la loi, lui qui la subit sans la voter ni la connaître ; l'ordre de choses qui le force souvent à égorger ses frères, aux bénéfices de toutes les aristocraties, ces vermines impitoyables et rongeuses ! On lui prend sa jeunesse, sa liberté, son sang ! Que lui donne-t-on en échange ? Rien, rien, pas plus qu'aux animaux, dont il partage le sort honteux et la position dégradante... Encore on prend soin de les nourrir, eux !

A cette révélation, un rapide éclair traversa l'œil aussi-

tôt voilé de Delancourt. Il s'approcha d'Albert, et lui dit d'une voix doucereuse et pateline :

— Ne vous effrayez pas ! La chose peut s'arranger tout de même.

— Comment ? demanda le jeune homme avec l'empressement d'un espoir inattendu.

— Oui... poursuivit plus gracieusement encore le marchand d'hommes. Il y a des mibes pour flouer le gouvernement, et je vais vous donner la place d'un de ces riches, qui ne se soucient pas de revêtir la garance. Seulement, je vous mentais tout à l'heure...

— En quoi ?

— Je n'ai pas ici les fonds nécessaires.

— Ah !

— Mais je puis les trouver en cinq minutes. Vous savez... l'Allemand, l'usurier... là, sur le pont Saint-Michel !... J'y cours et je reviens.

— Vite... n'est-ce pas ?...

— En cinq minutes, je vous le répète. Attendez-moi ici, attendez-moi... conclut l'abbé La Châtre, en se dirigeant vers la porte.

Albert Atis laissa le passage libre, et ne s'aperçut pas même que la porte se refermait à double tour sur lui.

— Quel bonheur !... murmurait-il avec ravissement... quel bonheur que la fortune dispense ses élus de la dîme générale !

Et il voyait déjà la prison s'ouvrir, la famille réunie, heureuse, et lui devant la délivrance et la félicité !...

Quelle joie !... Louise l'attendrait, et l'honneur de l'homme restait intact comme la vertu de la jeune fille !...

Pendant ce temps-là Delancourt courait vers le palais des Mouches, en murmurant :

— Ah ! mon garçon, nous voulions un peu étrangler ce bon trafiquant de chair humaine. Chacun son tour. Tu avais tes deux mains pour me faire une cravate ; moi je vais te faire un cadeau pour chacune. Peste ! la conscription, et la conspiration !... deux fils à la patte... Si l'un casse, l'autre tiendra bon !

Albert Atis était loin de s'attendre à ce réveil. Il caressait sa douleur avec la pensée de son sacrifice, qu'il était impatient de réaliser et d'accomplir.

Enfin, un bruit de pas ébranla l'escalier ; la porte s'ouvrit ; le jeune homme courut au devant de cet or si précieux.

Dix sergens de ville parurent sur le seuil, et s'élancèrent brusquement sur leur proie.

Delancourt se tenait derrière la farouche escouade, et révélait toute la vérité par un insultant sarcasme.

Le poète voulut résister. Vingt mains crasseuses, vingt tenailles le saisirent. Il lutta ; sa redingote en lambeaux découvrit sa chair nue, et le manuscrit, caché le matin, tomba sur le carreau.

La couverture portait ce titre fatal :

— Le Peuple roi !

C'était une preuve apparente, c'était un accablant témoignage !

On connaît les sauvages procédés de la police. La résistance de l'innocent exaspéra les argousins. Mille injures, mille coups grêlèrent sur Atis, qui bientôt tomba brisé, sanglant, anéanti, mais murmurant encore de sa voix expirante :

— Louise ! elle m'attend ! Oh ! ma Louise ! ma Louise !

Oh ! oui, Louise attendait dans de cruelles et poignantes angoisses.

Tout le jour se passa, sans qu'Albert reparût.

A six heures elle se leva pour le sacrifice, mais l'amour la fit retomber encore.

Peut-être la pauvre enfant n'eût-elle jamais trouvé la

force, mais en ce moment une lettre de Saint-Hyacinthe arriva.

On ne tenta pas de la soustraire, cette lettre, car elle disait :

« Mes enfans, aujourd'hui je suis fou... et si, je passe la nuit ici, demain je serais mort! »

— Allons! s'écria Louise, avec l'élan d'une résolution sublime.

— Reste, lui dit Annette, je ne veux pas...

— Adieu, interrompit la jeune fille, en embrassant sa sœur.

— Une heure... une heure encore! reprit Annette, avec une insistance irrésistible. Albert va revenir... Tu ne sortiras pas avant son retour... Ne fais pas la méchante... attends...?...

— Que dis-tu là, ma fille? demanda Jeanne, qui parut à cette voix chérie, se réveiller de l'engourdissement où la plongeaient la faim et le désespoir.

Les deux fillettes avaient faim aussi.... Mais elles n'y songeaient pas!...

— Rien, mère! répondit Annette. J'ai envie de dormir, je souffre... et je vais me jeter un instant sur notre lit de sangle!

La folâtre enfant marcha jusqu'à la porte vitrée, puis revint tout-à-coup et à deux reprises embrasser sa mère, avec l'expression renaissante d'une étrange tendresse.

Au moment où elle sortit enfin, Jeanne fit un mouvement instinctif pour la retenir.

— Laissez-la s'éloigner! murmura Louise d'une voix basse et suppliante.

Puis elle ajouta plus bas encore :

— O mon Dieu! si elle pouvait s'endormir!

Annette disparut, et la porte vitrée se referma tout-à-fait.

Alors Louise s'approcha de la table, s'assit sur la chaise occupée le matin encore par Albert Atis, et traça quelques lignes au milieu d'un petit carré de papier blanc, qui restait du travail des nuits dernières.

Lorsqu'elle referma la lettre, il y eut des larmes qui restèrent captives sous l'enveloppe froissée par une main palpitante et fébrile!

Ensuite elle se releva avec un douloureux effort, revint auprès de Jeanne, tendit vers elle la lettre qui tremblait entre ses doigts comme une feuille sèche et battue par la bise de l'automne, et murmura d'un souffle navrant et plaintif :

— Ma mère... lorsqu'Albert reviendra, vous lui remettrez cet adieu suprême. Il ne doit plus m'aimer, lui!.. mais moi je l'aimerai toujours! — Quand mon père vous sera rendu, priez-le bien pour qu'il me pardonne. — Quant à vous, Madame, qui avez élevé ma jeunesse avec un maternel amour... permettez-moi de vous nommer une fois encore ma mère, et de vous embrasser avant de partir!

Une larme et un baiser tombèrent ensemble sur la main qui s'avançait pour recevoir la lettre.

Mais Louise attendit en vain une parole, un remercîment, une bénédiction reconnaissante.

L'affreux gémissement d'un râle d'agonie venait de détourner le cœur de Jeanne, dont les bras frémissans et la tête atterrée disparurent dans le berceau de son fils.

— Adieu! s'écria Louise, avec le dernier élan du désespoir qui court au précipice.

Elle s'élança vers la porte, mais elle s'arrêta sur la pointe du pied, ouvrit doucement et regarda avec crainte.

Aucun bruit ne troublait le silence qui planait dans la pièce d'entrée.

— Elle dort, murmura la fugitive... merci, mon Dieu!

Et elle poursuivit sa marche silencieuse et prudente vers le lit de sangle, sur lequel elle se pencha, en retenant son souffle, pour déposer un baiser furtif sur le chaste front de sa sœur endormie.

Le lit était vide.

— Où donc est Annette? murmura Louise, moins étonnée que surprise de cette absence, qui débarrassait de tout obstacle le chemin pénible de son généreux dévoûment.

Huit heures sonnaient. Albert, parti depuis le matin, obéissait sans doute à l'ordre de sa maîtresse, en s'abstenant de revenir.

Peut-être, en ce moment, Saint-Hyacinthe levait-il le poignard sur sa poitrine paternelle?

Cet épouvantable spectacle se dressa devant les yeux de la jeune fille. La sœur et l'amant furent oubliés sans retour. Sa tête s'égara, la main de la fatalité précipita ses pas; et, folle, éplorée, chancelante, elle franchit les quatre étages, s'élança dans la ruelle assombrie par les dernières lueurs du crépuscule, et disparut bientôt vers la direction de la Chaussée d'Antin.

C'en était fait! les sourdes menées de l'association corruptrice portaient enfin leurs fruits. La victime courait elle-même au devant du déshonneur.

Et Annette ne reparaissait pas! Qu'était devenue la pauvre Annette?...

CHAPITRE XXIX.

L'irruption du volcan, le tremblement de terre couvent pendant des années leurs terribles ravages dans des profondeurs inconnues, le moment arrive, le doigt de Dieu se lève, et les mondes sont bouleversés en quelques rapides minutes.

Il en est ainsi de tous les drames intimes ou publics de l'humanité.

Nous avons vu depuis trois mois toutes les corruptions, toutes les misères, toutes les tyrannies circonvenir en silence la famille Saint-Hyacinthe. Une heure encore, et le terrain, lentement miné sous ses pas, va tout-à-coup s'abîmer pour l'engloutir à jamais!

On sait que Lucien de Varedde et la Debanne étaient proches voisins; on sait aussi que Grégoire avait un frère, autrefois garde-du-corps comme lui, et maintenant commissionnaire à quelques toises de la demeure de son ancien officier; on sait enfin que le fidèle domestique désirait ardemment prendre une prompte revanche sur le baron Dupréval, et l'épiait sans relâche afin de le surprendre au milieu de quelque nouvelle infamie.

Mais voici ce que le lecteur ignore encore....

La sellette du commissionnaire se trouvait placée juste en face de la maison occupée par la Debanne; et Grégoire ayant remarqué les fréquentes visites du fonctionnaire à la parfumeuse, sollicita du maître la permission de prendre pour quelques jours la veste en velours de son frère, à la condition que le commissionnaire endosserait pendant ce temps-là la livrée du vicomte. Le consentement fut obtenu, et Grégoire occupa la sellette, d'où il observait attentivement les moindres démarches de l'ennemi.

Le 30 juillet, à neuf du soir, Lucien de Varedde, sortant sans but précis, s'arrêta devant son valet ainsi métamorphosé, et lui jeta au passage quelques questions sur les nouvelles du jour.

— Rien encore, mon lieutenant! répliqua piteusement Grégoire.

— Et tu as le courage de rester aussi tard à l'affût?

— Il est là! fit le commissionnaire, en indiquant la porte de la Debanne, et je ne bougerais pas pour un empire!

Lucien allait ajouter quelques mots, lorsqu'une robe de femme glissa rapidement sur le trottoir. Aussitôt il releva la tête, et parut examiner avec une surprise attentive la robe d'abord, la taille ensuite.

C'était une jeune fille, une gracieuse et mignonne créature.

— Elle !... murmura le vicomte profondément ému...
C'est bien elle... A cette heure... où peut-elle donc aller
ainsi ?...

La jeune fille quitta le trottoir pour traverser la rue.

— O mon Dieu ! fit Lucien, en la voyant se diriger vers
la porte de la Debanne.

Plus de doute. C'était bien là le but de sa course précipitée !

Elle atteignait déjà le fatal vestibule...

De Varedde ne fit qu'un bond, et saisit le bras de l'imprudente, qui se retourna avec effroi.

Lucien ne se trompait pas. C'était bien Annette !

Annette, la blonde et douce enfant, à laquelle il rêvait
chaque nuit depuis la rencontre dans la diligence de Toulouse ; l'ange aux yeux bleus, dont chaque jour il retraçait
mystérieusement l'image pour charmer sa passion généreuse
et pudique !

La sœur venait se dévouer à la place de la sœur !

Tel était le secret de ses dernières paroles et de son
étrange absence.

— Que venez-vous faire ici ! lui demanda le jeune homme, dont la voix tremblait douloureusement.

Mais aucune rougeur ne ternit ce front si pur. Elle reconnut le bon génie qui semblait veiller sur son bonheur,
et les effluves subites d'une joie confiante et sereine inondèrent ses traits enfantins et ravis.

— Ah ! s'écria-t-elle déjà... vous allez tout savoir, vous
allez nous sauver tous !...

Et, sans hésitation ni crainte, elle posa son bras rondelet
sur le bras frémissant du vicomte, et l'entraîna vers le bas
de la cité d'Antin.

Hélas ! au moment même où ce couple babillard disparaissait à l'un des angles inférieurs, Louise arrivait de l'autre côté.

Elle s'avançait, interrogeant chaque numéro d'un œil hagard, et s'arrêta devant le 57.

Là, elle parut réfléchir un instant, puis chercher autour
d'elle.

Grégoire s'offrit à sa vue, et elle courut aussitôt vers la sellette.

— Vous faites toute espèce de commissions ? demanda-t-
elle rapidement.

— Oui, Mademoiselle, répondit Grégoire, quelque peu
surpris.

— Eh bien ! poursuivit Louise... Il s'agit de courir délivrer un prisonnier pour dettes. Que vous faut-il pour cela ?

— Son nom... et la somme...

— Il s'appelle Saint-Hyacinthe... Quant à l'argent, suivez-moi ! conclut la pâle jeune fille, en retournant vers la
maison de la Debanne.

Grégoire la suivait, ne sachant que penser de l'aventure.

Au second étage, elle s'arrêta pour tirer le cordon d'une
sonnette.

On vint ouvrir.

Louise traversa les deux premières pièces, comme si la
honteuse demeure lui eût été familière, et s'avança hardiment au milieu de la troisième.

C'était un salon.

Le baron Dupréval et la Debanne se trouvaient là, attendant presque cette inévitable visite.

Cependant, tous deux se levèrent, empressés et joyeux.

— Silence, nous n'avons pas besoin de mots pour nous
comprendre, fit gravement Louise, en montrant Grégoire
debout sur le seuil de la porte... me voilà... je veux cinq
cents francs d'abord.

Vingt cinq louis tombèrent aussitôt dans la main glacée
qu'elle tendait.

L'or à peine reçu, elle se retourna vers le commissionnaire, et lui dit d'une voix grave et profonde :

— Vous vous rappelez le nom... vous savez ce qu'il faut
faire ?... Je puis me fier à vous, n'est-ce pas ?

— Oui ! répondit trois fois Grégoire, avec un accent
d'intelligence et de probité, tel que Louise ne douta plus.

— Allez ! conclut-elle orgueilleusement.

Le commissionnaire ressortit, après une légère hésitation.

La jeune fille se trouva seule avec le fonctionnaire et la
parfumeuse.

Celle-ci ouvrit la porte d'une chambre faiblement éclairée, et se retourna vers le couple immobile avec un hideux
et provoquant sourire.

A ce silencieux appel, le baron Dupréval voulut saisir la
blanche main de Louise, qui la retira froidement, et, sans
un mot, sans un geste, sans même un regard, marcha vers
la chambre aux lueurs indécises.

Elle y disparut, pâle, noble et résignée, comme une sainte
victime allant à quelqu'antique sacrifice.

Le fonctionnaire s'élança fiévreusement sur ses traces, et
referma la porte derrière lui...

On entendit aussitôt le grincement de deux verroux tirés
à l'intérieur.

Quant à la Debanne, elle jeta vers la porte un ignoble regard, frotta l'une contre l'autre ses grosses mains crapuleuses, se dirigea par une sorte de marche triomphale vers
un magnifique secrétaire, l'ouvrit, et se mit à faire des chiffres avec la sordide ivresse de l'avare qui additionne son
trésor croissant sans cesse et caressé chaque jour.

Une heure environ se passa ainsi.

Tout à coup un bruit de voix et de pas retentit dans l'antichambre.

La Debanne referma vivement le secrétaire, et courut à
la porte.

Mais au même instant cette porte s'ouvrit avec fracas, et
deux hommes se précipitèrent dans le salon.

— Ma fille !... ma fille !... criait celui qui marchait en
avant.

A cette voix répondit un cri de terreur, qui partait de la
pièce où Louise était enfermée avec le baron Dupréval.

— Là !... elle est là ! poursuivit le père en se ruant vers
la porte close, qu'il se mit aussitôt à battre frénétiquement
avec les pieds, avec les mains, avec la tête.

Cet homme, c'était Saint-Hyacinthe !

Mais Saint-Hyacinthe vieilli, changé, méconnaissable. Ses
cheveux étaient devenus tout blancs en quelques jours de
captivité; son visage portait le cachet du désespoir et de la
folie.

Il avait tant souffert, ce pauvre vieillard !

L'isolement, la prison venaient d'achever l'œuvre fatale
de toutes les tortures de la misère et de la paternité.

Grégoire l'accompagnait ; Grégoire, auquel Louise avait
oublié sa douleur de recommander le silence.

Saint-Hyacinthe, aussitôt délivré, s'était enquis d'où lui
venait la délivrance. Le commissionnaire raconta les détails
de sa rencontre avec la jeune fille, et le nom tant redouté de
la Debanne révéla la vérité tout entière.

Grégoire comprit trop tard la terrible indiscrétion qu'il
venait de commettre et se mit à suivre le vieillard, dans
sa course rapide vers la cité d'Antin.

Saint-Hyacinthe avait repoussé la servante, franchi le salon,
et maintenant, éperdu, furieux, terrible, il cherchait à
enfoncer cette porte verrouillée, de toute la force réunie de
ses deux bras vigoureux.

La porte elle-même vola en éclats.

Les deux hommes s'élancèrent aussitôt dans la chambre,
où régnait une obscurité complète.

Tout ceci s'était passé en moins de temps qu'il ne faut

pour le décrire. La Debanne stupéfaite, épouvantée, n'avait rien vu, rien entendu, que du mouvement et du bruit. Mais au choc désespérant de ses meubles brisés, elle revint à elle, saisit le flambeau qui l'éclairait, et courut sur les traces des destructeurs.

La chambre, plongée dans l'ombre, s'éclaira tout-à-coup. Les yeux égarés de Saint-Hyacinthe cherchèrent en vain sa fille; mais Grégoire, plus calme et plus subtil, remarqua parmi les plis des longs rideaux de soie, qui retombaient devant la fenêtre, comme l'empreinte de deux mains crispées, comme une forme de femme suspendue de l'autre côté de la somptueuse étoffe.

Au milieu de la chambre, il y avait un homme, prudemment retranché derrière un guéridon.

Le premier mouvement du père fut de sauter sur le misérable, mais presqu'aussitôt, il recula avec horreur, en s'écriant :

— Etienne !...

— Eh bien ! eh bien ! grommelait en même temps la Debanne.

Cette voix fit brusquement retourner le vieillard, qui, à l'aspect de la parfumeuse, jeta ce second cri, plus vibrant encore et plus terrifié :

— Adèle !...

Le flambeau chancela aux mains de la Debanne, mais Grégoire le saisit, en disant :

— Il nous faut de la lumière, ici... nous avons besoin de nous voir tous en face !

Saint-Hyacinthe, droit, hérissé, livide, regardait tour à tour sa femme et son frère avec des yeux ardens et vengeurs :

— Infâme ! articula-t-il enfin d'une voix tonnante au baron Dupréval... celle qu'il vient de déshonorer... je suis son père !

Puis se retournant vers la Debanne.

— Celle que tu lui as vendue... malheureuse !... c'est ta fille !

Il est de ces situations suprêmes qu'il faut renoncer à peindre.

. . . .

Grégoire avait vu glisser le long des rideaux agités quelque chose de blanc comme un voile qui tombe. Par un mouvement instinctif le bon domestique se jeta devant la jeune fille évanouie, pour la dérober aux regards errans de son père.

Mais Saint-Hyacinthe ne s'était aperçu de rien. Il poursuivait avec une rage stridente et folle :

— Et les autres !... Jeanne !... mon fils... morts de faim !... Annette... perdue aussi... Oh ! c'est à moi de les venger tous, et de les rejoindre après!

La Debanne et le fonctionnaire se reculèrent, épouvantés jusqu'à la muraille.

Saint-Hyacinthe venait de tirer de sa poitrine haletante le poignard destiné pour lui-même.

Prompt comme l'éclair, Grégoire s'élança vers le vieillard insensé.

— Laissez-moi, laissez-moi ! râlait le comédien... C'est la justice de Dieu qui frappe par ma main ! Un frère, une mère ! Comprenez-vous ! pauvre Louise ! Il faut que je les tue, pour elle d'abord, ensuite pour les autres qu'ils ont sans doute tués aussi !

— Non... non... répondait Grégoire, en cherchant tout à la fois à calmer, à retenir Saint-Hyacinthe et sans trop comprendre ses propres paroles... Les autres vivent... Il faut courir les retrouver... Il est temps de les sauver encore.

— Oui, s'écria Saint-Hyacinthe avec l'élan d'une pensée subite et sinistre, sauvons les autres !... Pas d'agonie... plus de déshonneur ! C'est à moi de leur épargner tout cela. Ah ! ah! ah !

Il se mit à rire d'un rire déchirant et funèbre.

Puis, après avoir serré le poignard dans sa poitrine, où gémissait une plainte douloureuse, il s'élança au dehors, hagard, livide, écumant, fou !

Le baron Dupréval et la Debanne firent un pas pour le suivre.

— Bougez pas ! fit Grégoire indigné, et restez tous deux ici. Vous êtes bien ensemble !

Et, rejetant la porte derrière lui, il courut à la poursuite de Saint-Hyacinthe.

A l'angle de la cité d'Antin, il rejoignit le fugitif en délire, mais il n'osa pas l'aborder et se contenta de le suivre.

Saint-Hyacinthe murmurait dans sa course furibonde, mais Grégoire n'entendait qu'un bruit confus de phrases heurtées, de sanglots et de rires.

Le chemin disparaissait rapidement, et l'on arriva au bout de quelques minutes à l'hôtel de la rue Guérin-Boisseau.

Saint-Hyacinthe disparut dans l'allée ténébreuse.

Grégoire allait s'y engager à son tour, lorsque son nom, prononcé par une voix bien connue, le cloua sur le seuil. Un coupé s'arrêtait en ce moment devant la maison, et Lucien de Varedde sortait la tête par la portière.

A côté de ses cheveux noirs flottaient les blonds cheveux d'Annette.

La jeune fille avait naïvement tout raconté au généreux vicomte, qui s'était empressé de retourner chez lui pour y prendre l'argent nécessaire. Malheureusement on se trouvait déjà loin, et l'ivresse de sentir sur son bras l'ami de la jeune fille l'engageait à ne pas trop hâter la marche.

On perdit encore du temps pour atteler.

Enfin Saint-Hyacinthe n'était plus à la prison lors de l'arrivée des deux jeunes gens, heureux de se trouver ensemble, et cependant tourmentés d'une secrète inquiétude.

Annette ne savait que penser. On tint conseil pendant quelques minutes, et le coupé prit la route de la rue Guérin-Boisseau, où il arrivait en même temps que Saint-Hyacinthe.

Grégoire courut ouvrir la portière.

Lucien de Varedde descendit rapidement pour tendre la main à sa gentille compagne. Mais l'alerte jeune fille avait déjà sauté de la voiture.

Tous deux se souriaient.

Tout à coup un cri terrible sembla descendre du ciel.

Les deux jeunes gens relevèrent la tête.

Un corps élancé tournoyait dans l'espace, et vint se briser à leurs pieds sur le pavé de la rue.

— Mon père ! cria la jeune fille en tombant comme frappée de mort dans les bras frémissans de Lucien de Varedde.

C'était Saint-Hyacinthe, et quelques gouttes du sang paternel rougissaient le front pâli d'Annette.

A l'aspect terrifiant d'un tel malheur, Lucien douta.

— Veille sur elle ! dit-il à Grégoire, qui déjà transportait doucement vers la voiture la jeune fille renversée sur son bras attentif.

Et il courut à l'escalier.

Quel affreux spectacle l'attendait au quatrième étage !

Jeanne, étendue sur le plancher, au milieu d'un fleuve de sang, le poignard de Saint-Hyacinthe dans la poitrine, et tenant dans ses mains crispées le cadavre déjà refroidi de son enfant !...

Le pauvre père, qui accourait avec des pensées meurtrières, n'avait trouvé près de Jeanne que le cadavre de son fils.

Alors, dans son désespoir, dans sa folie...

Etait-ce un crime ? Non. On en connaît les causes, et quant aux horribles effets, tous les habitans de la rue Guérin-Boisseau vous parleront encore du comédien qui s'est jeté par la fenêtre, après avoir poignardé sa femme et son enfant.

. . . .

Quelques jours après la sanglante catastrophe, l'amour respectueux de Lucien de Varedde abritait le douloureux solement de l'orpheline dans ce même pensionnat de Belleville où s'était écoulée l'heureuse enfance de Mariette !

CHAPITRE XXX.

Lorsque la corruption, cette lèpre morale de notre époque, règne sur les facultés de l'esprit, le cœur descend à des bassesses sans nom, à des oublis en apparence impossibles.

Et nous parlons ici de la corruption active et passive, de la vénalité des hommes aussi bien que de celle des femmes, car nous mettons certains puissans du jour au niveau des prostituées de la rue !...

Encore est-il plus odieux de vendre l'âme que de vendre le corps !...

Mais le monde s'obstine impudiquement à ne pas juger ainsi ; il ferme ses yeux complaisans alors qu'il veut regarder vers les sphères supérieures ; il estime en haut ce qu'il méprise en bas !...

Pour nous, ainsi que pour Grégoire, la Debanne et le baron Dupréval étaient égaux en valeur, en abjection, en infamie !...

Reste à plonger jusqu'au fond de ces sacoches immondes, jusqu'au centre de ces insatiables éponges, qu'ils avaient l'un et l'autre dans la poitrine, à cette place, où, de nos jours, si peu de gens, hélas ! sentent battre un cœur généreux et pur !...

Le fonctionnaire et la parfumeuse avaient lâchement courbé leurs têtes sous la malédiction de Saint-Hyacinthe, mais dès qu'ils se retrouvèrent seuls et à l'abri de tout danger, le cynisme triompha de la peur, et reparut dans toute l'effronterie de son audace.

— Votre nièce !... fit la Debanne.

— Mon Dieu oui !... répliqua Dupréval.

— Vous le saviez ?...

— Parbleu !

— Et vous avez voulu...

— Tiens... où serait sans cela tout le piquant de la conquête !

— Oh !...

— Vous saviez bien vous que c'était votre fille !

— Pas le moins du monde. ·

— Allons donc !...

— Je vous le jure !...

— Raison de plus pour moins vous croire.

— Si je m'en fusse douté... allez ! ce n'est pas à vous que...

La phrase resta en suspens.

— Eh bien ?... fit Dupréval.

— Rien !... répliqua la Debanne... pensez ce qu'il vous plaira, mon cher beau-frère !

— Ah ! je comprends enfin de vos menaces l'Opéra !

— Avais-je tort de vous avertir de ne pas déshonorer notre nom...

— Notre nom ?...

— Eh sans doute ? ne suis-je pas Mme Dupréval... et même la baronne Dupréval ; car c'est à mon cher époux que le titre appartient... Je savais cela, par exemple, et voilà pourquoi je suis certaine de votre appui pour le passé... et pour l'avenir... On se doit protection entre parens !...

— Trêve de plaisanteries !... grommela le fonctionnaire, dont le dédain cachait imparfaitement le malaise... Qu'allons-nous faire de la jeune fille ?

Et il montrait du regard la pauvre Louise, toujours étendue sans souffle et sans mouvement sous les franges du rideau de soie.

— Cela vous regarde !... répliqua l'horrible femme, avec un certain effroi. Le père va revenir, et je ne me soucie nullement d'une nouvelle scène... Emmenez-la, puisque vous l'aimez !

— Certainement je l'aime !.. et tout ce tintamarre ne fait qu'assaisonner le plaisir du succès... Je suis ainsi, moi !... Et puis la Mariette m'ennuie !.,

— Ah !

— Elle est trop bien à moi !... sans compter qu'elle souffre et pleure sans cesse... ce qui commence à devenir fort peu divertissant... Je préfère celle-ci...

— Alors faites le promptement disparaître.

Le baron réfléchit un instant.

— Ecoutez, reprit-il... J'ai par delà la banlieue de Paris, une petite maison mystérieuse et discrète...

— On pourrait profiter de l'évanouissement pour l'y transporter en toute hâte ?

— C'est également mon avis !...

Quelques paroles furent échangées encore, et le baron Dupréval sortit, non sans avoir largement payé les frais de de la victoire...

Un mois après on ignorait toujours ce qu'était devenue la pauvre Louise !....

. . . .

La Debanne reçut ce jour-là la visite intéressée de tous ses autres complices.

Tom qui n'en rapporta pas de meilleures nouvelles à lord Karolan, mais qui reçut quelques écus et beaucoup d'espérances.

L'abbé La Châtre, qui s'en retourna les deux mains plongées dans ses poches pleines.

Frédérick Pichard, dont l'hypocrite compassion s'avisa de plaindre l'erreur de la mère livrant sa fille !

— Ah ! si je l'avais su ! s'écria douloureusement la Debanne.

— Pauvre amie ! soupira l'officier de santé.

— Ah ! poursuivit la parfumeuse, je lui aurais donné quelqu'un de plus riche et de plus facile à plumer que cet oiseau-là !

Voilà la traduction littérale des seuls remords maternels de l'odieuse créature !

. . . .

Cependant il existait encore une fibre sensible dans cette âme fangeuse.

La Debanne s'avisait d'un honteux caprice pour Frédérick Pichard, d'abord si grossièrement plaisantée sur sa repoussante laideur.

Mais le rusé docteur entourait la commère surannée de mille petits soins empressés et galans, qui reveillèrent peu à peu les sensuelles ardeurs de ce vieux tison prêt à s'éteindre.

Rien d'ignoble et de monstrueux comme la Debanne amoureuse !

Car elle laissait voir effrontément à Frédérick qu'elle ne demandait pas mieux que d'être sa maîtresse.

Tel n'était pas le calcul de Pichard.

Il connaissait le chiffre dodu de la honteuse fortune, et visait au mariage de celle qu'il appelait en souriant son gros trésor.

La Debanne n'eût pas reculé devant un troisième mari, mais par malheur les deux premiers étaient encore vivans.

Le pavé de la rue Guérin-Boisseau la débarrassa de Saint-Hyacinthe.

Mais Delancourt !

Celui-là n'avait nulle envie de mourir.

La parfumeuse attirait toujours chez elle la marquise

Trois-d'un-Sou par des petits présens solides et liquides. Présens perdus !…..la bouche s'ouvrait toujours pour boire, pour parler jamais.

La Debanne ne parvint pas même à découvrir l'adresse de la demeure commune des deux amans, car Delancourt n'avait qu'un simple bureau sur le quai du Marché-Neuf, et la marquise gardait à cet égard le plus impénétrable silence.

— Oh ! je n'en serai pas toujours pour mes frais ! murmurait Adèle, qui semblait nourrir quelque secrète et sinistre espérance… tu parleras !

En attendant, elle redoubait d'abandon avec Pichard, mais Pichard n'était pas homme à donner rien pour rien !…

. . . .

Un insolent bonheur accompagnait tous les pas du baron Dupréval , et l'hôtel de Mme de Bellerive semblait lui préparer un nouveau triomphe.

Geneviève, abusée par les artifices de Rose, croyait à l'infidélité de Georges Cortalès.

Elle n'avait pu revoir Yvonne, car sa tante ne la quittait plus.

Etait-ce défiance, était-ce certitude ? Mme de Bellerive n'avait pas aperçu la vieille Bretonne, mais les domestiques la voyaient sans cesse rôder autour de l'hôtel, et peut être avaient-ils parlé !

Oh ! c'est que d'un seul mot Yvonne pouvait rendre à sa maîtresse chérie la foi, l'espérance et l'amour !

Voilà comment :

Après son expulsion de l'hôtel, elle avait couru chez Georges.

N'était-ce pas là son seul asile, son unique refuge, à cette pauvre paysanne, qui, depuis quarante ans au service de la même famille, ne connaissait au monde que ses maîtres.

Au moment où l'on vint arrêter l'artiste, elle se trouvait dans l'atelier.

— Attends-moi ? lui dit Georges, persuadé que, victime d'une erreur, il allait revenir bientôt.

Georges ne revint pas ; mais le fonctionnaire, auquel les sbires avaient sans doute livré les clés, parut accompagné de Rose.

Yvonne, cachée derrière une vaste toile, entendit tout.

Plus tard, elle assistait également à la scène, jouée par Rose, devant Mme de Bellerive et devant Geneviève.

Yvonne connaissait donc la vérité tout entière ?

Mais comment désabuser le désespoir de Genevière ?

Elle courut à Saint-Sulpice.

Puis elle revint à l'atelier.

Trilby était là !

Tandis qu'Anatole courait pour la délivrance de son ami, Aline venait s'opposer au pillage, auquel se livre généralement la police dans toutes les visites domiciliaires !

Yvonne, défiante comme une Bretonne, ne parla à l'étrangère que de son abandon et de sa douleur.

Cependant, la bonne et généreuse enfant offrit à la vieille servante de la prendre chez elle ; mais Yvonne refusa pour se garder tout entière à sa maîtresse.

Trilby lui laissa son adresse, et lui promit son assistance. Pendant tout un mois, la nourrice épia jour et nuit l'occasion de voir et de désabuser la fille adoptive de son cœur souffrant et dévouée.

Efforts inutiles ! Geneviève ne sortait qu'accompagnée de Mme de Bellerive, et tous les valets avaient reçu des instructions impitoyables.

Le chagrin s'empara de la pauvre Yvonne, dont les faibles ressources s'épuisèrent peu à peu. Perdue dans ce vaste Paris où elle ne connaissait personne, brisée de fatigue,

mourante de faim, elle vint tomber un soir à la porte de l'hôpital.

Le lendemain, elle faisait demander Trilby à son chevet de douleur, afin que son secret ne s'en allât pas avec elle.

Aline, effrayée d'une visite à l'hôpital, se fit conduire par la mère Rainette.

La pauvre mère savait ce que c'est qu'un hospice !

Yvonne révéla cette fois les mystérieuses infamies du baron Dupréval.

A ce nom, la mère Rainette pâlit et chancela. Trilby savait le soir même toute la triste histoire de Mariette.

Anatole et Lucien de Varedde apprenaient tout le lendemain. Instruits déjà par Grégoire de tous les scandales accomplis chez la Debanne, ils avaient deux fois entre les mains de quoi démasquer le fonctionnaire.

Mais comment arriver jusqu'à Geneviève…. comment prévenir Georges, disparu dans les oubliettes de la prévention ?..,

Les deux nobles jeunes gens s'imposèrent aussi le saint devoir de sauver Mariette; et dans la mansarde de la rue de la Harpe on jura de combattre le fonctionnaire et de sauver toutes ses victimes.

Quant à Albert Atis, tout le monde ignorait son sort, et personne au monde ne s'intéressait à lui.

. . . .

Enfin, depuis un mois, le nom de Mariette ne reparaissait qu'à de longs intervalles sur l'affiche de l'Opéra.

Elle et Louise devaient souffrir d'humilantes et cruelles douleurs.

Mais Geneviève, en apparence heureuse et brillante, souffrait peut-être plus encore que les deux sœurs en infortune.

Elle pleurait la perte de ses jeunes illusions; elle s'était laissé prendre aux larmoyantes impostures de Rose ; elle croyait Georges infidèle !

Et puis, elle se trouvait seule maintenant ; elle n'avait plus même l'humble main d'Yvonne pour essuyer ses pleurs…

Le baron Dupréval, lord Karolan et Mme de Bellerive l'obsédaient sans cesse et cherchaient à exploiter, au profit de leurs passions, son dépit, ses chagrins et sa crainte.

Car elle tremblait pour Georges , tout en le pensant coupable.

Et lorsque, pâle et brisée, elle descendait à implorer l'influence du fonctionnaire pour le salut de l'amant :

— Il sera condamné !… disait le baron Dupréval.

— Mais il est innocent ! répondait Geneviève.

— Où donc serait le mérite du procureur du roi, ricanait le fonctionnaire, s'il était criminel ?

— Mais vous pouvez le sauver, vous ?

— Moi… non ! — Vous, à la bonne heure !

— Comment ?

— Devenez ma femme, et je vous réponds de son innocence et de sa liberté.

Hélas ! quelques jours encore, et Geneviève allait peut-être engager son avenir et son bonheur !

. . . .

Mariette , Louise, Geneviève ! Pauvres colombes, toutes trois gémissantes entre les serres du vautour !

Mais tandis que le baron Dupréval jouissait de sa triple victoire, une ligne terrible et vengeresse se dressait dans l'ombre pour le châtiment de toutes ses iniquités.

Il avait contre lui l'énergie de Lucien de Varedde, la colère d'Anatole, l'amitié de Trilby, la haine de la mère Rainette, et peut-être enfin la tardive justice du ciel !

FIN DE LA TROISIÈME PARTIE.

Paris. — Imprimerie Pnoux et C , rue Neuve-des-Bons-Enfans, 3.

LA
MÈRE RAINETTE

PAR

CHARLES DESLYS.

QUATRIÈME PARTIE.

CHAPITRE PREMIER.

Quelques-uns de ces pâles et tièdes rayons, qui glissent à travers le ciel brumeux des dernières matinées de l'automne, frappaient les gothiques vitraux du cabinet de travail de Lucien de Varedde, et carressaient tristement le portrait souriant de la mignonne Annette.

Le cadre, jadis voilé par un rideau noir, avait disparu, et cette nouvelle toile en tenait la place.

Sur une causeuse, qui s'appuyait à la muraille en face, Anatole était assis auprès du vicomte-artiste.

Les deux jeunes gens, perdus dans une triste et profonde rêverie, contemplaient en silence ce chef-d'œuvre, éclos sous la triple inspiration de l'art, du souvenir et de l'amour.

Tout à coup une larme vint perler au bord de la paupière frissonnante d'Anatole.

D'une main il essuya ses yeux attendris, de l'autre il saisit doucement la main de Lucien de Varedde, qui retourna la tête à ce contact inattendu.

— Ami, murmura la voix lente et mélancolique d'Anatole... pour chacun de nous cette image porte un nom différent. C'est Annette, telle que vous pouvez la voir encore. C'est Aline, telle que je l'ai rencontrée pour la première fois, telle que je ne la verrai plus en ce monde. Deux amours sans espoir !

— Le mien... oui... répondit le vicomte... un bonheur impossible ! Mais le vôtre ?

— Un bonheur qui s'éteint !

IVᵉ P.

Le regard de Lucien interrogea seul le regard humide d'Anatole.

— Je vais la perdre ! poursuivit l'amant désespéré de Trilby. En vain j'avais espéré que la campagne lui rendrait la santé, que le calme lui rendrait la vie. Elle penche avec les fleurs, qui désertent sa retraite à l'approche de l'hiver, et je tremble chaque soir de lui voir reprendre son vol vers le ciel, dont elle est descendue !

— L'automne est funeste pour son mal, je le sais ! interrompit le vicomte. Mais si elle franchissait cette époque dangereuse ?

— Alors je pourrais espérer encore...

— Ah !

— Jusqu'au printemps !

Quelques secondes s'écoulèrent dans un nouveau silence.

— Dieu est bon, ami ! reprit Lucien de Varedde ; ne vous laissez pas abattre.

— J'ai interrogé la science, soupira l'incrédule jeune homme, j'ai sondé l'avenir. Il ne me reste plus qu'à prier, à souffrir... et à attendre. Ah ! c'est affreux d'aimer et de vivre ainsi !

— Je le sais comme vous, fit Lucien de Varedde.

— Vous osez vous plaindre ! s'écria Anatole avec un élan d'amour. Vous ! mais qui vous empêche d'être heureux ?

— Le devoir, répliqua sévèrement le vicomte, j'ai sauvé cette pauvre enfant... et je ne veux pas abuser du service que ma fortune me permet de lui rendre.

— Vous l'aimez, cependant ?

— Oui, mais elle l'ignorera toujours.

— A cela je répondrai ce que vous me disiez à moi-même sur l'impériale de la diligence de Toulouse : Pourquoi ne pas l'épouser ?

— Ah ! ce serait trop de joie.

— Vous êtes libre, vous ?

— Oui.

— Et elle consentirait, elle ?

— Par reconnaissance ! Non, non, mon ami, je veux assurer son bonheur, mais je ne dois pas le partager. Si vous connaissiez cet ange de candeur et d'innocence, ce miroir si pur, qu'on craint de le ternir au moindre souffle, vous diriez comme moi.

— Elle est toujours où vous l'avez placée, dans ce pensionnat de Belleville ?

— Toujours... C'était une pauvre ignorante, à laquelle l'éducation donne chaque jour un charme de plus.

— Et triste ?..

— Autant qu'on peut l'être à quinze ans. Elle a d'abord bien souffert pendant sa longue maladie. Un instant, j'ai tremblé pour sa raison ébranlée par l'horrible spectacle de la rue Guérin-Boisseau : le corps de son père... brisé et sanglant à ses pieds !

— Malheureuse enfant !

— Aujourd'hui, le sourire commence à revenir sur sa pâleur rosée. Tous les dimanches, je vais la voir, à l'heure où les pères vont visiter leurs filles. Ne suis-je pas désormais son père, son frère, sa famille tout entière, à cette orpheline, à cette pauvre seule au monde !

— Mais sa sœur ?...

— On ne sait encore ce qu'elle est devenue.

— Cependant... par le baron Dupréval ?

— Oh ! ne me parlez pas de cet homme !.. Vous ne savez donc pas...

— Grégoire m'a tout dit !

— Et vous me conseillez de m'adresser là ?

— Eh bien, non.. Mais d'un autre côté, on pourrait peut-être savoir le secret de cette étrange disparition !

— Comment ?

— Cette horrible femme... sa mère !..

— Jamais ! jamais !... Ces deux misérables ont sans doute achevé leur œuvre de perdition... Annette ne doit pas revoir sa sœur.

— Lucien ! vous êtes cruel envers cette jeune fille !

— Non, mon ami... Ce n'est pas elle que j'accuse... Je ne voulais me trouver en face ni de la femme qui a vendu, ni de l'homme qui a acheté... Mais Grégoire s'est informé...

— Eh bien ?

— Il a su par la servante de cette prétendue parfumeuse que Louise, c'est son nom, était restée la maîtresse de Dupréval...

— Impossible !

— On le dit... et, malheur ou corruption, je ne permettrai à aucune souillure de flétrir la pureté d'Annette !

— Elle doit vous demander sa sœur ?

— Sans cesse !

— Et vous lui répondez ?

— Que je n'ai pu retrouver ses traces ; et c'est la vérité, car, sauf ces bruits mensongers peut-être, Grégoire n'a rien appris davantage.

— Oh ! ce Dupréval !... Et je tremble qu'il ne fasse encore une nouvelle victime.

— Laquelle ?

— Geneviève...

— Cette fois il nous trouvera sur son chemin.

— Jusqu'à ce jour toutes nos tentatives sont restées infructueuses, toutes nos lettres sans réponse. Pensez-vous donc qu'elles soient parvenues à Geneviève. Mon ami, vous ne connaissez pas encore le fonctionnaire ! Je n'étais pas d'avis d'écrire, moi !... Vous vous êtes obstiné à tenter cette épreuve. Et vous voyez maintenant que j'avais raison...

— Que faire, alors ?...

— Attendre que Georges soit sorti de prison....

— Mais quand en sortira-t-il ?

— Plutôt peut-être que vous ne pensez...

— Avez-vous donc quelques heureuses nouvelles, et vos démarches pour lui faire rendre justice...

— C'est sur nous seuls que je compte, Anatole !

— Eh quoi ! vous persistez dans vos projets d'évasion ?

— Je n'ai jamais renoncé à cette espérance, et je crois au succès maintenant...

— Comment ?...

— Vous le saurez bientôt. Je parle peu, mais j'agis en silence.

— Expliquez-vous...

— Pas avant que je ne sois certain moi-même. Il faut se ménager des intelligences dans la prison, un point de départ à l'extérieur, dresser des plans, et ne commencer l'œuvre de délivrance que sur des certitudes.

— Craignez-vous donc une indiscrétion de ma part ? s'écria l'amant de Trilby d'un ton de reproche, et...

— Vous ne le pensez pas, interrompit Lucien de Varedde. Nous sommes de moitié dans cette noble mission. Mais vous avez reculé devant les premiers obstacles, et je me réserve la joie de vous prouver que l'entreprise est possible. Aujourd'hui vous ne voudriez pas croire encore. A quoi bon vous mettre dans la confidence ? Revenez demain ; demain il me sera peut-être permis de confondre toutes vos incrédulités. Vous ne m'en voulez pas, n'est-il pas vrai ?

En même temps, le vicomte tendait vers Anatole sa main généreuse et loyale.

— Vous en vouloir ! s'écria le jeune homme, avec l'impétueuse effusion d'une vive reconnaissance, à vous, notre providence à tous ! Ce serait de l'ingratitude. Ah ! si tous les riches vous ressemblaient, Lucien, les pauvres aimeraient la vie !

— Il s'en trouve plus de bons que vous ne croyez, mon ami, fit le vicomte, au milieu d'un indulgent sourire.

— Peut-être ! répondit amèrement Anatole, mais il en est qui font tant de mal avec le pouvoir de faire tant de bien !

— Ne les accusez pas ! L'extrême fortune gangrène plus encore le cœur que l'extrême misère. Tout le mal vient des lois humaines, qui ont inventé la fortune et la puissance où Dieu n'avait créé que l'égalité fraternelle. C'est un bien terrible fléau qu'un mauvais riche !

— Oh ! oui. Voyez la monstrueuse et pestilentielle influence de ce Dupréval ?

— Patience, patience !

Ce mot réveilla tous les doutes et toutes les craintes d'Anatole.

— Cependant, s'écria-t-il comme frappé d'une appréhension subite, si dans l'intervalle, Geneviève...

— On ne se marie plus à l'insu du monde, interrompit Lucien, et, si je travaille d'un côté, je veille de l'autre.

— Mais, enfin, supposez le mariage au moment de s'accomplir.

— Alors seulement, je vous le promets, nous agirons.

— A la bonne heure, et quitte à provoquer cet homme....

— Georges me parlait de même à Chantilly, et je l'ai arrêté avec un mot...

— Lequel ?

— C'est un lâche !

— Oh ! qu'il étende seulement le bras vers mon Aline, et je réponds...

— Il ne se battrait pas !

— Je le tuerais alors !

— Anatole !...

— Oui, je le tuerais... Souvenez-vous de mes paroles. Et ce serait une noble tâche que de venger à la fois tous les malheureux qu'il a faits.

— L'homme doit se borner à protéger et à défendre. La vengeance n'appartient qu'à Dieu !

Anatole serra convulsivement ses poings irrités, et se leva sans répondre.

Lucien de Varedde imita son exemple, et poursuivit gravement, après avoir posé la main sur l'épaule soulevée du jeune homme :

— Écoutez-moi, Anatole ! Autant que vous je hais ce monstre, et comme vous je me suis imposé la sainte mission de déjouer ses funestes projets... Dieu a reçu notre serment à la même heure ; je n'y faillirai pas. Mais j'ai l'expérience des hommes et des choses ; mais je connais mes droits et mes forces. Laissez-vous donc guider par moi. Au moment de marcher, vous me verrez en avant !

— Eh bien ! oui ; je suis un fou, ou plutôt un malheureux dont la douleur se tourne facilement à la colère... Pardon, Lucien... Je me tais, et vous obéirai maintenant en aveugle.

— Bien ! conclut de Varedde... Et maintenant parlons de nos autres protégés...

— Moi, d'abord.

— Qu'ai-je donc fait pour vous ?

— Ce portrait d'Aline, envoyé hier...

— Ah !

— Il est des délicatesses du cœur, que le cœur comprend, et dont le mien vous remercie.

— Que devient la pauvre Yvonne ? demanda Lucien, après un silence.

— Le danger n'existe plus, répondit Anatole, et dans un mois elle pourra sortir de l'hospice.

— Et la mère Rainette ?

— Malheureuse mère ! Oh ! pourquoi n'avoir pas voulu la rapprocher de sa fille ?

— Il est au fond de ce malheur des secrets, qui nous sont encore inconnus. Un autre savait tout, un autre avait reçu leur double confidence, et ne les a pas réunis. Je veux l'interroger d'abord, et la mère Rainette doit le prier de venir ici, sitôt qu'elle l'aura revu. Jusque-là, silence !

— La mère Rainette est bien vieille, et tous les jours derniers sont des siècles pour elle !

— Hélas ! nous n'avions que de nouvelles douleurs à lui apprendre. Mieux vaut qu'elle ignore l'existence de cet enfant, qui me semble une barrière de plus ; mieux vaut qu'elle ne sache pas l'horrible situation de Mariette, et son affreuse maladie !

— Quoi !

— Oui, je sais enfin le secret de la claustration de Mariette, et j'attends le retour de Grégoire, qui doit m'en apprendre davantage.

Au même instant, la porte s'ouvrait, et le fidèle domestique s'élança dans le cabinet de travail.

— Ah ! Monsieur, s'écria-t-il avec une douloureuse indignation. Elle se meurt ! Elle se meurt dans l'isolement, et dans l'abandon !

— Il faut y courir ! s'écria Anatole, en faisant un pas vers la porte.

Lucien l'arrêta avec ces mots :

— Y songez-vous ! Le fonctionnaire n'aurait qu'à se trouver là !... Et puis... des hommes... où il faudrait le dévoûment et les soins délicats d'une femme !

— Que faire ?

— Attendez... Aline ne connaît-elle pas Mariette ?

— Oui... c'est elle qui l'avait prévenue, lors de l'affaire de Chantilly...

— Eh bien ?

— Je vous comprends, ami ! Par bonheur Aline a désiré m'accompagner ce matin à Paris... Adieu... dans une heure elle sera au chevet de Mariette.

— A demain... pour Georges ! ajouta Lucien de Varedde...

— A demain ! répondit en courant Anatole...

. . . .

Le vicomte revint au cabinet de travail, afin d'interroger plus amplement Grégoire, mais, dès les premiers mots de l'entretien, la sonnette retentit.

Grégoire fut ouvrir, et revint bientôt en annonçant une jeune dame, dont un voile noir épais recouvrait le visage, et qui refusait de dire son nom.

Lucien donna l'ordre d'introduire

L'inconnue s'avança lentement vers le jeune homme étonné...

Il allait cependant commencer par une des phrases en usage, mais elle l'interrompit en montrant d'une main qui tremblait, la porte entr'ouverte et le domestique encore sur le seuil.

Sur un signe du vicomte, Grégoire disparut derrière la porte qui se referma aussitôt.

Lucien se retourna pour interroger de nouveau la visiteuse voilée.

Mais, avant qu'il n'eût dit un seul mot, elle rejeta son voile noir sur ses épaules, et se laissa tomber sur la causeuse, en criant d'une voix déchirante :

— Ma sœur !... ma sœur !... Qu'avez-vous fait de ma sœur ?...

— Louise !... s'écria spontanément Lucien de Varedde, qui venait de reconnaître la sœur d'Annette.

CHAPITRE II.

Ce n'était plus cette Louise dont l'amour fleurissait encore le visage au milieu de la misère, dont l'espérance animait toujours le regard, qui croyait entrevoir un avenir limpide à travers les sombres tristesse du présent !...

Une robe de satin noir avait remplacé la modeste robe d'indienne, à laquelle les mains d'Albert Atis faisaient si souvent une frémissante ceinture ; à l'aspect de son chapeau de velours noir on se surprenait à regretter amèrement cette riante capote rose, sous laquelle l'amant et le père la trouvaient si jolie !

Louise semblait porter à la fois le deuil de sa famille morte et de son bonheur perdu.

Les femmes et les fleurs sont sœurs en toutes chose ; pour les unes comme pour les autres il est une fraîcheur printanière, un parfum virginal, qui s'envole aussitôt qu'on les arrache de leur tige, ou de leurs premières amours. L'innocence est la rosée des jeunes filles.

Cette révélation amère navrait la pensée de Lucien de Varedde, tandis qu'il contemplait l'aînée des filles de Saint-Hyacinthe.

Elle était maintenant d'une pâleur morne et désolée. Un cercle funèbre encadrait ses paupières, au fond desquelles la lumière ne rayonnait plus ; une sorte de pudeur honteuse voilait ses lèvres, qui devaient avoir désappris le sourire.

Mais le luxe allait si bien à cet ange tombé, qu'on se sentait pris d'un compatissant respect en face de cette grande et noble infortune. Cette toilette sombre et grave s'harmonisait délicieusement avec les formes aristocratiquement élégantes, dont elle paraissait la simple et naturelle enveloppe. On ne pouvait qu'obéir à genoux à toutes les volontés de cette main, si princièrement petite sous son gant étroit et noir.

Et cependant la malheureuse fille ne s'occupait guère à

cette heure d'être gracieuse et coquette. Elle était agitée par les frissonnemens fiévreux de quelque émotion récente et terrible, et ses yeux rougis gardaient encore la trace de brûlantes et cruelles larmes.

Lucien de Varedde restait silencieux devant cette profonde douleur.

— Annette!... répéta Louise, d'une voix pleine de terreurs et d'angoisses... ma pauvre Annette!... dois-je donc la pleurer comme les autres!...

— Rassurez-vous? s'empressa de répondre le vicomte... Elle existe...

— Dieu soit béni!... s'écria la jeune fille avec l'élan soudain d'une fervente reconnaissance.

Puis elle baissa ses yeux humides, et poursuivit d'une voix humiliée et tremblante :

— Mais perdue... hélas!... sans doute perdue comme moi!

— Non... non... répliqua Lucien de Varedde avec un noble orgueil... une tache n'a pas souillé sa robe d'innocence.

— Dites-vous vrai!...

— Je le jure! répondit le vicomte, en posant une main sur son cœur.

— Oh! je veux l'interroger moi-même! reprit Louise indécise et ne croyant pas encore... Conduisez-moi près d'Annette, que je puisse enfin la revoir et pleurer avec elle.

Et déjà la sœur se levait pour courir à sa sœur.

Lucien de Varedde demeura silencieux et immobile.

— Eh bien? fit la jeune fille, avec une anxieuse impatience.

— Veuillez m'écouter un instant, Mademoiselle, articula gravement le vicomte, tandis que du geste il la priait de se rasseoir.

Louise se laissa retomber sur le canapé, et attendit.

Quelques secondes se passèrent avant que le jeune homme ne reprît la parole.

— Eh bien? répéta Louise, suppliante et étonnée.

— Excusez-moi, Mademoiselle, commença Lucien de Varedde, ma franchise va peut-être vous paraître une offense, et je dois vous demander pardon d'avance pour tout ce que mes paroles pourraient avoir de blessant et de cruel....

— Je ne vous comprends pas, Monsieur, balbutia la jeune fille, au front de laquelle montait une instinctive rougeur.

— Je vous l'ai dit, poursuivit le vicomte, je vous l'ai juré, Mademoiselle, Annette est une enfant candide et pure, et vous...

— Oh! Monsieur! interrompit Louise, en se cachant le visage dans ses deux mains frémissantes.

— Loin de moi la pensée de vous faire rougir! se hâta de dire Lucien... Comprenez seulement...

Il n'acheva pas. Louise avait relevé la tête, et lui demandait avec une dignité douloureuse :

— Mais vous ne savez donc rien, Monsieur?

— Je sais tout! répliqua le vicomte, d'une voix pleine de douceur et de bonté... Elle m'a tout dit!...

— Et vous m'accusez!

— Je vous plains et je vous admire... s'écria Lucien, avec une expression ineffable.

— Alors... murmura Louise, en se relevant déjà...

— Permettez-moi d'achever, reprit le vicomte péniblement oppressé...

— J'écoute.

— Jusqu'à l'heure funeste, où la misère vous sépara de votre sœur... oui... vous avez été sainte et grande... Mais depuis...

— Depuis...

— Depuis la catastrophe de la rue Guérin-Boisseau... de puis la mort...

— Oh! je ne savais pas, Monsieur, je ne savais pas... interrompit la jeune fille avec un accent impétueux de désespoir et de vérité...

— Comment? demanda Lucien surpris...

— Non... non... affirma Louise, d'une voix pleine d'indignation et de larmes...

— Expliquez-vous, poursuivit le vicomte attendri.

La jeune fille hésita un instant, puis sembla faire un effort sur elle-même, et finit par murmurer, en ramenant ses deux mains devant son visage :

— Je ne veux pas... je n'ose pas... je ne peux pas!...

Lucien se sentit ému d'une tendre pitié; il vint s'asseoir doucement à côté de la jeune fille, et lui dit de cette voix consolatrice dont le Christ dut parler à la Madeleine repentante :

— Louise, je connais votre vie entière. Annette m'a dit tous vos combats, toutes vos tentations, toutes vos fatalités. Le drame de la rue Guérin-Boisseau n'a plus pour moi de mystères. J'ai deviné ce que n'expliquaient pas les naïves paroles de la sœur... Tant d'infâmes se sont ligués pour vous perdre! et si vous avez succombé, c'était pour sauver votre famille de la faim, votre père de la mort, dans laquelle il rêvait déjà l'affranchissement de toutes ses tortures... Les passions impures eussent été impuissantes contre votre honneur!... Pauvre abandonnée sur le bord d'un abîme, vous vous êtes cramponnée aux dernières branches, et quand vous avez lâché les mains, c'était par un dévoûment sublime... Vous voyez que je sais vous connaître et vous rendre justice... Plus tard... Cité d'Antin... lors de l'apparition terrible de votre père... le hasard m'a permis de connaître encore toute la vérité.

Un mouvement convulsif agita le corps de la jeune fille, où gémit un sanglot.

Lucien de Varedde poursuivit :

— Mon domestique était là... Pas de fausse honte, Mademoiselle! Je le répète jusque-là vous fûtes grande et sainte. Qu'êtes-vous devenue depuis?.. Je ne vous condamne pas encore, entendez-vous bien? Je vous ai cherché partout, et toujours vainement... Mais, on dit, et ce sont les seuls détails, injustes peut-être, que j'ai pu recueillir... on dit... Oh dispensez-moi de le répéter... c'est de vous, Louise, c'est de vous seule que je veux tout apprendre. Je suis un homme qui juge avec le cœur, un homme qui vous désire innocente et qui vous veut heureuse. Relevez donc la tête, Mademoiselle! et sans rougir, sans trembler, confiez-moi ce que j'ignore encore... Louise, c'est un ami qui vous en conjure, un frère qui vous écoute... Parlez, Louise! je vous en supplie... parlez!

En achevant ces encourageantes paroles, il avait écarté les mains de la jeune fille, et les serrait doucement dans les siennes.

— Oui... oui... murmura Louise, en refoulant ses sanglots au fond de sa poitrine, vous êtes bon, vous êtes généreux et juste, vous!... Et puis vous pouvez me rendre ma sœur... Ecoutez-moi!

Le vicomte ne répondit plus, et la jeune fille commença.

— La voix de mon père m'avait frappée de terreur, et lorsque la porte se brisa, je courus follement jusqu'à la fenêtre, avec la vague espérance de fuir... Oh! si la fenêtre eût été ouverte... je serais morte maintenant comme mon pauvre père!

Lucien de Varedde frémit, et serra plus étroitement les mains de la sœur d'Annette.

Elle le remercia d'un triste regard, et poursuivit :

— J'étais retombée sur le tapis, mais j'entendais encore, et bientôt mon malheur perdit ses derniers voiles... Les mots de mère et de frère retentirent à mes oreilles épouvantées, je m'évanouis, croyant mourir. Ah ! pourquoi n'était-ce pas la mort ! J'eusse toujours ignoré ce que je viens d'apprendre ce matin.

— Ce matin ? répéta le vicomte.

— Oui, répondit la jeune fille. Car, lorsque je revins à moi, je me trouvai dans une voiture qui roulait rapidement et sans faire à peine de bruit sur la route. Étonnée, je regardai à la portière. Il y avait des arbres et plus de maisons. Je crus rêver ; mais non, mes yeux étaient bien ouverts... Je cherchai à me rendre compte de cet étrange mystère... Ma tête était brûlante, j'avais la fièvre, je ne me souvenais pas... Bientôt la voiture s'arrêta devant une porte, puis entra dans un grand jardin, que je voyais vaguement... Il faisait nuit ; la portière s'ouvrit comme d'elle-même, une main saisit ma main, et je me laissai conduire par les corridors d'une maison inconnue. La personne qui me guidait dans l'ombre poussa une porte et disparut. L'éclat soudain de la lumière frappa d'abord mes yeux éblouis, et, lorsque je pus voir, il y avait une femme devant moi. Cette femme me fit entrer dans la chambre, se mit à me déshabiller, puis me coucha dans un lit, qui me parut immense, et comme s'enfonçant sous mon corps. Voilà tout ce dont je me souviens. Il y avait trois nuits que je veillais et je m'endormis presque aussitôt.

— Après, après ? ne put s'empêcher de murmurer le vicomte, vivement intéressé par cette confidence inattendue.

Louise parut un instant chercher dans ses souvenirs, et continua :

— Tout cela est bien confus dans ma mémoire, et, pendant quelques jours encore, je ne saurais vous dire ce qui se passa. On m'a dit depuis que j'avais eu le délire et que j'avais été bien malade. Un matin enfin, je me sentis un peu de raison et de force. Je me levai, je marchai par cette chambre étrangère, et qui me parut ressembler tellement à nos décorations de théâtre, que je me figurai jouer la comédie. Dans cette erreur, je courus à la fenêtre, afin d'apercevoir mon père et ma sœur dans les coulisses, et je vis avec surprise des fleurs véritables, des arbres qui se balançaient au vent, un jardin vivant, animé, et par de là la muraille une splendide campagne, dorée par les rayons du soleil. Cependant, je ne savais que penser encore. Je voulus comprendre... Je voulus savoir... Pour cela, il fallait sortir, m'habiller d'abord... Je cherchai autour de moi... Il y avait sur une chaise un joli peignoir de soie, que je ne me connaissais pas... Sur le tapis des pantoufles de velours... plus loin, tous les petits objets qui forment la toilette d'une femme... Je mis tout cela, avec une sorte de plaisir naïf et ébahi. Il y avait une grande glace devant moi... Jamais je ne m'étais vue si parée. Je me regardai avec coquetterie... Je me sentis même de la joie au cœur... Oh ! j'étais folle encore, Monsieur, j'étais folle !

— Enfin ?

— Tout-à-coup la porte s'ouvre, je me retourne. C'était lui !

— Lui !

— Cet homme ! A cette vue je compris tout, et les larmes me revinrent avec la mémoire.

— Et que vous dit-il ?

— Il s'avança vers moi, et voulut me saisir dans ses bras. Je le repoussai, en criant que je voulais partir, que je voulais retourner auprès de mon père, auprès de ma sœur. — Votre sœur, me répondit-il, on vous défendrait de la voir. Votre père, il vous a maudite, et, si je ne vous eusse cachée dans cette retraite, il vous eût fait enfermer dans une maison de refuge.

— Comment, il osait ?

— Oui, Monsieur, et bien d'autres terribles mensonges encore. Il osait calomnier celui dont il savait avoir causé la mort. Mais il mentait, il mentait ! N'est-ce pas, mon pau-

vre père, que tu m'aurais accueillie et pardonnée ? N'est-ce pas que tu ne me maudis point dans le ciel, où tu dois être maintenant ?

Et l'orpheline en deuil se jeta à deux genoux sur le tapis, tandis que ses mains jointes et convulsives, tandis que ses yeux éplorés et supplians se levaient à la fois, comme pour prendre à témoin le père ravi à sa tendresse, le sublime vieillard qui n'était plus !...

Quelques-uns de ses cheveux, échappés de leur bandeau flottaient sur son front large et pâle ; son sein palpitait à révéler ses trésors arrondis ; l'éclat de ses yeux, aux lueurs profondes, se doublait en traversant les effluves de larmes, qui baignaient les paupières, et suspendaient une perle tremblottante au bout de chaque cil humide ; l'entraînement du désespoir ramenait sur ses joues, légèrement amaigries, quelques nuances purpurines ; elle était touchante et belle dans sa douleur.

Lucien de Varedde, silencieux et triste, la contemplait d'un regard ami.

Puis il se pencha vers elle, la releva doucement, et voulut la rasseoir sur la causeuse.

Louise, affaiblie et brisée, obéissait à cette tendre impulsion, lorsqu'en redressant la tête elle aperçut pour la première fois le portrait suspendu à la muraille.

— Annette ! s'écria-t-elle aussitôt avec l'élan d'une joie folle. Elle... elle!... Chère sœur bien aimée!... Oh ! laissez-moi la voir, Monsieur, laissez-moi la bien regarder un instant !

— Pauvre jeune fille ! soupira le vicomte en retournant vers la causeuse.

Ce fut une longue et profonde contemplation, et Louise revint s'asseoir, en se laissant glisser à reculons sur le tapis, et les yeux toujours ardemment attachés à l'image de sa sœur, à laquelle, aussitôt assise, elle adressa quelques uns de ces baisers imaginaires et naïfs, comme savent en envoyer à travers l'espace les petits enfans et les jeunes filles.

Alors seulement elle se retourna, comme frappée d'une terreur soudaine, vers le vicomte assis à ses côtés.

— Ce portrait ! murmura-t-elle avec l'accent d'un pénible reproche, chez vous !... Elle là !... et vous me juriez !...

— Je vous le jure encore ! s'écria chaleureusement Lucien de Varedde, et je vous dirai tout à mon tour... Vous d'abord... Continuez, continuez, je vous en supplie. Je commence à tout deviner maintenant ! je commence maintenant à tout comprendre !...

Il y avait dans la voix de Lucien de Varedde un tel accent d'honneur et de vérité, que la confiance s'épanouit de nouveau dans le cœur de Louise, et qu'elle s'empressa de reprendre son pénible récit :

— Ce ne fut pas tout encore, Monsieur ! dit-elle. Oh ! nulle femme n'eût résisté à toutes les ruses mises en œuvre pour me retenir, et m'enfoncer davantage encore dans le gouffre où j'étais tombée ! car je voulais partir, moi... J'avais assez de l'infamie... Mon père était libre, je le savais, et je croyais ma famille entièrement sauvée par le sacrifice une fois accompli. Mais il sut habilement me persuader le contraire. Le prix du déshonneur avait seulement ouvert les portes de la prison ; restaient la misère et la faim... Comment vont-ils vivre ? me répétait-il sans cesse. Supposez un pardon imaginaire, un accueil impossible... vous voilà réunis, mais en même temps sans asile, sans pain, sans ressources et sans espérance... Au bout d'une semaine, d'un jour, d'une heure, il vous faudra recommencer !... Car, si vous me repoussez, si vous voulez partir, pas une obole ne sortira de ma bourse... Restez au contraire, et l'argent abondera rue Guérin-Boisseau, sans qu'on sache de quelle main il y tombe... Toute la famille sera heureuse, je vous le jure... Autrement, elle se retrouve dans une détresse, plus affreuse encore que la première. Leur présent et leur avenir dépendent de vous... Puisque vous avez eu le courage de vous dévouer pour eux, au moins ne rendez pas le dévouement inutile... Tel était, Monsieur, son perfide langage ; et je ne vous répète pas ici toutes les promesses, toutes les protestations, tous les sermens... Que pouvais-je résoudre, moi qui ne savais rien de ce qui s'était passé, moi qui voulais à tout prix arracher ceux que j'aimais au malheur ?... Oh ! si je ne vous croyais pas tout à l'heure, si j'hésite maintenant à vous croire encore, c'est que j'ai cruellement acquis le droit d'être incrédule, c'est qu'il m'a trompée, lui, d'une façon à me faire douter désormais de la parole de Dieu... J'étais naïve et confiante alors ; et puis... il est des choses qu'une femme seule pourrait comprendre... mais j'avais été à lui... je lui appartenais déjà !

— Louise !...

— Oh ! j'ai lutté bien longtemps, allez... Une nuit même je m'étais décidée à fuir, et je fuyais en effet... mille craintes m'ont retenue... Où aller ? Rue Guérin-Boisseau... Et la malédiction de mon père ! le mépris de ma sœur... le désespoir de celui qui m'aimait, lui...

— Albert Atis ! interrompit le vicomte.

— Vous connaissez... balbutia tristement la jeune fille.

— Oui, répondit Lucien de Varedde, Annette ne m'a-t-elle pas tout dit ?

— Pauvre Albert, soupira Louise avec une profonde amertume.

— Que peut-il être devenu, celui-là ? murmura le vicomte, comme se parlant à lui-même.

— Vous l'ignorez ? fit la jeune fille.

— Entièrement.

— Mais je le sais, moi ! s'écria Louise, dont une larme franchit de nouveau la paupière.

— Où donc est-il ? demanda Lucien aussitôt.

— En prison, répondit douloureusement la jeune fille.

— Et pourquoi ?

— Pour politique.

— Lui !

— N'est-ce pas que c'est une odieuse injustice ? Il ne songeait qu'à nous aimer.

— Enfin, il faut un prétexte ?

— Que sais-je, moi !... Un manuscrit qu'il venait de copier pour nous donner du pain, et qu'on a trouvé sur lui au moment où il allait vendre sa liberté, comme j'ai vendu mon bonheur... Oh ! les hommes sont bien heureux !... C'est là, Monsieur, qu'ils l'ont arrêté ; sans cela nous étions sauvés tous !

— Mais comment avez-vous appris ?

— Par lui...

Les lèvres de Lucien de Varedde figurèrent, sans le prononcer, le nom de Dupréval !

— Oui ! reprit Louise indignée, et voilà ce qui a achevé de me retenir.

Le vicomte semblait ne pas comprendre.

— Il n'est pas que riche, poursuivit la jeune fille avec une sorte de rage, il est puissant encore ; il pouvait le perdre ou le sauver. Le perdre, si je partais ; le sauver, si je consentais à rester sa maîtresse... Et je voulais qu'Albert fût libre !

— Il est sorti de prison alors ?

— Non.

— Ainsi le misérable vous trompait encore ?

— Je ne sais plus que croire maintenant !

— Enfin que vous disait-il pour son excuse ?

— Qu'au moment où Albert allait être délivré de l'accusation politique, on l'avait emprisonné de nouveau comme réfractaire.

— Et...

— On me jura d'employer à son salut le pouvoir et l'argent nécessaires. Chaque jour s'élevait des difficultés, chaque

jour on m'apaisait par de nouvelles promesses, et j'étais chaque jour plus rivée que jamais à ma chaîne ! Comprenez-vous, Monsieur, comprenez-vous ? D'un côté ma famille, de l'autre mon fiancé... Ici la misère, là la captivité. Je ne devais pas hésiter, je ne pouvais pas partir !

— Noble enfant ! murmura Lucien, profondément ému ; et rien ne vous a fait soupçonner le destin de votre malheureux père ?

— Pendant plus de trois mois, répliqua Louise, je n'ai pas dépassé la muraille de cette maison de campagne. Il l'exigeait !... Je ne voyais que lui, et la servante qui m'avait reçue le jour de mon arrivée. Je souffrais cruellement, et, pour me distraire de ma tristesse, il m'apportait sans cesse une foule de ces présens qui font la gloire et la joie de bien des femmes. De riches étoffes, des bijoux étincelans ! Il s'étudiait à parer ma demeure, cette villa déjà si somptueusement coquette... il me la donna même... Oui, un jour où je désirais rester seule, il me plaignit de ne pas être chez moi, et le lendemain je reçus de Paris une grande enveloppe renfermant un acte notarié, puis une lettre dans laquelle il m'annonçait que j'étais désormais souveraine maîtresse. Il semblait m'aimer sincèrement et me vouloir rendre heureuse. Je croyais ma famille à l'abri de la misère, j'espérais obtenir la liberté de mon fiancé. Une satisfaction amère se glissait peu à peu dans mon cœur : à défaut de ma propre félicité, devenue hélas ! impossible, je jouissais du bonheur des autres. Ce bonheur était mon ouvrage ! Enfin, je me créais de secrètes consolations, je priais Dieu de me donner l'oubli, et je m'endormais dans le présent pour ne pas regarder dans l'avenir. Il y avait cependant des heures de souffrances et de larmes, des instans où je m'élançais au dehors pour fuir cette existence de luxe et d'infamie. Mais je pensais à ma famille, que j'allais deshériter des fruits de ma honte, à ma sœur dont je pouvais assurer le sort et le bonheur, à mon fiancé qui gémissait, qui gémit encore entre d'infranchissables murailles.

— Quelle est la prison d'Albert Atis ? s'écria tout-à-coup Lucien de Varedde.

— Sainte-Pélagie.

— Ah ! fit le vicomte, avec un accent étrange et joyeux.

— Qu'avez-vous ? demanda Louise étonnée.

— Rien... rien... balbutia Lucien de Varedde, en cherchant à détourner l'entretien. Comment se fait-il que vous vous trouviez à Paris ?

— L'hiver approchait, et, me voyant sinon plus satisfaite, du moins plus résignée, il me proposa de venir habiter Paris, en me faisant promettre de ne chercher à revoir personne... Je le jurai, et voilà trois jours que j'ai quitté la campagne. Mais à peine me sentis-je auprès de ma famille, qu'un désir incessant s'empara de mon cœur. Entrevoir seulement mon père ou ma sœur, passer au moins dans la rue qu'ils habitaient, et cela sans que rien leur révélât ma présence, oh ! c'était un bonheur que j'avais bien mérité. Pendant les deux premiers jours j'eus encore la force de tenir ma promesse ; mais ce matin je ne pus résister davantage, et je courus à la rue Guérin-Boisseau.

— O mon Dieu ! dit en frémissant Lucien de Varedde.

— Vous devinez, Monsieur !... J'arrivai devant la maison, les fenêtres du quatrième étage étaient fermées. Je repassai plusieurs fois, en me disant : Si j'aperçois seulement une boucle des cheveux blonds d'Annette, eh bien ! je serai contente, et je partirai... Rien, rien... Je regardai dans l'allée, ce n'était plus la même femme qui tenait la loge. Une pensée me vint à l'esprit, je me glissai un tremblant vers cette femme, afin de l'interroger, et... et j'appris tout !

— Pauvre enfant !

— Ce fut un coup de foudre... Je m'évanouis ; puis, au réveil, je ne voulus pas croire... Je m'élançai vers une boutique en face, et là je me fis répéter jusqu'aux moindres détails. C'est horrible, n'est-ce pas! Et moi qui croyais les avoir sauvés... moi, qui depuis trois mois!... Pauvre père! pauvre père!

Il est des douleurs qui ne peuvent se traduire qu'avec des sanglots, et la voix de Louise se brisa, sans pouvoir achever son récit.

Lucien de Varedde savait que les explosions de la douleur aiment à s'éteindre dans leurs propres débordemens; il attendit en silence, et lorsque la jeune fille fut un peu plus calme, il lui dit :

— Mais comment êtes-vous venue jusqu'ici?

— On disait Annette enlevée... par un jeune homme... dans un riche équipage; et je pensais aussitôt à la femme, qui avait voulu nous perdre toutes les deux!...

— A votre...

— Oui... à ma mère... et j'eus le courage de retourner cité d'Antin...

— Eh bien!

— Oh! je rougirais trop de vous répéter ses consolations et ses conseils... Je ne lui demandais qu'une seule chose, les traces de ma sœur... Elle m'a dit votre nom, elle m'a indiqué votre demeure, et je me suis enfuie vers vous, espérant y retrouver Annette... Oh! Monsieur, vous qui connaissez ma vie tout entière, vous qui venez de pleurer avec moi, aurez-vous le courage de retarder une minute de plus l'instant où je dois m'élancer dans les bras de ma sœur?

La situation de Lucien de Varedde devenait de plus en plus difficile... S'il n'eût écouté que la voix de son cœur, il eût aussitôt réuni les deux orphelines; mais il sut trouver dans sa loyale raison le courage nécessaire, et répondit :

— Ecoutez-moi, Mademoiselle... Vous avez douté de moi, et je vous dois quelques explications à mon tour...

— Parlez, Monsieur.... mais parlez vite?

— Oui, vos craintes étaient justes, en songeant à la femme de la cité d'Antin ; car c'est au seuil de sa maison que j'ai rencontré votre sœur !...

— Oh! je le devine, je devine, s'écria Louise. En partant de la rue Guérin-Boisseau, je ne l'avais plus retrouvée sur mon chemin, pour recevoir le baiser d'adieu. Noble sœur! je me rappelle ses sublimes paroles, elle voulait se dévouer à ma place, elle était déjà partie, elle venait...

— Oui, interrompit Lucien de Varedde, mais Dieu m'avait conduit sur la route. Oh! pourquoi n'a-t-il pas permis que nous restions quelques minutes de plus devant cette maison maudite, pourquoi n'a-t-il pas voulu que je vous sauvasse aussi!

Un soupir de regret souleva la poitrine de Louise.

— Mais non! reprit le vicomte avec rage. Nous étions déjà loin lorsque vous arriviez à votre tour ; et pendant cette heure fatale, que je voudrais racheter maintenant au prix de ma vie, je recevais ici-même les confidences d'Annette. Plus tard nous courions à la prison de Clichy, dont le malheureux venait de sortir; puis rue Guérin-Boisseau, et pour arriver trop tard encore. Oh! il est de ces fatalités à ne plus croire à Dieu!

— Oh! je le bénis, moi! s'écria Louise, si ma sœur n'a pas été perdue comme moi!

— Non, non, poursuivit noblement Lucien de Varedde. Tous les hommes ne ressemblent pas au baron Dupréval.

— Où donc est Annette, Monsieur?

— Dans un pensionnat recommandable, où l'éducation achève de la rendre parfaite. Et lorsqu'elle en voudra sortir, une dot l'attend, pour lui rendre doux et faciles tous les sentiers de la vie, pour lui assurer le bonheur, sitôt qu'elle rencontrera celui que son destin est d'aimer.

— Vous avez fait, et vous voulez faire cela? s'écria Louise, avec un élan d'enthousiasme.

— Oui! articula glorieusement Lucien de Varedde.

— C'est beau!... poursuivit la jeune fille... et Dieu vous

bénira, Monsieur... vous êtes un bon et brave homme!

Ce fut le tour du jeune homme à rougir.

— Oh! murmura-t-il avec émotion... pourquoi suis-je contraint maintenant à vous dire...

— Oui... oui l'interrompit lentement l'orpheline... Je me rappelle... Ma sœur est pure... et moi...

— Louise... Louise! s'écria le vicomte... Pour moi, cette distinction n'existe pas... Annette courait à l'abîme, au bord duquel la main d'un ami ne vous a pas arrêtée...: A mes yeux, vous êtes sœurs, et la vertu comme par le sang... Je vous jure, Louise, telle est ma pensée... Je vous honore, je vous plains et je vous aime l'une et l'autre... Mon bonheur serait de vous guider toutes deux, côte à côte, dans la vie... Mais le monde, Louise, le monde!... ce juge aveugle et sourd! ce monstre stupide pour lequel le pardon est un crime!... Songez-y! Annette a besoin de sa niaise estime, et l'homme, qui la prendra pour compagne, pourra lui demander compte...

— Arrêtez! s'écria Louise, avec une dignité simple et grave. Je sais comprendre aussi!... Le bonheur d'Annette exige un nouveau sacrifice... soit... Il est plus affreux que tous les autres... mais je suis destinée aux dévoûmens inconnus... C'est ma tâche en ce monde, et je l'accomplirai jusqu'au bout...

— Louise!

— Pas un mot de plus, Monsieur, ma sœur ne me reverra jamais!

— Oh Louise!... s'écria le vicomte en tombant aux genoux de l'orpheline, vous êtes un ange! et si votre sœur ne doit pas vous revoir, je veux que vous puissiez, vous, la voir et l'entendre.

— Comment!... demanda la jeune fille, reconnaissante et ravie.

— Un jour même... poursuivit Lucien de Varedde.... il n'est pas de malheur sans réhabilitation possible... un jour...

— Comment! comment! reprit Louise, sans entendre ces dernières paroles.

— Je verrai Albert Atis... Oui, bientôt je dois me rencontrer avec lui, et...

— Ma sœur!... Vous avez parlé de me faire voir ma sœur! continuait l'orpheline, absorbée par cette unique espérance...

— Eh bien, oui, répondit enfin le vicomte, je veux que vous puissiez juger et prononcer vous-même, écoutez!

— J'écoute, comme si Dieu me parlait.

— C'est aujourd'hui dimanche, et je vais aller prendre ma fille d'adoption pour la conduire au Père-Lachaise.

— Au Père-Lachaise?

— Oui, c'est là...

— O mon Dieu!

— Autour, il y a d'autres tombes... puis de grands arbres... C'est dans la partie ancienne. Vous vous cacherez facilement.

— Et puis... acheva Louise, en montrant son épais voile noir.

— Bien.... je vais faire demander une voiture pour vous. Et Lucien sonna.

— Allez au Père-Lachaise, et là faites-vous conduire à la tombe sur laquelle sont écrits ces trois mots: Pauvres, innocens et bons!

— Et c'est encore vous? voulut dire l'orpheline.

— Chut! conclut le vicomte en montrant la porte qui s'ouvrait.

— Pardon, Monsieur, balbutia Grégoire; mais je viens de la cité d'Antin.

A ce nom, Louise frissonna.

— Eh bien? demanda le vicomte.

— Mlle Aline entre à l'instant dans la maison de Mlle Mariette.

— Bonne Trilby ! murmura le vicomte, qui commanda aussitôt les deux voitures.

Grégoire ressortit.

— Mariette ! demanda vivement Louise ?

— Vous la connaissez ?.. fit Lucien surpris ?

— Oui... repartit en hésitant la sœur d'Annette... A Toulouse....

— C'est juste.

— Mais je la croyais partie pour la Russie ?

— Ah ! on vous avait dit...

— Oui.

— Eh bien ! elle se meurt près d'ici !

— Où donc cela ? s'écria Louise, à laquelle le vicomte indiqua la demeure du cygne à l'agonie.

— Que voulez-vous faire ? demanda-t-il ensuite.

— Oh ! murmura la jeune fille avec épouvante, je suis peut-être la cause involontaire de cette mort. C'est ma place aussi, Monsieur, j'irai... j'irai...

Grégoire rentrait au même instant.

Lucien de Varedde offrit la main à la jeune fille et descendit, en lui disant :

— Espérez encore... et n'oubliez pas que vous avez un ami... un frère.

Pour toute réponse Louise serra la main où reposait la sienne, et s'élança dans la voiture amenée pour elle.

— Au cimetière du Père-Lachaise ! cria Lucien de Varedde au cocher public, qui partit aussitôt.

Puis il se retourna vers Grégoire, qui tenait entr'ouverte la porte de l'élégant coupé.

Mais le fidèle domestique ne laissa pas parler son noble maître, et s'écria aussitôt :

— Pas la peine... je sais... suffit.

— Comment ! demanda Lucien de Varedde, assis déjà sur les soyeux coussins.

— Parbleu ! répliqua Grégoire en s'élançant sur le siège c'est aujourd'hui dimanche... A Belleville !

Et le coupé glissa sur le pavé de Paris, avec la rapide élégance du traîneau sur la neige.

CHAPITRE III.

Presque tous les bourgeois de Paris font élever leurs enfans à Belleville. Le voisinage, le grand air, et surtout le bon marché sont les principaux motifs de cette préférence ; et les débitans de grammaire et de haricots rouges viennent en grand nombre établir leurs classes et leurs cuisines sur ce coteau propice à leur double commerce. On ne saurait se figurer la multitude des enseignes noires, qui, depuis la barrière jusqu'au bois de Romainville, étalent ces mots gigantesques et jaunes : Institution de jeunes garçons... Institution de demoiselles !...

Chaque dimanche, l'église communale réunit toute cette population enfantine, et semble, alors que les portes s'ouvrent pour la sortie de la grand'messe, une ruche colossale, d'où s'échappe une foule bourdonnante d'essaims mâles et femelles.

Oh ! c'est que le sermon est le dernier des travaux de la semaine ; c'est que le *ite, missa est* est le signal d'un beau jour de vacances et de liberté. Bourgeois et bourgeoises font venir chercher tous ces bambins et toutes ces bambines ; déjà les papas et les mamans attendent les écoliers et les écolières ! Aussi la joie brille dans tous les regards, sourit sur toutes les lèvres, chante dans toutes les voix; aussi la place de l'Église prend une physionomie curieuse et charmante, dès qu'elle se remplit et se brode en tous sens de ces longues files empressées, de ces arabesques babillardes. C'est un mouvement, c'est un bruit dont rien ne saurait donner une image fidèle ; c'est quelque chose d'original, de pittoresque et de réjouissant !

. . . .

Midi sonnait, les portes étaient ouvertes, et déjà la défilade triomphale touchait à sa fin, lorsqu'une cohorte plus nombreuse et mieux tenue que toutes les autres, sortit à son tour de l'église.

C'était un pensionnat de demoiselles.

En tête marchait Annette.

Rien de joli, de mignon, de pudique comme la protégée de Lucien de Varedde sous ce modeste et simple uniforme. Le théâtre, qui marque quelquefois ses élus d'un sceau indélébile, n'avait laissé aucune trace sur ce front de quinze ans, dans ce regard si bleu, dans ce sourire si rose. Son visage, printanier comme un bouton d'avril, semblait presqu'un visage d'enfant, encadré par ce chapeau de pluche noire, que frangeaient délicieusement les grappes blondes de sa frissottante chevelure. Elle marchait, les yeux baissés, un bras sur le bras de sa compagne, un livre de messe pendant à l'autre main. Tout le monde la contemplait avec ivresse, et personne, pas même les mères, avec jalousie. On devinait si bien que cette pure et parfaite enveloppe cachait un cœur plus parfait et plus pur encore ! Annette, moins gracieuse et moins belle... c'eût été une anomalie impossible... Et puis, il est de ces jeunes filles, prédestinées à faire éclore des fleurs à chacun de leurs pas, comme le soleil sous chacun de ses rayons !

Ah ! ce n'était plus déjà l'espiègle lutin des coulisses, la folle comédienne de province... Le malheur et l'éducation n'avaient pas impunément passé sur cette jeune tête ; et la pensionnaire de Mme Clausse eût traversé le Palais-Royal, que pas un des hôtes de l'arbre aux punaises ne se fût permis de reconnaître la fille de Saint-Hyacinthe.

Et cependant nul changement matériel ne la rendait méconnaissable... Elle était un peu plus grave, un peu plus triste ; voilà tout.

Pour comprendre ces nuances délicates, il faut songer un instant à ce que serait devenue la jeune fille, si Lucien de Varedde ne se fût pas trouvé sur le seuil de la maison de la Debanne.

De là, quelles conséquences !

Nous l'avons dit plus haut, les femmes sont ce que les font le hasard et le monde.

. . . .

La pension avait tourné l'angle de la place, et redescendait maintenant la grande rue de Belleville. Déjà on pouvait apercevoir la porte de la maison.

Annette releva les yeux, et regarda avec émotion.

Il y avait le long de la muraille quelques fiacres jaunâtres, quelques rustiques cabriolets, mais rien qui ressemblât à l'élégant coupé de Lucien de Varedde.

La jeune fille poussa un soupir et ne regarda plus.

Sitôt la porte refermée, elle demanda vivement à monter à la salle de musique.

Les fenêtres donnaient, on s'en souvient, sur la rue, où quelques années plus tôt la pauvre mère Rainette s'arrêtait pour entendre sa fille, à défaut de la voir.

Annette ouvrit le piano, et promena ses doigts novices sur les touches, jadis effleurées par les savantes mains de Mariette.

Mais la pensée de la jeune fille était ailleurs, et ses oreilles attentives écoutaient tout autre chose que la voix de l'instrument oublié.

Les bruits de la rue l'occupaient seuls.

Chaque fois qu'une voiture roulait sur le pavé, Annette courait à la fenêtre, regardait, émue et tremblante ; puis revenait s'asseoir en murmurant :

— Pas encore !

Il y avait bien de la douleur dans ces deux mots !

Et peut-être même un peu de dépit, dont le pauvre piano portait toute la peine.

Enfin, un nouveau roulement fit tressaillir à la fois les vitres de la fenêtre et le corsage de la jeune fille.

— C'est lui ! s'écria-t-elle, avec une explosion naïve et joyeuse.

Et elle ouvrit lestement vers la porte du salon.

Cinq minutes après elle était assise auprès de Lucien de Varedde, et sur les coussins du coupé qui redescendait vers Paris.

Le vicomte se sentait, certes, plus interdit que sa protégée.

Il osait l'interroger à peine ; elle lui faisait au contraire de longues et expansives réponses. Il ne lui demandait rien, elle lui racontait ingénuement les moindres détails de la semaine.

Quelle plume pourrait oser un semblable entretien ? Annette avait grandi jusque alors dans la plus candide ignorance. Lire, écrire, voilà ce dont se compose l'éducation, de ce qu'on appelle, en langage de théâtre, les enfans de la balle ?

Et encore !...

Annette, à son entrée chez Mme Clausse, se trouvait donc avoir tout à apprendre ; mais Lucien de Varedde paraissait heureux des moindres progrès, et les progrès furent si rapides, qu'au bout de quelques mois l'ignorante devint une des plus fortes écolières. Elle devinait pour aller plus vite.

C'était une si grande joie pour elle que de prouver au protecteur qu'elle était digne du bienfait, que de lui ména ger à chaque nouvelle visite une surprise nouvelle !

Et Lucien de Varedde recueillait un bonheur plus grand encore, au milieu de ces charmans enfantillages !

Tous les dimanches le coupé les transportait du pensionnat de Belleville au cimetière du Père-Lachaise ; et tous deux ne vivaient en réalité que ce jour-là.

Mais l'entretien était bien loin d'être un babillage amoureux. Ils se parlaient comme un père avec sa fille, comme un vieillard auprès d'un enfant.

Adorables rendez-vous, que les anges devaient regarder en souriant ! Saintes conversations que les hommes ne peuvent écrire !

— A merveille !... disait le jeune homme au moment où la voiture tournait le boulevard extérieur. Et le dessin ?... et la musique ?...

— Oh ! vous allez me croire bien paresseuse ! répondit en rougissant la jeune fille ; mais, voyez-vous, j'ai été souffrante cette semaine !

— Souffrante, vous ! s'écria Lucien.

— Un peu ! J'avais entendu dire quelque chose qui m'a fait bien de la peine.

— Quoi donc, mon Dieu ?

— Un pauvre père dont les enfans mouraient de faim, et qui les a tués tous !...

— O mon Dieu !

— A deux pas de la pension.... presqu'en face du dortoir. Et on l'accusait ! Je sais, moi, jusqu'où peut mener la misère ! J'ai voulu le défendre ; et, comme je pleurais, on s'en est étonné... J'allais répondre, mais je me suis souvenue que vous m'aviez demandé le silence et l'oubli !

— Et alors...

— L'oubli, c'est impossible... Je me suis tue... Seulement cela m'a fait mal, et j'ai moins bien travaillé cette semaine que les autres.. Ne me grondez pas trop !...

— Moi !...

— Oui... on est sévère pour toutes mes compagnes ! Il n'y a que moi qui ne suis grondée par personne ! Il est vrai que...

— Annette ! interrompit le vicomte suppliant et chagrin.

— Pardon... pardon ! s'empressa de dire la jeune fille..,

IV° P.

Vous aimez à me voir joyeuse... Eh bien ! là... je souris... êtes-vous content ?

Et elle épanouit ses lèvres purpurines autour de ses dents blanches.

— Merci ! répondit le vicomte avec ravissement... Oui... votre bonheur est toute ma joie... oui... vous serez heureuse, je le jure !...

Une suprême tendresse animait en ce moment le visage du jeune homme.

Annette, attendrie et reconnaissante, le contempla quelques minutes en silence ; puis elle laissa tomber ces ingénues et douces paroles.

— Mais que vous a donc fait l'orpheline inconnue pour mériter tant d'affection et de dévoûment ?

Un éclair brilla dans l'œil noir du vicomte, qui sentit avec terreur tout son être frémir, brûlant, et prêt à s'élancer vers la jeune fille.

Mais aussitôt il se retourna vers la portière et feignit de regarder sur le chemin.

Annette, peut-être avertie par un secret instinct, n'osa pas renouveler sa demande.

Au bout d'un instant, Lucien de Varedde montrait à sa compagne silencieuse un visage masqué d'un indifférent sourire, et lui disait :

— Parlons un peu de l'avenir.

— L'avenir ? répéta l'orpheline, surprise qu'on pût se préoccuper d'un semblable souci.

— Sans doute, poursuivit le vicomte, vous avez maintenant quinze ans et demi, n'est-ce pas ?

— Presque, fit Annette, avec une petite moue délicieuse.

— Mettons deux années encore pour que l'éducation soit complète...

— Cela fait dix-huit.

— Presque, dit Lucien à son tour... et il sera temps de vous créer votre place dans le monde.

— Dans le monde ! et que faut-il faire pour cela ?

— Se marier.

— J'entends dire tous les jours à la pension qu'on ne se marie pas sans dot.

— Mais vous en aurez une, et...

— C'est inutile, interrompit Annette, je ne me marierai jamais !

— Comment !...

— Ecoutez-moi, mon ami... j'ai aussi mes projets d'avenir.

— Voyons !...

— Après avoir été écolière, je puis devenir sous-maîtresse, n'est-il pas vrai ?

— Oui.

— Et sans quitter la pension ?

— Quoi ! vous voudriez passer votre vie entière...

— Viendrez-vous toujours me voir chaque dimanche ?

— Sans doute.

— Eh bien, je ne désire pas autre chose...

— Mais...

— Je serai heureuse ainsi... c'est là tout ce que vous voulez, n'est-ce pas ?

Lucien de Varedde voulut insister encore.

— Voilà qui est convenu ! conclut Annette, qui redevint bientôt espiègle, mutine, folle et charmante, comme elle l'était dans la diligence de Toulouse.

Le vicomte se sentait rajeunir aux parfums de cette enivrante et joyeuse efflorescence. Le sentiment du devoir accompli, la présence de cet ange adoré, transformait pour lui cette course, hélas ! si brève, en une heure de paradis.

— Ah ! fit Annette, en redevenant sérieuse et triste tout à coup.

Elle venait d'apercevoir la porte du cimetière.

2

Le Père-Lachaise est presqu'un jardin, pendant la saison des fleurs et du soleil ; mais il prend à l'approche de l'hiver un aspect sombre et désolé. Les brumes automnales l'enveloppaient ce jour-là d'un crêpe funèbre, et le sol disparaissait déjà sous un vaste linceuil de feuilles mortes, dont le crépitement sinistre semblait douloureusement gémir à chaque pas des deux jeunes gens émus.

On arriva bientôt à la tombe de la famille Saint-Hyacinthe.

C'était une simple et modeste pierre sur laquelle on lisait ces trois mots :

« Pauvres, innocens et bons ! »

Mais les soins de Lucien de Varedde entretenaient autour un parterre éternel, et les rameaux déjà décharnés d'un saule pleureur retombaient sur le grillage tout garni de fraîches couronnes.

Là dormait le vieux comédien, entre sa femme et son fils !

Annette s'agenouilla.

Le vicomte courba la tête, et regarda aux environs.

Une femme en deuil et voilée se tenait à genoux devant une tombe voisine.

— Pauvre femme ! soupira Annette, en se relevant, elle pleure aussi les êtres aimés qu'elle a perdus !

Au son de cette voix, l'inconnue tressaillit.

— Courage ! répondit Lucien de Varedde, avec intention. Il vous reste un ami !

— Et une sœur ! s'écria la jeune fille. Chère Louise !

Lucien vit monter un mouchoir blanc à travers le voile noir.

— Je vous dois la vie et l'honneur ! poursuivit Annette. Vous voulez me donner la fortune et l'avenir... mais je vous bénirais bien davantage encore si vous pouviez me rendre ma sœur !

— Annette, dit le vicomte d'une voix forte et profonde, ce bonheur est encore impossible. Mais ayez confiance en moi. Vous ne serez pas éternellement séparée de votre sœur ; et je jure sur cette tombe sacrée de vous réunir un jour !

À ces paroles, toutes pleines d'espérance, Louise fit un mouvement, Lucien un geste rapide, et la pauvre fille courba de nouveau sa tête humiliée sous son voile noir.

— Oh ! merci, disait Annette... merci, mon ami ? Vous êtes généreux et bon !... Nous ne pourrons jamais vous rendre ce que vous aurez fait pour nous, mais le bon Dieu se charge de la reconnaissance des faibles et des pauvres... Vous êtes la Providence des enfans du vieillard qui n'est plus... eh bien ! plus tard j'aimerai les vôtres en échange, comme s'ils étaient les miens !

— Que voulez-vous dire ? demanda Lucien de Varedde, sans comprendre encore la pensée de la jeune fille.

— Oui, reprit-elle., je passerai ma vie à l'instruction... vous savez bien... comme sous-maîtresse, c'est convenu... et vous, destiné à vivre dans le monde, vous vous marierez sans doute, vous aurez des enfans, des filles, je l'espère. Eh bien ! vous les mettrez à Belleville, vous me les confierez, je les aimerai bien, allez ?... Ils auront deux mères au lieu d'une !...

Il y avait quelque chose de touchant et de gracieux dans cette maternelle protection, offerte par une enfant !

Louise écoutait, et Lucien de Varedde n'eût pas dicté une plus complète justification de sa conduite.

— Vous me promettez cela... n'est-ce pas ? reprit Annette...

— Annette... Annette ! s'écria le vicomte... Vous me rendez en cet instant cent fois plus que je ne vous ai donné !...

La jeune fille, étonnée, allait interroger.

— Allons, ma fille, reprit Lucien de Varedde... il est temps de retourner à Belleville...

— Adieu, père ! murmura l'orpheline, en jetant un dernier baiser vers le tombeau... Tu vois ce qu'il fait pour tes enfans... aime-le bien, et répète chaque soir dans ton ciel la prière que je dis chaque soir pour lui sur la terre !

Puis elle passa radieuse et souriante devant son protecteur sublime.

Lucien de Varedde la suivit.

Mais au détour de l'allée, une main saisit sa main, sur laquelle s'appuyaient doucement deux lèvres humides et frémissantes.

À peine put-il retenir un cri ?

Il ne put retenir deux délicieuses larmes, et, comme il se retournait quelques pas plus loin pour essuyer ses yeux attendris, il aperçut Louise agenouillée de nouveau, mais cette fois sur la tombe de son père !

CHAPITRE IV.

Grégoire arrêtait de nouveau son fringant attelage en face du pensionnat de Belleville, le moment de la séparation était déjà venu, et l'orpheline rentra dans sa paisible retraite, en jetant à Lucien de Varedde cet adieu tout rempli d'affection et d'espérance :

— À dimanche... n'est-ce pas, mon ami !...

Il y avait six jours entiers, six grands siècles à attendre avant d'en arriver là !...

Annette frémit et se sentit prête à pleurer, en entendant le bruit de la fatale porte qui se refermait derrière elle...

Puis elle fut rêver dans le fond du jardin.

— En travaillant, se disait-elle, le temps passe plus vite. Travaillons dès à présent, travaillons sans relâche ?... Pour moi d'abord... et pour lui, qui sera content !...

La pauvre enfant courut à la classe, et commença par calculer combien il se trouve d'heures dans une semaine. Ensuite elle prit son crayon à dessin, traça sur une feuille blanche un nombre égal de lignes noires, avec la résolution d'en effacer une à chaque nouvelle heure écoulée....

Cela fait, elle se dit d'une voix courageuse et rassérénée :

— Attendons !...

Peu s'en fallait que Lucien n'amusât son amour par de semblables enfantillages. Il sentait son cœur si délicieusement caressé par des voluptés inconnues !

— Ah ! murmurait-il, avec une expression de bonheur ineffable, que c'est donc bon de faire le bien !

Et le nom d'Annette expirait sur ses lèvres altérées et ravies...

Il se renversait sur les moelleux coussins de l'équipage, il fermait à demi ses paupières pour échapper aux terrestres réalités de la course, pour nager en plein ciel vers l'Eden des rêveries et des espérances...

— Etre aimé d'elle !... poursuivait-il d'un souffle enivré... l'avoir pour compagne dans la vie... ce serait...

Mais il s'interrompit tout à coup pour reprendre avec une énergie amère :

— Non... non... Elle ne m'aime pas... elle ne m'aimera jamais... Son affection n'est que de la reconnaissance... Si je parle, elle se dévouera... Et c'est à ma fortune que je devrai cette félicité égoïste... Ce serait infâme... Jamais... jamais !...

Aussitôt le vicomte se redressa, et voulut chasser héroïquement ces beaux rêves impossibles.

— Pensons à Georges ! fit-il, afin de donner un autre cours à sa pensée... Il lui faut sa liberté !... Le seul bonheur qui me soit permis, c'est de faire le bonheur des autres !

La course touchait à sa fin, et jusqu'au moment où Grégoire rouvrit la portière, Lucien de Varedde ne songea plus qu'au prisonnier.

— Monsieur ne sort plus? demanda le domestique.

— Non... répliqua le vicomte... J'attends quelqu'un.

En effet, une heure à peine après le retour, Grégoire introduisait dans le cabinet de travail un visiteur aux allures quelque peu excentriques, à la toilette légèrement négligée, et tel enfin que jamais rien de semblable ne s'était présenté chez son maître.

Lucien de Varedde le reçut cependant avec une joie évidente, et s'enferma aussitôt avec lui, à la grande stupéfaction de Grégoire.

— Eh bien ?.. s'empressa de questionner le vicomte.

— Tout va bien ! répondit l'étranger... L'évasion devient aussi facile pour les amis... qu'un dénoûment de vaudeville pour M. Scribe.

A cette assurance, Lucien de Varedde se rapprocha vivement pour recueillir de plus amples détails.

. . . .

Un mot avant de poursuivre.

Ce mystérieux personnage n'était autre que le conteur du Palais-Royal, ce comédien aux mœurs vagabondes, le Juif-Errant.

Voici comment il se trouvait en rapport avec Lucien de Varedde.

Lorsque nous avons quitté le Juif-Errant, il venait de faire sa burlesque visite à la Debanne, il allait partir pour la province.

Deux mois après, suivant sa coutume, il était de retour à Paris.

Là, il apprit l'épouvantable malheur de la rue Guérin-Boisseau, la disparition des deux jeunes filles et celle d'Albert Atis.

Le Juif-Errant, serviable comme tous les gens insoucieux pour eux-mêmes, voulut savoir ce qu'était devenu son ami ; et, à force d'importuner mein-herr Bouquin, il retrouva les traces de l'amant de Louise.

A Sainte-Pélagie ! Le comédien, qui semait les créanciers sur sa route, avait connu fort intimement ce séjour, autrefois prison pour dettes.

Il se hâta de rendre visite au prisonnier.

Lucien de Varedde visitait Georges ce jour-là.

— Ah ! s'écria le Juif-Errant, si j'étais coffré derechef, je ne resterais pas longtemps sous les verrous !

On interrogea vivement le comédien, qui donna tout le plan d'une évasion, en apparence impossible.

Les prisonniers en rirent eux-mêmes ; mais Lucien, moins incrédule, eut soin de sortir en même temps que le Juif-Errant, afin de l'interroger au dehors.

Un mois s'était écoulé depuis, et le comédien arrivait chez le vicomte lui garantissant le succès.

— Voici le plan ! disait-il d'une voix triomphante, en étalant une feuille de papier sur la table... le plan, tracé par un des détenus, un ingénieur un peu crâne... Voyez, voyez ! Oh ! j'avais deviné çà, moi ! J'ai l'instinct de la liberté, et ne comprends pas les oiseaux qui restent dans leurs cages. Cette cave abandonnée, et dont voici la porte, aboutit sous la cour, indiquée par ce carré à l'encre rouge... Après la cour, le mur de ronde. Voici... le chemin de ronde... voilà... et pour dernier obstacle, la muraille extérieure à percer... En tout un souterrain de trente-deux pieds, pas davantage... et l'on se trouve dans ce jardin, sous cette magnifique allée de tilleuls... ou de.... ma foi, je ne réponds pas de la qualité des arbres. Mais la maison n'est habitée que par des gens incapables de soupçon ou de résistance, j'en réponds... et la porte de la cour est toujours ouverte. J'ai passé vingt fois rue Copeau pour en être bien certain... C'est une affaire faite... Voyez, voyez !

Lucien suivait sur le plan toutes ces indications. La maison était en effet située entre cour et jardin ; la cour donnant sur la rue Copeau, le jardin se prolongeant jusqu'à la muraille de Sainte-Pélagie. Venait ensuite le chemin de ronde, puis une étroite cour. Quant à la cave, Lucien lui-même en avait aperçu la porte massive, placée sous la cage d'un des escaliers de la prison. Le plan était parfaitement exact et tout à fait favorable.

— Comment ouvrir la cave? demanda Lucien.

— Parbleu ! répondit le Juif-Errant, avec la clé.

— Quelle clé ?

— Celle que j'ai fait faire, en prenant l'empreinte de la serrure, ainsi que cela se pratique chez messieurs les voleurs. J'ai trotté jusqu'à la barrière du Roule, pour que le serrurier ne se doutât de rien. Votre argent a produit l'effet naturel à ce précieux métal. Seulement, l'ouvrier complaisant m'a pris pour un filou. Mais bah ! Les prisonniers ont la clé depuis deux jours et doivent être déjà descendus dans la cave.

— Bravo ! mais avec quoi creuser le souterrain ?

— Je leur ai porté l'instrument hier.

— L'instrument ?

— Oh ! je ne sais pas son nom. J'ai acheté cela quai de la Féraille. Çà n'est pas joli, mais c'est parfait ; et la preuve, je l'ai introduit dans la prison.

— Et l'on n'a rien vu ?

— Enfoncés les geoliers!... La chose était attachée tout le long de ma cuisse, ce qui fait que je boitais un peu, et que l'un des argus clignait déjà de l'œil.

— Malheureux !

— Un homme de talent sait tourner à son profit toutes les apparences. Je boitais un tantinet suspect... je me laisse tomber par terre, et je boite tout à fait... Sublime ! Vidocq lui-même eût ri de ma tournure. On n'est pas comédien pour rien !

— Ainsi, Georges a l'outil nécessaire ?

— Non... pas M. Georges ! c'est Albert Atis qui l'a caché dans sa paillasse.

— Albert Atis !... s'écria Lucien de Varedde aussitôt.

— Oui... un camarade, un ami. Vous le connaissez ?

— Peut-être ! C'est donc à ce jeune homme, auquel vous parliez la première fois que je vous ai vu dans la prison ? ce jeune homme à la figure si belle, si pâle...

— Et si triste !... acheva le Juif-Errant. Pauvre garçon ! dam ! on lui a tué son père, on lui a enlevé sa maîtresse. Et il souffre, dans cette maudite prison, plus qu'un damné dans son enfer ! depuis trois jours surtout....

Un profond soupir arrêta la confidence du Juif-Errant !

— Et pourquoi davantage depuis trois jours? demanda Lucien.

— Il sait qu'elle est à Paris !

— Qui le lui a dit ?

— Tiens ! moi, qui avais promis de retrouver sa piste... et je suis bon limier, allez !... Il connaît maintenant sa rue, son numéro, son étage... tout enfin...

— Tout !

— Excepté certaines choses, qu'il apprendra toujours trop tôt, et que je n'ai pas eu le courage de lui répéter ! Il verra çà lui-même, quand il sera sorti de prison. Et il faut qu'il en sorte vite, voyez-vous... car, se sentir près d'elle et craindre... il mourrait d'impatience et de rage !

— Nous le délivrerons bientôt !... s'empressa de dire Lucien de Varedde.

— Oh !... bientôt... grommela le Juif-Errant... Il faut du temps encore pour notre petite entreprise... et ce serait trop tard pour lui... J'espère un peu de le voir sortir avant !...

— Comment cela ?

— Ils l'avaient coffré pour politique... lui!... Cette bêtise !... Ils ont fini par s'en apercevoir... Oh ! ils allaient la relâcher... Mais voilà qu'on apprend qu'il est réfractaire et crac !... La porte, entr'ouverte déjà, se referme hermétiquement !...

— Eh bien... alors...

— Attendez donc ?... Il ne s'est pas présenté à la conscription, mais on n'en a pas moins tiré pour lui dans sa province, et peut-être un bon numéro. C'est une chance, et on attend la nouvelle... Si ça manque, nous irons un peu plus vite de notre côté, voilà tout... Je tiens à le voir dehors, moi, ce pauvre Albert. C'est un ami, un noble ami !... Et si je mets autant d'activité à la besogne, c'est plus encore par affection pour lui, que par intérêt pour moi... Vous m'avez promis deux mille francs, cependant, et je suis pané... oh ! mais pané !... Savez-vous comment je vivais avant notre rencontre ?...

— Je ne m'en doute pas.

— Eh bien !... j'allais dans les théâtres d'amateurs... à Molière... chez Doyen, etc., etc., et je me plaçais derrière quelques bonnes figures ébahies de voir fonctionner leur progéniture sur les planches... Je faisais un tapage d'enfer... Fureur des patriarches... Redoublement de ma part... Allez-vous-en !... Et je demandais deux sous pour les laisser tranquilles !...

— Deux sous !...

— Exploitation minuscule de la tendresse paternelle et maternelle... chantage anodin !... total de la recette... de quoi acheter par jour un pain de seigle et deux sous d'eau-de-vie. En voilà une carte qu'eût dédaignée feu Lucullus. Bah ! je n'en suis pas plus gras pour ça. Le rata de la prison va me remettre !

— Vous tenez donc toujours à vous faire arrêter ?

— Plutôt dix fois qu'une. Dehors je vous serais inutile, et dedans je ferai merveille. Je connais la localité... et puis, il faut un tas de ruses, de comédies .. Endormir la surveillance, amuser les porte-clés.... un loustic enfin !.. Je ne vois personne pour jouer ce rôle-là. Je m'en charge. Voilà ! personne ne s'en plaindra. J'ai la bosse de l'évasion !

— Et vous pensez vous faire prendre ?

— Je vous l'ai dit. Le gouvernement ne demande qu'à remplir ses souricières ; tous mes hameçons ont réussi. Des propos tenus à part à de certaines oreilles... un pétard tiré le soir dans mon taudis pour faire croire que je fabrique de la poudre ; enfin, ce matin une dénonciation écrite par moi-même au procureur du roi. Demain je serai pincé pour sûr.

— Mais si nous ne réussissons pas, malheureux ?

— Tant pis ! Voilà l'hiver... je serai logé, nourri, chauffé et éclairé aux frais du gouvernement. C'est tout bénéfice, il n'en aura jamais fait tant pour moi ! Et pourvu qu'il me rende au printemps ma chère liberté, je ne lui en demande pas davantage !

— Et comment saurai-je si vous êtes avec les autres !

— Rien de plus facile... l'appartement en question... vous savez... celui dont les fenêtres ont vue sur celles des prisonniers... Eh bien ! il est vacant... Vous connaissez la maison... et voilà sur ce papier un dictionnaire complet de signes télégraphiques ! Prenez ça... Vous lirez plus tard, et vous verrez combien et comment peuvent bavarder à travers l'espace deux chandelles...

— Soit ! dit Lucien, en serrant ce nouveau papier.

— Demain... à pareille heure... allez louer l'appartement, et nous commencerons, séance tenante, la manœuvre lumineuse... La chandelle, levée deux fois voudra dire que je suis prisonnier... et ainsi de suite... Du reste, vous pouvez venir visiter M. Georges... pas trop souvent, par exemple... Et, d'un autre côté, je vous enverrai Albert Alix, s'il sortait avant nous.

— C'est cela ! répondit avec empressement le vicomte... Et qu'il accoure chez moi d'abord... Je me charge de lui apprendre tout ce que vous n'avez pas osé lui dire.

— Ah ! vous savez donc...

— Oui... n'oubliez pas !... J'ai des motifs particuliers... je vous en prie ?

— Comment donc ! je n'ai pas besoin de vous en demander davantage pour savoir que vous voulez travailler au bonheur de mon ami... Je vous connais. Tout est bien convenu... Adieu... et puissions-nous bientôt nous revoir tous les deux en dehors des murailles trop hospitalières de Sainte-Pélagie...

— Attendez ! conclut Lucien de Varedde. On ouvre les prisons mieux encore avec de l'or qu'avec du fer. Voici de quoi griser toute la garnison s'il était nécessaire.

— Tudieu ! Quelle cave vous me mettez là dans la main ! s'écria le Juif-Errant, qui se retira, sinon plus joyeux, du moins plus riche que jamais.

Anatole arriva le lendemain soir pour sommer le vicomte de tenir sa promesse.

— Eh bien ! dit-il, est-ce certain, et pouvez-vous m'expliquer enfin votre plan d'évasion ?

— Une heure encore ! répliqua Lucien, et plus de question jusque-là. Venez !

Une voiture transporta les deux jeunes gens jusqu'au Jardin-des-Plantes.

Là ils descendirent, et continuèrent le chemin à pied. La nuit était sombre.

Lucien de Varedde, toujours suivi par Anatole, s'engagea dans une de ces petites ruelles obscures qui tournent autour de Ste-Pélagie, puis entra dans une maison plus élevée que toutes ses voisines.

Il demanda à visiter l'appartement en location.

Anatole ne comprenait pas encore.

Le concierge conduisit ses nouveaux locataires jusqu'à l'étage supérieur ; sur-le-champ Lucien s'approcha de la fenêtre, puis revint au milieu de la chambre, et, sous le prétexte de mieux voir, prit le flambeau, qu'il leva vers le plafond à deux reprises.

Un signal semblable se traça presqu'aussitôt dans le cadre étroit d'une des fenêtres de la prison.

Le Juif-Errant avait tenu parole.

Lucien arrêta l'appartement, et redescendit avec Anatole, qui lui dit en souriant à quelques pas de là ?

— M'est-il permis maintenant de demander le mot de la charade ?

— Volontiers !... répliqua Lucien, en montrant avec joie une des portes-cochères de la rue Copeau... C'est par là qu'ils sortiront dans un mois !...

— C'est donc réel ?... s'écria vivement Anatole.

— Chut !... fit Lucien... chez moi vous saurez tout ?

CHAPITRE V.

Hélas ! Mariette se mourait.

Depuis trois années la malheureuse fille avait tant souffert dans l'isolement et dans le silence !

Séparée de sa mère, cette seule et sainte affection de sa jeunesse, déshéritée des caresses de son enfant, que reléguaient au loin les capricieuses répugnances du fonctionnaire, privée même de l'air vivifiant de la liberté, sa vie, depuis trois années, n'était qu'un long supplice, un martyre incessant, une lente agonie !...

Cependant, il y avait tant de force et de puissance dans cette séveuse et vivace nature, qu'elle était restée debout et fière au milieu de ses incessantes infortunes, comme le chêne superbe que battent en vain les orages.

C'est qu'elle espérait encore reconquérir le bonheur et l'estime !

Mais, depuis le retour à Paris, depuis la chute de ses dernières espérances, elle avait enfin courbé le front.

Ne jamais revoir sa mère, ou perdre à jamais son enfant; subir éternellement le joug honteux de l'homme qu'elle savait si méprisable et si lâche, tels étaient désormais sa vie et son avenir !...

A partir de cette révélation fatale, commença pour elle un dépérissement successif, et dont tout autre homme que le fonctionnaire se fût épouvanté.

Ses joues, de plus en plus pâles, se creusaient tristement de jour en jour. Elle perdit d'abord sa beauté.

Le baron Dupréval n'en eut de souci qu'à l'endroit de son implacable égoïsme.

La voix de Mariette s'en allait en même temps. Céleste harmonie qui remontait au ciel !

Elle ne faisait plus à l'Opéra que de rares apparitions, toujours saluées par l'enthousiasme de la foule. Mais les aristarques en gants jaunes, trop infimes pour comprendre le génie de Mariette, criaient moins souvent brava du haut de leurs insolens balcons !...

La lampe, prête à s'éteindre, jette tout-à-coup une plus vive lumière, la lyre qui se brise exhale un son plus sublime, et, vers la fin du mois d'août, la cantatrice se redressa plus belle et plus radieuse que jamais, au milieu de triomphes semblables à ceux de ses débuts.

Puis ce fut tout !...

Le lendemain elle ne se releva plus. Les larmes amassées au fond de sa poitrine avaient enfin empoisonné les sources de la vie. C'est par le cœur qu'elle avait vécu, c'est par le cœur qu'elle allait mourir.

Un frissonnement funèbre et continu agitait ce beau corps pâle et glacé... Le feu de l'intelligence disparut de ses grands yeux noirs, éteints et voilés déjà. Elle perdit jusqu'à la parole pour se plaindre et pour prier...

Un mois s'écoula ainsi...

C'était une de ces maladies, auxquelles chaque docteur donne un nom différent, et que pas un seul ne sait guérir.

Dupréval, craignant de se compromettre, fit appeler le plus obscur, afin de ne pas en être reconnu.

Son arrêt fut un arrêt de mort.

Le fonctionnaire n'eût qu'un seul regret, celui d'avoir adopté l'enfant de Mariette, et resta trois jours sans revenir...

Oh ! comme il maudit alors ce sacrifice, dont non seulement il ne pourrait tirer profit, mais qui s'élevait encore comme un terrible obstacle entre Geneviève et lui.

Ce fut donc une sorte de rage haineuse qui le ramena auprès du lit de douleur de Mariette.

Le médecin déclara que le mal était contagieux.

Dupréval saisit avec empressement ce prétexte et ne revint plus.

Mariette se trouva entièrement abandonnée aux soins de Rose.

L'odieuse camériste songea aussitôt à ses petits intérêts. Sa maîtresse était condamnée par la science, pas d'héritier pour demander des comptes. Quelle superbe occasion de faire main-basse sur cette proie sans défense !

Les tiroirs vidés, les armoires dégarnies, elle s'occupa de Mariette... Les plus proches parens en font quelquefois autant.

Tout était disparu, l'argent même manquait; Rose eut recours à Dupréval.

Le fonctionnaire, alors trop occupé de sa double intrigue avec Louise et Geneviève, ne daigna pas même se déranger. Il envoya cinquante francs !...

C'était tout du reste !...

Et le délire ne laissait pas à Mariette une dernière minute de raison; et la fièvre incessante achevait son œuvre de destruction sur cette existence brisée sans retour !...

Peu importait à Rose ! Elle attendait impatiemment la mort de celle qu'elle avait perdue et dont elle n'espérait plus aucun profit, aucune dépouille !

. . . .

Cependant il avait fallu à la camériste une complaisante receleuse ; le voisinage, la sympathie la conduisirent chez la Debanne.

— A merveille, répondit l'ignoble parfumeuse, mais service pour service...

— Que voulez-vous dire ?

— Il vous faut une garde-malade ?

— Oh ! oh ! fit Rose.

— Vous ne craignez plus la concurrence, interrompit la Debanne. Il n'y a plus rien à prendre là-bas ! et je désire vous donner quelqu'un, à qui je m'intéresse tout particulièrement.

— Vous ?

— Oui, c'est une commère, dont je cherche en vain à tirer des renseignemens.

— Sur qui ?

— Sur son amant... un drôle, que j'aimerais assez à voir loin de Paris... à Brest, à Toulon, à Rochefort...

— Au bagne donc ?

— Un peu, ma chère. Et ce ne sont pas les motifs, qui doivent manquer pour cela; mais il est adroit, et par cette femme seulement on pourrait découvrir quelques secrètes peccadilles...

— Vous lui en voulez donc beaucoup ?

— Je vous conterai cela plus tard. Prenez toujours ma garde-malade en attendant.

— Et comment voulez-vous que je la questionne, si je ne sais rien moi-même ?

— Inutile... Faites-la seulement jaser sur son amant. Moins vous aurez l'air de connaître le particulier, plus elle exhibera de confiance. Elle est dure à la détente, je vous en avertis. Mais vous êtes une fine mouche... Est-ce convenu ?

— Puisque ça vous est agréable, fit Rose, avec une de ses moins disgracieuses grimaces.

— Merci ! conclut la Debanne... On vous revaudra ça !

Et le lendemain la marquise Trois-d'un-Sou était installée au chevet de Mariette.

Insensible, gourmande, cynique, la marchande de pommes avait tous les vices de l'emploi ! On la payait deux fois ce qu'elle rapportait son commerce, elle avait accepté avec reconnaissance, et sans même en demander l'autorisation à l'abbé La Châtre, absent alors pour ses brocantages dans la province. La marquise se trouva à merveille de cette bonne aubaine... Elle se prélassait dans une large bergère, elle dormait à son aise, mangeait beaucoup, buvait énormément, et bavardait davantage encore.

C'était tout ce que demandait Rose.

Mais elle ne réussit pas mieux que la parfumeuse. Trois-d'un-Sou se taisait dès qu'il était question de son amant, et la camériste ne recueillit sur La Châtre que des détails insignifians et déjà connus.

— Voici de quoi lui délier la langue, dit un jour la Debanne, en remettant une bouteille de bordeaux à Rose, qui lui rapportait le mauvais succès de ses démarches.

— Ah çà ! fit la camériste, ce n'est pas du poison, j'espère ?

— Allons donc, répliqua noblement la parfumeuse, pour qui me prenez-vous ?

— Qu'y a-t-il donc là dedans ?

— Une légère décoction qui grisera tout simplement la commère, un peu plus que tous les liquides en usage.

— Vous me le garantissez... hein ?...

— Parbleu ! c'est un médecin qui a manipulé la drogue, et un fameux... de médecin encore... Tu sais... les lunettes de la diligence...

— Ah ! bian... répartit Rose en emportant la perfide bouteille.

. . . .

Ce petit service provenait en effet de la complaisance de Frédérick Pichard.

La Debanne, de plus en plus éprise du médecin, le désirait toujours pour amant ; le médecin, amoureux par intérêt, la convoitait pour femme.

Delancourt était le seul obstacle à cette double passion.

La Debanne ne disait pas toute sa pensée, lorsqu'elle parlait du bagne ; car le bagne n'eût pas suffi. Mais elle voulait parfaitement connaître les habitudes de l'abbé La Châtre, afin d'agir ensuite, ou plutôt de faire agir les autres.

— Ce sera cher... grommelait-elle parfois, en palpant ses bien-aimés billets de banque... Mais bah ! je l'aime, moi... et peut-être pourrait-on se débarrasser de l'autre à meilleur compte, et...

L'exécrable créature se plongeait alors au plus profond de ses pensées immondes, et sa physionomie prenait une expression monstrueuse.

Elle méditait un crime !

. . . .

La bouteille de vin de Bordeaux fit merveille, et la marquise Trois-d'un-Sou tomba dans une stupide et dégradante ivresse !

Rose l'interrogea avec une habileté, capable de faire honneur à un vieux juge d'instruction.

— Oui... oui ! bourdonnait confusément la marquise, je vois bien ce que vous voulez... me pocharder comme lui. Mais pourquoi donc ne buvez-vous pas aussi, vous ? Bois donc, mignon... Oh ! je connais ton truc ! Pourquoi fermes-tu la porte ? Nous sommes bien seuls, va !... Tu aimes sirotter à mort... mais tu te tiens avec les autres... de peur de dire des bêtises... Ici, tu es sûr de ton affaire, je suis plus vite que toi dans les brindzingues... Va, mon bon homme... j'y suis... bavarde à ton aise. Je ne vois plus, je n'entends plus. Tu peux te retourner à l'envers. Cachotier, je ne te dirai rien non plus. Je sais pourtant où tu caches ton trésor, mais je ne te le dirai pas... là... là!... au-dessus de la commode... derrière le buste du grand homme. Une petite armoire secrète!... La clé est cousue dans la doublure de ton gilet de flanelle, sur la peau... excuse du peu. En v'la de la précaution! Je le sais... mais je ne te le dirai pas... Tu vois que je garde crânement les secrets... Dis-moi les tiens... n'aie pas peur... t'as eu des bisbilles avec la justice... pas vrai?... Ah !... dis... dis... et boissonne-toi d'autor... Je vais dormir, bonsoir la compagnie... Ah ! tu vas ouvrir l'armoire aux écus et moi je ferme l'œil... garde-moi de l'eau-de-vie... n... i... ni... c'est fini...

Dans tout ce dévergondage de paroles, tour à tour enfantines et crapuleuses, Rose démêla la vérité tout entière. Elle courut chez la Debanne qui se fit par trois fois répéter chaque mot, et se rangea de l'avis de sa complice.

Après une longue et minutieuse analyse, voici ce que les deux femmes avaient cru comprendre.

Delancourt, dominé par une irrésistible passion, que la Debanne connaissait bien, n'osait pas s'y livrer en public, de crainte de laisser échapper quelque fatale imprudence...

Avec la Marquise, dont la raison s'égarait la première, il était délivré de toute crainte, et buvait jusqu'aux dernières limites de l'ivresse.

Trois-d'un-Sou ne savait donc rien...

A l'exception de cette armoire mystérieuse, et dont la Marquise avait livré le secret.

— Les indications sont précises, s'écria la Debanne... et il doit y avoir déjà pas mal d'argent dans la cachette !

Puis, elle ajouta tout bas et avec une expression infernale :

— Çà peut servir...

Rose allait se retirer après cette confidence.

— Un instant, reprit la parfumeuse. Où font-ils leurs orgies ?

— Comment? demanda Rose.

— Oui.., leur adresse ?...

— Ah ! je ne la sais pas.

— Maladroite ! Et...

— Dam !

— Et moi qui t'avais promis cent francs !...

— Je la saurai, dussé-je la suivre un soir jusqu'au nid, conclut l'avide Rose en courant rejoindre la garde-malade, qui n'était pas encore revenue de son ignoble abrutissement.

. . . .

Voici l'une des scènes scandaleuses qui se déroulaient chaque jour dans la chambre de la mourante...

La marquise avait également convoité le pillage, et ne trouvant plus rien à prendre, elle s'était emportée contre Rose.

Il y avait eu d'odieuses disputes entre les deux harpies... Heureusement Mariette ne voyait rien, n'entendait rien !

Le dernier souffle prêt à s'envoler ne se trahissait plus que par ce gémissement sourd et douloureux, cette mélopée horrible dont chante l'agonie.

Un matin le médecin dit :

— Elle ne passera pas la journée !...

Les deux femmes échangèrent un regard, et sitôt que le médecin se fut retiré :

— Elle a sur le corps une chemise de baptiste! dit Rose.

— Un anneau d'or au doigt ! poursuivit la marquise.

— Et ses beaux cheveux qu'on pourrait vendre ! conclut la cameriste.

Les deux infâmes se précipitèrent aussitôt vers la couche. Rose souleva la tête, pour la dépouiller de son adorable parure.

La garde saisit brutalement la main froide et blanche comme le marbre de Carrare, et voulut arracher la bague.

— Ils sont emmêlés, bougonna Rose.

— Çà tient ! fit Trois-d'un-Sou, avec une venimeuse grimace.

— Allons !.. reprirent ensemble les deux sacrilèges.

Une lueur suppliante se ralluma dans les yeux noirs de Mariette... Elle réunit toutes ses forces défaillantes, pour refermer ses doigts impuissans.

Un double rire répondit seul à cette suprême prière.

C'en était fait... lorsque la porte s'ouvrit tout à coup. Trilby parut.

Et presque aussitôt Chanazal, le célèbre médecin, qui l'avait condamnée elle-même.

Il s'approcha du lit, et examina longuement la mourante.

— Eh bien ! demanda Trilby avec angoisse.

— Demain, je vous dirai s'il est temps encore, répondit Chanazal.

Quelques heures après, Louise arrivait à son tour.

Il n'y eut ni surprise ni question ; et les deux anges, envoyés au chevet de Mariette, se comprirent sans qu'un seul mot fût échangé entre elles.

Rose et la Marquise savaient qu'il n'y avait plus rien à gagner ; les deux démons s'étaient enfuis !

Aline et Louise passèrent toute la nuit en tendres soins et en ferventes prières.

Le lendemain, Chanazal reparut pour prononcer son arrêt suprême.,.

Et bientôt, un ami qui frémissait d'arriver trop tard ! Moi !...

De retour à Paris seulement de la veille, j'étais allé au pont Saint-Michel.

La mère Rainette, suivant sa promesse, m'avait envoyé

vers Lucien de Varedde, et là seulement j'appris tout.

Le vicomte m'interrogeait à son tour...

Mais Mariette était à l'agonie, et je m'élançai pour courir vers elle...

— Morte !... morte !... m'écriai-je en me précipitant dans la chambre...

— Sauvée ! me répondirent les deux jeunes filles avec ivresse.

J'eusse encore douté...

— Sauvée ! dit Chanazal avec un grave sourire.

Et je tombai à genoux auprès du lit de souffrances de Mariette.

CHAPITRE VI.

Sainte-Pélagie regorgeait à cette époque de prisonniers politiques. Tout le monde se rappelle comment et pourquoi.

La France, cette mère féconde des révolutions et des idées, marche d'un pas rapide à la tête de tous les peuples ; mais, parmi ses propres enfans, les uns, restant sans cesse en arrière, cherchent à la retenir par le manteau d'or qui flotte à son épaule ; les autres la devancent, et lui tirent les mains pour la guider plus vite encore...

Les rétrogrades, ce sont les satisfaits, les repus, les égoïstes... Ils aiment à aller lentement, afin de se garnir les poches aux épis du chemin, et quand elles sont bien pleines, ils ne songent plus qu'à faire halte, fût-ce même dans la boue... Peu leur importent leurs frères ; peu leur importe la patrie !... Leurs affaires, à eux, sont faites... Ils n'en demandent pas davantage !

Les autres, au contraire, forment cette phalange généreuse et magnanime, qui combat dans toute l'étendue des siècles et des mondes pour le bonheur et pour la liberté de tous !... Héros toujours, souvent martyrs, divinisés parfois comme le Christ, leur modèle et leur père !...

Hélas ! l'heure de l'universelle fraternité ne sonne pas encore à l'horloge du temps. Les peuples attendent dans la servitude et dans la douleur !

Pendant quelques années fugitives et glorieuses l'Europe les a vus cependant triompher en France, ces infatigables ouvriers de l'avenir !

Géans glorieux de notre République; sublimes dupes d'un soldat qui leur fit prendre le feu d'artifice de la gloire pour la lumière éternelle de la liberté ; engloutis un instant par le reflux de la Restauration, qu'ils minaient à la façon vigoureuse des volcans souterrains, ils se relevèrent vainqueurs en 1830, mais vainqueurs auxquels trois jours de combat ne suffisaient pas !...

Ce n'est pas la place ici d'analyser la victoire ?

La seconde révolution allait ramasser le tronçon de son épée, brisée à la garde par les faux-frères. Déjà l'éclair précurseur brillait à Lunéville, à Châlons-sur-Saône, à St-Etienne, à Epinal, à Lyon, à Marseille, à Paris !...

Le gouvernement de la veille trembla sur sa base encore mal affermie...

Il voulut faire rentrer sous terre tous les indociles rameaux de la république ; enchaîner à la fois tous les lions impatiens dans des cages de fer ; éteindre sous une même avalanche tous les rayons du soleil de Juillet !

Alors, il nourrit l'émeute, il attisa la flamme, il attira les insurgés sur la place publique !

Le piége était creusé d'avance ; tous y tombèrent.

Le lendemain, la nouvelle restauration s'endormait tranquillement à l'ombre des portes refermées des prisons regorgeantes...

Chaque province, chaque parti paya son tribut dans la proscription générale. Il se rencontra parmi les victimes quelques tribuns absurdes, quelques ignorans farouches ;

mais aussi que d'intelligences perdues, que de courages enfouis, que de vertus chevaleresques et véritablement françaises !

Et dans ce vaste coup d'Etat, bien des vengeances personnelles saisirent la précieuse occasion de se débarrasser des importuns et des dangereux pour leurs intérêts ou leurs passion !

C'est de cela seulement que nous avons à nous occuper ici. Le roman doit se tenir à l'écart de la politique, et n'en prendre que ce qui est strictement nécessaire à la justification de ses péripéties.

Il fallait expliquer la révoltante influence du baron Dupréval, l'inique captivité d'Albert Atis et de Georges Cortalès.

. . . .

Depuis quatre mois tous deux étaient à Sainte-Pélagie, et sans espérance encore qu'on leur rendît justice.

Georges du moins.

Les yeux du pouvoir s'étaient enfin ouverts sur les ridicules prétextes de l'arrestation d'Albert Atis. On ne le retenait plus que comme réfractaire, et sans savoir même si le hasard ne lui avait pas préparé d'avance une justification. Peut-être un numéro favorable était-il sorti de l'urne suprême ? On avait écrit à sa ville natale, et, le lecteur le sait déjà, la réponse devait arriver d'un jour à l'autre.

Quant à Georges, il avait contre lui quelques vagues apparences ; et le fonctionnaire, usant de tout son crédit, veillait sans cesse à ce que le rival préféré ne vînt pas mettre obstacle à ses projets sur Geneviève.

Il était donc bien certain que Georges ne sortirait pas de prison avant l'accomplissement du fatal mariage.

Les deux jeunes gens, tourmentés par une semblable inquiétude, avaient obéi à la sympathique attraction du malheur ; ils s'étaient rapprochés. L'instinct amena d'abord une double confidence, et bientôt une sincère amitié qui s'augmenta de jour en jour. On se disait les joies et les douleurs du passé, les craintes et les espérances de l'avenir. L'amour perçait les murailles de Sainte-Pélagie ; avec les yeux du rêve on entrevoyait et Louise et Geneviève.

Anatole et Lucien de Varedde venaient souvent visiter Georges Cortalès. Il savait que Geneviève n'avait pas encore consenti... son cœur lui disait qu'elle ne consentirait jamais !...

Le Juif-Errant avait raconté à Albert une partie seulement de l'histoire de Louise. Il lui avait appris que Louise vivait dans le luxe et dans l'opulence... Albert ne le croyait pas.

Cependant l'un et l'autre étaient dévorés par d'impatientes et cruelles angoisses.

On parla d'une évasion. Ce fut une joie folle et promptement brisée. Les obstacles rendaient cet espoir impossible. Le découragement s'empara d'Anatole.

— Il faut y renoncer !... dit-il un jour...

Ce jour-là fut un jour bien douloureux pour les deux captifs !

Mais Lucien de Varedde avait entendu et remarqué les burlesques paroles du Juif-Errant, déjà connu des autres prisonniers, qui le considéraient comme un bouffon sans consistance. Le vicomte jugea mieux... Il suivit le comédien.

Son plan était audacieux, mais pouvait cependant réussir. Lucien résolut de tenter l'épreuve, mais afin de ne pas affliger les prisonniers par une désillusion nouvelle, il recommanda le plus absolu silence à son étrange complice.

Voilà quelle était l'idée du Juif-Errant.

Il avait jadis habité la chambre échue à Albert Atis dans le bâtiment de la Dette, surnom fidèlement conservé, même aujourd'hui.

De la fenêtre, donnant du côté de la rue Copeau, on apercevait un vaste jardin, au feuillage épais et touffu, qui semblait border la muraille de la prison.

Le premier plan de Lucien de Varedde avait cette même fenêtre pour point de départ. Il pensait s'introduire dans le jardin, attacher à l'un des arbres un câble, ensuite lancé par dessus la muraille, assujéti aux barreaux sciés d'avance, et le long duquel on se laisserait glisser jusqu'au dehors.

Cette évasion présentait des difficultés, en apparence insurmontables ; et cependant les traditions de Sainte-Pélagie attestaient qu'un prisonnier pour dettes s'était autrefois enfui par ce hasardeux subterfuge.

Mais la prison ne jouissait pas d'une aussi parfaite surveillance sous sa destination première, et, depuis les troubles politiques surtout, il y avait un tel luxe de sentinelles, que c'eût été folie que d'espérer ne pas être aperçu.

Cette funeste remarque avait mis à néant les projets de Lucien de Varedde.

— Mauvais, détestable, exécrable ! avait dit le Juif-Errant... Passer par dessus... Allons donc !... mais par dessous... peut-être !

Puis, pressé par le vicomte, il poursuivit :

— La chambre en question donne sur un corridor... Au bout de ce corridor un large escalier par lequel on descend au préau... Sous cet escalier, la porte d'une cave, où les gardiens ne descendent jamais... Cette cave, on l'a vérifiée jadis, s'avance dans la direction du fameux jardin de la rue Copeau.

— Eh bien ?

— Eh bien ! au lieu de votre corde *roide*, espièglerie bonne tout au plus pour Mme Saqui... un souterrain, qui suivra la même route, c'est-à-dire passera sous la cour, et traversera les deux murailles... On est dans le jardin, comme les diablotins des enfans dans leur boîte à ressorts... Le ressort est ici quelques pieds de terre à pousser avec la tête, une histoire de taupe, quoi !... Et liberté, libertas!

Liberté chérie,
Seul bien de la vie,
Etc., etc.

Voilà la manière de s'en servir.

Le vicomte congédia le comédien en lui faisant accepter quelques louis ; puis il se mit à réfléchir sérieusement à cette nouvelle ressource.

Il fallait avant tout s'assurer de la direction de la cave.

Lucien de Varedde fut à la prison. On était par bonheur assez tolérant sur le chapitre des visites. Il remarqua, sans rien dire, l'escalier et la porte qui paraissait en effet ne pas avoir été depuis longtemps ouverte.

Jusque-là toutes les indications étaient exactes.

Avec de l'adresse et de l'or, le vicomte se procura, à la préfecture même, un plan détaillé de Sainte-Pélagie.

La cave se dirigeait vers la rue Copeau.

De la muraille aux fondations extérieures, dix-sept mètres de longueur environ.

C'était superbe.

Restait à s'assurer si le jardin aux grands arbres bordait immédiatement les dépendances de Sainte-Pélagie, puis à connaître les dispositions intérieures de ce jardin, de la maison qu'il entourait ; enfin les habitans de cette même maison.

Le Juif-Errant revint dans une toilette méconnaissable, et Lucien lui posa ces trois questions importantes.

Une heure après, il entrait dans la maison de la rue Copeau, sous le prétexte de proposer des vins. Commis-voyageur!.. un rôle de plus à jouer, qu'était-ce pour lui, habitué par divertissement et par nécessité à jouer la comédie tout aussi souvent à la ville qu'au théâtre.

Telle était la maison :

Grande porte cochère, une cour flanquée de deux pavillons, l'un contenant la loge et le logis du concierge ; l'autre sans destination apparente ; au fond, le principal corps de bâtiment, occupant toute la largeur de la cour, et formé de trois étages.

Le rez-de-chaussée s'ouvrait par une porte vitrée sur la cour, sur le jardin également par une porte vitrée. Du salon, seul passage, on apercevait à la fois le jardin et la cour.

Les étages supérieurs étaient donc sans aucun intérêt.

Le Juif-Errant s'adressa au rez-de-chaussée, habité par les propriétaires en personne, deux vieillard fort peu bavards, encore moins hospitaliers.

Telles furent les expressions textuelles du rapport du Juif-Errant, auquel on laissa à peine le loisir d'un rapide examen.

Cependant, par la porte vitrée, son œil alerte avait parcouru le jardin. Il s'étendait jusqu'aux hautes murailles de la prison, que les arbres devaient tapisser au printemps d'un manteau de verdure. Les feuilles tombaient alors, et c'était une favorable circonstance de plus, en ce que l'hiver chassait les propriétaires du jardin.

Déjà la porte vitrée ne semblait que rarement s'ouvrir.

Les deux vieillards n'étaient ni bien dangereux ni bien redoutables ; et par l'air maître-Jacques de la servante, qui l'introduisit, le comédien devina que les propriétaires n'avaient que cette unique domestique.

Il n'eut pas le temps d'en observer davantage, mais c'était bien assez.

— Jusqu'à nouvel ordre, répondit-il au vicomte, qui émettait cette opinion satisfaite. On verra plus tard à se faire des amis de ces éligibles-là. Car c'est à leurs deux portes vitrées que sont les clés des champs. On peut toujours commencer les travaux ?

— Oui, fit Lucien de Varedde, en réfléchissant. Mais il faut des outils pour creuser le souterrain, et avant tout, une clé qui ouvre la cave.

Ainsi qu'on l'a vu dans un précédent chapitre, le comédien avait pourvu à toutes ces difficultés.

Alors seulement on instruisit Albert Atis et Georges Cortalès, tous deux bien loin de s'attendre à une telle espérance.

Il serait superflu de peindre leur ivresse.

Albert voulait descendre immédiatement pour visiter la cave.

Mais Georges l'arrêta ; une imprudence pouvait tout compromettre.

Et puis, eux seuls étaient encore dans le secret.

— Il faut nous associer tous nos frères d'infortune ! proposa vivement Albert.

— Y songez-vous ? dit Georges. Ce serait écraser notre salut dans l'œuf...

— Ce sont des prévenus politiques ! observa Atis, des hommes honnêtes et loyaux.

— Presque tous... oui, répondit l'artiste. Mais il se trouve dans le sombre des espions et des mouchards.

— Heureusement on les connaît, ou du moins on les devine.

— Pas toujours, mon ami. Il est de ces misérables qui savent tromper les yeux les plus clairvoyans, les instincts les plus délicats. Aussi les gouvernemens savent ce que valent de tels hommes, et la fortune est le prix de leur infamie.

— Et l'estime même ! s'écria Albert indigné. J'en connais...

— Ne pensons qu'à notre évasion ! interrompit Georges, en regardant de tous côtés autour de lui.

— C'est juste ! reprit Atis. Eh bien ! supposons une moitié de prisonniers suspects ; reste l'autre moitié, dont je répondrais !...

— C'est beaucoup trop !

— Le quart ?...

— Encore...

— Combien donc en désirez-vous ?

— Deux...

— Deux seulement ?...

— Oui... d'abord... Plus tard on en prendra davantage s'il est nécessaire... A quatre nous pouvons toujours étudier la cave, dresser nos plans, commencer les travaux.

— Soit... consentit Albert... lesquels ?...

— Cherchons, conclut Georges.

Choisir deux prisonniers n'était pas difficile; et cependant les deux amis connaissaient à peine leurs compagnons d'infortune.

Atis en fit l'observation en souriant.

— Je n'y avais jamais songé, dit-il. Et c'est tout simple pourtant... ils s'occupent de politique, et nous de notre amour. Leur entretien est sans intérêt pour nous, nos conversations leur sembleraient ridicules... Ils songent à l'émancipation des peuples, à la liberté de la France... Pour nous, la France, les peuples, le monde entier... ce sont deux jeunes filles.

— Geneviève ! murmura Georges.

— Louise ! soupira en même temps Albert.

— N'importe ! reprit le premier. Il en est certains que nous connaissons, que nous aimons mieux que les autres... Et il ne nous en faut que deux.

— Choisissons chacun le nôtre ! proposa Georges.

— Volontiers ! répondit Atis. Et soyons plus heureux que Diogène ?

Les prévenus, presque tous réunis dans la cour, profitaient des derniers et tièdes rayons du soleil d'automne.

Tous les âges, toutes les professions, toutes les aristocraties, toutes les natures, se trouvaient confondus et réunis dans cet étroit préau. Mais le frac du riche coudoyait amicalement l'humble blouse du pauvre ; les supériorités de l'intelligence et de l'éducation se complaisaient à s'effacer et à disparaître. Il n'y avait là que des amis, des égaux, des frères, et les mains blanches touchaient fièrement les doigts noircis par le travail.

Albert et Georges, après un rapide regard, marchèrent droit à deux prisonniers : deux nobles hommes par la tête et par le cœur.

Tous quatre se promenèrent un instant dans le préau, et les nouveaux initiés, avertis à l'avance, conservaient en face des gardiens un visage indifférent, impénétrable.

— Vous avez sagement fait de borner la confidence ? dit l'un d'eux ; j'ai la triste expérience des prisons, moi !

— Visitons nous-mêmes la cave, dit l'un d'eux ; vous avez la clé sur vous, n'est-ce pas ?

— Oui.

L'avis fut unanime, et les quatre regards se dirigèrent vers l'escalier.

— Fatalité ! murmurèrent aussitôt les quatre voix avec un sourd désespoir.

L'entrée de la cave se trouvait placée directement en face de la porte du préau.

Cette porte était sans cesse ouverte et surveillée, tant par les prisonniers que par les gardiens, passant et repassant sans cesse dans la cour...

— Ouvrir la porte de cette cave sans être vu, dit Albert... c'est impossible...

Et les trois autres conjurés répétèrent avec découragement :

— Impossible !

— A moins d'une ruse... murmura Georges...

— Cherchons ! dit aussitôt Albert.

— Oh ! reprit le plus âgé des prévenus politiques... ces ruses-là ne se trouvent pas dans un jour...

— Mais nous y songerons chacun de notre côté pendant

IVᵉ P.

la nuit entière ! reprit le plus jeune et le plus confiant dans les espoirs de liberté... Voici la nuit, Messieurs ! On va nous renvoyer dans les chambres... A demain !

— A demain ! répétèrent cordialement Albert Atis et Georges Cortalès...

Par bonheur, le Juif-Errant était écroué le lendemain matin à Sainte-Pélagie.

Le Juif-Errant possédait, lui, la parfaite expérience du dedans et du dehors, qu'il avait longuement et tour à tour étudiés à deux différentes reprises.

Il connaissait aussi les hommes en général, et les gardiens de prison en particulier. Il savait que pour endormir ces vigilans argus il est besoin de les bercer par une insouciante et caustique amitié, de les amuser, de les faire rire, et de prendre enfin sur eux cette influence inoffensive que l'on accorde sans peine aux bouffons et aux flatteurs.

Personne dans la prison n'eût voulu se charger d'un semblable personnage, et le comédien avait senti la nécessité de se faire prisonnier lui-même.

Sa ruse avait parfaitement réussi.

A peine les verrous poussés derrière le nouveau venu, il courut à la chambre d'Albert Atis.

Georges s'y trouvait en ce moment.

Toute la nuit les deux jeunes gens avaient réfléchi à la fatale porte, et cet obstacle leur semblait insurmontable encore.

Le Juif-Errant était l'inventeur du plan d'évasion ; on s'empressa de le mettre au courant de la difficulté qui se présentait dès le premier pas.

Le Figaro des coulisses s'approcha de la fenêtre, regarda dans le préau, et se mit incontinent à fouiller dans sa fertile cervelle.

Les deux prévenus politiques entrèrent, et la délibération devint générale.

Les conjurés étaient au nombre de cinq.

— Ce n'est pas assez, dit le Juif-Errant, qui parvint non sans quelques débats, à faire adopter son amendement.

Il fut convenu que les prévenus politiques s'adjoindraient trois de leurs amis.

— Huit hommes, conclut le comédien... A la bonne heure...

— Mais sur les huit, observa le vieux républicain, il y a deux amoureux, et un...

— Et un fou ! acheva le Juif-Errant sans s'émouvoir le moins du monde... c'est-à-dire trois enfans.

— Trois enfans, non ! mais...

— Oui... trois indifférens, trois égoïstes.

Georges allait se récrier sur ce mot.

— Oui, oui... poursuivit le comédien. Qui ne s'occupe pas uniquement du destin de la patrie et du sort du monde est un égoïste aux yeux de ces messieurs... Moi, j'accepte franchement l'épithète... Et quant à vous, Georges, quant à toi, Albert, vous ne devez pas vous montrer plus difficiles. Un poète l'a dit, je ne sais plus lequel par exemple, l'amour, c'est de l'égoïsme à deux !... soit... Et bien ! qu'est-ce cela prouve ? Les amoureux sont tout aussi impatiens de la liberté que les réformateurs... Et le fou !.. Vous le verrez à l'œuvre aujourd'hui même, car, pour commencer, il a découvert en cinq minutes le mot du logogriphe, qui vous arrêtait depuis vingt-quatre heures !...

— Comment !... s'écrièrent à la fois tous les conjurés... comment !.. la porte du préau ?...

— Enlevé !... répondit le comédien d'un ton de burlesque triomphe... Et que me faut-il pour cela, Messieurs... Une bagatelle... un enfantillage... moins que rien ?...

— Quoi donc ?...

— Une balle...

— Quelle balle !...

3

— Parbleu !... il ne s'agit ni d'artillerie, ni de marchandises... Une balle à jouer... une balle élastique... Voilà tout...

Tous les yeux s'entre regardèrent, incertains et incrédules...

— Vous comprendrez dans un instant... reprit le comédien en souriant... Les prisonniers ont assez l'habitude de se distraire au noble jeu de la balle au mur... Vous ne devez pas manquer ici d'amateurs... Enfin, ce que je réclame n'est pas introuvable !...

— Attendez !... dit l'un des prisonniers politiques, qui sortit, après une légère hésitation...

Ceux qui restaient dans la chambre interrogèrent vivement le comédien.

— Vous verrez... vous verrez !... se borna-t-il à répondre... Allons ! Albert... fouille dans ta paillasse, et descends avec l'outil dont j'ai enrichi l'entreprise... Prenez la clé, monsieur Georges... Que cinq d'entre vous se tiennent devant l'entrée de la cave... les deux autres dans le préau. Ils peuvent m'être nécessaires... et sitôt que la porte se refermera... alerte !...

— Elle se refermera donc ? demanda Georges avec anxiété.

— Gardez-vous d'en douter ! déclama le comédien d'une voix tragique.

— Voici la balle ! disait le républicain, qui rentrait en cet instant.

— Merci ! répliqua le Juif-Errant, qui la saisit aussitôt.

Puis il se rapprocha de la fenêtre, et jeta la balle dans la cour.

Quelques secondes s'écoulèrent, et le son d'une cloche retentit dans la prison.

— On va descendre au préau ! reprit rapidement le comédien. Vite l'outil, la clé, le groupe à la porte de la cave, et mes deux complices à mes côtés. Ils verront, ceux-là, comme on arrive aux grandes choses par les petites... Allons !

Et il poussait tous ses compagnons vers le corridor.

On lui obéit sans comprendre encore, et l'on descendit l'escalier, sous lequel était placée la porte de la cave.

Georges s'assit sur la dernière marche, Albert s'appuya dans l'angle de la muraille, trois des prévenus politiques se placèrent devant l'entrée de la cave, et les cinq hommes se mirent à causer de choses indifférentes et frivoles.

Les deux autres républicains suivirent le Juif-Errant, qui s'élança dans le préau.

A l'apparition inattendue du drôlatique personnage, ce fut une explosion universelle de quolibets et de rires.

Tous les prisonniers avaient apprécié ce jovial caractère lors des fréquentes visites à Albert Atis ; les gardiens eux-mêmes étaient déjà de ses amis...

Ils furent les premiers à saluer le nouveau venu.

Entre les murailles d'une prison tout est ennui et tristesse. Le moindre sujet de distraction amuse et réjouit les geôliers, tout aussi bien que les captifs. L'arrivée du comédien était donc une bonne fortune pour tous...

Dès les premières minutes, les graves républicains comprirent quel prodigieux auxiliaire ils avaient désormais dans le Juif-Errant...

Il accaparait à lui seul l'attention de tout le monde ; il répandait dans le préau l'enthousiasme et la gaîté... Tous les prévenus devinrent en un instant ses amis, ses camarades.

Et, quant aux gardiens, il les lutinait à leur grande satisfaction de ces mille bouffonnes caresses familières à l'expansive brutalité des commis-voyageurs ; il leur prenait les joues, il leur lançait d'énormes coups de poing sur les épaules, il leur tapait sur le ventre, il les tournait, les retournait par des bousculades effrontées et folles...

— A nous ! glissa-t-il aux oreilles des deux initiés, auquel il montrait d'un regard intelligent la foule compacte et grouillante des détenus.

— A nous ! répéta-t-il, en indiquant les gardiens qui grimaçaient çà et là de gros rires enchantés.

Puis il s'écria d'une voix retentissante et accentuée de tous les tons de la voix humaine :

— Io... ya... yes... oui... Pincé, coffré, muselé ! Çà devait finir par là... un gaillard de l'acabit du prévenu ci-inclus... républicain... saint-simonien... phalanstérien... et comédien-épicurien... Et ce n'est pas tout : clubiste, anarchiste... tous les noms en liste, dont j'oublie la liste... Bref, me voilà, mais pas de tristesse, ni de rancune ; le gouvernement m'envoie pour égayer les prisons... conseiller d'Etat en service peu ordinaire ! Ainsi, de la joie, nom d'un pétard ! et de la jubilation à mort... style officiel.

Rions,
Chantons,
Faisons
Un paradis de la prison !

Cependant, au milieu de cette grêle de lazzis, la porte du préau restait toujours ouverte.

— Qu'est-cela ! cria tout à coup le Juif-Errant, qui feignit de trébucher et se releva pour ramasser la balle, qu'il avait lui-même jetée quelques minutes auparavant par la fenêtre d'Albert Atis... Un ballon en miniature, élastique par dessus le marché... et des murailles construites exprès pour ce genre de plaisanterie... Vive le jeu de balle ! Qui est-ce qui joue à la balle ?

Ce fut à qui se presserait pour être de la partie du Juif-Errant.

On commença...

Or, les deux battans de la malencontreuse porte s'ouvraient en dehors, perpendiculairement à la muraille, et de façon à prendre un bon tiers de la cour.

Le comédien eut l'adresse d'envoyer sans cesse la balle élastique de ce côté.

— Maudite porte ! murmura-t-il d'abord. Elle me fait manquer tous les coups !

Un des gardiens s'avança pour ouvrir tout à fait l'un des massifs battans.

— Ils y viennent, jeta le Juif-Errant à l'un de ses complices.

La terre ramassée en talus empêcha d'ouvrir la porte davantage.

— Quel guignon ! maugréa le joueur, qui reprit néanmoins la partie, mais avec assez d'habileté pour paraître gêné plus que jamais dans son jeu favori.

Et chaque fois que la balle retombait à terre, c'étaient de fantastiques invectives, d'ébouriffantes malédictions.

Un éclat de rire universel retentissait alors dans le préau, et les gardiens riaient plus fort cent fois que les gardés.

Un des huit initiés profita d'une de ces joyeuses mitrailles pour souffler ce conseil au Juif-Errant.

— Dites-leur donc de fermer la porte ?

— Pas si bête ! répliqua le comédien avec une rabelaisienne grimace.

— Mais cependant..... voulut poursuivre le maladroit donneur d'avis.

— Patience !... interrompit le malin joueur... N'empiétons pas sur les rôles... C'est aux gardiens eux-mêmes que doit surgir cette idée triomphante... Comprenez que...

— Suffit ! interrompit à son tour le conjuré sérieux qui venait enfin de comprendre.

La partie continua, de plus en plus entravée par les battans de la porte maudite, et l'espérance du comédien ne tarda pas à obtenir un plein et victorieux succès.

— Si l'on fermait la porte ?... proposa complaisamment l'un des gardiens...

— Bravo !... cria le Juif-Errant... Voilà la chose !... Mais franchement çà ne pouvait venir qu'à l'un de vous.

— Pourquoi donc ? demanda le geôlier, qui d'avance ouvrait sa large bouche pour rire de la plaisanterie suspendue aux lèvres joviales du comédien...

— Il ne le devine pas ! repartit le loustic... Mais, mon excellent compère, il est dans la nature des geôliers de fermer les portes ouvertes...

— Méchant, fit le gardien, vous mériteriez !...

Mais en même temps il commençait à pousser l'un des battans, qui déjà masquait à moitié l'entrée de la cave devant laquelle se tenait toujours le cercle impatient de s'y glisser sans crainte.

Le Juif-Errant referma lui-même l'autre battant.

Les deux d'entre les huit qui se tenaient dans la cour vinrent se placer en face de l'entrebâillement de la large porte, qui désormais n'était plus un obstacle au plan de l'évasion.

Les cinq autres se précipitèrent aussitôt dans la cave qui se referma derrière eux.

Et pour couvrir le bruit des gonds, peut-être rouillés par un long repos, le Juif-Errant chantait à tue-tête :

Les geôliers sont des bons enfans,
Dieu les garde éternellement
Du choléra, du mal de dents,
D'être à leur tour gardés dedans,
Enfin de tous désagrément.

A ce refrain boiteux les rires redoublèrent, tandis que la balle rebondissait en toute liberté sur le sable battu de la prison.

La partie se prolongea jusqu'au soir, et, quand la porte se rouvrit pour la rentrée des prisonniers, Albert Atis, Georges Cortalois et leurs trois nouveaux amis se tenaient assis sur les marches de l'escalier et dans des attitudes insoucieuse, comme si rien ne se fût passé d'extraordinaire.

— Dites encore que nous ne sommes pas gentils ! ricanait l'un des gardiens en frappant sur l'épaule du comédien.

— Vous avez été de vrais amours ! répliqua-t-il, aujourd'hui...

— Et demain !... et après-demain !... et sempiternellement, s'empressa d'affirmer le porte-clé.

— Vous fermerez donc la porte tous les jours ? demanda le Juif-Errant d'un air incrédule.

— Puisque le jeu de la balle vous amuse... et que les battans ouverts gênent votre partie...

— Fameux !... Nous jouerons tous les jours.

— Tant que vous voudrez !...

— Je vous bénis ! conclut le comédien avec une pose patriarcale.

Puis se retournant vers ses sept complices :

— Hein !... fit-il en clignant de l'œil par la plus narquoise grimace qui jamais ait égayé le visage de Frontin.

On se hâta de monter chez Albert Atis afin d'apprendre les nouvelles de l'excursion dans la cave.

Mais la reconnaissance eut le pas sur la curiosité.

Toutes les mains serrèrent la main du comédien.

— Ah ! s'écria-t-il d'une voix comiquement attendrie... Vous ne me dédaignez plus... et vous avez, palsambleu! raison, Messieurs... Dans un conseil de sages, il faut au moins un fou !...

Le vieux républicain lui-même convint de la sagesse de cette maxime.

— Et maintenant, reprit le comédien, plus curieux à lui seul que tous les autres ensemble... Voyons! que s'est-il passé dans la cave?...

Et Georges prit aussitôt la parole pour raconter la première expédition souterraine.

La cave était entièrement vide, découverte rassurante pour les prisonniers, car c'était une irrécusable preuve qu'elle ne servait à aucun usage. Il fallait un hasard bien fatal pour qu'on s'avisât d'y descendre.

Cependant ce malheur pouvait arriver.

— Qui ne risque rien n'a rien ! s'écria le Juif-Errant. Pensez-vous, vous, qu'une si hasardeuse entreprise n'offre pas quelques chances contraires. S'il ne fallait que désirer la liberté pour réussir... diable ! ce serait bientôt fait.

Il ne fut plus question de ce danger-là.

Du reste, tout semblait propice au plan d'évasion.

On s'était facilement orienté dans les ténèbres, éclairé par la lueur d'une bougie dont Georges avait eu soin de se prémunir ; la cave s'avançait dans toute sa longueur du côté de la rue Copeau.

A l'aide de l'outil, apporté par le prévoyant comédien, les premières pierres avaient été descellées.

— Il faut les conserver avec soin pour cacher l'ouverture, observa le doyen des détenus politiques.

L'avis fut adopté par un geste général, et Georges poursuivit.

Le mur une fois percé, on s'était empressé de creuser aussitôt.

La première terre extraite était d'un jaune gras et qui contrastait d'une manière inquiétante avec le sol noir de la cave.

— N'importe ! dit le comédien. Le seul moyen de s'en débarrasser, c'est de l'étendre également par couches successives, et de piétiner sans cesse à mesure. Le sol de la cave aura la jaunisse, et comme cette infirmité est peu usitée dans le règne minéral, si le destin veut qu'on descende à la cave, tout sera perdu; mais nous en avons déjà pris notre parti.

Autre inconvénient, cette terre argileuse tachait les vêtemens et les mains.

On convint d'introduire dès le lendemain dans la cave des vêtemens spéciaux pour le travail, et d'y entretenir continuellement de l'eau pour effacer chaque soir les souillures.

Puis des chandelles, des allumettes chimiques, et jusqu'à une couverture fortement liée par chaque bout on se servirait pour traîner hors du souterrain les terres enlevées.

On avait l'espérance de rencontrer plus tard une veine noirâtre et qui rendrait au terrain sa nuance primitive.

Une fois arrivé sous le jardin extérieur, on devait laisser une croute d'un mètre à peu près, jusqu'à l'instant décisif de l'évasion.

Toutes ces dispositions arrêtées, les intrépides mineurs réglèrent ainsi la marche des travaux.

On se divisa en deux brigades, distribuées de façon à se relayer tour à tour. Chaque matin quatre des conjurés se glisseraient dans la cave ; un pour piocher, un second pour ramasser la terre avec les mains, et la jeter ensuite dans la couverture, pendant que le troisième tirerait en dehors du trou. La fonction du dernier était de piétiner incessamment le sol.

Le terrain finirait par se hausser de quelques pouces ; mais si la veine noire survenait en aide aux prisonniers, cet accroissement deviendrait à peine sensible; et comme chaque soir on comptait reboucher hermétiquement l'excavation avec les premières pierres extraites, les dangers d'une visite imprévue disparaissaient de l'avenir.

Quant à la seconde brigade, elle restait au dehors, sur l'escalier, dans la galerie, dans le préau, pour organiser les parties de balles, aux heures d'entrée et de sortie des travailleurs, pour donner le signal de la retraite, enfin pour veiller sans repos et sans trève.

Ainsi, tout était prévu, et le travail libérateur semblait devoir aller grand train.

Dès le lendemain, on résolut de se mettre ardemment à l'œuvre.

Le Juif-Errant fit remarquer encore une coïncidence favorable aux projets d'évasion.

On construisait alors un bassin à Sainte-Pélagie; un grand nombre d'ouvriers travaillaient dans la prison, et le bruit du marteau, de la scie et des charriots allaient se confondre pendant toute la durée du jour, pour couvrir et étouffer ce qu'on aurait pu entendre au dehors des travaux des détenus.

Mais le doyen du complot souleva vers la fin de la délibération une inquiétude nouvelle.

Était-on bien certain de ne pas s'être trompé dans le rapide examen de la maison de la rue Copeau?...

Déjà le comédien s'apprêtait à répondre, mais ce fut Anatole qui se chargea de sa justification.

L'amant de Trilby venait en ce moment visiter Georges Cortalès. On le savait dans le secret, et la discussion continua devant lui. Il entendit les craintes du doyen, et répondit aussitôt ;

— Tout est parfaitement exact, j'en réponds, moi !

— Et d'où le sais-tu ? demanda Georges.

— C'est bien simple, poursuivit Anatole. Les mêmes inquiétudes me tourmentaient l'esprit, j'ai voulu une conviction, et je me suis introduit dans la maison de la rue Copeau !...

— Par quelle ruse ?...

— A l'aide d'une jeune fille, qui a consenti à me venir en aide. Nous nous sommes rendus ensemble devant la maison ; le concierge se trouvait justement sur la porte. Ma compagne feint une faiblesse, le portier accourt à elle, le maître et la maîtresse s'empressent de l'accueillir dans le salon du rez-de-chaussée, et pendant qu'on lui prodigue les soins nécessaires, je regarde, j'inspecte, je vois...

— Eh bien ? demandèrent plusieurs voix.

Anatole répéta tout ce que le Juif-Errant avait rapporté précédemment à Lucien de Varedde.

— Mais, observa l'un des détenus, cette jeune fille a maintenant notre secret.

— Rassurez-vous, Messieurs, repartit Anatole avec une légère hésitation... c'est ma sœur !...

C'était l'heure de descendre au préau, et tous les étrangers sortirent de la chambre...

— Ingrats ! leur disait le comédien, vous n'aurez donc jamais confiance !...

Il ne resta qu'Anatole, Georges et Albert Atis.

— Quelle est donc cette sœur... que je ne te connais pas ? demanda l'artiste à son ami.

— Aline !.. répondit fièrement Anatole... Il est des femmes toujours prêtes, lorsqu'il s'agit d'une bonne action.

Et l'amant de Trilby allait se retirer, lorsque Georges vint à prononcer le nom d'Albert Atis.

— Albert Atis !.. s'écria aussitôt Anatole... Et c'est vous, Monsieur?... Permettez-moi de vous serrer la main.

— Mais... balbutia le prisonnier surpris,

— Plus tard, poursuivit cordialement Anatole, plus tard vous saurez comment je vous connais, et pourquoi je vous aime... Votre main... votre main ?

Puis se penchant à l'oreille de son ami, il murmura...

— Il faut que je te dise deux mots, Georges.

Georges prit le bras d'Anatole, et l'entraîna vers l'escalier, tandis qu'Albert refermait la porte de sa chambre.

— Parle !... fit l'artiste.

— Si ce jeune homme sort ces jours-ci de prison, dit Anatole à voix basse, il faut qu'il se rende d'abord chez Lucien de Varedde.

— Avant même...

— Avant même d'aller chez Louise !

— Eh quoi ! tu sais...

— Oui... Avant tout, et pour son propre bonheur... c'est Lucien qui te le demande.

— Bon Lucien!... éternelle providence de tous ceux qui souffrent!.. Mais que peut donc craindre Albert ?

— Quelque chose d'affreux !

— Explique-toi ?

— Il vient.

— Un mot ?

— Silence ! le voici ?...

Albert Atis rejoignait en effet les deux amis; et, après quelques nouvelles et cordiales paroles, Anatole sortit de la prison, mais non sans adresser à Georges un geste de prière, auquel l'artiste répondit par un signe de promesse.

Les deux prisonniers se dirigèrent vers le préau, qui se trouvait être leur poste ce jour-là.

Déjà les quatre ouvriers étaient à l'œuvre dans la cave.

Le Juif-Errant animait la partie de balle, avec l'étourdissant entrain d'un écolier en récréation.

On était aux derniers jours de novembre ; mais le soleil, glissant à travers le brouillard, emplissait la cour, aux hautes murailles, d'une brume lumineuse et dorée, d'une poussière humide et brillante.

Albert et Georges vinrent s'appuyer aux deux angles de la porte, désormais fermée grâce à l'adroit subterfuge.

— La splendide matinée d'automne ! fit Atis avec un soupir d'envie ; qu'il serait bon d'être libre !...

— Vous allez sortir peut-être aujourd'hui, vous ! murmura Georges.

— Moi !...

— La nouvelle doit arriver enfin, et si vous avez gagné à la loterie de la conscription...

— Oh ! mon ami, je n'ai pas assez de bonheur pour cela... Et cependant... elle m'attend... elle m'attend !...

— Eh ! que dirai-je donc, moi, qui redoute incessamment de voir passer Geneviève aux bras d'un autre !

— Oui, mais dans le monde qu'elle habite, les éventualités dont Louise peut être victime n'existent pas !

— Vous vous trompez, ami ; en bas comme en haut, dans les salons dorés ainsi que dans les modestes mansardes, les femmes sont exposées à mille chances hasardeuses. L'intérêt séduit les unes, on épouse les autres par calcul; et souvent le mariage n'est qu'une prostitution légale.

— Une prostitution ! Oh ! je n'appréhende pas une semblable infamie.

— Cependant, au moment de la séparation, Louise était prête à courir chez cette misérable entremetteuse?...

— La catastrophe imprévue de la rue Guérin-Boisseau a dû l'arrêter à temps... Le sacrifice était désormais inutile...

— Mais depuis ce jour fatal, votre Louise vit dans l'aisance... dans le luxe même?...

— On me l'a dit.

— Le Juif-Errant?

— Oui...

— C'est là que se sont bornés les renseignemens qu'il a pu recueillir...

— Que vouliez-vous donc qu'il apprît de plus ?

— Rien... rien sans doute ! Et vous attribuez ce changement de fortune...

— Au repentir du frère de Saint-Hyacinthe, un homme riche et puissant, mais jusqu'alors insensible et cruel, et qui, frappé par cet horrible malheur, aura voulu réparer tous les torts du passé.

— Vous ne m'avez jamais dit le nom de ce parent généreux ?

— Pur hasard de conversation... Aucun motif ne me force à vous le cacher...

— On l'appelle ?

— Le baron Dupréval.

A ce nom maudit Georges recula d'un bond stupéfait et terrible.

— Qu'avez-vous donc ? demanda le jeune homme étonné.

— Le baron Dupréval ! répéta l'artiste avec une sombre rage. Mais c'est le rival, qui, par un cupide intérêt, aspire à la main de Geneviève... c'est le Judas politique, l'escroc de Chantilly, le bourreau de Mariette !

— Lui !

— Et voilà l'homme sur lequel vous fondez votre espérance !

— Ami... balbutiait Anatole avec une appréhension secrète et douloureuse.

Mais en ce moment un des gardiens cria par le préau :

— Monsieur Albert Atis, au greffe.

— Oh ! s'écria l'amant de Louise, peut-être dans une heure vais-je tout savoir ? Peut-être est-ce la liberté qui m'arrive ?

Et sans prendre autrement congé de Georges, il se précipita sur les traces du gardien.

L'artiste, vaguement inquiet pour son compagnon d'infortune, le suivit d'un triste regard.

Pendant toute la conversation précédente, le Juif-Errant avait tourné sans cesse autour des deux amoureux, et, sitôt qu'Albert fut disparu, il s'approcha vivement de Georges.

— Vous n'avez donc pas compris mes signes ? demanda-t-il.

— Non... Que vouliez-vous me faire entendre ?

— Si Albert sort aujourd'hui, il faut avant tout qu'il aille chez M. Lucien de Varedde, et c'est à vous de le décider.

— Anatole m'a déjà fait une recommandation semblable, mais sans rien m'expliquer...

— Comment... vous ne savez rien ?

— Ce que vous avez rapporté vous-même à notre ami... voilà tout...

— Et cela ne vous a rien donné à entendre ?

— Rien.

— Avec ce que vous connaissiez déjà de l'histoire de la famille Saint-Hyacinthe ?

— Rien, rien, vous dis-je !

— Un seul nom va tout vous apprendre.

— Lequel ?

— Dupréval !

— Comment ?

— Eh ! oui !... c'était le débauché, blotti derrière la Debanne !... En voilà une qui doit me porter dans son cœur !

— Oh ! fit Georges, avec stupeur.

— Vous y êtes ! répliqua le comédien.

— Et maintenant ? reprit l'artiste.

— Parbleu ! elle est entretenue par le fonctionnaire. Voici tout le secret de son opulence.

— Pauvre Albert ! murmura Georges... Comment oser lui dire ?

— Ah ! c'est comme moi... Je n'eusse jamais pu m'y résoudre... Et M. Lucien de Varedde s'en est chargé.

— Il ira ! conclut Georges, en mettant un doigt sur ses lèvres.

Albert accourait avec la rapide expansion d'une joie délirante...

— Libre !... libre !... cria-t-il d'une voix heurtée et suspendue... J'avais un bon numéro... Libre !... je vais la revoir... Ne m'en veuillez pas, mes amis. Il y a si longtemps que je ne l'ai vue... Adieu !...

— Un instant ! s'écria Georges, en retenant à grand'peine l'amant de Louise... Écoutez-moi !

— Vite !... elle m'attend depuis trois mois !.. Vite... vite !...

— D'abord, poursuivit l'artiste en glissant un billet de cinq cents francs dans la main frémissante d'Albert, vous allez vous trouver un peu gêné... peut-être... Permettez-moi de vous offrir ceci !

Atis fit un geste de refus.

— C'est un ami qui vous en conjure ! reprit Georges... Je ne consentirai pas à reprendre ce qui vous sera sans doute indispensable... Et puis, un refus nous prendrait du temps.

A ce mot Albert serra le billet par un instinct empressé.

— Est-ce tout ? demanda-t-il aussitôt, en faisant un nouveau pas vers la sortie...

— Non ! répondit Georges, qui tira de son carnet une feuille de papier blanc, dont il forma vivement un semblant de lettre... Non, je réclame un service à mon tour.

— Lequel ?...

— Il faut porter ceci à Lucien de Varedde, Chaussée-d'Antin.

— Je sais l'adresse... et j'irai.

— A l'instant...

— Oh !

— Il y va de mon bonheur, à moi !...

— Soit...

— Avant toute autre course ?...

— Oui...

— Vous me le promettez ?...

— Tu me l'as promis aussi ?... intercala le Juif-Errant...

— Je vous le promets encore à tous deux !...

— Jurez-le moi ?... demanda Georges.

— Sur l'honneur ?... fit le comédien.

— Je vous le jure par mon amour !... répondit Albert Atis, en se dégageant de la double étreinte qui l'arrêtait encore... Mais laissez-moi, laissez-moi partir !...

— Adieu ! dit le Juif-Errant... sois raisonnable. !

— Adieu ! poursuivit Georges, avec une tendre émotion. Adieu ! soyez heureux.

— Soyez libres ! s'écria l'amant de Louise, en fuyant vers la liberté.

. . . .

Il avait promis, juré.

Mais sitôt hors de la prison, il ne se souvint plus ni du serment ni de la promesse.

Louise demeurait boulevard de la Madeleine.

C'est vers la Madeleine qu'il courut.

Mais arrivé là, il ralentit sa marche rapide et fiévreuse... Un triste pressentiment lui serra le cœur... il n'osa plus avancer... Au moment de retrouver Louise, il hésitait, il avait peur !

Souvent l'homme, qui vient d'atteindre le but de ses plus chères ambitions, s'arrête et retarde le moment d'étendre le bras pour le saisir.

Albert éprouva cette contradiction étrange et réelle.

Il ne lui fallait qu'un prétexte...

Son serment lui revint à la mémoire, il retourna sur ses pas, et quelques minutes plus tard, il sonnait à la porte de Lucien de Varedde.

CHAPITRE VII.

Au moment où la prison s'ouvrait pour la sortie d'Albert Atis, je me présentais moi-même chez Lucien de Varedde. Rassuré désormais sur l'existence de Mariette, j'étais retourné sur le pont Saint-Michel.

Il y avait si longtemps que je n'avais vu la pauvre mère Rainette !...

Retenu loin de Paris par une inflexible absence, je revenais avec un peu d'expérience de plus, avec bien des illusions de moins. Hélas ! c'est à ce prix-là que nous l'achetons tous, ce fruit triste et fade qui succède aux fleurs folles et parfumées de la jeunesse.

Durant l'exil j'avais souvent songé à la mère et à la fille, que je m'étais juré de réunir, et qui gémissaient sans doute, séparées et seules toujours !...

Toute résistance au destin eût été vaine ; il m'avait fallu partir !...

Cependant, qu'aurai-je pu faire pour leur bonheur, moi, inconnu, pauvre, impuissant ?

Souffrir de leur souffrance et pleurer de leurs larmes...

Les partager, les unes et les autres, mais en les redoublant peut-être. Mieux valait encore ne pas me trouver là !

Voilà ce que me disait souvent la réalité, comme consolation de mon rêve impossible...

J'aimais toujours Mariette du naïf amour d'autrefois, et je conservais pieusement au fond du cœur son amer souvenir.

Mais, sitôt de retour, ce fut d'abord vers ma vieille et malheureuse amie que je dirigeai mes pas.

Elle était libre au moins, elle !

Ce fut avec une joie profonde qu'elle me vit, qu'elle me reconnut, qu'elle me serra la main de sa main tremblante.

Et je n'étais plus maintenant l'unique confident de ses douleurs.

Elle me parla de la mansarde de la rue de la Harpe, d'Yvonne, d'Aline, d'Anatole et de Lucien de Varedde.

Elle ne me dit rien de Mariette, elle n'osa même pas prononcer son nom.

Mais les noms des deux amis de Georges Cortalès m'étaient connus.

Lors du voyage de Paris à Toulouse nous avions été rapprochés par la sotte scène de la table d'hôte de Limoges. Ils s'étaient offerts pour me servir de témoins contre l'officier qui insultait Mariette.

Je me rappelais même l'adresse de Lucien de Varedde, qui, en me quittant, avait sollicité mes visites et mon amitié.

Avances négligées dans le tourbillon parisien, et qui se renouvelaient alors plus pressantes et plus sérieuses.

Pourquoi ? Je ne le compris pas bien, et la mère Rainette elle-même n'en devinait pas la cause précise.

On s'était discrètement gardé de l'instruire des mystères délicats, qu'un hasard avait fait découvrir dans la vie intime de la cantatrice, et cela grâce à la prévoyante sagesse du vicomte.

Il avait pressenti par les confidences de la pauvre vieille, que je savais tout, et que mon silence cachait quelque haute raison de convenance. Malgré Trilby, malgré son amant, la mère ignorait encore que sa fille fût mère elle-même. On attendait mon retour avant de déchirer le voile qui lui cachait la vérité.

Je fus chez Lucien de Varedde, dont les premiers mots m'apprirent l'affreuse agonie de Mariette, et, comme le lecteur le sait déjà, je courus vers elle, avant d'en entendre davantage.

Mariette, une fois hors de péril, je revis sa mère, afin de bien m'assurer de sa parfaite ignorance.

Elle me pria de nouveau de voir Lucien de Varedde, et voilà pourquoi je me trouvais chez lui ce matin-là...

Nous échangeâmes tous nos secrets.

L'histoire du fils du boulanger souleva dans l'âme du vicomte une noble et vigoureuse indignation. Il plaignit, il aima Mariette.

J'appris seulement alors que son enfant était reconnu.

Mais la réhabilitation restait incomplète, l'infâme séducteur n'avait pas encore épousé sa victime.

Il existait donc pour nous une lacune incompréhensible, et la malade était encore trop souffrante et trop faible pour qu'on osât l'interroger.

— Vous avez prudemment agi... dis-je au vicomte ; elle attend sans doute toujours qu'un titre légitime lui permette de relever la tête, et de repousser à son tour le fils du boulanger, pour courir aux genoux de sa mère... C'est une esti-

mable et sainte espérance, qu'une démarche étrangère pourrait briser à jamais. Gardons-nous bien d'accomplir nous-mêmes une réunion qu'elle n'a pas voulu tenter encore; et cependant elle la désire, comme un damné désire le ciel. Elle aime sa mère, je vous le jure ; mais elle s'est imposé la cruelle mission de réparer des torts qui ne sont pas les siens. Pourquoi ce Dupréval n'est-il pas son époux ? d'où vient cette simple reconnaissance... Qui l'a contrainte à rester encore dans cette fausse et pénible situation ? Nous ne pouvons former que de vagues conjectures. Il y a dans tout ceci quelque chose qui m'échappe, et qui m'épouvante., je l'avoue... mais je connais si bien le cœur de Mariette, que je crois de notre devoir de respecter et d'attendre sa volonté. Lorsque Dieu lui aura rendu la raison et la force, nous la verrons, nous l'interrogerons ainsi que des frères leur sœur, et alors, si elle s'illusionne, si elle s'abuse, il sera temps de l'éclairer et de la conduire. Jusque-là, discrétion et prudence ! attendons, je vous en conjure, attendons !

— Mais quelle chance pouvons-nous détruire ?... demanda Anatole.

— Un mariage... et pour elle c'est tout !...

— Le fils du boulanger n'a pas reparu depuis la maladie !...

— Le retour de la beauté et des succès le ramènera à ses pieds...

— Je veux bien supposer un instant ce qui vous paraît possible, et dont je doute fort, moi... En quoi la présence de sa mère peut-elle être un si terrible obstacle...

— Rappelez-vous donc les antécédens du fils du boulanger!.. La mère Rainette l'a insulté ; il la hait... S'il soupçonnait seulement que Mariette pût un jour la revoir... tout serait perdu.. perdu sans retour !...

— Oh !... c'est trop de cruauté... L'existence de cette pauvre vieille femme est horrible !

— Mariette le sait bien... et voilà cependant trois années qu'elle souffre en silence, qu'elle attend avec courage... Imitons-la...

— Mais... voulut encore insister Anatole...

— Monsieur a raison !... interrompit gravement Lucien de Varedde... Il faut que Mariette nous accorde sa confiance, il faut qu'elle écoute nos conseils... Mais c'est à elle seule de prononcer...

— Merci !... m'écriai-je, en saisissant la main du vicomte...

— Voyez-la, poursuivit-il; interrogez-la, dès qu'elle pourra vous entendre sans danger, et dites-lui qu'elle a maintenant un ami sincère, un frère aussi dévoué à son bonheur que vous l'êtes vous-même.

En ce moment, Grégoire annonça la visite d'Albert Atis.

— A bientôt, Messieurs, fis-je, en m'apprêtant à partir.

— A bientôt, répondirent les deux jeunes gens, avec toutes les marques d'une sympathique et franche amitié.

Et je sortis.

Albert entrait à son tour dans le cabinet de travail.

Lucien le reçut avec un empressement mêlé d'une certaine crainte.

Il allait avoir la pénible tâche d'un aveu.

Atis refusa le siége cordialement offert, et tendit au vicomte le papier remis par Georges Cortalès.

Lucien ouvrit cette étrange missive, où pas un seul caractère n'était tracé ; mais aussitôt il comprit le prétexte, et, feignant à son tour d'avoir lu la missive, il remercia le messager.

Albert, redevenu impatient à mesure qu'il s'éloignait de la demeure de Louis, s'inclina silencieusement et courut, plutôt qu'il ne marcha, vers la porte.

Anatole lui barra le passage.

— Pardon , pardon , Monsieur, disait en même temps le vicomte.

— Que voulez-vous ? demanda le jeune homme avec étonnement.

— Quelques mots ? répondit Lucien.

— Veuillez m'excuser à votre tour, fit le jeune homme sans revenir sur ses pas ; mais je me trouve dans une de ces circonstances où chaque minute paraît un siècle... Permettez-moi de revenir plus tard.

— C'est maintenant que je désirerais causer avec vous...

— Y va-t-il de l'intérêt de M. Georges ?..

— Non... du vôtre...

— Alors expliquez-vous vite, Monsieur ? je vous en supplie.

— Il vous faudra peut-être du temps pour me comprendre.

— En ce cas... demain... demain !...

— Demain serait trop tard... Aujourd'hui... à l'instant...

— Il faut que je parte, Monsieur...

— Il faut que je vous parle, moi...

— Mais...

— C'est de la part de Louise.

A ce nom magique, Albert s'arrêta pâle et chancelant.

— Vous l'avez vue ? demanda-t-il d'un souffle heurté.

— Il y a quelques jours à peine.

— Ah !... et elle vous a parlé...

— Elle m'a tout dit... le passé et...

— Le présent ?...

— L'un et l'autre...

— Et elle vous a chargé... de me répéter...

— Oui...

— Parlez...

— Asseyez-vous, je vous en supplie ?...

Albert se laissa tomber sur un siége voisin, et, la bouche béante, il interrogea le vicomte d'un regard anxieux et craintif.

Il fallait parler, il fallait avouer la vérité tout entière.

Lucien de Varedde raconta d'abord, avec ces ménagemens délicats et pudiques qui ne sont connus que des gens de cœur , le premier sacrifice accompli, la fatale scène chez la Debanne...

A cette révélation pressentie cent fois, mais cent fois écartée, le jeune homme jeta un cri douloureux et s'engloutit le visage dans ses deux mains, qui durent cacher de brûlantes larmes.

Le vicomte voulut prendre la défense de Louise, avec les touchantes paroles que la jeune fille elle-même avait sanglotées à la même place.

Atis ne l'interrompit pas, mais tout son corps tremblait convulsivement, et l'on entendait claquer ses dents fébriles derrière ses lèvres crispées.

Anatole contemplait ce morne désespoir d'un triste et sombre regard. Il connaissait, lui aussi, il avait éprouvé ces cruelles tortures !

Lucien de Varedde arriva bientôt au retour à Paris.

— Non ! non ! s'écria tout à coup Albert, en se redressant avec l'impulsion frémissante d'une superbe incrédulité. C'est impossible... Dieu ne l'a pas voulu... Vous me trompez !...

— Mon ami ! firent à la fois les deux jeunes gens attendris.

— Je ne vous crois pas... je ne vous crois pas !... poursuivit Atis, qui semblait follement repousser des deux mains cette incroyable douleur. C'est mon avenir, c'est ma foi, c'est ma vie !... Tout cela n'est pas anéanti, brisé... mort... mort !.. Non ! non ! quelque chose m'aurait averti là, mon cœur se serait ouvert, je serais mort moi-même...

— Albert ! Albert ! disaient Anatole et Lucien d'une voix amie...

— C'est impossible, vous dis-je ! continuait le jeune homme en délire. Louise ! Louise !.. Oh ! je connais sa demeure, je sais où la trouver... C'est elle seule que je veux interroger... elle seule que je veux croire... Et encore... Oui, elle me le dirait, elle-même, que je refuserais de la croire. Cependant, je veux la voir... je veux lui parler... Adieu !.. adieu !..

— Mon ami ! suppliait Anatole.

— Un mot encore ! insista Lucien de Varedde.

— Rien... rien de vous ! interrompit impétueusement Atis... Tout par elle et pour elle !

— Arrêtez !

— Vous ne sortirez pas dans cet état.

— Laissez-moi ! cria l'amant de Louise, en éloignant Anatole et Lucien avec une force surhumaine. Oh ! mon Dieu ! si c'était vrai !... je sens que ma vie s'en va... Livrez-moi passage, si vous ne voulez pas que je meure ici ! Mais vous entendez bien qu'elle m'appelle ? vous voyez bien qu'il faut que je coure ?.. Mais laissez-moi, laissez moi donc partir !

Les deux jeunes gens entendirent à peine ces dernières paroles insensées. Albert Atis avait ouvert la porte, il traversait en courant le salon, et, fou, chancelant, éperdu, il s'élança au dehors !

— O mon Dieu !... disait Lucien...

— Pauvre frère en douleurs !... soupirait Anatole...

Et tous deux se regardèrent un instant en silence.

— Que va-t-il se passer ?... reprit le vicomte... j'ai peur !...

— Il faut le suivre !... répondit vivement Anatole... il faut courir sur ses traces...

— Oui... oui...

— Où habite Louise ?..

— Ah !... s'écria Lucien avec colère...

— Quoi donc ?... demanda Anatole...

— J'ignore son adresse...

— Comment ne pas la lui avoir demandée ?...

— C'eût été une indiscrétion de ma part... Et l'idée ne lui en est pas venue à elle-même... Quelle fatalité !...

— Que faire !...

Quelques secondes s'écoulèrent muettes et réfléchies.

Puis Anatole s'écria :

— N'importe !... il ne peut être loin encore... Courons tous ensemble... vous, Grégoire, moi... de tous les côtés en même temps !...

Lucien ne répondit plus, et le conseil fut suivi aussitôt.

Il se précipita le premier, puis Anatole et Grégoire, et tous les trois disparurent dans des directions différentes...

Mais au bout d'une demi-heure, ils revinrent épuisés, haletans, abattus...

Personne n'avait retrouvé les traces du fugitif...

— Oh !... dit Lucien, en se laissant retomber sur la causeuse... Pourquoi donc le sort s'acharne-t-il si cruellement après certaines destinées !... Je ne sais... mais je tremble pour ce jeune homme.

— Oui !... répondit Anatole... Il est de ces voix secrètes qui ne trompent jamais... et, moi aussi, j'ai le pressentiment d'un malheur !...

CHAPITRE VIII.

La rapidité de la course d'Albert Atis avait dérobé sa piste, et cependant le jeune homme désespéré portait ses pas dans les environs même de la Chaussée-d'Antin.

C'était sur le boulevart de la Madeleine que le baron Dupréval avait fait préparer une élégante retraite à sa nouvelle maîtresse; c'était là que demeurait Louise depuis son retour à Paris.

Le Juif-Errant avait donné des indications précises à son ancien camarade, qui bientôt s'arrêta devant une de ces maisons modernes, bâtardes parodies des coquettes créations de la renaissance, et qui semblent ne devoir abriter derrière leurs murailles festonnées que le luxe et que le plaisir.

A cette opulente apparence le cœur d'Albert se serra.

— Je me trompe sans doute ? murmura-t-il, en se cramponnant à sa foi chancelante.

Mais non ; c'était bien le numéro désigné par le Juif-Errant. Cependant Atis doutait encore ; il voulut s'assurer davantage, et pénétra dans la maison, pour interroger le concierge.

— Au second ! répondit l'un de ces tireurs de cordons, dont les loges sont des boudoirs.

Atis marcha jusqu'à l'escalier, et saisit la rampe moins glacée que sa main. Mais, comme au sortir de la prison, ses forces défaillirent, et cette fois c'était un malheur pressant, dont il désirait instinctivement retarder la révélation complète.

Il revint sur le boulevart, et leva la tête vers le second étage.

Du côté droit, toutes les persiennes closes annonçaient un appartement dont les maîtres étaient absens.

A gauche, retombaient devant chaque fenêtre ces rideaux d'un rose attendri par la trame légère d'une mousseline blanche, et qui font rêver le passant au voluptueux crépuscule d'un nid parfumé de courtisane.

— O mon Dieu ! frémit Atis en pâlissant.

La vie du pauvre a de cruelles heures de lâchetés et de tortures; Albert souffrait et n'osait plus.

Un étrange combat se livra dans sa tête, tantôt surexcitée jusqu'à l'enthousiasme de l'espérance, tantôt alourdie jusqu'à l'abrutissement de la douleur. Croyance profonde, mépris menteur, volonté courageuse, impuissance énervante, il subit toutes ces brusques alternatives, dont les effluves, tour à tour brûlantes et glaciales du bain russe, pourraient seules donner un équivalent matériel.

On vieillit vite dans ces luttes dévorantes, dont les minutes sont des années !

Depuis longtemps déjà le prisonnier de la veille marchait à grands pas sur le boulevart, ramené sans cesse vers la maison par la soif de se convaincre, sans cesse éloigné par les terreurs de la conviction, lorsque tout à coup une voiture s'arrêta devant cette porte infranchissable.

Un homme descendit.

Cet homme, Atis le reconnut bien...

C'était le baron Dupréval !

Il entra dans la maison.

Albert porta les deux mains à sa tête.... Il crut qu'il allait devenir fou !

Puis il regarda vers les fenêtres du second étage, et crut entrevoir à travers les rideaux roses deux ombres qui se rapprochaient !

Il est une double vue magnétique pour les yeux de la jalousie !

Toutes les hésitations de l'amant s'évanouirent. Aiguillonné par la réalité et par la vision, il se rua vers cet escalier, dont tout à l'heure la première marche avait fait reculer son pas incertain et craintif.

En quelques rapides enjambées, il atteignit le second étage.

Il sonna, et la clochette retentit à la fois dans l'appartement et dans sa poitrine. Son cœur lui semblait tinter aussi.

La porte fut lente à s'ouvrir, et cependant il se surprit à désirer vaguement qu'elle ne s'ouvrît jamais.

Au bruit de la serrure, il fut prêt à s'enfuir, et se raidit

convulsivement, comme pour implanter ses deux pieds dans le carreau.

Une femme de chambre parut.

C'était Rose.

Après sa fuite de chez Mariette dépouillée, le fonctionnaire l'avait introduite chez sa nouvelle maîtresse. Il savait bien toute la valeur de cet eunuque en tablier blanc.

Rose reconnut du premier coup d'œil le compagnon de la famille Saint-Hyacinthe dans la rotonde de la diligence toulousaine... Elle devina tout du second regard.

Albert eut à peine la force de balbutier le nom de Louise.

— Elle est avec Monsieur, répondit Rose, qui avait compris déjà quel rôle elle devait jouer dans l'intérêt de son maître.

On se souvient quelle signification honteuse ce mot-là, Monsieur, acquérait dans la bouche impitoyable de l'obscène créature... Elle en avait un jour soufleté Mariette devant moi.

— Monsieur ! répéta le pauvre Atis, avec une rougissante angoisse.

— Eh oui, parbleu ! conclut Rose, son amant !...

A ce coup de poignard, Albert se retint avec les ongles au battant de la porte, pour ne pas tomber sur le carreau...

— Allons ! reprit la camériste, pour achever son assassinat moral, ne restez pas là... Ils vont sortir... La voiture les attend en bas.... Et tenez, les voilà qui viennent ensemble...

On entendait en effet un bruit de pas dans l'intérieur de l'appartement.

Albert eut un mouvement vengeur pour s'élancer en avant, mais Rose fit un geste, une porte s'entr'ouvrit, et le jeune homme épouvanté se précipita en arrière avec un de ces sourds gémissemens, qui crient et s'éteignent dans les profondeurs de la poitrine.

En moins de temps qu'il n'en faut pour l'écrire, Atis se retrouva sur le boulevart, sans savoir lui-même comment il était descendu.

Louise et le baron Dupréval entraient dans l'antichambre au moment même de sa disparition.

— Qu'y a-t-il donc ? demanda l'impérieux fonctionnaire.

— Rien, Monsieur, répondit Rose, un fournisseur qui se trompe de porte... voilà tout.

Mais elle trouva moyen de lui glisser en deux mots la vérité à l'oreille.

— Bien ! murmura le fils du boulanger. Nous y veillerons !...

Et il rejoignit sa compagne, déjà descendue de quelques marches.

Tous deux montèrent dans le coquet équipage qui attendait à la porte, et qui s'éloigna lestement dans la direction du bois de Boulogne.

On se détournait au passage pour admirer la pâle beauté de Louise, et le vaniteux baron jouissait orgueilleusement de sa conquête.

Dès les premiers tours de roue, il saluait en César sur son char triomphal deux de ces niais lionceaux, qui paradent éternellement sur le boulevart de la Madelaine.

— Encore une nouvelle ! fit le premier, en s'épuisant en grotesques efforts pour encaisser son lorgnon dans l'orbite grimaçant de son œil hébété par l'orgie. Fine pouliche, en honneur !... pur sang, crinière arabe. J'en donnerais mille louis.

— Si tu les avais, repartit l'autre chevalier de lansquenet et autres industries à la mode.

— Dupréval les a donc, lui ?

— Toujours. C'est un gentleman qui s'entend à dénicher

les écus et les filles. Je connais celle-là... Tu es en retard, cher ; c'est sa Pompadour depuis longtemps déjà !

Albert était là... Il entendit ces outrageans propos.

Comme dans l'antichambre de Louise, il eut un éclair spontané de rage, mais, à l'aspect des deux carnivores de beefteaks à l'anglaise, il se retint cette fois encore.

Chez notre moderne noblesse en gants jaunes on ne trouve plus, ainsi que jadis, la prompte facilité d'un duel, pour se débarrasser d'un déplaisir ou d'une douleur.

— Ils ne voudraient pas me tuer ! murmura amèrement Albert Atis.

La voiture se dirigeait vers les Champs-Élysées ; il la suivit jusqu'au bois de Boulogne, où il resta jusqu'au soir ; la perdant quelquefois, mais la retrouvant toujours, grâce à ces hasards sympathiques, à ces mystérieuses attractions, qui font croire que le cœur sent et voit à travers l'espace.

Louise le devinait peut-être aussi, et cependant il prenait grand soin de se cacher d'elle.

Oh ! s'il avait pu comprendre ce noble cœur, si la douleur lui avait permis de se dire :

— Elle est là parce qu'elle me croit captif, et c'est pour ma liberté qu'elle se sacrifie !

Mais non !... Il souffrait trop affreusement pour trouver une excuse, une consolation, une pensée même.

Seulement il éprouvait une cruelle jouissance à l'entrevoir au passage, à lui jeter dès qu'elle s'enfuyait tous les trésors brisés de son bonheur perdu. Parfois il sentait de brûlantes larmes couler le long de ses joues navrées, puis il se surprenait dans les yeux et dans le cœur une sécheresse, une insensibilité, dont il rougissait vaguement comme d'un crime.

Il est dans le désespoir des transitions inexplicables ! Souvent Albert entendit ricaner à ses oreilles bourdonnantes de nouvelles paroles, qui l'eussent convaincu, s'il eût encore douté, et qui maintenant le faisaient tantôt pleurer, tantôt sourire.

Car de la folie il était passé à l'idiotisme ; il n'avait plus qu'une vague et morne perception de son malheur. Sa tête était lourde, son corps inerte, son cœur insensible et comme saignant toujours, quoique mort déjà... Plus de délire, plus de désespoir !... Une atonie complète, un annihilement profond. Il eût cru ne plus vivre, sans les mille aiguillons qui tamisaient confusément sa chair engourdie... sans les larmes, il eût espéré rêver !

Et la fashion parisienne fourmillonnait en riant autour de lui !...

Pour comprendre un semblable désespoir, il faut avoir aimé, il faut avoir souffert !

Pauvre Atis !... Tandis qu'il s'enivrait jusqu'à la lie amère du cruel calice, tandis qu'il se plongeait avec une horrible volupté dans cette fournaise douloureuse, il songeait cependant...

Oui... comme les malheureux abrutis par ces longues captivités qui font des morts vivans ; comme les lions tournant toute la vie pour chercher une impossible issue dans leurs cages de fer !

Albert cherchait obstinément le mot à jeter au sphinx dévorant, un mot qui pouvait le sauver, un seul mot qu'il savait bien et que cependant il ne trouvait pas encore.

— Suicide !

La nuit vint de bonne heure... On était en décembre.

Il n'entendait plus rouler le bruit des voitures ; celle de Louise devait être rentrée comme les autres dans Paris.

L'instinct magnétique, qui le guidait, le ramena jusqu'à l'entrée des Champs-Élysées.

Là, il se retrouva face à face avec ce Paris monstrueux, qui lui avait enlevé sa Louise...

— Non... non... pas plus loin !... murmura-t-il de cette

IVᵉ P.

voix douce et plaintive, dont gémissent les souffrances des petits enfans.

Et il revint sur ses pas, tourmentant sa cervelle de la question acharnée qu'il poursuivait avec une patience sombre et continue.

Une seule étoile brillait tristement au front voilé du ciel brumeux...

— Saint-Hyacinthe !... soupira le désolé, en caressant d'un regard ami l'étoile solitaire.

A ce nom, il jeta un cri de joie, et secoua tout à coup sa longue et pesante torpeur, comme un Christ ressuscitant qui rejette le linceul de ses épaules aspirantes au ciel...

— Oui... oui... poursuivit-il, d'une voix claire et rasserénée... c'est là... Tu m'as indiqué la route... Merci, père, je vais te rejoindre là-haut !...

La résolution du jeune homme était prise... Il ne souffrait plus, il ne pleurait plus... Il avait déjà quitté la terre...

Restait à choisir les moyens du suicide.

Il se mit à y réfléchir, sans trouble, sans crainte et sans remords ; le cœur calme, l'œil serein et la lèvre souriante...

Il regarda les branches déjà nues des grands arbres...

— Pas de corde! fit-il d'un ton simple et naïf.

Ensuite, il promena ses doigts sur sa poitrine, qui battait doucement, comme en une quiétude profonde, et murmura, en hochant sa tête songeuse...

— Il faudrait de l'acier ou du fer... Saint-Hyacinthe s'est passé de tout cela !... Mais moi, je suis sans asile... Je n'ai pas même un toit où je puisse monter !...

Sa marche, abandonnée au hasard, l'avait entraîné vers la Seine, et dans ce moment il heurta le parapet.

— La rivière ! s'écria-t-il aussitôt... Bien, voilà ma tombe !... Et c'est toi, mon Dieu, qui m'as amené sur le bord !

Puis il se pencha sur le parapet, et contempla les flots qui chantaient au fond du brouillard.

— On doit bien s'endormir là-dedans, fit-il avec l'accent d'une volupté pressentie... A ce bruit doux et monotone, qui me rappelle ce soir la chanson dont me berçait ma mère... Hélas ! il y a bien des années que la berceuse a disparu ! Ingrat que je suis, pourquoi regretter encore, puisque je vais la rejoindre auprès de Dieu !

Ce dernier mot ramena un nuage sur son front effrayé.

— Dieu ! reprit-il religieusement... il proscrit le suicide! mais il me pardonnera, à moi, auquel il défend la vie... O mon Dieu ! je vous le demande à genoux !... Vous m'aviez donné son amour, au moment où j'allais mourir. Elle... c'était la vie une seconde fois..... Vous savez combien je l'aimais, mon Dieu ! Vous devez bien voir que je ne peux pas vivre sans elle... Et maintenant elle ne peut plus être à moi.... Je ne l'accuse pas, entendez-vous bien, mon Dieu !... Oh ! non... mais nous sommes séparés à jamais... Vous avez permis cela... Que puis-je faire ici bas, moi, seul, seul à jamais, puisqu'elle n'est plus là, puisqu'elle ne sera plus là jamais... Vous nous aviez créés l'un pour l'autre. Vous nous réunirez un jour dans un monde meilleur, n'est-ce pas, mon Dieu ?... Que voulez-vous que je fasse jusque-là ? Attendre que nous partions ensemble, ici, pendant toute une vie, près d'elle, et... Oh ! je ne peux pas, mon Dieu ! je ne peux pas !... Permettez-moi d'aller l'attendre là-haut... oh ! oui, n'est-ce pas ? Vous êtes bon, vous ne voulez pas me condamner à vivre... sans Louise... Louise... Oh ! mon Dieu ! un refuge, un abri pour mon âme qui est pure et pour mon cœur qui souffre. Ma mère, priez pour moi d'avance. Mon Dieu ! recevez-moi dans votre ciel, où elle viendra me retrouver ! Mon Dieu ! mon Dieu ! ne me maudissez pas !

Albert, agenouillé depuis longtemps déjà sur les dalles humides, pria plus longtemps encore, les coudes appuyés sur le parapet, la tête dans les mains et les yeux perdus dans le ciel.

Mais aucun autre mot ne sortit de sa bouche.

Les pensées les plus ferventes ne s'expriment pas avec des paroles, et le cœur doit avoir, à de certaines heures suprêmes, de mystérieuses lèvres pour la prière....

Albert Atis se releva confiant et résolu, traça sur sa poitrine le signe de la croix, murmura le nom de Louise, et chercha de ses regards impatiens un endroit favorable pour se précipiter dans la rivière...

. . . .

De la place où il se trouvait encore, debout, immobile et la main droite appuyée sur le parapet, qui venait de lui servir de prie-Dieu, le suicide eût été une tentative inutile, une folie ridicule...

Pour être bien certain de la mort, il fallait se jeter du milieu d'un pont.

Le pont de la Concorde était le plus voisin, et l'amant de Louise avait hâte d'en finir avec la vie.

Il remonta donc le cours de la rivière, et se mit à la traverser jusqu'à moitié de sa largeur.

Là, il s'arrêta de nouveau.

Il y avait du monde sur le pont.

— Attendons ! fit Atis...

Huit heures sonnèrent confusément dans le lointain, et presque aussitôt la voix d'un passant jeta le nom du mois et le chiffre du jour à travers le brouillard...

— Ah ! murmura le jeune homme, ramené par ce hasard à des souvenirs oubliés... C'est aujourd'hui l'anniversaire de ma naissance... Encore une heure et j'aurai vécu juste vingt-trois ans ! c'est peu...

Mais en cet instant deux amoureux glissaient, enlacés et chuchottant sur le trottoir ; la jeune fille s'appelait sans doute Louise, car le jeune homme articula ce nom chéri d'un souffle caressant.

— Ah ! c'est trop !... s'écria Atis, en essuyant sa dernière larme... c'est trop !... Ce pont ne deviendra donc jamais désert...

Alors la pensée lui vint, que plus bas, vers les Invalides, il rencontrerait plus de solitude et d'obscurité...

— Oui, reprit-il avec un amer sourire. Allons, mon corps aura moins de chemin à faire jusqu'aux filets de Saint-Cloud.

Et déjà il revenait sur ses pas.

Mais, avant de retourner pour jamais la tête de l'autre côté de Paris, il enveloppa d'un suprême regard la monstrueuse fourmillière, dont les mille lueurs, semblables à des clous rougis, étoilaient fantastiquement le brouillard.

— Adieu, Paris !... articula dans le silence la voix mélancolique d'Albert... adieu, ville de fange, où l'or seul est maître et roi ! Adieu, immonde prostituée, éternellement à genoux devant chaque écu qui passe, éternellement impitoyable pour tout haillon où pend une poche vide ! Va, va, poursuis ta folle orgie, et ne retourne point ton visage fardé au bruit du corps qui tombe dans le fleuve, où tu laves chaque matin les souillures de la veille. C'est un homme qui n'a plus rien à perdre, car tu lui as volé son bonheur et son âme. C'est un pauvre de moins sur ton pavé ; c'est un malheureux qui va mourir ! adieu !... Je te méprise trop pour te maudire, et je te quitte sans regret comme sans remords... sans haine même... Louise t'habite, et je te bénis d'avance, si tu veux, d'un seul coup, et sans la faire souffrir, la frapper à l'instant, afin de nous réunir dès ce soir !... Oh ! non, non... épargne-la du moins, elle, épargne-la, vampire altéré de larmes !... Laisse-la vivre, Saturne, qui dévore tes propres enfans !... Je te demande par tout ce que tu m'as fait souffrir, et je prierai Dieu pendant l'éternité tout entière, pour

que jamais il ne se souvienne de Gomorrhe ! Mais toi, respecte Louise !... adieu, adieu !...

Et, sans s'éloigner encore, il promena ses regards rêveurs sur tous les points de l'horizon, où s'étaient émiettés le six derniers mois de son existence...

La petite rue Saint-Pierre-Montmartre, où l'avenir semblait si beau... l'Opéra où Louise était si belle avec sa modeste capote rose... la rue Guérin-Boisseau et la misère encore fleurie par l'amour... la dernière nuit passée près l'un de l'autre, le dernier baiser sur ses lèvres, maintenant flétries à jamais !...

Puis la prison, où il espérait encore ; la Chaussée-d'Antin, où il espérait toujours... le boulevart de la Madeleine, où il n'espéra plus !...

Cette excursion des souvenirs le ramena vers le parapet de la rivière...

— Et c'est tout !... conclut-il... Je ne laisse après moi ni parens, ni famille... Pas un ami... Georges peut-être... Qu'il soit plus heureux que moi !... Mais parmi le reste des hommes... rien... rien... Si fait... les pauvres, mes frères... et je déposerai mes haillons sur la berge, afin que l'un d'eux profite de mon unique héritage !... Allons !...

A la tête du pont, Albert se croisa avec un mendiant attardé par la faim...

— Malheureux ! sourit-il, en le voyant s'éloigner en sens inverse, il ne prend pas le bon chemin... Oh ! je voudrais qu'il me restât un sou, pour le léguer à cet homme... un sou seulement... on bien... si ma cravate avait encore quelque valeur...

Cette double pensée bizarre lui poussa à la fois une main au fond de son gousset et l'autre vers son cou...

Un cri de surprise s'échappa aussitôt de sa bouche interdite...

Dans le gousset il avait rencontré le billet de banque, si généreusement prêté par Georges ; sous la cravate, un modeste et précieux bijou, que cachait entièrement sa main charmée.

— Que faire ? murmura-t-il après un silence. Ceci appartient à Georges. Cela me vient d'elle. Je veux le leur rendre à tous deux... Oui... afin qu'elle m'oublie un peu moins. Mais comment ?... Si je retournais chez Lucien de Varedde... Non, il se douterait peut-être... Pourquoi ? à l'aide d'une fable... c'est cela... je l'ai trouvée... à lui comme à elle, je laisserai ce dernier adieu !... et le pont sera désert à mon retour.

Tout en prononçant ces paroles entrecoupées par des réflexions contradictoires, Albert Atis avait déjà repris à la hâte le chemin de la Chaussée-d'Antin.

Il arriva bientôt chez Lucien de Varedde.

Anatole se trouvait encore chez le vicomte.

Ce fut avec une joie intérieure et profonde que les deux jeunes gens revirent celui pour lequel ils tremblaient depuis le matin.

— Je viens vous demander un service ? dit Albert avec un accent simple et doux.

— Parlez ? demanda le vicomte empressé.

— M. Georges Cortalès avait eu la bonté de me prêter ceci, poursuivit Atis en présentant le billet de banque. Veuillez le lui rendre, et lui transmettre aussi mes remercîmens sincères.

— Mais pourquoi vous dassaisir de cet argent ? observa Lucien avec une vague inquiétude. Georges, qui connaît mieux que nous votre position, avait sans doute jugé qu'il vous serait nécessaire.

— Il m'est inutile désormais.

— Comment !...

— Je viens de signer un engagement pour la province... et je pars.

— Vous partez ?

— Demain matin.

— Ah !... mais vous comptez revenir ?

— Dans une année ; oui, Messieurs, j'espère avoir le bonheur de vous revoir, ainsi que M. Georges... un noble cœur que j'aime. Voulez-vous vous charger de la restitution de ma dette, et des adieux de ma reconnaissance ?

— Sans doute, répliqua Lucien, en prenant le billet, mais...

— Ce n'est pas tout, interrompit Atis. Vous l'avez vue, elle, et vous devez peut-être la revoir encore ?...

— Je l'espère.

— Alors, donnez-lui ceci, poursuivit la voix plus émue du jeune homme, qui tendit une main tremblante vers le vicomte.

Une petite croix d'argent pendait à cette main.

Sans doute un gage de l'amour passé, un souvenir du bonheur anéanti.

Albert avait vendu son unique chemise pour sauver de la faim la famille Saint-Hyacinthe, et cette pauvre petite croix était restée sur sa poitrine nue.

Tout à l'heure encore, à la porte de Lucien de Varedde, il y collait pieusement ses lèvres frémissantes.

Maintenant, il s'en séparait, comme un adieu entre elle et lui, comme un lien entre la terre et le ciel.

Et cependant son visage impassible et triste gardait le secret des douloureuses émotions de son cœur brisé.

Le vicomte hésita avant d'accepter cette seconde mission.

— Vous ne comptez donc pas la revoir ? demanda-t-il, les yeux dans les yeux d'Atis.

— Jamais ! s'écria involontairement Albert.

— Jamais ! répéta Lucien.

— Ou du moins... plus tard... balbutia Albert, tandis qu'une légère rougeur remontait à son front pâle. Plus tard !.. On se revoit... on se retrouve... Dites-lui cela, Monsieur, je vous en supplie ! Dites-lui que je l'attends... ou plutôt que je l'espère...

— Permettez-moi... voulut observer le vicomte, dans les doigts duquel l'amant de Louise avait déjà refermé la petite croix sainte.

Mais Albert l'interrompit.

— Pardon... fit-il avec une volubilité fiévreuse. Un départ imprévu... des préparatifs indispensables... Adieu, Messieurs, adieu ! — Et merci !

Et, rouvrant lui-même la porte du cabinet de travail, il se retira après un salut, digne d'un véritable gentilhomme.

Anatole et Lucien de Varedde se regardèrent émus et interdits.

— Oh ! cette fois, s'écria Anatole, cette fois je ne le laisserai pas partir seul.

— Bien ! répondit Lucien. Mais de la prudence !

— Soyez tranquille ! conclut Anatole en se dirigeant à son tour vers la sortie, je veux seulement le suivre, et veiller sur son désespoir.

. . . .

Albert Atis était déjà dans la rue.

Il croyait avoir complètement abusé les deux amis ; ses derniers comptes étaient réglés avec la vie, et pour s'en débarrasser plus vite, il marchait en ligne directe vers la rivière.

L'instinct le guidait plus encore que la volonté.

Il arriva bientôt en face du pont des Arts, et poursuivit sa route.

Le gardien l'arrêta pour lui réclamer le tribut.

Ce dernier soufflet de la misère eut un charme étrange pour le malheureux. Il partit d'un strident éclat de rire, salua profondément l'invalide abasourdi, et remonta le quai en riant encore.

Il arriva bientôt au pont Royal.

— Non... l'autre ! fit-il, après un léger temps d'arrêt... Il y aurait du monde sur celui-ci.

Et il courut jusqu'au pont de la Concorde, sur lequel il s'élança en criant ce mot joyeux :

— Désert !

Au milieu, il s'arrêta.

— Une fois encore, pardon, mon Dieu !... murmura-t-il, tandis que, les mains tendues sur le parapet, il prenait un vigoureux élan, pour franchir d'un seul bond l'espace qui le séparait de l'éternité !

Un pas précipité retentit sur le pavé du pont.

— On viendrait peut-être à mon secours, réfléchit Atis... attendons que l'importun soit passé,.. c'est ma dernière minute de patience !

Un homme passa, enveloppé dans un large manteau, qui cachait son visage.

Albert tourna un instant la tête vers la Seine, puis regarda sur le pont.

L'inconnu se tenait, immobile, à quelques pas de lui.

— Une arche plus loin ! fit Atis en remontant le pont.

L'homme au manteau le suivit, le dépassa comme la première fois, et comme la première fois, s'arrêta, droit, muet et dessiné en noir sur le brouillard gris...

Albert revint à la place où il s'était mis à genoux.

L'inconnu le suivit encore...

— Oh !... c'en est trop !... gémit Atis avec rage... Eh bien ! à l'autre pont... Il ne me suivra pas jusque-là...

Mais au moment où il reprenait sa marche convulsive, il sentit une vigoureuse main se refermer sur son poignet, désormais enchaîné, ainsi qu'en un étau de fer.

— Monsieur !... s'écria-t-il furieux et menaçant.

— Il faut que je vous parle... répondit paisiblement l'inconnu, en rejetant en arrière le pan de son manteau.

— Anatole !... fit aussitôt Albert.

— Oui... poursuivit l'amant de Trilby, Anatole qui vient vous empêcher de commettre un crime...

— Un crime !... répéta l'amant de Louise, en haussant les épaules.

— Une folie, si bon vous semble !... reprit Anatole, sans s'émouvoir davantage... une sottise même, si vous l'aimez mieux.

— Que croyez-vous donc, Monsieur ? repartit, après un silence, Albert Atis, espérant que la ruse serait le meilleur moyen de se débarrasser de cet obstacle.

— Pas de mensonge !... interrompit Anatole... Vous alliez vous jeter là dedans...

— Mais...

— Je vous ai suivi, je vous ai vu... et, bien plus, je me suis trouvé jadis moi-même dans une situation tout aussi dramatique...

— Vous ?

— Oui... moi... Vous voyez bien qu'il est parfaitement inutile de chercher à me tromper... J'ai douloureusement appris l'expérience du désespoir...

— Eh bien !.. alors...

— Ah ! vous avouez... c'est bien... ou plutôt, c'est mal !

— Monsieur, je...

— Oui, je vous gêne, n'est-ce pas ? Oh ! je le sais bien... Et cependant je veux bien consentir à vous rendre la liberté du suicide.

— Ah !

— Attendez... j'y mets une condition.

— Laquelle ?

— Voici. Je vous disais tout à l'heure, que le chagrin m'avait poussé comme vous jusqu'au parapet de la Seine, et cela, après des tortures tout-à-fait identiques aux vôtres.

— On vous avait trompé aussi, vous ?

— Trompé... non... Le mot ne convient ni à Louise... oh ! je sais son nom... ni à celle dont je vous dirai peut-être le nom à mon tour. Laissez cette expression piteuse aux maris, dont elle est le légitime apanage. Nous n'en sommes pas là, nous !... C'est presqu'une insulte pour les deux nobles et saintes filles, que la misère a égarées, que l'abandon et le dévoûment ont perdues, mais dont l'amour ne s'est jamais souillé, ni par l'oubli ni par le mensonge. Honte à toutes les adultères, qu'elles trahissent un amant ou un époux, qu'elles manquent à une religion ou à à un devoir, mais respect à la femme tombée sous les fatalités de la vie !...

— Anatole ! s'écria Albert, avec une émotion reconnaissante et profonde.

— Ah ! reprit Anatole, avec un amer sourire... ah ! vous commencez à me comprendre... C'est que la même douleur nous a faits frères, voyez-vous, et que les paroles écloses à mes lèvres germent en ce moment au fond de votre cœur... Je vous observais ce matin, et j'eusse pu vous donner rendez-vous ici pour ce soir. Car je connais votre histoire, Albert, et cette histoire, c'est la mienne.

— Oh ! fit Atis, avec l'incrédule égoïsme, avec l'amère vanité de toute souffrance.

— A peu de choses près ! poursuivit Anatole... Louise est plus innocente que celle dont je pleure la chute, et vous êtes moins coupable que moi, qui l'ai poussée vers l'abîme. Tout est à votre avantage du côté de la vertu, et c'est pourquoi je veux que vous m'entendiez, avant d'abandonner lâchement celle à qui vous devez tendre la main.

— Moi !

— Oui ! vous !... son seul appui sur la terre... sa seule providence pour l'avenir !

— Mais elle est perdue sans retour !

— Allons donc ! Encore des mots égoïstes et stupides.

— Sa pureté de jeune fille est flétrie... Que puis-je faire maintenant?...

— La réhabiliter par l'estime et par l'amour... la guider vers le bonheur et vers l'avenir !

— Impossible ! impossible !... Il est de ces souillures...

— Et vous préférez la laisser seule dans la fange que de lutter pour l'en sortir.

— Et comment? Elle ne peut plus être à moi.

— Elle doit être à vous.

— Jamais ! jamais !... La mort, plutôt la mort !

— Je ne vous dirai plus que quelques mots, Albert.

— Lesquels ?

— Mon histoire, à moi... Je veux que vous sachiez ce que j'ai fait, ce que je veux faire encore. Après cela, je ne vous retiendrai plus... et vous serez libre de vous jeter dans la Seine.

— Vous me le jurez ?

— Par celle que j'aime, et que je ne pourrai peut-être pas sauver, moi !... Voilà la condition dont je parlais tout à l'heure.

— Comment ?

— Refusez de m'entendre, et je vous suis partout, aujourd'hui, demain, toujours ; je ne vous quitte pas d'un instant, d'une minute, d'une seconde, afin de vous empêcher d'accomplir une méchante et lâche action. Ecoutez-moi, et quand j'aurai fini, je vous laisse seul ici, sur ce pont ; je veille même, pour que personne ne vous secoure ou ne vous arrête. C'est un pacte, l'acceptez-vous ?...

— J'écoute, fit Albert avec une impatiente résignation.

Aussitôt la main, qui le retenait toujours, cessa d'enchaîner son bras.

. . . .

On connaît depuis longtemps la triste iliade des amours de Trilby; Georges en avait reçu confidence, un soir d'expansion, sur l'impériale des messageries Toulousaines, en présence de Lucien de Varedde, dont le cœur, profondément

ulcéré, saignait encore des mépris de la jeune fille achetée à prix d'or...

Anatole raconta de nouveau sa vie désespérée, en cette grave et solennelle circonstance.

La rencontre d'Aline au milieu de ce carnaval de tous les jours, où s'ébat follement la jeunesse parisienne ; l'amour vrai succédant à l'amour du plaisir, le travail à l'oisiveté ; les projets de mariage, comme purification du passé, comme garantie de l'avenir ; le refus de la mère, endorcie dans l'aveuglement d'un préjugé barbare, et la communauté illégitime, résolue à défaut de l'union religieuse et légale.

Puis, la misère se glissant au sein de ce nid, suspendu à des branches appauvries par l'hiver ; ses fatals conseils, ses tentations perfides, et la pauvre Trilby abandonnée, sans défense, à la femme qui l'avait déjà flétrie au profit du vice ; l'avenir brisé, la veille du succès qui le rendait possible.

A ce cruel souvenir, les larmes revinrent plus amères que le jour même du malheur, mais le remords et la rage les séchèrent aussitôt.

— Lâche ! lâche ! lâche ! cria Anatole avec une croissante indignation ; c'est moi qui l'ai permis, c'est moi qui l'ai voulu ! Un jour plus tôt, et nous étions sauvés... Moi, je revenais... elle m'eût attendu, elle !... mais cette femme l'avait entraînée déjà... cette Debanne.

— Debanne !... interrompit Atis, avec une explosion soudaine.

— Oui, poursuivit Anatole d'une voix où grondait la colère... c'est elle !...

— C'est elle aussi qui m'a ravi ma Louise !...

— Elle ?...

— Oui !...

— Sa mère !... Il lui manquait cette nouvelle infamie !... Toutes deux par elle !... Oh ! Dieu ! qui, de la même main vengeresse, déchaîne parfois sur la terre des fléaux tels que la Debanne et le Dupréval, tels que la famine et la peste... Dieu nous réservait, Albert, cette dernière fraternité !...

— Oui, répondit lentement Atis, mais il nous garde un refuge dans le suicide !...

— Attendez, reprit Anatole en redevenant tout à coup grave et sévère... attendez ! je n'ai pas fini !...

Et il s'appuya pour la seconde fois sur le parapet du pont, entre Atis, qui l'écoutait debout, et la rivière, dont il lui défendait l'approche.

Il y avait quelque chose d'imposant et de majestueux, dans le groupe de ces deux hommes, enveloppés par les ténèbres humides de cette pluvieuse et sombre nuit...

Anatole avouait en rougissant sa honteuse existence après la chute de Trilby, ses combats et ses tortures, sa résolution généreuse, mais, hélas ! trop tardive.

— Voilà ma vie !... conclut-il avec un morne désespoir. Aline va mourir, et moi, qui l'ai tuée, je ne puis maintenant que lui rendre l'agonie moins heureuse et plus douce... Vous voyez bien que je suis encore plus malheureux que vous !...

— Pourquoi ? répondit naïvement Atis... Je vais attendre Louise où vous pourriez aller rejoindre Aline.

— Non... non... s'écria Anatole avec une sorte de rage à peine contenue... car vous... vous dont je suis réduit à envier le malheur, vous qui n'avez pas le remords incessant d'avoir mal agi, vous qui ne devez pas rougir d'un dévoûment sublime... vous pouvez courir à elle, qui a de longs jours à vivre, qui est pure et sans tache malgré sa chute, qui vous aime, et ne reste dans l'infamie que pour vous ouvrir les portes d'une prison qu'elle croit encore fermée sur vous.

— Elle ?

— Oh ! je sais tout, allez, et je la connais bien.

— Comment ?

— Elle s'est rencontrée avec Aline, au chevet de mort d'une autre sainte, martyrisée par le monde. Toutes deux se sont faites sœurs de charité ; toutes deux ont échangé la confidence de leurs douleurs... Croyez-moi, Louise n'a pas démérité, Louise peut encore être votre femme.

Albert retint le cri, qui montait de son cœur à ses lèvres, et jeta ses deux mains désespérées à son front.

— Oh! je devine votre pensée, poursuivit amèrement Anatole, je la lis à travers vos mains, tout aussi facilement qu'à travers votre visage... Oui... il est des souvenirs cruels que l'amour ne peut pas éteindre, il est des ombres railleuses que vous retrouverez sans cesse entre elle et vous, même aux heures d'abandon et d'oubli... Ce sont d'affreuses tortures, oui, c'est un poison flétrissant caché au fond du calice de toutes les fleurs de votre avenir. Vous en souffrirez longuement tous les deux, elle comme vous; mais ayez assez de générosité pour la convaincre que vous n'y songez plus, elle vous convaincra bientôt à son tour que le passé est évanoui, sans laisser même une trace dans son souvenir. C'est une héroïque mission, c'est un dévoûment pénible. On en gémit, on en pleure... Mais l'amour enfante le courage, et le bonheur finit par récompenser le silence... J'ai triomphé de toutes ces poignantes niaiseries... vous parviendrez à les anéantir comme moi!

— Mais il est un autre souvenir plus terrible encore, un souvenir vivant, que l'on rencontre à chaque pas et que l'on ne peut étouffer aussi...

— L'homme?

— Oui!...

— Pourquoi pas? Il y a le duel, et, s'il refuse, l'assassinat!...

— Oh!...

— Pardon... j'ai tort de vous dire cela. Un autre me l'a déjà fait sagement sentir. Pour vous, qui avez l'avenir, ce serait la séparation; mais moi, dont chaque jour de félicité peut être sans lendemain... je n'hésiterais pas...

— Anatole!...

— Ne parlons plus de cela; c'est de vous seul qu'il s'agit. Je vous ai montré le chemin... Voyons: vouliez-vous m'y suivre?

— Mais je n'ai rien, moi... rien... et je sais ce que c'est que la misère. Vous êtes riche, vous!

— Riche! répéta l'amant de Trilby, avec un étrange sourire. Vous ne m'avez pas deviné? Donnez-moi le bras un peu, le froid me gagne... je ne pourrai plus parler tout à l'heure, et je veux vous apprendre à me connaître. Venez... nous causerons mieux en marchant.

— Mais... fit Albert avec une sinistre résistance.

— Oh! soyez tranquille, interrompit Anatole, avec une froide ironie, nous ne quitterons pas le bord de la rivière... Un peu plus bas, un peu plus haut, qu'importe au suicide! La nuit est loin de toucher à son terme, et je ne vous demande plus qu'un peu de patience!

— Après...

— Après... Ne vous l'ai-je pas juré... vous serez libre!

— Bien!... fit Albert, en se laissant conduire.

Aussitôt les deux jeunes gens commencèrent à remonter le quai, au milieu de l'océan de brouillard, qu'épaississait encore l'approche du matin.

— Vous me croyez riche, reprit Anatole... Oui, j'ai voulu l'être, jour où la flamme a dévoré tout mon bagage de poëte; mais je n'étais pas fait pour le commerce, pour l'usure, pour ce vol patenté qu'on nomme l'agiotage... Trompé, dupé moi-même, je ne gagne rien... ou presque rien... Je n'ai pas le courage de vous énumérer toutes les tribulations, tous les turpitudes de mes infructueuses tentatives. Mais voici en quelques mots ma situation... Ma mère est pauvre, il faut que je la soutienne... et les derniers jours de Trilby, qui m'a sacrifié le luxe, doivent au moins s'écouler dans une trompeuse aisance... O mon Dieu!... si elle se doutait jamais à quelles ruses de Caleb j'en suis réduit!... Le matin je sors, sous prétexte de déjeuner en ville... je

jeûne, et je l'amuse au retour du détail somptueux de mes festins imaginaires... Une tasse de lait lui a suffi à elle... Première économie... Plus de café, plus de plaisirs... Me priver de fumer était plus difficile, Trilby m'en sait la passion... Eh bien! j'ai un bout de cigare, toujours le même, le voici; je le mets à mes lèvres en rentrant chez elle, et je le glisse adroitement dans ma poche pour resservir le lendemain... En fait de toilette, le Mont-de-Piété est devenu mon porte-manteau, le Temple mon fournisseur général... J'y achète jusqu'à la chaussure; et à l'heure de la mort elle espèrera me laisser à l'abri de toutes les exigences matérielles de la vie...

— Vous faites cela?

— Oui... et j'en suis glorieux et fier... Tout le monde l'ignore, et si je vous ai dit un secret, c'est que dans une heure... vous serez au fond de la rivière, ou bien, trop acharné vous-même à une semblable lutte et trop mon ami pour me trahir...

— Vous parlez de lutte... mais j'ai tout tenté pour sortir de la misère...

— Vous vous y êtes pris en niais... Je vous offre les moyens de réussir, moi!

— En combien de temps? demanda Albert, après quelques secondes de réflexion.

— Trois mois! répondit Anatole. Je vous demandais de vivre une heure, je vous demande trois mois maintenant... Essayez au moins de la vie, avant de vouloir en sortir.

— Et pendant ces trois mois, Louise...

— Oh! je vous réponds d'elle. Une réunion immédiate est impossible, je le comprends; mais si elle ne vous appartient pas encore, je vous jure du moins qu'elle n'appartiendra plus à personne.

— Et je pourrais réussir, je pourrais la rendre heureuse...

— Parfaitement.

— Songez-y bien, je ne veux la revoir, qu'avec la certitude de ne pas lui faire partager une misère.

— Soit, allons! vous devenez plus raisonnable, et j'espère que nous nous entendrons.

— Avant de répondre, votre moyen?

— Le voici. Vous êtes pauvre et infime, créez-vous un protecteur puissant et riche.

— Je ne connais personne. Quant à courir...

— Oh! avec mon système, vous resterez parfaitement tranquille. C'est le protecteur qui vous viendra trouver.

— Je ne vous comprends pas...

— Je m'explique: certains de nos modernes potentats de la banque et de la politique se sont élevés ou enrichis par des gentillesses que MM. Cartouche et Mandrin pratiquaient sur les grandes routes. Dans le passé de cette aristocratie véreuse, il est des monstruosités infâmes, connues seulement des compères qui sont dans le secret de la comédie, mais ignorées du bon public, qui ne pénètre pas dans les coulisses. Menacez de tirer le rideau sur le théâtre retourné à l'envers!

— Mais vous me proposez là...

— Du chantage... c'est le mot... et la chose... je l'avoue. Tout le monde en fait, depuis le commencement du monde, jusqu'au pape, qui débite ses indulgences, cotées à la hausse par les terreurs de l'enfer... Et quant à vous, ne serait-il pas ridicule de conserver des ménagements scrupuleux, pour ceux qui vous exploitent et vous écrasent sans pitié ni merci?...

— Cependant...

— Laissez-moi achever... On publie une brochure, un pamphlet, un rien... On fait un peu de bruit de ce que l'on sait, beaucoup à propos de ce que l'on suppose, un tumulte effroyable à l'endroit de ce qu'on ignore, mais dont on a l'air parfaitement instruit. On choisit un titre satirique, pittoresque ou bouffon... La Lancette de Juvénal... le Pilori... les Verges de Satan... la Grêle, la Mitraille... les Piqûres... les Pichnettes du diable... n'importe... On choisit le meilleur patron, le fripon le plus riche... le drôle le plus puissant... le baron Dupréval, par exemple...

— Lui !... s'écria Albert avec un regard où rayonnait la haine.

— Ah !... sourit Anatole, vous prenez goût à ma théorie. Mettez-la donc promptement en pratique. Jetez le Dupréval aux Gémonies de votre vengeance. Je vous promets de la pacotille pour le premier numéro; et dans un mois, plus tôt peut-être, il sera chez vous, à vos pieds, suppliant et penaud, la bourse ouverte et les mains pleines...

— De l'argent ?... Oh !...

— Eh non ! mais il saura bien, lui, tympanisé par le ridicule et par la crainte, faire accueillir vos romans et représenter votre drame. On ne lui demande pas davantage...

— Comment, vous savez...

— Tout, vous dis-je... Trilby veillera sur Louise, et moi je me charge de vous. Vous avez le talent, le génie; il vous manque la fortune et l'intrigue. Le baron Dupréval se chargera de la double fourniture, et sans qu'il lui coûte autre chose que ce que tout homme, arrivé au faîte, doit à celui qui chancelle sur la pente... une main charitable et tendue... Tant pis pour qui la refuse; on s'accroche à sa gorge !... Courage, donc ! Suivez mes avis, et bientôt vous êtes assuré d'un brillant avenir, que vous partagerez avec Louise... Ah ! vous êtes heureux, vous !...

— Réussirai-je ?

— Essayez... Je vous demande trois mois. D'ici là vous ne verrez pas Louise; et si le sort vous trahit... eh bien ! il sera toujours temps de revenir au rivage de la Seine... Qui sait ? peut-être alors je vous tiendrai compagnie...

— Vous ?

— Oui. Trilby sera sans doute déjà dans le ciel, et, vous l'avez dit, on s'y attend et on s'y rejoint... Voyons... acceptez-vous ?

Le jeune homme hésitait.

— Albert, conclut Anatole avec une entraînante chaleur, je vous le demande pour moi, qui veut votre bonheur, à défaut de mon bonheur impossible ; je vous en supplie pour cette pauvre Louise, qui n'a que vous sur la terre. Je vous somme de vivre au nom de votre propre honneur, qui fait fausse route, en voulant fuir la terre, notre champ de bataille à tous !

— Mais il faut de l'argent pour publier ce livre, répondit Albert, avec un reste de résistance... Mais je n'ai pas même un grenier pour vivre ces trois mois !

— Enfant ! répondit Anatole, n'ai-je donc pas pourvu à tout d'avance ?

— Comment !...

— Voici les cinq cents francs prêtés par Georges, et que j'ai repris à Lucien de Varedde, auquel vous aviez eu tort de les rendre. Voici pour les frais de publication... Et quant au bureau du journal, nous sommes justement à l'entrée de la rue de la Harpe. Voulez-vous le venir voir ? voulez-vous pour trois mois renoncer au bord de la Seine ?

Pour toute réponse Albert saisit la main d'Anatole, la baisa pieusement, et le suivit sur la place Saint-Michel...

Le jour commençait à poindre, au moment où les deux jeunes gens entraient rue de la Harpe...

Bientôt Anatole ouvrit la porte de la mansarde, sanctuaire mystérieux des souvenirs du passé...

— Vous êtes chez vous ! dit-il à son compagnon. C'est la mansarde où nous fûmes si pauvres, si heureux !... Écou-

tez-moi une fois encore, et vous la connaîtrez, comme vous connaissez notre vie...

Il montra aussitôt à Albert tous les objets conservés avec un religieux et tendre respect, tous les trésors que Georges avait salués déjà !...

Albert était bien digne aussi de comprendre Anatole !...

— Nous y revenions quelques fois rêver tous les deux ! acheva-t-il tristement. Mais Aline me remerciera de vous avoir donné sa mansarde hospitalière, et nous viendrons vous y encourager ensemble, en attendant l'heure de vous amener Louise avec nous...

Albert allait parler, mais la porte s'ouvrit, et la mère Rainette entra lentement dans la mansarde...

— Voilà votre ménagère !... dit Anatole à son nouvel ami.

— Oh !... soupirait Atis... vivre... vivre encore !...

— Ingrat !... répondit l'amant de Trilby... voyez cette vieille et pauvre femme... eh bien !... si vous saviez sa vie, vous rougiriez de vous plaindre !...

. . . .

Une heure après, Albert Atis connaissait la nouvelle infamie, encore ignorée, du baron Dupréval.

Anatole lui donnait aussi de honteux détails sur les friponneries privées, sur les antécédens politiques du fonctionnaire.

Et l'amant de Louise, excité tout à la fois par l'indignation et par la vengeance, traçait d'une plume fiévreuse en tête de la première page blanche, ce titre redoutable :

— Les Lanières du fouet de Satan...

CHAPITRE IX.

Le fonctionnaire était loin de prévoir l'orage qui s'amassait sur sa tête. Toutes les circonstances semblaient au contraire lui promettre l'avenir, convoité par son ambition.

Il avançait d'un pas rapide et triomphant dans la carrière politique, et, quoique déçu dans son espoir lors du remaniment de ministère, il avait été largement indemnisé par toute une moisson de faveurs honorifiques et pécuniaires. Déjà siégeant au centre le plus central de la Chambre des députés, compris d'avance dans la prochaine fournée de la pairie, revêtu d'une des fonctions les plus importantes et les plus lucratives du royaume ; mais constamment encore aux abois, grâce au faste de sa dépense, il ne lui manquait plus qu'une fortune réelle, assise, territoriale, et par le mariage auquel tendaient tous ses efforts, il allait trouver tout à la fois une alliance assez noble pour désenfariner à jamais le fils du boulanger, une mine féconde, inépuisable, riche à satisfaire tous les appétits de son tempérament et de son orgueil.

Lord Karolan, ce millionnaire insatiable, et dont le regard éteint en apparence, entrevoyait cependant tous ces tripotages de Bourse, tous ces trafics d'actions, qui depuis ont dévoré la fortune de tant de dupes, au profit de la cupidité d'un petit nombre d'adroits; lord Karolan proposait des capitaux immenses, et réalisables à quelques mois de là. Il les associait à l'influence, habilement exploitée du fonctionnaire, et tous deux partageaient les bénéfices de ce coup de filet en eau trouble. Mais, afin de les mieux garantir, afin de payer moins cher, afin surtout d'intéresser doublement le baron par l'appât d'un héritage, il exigeait le mariage de Geneviève.

Le fils du boulanger, l'homme réduit six mois auparavant à escroquer quelques misérables billets de banque sur les tapis vers de Chantilly, se trouvait donc l'un des plus riches propriétaires du monde...

Aussi rien ne lui eût coûté, ni crimes ni bassesses, pour

arriver à la réalisation d'une aussi splendide espérance, et chaque jour il déployait autour de la pauvre Geneviève toutes les ressources corruptrices de son esprit infernal.

Geneviève, cependant, luttait toujours, mais elle n'avait personne pour l'encourager et la défendre. Elle croyait Georges coupable d'une odieuse infidélité, d'un oubli plus odieux encore. Depuis longtemps elle n'avait plus la foi pour soutien, sa force commençait à faiblir, et la vieille Yvonne, qui seule eût pu lui rendre le courage et la foi, languissait entre les murailles maudites de l'hôpital, et sans espoir d'en sortir avant un mois au moins...

— Bientôt... bientôt !... disait souvent Mme de Bellerive, aussi intéressée au succès, aussi acharnée à la lutte que le baron Dupréval, et que lord Karolan.

C'étaient deux êtres étranges que ces deux hommes.

Ainsi, le fonctionnaire, tout en poursuivant la conquête de Geneviève, s'était passionné avec une égale ardeur pour Mariette jadis, et maintenant pour Louise.

Il aimait la domination, les obstacles; et dès qu'on essayait de se soustraire à son caprice ou à son empire, son amour, ancien ou nouveau, se réveillait avec une sorte de fureur.

Ces caractères ne sont que trop communs parmi les puissans et les riches. Habitués aux faciles succès, que donnent l'or et le pouvoir, ils en viennent à la conviction que tout leur est permis et leur appartient. Aussi la paisible possession les trouve indifférens et superbes ; mais la résistance les attache, les irrite et les passionne. Le secret de certaines liaisons étranges est là dedans !

Mariette, aimante et soumise, eût été depuis longtemps heureuse et libre. Et essayant de briser sa chaîne, elle l'avait rivée à jamais. Son affreuse maladie n'était qu'une trève passagère entre elle et son bourreau. Il l'abandonnait, alors qu'elle n'offrait plus aucune satisfaction à ses désirs et à sa vanité; mais, Lucien de Varedde l'avait dit, qu'elle redevînt brillante, enviée, révoltée surtout, et le fonctionnaire allait reparaître, aussi exigeant, aussi impitoyable que jamais.

Les mêmes causes le retenaient auprès de Louise, plus résignée peut-être, mais au moins également indifférente...

D'où viennent ces attractions inexplicables ?... Demandez-le à notre société stupide, qui, à force de vouloir allaiter le riche à toutes les sources de ces mamelles vénales, en a fait un éternel Tantale de plaisirs imaginaires, de cruelles voluptés, de bonheurs qui ne s'achètent pas !

A chaque millionnaire moderne, il faut l'île de Caprée de Tibère !

Et lorsque le cœur reste pur au choc de ces tentatives inévitables, lorsqu'une haute probité repousse ces jouissances amères, alors le riche souffre et pleure, victime lui-même de son propre bonheur !

Lucien de Varedde en était là.

Mais lord Karolan participait essentiellement de la nature altérée du baron Dupréval.

Ce vieillard, impotent, sordide, hypocrite, avare, et cependant prêt à prodiguer son or pour les débiles passions de son infirmité repue sans être satisfaite ; ce cadavre glacé pour toutes les généreuses inspirations, mais vivant encore par de honteux instincts impossibles ; ce moribond, cynique jusque dans son agonie, couvait incessamment au fond de sa torpeur apparente une horrible convoitise, assez semblable à celle de l'araignée tapie au centre de sa toile.

Il demandait sans relâche la jeune fille entrevue à l'Opéra, il désirait Annette.

Mais elle... elle... et pas d'autre, précisément parce qu'il ne pouvait pas retrouver cette unique proie de son appétit unique.

En vain Tom et la Debanne s'évertuaient à satisfaire le millionnaire... Ni la parfumeuse avide, ni le valet complaisant ne pouvaient plus réussir à retrouver les traces de la plus jeune des filles de Saint-Hyacinthe.

Lucien de Varedde l'avait sauvée, et bien sauvée celle-là...

L'entremetteuse le savait; mais incapable de deviner un noble dévoûment, elle croyait la jeune fille depuis longtemps maîtresse de l'opulent vicomte, et déjà même, peut-être abandonnée par son séducteur. Car elle avait fait épier Lucien de Varedde par tous ses affidés, et, comme il n'allait à Belleville que le dimanche, un heureux hasard dérobait encore la retraite d'Annette aux recherches des profanes.

Enfin lord Karolan, dans un transport de colère et de rage, voulut aller en personne chez la Debanne, et Tom, pour se justifier, s'empressa de l'y conduire.

La parfumeuse, experte en ces matières, imagina de présenter à ce précieux client quelques unes de ces pauvres filles, qui rêvent nuit et jour un capitaliste russe, un millionnaire anglais.

Elle choisit parmi les plus blondes et les plus fraîches, parmi celles que recommandait une vague ressemblance avec Annette ; elle espéra tromper le vieillard par une illusion commode et facile.

Lord Karolan ne fut pas dupe du stratagème, et se retira furieux.

La Debanne avait cependant encore promis... Ces créatures-là promettent toujours.

Mais comment faire ?

Une seule femme eût peut-être pu résoudre ce problème.

C'était Trilby...

On se rappelle les deux portraits du cabinet de travail de Lucien de Varedde ; Annette et Trilby sur le même chevalet, et cette ressemblance si parfaite, qu'elle avait un instant abusé les yeux et le cœur d'Anatole...

Un jour lord Karolan rencontra Trilby, mais il se trouvait seul, Tom n'était pas là, et le podagre perdit facilement les traces de l'alerte jeune fille.

Cette rapide apparition ralluma toutes les ardeurs du vieillard, convaincu désormais que le contentement était possible, et qu'on le servait mal.

Il accabla son valet de reproches et d'injures ; il le menaça, il le frappa même !

La Debanne reçut une heure après le contrecoup de cet accès d'une puissante rage.

— Ah !... fit la Debanne, sans s'émouvoir... Elle est donc à Paris ?...

— Puisqu'il l'a vue, lui !... cria Tom, en parodiant son maître.

— Dans quel quartier ?

— Chaussée-d'Antin... Par ici... dans vos environs... C'est honteux !...

— Et pas d'autres indications ?

— Non...

Il ne l'a donc pas suivie...

— Il est à pied...

— On court alors !

— Et des jambes...

— C'est juste... Mais comment ne vous trouviez-vous pas avec lui ?

— Oh !... parfois il sort seul... sans vouloir qu'on l'accompagne... sans prendre d'autre équipage qu'un carrosse numéroté...

— Tiens... tiens !... Où va-t-il donc comme ça ?

— Est-ce que je sais, moi ?... un tas de mystères où le diable, en compère, ne doit même pas y voir goutte... C'est un vieux cachottier !...

— A votre place je l'aurais suivi sans rien dire... Vous n'êtes donc pas curieux, vous ?...

— Comme un gendarme...

— Eh bien ?

— Pas plus avancé pour cela... Il entrait dans des maisons, où je ne connais personne.

— On s'informe...

— Les concierges ne savaient rien...

— On monte derrière lui.

— Ah !... ouiche !... et s'il m'avait vu ?

— Poltron !...

— Que voulez-vous... je l'ai suivi trois fois sans rien découvrir... çà m'a dégoûté de l'espionnage...

— Et vous n'avez rien remarqué du tout..?

— Absolument rien... Ah !... si fait cependant...

— Quoi donc ?...

— Je l'ai suivi trois fois, et les trois fois il est entré dans des maisons, où il y a des bureaux d'assurances sur la vie. Voilà tout.

— Qu'est-ce que ça veut dire ?

— Je ne sais pas.

— Un hasard peut-être...

— C'est ce que j'ai pensé !... Mais il m'attend ! Vite, revenons à votre affaire.

— Eh bien ! je vais battre les quatre coins de Paris.

— Ce n'est pas dans la rue que vous rencontrerez la donzelle ?

— J'ai du nez... et de bons chiens de chasse pour trotter avec moi... Si elle est à Paris, je la trouverai, soyez-en sûr. Attendez donc !

— Vous y êtes ?

— Oui, parbleu ! sotte que je suis... je connais celui qui la protége, celui qui l'a fait enlever... Lucien de Varedde ! c'est cela... il y a quelques jours, sa sœur est venue la demander ici, et, pour m'en débarrasser bien vite, c'est là que je l'ai envoyée. Comment n'y ai-je pas pensé plus tôt pour mon propre compte !

— Oui, comment...

— Taisez-vous, je réfléchis...

Et la Debanne se grattait le front avec ses gros doigts carrés.

— Est-ce fait ? demanda Tom, au bout de quelques minutes...

— Oui, répondit la Debanne, d'une voix triomphante... Et demain... demain vous aurez de fameuses nouvelles....

— Songez que le vieux singe est homme à venir lui-même...

— Qu'il vienne !... conclut la Debanne, en congédiant le valet.

Puis elle reprit le cours de ses réflexions.

— Voyons, murmurait-elle, avec un affreux sourire. Lucien de Varedde la cache sans doute... C'est un crâne tour à lui jouer, et je lui dois bien cela... Les bonnes idées ne viennent jamais tout de suite. Vingt fois je l'ai fait suivre dans Paris... toujours inutilement. Il est fin !... et puis j'espérais faire gober au vieux un équivalent quelconque. Mais maintenant je tiens mon homme... et cela grâce à Louise !.. Elle sera allée chez Louise ?... Naturellement, il aura réuni les deux sœurs... Louise connaît donc cette mystérieuse retraite.... et le baron Dupréval peut lui escamoter le secret... fameux !.. Il ne demandera pas mieux que de me rendre ce petit service... et sans demander pour quel amateur... Qu'est-ce que ça lui fait ?.. s'il voulait savoir cependant... L'Anglais ne veut pas être connu... surtout de Dupréval... Faut de la discrétion... Bah ! je filerai en douceur à mon très cher beau-frère, que c'est pour l'ambassadeur russe...

Aussitôt elle s'affubla d'un grand châle, et courut effrontément chez le baron Dupréval...

Le fonctionnaire se prêta de la meilleure grâce du monde à cette ignoble complaisance.

Le soir, il interrogea Louise avec adresse.

Louise ne savait rien...

La Debanne, instruite dès le lendemain matin, but un superbe désespoir ; et, pour surcroît de malheur, lord Karolan arriva, plein d'impatience et d'espoir.

Il fallut de nouveau remettre le vieillard, qui redescendit en blasphémant de la mésaventure !...

A quelques pas de là, devant la porte de la maison de Mariette, il gourmandait encore la maladresse de Tom.

Mais en ce moment une leste et mignonne jeune fille glissa rapidement sur le trottoir.

— La voilà ! s'écria tout à coup lord Karolan, l'œil ravi, la bouche béante et les bras étendus.

C'était Trilby, qui se rendait chez Mariette ; c'était Trilby qu'une fois déjà le vieillard avait rencontrée dans la Chaussée-d'Antin.

CHAPITRE X.

Il y avait une semaine déjà qu'Aline et Louise étaient descendues au chevet de Mariette, comme deux anges envoyés du ciel pour la rappeler à la vie.

Tour à tour elles veillaient une nuit chacune ; elles passaient ensemble les journées entières auprès de leur malade adoptive.

C'était quelque chose de touchant et de sublime, que la réunion de ces trois femmes, proscrites et tombées aux yeux du monde, mais dominant l'absurde préjugé dont elles étaient victimes, le dominant de toute la hauteur de leurs vertus incomprises, de tous les rayonnemens de leur divine beauté...

Mariette, pâle, amaigrie, attendrissante comme la Vierge au sépulcre, muette encore pour la parole, mais déjà ranimée par l'éloquence du regard et du sourire !

Toujours belle !.. la souffrance, respectueuse en face de tant de charmes, semblait n'avoir creusé ses joues, que pour mieux admirer l'élégante perfection, la gracieuse pureté des lignes de cet incomparable visage, mat et transparente pâleur duquel elle se complaisait à estomper des ombres délicates, des nuances brunes et bleues, des tons, des reflets impossibles !...

Immobile, et longuement couchée sous les draps rabattus qui dessinaient son corps, ainsi qu'un linceuil drapant un cadavre ; à peine assez forte pour retourner sa tête, dont les noirs cheveux, égarés et touffus sur cet oreiller blanc, donnaient au loin l'illusion des deux ailes d'un corbeau déployées sur la neige ; impuissante à prononcer encore une parole, mais gémissant sans cesse une mélodie douce et plaintive, qui s'harmonisait avec le sourire plein de reconnaissance, avec le regard humide de caresses, pour compléter tout un poème du cœur, dont les trésors se résumaient dans un mot unique et céleste :

— Merci, merci !..

Jamais, non jamais Dieu n'a mis tant de saisissantes expressions, tant d'adorables voix sur le visage d'un ange !

Oh ! ce chant, ce regard, ce sourire, qui me les rendra ?...

Car, je les ai vues, moi, je les ai entendues, toutes ces harmonies à jamais éteintes, et dont mon seul cœur a gardé l'écho murmurant et fidèle.

Plusieurs fois je vins visiter Mariette.

Chaque matin, je courais chez Anatole savoir les nouvelles de la nuit, mais cela ne suffisait pas à mon amitié, à mon amour.

Ah ! si je les eusse écoutées, ces impulsions incessantes, je serais resté jour et nuit auprès du lit de Mariette..

Mais, j'avais si grande crainte de rencontrer le fonctionnaire.

Il vint une fois, lui, une seule fois...

Louise était là.

A l'aspect de sa nouvelle victime, il resta cloué sur le seuil.

D'un geste expressif et prompt, Louise le chassa de la chambre de douleur de celle qu'il avait failli tuer, qu'il allait peut-être tuer encore, et pour toujours cette fois!...

Le misérable comprit et se retira, mais non sans avoir eu l'atrocité d'un sourire!

Heureusement Mariette dormait : elle ne l'avait pas vu...

Il est de magnétiques instincts chez les malades. Elle se réveilla bientôt, languissante et tourmentée comme après un rêve affreux.

Aline et Louise effacèrent promptement cette impression fatale à force de câlineries et de tendresses.

Elles étaient si spirituellement bonnes, si délicatement dévouées, ces deux charmantes et salutaires jeunes filles!...

Louise, tendre, grave, rêveuse et recueillie, doublement attristée par le deuil de ses vêtemens et de son cœur.

Mais Trilby?...

Rieuse, alerte, mutine, amusant la souffrance jusqu'à la faire oublier, chassant de ses mignonnes mains tous les papillons noir du souvenir?; aide-de-camp en jupon du docteur Chanazal, qui répondait de la campagne; despotique, lorsqu'il le fallait, envers la malade rebelle; puis l'embrassant et la faisant sourire, après l'avoir grondée d'une façon boudeuse et ravissante.

C'était un lutin, c'était une fée!

Du reste, les deux jeunes filles luttaient de prévenances et d'empressemens. C'était à qui ferait le plus et le plus vite pour Mariette.

Rien de joli, rien de gracieux comme les groupes formées par elles!

Tantôt éparses pour les détails du petit ménage ordonné par le médecin : celle-ci préparant quelque potion de ses blanches mains, celle-là portant une tisanne en marchant sur la pointe de ses pieds suspendus... tantôt agenouillées auprès du lit, ou bien appuyées aux deux chevets pour mieux complaire à Mariette... Parfois, rapprochant la tête brune de la blonde tête, pour quelques chuchottemens confidentiels et babillards; parfois les penchant toutes deux à la fois, en retenant leur souffle, au dessus de leur compagne endormie...

On eût dit la merveilleuse trinité du paganisme, deux des Grâces soignant leur troisième sœur, blessée dans quelque course à travers l'espace; mais toutes trois revêtues de la chaste enveloppe des saintes qui peuplent un autre Éden, toutes trois transportées sur cet olympe pudique où trône le Christ!...

. . . .

Une naïve et sincère amitié s'était promptement développée entre ces deux jeunes filles, si bien destinées à se comprendre.

Pendant les longs assoupissemens de Mariette, on causait, comme deux pensionnaires au fond du jardin du couvent.

Leurs cœurs n'eurent bientôt plus de mystères, leurs lèvres plus de secrets...

Louise avait confié la première toute sa douloureuse existence à sa nouvelle amie.

Au nom de la Debanne, Aline frissonna!...

Le même serpent les avait perdues toutes deux!...

Trilby jeta un cri de douleur et de malédiction...

— C'est ma mère!.. soupira la jeune fille rougissante, posant un doigt sur ses lèvres.

Aline se tut et l'embrassa.

L'amour d'Albert Atis rappelait l'amour d'Anatole.

Les yeux bleus versèrent autant de larmes que les yeux noirs!...

IVᵉ P.

Au récit de la mort de Saint-Hyacinthe, on eût dit que le pauvre comédien avait laissé sur la terre une fille de plus.

Louise parla avec un poignant désespoir de son enlèvement, de son séjour à la campagne, de toutes les hontes subies et pleurées.

Alors cependant elle prononça le nom du baron Dupréval.

— Chut!... fit Aline, en regardant aussitôt si Mariette dormait profondément.

Louise en vint à sa visite chez Lucien de Varedde.

— Oh! je le connais celui-là!... s'écria Trilby avec une émotion profonde, et c'est le plus noble cœur qui batte dans la poitrine d'un homme. Il m'a bien aimée, lui!... Et moi, je fus bien cruelle envers lui... C'est le seul remords de ma vie! Pauvre Lucien!... je l'ai rendu bien malheureux... je l'ai bien fait souffrir, en le châtiant, par une injustice amère, de tous les crimes des riches, dont il n'a pas un seul vice... Je l'estime profondément... et, tiens, Louise... tu vas rire, mais je l'aime, je crois, presqu'autant qu'Anatole... Oui... il me reste bien peu de jours à vivre, et cependant j'en donnerais la moitié de grand cœur, pour rendre Lucien de Varedde heureux!

— Mais ma sœur?... demanda Louise inquiète.

— Oh!... bénis le ciel... et garde-toi de douter de Lucien. Il l'aimerait, qu'il la respecterait encore, j'en suis sûre. Ta sœur est bien heureuse de l'avoir rencontré à temps sur son chemin!

— Je l'espère! soupira Louise, qui raconta la touchante scène du cimetière.

— Tu vois! reprit Aline avec un religieux orgueil. Ose craindre encore!

— Mais je voudrais tant la voir... ne fût-ce qu'un moment..

— La prière de Lucien est cruelle... Hélas! elle est juste! Louise ne répondit pas et baissa la tête.

— Au moins, reprit-elle cependant quelques secondes après, au moins, si je connaissais sa retraite!... si je pouvais avoir la discrète joie de passer, inconnue et résignée, devant maison qu'elle habite!

— Tu aurais ce courage-là, Louise?

— Oui...

— Tu me le promets?...

— Je te le jure!...

— Eh bien! je puis le savoir...

— Toi?

— Moi...

— Et me le dire?...

— Demain... si tu le veux encore...

Le soir même, Aline apprenait tout par Anatole, incapable de cacher un des replis de son cœur à Trilby.

Et le lendemain elle répétait la confidence à Louise, mais sans lui apprendre encore l'adresse de la pension, qui abritait Annette...

— Veux-tu tout savoir? proposa-t-elle cependant.

— C'est étrange!... murmura Louise... Il me l'a demandé ce matin...

— Qui?...

— Lui...

— Le baron?...

— Oui...

— Et tu l'ignorais encore... Dieu soit loué!... Lucien de Varedde avait raison de garder le silence... Cet homme était assez perfide pour t'arracher ton secret...

— Oh! je ne veux jamais rien savoir! s'écria Louise, avec effroi.

— Bien, pauvre martyre! répondit Aline, en jetant ses deux bras mignons au cou blanc de son amie...

. . . .

Trilby savait donc que Louise ne restait avec le baron Du-

5

préval, que pour gagner en quelque sorte la liberté d'Albert Atix.

Un jour elle accourut, de la joie plein ses yeux bleus, et s'écriant d'une voix folle et glorieuse :

— Albert est libre !...

Ce fut toute une résurrection pour le cœur de Louise !

Elle voulait voler au bras de son amant.

Trilby ne connaissait encore que la première visite à Lucien de Varedde.

Qu'était devenu Albert depuis ?...

Elle l'ignorait.

— Attendons à demain !... dit-elle à sa sœur impatiente...

— Demain !... répéta Louise, avec une résignation menteuse.

Et le soir Trilby partit, en recueillant pieusement sur les cheveux noirs de Mariette le baiser qu'elle allait reporter chaque jour sur les cheveux blancs de sa mère...

— Elle ne se doute de rien !... disait-elle, en souriant à ses amis... Vous le voulez... Mais il est des parfums émanés de la fille, et que reconnaît vaguement le cœur d'une mère... Malgré vous je les rapproche. La bonne mère Rainette aime mes baisers... et, sans savoir pourquoi, souvent elle pleure en m'embrassant !...

. . . .

Cependant Trilby, fidèle à sa promesse, avait rapporté à Louise toute la scène du bord de la rivière...

Louise bénit Anatole, et l'aima sans le connaître...

Elle voulait à l'instant courir à la mansarde de la rue de la Harpe.

Aline l'arrêta.

— Songe aux paroles d'Albert !... dit - elle gravement.

— S-s lèvres mentent, s'écria follement Louise... et son cœur m'appelle !...

— Anatole pense aussi que l'heure de la réunion n'est pas encore venue...

— S'il s'agissait de toi, Anatole traverserait tout un monde d'obstacles en une seule minute !...

— Toi-même !... réfléchis un instant... Le baron...

— A partir d'hier, tout est mort entre nous !

— Tu le lui as dit ?

— Oui.

— Eh bien ?...

— De la colère... des menaces terribles... n'importe !... Conduis-moi vers Albert.

— Un mot encore, Louise, ta chaîne est rompue d'hier... et le dernier anneau traîne encore à ton pied.

— Je ne te comprends pas !

— Le passé ne s'efface pas en un jour. Il est des répugnances...

— Aline ! interrompit Louise avec une navrante douleur, Aline ! tu es bien cruelle !

Et elle étreignit de ses deux mains convulsives son visage inondé de larmes.

Trilby s'approcha doucement, se laissa glisser sur les genoux, et, enveloppant la désolée de ses deux bras amis, elle lui dit d'une voix caressante et consolatrice :

— Tu m'as comprise... Louise ? Je sais aussi ce que c'est, moi ! Patience et courage... Plus tard... plus tard...

— Oui, bientôt... bientôt... n'est-ce pas ? répondit enfin la fiancée d'Albert, ramenée déjà par cette irrésistible et fraternelle prière, mais luttant encore avec l'insistance enfantine des amoureux.

— Eh ! je le désire autant que vous, méchante ! répartit Aline avec une petite moue délicieuse, à faire croire que son cœur s'épanouissait sur ses lèvres. Sois tranquille... Albert et moi nous allons travailler à votre bonheur... moi surtout... Les hommes ne comprennent rien... surtout lorsqu'ils ai-

ment... ce qui est fort rare chez eux. Et voilà pourquoi souvent ils nous dominent. Je suis femme, moi, et de plus ton amie, ta sœur !... Ah ! une larme... pardonne-moi d'avoir prononcé ce mot-là. Et quant à cette ingrate larme, laisse-moi la boire avec les mauvaises lèvres qui l'ont fait jaillir de tes yeux !

Louise sourit à la câline enfant, et n'en pleura plus d'autres.

— C'est convenu !... poursuivit Aline... Laisse-moi tirer tout doucement le lien qui vous réunira... Je me charge de tout... Et peut-être... sans le consentement d'Anatole...

— Comment ?

— Chut !... Laisse-moi faire !.. Veux-tu t'en rapporter à moi ?

— Puisqu'il le faut, soupira Louise !

— Oh !.. le vilain mot !.. Je te demande une confiance.. oh ! mais une confiance... je dirais aveugle... si vous n'aviez pas de si jolis yeux !

— Albert... Albert !... murmura douloureusement Louise.

— Ah ! je vais me fâcher à la fin... Je le veux... entends-tu bien... je le veux !

— Même me défendre d'y penser !

— Au contraire... nous y penserons ensemble... Mais quant à aller le revoir...

— Et s'il venait, lui !

— Non, non... Anatole m'a tout dit... N'y compte pas.

— Anatole l'arrêtera peut-être aussi... Prends-garde... je vais le haïr.

A ce mot, Trilby jeta l'une de ses petites mains sur la bouche de Louise.

— Tais-toi... tais-toi ! fit - elle en même temps... Nous vous aimons tous deux... toi comme lui... et lui comme moi... Ne maudis donc personne, afin de t'épargner des regrets, car vous nous remercierez tous les deux un jour !

— Pardon... pardon !... répondit Louise, en baisant tour à tour les boucles frisées et blondes d'Aline... J'obéirai sans me plaindre... je ferai tout ce que tu voudras.

— Bravo !... merci... je t'aime... Et puisque te voilà raisonnable, causons un peu raison ?

— Raison !

— Oui, entre la résignation et le bonheur, il y a du temps... le moins possible, je t'en réponds, mais enfin un peu...

— Eh bien ?..

— Comment vivras-tu, en attendant ?

— Chez toi...

— Chez moi !...

— Oui, quant à cela, ma résolution est irrévocable. Je ne reverrai plus cet homme... jamais, jamais ! Je renonce à la maison qu'il m'a donnée, à mes bijoux, à mes toilettes, à tout ce qui me vient de lui !... Je veux fuir mon riche appartement de Paris, te demander un asile, attendre huit jours... huit jours tout au plus... puis courir vers mon Albert avec la simple robe d'indienne que je portais la dernière fois qu'il m'a serrée dans ses bras !

— Comment... rien ! rien !...

— Rien ! Il faut anéantir le passé !

— Louise !

— Plus de diamans aux oreilles , et pas de rougeur au front !

— Mais il est pauvre aussi, lui ! observa Trilby avec une triste inquiétude.

— Je le sais.

— Il n'a rien non plus... absolument rien !..

— Qu'importe ! nous nous aimons ! poursuivit Louise , ardente et fière.

— Et la misère ! s'écria Trilby, avec un élan désespéré...

la misère ! malheureuse ! tu ne te souviens donc plus ce que c'est que la misère !

. . . .

Ce terrible mot tomba, comme une glace soudaine, sur le cœur chaleureux de la pauvre Louise, et ,toutes les illusions enthousiastes de son amour s'évanouirent aussitôt.

— La misère !.. murmura-t-elle d'une voix morne et profonde... Non... je ne puis pas oublier les maux qu'elle traîne à sa suite.. Je les ai tous, et trop cruellement éprouvés à la fois... Le désespoir de ma famille, la famine de la rue Guérin-Boisseau , la mort de mon père et de mon frère!... mon propre déshonneur!... Oh !... je me souviens... je me souviens !

— Et tu veux t'exposer encore !.. fit Aline, en frissonnant elle-même d'appréhension et d'épouvante.

— Quelle différence !.. répondit Louise, encore pleine de foi... Nous sommes jeunes et forts, nous... Notre amour est immuable et courageux... S'il faut mourir de faim, eh bien! nous mourrons ensemble... C'est un bonheur de plus !

— Enfant, poursuivit Aline, d'un souffle lent et parfois entrecoupé par la funeste toux, qui déchirait sa poitrine... tu ne connais pas l'influence de la misère sur l'amour !... Enfant... enfant !

— On dirait à t'entendre... ma foi... presque une mère qui parle... et.

— Nous avons le même âge... je le sais.. mais, que veux-tu, Louise!... j'ai commencé plus tôt l'apprentissage de l'expérience... A douze ans... à peine, j'étais vendue par ma mère...

— Oh !

— Oui... à un prince, fort amateur de prémices, et qui les avait déjà flétris chez ses propres filles... Mais c'est un des rois du grand monde... On trouve cela charmant.

— Aline !

— Quoi donc ? Je ne l'accuse pas non plus... au contraire... Je le rencontre parfois , et nous sommes fort bons amis... J'en suis là, car j'ai vécu bien vite, moi, si vite que je n'ai plus longtemps à vivre !

— Tais-toi... tais-toi !...

— Laisse-moi parler, au contraire, car je parle sans amertume et sans regret... Le bonheur est plus impossible encore pour moi que la vie... Tu ne veux pas me croire, n'est-ce pas?... Anatole non plus, va !... Aussi je me tais devant lui , afin de ne pas lui ravir cette dernière illusion... jusqu'au printemps prochain... Je ne pourrai pas davantage... Chut !... Tout cela est pour te dire que j'ai l'expérience, qui ne se loge d'ordinaire... et pas toujours même, que sous les cheveux blancs... De plus, à l'approche de la mort , l'âme déjà remonée dans les yeux, donne au regard d'étranges clairvoyances... Il est bien des voiles qui tombent , ma Louise... on it presque dans l'avenir !... Enfin , je t'aime... je t'aime comme si tu étais ma fille... Et toutes ces causes-là font que je te parle, ainsi qu'une mère !...

— Aline ! Aline ! sanglota Louise, sur le sein agonisant de la jeune poitrinaire, qui reprit avec une grave et douloureuse autorité.

— L'argent... vois-tu bien, chère et naïve enfant... l'argent, c'est tout sur la terre... Sans lui, pas de bonheur, pas d'amour possible... Tu souris, incrédule et confiante fille... Ecoute.... je t'ai dit toute mon existence avec Anatole... Il m'aimait aussi, lui... Je voulais me retirer à jamais de ce tourbillon de honteux plaisirs, qui brûlent et qui tuent; sa mère ne l'a pas compris... Je ne pouvais être sa femme, et moi-même la première je lui inspirai la soumission... Mais rien ne nous empêchait en apparence de vivre ensemble, éternellement mariés par le cœur... rien... n'est-ce pas?

— Non, rien...

— Si fait... la misère...

— Oh !

— Nous avons essayé, nous, essayé à plusieurs reprises; et notre position était la même où tu te trouves avec Albert Atis. Anatole était poète aussi ; il avait du talent, du génie, du courage ; mais nous habitions une mansarde nue, comme nous-mêmes ; un grenier sans feu toujours, parfois sans pain ! Pas de plaisir, pas de fête ; à vingt ans, le plaisir est une nécessité. Nos caractères se sont aigris par la tentation , par la lutte, par la souffrance. L'amour ne s'est pas envolé, oh non, mais il s'est endormi, grelottant et brisé... si bien endormi que nous avons cru tous deux qu'il n'était plus là ! Tu sais le reste... Le lendemain de la séparation , il a de nouveau battu des ailes sur les débris de nos cœurs saignans ; il n'était plus temps, et toutes ses caresses ont été depuis des blessures... Voilà le sort que tu veux affronter, Louise... Oh non, non, songes-y bien, nous étions sincères et bons aussi, nous, mais pauvres... pauvres tous deux... Il n'est pas de bonheur possible pour le pauvre !... J'eusse travaillé courageusement, comme tu l'espères sans doute en ta candide ignorance, mais le monde ne permet pas aux ouvrières la vie et la liberté par le travail. Il veut les garder pour ses amusemens et ses plaisirs... Il a besoin dé filles de joie ; il défend le miel aux abeilles, afin d'en faire des guêpes sans aiguillons !

— Mais Albert, Albert travaillera, et...

— Un poète, chère folle, un poète... Mais en supposant même un succès bien rare avec un semblable dénûment, il faut des années, des années, entends-tu bien, avant de cueillir le premier épi de ce stérile champ, où l'on sème son cœur. Quel pain avez-vous en attendant la moisson?...

— Ah ! que n'est-il un simple ouvrier ? les bras nourrissent... au moins, nous serions heureux.

— Peut-être, peut-être, Louise... Parmi les filles du peuple, il en est qui acceptent cette modeste et vertueuse mission...

— Oui, oui, celles qui épousent le destin de leurs frères en travail... celles qui vivent selon les lois des hommes !... ces honnêtes et braves femmes des ouvriers !.. Oh ! je voudrais être une de celles-là.

— Ne les envie pas, Louise, ne les envie pas... Elles portent un terrible cilice... Leurs maris ne peuvent pas non plus les rendre heureuses... Ils ne gagnent pas assez pour cela... L'argent, toujours l'argent !... L'ouvrier le plus sobre et le plus sage a de cruelles luttes à soutenir, et les meilleurs pères de familles y succombent... Les impossibilités, les chagrins les poussent à la barrière, où la débauche verse l'oubli sur ses comptoirs d'étain... L'ivresse devient une habitude inévitable, un besoin véritable, une abrutissante passion... Plus d'amour ni d'estime dans le ménage; et la pauvre femme toujours affamée, souvent battue, en arrive au regret d'avoir honnêtement vécu, à l'horrible expérience de ne plus tard à ses propres filles : Filles du peuple, la société vous condamne au malheur ou à l'infamie... Votre mère fut trop malheureuse, ne soyez pas comme elle !..... et n'accuse plus la mienne...

— Pauvre Trilby !

— Voilà le monde, Louise... Le bon Dieu avait créé autant de terre qu'il en fallait pour nourrir les hommes... Vois-tu bien, je comprends cela maintenant... Une égale quantité pour des égaux !.. Autant à chacun, pas davantage à personne... Les plus forts et les plus adroits ont volé la part de leurs frères, et plus tard inventé des crimes mensongers et des lois cruelles, afin de garantir à leurs enfans cet héritage usurpé... Il en est de leurs préjugés comme de leurs lois... Absurdités et injustices!.. Ils me méprisent parce m'avoir perdue. Je les méprise bien davantage, et ne rougis pas de mes fautes, qui sont les leurs... Ne rougis pas non plus, toi, Louise... Nous sommes ici trois femmes qui devons relever la tête et ne regarder que le ciel... Le monde nous condamne... soit... Dieu nous juge, et nous attend !

Une sainte exaltation brillait sur le visage radieux et purifié de la jeune fille, qui sentit en ce moment une main affaiblie et tiède qui cherchait confusement sa main.

C'était celle de Mariette, qui la soulevait pour la première fois de sa couche. Aline et Louise la saisirent avec une effusion fraternelle ; et les trois jeunes filles, ainsi réunies, semblaient protester à la face de Dieu contre les jugemens des hommes.

Puis, Mariette, épuisée, laissa retomber sa main, ferma les yeux et se rendormit.

Louise et Trilby continuèrent l'entretien à voix basse.

— Oui ! murmura Louise avec résignation... les filles des riches sont seules heureuses sur la terre... et cette Geneviève... dont tu me parles souvent...

— Oh ! celle-là le mérite ! interrompit Aline... et je travaillerai moi-même à son bonheur.

— Toi ?

— Oui... je ne puis encore te dire comment ; c'est un secret masculin, mais les autres... ne les jalouse pas non plus, Louise !

— Comment ?

— On étouffe, on refroidit chez elles le cœur, cet oasis de toutes les femmes... Mariées par intérêt et non par amour, elles achètent les hommes, qui se sont ruinés en nous achetant. Ils les aiment, comme nous les aimons, eux ; et délaissent plus vite encore leurs femmes, qu'ils n'ont été trahis par leurs maîtresses. Elles ont des amans alors, qui les comprennent, les exploitent et les ridiculisent plus tard ; puis, des enfans, trop tôt corrompus par la fortune, pour comprendre ce que c'est qu'une mère. Enfin, elles deviennent les bigottes, les bas-bleus, les sèches impitoyables, aux tombeaux desquelles personne ne vient verser une larme. Elles meurent, sans avoir connu aucun amour ; elles meurent sans avoir vécu !

— Ah ! les femmes sont les damnées de la terre !

— Oui ! car la terre est le royaume des forts, car la véritable patrie des faibles est le ciel !

— Mais, je veux être heureuse, moi ! s'écria Louise ; je crois en mon Albert. Le bonheur est là ! ne m'arrêtez pas !

— Quoi ! fit Aline avec étonnement, après tout ce...

Mais, la jeune fille l'interrompit, et continua :

— L'argent, n'est-ce pas ? eh bien ! j'en ai !

— Comment ?

— Oui... j'ai renvoyé à cet homme l'acte qui m'assurait la propriété de la maison, que j'avais acceptée d'abord ; mais il me reste mon mobilier de Paris, mes toilettes, mes bijoux ?.. je puis bien vendre tout cela cinq mille francs, au moins... C'est une fortune pour mes goûts simples et modestes, c'est de quoi attendre le succès. Je vais en faire dès demain de l'argent... et j'irai trouver Albert avec cette dot, puisqu'il en faut une au bonheur !

— Acceptera-t-il ?...

— O mon Dieu !...

— Attends, amie, je ferai sonder par Anatole les susceptibilités de son cœur !...

— Mais tu m'approuves, toi ?..

— Peut-être !... répondit Aline avec un accent étrange.

— Qu'as-tu ?... demanda Louise, inquiète et empressée...

— Rien... rien... murmura Trilby, songeuse et oppressée... C'est une question délicate et pénible... Je n'ose y répondre encore... Accorde-moi trois jours... Il me manque cette expérience-là... Mais j'aurai bientôt une conviction moi-même.... Trois jours seulement,.... Veux-tu ?...

— J'attendrai !... conclut Louise, en regardant son amie, avec une curieuse angoisse...

. . . .

Le lendemain Trilby fut triste.

Plus triste encore le surlendemain.

Le troisième jour plus triste encore.

— Tu m'as promis ? demanda Louise.

— Oui, répondit amèrement Aline... et je vais tenir ma promesse... J'ai maintenant moi-même presque le courage de prendre mon parti...

— Ton parti ?...

— Ecoute... Il y a quatre mois, lorsque j'ai donné tout le reste de ma vie à Anatole, j'avais agi comme toi !... c'est-à-dire... vendu le luxe de la courtisane, pour retourner plus pure à l'époux de mon cœur... Le bureau de bienfaisance de mon arrondissement s'était enrichi des dépouilles honteuses du passé...

— Bien... bien...

— Attends ! J'arrive chez Anatole... un intérieur modeste, mais où rien ne trahissait la détresse. Oh ! j'aurais dû me douter... Un poète devenu marchand... un noble cœur lancé par la colère dans l'implacable agiotage... Enfin, je le croyais heureux, riche !... Il y a huit jours, cette entremetteuse est venue me proposer la fortune, et je les ai chassées toutes les deux... Folle que j'étais !... Une lettre anonyme m'arrive, et m'apprend qu'Anatole lutte de nouveau contre la misère, et me cache des privations... sublimement supportées pour moi... Je doutais encore. Un homme se présente, et s'offre à me convaincre des affreuses réalités de la situation d'Anatole. J'accepte... et.

— Eh bien !

— C'était vrai... J'ai vu...

— Alors ?

— Depuis trois jours je pense à ceci.

— Parle ?

— Il se dévouait, lui, pour entourer mes derniers jours de tous les artifices d'une aisance trompeuse... Si je me dévouais à mon tour, pour le laisser après moi... sinon heureux... du moins à l'abri des cruelles nécessités de l'existence. On veut m'acheter ce corps, qui ne sera bientôt plus qu'un cadavre... Si je le vendais au prix d'une fortune léguée à Anatole...

— Aline !

— Silence... Tout cela se débat confusément au fond de ma pauvre tête. Je ne veux d'autre juge, d'autre conseiller que mon cœur. Ce sera cruel... encore... mais c'est pour lui. Songe donc... lui... pauvre... pauvre toujours... si tu savais...

— Explique toi !

— Non ! non ! Parlons de toi... Tu m'as demandé conseil... Et je te crie du fond de ma douleur : L'argent est toujours l'argent !

Avec ce dernier cri du désespoir sembla s'éteindre la vacillante lueur, qui tremblottait encore dans cette poitrine à l'agonie.

Louise tint longtemps la pauvre fille embrassée entre ses bras caressans...

Muette, attendrie, elle n'osait parler d'elle-même...

Ce fut Trilby qui parla la première...

— Anatole est contre ton projet... dit-elle... Il faut de la prudence... On en parlerait d'avance à ton Albert... qui la refuserait avec horreur... j'en suis certaine... et puis, Anatole se refuse à le préparer... Il ne peut pas comprendre !.. Mais, j'espère, qu'en te revoyant tout à coup, Albert n'osera pas te laisser partir... Quant à l'argent... ce sera pénible pour toi... Et cependant, pour toi le sacrifice est accompli !..

— Je vais tout vendre aujourd'hui... s'écria Louise, avec une joie radieuse... mes meubles... mes diamants... mes dentelles...

— Tes dentelles ?.. interrompit Trilby, avec un mystérieux sourire. Je te les vendrai...

— Toi ?

— Oui... Et à Geneviève, peut-être !

— Comment !

— C'est le grand secret toujours... Sache seulement qu'il faut qu'elle apprenne certaines choses ignorées... On ne peut parvenir jusqu'à elle... J'ai juré de réussir, moi... Et j'en cherchais les moyens... Comme marchande de dentelles... c'est une idée... Seulement tu n'auras cet argent-là que plus tard... et plus tard tu sauras tout...

— Oh ! j'ai toutes les patiences, maintenant que je vais aller retrouver Albert...

— Tu iras donc ?

— J'irai !

— Soit !... et puisses-tu le convaincre... J'ai hâte de voir le bonheur de mes amis... ou bien je ne le verrais pas... Que Dieu les seconde donc tous!.. Je voudrais, en quittant la terre, n'y laisser que des heureux !...

— Bonne Trilby !...

— Anatole d'abord... puis toi... Lucien !... Si le ciel me réservait la joie d'une occasion... Albert Atis que j'aime parce que je t'aime... Georges Cortalès que je connais un peu... Geneviève que je ne connais pas... et peut-être aussi Mariette...

— Mariette ! comment ?

— Oh ! celle-là... si je pouvais... Pauvre fille !... Ah ! il me semble que je m'en irais tout à fait heureuse...

Alors on entendit doucement crier le lit de la malade.

Louise et Trilby se regardèrent.

Mariette se soulevait lentement sur ses deux mains chancelantes.

Elles coururent l'aider...

Et cette fois, le mot tant de fois essayé sortit des lèvres pâles de Mariette.

— Merci ! merci ! murmura-t-elle, avec la voix qui chante dans le dernier cri du cygne.

Puis elle eut encore la force d'envoyer de ses doigts tremblans un délicieux baiser de reconnaissance aux deux jeunes filles béantes et ravies.

Enfin, elle retomba sur l'oreiller, souriant encore d'un sourire plein de force et de vie.

— La convalescence commence ! s'écria Louise.

— Et nous serons là pour la hâter !... ajouta Trilby.

— Toutes deux !

— Et toujours.

La pauvre Mariette se rendormit, dans une douce extase, toute pleine d'espérance et de bonheur.

Hélas !.. quelques jours encore, et la convalescente allait être privée d'un de ses deux anges gardiens.

CHAPITRE XI.

Trilby n'avait pas tout dit à Louise ; certaines choses, à cause d'une délicate réserve pour la fille de la Debanne, certaines autres, parce qu'elle les ignorait encore elle-même...

A peine lord Karolan eut-il aperçu la blonde et mignonne jeune fille qu'il prenait pour Annette, à peine l'eut-il montrée à Tom, qu'elle entra dans la maison de Mariette.

Le valet, comme le maître, fut trompé par la ressemblance.

— Va donc ! fit le vieillard amoureux, en poussant le serviteur ébahi.

— Où ?.., demanda le lent et laconique Tom.

— Où elle va... poursuivit l'Anglais, avec une impatiente fureur...

— Mais si elle ne va pas chez elle ?

— On s'informe au concierge... Tiens, voici un louis... Je t'attends... Oh ! si j'étais jeune...

— Il y a longtemps que tu ne l'es plus, répondit mentalement Tom, en se dirigeant vers la maison... Mais tu deviens généreux, vieux grigou... un louis... peste ! Le portier aura un franc !... et moi le reste... Donne-moi donc souvent des commissions de ce genre-là !...

Cinq minutes après le domestique revint avec des renseignemens complets.

Le concierge ignorait le nom de la jeune fille, mais elle venait dans la maison pour soigner Mariette malade ; elle y passait les journées et quelquefois même les nuits.

— Maintenant, reprit lord Karolan, remonte chez cette femme qui me l'a promise, et répète lui tout cela... Je t'attends encore ici... Oh ! si elle pouvait sortir... si je pouvais la revoir !...

Trilby ne reparut pas, mais Tom rapporta cette favorable réponse :

— A Paris, il n'est pas de femmes impossible en y mettant le prix...

— Tout ce qu'on voudra ! répliqua prodigalement le cupide vieillard, en regagnant sa voiture.

Pendant ce temps-là, la Debanne affriandée réfléchissait aux moyens de mettre en exploitation cette mine, aux riches filons d'or.

L'abbé La Châtre fut mandé en toute hâte. Il avait fait preuve de trop d'habileté dans l'affaire Saint-Hyacinthe, pour qu'on négligeât désormais son secours, surtout en une aussi importante occurrence.

Le soir même il était à l'affût devant la porte de Mariette.

Aline sortit bientôt pour retourner chez Anatole... Il suivit la pauvre fille, et la Debanne sut dès le lendemain matin tout ce qu'elle devait savoir.

Jusqu'alors elle avait cru qu'il s'agissait en réalité d'Annette.

— Ces hommes !... ricana-t-elle avec un superbe dédain. Ils crient lorsqu'on les trompe, et ils se trompent bien davantage eux-mêmes...

— Qu'est-ce çà te fait, trop fortunée fricotteuse, observa son caustique complice, c'est lui qui sollicite du chat en gibelotte... Sers-toi du chat ?

— Et çà tombe justement sur Trilby !... s'écria la parfumeuse, au comble de l'allégresse.

— Tu connais la particulière ?... demanda Delancourt.

— C'est moi qui l'ai lancée ! repartit Adèle, en clignant de l'œil... Affaire conclue d'avance... Je n'ai plus besoin de toi, mon bonhomme.

— Oh ! oh !... faisons pas tant la fière... Tu ne sais pas encore s'il ne retournera pas du cœur... au lieu de trèfle...

— En tout cas, j'en serais quitte pour te faire redemander...

— Présent à l'appel... obéissant au doigt et à l'œil... immobile au poste...

— A ton bureau de remplacement militaire... quai du Marché-Neuf?...

— Toujours...

— C'est là ton domicile.. ?

— Politique... oui... mais pas privé...

— Tu as donc une autre adresse ?...

— Et tu ne me demanderais pas mieux que d'en avoir la carte...

— Moi... peuh ?...

— Pourquoi donc que tu as cherché à la carotter en douceur...

— A qui donc ?...

— A la marquise... l'usurpatrice de ton trône en mon cœur...

— Quel mensonge !...

— Celui que tu vas faire... oui... On sait tout, vois-tu bien, Adèle dodue et cossue !... Mais les autres... rien de rien... C'est la recette infaillible pour être à l'abri des indiscrétions... J'aime le mystère, moi... Et on ne soupçonne pas mes ficelles... ni la marquise, ni personne... ni toi surtout...

— Tu te défies de tes amis? minauda la Debanne.

— Et j'ai tort... n'est-ce pas?

— Oui, certes! quant à moi du moins... je te jure!...

— Assez causé là-dessus... Tiens, tu as là une chaîne qui m'irait comme un gant, interrompit La Châtre, toujours alerte à lever des contributions indirectes.

— Je te la donne, répondit la commère sans trop se faire prier cette fois.

— Et moi, j'accepte! s'écria le compère en se faisant prier encore moins... heup!

— Attends!... je veux la passer moi-même à ton cou, demanda la Debanne, avec une étrange insistance.

— Châtelaine écharpant son chevalier!... Tableau!... déclama le brocanteur, en tendant sa tête cafarde.

Et la parfumeuse accepta le rôle, avec l'abandon le plus joyeux, avec les plus intimes câlineries.

— Aye... tu me chatouilles... cria tout à coup Delancourt, qui redevint sérieux, et se recula vivement... Ma parole d'honneur, je ne sais pas quelle idée de revenez-y prenait à ta grosse patte de crocodile... mais il me semble qu'elle tâtonnait la frontière de mon gilet de flanelle... Adèle... Adèle...

— Vieux fou!

— Mais je t'excuse en faveur de la chaîne... Adieu... ou plutôt au revoir... Et crois-moi, ne cherche plus à faire jaser mon amour de marquise... Malices perdues, ma grosse sacoche... Tu n'es pas encore de force à joûter avec papa!

Après ce défi burlesque, après une triomphale grimace, il sortit.

En présence de son adversaire, la Debanne avait conservé un visage tout contrit, tout débonnaire, tout convaincu de son infériorité.

Mais sitôt qu'il fut dehors, elle se campa crapuleusement les deux poings sur les hanches; elle se redressa courroucée, menaçante, hideuse de sarcasme et de haine.

— Pas de force avec toi!... mugit-elle sourdement... oh! que si!.. Et la preuve, c'est que je viens à mon tour de te jouer une scène de la Tour de Nesle... et sans que tu t'en doutes encore, tout roué cabotin que tu es!... Oui j'ai tâtonné ton gilet de flanelle, pour savoir si cette sale créature m'avait dit vrai... et elle ne mentait pas, ta marquise... à quartiers de pommes... Il y a une petite clé, cousue dans la doublure... celle de la cachette, qui recèle ce que tu voles aux autres... et à moi... celle de ton trésor. Que je sache maintenant l'adresse de ton repaire... et nous verrons!

Puis, après cet accès de rage, elle conclut sur un ton plus radouci:

— En attendant, tu me serviras encore... si j'ai besoin de ton crasseux museau... mais j'espère m'en passer... Ah! c'est Trilby... quelle chance! Cependant, elle s'est remise avec son Anatole... Tant mieux peut-être... Ils doivent tous deux être dans une panne atroce... Faut voir ça... oui... Et si le godelureau allait me rencontrer... Bah! il ne connaît ni mon visage, ni mon nom... Puis, à cette heure, midi, il ne sera pas là. C'est pauvre! ça travaille! Au petit bonheur, ma foi, allons!...

Ce fut une émotion cruelle et fatale pour Aline, que de revoir la Debanne; cette corruptrice tant de fois maudite, cette funeste auteur de tous ses maux, de sa jeunesse flétrie, de son bonheur perdu, de sa mort inévitable!...

Heureusement Anatole ne se trouvait pas là!...

En vain l'entremetteuse voulut expliquer sa venue, en vain elle s'évertua pour éblouir la jeune fille à l'aide des tentations dorées qu'elle apportait, Trilby fermait les yeux et les oreilles, Trilby chassait la misérable avec une horreur répulsive, avec une indignation tour à tour suppliante et hautaine...

La Debanne ne se tint pas pour battue; elle insista, elle s'obstina presque à rester de force.

— Hors d'ici! s'écria enfin Aline d'une voix déchirante, votre vue me fait mal! Je me meurs, vous le voyez bien!.. et pour vous avoir trop écoutée déjà. Grâce, grâce, Madame, ne me faites pas mourir plus vite!... Je ne veux plus... je ne veux plus... Hors d'ici, vous dis-je... Allez-vous-en... allez-vous-en!...

— Mais, ma petite, repartit la Debanne, aussi immobile dans le fauteuil où elle s'était effrontément assise, qu'une large tortue retournée sur le dos... un millionnaire!.. comprenez donc?...

En ce moment, la porte s'ouvrit, et Anatole parut, ramené sans doute par quelque oubli.

La Debanne se leva... se recula involontairement.

D'un regard, Anatole comprit tout; l'entremetteuse suintait l'infamie... elle sentait son métier.

— Quelle est cette femme? demanda-t-il, en fronçant ses sourcils irrités.

— Mon ami, balbutia la craintive Trilby, c'est...

— Ce n'est pas à toi que je parle, interrompit le jeune homme avec douceur, mais à elle...

Et son accent était redevenu déjà plein de dégoût et de sévérité.

La Debanne se taisait, glacée par la peur.

— Que demandez-vous? poursuivit brutalement Anatole; qui êtes-vous?

La lâche créature espéra se tirer de ce mauvais pas par son mensonge officiel.

— Madame Debanne, répliqua-t-elle, marchande de parfumerie... Je venais...

Mais elle s'interrompit elle-même sous le regard vengeur d'Anatole, qui presque aussitôt lui sauta à la gorge, en s'écriant avec rage:

— Debanne!.. toi... enfin! Il y a longtemps que je te cherche!

— Anatole!... suppliait Aline, anxieuse et tremblante, ne la tue pas!...

— Au secours!.. râlait la Debanne, entre les deux mains de fer qui la secouaient, en l'étranglant.

— La tuer! grondait sourdement Anatole... ce serait justice. Autrefois, oui, je t'eusse tuée sans remords ni merci, exécrable créature!... Aujourd'hui... non... ma liberté m'est trop précieuse!.. Et puis tu es de ces reptiles venimeux, dont la bave mortelle empoisonne la main qui les écrase. La tuer!... non... mais lui cracher à son visage de crapaud gonflé... la souffleter avec des gants... avec des gants!...

Et l'amant outragé fouettait nerveusement la face déjà violette de la Debanne collée à la muraille.

— Anatole... Anatole!... gémit Aline... Cette scène me fait souffrir... Assez... assez... ayez pitié...

— A-t-elle eu pitié... elle! poursuivait le jeune homme, égaré par la colère...

— C'est une insulte pour moi-même, reprit Trilby d'une voix faible et brisée... Tu crois donc que je l'écoutais... tu crois donc...

Elle ne put achever... elle chancela...

— Aline! s'écria Anatole, en lâchant soudain la Debanne, qui s'enfuit, livide, écumante, épouvantée!...

Personne ne songea plus à lui barrer le passage.

— Pardon!... pardon!... sanglotait l'amant aux genoux de sa maîtresse, qu'il soutenait de ses deux bras éperdus. Reviens à toi..., je ne t'ai pas soupçonnée... Je crois en toi comme en Dieu... Elle n'est plus là... regarde? Dis-moi que tu ne souffres pas!... Pardon... je t'aime... je t'aime... je t'aime...

— Ce n'est rien!... murmura Trilby, en rouvrant ses yeux bleus... N'en parlons plus, ami. La moindre émotion me brise maintenant... Je suis bien faible, vois-tu... Je voudrais que la mansarde de la rue de La Harpe soit bientôt libre...

— Aline !

— Ne crains rien..., c'est une fantaisie de malade, voilà tout... Et dès qu'Albert Atis aura réussi..., dès qu'il retournera avec Louise...

— Bientôt... bientôt...

— Je l'espère aussi... et plus raisonnablement que toi...

— Comment ?

— Ne me le demande pas. C'est mon secret!.. Tu me mèneras à la mansarde, n'est-ce pas ?

— Mais tu veux donc mourir ?

— Moi!... oh! non ! car je t'aime. Mais il me semble que je serai mieux là !...

— Et c'est moi ! s'écria Anatole avec désespoir.

— Veux-tu bien te taire ! répondit Aline, en lui fermant la bouche avec une caresse, en essuyant ses yeux avec un baiser !

. . . .

Cependant, la Debanne s'était jetée dans un fiacre, qui la conduisit en droite ligne au quai du Marché-Neuf.

Elle allait chez Delancourt

— Quel honneur ! déclara le marchand d'hommes, étonné d'une semblable visite.

— Pas de phrases ! fit-elle d'un accent impérial et furieux encore.

— Je suis tout oreille ! répondit l'abbé La Châtre.

L'entremetteuse raconta aussitôt la honteuse correction, qu'elle venait de recevoir chez Trilby.

— Et il t'incrustait comme çà dans la muraille avec ses dix doigts en guise de carcan ! ricana l'ex-comédien. Oh ! j'aurais volontiers payé mon billet de parterre... Tu devais avoir une bonne tête, Adèle !

— Silence, te dis-je ! hurla la Debanne en courroux. Il y va maintenant de mon intérêt et de ma haine...

— Je comprends !

— Ah! il m'a insultée! il m'a frappée... cet homme!... et il l'aime... Je te revaudrai çà, va !... Il faut me venger, Delancourt !...

— Comment donc !... s'il y a pour boire ?

— Oh ! je ne marchanderai pas cette fois !

— Suffit... Tu es charmante cette nuit...

— Me réponds-tu de lui débaucher sa maîtresse ?

— On essaiera... Mais çà me paraît difficile.

— Pourquoi ?

— Dam ! s'ils sont à leur aise.

— Elle, oui... Lui peut-être !

— Explique-toi?

— Il avait des trous à ses bottes.

— Fameux indice ! Cuir fendu, bouche qui a faim !

— Oui, oui, j'ai flairé la misère.

— Tu as des yeux et du nez !

— Et toi ?

— Tu connais mes petits mérites.

— Il se cache sans doute de sa maîtresse. Il la trompe... Elle aime le luxe... si elle le sait dans la débine, elle le quittera...

— Comme tu m'as planté là jadis, ô mon Adèle !

— Désabuse-la... elle est à nous !

— Si tu ne t'abuses pas toi-même...

— Enfin cherche, vois, examine...

— Dès demain !

— Et vite !

— Tu peux dormir tranquille.

— Oh ! non... pas avant de m'être vengée!

— Tudieu... quelle rageuse !

— C'est comme çà... Je t'attends demain.

— Demain, soit... Et sitôt que j'aurai découvert le pot aux roses ?...

— Je te paierai bien !

— Combien ?

— Venge-moi et tu seras content !... Je ne te dis que ça. Adieu !

— Non, au revoir !

A ces mots la Debanne se drapa majestueusement dans son grand châle, et sortit, comme une furibonde Hermione.

Quant à l'abbé La Châtre, il se leva le lendemain avant le jour, et fut s'embusquer sous une grande porte-cochère, proche voisine de la maison où demeuraient Anatole et Trilby.

. . . .

Anatole ne tarda pas à paraître dans la rue.

Chaque matin, le pauvre garçon aux abois se mettait en course, pour trouver quelques filière où puiser de quoi prolonger la confiante erreur de sa maîtresse; et ce jour-là, comme les autres, il commença rapidement sa tournée, souvent infructueuse.

Delancourt le suivit aussitôt, et les deux hommes s'engagèrent dans un de ces brouillards épais et grisâtres, qui font de véritables nuits de la plupart des jours de l'hiver parisien.

— Bon temps ! grommela La Châtre, enfoui sous le capuchon d'un sordide paletot. Béni soit le dieu des voleurs et des mouchards... ces frères ennemis, et souvent amis! Examinons d'abord mon homme...

Alors, et par une adroite stratégie, il passa et repassa à plusieurs reprises autour d'Anatole.

— Chapeau fané comme le poil d'un vieux chat, qui a la jaunisse! murmurait l'expérimenté compère, en disséquant la toilette du jeune homme. Paletot noirci sur les coutures, nous connaissons çà! La chaussure ? la Debanne a bien vu ; deux becs de dauphin hors de l'eau! Et il retire ses gants par un froid semblable. Quelle économie ! fâcheux pronostics ! Voyons un peu où et comment tu vas déjeuner, Jacquot ?

On le sait, Anatole ne déjeunait plus !

Ce détail de privations n'échappa pas à l'œil clairvoyant de l'abbé La Châtre, qui continuait toujours sa poursuite et son monologue.

— Où diable me conduis-tu ! maugréait-il, en soufflant dans ses doigts... Faubourg Saint-Denis... faubourg Saint-Martin... rue idem... rue Philippeaux... rue du Temple... au Temple... fichtre !...

C'était au Temple, en effet, que se rendait Anatole.

Il l'avait avoué à Albert...

A la Forêt-Noire, pour acheter des chaussures d'occasion...

Paul Féval a décrit cet étrange bazar, et cela d'une façon trop pittoresque et trop complète, pour qu'aucune autre plume se hasarde dans ce chemin, désormais impossible...

Un mot cependant sur la Forêt-Noire, qu'il est besoin de faire connaître au lecteur, si toutefois il en est un seul, qui n'ait pas lu les saisissantes pages du Fils du Diable...

C'est une allée sombre et couverte, un boyau étroit et fangeux qui s'allonge entre deux files de boutiques en bois, ou plutôt des baraques, toutes à jour, toutes garnies de la même façon, toutes pareilles et toujours placées les unes en face des autres ; de sorte que l'acheteur assis chez un négociant du côté gauche, voit parfaitement tout ce qui s'y passe chez le vis-à-vis, et peut même presque aussi bien entendre, tant la ruelle est resserrée entre les boutiques...

Anatole entra dans une baraque, et presque aussitôt l'abbé La Châtre s'installait sur le tabouret graisseux de la baraque parallèle.

— Des *philosophes*... pas trop Diogène ? demanda-t-il, afin de donner un prétexte à son espionnage.

Et tandis que la revendeuse s'occupait à le servir, il regardait, il écoutait en face.

On avait accueilli l'amant d'Aline en pratique habituelle, mais on ne pouvait le satisfaire ce jour-là...

— Rien pour vos jolis pieds, mon mignon, disait la commère après plusieurs essais infructueux. Pas un bottin qui vous aille aujourd'hui, mais après-demain j'aurai votre affaire, une occasion superbe... du grand seigneur, rien que çà, de la marchandise que le domestique écorche un peu pour les revendre plutôt... C'est juste votre mesure. Revenez après-demain, sur le coup de midi, on vous mettra çà de côté.

— Soit ! fit Anatole en se retirant, avec une certaine crainte d'être aperçu.

— Ah ! tu reviens après-demain à midi, c'est bon à savoir ! grommelait La Châtre en reprenant sa poursuite.

Sur le boulevart, Anatole fut abordé d'une façon assez brutale.

— Physique de créancier ! se dit l'ex-comédien.

Il se rapprocha pour mieux se convaincre, et fut bientôt convaincu...

Anatole entra successivement dans plusieurs maisons, desquelles il ressortait toujours avec une mauvaise humeur croissante.

— Tu m'as l'air de chercher de l'argent, toi ? pensait l'affidé de la Debanne.

Anatole s'arrêta devant un Mont-de-Piété, tira sa montre, défit sa chaîne et disparut en murmurant :

— Elle ne le saura pas... Je lui ferai un conte !...

— Allons donc !... s'écria Delancourt. Et cette pauvre tante... Il faut toujours en venir là !...

Ce fut la dernière course d'Anatole, qui retourna aussitôt vers Aline...

L'abbé La Châtre ne le quitta qu'au seuil de la maison, de laquelle il était sorti le matin; et, là, s'arrêta pour résumer ainsi toutes ses observations de la journée :

— Le Temple... le Mont-de-Piété !... L'anglais... Voici l'exorde ?... Il est deux heures, et tu n'as pas déjeuné... Tu viens de remettre tes gants.., sans compter certain bout de cigare, qui m'est suspect... Et tu retournes là-bas après-demain... Quel arsenal d'indices!... Quelle mitraille de preuves !... Allons... allons!... tu es fichu, mon bonhomme... Voici ma péroraison !...

Cela dit, il entra dans un café voisin, pour écrire la lettre anonyme, dont Aline avait parlé à Louise...

Cette lettre fatale, il l'envoya par un commissionnaire, dès qu'il eut vu ressortir Anatole.

Puis, la tête haute, la démarche gaillarde, le regard vainqueur, il s'en fut rendre compte à la Debanne de sa première expédition...

Ce bulletin combla l'entremetteuse d'une féroce joie; mais elle désapprouva la lettre anonyme...

— On ne croit pas à çà !... s'écria-t-elle, avec une dédaigneuse impatience... Des paroles, à la bonne heure !... Il faut y aller toi-même... la voir... lui parler... lui mettre le nez sur les preuves... Hâte-toi... hâte-toi !...

— On y va ! glapit grotesquement Delancourt.

Le lendemain, il attendait à la même place que la veille, et sitôt qu'Anatole eut disparu à l'angle de la rue voisine, il se glissa dans la maison.

Hélas ! Trilby n'osa pas le chasser, comme elle avait chassé la Debanne. Déjà le soupçon empoisonnait son bonheur; déjà l'approche de la misère épouvantait sa cruelle expérience.

Depuis la lecture de la lettre anonyme ses yeux s'étaient ouverts à la réalité; tout le soir de la veille elle avait observé Anatole, et rien n'échappe à la vigilante tendresse d'une femme.

Cependant elle s'obstinait à douter encore.

Delancourt arrivait pour lui ravir sa suprême espérance ; il raconta tout, il lui conseilla de chercher le soir même la reconnaissance du Mont-de-Piété dans le portefeuille d'Anatole ; il la persuada de suivre son amant au Temple le lendemain matin.

Lorsqu'Anatole retourna à la Forêt-Noire, Trilby était là, là, dans une voiture aux stores baissés.

La veille déjà le portefeuille avait révélé bien des secrets !

Ce fut une affreuse désillusion pour la pauvre enfant. La misère s'acharnait jusqu'à son agonie.

Alors elle dit tout à Louise ; elle lui cria du fond de son désespoir, que sans l'argent il n'était pas de bonheur possible sur la terre.

Cependant le sacrifice était loin encore d'être résolu, mais elle penchait chaque jour davantage vers ce nouvel abîme, poussée par le dévoûment de son amour, attirée par les regards de lord Karolan qu'elle rencontrait sans cesse sur ses pas, par les incessantes tentations de Delancourt, qui obsédaient impitoyablement ses oreilles.

Oh !... les infâmes étaient loin de deviner quelle sublime voix les secondait dans le cœur déchiré de Trilby.

Mais en revanche le millionnaire anglais avait compris quel précieux auxiliaire il avait trouvé dans l'infatigable brocanteur.

Souvent ils se rencontraient chez la Debanne, et Delancourt excitait encore les charnels appétits du vieillard.

Parfois aussi Frédérick Pichard assistait à ces lubriques entretiens. D'abord il avait évité sa rencontre ; mais ce reste de pudeur s'était bientôt évanoui chez le médecin comme chez le malade. Désormais ils ne se cachaient plus l'un de l'autre.

La Debanne présidait dignement à ces orgies en paroles. Cependant, pour elle plus encore que pour le vieillard, l'œuvre de corruption ne marchait pas assez vite.

— Une semaine !... dit un jour l'abbé La Châtre... Je ne demande plus qu'une semaine. Mais j'en réponds !

La Debanne répondit par une grimace ;

Le millionnaire par un billet de cinq cents francs !

Et Delancourt s'enfuit comme un chien affamé, qui emporte un os à ronger à son chenil !

Il arriva bientôt au bureau de remplacement militaire du quai du Marché-Neuf.

Un homme semblait attendre devant la Morgue.

— Bouquaille! s'écria le brocanteur en allant vivement à lui.

— Chut ! repartit l'individu qu'on venait d'appeler Bouquaille, montons d'abord chez toi ?

— Passe devant.

Un instant après les deux hommes s'enfermaient dans le bureau, avec toutes sortes de précautions minutieuses et craintives.

Le nouveau venu portait le costume des paysans aisés des environs de Paris, et sa physionomie matoise et sinistre tenait tout à la fois du renard et du loup.

— D'abord, demanda-t-il avec empressement, ma part dans la dernière lessive ?

L'abbé La Châtre prit un registre chargé de caractères inconnus, l'ouvrit, chercha une certaine page, parut additionner un compte, et finit par poser une centaine de francs sur le bureau.

— Rien que çà ! fit dédaigneusement Bouquaille.

— Ils ont trop peur des robes noires.

— Les lâches !

— Et que m'apportes-tu? reprit Delancourt, avec une avide curiosité.

— Voilà, riposta Bouquaille en soulevant le sarrau bleu, qu'il portait par dessus sa veste de velours.

Et à son tour il posa sur le bureau plusieurs montres, quelques couverts, une foule de menus bijoux, successivement tirés de ses poches profondes, et dont l'assemblage indiquait l'origine.

— Quelle pêche ! fit La Châtre, ébloui.

— Ça a bien mordu...

— Je le vois, mes gaillards... Peste ! vous n'y allez pas de main-morte.

— A ton tour, maintenant, la société compte sur toi... Lave ça un peu proprement, que les parts remontent à la hausse... Les eaux sont diablement basses aujourd'hui.

— Et dis-moi, reprit Delancourt, évitant pour la seconde fois la même question, on ne se doute de rien, là-bas ?...

— Où !..

— Partout où sont les amis.

— Ah ! ceci me regarde, moi... On m'apporte les bibelots... je les serre dans un endroit où jamais procureur du roi ne pourra fourrer le bout de son nez... Plus tard, je te les repasse... tu vends... tu partages... voilà tout. Quant au reste des opérations, bernique ! et ne m'occupe que de mon moulin !.. C'est embêtant, je comptais rapporter plus que ça ce soir.

L'honnête Bouquaille n'en serra pas moins l'argent dans le gousset de sa veste de velours.

⊁ Pour la troisième fois, Delancourt esquiva cette thèse épineuse.

— Ton moulin !... s'écria-t-il, oh ! fameux !... Personne ne s'avisera jamais de le soupçonner, celui-là !

— Jamais ! Et si on voulait chercher noise au meunier, il aurait encore un protecteur dont tu ne te doutes pas.

— Ma foi, non...

— Ça ne m'étonne pas... Je ne m'en doutais guere non plus, va !

— Explique-toi...

— Tu sais que ma femme avait pris un nourrisson ?

— Il y a trois ans.... Connu !

— Qu'on nous l'a laissé jusqu'à présent ?

— Connu... toujours !

— Enfin que c'est la progéniture d'une comédienne ?

— La Mariette du grand Opéra...

— On me l'a dit, lors de ma dernière visite au moulin.

— Mais j'ignorais encore moi-même le nom du père.

— Il a donc un père, ce moutard ?

— Et un crâne, va !

— Lequel ?

— Eh ! parbleu , le député de mon arrondissement , en personne !

— Le baron Dupréval ?

— Rien que ça de monnaie... Un malin fini !... J'ai travaillé à son élection.

— Comment diable alors ne le savais tu pas déjà ?

— Je m'en doutais bien un peu... et cependant la chose n'était pas encore faite.

— L'enfant ?

— Eh si ! Tu es bête, puisqu'il a trois ans.

— Quoi donc alors ?

— La reconnaissance... Voilà seulement cinq ou six mois que le baron a reconnu pour sien le moutard de la comédienne, et qu'il vient le visiter à mon moulin.

— Souvent ?

— Non... deux fois seulement... et avec un drôle d'air...

— Ah !

— Oui... La première fois l'enfant se portait bien, et il parut fâché...

A la seconde visite, le petit bonhomme était souffrant, et il se montra satisfait...

On dirait, Dieu me damne, qu'il désire être débarrassé de la paternité...

IV P.

— Enfin, où veux-tu en venir avec tout ça ?...

— Voici !.. Nous avons renouvelé connaissance... le député et moi... Il sait comment je manœuvre l'électeur campagnard... Je lui garde sa fille... Je lui suis utile pour l'instant, et je puis le devenir davantage encore... C'est donc, en cas de malheur, une protection toute trouvée.

— Ah... ouiche !

— Tu ne crois pas ?

— Non...

— Moi... j'y compte... et je parierais un litre d'eau-de-vie... que...

— Eh bien ? proposa Delancourt... Commence par le payer... et parlons d'autres choses.

— Payer, moi ! maugréa Bouquaille... Ce serait à ton tour... ce me semble...

— Pas d'argent... mon vieux... à sec !..,

— Cafard !...

— Je te jure...

— Allons, c'est bon... Je ne suis pas fâché de trinquer avec toi, avant de repartir pour le moulin... Je régale... mais tâche que les parts soient plus grasses la première fois...

— On fera son possible, monsieur Bouquaille...

— A la bonne heure... Allons chez le marchand de vins ?...

— Un moment... que je serre les bibelots dans le sac... s'écria Delancourt, qui ramassa les bijoux épars sur le bureau, disparut un instant dans un cabinet, et revint bientôt les mains vides...

Alors les deux fripons descendirent sur le quai, et s'acheminèrent, bras dessus bras dessous, vers ce petit réduit à rideaux rouges, où quelques mois auparavant Saint-Hyacinthe signait la funeste lettre de change, qui devait le conduire successivement à la prison, au désespoir et à la mort !...

CHAPITRE XII.

Le lecteur a déjà compris sans doute à quelles opérations clandestines se livraient l'abbé La Châtre et le meunier Bouquaille.

Les environs de Paris étaient infestés à cette époque par une de ces bandes nombreuses et redoutables, que la police rabat de temps à autres devant la Cour d'assises de la Seine; mais cette fois les limiers restaient en défaut, et chaque matin les gazettes racontaient les exploits effrontés, les vols inouïs, qui se multipliaient avec une progression effrayante, avec une scandaleuse impunité, jusqu'à plus de vingt lieues à la ronde.

Maître Bouquaille, le père nourricier de l'enfant de Mariette, était le receleur de la frauduleuse association, et son moulin, à l'apparence inoffensive, servait de dépôt central à toutes ces moissons illicites.

Nous dirons dans un prochain chapitre la position précise de ce moulin, où le baron Dupréval, député de l'arrondissement, était venu deux fois, et d'une façon sinistre visiter son enfant entravant et maudit.

Quant à Delancourt, il était le caissier général de cette compagnie plus qu'anonyme, il se chargeait d'écouler les produits du vol dans le grand océan parisien.

Bien plus, il grapillait encore sur les comptes ténébreux du partage; il volait les voleurs eux-mêmes !

On lui apportait à Paris les objets dérobés ; souvent aussi il allait en faire pacotille sur les différens points du champ de bataille.

Ces doubles fonctions expliquent suffisamment ses fréquentes absences, ses mystérieuses précautions, son universel brocantage.

6

Et cependant il ne se chargeait pas également de toutes marchandises.

Car, sitôt installé dans le cabaret, maître Bouquaille lui dit :

— Ah ! si tu voulais !... On a levé avant-hier dix pièces de drap superbe... par Sédan... à la Patte-d'Oie... Il y a de quoi faire de l'or avec ça !

— Tu sais bien que ce n'est pas ma partie ? répliqua Delancourt. Parle-moi de bijoux, de frusques portatives, de bibelots anodins... A la bonne heure !... Quant au reste..... nisco.

— C'est dommage, soupira le prétendu meunier.

— Pourquoi ? reprit Delancourt, n'as-tu pas ton homme sous la main ?

— Le bouquiniste ?

— Oui... Il a des amours de caves dans son coupe-gorge de la rue Guérin-Boisseau... Et moi, les entrepôts me manquent pour les volumineux paquets.

— Ainsi tu refuses bien décidément ?

— Aujourd'hui comme toujours... Tu as été content des services de mein herr Bouquin ?

— C'est un vieux juif.

— Bah !... adresse-toi à lui cette fois encore.

— Soit, mais je voudrais le voir.

— Rien de plus facile... conclut Delancourt, en envoyant chercher l'Allemand par le garçon de l'établissement.

Les trois complices réunis, le même garçon apporta une bouteille.

— Qu'est-ce que c'est ?... cria l'abbé La Châtre, du vin, à nous?... De l'eau-de-vie, maraud... et de la fameuse..... trois-six pur sang... du casse-poitrine... du tord-boyaux... du brûle-entrailles... et plus vite que ça !

On se versa bientôt l'alcool à pleins verres.

Bouquaille et mein her Bouquin traitèrent pour les pièces de drap ; puis d'étranges et crapuleuses paroles furent échangées entre les murailles étroites du cabinet, assombri déjà par l'approche du soir...

Déjà deux bouteilles vidées bâillaient sur la table par leur goulots béans.

Bouquaille voulut en demander une troisième.

— Assez !... interrompit gravement Delancourt... Imprudens, vous êtes au cabaret... Au cabaret, on se grise... On ne se saoule que chez soi, et lorsque les fenêtres sont bien fermées, les portes hermétiquement closes...

— Ah ! pah ! fit l'Allemand.

— Les secrets, poursuivit l'époux d'Adèle... c'est comme le liège... ça surnage...

— Et il peut arriver... ricana Bouquaille... compris... Tu ne te hasardes donc qu'à domicile?...

— Ya mein herr ! comme dirait mon honorable ami...

— Et seul ?...

— Avec une femme... qui n'y est plus déjà, quant je m'y mets à mon tour...

— Tu as raison ! opina le meunier... Eh bien ! viens au moulin, j'enverrai ma légitime chez sa tante, à deux lieues en aval de la rivière... On convoquera deux faraudes luronnes du village voisin... des odalisques à moi... On fermera les portes, on bouchera les fenêtres, et quand elles ronfleront sur ou sous la nappe... alors on lâchera les grandes écluses, et nous boirons comme doivent boire des gaillards de notre tempérament.

— Accepté le rendez-vous bachique et voluptueux ! s'écria l'abbé La Châtre... Tope-là, meunier de mon cœur, je te promets d'aller bientôt faire halte sous tes quatre ailes...

— A bientôt donc ! repartit Bouquaille en se levant. Et là-bas... à mort !...

— A triple mort ! conclut La Châtre, mais au cabaret, jamais, compères ?

— Jamais ! répétèrent d'une même voix les deux fripons,

qui s'en furent amicalement et sans trop trébucher dans la direction de la rue Guérin-Boisseau.

Delancourt resta seul devant le cabaret.

— Oui... soupira-t-il mélancoliquement, on se saoule à huis-clos; et j'ai bien soif... oui, le gosier me gratte en diable. Tu veux donc te pocharder, brigand ? Et pourquoi pas ! j'ai bien mérité cette récréation céleste, cette joie du bon Dieu ! mais... ah ! bah !

Le combat fut court, et la vertu eut tort.

Le brocanteur, affriandé, rentra chez le marchand de vins, pour en ressortir bientôt, avec un litre précieusement bouché sous chaque bras.

— Chez moi ! chez moi ! chantonnait-il allègrement, et tout en se pourléchant les lèvres avec la gourmandise anticipée d'un chat barbouillé de crème.

Mais, à la tête du pont Saint-Michel, il s'arrêta, fit une narquoise grimace, et reprit :

— Non, non, pas de Marquise aujourd'hui ; j'ai des affaires particulières. Monsieur n'est pas visible !... Il ne faut donc pas qu'elle me voie, en compagnie de ces deux drôlesses à cachets vert.

Alors il remonta le quai, non sans regarder prudemment plusieurs fois derrière lui, passa le pont du Châtelet, s'engagea dans la Cité, prit la tortueuse ruelle Saint-Eloi, et disparut enfin dans une des maisons les plus tortues, les plus bossues, les plus calorgnes et les plus boiteuses de l'ignoble impasse Saint-Martial.

Il grimpa lestement la fangeuse échelle, qui tenait lieu d'escalier, puis ouvrit la porte unique qui se trouvait sur le carré du quatrième et dernier étage.

C'est là qu'était la tanière de ce couple d'oursons mal léchés.

Un grenier sombre, infect et sale, avec une seule fenêtre s'ouvrant à la façon d'une huître qui respire, avec l'empreinte répoussante du désordre dans la misère, du vice enlaidi de ses plus hideux haillons...

Un lit défait et souillé de taches de vin et de boue ; une table tellement encrassée, que les tessons et les bouteilles y semblaient avoir poussé comme une végétation parasite ; deux chaises aux brins de paille ébouriffés et rares, une commode, aux tiroirs entr'ouverts et frangés de quelques loques pendantes, et dessus un buste de ce pauvre Napoléon que toute débauche se plaît à prostituer à son chevet, un buste de plâtre, où le nez avait disparu, où la main égaillée de la Marquise avait tracé une énorme paire de moustaches à l'aide d'un morceau de charbon... Voilà!...

Quelque chose de monstrueux, d'immonde, d'incroyable... une hutte creusée au milieu d'un tas de fumier ; la hotte d'un chiffonnier agrandie en forme de mansarde !...

— Séjour des amours!... minauda gracieusement Delancour, en entrant là-dedans...

Il y avait un verrou à la porte, et derrière le buste estropié une sorte de petit trou, que masquaient avec art les verrues de la muraille et les déchiquetures d'un papier, que le grand naturaliste eût classé parmi les fossiles...

L'abbé La Châtre poussa d'abord le verrou.

Ensuite il tira de la doublure de son gilet de flanelle une petite clé, repoussa le plâtre profané, et ouvrit une étroite armoire, ou plutôt un coffret de fer enchâssé dans la muraille...

De cette cachette il tira des écus d'argent, des pièces d'or, des billets de banque.

Dix mille francs environ, qu'il éparpilla religieusement sur la table.

Sur cette même table il plaça les deux litres d'alcool, aux deux côtés d'une énorme choppe à bière qu'il remplit jusqu'aux bords.

— Buvons d'abord ! s'écria-t-il en vidant d'un seul trait cette libation prodigieuse.

Puis il se mit à caresser amoureusement son trésor et des doigts et des lèvres.

Une seconde choppe de trois-six s'engloutit dans l'abîme béant de ce gosier métallique.

L'hiver commençait à venir.

— O mes écus mignons ! chantait-il éperdu et ravi, ô mes louis chéris ! ô mes billets adorés !... A moi ! à moi ! à moi tout çà !... Et plus encore bientôt... Oui, oui. Voilà le premier... la mère Gigogne... et ses petits feront à leur tour d'autres petits .. et... toujours... toujours... Buvons !... Çà chatouille en coulant. Quelle aune de velours... non épin-g'é !... O Adèle... Adèle !... Grosse tonne de Heidelberg, où j'ai fait un robinet !.. première source... et le commerce des hommes... la chair monnayée... et le vol... tant pis, je suis seul... Buvons !... Et le recel... et les comptes... et le brocantage... et... et... toute une cascade de bénéfi-ces... toute une grêle de pièces de cent sous... tout un dé-luge de papier Joseph... Tiens, la bouteille est vide... Arrière, pauvresse !... Viens, toi qui es riche, que je tète ton goulot vert comme un biberon Darbo... Oh ! oh ! oh ! oh !... J'ai com-mencé par tondre les chiens, je tonds les hommes maintenant... Et voilà leur laine !.. Oh ! les écus, les louis, les billets !.. çà tient chaud, et çà rafraîchit... çà caresse comme des mains de femme ! J'en mets sur mon front, sur mes joues, sur mes lèvres, sur mon cœur... partout, partout !... C'est un bain dans la baignoire du bon Dieu... Oh ! se baigner dans de l'argent, dans de l'or, dans de l'eau-de-vie... Vive l'eau-de-vie !.. Buvons !.. Je vais être riche... avoir des maisons, des palais, des livrées, de belles caves... et de belles filles... Au cent... au cent les vierges du Toboso, au cent comme les marrons du père La Châtaigne?.. C'est bon de s'enrichir... et de boire, buvons !... Qu'est-ce que je pourrais bien ven-dre, exploiter, piller, voler ?... Oh !.. s'il pleuvait de l'eau-de-vie, je me coucherais sous la gouttière !... Oh ! tout tour-ne, tout danse et tout chante... Tout est couleur de rose... fi donc, d'or ! fi donc encore, d'eau-de-vie !... Je veux me teindre aussi comme çà... A l'intérieur d'abord... Buvons.. buvons... sacrebleu... buvons !

Pendant que débordait ce torrent de folles paroles et de matériels appétits, Delancourt buvait, buvait toujours !

Son ivresse était une ivresse pâle et fébrile, où chantait parfois la poésie sauvage et voluptueuse de l'alcool, où hur-laient incessamment des désirs sans voiles, une ambition sans frein.

Il avait des regards et des attitudes impossibles à rendre ; des gestes et des mots à ne pas oser les écrire.

Jamais amant éperdu entre les bras de sa maîtresse, ja-mais artiste ardemment amoureux de son art, jamais per-sonne n'a rien aimé comme Delancourt aimait à cette heu-re son argent, son or, ses billets, son eau-de-vie !

Peu à peu l'excitation devint plus incohérente, la voix plus confuse, le regard plus égaré.

L'abrutissement commençait.

Ce n'était plus un homme ivre, c'était un baril d'esprit-de-vin en fermentation.

Il ne parla plus, il ne regarda plus ; il buvait... voilà tout...

Enfin, la seconde bouteille fut vidée.

Il la renversa à plusieurs reprises au-dessus de son verre, pressa même le goulot de ses doigts abrutis, et la laissa re-tomber enfin en murmurant d'un souffle douloureux et navré ;

— Il n'y en a plus !

Et sa paupière rougie s'humecta de deux larmes.

Or plutôt, ce n'étaient pas deux larmes, c'étaient deux gouttes d'eau-de-vie qui débordaient.

En ce moment on frappa à la porte.

Delancourt se releva, chancelant et hébété.

— C'est moi ! cria du dehors la voix enrouée de la Mar-quise.

— Elle !... râla le misérable avec effroi.

Mais un regard jeté sur les richesses éparses réveilla ses instincts avides ; il promena frénétiquement sur la table ses deux mains crispées, ramassa jusqu'au dernier écu, roula jusqu'à la commode, enfouit le trésor dans la cassette, re-ferma la petite porte de fer, et replaça devant le buste, son gardien.

Il pensa même à resserrer la clé dans la doublure du gilet de flanelle.

L'avarice est le seul amour qui ne perde jamais la raison.

Pendant ce temps-là, la Marquise frappait toujours.

Delancourt tournoya jusqu'au verrou qu'il ouvrit.

Puis, honteux et penaud, il trébucha vers le lit, s'y hissa tout entier par un effort suprême, et demeura coi, étendu, immobile et le nez tourné vers la muraille.

La Marquise était entrée vivement.

D'un regard elle avait tout compris.

— Soulard ! s'écria-t-elle, en s'implantant les deux poings sur les hanches... Si ce n'est pas une horreur !.. Boire sans moi !..

Delancourt ne répondit pas.

— Aussi, je m'en doutais ! poursuivit Trois-d'un-Sou avec rage... J'avais senti le nectar à travers la porte !... égoïste !... Il n'a rien laissé... J'en veux à mon tour, en-tends-tu ?..

— Faut pas parler, grommela stupidement Delancourt, elle n'est pas grise, elle entendrait !...

— De l'argent ! de l'argent ! cria la Marquise... Tu ne réponds pas ! Je t'en supplie, mon chéri, donne-moi quel-que chose, que j'en aille acheter aussi ?...

De la fureur elle passait à la prière. L'une et l'autre res-tèrent inutiles ; et elle, cependant, elle recommença à plu-sieurs reprises, tour à tour attendrissante et furibonde.

— A boire, à boire, à boire ! cria-t-elle enfin, en tam-bourinant sur les couvertures.

Un vigoureux ronflement, peut-être réel, peut-être simu-lé, fut la seule réponse de Delancourt.

— Il dort ! gémit Trois-d'un-Sou indignée.

Puis elle se prit à courir dans la chambre ainsi qu'une hyène en sa cage.

— J'ai soif, disait-elle, en s'excitant encore. Oh ! çà ne peut pas se passer comme çà... Plus rien... rien dans les bouteilles !... J'ai beau me lécher les doigts... Animal, va ! Et il me refuse de l'argent... il en a cependant... je le sais... là... dans sa cachette... Si j'osais !... Ce serait justice... oui, mais il me battrait .. Peut-être !... Il dort... Ma foi, tant pis, je me risque !

Trois-d'un-Sou hésita quelques minutes encore.

Les bouteilles vides exaspéraient sa soif passionnée ; la mystérieuse armoire l'attirait par un aimant impossible.

Enfin elle s'approcha du lit, retenant son souffle et sur la pointe des pieds...

Delancourt ouvrit un œil.

La tremblante commère se pencha doucement.

L'œil entr'ouvert se referma soudain.

Alors elle glissa sa main furtive vers le gilet de flanelle, et soutira la petite clé tapie dans la doublure.

L'abbé La Châtre ronflait comme un bienheureux.

— Enlevée ! souffla narquoisement Trois-d'un-Sou, qui se dirigea leste et joyeuse vers l'armoire au trésor.

Elle l'ouvrit sans bruit, elle y fourra la main.

— Coquine ! vociféra Delancourt qui d'un bond venait de sauter du lit, et déjà levait une bouteille sur la tête de sa compagne épouvantée.

L'avarice l'avait dégrisé par son instinct magnétique.

— A l'assassin !... cria la Marquise, renversée sur les ge-noux.

— Tais ton bec ! fit La Châtre, ou je le casse !

— Pardon... pardon !... feignit de sangloter l'hypocrite commère, après une courte réflexion.

— Tu mériterais... reprit Delancourt ; mais non... je suis bon prince... Relève-toi... seulement, je te connais maintenant !

— Oh ! je te jure !

— Pas de serment !... Je me mettrai à l'abri de tes griffes rapaces... voilà tout.

— Quoi !

— Et ce sera fait dès ce soir. Tiens !.. je te donne même cinquante centimes pour boire en m'attendant.

— Où ça ?

— Au menzingue du Grenadier... J'irai t'y reprendre, quand il sera temps... Allons, en route !... Houp !

Et s'aidant tout à la fois des deux mains et peut-être un peu aussi du pied, il la chassa hors de la mansarde.

La Marquise avait de quoi boire ; que lui importait le reste ; elle s'enfuit chez le marchand de vins.

Delancourt ferma la porte, mit la clé dans sa poche et descendit en murmurant :

— Oui... c'est ça... Il est des serruriers qui me feront la chose... Et moi-même, je suis un peu mécanicien.

Vers les minuit il fut retrouver Trois-d'un-Sou, et la ramena, ivre-morte, à la mansarde.

— Tiens ! fit-il d'un ton de tranquille ironie, voilà la clé de ma cachette... Ouvre l'armoire, ma chérie... je te le permets maintenant.

La Marquise hésitait.

— Je t'en prie, fit le brocanteur...

— Tu me battrais ?...

— Non ! je te le jure...

— Je n'ose pas...

— Allons, je le veux...

Trois-d'un-Sou prit enfin la clé, ouvrit en tremblant la serrure, et voulut fourrer sa main.

La petite porte de fer résistait.

— Je ne peux pas ? fit-elle...

— Enfonce... enfonce ! ricana Delancourt.

La Marquise voulut pousser encore.

Mais aussitôt elle jeta un cri perçant...

Un secrète détente venait de partir dans l'intérieur de l'armoire, la porte s'était refermée tout à coup sur sa main ; elle était prise comme en un étau de fer (1).

L'abbé La Châtre riait.

— Ah !.. ah !... hurlait la Marquise, en cherchant vainement à retirer sa main... A l'assassin !... Ça me coupe... ça m'entre dans les chairs !... pardon... pardon !

Le sarcastique brocanteur s'amusa quelques minutes encore des contorsions de sa compagne éperdue, puis il lui dit :

— Tourne la tête !

La Marquise obéit.

Le piège lâcha sa proie ; l'armoire se referma tout à coup.

— Aïe ! aïe... aïe !... sanglottait Trois-d'un-Sou en secouant sa main engourdie et comme broyée par la douleur.

— Trébuchet à moineaux ! riait toujours l'abbé La Châtre, piège à loup ! n'y mets plus ta patte, car tu ne l'en retirerais plus, je te le jure !

— Il faudrait donc la couper ? demanda la Marquise avec effroi.

— Radicalement, conclut Delancourt ; ou bien, rester ta vie entière accrochée à la muraille, en compagnie du grand homme ; merci du peu ! Mais assez de plaisanteries comme ça... Tu me connais maintenant ?

(1) S'adresser au roi de la serrurerie mécanique, à M. Fichet, rue Richelieu, si l'on croyait à l'impuissance ou même à l'impossibilité d'un semblable piège à voleur.

— Oh ! je...

— Ne parlons plus de l'armoire, interrompit le brocanteur ; tu ne t'aviseras plus de me voler, j'en suis certain. Je ne crains plus que tes bavardages, et, cette fois, au lieu de te couper la main, je te couperai la langue, tu m'entends ?

— Jamais ! jamais ! s'écria la Marquise épouvantée.

— Bien ! j'aime cet élan parti du cœur ; mais, songes-y bien, tout le monde ignore ma retraite, il n'y a que toi qui puisse la révéler, n'est-ce pas ? Eh bien, gare à toi, si jamais quelqu'un savait que le père La Châtre habite l'impasse Saint-Martial !

En parlant ainsi, Delancourt ne se doutait guères que déjà quelqu'un savait son secret.

La Debanne !...

Rose avait tenu sa parole, en suivant un soir la Marquise Trois-d'un-Sou.

Bien plus ; la camériste, chassée par Louise comme par Mariette, s'était réfugiée chez l'hospitalière parfumeuse, et celle-ci lui disait ce même jour...

— Je voudrais bien pénétrer dans le taudis de l'impasse Saint-Martial...

— Et la clé ?... demanda Rose...

— On en fait faire une !...

— Comment ?...

— En prenant l'empreinte de la serrure...

— Avec de la cire ?... oui... je connais...

— Voudrais-tu ?...

— Moi ?... Non...

— Bien décidément ?

— Je n'oserais jamais...

— Eh bien ! je m'en charge, moi !...

— Vous ?...

— Oui... je monterai dans la maison... tu n'auras plus qu'à faire le guet dans l'impasse, et franchement tu ne peux pas me refuser ce petit service-là ?...

— Soit !... fit Rose... Demain, s'il le faut...

— Non... conclut la Debanne... Je sais qu'il doit aller bientôt en voyage... Il faut de la prudence... Mais, dès le lendemain de son départ, nous irons !

CHAPITRE XIII.

Il est un luxe somptueux pour l'opulence, il est parfois un luxe simple et grave pour la misère... La propreté, cette coquette ménagère du pauvre, accomplit de touchantes merveilles sous les toits habités par le travail ; et l'amour, ce printemps éternel du cœur, se plaît à faire éclore dans certaines mansardes les mêmes humbles fleurs, les mêmes modestes violettes dont il parfume les gazons de mai.

Laissons la débauche se rouler dans le bouge odieux de l'abbé La Châtre, et retournons à la demeure favorite, au nid tant regretté d'Aline et d'Anatole...

Quelle différence !

Et cependant ce sont également deux mansardes !

Mais dans celle de la rue de la Harpe, Albert Atis travaillait sans relâche pour l'avenir ; la mère Rainette travaillait sans bruit pour le présent...

Au lieu de venir deux fois par semaine, la bonne vieille venait chaque matin. Elle aimait ce laborieux jeune homme, qui connaissait ses malheurs, et qui lui parlait de sa fille...

En se taisant toutefois sur la situation et sur la maladie de Mariette, car il en avait juré le secret à ses nouveaux amis, car il les voyait eux-mêmes garder le silence lors de leurs affables rencontres avec la marchande de pommes du pont Saint-Michel...

La pauvre femme, toujours triste et résignée, s'employait avec une tendresse maternelle à tous les petits soins du ménage du poète ; elle le soignait lui-même comme elle eût soigné son propre enfant.

Un seul sujet de discorde existait dans la mansarde. Albert Atis exigeait qu'on respectât le désordre si cher à l'amant de Trilby. Rien n'était changé, tout était encore à la même place, et le jeune homme contemplait souvent ces reliques éparses d'un amour flétri, ces saintes dépouilles d'un bonheur perdu !...

Cependant le pamphlet avançait avec rapidité ; la verve satirique d'Albert ne se ralentissait pas, la fièvre et le désespoir guidaient sa main depuis la première ligne, la vengeance et la haine tracèrent le dernier mot de ces pages amères et sanglantes.

C'était une mitraille destinée à faire de cruelles blessures ; c'était de la boue jetée à bien des visages, de la boue pétrie avec du sang et des larmes !

Le jour de la publication arriva, la brochure parut.

Les Lanières du Fouet de Satan !... On doit s'en souvenir encore, ce fut un scandale épouvantable, un tapage assourdissant, un vrai charivari d'enfer !

Dès le lendemain, Anatole et Lucien de Varedde s'empressèrent de courir chez le nouveau Juvénal, pour le complimenter du succès inouï.

Albert Atis était froid, amer et triste.

— Relève donc joyeusement la tête ! s'écria Anatole avec enthousiasme... Tu t'es bien vengé... Le baron Dupréval doit être pourpre de honte et de rage !

— Oui... mais je rougis aussi.... moi !.... soupira le poète.

— Allons donc !... reprit l'amant d'Aline... tous les moyens sont bons pour parvenir, et le succès justifie tout !

Quant à Lucien de Varedde, il ne répondait pas, mais il avait serré la main d'Albert Atis !

Ces deux hautes probités s'étaient déjà comprises.

— Il viendra... il viendra !... poursuivait Anatole, devenu injuste lui-même à force d'avoir souffert de l'injustice.

— Tu crois !... gronda le héros du jour avec une secrète espérance... Tu crois qu'il va venir me demander raison ?

— Lui !... Non, mais courber son dos devant toi, pour te servir d'échelle, cela vaut mieux, et j'en réponds.

— C'est triste ! gémit amèrement Atis.

En ce moment on frappa rudement à la porte de la mansarde.

La prophétie d'Anatole se réalisait déjà : c'était le baron Dupréval.

Il entra, la canne à la main, la tête haute et couverte, le regard courroucé, la voix insultante...

— Monsieur !... criait-il dès le premier pas.

Mais il s'arrêta aussitôt devant le regard intrépide et résolu d'Albert, qui laissa tomber dédaigneusement ce seul mot incisif et froid :

— Après ?

Le fonctionnaire vit aussitôt qu'il avait mal jugé son adversaire, et que ce rôle commencé ne valait rien...

Albert attendait, immobile et muet.

Mais le baron, plus prompt encore à réparer une faute qu'à la comprendre, changea lestement de ton et de visage, enleva son chapeau, et reprit avec un caressant sourire :

— Je me suis trompé, Monsieur... Oh ! j'en conviens avec une franchise, que j'espère vous voir imiter tout à l'heure. On intimide les peureux et les niais... Vous avez l'esprit et la force, Monsieur... Voici ma main, entendons-nous !

Albert n'accepta pas cette main tendue ; il se recula, au contraire, comme afin de prendre un élan terrible et vengeur vers son ennemi suppliant.

Anatole lut sa pensée sur son visage, et, se rapprochant vivement d'Atis, il lui jeta à l'oreille :

— Je te l'avais dit... sois sage !..

Lucien de Varedde murmurait de l'autre côté :

— Attendez !..

Alors le poète, doublement arrêté dans sa colère, fit un geste de mépris et de rage ; puis tourna sur les talons, marcha jusqu'à la muraille, prit fébrilement une chaise qu'il faillit briser en l'implantant en face du fonctionnaire interdit, se retourna enfin, s'assit les bras croisés sur la poitrine, et, pâle, glacial, frémissant comme un fer rouge sous le contact de l'eau, il demanda :

— Expliquez-vous !...

Bien peu de mots avaient été prononcés dans cette première minute, et tout un drame intérieur s'était accompli déjà.

Il fallait répondre à la laconique question du poète, et bien des gens eussent été embarrassés pour l'exorde.

Mais, durant cette scène muette, le fonctionnaire avait examiné les autres personnages réunis dans la mansarde, et la présence du vicomte lui suggéra le biais à saisir en cette difficile occurence.

— Monsieur Lucien de Varedde !... s'écria-t-il en reprenant soudain son imperturbable aplomb. Ah ! c'est un des nôtres, au moins... peut-être amené par quelque réclamation semblable à la mienne... et qui voudra bien me prêter son appui, n'est-il pas vrai ?

Lucien se borna à un léger salut.

— J'attends ! fit Atis impassible.

— Voici ! commença le fonctionnaire... vous êtes bien monsieur Albert Atis ?

— Oui.

L'auteur de la brochure intitulée...

— *Les Lanières du fouet de Satan...* C'est moi, moi seul.

— En ce cas, c'est à vous seul...

— Je désire que ces messieurs restent entre nous.

— Soit.

— Parlez donc !

— Vous m'abîmez horriblement, mon cher monsieur, vous me fouaillez à tour de bras. Est-ce par rancune politique... par haine de parti, par lutte de caste ?... Non, non... Dispensez-vous de répondre... Je vous ai mieux jugé... Vous n'êtes pas de ces puritains rageurs, de ces pauvres entêtés à rester pauvres, de ces piétons éternels qui veulent encore s'enfoncer dans la crotte à la condition d'éclabousser les gens à voiture ?... Non... non,.. Au contraire... Vous comprenez la philosophie moderne... Vous jugez sainement les hommes et les choses... Vous n'en êtes plus... comment dirai-je cela ?... vous n'en êtes plus à maudire Hudson Lowe combourreau de Napoléon ?...

Les trois hommes qui écoutaient se regardèrent étonnés.

— Je réclame l'explication du sophisme , fit Anatole.

— Ce n'est pas un sophisme, reprit le baron Dupréval... c'est une belle et grande vérité... Je vous le dirai en deux mots... Nous sommes ici dans un bureau d'esprit. Sans le malencontreux héros, Hudson Lowe eût été un simple et bon général... estimé... honoré... et très décoré... Personne ne songerait plus à lui... Il a accepté une fonction , qui devait lui rapporter de gros bénéfices... une fonction que personne ne refuserait à des conditions semblables... Demandez à nos généraux... Ça s'est vu en France aussi bien qu'en Angleterre... J'en connais, moi... Mais chut ! et venons au fait... Voilà cet excellent geôlier, honni, puni, maudit... Vous le voyez bien... ce n'est pas Napoléon qui fut la victime d'Hudson Lowe, c'est Hudson Lowe qui est encore tous les jours la victime de Napoléon !...

Voyant que pas un sourire ne répondait à cette affreuse plaisanterie, le baron Dupréval continua :

— Bref... il y a des pauvres et des riches... Eh ! bon Dieu !.. où seraient les jouissances de la fortune sans l'antithèse de la misère ?... Un bon feu, un splendide abri semblent plus doux et plus friands, lorsqu'il neige et vente au dehors... Dînez chez Véfour, et les morceaux vous deviendront meilleurs, à la vue des mines affamées qui regardent de l'autre côté des carreaux... Vous savez cela, mon cher Satan, et vous voulez être riche?.. Il y a des agneaux et des loups... Vous avez des dents... soyez des nôtres... et gare aux agneaux!.. Mais vous connaissez le proverbe... on ne se mange pas... entre loups...

— Où voulez-vous en venir, Monsieur? interrompit Atis, impatient et indigné...

— A ceci... conclut le fonctionnaire... Je n'aime pas à être mordu... et je demande grâce... Ce n'était pas mon intention d'abord... mais je vous ai deviné... C'est pour arriver au succès, à la fortune, que vous avez publié cette brochure... Bien joué, mon cher monsieur... réussi du premier coup !... Vous n'aurez pas besoin d'écrire le second numéro... et je me charge, moi, de transformer le manche de votre fouet en un lingot d'or... Voyons... que voulez-vous?

A cette proposition cynique, Atis cacha dans ses deux mains le front rougissant de l'homme et du poète.

— De l'argent ?... fit le baron Dupréval.

— Ce n'est pas ici une boutique, Monsieur !... s'écria l'amant de Louise en relevant sa tête altière.

— Pardon... pardon !... balbutia l'effronté corrupteur... Une place, voulais-je dire... une sinécure!... Nous en avons une fabrique dans chaque ministère, et j'ai le bras long... C'est le peuple qui paie... Ne vous gênez pas... mais n'en soyez plus?...

— Servir à ce prix un gouvernement ou un homme, répliqua noblement Atis ; c'est toujours être valet... Le bourreau mange au ratelier de cet office... merci !

— Merci vous-même, ricana Dupréval, je suis fonctionnaire, mon bon monsieur Satan... Mais bah !... c'est un coup de lanière de plus... Et quand on règle ses comptes... mettons encore celui-là sur la facture... et dites-moi le total ?

— Rien... rien de vous !... répondit Atis malgré les signes d'Anatole.

L'acheteur commença à s'étonner de cette étrange insistance, et pour la première fois il soupçonna la vérité.

— Voyons... voyons ! fit-il d'un ton patelin et bonhomme... Ce n'est pas, je pense, pour une sotte rivalité d'amourette... pour...

— Monsieur !... s'écria Atis, en voulant s'élancer.

Mais deux énergiques mains, jusque-là veillant au dossier de la chaise où il était assis, s'appuyèrent tout à coup sur les deux épaules du poète, à temps retenu.

Anatole et Lucien de Varedde se tenaient depuis le commencement de la scène aux deux côtés de leur ami.

Le fils du boulanger avait instinctivement fait un pas en arrière.

Anatole crut tout sauver en prenant la parole.

— Monsieur Albert Atis, dit-il, compte se créer un avenir par le théâtre et par les journaux... Il vient de terminer un drame... il a un roman qui attend !

— A la bonne heure !... s'écria le fonctionnaire rasséréné. Voilà qui est raisonnable... et conclu.

— Comment ? demanda encore Anatole.

— Rien de plus simple !.. répliqua le baron Dupréval... Nous avons des journaux à nous... et tous les théâtres sont sous notre dépendance... Je répond du roman et du drame.. L'avenir vous est ouvert dès aujourd'hui, monsieur Atis !

— Eh quoi !.... fit le poète, avec volupté... je pourrais enfin...

— Tout... car tout est dans nos mains, même le succès... Consentez à ne pas continuer la publication de vos fustigeantes lanières, et je m'engage à vous conduire à la célébrité, à la fortune... Que vous faut-il de plus?... un bout de ruban?.. bientôt !... un fauteuil à l'Académie?.. plus tard ! Cela ne coûte rien... Vous êtes des nôtres... C'est par nous que vous aurez réussi... Vous nous soutiendrez naturellement contre nos ennemis, désormais communs ; vous ferez la chaîne autour du Veau-d'Or, afin d'empêcher vos amis d'hier d'arriver jusqu'à lui... L'homme sage referme toujours la barrière franchie, afin qu'un autre ne passe pas en même temps... Et notez bien que je ne parle pas ici de politique... Il s'agit tout simplement des riches et des pauvres... Plus il y a de pauvres, plus il y a de riches... Vous comprenez... Mais je n'ai pas besoin de vous donner des conseils... vous avez deviné le moyen de parvenir... Vous pensez comme nous... vous agirez comme nous...

— Assez... assez !.. interrompit Atis, en repoussant avec énergie cette déshonorante fraternité... Ma conscience se révolte à la fin... Je refuse.

Anatole fit un geste de systématique prière.

Lucien de Varedde resta immobile.

— Je refuse ! répéta le poète, en se redressant de toute la hauteur de sa taille et de sa probité...

— Un mot encore? reprit le fonctionnaire, qui venait de réfléchir et qui souriait... Je tiens à conclure la paix, moi ; et j'oublie de vous donner des otages... Soyez franc... Il s'agit d'elle... de Louise... Eh bien ! je vous l'abandonne...

Un cri horrible retentit dans la mansarde, Albert se rua d'un bond vers l'infâme ; mais Anatole le retint avec ses deux bras, Lucien de Varedde avec un mot :

— Il est chez vous? dit-il.

Aussitôt Atis redevint immobile et calme.

— Sortez ! fit-il, en indiquant d'un geste noble la porte de la mansarde.

A l'accent de cette voix, à l'éclair de son regard, il n'était plus possible d'insister.

— C'est donc la guerre ! demanda le fonctionnaire, avec une sorte de bravade.

— Oui, la guerre ! répondit Atis. La guerre... à deux... face à face... l'épée ou le pistolet à la main.

— Non, non, ricana Dupréval. Nous ne nous entendons décidément pas, Monsieur. Qui possède ne se bat plus contre qui ne possède pas. Pas si sot ! La guerre, soit ; mais comme elle est possible entre nous, comme je la comprends, moi, et comme vous apprendrez bientôt à la connaître.

— Misérable ! rugit Atis, encore une fois trompé dans son ardente espérance. Sortez... car lorsque le riche refuse de se battre, le pauvre a le droit de tuer... Ma patience est à bout, sortez, sortez donc !

Le fonctionnaire allait répondre peut-être ; mais Lucien de Varedde marcha jusqu'à la porte, l'ouvrit, et répéta d'une voix impérative et calme :

— Sortez !

— Adieu ! articula sourdement le fils du boulanger, qui disparut à la menaçante et hautaine façon de Tartufe, chassé de la maison d'Orgon.

Puis, une fois dehors, il poursuivit avec une rage profonde, avec une haine hideuse...

— Oh ! cette Louise !.. c'est elle... elle qui a tout fait... J'eusse dû m'en douter. Il y a quelques jours... lorsqu'elle m'a défendu de revenir !., Oh ! si j'étais certain que ce fût elle ! Alors...

Il n'acheva pas.

Une femme venait de passer près de lui, et sans le reconnaître, tant elle marchait rapide et songeuse.

C'était Louise.

Louise, rue de La Harpe !

Le fonctionnaire revint sur ses pas.

Elle entra dans la maison, de laquelle il sortait à l'instant.

— C'est bien elle ! gronda fiévreusement Dupréval... et chez lui !... Ils s'entendent, c'est clair !... Mais ils vont me perdre alors ! Et je les laisserais faire... et je ne me vengerais pas !... Oh ! si... mais comment ?

Il réfléchit longuement, et sans perdre de vue la maison où venait d'entrer Louise.

Tout à coup un sergent de ville passa sur le trottoir.

— Oui ! s'écria le fils du boulanger, frappé d'une inspiration soudaine, oui !... c'est cela ! Oh ! je vous tiendrai à mon tour, mes chers amis. Elle va ressortir sans doute... mais avec quelqu'un.... Et je serais forcé de remettre à demain la vengeance !... Si je pouvais aujourd'hui !... Bah ! elle sera peut-être seule... Attendons !

Et il attendit.

CHAPITRE XIV.

Louise s'était empressée de suivre l'amer conseil, que venaient d'arracher à Trilby les cruelles et suprêmes impossibilités de la misère...

Rien ne pouvait plus retenir désormais la fiancée d'Albert Atis !...

Rose, impitoyablement chassée, habitait chez la Debanne ; et le fonctionnaire lui-même n'osait plus revenir au coquet appartement du boulevart de la Madeleine.

Oh !... c'est que Louise avait été forte et grande. Albert était libre, elle savait Annette sous la sainte protection de Lucien de Varedde... Ne redoutant plus rien pour les autres, elle ne craignait rien pour elle-même !...

Cette fois tout le machiavélisme du fonctionnaire s'était trouvé en défaut...

La jeune fille lui jeta fièrement toutes ses iniquités à la face... Elle lui parla de Mariette, de Chantilly, de sa propre famille. Elle l'appela voleur, assassin, fratricide...

Le baron Dupréval se retira, la rage au cœur... Pour la première fois de sa vie, il venait de rougir...

Et devant une femme encore !...

Le lendemain, il reçut le contrat de donation ; Louise rendait la villa, témoin de sa honte ; elle relevait noblement la tête devant le fonctionnaire humilié...

Puis le pamphlet parut, comme pour lui porter le dernier coup...

Un pamphlet signé d'Albert Atis!

A force de corrompre facilement les autres, à force d'être corrompu lui-même, le fonctionnaire en était arrivé à ne plus croire à aucune des probités de l'esprit ou du cœur.

Il espéra désarmer son ennemi avec de l'argent, ou bien peut-être à l'aide d'un simple patronage qui lui coûterait moins encore ; il vint effrontément à la rencontre de l'auteur des Lanières du fouet de Satan.

Et voilà que, furieux déjà des refus insultans du jeune homme, il rencontrait Louise sur le chemin de sa colère.

Louise allant chez le poète pour l'exciter sans doute à la lutte entreprise, à la guerre hautement déclarée.

Oh ! non. Le fonctionnaire, tremblant pour la divulgation de ses infamies, ne devait pas se laisser si facilement abattre.

— A merveille ! murmurait-il en cherchant à dérober son attente à tous les angles obscurs de la rue de La Harpe. Elle disparue... il viendra me trouver à son tour, lui... et je saurai bien exciter à mon profit les transports de sa fureur. Nous aurons une provocation, un soufflet, un attentat peut-être... Bravo ! Je me tiens sur la défensive, et le Code est un précieux filet dans la main qui sait s'en servir... Oh ! imprudens, qui voulez vous mesurer avec moi... vous serez bientôt en ma puissance!... Et cela tous les deux... allez ! allez !... On conjure ma perte là-haut ; mais je creuse aussi mon piége, moi... Et rira bien qui rira le dernier !

Telles étaient les ténébreuses pensées du fonctionnaire ; mais, malgré toute sa perspicacité, il était loin de deviner ce qui se passait en ce moment dans la mansarde.

. . . .

Après la sortie du baron Dupréval, il y eut un long et solennel silence entre les trois jeunes gens.

— L'infâme ! s'écria enfin Albert, en attestant le ciel de ses deux yeux étincelans et de ses deux poings crispés...

— Oui, repartit Anatole... mais c'est justement pour cela qu'il fallait accepter ses offres... Ce n'est pas voler que prendre aux voleurs... il s'agissait de réussir, et le succès, comme le feu, purifie tout !..

— Je suis resté honnête homme, articula gravement Atis ; je suis content...

— Alors, pourquoi donc avoir accepté ce moyen-là ?..

— Eh ! le sais-je moi-même ?.. Il est de ces vertueux dégoûts, par lesquels le cœur arrête la main la mieux résolue... La fortune et la gloire à ce prix honteux... jamais... jamais !.. Je croyais pouvoir... et je ne puis pas... Voilà tout...

Lucien de Varedde, resté près de la porte entr'ouverte, observait le poète en silence...

— Que feras-tu, maintenant ? reprit Anatole... Ce pamphlet te devient inutile... C'est du temps perdu... de l'argent dépensé !... Et tu m'as promis de vivre ?...

— Trois mois... oui... je te le jure encore... Dans trois mois seulement je me tuerai... si je n'ai pas réussi d'ici-là !...

— Et comment ?...

— Par la justice et le travail... Il me reste une soixantaine de francs... Je mangerai du pain... et je frapperai de mes deux mains vides aux portes de l'avenir... si elles ne s'ouvrent pas... la mort... La mort tranquille et sereine... ou le succès honnête et loyal !... Pas de lâchetés ni de déshonneur ! Je ne veux pas, moi, puiser la fortune et la vie à des sources honteuses et impures... J'ai dit !...

Lucien fit un pas pour répondre au chaleureux élan de ce noble cœur.

Mais tout à coup la porte se rouvrit, et Louise parut, tremblante et pâle sous son vêtement de deuil.

— Elle !... gémit Atis avec un douloureux effroi...

Et il retomba sur la chaise de paille, en se cachant le visage dans ses deux mains.

Lucien de Varedde jeta un regard sévère sur Anatole, qui disait à Louise :

— Mais vous ne deviez pas venir encore... et seule !

— C'est vrai, balbutia Louise... Elle devait m'accompagner dans quelques jours... elle... mais je n'ai pas eu le courage d'attendre, et... me voilà ! C'est moi ! c'est moi, Albert ! moi qui accours, les bras étendus, des larmes plein les yeux, de l'amour plein le cœur !

— Non, non, non ! sanglotait Albert, sans vouloir regarder la jeune fille.

— Non, dis-tu ? poursuivit tendrement Louise. Oh ! je ne t'en veux pas de cette affreuse parole ; je sais que tu as voulu mourir, mon bien aimé ! Je sais que tu crois à l'impossibilité de vivre ensemble. La misère, toujours la misère !... On m'a dit que tu allais peut-être réussir par de mystérieux moyens. Nous ne comprenons pas cela, nous autres femmes ! Je ne veux plus que tu sois seul, je ne peux plus être sans toi ! Ne me réponds pas encore, Albert ! Il faut de l'argent pour attendre, vas-tu me dire ; il faut de l'argent, en faut ! eh bien ! j'ai tout prévu, moi ! je t'en apporte... en voilà !...

En même temps la jeune fille tendait un portefeuille vers Albert.

Anatole fit un geste d'espérance, Lucien un mouvement douloureux.

— De l'argent !... s'écria Atis en laissant tomber ses deux mains abattues sur ses genoux tremblans... Et d'où vous vient cet argent ?

— Oh !... tu peux l'accepter !... s'écria Louise avec l'impétuosité de son cœur de seize ans... Il n'engage pas mon avenir... Albert... J'ai vendu tout ce qui m'appartenait déjà...

— Et qui vous venait de lui !... acheva le jeune homme en se relevant majestueux et triste.

— Albert !... cria Louise qui s'élança soudain vers lui, la rougeur au front, mais les mains jointes.

— De lui !... répéta sourdement Atis, avec un geste répulsif, avec un effort amer et douloureux.

— Ah !... vous êtes cruel !... gémit la pauvre fille, en voilant à son tour son visage inondé de larmes.

Pendant une de ces minutes, si longues qu'elles semblent des siècles, Albert Atis resta immobile, indécis, chancelant vers le pardon, cramponné à son pénible courage, et trahissant par les flammes humides, qui sortaient de ses grands yeux noirs, le combat affreux dont son cœur était déchiré.

Louise pleurait, voilà tout.

Anatole, le regard fixé vers Albert, l'appelait d'un bras suppliant vers la jeune fille.

Lucien de Varedde, toujours auprès de la porte, conservait son silence austère et son apparente impassibilité.

Un moment Anatole faillit avoir raison.

Mais Lucien fit un pas vers Albert, qui, ramené par ce bruit, s'élança vers le vicomte, lui serra vivement la main et ne le quitta plus, comme afin de se mieux river à la fois du corps et d'esprit à son énergique et pénible résolution.

— Louise... dit-il bientôt d'une voix douce et navrée... jusqu'à ce jour je n'avais rien à vous pardonner... Je vous pardonne ce que vous venez de faire aujourd'hui... Mieux encore... j'oublierai que vous êtes venue... car je vous aime, Louise... Vous êtes mon bonheur et ma vie... mais je ne veux ni de la félicité ni de l'existence... même auprès de vous... s'il doit rester derrière nous une souillure ou un remords... Je vous ambitionne pure et pauvre comme je vous ai quittée... Et dès que ce rêve sera possible... j'irai vers vous à mon tour... Dans trois mois, Louise, dans trois mois... ou bien...

— N'achevez pas ! interrompit soudain la jeune fille, devenue noble et grave comme Atis. Je comprends et je devine... Merci, Albert, vous m'aimez plus encore que je ne l'espérais... C'est à moi de vous prouver que je vous aime uniquement et saintement... A bientôt, ami... J'attendrai... Et si dans trois mois tu n'es pas venu, je saurai bien où aller te rejoindre. Je ne vivrai plus que pour l'avenir... ô mon bien aimé !... Et j'anéantis dès à présent le passé... tiens !...

Et la jeune fille, s'approchant de la fenêtre entr'ouverte sur le toit, rejeta violemment le portefeuille qu'elle tenait encore à la main.

Cette fois, ce fut Lucien de Varedde qui retint Albert Atis.

Louise vit le mouvement, et posa sa main palpitante sur son cœur caressé d'une ineffable joie.

Mais elle sut combattre et vaincre glorieusement à son tour.

— Albert, reprit-elle, avec le sourire de la probité sur les lèvres, avec l'auréole de la vertu sur le front, Albert, je porte encore une robe de soie que me doit pas toucher ta main ; c'est au temps, c'est au travail, c'est à la misère à me purifier au point de me rendre digne de toi. Attendons, attendons !...

— Attendons !... répondit Atis, brisé, mais fort encore.

Quant à Lucien de Varedde, il s'élança vers la porte pour murmurer doucement à l'oreille de Louise, qui s'enfuyait déjà :

— Bien ! bien !... courageuse et sainte fille... Partez... mais, je vous le jure par votre sœur, vous serez heureux et réunis !...

Anatole baissait la tête et ne parlait plus.

— Adieu ! Albert, à bientôt, mon bien-aimé... sur la terre ou dans le ciel ! dit encore la jeune fille, qui disparut aussitôt, mais que l'on entendit ajouter encore :

— Oh !... Trilby mentait, en disant que l'argent était tout !...

— Oh ! je réussirai, s'écria le jeune homme ardent et glorieux... et cela, sans avoir profité de la prostitution de la femme, sans avoir consenti à la prostitution de l'homme. Je réussirai sans honte et sans remords... car je sens en moi la force du génie, de l'amour et de la probité... A nous l'avenir maintenant, mais un avenir que j'aurai gagné seul !

— Non, interrompit Lucien de Varedde, non... avec un secours dont vous ne rougirez pas... avec l'appui d'un ami... d'un honnête homme.

Alors le poète étonné regarda le vicomte, dont le noble visage resplendissait de la divine bonté d'un Christ sauvant un monde.

Mais Lucien sourit et ne répondit pas.

Il prit le chapeau du poète et le lui posa sur la tête ; il prit les deux manuscrits du roman et du drame et les lui glissa sous un bras, il prit l'autre bras, et dit alors ce seul mot :

— Venez !

Albert Atis se laissa entraîner, comme un enfant conduit par sa mère, et les deux jeunes gens sortirent de la mansarde.

Anatole resta seul, au milieu des souvenirs du passé...

— Et nous avons accepté, nous, murmura-t-il avec un remords poignant, avec une douleur à nulle autre pareille... Oh ! nous ne méritons pas le bonheur !... Oh ! je suis petit et lâche à côté de ces deux hommes !

Cependant une voiture courait rapidement vers l'autre côté de la Seine...

Elle s'arrêta devant une maison, où se voyait l'enseigne à peine séchée d'un journal à la veille de lancer son premier numéro.

Lucien de Varedde entra, suivi d'Albert Atis.

— Monsieur, dit le vicomte au rédacteur prétendu du journal inédit, vous deviez paraître hier, et vous n'avez pas paru. Pourquoi ce retard ?

— Toutes les actions ne sont pas versées, répondit-on.

— Combien vous en faudrait-il toucher aujourd'hui pour paraître demain ? demanda le vicomte.

— Une vingtaine.

— Je les prends... Venez les toucher chez moi dans une heure... A une condition cependant.

— Laquelle ?

Lucien de Varedde présenta l'un des deux manuscrits et répondit :

— Il faut que ce roman inaugure dès demain le feuilleton du journal.

— Oh ! Monsieur... vous nous sauvez !

— Ce n'est pas moi qu'il faut remercier.

— Qui donc ?

— L'auteur du roman... le voici... et vous lui devrez bien davantage.

Vingt minutes après les deux jeunes gens étaient introduits dans le cabinet du directeur d'un théâtre aux abois.

— Vous empruntez de l'argent à cinquante pour cent... dit Lucien de Varedde... peut-être même n'en trouverez-vous pas demain... et nous sommes le 29... Combien vous manque-t-il pour vos paiemens du mois ?

— Vingt-cinq mille francs !... repartit l'impressario ébahi.

— Les voici... et sans intérêts... poursuivi le vicomte, si dès demain vous voulez mettre en répétition le drame que voici... Un chef-d'œuvre tout simplement !... Monsieur est l'auteur.

— Ah ! Messieurs... le théâtre vous devra son salut.

— Ne parlez pas pour moi... conclut Lucien ; je suis riche et ne fais que vous prêter vingt-cinq mille francs... Monsieur est poète et vous en donne cent mille avec son manuscrit.

. . . .

Les deux jeunes gens se retrouvèrent dans la rue, en face d'un modeste hôtel garni.

— Tenez, dit Lucien de Varedde à son compagnon, vous demeurerez là, en attendant le succès et le bonheur.

Albert Atis croyait rêver.

— Cinquante mille francs !... murmura-t-il avec effroi, et si vous alliez les perdre !...

— Le grand mal ! sourit Lucien de Varedde... j'ai cen mille écus de rente, et je risque seulement, pour faire deux heureux, ce que mes confrères en fortune dépensent si souvent pour un cheval de race, ou pour une courtisane en renom.

— Ah !... si les riches voulaient ! s'écria l'amant de Louise.

— Chut ! fit Lucien, n'en dites pas de mal, j'en suis... Et croyez-moi, en se privant des jouissances que j'éprouve à cette heure, ils sont plus malheureux encore que coupables !...

Et le poète baisa pieusement la main du vicomte.

. . . .

— Je veillerai sur Louise !... avait promis Lucien de Varedde, pour courc nner dignement le bienfait.

Hélas ! Louise avait à cette heure grand besoin de la protection du vicomte.

A peine fut-elle de retour dans la rue de la Harpe que le démon qui la guettait s'élança sur ses traces.

Il la rejoignit bientôt et voulut lui parler.

Elle le repoussa.

Mais il resta obstinément à ses côtés, jusqu'au moment de rencontrer en chemin l'auxiliaire attendu par sa vengeance...

— Sergent de ville ! s'écria-t-il tout à coup... empêchez donc cette fille d'importuner les passans...

Le sergent de ville se rapprocha aussitôt.

Le fonctionnaire lui jeta son nom à l'oreille, et lui mit un louis dans la main...

C'était une double corruption ; c'était trop de moitié.

Le suppôt de la police posa sa crasseuse main sur le bras de la jeune fille, qui se défendait vainement.

A ce contact déshonorant elle s'évanouit...

Pauvre Louise ! elle ne revint au sentiment de l'existence que dans les bureaux de la Préfecture...

Mais toutes les réclamations furent vaines...

Et bientôt elle se trouva prisonnière derrière les portes infamantes de Saint-Lazare...

CHAPITRE XV.

Mariette revenait rapidement à la santé.

La maladie à peine vaincue, cette splendide nature se relevait dans toute sa beauté, dans toute sa force d'autrefois.

Mais, hélas ! il n'en était pas ainsi de la raison, rudement ébranlée par tant de souffrances physiques et morales...

La tête et le cœur étaient loin d'être guéris.

Mariette avait des instans de véritable folie. La moindre contrariété, le plus léger ressouvenir, excitaient à un paroxisme effrayant la continuelle et nerveuse irritation de la convalescente.

Alors elle criait avec désespoir, elle brisait fébrilement tout ce que rencontrait sa main, elle se frappait elle-même, avec une rage, avec un égarement qui nous faisaient tout à la fois et trembler et pleurer.

Puis, épuisée, meurtrie, elle tombait dans des atonies étranges pour tous, dans des anéantissemens inexplicables

IV° P.

aux yeux même de la science. Il lui semblait que son cœur s'arrêtait dans sa poitrine, il lui semblait qu'elle allait mourir !..

Il avait tant souffert, le pauvre cœur de Mariette !..

Et qu'elle était adorable et touchante, alors que, revenue de ces délirantes colères, de ces morts momentanées, elle nous demandait pardon, avec ses deux mains suppliantes et jointes, avec ses grands yeux noirs humides et reconnaissans.

Elle avait honte d'elle-même, et ce sentiment de repentir rosait ses joues amaigries et pâles de nuances purpurines et fugitives !...

A ces heures d'épanouissement complet, d'efflorescences colorées, Mariette redevenait si radieusement belle, que toutes les traces du chagrin et de la maladie disparaissaient même dans le souvenir !

Non, non, c'eût été presqu'un sacrilège que de le croire encore... non jamais aucune influence délétère n'avait osé flétrir, aux battemens de ses ailes empestées, cette création sublime de la nature, ce chef-d'œuvre éclos sous la main d'un dieu rêvant à de célestes amours !

— Voyez, voyez ! nous disait Chanazal, fier tout à la fois comme homme et comme médecin, heureux en même temps par les satisfactions de la science et par les générosités du cœur ; voyez... chaque jour apporte une amélioration nouvelle ; chaque heure épanche à flots incessans les sources de la vie... C'est une superbe fleur qui renaît, se développe et se couronne aux rayons dorés d'un soleil de printemps... Je réponds de la vie, mais j'ai peur pour la raison. Evitez, mes amis, évitez toute émotion violente, toute secousse inattendue... Soyez prudens!... Une joie subite, le bonheur même, s'il ne revenait pas bien doucement, la rendrait à jamais folle...

Un médecin doit tout connaître, ainsi qu'un confesseur ; telle était du moins l'opinion du docteur Chanazal. Il faut soigner le corps par l'âme et l'âme par le corps, tel était son système.

Aussi, nous lui avions appris, dans ses moindres secrets la douloureuse histoire de Mariette.

— Ce beau corps est guéri, nous disait-il souvent, mais la cure ne sera pas complète, tant que l'âme restera souffrante et brisée.

Il nous défendait donc de parler à la cicatrice de la pauvre mère ; il nous défendait même de les rapprocher au cas où Mariette en témoignerait le désir ; il fallait attendre que ce désir fût devenu calme, doux et longuement préparé à l'accomplissement.

Quant au baron Dupréval, dont nous redoutions un fatal retour, Chanazal lui avait écrit, et de telle sorte que le fonctionnaire s'était bien gardé de reparaître.

Mais, d'un autre côté, l'absence prolongée de Louise tourmentait continuellement Mariette. Depuis la brusque disparition de la fiancée d'Albert Atis, elle nous interrogeait sans cesse, et toujours vainement, car le plus profond mystère enveloppait encore l'odieuse vengeance qui veillait aux portes de Saint-Lazare.

Trilby, heureusement, était là, deux fois plus tendre, deux fois plus attentive, depuis que Louise ne partageait plus l'évangélique mission du double dévouement.

Trilby habitait désormais la mansarde laissée vacante par le départ d'Albert Atis. Le vœu le plus ardent de la pauvre poitrinaire était exaucé, et cependant elle se montrait songeuse et triste !

Oh ! c'est qu'elle savait ce qui s'était passé dans cette mansarde, témoin de ses honteuses concessions à la fortune ; c'est qu'Anatole n'avait pas su cacher ses remords et que Trilby partageait ses douleurs.

Albert Atis logeait dans cet hôtel, où l'avait conduit Lucien de Varedde. Déjà les répétitions du drame marchaient avec activité ; déjà le roman, fortune justement prédite du

7

nouveau journal, éparpillait au jour le jour par la France entière ces pages ardentes et séveuses, ces frais et gracieux feuilletons, dont le succès fut si rapide et si beau !...

Et moi, j'apportais le journal à Mariette, et je lui lisais chaque soir lechapitre, déjà célèbre, quoique éclos seulement du matin...

Car je venais aussi, moi, égayer et remplir les longs jours de la convalescence, suivre et hâter, s'il était possible, les progrès de la résurrection...

Mon cœur n'avait pas changé depuis le voyage de Toulouse à Paris ; comme autrefois, Mariette le remplissait tout entier...

Et j'étais heureux d'être là, près d'elle, de la voir, de l'entendre, de toucher sa main blanche, de ranimer d'une lueur amie ces grands yeux noirs que j'adorais, de refleurir d'un sourire ces divines lèvres que j'aimais tant !

Et Mariette... Mariette !... Souvent je l'ai surprise à ces heures du paradis me regarder en soupirant...

Parfois, en soupirant encore, elle me parlait du coupé tapissé de feuillage, de nos longues causerie aux pâles regards des étoiles ; de Roméo même, car elle n'avait rien oublié !

Parfois aussi de sa mère, qu'elle voulait revoir et consoler.

Alors elle allait au piano, essayait sa voix assourdie encore et voilée, puis murmurait avec un accent mystérieux et profond :

— Bientôt... bientôt !...

C'est ce qu'elle répondait, et du même ton rempli de vagues espérances, lorsqu'on envoyait de l'Opéra, pour demander, à quelle époque elle comptait reparaître sur la scène.

Nous devinions au fond de sa pensée secrète toute une irrévocable résolution, tout un plan d'avenir ; mais, dociles aux conseils de Chanazal, nous nous abstenions discrètement de la fatiguer, en l'interrogeant.

Cependant c'était de son enfant, de son fils (1) qu'elle parlait plus souvent encore.

Elle désirait amoureusement l'embrasser, elle nous suppliait de la conduire au village.

Chanazal connaissait ce désir et l'avait combattu longtemps ; mais lorsque Mariette se fut bien habituée par avance à cette émotion du cœur, il en espéra plutôt une salutaire influence qu'un choc dangereux, et consentit à laisser partir enfin la mère.

Je devais accompagner Mariette.

Trilby voulut être du voyage ; elle se promettait une douce joie d'embrasser cet enfant, qu'elle aimait déjà, comme s'il eût été le sien.

— Et Roméo? me dit Mariette, dont le visage resplendissait d'une maternelle auréole... Oh ! je veux qu'il vienne avec nous, et qu'il caresse mon enfant de sa bonne langue rose... Je le veux, ne fût-ce que pour nous rappeler tout à fait notre joyeuse trinité des messageries toulousaines ?... Vous nous l'amènerez, n'est-ce pas, mon ami ?

Pouvais-je refuser un si charmante volonté ; une prière faite au nom d'un passé qui m'était si doux et si cher ?

Lucien de Varedde s'empressa de nous offrir sa berline de voyage, et nous partîmes en poste dès le lendemain.

Tous les quatre !...

Mariette, impatiente, juvénile, oublieuse de tout, excepté du bonheur présent.

Trilby, mutine, joyeuse, mais épuisée et défaillante, comme une pauvre flamme qui danse et bleuit en s'éteignant.

Roméo, caressant, turbulent, fou; ainsi qu'un chien fidèle qui retrouve un maître depuis longtemps perdu.

Il reconnaissait Mariette, il l'accablait de caresses, qu'elle recevait avec la grâce enfantine et charmante d'autrefois.

C'étaient les scènes regrettées du voyage de Toulouse ; c'était ce passé de trois jours, qui illuminait tout mon avenir...

Et j'écoutais, et je regardais en riant et en pleurant.

O sublimes et profondes voluptés du cœur ! on ne vous ressent qu'une fois dans la vie, on ne vous raconte jamais...

Non... on vous garde en avare qui craint de montrer son trésor, en petite-maîtresse égoïste qui ne veut qu'entr'ouvrir à moitié sa cassolette d'où pourrait s'envoler le parfum.

Aussi je m'arrête d'écrire et je commence à rêver !...

. . . .

— A quinze lieues environ de Paris, m'avait dit Mariette, au village de la Chappelleraie (1)... chez un meunier nommé Bouquaille...

Nous arrivâmes donc promptement...

Le moulin était situé à près d'une demi-lieue du village; dans un vallon étroit et boisé, au bord d'une assez profonde rivière, barrée en cet endroit par une petite jetée praticable, et qui concentrait vers la route toutes les forces du courant...

Cependant le moulin, jadis en continuelle activité, mais presque entièrement oisif alors, était pourvu d'ailes qui devaient autrefois le faire mouvoir dans la saison des eaux basses.

C'était de ces ailes éclopées que se moquait l'abbé La Châtre.

La maison s'élevait entre la rive et la jetée, qui communiquaient l'un avec l'autre par un pont de bois, placé en dehors, et juste au dessus de la voûte, où la roue tournait avec un fracas sinistre.

Les environs étaient solitaires et sombres.

Nous descendîmes.

Maître Bouquaille, dont on connaît déjà le portrait, nous reçut sur le seuil, avec sa femme, nourrice de l'enfant de Mariette...

La mine des époux et l'aspect de leur demeure étaient repoussans et sordides...

Notre cœur se serra.

Et pour surcroît d'impression fâcheuse, il y avait dans la première pièce, grande salle malpropre et enfumée, un troisième personnage, que Mariette et moi nous crûmes vaguement reconnaître, et qui n'était autre que l'abbé La Châtre en personne.

Mais nous courûmes rapidement vers le berceau de l'enfant...

— Le petit bonhomme est bien malade !... avait dit Mme Bouquaille...

Et Mariette, épouvantée, s'était élancée la première...

C'était à l'étage supérieur, dans une chambre au honteux et fétide désordre, dans une sorte de taudis, dont l'unique fenêtre s'ouvrait presqu'au dessus du barrage écumeux et bruyant...

Je ne sais pourquoi, mais j'observai bien attentivement l'ameublement et la disposition de cette pièce...

---

(1) Une erreur de typographie, peut être échappée au lecteur, car nous ne nous en étions pas aperçus nous-même, a malencontreusement changé le sexe de l'enfant de Mariette, que le meunier Bouquaille appelle la fille du baron Dupréval... C'est le fils qu'il faut lire. Pardon et oubli pour la faute de messieurs les typographes.

(1) On ne trouvera la Chappelleraie sur aucune carte, et la raison en est bien simple à comprendre. Le baron Dupréval était député de cet arrondissement en 1835 ; ce serait donc désigner l'un des membres de notre aristocratie parlementaire, et, de crainte de scandale, nous nous résignons à travestir par le pseudonyme de la Chappelleraie le véritable nom du village où doivent s'accomplir les dernières scènes de ce récit.

Ameublement fort simple du reste, car il consistait en trois choses :

Un lit au baldaquin poudreux et garni de grands rideaux peints, retombant jusqu'à terre, et clos hermétiquement de toutes parts.

Un grand fauteuil, dont l'antique tapisserie pendillait en guenille.

Puis le berceau d'osier, à peine recouvert d'un lambeau de serge verte.

Et il gelait au dehors... et la fenêtre n'était pas même fermée.

Les deux femmes, atterrées, se penchaient douloureusement au-dessus du berceau.

Mariette pleurait !

— Oh !.. tu ne peux pas rester ici !.. disait-elle, en plongeant sa tête noire sous l'arcade d'osier.

Et l'on n'entendit plus que le bruit assourdi des baisers et des sanglots.

Puis elle se redressa, pâle et navrée, comme la *Mater dolorosa* ; mais avec son enfant dans ses bras caressans.

C'était un pauvre petit garçon, chétif, amaigri, presque bleu à force d'être pâle, et dont le souffle faible et plaintif paraissait au moment de s'éteindre tout à fait.

Mariette s'était assise dans le grand fauteuil... Elle réchauffait l'enfant sur son sein maternel.

Triby, agenouillée et s'accoudant à l'un des bras massifs du fauteuil, souriait au pauvre petit, qu'elle embrassait par fois avec amour.

Et de l'autre côté, Roméo léchait de ses longues et chaudes caresses les mignonnes mains rougies par le froid, et que la faiblesse laissait pendre sur les genoux frémissans de Mariette...

Moi, tantôt je regardais ce triste et touchant tableau, tantôt pour cacher leurs larmes, je relevais ses yeux vers le plafond brun et rayé de solives noires.

Un funèbre crépuscule d'hiver éclairait la chambre à moitié plongée dans l'ombre.

Aucune parole ne trahissait les sentimens douloureux de la mère. Elle réfléchissait profondément.

Et nous, nous respections son silence, en l'imitant nous-mêmes.

— Il faut emporter cet enfant !... m'écriai-je à la fin, avec indignation.

— Oui... emmenons-le avec nous ! s'empressa de proposer Aline.

Mariette allait parler à son tour.

— Oh ! que nenni ! interrompit la nourrice surgissant à l'entrée de la chambre... ça nous est bien défendu.

— Et qui donc a le droit d'empêcher une mère d'emporter son enfant ?... demandai-je avec un élan de colère.

— Le père, donc !... mon bon Monsieur !... repartit la voix traînarde et moqueuse de la femme Bouquaille... Nous sommes sur nos gardes, allez... et le petit ne passera pas même la porte du moulin. C'est l'ordre !..

— Malheureuse ! ne pus-je m'empêcher de répondre...

Mais l'affreuse femme ne s'émut nullement, et conclut avec la même bonhomie cruelle et farouche :

— Vous fâchez pas ? C'est comme ça, mon bon Monsieur...

J'échangeai un regard avec Mariette...

Ce regard était un appel à ma protection, à mon énergie...

La Bouquaille le comprit aussi ; car elle se recula vivement, et s'écria, penchée vers l'escalier...

— Holà, vous autres !...

Presque aussitôt Bouquaille et La Châtre barraient le passage de la porte.

Il y eut une minute de silence... Roméo avait quitté l'enfant pour ven'r se ranger près de moi, et déjà grondait en montrant ses dents blanches.

— Eh bien ! malgré vous, repris-je avec rage... malgré vous tous, puisqu'il le faut !

Et j'allais m'élancer.

— Un moment ! fit le meunier... Pas de bêtises !.. Ne vous emportez pas... c'est le mot... car ça ne vous avancerait à rien du tout... Laissez-moi vous expliquer la chose... et vous en conviendrez vous-même tout à l'heure... Que diable ! causons avant de mordre... n'est-ce pas, mes petites dames ?..

En même temps, il s'avança vers les deux femmes palpitantes et réunies.

Mariette tenait toujours son enfant serré contre son cœur. Triby s'était jetée courageusement devant elle.

Je fis un pas à mon tour, et pour la première fois je remarquai que Bouquaille tenait un fusil de chasse à la main.

— Ayez pas peur, dit-il en frappant sur le canon; ayez pas peur, mais écoutez-moi...

Alors, je croisai les bras sur la poitrine, et je répondis d'une voix impatiente et contenue :

— Parlez ?..

A cette invitation, qui n'était rien moins que pacifique, le meunier appuya la crosse de son fusil sur le plancher, un de ses coudes sur le canon tenu en équilibre par l'une de ses mains, son menton sur la paume de l'autre main, et dit d'un ton moitié moqueur, moitié menaçant :

— J'ai là, derrière moi, un vigoureux camarade... vous un chien qui vaut son homme... deux contre deux... soit ! Inutile de compter les femmes... et si elles voulaient se mettre de la partie, ma campagnarde ne craindrait pas deux petites dames de la ville... Voilà la bataille égale... Supposez-vous vainqueurs, ce qui me paraît peu probable cependant... vous emportez l'enfant... bien !... mais pour changer de chevaux, il vous faut retourner à la Chappelleraie, n'est-ce pas ?... Le baron Dupréval est le député du bourg... c'est vous dire que le maire ne demandera pas mieux que de rendre service à son seigneur...

— Un joli seigneur ! maugréa la nourrice... il redoit six mois de...

— Silence dans les rangs ! interrompit le meunier. Laissez-moi faire entendre raison à monsieur... Pour lors, un des vaincus trouvera bien la force de courir à la mairie, de crier aux voleurs... et crac !... tout ce tapage n'aura servi qu'à vous susciter une méchante affaire... Soyez donc gentils !... retournez à Paris... arrangez-vous avec le père, et dès qu'il y consentira, nous vous rendrons l'enfant... en payant l'arriéré, bien entendu. Est-ce convenu ?...

Cette fois, ce fut Mariette qui répondit à l'ultimatum nettement posé de maître Bouquaille.

Dans sa haute raison, elle avait tout pesé, tout résolu. La violence était effectivement inutile.

Et puis, elle connaissait le baron Dupréval, elle le sentait derrière les deux coquins subalternes, qui nous défendaient la fuite.

— Pas de luttes, pas de combats ! dit-elle, avec une noble gravité !... Je vous laisse mon fils... mais vous, ne l'abandonnez pas ainsi, ne le condamnez pas à mourir !... Il est souffrant... malade... soignez-le bien... Il a froid, il faut de la chaleur, des couvertures... On ne paie pas, dites-vous ?... je paierai, moi, je vous le jure... et, en attendant, prenez ces deux louis... Oh ! ce n'est pas sur l'arriéré, c'est de l'argent en dehors... de l'argent pour donner à ce pauvre petit tout ce qui lui est si nécessaire... Vous me le promettez... Madame ?... Vous m'en répondez devant Dieu !... N'est-ce pas... oui... là ? Soyez sans crainte... Nous allons partir à l'instant... à l'instant...

Rien d'attendrissant comme Mariette, tandis qu'elle prononçait ces douloureuses paroles...

Elle donnait deux louis... hélas! C'était tout ce qui lui restait!...

Dépouillée par Rose, abandonnée par le fonctionnaire, elle n'avait durant sa convalescence presque rien reçu de l'Opéra, unique ressource, épuisée par avance, lors de l'emprunt pour Chantilly.

— A la bonne heure! fit Bouquaille... et maintenant, liberté pleine et entière pour les adieux... on dorlotera le petit, soyez paisible! Descendons, nous autres!...

Aussitôt, le meunier disparut, puis la nourrice, enfin l'abbé La Châtre, qui, jusqu'alors resté sur le seuil de la porte, les suivit en silence, mais non sans avoir échangé avec Trilby un signe étrange, dont je m'étonnai sans le comprendre.

Nous restâmes seuls dans la chambre.

Mariette embrassait convulsivement son fils.

— Adieu, pauvre enfant! sanglotait-elle; te reverrai-je encore, ô mon Dieu!... Ce matin, je croyais que le bonheur d'être mère consolait de tous les chagrins de la vie, et je sens maintenant qu'il est dans la maternité des douleurs plus cruelles que toutes les autres douleurs! Si nous étions ensemble, au moins... je te sauverais, moi, va! Mais Dieu nous réunira bientôt, car il doit être las de me laisser souffrir! Ne meurs pas, toi qui me fais vivre!... ou je n'aurais plus la force de rester ici bas... vois-tu bien!.. Il faut que tu sois près de moi, sang de mon cœur, âme de mon âme!.. Adieu! adieu! ou plutôt non... à bientôt, à bientôt!

Et elle l'enveloppait tout entier de ses baisers et de ses larmes...

Puis elle le posa dans son berceau, en murmurant encore:

— Oh! c'est ma vie que je laisse ici! c'est ma vie que j'y viendrai reprendre... ou bien...

Elle n'acheva pas...

— Que prétendez-vous faire? demandai-je doucement...

— Vous le saurez bientôt! répondit-elle, folle et désespérée... Mais partons... partons... ou bien je n'aurais plus la force de partir!...

Alors elle fit un effort suprême pour s'arracher du berceau, s'enfuit de quelques pas, revint avec une passion débordante embrasser l'enfant qui souriait à sa mère, puis glissa jusqu'à la porte, le visage toujours tourné vers le berceau qu'elle caressait encore du regard, et disparut en courant.

Trilby s'approcha à son tour de l'enfant, et laissa sur ses joues amaigries de tendres et presque maternels adieux, avant de suivre Mariette.

Je restai le dernier, afin de marier mes pleurs et mes baisers aux baisers et aux pleurs tombés des yeux et des lèvres de Mariette, afin surtout de couvrir de mon manteau, soigneusement ployé, ces pauvres petits membres, à peine attiédis sous les ailes d'une mère!...

Il me fallut, à plusieurs reprises, appeler le fidèle Roméo. Il aimait déjà l'enfant, il ne voulait pas quitter le berceau!...

Aline avait deux fois demandé le nom du fils de Mariette, et deux fois Mariette s'était tue...

Elle-même n'avait pas prononcé ce nom?...

— Remonte donc vite auprès du petit Etienne!... cria Bouquaille à la nourrice.

Etienne, c'était le nom du père, et je compris le silence de Mariette!...

Depuis la gratification des quarante francs, les deux époux se montraient attentifs et empressés...

La femme s'élança donc vivement vers l'étage supérieur.

Quant à Bouquaille, il vint galamment ouvrir la portière de la voiture.

Mariette et moi nous étions déjà sortis du moulin, où Trilby se trouva seul un instant avec l'abbé La Châtre.

— Quand retournez-vous à Paris?... lui dit-elle d'une voix basse et rapide...

— Demain!... répliqua Delancourt, sur le même ton prudent et circonspect...

— Venez donc après-demain chez moi?... poursuivit Aline, rougissante et navrée... Et quand il sera sorti... lui!...

— Suffit!... conclut l'abbé La Châtre... Vous êtes donc décidée?...

Trilby ne répondit que par un regard fier et navré; puis elle sortit pour nous rejoindre.

— Enfin! soupira Delancourt, avec la volupté de l'avarice satisfaite.

Pendant ce temps-là j'avais eu grand'peine à me rendre maître de Roméo, qui rôdait obstinément autour de cette maison qu'il semblait abandonner à regret.

Je dus l'aller chercher jusqu'à la pointe de la petite jetée, attenante au moulin, et d'où je vis avec une certaine joie, que la fenêtre, placée à peu près au-dessus, était au moins fermée désormais!...

— L'enfant n'aura plus si froid, me disais-je, en regagnant la voiture, qui repartit bientôt avec les quatre voyageurs.

Mais quelle différence entre la venue et le retour!

Nous étions si jeunes et si animés le matin; si joyeusement épanouis, si pleins d'assurance et de foi dans l'avenir!

Le ciel lui-même semblait avoir changé comme notre destin.

Au départ, l'hiver fardait son front ridé d'un doux et souriant rayon de soleil.

Quelques heures seulement s'étaient écoulées, et la neige tombait, lugubre et triste à travers le vent et la nuit.

Aline ne babillait plus. La rencontre de l'abbé La Châtre et la cruelle résolution, dont plus tard nous dirons les causes un moment oubliées, avaient frappé la pauvre fille d'une morne, épuisée, et poignante stupeur. Elle se taisait, blottie dans un angle de la voiture, toussant à chaque minute et des profondeurs de sa poitrine déchirée par la course et par le froid; affaiblie, épuisée, et tellement pâle, que lorsque sa tête, autrefois si fraîche et si rose, se soulevait péniblement vers la portière blanchie par une épaisse couche de neige, on eût dit une morte encadrée des plis de son linceul!

Mariette restait triplement plongée dans l'ombre, dans la méditation et dans la douleur.

Et Roméo, la tête endormie sur mes genoux, se plaignait d'une voix sourde, en rêvant.

Quant à moi, quoique bien péniblement attristé, je remerciais encore le ciel.

Un moment j'avais redouté pour Mariette les effets imprévus et funestes de toutes ces scènes de sanglots et de menaces; je m'étais souvenu des paroles de Chanazal, j'avais eu peur de la folie!

Mais non. Elle était au contraire plus calme et plus forte. Elle semblait avoir retrouvé toute sa raison, toute sa puissance au fond de son amour, au fond de son désespoir maternel.

Elle songeait froidement et sagement à l'avenir.

Je la compris, et je lui demandai:

— Mariette, vous nous avez promis d'expliquer vos secrètes pensées avec de franches paroles?

— Oui, répondit-elle d'une voix amie... oui! écoutez-moi... D'abord il faut sauver mon enfant... il faut que je parle à son père!

— Vous!... m'écriai-je avec effroi... C'est impossible!

— Et qui donc alors ? demanda Mariette.

— Moi ! répondis-je. Et sitôt à Paris, je vous le jure !

—Merci ! articula profondément la pauvre mère en me tendant la main. Je n'ai besoin de rien vous dire, de rien vous expliquer. Votre cœur vous inspirera. Merci !

Il y eut un long instant de silence pendant lequel la chaise de poste avança de quelques lieues sur la route.

— Ensuite, reprit Mariette, je veux retourner à ma mère. Il est temps, n'est-ce pas ? Une fois réunis tous les trois, ce sera peut-être enfin le bonheur ! Sans ma mère et sans mon enfant, je ne pourrai plus vivre... Mais je suis pauvre, mon ami,.. Il ne me reste rien, plus rien. Ce serait infâme de doubler, en la partageant, la misère de celle que j'ai déjà tant fait souffrir ! Il faut donc avant tout réunir quelques ressources pour le présent, assurer des revenus à l'avenir ! Ni l'enfance de mon fils, ni la vieillesse de ma mère ne doivent manquer du nécessaire, de l'aisance même. Non, non, jamais de privations, jamais de misère pour ceux que j'aime !....

Un soupir amer gémit dans l'angle obscur où se cachait Aline.

— Que comptez-vous donc faire ? demandai-je à Mariette.

— Vous le verrez en arrivant à Paris !... me répliqua-t-elle.

Puis elle se tut, et je n'osai l'interroger davantage.

Jusqu'au moment où s'arrêta la voiture, on n'entendit plus que les toussottemens plaintifs qui déchiraient la poitrine agonisante de Trilby.

Nous arrivâmes.

A peine rentrée chez elle, Mariette courut au piano, l'ouvrit, préluda, et se mit à chanter.

Il existait encore sur la voix une sorte de voile, qui l'affaiblissait un peu, mais qui lui prêtait une sympathie nouvelle, un charme de plus...

— Je rentrerai après-demain à l'Opéra ! s'écria Mariette, avec un bienheureux transport... C'est la fortune pour mon enfant et pour ma mère !

Nous voulûmes combattre cette résolution peut-être trop prématurée ; mais tout fut inutile, et je me chargeai d'avertir l'impressario de l'Académie Royale.

Là, je fus reçu en messager qui vient annoncer une victoire, mais je ne pus parvenir à joindre le baron Dupréval, avant la rentrée de Mariette.

Il y avait foule au théâtre ce soir-là !

La diva fut accueillie par une tempête incessante d'applaudissemens et de bravos sur cette scène métamorphosée en un vaste jardin par la pluie de bouquets et de fleurs, qui tombaient des loges, des balcons, des amphithéâtres, de tous les côtés à la fois.

Mariette s'approcha pour chanter.

Un souffle insuffisant sortit de sa bouche, on ne l'entendait plus !

Aussitôt, et par un instinct unanime, le public devina un affreux malheur. .

Il applaudit cependant.

Mariette ne se doutait de rien ; elle continua.

La foule applaudissait encore...

Les actes se succédèrent, et la cantatrice ne se révélait plus que dans la tragédienne.

La salle applaudissait toujours ses propres souvenirs...

Enfin le rideau tomba, et Mariette, redemandée à grands cris, fut comme autrefois, couverte de bouquets et de couronnes...

Qui ne s'en souvient, de cette soirée triste et douloureuse, où le public parisien fut si délicatement généreux, si grandiosement sublime.

Il n'y eut pas un signe de mécontentement, par un geste improbateur, par un fâcheux murmure !...

Mais bien des yeux versèrent des larmes d'attendrissement et de regret !...

Mariette fut dupe de ce compatissant triomphe... Le passé lui garantissait si glorieusement l'avenir, qu'elle ne soupçonna pas même la terrible vérité !...

— C'est étrange !... dit-elle seulement, en rentrant, enivrée, dans sa loge. Je ne m'entendais pas ce soir !....

Oh !... je l'eusse détrompée, moi ; mais déjà le directeur, avide d'une seconde recette, lui avait fait promettre de reparaître le lendemain, et je n'osai plus dissiper l'erreur, qui la rendait heureuse !...

Et puis je doutais moi-même de cette subite et fatale infirmité...

Je la priai de chanter chez elle, au piano... Elle avait sa voix encore!...

Je gardai donc le silence, et j'attendis la seconde épreuve avec un impatient espoir !...

Dans l'intervalle je vis enfin le baron Dupréval...

Oh !... je ne répéterai pas cet amer et navrant entretien...'

— Pauvre fille ! conclut-il... Je ne la verrai plus... c'est tout ce que je puis faire pour elle. Mais je garde mon fils !

Cette cruelle insistance me révolta, le fonctionnaire fut inexorable, et je sortis, en me demandant avec un secret effroi :

— Quel intérêt cet homme a-t-il donc à retenir l'enfant, alors qu'il abandonne la mère, dont les succès ne doivent plus flatter son égoïste orgueil ?

Cependant le soir de la représentation arriva.

Oh ! comme je tremblais, en attendant les premières notes du chant de Mariette.

Hélas ! le malheur était bien réel !

Etrange fatalité ! cette voix, si belle encore dans un salon, semblait perdue, complètement perdue au théâtre.

Les bons sentimens de la foule sont éphémères ! Il y eut un sifflet ce jour-là !

Un de ces sifflets, qui devaient une année plus tard assassiner ce pauvre Nourrit, dont le bras généreux soutint alors Mariette dans sa chute.

Car elle tomba, frappée tout à la fois par la honte de l'insulte et par la révélation de son malheur !...

Une autre femme acheva le rôle.

Et moi, après une heure d'anéantissement et de délire, je fus attendre la sortie de la pauvre sifflée.

Le spectacle se termina, et je n'avais pas revu Mariette.

Etonné, je montai chez le concierge, et là j'appris que sitôt après l'accident, elle s'était enfuie du théâtre.

Je courus chez elle.

Trilby était devant la porte ! sonnant et frappant depuis une heure environ.

Et les voisins prétendaient avoir vu rentrer Mariette.

Un funeste pressentiment me saisit, doubla mes forces, et j'enfonçai la porte.

Nous courûmes jusqu'à la chambre à coucher ; la même violence se créa une entrée semblable.

Et je bénis le Dieu qui m'inspirait, car je ne m'étais pas trompé.

Mariette gisait, expirante sur le tapis.

Plusieurs réchauds de charbon brûlaient dans la chambre hermétiquement close et déjà remplie d'une épaisse vapeur.

Je m'élançai vers la fenêtre, et du poing je brisai deux carreaux.

Mariette était sauvée !

Mariette, qui, comme Saint-Hyacinthe et comme Albert Atis, avait voulu rejeter le fardeau d'une vie impossible et maudite !

Encore un suicide, dira-t-on peut-être !... Oh ! ne vous étonnez pas d'en rencontrer si souvent au rez-de-chaussée des journaux, vous en trouverez plus souvent encore dans les hautes colonnes, ces bulletins de la réalité.

J'avais rejoint Trilby, tout d'abord penchée vers Mariette, qui rouvrait ses grands yeux noirs à la lumière et à la vie!

— Et votre enfant? sanglotait Aline.

— Et votre mère? dis-je à mon tour.

— Pardon et merci! murmura Mariette. J'étais ingrate et folle... Pour elle et pour lui... pour lui surtout... je dois vivre... je vivrai!...

Mais nous doutions encore, et Trilby passa la nuit auprès d'elle.

— Tenez, ami, me dit Mariette, en me présentant deux lettres, lorsque j'arrivai le lendemain. On m'offre de donner des représentations en province. Je ne dois donc pas désespérer, ma réputation n'est pas éteinte chez les autres. C'est près de Paris... à Amiens... à Lille... En supposant même que ma voix soit perdue, et je ne puis le croire encore, ma réputation, habilement exploitée, peut en un mois me donner dix mille francs... Avec nos goûts modestes, c'est toute une fortune à faire valoir par quelque simple industrie. Nous verrons cela... Un mois encore d'attente et de séparation, voilà tout, et j'ai du courage... Vous savez mes projets, préparez ma mère à me revoir... Et tandis que je vais travailler pour nous réunir, travaillez, ô mon ami, travaillez sans relâche pour me rendre aussi mon enfant!

Je le promis, je le jurai; et Mariette commença les préparatifs du voyage.

CHAPITRE XVI.

Près de trois mois s'étaient écoulés pendant la convalescence de Mariette, et déjà l'on touchait aux derniers jours de l'hiver.

Laissons donc pour un instant la cantatrice en but aux calomnieuses suppositions qui s'accréditent si vite et si facilement au sujet des maladies des pauvres filles de théâtre, et retournons vers les autres personnages de cette histoire.

A Sainte-Pélagie, les détenus travaillaient avec ardeur, mais avec prudence, pour ne pas compromettre le succès...

On devine les espérances d'Albert Atis, on connaît le triste destin de Geneviève.

Annette était toujours au pensionnat de Belleville, mais triste et rêveuse maintenant... Lucien de Varedde ne venait que tous les dimanches, et la jeune fille, heureuse d'un bonheur ineffable, inconnu, tant que son protecteur restait près d'elle, pleurait et soupirait, lorsqu'il n'était plus là!...

Cependant le vicomte gardait religieusement le secret de son amour, et, si parfois il sentait faiblir son courage, il puisait une nouvelle force, une nouvelle vertu dans les communes et pieuses visites à la tombe de Saint-Hyacinthe.

Frédérick Pichard poursuivait son plan intéressé vis à vis de la Debanne, mais depuis que Rose habitait la maison, il s'occupait aussi quelque peu de la cameriste.

— La parfumeuse est riche, répétait souvent Rose; mais on peut le devenir comme elle!

Et Pichard, était un homme de précaution, qui ne négligeait aucune chance pour sortir de la misère...

Quant à la Debanne, elle nourrissait de sinistres projets sur Delancourt; elle attendait impatiemment l'occasion de pénétrer dans le repaire de l'impasse Saint-Martial.

Enfin, Geneviève était plus que jamais obsédée, et par le baron Dupréval, et par lord Karolan, et par Mme de Bellerive.

Cette dernière, en désespoir de cause, avait un instant caressé l'espérance d'enchaîner pour son propre compte l'héritage du vieillard. Ni les conseils indiscrets, ni les attentives agaceries ne furent épargnées par cette coquette avaricieuse. Mais lord Karolan ne parut nullement touché de ces tendances matrimoniales. Un mariage... lui!... et avec

Mme de Bellerive!... Non, non, il ne voulait que la blonde et mignonne jeune fille de l'Opéra; il ne poursuivait que Trilby, qu'il prenait pour Annette.

Mais sans toutefois abandonner la spéculation convenue et basée sur l'hymen de Geneviève avec le baron Dupréval.

Et Geneviève résistait toujours.

Afin de porter un dernier coup, puissant, tentateur, inévitable, lord Karolan descendit un jour au salon avec un testament, sans condition, sans restriction, et dans lequel il instituait le baron Dupréval son légataire unique et universel.

Le fonctionnaire frémit en acceptant cet acte précieux, cette colossale fortune.

Mais, d'un autre côté, Tom fit une affreuse grimace. Il se trouvait complètement frustré dans son attente... Pas la moindre rente viagère, pas le plus petit legs en argent comptant!

Le maître comprit le valet, et, quelques minutes après, il lui dit, d'un ton consolant de sarcastique malice:

— Sois tranquille, mon garçon!.. cela ne prouve rien... cela n'engage à rien... cela ne coûte rien... Un testament!... bast!

Et il sortit seul, pour une de ses mystérieuses courses, avec un portefeuille bourré de billets de banque, et que le valet entr'ouvrit curieusement le soir.

Il était vide!

— Où diable va-t-il donc cacher son argent? maugréa Tom, intrigué depuis longtemps déjà par les cachotteries du vieillard.

Cependant Geneviève n'avait paru que médiocrement éblouie du nouvel appât, dont on dorait à ses yeux le baron Dupréval.

L'intérêt ne pouvait rien sur ce cœur aimant et noble... mais elle luttait depuis six mois, seule contre tous, esclave et sans défense au milieu de ses ennemis!... Elle n'avait plus ni courage, ni foi; elle croyait le prisonnier coupable; et, libre, elle l'eût repoussé maintenant.

Yvonne seule eût pu détromper sa maîtresse. N'avait-elle pas vu Rose et le fonctionnaire tendre leur habile piége chez Georges Cortalès?... ne savait-elle pas la vérité tout entière?

Mais comment parvenir jusqu'à Geneviève!

La vieille et courageuse Bretonne avait pourtant tenté de revoir sa fille chérie...

A peine guérie, elle était sortie de l'hospice, appuyée sur le bras compatissant de la mère Rainette, elle était venue jusqu'à la porte de l'hôtel. On l'avait repoussée comme autrefois, repoussée dans la rue couverte de glace et de neige. Une grave rechute paralysa de nouveau le dévoûment de la vieille Yvonne, et le soir même elle rentrait à l'hôpital!

Quelques jours encore, et elle allait ressortir, forte, vigoureuse, et décidée à tout!...

Mais il serait trop tard!...

Geneviève était à la veille de céder...

Elle avait demandé jusqu'au 1er mars, jour où commençait sa dix-septième année, et déjà l'on préparait à l'hôtel les bouquets de l'anniversaire.

Le baron Dupréval croyait le succès assuré, et dans sa folle joie il avait partout annoncé le prochain mariage...

Lucien de Varedde veillait, et recueillit des premiers cette fatale nouvelle.

On tint conseil.

George devait bientôt s'échapper de Sainte-Pélagie; il ne s'agissait que de gagner du temps.

Trilby se chargea de faire retarder le mariage.

On se souvient sans doute, que, chez Mariette, la jeune fille avait proposé vaguement de vendre à Geneviève les dentelles de Louise.

Plus tard, lors du pèlerinage maternel à la Chappelleraie, un mot étrange était échappé à Trilby.

— Oh! avait-elle dit... je vous promets, moi, de rendre

l'enfant insupportable à son père... Il ne demandera pas mieux que de l'oublier, je vous le jure !...

Dans le moment je ne fis que peu d'attention à ces paroles, mais je devais bientôt en comprendre le sens.

Voici ce que tenta Trilby, pour sauver à la fois Geneviève et Mariette...

Le 1er mars, de grand matin, elle se présenta à l'hôtel de Bellerive, avec un carton à la main.

Les domestiques la laissèrent entrer, pensant qu'elle apportait quelque présent envoyé pour la fête.

Geneviève était au salon.

Trilby montra les dentelles de Louise, et voulut engager l'entretien sur Georges Cortalès.

Mais presque aussitôt Mme de Bellerive parut.

Aline n'eut que le temps de glisser deux papiers timbrés dans la main de Geneviève, en lui disant d'une voix furtive et rapide.

— Lisez cela, Mademoiselle... Il y va de votre bonheur !...

Puis, assez aigrement éconduite par Mme de Bellerive, Trilby sortit du salon.

Mais dans le jardin elle rencontra lord Karolan.

L'Anglais jeta un cri, et voulut suivre son rêve.

— Chut ! fit la jeune fille, en posant un doigt sur ses lèvres... bientôt !...

Le vieillard resta immobile, tremblant et enivré.

Et Trilby s'enfuit avec la rougeur au visage, mais avec la conviction intime du succès.

Effectivement, Geneviève était remontée dans sa chambre pour lire les deux papiers remis par l'inconnue.

Et lorsque tout le monde fut rassemblé pour la fête de famille, lorsque le fonctionnaire somma galamment Geneviève de tenir la promesse tant attendue, elle répondit :

— Je suis déliée de mon serment, monsieur le baron, car vous vous avez tous trompés !...

— Moi ! se récria Dupréval... avec une pateline hypocrisie, tandis que lord Karolan et Mme de Bellerive se reculaient, surpris et consternés.

— Vous-même ! poursuivit gracieusement la jeune fille.

— Et comment ?...

— Lorsque M. Georges Cortalès m'apprit qu'il existait un enfant reconnu par vous et portant votre nom, ce qui semblait à ma tante elle-même un empêchement insurmontable pour notre mariage ; lorsque je répétai cette accusation, dont moi, jeune fille, je ne connaissais pas toute l'importance encore, vous vous êtes plaint d'une calomnie, vous avez juré que tout cela n'était qu'un mensonge...

— Je le jure encore !... interrompit effrontément le fonctionnaire.

Geneviève sourit, déplia délicatement les deux papiers enfouis dans son sein palpitant, et continua :

— Voici l'acte de naissance de cet enfant... Voici l'acte par lequel vous le reconnaissez pour le vôtre !...

Devant un démenti si formel, le baron Dupréval perdit son imprtuable aplomb ; il baissa la tête, confus, rougissant, atterré :

— Voyez, ma tante ?... poursuivit Geneviève, avec cette charmante raillerie qui mord au milieu d'un frais sourire. Ceci vous regarde... seulement je me souviens de vos paroles d'autrefois, et ne pense pas que vous ayez changé d'avis !

Lord Karolan avait fait un geste de mécontentement et de dépit... Peu lui importait, à lui !...

Mais pour la rigide et dévote tante, il y avait un obstacle réel dans cette paternité étrangère...

— Eh bien ?... Monsieur ?... articula-t-elle d'une voix prude et revêche.

Le fonctionnaire, interdit par cette terrible question, fut un instant avant de répondre.

Et pendant ce silence Frédérick Pichard qui, debout à l'extrémité du salon, apportait aussi son bouquet, se prit à ricaner dans sa cravate :

— Ah !... ah !... mon gaillard... voyons un peu comment tu vas te tirer de là ?...

— J'attends... reprit Mme de Bellerive... Eh bien ?...

— Eh bien Madame !.... répondit le fonctionnaire, avec une assurance tellement superbe qu'elle prenait sans doute sa source en quelque résolution triomphante... J'ai dû vous tromper autrefois, mais Dieu m'a cruellement puni de ce mensonge... Cet enfant a existé... je l'avoue...

— Comment... a existé ? fit Mme de Bellerive.

— Oui, baronne, conclut Dupréval, avec une feinte douleur... car il n'existe plus !...

— Fui ! se dit Pichard !

— Ah !.. soupira joyeusement le millionnaire, en frottant l'une contre l'autre ces mains osseuses et jaunes.

Déjà le visage de Geneviève s'était assombri d'un voile de tristesse.

— Et quand est-il mort, ce pauvre enfant ? demanda la tante, qui commençait à dérider son front sévère.

— Cette nuit !... balbutia le fonctionnaire, avec un embarras qui pouvait passer à la fois pour de la pudeur et pour du chagrin.

— Comme c'est heureux !.. murmurait Pichard, qui disséquait la physionomie du fonctionnaire à travers ses lunettes vertes ; voilà un moutard gênant... qui est mort trop vite... pour être mort tout à fait ! Voyons donc !

Mais déjà le baron Dupréval s'empressait de prévenir les doutes et les scrupules, en proposant de lui-même :

— Je comprends que vous demandiez des preuves maintenant, et, quelque pénibles qu'elles soient, je m'offre à les fournir... Il est des actes pour la mort comme pour la naissance, et c'est à moi d'en apporter un qui détruise les deux que vous tenez à la main.

— Quand cela ? s'écria Mme de Bellerive, redevenue souriante et gracieuse.

— Il était à la campagne, loin de Paris... Dans trois jours !... répondit le fonctionnaire, qui lançait en même temps à Frédérick Pichard un regard attractif.

— Tiens ! se dit Pichard, est-ce qu'il aurait besoin de moi... enfin ?

— Eh bien ! reprenait victorieusement Mme de Bellerive, dans trois jours nous signerons.

— Bravo ! fit lord Karolan avec joie.

— Ma tante ! s'écria Geneviève avec effroi, songez-y donc...

— Enfant ! interrompit l'aristocratique parente... enfant, puisque l'obstacle n'est plus... Il s'agissait des intérêts de l'avenir, et non des... enfantillages du passé... Quant au mensonge, tout le monde en est là. L'amour doit le faire pardonner... La jeunesse excuse le reste, et...

— Permettez, permettez, Madame, ajouta galamment le fonctionnaire. C'est à moi d'implorer et d'obtenir mon pardon...

En même temps il s'approcha de Geneviève, et trouva d'adroites et calines paroles, tout comme s'il se fût agi de faire passer un gros budget à la tribune parlementaire.

Geneviève, épuisée par cette dernière défaite, manqua de courage pour répondre.

— Dans trois jours l'acte rassurant ! reprit Mme de Bellerive.

— Dans trois jours le contrat ! dit lord Karolan...

— Dans trois jours le bonheur ! soupira le fonctionnaire en attirant Frédérick Pichard, par un second regard plus significatif encore que le premier.

— Décidément tu en veux.... ou je m'abuse fort, murmura l'officier de santé.

Et sur-le-champ il s'avança pour présenter son bouquet.

Tandis qu'il s'inclinait devant Geneviève, tandis qu'il balbutiait un compliment, le baron Dupréval lui toucha légèrement le coude.

— Je ne me trompais pas, pensa Pichard ; ça y est !

Puis, comme lord Karolan et Mme de Bellerive s'empressaient autour de Geneviève, les deux complices se rejoignirent alertement à l'autre bout du salon pour échanger ces suivantes et mystérieuses paroles :

— Il faut que je vous parle ! dit le fonctionnaire.

— Ici ? demanda Pichard, qui jugeait parfaitement inutile de demander pourquoi...

— Non...

— Chez vous ?...

— Pas davantage...

— Où donc, alors ?...

— Il faudrait un lieu discret, où personne ne pût soupçonner notre rendez-vous, où nous soyons libres et seuls...

— Un lieu qui ne soit pas public... et ou l'on paie ?...

— C'est cela...

— Chez la Debanne...

— Ah ! vous...

— Je la connais.

— A merveille !...

— Aujourd'hui ?..

— Dans une heure !..

— Dans une heure !..

Sur ce dernier mot les deux hommes se séparèrent, comme après un entretien banal et frivole...

— A tout prix, il me faut cet acte ! grondait sourdement le fonctionnaire...

— Allons ! murmurait Frédérick Pichard ! c'est la fortune qui passe, et le vent du hasard qui me jette un de ses cheveux dans la main !...

CHAPITRE XVII.

C'était le surlendemain du suicide empêché de Mariette, que s'étaient accomplies les différentes scènes racontées dans le précédent chapitre, et que devaient encore se retrouver Frédérick Pichard et le baron Dupréval.

Or, ce même jour, un second rendez-vous était donné chez la Debanne, entre deux autres des personnages de cette histoire.

Pour faire comprendre cette coïncidence, il est nécessaire de remonter un peu plus haut.

Et d'abord nous avons promis d'expliquer par quelles nouvelles épouvantes de l'avenir, Trilby s'était vue contrainte en quelque sorte au sublime et cruel sacrifice de la pureté de ses derniers jours !

De nombreux et impitoyables créanciers harcelaient Anatole, mais jusqu'alors il avait su dérober à sa maîtresse les criailleries et les menaces écrites.

En d'autres termes, les odieux visages des huissiers, et l'aspect plus odieux encore de leur griffonnage timbré.

Hélas ! il pensait aussi que le reste de ses misères n'éveillait pas même un soupçon.

Depuis surtout que le départ d'Albert Atis permettait à Trilby d'habiter sa chère mansarde, toutes les indiscrètes révélations semblaient à l'abri désormais des curiosités de ses yeux bleus.

Anatole ne prit donc plus autant de précautions à son ancien logement, qui devint ainsi le syndicat de sa généreuse et secrète faillite.

Mais un hasard fatal, un de ces simples oublis qu'il est inutile de définir, ramena Trilby chez Anatole.

Elle y trouva un de ces papiers qui sentent le malheur, la signification d'une saisie prochaine...

Anatole allait donc se trouver complètement dépouillé, complètement misérable après elle !..

Et elle, qui luttait encore, ne lutta plus...

L'abbé La Châtre fut rencontré à La Chappelleraie, et elle lui dit :

— Venez après-demain !..

Aussitôt le corrupteur émérite écrivit joyeusement à la Debanne, pour annoncer la victoire.

Il revint à Paris, et retrouva, non sans quelque peine, Aline à la mansarde de la rue de la Harpe ; mais déjà la jeune fille était retombée dans ses irrésolutions sans cesse renaissantes. Anatole, averti par la sombre tristesse de sa compagne, l'avait convaincue que sa gêne n'était que passagère, que ses affaires allaient s'arranger, que même la saisie n'aurait pas lieu.

Delancourt, qui déjà plusieurs fois avait donné des assertions démenties le lendemain par quelques nouveaux refus d'Aline, n'osa pas se présenter chez la Debanne, avant d'avoir définitivement réussi.

Persévérant, tenace, infatigable, il recommença son rôle d'observateur astucieux et attentif.

Trois jours après, on vendait le mobilier d'Anatole.

C'était une irrécusable preuve ; La Châtre s'embusqua rue de la Harpe, attendit Aline, et par une dernière révélation, détermina la chute de la jeune fille, depuis si longtemps ébranlée.

Trilby courut à son ancienne demeure, vit les meubles épars sur le pavé, et sur-le-champ écrivit à l'abbé La Châtre, lequel avait eu grand soin de lui laisser son adresse du quai du Marché-Neuf.

Elle l'attendait le lendemain.

Il est certains détails sur lesquels nous devons jeter un voile épais et pudique. Qu'il suffise de savoir que lord Karolan, irrité par la résistance, en était venu à faire proposer une véritable fortune, par les divers agens de son ardente convoitise.

Delancourt s'empressa donc de se rendre à l'invitation d'Aline.

Mais c'était le 1er mars, et Trilby, prévenue seulement de la veille au soir, présentait en ce moment les dentelles à Geneviève.

La mère Rainette se trouvait seule à la mansarde.

L'ex-tondeur, ne se souciant en aucune façon d'être reconnu par la marchande de pommes, se masqua le visage avec son mouchoir et s'esquiva vivement, après avoir laissé ces quatre mots, écrits au crayon, sur une des cartes de visite de la Debanne :

— Je vous attends là ?

Puis il se dirigea vers la cité d'Antin, afin de prévenir la Debanne, qui ne le savait pas encore de retour.

Or, la parfumeuse croyait si bien à l'absence de son malencontreux époux, qu'elle venait de partir, escortée de Rose, pour l'expédition projetée à l'impasse Saint-Martial.

— J'ai du guignon ! grommela Delancourt. On dirait, Dieu me damne, qu'ils se sont tous donné le mot pour n'être pas chez eux ce matin. Que faire ? Ma foi, donnons toujours nos instructions... Et, crédié ! j'ai bien mérité quelques petits verres de consolation... et je me les vote à l'unanimité !

L'appartement, en l'absence de la Debanne et de Rose, n'était gardé que par une servante subalterne, grosse niaise récemment débarquée de son village, et fort ébahie de tout ce qui se passait chaque jour devant ses yeux.

— Une jeune dame va venir, lui dit Delancourt. Elle est attendue ; faites-la entrer au salon, puis laissez faire et ne dites rien...

Après cet ordre, à peine compris par la campagnarde, Delancourt descendit au cabaret voisin.

Trilby arriva, palpitante, éperdue et ne demandant qu'à cacher son embarras et sa honte.

On lui ouvrit le salon, on lui dit d'attendre, la porte se referma ; elle n'avait rien vu, rien entendu ; elle tomba plutôt qu'elle ne s'assit sur un canapé, et resta là sans force, sans voix, presque sans souvenir...

Quelques minutes après, le baron Dupréval et Frédérick Pichard, qui s'étaient rencontrés vers le milieu de la cité d'Antin, apparaissaient ensemble devant la servante, laquelle ne s'attendait nullement à cette seconde visite.

— On est sorti ! balbutia-t-elle.

— Comment? fit Pichard, ni Madame... ni Rose!

— Personne !... répondit la campagnarde.

— Tant mieux !... murmura le fonctionnaire.

— C'est également mon avis, ajouta le médecin en se dirigeant vers le salon.

— Mais... voulut observer la servante.

— C'est bon... c'est bon !... jeta négligemment Pichard; nous sommes attendus.

Et la campagnarde, pensant qu'il s'agissait d'un rendez-vous avec la jeune dame, les laissa passer tous les deux.

Cependant, au bruit de ces voix inconnues, Trilby avait regardé autour d'elle, avec l'instinct épouvanté de se soustraire à quelque déshonorante rencontre.

Devant les fenêtres retombaient jusque sur le tapis de longs et épais rideaux de couleur sombre.

C'était un refuge, où Trilby se précipita dès qu'elle entendit crier le bouton de la porte.

Frédérick et le baron Dupréval entrèrent dans le salon.

. . . .

A peine avaient-ils disparu aux yeux consternés de la stupide servante, que l'on grattait doucement à la porte extérieure.

Elle rouvrit.

C'était l'abbé La Châtre.

A travers les vitres du cabaret, il avait aperçu la rencontre et l'entrée des deux visiteurs, qui lui étaient parfaitement connus l'un et l'autre, et suspects à plus d'un titre. Moitié curiosité, moitié pressentiment, il devina quelque ténébreuse affaire, dont le secret pouvait lui devenir profitable. Le temps de vider un dernier petit verre d'alcool, et son plan fut résolu.

Il grimpa lestement l'escalier, écouta un instant pour se convaincre qu'on n'était plus dans l'antichambre, se fit ouvrir sans bruit, entra sur la pointe des pieds, et demanda à la servante, plutôt du souffle que de la voix :

— Où sont-ils ?

— Là !... répondit bruyamment la servante, en indiquant la porte du salon.

—Chut ! chut... malheureuse !... fit Delancourt, à la campagnarde hébétée, qui riposta par un signe naïf de silencieuse promesse.

Aussitôt le fûté compère se rappela, à l'aide d'un rapide regard, la topographie intérieure du repaire de la Debanne.

— Faisons le grand tour, pensa-t-il. Il doit y avoir certaine porte condamnée, qui peut, en pareil cas, servir d'observatoire.

Et, marchant avec la prudence d'un chat en maraudage, il se glissa vers une troisième porte, donnant sur l'antichambre.

— Où allez-vous ? demanda la servante, avec une craintive velléité de résistance.

— Chut ! répéta Delancourt; c'est convenu... silence ! et pas un mot à personne.

Depuis son entrée chez la Debanne, l'épaisse campagnarde assistait à de si étranges scènes, qu'elle n'osa pas même s'étonner, et répondit seulement :

— Ah !

C'était plus que n'en voulait l'abbé La Châtre.

IV° P.

Cet ex-comédien savait merveilleusement juger son monde, et le traiter en conséquence. La servante était convaincue, intimidée ; il ne laissait derrière lui qu'un témoin inoffensif et muet.

Il disparut donc sans crainte et sans bruit.

. . . .

Cependant le baron Dupréval et Frédérick Pichard étaient entrés dans le salon ; le fonctionnaire en premier, puis le médecin, qui s'inclina cérémonieusement et poussa le verrou.

Ils se savaient enfermés et seuls, ce qui ne les empêcha pas de promener tout autour d'eux de mutuels et défians regards.

Mais les rideaux opaques et traînans à terre ne révélaient ni la forme délicate, ni les pieds mignons d'Aline.

— Le sort nous favorise ! dit obséquieusement Frédérick Pichard.

— Oui ! répliqua le boulanger. Nous serons à merveille.

— J'attends vos ordres ! patelina l'officier de santé.

— Des ordres, non, jésuitiqua le fonctionnaire... mais une prière.

— Vous à moi?... Oh ! Monsieur le baron !

— Ou plutôt une proposition...

— C'est trop d'honneur... J'écoute....

— Asseyons-nous.

En même temps, Dupréval indiquait à Pichard le canapé, où se tenait encore Aline quelques minutes auparavant.

Ce meuble, assez élégant du reste, s'étendait contre une muraille, coupée vers le milieu par une porte, qui devait sans doute servir encore à quelque rare usage ; car rien ne la condamnait en apparence, et rien non plus ne bouchait la serrure.

Or, c'était là l'observatoire qu'avait avisé la maligne et curieuse espérance de l'abbé La Châtre.

Le hasard le secondait merveilleusement, puisque Pichard et Dupréval allaient se placer contre cette porte, dont la seule et mince épaisseur séparerait l'écouteur et les deux écoutés.

Déjà le fonctionnaire était assis, et sur un signe le médecin s'assit à son tour.

— Et maintenant... causons ! commença le fils du boulanger, avec une voix à peine contenue par la prudence.

Si bien que Pichard s'écria, presque effrayé :

— Plus bas, plus bas ?... monsieur le baron.

— Pourquoi ? fit le fonctionnaire, avec ce majestueux aplomb du suzerain qui se croit partout chez lui. Pourquoi donc ? Nous sommes seuls, bien seuls... et parfaitement à notre aise.

Cependant Frédérick Pichard sonda encore une fois l'appartement du regard, la situation de la pensée.

Le regard et la pensée répondirent de la façon la plus rassurante, car le médecin s'écria, avec une complète confiance.

— C'est juste... tout le monde est sorti... et si l'on venait à rentrer ?

— Nous l'entendrions bien !... acheva le fils du boulanger, en étendant la main dans la direction de la porte extérieure, qui se trouvait en face et tout près de celle du salon.

— Supérieurement raisonné ! reprit Frédérick Pichard... Nous sommes ici plus en sûreté qu'au milieu d'un désert... personne ne peut nous voir...

— Et qui mieux est, conclut le baron Dupréval... personne ne peut nous entendre.

Et ils se prirent tous deux à sourire, ne se doutant guère ni l'un ni l'autre que ce mystérieux entretien allait être tout à la fois écouté, et par Trilby, attentive et tremblante à l'ombre des rideaux qui cachaient sa présence, et par l'abbé La Châtre, qui, courbé et blotti derrière la porte indiscrète, se faisait un cornet acoustique du trou de la serrure,

8

allongé d'une de ses deux mains arrondie en forme de conque auditive.

. . . .

Avant de commencer une confidence , qui paraissait des plus hasardeuses, le fonctionnaire interrogea longuement et profondément le visage de l'officier de santé.

Ce visage souriait d'une façon intelligente et matoise.

— Vous devinez ce dont il s'agit ? débuta Dupréval.

— Peut-être, fit Pichard...

— Voyons!... reprit le baron... Dites moi ce que vous supposez!... J'hésite devant un aveu embarrassant... Cela m'aidera...

— Volontiers ! répliqua bonnassement Frédérick, mais il est possible que je me trompe!...

— En ce cas, je parlerai, moi !... proposa le fonctionnaire.

— C'est convenu...

— Eh bien ?

— Eh bien ! il vous faut absolument, d'ici à trois jours, l'acte mortuaire de l'enfant de Mariette... et...

— Et...

— Et cet enfant n'est pas encore mort...

— Pas tout à fait, du moins... balbutia Dupréval, mais débile... malade... agonisant...

— Oui... j'entends... ricana le médecin. Il ne s'agit que d'aider un peu la nature...

— A peine.

— Enfin, il n'est pas mort aujourd'hui?

— Il faut qu'il le soit demain !...

— Il le sera !... conclut naïvement Pichard après un instant de silence.

— Bien !... répliqua Dupréval avec une horrible et froide satisfaction.

Jusque-là les deux misérables s'entendaient à merveille ; mais la surprise et l'effroi agissaient simultanément derrière la porte et derrière les rideaux.

— O mon Dieu !... murmurait Trilby.

— Diable !... grimaçait l'abbé La Châtre.

— Maintenant, reprit le fonctionnaire, vos conditions ?

— Voilà qui est parler ! s'écria Pichard. Vous êtes un homme adorable, monsieur le baron. Pas de circonlocutions inutiles... droit au but... Il y a plaisir à s'entendre avec vous !...

— Demandez ? interrompit le laconique fonctionnaire.

— Une minute, pourtant, répliqua Pichard. Je suis pauvre, médecin et pas très scrupuleux peut-être... trois qualités qui m'ont valu l'honneur de votre préférence... soit... L'enfant vous gêne, je suis homme à le supprimer... Mais il y a là dedans, sinon un crime, expression bonne pour les sots, du moins une opération dangereuse, et...

— Pas de phrases, s'écria le baron avec impatience, des chiffres !... C'est ma façon de traiter, et vous semblez vous-même en être grand partisan tout à l'heure. Dans les difficultés de la vie, tout peut se résoudre par un seul mot, mon cher monsieur, et ce mot, le voici : Combien ?...

Frédérick Pichard réfléchit un instant avant de répondre.

— Voilà un gaillard comme je les aime !... grommelait La Châtre, toujours l'oreille aux aguets.

— L'infâme !... pensait Aline, qui ne pouvait croire encore à tant d'atrocité !

— Eh bien !... reprit le fils du boulanger... combien ?

— Combien... vous-même ?... fit Pichard.

— Allons... puisque vous le voulez... répliqua Dupréval, je crois que cinq mille francs...

— Cinq mille francs !... se récria Frédérick Pichard... Oh! nous sommes loin de compte, monsieur le baron...

— Ah! ah!...

— Raisonnons un peu... s'il vous plaît!... mais brièvement. Vous n'aimez pas les longs commentaires... je le sais... L'enfant... de moins... assure votre mariage... Vous êtes l'héritier unique et universel de lord Karolan... une vingtaine de millions... Le testament est en votre pouvoir.. Mais c'est moi, moi seul, qui vais vous donner tout cela... Il me faut bien mes frais de courtage... Tant pour cent... C'est trop juste.

— Ah !.. soupirait Delancourt... Quand pourrai-je à mon tour tripoter des chiffres de ce numéro-là ?

— Pauvre Mariette !... soupirait de son côté Trilby.

— Qu'exigez-vous donc ?... demanda Dupréval, avec une appréhension sévère...

— Je n'exige rien, repartit Frédérick, avec une humilité narquoise, je demande... voilà tout... mais ne vous effrayez, monsieur le baron ! ... ce sera une bagatelle... vingt mille francs...

— Vingt mille francs !... s'écria le fils du boulanger.

— D'abord... ajouta bénignement Pichard...

— Comment... ce n'est pas tout ..

— Non... pardieu.,. c'est une simple gratification pour le présent!... Mais moi, à l'aide de mon petit service, j'assure tout à la fois votre présent et votre avenir... Il sied donc que mon avenir soit également garanti...

— Voyons qu'est-ce encore ?...

— Une place... une fonction... une sinécure... Vous serez ministre un jour, et n'aurez qu'à vouloir... Quelque chose de modeste, mon Dieu, qui rapporte trois ou quatre mille francs par an, mais qui allèche la clientelle... Médecin du dispensaire, des Quinze-Vingt, d'un hôpital même, pourvu qu'il ne faille pas concourir... inspecteur des eaux minérales d'un département où il n'y a pas la moindre source... enfin, une de ces babioles, dont on avantage ordinairement un médecin?...

— Mais vous n'êtes pas même médecin...

— Je le deviendrai... et sans beaucoup de travail... Il est des examinateurs complaisans, qui ne dédaignent pas la contribution indirecte... Quelque pauvre diable se présente à votre place... et... enfin je m'en charge... en temps et lieu...

— Ah! ce n'est donc pas immédiatement que vous voulez cela? demanda le baron, avec un sourire étrange.

— Non... sans doute ! repartit Pichard, en souriant lui-même de ce sourire quelque peu suspect; plus tard... dans cinq ans, par exemple, sans compter l'appoint en usage, le joujou qui passe toujours par dessus le marché!...

— Quoi donc ?

— La croix d'honneur !... Oh! c'est le treizième du demi-quarteron.

— Et c'est tout, j'espère ?

— Absolument tout.

— D'ici à cinq ans?

— Pas plus tôt.

— Une simple promesse ?

— Oui... une simple promesse... écrite.

— Comment ?

— Sur papier timbré... avec un léger dédit en cas de non exécution... cent mille francs... Ah ! le reste ne vous coûtera rien, et vous me le donnerez, c'est positif... Un sous-seing privé enfin.

— Ah ! c'est mettre aux gens le couteau sur la gorge ! s'écria le fonctionnaire.

— A qui ? riposta malicieusement Pichard; à vous... ou au petit ?

Ce fut au tour de Dupréval à garder le silence.

— Finot, va !.., se disait La Châtre, sans quitter d'une ligne le trou de la serrure.

— Comment le sauver ?... commençait à se demander Trilby.

Quant à Pichard, il attendit quelques secondes, et reprit :

— Plus de mots inutiles, et résumons-nous !... Vingt mille francs comptant... et le chiffon de papier qui me garantira la place et le ruban... Voulez-vous?.. c'est fait...

— Trop... beaucoup trop !... gronda Dupréval en fureur...

— Trop !.. ricana l'officier de santé... trop pour gagner vingt mille francs !.. Allons donc, monsieur le baron, ne marchandez pas le pauvre monde, ou bien faites vos affaires vous-même !...

— Je consens aux vingt mille francs !.. proposa spontanément le fonctionnaire... mais, quant au reste, non !

— Alors, rien, fit laconiquement Pichard.

— Vous dites ?...

— Tout ou rien, c'est ma devise.

— Vous plaisantez ?..

— Nullement.

— Voyons, acceptez-vous ?..

— Quoi ?..

— Les vingt mille francs ?..

— Seulement ?..

— Oui.

— Je ne veux pas...

— Et moi je ne veux vous donner que cela ! fit arrogamment le fonctionnaire.

— Ah ! c'est différent, railla Frédérick... si vous ne voulez pas... soit... Vous comprenez... moi, je n'ai ni le droit, ni l'envie de vous contraindre, mille pardons de vous avoir dérangé.... Votre très humble serviteur, monsieur le baron.

Et Pichard se leva, prit son chapeau, et s'inclina profondément.

— Que faites-vous? demanda Dupréval, étonné qu'on lui résistât.

— Je me retire, répondit froidement Frédérick, le temps vous presse, et je craindrai de vous empêcher de trouver un docteur plus accommodant que moi... Adieu...

— Vous partez? interrompit Dupréval, mais avec crainte déjà.

— Adieu, monsieur le baron, poursuivit froidement Pichard, en se dirigeant vers la porte du salon.

— Monsieur... gronda le fonctionnaire... vous partez ?

— Ne suis-je pas libre ? fit l'officier de santé... On cause, on ne s'entend pas, et on se quitte... Voilà tout.

— Mais vous emportez mon secret ! s'écria Dupréval, pâle et terrifié.

— Ce n'est pas moi qui ai sollicité cet honneur ! riposta Frédéric avec une bonhomie sarcastique ; c'est vous !

— Et vous pouvez vous en faire une arme, pour... interrompit le baron écumant et livide.

Mais l'officier de santé l'interrompit à son tour avec ces mots terribles :

— Quant à cela, je ne m'engage à rien ; ce qui est bon à prendre est bon à garder, maxime en vertu de laquelle vous agissez assez ordinairement vous-même... De plus, les pauvres font argent de tout... Au revoir, monsieur le baron...

Et il posait déjà la main sur le verrou...

— Bien joué!... murmurait Delancourt, avec admiration.

— Sauvé ! espérait Aline.

Mais le fonctionnaire avait rapidement analysé la situation. Il se trouvait désormais à la merci de son complice, et de deux abîmes, mieux valait encore celui qui pouvait engloutir l'obstacle à la fortune :

— Monsieur Pichard, dit-il, gracieusement métamorphosé déjà...

— Plaît-il ? fit celui-ci, sans quitter le verrou de sa main suspendue...

— Venez ici... à côté de moi ? poursuivit Dupréval... Je vous en prie... venez.

— Comment donc, monsieur le baron... balbutia Frédérick, de l'air le plus inoffensif et le plus naturel du monde...

Et il se rassit.

— Nous sommes deux enfants !.. minauda le fonctionnaire... Vous pouvez partir... tout est convenu...

— Tout ! insista Pichard... Entendons-nous bien...

— Tout !...

— Le sous-seing privé.... et les vingt mille francs?

— Les deux !... répliqua Dupréval d'une si aimable et naïve façon, que Pichard se surprit à songer qu'on lui préparait peut-être quelque piège, et qu'il fallait plus que jamais se tenir sur ses gardes.

Mais aucun soupçon ne parut sur son visage, et il répondit avec la plus cordiale confiance :

— A la bonne heure !... Quand me remettrez-vous...

— A votre retour... fit le baron.

— Non... s'il vous plaît .. fit l'officier de santé... Là-bas?

— Où donc?...

— Où est l'enfant...

— Mais je n'y compte pas aller, moi !...

— Mais moi, je tiens à vous y voir...

— Pourquoi ?...

— Voici le plan de campagne, et je l'exige cette fois... déclara nettement Frédérick... Je pars et j'arrive, envoyé par vous, père inquiet et tendre, auprès d'un enfant malade... Quelques heures après il est mort... Ceci me regarde. Vous surveillez... Quelques larmes écartent les soupçons... Votre noble présence met à néant les formalités en usage. N'êtes-vous pas député par-là?... Comment vous refuser un acte mortuaire, alors que vous et votre médecin attestent le fatal et naturel événement? Nous nous sauvons l'un l'autre... Nous enterrons l'enfant, et pas plus de danger que sur la main... On n'oserait pas croire ! sans quoi, le doute serait parfaitement permis...

— Vous croyez?...

— J'en suis sûr... Enfin, vous me remettez... mes honoraires... là... à côté du berceau... vide... Et nous sommes les meilleurs amis et les plus honnêtes gens du monde...

— Comment... vous exigez ? essaya faiblement Dupréval, qui lisait sur le front de son complice une irrévocable résolution.

— C'est à prendre ou à laisser ! conclut catégoriquement Frédérick. Plus de malices diplomatiques !.. Cela ou rien... Le temps presse... L'acte sera déjà d'un jour de date en retard. Ne perdons pas de temps pour vous-même. Ne recommençons pas, je vous en prie.

— Eh bien... soit ! s'écria définitivement Dupréval... Partez...

— Ce soir même ! dit Pichard joyeux et triomphant. Et vous demain matin, afin d'arriver demain soir !

— C'est dit.

— Et ce sera fait...

— J'apporterai l'argent et le traité.

— J'y compte.

— Tout est donc arrêté?... demanda Dupréval.

— Parfaitement arrêté ! conclut Pichard. Maintenant, le nom du village et l'adresse de la nourrice.

— La Chappelleraie... au moulin du nommé Boucaille... Prenez la poste pour aller plus vite...

— A demain donc ?...

— A demain... Je sors le premier...

— Moi dans cinq minutes... et, comme Elisabeth à son complice Mortimer, je ne vous connais plus !...

Après cet adieu tragique, le baron Dupréval s'esquiva, et bientôt Frédérick Pichard disparut également du salon.

Ni la Débanne ni Rose n'étaient revenues de l'impasse Saint-Martial.

Cependant les noms de la Chappelleraie et de Bouquaille avaient trouvé un double et puissant écho auprès de la fenêtre et dans la pièce voisine.

— Bouquaille ! avait pensé Delancourt. Oh ! je ne vous tiens pas quittes, mes chers compères... Il me faut ma part du gâteau, à moi... Quelle chance d'être curieux !...

— Perdu !... perdu !... s'était dit Aline. Oh !... c'est Dieu qui m'a placée sur le chemin de ces misérables, afin de sauver l'enfant de Mariette !...

Et dès que le salon fut vide, elle s'élança résolument au dehors.

La servante la laissa s'enfuir, sans étonnement, sans obstacles ; et quelques minutes plus tard, elle ne se souvenait même pas de cette étrange visite.

Mais où aller ?

Trilby courut chez Mariette.

Mariette était partie pour Amiens.

Aline ne devait rentrer chez Anatole qu'à l'entrée de la nuit ; elle ignorait ma demeure.

Tout à coup une inspiration anima son visage plus pâle encore, s'il eût été possible ; elle fit quelques pas, s'arrêta comme atterrée d'un pénible souvenir, puis reprit enfin sa course, en s'écriant d'une voix courageuse et folle :

— Chez Lucien de Varedde !... Il y va de la vie de l'enfant de Mariette !

Quant à l'abbé La Châtre, il avait attendu que tout bruit fût éteint pour sortir à son tour.

Il appela la servante, et lui dit :

— Ne parlez à personne, pas même à votre maîtresse, ni de ces deux messieurs, ni de moi.

— Et la dame !... pensa la campagnarde, sitôt que la porte fut refermée... faut-il me taire aussi !.. Ma foi ! tant pis... ils s'arrangeront.

Delancourt n'avait pas aperçu Aline, il ne croyait pas qu'elle fût encore venue.

Aussi, il écrivit du cabaret, afin de prévenir la Debanne, et partit presque aussitôt pour le moulin de son ami Bouquaille.

La Debanne rentra, lut la lettre et attendit Aline tout le jour, sans se douter, plus que les autres, de son mystérieux et rapide passage dans ce honteux repaire.

Du reste, de plus graves soucis occupaient en cet instant la secrète et profonde pensée de la parfumeuse qui caressait fébrilement l'empreinte en cire de la serrure de l'abbé La Châtre.

Et lorsque Pichard revint pour emprunter l'argent nécessaire à un voyage, dont le baron Dupréval n'avait pas avancé les frais ; elle lui dit d'une voix caressante et mignarde :

— Frédérick, service pour service... Il faut me procurer du poison.

— Du poison ? s'écria Pichard épouvanté.

— Bêta ! minauda la Debanne ; c'est pour les souris et pour les rats... Nous en sommes infestées ici... et me faut du poison !... oh ! mais du poison... comme pour tuer tout un régiment !

L'officier de santé promit, sans plus amples informations, et le soir même, au moment de partir pour la Chappelleraie, il remit à la parfumeuse un petit paquet soigneusement cacheté.

À peine seule, la Debanne se mit à contempler avec un affreux sourire l'empreinte de la serrure et le papier au poison, qu'elle semblait peser alternativement avec ses ignobles mains, comme en deux sinistres balances.

Tout à coup, Rose entra et dit :

— Madame... on vient d'apporter un panier de bouteilles de cognac...

— Du cognac !.. gronda sourdement la Debanne, en cachant le poison... Quelle aubaine !.. Il aime tant l'eau-de-vie, ce cher et tendre époux !

Et elle suivit Rose, en ricanant avec elle.

CHAPITRE XVIII.

Le 29 février, veille de ce jour si rempli d'émotions pour la plupart des personnages de cette histoire, avait eu lieu la première représentation du drame d'Albert Atis.

Le poète était déjà connu, déjà célèbre par le succès prodigieux et universel de son roman. En France, à Paris, le succès se complète en un jour, quitte parfois, hélas ! à s'éteindre le lendemain. La mode, cette éphémère et capricieuse souveraine, allume souvent des feux d'artifices, et presque jamais de véritables étoiles sous le ciel inconstant de la popularité !

Quoi qu'il en soit, la folle déesse faisait résonner ses mille babillardes clochettes autour de son nouveau favori, et les indiscrétions des petits journaux avaient convié d'avance au théâtre les différentes classes de la population parisienne, que passionnait également le génie original et réel d'Albert Atis.

Le parterre, les galeries débordaient sous les multiples rangs des spectateurs étagés en amphithéâtres ; toutes les loges étaient garnies et regorgeantes... sauf deux baignoires dont les grilles restèrent obstinément relevées jusqu'à la fin du spectacle.

Étaient-elles vides cependant ?

Non, car un jeune homme se glissa à diverses reprises derrière les deux portes mystérieusement entr'ouvertes pour lui seul.

Ce jeune homme, c'était Lucien de Varedde.

Annette avait voulu assister au triomphe de son ancien compagnon d'infortune. Elle était là, avec la maîtresse de pension, pleurant toutes les larmes de ses yeux bleus, applaudissant de ses mignonnes mains rosées par l'enthousiasme, mais heureuse surtout, heureuse d'être venue avec Lucien, de le voir de près, de le regarder de loin, de lui parler souvent, de s'en retourner le soir dans cette élégante voiture, l'oasis rêvé par son amour ingénu, le vrai paradis de son cœur de quinze ans.

Nous dirons plus tard qui se trouvait dans l'autre baignoire, placée en face même d'Annette, et que Lucien de Varedde visitait aussi souvent que la première.

Puis il retournait vers Anatole, vers Aline, vers moi, vers tous les amis profondément émus d'Albert Atis.

La haine avait également attiré le baron Dupréval, et jamais le fonctionnaire ne montra visage plus grimaçant et plus tourmenté.

Car le succès fut immense, miraculeux, unanime.

On applaudit autant que jadis aux débuts de Mariette.

Et quand le nom de l'auteur fut proclamé glorieusement, deux cris se perdirent au milieu du fracas incessant des bravos, un cri de rage parti de la loge du fonctionnaire, un cri de joie soupiré dans la baignoire impénétrable aux regards.

La foule se dissipa, applaudissant encore, et cette baignoire restait fermée toujours, lorsqu'un domestique vint frapper doucement à la porte discrète.

Une jeune fille en deuil parut, et sortit appuyée sur le bras respectueusement offert, qui la guida vers une voiture de place.

Mais personne ne put distinguer ses traits, tant elle semblait attentive à les cacher avec son voile noir.

Quant au guide en livrée, c'était Grégoire, le domestique de Lucien de Varedde, qui, sitôt le rideau retombé, avait couru dans les coulisses serrer la main tremblante d'Albert Atis, et lui dire d'une voix étrange et sincère :

— Je vous attends demain matin... A demain, ami !..

Puis il était revenu dans la salle, pour reconduire Annette vers la voiture, que mena ce soir-là le frère de Grégoire.

Au seuil de la pension, le vicomte crut sentir la main de la jeune fille qui frémissait timidement dans la sienne. Le cœur lui bondit dans la poitrine, un instant sa tête s'égara, il fut prêt à porter cette main adorée contre ses lèvres, à crier du fond de son amour : Je t'aime !... Mais sa courageuse probité l'emporta, il se remit énergiquement de ce trouble involontaire, abandonna la main pour embrasser paternellement ce front si pur, et s'enfuit en murmurant encore :

— Adieu, ma sœur !... Adieu, ma fille !...

Mais toute la nuit, il resta dans son cabinet de travail, le cœur brisé, la tête perdue, et les regards amoureusement enlacés au portrait de l'orpheline !...

Oh !... cette nuit-là, Albert Atis ne dormit pas non plus !...

Il songeait à Louise, lui !...

A Louise, qu'il n'avait pas revue depuis la soirée de la mansarde, à Louise, dont il ignorait le destin...

Déjà, lors de l'apparition du premier feuilleton, lors du succès du roman, il avait pleuré, il avait souffert !...

Il y a, dans la première ligne reçue à un journal, dans la première épreuve que l'on corrige, dans la première heure où l'on se voit imprimé, des voluptés inouïes, des joies d'enfans, des allégresses délirantes.

Oui... on est fou... on va... on court... on se relit cent fois... à chaque café, à chaque cabinet de lecture on demande le journal !... Il semble que tout le monde vous regarde et vous sourit dans la rue. On n'est plus le même homme... La tête brûle, le cœur se fond, on a tout un paradis dans la poitrine... on ne vit plus sur la terre... on vole dans l'immensité !... on nage en plein ciel... Oh !... c'est une ivresse éthérée, c'est un merveilleux bonheur, que ne ressentiront jamais que les poëtes longtemps méprisés et pauvres, que les infatigables lutteurs désespérés cent fois, que les rares élus sortis enfin du purgatoire de la misère et de l'impossibilité, grâce à la main inattendue de quelque ange invisible et béni !...

Albert Atis avait éprouvé ce grand poëme chanté dans le cœur, et que le cœur seul peut écrire.

Il avait eu ces joies, ces enfantillages, ces folies, mais, hélas !... brisées dès le premier essor de leurs ailes par ce seul mot, surgissant tout à coup au milieu des effluves amères de cruelles et poignantes larmes :

— Louise !...

Il courait, il dansait, il riait, il chantait...., pour s'arrêter pleurant et triste à cette pensée déflorissante :

— Oh !... si Louise était là !

Il était radieusement heureux !

Mais Louise !..

Il allait à l'avenir, comme un aigle élancé vers le soleil ! Mais Louise !...

Et il retombait de toute la hauteur de ses espérances, en s'écriant d'une voix désespérée :

— Mais Louise !...

Voilà pourquoi le poëte souffrit et pleura durant toute cette nuit qui succédait à son triomphe, durant ces douloureuses heures, où tout le monde devait lui porter envie.

A l'approche du jour, il se jeta sur sa couche, intacte jusqu'alors, et s'endormit pour demander au sommeil un rêve qui complétât au moins la réalité du bonheur.

Dieu est bon !

Le soleil avait déjà dépassé le zénith, lorsque Albert Atis se réveilla.

— Deux heures ! s'écria-t-il avec un honteux remords... Et Lucien de Varedde qui m'attendait !

Et il s'empressa de courir chez le vicomte.

— O ciel ! qu'avez-vous donc ? s'écria Lucien de Varedde, en l'apercevant si morne et si pâle.

Aussitôt le poëte versa fraternellement dans le cœur de l'ami toutes les douleurs de l'amant.

— Et que me font le succès, la fortune, la gloire ! termina-t-il en pleurant... Que me font toutes les joies de la terre, si je ne puis les partager avec elle?.. L'enfer à deux, plutôt qu'être dieu tout seul.. Malheureux, je la désirais moins... Heureux, je la regrette mille fois davantage... Oh ! Louise... Louise... Louise !...

Et il sanglotait comme une mère au lit de mort de sa fille.

— Chut !... chut !... fit Lucien de Varedde en posant un doigt sur un sourire.

Il fit quelques pas.

Albert pleurait toujours, la tête plongée dans ses deux mains.

Une porte s'ouvrit.

Atis ne bougea pas.

— Albert ! appela tout à coup une voix douce et tendre à croire qu'elle descendait du ciel !

Le poëte releva sa tête inondée de larmes.

Louise était là, palpitante et radieuse sur le seuil entr'ouvert.

Et l'amant resta immobile et ravi, la bouche incrédule et béante, le regard fixe et naïf, les bras étendus et supplians, comme la statue vivante du bonheur imprévu.

Louise s'avança vers lui, glissant sur le tapis comme les fées de nos rêves à la surface d'un lac bleu.

— O mon noble et vertueux poëte ! murmura harmonieusement la jeune fille... me voilà ! je t'aime !...

Et de ses lèvres frémissantes, ainsi qu'une fleur qui s'entr'ouvre au soleil, elle le baisa sur ses yeux noirs.

Oh ! ce fut une scène attendrissante, délicieuse, sublime; et le vicomte, plus heureux peut-être encore que les heureux qu'il avait fait, contemplait dans un religieux silence, ces deux pauvres enfans si éprouvés, si sincères et si beaux.

Albert Atis, tombé aux genoux de Louise, enveloppait cet ange adoré de ses deux bras réunis en une ceinture de caresses, et répandait follement dans les plis de la robe de deuil toute une débordante folie de baisers et de larmes.

Mais des larmes de joie maintenant !

Puis il s'éloignait un peu, la contemplait avec amour et l'étreignait encore avec l'effroi du bonheur.

— Oh ! ne t'en va plus... ne t'en va pas !...

Louise restait droite et glorieuse, tantôt le regard humide et levé vers la voûte, tantôt les yeux dans les yeux d'Atis, et toujours un rayon sur son front.

Enfin, elle étendit le bras vers le vicomte, et dit au poëte d'une voix émue et profonde :

— Il faut le remercier, lui, Albert ! Il faut bien l'aimer, car il m'a sauvée de la honte... car il nous donne en ce moment la réunion et le bonheur...

— Parle... parle toujours ! murmura délicieusement Albert Atis.

Aussitôt Louise raconte, non sans une pénible pudeur, comment seule et perdue entre les murailles de Saint-Lazare, elle avait songé à Lucien de Varedde, et lui avait écrit avec confiance ; comment le vicomte s'était empressé de la soustraire à la captivité et à l'ignominie ; comment depuis huit jours elle habitait son toit hospitalier ; comment la veille elle assistait au succès dans la mystérieuse baignoire ; enfin, tout l'infatigable dévoûment, toutes les délicates générosités de cette providence faite homme.

Déjà le poëte était dans les bras du vicomte, déjà Louise baisait pieusement la main de son sauveur.

Rien de simple, de grand comme ce groupe fraternellement réuni, comme ce spectacle tel que Dieu n'en a jamais
contemplé de plus saint et de plus beau sur la terre !

— Et maintenant plus de misère, plus de séparation !...
reprit Atis avec un rayonnant enthousiasme... Plus de honte surtout... Louise ! dès demain tu seras ma femme !...

A ces mots la jeune fille redevint tout à coup grave et
triste.

— Non... non... soupira-t-elle amèrement.

— Que dis-tu ? demanda le poète.

— Jamais !... poursuivit Louise.

— Mais c'est le vœu de mon cœur !... reprit Atis étonné. Et tu l'as dit... tu m'aimes ?...

— Oui !... répliqua courageusement la jeune fille, et c'est
pourquoi je refuse...

— Ton père le voulait aussi !... s'écria le poète avec une
indicible douleur.

— Et moi je ne le dois pas !... je ne le veux pas !... articula Louise, calme et résolue.

— Louise !... gémit Albert en se reculant avec terreur.

— Ecoute, ami... reprit-elle vivement. Ne parlons jamais du passé, ou plutôt parlons-en aujourd'hui, afin de n'y
jamais revenir... Autrefois... oui... j'eusse été ta femme
avec joie... j'étais pure et digne de toi... Maintenant...
maintenant... tout le monde sait mon malheur... tout le
monde sait le lieu déshonorant d'où je sors... Il est un
homme que nous pouvons rencontrer sur notre chemin...
Oh ! pitié ! pitié ! Albert... sois assez généreux pour comprendre sans interroger davantage.

— Louise ! tu es injuste et cruelle !...

— Non... je suis loyale et sage !...

— C'est de la démence de cœur !...

— C'est la probité de l'amour...

— Oh !... dis-moi que tu reviendras sur ce fatal refus...

— N n... jamais !...

Il y avait tant de fermeté, tant de résolution dans toutes
les inflexibles réponses de la jeune fille, que le poète resta
muet et atterré pendant quelques secondes.

— Et quel sera donc notre avenir ? reprit-il enfin avec
l'émotion d'une navrante stupeur.

— A toi... toute à toi !... s'empressa de répondre Louise...
ton amie... ta compagne... ta maîtresse !

Elle n'avait pas achevé, qu'Albert se redressait, impétueux
et fier.

— Et moi je ne veux pas n'être que ton amant !... s'écria-
t-il... Je t'estime autant que je t'aime... Et je veux que
tout le monde t'estime autant que moi... Veux tu donc que
je tue cet homme?... Songes-y bien, Louise... Ma femme...
il le faut... Ma maîtresse... jamais !

— Je ne peux pas... articula Louise émue, mais ferme
encore... Je ne dois pas... je ne veux pas !

— O nobles et sublimes enfants !... s'écria le vicomte, qui
jusque-là écoutait en silence le généreux combat de ces susceptibilités délicates.

— Il te le dira, lui... reprit Louise, avec une sereine
confiance... Il te le dira, Albert, si j'agis en honnête fille...
car il comprend toutes les sagesses, toutes les probités du
cœur... car il nous connaît, nous entend et nous juge.

— Oui... oui !.. interrompit vivement Atis, également
plein de foi dans la réponse du vicomte... Oui... c'est la
voix de Dieu qui parle par sa bouche... Et j'accepte d'avance son arrêt !

— Qu'il prononce donc entre nous !.. articula Louise, en
regardant le vicomte avec une émotion remplie d'amertume,
et peut-être cependant mêlée d'une secrète et faible espérance.

Lucien de Varedde allait parler.

Tout à coup la porte s'ouvrit, Grégoire parut, et presque

aussitôt Aline qui s'élança dans le cabinet de travail, en
s'écriant :

— L'enfant de Mariette !... il faut sauver l'enf...

Mais elle n'acheva pas...

Elle venait d'apercevoir, elle venait de retrouver Louise,
et déjà s'était jetée dans ses bras !

CHAPITRE XIX.

Quelques paroles empressées et rapides s'échangèrent entre les deux jeunes filles, elles s'aimaient, elles se croyaient
perdues l'une pour l'autre, elles se revoyaient tout à coup et
miraculeusement réunies.

— Te voilà ! dit enfin Aline... te voilà libre et désormais heureuse!... J'étais hier au théâtre... Albert est près de
toi... Je devine tout?... je sais tout !

— Et toi... toi ? demandait Louise.

— Il ne s'agit pas de moi, s'écria Trilby, revenant au
souvenir des terreurs qui l'avaient amenée chez le vicomte,
il ne s'agit plus de vous, dont le bonheur commence...
Non... il en est d'autres pour qui la lutte se renouvelle, et
que menace en cet instant le plus épouvantable malheur...

— Mariette ! interrompit le vicomte, qui semblait attendre dans une anxieuse impatience, vous parliez en entrant
de Mariette ?

— Oui... répliqua vivement Aline... de Mariette qu'il
faut que vous sauviez aussi... de Mariette dont on veut tuer
l'enfant.

— Qui donc ? demanda le vicomte, avec l'élan d'une indignation soudaine, qui donc ?

— Son père !

A cette monstrueuse accusation, tous ceux qui l'entendirent se reculèrent épouvantés.

Albert et Louise ne doutèrent pas un seul instant, mais
Lucien de Varedde ne pouvait croire encore.

— Son père... son père !... murmurait-il, avec une incrédule horreur... Non... vous vous abusez, Aline !

— Oh ! c'était bien le baron Dupréval ! affirma Trilby.

— Impossible ! insista la noble loyauté du vicomte.

— Ecoutez-moi donc ! s'écria la jeune fille ; mais agissez
sitôt après m'avoir entendue.

Et elle raconta, en frémissant, toute l'horrible scène surprise chez la Debanne.

Mais elle se garda bien de prononcer ce nom maudit !

Cependant, à l'embarras de la jeune fille, à certains détails de son récit, Lucien de Varedde devina ce qu'elle s'efforçait vainement de cacher ; et tandis qu'elle parlait encore, il échangea avec Louise un regard interrogateur et furtif.

Louise aussitôt baissa la tête, comme pour répondre :

— Oui !

Et, dès que Trilby s'arrêta haletante et épuisée, le vicomte
lui demanda d'une voix triste et presque sévère :

— Quelle était cette maison ?

— Cette... maison... balbutia la maîtresse d'Anatole,
dont la funèbre pâleur s'empourpra tout à coup.

— Oui, reprit Lucien de Varedde... chez qui les deux misérables ont-ils conclu leur infâme marché ?

— Oh ! ne me demandez pas cela... ne me demandez pas
cela ! murmura faiblement Aline, en voilant des deux mains
sa délatrice rougeur.

— Soit ! fit Lucien ; je ne vous le demanderai pas... Je
ferai mieux... je vais vous le dire...

— Lucien !... s'écrièrent à la fois les deux jeunes filles.

— Pardon... pardon !... s'empressa de dire le vicomte...
Nous nous comprendrons sans nommer personne... sans
même adresser de nouvelles et pénibles questions... Aline,
je sais tout...

— Vous !... mais qui vous a dit ?...

— Quelqu'un qui vous aime, répondit Lucien, en montrant Louise.

Trilby se retourna vivement vers son amie, qui d'un regard confirma l'aveu de Lucien de Varedde...

— O Louise ! gémit Aline, en se laissant tomber sur la causeuse, afin de mieux cacher sa honte.

— Oh ! ne l'accusez pas ! s'écria le vicomte. Elle voulait vous sauver, elle vous sauve, Aline... Oui... j'ai voulu tout savoir, afin de tout empêcher, et je serais allé vers vous, si vous n'étiez pas venue vers moi... Déjà vous m'eussiez vu accourir, sans la fierté mensongère d'Anatole... mais il repoussait mes avances et dissipait mes soupçons... Je me croyais inutile, le hasard m'apprend mon erreur... et me voilà !

— Lucien... Lucien !... sanglotait Trilby... Pourquoi donc suis-je venue... ici... ici ?... Oh !... mon cœur en avait le pressentiment... je ne voulais pas venir !...

— Amie, répondit Louise, penchée vers la causeuse... pourquoi ces regrets et ces larmes ?... Écoute-le sans amertume et sans terreur... Il est bon et grand... tu le sais bien ? C'est ton bonheur qu'il veut, c'est ta pureté qu'il ambitionne... Relève donc la tête, et tends-lui la main... Non... Oh ! je le connais alors mieux que toi, car je lui ai tout dit avec confiance... et je le répéterais encore, si ce n'était déjà trop de lui laisser entrevoir une fois à peine la possibilité d'une noble et généreuse action !...

Aline restait blottie au milieu des épais coussins.

Le vicomte s'approcha à son tour.

— Aline, murmura-t-il avec une pudique douceur, je vous ai bien aimée !... Aujourd'hui je ne peux plus... je ne dois plus aimer personne... Permettez-moi donc de vous rendre la paix et la virginité du cœur... Je suis riche... et je vous réponds de l'avenir d'Anatole... Oh ! ne parlez pas encore... C'est une sainte joie, une illusion suprême qui se briserait contre un refus... Craignez-vous qu'Anatole n'accepte pas ?... Oh ! je saurai le contraindre à recevoir sans lui laisser deviner la main qui donne... Le dévoûment que vous rêviez, laissez-moi l'accomplir... avec la même délicatesse, avec la même amitié... Fiez-vous à moi, Trilby ?... Anatole sera mon frère dès aujourd'hui... Et vous, vivrez pour l'enrichir des plus belles félicités de la terre, de ce bonheur divin dont Dieu lui-même a placé la source dans le cœur des femmes... Consentez, Aline, recevez ma promesse de garantir à jamais Anatole de toutes les nécessités de la vie... mais jurez-moi de ne jamais revenir vers les tentations du passé... de rester pure et sans tache... comme un ange auquel il ne manquerait que les ailes... Serment pour serment... Voulez-vous, Aline, dites... voulez-vous ?...

A ce dernier et touchant appel, Aline se redressa spontanément, saisit la main que lui tendait vers elle le vicomte et la baisa pieusement, cette même main généreuse qui gardait encore la tiède empreinte de la reconnaissance de Louise.

— Et je l'ai si cruellement fait souffrir !... murmuraient en même temps les remords de cette Madeleine relevée dans sa chute.

— Ne parlons plus du passé... balbutia Lucien... mais du seul avenir... Notre pacte est signé, n'est-ce pas ?... J'attends une promesse...

— Lucien... s'écria majestueusement Trilby... je vous jure de ne plus appartenir qu'à Anatole... et à Dieu !..

— Merci... merci ! murmura le vicomte, rayonnant d'une céleste joie...

— Eh bien !.. reprit Louise avec joie... m'en veux-tu toujours, méchante, d'avoir été indiscrète avec lui ?

Et les deux jeunes filles enlacèrent de nouveau leurs bras attendris...

— Maintenant... reprit spontanément le vicomte... Mariette !... Occupons-nous de Mariette ?

Aussitôt chacun oublia ses propres émotions pour ne plus songer qu'à la nouvelle victime menacée par les fatales passions du baron Dupréval.

— Le nom du village où se trouve l'enfant ? demanda Lucien de Varedde.

— La Chapelleraie, répondit Aline, après avoir cherché quelques secondes dans sa mémoire.

— La Chapelleraie ? répéta le vicomte, auquel ce nom semblait inconnu, est-ce loin de Paris ?

— Il faut six heures à peu près pour y aller...

— Vous le connaissez donc ?

— Oui...

Et Trilby raconta brièvement le pèlerinage au moulin dont elle décrivit les environs, mais sans pouvoir indiquer leur situation précise.

— Par quelle barrière êtes-vous sortie ? demanda le vicomte...

— Il faisait du brouillard... répliqua Trilby... Je n'ai pas vu... Je ne me souviens pas ?..

Lucien de Varedde sonna Grégoire, et se fit apporter une carte.

Il y avait dans des directions diverses, mais à une égale distance de Paris, trois villages qui portaient le nom de la Chapelleraie.

Tout le monde se regarda, avec désappointement, avec angoisse...

— Écoutez ! reprit tout à coup Aline... nous n'étions pas seules. Il y avait un jeune homme avec nous...

— Qui donc ?...

Trilby me nomma.

Albert et Lucien de Varedde me connaissaient.

Mais il était tard, la nuit commençait à descendre... Le sort allait-il permettre qu'on me rencontrât ?...

— N'importe ! conclut Lucien... Il faut courir chez lui... Allons, Albert... Ni trêve, ni repos... avant d'avoir accompli notre double mission... Aujourd'hui l'enfant de Mariette... demain l'évasion de Georges !..

— Partons ! répliqua le poète... pour l'une et pour l'autre entreprise, je suis prêt !

— Adieu et merci ! s'écria Trilby. On mérite d'être heureux en travaillant au bonheur des autres !

Ils allaient s'éloigner, mais Albert Atis revint vers Louise, pour lui dire d'une voix anxieuse et suppliante :

— Ne serai-je donc jamais heureux, moi !

— J'y consacrerai ma vie et mon âme ! s'écria Louise avec amour ; mais...

— N'achevez pas maintenant, interrompit Lucien de Varedde. Et vous, Albert, venez ! Mais espoir et courage ! Ce que l'honneur refuse aujourd'hui, nous l'obtiendrons peut-être un jour !

Et les deux jeunes gens sortirent.

Les deux jeunes filles restèrent seules.

— Non, non, jamais ! murmurait Louise, amère et résolue.

— Qu'est-ce donc ? demanda Trilby.

— Juge toi-même ! répondit Louise, qui versa tristement dans le cœur de son amie toutes les délicatesses intimes de son sublime refus.

— Je te condamne ! poursuivit gravement Aline. Il n'est pas de sécurité possible sur la terre, il n'est pas de bonheur réel dans ce monde, alors qu'on n'en subit pas les lois. Tu t'émanes de m'entendre parler ainsi. Oh ! c'est que je t'avais mal conseillée, jadis ; c'est que j'ai bien souvent réfléchi depuis ce jour-là. Tu es digne de l'estime, pourquoi ne pas vouloir être estimée ? Crois-moi, tu flétrirais toutes les glorieuses joies d'Albert. Il faut être sa femme, Louise ; mais j'espère ainsi que Lucien de Varedde, et j'ai de tristes raisons pour croire !

— Lesquelles ?

— On ne refuse rien aux mourans, tu le sais ? murmura la jeune fille, et je vais mourir, moi !

— Aline !... oh ! non... non, tu vivras !

— Attends un peu ! poursuivit Aline, en hochant sa tête blonde et pâle... Bientôt... demain peut-être tu ne pourras me refuser rien ?

Louise jeta deux doigts sur les lèvres de la pauvre désespérée, qu'elle embrassa sur son front brûlant et fébrile.

— Mais je m'éteindrai, tranquille, heureuse et pure ! reprit Aline... Oh ! que Lucien soit béni !... lui qui se venge par un si grand bienfait de toutes les souffrances que je lui ai fait subir sans remords ni pitié... Ne pourrai-je donc rien faire pour lui, moi ?

— Pauvre Lucien ! soupira Louise, il semble sans espérance, toujours il parle d'un bonheur mystérieux et impossible...

— Il aime !... dit confidentiellement Trilby.

— Qui donc ? demanda Louise.

— Regarde ! murmura doucement Aline, en dévoilant le portrait suspendu à la muraille.

— Ma sœur ! s'écria Louise aussitôt.

— Oui ! poursuivit Trilby... Oh ! il disait tout à Anatole, et je sais tout depuis longtemps... Louise !

— Mais ce serait le ciel pour Annette !... répondit Louise, aussitôt qu'Aline lui eût révélé le courageux amour du vicomte.

— Si elle l'aimait ? soupira Trilby.

— Peut-il en être autrement ! s'écria Louise.

— Comment le savoir ?... repartit Aline. Tu viens de m'entendre... il ne le lui demandera jamais !...

— Oh !... si je pouvais parler à ma sœur, moi !...

— Eh bien ?...

— Je saurais lire dans le cœur d'Annette...

— Tu l'interrogerais ?...

— Avec confiance... avec joie !...

— Et Lucien serait heureux !... O mon Dieu !... m'offrez-vous enfin l'occasion de m'acquitter envers lui ?...

— Que dis-tu ?... demanda Louise.

— Viens ! viens ! répondit follement Aline en entraînant son amie.

Une heure après les deux jeunes filles entraient au pensionnat de Belleville.

Nous renonçons à peindre la surprise et les joies des deux sœurs.

— C'est Lucien qui t'envoie ?... demandait Annette après mille sourires, après mille larmes, après mille baisers...

— Non ! répondit Louise, qui caressait avec transport les grappes dorées de la fraternelle chevelure, non... et songes-y bien, sœur, il faut lui cacher notre visite !

— Et pourquoi ?... fit Annette étonnée... il est si bon...

— Oui... il t'aime bien... hasarda Louise...

— Oh !... il m'aime !... bouda gracieusement la charmante enfant... Il m'aime... cela ne s'appelle pas aimer... il ne m'aime pas comme t'aimait Albert !...

— Tu le voudrais ainsi ?... osa la sœur.

— Oui... oui... fit Annette avec une impatiente ingénuité.

— Pourquoi ?... insista Louise.

— Dam ! balbutia le fripon et honteux lutin, — il me semble, moi, que je l'aime autant que tu aimais Atis...

Et elle devint tout à coup triste et rêveuse

Aline et Louise échangèrent un regard de joie.

— Mademoiselle, dit alors Trilby à Annette... un jour... bientôt peut-être... je vous enverrai chercher ici... Promettez-moi de venir !

— Où cela ? demanda la curieuse enfant !

— C'est mon secret ! sourit étrangement Aline... Viendrez-vous ?

— Mais... le permettra-t-il... lui ? fit Annette, craintive et sérieuse.

— Il faut qu'il ignore que nous sommes venues ! supplia Trilby.

— Oh ! je n'oserai jamais...

— Avec votre sœur ?...

— Mais lui...

— Il y a de votre bonheur...

— Non... non...

— Il y va du bonheur de Lucien de Varedde ! dit Aline.

— Oh ! j'irai... j'irai ! s'écria vivement Annette...

Puis l'on parla d'Albert Atis, dont les deux sœurs avaient secrètement applaudi le succès, de Jeanne et de Jean, du pauvre père qu'on ne reverrait plus !...

Annette contempla tristement sa Louise abattue et pâlie ; Louise s'enivrait de plaisir à la vue du visage d'Annette, plus rosée, plus épanouie, plus purpurine que jamais...

On pleura du passé, on fêta le présent, on rêva presque l'avenir...

Puis les deux sœurs se séparèrent après de nouvelles effusions, après des caresses sans cesse renaissantes...

Elles se quittèrent heureuses cependant.

Ne s'étaient-elles pas dit pour adieu :

— A bientôt !

Aline et Louise redescendirent, émues et joyeuses, vers Paris.

Mais sitôt dans la voiture, Louise demandait à Trilby :

— Pourquoi donc cette prière ?... Où veux-tu faire venir Annette ?...

Et Trilby répondit avec son amer et pâle sourire :

— Ne m'interroge pas maintenant, amie... Plus tard... bientôt... Mais souviens-toi de ce que je t'ai déjà dit auprès de la couche de Mariette... et que je vais te répéter ce soir avec une sereine et confiante ivresse.

Trilby s'arrêta, le regard perdu dans le ciel où s'allumaient les premiers diamans de la nuit.

— Eh bien ? fit Louise, après un silence.

Et ces calmes et généreuses paroles tombèrent de la bouche rêveuse et frémissante d'Aline :

— En quittant la terre, je ne veux y laisser que des heureux !..

CHAPITRE XX.

Albert Atis et Lucien de Varedde avaient couru rue Madame.

Hélas ! ils ne me trouvèrent pas ; j'étais à Versailles.

Mais où ? chez qui ? Le concierge ne put le leur dire.

Et, cependant, il affirma que je devais revenir dans la soirée. Les deux jeunes gens attendirent dans d'inexprimables angoisses. Les heures se passèrent, minuit sonna, je n'avais pas encore reparu ; il était probable désormais que je ne rentrerais plus chez moi que le lendemain.

Rester jusque-là sans agir, c'était impossible ! Déjà l'un des deux assassins devait être parti, l'autre allait bientôt partir !

Que faire !

Après une dernière heure d'attente, après de nouvelles questions adressées à Trilby, dont les souvenirs confus semblèrent de fortunés indices, on se résolut à choisir enfin un des trois villages, qui portaient également le fatal nom de la Chappelleraie !

Les deux jeunes gens comptaient, pour les guider, sur les pressentimens de leurs cœurs ; les deux jeunes filles, confiantes en Dieu, passèrent toute la nuit en prière.

Et, pendant ce temps-là, la chaise de poste du vicomte volait au hasard, en creusant sur la route deux sillons incessans d'étincelles.

On arriva, on prit de rapides informations.

Deux seuls moulins se trouvaient dans les environs...

On y courut.

Personne du nom de Bouquaille... nul enfant en nourrice... rien qui s'accordât avec les indications de Trilby... Rien !

La fatalité avait permis qu'on s'engageât dans la fausse route.

Albert Atis et Lucien de Varedde, abattus, désespérés, ne se découragèrent pas cependant.

Restaient les deux autres la Chappelleraie, et, comme le chemin était de retraverser Paris, on regardait comme à peu près certain de m'y rencontrer au passage.

A midi, les deux jeunes gens se présentaient de nouveau à la maison de la rue Madame.

On ne m'avait pas encore revu.

— C'est par trop de malheur !.. s'écria le poète, en piétinant avec rage sur le trottoir... Dieu n'est pas juste !

— Ne blasphémez pas !... répliqua le vicomte... Voilà celui que nous attendons !

— Où donc?

— Là... au sortir de la grille du Luxembourg.

En effet, j'arrivais seulement alors de Versailles, dans un costume de campagne, et suivi du fidèle Roméo.

Les deux amis s'élancèrent vers moi.

En que'ques mots j'appris l'épouvantable vérité, et sur le champ nous remontâmes tous les trois dans le coupé du vicomte, qui stationnait devant ma porte...

— A la poste aux chevaux ! dit Lucien à Grégoire, et ventre à terre !...

Moi, je n'étais pas même entré dans la maison ; j'avais simplement jeté ma clé au concierge, en lui criant de remonter et de renfermer Roméo.

Durant ce premier trajet, je me fis répéter jusque dans ses moindres détails le récit de Trilby.

— O mon Dieu ! murmurai-je en frémissant... s'il était trop tard, ce seraient deux existences brisées à la fois... la mort de l'enfant tuerait la mère !

En ce moment le coupé s'arrêtait dans la cour de la poste aux chevaux ; nous descendîmes.

Mais à peine avais-je touché le pavé, que Roméo me sautait joyeusement aux épaules.

— A la maison !... lui commandai-je avec un seul geste, tant j'étais sûr de l'instinct de l'intelligent animal, que cent fois j'avais ainsi renvoyé vers ma demeure, et même des quartiers les plus éloignés, les plus inconnus de Paris.

Mais le pauvre chien, par une étrange désobéissance, se coucha à mes pieds, en geignant d'une voix suppliante et plaintive.

— Tout est prêt ! dit Lucien de Varedde, dont la chaise, laissée une heure auparavant dans la cour, était attelée de nouveau.

— A la maison ! répétai-je, avec colère, à Roméo, qui me regardait d'un air douloureux et navré.

— Emmenons cette belle et bonne bête ! proposa le poète, déjà remonté dans la chaise de poste.

Mais je fus inflexible, et sur un troisième ordre, Roméo s'éloigna, après avoir plusieurs fois retourné sa tête abattue, qui hurlait timidement une sourde prière...

L'horloge sonnait une heure, lorsque retentit le premier coup de fouet des postillons, payés à triple guide.

Le premier relai passa, rapide ainsi qu'un éclair.

On changeait les chevaux.

— Tenez donc ! s'écria tout à coup Albert Atis, en étendant le bras vers la portière.

Et je vis Roméo, qui accourait, haletant, intrépide, couvert d'écume et de boue.

— Pas de colère ! poursuivit l'amant de Louise, et prenons avec nous cet entêté compagnon de voyage. Qui sait les desseins de Dieu ?... Peut être est-ce lui qui nous l'envoie ?

IVe P.

Les poètes ont des cœurs de femmes... Albert ouvrit en même temps la portière.

Le chien s'applatit à mes pieds, humble, penaud en apparence, mais avec une orgueilleuse satisfaction dans le regard.

Je ne me sentis pas le courage d'un châtiment, et nous repartîmes d'un train plus furieusement précipité qu'à la remière étape.

Et Lucien de Varedde trouvait encore que ce n'était pas assez.

— Savez-vous ce que je viens d'apprendre ? nous dit-il... Une voiture est passée il y a deux heures, et dans le portrait du seul voyageur qu'elle conduisait, j'ai reconnu le baron Dupréval.

— Tout est perdu ! m'écriai-je avec stupeur.

— Ne désespérons pas !... fit Atis.

— Mais souvenez-vous... souvenez-vous donc ?.. poursuivis-je avec rage. Le médecin disait au baron : Lorsque vous arriverez, tout sera fait !... Et le baron a deux heures d'avance sur nous.

A ce terrible argument, toutes les bouches restèrent stupéfiées et muettes jusqu'au second relai.

Il y avait une heure et demie que le fonctionnaire s'était arrêté là...

A la troisième poste nous avions regagné la demie...

Nous n'étions plus en arrière que de quarante minutes à la quatrième et dernière poste.

Lucien de Varedde versa sa bourse tout entière aux mains du postillon.

Dire nos impatiences, nos anxiétés, nos épouvantes, ce serait impossible... Nous devenions fous !

A un quart de lieue de la Chappelleraie, une des roues se brisa.

Sans échanger un seul mot, nous sautâmes à terre et courûmes jusqu'au village.

Là, je m'élançai vers le vallon du moulin, non pas le premier, mais le second ; Roméo nous guidait à travers la nuit et le brouillard.

Car le jour avait disparu depuis longtemps déjà, et d'épaisses vapeurs obscurcissaient encore le chemin, au point ue nous marchions côte à côte, et sans nous voir nous-quêmes.

Mais le terrain commençait à s'abaisser en une pente glissante et rapide : nous descendions dans le vallon.

Bientôt, j'aperçus une faible lueur rougeâtre, charbon brûlant parmi des cendres noires.

— C'est là, fis-je d'un souffle épuisé... Courage !...

On courut plus vite encore.

Le bord de la rivière fut atteint, et le bruit du barrage grondait à quelques pas en avant.

On courut plus vite toujours.

Enfin une masse noire se dressa devant nous, avec un filet de lumière à sa base.

C'était la maison... c'était la porte.

Nous étions arrivés.

Er depuis quelques minutes déjà, Roméo flairait, avec un sourd gémissement, tout au bas de cette porte.

— Entrons ! proposa hardiment Albert Atis.

— Soit ! répondit Lucien de Varedde.

— Allons ! fis-je à voix basse.

Mais tout à coup un verrou cria, et la porte s'entr'ouvrit.

Nous n'eûmes que le temps de nous rejeter en arrière avec Roméo, que j'entraînais vivement par sa longue crinière.

Deux silhouettes se découpèrent en noir sur le fond lumineux.

Un homme enveloppé de son manteau... une sorte de paysan à tête nue.

— Ce n'est pas Dupréval ! fit Lucien.

9

— Ce doit être le médecin, murmura Albert.

— L'autre... c'est Bouquaille ! dis-je à mon tour.

— Chut ! souffla le vicomte. Ils parlent...

La nuit et le brouillard cachaient entièrement notre présence, et nous écoutâmes...

— Vous partez déjà ? dit le meunier.

— Bonsoir ! répliqua laconiquement Frédérick Pichard, car c'était bien lui.

— Tout est donc fini là haut ! reprit Bouquaille d'un ton qui s'efforçait de paraître attendri.

L'officier de santé s'éloigna sans répondre, et nous frôla tous trois sans en apercevoir un seul, tant l'obscurité était profonde.

— C'est toujours çà de pris ! avait grommelé Frédérick Pichard. Quant au...

Nous n'avions pu saisir le reste au passage.

La porte s'était refermée, et Roméo retournait à son poste.

— Si le médecin part, c'est que l'enfant existe encore... dit Albert Atis.

— Ou bien qu'il est assassiné déjà ! murmurai-je avec effroi.

— Il faudrait suivre cet homme... proposa Lucien de Varedde... et savoir où il va...

— Oui... répliqua le poète... Moi !.. Le temps presse... A bientôt !.. Dieu vous conseille, en m'attendant !.

Aussitôt le jeune homme s'éloigna sur les traces de Frédérick Pichard, et disparut dans le brouillard qui semblait s'assombrir encore.

Tout était nuit, solitude et silence.

— Entrons-nous ? dis-je au vicomte.

— Non... répliqua-t-il... ou le crime est commis, et dans ce cas, nous ne devons agir qu'avec certitude. Ou l'enfant vit encore, et, s'il en est ainsi, il doit vivre jusqu'au retour de l'assassin...

— Mais, le Dupréval est là ?... dis-je, en frissonnant...

— Il n'osera rien tout seul... répondit le vicomte... Il est trop lâche... Attendons le retour d'Albert.

— Que faire... que faire en attendant ?...

— Examinons attentivement les abords de la maison... conclut le vicomte.

Alors, nous nous mîmes à tourner autour du moulin... aucune autre lumière ne se montrait ni sur la façade, ni sur les deux côtés...

Nous nous engageâmes sur le pont volant, puis sur la jetée, où Roméo nous précéda.

La fenêtre, donnant au dessus de l'eau, était éclairée.

— C'est là, dis-je au vicomte... c'est là qu'est le pauvre enfant.

En effet, je me rappelais parfaitement ma visite au moulin, la chambre dans laquelle avait tant pleuré Mariette, tandis que moi, par cette même fenêtre, je regardais l'eau bouillonnante et profonde, qui venait battre la muraille.

Roméo se souvenait aussi, lui !... Car, assis à l'extrémité de la jetée, il ne quittait pas de ses yeux ardens cette fenêtre lumineuse, au-delà de laquelle se trouvait le berceau de cet enfant dont il avait eu tant de peine à s'éloigner lors du départ.

Une demi-heure se passa.

Albert Atis ne reparaissait pas.

Lucien de Waredde et moi, nous cherchions avidement un moyen de salut.

— Si vous entriez au moulin ? proposa le vicomte.

— Moi ?

— Oui... sous un prétexte.

— Impossible ! répondis-je, Bouquaille me connaît.

— Attendez... reprit le vicomte... Je ne suis connu que de Dupréval, et s'il était là haut... oui... je veux voir.

— Que comptez-vous faire ? demandai-je avec inquiétude.

— Silence!.. fit Lucien... Je reviens à l'instant.

Au bout d'une minute il était de retour.

— Eh bien ? lui dis-je.

— J'ai écouté à la porte... deux voix parlaient d'abord... puis une seule... Mais certainement le baron ne se trouvait pas là. Je vais frapper, demander ma route... vous, restez-là pour retenir Roméo, qui pourrait tout compromettre.

Mais Roméo ne bougeait pas, il semblait veiller sur la fenêtre éclairée.

Cependant le vicomte exécutait son projet.

Il tourna le moulin, il atteignit la porte, il frappa, on ouvrit.

Un homme inconnu pour lui, mais qui n'était autre que l'abbé La Châtre...

Lucien se dit égaré dans le vallon, et demanda la route de la Chappelleraie.

Delancourt, qui se trouvait seul dans la pièce du rez-de-chaussée, donna quelques brutales indications, et voulut aussitôt refermer la porte.

Le vicomte feignit d'avoir mal compris, et renouvela sa demande.

En ce moment une voix s'éleva, comme venant du haut de l'escalier.

C'était le meunier qui disait :

— Il est donc bien mort, ce pauvre chérubin ?

— Hélas ! soupira une seconde voix que Lucien de Varedde reconnut parfaitement pour celle du fonctionnaire.

— Quel malheur ! reprit le meunier, qui poursuivit en guise de consolation : D'autant plus qu'on redoit six mois de nourrice...

— Voilà ! fit tristement le baron... voilà, mon ami... et...

Le vicomte ne put en entendre davantage. L'abbé La Châtre venait de refermer la porte avec une furieuse impatience.

C'en était donc fait, et tandis que Lucien m'apprenait cette funeste nouvelle, Bouquaille redescendait vers Delancourt, en bougonnant.

— Cancre, va ! Il m'a donné juste le prix... à moi... qui l'ai presque fait nommer député !

— Tu es prêt à venir avec nous ? dit hypocritement l'abbé La Châtre, n'est-ce pas?.. et à rendre le petit service en question ?

— Y a gros bénéfice avec çà ! poursuivait le meunier. Si tu me prenais mon drap au moins ?

— Je le prends ! fit Delancourt... et pardessus le marché je vais encore t'indiquer un plan pour doubler les mois de nourrice...

— Puisque le père a payé ?

— Et la mère... nigaudines !

— Comment ?

— Je repars ce soir, n'est ce pas?.. Ecris à la comédienne pour annoncer la mort de l'enfant... et réclame de nouveau l'arriéré... Elle paiera sans prendre d'informations... je t'en réponds... va !

— Quelle idée !

— Bâcle ta lettre pendant que je remonte un peu là haut ! conclut Delancourt... Puis nous partirons.

Et la lettre fut écrite.

Oh ! cette lettre... cette lettre !... Si Lucien de Varedde était resté quelques minutes de plus !... Si nous avions pu connaître l'existence de cette fatale lettre !

Mais non... Dieu ne le permit pas !

Le vicomte me retenait alors, car je voulais m'élancer vers le moulin pour confondre à l'instant les infâmes, et lui, désirait encore patienter jusqu'au retour d'Albert Atis.

Il consentit enfin.

Mais au moment où nous atteignions l'angle de la muraille, la porte de la maison s'ouvrait de nouveau, et cette fois toute grande.

Le fonctionnaire sortit le premier, puis l'abbé La Châtre, puis enfin Bouquaille, qui souffla la lampe, et referma la porte à double tour.

Aucun d'eux ne nous avait aperçus.

A peine furent-ils éloignés, que nous courûmes à la porte.

Impossible de l'ouvrir, impossible de l'enfoncer...

Nulle autre issue ne s'offrait à l'escalade... la seule fenêtre visible s'ouvrait au-dessus des profondeurs de la rivière.

Cependant, nous ne craignions pas la fuite des coupables, car Delancourt avait dit, en passant près de nous :

— Dans une heure tout au plus, nous serons de retour.

Après quelques minutes de recherches infructueuses et d'inutiles tentatives, le vicomte s'écria :

— Il importe aussi de suivre ceux-là... de savoir ce qu'ils vont faire. Et je m'acharne à leurs pas... Vous, mon ami, restez ici... on ne sait ce qui peut arriver, et ce serait imprudent de ne pas veiller de tous les côtés à la fois... Tenez-vous sur la jetée... avec Roméo... et surtout prudence avant qu'Albert et moi nous soyons revenus !... à moins qu'il ne faille absolument agir, et dans ce cas n'agissez qu'à la dernière extrémité !

Cet avis était trop sage pour le discuter, et je laissai partir le vicomte.

Une heure s'écoula.

J'étais seul dans l'inquiétude, dans le désespoir, dans ces ténèbres étoilées où Roméo et moi nous attachions d'anxieux et tristes regards.

Et ce funèbre et sombre silence n'était troublé que par le fracas de la rivière qui grondait autour de nous.

Enfin, j'entendis des pas... je m'élançai vers la maison.

C'étaient Albert Atis et Lucien de Varedde qui revenaient ensemble.

— Eh bien ? demandai-je avec angoisse.

— Quant au médecin, répondit le poète, il est retourné à Paris par une diligence de passage.

— Et les autres... les autres ?...

— Les autres, répliqua Lucien de Varedde, ils allaient chez le médecin du village, qui les a accompagnés jusqu'à la mairie... sans doute pour constater une mort, dont il dédaignait de s'assurer lui-même... car, en ressortant, le baron serrait un papier, un acte mortuaire sans doute...

— Après, après ?

— Chez un menuisier, qui leur a fourni une boîte étroite et blanche... un cercueil...

— Et pourquoi, pourquoi ?

— Afin de remporter le cadavre à Paris... Nous les avons entendus...

— Non... non... m'écriai-je avec rage... cela ne sera pas... A nous de publier le crime, à nous de le punir... Dieu nous a refusé le salut, mais il nous reste la vengeance. Il est temps de paraître... Allons, Messieurs... allons !

— Allons ! répétèrent les deux jeunes gens indignés et résolus.

Et nous allions courir aux assassins...

Mais tout à coup un bruit, aussitôt répété, troubla le silence... Une double chute dont retentit presque simultanément la rivière.

Nous retournâmes tous trois la tête.

Roméo n'était plus là...

Mais l'eau bouillonnait, écumante, et comme battue par quelque mouvement intérieur et caché.

Bientôt quelque chose de blanc reparut à la surface, et sembla se diriger vers nous.

— Attendez... attendez ! murmurai-je, en montrant à mes deux compagnons, d'un côté Roméo qui nageait vers le rivage, de l'autre l'unique lumière qui venait de s'éteindre tout à coup.

CHAPITRE XXI.

Voici, maintenant, ce qui s'était passé dans l'intérieur du moulin.

Au point du jour, l'abbé La Châtre arriva.

— Vivat ! s'écria Bouquaille ; je t'attendais.

— Moi ! fit Delancourt, avec quelque étonnement.

— Sans doute, poursuivit le meunier d'une voix prudente et libertine... pour la bombance convenue, pour l'orgie à huis-clos, pour la bacchanale à grand orchestre.

— Ah ! oui... répliqua La Châtre, précisément.

— Chut ! interrompit Bouquaille avec effroi, si ma femme nous entendait. Attends, que je l'expédie chez sa tante, et nous serons alors les maîtres de la maison.

Mme Bouquaille partit bientôt, pour ne revenir que le lendemain.

— Et, maintenant, s'écria le meunier, me voilà veuf... passez muscade.. Liberté, libertas !... En route, compère !

— Où veux-tu donc aller ? demanda Delancourt.

— A la Chappelleraie ! repartit Bouquaille... pour convoquer les drôlesses en question, le contingent de la partie carrée.

Ceci ne faisait nullement le compte de l'abbé La Châtre ; mais il trouva des prétextes pour amuser l'impatience de son luxurieux amphytrion.

Enfin, on frappa à la porte du moulin.

C'était Frédérick Pichard, qui s'annonça comme envoyé par le baron Dupréval, et monta presque aussitôt vers l'enfant de Mariette.

— Le moucheron ne va donc pas bien ? demanda Delancourt à Bouquaille.

— Il ne va plus du tout ! repartit le meunier ; et j'ai grand peur...

Le retour de Frédérick Pichard interrompit cette insoucieuse confidence.

— L'enfant ne passera pas la journée ! annonçait le médecin du haut de l'escalier.

— Quel malheur pour la mère ! soupira hypocritement Delancourt, en ayant grand soin de ne pas montrer son visage, que peut-être le médecin avait entrevu chez la Dabanne.

— Et pour le père, Messieurs... répondit douloureusement Frédérick... pour le pauvre père, qui doit venir ce soir même, afin d'apprendre plus tôt l'arrêt de la science... Il espère trouver encore son enfant... il ne trouvera plus qu'un cadavre !...

— Comment !... s'était écrié Bouquaille... M. le baron va venir ?...

— Oui... répliqua Pichard... j'ai mission de l'attendre ici...

— Ici ?...

— Et je veux lutter encore s'il est possible... A bientôt donc, Messieurs, je vais jusqu'au village chercher les médicamens nécessaires, puis je reviens, jusqu'à l'arrivée du père, m'installer auprès du berceau de l'enfant.

Frédérick Pichard sortit en effet, et fut se faire servir un succulent déjeuner à la meilleure auberge du village.

— Quel guignon !... s'écria Bouquaille... voilà notre partie manquée... Le baron qu'on attend... le mioche qui va mourir... Qui diable se serait attendu à tout cela !...

— Que veux-tu !... repartit philosophiquement Delancourt... il n'y a pas moyen de ripailler... Mais ce n'est qu'une fête remise... Je reviendrai bientôt...

Bouquaille ne pouvait se consoler de la mésaventure.

— A propos... dit-il tout-à-coup... pourquoi donc cherchais-tu tant à te cacher du médecin ?

— Ah !... tu as remarqué ? fit La Châtre.

— Tiens !... murmura le meunier... on a des yeux... c'est pour s'en servir...

— Eh bien ! balbutia Delancourt, tu vas tout savoir. Au fait, est-ce qu'on a des secrets pour un ami !

— Parle !

— Le médecin me doit de l'argent.

— Beaucoup ?...

— Oui... beaucoup plus que je ne voudrais... car c'est le plus mauvais payeur... enfin... tu comprends... Il va sans doute recevoir quelque grosse somme pour sa visite d'aujourd'hui... et, s'il m'avait reconnu, il se serait empressé de mettre le quibus à l'abri... tandis que... suis bien mon raisonnement... s'il me croit dans l'ignorance, il ne prendra nulle précaution... et dès demain, à Paris, je le pincerai au gîte... et saurai bien me faire payer...

— Oh ! quant à çà, je sais apprécier tes petits talens, interrompit le meunier, qui donnait en plein dans le stratagème... si tu es sûr qu'il y a de l'argent, tu l'auras...

— N'est-ce pas ? s'empressa de reprendre Delancourt. Maintenant, écoute l'essentiel ?

— Voyons !...

— Il faut que tu me rendes un service...

— Lequel ?...

— Je voudrais entendre tout ce qui se dira là haut entre le baron et le médecin...

— Pour connaître au juste le chiffre des honoraires ?

— Tu y es...

— Mais crois-tu donc qu'on paiera séance tenante ?

— Je connais mon homme, va !

— C'est différent... Mais je ne vois pas encore quel service...

— Trouve un moyen de me cacher quelque part ?

— C'est difficile.

— Diable !...

— Attends donc !..

— Quoi ?..

— Derrière le lit, il y a une porte condamnée...

— Que l'on pourrait rouvrir ?..

— Très bien !.. les rideaux sont épais, et le baldaquin de taille à cacher toute une patrouille.

— Voyons !

On monta aussitôt à l'étage supérieur, et, sans même prendre souci de jeter un seul regard vers le berceau, on examina la cachette, propice aux curiosités de l'abbé La Châtre, qui, comme on le voit, y prenait goût.

Nous avons déjà parlé de ce lit immense et clos de toutes parts, ainsi qu'une litière du moyen-âge.

Les rideaux écartés, Delancourt grimpa sur le couvre-pied rustique.

Un simple papier jaunâtre condamnait la porte, placée à peu près au milieu, et s'ouvrant au dehors sur une sorte de grenier, ayant entrée particulière.

Avec son couteau, l'abbé La Châtre fendit le papier, entr'ouvrit la porte, se retourna, s'accroupit, referma les rideaux, afin de mieux s'assurer encore de la position.

Il était impossible de rien imaginer de plus commode et de plus mystérieux.

— A merveille !.. fit La Châtre, en sautant à terre... Merci, Bouquaille !... Je reviendrai là, sitôt que se présentera le baron Dupréval ; mais pour le moment, éclipse totale... Reçois le médecin... dis que je suis parti... et surtout ne me nomme pas !

— Convenu !.. répondit Bouquaille... Va m'attendre au petit cellier... tu sais... Nous boirons toujours quelques fines bouteilles, en causant de nos petites affaires... Et plus tard, sans revenir dans la grand'salle, tu pourras gagner ton affût... A bientôt !

Tout ce plan fut exécuté à la lettre, et Frédérick Pichard ne retrouva plus que Bouquaille au moulin.

— Il n'y a donc plus d'espoir ? demanda béuignement le meunier.

L'officier de santé branla la tête et remonta en silence.

Alors Bouquaille fut rejoindre La Châtre dans le cellier, entrepôt des communes rapines, que l'on marchanda tour à tour, et dont le brocanteur accepta la plus grande partie ; moins, bien entendu, les pièces de drap, qu'il ne devait prendre que plus tard.

Puis l'on but ; mais Delancourt buvait avec prudence.

Et pendant ce temps-là, l'assassin était seul auprès du berceau de sa victime.

La journée se passa ainsi.

Aux approches de six heures, on frappa vivement à la porte du moulin.

Ce fut Bouquaille qui ouvrit... le fonctionnaire qui entra.

— Eh bien... mon enfant ! mon enfant !.. répétait Dupréval, avec l'adroite affectation d'une déchirante inquiétude.

Bouquaille se borna à indiquer l'escalier, que le baron connaissait déjà...

Puis il revint au cellier, dont il ressortit presque aussitôt en guidant aux bruit Delancourt vers la cachette, où celui-ci voulut rester seul.

Le fonctionnaire s'était précipité vers l'étage supérieur ; mais, sitôt entré dans la chambre, il changea d'allure et de visage, poussa le verrou, et demanda :

— Eh bien ?..

Pour toute réponse, Frédérick Pichard releva la tête, et décoiffa le berceau de sa capote de serge verte.

L'enfant était étendu, immobile, les yeux fermés, et sa pauvre petite figure voilée d'une effrayante pâleur.

Malgré lui le baron se recula en murmurant d'une voix sourde et fiévreuse :

— Il est mort ?..

L'officier de santé ne desserra pas les lèvres, et tendit la main.

— Il est bien mort ? répéta Dupréval, à peine remis de son invincible effroi.

Frédérick inclina la tête, et présenta de nouveau la main.

— Ah ! respira le fonctionnaire, avec une horrible joie... je triomphe... et...

— Les vingt mille francs... le sous-seing privé !... interrompit froidement Pichard.

— C'est juste ! fit le baron avec une étrange ironie... voilà...

Alors et lentement il exhiba son portefeuille, l'ouvrit, en tira cinq papiers successifs, et les remit à l'officier de santé qui les compta avec une semblable lenteur, fit une piteuse grimace, et répondit sans s'émouvoir :

— Un... deux... trois... quatre... cinq... cinq mille francs !... Que signifie ?...

— N'est-ce pas ce que j'avais offert ? dit le fonctionnaire impassible et railleur.

— Oui !... répliqua Pichard avec une glaciale courtoisie... mais c'est le quart seulement de la moitié de ce que j'avais exigé... moi !...

— Moi... je ne prétends pas donner davantage !... ricana le fonctionnaire.

— Cependant... voulut observer le médecin...

— Mon cher Monsieur, interrompit métalliquement le baron, j'ai l'usage d'imposer mes volontés à tout le monde... et par conséquent de n'accepter les conditions de personne... Cinq mille francs me paraissent suffisamment payer le service rendu.

— J'ai l'honneur de réclamer les quinze autres !... insista humblement Pichard.

— A moi !... peine inutile...

— Aux tribunaux... s'il le fallait.

— Soit !... où sont les preuves ?... Ah ! je vous ai compris, mon cher Monsieur, le sous-seing privé pouvait vous en servir... et c'est pourquoi je le refuse... Pas si sot que de me livrer à un complice de votre espèce!...

— C'est juste !... avoua candidement Pichard, après un bref silence... c'est parfaitement juste... Et si le crime était découvert, vous deviendriez mon premier accusateur ?

— Mais...

— Oh !... je vous sais assez puissant... assez adroit surtout pour me faire condamner, tout en retirant glorieusement votre épingle du jeu... Supérieurement calculé, monsieur le baron... A vous la tranquille possession des millions de l'Anglais !... à moi... cinq mille francs... les remords... et les périls !... En conscience, votre part me semble trop belle !... et la mienne paraisse...

— Je vous ai dit cependant mon dernier mot...

— Si je priais ?...

— Niaiserie...

— Si j'exigeais ?...

— Sottise !...

— Monsieur le baron... gronda l'officier de santé.

— Assez... assez !... interrompit Dupréval, qui remontait à son habituelle et superbe arrogance... Vous ne me connaissez donc pas ?...

— Oh ! si, je vous connais bien !... s'écria Pichard avec le ton vengeur d'un triomphant sarcasme... et la preuve...

— Silence ! fit le baron... silence, pauvre sot ! Il n'y a plus rien de commun entre nous. Et puisque l'enfant est mort...

— La preuve... poursuivit Frédérick en se redressant haineux et fier, la preuve, c'est que l'enfant n'est pas mort !...

A cette révélation imprévue, le fonctionnaire bondit en arrière, puis retomba pâle, tremblant, foudroyé.

Et Frédérick Pichard avait relevé ses éternelles lunettes vertes sur son front fuyant et jaune. On apercevait enfin ses yeux éraillés et rougis qui semblaient clignoter sur deux rayons de la flamme infernale. Il étendait vers le fonctionnaire pris au piège ses deux maigres mains dérisoires et crochues. Il ricana jude ses hideuses lèvres de reptile s'allongeant vers une proie fascinée:

— Pas si sot que toi, baron, qui montre ton jeu avant que la partie soit gagnée... non... pas si stupide, que de trahir avant d'être certain de la victoire... Non... non... Tiens, vois-tu cette fiole?... Il y avait dedans deux choses... un sommeil salutaire en la versant à moitié... la mort, si l'on buvait tout !... Regarde le flacon... il n'est pas vide.... regarde-le bien, car tu ne le reverras plus... La rivière coule au bas de cette fenêtre... et voilà le poison englouti pour jamais !

En même temps, le médecin jetait au fleuve la mortelle fiole, que depuis un instant il serrait convulsivement entre ses doigts crispés.

— Malheureux... qu'as-tu fait? râla le fonctionnaire d'un souffle fébrile et désespéré.

— Ne l'as-tu pas dit... poursuivit sataniquement Pichard, plus rien de commun entre nous... J'accepte tes volontés. Je ne prétends plus t'imposer aucune condition.

— Je souscris à tout, interrompit Dupréval... Je jure...

— Pas de serments ! fit le médecin, en tendant pour la seconde fois la main.

— Je n'ai plus de valeurs sur moi... balbutia le baron.

Frédérick baissa la main et se mit à rire.

— Mais je t'engage ma parole, reprit Dupréval.

Pichard riait plus fort encore.

— J'offre ma signature ? proposa glorieusement le fonctionnaire.

— Niaiseries, sottises !... répliqua l'officier de santé, qui riait toujours... Ta parole... ton honneur... Pauvre sot ! On ne me trompe pas deux fois, baron... Je ne croirais même plus à la signature... tu trouverais encore moyen de

me voler! On connaît tous les tours des autocrates de ton espèce... Un démenti auquel tes compères auraient l'air d'avoir confiance... Une visite domiciliaire, où la police escamoterait le traité... Que sais-je, moi?... On se dupe entre honnêtes gens, vois-tu... mais entre fripons, jamais !

— Monsieur !... se récria le baron.

— Comme tu es chatouilleux ce soir, railla Frédérick... C'est pourtant comme j'ai l'honneur de te le dire... Il est possible que nous fassions quelqu'autre affaire ensemble... j'en ai même le pressentiment... et je tiens à ce que tu saches apprécier quel complice je suis, afin de ne plus perdre de temps en roueries superflues, si... cela arrive, et je l'espère, il me faudra un oui ou un non... donnant, donnant, pas autre chose. C'est ton système, tu sais; c'est le mien aussi... Nous nous valons en malice... souviens-toi de ça... Adieu donc, baron... ou plutôt au revoir... J'empoche tes cinq mille francs pour mes frais de voyage... et je m'en vais...

— Pichard !... voulut supplier le fonctionnaire.

— Prends garde ! interrompit l'officier... tu vas réveiller l'enfant... car il dort... voilà tout !... arrange-toi comme tu voudras... Bonsoir !

Et, se coiffant de son chapeau, il entr'ouvrit la porte pour partir.

Il y avait tant d'implacable résolution dans la voix ironique et stridente du médecin, que jusqu'alors le baron Dupréval était resté stupide, hébété, presque muet.

Mais lorsque le verrou cria pour le fatal départ, le fonctionnaire s'élança vers le fugitif, saisit sa main, courba la tête, et murmura confusément une dernière prière.

— Non, non, non !... articula métalliquement Pichard.

— A tes pieds... à tes pieds !... murmura le baron, déjà presque à genoux sur le carreau.

— Toi, toi ! ricanait sourdement Frédérick.

— Oui... le veux-tu ? râla Dupréval, dont l'orgueil acheva de s'humilier devant son méprisable complice.

Il y eut une seconde d'affreux silence...

Puis un éclat de rire, tel que Satan seul pût pousser le semblable lors de la chute de l'homme !

En même temps Pichard repoussait d'une main le baron stupéfié, de l'autre il ouvrait la porte toute grande.

— Mais tu veux donc que je tue mon enfant moi-même ? s'écria le baron avec une horrible rage.

— Chut! fit narquoisement Pichard... on n'aurait qu'à t'entendre... Sois assassin... peu m'importe, mais sois adroit au moins !

Et il redescendit la première marche.

Le baron, tremblant et livide, joignit une fois encore ses deux mains suppliantes et convulsives.

— Au revoir, gronda Frédérick à voix basse.

Puis il conclut hautement et humblement :

— J'ai l'honneur de vous saluer, monsieur le baron Dupréval !

Et presque aussitôt il disparut par l'escalier étroit et sombre.

Le fonctionnaire resta seul.

Mais tandis que la porte de la chambre se refermait sur Frédérick Pichard, les rideaux du lit s'entr'ouvraient doucement, et La Châtre avançait enfin sa tête grimaçante de féline ruse et de hideuse joie.

. . . .

C'est en ce moment que nous arrivions au secours de l'enfant de Mariette ; en ce moment encore que nous aperçûmes l'officier de santé sortir du moulin, sans répondre à la question de maître Bouquaille ; en ce moment toujours qu'Albert Atis profitait de la double obscurité pour suivre Frédérick Pichard, lequel s'éloignait en fredonnant sur un des motifs favoris de Fra-Diavolo :

— C'est toujours ça de pris?

On sait ce que devint ce soir-là Frédérick Pichard.

Quant au baron Dupréval il demeura pendant quelques minutes, immobile, frémissant, anéanti !

De larges gouttes de sueur coulaient sur son front aux plis mouvans et convulsifs... Les cheveux se hérissaient sur sa tête abattue. Ses bras retombaient, inertes et mornes. Ses dents claquaient fiévreusement derrière ses lèvres violettes. Ses jambes semblaient prêtes à fléchir. On eût dit un cadavre galvanisé par quelque force intérieure et s'éteignant déjà !...

Cependant une pensée murtrière fermentait sourdement au fond de cette torpeur funeste, de cette atonie étrange, car Dupéval se rua tout à coup vers le berceau avec le rugissement de la hyène, qui court enfin vers une proie de tout l'élan de ses appétits longuement concentrés en silence.

L'enfant dormait toujours sous les pâles apparences de la mort. Le fonctionnaire ferma les yeux, et plongea les deux mains dans le berceau..

Mais au contact de l'enfant, il recula, impuissant, épouvanté.

La rencontre du gothique lit arrêta seule ses reins, insensibles à l'obstacle; et là seulement il plia sous tout le poids de son crime et de sa lâcheté.

— Je n'oserai jamais !... gémit-il d'un souffle haletant et stupide.

— J'oserai, moi !... siffla une stridente voix à son oreille.

En même temps quelque chose comme une main le frappait à l'épaule.

Il se retourna avec un cri de surprise et d'effroi.

L'abbé La Châtre souriait, tranquillement assis sur le bord du lit, le regard provoquant, les mains offertes, les jambes pendantes.

— Quelqu'un... quelqu'un qui a tout écouté !... tremblotta le baron Dupréval.

— Et tout entendu !... détailla froidement Delancourt... Ne vous fâchez pas... il serait trop tard... Au contraire, réjouissez-vous... puisque je propose de vous tirer d'embarras !...

— Vous ?... demanda Dupréval, avec l'incrédulité de la peur.

— Moi-même !..... répliqua gracieusement l'abbé La Châtre.

— Sérieusement ?... insista le fonctionnaire, dont les esprits se remettaient peu à peu de ce terrible choc.

— Parole d'honneur !... fit Delancourt... ou plutôt... que je suis bête !.. foi de fripon... On vous a dit ce que çà valait tout-à-l'heure ?...

Le baron passa la main sur son front ruisselant et livide, baissa la tête comme pour sonder l'abîme où il était tombé, puis releva les yeux afin d'examiner ce complice inattendu.

La physionomie de La Châtre opéra soudain miracle.

Le fonctionnaire reprit son aplomb, son assurance, et ce fut d'une voix dégagée de toute émotion qu'il demanda bientôt :

— A quel prix ?..

— Ah !.. soupira Delancourt , en s'épanouissant avec volupté... nous commençons à nous entendre !

— Combien ? répétait Dupréval, redevenu Dupréval.

— Cinq mille francs !.. repartit La Châtre... Je ne suis pas si exigeant que un monsieur... Dam !... quand on commence les affaires !.. cinq pauvres mille francs... pas davantage... et je vous ferai crédit même...

— Ah !..

— Jusqu'à demain matin...

Le baron sourit.

— Vous n'avez pas de fonds sur vous, poursuivit La Châtre, je le sais... mais j'irai vous voir à Paris... et vous me paierez... j'en suis sûr...

— Votre moyen ?.. interrompit le fils du boulanger.

— N'est-ce pas ?.. insistait le brocanteur.

— Oui, oui, fit Dupréval, mais expliquez-vous ?..

— Volontiers ! s'écria La Châtre, j'ai combiné tout çà durant votre entretien... Et voilà !..

Aussitôt il sauta lestement à terre, et poursuivit avec une volubilité digne de Figaro :

— Supposons l'enfant mort... Allons, il est mort... Je descends trouver le meunier ; je lui apprends le trépas du petit, et lui demande de nous accompagner au village pour témoigner du décès... M. le baron est pressé... il veut repartir à l'instant avec les dépouilles mortelles de son cher fils...

— Comment ! interrompit Dupréval.

— Attendez ! fit Delancourt... ou plutôt, voilà la chose immédiatement. Vous avez sans doute à Paris un mausolée de famille,.. un magasin d'ancêtres... n'est-ce pas ?... Oui ! tous les richards s'en paient... et c'est très commode. Vous allez voir... Nous arrivons donc au village... Bouquaille, moi et vous... Chez le médecin d'abord, pour faire légalement constater la situation funèbre. Salutations... protestations et confusion du campagnard, tout fier d'une semblable visite... Un baron... un député... un... fichtre !

— Après, après ?

— Vous lui dites le malheur en question. Il s'empresse de mettre ses cliques et ses claques pour venir au moulin. Mais il fait nuit... il pleut... vous souffrez... vous n'en pouvez plus... Et le médecin vous dit : — A quoi sert d'aller jusque là... Votre parole suffit, monsieur le baron... J'ai tout vu, et je certifie tout... Çà peut se faire, n'est-ce pas ? d'autant plus qu'il y a encore deux témoins, Bouquaille et moi ! et que vous ne serez pas manchot pour jouer votre rôle de père désolé... et très enrhumé... hein ?

— Tout va bien jusqu'ici... approuva le fonctionnaire... Voyons la suite ?

— Oh !.. la suite !... reprit glorieusement Delancourt... C'est encore plus beau... Nous sommes chez le maire... En voilà un qui est content !... Son député chez lui... quelle jubilation !.. Mais il va être décoré à la première bobine, qu'on dévidera, de rubans rouges... Qu'est-ce que vous demandez.. qu'est-ce que vous désirez, Monseigneur ?... Un acte mortuaire !.. Bien... Et sans interroger ni Bouquaille , ni moi, ni même le médecin qui est toujours là... il prend la plume à bâcler les mariages, et vous confectionne la chose en un clin-d'œil... Le moucheron est mort... bien mort... Enlevé l'acte mortuaire !

— Bien... bien !... ne put se retenir d'avouer Dupréval.

— Mais ce n'est pas tout !... continuait La Châtre avec enthousiasme... Nous voulons emporter à Paris le précieux cadavre, afin de le déposer aux archives de la famille... Cric, crac... Voilà l'autorisation !... Vous campez les deux chiffons légaux dans votre poche... une poignée de main à l'esculape... vous embrassez le magistrat... et nous n'avons plus affaire qu'au menuisier de l'endroit.

— Au menuisier !... murmura dédaigneusement le fils du boulanger... Et pourquoi ?

— Parbleu !.. riposta Delancourt, ardent à la réplique... pour avoir un cercueil... une malle... une caisse... n'importe quoi, en bois blanc , afin d'escamoter votre gênante progéniture... Et le tour est joué.

— Comment !... l'emporter... l'emporter avec nous ! balbutia Dupréval avec une sorte d'horreur,..

— Ah ! çà répugne à votre cœur paternel ! fit malicieusement La Châtre. Cherchons autre chose..,

— Oui, oui, opina le fonctionnaire... L'enfant n'aurait qu'à se réveiller en route... à crier !...

— Ah! ah! ah! ricana Delancourt, c'est là votre remords. Et moi qui croyais... Pardon, monsieur le baron !... vous êtes un homme complet... je vous faisais injure... Mais j'ai un moyen !

— Voyons, voyons !-demanda Dupréval, avec une impatience colère.

— Nous emporterons le cercueil vide ! répondit insoucieusement La Châtre.

— Et comment ? insista le baron.

—Ceci me concerne ! fit Delancourt, en jetant un rapide regard du côté de la fenêtre ouverte. Soyez paisible... Et de plus... j'aime autant çà pour moi-même. Ainsi, je réponds de tout... Est-ce convenu ?

— Oui ! murmura le fonctionnaire, après un sombre silence.

— Le programme ci-dessus mentionné... ce soir ?... et les cinq billets de mille... demain matin... C'est bien le moins, pu sque je ne demande que çà.

— Soit ! assura le fils du boulanger.

— Sans compter l'orchestration subséquente de ce petit chantage au piano ! grommelait à part lui le rusé compère.

Puis il reprit à voix haute :

— Préparez-vous donc à partir ?... Moi je descends vers Bouquaille, et je vous l'envoie... histoire de lui confirmer la chose, mais sans trop le laisser tripoter le marmot... quoiqu'il dorme toujours à mort, ce pauvre petit chat !...

Et tout en proférant ces railleuses paroles, l'assassin osait regarder sa victime avec un monstrueux cynisme.

Puis la fenêtre, au dernier mot...

Enfin il descendit vers Bouquaille, quelque peu surpris de la subite intimité du fier baron et du misérable brocanteur.

Ce fut pendant cet entretien que Lucien de Varedde vint écouter à la porte du moulin.

Bouquaille monta présenter ses condoléances et sa facture.

Le vicomte entra pour entendre et pour voir ce que nous avons rapporté dans le précédent chapitre.

Ensuite l'abbé La Châtre dissipa les soupçons et le mécontentement du meunier, en acceptant enfin les fameuses pièces de drap, et surtout en indiquant la ruse déjà connue pour rançonner l'imprévoyante douleur de Mariette.

La funeste lettre était écrite, lorsque le baron parut à son tour, et les trois hommes sortirent, à l'instant même où, le vicomte et moi, nous allions nous élancer vers le moulin.

Les choses se passèrent ainsi que l'avait prévu Delancourt, ainsi que me le racontèrent Albert Atis et Lucien de Varedde à leur retour sur la jetée.

Dupréval, Bouquaille et La Châtre revinrent donc triomphans.

Ce dernier portait la bière sous son bras...

Le fonctionnaire monta le premier, puis Delancourt, enfin Bouquaille qui voulait les suivre.

Mais son ami l'arrêta, en disant :

— Respecte la douleur d'un père... c'est déjà trop d'un témoin...

— Ah ! fit le meunier... c'est bon... mais prends toujours la lettre...

— La lettre à Mariette ?...

— Oui...

— Donne !...

Et l'abbé La Châtre la serra précieusement dans son plus sûr gousset.

Cette fois, ce fut le fonctionnaire qui s'empressa de refermer la porte, et de la serrure et du verrou.

Delancourt posa le cercueil sur le carreau, puis s'arma d'un marteau et de quelques clous, desquels il avait eu la précaution de se munir.

Il cloua bruyamment le couvercle de la bière.

— Et l'enfant... l'enfant !... murmura Dupréval, d'une voix étouffée et craintive.

— Attendez... fit La Châtre... et tournez un peu la tête.

Alors l'infâme s'approcha du berceau, saisit l'innocente créature endormie toujours, courut à la fenêtre, et précipita l'enfant dans la rivière.

Quelque chose comme un cri retentît aussitôt au dehors.

Il est une seconde vue dans certaines crises suprêmes de la vie... Sans se retourner le fonctionnaire avait tout vu...

— Qu'est cela ? s'écria-t-il, avec terreur.

Delancourt se pencha au-dessus de la rivière.

Mais la nuit et le brouillard voilaient tout à ses yeux.

— Bah ! fit-il... le bruit de l'eau... pas autre chose... soufflez la lampe... Et maintenant partons !

— Comment, partons ! répéta Dupréval.

— Pourquoi pas ? répliqua Delancourt... Vous êtes venu en chaise de poste, n'est-ce pas ? Et sans domestique, je suppose...

— Eh bien ?

— Oh ! je ne sollicite pas l'honneur de monter dedans... mais derrière... Il y a un strapontin... Ne dois-je pas veiller sur le cercueil ?... Et puis... c'est une légère économie... Que voulez-vous ? tout le monde ne travaille pas en grand... et les petits ont bien du mal à gagner leur pauvre subsistance !

— Soit ! consentit le baron...

Et l'on descendit.

— Quoi ! tu pars ?.. glissa Bouquaille à l'oreille de son associé... Il serait encore temps pour la bombance ?

— Non... un autre jour... bientôt ! répondit Delancourt... sans compter que je tiens à remettre la lettre !

— C'est juste... et tu la remettras ?...

— Demain, avant dix heures, elle sera chez le concierge, au revoir ! conclut le brocanteur, qui disparut lestement avec le cercueil.

Le baron était déjà loin.

Les deux assassins arrivèrent au village, et repartirent presque aussitôt ; mais tandis qu'on attelait, l'abbé La Châtre eut l'imprudence de laisser un instant le cercueil, enveloppé de son manteau, sur une des tables de l'auberge.

On va voir comment sut en profiter un des amis de Mariette.

. . . .

A peine la lumière avait-elle disparu sous l'haleine haletante du baron Dupréval, que nous nous étions précipités tous les trois vers le point du rivage, où nageait courageusement Roméo.

C'était à quelques toises en amont de la rivière.

Le chien sortit de l'eau, en tenant quelque chose de blanchâtre à sa gueule.

Nous ne pouvions distinguer, tant la nuit était noire.

Mais déjà j'avais saisi, palpé, reconnu...

— Un enfant ! m'écriai-je aussitôt ! L'enfant de Mariette !..

— Peut-être ! fit Lucien de Varedde.

— Oh ! j'en suis certain ! murmurai-je.

— Qui vous le certifie ?

— Mon cœur...

Déjà j'avais senti la pauvre petite poitrine palpiter sous ma main... Il vivait... il vivait...

Mais glacé... perdu, sans doute...

— Un médecin !.. un médecin !.. m'écriai-je, en m'élançant vers le village.

Avec le manteau du vicomte, j'avais triplement et chaudement enveloppé l'enfant, dont je tenais la tête défaillante avec soin penchée vers le sol.

Et je courais, criant aux deux amis :

— Un médecin !.. il me le faut !.. Vous me retrouverez là... attendez-moi !..

— Non !.. non !.. répliquait Albert Atis, en me suivant à peine... Nous ne sommes plus utiles ici... nous sommes demain nécessaires à Paris... C'est demain... demain... peut-être que doit s'échapper Georges... Que Dieu vous seconde, et rejoignez - nous bientôt avec la joie d'une résurrection complète !

Mais je n'entendais plus, tant je les devançais, emporté dans ma folle course.

Le village n'était pas loin... En moins d'une minute, j'eus miraculeusement franchi l'espace.

A peine m'indiqua-t-on la demeure du médecin... je la devinai dans l'ombre.

Et bientôt on me répondait de l'existence de l'enfant.

— O merci, mon Dieu !.. murmurais-je avec une profonde ivresse... Elle est libre enfin !.. le fils du fonctionnaire n'existe plus... J'ai sauvé le seul enfant de ma Mariette !..

Car je ne doutais pas que ce ne fût lui.

Et bientôt je fus confirmé dans mon instinctive certitude. On vint m'avertir que quelqu'un me demandait en bas. Je courus.

C'était Albert Atis.

— Réjouissez-vous ! me dit-il à voix basse. C'est bien l'enfant de Mariette.

— Comment le savez-vous ? demandai-je.

— Nous avons rejoint les deux assassins à l'auberge, de laquelle ils partent en ce moment. Mais le cercueil est resté pendant toute une minute à notre discrétion... là... dans la chambre commune... personne !... Et l'on n'aurait pu nous reconnaître, tant nous nous cachions avec soin le visage.

— Enfin ?

— Je me suis glissé vers la table... j'ai soulevé, j'ai pesé le cercueil à plusieurs reprises ?

— Eh bien ?

— Il était vide !

— Oh ! merci, merci ! m'écriai-je, en serrant la main d'Albert

— A demain, reprit Atis... Nous avons trouvé une voiture de location, et nous partons ! Georges nous attend. A demain, à demain !

Et je remontai vers l'enfant indubitable de Mariette.

. . . .

Un instant après, deux chaises de poste roulaient sur la route de Paris.

Dans la première, le baron Dupréval, murmurait avec une sombre allégresse :

— Plus d'obstacles maintenant !.. J'ai l'acte précieux ! Dans deux jours le contrat... les millions !

Et sur le siège, l'abbé La Châtre fredonnait joyeusement :

— Encore cinq mille francs !... sans compter le reste du chantage. Je serai riche un jour... bientôt... Quelle noce !...

. . . .

Dans la seconde chaise de poste Lucien de Varedde disait à Albert Atis :

— Demain la liberté de Georges... et son bonheur... car maintenant nous tenons le Dupréval à notre merci !

— Geneviève sera sa femme... soupirait le poète... mais Louise, Louise !..

— Espérez ! répétait doucement le vicomte.

. . . .

Enfin, au village, le médecin achevait de rappeler à la vie le fils de Mariette, sans se douter que ce fût le même enfant, dont il venait une heure plus tôt de constater la mort.

CHAPITRE XXII.

A trois heures du matin, Albert Atis et Lucien de Varedde étaient de retour à Paris, mais ils ne songeaient guère à se délasser des fatigues du voyage.

Loin de là ; Grégoire fut réveillé en toute hâte, et l'élégant coupé, succédant à la lourde chaise de poste, conduisit les deux jeunes gens vers l'autre rive de la Seine.

Devant une des grilles du Jardin-des-Plantes, il s'arrêta.

Grégoire descendit pour ouvrir la portière.

— Pas ici... pas ici ! murmura le vicomte... Ce serait donner prise aux soupçons... Il faudrait quelque endroit de nature à justifier l'attente d'un équipage au milieu de la nuit ?

— Il y a bal masqué à l'Odéon ? proposa Grégoire.

— A merveille ! consentit Lucien de Varedde.

Et l'on remonta jusqu'à l'Odéon.

Cette fois les deux jeunes gens sautèrent sur le trottoir, aussitôt la voiture ouverte.

— Attends-nous là, Grégoire ? dit le vicomte... Et nous, Albert, continuons la route à pied... C'est moins commode... car il y a loin encore... mais c'est aussi moins dangereux...

— Allons !... consentit Albert Atis.

A l'instant même les deux courageux amis se mirent en marche vers la rue Saint-Jacques, puis vers le faubourg Saint-Marceau, pour s'engager enfin dans une de ces petites ruelles, qui entourent les murs de Sainte-Pélagie d'une sombre et fangeuse ceinture.

Lucien de Varedde frappa à cette même porte, où trois mois auparavant il introduisait Anatole.

C'était, on ne l'a pas oublié sans doute, la maison dont l'étage supérieur correspondait avec les fenêtres de la prison ; c'était là que le vicomte avait fait meubler deux modestes chambres, dans lesquelles il venait parfois passer la nuit, afin d'échanger les signaux convenus, afin de faire bavarder deux chandelles à travers l'espace, suivant la pittoresque expression de notre ancien ami, le Juif-Errant, inventeur non breveté de ce nouveau vocabulaire télégraphique.

Lucien de Varedde avait su s'arranger de façon à ce qu'on ne se doutât de rien. Il s'était donné comme un des marchands de vins de l'entrepôt, ou même comme un commis, qui, désireux d'habiter dans le voisinage de ses occupations, se trouvait encore retenu jusqu'à la fin du terme à son lointain logement, mais profitait de temps à autre de la proximité, lorsqu'un travail extraordinaire l'attardait au bureau.

Grâce à cette fable, adroitement persuadée, les amis du dehors se tenaient au courant des travaux souterrains, et les détenus, encouragés sans cesse, savaient que le dévoûment veillait toujours au delà des murs de la prison.

Et cette assurance dans l'amitié, cette foi dans l'avenir étaient certes grandement nécessaires aux pauvres prisonniers. Ils avaient eu à traverser tant de poignantes angoisses, tant de perplexités affreuses !

Sans détailler ici les incessantes alarmes qui devaient journellement inquiéter les hasardeux travailleurs, des fatalités imprévues avaient à deux reprises menacé de tout faire découvrir, de tout perdre à jamais !

Ainsi :

Déjà douze mètres étaient creusés, déjà le souterrain traversait quatre épaisses murailles... On arrivait sous le chemin de ronde de la prison... Tout à coup un bruit de pas retentit au dessus de la tête des mineurs stupéfiés... La pioche reste suspendue, les lèvres muettes. On écoute. Le bruit devient de plus en plus distinct... Plus de doute !... c'est le factionnaire qui passe et repasse au dessus d'eux... Quel effroi !...

Ils ignoraient quelle distance les séparait du sol. On avait travaillé quelque peu à l'aventure. Les pas du factionnaire s'entendaient aussi clairement qu'à travers une mince et simple couche de terre. On s'attendait à chaque minute à le voir tomber au milieu du souterrain. On n'osait plus travailler, on craignait d'échanger une révélatrice parole, on redoutait même de murmurer : adieu toute espérance !...

Peut-être allait-on entendre aussi facilement au-dehors qu'à l'intérieur ?...

Les chandelles manœuvrèrent ce soir-là... C'étaient les signaux du navire sombrant au milieu de la mer.

Albert Atis vint à la prison le lendemain, avec un ingénieur, en qui Lucien de Varedde avait toute confiance.

Le prisonnier, auteur du plan des travaux, doutait de lui-même, et tous demandaient la garantie de la science.

L'ingénieur fut introduit dans la cave, examina les lieux, et rassura les travailleurs.

Il n'était nul besoin d'étançonner le souterrain; on pouvait continuer sans crainte.

Ce fut un jour de profonde joie, de folle ivresse.

Le Juif-Errant, qui dirigeait durant la visite son ingénieuse partie de balle, reçut la bonne nouvelle à l'oreille, et jeta les éclats de son allégresse à tous les échos de la prison.

On rit, on chanta, et les gardiens eux-mêmes furent plus naïvement abusés que jamais.

Aucun soupçon ne menaçait l'avenir; aux heures propices la malencontreuse porte restait toujours fermée; l'ingénieur avait répondu du souterrain; tout semblait attester le succès de l'entreprise.

Les travaux avaient donc été repris avec une nouvelle ardeur, ils allaient être prochainement terminés, mais le sort gardait aux captifs une terreur plus imprévue, plus bouleversante encore que la première.

Un matin, à l'heure du repas, on était chez un des détenus, dans une chambre qui donnait sur le chemin de ronde.

— Grand Dieu !.. s'écria tout à coup Georges Cortalès, en indiquant la fenêtre.

On court... on regarde.

C'est un énorme charriot de pierres de taille qui va passer sur le souterrain.

— Tout est perdu !.. gémit l'artiste... Il ne résistera jamais !

— Il tiendra bon !.. s'écria le comédien, toujours partisan de l'insoucieuse espérance... Je le connais... il a les reins solides.

— Non... non... non !... murmurèrent confusément de douloureuses voix.

— Attendez !... conclut le Juif-Errant, avec un impassible sourire.

Et durant une mortelle minute, durant un siècle d'anxiétés, les huit travailleurs restèrent là, les regards fixes, les lèvres crispées, les mains cramponnées aux barreaux de fer, les poitrines frémissantes, les cœurs à l'agonie...

Tant de rudes travaux détruits en un instant!... tant de joies, tant de rêves anéantis sans retour !

Mais, non ! Le charriot passa, les travaux résistèrent... Tout était sauvé.

— Liberté! liberté !... murmurèrent les détenus avec une profonde ivresse.

— Geneviève ! Geneviève ! soupira Georges, avec amour.

— Qu'avais-je dit ? conclut triomphalement le comédien; ô mes bons amis, les geôliers, on vous laissera la cage; mais adieu bientôt les oiseaux !

Après cette dernière épreuve, après cette suprême assurance, on s'adjoignit quatre nouveaux travailleurs, et l'on acheva sans autre accident la galerie souterraine.

Le mur, qui séparait la prison du jardin, fut enfin percé, et l'on n'eut plus qu'à creuser perpendiculairement vers le sol, à la surface duquel resta seulement une croûte d'un demi-mètre d'épaisseur.

Au moment même de l'évasion devait seulement tomber ce frêle obstacle. Tout était donc prêt pour la fuite. On reboucha l'ouverture avec les pierres conservées; et, comme la dernière terre extraite était noire, on la sema précieuse-

IV° P.

ment par la cave, qui se trouva ainsi exhaussée de quelques pouces, mais rendue à sa couleur primitive.

Plus de craintes désormais, quand même les gardiens fussent descendus dans la cave. Restait simplement à attendre l'instant favorable et consenti de tous.

Car tous les prisonniers venaient d'être mis dans le secret, et la plupart d'entre eux se refusaient à fuir encore ; les uns parce que leur présence au procès était utile à leur coaccusés; les autres, qui ne voulaient accepter la ruse qu'après avoir totalement désespéré de la justice.

Il y avait plus, toute la catégorie de Paris fut dans l'intervalle transférée à la prison du Luxembourg, afin de comparaître devant la Cour des pairs. On en appela vainement à la sainte légalité de la défense, et l'on refusa de se soumettre aux débats inadmissibles que prétendait imposer le pouvoir, de sorte, qu'après plusieurs orageuses séances, tous les prévenus parisiens se virent ramener à Sainte-Pélagie.

Aucun sentiment d'honneur, aucune susceptibilité loyale n'enchaînaient plus les prisonniers politiques. L'heure de l'évasion allait sonner pour tous !

Mais que Georges Cortalès avait souffert de tous ces retards indifférens à l'impatience de son amour !

Cependant il était honnête homme avant tout... fuir seul empêchait la fuite de ses frères, le devoir commandait de les attendre. Il se résigna sans murmurer.

Le Juif-Errant commençait à murmurer, lui. La prison froissait toutes ses fantastiques habitudes, il aspirait à reprendre sa vagabonde et bohémienne existence.

— Je me sens des inquiétudes dans les jambes... disait-il... et dans les ailes !...

— J'attends bien, moi!.. répondit George... et j'aime !..

— Attendons... soit !... concluait le comédien... J'ai le courage des sacrifices aussi... Mais que tout cela se termine bientôt... On ne respire pas ici... brou !... j'étouffe !...

— Enfin ! s'écrièrent-ils tous les deux, le matin où la prison ressaisit sa proie.

Or, c'était le jour même du voyage à la Chappellerie.

Le soir, Albert Atis et Lucien de Varedde devaient se trouver à la fenêtre, d'en face, afin de recevoir les instructions suprêmes.

Mais à huit heures...

La nuit touchait à sa fin et les prisonniers attendaient encore.

Que d'anxiétés, que d'impatiences, que de désespoir !..

Le Juif-Errant piétinait avec rage; Georges pleurait.

Enfin, une lumière parut à la fenêtre...

Aussitôt une lumière s'allumait derrière les barreaux de Sainte-Pélagie.

Trois fois elle traça dans l'ombre un sillon horizontal.

Cela voulait dire :

— Tout est prêt !

Lucien de Varedde dessina vivement à sa fenêtre une croix lumineuse.

C'était demander :

— Demain ?..

— Oui ! répondit la chandelle des prisonniers, en s'inclinant d'une façon affirmative.

— Le matin ? demanda la chandelle du dehors, en se plaçant à l'extrémité supérieure de la fenêtre.

— Non ! dit le Juif-Errant, qui secoua son flambeau, avec le mouvement d'une tête qui refuse.

Le flambeau de Lucien de Varedde descendit alors jusqu'au milieu de la fenêtre.

Signe qui signifiait :

— Au milieu de la journée ?..

— Non ! repartit encore le comédien.

— A quelle heure du soir ?... demanda le vicomte, en traçant un cercle avec la mèche enflammée.

10

La chandelle des prisonniers s'éteignit et se ralluma neuf fois.

On indiquait ainsi neuf heures pour le moment propice à l'évasion.

— Tout sera prêt ! promit la bougie du dehors, avec trois sillons horizontaux.

Presque aussitôt le flambeau captif recula jusqu'au fond de la chambre pour réclamer une visite, que promit le flambeau libre, en s'avançant quelque peu dans l'espace.

Restait sans doute quelques détails, intraduisibles par les signaux.

— Est-ce tout ?... demanda Lucien de Varedde, en promenant la silhouette d'un point d'interrogation.

— Oui ! repartit le Juif-Errant.

Enfin, comme il semblait imprudent de continuer la conversation à pareille heure, les deux chandelles se saluèrent poliment et s'éteignirent.

Des deux côtés on se souhaitait ainsi le bonsoir.

On ne dormit guère dans la prison cette nuit-là.

Mais, en face, on chercha dans le sommeil de nouvelles forces pour le lendemain.

Albert Atis et Lucien de Varedde étaient brisés, anéantis. Ils se jetèrent, l'un sur le lit, l'autre sur le canapé; et la montre du vicomte marquait neuf heures lorsque les yeux se rouvrirent au soleil.

— Hâtons-nous, dit le poète, il faut aller ce matin à la prison !

— Nous ? demanda le vicomte.

— Sans doute, répondit Albert.

— Si cette visite donnait l'éveil ! murmura Lucien, inquiet et rêveur... si la joie de nos visages devenait un indice !... Ne souriez pas, Albert !... Au moment de réussir... je doute et je tremble... Il faudrait si peu de chose pour... Tenez, quant à moi, je n'oserais pas !...

— Eh bien... je serai franc? avoua le poète. Ces craintes-là ne me sont point étrangères... mais qui envoyer ?

— Attendez ! fit Lucien.

— Vous avez trouvé ? demanda l'amant de Louise.

— Peut-être !

— Qui donc?

— Trilby.

— A merveille... Il ne s'agit que de rencontrer Anatole. Ne devait-il pas venir ici ?

— Hier soir.

— Il sera venu sans doute avant notre retour.

— On me l'a dit en bas...

— Le concierge ?

— Oui... en ajoutant qu'on devenait revenir ce matin.

— Et personne encore !

— Attendons quelques minutes... Anatole ne peut tarder maintenant.

Lucien de Varedde n'avait pas achevé, que l'on frappait à la porte.

C'était l'amant de Trilby.

Il ignorait encore tout ce qui venait de se passer.

En quelques rapides paroles, Lucien raconta le voyage à la Chappelleraie, la demande des prisonniers, et les récentes craintes que partagea lui-même Anatole.

— Une fois déjà, termina le vicomte, Aline a rendu visite à Georges... Nul n'égale son dévoûment et son adresse... Avec elle qui pourrait concevoir des soupçons ?... Voudrait-elle aujourd'hui...

— Si elle voudra ! répondit Anatole... Ne s'agit-il pas d'une générosité !... Mais... hélas !... aura-t-elle la force encore !...

— Comment? demandèrent à la fois Albert et Lucien.

— Vous la verrez ! murmura sourdement Anatole.

— Mais nous l'avons vue il y a deux jours...

— Les jours maintenant sont des siècles... les heures sont des années pour elle... Venez à la mansarde !... mes amis... venez !...

Il y avait tant de profonde douleur, tant de sinistre désespoir dans la voix et dans le regard d'Anatole, que ni le poète ni le vicomte n'osèrent l'interroger davantage.

Et les trois jeunes gens sortirent, salués jusqu'à terre par le candide portier, pour lequel semblable visite était toujours une productive aubaine.

. . . .

On arriva rue de la Harpe.

Trilby était abattue, défaillante, et pâle d'une de ces pâleurs transparentes et bleues, qui font rêver à quelque transformation intime, qui font croire que l'enveloppe terrestre s'incline et se vaporise comme un voile prêt à tomber, et que l'âme commence à déployer ses mystérieuses ailes pour reprendre son vol vers sa primitive et céleste patrie.

L'approche de la mort la rendait encore plus gracieusement jolie, plus mignonnement jeune fille.

Aussi le vicomte et le poète ne furent pas épouvantés de ces rapides ravages... Non, ils restèrent charmés, attendris et moralement agenouillés devant cette insaisissable et mystique métamorphose.

Mais Aline connaissait son mal et contemplait sans effroi le miroir où chaque matin le présent reflétait l'avenir.

Elle comprit donc la navrante extase des deux jeunes gens, elle leur sourit d'un doux et tremblottant sourire; elle leur tendit amicalement ses deux petites mains fiévreuses et brûlantes; et, soit qu'elle voulût les distraire de leurs funestes pensées, soit qu'elle s'oubliât elle-même pour ne songer qu'au bonheur des autres, elle leur demanda d'une voix harmonieuse et profonde comme un chant entendu le soir dans les lointains des montagnes :

— Georges est-il libre ?

— Pas encore ! répondit Lucien de Varedde, qui se mit aussitôt à expliquer quel nouveau service on attendait de la merveilleuse adresse de la jeune fille.

Le vicomte était loin encore d'achever, qu'Aline avait déjà compris.

— A l'instant... à l'instant ! s'écria-t-elle avec joie... Cela... et l'autre rôle aussi... vous savez... ce soir... Oh ! j'aurai la force, allez !... pour Georges, qui est mon ami... pour Geneviève, que je ne connaîtrai jamais... mais que j'aime !...

— Que veut-elle dire?... ce soir... l'autre rôle? demanda Lucien à Anatole, qui répondit:

— Vous savez que nous connaissons les propriétaires de la rue Copeau... L'évanouissement simulé nous a tous deux introduits dans la maison... Il s'agissait seulement alors d'examiner les lieux... Mais Aline a voulu revenir pour remercier ces braves gens... Une sorte de liaison s'en est suivie... et ce soir nous devons être là, quand les prisonniers paraîtront dans le jardin. Ne faut-il pas traverser la maison?... Un seul cri peut donner l'éveil... Aline emploiera la prière... et, s'il est nécessaire, moi, j'aurai recours à la force...

— N'est-ce pas une heureuse idée? demanda Trilby, tout en ajustant un frais chapeau sur sa tête blonde.

— Parfait, parfait ! répliqua Lucien de Varedde... Il n'est que les femmes pour tout prévoir... Mais reste encore le concierge, qui peut crier au secours, fermer la porte même...

— Ceci me regarde ? s'écria le poète... et puisqu'il faut une femme au succès de tout stratagème... j'amènerai Louise ce soir...

— Louise !... fit le vicomte avec étonnement.

— Au moins je la verrai !... soupira Albert, au moins je pourrai lui parler encore !...

Il y avait une bien triste amertume dans la réponse du poète.

Mais une main, plus légère que l'oiseau à la branche, s'appuya sur l'épaule du jeune homme, et Trilby murmura d'une voix toute fleurissante de promesses :

— Espérance !... espérance !...

Albert Atis allait implorer une explication, mais la jeune fille l'interrompit en s'écriant :

— Là, je suis prête !... Un dernier coup-d'œil au miro'r. Il y a longtemps que Georges ne m'a vue, et je ne veux pas trop l'effrayer... Vous permettez, Messieurs ?

Et coquette, souriante, elle courut à la glace.

— O mon Dieu !... poursuivit-elle avec crainte, comme je suis rayonnante et vermeille ce matin !... La joie de savoir Georges libre... le bonheur !.. Si les gardiens allaient se douter de quelque chose !.. Me voilà maintenant comme vous, Messieurs... j'ai presque peur !... Tenez, définitivement, il vaudrait mieux quelqu'un qui ne fût pas dans le secret...

— Sans doute, fit le vicomte... mais qui... qui ?...

— Je sais... je sais !... s'écria joyeusement Aline, après quelques secondes de songeuse rêverie.

Tous les regards demandèrent le nom du messager.

— Yvonne !... dit Trilby.

— N'est-elle pas à l'hôpital ?... demanda Lucien.

— Non... répliqua Trilby. Elle en est sortie hier soir, et la bonne mère Rainette, chez qui elle a trouvé un asile, doit me l'amener ce matin. Un peu de patience, Messieurs ? Yvonne est dévouée à Georges, elle ignore nos projets... C'est la messagère qu'il nous faut !

— Mais, observa Albert, s'il s'agit précisément de s'entendre avec les prisonniers...

— Je présume, dit le vicomte, qu'ils veulent seulement s'informer des moyens de se cacher ou de fuir, une fois hors de la prison. Il leur faut de l'argent, des itinéraires, enfin toutes les ressources, depuis longtemps prévues... vous savez... Une lettre suffira pour tout expliquer : je vais immédiatement l'écrire. Yvonne la portera. Et si ces quelques lignes ne remplissaient pas le but, Aline pourrait encore aller à la prison avant ce soir...

Ce plan fut adopté, et le vicomte commença la lettre, tandis qu'Albert Atis, Anatole et Trilby causaient sans bruit à l'écart.

Yvonne ne tarda pas à arriver, faible encore, mais soutenue par la mère Rainette.

Une sincère et candide affection unissait les deux vieilles et pauvres femmes ; l'une orpheline de sa fille chérie, l'autre séparée de sa maîtresse adorée.

Durant toute la maladie, la Parisienne allait souvent visiter la Bretonne ; et, maintenant réunies, sinon heureuses, elles avaient résolu de partager le galetas du quai du Marché-Neuf.

Yvonne fut rapidement mise au courant de la visite demandée à son zèle.

Ce fut une grande joie pour la vieille servante. Elle aimait Georges... C'était le fiancé, l'ami, le défenseur de Geneviève.

Et elle allait le revoir ; elle allait enfin lui apprendre l'infamie dont elle avait été témoin, le pacte conclu entre Dupréval et Rose, la scène machiavélique dont le cœur de Geneviève devait depuis si longtemps souffrir !...

— Oh ! je lui dirai tout ! s'écria-t-elle avec une énergique résolution... il saura qu'ils ont lâchement menti... lâchement calomnié son amour !.. et il trouvera moyen de sortir, pour désabuser Geneviève.

Ces dernières paroles soulevaient une crainte, un danger, un obstacle.

Devant cette catastrophe imprévue, car tous avaient jusqu'alors observé le plus strict silence, Georges garderait-il assez de prudence pour se taire devant Yvonne.

Un seul mot, un seul cri pouvait tout perdre.

Après s'être concertés quelques minutes à voix basse, Trilby s'approcha d'Yvonne, et lui dit :

— Georges doit bientôt retrouver la liberté... attendez jusque-là pour lui tout dire, car ce secret ne servirait qu'à le rendre plus malheureux encore. Croyez-moi, gardez le silence, et bornez-vous seulement à lui remettre aujourd'hui cette lettre. Ces messieurs vous le demandent, et vous savez qu'ils veulent le bonheur de Geneviève ; moi, vous me connaissez... et je vous en supplie !...

Malgré ces raisons, malgré cette prière, Yvonne résista quelques instans ; mais on redoubla d'instances, et elle promit enfin de rester impénétrable et muette.

Elle jura même, et toutes les craintes s'évanouirent après un serment de la vieille Bretonne.

La lettre était prête ; Albert Atis et Lucien de Varedde s'éloignèrent à la hâte pour les nombreuses et nécessaires dispositions que s'était imposées leur infatigable et généreux dévoûment.

Anatole se chargea de procurer un permis pour la prison, et sortit avec Yvonne.

La mère Rainette, toujours silencieuse et dolente, mais peut-être plus sombre et plus désolée que jamais, regagna lentement le parapet du pont Saint-Michel, à côté duquel s'accroupissait cette Morgue, où bien souvent la malheureuse mère avait envié la couche de repos et d'oubli !

Mais, avant de se séparer, tout le monde s'était dit mystérieusement :

— A cette nuit !

Et dans l'escalier, Anatole avait demandé à ses deux amis :

— Eh bien ! vous l'avez vue !

— Que dit Chanazal ? demanda le vicomte, évitant de répondre d'une façon directe.

— Un mois... une semaine... sanglota l'amant désespéré ; demain... s'il survenait quelqu'émotion imprévue, demain ! comprenez-vous cela ? Oh ! adieu, adieu, mes amis ! il faut que je revienne bientôt... moi... qui n'ai peut-être plus qu'un jour à la voir !

Aussitôt il entraîna follement Yvonne, afin de ne laisser Trilby seule que le moins de minutes possible.

Seule... non... cependant.

Deux personnes vinrent en son absence.

Lord Karolan, d'abord.

Après sa dernière désillusion, le vieillard avait interrogé l'abbé La Châtre, étonné à son retour que Trilby n'eût pas reparu chez la Debanne.

De plus, il s'était souvenu du mot d'espoir, entendu dans le jardin de Mme de Bellerive.

Et il venait, les mains pleines d'or... le portefeuille aussi gonflé de billets de banque que le cœur de désirs.

Il fallut cependant battre en retraite, et bien vite, tant la pauvre fille redoutait le retour d'Anatole.

Elle fut simple et grande... pas d'indignation, pas de colère : elle refusa, voilà tout !

Mais en bénissant Lucien du fond du cœur.

Lucien qui tout à l'heure encore venait, devant elle, de serrer la main d'Anatole, avec un regard qui confirmait solennellement la promesse d'adoption pour l'avenir... Lucien qui lui sauvait l'infamie de son dévoûment abandonné sans retour !...

Cependant l'Anglais le connaissait aussi, ce dévoûment, et il espérait encore.

Car, sitôt redescendu dans la rue de la Harpe, et comme Tom lui conseillait de renoncer à cette passion, le vieillard répondit avec un mystérieux sourire de profonde malice :

— Peut-être... peut-être !... Elle veut que son amant soit riche... on me l'a dit... et avec un testament on obtient bien des choses... témoin le contrat de demain... ce contrat si impossible !... Eh !... eh !... un testament... un...

Les paroles du vieillard devinrent confuses, et jusqu'à

l'hôtel de Mme de Bellerive, il marmotta sournoisement, sans que la curiosité de Tom pût saisir un seul mot concluant et précis.

Oui... lord Karolan espérait toujours... mais comment ? pourquoi ?...

. . . .

Le second visiteur, ce fut moi.

On apprendra bientôt ce qui m'amenait chez Trilby ?

. . . .

Cependant Yvonne entrait à Sainte-Pélagie.

La lettre du vicomte prévoyait toutes les objections.

Georges fut heureux de revoir Yvonne, heureux de parler de Geneviève.

Oh ! la vieille Armoricaine garda un obstiné silence, et pour mieux tenir sa promesse, s'esquiva à la hâte, mais non sans avoir dit à Georges :

— Si Geneviève ne pouvait être à vous... s'il survenait quelque empêchement imprévu .. on vous indiquera où me trouver... moi qui peux beaucoup pour votre bonheur !... Ne m'interrogez pas aujourd'hui... mais venez alors... Je vous attends... Adieu !...

Dans le moment, à peine Georges fit-il attention à ces étranges paroles... Il allait être libre le soir même... il allait courir vers Geneviève... Quel nuage pouvait encore assombrir un si radieux horizon ?

Que les heures semblèrent éternelles aux prisonniers impatiens de liberté !... aux amis dévoués qui veillaient fiévreusement aux portes de la prison !

Le moment arriva enfin.

Quelques prévenus avaient encore refusé de fuir. Aucune charge ne s'élevait contre ceux-ci ; ceux-là préféraient la gloire du martyre aux bénéfices de l'évasion ; mais les uns et les autres s'empressèrent de se rendre utiles en détournant l'attention des gardiens.

Depuis longtemps on avait pris l'habitude de lire à haute voix le journal du soir dans la chambre de Georges Cortalès.

Les geôliers profitaient de cette heure de repos, pour prendre tranquillement leur dernier repas.

A huit heures la lecture commença.

Les gardiens se retirèrent.

Les premiers signaux furent aussitôt échangés entre les chandelles du dedans et du dehors.

A huit heures quarante minutes on commença à descendre dans la cave.

Un homme fut placé à l'entrée du souterrain pour contenir l'impatience de ses camarades.

Un autre à l'entrée de la cave, afin d'empêcher ceux entrés une fois de vouloir ressortir.

Tous deux étaient armés et résolus à frapper quiconque compromettrait la sûreté générale.

Depuis deux heures déjà, trois des détenus travaillaient à percer le trou sur le jardin.

Le Juif-Errant faisait partie de cette avant-garde.

Ce fut lui qui le premier s'élança au dehors, silencieux, mais ivre cependant de sentir le grand air de l'indépendance éparpiller ses longs cheveux flottans.

Il lui avait fallu d'incroyables efforts pour sortir du trou profond.

Mail il s'était muni d'une grosse corde.

Elle fut fortement attachée à l'un des arbres voisins, elle resta pendante vers la galerie souterraine.

Les deux autres travailleurs se hissèrent le long de ce câble propice.

Et tous trois attendirent, cachés tout à la fois par les ombres des arbres et par les ténèbres de la nuit.

Afin de rassurer les plus incrédules contre les embûches supposées d'une police qu'ils connaissaient trop bien, trois d'entre les premiers travailleurs devaient former l'arrière-garde.

Georges Cortalès était de ce nombre.

Il descendit le dernier en éteignant la lumière.

C'était ce soir-là le signal que personne ne se trouvait plus en haut.

L'autre chandelle s'éteignit aussitôt, et Lucien de Varedde, qui la faisait mouvoir, s'élança vers la rue Copeau.

Tout le monde était donc dans la cave.

Afin d'éviter la précipitation et le désordre, on se divisa en sections ; puis l'on se mit en mouvement.

Ces dispositions suprêmes s'opérèrent en un clin-d'œil.

Mais la hauteur du souterrain empêchait de se tenir droit.

Se courber ralentirait les mouvemens....

Et, d'un autre côté, le sol mal aplani se trouvait jonché de pierres tranchantes.

Que fit on... ou plutôt qu'avait-on fait ?

Les prisonniers s'étaient précautionnés de leurs couvertures de laine, qui furent étendues en guise de tapis dans le souterrain, où la justice eut la satisfaction de les retrouver.

Toute cette longue file rampa donc vers la liberté, comme les serpens vers la lumière !

Les premiers sortis aidaient les autres, et tous se rangeaient en bataille dans les allées du jardin.

Au bout de vingt minutes, tout le monde se trouva dehors.

Et l'on attendit dans l'ombre et le silence !

. . . .

Pendant ce temps-là, Anatole et Trilby étaient en visite dans le salon, qu'il fallait traverser pour atteindre la cour, puis la rue Copeau.

Les deux vieux époux ne se doutaient de rien encore.

Albert Atis et Louise se trouvaient à la porte cochère, où le concierge fumait paisiblement la dernière pipe de la journée.

Afin d'avoir un prétexte de station, la jeune fille feignait de rattacher le lacet de sa bottine.

Enfin, Lucien de Varedde se tenait à quelques pas de là.

Tout à coup un sifflement retentit dans le jardin.

— Qu'est-ce ? demandent les propriétaires avec effroi...

— Des prisonniers qui fuient ! s'écrie Aline... nos amis... je vous supplie...

Mais la prière est inutile, on va crier ?

— Silence... ou vous êtes morts ! gronde Anatole, en présentant les canons de deux pistolets.

La femme s'évanouit...

Le vieillard reste muet, interdit et tremblant.

Et des lèvres de la jeune fille s'échappe un second coup de sifflet.

Aussitôt Albert Atis se jette à la gorge du concierge ébahi...

Louise disparaît, en envoyant un troisième signal, un troisième coup de sifflet.

Alors enfin la colonne des détenus s'ébranle... la porte vitrée vole en éclats... On se précipite dans le salon... on traverse la cour... on s'élance dans la rue.

A chaque évadé, Lucien de Varedde remet une carte et un rouleau.

Dans le rouleau il y a de l'or.

Sur la carte, l'indication d'un refuge... d'une voiture...

Car une multitude de cabriolets attendaient de toutes parts dans les rues avoisinantes...

Et voilà l'assurance que contenait la lettre envoyée le matin par Yvonne...

Au tumulte de cette foule qui se répand tout à coup dans ce quartier désert... au fracas de toutes ces roues brûlant le pavé en tous sens... on sort... on accourt... Une foule étonnée forme bientôt une double haie...

— Qu'est-ce ? qu'est-ce ? murmurent cinquante voix.

— Les détenus politiques qui s'évadent ! crient incessamment Lucien, Albert et Anatole, revenu en toute hâte vers la rue.

Et la foule, généreuse parce qu'elle est française, répond avec allégresse.

— Tant mieux... Bravo ! laissez faire !...

Au bout de quelques minutes tout a disparu.

Avant que la police apparaisse... avant même que les premiers témoins de cette incroyable fuite soient encore revenus de leur surprise et de leur effroi...

Plus rien !

Et dans une ruelle obscure, Georges qui s'élance, éperdu, dans le coupé de Lucien de Varedde.

Albert et Anatole l'y suivent.

— Chez Geneviève !... chez Geneviève ! murmure follement Georges.

— Non !... s'écrie le vicomte... Demain !... c'est seulement demain que se signe le contrat !... Demain !... Et d'abord chez Dupréval !

— Mais... veut observer l'amant de Geneviève.

— Chez moi... chez moi !... poursuit Lucien... Là vous apprendrez tout.

La voiture va partir... Grégoire lève son fouet.

Mais la portière se rouvre.

— Et moi !... s'écrie le Juif-Errant, dont la bouffonne tête apparaît tout à coup.

— Montez... montez !... disent les quatre jeunes gens.

— Plus souvent !... réplique le jovial comédien... Par derrière... en chasseur !... c'est assez bon pour moi.

On veut insister.

Mais déjà le Juif Errant est grimpé sur le siège, et s'écrie nez à nez avec Grégoire :

— En route, mon bonhomme !... H:up... heup... clic... clac... et au galop !

CHAPITRE XXIII.

On était chez Lucien de Varedde.

Réunion inespérée, où tous les cœurs s'épanouissaient joyeusement les uns dans les autres... allégresse assez simple pour sans peine en deviner les multiples et charmantes effusions... bonheur trop profond pour oser le décrire !

Mais Georges Cortalès revenait sans cesse à l'absorbant souvenir de Geneviève. Il se faisait redire cent fois les moindres incidents survenus pendant sa longue captivité... Il savait tout, il voulait tout apprendre encore.

Le ciel avait donc enfin fourni les moyens d'écraser le baron Dupréval sous le poids de sa propre infamie, l'obstacle si longtemps en vain cherché pour rompre le fatal mariage suspendu sur la tête chérie de Geneviève !

L'enfant de Mariette existait.

Et son père avait tenté de l'assassiner... Et, croyant le crime accompli, il avait fait dresser un acte menteur ; il avait fait sceller dans un cercueil vide au caveau de sa famille ! Les preuves étaient là, matérielles, évidentes, irrécusables !

Pour Mariette et pour l'enfant surtout, on devait garder le silence ; mais en menaçant de révéler ce terrible secret, on enchaînait éternellement le baron Dupréval !

Le mariage n'était donc plus à craindre.

Restait la calomnie ?

Mais avec un serment, avec un mot, avec sa seule présence, Georges espérait la faire oublier sans retour...

— Geneviève me croira, disait-il. L'amour a sa foi comme la religion... mais je voudrais la désabuser à l'instant... Que me fait la liberté ?. Geneviève est tout pour moi... Oh ! je veux revoir à l'instant Geneviève !...

Il fallait toute l'autorité de la raison, toutes les prières de l'amitié pour obtenir de l'impatient artiste la formelle promesse d'attendre au lendemain.

Enfin il jura...

Ce fut alors au Juif-Errant de tracer le burlesque tableau de sa situation piteuse.

Qu'allait devenir le pauvre diable ?

— En voilà une perspective peu couleur de rose ! conclut-il en plaisantant de sa propre infortune. Que je trouve un engagement pour la province... crac ! on repince le comédien conspirateur... Pauvre France ! te voilà privée de mon talent !... c'est vrai, ça !... Il me faudrait une occasion pour l'étranger... et encore.. un passeport !... Je suis cloué... pas moyen de franchir une frontière quelconque... c'est guignolant !...

L'insoucieux bohémien oubliait totalement qu'il s'était ainsi sacrifié pour les autres !

Mais les autres se souvenaient, eux... Toutes les bourses s'ouvrirent... on promit une agréable retraite... un emploi en rapport avec le caractère.

Un passeport même... s'il le fallait absolument.

Et c'est ce qui tentait le plus vivement les nomades fantaisies du Juif-Errant... Il était fier... il refusa l'argent.. Il aimait le théâtre, il voulait vivre et mourir comédien... A cette nature d'hirondelle, il ne fallait que l'espace, le soleil, et quelques grains de mil promenés avec lui par le vent du hasard.

— Vive la danse de corde !.. répondit-il amoureusement. Vivent mes bas bleus, ma perruque rouge et ma veste de Jocrisse !... Je ne sors pas de là !.. La patronne des saltimbanques, cette bonne fille étoilée de paillettes, se chargera de l'engagement exotique... Et çà m'irait assez gaillardement de marivauder les cours étrangères... de faire pouffer de rire pas mal de bouches couronnées... Je vais mettre en réquisition tous les correspondans de la capitale... et l'engagement viendra... Bah !.. il doit venir... il est venu !... Reste le passeport... C'est votre affaire !... En attendant, je ne me hasarde que le soir à l'heure du serein !... Le jour... je suis où vous trouver, Messieurs... ici... rue de La Harpe... chez Georges... et cætera pantoufle... En voilà des perchoirs... Quant à la nuit... éclipse totale... ni vu ni connu... J'ai ma Colombine qui m'attend depuis trois mois... qui pleure dans son grenier... Or il fait nuit... Serviteur la compagnie... A demain, Messieurs... Oh !.. ne m'arrêtez pas!... chaque minute de serein est une larme de plus aux paupières désolées de ma Colombine... Et, palsambleu, on est trop gentilhomme pour laisser fondre des yeux comme ceux-là !... Bonsoir... bonsoir !

Et l'excentrique personnage sortit, en se donnant des airs à la Lauzun.

Tout le reste de la nuit passa comme une heure... On parlait de Triby, de Louise, de Geneviève... de Mariette.

Le vicomte rêvait mystérieusement à Annette.

Enfin, au point du jour on s'endormit au hasard ; qui sur la causeuse, qui sur les coussins, qui dans un large fauteuil. On campa mousquetairement sous la tente arabe, que formait le cabinet de travail de Lucien de Varedde.

Sauf Anatole, depuis longtemps déjà retourné vers Aline.

Le lendemain, à dix heures, Georges Cortalès se présentait, avec le poète et le vicomte, au logis inhospitalier du baron Dupréval.

Le fonctionnaire n'était pas visible.

On revint une heure après...

Le fils du boulanger venait de sortir.

— Sans doute pour aller chez Mme de Bellerive ! s'écria Georges... On signe le contrat ce matin... Volons au secours de Geneviève !..

— Je désirais éviter le scandale... répliqua Lucien de

Varedde... mais c'est le baron lui-même qui l'aura voulu... Allons !..

. . . .

Il y avait foule au salon de Mme de Bellerive, aucun des invités ne manquait à la réunion... On lisait le contrat.

La maigre et sèche douairière siégeait, empanachée et triomphante, au milieu du cercle convié par les deux familles; c'est-à-dire moitié parmi le monde aristocratique, moitié dans le monde officiel.

Le fauteuil voisin était occupé par lord Karolan, dont le regard trahissait l'avaricieuse béatitude.

Et de l'autre côté, Geneviève... la pauvre Geneviève !... plus pâle et plus blanche encore que la blanche robe de soie dont elle était vêtue !

En face, le baron Dupréval se prélassait dans l'arrogant orgueil du succès. Jamais nulle cérémonie ne l'avait vu plus emphatique, plus majestueux, plus superbe. Il saisissait enfin cette princière fortune... Le rêve de son ambition était accompli !...

Et cependant, parfois il rencontrait le sarcastique sourire de Frédérick Pichard, obséquieusement appuyé au fauteuil du millionnaire anglais.

La lecture des articles se termina dans le plus religieux silence.

— A vous, monsieur le baron Dupréval ?... minauda Mme de Bellerive.

Aussitôt le fils du boulanger s'empressa vers la plume, tendue par le notaire.

Le fonctionnaire signa...

— A votre tour, Geneviève ?... poursuivit Mme de Bellerive... C'est la main d'un époux, qui s'offre à vous guider vers la confirmation d'un mutuel bonheur...

Le baron Dupréval présentait en effet la plume à sa triste fiancée.

Mais Geneviève n'avait pas entendu, tant elle était profondément accablée.

— Allons... Geneviève !... allons, mon enfant !... insista la douairière, en saisissant la main glacée de sa nièce.

Geneviève tressaillit, releva les yeux, se souvint, sourit amèrement, prit la plume, et se laissa conduire.

Elle allait signer.

Tout-à-coup s'éleva de l'antichambre un bruit de dispute, que dominait la voix de Georges Cortalès.

— Qu'y a-t-il ?... demanda Geneviève, dont la main resta suspendue...

— Rien... rien !... fit rapidement Mme de Bellerive... quelque discussion de valets... Signez...

— Mais j'avais cru... murmura timidement la jeune fille.

— Signez... signez !... répétèrent sur trois tons différens le baron Dupréval, lord Karolan et Mme de Bellerive.

Et la jeune fille abaissa de nouveau sa fébrile main vers le fatal contrat.

Tous les regards étaient fixés sur elle, toutes les lèvres gardaient un avide silence.

Déjà la première lettre s'achevait !

Mais alors, et sous un choc impétueux, la porte du salon s'ouvrit avec fracas.

Georges parut sur le seuil.

Derrière lui se tenaient Albert Atis et Lucien de Varedde.

— Georges !... s'écria Geneviève avec ivresse.

— Monsieur Cortalès ! articula sèchement Mme de Bellerive. Que signifie...

Le fonctionnaire, étonné, se redressait, comme pour secouer un trouble involontaire.

Frédérick Pichard ricanait à l'écart.

Tout le monde s'était levé... tout le monde attendait.

— Veuillez m'excuser, Madame, pour cette brusque et peut-être inconvenante apparition... vos valets nous ont con-

traints à la violence... Mais, avant d'aller plus loin, il faut que je dise deux mots secrets à monsieur le baron Dupréval.

— Qu'est-ce, Monsieur ? demanda le fonctionnaire, avec une méprisante arrogance.

— A l'oreille, s'il vous plaît, Monsieur ? répliqua froidement l'artiste ; à l'oreille !..

Le fils du boulanger haussa les épaules, et questionna les assistans d'un superbe regard.

— Faites, faites vite !... jeta aristocratiquement Mme de Bellerive... et délivrez-nous de cette sotte interruption.

— Vous le voulez ? fit le fonctionnaire, soit ! Sortons, Messieurs... ou plutôt, comme vous disiez vous-même, à l'oreille... ici... mais, de grâce, dépêchons...

En achevant ces dédaigneuses paroles, il s'approcha des trois jeunes gens, restés discrètement sur le seuil de la porte.

Tout le monde s'entreregardait avec étonnement, et lord Karolan et Mme de Bellerive plus encore que tous les autres.

— Soyez prudent ! murmura Lucien de Varedde. Vous savez ce dont nous sommes convenus ?...

— Voyons ! demandait le fonctionnaire en se penchant vers Georges.

— L'enfant de Mariette est vivant ! répondit l'artiste à voix basse.

Le baron pâlit, mais ne chancela pas.

On le regardait.

— Nous l'avons sauvé du fleuve, où vous l'aviez précipité... Nous savons tout !... Renoncez immédiatement à ce mariage... et nous gardons le silence...

— Mensonge !... mensonge !... murmura le fonctionnaire.

— Mensonge !... poursuivit Georges... Et l'enfant qui serait reconnu par dix témoins, par sa nourrice, par sa mère... et le médecin, qui n'osera jurer d'une mort qu'il n'a pas vue... Nous savons tout, je le répète, nous étions là !...

— Ressemblance... hasard !... récusa Dupréval encore. Il faut d'autres preuves que...

— Et le cercueil vide ?... interrompit Georges.

Cette fois le fils du boulanger ne répondit plus.

— Dans une heure chez le procureur du roi ! conclut l'artiste, ou bien désistez-vous !...

— Demain !... demain !... balbutia Dupréval.

— A l'instant ! imposa Georges ; ici même ! devant nous... Nous attendons !...

Il y eut un lourd et grave silence.

Enfin, le fonctionnaire se retourna vers la société et murmura d'une voix qu'il s'efforçait enfin de rendre impassible :

— Quels que soient mon respect et mon amour, je dois renoncer à l'honneur d'une alliance désormais impossible...

— Y songez-vous ? frémit lord Karolan.

— C'est une insulte ! s'écria Mme de Bellerive.

— Je le répète... eut encore la force de répondre Dupréval... il s'agit de circonstances entièrement personnelles... C'est moi... moi seul... qui renonce... qui suis contraint... qui ne peux pas...

— Désistez-vous pour toujours !.. siffla l'artiste à l'oreille du fils du boulanger.

— Moi !.. qui ne pourrai jamais... jamais ! acheva le misérable, qui s'enfuit aussitôt... passa, humble, courbé, anéanti, devant les trois jeunes gens, qui restèrent droits, impassibles, inexorables !

Mais comme le honteux fugitif descendait la dernière marche du perron, il sentit confusément une main le toucher à l'épaule.

— Voilà ce que c'est ? ricanait en même temps une ironique voix.

Il se retourna.

C'était Frédérick Pichard.

— Deux mots aussi ! fit-il, après un regard promené sur les environs.

Et comme Dupréval ne répondait pas, il poursuivit d'un souffle presque insaisissable.

— Tout peut s'arranger encore ?

— Comment ? râla le fils du boulanger...

— Ce soir... à neuf heures... à cette petite porte qui donne sur le boulevart !... indiqua rapidement Pichard... elle restera ent'ouverte... et je serai là... Venez !

— Mais... voulut demander le baron...

— Rien maintenan'... cette nuit !... Et réfléchissez d'ici là... pour ne plus avoir fantaisie de duper aussi malin que vous... Au revoir ! conclut Frédérick, en s'esquivant à la hâte.

Les invités arrivaient sur le perron, Dupréval reprit sa folle course, et disparut aussitôt.

Pendant ce bref entretien, Georges Cortalès avait tenté de nouvelles et cordiales excuses.

Mais lord Karolan venait de sortir, furieux et blasphémant.

Mme de Bellerive jeta un implacable regard vers l'artiste, et s'empressa sur les traces du millionnaire.

Le salon se vidait rapidement.

Bientôt il ne resta plus que les trois jeunes gens, et Geneviève palpitante, silencieuse, presque évanouie.

— Restez ! murmura Lucien de Varedde à l'oreille ravie de Georges Cortalès... Nous vous attendons à la grille du Luxembourg !

Et il sortit avec Albert Atis.

Georges était seul avec Geneviève.

Alors il s'avança vers elle, s'agenouilla à ses pieds, joignit les deux mains, et murmura amoureusement :

— Geneviève... Geneviève !...

Mais à ce bruit Geneviève se redressa, soudaine, froide et triste.

— Merci, Georges ! dit-elle amèrement... vous m'avez sauvée du malheur... mais je ne crois plus en vous... Ne m'interrompez pas... J'ai vu... j'ai entendu... Sans cela eussé-je pu consentir à... oh ! non... mais vous me trompiez... Tout est mort entre nous... Merci !... une fois encore... mais adieu pour toujours !...

— Geneviève !... s'écria l'artiste, interdit, stupéfait, désespéré...

— Jamais... jamais !... répondit en s'enfuyant la jeune fille...

Et les deux amis attendirent vainement Georges...

Il resta longtemps dans le salon, toujours agenouillé, se croyant le jouet d'un rêve affreux, doutant encore...

Puis il s'enfuit à son tour, éperdu, chancelant comme un homme ivre, délirant, fou !

Tout le reste du jour il erra furieusement à l'aventure.

Mais, vers le soir, il rentra chez lui, calme, décidé, résolu.

D'abord sa boîte de pistolets fut placée sur une table.

Et il écrivit à Geneviève... il lui écrivit qu'il allait se faire sauter la cervelle.

Un instant après il déchirait la lettre, et regardait les pistolets, en murmurant :

— Non... Lui ! lui !...

Une seconde lettre fut écrite.

— Pardon.... pardon !.... disait-il à Geneviève.... Un mot... un seul mot qui m'arrête... ou demain je pars pour jamais !...

Comme il signait, deux coups retentirent à la porte.

C'étaient Albert, Lucien et Anatole... inquiets, anxieux, épouvantés...

Déjà l'amant de Trilby s'était jeté sur les pistolets.

Georges sourit et montra la lettre rouverte.

— Et les pistolets ? demanda Lucien.

— Pour Dupréval !... répondit froidement l'artiste.

— Non ! reprit le vicomte, ni pour vous, ni pour lui... Plus rien de commun avec cet homme... Et Geneviève reviendra de son erreur...

— Jamais !... s'écria Georges avec désespoir. Elle a refusé de m'entendre... elle eût refusé de me croire... elle ne croira personne au monde...

— Si fait ! interrompit le vicomte. Il est quelqu'un qui sait tout... quelqu'un en qui Geneviève aura foi !...

— Qui donc ?... s'écria l'artiste.

— Yvonne !... nomma Lucien de Varedde.

— Oh ! merci... merci... répondit l'artiste, revenant tout à la fois au souvenir et à l'espérance... Yvonne !... elle me l'avait dit... elle m'attend... Vous pouvez m'indiquer sa demeure... Dites... dites... que je coure à l'instant...

— Quai du Marché-Neuf... chez la mère Rainette ! dit le vicomte avec un accent étrange et douloureux.

L'artiste aussitôt s'élança au dehors.

Albert Atis s'était chargé de faire remettre la lettre à Geneviève.

Anatole, par un excès de prudence, avait refermé la boîte aux pistolets, en disant :

— On ne sait pas ce qui peut survenir encore... Je confisque donc ceci... et je l'emporte à la mansarde... Aline les rendra plus tard !

Ce jour-là était un lundi, et Lucien de Varedde, empêché la veille, se dirigeait vers le pensionnat d'Annette, afin de ne pas perdre les seules heures permises par son inflexible bonheur à son discret amour.

Enfin Georges courait vers Yvonne.

Sans se douter, hélas !... quel épouvantable spectacle il allait rencontrer à la mansarde de la mère Rainette !

CHAPITRE XXIV.

— L'enfant vivra ! avait dit le médecin de la Chappelleraie...

Et j'étais plus divinement heureux que le créateur lui-même à l'aspect de la création sortie toute babillarde et florissante de ses puissantes et fécondes mains.

Mais il fallait quelques heures pour ranimer le fils de Mariette.

Le docteur villageois, cordial et sincère alors qu'il s'agissait de sa sainte et fertilisante profession, devenait humble et calculateur en face des intérêts de son avenir... Il avait aveuglément attesté l'acte sollicité par les hypocrites passions du fonctionnaire... Son devoir social, puisque telle est la signification devenue profane de ce mot saintement honnête et fraternel, était rempli, mais l'instinct consciencieux de la science se réveillait en face d'une créature menacée d'anéantissement par la mort, et le fils de Mariette, à force de soins et de tendresse, revint promptement à la vie.

— Puis-je le transporter à Paris ?.. demandai-je au médecin.

— Oui ! me répondit-il.

Une diligence devait au point du jour traverser le village...

Je fis envelopper l'enfant dans de doubles et chaudes couvertures, puis je partis, à six heures du matin environ.

A midi, j'arrivais à Paris.

Roméo m'avait suivi jusque chez le docteur ; Roméo était sans cesse resté près de l'enfant ; Roméo descendit avec moi de la diligence.

Aussitôt je courus chez Mariette.

—Elle est partie pour Amiens... me répondit le concierge, et n'est pas encore revenue... Voici même une lettre, apportée pour elle ce matin, et que je compte seulement lui remettre à son retour...

En même temps il me montrait la lettre...

Oh! pourquoi n'eus-je pas l'idée de lire l'adresse?. l'écriture m'eût tout dit!..

Mais non... j'étais si heureux, si triomphant, qu'un malheur me semblait impossible... et je m'éloignai sans crainte.

— Il faut courir à Amiens! pensai-je avec empressement, tant j'avais hâte de porter la bienheureuse nouvelle à Mariette.

Et je me dirigeai vers les Messageries royales.

Cependant, en route, je commençai à réfléchir.

Emporter avec moi cet enfant, c'était singulier, dangereux, ridicule!

Mais où le laisser en mon absence?

— Chez Trilby! m'écriai-je enfin... Elle le connaît.... elle l'aime... elle le gardera avec ivresse :...

Et quelques minutes après je remontais la rue de la Harpe.

Roméo me suivait toujours.

Nous entrâmes, au moment où sortaient Anatole et Yvonne, Lucien de Varedde et Georges.

Pauvre Trilby! ce fut pour elle une ivresse profonde, un merveilleux bonheur.

— Oh! oui! s'écria-t-elle avec de douces larmes... je veux momentanément servir de mère à cette douce petite créature... N'ai-je pas aidé à le sauver? N'est-il pas un peu mon enfant aussi?...

Je remerciai religieusement la compatissante jeune fille, et je lui dis :

— Demain, je reviendrai sans doute avec Mariette. — Attendez-nous, car bientôt nous reviendrons ensemble.

Aline comprit ma généreuse impatience et me répondit :

— Partez pour Amiens... partez vite, et ramenez la véritable mère auprès de la mère adoptive.

Je me disposai donc à sortir de la mansarde.

J'appelai Roméo.

Mais l'intelligent animal agita son long panache suppliant, et resta couché auprès de la couche où reposait l'enfant endormi.

— Oh! laissez-le aussi!.. murmura capricieusement Aline... l'enfant avec le chien... vous voyez bien qu'ils s'aiment!..

Il y avait un poétique charme dans cette candide prière... et puis Roméo devenait un embarras pour mon nouveau voyage... je me résolus aussitôt à partir seul.

— A demain... à demain!.. dis-je à Trilby, qui referma la porte de sa mansarde, avec un bienheureux sourire.

L'enfant restait étendu sur la couche, avec Roméo veillant sur son sommeil.

Moi, je retournai aux Messageries.

Il n'y avait de voitures qu'à cinq heures.

J'attendis.

A minuit la diligence arrivait à Amiens.

Je courus au théâtre... je m'informai.

Mariette, la sublime Mariette avait le soir même manqué de voix au théâtre... On ne l'entendait pas... Et le public, matériel et stupide comme tous les publics de province, avait sifflé!

— Elle doit être à l'hôtel de Flandres, me dit un des histrions favoris du dilettantisme picard.

Je vins à cet hôtel, triste, navré, mais me consolant moi-même à la puissance des consolations que j'apportais.

Il y avait une heure que Mariette était repartie pour Paris.

Après la désillusion du théâtre, je compris facilement ce brusque départ.

Mais que faire... moi?

Retourner à Paris.

La malle-poste de Valenciennes passait à une heure du matin... Une place se trouva vacante et je m'en emparai avec joie... A six heures j'étais de retour à Paris.

La nuit, obscurcie comme à toutes les matinées d'hiver, planait encore sur le vallon lutécien...

— Mariette doit se reposer de ses douloureuses fatigues, murmurai-je avec une attentive prévenance.

Et j'errai par les rues, encore désertes et sombres.

— Si j'allais avant tout vers la mère Rainette? pensai-je au bout de quelques instans. Le fonctionnaire n'est plus à craindre, car l'enfant ne lui appartient plus... Je puis apprendre enfin la vérité à ma vieille amie... Elle pardonnera, mon cœur ma l'assure, et je puis ramener tout à la fois à Mariette et son fils et sa mère!...

Plus j'approfondissais cette pensée, plus je me sentais tendrement entraîné vers l'éventaire du pont Saint-Michel.

Je redescendis donc vers les quais.

Là, le brouillard concentré sur l'eau, rendait l'atmosphère plus rétrécie et plus nocturne encore.

Il est une amère tristesse dans ces parisiennes ténèbres!

Et je rêvais, égaré par les rapides émotions de deux jours, comme après l'ivresse d'une lourde et folle orgie.

Sur le pont du Châtelet, il me sembla voir une ombre blanche qui fuyait à mon approche, courait sur le parapet et s'abîmait enfin dans la rivière en prononçant trois fois mon nom.

Cette étrange apparition avait la forme adorée, la voix harmonieuse de Mariette.

Cependant, je souris, tant je me croyais certain de béatifier, avec les révélations de la veille, les deux existences rompues que je m'étais promis de réunir dans une paisible communauté d'avenir.

Et malgré mes efforts, je me sentais une inexplicable appréhension à la tête, un sinistre pressentiment au cœur.

Enfin, le jour arriva.

La mère Rainette devait se trouver à son modeste poste.

Je m'acheminai vers le pont Saint-Michel.

Elle était là...

Yvonne l'accompagnait.

En un instant je fus près des deux vieilles amies; en une minute j'eus tout appris à la mère Rainette.

Quelle généreuse allégresse!... quel maternel pardon!.,.

Elle applaudit à l'abandon de sa fille, et, quand je lui eus dit le courageux sacrifice, l'espoir trompé de Mariette, la mère aussitôt comprit la mère!...

Yvonne gardait le silence, mais pleurait en nous écoutant!...

— Menez-moi... sanglotait la vieille marchande de pommes, conduisez-moi vers Mariette... Que je la serre dans mes bras... que je reçoive enfin ses caresses chéries... que j'embrasse bien vite ses beaux cheveux noirs... ses yeux qui peut-être ont encore plus pleuré que les miens!

Et moi, heureux, ravi, je lui répondais :

— Venez! venez!..

Nous courûmes donc tous les trois vers la rive droite.

Mais, en arrivant au quai du Marché-Neuf, un funèbre obstacle nous arrêta.

C'était une civière qu'on portait à la Morgue.

Le vent du matin souleva l'un des rideaux.

La mère Rainette jeta un cri, et resta tout à coup immobile.

Moi, je n'avais pas vu.

— Venez... venez! répétai-je avec une radieuse allégresse.

— Non, non! répondit étrangement la mère Rainette, toujours arrêtée et palpitante... Cette civière... oh! cette civière!... je veux voir... je veux voir!...

Puis, elle s'élança vers la Morgue, béante à nos côtés.

Yvonne et moi, nous la suivîmes sans comprendre encore, et nous entrâmes tous trois sous le péristyle mortuaire.

Quelques minutes s'écoulèrent.

Puis, derrière le vitrage sépulcral, deux hommes parurent, portant un cadavre.

Un cadavre de femme... un cadavre qu'ils déposèrent sur une dalle noire.

Aussitôt, toutes les longues douleurs de la mère Rainette éclatèrent à la fois dans un terrible sanglot.

Et elle tomba, évanouie, morte, foudroyée, aux bras étendus d'Yvonne.

Mais en criant d'une voix terrible et brisée :

— Ma fille !...

J'avais aussi regardé vers la dalle noire !..

C'était Mariette !..

Longtemps je restai immobile, anéanti, ne vivant plus.

Enfin je revins à la raison, à la douleur !..

La mère Rainette n'était plus là.

Yvonne, aidée de quelques prolétaires charitables, l'avait déjà transportée mourante à sa mansarde.

Des groupes se formaient, curieux, grouillants, babillards...

Mariette là... Mariette, ainsi exposée à tous les regards !.. Oh ! non... non...

Instinctivement je me précipitai vers la sonnette du gardien, pour racheter au moins le cadavre.

Mais la pensée ne m'était pas revenue avec la force... Je ne croyais pas encore au témoignage de mes yeux... Je n'avais pas encore la conscience de cet inexplicable malheur !...

J'entendis confusément que l'on me disait :

— Cela coûtera quatre-vingts francs?

Et je les donnai.

On enleva le cadavre aux curiosités du public... On me l'apporta dans une salle interdite à la foule...

Je le regardai... je le touchai... je l'examinai !...

C'était elle... c'était bien elle !...

Mais comment ?... mais pourquoi ?.. mais par quelle fatalité ?

— Une lettre !... dit un des valets de la Morgue, en arrachant un papier humide de la main violette et crispée du cadavre...

On me la donna... je la lus.

C'était la lettre écrite par Bouquaille... la lettre remise par La Châtre... la lettre dont on m'avait parlé la veille !...

Alors seulement je compris tout !

Mariette avait promis de vivre pour son enfant... Elle l'avait cru mort... elle était morte !...

Morte en arrivant d'Amiens... morte en trouvant la lettre à son retour... morte sous les flots profonds de la rivière !...

Oh ! cette ombre que j'avais entrevue dans le brouillard... cette ombre qui s'était engloutie dans la Seine... cette ombre qui m'avait appelée par trois fois !..

Il est de ces révélations d'en haut !

A cette même heure, Mariette avait dû consommer son inévitable suicide.

Devant cette fatalité... je n'eus pas un reproche... je ne trouvai que des larmes !...

Mais le cadavre ne pouvait rester là !

Je le fis transporter à la mansarde du quai du Marché-Neuf.

A cette vue, la mère Rainette se ranima pour s'élancer au front de sa fille, où ses lèvres restèrent, en apparence collées par les larmes qui coulaient incessamment de ses yeux.

— Veillez sur elle ! dis-je à la vieille Yvonne.

IVᵉ P.

Et je sortis.

Ne fallait-il pas pourvoir aux cérémonies civiles et religieuses... prévenir tous les amis de Mariette?...

Tout le jour je courus, heureux de ce mouvement qui promenait ma douleur.

A l'église, il y eut quelque difficulté.

— C'est un suicide ! disait un prêtre subalterne.

— C'est un malheur ! imposa le prêtre souverain... et nous prierons pour elle !

Le soir seulement, je revins à la mansarde.

La mère Rainette était toujours rivée, cadavre sanglotant, au cadavre inanimé de sa fille !...

Yvonne se tenait, silencieuse et grave près de la couche.

Et je m'agenouillai, ivre de ma douleur, comme on est ivre du vin qu'on ne sait plus avoir bu.

Car je ne comprenais pas, je ne croyais pas... je ne pleurais plus.

Une heure s'écoula dans l'anéantissement de l'affliction. Alors Georges arriva.

L'artiste prit une noble et sainte part à cet affreux malheur.

Puis il parla à Yvonne.

Yvonne lui répéta tout, et lui promit de tout réparer.

Georges s'éloigna, en saluant religieusement le cadavre de Mariette.

Yvonne s'approcha de la mère Rainette.

— Tu pleures ta fille, lui dit-elle... il faut que je sauve la mienne... A bientôt !...

Et, comme aucune voix ne répondait, elle sortit en murmurant encore :

— A bientôt !... à bientôt !...

La nuit vint... les heures se passèrent... les cierges, allumés par Yvonne, commençaient à s'éteindre.

La mère Rainette et moi, nous restions muets et mornes... elle cherchant à galvaniser un cadavre... moi m'efforçant de galvaniser mon cœur, qui me semblait éteint comme ma pensée.

Tout à coup une énorme flamme rougeâtre bondit à l'horizon, ainsi qu'un cratère qui s'entr'ouvre au crâne d'un volcan.

Machinalement je me levai ; je marchai vers l'ouverture béante sur le toit.

C'était un immense incendie qui flamboyait au milieu de la Cité.

A cette soudaine lueur nous retrouvâmes soudain le sentiment de notre désespoir. Elle éclaira l'abîme au fond duquel gisaient toutes nos espérances brisées, sans retour... elle rouvrit à la fois la source de nos pensées et de nos larmes.

Je ne sais avec quelle froide et cruelle satisfaction je contemplais ce grand fléau lumineux et dévorant !

Oh ! c'était encore une instinctive révélation du destin !

On va le comprendre bientôt...

Car nous allons dire quelle était cette flamme vengeresse, cet incendie allumé au feu des colères célestes !

CHAPITRE XXV.

L'abbé La Châtre était arrivé à Paris avec le baron Dupréval.

Aussitôt les comptes avaient été réglés entre les deux complices, et les cinq mille francs payés avec une scrupuleuse exactitude.

Ce fut encore le brocanteur qui fit inhumer le cercueil vide au caveau de la famille, et telle était sa joie, qu'il ne songea pas à réclamer pour ce nouveau service quelque gratification supplémentaire.

Il est vrai qu'il se réservait pour plus tard.

11

Ensuite, Delancourt se présenta chez la Debanne.

La parfumeuse accueillit son malencontreux époux avec un étrange et féroce sourire.

Mais lord Karolan était là et le brocanteur ne s'occupa que du millionnaire...

Trilby n'avait pas paru chez la Debanne... Comment... Pourquoi ?.. Delancourt ne devinait rien à ce contretemps inattendu ; mais, afin d'en finir avec cette spéculation, il conseilla à l'Anglais de se rendre lui-même à la mansarde de la rue de la Harpe, et lui détailla tous les généreux secrets des tentations contre lesquelles luttait et pouvait succomber la jeune fille.

C'était en assurant l'avenir d'Anatole qu'on triompherait certainement de ces résistances sans cesse renaissantes. Lord Karolan promit de ne reculer devant aucun sacrifice, et déjà même le projet d'un testament surgit-il peut-être, à la sournoise pensée du vieillard, comme une suprême et triomphante ressource.

L'abbé La Châtre sut encore dans cette séance escompter la passion du millionnaire. L'argent pleuvait de toutes parts dans ses mains cupides et réjouies.

La parfumeuse se trouvait bien quelque peu frustrée par ce nouveau plan de campagne, mais elle ne se plaignit même pas, tant elle semblait ce jour-là de charmante et bénigne composition.

Rose s'en étonna.

— Bah !... ricana la Debanne... Qui vivra verra !...

Et ce fut tout ce que la cameriste put obtenir de sa maîtresse...

On devait se retrouver le lendemain chez la parfumeuse.

Lord Karolan ne vint pas, résolu qu'il était, à conduire lui-même sa barque vers le port.

Mais l'abbé La Châtre fut exact au rendez-vous.

La Debanne était encore plus souriante, plus gracieuse, plus pateline que la veille.

Elle fit asseoir le brocanteur près d'elle, elle le caressa de ses grosses mains plantureuses et carrées, elle semblait presque revenir aux expansives émotions des amours d'autrefois.

Delancourt ne comprenait trop rien aux tendres velléités de son ancienne commère ; mais, la fatuité masculine est telle, que ce ne fut pas sans quelque satisfaction intérieure qu'il se vit l'objet de ces traîtresses cajoleries... Il crut tenir désormais les cordons abandonnés de cette inépuisable sacoche, et son expérience fut habilement mise en défaut... La jésuitique procureuse alla jusqu'à laisser entrevoir le désir d'une association commerciale... et le rusé coquin céda naïvement à l'attraction de cette magnifique espérance.

On causa longuement, avec abandon, à voix contenues, comme deux vieux amis, comme deux époux rapatriés, comme deux jeunes amoureux.

Tout-à-coup le brocanteur aperçut un superbe régiment de bouteilles, dont les alléchans goulots verts sortaient à moitié d'une caisse entr'ouverte.

Il poussa le coude de sa voisine, étendit un doigt cafard dans la direction des bouteilles, et cligna sensuellement des yeux.

— Quoi donc ?... fit ingénument la Debanne.

— Quelle perspective !... répondit le friand compère.

— Bah !... jeta négligemment la parfumeuse... Une caisse arrivée de Cognac!... Est-ce que nous songeons à cela maintenant ?...

Et elle se retourna tendrement vers La Châtre.

— Un instant... un instant !... insista le passionné buveur... Ne dis-tu pas que cela vient de Cognac ?

— Oui...

— C'est de l'eau-de-vie alors... et de la fameuse ?

— Elle me coûte assez cher pour cela ?

— Et tu ne m'en offres pas ?...

— Comment !...

— Un petit verre... rien qu'un petit verre... sans bain de pied ?

— Ici... Ah !

— Rien ne m'altère comme les souvenirs...

— Veux-tu donc les noyer ?

— Jamais... seulement les rafraîchir.

— Est-il besoin de ça ?

— Non... Oh ! non... mais...

— Alors tu ne boiras pas à présent?... Plus tard... Chez toi, si tu y tiens !

— Alors tu me permets donc de débaucher une de ces bouteilles ?

— Tout ce que tu voudras !

— Tout ?... tu as dit tout ?...

— Et je ne m'en dédis pas !

— Sapristi !... s'écria Delancourt, en courant à la caisse, dont il souleva précautionneusement le couvercle.

Et il regarda avec des yeux ardens à tout pomper comme des soleils.

— Emporte la caisse en t'en allant !... minauda la Debanne. Mais continuons à causer... Viens...

— Non ! non ! répondit Delancourt avec enthousiasme. Tu es par trop aimable aujourd'hui... et je n'abuserai pas... Tout... non ! mais la moitié... Partageons !

— Oui... partageons ! soupira candidement la Debanne. Partageons désormais toujours?... Il y a deux rangées... Prends celle de dessus.

— Accepté !... conclut La Châtre ravi, accepté !... Il fait jour maintenant, et je n'ai rien pour emporter ma part... Mais je reviendrai ce soir avec une cave d'osier.

— C'est convenu... c'est convenu... consentit la parfumeuse avec une douce impatience. Reviens t'asseoir et causons !...

Delancourt referma dévotement le couvercle, et l'entretien reprit son abandon érotique.

Une heure après l'abbé La Châtre prenait congé de la Debanne en lui disant :

— A ce soir !...

— A ce soir ! riposta la Debanne avec un abandon d'invincible tendresse.

Mais, sitôt la porte refermée, elle eut un regard, un sourire...

Oh ! si Delancourt avait pu voir cette effrayante et haineuse métamorphose, le piège se fût aussitôt révélé, pareil à ces abîmes qu'on entrevoit tout à coup sous ses pieds, à la lueur d'un rapide éclair.

L'éclair ne brilla pas ; le fripon était dupe à son tour. Il s'en allait confiant, radieux, épanoui...

Et le soir il revint pour emporter les bouteilles.

— Madame n'y est pas ! dit Rose.

— Tant mieux !... murmura La Châtre, j'ai suffisamment de roucoulades comme çà... et je ressemble à Grégoire...

J'aime mieux boire !...

Alors et lestement il emballa dans son panier tout l'étage supérieur de la précieuse caisse, et peut-être aussi quelques bouteilles de la seconde rangée ; soit qu'il se trompât dans son avide empressement, soit qu'il se repentît déjà d'une délicatesse tout à fait étrangère à ses pillardes habitudes.

Puis il s'enfuit, en courant, vers l'impasse Saint-Martial.

La marquise Trois-d'un-Sou se trouvait sur son chemin ; il lui montra le panier regorgeant, et cria :

— Arrive !... voilà du liquide... Branle-bas général à nous deux... Tout le monde sur le pont !... Il va y avoir bombance... ripaille infernale!... Balthazar à faire frémir la nature... Arrive ! arrive ! Il fait soif...

Quelques minutes après, les deux ignobles amans s'enfermaient dans leur infect et fangeux repaire.

— A double tour... commandait La Châtre... et au verrou. Nous n'y sommes pour personne. — Et personne ne s'avisera de venir. — C'est aujourd'hui carnaval et la maison est vide !

La marquise Trois-d'un-Sou barricada la porte.

Pendant ce temps-là, Delancourt posait le panier sur le carreau, la table au milieu de la chambre et toutes les bouteilles sur la table.

Il y en avait au moins une vingtaine.

— Quelle majestueuse ribambelle ! murmura-t-il avec extase... un pensionnat de jeunes filles... une phalange de séraphins !...

— Une procession de capucins!... ajouta la marquise, avidement accroupie les mains sur les genoux.

— A bas les capuchons ! dit La Châtre... Et des lumières... Une... deux... trois !... allume... allume toujours!... Dans nos vieilles bouteilles... des bouteilles vides, çà n'est plus bon qu'à faire des chandeliers... Bon... bon !... En voilà des candélabres... Six ! et ce n'est pas assez... Allons!... la cuvette... la marmite... les poêlons... les assiettes!... Du punch partout!... Bravo... des flammes bleues... des rouges et des blanches !... tout un ciel étoilé... tout un enfer qui flambe!... Grand festival... illumination à giorno... et buvons !..

En effet, vingt bols improvisés et burlesques pétillaient sur la table, constellée déjà de six chandelles aux piédestaux bizarres.

Et la mansarde éclairée de ces lueurs aux mouvans reflets, offrait un aspect étrange, réjouissant, fantastique comme un rêve d'Hoffmann !

Pendant tous ces préliminaires, accompagnés de cris rauques et de chants obscènes, les deux uniques convives de cette immonde orgie buvaient à pleins verres, à pleines tasses, et commençaient à se plonger dans une farouche et sauvage ivresse.

Ils étaient assis en face l'un de l'autre et s'excitaient frénétiquement à la débauche.

Rien de hideux comme cette scène !

— Oh ! si l'on pouvait boire la flamme ! disait La Châtre...

— Merci ! murmurait Trois-d'un-Sou, déjà balbutiante et allourdie... elle brûle assez ton eau-de-vie !...

— Tant mieux!... criait Delancourt... çà vous gratte le gosier... çà vous égratigne le torse... çà vous révolutionne les entrailles !...

— Non... çà brûle... çà brûle !...

— Vivat! perds bien vite la boussole... j'aime autant être seul... avec mon trésor et mes bouteilles... Vois-donc, feignante ?... elles sont pleines... et çà ne les grise pas, cependant .. Les femmes... puah !... Vivent les fioles !...

Et l'on buvait, l'on buvait encore... l'on buvait toujours...

Bientôt la marquise roula sur le carreau...

— Oh !... cette eau-de-vie... cette eau de feu... râlait-elle, avec des spasmes horribles... avec des contorsions étranges.

— Le fait est qu'elle a un drôle de goût... ricana l'abbé La Châtre... Mais bah !... c'est fort... c'est bon !... Allons!... te voilà partie... toi ?... A ma cassette !

Et il se dirigea, trébuchant et lourd, vers l'armoire à la secrète détente.

Mais au second pas il jeta un cri...

— Ah !... qu'est-ce que j'ai donc ?... Mes tempes battent la générale... j'ai un brasier dans la poitrine... Ah !... je souffre... c'est singulier... çà me dévore... çà me déchire !...

— Çà brûle !... répéta Trois-d'un-Sou, avec l'expression d'une affreuse douleur... avec l'entêtement d'une délirante folie...

— Oui... oui... fit Delancourt, en essuyant la sueur qui coulait de son front empourpré... On dirait que je pleure du sang... du sang qui bout... Oui... c'est trop chaud... Eh bien !... buvons en de la froide pour l'éteindre.

Alors il prit deux bouteilles, s'agenouilla difficilement, introduisit de force un des goulots dans la bouche de la marquise, dont les dents crièrent, brisées et sanglantes... et renversa l'autre fiole au-dessus de ses lèvres altérées et fiévreuses.

L'alcool inonda le visage échevelé de la femme, et courut à flots par la mansarde...

L'homme ingurgitait avidement la corrosive liqueur.

Cependant, il s'arrêta.

— C'est drôle ! souffla-t-il ; çà fait mal définitivement... et çà vient pourtant de mon Adèle... de mon épouse chérie, si gracieuse ce matin, et si... Essayons encore !

Mais tout à coup, une horrible pensée surgit au milieu de son ivresse ; il chercha énergiquement à réfléchir... il y parvint, et s'écria avec épouvante :

— Tonnerre! nous sommes empoisonnés !

Et il jeta frénétiquement la bouteille au hasard.

Le verre vint se briser en retentissans éclats sur le front de la marquise, et le sang aussitôt mêla ses rouges effluves à la mare d'eau-de-vie qui couvrait le plancher.

Il y eut un cri sourd... un râle rapidement éteint.

Mais Delancourt ne vit rien, n'entendit rien, absorbé qu'il était par le farouche égoïsme du désespoir et de la terreur.

Les bras croisés sur la poitrine, l'œil flamboyant, les cheveux hérissés, il concentrait toute son impuissante rage dans un mot, un seul mot, qui retentit enfin, tel que pourrait le reproduire le seul génie de Frédérick Lemaître :

— Imbécile !!

Puis il tomba foudroyé, furieux, et se tordant dans des convulsions effrayantes.

La marquise ne remuait plus, elle !

Mais Delancourt rampait par la chambre, frappant des pieds, des mains, des genoux, du front... et râlant d'une voix que la souffrance allourdissait peu à peu...

— Au secours!... au meurtre!... au secours!...

Personne ne venait.

Il l'avait dit... c'était une nuit de carnaval... et la maison se trouvait déserte...

Près d'une heure s'écoula... et les flammes du punch éclairait follement les atroces tortures de cette odieuse agonie.

Tout à coup un bruit de pas monta l'escalier?...

Delancourt releva la tête.

On toucha la porte en dehors...

Le moribond râla sourdement.

— Au secours ! au secours !

Une clé tourna dans la serrure?...

On arrivait enfin !...

Et ses yeux criaient au secours à défaut de ses lèvres.

Mais le verrou était tiré... la porte ne s'ouvrait pas...

On poussa fortement à plusieurs reprises... Rien... rien...

Alors La Châtre se traîna dans le sang et dans l'alcool, atteignit la porte... parvint à se redresser, et tira le verrou avec un cri d'espérance et de joie.

La porte s'ouvrit...

Mais aussitôt Delancourt recula, écumant, livide, terrifié...

C'était la Debanne!

Elle riait!

Le mourant retomba anéanti sur le carreau.

La Debanne referma la porte.

— Empoisonneuse ? articula sourdement La Châtre.

— Comme tu dis, mon fils ! c'est du Lucrèce Borgia...

çà. Nous passons en revue notre ancien répertoire, ricana la triomphante parfumeuse... Enfoncé ! et cette fois pour toujours !

— L'échafaud... l'échafaud !... râla la haine de l'abbé La Châtre.

— Oh ! que nenni, repartit infernalement la Debanne... Et c'est pourquoi je suis venue... La prison compromet... mais le feu... non. Ta barraque est en planches, et l'incendie va la dévorer avec toi !

— Ah ! mugit le moribond.

— Et tu as eu soin de me préparer des torches... Merci. Tiens, regarde ?

Alors l'effrontée parfumeuse prit toutes les lumières, tous les bois flamboyans, et les plaça sous le lit, sous la commode, sous la table, partout !

L'abbé La Châtre joignait ses mains crispées et tremblottantes.

La paillasse et les rideaux commencèrent à s'enflammer.

— Adieu, fit alors la Debanne... je ne me soucie pas d'être grillée dans ta compagnie... Adieu !

Elle allait partir !...

Mais tout à coup Delancourt étendit le bras dans la direction de la mystérieuse armoire.

— C'est juste ! s'écria aussitôt la parfumeuse... tes économies... ce que tu m'as volé... à moi... et aux autres... et je l'oubliais ! Allons vite... c'est une dernière joie... un raffinement de vengeance... Tu souffriras davantage encore... Et j'ai le temps... oui... Oh ! je connais ta cachette... et je sais où est la clé du trésor... Là... dans ta doublure de ton gilet de flanelle... Oh ! ne fais pas le méchant... tu n'as plus même la force de me griffer... mon chéri ?... Là... je vais encore te voler par dessus le marché !... Ah ! ah !

Et durant ces impitoyables railleries la Debanne avait jeté un regard par la chambre obscurcie, enflammée déjà, mais praticable pour quelques instans encore...

Puis elle s'était penchée vers l'agonisant, elle avait arraché la clé, elle courait à l'armoire.

L'abbé La Châtre ne râlait même plus... Il semblait mort ! On n'entendait dans la chambre que le sinistre crépitement de l'incendie.

La parfumeuse jeta vivement le buste à terre, mit la clé dans la serrure, et la petite porte s'entr'ouvrit...

— Ton argent ne veut pas se laisser prendre ?... ricanat-elle.

Puis elle fourra sa large main dans l'armoire.

Aussitôt retentit le bruit sec et métallique de la détente.

La Debanne poussa un cri terrible !

Un autre cri lui répondit.

C'était La Châtre qui riait à son tour !

Cependant la parfumeuse croyait encore pouvoir se dégager...

Elle tira, elle se suspendit, elle se tordit.

Vains efforts !

Sa main était rivée à la muraille.

Et le moribond riait encore!

Alors elle cria, elle rugit, pantelante, épouvantée, folle. Personne ne venait.

Que les flammes, qui, s'éparpillant par la chambre, trouvaient un nouvel aliment dans l'alcool répandu sur le plancher, et s'élevaient rouges et bleues, envahissantes et terribles jusqu'aux solives du plafond.

La Debanne se débattait en hurlant.

Et le moribond riait toujours!

Alors elle jeta ses dents sur son poignet, espérant au moins le couper à force de morsures.

Mais le sang s'échappait seul... et la main restait prisonnière!

Enfin on entendit un bruit de pas vers l'escalier !...

La porte était fermée... mais le verrou ouvert.

— A moi... à moi !... cria-t-elle, revenant tout à coup à l'espérance.

On s'approchait.

Elle pouvait encore être sauvée !

Mais la haine galvanisa le cadavre de l'abbé La Châtre... Il glissa comme un serpent blessé... il se souleva une seconde fois contre la porte... il s'aidait des dents et des ongles... il atteignit enfin le verrou... il poussa !...

Puis, se retournant, il exhala son dernier souffle dans un dernier sourire infernal... et tomba!

Son cadavre barrait la porte... Mort, il devenait encore un obstacle au salut de son ennemie.

Elle criait toujours... elle... elle se raidissait avec frénésie... elle dévorait sa chair avec une impuissante rage... elle hurlait des prières, des sanglots, des folies !...

Mais l'incendie, allumée par elle, sévissait alors dans toute sa puissance.

Deux fortes secousses ébranlèrent la porte.

Puis une voix dit :

— Les flammes !...

Une autre :

— Il est trop tard !...

Une troisième :

— Sauve qui peut...

Et tout s'éloigna!

La Debanne jeta un cri... un seul... un dernier...

Les flammes venaient de l'atteindre... la fumée l'étouffait...

Il est de ces situations qu'il faut renoncer à décrire !

Enfin un craquement tonna sur sa tête.

C'était le plafond qui tombait, en jetant au loin toute une irruption d'étincelles.

Les flammes montèrent en liberté, rougirent le ciel, éclairèrent la Cité, et vinrent jeter leurs funèbres lueurs jusque dans la mansarde où la mère Rainette et moi nous pleurions auprès du cadavre de Mariette.

Et le lendemain, la maison de l'impasse St-Martial n'était plus qu'un amas de ruines carbonisées, noirâtres, et fumantes encore !

CHAPITRE XXVI.

Cette même et fatale nuit, de nouveaux et terribles mystères devaient encore s'accomplir à l'hôtel de Mme de Bellerive.

La petite porte donnant sur le boulevart était entr'ouverte, ainsi que l'avait promis Frédérick Pichard au baron Dupréval.

À neuf heures, un homme presque entièrement masqué par les plis d'un large manteau rejeté sur l'épaule, se glissait avec prudence le long des arbres de la chaussée.

Il arriva près de la petite porte... il la poussa. Il regarda dans le jardin.

Aussitôt un autre homme s'avança, qui dit à voix basse :

— Je vous attendais, monsieur le baron !

— Expliquez-vous promptement ? demanda le fonctionnaire.

— Voici ! repartit Frédérick. Vous avez conservé le testament de lord Karolan, n'est-il pas vrai ?

— Je l'ai sur moi !...

— Bien !... Supposez que le millionnaire meure cette nuit... Vous êtes légataire unique et universel ?

— Parfaitement...

— Alors il faut que cette nuit il meure ?

— Mais, comment ?

— Un suicide... aidé quelque peu par des mains étrangères...

— C'est un meurtre !... murmura Dupréval en frissonnant.

— Ne jouons pas sur les mots ! répondit ironiquement l'officier de santé... Un meurtre, soit... mais auquel on prêtera toutes les apparences d'un suicide... Ces tours-là se font tous les jours, dans le grand monde surtout... et je n'ai nul besoin de vous citer tous les illustres pendus, qui ne se sont pas attachés eux-mêmes à la concluante corde.

— Les pendus !

— Tel est le dénoûment dont nous nous servirons pour notre comédie ?... Quant à la mise en scène... vous verrez... vous comprendrez... vous déciderez...

— Mais encore, voulut observer le fonctionnaire.

— Pas de paroles... interrompi. Pichard... des faits !... Seulement, je vous annonce d'avance mes conditions. Il me faut la moitié de l'héritage... bien et dûment promise et signée... Inutile de marchander, vous savez quel homme je suis !

— Soit, consentit le fils du boulanger, après un funèbre silence... Que l'héritage me revienne et nous partagerons. Agissez en conséquence ?...

— Oh ! oh ! fit le médecin... je vous garde un rôle, monsieur le baron... Il vous faudra quelque peu mettre les mains à la pâte ! Mais venez... ici je me ferais mal comprendre... venez.

— Où me conduisez-vous ? demanda Dupréval en hésitant à suivre Pichard, qui s'acheminait déjà vers la maison.

— Silence ! se borna à répondre l'officier de santé, en continuant sa marche silencieuse et circonspecte.

Après une nouvelle pause, le fonctionnaire sembla prendre bravement son parti, et disparut bientôt sur les traces de son guide mystérieux.

Aucun d'eux n'avait songé à refermer la petite porte du boulevart, et peut-être même la réservait-on d'un instinctif accord comme ressource en cas de retraite.

Une heure environ s'écoula.

Personne ne revenait du dedans ; mais tout à coup la porte se repoussa doucement du dehors...

Yvonne s'avança.

Yvonne, qui avait promis le soir même de désabuser Geneviève... Yvonne, qui, repoussée une fois encore à la grande porte, rôdait depuis déjà longtemps autour des murailles, et qui trouvait enfin cet accès inespéré.

La vieille Bretonne entra donc hardiment, et se dirigea vers la maison, en priant le ciel d'écarter tous les autres obstacles qui la séparaient encore de sa chère et jeune maîtresse.

. . . .

Frédérick Pichard avait mené Dupréval chez lord Karolan.

Le millionnaire occupait, au premier étage, un comfortable appartement, auquel on arrivait par le grand escalier, mais qui jouissait aussi d'une entrée particulière, grâce à un étroit escalier de service, aboutissant au jardin sur l'un des côtés de la maison.

Ce fut par là que le médecin introduisit le fonctionnaire. La nuit était profonde... ils avaient pris les sentiers les plus obscurs... personne ne devait soupçonner leur présence.

La première pièce, en arrivant par l'escalier dérobé, servait de logis à Frédérick Pichard.

La seconde était la chambre à coucher du vieillard.

Les deux communiquaient ensemble par une porte, en ce moment ouverte, et en face de laquelle on apercevait une sorte de bureau.

Entre le bureau et la porte il y avait une fenêtre.

Du reste ce fut chez lui que Pichard reçut Dupréval.

— Tenez !.. dit-il, en indiquant une table éclairée par une sourde veilleuse... Voilà du papier... de l'encre... des plumes... tout ce qu'il faut pour me signer la garantie du partage... Puis là... à côté... un lacet... long... facile et so-

lide... J'y ai préparé un nœud coulant... Voyez !... Le millionnaire va venir dans la chambre voisine... Il s'assoira à ce bureau... en face... tournant le dos... et ne pouvant vous voir... Vous, entendrez d'ici certaine conversation qui vous dira le reste... Quand vous le jugerez convenable... Il n'y aura qu'à me passer l'engagement... puis vous jetterez le lacet... Et voilà !

Le baron allait parler, demander des explications plus amples lorsqu'on entendit la voix de lord Karolan.

— Silence !... fit l'officier de santé... Écoutons !

Le vieillard ordonnait à un domestique de lui envoyer Tom, aussitôt qu'il serait de retour.

La porte se referma, comme sous une main impatiente et courroucée.

— Il est là... il est seul... murmura Frédérick d'un souffle insaisissable... Songez que cette occasion sera la dernière... et que Tom doit bientôt revenir... Courage, donc ! Riches tous deux dans cinq minutes... ou pauvres à jamais... Choisissez ?...

Aussitôt il franchit la porte de communication, qu'il eût soin de laisser presque entièrement ouverte...

— Ah !.. c'est vous, mon ami... commença lord Karolan... Soyez le bien venu... car je me sens bien faible ce soir...

Pichard s'empressa tendrement à cet appel.

— Un peu de fièvre !.. répondit-il... Il vous faudrait du calme... du bonheur... et la contrariété de ce matin...

— Dites la colère ! s'écria l'irascible vieillard, je croyais tant au succès... Mais ce n'est rien encore que cela !

— Quoi donc ?... demanda naïvement Frédérick.

— Cette jeune fille... gronda le millionnaire avec une sauvage passion... cette jeune fil:e qui refuse toujours... Comprenez-vous cela ?... Pour une fortune !... Je viens de lui dépêcher Tom... Mais, bah ! elle ne consentira pas encore... J'en deviendrai fou de désespoir... J'en mourrai, mon ami, j'en mourrai... voyez-vous ?..

— Ne parlez donc pas de mourir ! s'écria Pichard... ou plutôt parlez-en... mais à elle...

— Comment ?..

— Eh ! sans doute... Vous vous y prenez mal... Les prières, l'argent peuvent échouer... Mais il est une chose à laquelle les Françaises ne résistent jamais !..

— Quoi donc ? implora avidement le vieillard.

— On menace de se tuer ! conclut Frédérick avec un sourire.

— Passe pour les jeunes gens... balbutia le millionnaire, après une songeuse pose ; mais, à mon âge !

— Raison de plus ! insista l'officier de santé ; songez donc ! un vieillard qui veut ensanglanter ses cheveux blancs... la mort d'un vieillard dont on aurait l'éternel remords... Un vieillard ! mais c'est bien plus attendrissant, bien plus épouvantable, bien plus dramatique... et Trilby n'y tiendrait pas... Ah ! si j'étais à votre place !...

— Je n'oserai jamais dire cela ! soupira l'Anglais avec découragement.

— On écrit... proposa incisivement Pichard.

— Mais, quoi !

— Oh ! mon Dieu ! deux simples lignes, en annonçant qu'on va se tuer séance tenante... que tout sera terminé, quand elle recevra la lettre... C'est le moyen de la faire arriver plus vite.

— Je ne saurai pas écrire tous ces mensonges-là ! Pour bien mentir, il faut une plume française... et, cependant, si cette lettre devait l'amener dans mes bras... c'est dommage !

— Voulez-vous que je dicte ? proposa candidement Pichard.

— Oui ! oui !... s'écria lord Karolan ; je me moque du ridicule... c'est décidé. Je me souviendrai d'un tel service, mon bon ami, et ma reconnaissance...

— Pourquoi de la reconnaissance ! répondit l'hypocrite Pichard... ne suis-je pas votre médecin ?... et la lettre doit radicalement vous guérir, c'est presque une ordonnance !

— Allons... allons !.. ricana l'impatient vieillard, que Frédérick conduisit vers le bureau, et qu'il fit asseoir le dos tourné à la porte, où l'autre assassin écoutait.

Et même, pour plus de sûreté, Pichard s'appuya les deux mains au dossier du fauteuil, et se pencha par dessus la tête de son client accroupi.

Alors la porte commença à se rouvrir toute grande.

— Attention !.. cria l'officier de santé.

— Hein... fit le millionnaire, en relevant la tête.

— Rien !.. repartit Frédérick... Je disais : Attention !.. et maintenant je dicte...

— Et moi, j'écris... Pardon !... balbutia le vieillard, dont les yeux redescendirent aussitôt sur la feuille, où sa main tremblante attendait.

— Voyons !.. dicta Pichard... En tête : « Mademoiselle, ou plutôt Trilby tout simplement... vos refus m'assassinent de jour en jour, et je préfère en finir d'un seul coup... Quand vous recevrez cette lettre, je ne serai plus qu'un cadavre... pendu ?... oui pendu... c'est plus croyable... pendu à l'espagnolette de ma fenêtre... Je vais mourir en vous pardonnant, à vous que j'eusse faite si riche... à vous que j'aimais tant... à vous qui me tuez... Adieu !... » — Adieu. Voilà tout... Signez !

— Et vous croyez qu'elle viendra ? insista le vieillard.

— J'en réponds ! affirma Pichard. Elle espérera empêcher un malheur... Mettez l'adresse... et cachetez.

— Je me laisse conduire ! conclut l'Anglais. Est-ce convenablement écrit... Veuillez relire ?...

— Bien ! bien ! exprima Frédérick, après un moment de silence.

Mais ce n'était pas de la lettre du vieillard qu'il parlait. Le fonctionnaire venait de passer l'engagement signé... Le médecin avait lu derrière le dos de la victime... et c'était à son complice qu'il répondait.

Cependant lord Karolan pliait la lettre, la scellait de son cachet armorié, puis écrivait au revers.

— Il est temps ! dit tout à coup Frédérick Pichard.

Alors le baron Dupréval s'élança vers le fauteuil, et le mortel nœud coulant se resserra autour du cou du vieillard, qui n'eut pas même la force de jeter un cri.

— Parfait !... dit l'officier de santé. Mais à mon tour maintenant ? Laissez faire... On n'est pas chirurgien pour rien...

Et lestement il acheva d'étrangler le vieillard.

Pendant cette odieuse opération, le fonctionnaire détournait la tête cachée dans ses deux mains.

— Allons ! reprit vivement Frédérick. Tout n'est pas fini... et mylord ne peut pas rester sur ce fauteuil. Portez-le donc vers la fenêtre... Moi, j'attacherai le lacet là haut... Alerte !

Quelques secondes après le cadavre pendait à l'espagnolette...

— Maintenant une chaise renversée sous les pieds !... commanda Pichard... c'est l'épilogue de tradition.

Dupréval se pencha pour exécuter cet ordre, tandis que l'autre assassin, monté sur le fauteuil, serrait pour la dernière fois le nœud du lacet...

— Grand Dieu !... cria tout-à-coup une voix épouvantée au milieu de l'horrible silence qui planait par la chambre.

C'était Tom qui venait d'ouvrir la porte.

Le baron chancela, tremblant et livide.

Mais Frédérick courut au valet.

— Tais-toi ?... lui siffla-t-il à l'oreille... Il y a de l'or ici... dans les tiroirs... dans les poches... On ne peut soupçonner personne... prends tout... tout !... Et laisse-nous partir... Tu crieras tout à l'heure !...

— Oui... oui... ajouta fébrilement le fonctionnaire... silence... et je te promets une fortune... dès que j'aurai réalisé l'héritage.

— Je te a promets aussi... moi !... reprit Pichard... dès que nous aurons monnoyé le testament !

— Quel testament ?... demanda Tom, qui venait de tout peser durant ces folles promesses...

— Celui de lord Karolan... répondirent les deux assassins... ce testament signé par lui... devant toi... il y a deux mois...

— Malheureux ! s'écria brusquement le valet... je viens d'en porter un autre... et c'est le bon... puisqu'il est daté d'aujourd'hui.

— A qui... à qui ? demandèrent deux voix stupéfiées.

— A Mlle Trilby, rue de la Harpe. Même que j'ai lu par dessus son épaule... et qu'il ne me laissait rien, pas plus que dans l'autre... Et voilà pourquoi je ne crie pas... Sans cela !

— Malédiction !... gémit le fils du boulanger. Tout est perdu...

— Non... non... s'écria Frédérick, dont le génie ne se déclarait pas encore vaincu... Attendez... attendez !

Aussitôt il s'approcha du valet, lui expliqua la lettre, lui prouva qu'il n'avait rien à craindre pour le présent... tout à gagner pour l'avenir.

— Soit ! consentit Tom. Il devait sortir demain en cachette. Le portefeuille se trouvera garni, sans compter le reste... Rafle générale... puis après... grande scène d'étonnement et de désespoir... C'est convenu... Mais plus tard !

— Oui ! affirma Pichard.

— Eh bien... eh bien ? demandait le baron Dupréval.

— Si l'autre testament se trouve anéanti... le nôtre devient valable ? répondit nerveusement Frédérick... Il est chez Trilby... Trilby, demain matin, sera seule rue de la Harpe, à l'heure où l'on enterrera Mariette.

A ce nom inattendu le fonctionnaire frémit convulsivement.

Mais l'officier de santé avait couru vers le cadavre, coupé à l'aide d'un canif pris sur le bureau le bout du lacet auquel ne pendait rien, et, le tendant à son complice, il lui dit :

— Il en reste assez pour elle !...

Puis il entraîna son complice éperdu vers sa chambre, et et de la vers l'escalier dérobé.

— Moi... encore moi !... murmurait Dupréval en traversant le jardin.

— Parbleu !... repartit Frédérick. J'ai les idées... à vous d'agir... Je suis la tête, soyez le bras...

— Mais après... gémit le baron... après ?... il faudra fuir... si l'on découvrait...

— Soit ! fit avec mépris Frédérick, soit !... Allez en Angleterre... pour réclamer l'héritage... Taisez-vous, j'ai tout prévu déjà... Un passeport, allez-vous dire... Je suis homme de précaution, et ne voyage jamais sans cela. Demain matin je le fais viser pour Londres... puis... tandis que vous travaillez rue de la Harpe, je retiens une place... en mon nom toujours... et je vais vous attendre sur la route de Boulogne... Là... êtes vous tranquille ? On ne se doutera de rien, vous dis-je, et dans huit jours je vais vous rejoindre parmi les brouillards de la Tamise... hein !...

Dans toute cette rapide tirade, le baron n'avait entendu qu'un seul mot :

La route de Boulogne !...

— Oui... répliqua-t-il, vous m'attendrez avec le passeport, et je possède justement de ce côté-là une petite maison de campagne, à deux pas de laquelle passent les diligences de Boulogne...

— Je sais... je sais, interrompit moqueusement l'officier de santé, la villa où fut renfermée Louise... votre Parc-aux-

Cerfs... Bien ! vous me l'indiquerez plus tard... Mais d'abord, écoutez la manière d'en finir avec l'héritière de la rue de la Harpe...

En ce moment les deux assassins dépassaient la petite porte, qui fut prudemment refermée derrière eux ; et toujours causant à voix basse, ils disparaissaient, engloutis au milieu des ténèbres du boulevard.

. . . .

Quant à Tom il fouillait à la hâte tous les tiroirs de l'appartement, et garnissait avec un art merveilleux ses poches inremplissables.

— J'ai bien fait de ne rien dire !... grommelait-il avec joie... Quelle occasion !.. Il sera temps d'appeler tout à l'heure... bientôt... car il ne reste plus que le portefeuille... Où diable est-il ?... Ah !... sur lui sans doute... Il devait sortir en tapinois demain... Voyons... mylord !

Il s'approcha du cadavre pendant à l'espagnolette, et se hissa sur la pointe des pieds afin d'atteindre l'alléchant portefeuille.

Mais, en même temps, une main invisible ouvrait doucement la porte, que, dans ses pillardes excursions, il avait omis d'entièrement refermer.

Et, comme il saisissait enfin sa dernière proie, ce cri terrible retentit à l'entrée de la chambre :

— A l'assassin !

C'était Yvonne.

La vieille servante, en traversant un corridor, qui devait la mener vers Geneviève, avait entendu du bruit... La porte était entr'ouverte... Geneviève pouvait se trouver là... Elle avait cherché à voir sans être vue... elle avait vu !

A ses cris, Tom voulut fuir... de toutes parts les valets accoururent.

Mais laissons Tom lutter, laissons l'effroi se répandre, laissons Mme de Bellerive s'évanouir... laissons tous les détails de cette scène facile à deviner !..

Et suivons Yvonne dans cette petite chambre connue déjà du lecteur, dans ce pudique nid de jeune fille, où vient de la conduire Geneviève, accourue elle-même au tumulte qui vient de réveiller la maison tout entière.

On se revoit, on s'embrasse, on pleure, on est heureux...

Car la mère a déjà dévoilé les douloureuses calomnies dont souffrit tant le cœur abusé de sa fille !

— Et il allait partir ! sanglota Geneviève... il me l'écrivait... en me demandant un seul mot, que je n'eusse pas répondu !.. Oh!.. pardon... pardon... mon noble Georges!...

Ce n'est pas une lettre qu'il te faut en expiation de mon manque de foi... c'est moi... moi !... et je t'irai trouver demain... Que m'importe Mme de Bellerive!.. que m'importe le monde !.. J'ai douté de mon Georges... et je vais à lui... pour lui prouver que je ne doute plus de son cœur !..

Etait-il possible qu'Yvonne résistât longtemps au généreux repentir de cet amour, qu'elle-même avait béni tant de fois!

Et puis Geneviève voulait enfin !..

Le lendemain matin, elles sortirent donc toutes deux de l'hôtel, côte à côte et se donnant le bras, comme jadis lors des poétiques rendez-vous à la chapelle de la Vierge.

Personne ne les arrêta, tant la maison semblait bouleversée et déserte.

Bientôt on arriva chez Georges.

Georges était, dit-on, à l'enterrement d'une jeune fille qu'on ne nomma pas. Le soir même, il devait partir pour l'Italie, mais, espérant une lettre de Geneviève, il avait recommandé qu'on envoyât rue de la Harpe tout ce qui viendrait en cette première absence.

— Nous venons pour lui, dit en souriant Geneviève... Allons rue de la Harpe?

Et, après quelques nouvelles résistances de la vieille Bretonne, Geneviève l'entraîna vers la mansarde de Trilby.

CHAPITRE XXVII.

Il faudrait tout à la fois un grand poète et un profond anatomiste, pour analyser les multiples transformations de la douleur.

D'abord c'est un engourdissement étrange, une poignante incrédulité, un lourd et pesant idiotisme. Quand le malheur arrive, il ne touche pas, il frappe, mais comme ces terribles coups qui étourdissent et brisent le crâne, sans le déchirer encore intérieurement de leurs lancinantes souffrances, comme ces mortelles blessures, dont on doute même en voyant couler le sang autour du fer enfoncé, jusqu'à la garde, dans la poitrine !

C'est le lendemain, le lendemain seulement que se développent dans toutes leurs affreuses réalités les grandes douleurs morales et physiques.

Ainsi, à l'aspect terrifiant du cadavre de Mariette, exposée livide et nue sur la dalle publique, la mère Rainette avait eu un sanglot... moi... un cri... un seul !.. et depuis cette heure fatale, le sanglot durait encore, morne, incessant, monotone... Et moi, j'écoutais toujours stupidement ce cri répété par tous les sourds échos de mon être, au point de me convaincre qu'il s'ajoutait à lui comme un sens nouveau, inconnu, éternel !...

Mais voilà tout.

Le jour s'était écoulé, sans que la pauvre mère changeât d'attitude, sans qu'elle dît un mot, sans qu'elle formulât une pensée.

On eût cru deux cadavres enlacés l'un à l'autre... seulement l'un des deux sanglotait confusément... Lequel?.. A moins de les séparer, personne n'aurait su répondre.

Moi, j'avais couru... Où ?... de quel côté?... Je ne m'en souvenais pas... je ne le savais plus... Et cependant je n'avais rien oublié... Comment tout cela s'était-il accompli, mon Dieu !

A la Morgue... à la mairie... à l'église... au cimetière... vingt fois le nom de Mariette avait été prononcé... sans me réveiller un seul instant de cette annihilante torpeur... J'avais même marchandé!... Telle est la loi de ce monde, où l'égalité ne règne pas même entre les morts... où l'on refuse six pieds de terre au pauvre qui n'a pas de quoi payer... où le prêtre dresse un tarif pour ses prières, et le discute avec autant de rapacité, que le marchand qui fait l'article à son comptoir !...

Oh !... les hommes sont mesquins, lâches et petits !...

Oui... je me le rappelle, comme si c'était hier... et, quand on a vécu de semblables heures, on en vient à souverainement mépriser les choses les plus sacrées et les plus saintes... à ne plus croire à aucun honneur, à aucun sentiment, à aucune vertu... puisque l'or fait tout et peut tout, puisque les vendeurs sont rentrés dans le temple, et que nul Christ n'est plus là pour les chasser !. .

N'est-ce pas ? n'est-ce pas ?... vous tous qui avez perdu une mère, une sœur, une Mariette adorée !...

Enfin je me fis courage de traverser toutes ces honteuses amertumes... et je revins, comme j'étais parti, ébahi, ivre, fou!

J'ouvris la porte... je la refermai... je dis niaisement :

— Me voilà !...

Rien ne répondit... rien ne bougea... Tout semblait mort... hormis les quatre cierges, qui jetaient leurs éclairs rougeâtres, au travers des ombres désolées de la mansarde...

Alors je tombai sur un escabeau, les mains pendantes, et les yeux fixés vers la funèbre couché...

Mais pas de larmes aux paupières béantes... Une vague souffrance, assez semblable à l'engourdissement léthargique du froid.

Mon cœur surtout semblait glacé... et parfois je m'étonnais, ne croyant plus le sentir battre...

Cela dura longtemps.

Il vint des amis. Lucien de Varedde... Georges Cortalès.. Albert Atis... Louise... Trilby... d'autres peut-être!...

Il y eut des paroles de consolation qui caressèrent mon oreille... d'affectueuses mains qui serrèrent ma main.

Je n'entendis rien... je ne vis rien... je ne sentis rien !.. J'étais mort!..

Oui, mort, ainsi que la mère Rainette. Nos deux âmes montaient en ce moment au ciel, pour accompagner l'âme de Mariette. Mais cette âme devait y rester, et les nôtres allaient redescendre dans leurs demeures insensibles et vides.

Voilà comment je me suis expliqué depuis ce jour-là le premier et long étonnement des véritables désespoirs.

Bien des lèvres vont sourire à cette naïve croyance... je l'ai éprouvée, moi... c'est une inébranlable foi pour mon cœur !

Ce retour à la terre, à la réalité, à la vie n'eut lieu que vers le milieu de la nuit.

Au moment où les flammes de l'incendie voisin inondèrent la mansarde.

— Le feu... le feu!... s'écria tout-à-coup la mère Rainette... Viens, ma fille... viens donc?... Si tu ne peux marcher... je te porterai... On est fort pour sauver son enfant... et je veux te sauver, moi !...

En même temps la pauvre folle cherchait à soulever entre ses bras tremblans le cadavre de Mariette.

Je courus vers le lit.

D'une main j'arrêtai la mère.

J'étendis l'autre vers l'unique fenêtre, où semblaient battre les flammes.

Et je dis :

— Laissez... laissez venir !

La vieille femme me regarda, puis rencontrant tout à coup la chair glacée du cadavre, elle répondit :

— Oui... oui... Elle a bien froid... Si çà pouvait la réchauffer !

A cette impossible espérance, je sentis enfin quelque chose qui se ranimait au fond de ma poitrine, quelque chose qui coulait le long de mes joues !

Eh! mon Dieu! mon âme redescendait, en se creusant un passage humide à travers mes yeux, qui saignaient tout à coup des larmes!

Et je tombai agenouillé et sanglotant au pied du lit.

Le même miracle s'opérait simultanément chez la mère Rainette.

Elle me contempla avec de cruelles angoisses, passa à plusieurs fébriles reprises ses mains égarées sur son front pâli, et s'écria bientôt d'une voix terrible :

— Morte... morte!... C'était donc vrai !

Aussitôt je sentis le corps chancelant de la pauvre mère, qui s'agenouillait à côté de moi.

Chez tous les deux revenait la conscience du désespoir, la perception du malheur ?

Elle parlait.

Je pensais... moi...

— Et je me plaignais hier encore ! sanglotait la pauvre femme... je me croyais malheureuse.... Egoïste et stupide mère que j'étais !... Qu'est-ce que l'isolement... qu'est-ce que la misère ?... Elle vivait au moins... elle vivait !... Oh ! je n'étais pas seule autrefois... comme je vois l'être maintenant... Pauvre fille bien-aimée !... Pourquoi donc avoir voulu mourir sans moi ?... Est-ce qu'on doit désespérer de la vie... alors qu'il vous reste une mère ?... Ta mère qui t'aimais tant !... Rappelle-toi, ange de mon cœur... rappelle-toi donc comme je t'aimais !... et reviens, reviens... Rendez-la moi, mon Dieu !... toute petite... toute petite... comme vous me l'aviez donnée... avec ses cheveux blonds... ses petites mains qui tenaient dans un baiser... ses petits pieds ronds qui tenaient dans une de mes deux mains.... A. Rendez-la moi... Et je la garderai pure... je la garderai bien reuse... cette fois... Oh ! oui... oui... j'en ferai une simple paysanne..... C'est l'orgueil qui nous a perdues..... Mais elle était si belle !... J'ai de l'expérience maintenant... Plus d'éducation... plus de théâtre... Oh ! le théâtre !... je gratterais plutôt la terre avec mes ongles... pour lui donner du pain... Du pain... et à ce prix là !... je ne demande pas davantage... Vous voyez bien que je ne suis pas exigeante... Rendez-la-moi... mon bon Dieu ! Qu'elle renaisse sous mes caresses... Oh ! si les larmes pouvaient... je pleurerais tant... Non... non... rien... Mais toi... toi... Jérôme... toi, qui es avec elle... dis donc là haut qu'on me la renvoie... Je ne peux pas vivre sans elle... je ne le peux pas !...Tu restes sourd aussi... toi !... Oh ! c'est que tu m'en veux... c'est que je suis maudite... Mieux vaut être la femme d'un mendiant que la maîtresse d'un roi... Oui... oui... je sais. Mais ce n'est pas ma faute... juste ciel!... ce n'est pas ma faute...Tu as bien dû le voir... je l'aimais, je n'étais pas une mauvaise mère, moi !.. Je l'ai si bien soignée, quand elle était malade... Souviens-toi donc !.. Tiens... elle est là... sur ce portrait... en toilette de première communion... Regarde donc... Jusque là, tu n'as pas de reproches à me faire... n'est-ce pas ?... Eh bien !.. plus tard... ce sont les autres... C'est le sort qui l'a voulu... Infernal théâtre !.. Et cependant... là... là encore... comme je veillais sur elle... nuit et jour... Oui je me serais damnée pour mille éternités, plutôt que de souffrir qu'elle commît une faute... Et est-ce qu'elle aurait jamais failli ?... Non... non... Son cœur est resté sans tache... On me l'a prise... on me l'a volée... mais jamais... jamais elle !... Oh ! non... je ne suis donc pas coupable... On doit me la rendre... Oh ! s'il y avait des juges au ciel... ils me la rendraient... j'en suis sûre... Ma fille !... ma belle et bonne fille !... pourquoi lui avoir donné une voix de théâtre aussi ?... Rendez-la moi laide et muette... mais rendez-la moi !.. une année seulement... je mourrai d'ici là... ou bien un mois... On ne peut pas refuser un mois à une mère qui pleure !... un jour... une heure... une minute... qu'elle puisse me rendre un seul baiser... rien qu'un... Je viens de l'embrasser mille fois... Allons !... le bon Dieu le permet... relève-toi, Mariette... Mariette !... Oh !.. Que veux-tu donc que je devienne... si tu es impitoyable aussi ?... Je t'en prie, je t'en supplie... je... Mariette... Mar... Rien... la mort... toujours la mort... toujours !... Oh !.. Jérôme, tu n'es pas juste !... Mon Dieu, vous êtes méchant !... Mon Dieu !... ou plutôt non... c'est cet homme... ce démon... Oh ! si quelqu'un la vengeait... elle consentirait à renaître... C'est lui seul qui l'empêche de revenir... Parbleu !.. elle le rencontrerait encore... elle a peur... c'est trop juste... Il l'a flétrie... il l'a rendue malheureuse... il l'a tuée... tuée !.. Eh bien !... il ne sera plus là... je le tuerai. . dussé-je le tuer, moi !.. Attends... attends !... Oui... je ne demande plus rien... avant... lui!.. oh... lui... le baron Dupréval !!!

Ce fut le dernier mot de la pauvre mère...

Et elle parlait avec une haine étrange, avec une exaltation vengeresse...

Jusque-là, sa voix avait été douce et touchante... Elle trouvait au fond de son amour des inflexions impossibles. Elle pleurait, elle souriait, elle embrassait follement le visage de sa fille... elle la berçait comme un enfant endormi... Puis elle se levait... courait au portrait du vieux soldat, au portrait de la jeune communiante... elle les priait... elle les baisait tour à tour... enfin elle revenait au cadavre, et s'y concentrait uniquement de toutes les puissances insensées de son maternel désespoir !...

Mais à peine le nom du baron Dupréval eut-il surgi à sa pensée en délire, qu'elle se calma, comme après quelque résolution consolante et suprême... Ses lèvres parlaient encore, mais des mots insaisissables et sourds... elle devenait songeuse et grave... Et depuis cet instant, je n'ai plus vu changer la solennelle et sombre expression de la mère Rainette...

Pauvre mère Rainette !...

Je la suivais de l'oreille et du regard ; mais ma pensée veillait sans déviation et sans trouble.

Il est des instans où les facultés sont doubles, inouïes, presque divines...

Je revécus dans cette nuit-là tout ce que j'avais vécu déjà, tout ce que je devais revivre encore.

J'arrivai à Toulouse, insoucieux, croyant et jeune... Je vis Mariette chanter au théâtre de Toulouse... j'en fus ébloui... je l'aimai... Tous les charmans enfantillages de mon innocente passion épanouirent leurs fleurs fanées et perdues... Oh ! la mémoire du cœur a de féeriques ressonvenances... Nous étions ensemble dans la diligence... à Paris... elle me parlait... elle me souriait... C'était la Valentine de l'Opéra... c'était la convalescente de la Cité d'Antin... c'était la belle désolée de la Chapelleraie... Je revis tout... tout...

Cette créature si généreuse et si superbe... cet ange, tel que Dieu en permet quelquefois sur la terre pour illuminer tout un siècle à la double auréole de leur génie et de leur beauté... cette femme si florissante de vie, d'amour, de bonheur... cette jeune fille que j'avais aimée, que j'aime encore...

Et tout cela n'était plus qu'un cadavre !

Oh ! mon cœur saura seul mes pensées de cette nuit-là...

Enfin ma douleur vint aussi se heurter au nom maudit de Dupréval.

C'était lui... c'était lui !..

Et le monde !..

Je n'avais plus besoin d'écouter la mère Rainette. La même haine s'allumait au fond de nos deux cœurs... Nos lèvres devaient murmurer les mêmes vengeresses paroles...

. . . .

— Et son enfant... son enfant !... me demanda-t-elle tout-à-coup.

— Il vit !... m'écriai-je... Il est chez Aline... Il vous attend !

— Il m'attend !?.. répéta la pauvre mère... Oui... je veux l'embrasser... une fois... une seule... puis...

Elle n'acheva pas.

Et tout le reste de la nuit, nous n'échangeâmes plus un mot.

Le jour arriva.

Alors commença l'horrible comédie des funérailles.

D'abord un médecin se présenta pour constater la mort.

Il vint, le cure-dent à la bouche, un reste de cigare à la main. Il sortait de déjeuner sans doute.

Il leva les mains du cadavre et les laissa retomber ; il entr'ouvrit les paupières et les lèvres ; il dit d'un ton indifférent et banal :

— Elle est bien morte !

Après quoi, il s'en alla.

Nous l'entendîmes fredonner dans l'escalier !

Puis d'ignobles hommes pour prendre mesure de la bière.

Ils tâtèrent le cadavre avec leurs sales mains, avec un fangeux centimètre, tout comme s'il eût été question d'un vêtement pour le lendemain.

Toute la matinée, la pauvre mansarde fut assiégée par d'odieuses et vénales visites.

Des entrepreneurs, des imprimeurs de lettres de part, des marbriers qui venaient offrir leurs services et qui se disputaillaient entre eux.

La cupidité ne respecte rien en ce monde !

Enfin, d'autres hommes, vêtus d'habits d'un noir terreux, ornés de crêpes rousseâtres.

IV° P.

Deux de ceux-là étaient ivres !

Ils posèrent le cadavre dans le cercueil, que l'on remplit avec du son, ainsi qu'une caisse à moitié vide.

Il resta de ce son par la chambre, et le lendemain j'éclatai en sanglots à cette vue.

Mais bah ! ils avaient gagné leur journée...

Il faut de ces gens-là .. Les uns possèdent tout... les autres doivent se résigner à d'ignobles métiers pour vivre !

Nous avions voulu nous-mêmes ensevelir Mariette.

La pauvre mère du moins...

La pudeur survit à la mort.

Moi... j'avais été acheter des épingles... des épingles !...

Oh ! mon Dieu ! j'ai précieusement conservé celles qui ne servirent pas...

On cloua la bière.

A grand fracas.

Chacun des coups de marteau nous frappait au cœur.

On entendit le corbillard s'arrêter devant la porte, et l'on descendit le cercueil par l'étroit escalier.

Vingt fois il faillit échapper aux mains des porteurs ivres. Je les aidai.

—— Pas si fort ! murmura naïvement la mère Rainette. Prenez bien garde ! Vous allez lui faire mal !

Enfin, on se mit en marche.

La mère Rainette voulut nous suivre.

Louise guidait ses pas chancelans.

Lucien de Varedde... Albert Atis... Georges... Anatole... étaient là...

Trilby, trop faible, avait dû rester à la mansarde de la rue de la Harpe.

A l'église, les chantres riaient et babillaient avec de monstrueuses grimaces.

Heureusement, c'était ce bon curé, qui n'avait pas voulu croire au suicide.... Il pria de cœur, lui !...

Le corbillard roula vers le cimetière.

Les cochers saluaient leurs amis au passage.

Il était neuf heures du matin... un lendemain de carnaval... Il y avait des masques qui hurlaient par les rues.

Les autres passans n'ôtaient pas même leurs chapeaux.

Paris était le Paris de la veille... chacun allait à ses affaires... comme si Mariette n'était pas morte... C'est tout simple... et cependant mon cœur indigné ne pouvait comprendre cela !...

On arriva.

La fosse était entr'ouverte.

Le cercueil y descendit, en gémissant sur les cordes tendues...

La terre allait le recouvrir à jamais.

Nous nous penchâmes tous, pour laisser à Mariette un dernier regard, une dernière larme...

Puis...

Oh !... ce bruit... ce bruit... qui semble vous enterrer le cœur aussi...

Bientôt il n'y eut plus d'autres traces du passage de Mariette, qu'un talus surmonté d'une croix noire, et fleuri de tristes couronnes.

C'était tout.

Les acteurs du drame funèbre demandèrent leur pourboire, et s'en furent au cabaret attendre qu'on relevât le rideau.

Nous partîmes.

La mère Rainette était encore là.

J'avais craint pour elle.

Mais non... elle resta morne, silencieuse, étrange.

Je ne la comprenais plus.

Cependant, à la sortie du cimetière, elle s'approcha pour me dire :

— Son enfant !... Il faut que j'embrasse cet enfant... vite... vite !...

12

Je la fis monter dans un fiacre, où Louise voulut la suivre.

— Non... non !.. murmura-t-elle sourdement... Seule... je veux être seule.

Et le fiacre partit avec elle, dans la direction de la rue de la Harpe.

La douleur aime le mouvement.

Les autres amis de Mariette revinrent à pied.

Georges et Lucien me donnaient le bras... Où allions-nous?... peu m'importait.

Albert et Louise cheminaient ensemble derrière nous.

Anatole marchait devant, et plus vite que tous.

Il avait hâte de rejoindre Aline !

Aline qui devait rester quelques jours encore sur la terre.

Et je le vis bientôt disparaître, en enviant sa triste impatience, son éphémère bonheur !

CHAPITRE XXVIII.

Depuis qu'Aline habitait la mansarde de la rue de la Harpe, quelques légers changemens avaient été apportés à son ancien et poétique désordre.

Tous les touchans souvenirs, autrefois épars à l'aventure, étaient aujourd'hui pieusement rangés, sur une gothique étagère, présent en ébène de Lucien de Varedde. Mais rien ne manquait à cette collection bizarre, à ce musée précieux et saint pour deux cœurs.

Anatole avait fait venir une moelleuse et longue bergère, où Trilby passait, étendue et songeuse, les derniers jours de sa lente et douce agonie.

Dans la cheminée, le feu pétillait nuit et jour, sur une élégante et savante garniture en bronze.

La marbre de bois peint supportait une modeste pendule, caprice de la jeune poitrinaire, qui prenait un amer plaisir à compter ces heures suprêmes, dont elle semblait, hélas !... connaître le nombre restant.

A côté se trouvait la boîte de pistolets, enlevée par Anatole chez Georges Cortalès. Le couvercle était entr'ouvert... L'oisive jeune fille avait sans doute voulu jouer avec ces armes sculptées et brillantes.

Enfin on voyait par la mansarde tout le multiple ménage, dont s'entourent les exigences de la maladie.

Et c'était tout !

Anatole voulait jalousement soigner lui seul sa maîtresse adorée, et tolérait à peine la mère Rainette pour les indispensables détails. La vieille ménagère ne venait que deux fois par jour, et depuis l'avant-veille, depuis la visite d'Yvonne, elle n'avait pas reparu.

Quelques minutes plus tard, je confiais à Trilby l'enfant de Mariette, et voici pourquoi la grand'mère ne connaissait pas encore son petit-fils.

Aline l'attendait avec impatience, car, en partant pour Amiens, j'avais permis de tout dire. Mais l'évasion absorba toute cette soirée, que la mère Rainette passa seule et renfermée avec Yvonne dans sa pauvre mansarde.

Le lendemain, son absence inspira de vagues inquiétudes ; Anatole courut au quai du Marché-Neuf, et rapporta l'épouvantable nouvelle de la mort de Mariette.

Trilby voulut venir.

Elle s'habilla une dernière fois, descendit trois marches, puis deux, puis une ; les forces trahissaient le courage de son amitié, elle se vit contrainte de rentrer.

— Et pour ne plus ressortir vivante !.. pensa-t-elle, en voilant son effroi d'un généreux sourire.

Cependant, on voyait par le lendemain, elle désira ardemment accompagner au moins à l'église le cadavre de Mariette.

Elle tenta une nouvelle épreuve ?...

Hélas !... c'était impossible.

Elle resta, la mort déjà dans le cœur, et murmurant de ses lèvres désolées :

— Mariette... ma pauvre Mariette !... je te rejoindrai demain... Aujourd'hui je vais prier ici pour toi... et ma prière te sera peut-être plus agréable qu'à l'église... car je puis joindre les petites mains de ton enfant dans les miennes !

Alors elle s'approcha de l'humble couchette.

Sur le pied du lit, et retombant à terre, était étendu un long rideau de serge verte.

Elle le souleva.

L'enfant dormait entre les quatre pattes de Roméo, qui lui faisait maternellement un soyeux oreiller de son corps, dont la respiration berçait en même temps l'innocente créature.

Rien de tendre et de charmant, comme ce simple tableau !

Deux larmes soudaines perlèrent aux cils frémissans de la jeune fille.

Elle prit les mains de l'enfant, tandis que le chien léchait doucement les siennes.

Deux petits yeux s'entr'ouvrirent, étonnés et noirs.

Il y eut un sourire d'échangé entre l'enfant et la jeune fille.

Par dessus les mains jointes de l'enfant, se joignirent deux autres mains, presque aussi petites et aussi mignonnes.

Puis Aline, se laissant glisser le long de la couchette, tomba sur les genoux, et dit :

— Prions pour ta mère !

Roméo regardait, immobile, attendri, et paraissant comprendre.

Un harmonieuse et suave prière s'éleva saintement vers le ciel.

Mais tout à coup, quelque chose comme le bruit d'un sanglot éclata dans la mansarde.

Trilby releva vivement la tête.

C'était Anatole, qui pleurait sur le seuil !

Oh !... quel pinceau saurait reproduire cette scène, où chacun conserva longuement son attitude attendrie, comme afin de poser aux regards de quelque invisible et souriante divinité !

. . . .

— Toi... toi ici ! demanda enfin Aline... Et Mariette ?

— Je l'ai conduite à l'église... répondit Anatole d'une voix oppressée... mais... impossible de rester si longtemps éloigné de toi... Au milieu du service je suis venu... en voiture... Elle m'attend... en bas... pour les rejoindre au cimetière...

— Merci... merci !... fit Aline... Mais... tu vois... je ne souffre pas... je prie... Il faut repartir, ami... Je ne peux pas suivre ma pauvre Mariette... Toi... tu es fort... et bon. Elle m'en voudrait, si tu n'étais pas là !.. Va !... A bientôt... à bientôt !

Quelques minutes après, Trilby poussait Anatole vers la porte, en lui tendant à chaque pas ses joues humides et quelque peu rosées par les palpitations haletantes de son cœur.

Anatole allait enfin partir, lorsque quelque chose de blanc déborda le corsage de sa maîtresse.

— Quel est ce papier ? demanda-t-il aussitôt.

— Rien... rien !... balbutia Trilby... une secrète fantaisie de malade... Tu sauras plus tard !... Adieu !

L'amant allait insister peut-être ; mais la maîtresse lui jeta un dernier baiser, et referma vivement la porte.

Mais aussitôt elle murmura avec effroi :

— S'il avait lu !... lui !... Oh ! non... jamais... jamais...

Et elle cacha soigneusement le mystérieux papier.

Ce papier, c'était le testament apporté la veille au soir

par Tom, le testament par lequel le millionnaire lui assurait son immense héritage.

Trilby l'avait gardé, non pour Anatole, qui devait ignorer toujours, mais pour Lucien de Varelde, auquel elle voulait prouver qu'elle savait tenir un serment.

Cette légère émotion semblait avoir brisé la défaillante jeune fille, qui demeura un instant immobile et comme cherchant à rassembler un peu d'haleine et de force, puis revint lentement vers la couchette, reprit les mains de l'enfant, s'agenouilla une seconde fois, et recommença son angélique prière.

Bientôt les lèvres se turent, et la pensée continua seule son aspiration vers le ciel, où ses yeux bleus semblaient la regarder monter.

Quand elle rabaissa ses diaphanes paupières vers la couche, Roméo et l'enfant s'étaient rendormis.

— Chut! fit Aline, qui posa deux doigts sur sa bouche souriante, et s'achemina vers la bergère, en marchant sur la pointe de ses pieds attentifs.

Quelques minutes se passèrent encore.

Puis, tout à coup, on frappa doucement à la porte.

Roméo rouvrit un œil.

Trilby écouta, croyant s'être trompée, tant sa rêverie était profonde.

On frappa une seconde fois.

— Qui peut venir?... murmura la jeune fille étonnée. Anatole... déjà?... Oh! non...

La pendule sonna dix heures.

— Peut-être? se dit Aline, tandis que pour la troisième fois le bruit se répétait au dehors.

Roméo souleva la tête...

— Reste là?... fit Aline... et tais-toi?... Tu réveillerais le pauvre petit!

Comme à l'ordinaire l'intelligent animal parut deviner le sens de ces paroles, se recoucha doucement et ferma les yeux.

En même temps, Trilby ramassait le rideau protecteur et recouvrait en silence l'enfant et le chien endormi et cachés sous ses vastes plis verts.

Puis enfin elle courut à la porte.

— Qui est là? demanda-t-elle.

Aucune voix ne répondit.

— Serait-on reparti déjà? fit la jeune fille, qui vivement ouvrit la porte.

Mais aussitôt elle se recula avec surprise, avec épouvante...

C'était le baron Dupréval!

. . . .

Depuis longtemps déjà le fonctionnaire était aux aguets, rue de la Harpe.

La première fois, il avait vu sortir Anatole, et s'était élancé vers la porte, sans oser la franchir.

La peur enchaînait la cupidité.

Et cette invincible lâcheté le promena durant près d'une heure par la rue, s'éloignant, revenant sans cesse, avec d'horribles angoisses, avec d'impuissantes rages, avec les délirantes hallucinations de cette fièvre infernale qui depuis trois jours le poussait fatalement de crimes en crimes inutiles.

Il allait se décider, lorsque revint Anatole.

Heureux de ce contretemps, il se jura de ne plus tarder, sitôt que repartirait la voiture, qui, stationnant à la porte même, devait attendre le jeune homme.

Le calcul était juste, Anatole s'éloigna bientôt.

Alors recommença dans le pusillanime cœur du fonctionnaire, l'impitoyable drame de ses renaissantes irrésolutions.

Un quart d'heure s'écoula ainsi.

— S'il allait revenir? se dit enfin le baron.

Après une courte réflexion, il courut à l'église; il osa braver l'aspect du cercueil de Mariette!

Devant un cadavre, il n'avait plus peur...

Le convoi était bien loin de l'église.

Dupréval remonta la rue de la Harpe, en murmurant:

— Pichard doit m'attendre... Elle est seule, bien seule... c'est la fortune! Il le faut... et je ne peux pas... je ne peux pas... Misérable et lâche que je suis!.. Veux-tu donc tout perdre?.. Non... non... Eh bien! Pas encore... L'heure s'écoule, ils vont revenir... Allons, quand il me restera juste le temps, j'oserai... Eh bien! voilà... Peut-être est-il trop tard?... Oui... oui... Allons... enfin!..

Et ce fut alors qu'il s'élança, rapide, résolu, mais tremblant et livide encore.

Il frappa cependant et à trois reprises...

Dans ces trois intervalles, il fut vingt fois tenté de s'enfuir...

On ouvrit.

Il entra... ne voyant rien... n'entendant rien encore...

Par le dernier instinct de la peur, il referma la porte sur lui.

Trilby, reculant toujours, venait de s'affaisser sur la bergère, et demandait:

— Que voulez-vous?

— Le testament... répondit le fils du boulanger, d'un souffle lourd et stupide, le testament de lord Karolan?... il est ici... il me le faut.

— Il vous le faut? répéta Trilby, qui revenait peu à peu de sa surprise et de son effroi.

— Vous l'avez... n'est-ce pas? reprit vivement le baron.

— Oui! répliqua Trilby, après un silence.

— Où est-il?

— Là... là!..

Et la jeune fille osa porter les deux mains à sa poitrine.

— Donnez-le!.. s'écria Dupréval en avançant le bras.

— Jamais... jamais!.. s'écria Trilby, qui se redressa courageuse et fière.

— Oh!... je vais te tuer!... gémit le fonctionnaire, en s'approchant.

— Je dois mourir demain!.. sourit tranquillement Aline... je ne crains pas la mort aujourd'hui.

— Ce testament... ce testament?.. fit d'une voix stridente le fonctionnaire qui s'avançait encore... Je t'en prie, je t'en supplie!

— Non... dit simplement Aline.

— Je le veux... songes-y bien... je le veux! râla le baron, qui tourmentait d'une main fébrile son autre poignet palpitant.

C'était la corde donnée par Frédérick Pichard, la mortelle corde roulée autour de son bras, et dont le nœud menaçant commençait à pendre.

Et il avançait toujours!

Trilby ne prévoyait pas l'horrible supplice, qui s'apprêtait pour elle... Non!... elle conservait son intrépide attitude... Elle répétait d'une voix noble et sereine:

— Non... non!..

Mais cependant elle jetait de fréquens regards vers la couchette, où le rideau vert commençait à remuer.

Enfin, la main du meurtrier toucha le cou de la jeune fille. Elle jeta un cri... un seul.

Un sourd grognement répondit de la couchette.

Mais déjà le nœud coulant se resserrait d'une brusque et nerveuse étreinte.

L'assassin avait pour lui l'habileté de l'expérience, le génie de la fièvre et la promptitude de la nécessité.

Aline se rejeta vivement en arrière, puis retomba sur le fauteuil, la lèvre ensanglantée, les paupières closes et la tête pendante.

Un râle insaisissable gémissait au fond de sa gorge étranglée.

Le fonctionnaire se pencha aussitôt, et ses doigts avides allaient plonger dans le sein profané de la jeune fille.

Mais, tout à coup, il poussa un gémissement terrible, et se redressa, épouvanté.

Une douleur inattendue, affreuse, progessive, déchirait son épaule, et l'entraînait vers quelque inexplicable chute.

C'était Roméo !

Roméo, qui d'abord empêché par la jeune fille, craignant de réveiller l'enfant confié à sa garde, et surtout rassuré par les voix contenues et basses, n'était enfin soulevé au premier cri de la victime, hésitant encore, mais l'oreille tendue, les naseaux béants, et la colère grondant au fond de la gueule entr'ouverte.

Il était prêt à s'élancer...

Quand le bruit étouffé du râle d'agonie appela confusément au secours...

Alors le rideau vert vola par la mansarde, et l'animal bondit de la couchette à l'épaule, aussitôt ensanglantée, du fonctionnaire qui rugit de souffrance et de rage.

L'enfant rouvrit les yeux, et cria.

Trilby ne râlait plus, et sa tête empourprée retombait vers la terre.

Roméo enfonçait furieusement ses longs crocs acérés dans les chairs palpitantes, et, suspendu à l'un des bras dont on s'évertuait à lui faire un obstacle, il secouait l'assassin, qui luttait encore, et cependant déjà pouvait à peine rester debout.

Mais, aussi prompt que la pensée, et du bras qui lui restait libre, Dupréval dirigeait contre le poitrail du chien la lame étincelante d'un poignard.

Roméo ne voyait rien, et ses terribles mâchoires montaient vers le cou de l'assassin.

Le fonctionnaire cherchait la place du cœur afin d'en finir d'un seul coup... une seconde encore et la lame disparaissait.

Mais le bras s'arrêta, tremblant et suspendu.

Une clé venait de tourner dans la serrure... la porte s'ouvrait vivement.

Le fils du boulanger tourna la tête, et resta stupéfié à l'aspect de la mère Rainette.

La pauvre vieille arrivait, implacable et farouche, de l'enterrement de sa fille.

Roméo mordait toujours.

Tout cela s'était passé en certes moins de temps qu'il n'en faut pour le décrire.

— Lui... lui !... cria la mère Rainette, avec l'élan d'une joie vengeresse.

Et elle se rua vers le fonctionnaire. Une de ses mains se cramponna fiévreusement à la joue du misérable.

A cette joue qu'autrefois elle avait souffletée.

L'autre bras s'allongeait vers la cheminée, où s'entr'ouvrait la boîte de pistolets de Georges Cortalès.

— Oh ! je te tuerai, va ! murmurait-elle d'un accent haineux et résolu.

L'assassin ne pouvait plus résister à cette double étreinte. Il se débattait follement... Il frappait au hasard de son poignard égaré par la peur... Il écumait, pâle, sanglant, horrible à voir !

Les dents de Roméo montaient vers la gorge, où s'enfonçaient déjà les griffes furibondes.

Tout ce groupe mouvant et bouleversé piétinait le sol, autour du cadavre inanimé de Trilby.

Il s'approchait de la cheminée, où les ongles de la mère Rainette glissaient sur l'acier des pistolets.

Et Roméo ouvrait sa large gueule pour la suprême étreinte.

La lutte tout entière n'avait pas duré dix secondes.

La mort menaçait deux fois le fonctionnaire.

Il allait tomber...

Il tomba...

Echappant par la chute à ses deux adversaires...

La femme se précipita vers les armes...

Le chien, hérissé, furieux, effrayant, ramassait ses irrésistibles forces dans un élan terrible et mortel.

Quand tout-à-coup une voix retentit du seuil, imprévue, puissante et tellement souveraine, que le chien impérieux et la haineuse mère s'arrêtèrent, immobiles et pétrifiés, devant leur commune proie...

C'était Anatole !

Anatole qui, d'un seul regard, venait de tout voir, de tout comprendre...

— A bas... au large !... cria-t-il... C'est à moi seul qu'il appartient !...

Et, d'un bond de tigre, il sauta à la cravate du fonctionnaire, qu'il redressa, droit et stupide, par le prodigieux levier de deux bras en courroux.

— Monsieur !... voulut crier le misérable... dont la face était blême et sanglante, dont les vêtemens et les chairs retombaient en lambeaux.

Mais Anatole ne répondit pas.

— Trilby... Trilby !... criait-il à la mère Rainette... secourez-la... coupez... coupez...

Roméo attendait, silencieux, impassible, en arrêt.

La vieille femme se dirigeait vers la jeune fille, gisante sur le carreau.

Mais trop lente... trop lente au gré de l'amant anxieux et désespéré...

Heureusement un nouveau personnage parut au seuil de la porte, laissée toute grande ouverte...

Le Juif Errant...

Qui, dès l'escalier, criait joyeusement :

— Enfin, je trouve quelqu'un, j'ai mon engagement... et pour Londres... il ne manque plus qu'un passeport, et je...

Il n'acheva pas...

Déjà, Anatole lui criait :

— Tenez l'assassin !..

Le comédien ne demanda pas d'explications plus amples.

— Volontiers, répondit-il en agrafant ses deux mains au collet du baron.

Dupréval voulut fuir.

— Bougeons pas ! dit le Juif-Errant... je suis maigre, mais je suis nerveux !

Et le fils du boulanger resta immobile et cloué à sa place.

Anatole était agenouillé près de Trilby... Avec le poignard ramassé à terre, il coupait le lacet entré dans les chairs rougies... Avec mille soins, mille baisers, mille caresses, il cherchait à ranimer la jeune fille, dont la tête s'appuyait aux deux mains attentives de la mère Rainette.

Et malgré tout, il trouvait encore moyen de répondre au baron Dupréval.

— Voulez-vous donc m'assassiner ?.. osait demander l'infâme...

— Qu'allais-tu faire donc... toi ? grondait le jeune homme..

— Un duel, un... balbutia Dupréval.

— Un duel ! s'écria Anatole... Soit !... je verrai jusqu'à quel point tu es lâche... et je te tuerai comme un chien... non pas... celui-ci vaut mieux que toi !... un duel... eh bien... oui... il y a là deux pistolets...

— Ici... ici !... répliqua le baron...

— Non... non... pas devant elle ! sanglota l'amant, qui portait vers la couchette le corps toujours inanimé de sa maîtresse... Non... où tu voudras... peu m'importe... Mais tu feras venir ta commode police... Non... ou prends garde...

entend--tu bien ! Il me faut un lieu sûr... et rapproché... que je revienne bientôt près d'elle !...

Le fonctionnaire, toujours vigoureusement enchaîné par le comédien, avait rassemblé ses esprits, sondé la situation, repris quelque assurance.

Il répondit enfin :

— Ecoutez... je devais partir pour Londres?

— Bah !... fi. le Juif Errant.

— Je le veux encore... poursuivit l'assassin.

— Oh ! tu veux ?.. interrompit le comédien... Joli ! nous verrons ça ?

— Je devais prendre la diligence sur la route de Boulogne !... reprit Dupréval, sans s'émouvoir.

— Heureux brigand !... soupira l'artiste, avec un regard d'envie.

— Un ami m'attend... un témoin tout trouvé... dans une propriété à moi...

— Sur la route de Boulogne !... observa le Juif-Errant... connu... Pauvre Louise !

— Eh bien ! conclut le fils du boulanger, nous serons là libres et seuls... Une voiture peut nous conduire en une heure... Donnez-moi un manteau... car je ne puis sortir dans cet état... et je suis à vos ordres.. Partons, voulez-vous ?

Pendant tout ce rapide dialogue, Anatole, aidé de la mère Rainette, prodiguait mille soins touchans à Trilby...

— Vite... répondit-il en quittant la couchette pour jeter son propre manteau aux épaules du fonctionnaire, vite... mère Rainette... mes pistolets !...

A cet ordre, la vieille femme releva la tête, contempla longuement le fonctionnaire... puis les armes... et, se décidant enfin, courut à la cheminée avec un empressement étrange...

— A bientôt, Aline !... murmurait Anatole retourné près de la couchette... va... Dieu est juste... Oh ! oui. Dieu est juste.. car il te permettra de vivre.. au moins jusqu'à mon retour... A bientôt... à tout à l'heure... Mais qui veillera sur elle ?...

Le ciel lui-même sembla répondre, en envoyant à cet appel Yvonne et Geneviève.

Toutes deux arrivaient de chez Georges absent.

— Aline... Aline !... leur dit Anatole d'une voix suppliante, tandis que sa main indiquait la couchette.

Les femmes ont le magnétique instinct du dévouement. Sans effroi, sans questions, Yvonne et Geneviève se précipitèrent vers le lit.

— Les pistolets... les pistolets ?... répétait Anatole à la mère Rainette.

Elle fut bien lente à obéir...

Enfin, on entendit le bruit du couvercle qui retombait, et la pauvre vieille s'approcha d'Anatole, en lui tendant la boîte, tandis que son autre bras se cachait, reployé sous les plis de l'humble tartan.

— Allons !... fit l'amant de Trilby, rassuré, calme, et résolu.

— Faut-il lâcher ? demanda le Juif-Errant.

— Oui !.. permit Anatole... Mais je vous en avertis, Monsieur... soit dans la rue, soit dans la voiture... pas un cri... pas un geste... ou... j'ai là deux pistolets... je vous brûle la cervelle...

Le fonctionnaire ne répondit pas, s'enveloppa dans le manteau et sortit.

Il semblait oublieux du présent, tranquille pour l'avenir.

Dans quelle espérance cette brusque métamorphose prenait-elle donc sa source?

On descendit l'escalier.

Anatole le suivit, non sans avoir jeté un dernier et tendre regard vers la couchette, où les trois femmes s'efforçaient de rappeler Aline à la vie.

A l'entrée de Geneviève et d'Yvonne, toutes les traces de la lutte avaient disparu de la mansarde ; et, durant cet entretien, ni l'une ni l'autre ne cherchèrent à écouter, à comprendre.

Il n'en était pas ainsi de la mère Rainette, qui suivait le fonctionnaire d'un œil implacable et sombre.

* * * * * * *

— Dites donc ?.. demanda tout à coup le Juif-Errant, qui marchait le premier... Vous qui allez à Londre... vous devez avoir un passeport... une place retenue d'avance?

— Oui !... avoua Dupréval, à qui s'adressait cette brusque question.

— Quelle chance !... s'écria le comédien... Moi qui dois partir dour Londres — et Monsieur qui va vous tuer... Me voilà un passeport... et une place !.. Ah... merci !

On arriva dans la rue.

Pendant ce temps-là, Yvonne et Geneviève, s'empressaient inquiètes et penchées vers Aline.

Sur la bergère avait été placé l'enfant, dont Roméo léchait les mains, oublieux de lécher ses propres blessures.

La mère Rainette, silencieuse, insensible, et le bras toujours reployé sous son châle, regardait l'enfant avec amertume, et semblait attendre l'occasion de pouvoir s'échapper sans être vue.

Un moment les deux étrangères furent uniquement absorbées et tournées vers Trilby.

Aussitôt la mère Rainette s'élança vers l'enfant, l'embrassa avec une effusion toute maternelle, et s'enfuit en courant de la mansarde.

Elle ne pleurait plus... elle ne tremblait pas... elle était forte et jeune...

Avec une vitesse inouïe à son âge, elle atteignait la rue.

Le baron Dupréval disparaissait, entre Anatole et le Juif-Errant.

Elle les suivit, précautionneuse, avide, ardente...

A la place Saint-Michel, les trois hommes montèrent dans un fiacre.

Un instant après la mère Rainette s'arrêtait devant la seconde voiture de la file.

Le cocher la regarda étonné, hésitant...

Alors, et de la main gauche, car le bras droit semblait rivé sous le tartan, elle attacgoit son mouchoir encore trempé des larmes de la veille, porta l'un des coins à sa bouche, déchira l'étoffe avec ses gencives, laissa tomber le pauvre madras sur le pavé, et tendit au cocher quatre pièces de cent sous, ses économies sans doute, qu'elle portait sur elle à la façon populaire:

— Suivez le fiacre qui vient de partir... commanda-t-elle vivement... partout où il ira... à cinquante pas derrière... et sans éveiller les soupçons... Quant il s'arrêtera... allez cinquante pas encore... puis arrêtez-vous... Voilà ?...

Le cocher ne se le fit pas répéter deux fois, et partit au galop sur les traces prescrites.

Bientôt les deux voitures dépassaient la barrière, et s'éloignaient de Paris avec une prodigieuse rapidité.

Les stores du second fiacre étaient hermétiquement baissés devant les quatre vitres, et ne se relevèrent pas une seule fois durant toute la course.

CHAPITRE XXIX.

Le fonctionnaire avait quelque peu menti sur la distance du terrain offert pour le duel, car sa maison de campagne était située à près de trois lieues de Paris.

Néanmoins les cochers se comportèrent de façon à terminer le trajet en une heure et demie.

C'était une élégante villa, mystérieusement blottie au milieu d'un épais et vaste jardin, qu'entourait sur la façade et sur deux des côtés une triple et haute muraille, et dont les derrières étaient défendus par un large fossé, une sorte de saut-de-loup bordé à l'intérieur par une haie d'arbustes serrés, épineux, impénétrables à l'accès et aux regards.

La grille, aux volets éternellement clos, se trouvait sur un chemin de traverse, peu distant de la grande route dont on découvrait le jardin les sinuosités arrondies, grâce à l'élévation de la propriété dominant une assez haute colline.

Depuis deux heures déjà Frédérick Pichard attendait avec anxiété le baron Dupréval, et d'un œil avide interrogeait les détours du chemin.

Aussi, dès que le premier fiacre apparut au bas de la colline, il courut entr'ouvrir la grille, bien avant que la seconde voiture ne fût en vue.

Le cocher qui conduisait les trois hommes s'engagea dans le chemin de traverse, sur un ordre émané du baron Dupréval.

Au moment où il arrêtait ses chevaux, le conducteur de la mère Rainette arrivait, indécis, à l'endroit où se croisaient les deux routes.

Mais, comme il se penchait pour recevoir l'indication précise, le store s'écarta légèrement, et la voix de la vieille femme murmura :

— Toujours la grande route... et au premier détour, arrêtez...

Elle avait aperçu l'autre voiture stationnant devant la grille... C'était bien là !...

Sitôt qu'il se vit masqué par un accident de terrain, le cocher retint ses chevaux et descendit de son siège.

Sans attendre le secours du marchepied, la mère Rainette sauta sur la route.

— Dans combien reviendrez-vous ? demanda son intelligent conducteur.

— Peu vous importe !... répondit-elle sourdement. Allez où bon vous semble... ici, je n'ai plus besoin de personne...

Le fiacre aussitôt redescendit la colline.

La mère Rainette se trouva seule.

Elle était calme et pâle, étrange et résolue, telle enfin qu'au départ, et même en tout point, car le bras replié toujours disparaissait encore sous les plis du tartan.

— Allons ! fit-elle avec une précipitation fébrile.

Et, rebroussant vers le chemin de traverse, elle marcha droit à la villa du baron Dupréval.

Les doubles battants de la grille étaient fermés.

La pauvre vieille, précautionneuse jusque-là, s'approcha de la grille et poussa légèrement.

Le cocher crut à quelque curieuse paysanne et la regarda faire en ricanant.

— Impossible !... marmotta-t-elle en continuant sa route. A l'angle de la muraille, elle disparut.

L'élévation semblait désespérer son inquiète recherche. Mais le mur tournait encore, elle tourna comme lui : Là étaient le fossé... puis la haie.

Elle examina rapidement ces deux obstacles... et se dit :

— C'est bien profond... bien difficile... N'importe il le faut !

Alors elle commença à descendre sur la pente à peine inclinée, glissant parfois, parfois s'accrochant aux branchages, mais toujours d'une seule main.

L'autre restait immuablement sous le châle, comme s'il eût été retenu en écharpe par quelque secrète blessure.

Enfin elle roula au fond du fossé.

Remonter l'autre berge offrait de plus grandes difficultés qu'à la descente.

Elle tenta l'ascension, avec des efforts inouïs, quoique sans vouloir se servir de celui de ses bras, qui semblait porter quelque objet mystérieux et fragile.

Et tout en montant... elle murmurait :

— Oh ! j'arriverai... il le faut... Dieu le veut !.. Quand cet homme ne sera plus sur la terre... ma fille y reviendra... oui... à l'instant... ou, du moins, je l'aurai vengée !.. S'il allait être trop tard !... Là bas... j'aurais dû... Mais j'ai cru que l'autre l'anéantirait... Il en a bien le droit aussi... Au lieu de çà, un duel ! imbécile !... S'il était tué... s'il échappait... lui !... Oh ! non, je ne le veux pas... non !

Et elle redoublait de force et de courage.

Au dernier mot le but était atteint.

Restait à franchir la haie.

Il y avait des branches touffues... de cruelles épines... des douleurs... des impossibilités...

Elle brava tout... elle surmonta tout... et parvint à glisser, comme un serpent, à travers ce rempart de broussailles. Enfin, elle était dans le jardin.

Mais tout à coup une forte détonation retentit... là... à quelques pas... tout près !

La mère Rainette ne dit qu'un seul mot !

— Dieu !

Puis elle s'élança dans la direction du coup de feu, dont elle voyait poindre la légère fumée au dessus d'un if taillé à la mode française.

Et pour la première fois le bras immobile se détendit sous le tartan, où l'autre main disparut aussitôt.

. . . .

A peine le premier fiacre s'était-il arrêté devant la grille entr'ouverte, que Frédérick Pichard avait sauté à la portière.

Mais il recula, en s'apercevant que son complice n'était pas seul.

— Oui... oui !.. s'empressa de dire le baron Dupréval... il s'agit d'un...

— Silence !.. interrompit Anatole, en montrant le cocher d'un furtif regard... silence !... entrons d'abord !...

Le fils du boulanger passa le premier, puis Anatole, puis le Juif-Errant, puis le médecin, qui referma la porte au verrou.

Les quatre hommes firent quelques pas dans le jardin, et se groupèrent deux à deux, en face les uns des autres.

Frédérick Pichard, surpris, inquiet, ébahi, s'empressa de demander au baron Dupréval :

— Expliquez-moi...

Mais Anatole, dont cette longue course avait enflammé l'impatience, l'interrompit.

— Je vais lestement vous mettre au fait, dit-il. Puisque vous êtes l'ami de cet homme, puisque vous l'attendiez ici pour protéger sa fuite, vous devez être dans le secret du crime qu'il tentait à Paris !

— Comment !... fit Pichard, en se retournant vers le baron, qui repartit d'une voix sèche et froide :

— Laissez parler Monsieur. Il est pressé.

— Oh ! oui... s'écria Anatole... car elle se meurt peut-être... elle m'appelle sans doute... celle que tu voulais assassiner !... Pourquoi ?.. je l'ignore... Peu m'importe... Oh ! je l'avais souvent prédit... Enfin je veux te tuer... voilà tout.

Le médecin échangea un significatif regard avec son complice, qui inclina la tête, et répondit laconiquement :

— C'est un duel... oui !

— Quant aux armes !... fit le Juif-Errant, auquel Anatole avait durant la route expliqué ses intentions inflexibles. Mais il n'acheva pas.

Le baron Dupréval venait de rejeter son manteau en arrière, et, montrant l'épaule mutilée par Roméo, il disait :

— Je ne puis accepter que le pistolet...

— Oui... le pistolet !... répondit Anatole... Mais pas ainsi que tu l'entends... Il faut que l'un de nous soit mort dans cinq minutes... et voici ce que je veux... une arme chargée, l'autre pas... face à face... poitrine contre poitrine... à la distance d'un mouchoir tenu par deux des coins... La justice de Dieu !

— Soit ! fit le fonctionnaire avec un sangfroid tellement imperturbable, que Frédérick Pichard commença à le regarder avec étonnement.

— J'ai là des armes, proposa fougueusement Anatole, qui ramassait la boîte, posée sur le gazon par le comédien.

Il l'ouvrit...

Et'e était vide !

Anatole et le Juif-Errant restèrent stupéfaits, béans, interdits.

— Tranquillisez-vous, ricana le fils du boulanger, j'ai là des armes, et ces messieurs vont les préparer à l'instant... Mais, avant tout, permettez-moi de confier à mon témoin mes volontés secrètes et suprêmes ?...

— Faites promptement... consentit Anatole... J'ai, du reste, deux mots à dire à mon ami...

Aussitôt on s'écarta de quelques pas.

Dupréval conservait son aplomb superbe... Pichard ne revenait pas encore de sa croissante surprise.

— Vous avez entendu de quel duel il s'agit... commença le fonctionnaire à voix basse... A vous de charger les armes... nous avons à faire à deux enfans... Vous pouvez tout !

— Ah ! soupira le médecin qui comprenait enfin ce fabuleux courage.

— Eh bien ?... demanda le fils du boulanger.

— Deux mots d'abord.... observa Frédérick.

— Quoi ?

— Je présume que vous n'avez pas été assez maladroit pour laisser le testament là-bas ?...

Dans cette insidieuse question Pichard se révélait tout entier.

Il sauverait l'héritier de lord Korolan, le légataire dont il devait partager les bénéfices... Mais, cet intérêt disparu, il se moquait parfaitement du baron Dupréval.

Aussi le fonctionnaire sentit toute l'importance de sa mensongère réponse, et, portant une main glorieuse vers son gousset, il riposta par un regard presque offensé et par un superbe :

— Parbleu !

Tout cela fut si naturellement joué, que le soupçonneux Pichard en fut cette fois la dupe.

Il arrêta la main prête à donner les preuves, et glissa joyeusement à l'oreille ravie de son complice :

— Suffit ! le bon pistolet sera dans la main gauche !

— Et après ? conclut Dupréval... en route pour Londres ?

— Alerte alors ! s'écria Frédérick, — voilà la diligence de Boulogne, qui commence à gravir la colline... Dans dix minutes au plus elle sera ici !... et justement ces messieurs s'impatientent... Allons !

Pendant cet entretien, les paroles suivantes s'étaient échangées entre Anatole et le Juif-Errant.

— C'est donc bien décidé ?.. avait dit le comédien.

— Vous savez tout maintenant... reprit Anatole... et voici ce que je réclame de votre cœur... Si l'autre meurt... vous prenez son passeport et sa place dans la voiture qui va passer... Si je succombe... retournez à Paris... là-bas... rue de la Harpe... à la mansarde... avec les armes, pour Georges... en lui racontant tout... Puis à Trilby... ce mouchoir blanc que nous allons tenir entre nous... et qui serait tiède encore de mon sang... Dites-lui qu'elle peut mourir maintenant... que je suis là-haut à l'attendre... et que je l'aime... mais non... elle le sait... C'était tout.

— Ah fichtre !... s'écria le Juif-Errant... moi qui n'avais jamais ressenti d'émotion sentimentale... moi qui n'avais jamais pleuré... c'est drôle... Voilà quelque chose qui se resserre dans ma poitrine... et voilà... oui, voilà de grosses larmes qui tombent de mes yeux !

Et les deux jeunes gens attendris se jetèrent dans les bras l'un de l'autre.

Mais aussitôt le souvenir de Trilby se réveilla dans le cœur d'Anatole... Il voulut en finir... il hâta avec son adversaire...

Alors les deux groupes se rapprochèrent.

— C'est terminé !... dit le baron avec une courtoisie affectée. A nos témoins, maintenant...

— Que faut-il faire ? demanda le comédien, je ne sais pas...

— Rien de plus simple !... dit candidement Pichard. Charger un pistolet à balle... l'autre à poudre... les confondre sous une de nos cravates... et donner à choisir à ces messieurs...

— Eh ! mon Dieu ! chargez-vous de tous ces détails, interrompit impatiemment Anatole, mon témoin regardera... c'est assez.

— Allez donc ! fit gracieusement le fonctionnaire. Docteur, vous savez où sont les armes... et hâtez-vous !... voici a diligence qui monte.

— Ah ! la diligence ?... fit le Juif-Errant.

— Ou pour vous... ou pour moi... sourit le fils du boulanger. C'est convenu... dans cinq minutes l'un de nous deux sera en route pour Londres...

— Sapristi, Monsieur ! s'écria le comédien... jamais je n'ai tant désiré faire connaissance avec l'Angleterre !

Et il suivit l'autre témoin, qui se dirigeait vers le perron.

— Quant à nous, Monsieur, proposa le baron à son adversaire, passons derrière la maison... nous serons plus à notre aise.

Anatole ne répondit pas et passa devant.

Tous deux marchèrent jusqu'à l'extrémité du jardin.

— Monsieur... dit alors le fonctionnaire... la diligence arrive. Il en est temps encore... voulez-vous me laisser partir ?

— Infâme et lâche !... s'écria le jeune homme. Je ne te répondrai qu'avec des noms... Albert et Georges prisonniers... Louise flétrie... Geneviève que tu voulus perdre... Saint-Hyacinte... ton frère !... Mariette morte hier... Trilby qui meurt peut-être en ce moment... Trilby !... Silence !... souviens toi... et prie Dieu !

Pour toute réponse le fonctionnaire sourit et murmura :

— Voici nos témoins !

Les deux adversaires se trouvaient en ce moment dans une étroite et longue allée d'ifs et de cyprès, larges et hauts, taillés avec art et dont l'hiver avait respecté les touffus et sombres feuillages (1).

— Où tirons-nous ?.. demanda Dupréval.

— Ici !.. fit Anatole.

— Oui, nous serons à merveille, consentit bonassement le baron, auquel Pichard offrait déjà des deux mains les pistolets cachés sous le foulard... Mais que faites-vous donc, docteur ?... présentez d'abord à Monsieur ?...

Frédérick feignit de s'être trompé et s'avança d'un pas.

— Finissons-en !... cria Anatole avec impatience !

---

(1) Jardins de Versailles, le long du parterre qui monte de la pièce du Dragon à l'esplanade du château.

— Allons... puisque vous le voulez, reprit le fonctionnaire... je choisis...

Et il s'empara, avec une apparente négligence, du pistolet tenu dans la main gauche de son complice.

Anatole se précipita sur l'arme impuissante.

Le Juif-Errant mit les deux coins du mouchoir d'Anatole aux mains des deux adversaires, placés en travers de
l'allée.

Les cyprès étaient intercalés.

Anatole se trouva dans un espace vide.

Le fonctionnaire avait le dos appuyé à un cyprès arrondi
en forme de cône immense.

Tout était calme, solitude et silence.

Les témoins s'éloignèrent, quoique toujours placés au milieu de l'allée.

Le signal retentit.

Aussitôt Anatole fit feu en pleine poitrine de son ennemi.

Le fonctionnaire resta debout et souriant.

Hélas ! il le savait d'avance... c'était l'éclair sans tonnerre !

Le Juif-Errant pâlit et chancela.

Anatole resta froid, amer, impassible.

— Je suis sauvé ! se dit le baron.

— Nous sommes riches !... pensa l'officier de santé.

Cependant le second coup ne répondait pas encore.

L'amant d'Aline attendait.

Dupréval abaissa son arme, et voulut parler...

— Pas de générosités ! interrompit dédaigneusement Anatole... Tuez-moi vite, ou nous recommencerons ?

— La diligence !... cria Pichard, afin de hâter la main de
son complice.

— Trilby !... jeta Anatole au Juif-Errant.

— C'est vous qui l'aurez voulu ! fit le fonctionnaire.

Alors il leva son arme vers le ciel, puis la rabaissa contre
la poitrine d'Anatole.

Ses doigts s'avancèrent vers la détente...

C'en était fait...

Mais, au lieu d'une seule détonation, deux coups bien distincts éclatèrent...

Et ce fut le fils du boulanger qui tomba...

Comment peindre l'épouvante de Frédérick Pichard, la
folle joie du comédien, l'incrédule résurrection d'Anatole ?...

Aucun d'eux n'eut cependant le loisir de s'étonner longtemps...

La mère Rainette parut à la place laissée vide par le fonctionnaire... et s'agenouilla près du cadavre avec cette amère et solennelle extase que les peintres et les poètes donnent
à l'antique Judith auprès de la couche d'Holopherne, à
Charlotte Corday s'appuyant à la baignoire ensanglantée de
Marat !...

Comme afin de mieux expliquer le miracle, les pistolets
de Georges Cortalès pendaient, fumant encore, à sa main...

— Ma fille !... murmura la pauvre mère, avec une ineffable douceur... ma fille... tu ne le rencontreras plus sur la
terre !... Reviens !... Mon Dieu... si la venger n'est pas un
crime... rends-le-z-la moi, rendez-la moi, mon Dieu !...

Et elle resta ainsi, la bouche fervente, le regard suppliant,
dans une attitude naïve, avec une physionomie sublime !...

. . . .

Cependant un mouvement général tourbillonnait autour
d'elle ?

Frédérick Pichard s'était vivement penché vers le baron
Dupréval.

Les deux balles avaient traversé la poitrine... Ce n'était
plus qu'un cadavre... à deux, livide et baigné dans une
mare de sang.

Aussitôt l'officier de santé s'esquiva, mais non sans jeter
une dernière et cynique insulte à son maladroit complice.

— Imbécile... va ! grommela-t-il avec rage... Si c'eût
été moi... Mais bah !.. enfoncé maintenant !...

. . . .

Le Juif-Errant sautait, pleurait de joie... il embrassait
frénétiquement Anatole... il riait... il chantait... il était fou.

— Décidément, c'est moi qui vais à Londres... conclut-il
après mille ébouriffantes extravagances.

En ce moment, on entendit claquer le fouet des postillons.

Aussitôt il courut au cadavre, enleva sans façon le précieux passeport, le parcourut d'un rapide regard, embrassa
une dernière fois Anatole, en s'enfuyant et criant :

— Frédérick Pichard !... je m'appelle Frédérick Pichard !.. En voilà un nom d'incognito !... On m'attend...
pardon... il serait trop tard... Mes adieux aux ami... on
me reverra bientôt... au printemps... avec les hirondelles...
et peut-être avant... qui sait... la papillonne... et puis Colombine... Au revoir !.. à bientôt !.. à demain !..

Mais Anatole n'entendait rien.

Il était immobile, incertain et croyant rêver !

Aussi le comédien se retourna-t-il une dernière fois pour
le galvaniser avec le nom de Trilby.

Puis il courut sur la route, attrapa une courroie flottante,
et grimpa lestement sur l'impériale de la diligence, qui reprit aussitôt sa course à peine interrompue.

. . . .

Au nom de Trilby, Anatole avait été réveillé tout à coup.

Les souvenirs revinrent à la fois à la tête et au cœur...
Il passa fébrilement la main sur ses yeux éperdus... Il vit le
cadavre... Il vit la mère Rainette... il vit même Aline expirante à la mansarde, et l'appelant vers Paris !

Il fallait partir !

Mais en laissant la pauvre vieille...

Non...

Il s'élança donc tout à coup vers elle, et lui dit :

— Venez ?

— Où ? demanda faiblement la vieille femme.

— A Paris ! répondit le jeune homme.

— Pourquoi ? fit la mère Rainette.

— Pour embrasser l'enfant de Mariette ! trouva l'amant
de Trilby.

— Non... non !... gémit sourdement la pauvre mère...
Vous voyez bien que Dieu me maudit, puisque ma fille ne
paraît pas... Oh !... je le craignais... Aussi... ce pauvre enfant... je l'ai embrassé ce matin une fois... une seule... et
pour toujours... Je ne suis plus digne de ce bonheur-là
maintenant... J'ai tué !... Oh ! mon Dieu !... c'est donc
un crime ?... et cependant j'espérais...

Telle se révélait la naïve croyance de la pauvre mère. Elle
avait été folle sans doute, elle l'était peut-être encore !

Mais elle ne put achever.

— Aline... Aline... Aline !... interrompit follement Anatole, qui releva la mère Rainette, l'entraîna, la porta jusqu'à la route, jusque dans le fiacre, où il se précipita lui-
même, en jetant au cocher son adresse et sa bourse...

CHAPITRE XXX.

Aline avait été bien longtemps avant de recouvrer la vue,
le sentiment, la parole.

Mai-Geneviève était là... Yvonne l'aidait, et leurs soins
réunis opéraient un miracle.

Peu à peu les teintes empourprées s'effacèrent, tout gon-
flement disparut, et le visage revint à ses lignes délicates, à
son attendrissante pâleur, à sa physionomie habituelle durant un paisible repos.

Le sang et la respiration reprenaient à la fois leurs cours.

Enfin Trilby rouvrit ses yeux bleus, et promena par la

mansarde un regard incertain, surpris, prêt à s'éteindre encore, et cette fois, hélas ! pour ne plus se rallumer !

Elle vit les deux femmes penchées à son chevet.

Yvonne qu'elle connaissait bien.

Geneviève, dont elle voyait pour la première fois le gracieux et frais visage.

Mais pourquoi étaient-elles là toutes les deux ?... Comment se trouvait-elle elle-même étendue et faible sur cette couchette bouleversée ?... Que s'était-il passé pendant son sommeil ?... Elle ne savait pas... elle ne se souvenait plus !...

Après une longue et confuse rêverie elle voulut interroger.

Le son se brisa dans sa gorge, autour de laquelle s'éveillait une étrange et subite souffrance...

Ses deux mains, défaillantes et lourdes, montèrent aussitôt à son cou.

Et elle sentit un obstacle circulaire et saillant, une sorte de collier adhérent et douloureux.

Alors elle jeta un cri plaintif, et referma ses yeux avec effroi.

Elle se rappelait tout !...

Yvonne et Geneviève voyaient bien cette ligne protubérante et rouge... elles avaient toutes deux compris le regard questionneur de la jeune fille... Mais que penser... que répondre ?... elles n'avaient rien vu, rien entendu... On les avait laissées ignorantes et seules dans la mansarde... Elles ne pouvaient révéler ce qui pour elles-mêmes encore restait un profond mystère...

Du reste, Trilby ne songeait plus à interroger... ni les personnes, ni les choses... Sa pensée plongeait tout à la fois dans le passé et dans l'avenir... Elle sentait que tout était fini sans retour, que cette dernière et terrible émotion avait brisé tous les liens, si légers déjà, qui la retenaient encore à l'existence... Elle voyait bien qu'il fallait mourir !...

Cette triste conviction se forma silencieusement au fond de son cœur, puis monta à ses lèvres dans un religieux sourire, à ses yeux par un regard résigné...

Mais lorsqu'elle rouvrit ses paupières jusque-là closes, les deux femmes ne se trouvaient plus seules dans la mansarde.

Il y avait là Lucien de Varedde, Georges Cortalès, Albart Atis, Louis, moi, tous ceux enfin qui venaient d'accompagner Mariette à sa dernière demeure.

Le vicomte s'élança vers la couchette, en s'écriant :

— Qu'y a-t-il donc ?.. mon Dieu !.. qu'y a-t-il donc ?..

Trilby ne répondit pas avec des mots...

D'une main elle jeta deux doigts sur sa bouche, bouton de rose cueilli sur la tige et qui mourait avant d'avoir vécu.

De l'autre, elle tira de son sein, qui battait à peine, le fatal testament, et le tendit à Lucien de Varedde.

Le vicomte parcourut à la hâte, et paraissait ne pas comprendre.

— J'avais tenu mon serment !.. murmura-t-elle d'un souffle qui semblait entendu de loin déjà , car la vie qui se retire a ses lointains échos ainsi que l'espace qui sépare... J'avais refusé... Brûlez cela, mon ami... La flamme purifie... Je veux mourir en honnête fille !..

— Brûler ce testament !.. s'écria Lucien de Varedde... Mais il vous fait riche... et cela sans crime... Lord Karolan s'est pendu cette nuit...

— Pendu !.. sourit Aline... Ah !.. c'est donc cela...

Et elle montra au vicomte le sillon qui rougissait son cou d'une significative cicatrice.

À cette vue, Lucien de Varedde se recula, épouvanté.

— Un crime !.. dit-il... Mais pourquoi ?..

Le regard de la jeune fille indiqua le testament , froissé convulsivement dans la main suspendue sur la couche.

— Juste ciel !... s'écria le vicomte, à qui se révélait tout à coup l'horrible secret des deux assassinats.

D'un signe silencieux Aline attira l'oreille de Lucien près de sa bouche accusatrice.

— Oui... dit-elle, sans haine ni colère... oui, c'est Dupréval...

Et elle raconta en peu de mots les terribles détails de la lutte.

— Infamie !.. gronda le vicomte... Il faut à cet homme le châtiment public de l'échafaud...

Les yeux bleus de la mourante se tournèrent avec une adorable expression de pardon vers l'enfant de Mariette.

— Oh !.. reprit Lucien de Varedde... cet enfant n'a plus rien de commun avec son père... Il ne portera pas le nom de Dupréval... et la justice des hommes peut flétrir sans crainte et sans remords...

— Laissez agir la justice de Dieu, articula solennellement Trilby... elle frappe peut-être à cette heure !

— Comment ?.. fit Lucien étonné.

— Vous ne me demandez pas où est Anatole ?.. répondit Aline en frissonnant.

— Un duel... non... non... cela ne se peut pas... essaya de balbutier le vicomte, qui voulait épargner de cruelles angoisses à l'agonie de la jeune fille.

— Ne cherchez pas à me tromper !.. interrompit-elle avec un calme étrange... J'étais évanouie... mais j'entendais tout... vaguement... comme dans un rêve... Ils se battent !.. vous dis-je, j'en suis certaine... et... à peine si j'ose l'avouer... je désire presque qu'Anatole succombe... nous partirions tous deux ensemble... et la main dans la main... Il serait plus heureux... allez !.. car je le sens, ami... je me meurs... voyez-vous bien... Oui... oui... je reprends quelque force... n'est-ce pas ?.. N'avez-vous donc jamais vu de lampe qui s'éteigne ?... Mais Dieu est bon... Si Anatole survit... il me sera permis d'attendre son retour... Oh ! oui... je me cramponnerai si bien à la vie, que je vivrai jusque-là... Et cependant... s'il arrivait trop tard ?... Vous m'avez promis de veiller sur lui, Lucien... Mais non... je le verrai une fois encore... Tenez... ne parlons plus de cela... ça me fait mal !.. Que disais-je ?.. Ah ! j'ai désiré vous montrer ce testament... vous savez pourquoi ?... ou plutôt... non... je vous le confie... soyez mon héritier... Avec des millions, et il y a de quoi fonder de nobles et grandes choses... un asile qui sauve du suicide les artistes sans pain, et de la honte les ouvrières sans travail... les pauvres enfin... tous mes frères dans la vie, tous les pauvres... Je n'ai pas le temps de songer à cela, moi... Vous comprenez... cela vous regarde... Une plume, donnez-moi une plume...

En vain le vicomte tenta de refuser ; la mourante signa.

— Quant à... celui que vous savez... reprit-elle après un silence, car ces longues recommandations l'avaient épuisée, pas de bruit, pas de procès, pas de scandale... Il y aurait des noms à prononcer... des fronts à faire rougir... un tribunal... non !... Si Dieu ne punit pas en cet instant, justice sera faite plus tard, n'en doutez pas ! Mais, je vous en supplie, ne demandez rien aux hommes... pas de juges... pour lui... jamais... Oh ! ma tête s'affaiblit... si Anatole... je vois à peine... Un prêtre... pour moi... à l'instant... un prêtre !...

— Et un médecin... un médecin avant tout ! s'écria Lucien de Varedde, tandis que la jeune fille retombait sans regard et sans voix.

Aussitôt il sortit de la mansarde en m'entraînant avec lui.

Il courait chez Chanazal, et moi chez le saint homme qui avait prié pour Mariette.

Jusque-là tous les autres personnages s'étaient tenus à l'écart, tristes, discrets, et n'osant échanger entre eux que de rares et furtives paroles.

A notre sortie les trois femmes empressées se rapprochèrent à la fois de la couchette.

Trilby était étendue, le visage livide, la bouche entr'ouverte, et le regard éteint.

Il ne restait que bien peu d'existence dans ce corps si mignon et si frêle.

Cependant l'amitié parvint à le ranimer encore.

— Anatole!... fut le premier mot d'Aline.

La crainte de ne plus le revoir commençait à tourmenter sa navrante agonie.

Aussi réunit-elle avec un courage surhumain ses forces défaillantes.

Elle se souleva lentement, brisée, haletante, toussa d'un souffle si léger qu'on le devinait sans l'entendre.

Sa bouche humide fut essuyée par le mouchoir blanc de Geneviève.

Mais Trilby venait de reconnaître Louise.

Elle l'appela.

Louise mit un baiser du cœur sur le front déjà refroidi d'Aline.

— A Be leville... à Belleville!... tu sais?... Et vite!.. murmura Trilby d'une voix suppliante.

Puis elle l'attira vers elle, et dit encore quelques mots que nul ne put entendre.

Louise partit.

Alors Trilby promena ses yeux bleus sur ses amis restés dans la mansarde.

— Yvonne... nomma-t-elle, Albert... Georges... oh! je vous vois encore... je vous reconnais bien tous... mais...

Elle venait d'apercevoir Geneviève, et cherchait vainement dans ses souvenirs le nom qu'elle crut lire enfin sur le visage de Georges.

— Geneviève!... hasarda-t-elle timidement.

Georges inclina la tête.

— Vous... Mademoiselle... balbutia Trilby... chez moi!... Oh! merci!... Et près de lui... Oh! ne me répondez pas.... je devine tout... Votre main... votre main?...

Geneviève attendrie courut à ce doux appel.

— La vôtre... Georges!... poursuivit Aline.

Et elle serra faiblement dans sa petite main les mains palpitantes et réunies de Georges et de Geneviève.

. . . .

En ce moment Lucien de Varedde rentrait avec Chanazal.

— De la franchise! dit paisiblement Aline... Vous me connaissez... je n'ai pas peur... et je tiens à savoir le temps qui me reste.

— Une heure!... dit Chanazal après un bref examen.

— Merci!... répondit héroïquement Trilby... et adieu!

— Adieu! ma pauvre enfant! articula le vieux médecin, avec une émotion profonde. Adieu... oui... La terre est mauvaise pour les pauvres et pour les bons... Vous étiez bonne et pauvre... Vous serez plus heureuse... ailleurs... Et ne craignez rien... car rien ne fut votre faute... C'est un vieillard qui vous dit cela... un homme froid et sévère... mais qui vous aime... vous estime... et vous pleure!...

Et Chanazal, qu'on n'avait jamais vu s'attendrir à nulle douleur, s'enfuit en essuyant une larme.

Trilby rayonnait, heureuse et fière.

Et cependant elle murmurait anxieusement.

— Anatole ne vient pas encore!...

. . . .

Ce fut le tour du prêtre, que je ramenais en toute hâte.

— Mon père... dit pieusement Aline, je voudrais me confesser tout haut... Mais un mot d'abord... tout bas... à vous seul... et encore... parce qu'à vous seul on ne doit rien cacher!...

Les cheveux blancs se penchèrent vers les cheveux blonds.

— Je n'en veux pas à ma mère... poursuivit Aline, d'une voix angélique... mais... j'avais douze ans... lorsqu'elle me vendit pour la première fois...

— Je sais le reste!... répondit l'homme de Dieu, en relevant sa tête indulgente.

— Le reste est dans un mot... avoua candidement Trilby... j'ai beaucoup aimé, mon père...

— Il vous sera beaucoup pardonné, ma fille!... conclut une voix qui sembla descendre du ciel... A bientôt... Je reviendrai prier ce soir...

Et le prêtre selon l'évangile sortit avec l'hommage unanime de toutes les assistans religieusement inclinés sur son passage.

Cette fois ce fut un bonheur céleste, une extase divine qui s'épanouit au front rasséréné de la mourante.

. . . .

Mais une minute plus tard Trilby gémissait avec une poignante douleur!...

— Anatole ne viendra donc pas!...

Puis ses forces diminuèrent encore... Déjà ses paroles devenaient confuses et son regard voilé.

Cependant elle me reconnut, et me demanda, avec un sourire, que je n'oublierai jamais :

— Que dois je dire pour vous à Mariette?

— Oh! que je l'aime toujours!... m'écriai-je avec une de ces croyances naïves qui vous gagnent en face de la mort...

— Et vous, Lucien? reprit Aline, d'un souffle caressant... vous qui m'avez aimée... vous que j'ai fait souffrir... vous à qui je dois les délicieuses joies de mon agonie... Oh! il faut que vous soyez heureux!...

Le vicomte sourit d'un sourire incrédule.

— Pourquoi?... poursuivit Trilby... vous aimez?... je le sais... et l'on vous aime... je le sais encore...

— Oh!... non... non!... soupira amèrement Lucien de Varedde.

— Ingrat!... fit Aline, et malicieusement pour la dernière foi-... hélas!... c'est une mourante qui vous le jure... ne la croyez-vous pas?...

— Alin-! implora l'obstiné vicomte...

— Et si elle venait, elle!... s'écria Trilby, qui depuis quelques seconde fixait ses yeux réjouis au seuil de la mansarde... si elle apparaissait tout à coup... si elle vous disait : Lucien, je vous aime... Lucien... me voilà!... croiriez-vous... seriez-vous heureux?...

— Oh! oui... oui!... répliqua le vicomte, un moment ébloui par cette espérance, oui... mais c'est impossible!

— Je vous aime... Lucien... Lucien, me voilà!... chanta tout à coup la voix d'Annette.

Le vicomte se retourna, croyant rêver.

Les deux filles de Saint-Hyacinthe étaient là!

Et Louise conduisit Annette rougissante auprès de la funèbre couche.

Trilby prit la main du généreux protecteur, la main de la reconnaissante protégée, et les réunit toutes deux, en les serrant encore dans les siennes.

. . . .

Oh!... qu'elle était adorablement belle en ce moment, cet ange à demi transformé pour le ciel!... Ses cheveux pendans semblaient des larmes blondes sur ses joues pâles... ses bras se déployaient avec les mouvements de deux ailes, auxquelles il ne manquait plus que des plumes. Elle avait des nuances, des regards, une voix, des sourires déjà séraphiques et célestes!

Mais hélas!... la vie se retirait à grands pas.

Trilby retomba une fois encore... une fois encore elle eut la force de se relever.

— Anatole !... Anatole !... gémit-elle, avec un affreux désespoir.

Puis, comme pour chasser cette pensée absorbante, elle se tourna vers Louise et dit :

— Et toi, ma sœur, seras-tu la femme d'Albert Atis ?... Crois-moi... il n'est de véritable bonheur en ce monde qu'à la condition d'en respecter les lois... Et réponds-moi... courageuse et sainte fille... réponds-moi que tu consens... car on ne doit rien refuser aux mourans... car rien ne saurait épouvanter désormais ton amour !

— Ah ! si... sanglota Louise... Cet homme... cet homme qui existe et...

— Il est mort ! interrompit Aline, qui se redressait radieuse et fière, en étendant le bras vers la porte de la mansarde.

Anatole surgissait de l'escalier.

Et derrière lui... la mère Rainette.

Tous les visages s'étaient retournés, inquiets et tremblans, à leur approche.

— Enfin ! soupirait Trilby, avec une complète ivresse.

Anatole s'avança vers elle.

— Attends... attends !.. supplia-t-elle. Encore quelques mots aux autres... puis tout le reste à toi !

Et l'amant s'arrêta, triste, obéissant et suspendu.

Aline réunit les deux mains d'Albert et de Louise.

Mais cette fois elle ne les serra plus.

— L'enfant... l'enfant ? demanda-t-elle ensuite.

Louise porta sur le lit le fils de Mariette.

— Pauvre petit !... murmura-t-elle d'une voix entrecoupée et presque impuissante... sans famille... sans mère... sans nom même !...

— Aline, s'écria Albert Atis... j'ignore les lois... mais le jour de notre mariage... ou nous reconnaîtrons cet enfant pour nôtre... ou bien, Louise et moi, nous l'adopterons sans retour... Je vous le jure, Aline... je serai son père... Louise, sa mère... Et quant à sa famille, ne la formons-nous pas à nous tous ?...

— Oui... tous !... répétèrent sept voix n'en formant qu'une seule...

— Bien... bien !... s'écria Trilby, avec un élan suprême... Vous l'entendez... bonne mère Rainette ?... Plus de privations... ni de solitude !... On vous adopte aussi... et on vous donne cet enfant comme une autre Mariette...

— Non... non... répondit sourdement la pauvre vieille... Dieu me maudit... j'ai tué...

Il y eut un étonnement immense.

Deux mots d'Anatole dirent tout.

— J'allais mourir... termina-t-il... elle m'a sauvé la vie.

— Oui... reprit la mère Rainette avec une sombre résolution... Mais j'ai tué... Pauvre folle !... Je croyais faire revenir ma fille... Elle n'est pas là... Dieu m'a maudite... Aussi cet enfant n'est plus le mien. Je l'aurais bien aimé pourtant !... C'est le vôtre... à vous tous... moi, je l'ai embrassé ce matin pour la dernière fois... maintenant... jamais !... Ce serait du bonheur... et je n'en veux pas... pas plus de celui-là que des autres... Il me faut à moi de la douleur... de l'isolement... et de la misère... beaucoup... oui... beaucoup !... afin d'expier mon crime, et de mériter un jour de rejoindre enfin ma Mariette !...

— Tu l'entends... Anatole... articula gravement Trilby... Ceux que la mort sépare peuvent se retrouver encore... et pour toujours... au ciel ! Mais les portes en restent fermées au suicide ainsi qu'au crime... Courage et patience, ami !... Il faut vivre... si tu veux que nous soyons bientôt heureux et réunis !...

Anatole se penchait.

— Encore un peu... fit Aline d'un souffle plaintif.

Et elle promena ses regards expirans par la mansarde...

Elle ne voulait oublier personne, pas même le chien qui l'avait défendue.

— Roméo ! appela-t-elle d'un accent enfantin, et tout en étendant un bras, qui retomba, pour ne plus se relever, sur le bord de la couchette.

Roméo obéit.

Alors l'agonisante jeune fille regarda tour à tour et lentement Albert Atis et Louise, Georges et Geneviève, Lucien de Varedde et Annette. Elle leur jeta à tous un dernier sourire d'adieu... puis murmura avec une voix qui fut tout un poème du cœur :

— Oh ! c'est bon de mourir ainsi... Je te l'avais bien dit, Louise... en quittant la terre, je ne veux y laisser que des heureux !...

Un sanglot d'Anatole accusa cette oublieuse ingratitude.

— Pardon... pardon !.. râla-t-elle avec un adorable remords... Toi... toi... tout à toi maintenant... puis... à Dieu !

Et elle s'affaissa sur l'oreiller.

Anatole la suivit dans cette chute suprême, et resta immobile, sanglotant, soutenu par les deux mains appuyées au-dessus de chaque épaule de sa maîtresse, les yeux dans ses yeux, et les lèvres amoureusement rivées à son front mourant.

Il y eut alors entre les deux amans un entretien mystérieux, étrange, sublime, que Dieu seul entendit et bénit, où le regard parla lorsque la voix se tut, où les lèvres frémirent un impossible adieu sitôt que le regard fut éteint.

Un religieux et solennel silence planait sur la mansarde.

Les trois couples réunis par celle qui allait mourir, se tenaient encore les mains qu'elle avait jointes, et pleuraient.

La mère Rainette priait à genoux à l'écart.

Moi, je regardais et j'attendais !..

La mansarde offrait alors un tableau digne des regards de Dieu.

Les deux amans, groupés sur la couche mortuaire avec la morne immobilité des statues endormies sur les tombeaux antiques...

Sur ce lit, de l'autre côté, près de la muraille, l'enfant de Mariette, insoucieux et surpris, jouait innocemment avec l'une des mains inertes déjà de la mourante.

Roméo, assis près de la couchette, léchait amicalement l'autre main pendante, et dont un seul des doigts mignons parut un instant se soulever vers l'étagère, gardienne des souvenirs...

Le jour était à son déclin, et le soleil, en glissant sur le toit, caressait la mansarde en pleurs de quelques pâles et tristes reflets.

On entendait des chants d'oiseaux par la fenêtre entr'ouverte.

Puis des sons lointains de cloches, appelant aux prières du soir.

Eh ! mon Dieu !... peut-être entendait-on aussi les battemens de nos cœurs émus au milieu de ce silence de mort !

Mais tout-à-coup Anatole jeta un grand cri.

Nous comprîmes tous, et nous tombâmes instinctivement à genoux.

Pauvre Anatole !

Il venait de sentir un souffle vague, caressant, insaisissable, hélas ! glisser sur son visage, et s'enfuir à travers ses cheveux hérissés.

C'était le dernier soupir de sa maîtresse idolâtrée... c'était l'âme de Trilby qui remontait au ciel !...

CONCLUSION.

Voilà bientôt douze années de cela.

Mais les souvenirs vivant encore, frais et sacrés, au fond

de nos cœurs. Mais il est trois tombes, souvent visitées, sans cesse fleuries, confidentes toujours de bien des prières et de bien des larmes !

Celle de la famille Saint-Hyacinthe, celle de Trilby, celle de Mariette.

À côté des deux dernières, il reste deux places vides... une pour la mère Rainette, une pour Anatole.

L'amant et la mère attendent avec une vive impatience le bonheur, refusé jusqu'à ce jour, de se réunir dans le sommeil de la mort, lui à sa maitresse, elle à sa fille, tous deux à ce qu'ils ont uniquement et saintement aimé sur la terre !

. . . .

L'impérissable orgueil dresse encore son front audacieux sur la dernière demeure du baron Dupréval.

Le nom du fonctionnaire brille en lettres d'or sur un mausolée de marbre.

Personne n'a jamais su le secret de sa mort... On a cru à un assassinat habilement commis, à quelque vengeance politique, à quelque mystérieuse haine.

Comme toujours on a accusé les mauvais instincts du peuple. Comme toujours on a cru à l'honneur, on a prôné la gloire du privilégié de la fortune.

Une voix accusait cependant le fils du boulanger.

C'était Tom.

Tom, arrêté comme meurtrier de lord Karolan, Tom qui voulait se sauver en proclamant les véritables assassins.

Il y eut procès.

Frédérick Pichard parut devant le souverain tribunal... Il nia effrontément le crime, et, par une adroite tactique, sembla s'oublier lui-même pour défendre la mémoire calomniée du baron Dupréval.

Les preuves manquaient...

Et l'officier de santé n'avait à combattre que le seul témoignage de Tom.

Un homme du peuple, un valet, un pauvre diable!..

Contre un baron, un fonctionnaire, un riche...

La justice humaine n'hésita pas...

Frédérick Pichard fut triomphalement acquitté, à la grande gloire de Dupréval.

Et Tom, en faveur duquel on admit cependant des circonstances atténuantes, expie au bagne le crime de plus puissant que lui.

Il porte la veste des forçats à perpétuité, et, comme ses confrères, il proteste hautement de son innocence, sitôt qu'un visiteur curieux s'avise d'interroger son malheur.

On sourit et l'on passe.

Le baron Dupréval eut donc le succès posthume de magnifiques funérailles. Toute la race dorée de ses semblables y assista au grand complet, quelques uns convaincus et dupes des mérites du héros de la fête, mais la majorité par calcul hypocrite, par intérêt facile à comprendre.

On se démasque soi-même, en n'honorant pas un compère !

Il y eut de pompeux discours au bord de la fosse entr'ouverte... On l'appela grand citoyen... on parla de son dévoûment, de sa probité, de son génie... On lui jeta d'emphatiques adieux au nom de la France en deuil.

En un mot, la comédie fut jouée le plus consciencieusement possible...

Le baron Dupréval était né à Paris.

Quel dommage !

Si quelque bourg-pourri pouvait revendiquer cette illustration pour son compte, nous verrions sans doute la statue du fils du boulanger surgir quelque beau jour au milieu de la burlesque collection de tous ces grands hommes de chrysocale, dont la province se montre si jalousement coquette et friande...

C'est la seule gloire qui manque au baron Dupréval.

. . . .

En revanche, justice pleine et entière fut faite à la marquise Trois-d'un-Sou, à l'abbé La Châtre, à la Debanne.

Leurs cendres confondues avec celles de l'incendie, se trouvèrent inhumées par les ruisseaux de la Cité, jusqu'aux immondes profondeurs des égouts de la Seine !

. . . .

Madame de Bellerive est encore l'une des plus sèches bigottes, l'une des plus efflanquées douairières, l'une des moins charitables dames de charité du noble faubourg.

Elle ne pardonnera jamais à Geneviève, et, furieuse de son mariage avec Georges Cortalès, elle se délecte à la vengeresse espérance de ne rien lui laisser après sa mort.

Qui héritera de Mme de Bellerive?

Les pauvres ?...

Non !...

. . . .

Une autre prude et maigre dame, qui marche activement sur les traces de Mme de Bellerive, c'est Rose ?

Rose actuellement affublée du titre de femme Pichard.

Car voici ce qui advint, lors de la subite disparition de la Debanne...

Rose devina le fin mot du mystère, et s'empressa de faire main basse chez sa nouvelle maitresse, ainsi que chez les autres.

Puis, elle continua l'ignoble commerce pour son propre compte, et l'on sait qu'elle possédait à profusion toutes les qualités nécessaires pour mener à bien pareille entreprise.

En quelques années sa fortune se trouva des plus satisfaisantes.

Alors, elle voulut se retirer des affaires, mais en recédant à prix fou la maison et la clientèle.

Cela ne fut ni bien long ni bien difficile. On acheta... on s'enrichit de nouveau... de nouveau l'on revendit... et l'on s'enrichit toujours, car le repaire de la Debanne existe encore, à l'heure qu'il est.

Et la police... dira-t-on ?..

Bah !... c'est un magasin de parfumerie... et la police ne hait ni les parfums ni les essences !

Cependant, dès le lendemain du terrible duel, Pichard était venu chez la Debanne, seule ressource qui lui restât.

Il avait trouvé Rose installée déjà.

Peu lui importait la femme, à lui !.. et, l'on s'en souvient sans doute, il s'était ménagé par avance les bonnes grâces de la cameriste.

Un mariage s'ensuivit...

En communauté de biens, par exemple.

C'est la seule clause à laquelle parut tenir l'officier de santé.

Rose dut cruellement s'en repentir plus tard!

Mais alors elle était pauvre... ou du moins à peu près... elle consentit.

Pichard se fit enfin recevoir médecin.

Puis, lorsque Rose s'estima suffisamment rentée, les deux dignes époux se retirèrent en province.

Dans le Midi... bien loin... quelque part où nul ne les reconnût.

D'ailleurs ils étaient riches, et la plus rigide société de l'endroit les accueillit à bras ouverts.

Maintenant ils y sont princes, sinon rois.

Le mari, intrigant accompli, précieux tripoteur d'élections, est maintenant décoré de la Légion-d'Honneur, et de bien d'autres titres encore, qu'il serait trop long d'énumérer.

Quant à la médecine, il l'exerce dans ses momens perdus... Jamais chez les pauvres... Allons donc !... souvent chez les riches... mais il a la main malheureuse... ce qui ne l'empêche pas d'encaisser parfois des sommes considérables pour de menus services... Un jour même, cinquante mille francs après une simple visite...

Mais c'est un si grand docteur que ce bon M. Pichard!

Et l'on est si généreux dans le monde doré.

Quant à Madame, elle ne jouit pas d'une moindre influence... Elle a sa stalle de velours à l'église... Elle est dame patronesse de toutes les singeries philantropiques... elle a déjà fait trois sous-préfets... et je ne sais combien de mariages... C'est là sa distraction favorite... elle discute les dots, elle appareille les couples, elle avive les passions, elle cache les peccadilles antérieures, enfin elle s'entend à réussir avec une merveilleuse habileté.

Frédérick s'en étonnait un certain soir.

— J'y ai la main ! lui répondit malicieusement Rose... et, mon Dieu ! d'après ce que je vois tous les jours... ici ou là bas... c'est à peu de choses près mon ancien métier.

Les deux époux se montrent d'une fierté, d'un puritanisme... d'une hypocrisie... oh !.. c'est admirable!...

Ce qui n'empêche pas Madame d'avoir un amant... Monsieur, d'entretenir des maîtresses...

En apparence, ils vivent au mieux ensemble.

Mais, en réalité, sont-ils heureux ?

Quant à rompre... jamais !...

Ils se tiennent par tant de terreurs mutuelles, par tant de terribles secrets !..

Et cependant s'il fallait en croire certains bavardages d'antichambre...

Mais chut !... Un jour peut-être nous verrons se soulever devant les tribunaux un nouveau coin de ce mystérieux rideau qui cache les opulens ménages... de ce voile derrière lequel on entrevoit déjà beaucoup... où l'on devine encore davantage !...

Le mot de tribunaux nous amène à parler du couple Bouquaille.

Nous les avons revus devant la Cour d'assises, lors de l'un des derniers et volumineux procès, au milieu de toute la bande dont le moulin était l'entrepôt...

Et s'il nous prenait fantaisie de visiter Clairvaux, Poissy, ou quelque autre maison centrale, il est plus que certain que nous les reverrions encore....

Mein herr Bouquin continue l'exercice toléré de ses nombreuses et suspectes industries... Il est propriétaire, électeur, éligible, etc. etc.

Pichonneau, le directeur, vient de ressortir triomphant de sa dixième faillite, et compte bien n'en pas rester là...

Mais il est temps de détourner les regards de tous ces hideux tableaux, pour les reporter enfin vers cette élégante et gracieuse maison de campagne, dont se pare modestement l'un des villages les plus fleuris, les plus oubliés des environs de Paris...

La voyez-vous d'ici?... Un spacieux jardin la parfume, un vaste parc la couronne.

Tout y respire la simplicité, la vertu, le bonheur.

C'est là qu'habitent, ensemble et fraternellement réunis, Lucien de Varedde et Annette, Albert Atis et Louise, Georges Cortalès et Geneviève.

Georges, dont vous admirez les splendides toiles à chaque exposition nouvelle.

Albert Atis, que vous lisiez hier, que vous applaudirez demain.

Lucien de Varedde, peintre et poëte tout à la fois, universellement artiste d'esprit et de cœur, mais pour de rares élus... pour ses amis... pour Annette !...

Que dire de plus !

Ils sont simples et bons ; ils travaillent, ils s'aiment... ils sont heureux !

Là aussi habite Anatole.

Triste et grave... discret et résigné.

Il ne vit que dans le passé... il n'espère que dans l'avenir... il n'oubliera jamais !...

Sur les gazons, sous les charmilles, par les allées du parc s'ébattent et jouent de beaux et joyeux enfans...

Un d'entre eux les dépasse de toute la tête.

C'est le fils de Mariette.

Il a quinze ans... il ressemble à sa mère... On l'appelle Marie...

Puis... Atis.

Car le poëte a tenu la promesse faite au lit de mort de Trilby.

Tous ces heureux enfans s'aiment comme s'aiment leurs pères.

Mais il existe une plus étroite affection entre le fils de Mariette et la fille dont Louise a récompensé son Albert... Louise... le poëte et sa compagne ont reconnu pour leur enfant le pauvre orphelin sans mère et sans nom...

Le frère et la sœur, aux yeux du monde, par le nom, par la loi...

Oh ! si cette étrange tendresse allait devenir de l'amour ! Personne ne le remarque... Mais moi, j'examine, et je tremble d'avoir bientôt à écrire une nouvelle et triste histoire !

Quelquefois, au matin, la grille s'entr'ouvre, une vieille femme se présente, une autre vieille accourt à sa rencontre.

C'est la mère Rainette, c'est Yvonne.

Les deux anciennes amies marchent lentement sous les sombres allées du parc... L'enfant de Mariette paraît... la grand'mère le regarde... puis, elle s'en va sans même l'embrasser.

Car elle tient aussi son serment... Elle veut expier son crime... Elle souffre afin de mériter de rejoindre un jour Mariette.

Prières, ruses, tout est resté impuissant à changer son énergique résolution, à faire accepter quelques soulagemens à sa misère.

Elle vend toujours ses pommes au pont Saint-Michel.

Pauvre mère Rainette !

Le pain est bien cher... et l'hiver est bien froid.

Grégoire et son frère servent tous deux les maîtres, si faciles à servir, de la maison de campagne.

Enfin Roméo a sa niche auprès du perron.

Mon bon Roméo... bien vieux... bien alourdi... presque aveugle... mais dévoué, caressant, heureux de me voir quelquefois... heureux de veiller sans cesse sur l'enfant de Mariette !

Il vient de rares visites, et jamais que deux seuls amis.

Le Juif-Errant et moi.

Les années n'ont en rien altéré l'insoucieuse et vagabonde humeur du comédien. Sans cesse il arrive, sans cesse il repart... Où?... de quel côté?.. nul ne le sait, car il l'ignore lui-même.

Albert Atis a voulu le placer dans divers théâtres de Paris. Le Juif-Errant a débuté avec un succès tout gros d'avenir... Mais bast ! un matin qu'il faisait du brouillard, un soir que la route était belle et le ciel étoilé... il s'est hasardé jusqu'à l'une des barrières... puis un peu plus loin... un peu plus loin encore... et le lendemain il n'a pas reparu...

Adieu la fortune et l'avenir !.. Rien de fixe et de certain... Vive la folle vie aventureuse et bohémienne !

Telle est sa devise, à lui, qui méprise, à cause de leur constant retour, les inconstantes hirondelles...

Il a sa chambre qui l'attend à la maison de campagne... il a ce riant asile à l'horizon de la vieillesse...

— Mais, fi donc !... Un comédien, dit-il, doit mourir sur la grande route... ou pour le moins à l'hôpital...

Je lui ai serré la main hier soir... Je le retrouverai dans un an sous les arbres du Palais-Royal.

. . . .

Car j'étais hier au riant oasis, où m'accueillait l'amitié...

C'est là que ces pages furent écrites... c'est là que je les ai terminées...

A vingt-cinq ans... en quelques mois... amèrement et fiévreusement... comme des regrets... comme des souvenirs.

Ainsi donc, il faut que le lecteur excuse les fautes de l'écrivain, et surtout qu'il pardonne généreusement les erreurs du jeune homme !

FIN.

Paris. — Imprimerie Proux et C⁰, rue Neuve-des-Bons-Enfans, 3.